华北油田先进典型报告文学集

灿若星河

上册

华北油田公司党委宣传部
华北油田文联 编

石油工业出版社

图书在版编目（CIP）数据

灿若星河：华北油田先进典型报告文学集／华北油田公司党委宣传部，华北油田文联编．—北京：石油工业出版社，2023.10
ISBN 978-7-5183-6245-5

Ⅰ．①灿…　Ⅱ．①华…②华…　Ⅲ．①报告文学－作品集－中国－当代　Ⅳ．①I25

中国国家版本馆CIP数据核字（2023）第165364号

出版发行：石油工业出版社
（北京安定门外安华里2区1号楼　100011）
网　址：www.petropub.com
电　话：（010）64523582
经销：全国新华书店
印刷：北京中石油彩色印刷有限责任公司

2023年10月第1版　2023年10月第1次印刷
710×1000毫米　开本：1/16　印张：94.25
字数：1252千字

定价：280.00元（上下册）
（如出现印装质量问题，我社图书营销中心负责调换）

前 言

天地英雄气，千秋尚凛然。中华民族是崇尚英雄、成就英雄、英雄辈出的民族。英雄的光辉永不泯灭，榜样的力量催人奋进。在艰苦卓绝的创业时代，榜样是点燃石油人迎难而上的希望之火；在波澜壮阔的改革开放大潮中，榜样是标注中国石油工业实现跨越的精神坐标；在推进中华民族伟大复兴的新时代中，榜样是中国石油积极履行三大责任、助力实现中华民族伟大复兴中国梦的领航旗帜；在建设新时期新华北的新征程上，榜样是我们全面推进中国式现代化华北场景的先锋模范。

一个个熠熠闪光的名字犹如一面面催人奋进的旗帜，引领我们不忘初心、砥砺前行。在近半个世纪的奋进征程中，华北油田人始终牢记“我为祖国献石油”初心使命，胸怀报国之志，恪尽兴油之责，为保障国家能源安全贡献“华北力量”，锤炼了迎难而上、坚韧不拔的品格，争创一流、勇攀高峰的斗志，敢为人先、奋力开拓的锐气，讲究科学、脚踏实地的作风，打造了一支特别能吃苦、特别能战斗、特别讲大局、特别讲奉献的员工队伍。

历史的星河，灿烂如霞；时代的华光，激荡人心。在油田各个历史时期，有许许多多闪亮的明星与时代同辉。情系找油呕心沥血的梁狄刚、彭瑞林，立足岗位创新创效的靳占忠、曹树祥，奉献油田扎根基层的于晨光、黄京生，解放思想技术革新的苏国庆、孙连会，科技攻关开辟战场的刘静、李晓燕等，为我们树立了学习榜样、塑造了价值标杆、注入了精神力量。虽然时代不同、岗位各异、经历不一，但他们都有一个共同的名字——时代榜样。这些劳动者的杰出代表，不仅用勤劳双手和聪明才智在平凡的岗位上创造了不平凡的业绩，更以自己的实际行动铸就了爱岗敬业、争创一流，艰苦奋斗、勇于创新，淡泊名利、甘于奉献的伟大劳模精神。

崇尚英雄才会产生英雄，争做英雄才能英雄辈出。榜样身上所体现出来的伟大情怀和崇高品质，是鼓舞和激励人们奋发向上的巨大精神力量。华北油田公司党委始终高度重视先进典型培养选树工作，把加强典型选树和学习宣传作为弘扬正气、凝聚人心、引领风尚的有力手段，推出了包括华北油田榜样、功勋员工、道德模范等在内的一大批先进典型，在油田上下树立了崇德向善的价值标杆，营造了崇尚先进、学习先进、争当先进的浓厚氛围，激励广大干部员工以先进典型为榜样，大力弘扬劳模精神、劳动精神，在建设新时期新华北的奋进征程中展现新作为、贡献新力量。

伟大时代呼唤伟大精神，崇高事业需要榜样引领。一代又一代华北油田人肩负保障国家能源安全重任，前赴后继、艰苦奋斗，高唱“我为祖国献石油”主旋律，在推动油田改革发展的历史进程中，书写了彪炳史册的壮丽篇章。站在历史新起点，公司党委宣传部、油田文联组织编纂了这部《灿若星河：华北油田先进典型报告文学集》，深入挖掘在华北油田发展建设中涌现出的杰出人物和典型榜样，引导广大干部员工深入学习他们的先进事迹和崇高精神，不断增强主人翁责任感，忠诚企业、为油奉献，勇于担当、扎实工作，以更加坚定的信念、更加昂扬的斗志、更加顽强的作风，为油田高质量发展作出新贡献。

《灿若星河：华北油田先进典型报告文学集》不仅是一本集子，更是一部鲜活的历史。翻开这本集子，一位位石油英模的形象跃然纸上，他们筑成了一座座人格化、具体化的“精神潜山”，矗立在华北大地，无畏风雨洗礼，无惧时代变迁。本书以时间顺序为轴，以报告文学的文体形式，在一人、一事、一点上发力，真诚讲述各领域各行业的不同先进人物、先进集体事迹，深挖榜样背后的故事，感知企业波澜壮阔发展进程中他们的坚守与执着、拼搏与担当。本书采写历史跨度长、覆盖范围广，在编校过程中，部分早期作品是在当时的历史环境下编写的，此次出版作以适当调整。近期作品通过收集、查阅大量资料和采访后稍加编辑或者重新编写而成。应该说，这部集子是一代代宣传干部为华北油田留下的永恒精神财富，是石油精神的赓续延绵和劳模精神的传承弘扬，更是一部星光璀璨的石油英雄奋斗史。在此，对大家的辛勤付出和无私奉献表示由衷的感谢。

最好的缅怀是传承，最好的纪念是奋斗。当前，我们正奋进在全面建设新时期新华北的新征程上，面临许多重大而艰巨的任务，迫切需要涌现出一批批具有鲜明时代特色和巨大感召力的先进典型，发挥先锋模范作用，团结和带领广大干部员工群众，艰苦奋斗，开拓创新，为建设新时期新华北贡献力量。这是时代的呼唤、发展的要求，我们要从石油精神、劳模精神中汲取智慧力量，以典型为榜样、以先进为标杆，热爱石油、拼搏奉献，求真务实、担当作为，更好地肩负起历史之责、发展之责，在打造千万吨当量综合能源公司中当先锋立新功。

谨以此书献给为华北油田勘探开发建设作出贡献的人们。

2023 年 10 月

目　录

上　册

下　册

激情燃烧的岁月

柴甫泉

把梦想聚成一团火焰，

让岁月用激情点燃；

把信念铸成一把利剑，

劈波斩浪挥刻栩栩如生的会战画卷！

他是华北油田初期会战开疆拓土的弄潮儿，他是十万会战大军中科研先行军的优秀代表，他是我国石油开发建设的功勋级人物！

梁生正，国家科技进步特等奖获得者、石油工业部有突出贡献的工程技术专家、河北省劳动模范、原华北会战指挥部勘探开发设计研究院副院长、华北石油管理局原总地质师、教授级高级工程师。

至今，耄耋之年的他，依然为祖国的能源建设竭力操劳，提起巴彦、二连、冀中等东部西部和冀中石油勘探开发，依然那样思路清晰、慷慨激昂、充满信心，有时还专门赶到华北油田勘探开发研究院，见到当年的“小字辈儿”，依然用缓慢的手势，掏出自己新近的研究成果，并为他们“指点迷津、打气鼓劲”。那神色、那底气和写在脸上的那份坚定，依然像当年指挥千军万马一样，充满必胜的果敢和不容置疑的“霸气”。

在苏联留学时聆听毛主席的教诲

1936年农历二月二十六，梁生正出生在河北邢台一个叫大陈庄的小山沟里，家境贫寒，父亲在他出生两个月就逃荒到内蒙古，从此他一直和母亲寄住在姥姥家，幼时的他基本上没有见到过白面。5岁时梁生正随母亲逃荒到山西，后在内蒙古找到了做小生意的父亲，开始上学。小学毕业时他在全班成绩排名第一，但由于营养不良，他的体重只有40多斤，当时有名的傅作义办的“奋斗中学”把他拒之门外。他思想进步，15岁时在学校第一批加入中国新民主主义青年团，后以优异的成绩考入当时的北京29中学。29中学就在天安门旁边，他们的体育课就在天安门广场上，梁生正一次次看到头上迎风招展的五星红旗，一次次激发出他的爱国之情和报国之志。

1955年，在班里当学习委员的他和另外一个学生被选拔到苏联留学，进入莫斯科石油学院学石油，当时，原石油工业部部长王涛也在这个学院学习，比他高两届。王涛是党支部的宣传委员，他是团支部的书记，王涛还经常“求”着他办板报，两人从此结下了深厚的友谊。在留苏期间，让他最难忘的是，1957年毛主席访苏时来到学院看望中国留学生，他在前排近距离聆听了毛主席的教诲，毛主席那富有感染力的声音，至今在他耳边回荡：“世界是你们的，也是我们的，但归根结底还是你们的，你们青年人朝气蓬勃，正在兴旺时期好像八九点钟的太阳。希望寄托在你们身上。”这句名言，从此翻山越岭，响彻了九百六十多万平方千米的神州大地！

当时，同学们沸腾了，梁生正埋在心底里的爱国报国的一腔热血也沸腾到了极点。一个逃荒要饭的苦孩子，如今被共和国选派到国外留学，管吃管喝管学费，还给自己量身定做了西装，当时不知道多少农民的血汗钱能供养一个大学生，只知道供养一个留学生的钱能够供养13个大学生！他憋着一股劲儿，国家花这么多钱培养自己，回国后一定要听从毛主席的召唤，把自己的知识毫不保留地献给自己的祖国，尽自己最大的努力，改变国家一穷二白的面貌！

回国后他一步迈进了那片炽热的黑土地，一下子投身到热火朝天的大庆石油会战之中，在入关进津勘探的先遣队里，在入川上山的大气田上，在援阿石油勘探队，在会战初期的华北油田……留下了一串串梁生正同志为油拼搏、献身祖国的执着而闪光的足迹，他也多次受到余秋里、康世恩、王进喜的鼓励，心里自始至终燃烧着报效祖国的战斗激情。

激情，在夺油会战的最前沿阵地上燃烧

任丘发现大油田，梁生正抑制不住内心的激动。1976 年春节刚过，他奉命从大港来到任丘投身华北石油会战，任勘探开发设计研究院勘探研究室主任兼党支部书记。他领导的是一个由 110 人组成的科技攻关大团队，大家都是从全国各大油田选调来的精英，主要负责研究任丘油田和冀中坳陷石油地质特征、提出勘探部署建议和井位标定等华北油田会战前沿阵地的科研任务。他来时，这里只有任 3、任 4、任 6、任 7、任 13 等几口井完钻或刚刚开钻，有大量的未知数等着他去求证、去填补。梁生正是一线人物，他如鱼得水，有一肚子足够的研究地下的知识储量，有一个健康的好体魄，还有这样一个能够冲锋在前的好阵地，又赶上了创业的好时候，天时地利人和。在全战区的会战号子声中，尽管他几乎天天要干到夜里 12 点，但依然觉得自己身上有使不完的劲儿，因为自己在留学期间就一直迫不及待地盼着回国后能有这么一天。在大庆，让他去黑 1 井实习，等不及车送，他就在大冬天冒雪搭上了一个去黑 1 井送钻杆的车，一个人骑在钻杆上，从下午 4 点一直摇摆到第二天早上 5 点……比起大庆石油会战，眼前这些算不得什么！不就是住帐篷、加夜班吗？

为了捞到第一手资料，梁生正经常上井，有时在井队一蹲就是几天几夜，有车上，没有车骑自行车也要上。困了，就等井队地质工上夜班的时候，钻到人家的被窝儿里睡一会儿；渴了，钻工们喝凉水他也喝凉水。钻工们身上的优良品格他身上有，钻工们身上的高贵品质他身上有，钻工们身上的虱子他身上也有……

1978年冬天，雁翎油田24井打到2000多米时，梁生正觉得接近潜山了，要卡风化壳，蹲两天没见动静，打了20多米不见“山”，第三天晚上看岩屑，还没有到，按以往的经验，觉得应该到了潜山，一夜没敢睡觉，凌晨两点，再次采集岩屑，一照荧光显示，终于在钻了30多米时发现了油斑显示，初步确定进“山”了。决定立即停钻电测、下套管，再打十几米就完钻试油。按规定，见到“山”15米必须卡住，卡不住就要算失误，因为见山卡不住很容易酿成大的事故。当时，梁生正回任丘开会，试油下套管后又开始钻进。思前想后，他心里一直犯嘀咕，总觉得不像进“山”了。他开完会立马骑自行车赶到了二十多里外的这口井上，又把岩屑放到饭盒里用水泡，一泡显红色。

“是泥巴！还没打到潜山，不能撤，继续干！”钻井队正要起钻电测，梁生正当机立断。

作为会战前线地质负责人，他在第一时间向会战指挥部副指挥孙得福报告，孙指挥用人不疑，相信他的判断，决定继续钻进。这口井又打了200多米才见“山”，证明为碳酸盐岩砾岩含油。后来，这口井对砾岩试油成功，成为自喷的千吨井。正是梁生正的这次正确判断，才在冀中坳陷发现了一个新的油藏类型——碳酸盐岩砾岩油藏！

钻透禁区，突破重围

每一次原油产量的直线提高，都来自勘探开发的重大发现；每一次勘探开发的重大发现，都来自勘探开发研究的重大突破。所谓突破，首先是突破人们固有的认识。每个突破性认识，都会有一大片反对的声音。没有反对声，就是大家认可的东西，大家普遍认可的东西，还叫突破吗？

在学校，梁生正就时常走在别人的前边。考试时老师单独给他出题提前考试，等别人考试时，他就钻进图书室去学习，觉得老师教的东西对他来说太简单了。搞研究，他的思维也跟别人没在一个层次上，他所研究的课题都是别人还没涉猎的问题，他要推翻的都是大家在实践中证明是“正确”的东西，要知道这得需要多大的魄力吗？

华北油田会战初期，大家认可的华北油田古潜山雾迷山组油水界面是3510米。1977年，梁生正提出任北奥陶系古山坡地层不整合圈闭。奥陶系灰岩是独立的储集单元，设计钻探了73、74井，进山深度在3510米左右。任74井在3510米以下见到显示，可惜钻井指挥部的决策者不相信3510米以下会有油，决定不下套管。任73井还没有打到山就提前完钻了。1978年在3510米以上钻探任76井获得高产工业油流，但后来高部位钻探的任85井却出水了……这一带的地下情况一下子变得极其复杂起来，奥陶系是个什么油藏？一时间众说纷纭。

梁生正开始对大家在头脑里固有的3510米深度的准确性产生了疑问，觉得这个数字一定有问题，从此在梁生正的头脑里画了一个大大的问号。顺着问号般的“路”，他执着地走了下去。重新仔细查看不太全的地质资料，一张张、一本本资料，摆得满屋子里都是，没有假日，不分昼夜……他经过反复研究测算，认为任85井在高部位出水属地层残存水，油藏油水界面不是3510米，应该是3900米，甚至更深！应该推翻大家普遍认可的3510米的“断言”，不然勘探就走不出自己为自己设定的“封闭圈”，下一步找油就不会有大的突破！这不是一般的问题，为慎重起见，梁生正并没有草率地提出来。只不过他认准了的事，八头牛也拉不回来。为了证明自己的“理论”，他又把能够拿到的资料都收集到一起，像在学校做作业一样，不放过一个数据。其间，为了提神儿，他一天一夜要抽两盒烟，每月74元的工资，上有老、下有小，钱不够，就买最便宜的两毛二分钱一盒的“永红”烟……最后，他终于求证了自己的观点，在一个高规格的场合，他向油锅里撒了一把盐，大胆地提出了楔状地层不整合油藏存在异常油水分异的现象，正式“发布”3900米的科学断言，油水界面往下推进了390米！

一片哗然！反对声劈头盖脸……

他顶住来自各方面的压力，一次又一次地向会战指挥部的指挥们阐述自己的观点，终于说服了一位位身经百战的指挥部的领导！干！为了有大的突破，失败了也值！于是调兵遣将，在任73、74井之间开钻任83井，日产纯油178.6立方米，酸化后日产原油403吨，石油地质储量是2208万吨，含油面积是21平方千米。实践证明，油水界面是4100米，和他测算得非常接近！终于在任丘雾迷山油藏以外，又发现了古山坡地层不整合油藏！这是华北油田首先应用楔状地层岩性油气藏中的异常油水分异理论在潜山勘探中获得的重大成果！仅任北潜山坡地层不整合油藏，年产能力就曾经达到55.81万吨！一个突破激活了一个油藏，这个油藏为华北油田年产千万吨、跨入“油老三”的显耀位置，倾尽了它们埋藏在心腹几万万年的黑色血液。

竖梁生正，横梁生威，脊梁生魂

竖立着的大梁，坚毅地托起重负，独自支撑着信念和希望，看上去就有一股子凌然和正气；横架着的大梁，透着威武，高风亮节，默默地奉献着自己的所有能量；不屈的脊梁，是民族精神的象征，有脊梁就会有骨气，有骨气就会有魂魄，有了伟大的魂魄，这个民族就会无往而不胜！

梁生正怀着报效祖国的宏伟大志，心里只有一个信念，多为国家干一点儿事儿！他想，国家为培养自己花的钱加在一起能把自己埋起来，如果不能干出点成绩来，就等于国家养活了一个不孝之子，那就还不如没有自己。

留苏期间他拼命地学，回国之后他玩命地干。石油工业部要在任丘抱“金娃娃”，关键在找油，找油的关键在勘探开发，研究院的勘探开发研究室，梁生正是主将，是挂帅人，他要有自己的科学主见。原石油工业部部长王涛来华北油田，和大家一起研究勘探情况，因为观点不一致，他和王涛当众争论。局长杨万里从北京带回话儿来："梁总，王部长让我问你，服了没有？"梁生正连想都没有想："我不服。"他和王部长不像上下级，更像老同学、老战友、老朋友和一个战壕里滚爬过来的好兄弟。为了科学，他不畏权势。当年霸县有一口井漏得厉害，康世恩同志来到现场，大手一挥，当即拍板："完钻！"梁生正立马把话接过来："我的意见是坚持最后 5 分钟，再打一打。"在场的陪同康世恩的领导都笑了，康世恩也笑了……

刚到研究院，没有把老婆孩子带到任丘，没有星期天，没有白天黑夜之分，当时都是用手画图纸，一画就是一个通宵，白天别人下班了，他也要等着忙完了一个"自然段"，等他到食堂，菜盆子里就光剩下汤了，草草吃几口，回去接着趴在桌子上埋下头"另起一行"。

1965 年，爱人刚刚流产，但他仍然按时奔赴四川，他知道那里离开自己不行。在威远气矿，赶上了"文化大革命"，说他是苏修培养的黑苗子，经常被揪出来折磨。他是威远气矿会战前线地质组负责人，低下头挨批斗，抬起头指挥生产。多少年来，这种工作作风已经形成了惯性，一直"惯"冲到华北。他对自己要求严，对手下的兵要求也严。做他的部下，丝毫不敢马虎，他们搞的分析报告、汇报材料，自己有半点不满意，都不敢拿出来交给梁总。多少年来，在勘探开发的崎岖小路上，有多少人都是呕心沥血、上下求索，罗强、徐文彬、郭水印等一大批科研尖兵都毫无怨言，他们数都数不尽，"排头"梁生正在一张张水波纹似的资料图前，不知道度过了多少不眠之夜，他比自己的兵付出的更多、更多……

1980 年，古山头基本上"打"得差不多了，近乎山穷水尽。梁生正开始利用别人没有采用过的重力和地震综合解释的方法探索地下的奥秘。又有了文安斜坡的苏桥可能有"山"的新思维。柳暗花明，又一股暖流涌向他的心头。

1980 年 3 月，在华北油田会战指挥部召开的古潜山勘探技术座谈会上，梁生正力排众议，提出苏桥重力高是古潜山的反映，可能找到较大的潜山油藏！会后，他进一步综合分析区域地质、重力、磁力、地震等各项资料，再次提出与此配套的“新生、古储、中堵”潜山油气藏新模式。

当时，负责华北地球物理勘探的物探局观点不同，解释不出来，梁生正又建议让大港物探部门来做，也解释不出来。但他依然坚持自己的观点。

经过一年多的地震勘探和综合研究，1982 年 3 月，终于发现了苏桥断块山，提出了钻探苏 1 井的勘探建议。

“干！”会战将领们大手一拍，等于对梁生正的十二分肯定。井打下去了，没有显示。“继续往下打！”梁生正也觉得应该有显示了，但还是没有显示。那天是周末，研究院的人来了，钻井的人也来了，都期待着在文安斜坡抱“金娃娃”，大家都愣了，七嘴八舌，说“这是谁定的井？”“瞎定！”正在起钻的一瞬间，油气喷涌而出！

“是气！”在场的人几乎跳着脚惊呼起来。原来，天然气和泥浆裹在一起，人们一时难以辨认。1982 年 12 月 3 日，苏 1 井获得日产天然气 64460 立方米、油 65 吨！这是冀中的重大发现！震惊了石油工业部！经与中国科学院共同研究，这是地下的煤生成的气。从此才有了向北延伸的苏 4 井信安镇潜山天然气藏，从此中国才有了煤气理论！从此中国才有了煤气田！这是梁生正一生中报效祖国的最最辉煌的一笔！

梁生正最早提出向首都供气，石油工业部领导乐得合不上嘴。

他的一项项成果换来了一次次放喷的油流气流，为共和国的石油工业和中华民族的经济腾飞做出了不可磨灭的巨大贡献。石油工业部科技进步二等奖、石油工业部科技进步一等奖，梁生正和石油工业部部长王涛等石油科技精英一起研究完成的《渤海湾盆地油气勘探复式油气聚集区带勘探与实践》的科研成果获得了国家科技进步特等奖！他成为石油工业部有突出贡献的工程技术专家，终身享受国务院授予的政府特殊津贴。1976 年到 1978 年，梁生正在排山倒海的会战大军中脱颖而出，成为华北油田的“开朝”元勋，连续三年是万里挑一的会战指挥部的标兵。1978 年，勘探开发研究院勘探开发研究室成为全国石油工业的标杆。梁生正从大庆扛回了这面渗透着他和全研究室人员心血的鲜艳红旗。

有一天，梁生正突然晕倒在办公桌上。他从来都没有检查过身体，也没有时间检查身体。同事们把他送到医院，一检查，才知道他患有严重的动脉硬化。身体好了一些，他又冲到一线，他的倔强，别人劝也劝不住。直到退休以后，仍旧保持着那种激情、那种状态、那种气魄，年过七旬，他依然没有离开自己为之奋斗一生的事业，继续为石油勘探开发发挥着余热、奉献着能量。

采访结束时，梁老信心十足地说："华北油田的勘探前景非常好，我对冀中仍然有信心，油气当量重上一千万吨年产量完全有可能！"他老人家以一个老石油地质工作者的身份，写下了意味深长的几句话，深情地寄托了对新一代石油地质科技人员的殷切期望："坚定找油找气信心，认真学用《实践论》和《矛盾论》，狠抓地质地球物理基础资料，掌握全信息地球物理地质综合解释技术，创新地质认识，为华北石油探区油气大发现、为华北油田重上千万而努力奋斗！——梁生正。"

老骥伏枥，志在千里；烈士暮年，壮心不已

梁生正，为了找油找气，为了探寻共和国的"血脉"资源，他不负初心，搭上了一辈子的情，赌上了一辈子的爱。

听说华北油田在巴彦摆开新的战场，油气勘探取得新的突破，80 多岁的梁老兴奋不已。作为一名老党员，梁生正的内心一直感受着祖国日新月异的变化与强大，体会到是党和国家培养了他，因此他始终践行着"报效祖国、为国找油"的誓言。

冀中与河套都是生他、养他的地方，而党和国家培养了他，他的身上自始至终都呈现着"家国魂"的气息，这一辈子，他都要奉献在他全心全意热爱着的土地上，他要为国家找到更多的油藏。这就是他毕生无时无刻

不在践行和秉承的初心。如果生命可以无限延长，他也愿意一直就这样走下去，把自己的余热烧尽，将自己的一腔热血全部挥洒在祖国地质事业的蓝图上，为中国式现代化建设增光添彩。

在巴彦矿权流转后不久，梁生正乘坐公交车，再次踏入了勘探开发研究院的大门。

走在自己熟悉的梧桐大道上，看到大门对面的办公楼的最高处，左边是“矢志找油奉献能源”，右边是“潜心研究争创一流”，这也是地质勘探者们为之奋斗终生的理想。他微笑着，一步一步朝前继续走去。走着，走着，看到路前边忽然出现了一个熟悉的身影。

“梁老总，您来了！”勘探开发研究院原副院长、总地质师梁星如正笑着迎了上来。

“星如啊，好久不见，你也老了很多吗！”梁生正感觉时光就是那样一眨眼就过去了，以前的那个意气风发的青年现在已经两鬓皆白，一度和自己一样，在这条路上披荆斩棘走了过来，并成长为勘探开发领域大名鼎鼎的专家，“我这看到你，就想起当年研究院建立滚动开发研究室，让你过去，你来找我谈心的事呢！”

梁星如点头，扶住了梁生正的手臂，说：“是呀，您老的记忆力真好，这一晃快要30年了，我记得那大概是1995年秋天的事儿了，我是有些犹豫，从一开始上班干的就是勘探，正发愤图强，想大显身手的时候，忽然就变了，一下子可有些接受不了……现在想起来，这不是坏事，拓展我们的事业生命线啊……”

梁生正大声笑了：“我这个老家伙当年吃的那些苦，你可是没受过，我都想得开，大半辈子都过去了，世界都变了，现在都讲勘探开发一体化，你又有勘探经验，又懂开发，这不是如鱼得水吗？”

梁星如也释然一笑：“是呀，现在想起来，就是一股子劲啊，坚持一下就过去了，这幸亏有您老指引迷津啊！不过，看您老精神不错，一定是遇到了高兴事。”

梁生正指着梁星如说：“就你懂我……我这不听说河套那边又有好消息了，打算过去看看。”

梁星如知道梁生正此刻已经迫不及待了，否则，他老人家每次见到自己，就会扯着自己的手臂，说起自己近期的一些想法，连忙说：“那就不耽误您了，您老慢点儿。”

梁生正点头，挥挥手，转身，一个人朝河套及外围地质研究所走去。这几年河套盆地勘探，喜讯频频，他也多次被油田公司和研究院请回来一起商量勘探方案，他亲眼看到那片他熟悉的土地上又多了很多钻孔，那地下的油都“冒”了出来，心头是无比欢欣的。

此时，在河套及外围地质研究所二楼刘喜恒专家的办公室里，所长刘静正带着几个人一起看着图纸说着什么，大家看到德高望重、热爱事业的老勘探专家梁生正走了进来，便请他坐下来。

“你们现在进行到什么程度了？”梁生正看到大家喜悦的眼神，知道又有好事了。

刘喜恒在两院合并前，担任物探院的总工程师职务，合并后继续担任研究院的总工程师，负责河套盆地的勘探工作，现在的他，虽然退休了，但还和梁生正一样，继续以一级专家的身份来履行自己的责任。他故作凝重地对梁生正说：“梁老总，您来得正巧，刚刚和油田公司汇报完毕，得到了认可，我们的脚步可是停不下来啊！”

刘静微笑着，指着图纸说：“今年我们已经全面完成了储量和井位任务，目前正在围绕明年的7000万吨储量目标，做整体谋划，落实高效优质储量，并且甩开勘探，发现新的储量接替区……您老看看这里……”

梁生正嘴角含笑，眉头舒展开来，声音洪亮地说：“太好了，巴彦河套上产200万吨有希望了！”

众人看到神采飞扬的老专家梁生正，各自内心翻涌着万般滋味，巴彦河套盆地这些“辉煌战绩”在众多人眼里，是提升国家实力与企业核心竞争力的重大发现，但其实不仅如此，每一次发现背后，都隐藏着华北油田地质专家们忘我无私的付出，都离不开大家在深化改革中的不断创新与精细管理。无论是三十岁、四十岁还是五六十岁，只要选择了这项事业，便会如同梁生正总地质师一般，只有开始，没有尽头，有的只是难以忘却的辛酸苦辣。

2022 年，冬至。任丘紧随全国大部地区进入严寒“冰冻”模式。渐渐枯萎的叶片随风飞旋，飘落到冰凉的地面上，可枝头上总是还稀稀落落地残存着一些枯黄树叶，它们是心甘情愿停留在那里，从不畏惧那凛冽肆虐的寒流。

因为那时候，它们会落在最表层，即便最后化成尘泥，融入大地，也是距离人类生活最近的地方。那里，可以感受到最温暖的阳光，可以倾听到人们对明年收获的喁喁私语，还可以最后倾听初雪的声音。

年龄大了，天一冷，梁生正出门少了，但思考越来越多，但每当停留在思考状态的时候，他就忘记了自己已经是一位耄耋之年的老人。跑现场、画图纸、看地震图、给后辈们讲课……他的整个身心都会回到过去那段激情燃烧的岁月里！

电话一个接一个地打：“你们呀，忘了什么，也不能忘了‘认真’两个字。”“上次咱们看的那个点，我回到家又想了几天，可能不会有发现，你们几个再琢磨琢磨。”“只要是你们觉得难啃，就给我说一下，我在家里也能找资料，创新是一方面，经验也不能忽视，你们就把我当成‘编外地质师’。”谆谆教导，通过一道道无线电波，传到研究院的科研前线、传到塞外边陲的二连油田、传到巴彦油田沙漠戈壁的最前沿阵地。

世界喧嚣，生命律动。梁生正正以年轻的思维、年轻的心气、年轻的志向、年轻的魄力，一遍又一遍地过滤、冲淡着将近 90 岁高龄的天赐岁月。

一片冰心在玉壶

宋东兴　王振江

他的双脚始终踏着坚实的土地，
他的眼睛始终盯着幽深的地层，
他的胸中始终燃烧着一团火焰。
他用一生回答一个问题，
茫茫大地何处找油？
这是一条没有尽头的路，
路上荆棘遍布，
路上鲜花盛开。

——题记

一

有目标的人生必定是幸福的，查全衡从15岁就确定了自己的人生目标——为国找油，并为之付出了毕生的努力。

1953年，注定是一个令人激动的年份，一个在新中国史册中格外引人关注的年份。

这一年，我国启动第一个五年计划，开始进入大规模建设。

这一年，抗美援朝战争取得胜利，为我国的社会主义改造和社会主义建设赢得了相对稳定的和平环境。

这一年，我国提出了和平共处五项基本原则，获得了世界的尊重。

这一年，新中国以昂扬的姿态阔步前进，每一个明天都让人民无比期盼。

这一年，15 岁的查全衡进入了被称为新中国石油人才摇篮的北京石油学院，开始与石油结下一生“情缘”。

少年时的深刻记忆往往会影响一个人的命运轨迹，决定他一生的选择。查全衡选择这条路，也与他少年时的经历有很大关系。1959 年，铁人王进喜作为甘肃省劳模代表参加国庆十周年庆典，北京交通车上背负的煤气包彻底冲灭他心中的喜悦，这个钢铁汉子在北京街头默默流下了眼泪。摆脱煤气包，成为铁人为国分忧的强大动力源泉。在查全衡少年记忆中，煤气汽车同样也是难以磨灭的沉痛记忆。

第一次是抗日战争时期，时间是 1944 年。当时，行将灭亡的日本帝国主义垂死挣扎，向广西一带发动了最后一次进攻，年仅 6 岁的查全衡不得不随父母经贵州逃往当时的“大后方”——四川。一路上，他们乘坐的汽车烧的就是煤气。当时，煤气都不是现成的，而是现制现烧。汽车尾部放置一台笨重的煤气发生器，发生器的下端有一个手摇鼓风机，使用的原料不是煤炭而是木头块。由于动力太小，并且极不稳定，所以汽车每逢爬山过坡时，司机就不得不让乘客下车步行，以减少载荷。而这时司机的助手就开始忙活了，先用三角状的大木头墩塞在后轮的下面，接着便使劲摇动煤气发生器下面的鼓风机，以便让炉内的木柴加速燃烧，多产生一些煤气。待煤气积蓄到一定程度，司机再趁势发动汽车猛地往坡上冲几十米，气用完了，车又得停下来，助手再用木墩子将汽车挡住，再一次使劲摇动鼓风机……就这样，汽车就如同一位年迈的老人，一步一喘，几步一歇。步行的乘客都走到了山顶，这老爷车却还在半山腰爬行，这一场景深深印在查全衡的儿时记忆里。一个 6 岁的孩子不会真正懂得战争的残酷、生活的艰辛，看着面色凝重、愁眉紧锁的大人们，查全衡不敢多问，只是觉得这场面既滑稽又有趣。

另一次是新中国刚刚诞生时，帝国主义国家为将新中国扼杀在摇篮里，全面对我国实行经济封锁。因此，石油及石油制品十分紧缺，北京长安街上的公共汽车也改烧煤气。只不过这一次没有再用煤气发生器，而是在车顶上增添了一个灌满煤气的巨型胶皮口袋。在祖国的首都，一辆辆公交车顶着巨大的“黑帽子”在长安街上穿梭，成为当时一道独特的“风景”，也成为已是热血少年的查全衡心中的“痛”。

少年智则国智，少年强则国强。那时查全衡虽然还不了解石油，但却清楚地知道石油对国家发展的重要性，一颗种子已经深深埋在他的心中。1953 年，15 岁的查全衡初中毕业后，毅然决然地报考了北京石油学院，开始找油人生的漫长征程。

53 年后，在同学毕业 50 周年聚会上，查全衡还清晰记得入学时的情景，以朴实的诗句描述一个 15 岁少年的悠悠报国志、拳拳赤子心。

入学

国家建设需要侦察兵！
号召激动着颗颗红心；
从东海之滨到燕山下，
少年们融入石油大军。

自 20 世纪 50 年代起，在世界能源消费中，石油首次超过煤炭占据首位，引发了生产方式的革命，创造了空前的文明成果，世界进入到“石油时代”。石油时代的到来，对世界来说是福音，可对当时公共汽车还要烧煤气的中国来说，却是无比巨大的压力。1953 年，我国做了第一次全国人口调查登记，全国人口总数为 6.01938 亿人，而石油产量仅有 62 万吨，平均每人才 1 公斤多，如果按照炼化后的成品油来计算，更是少得可怜，每个中国人还不到 1 斤。新中国百废待兴，工业发展、农业改造、军队建设、人民生活，哪一样都离不开石油。石油就是现代国家的血液！没有石油我国就无法摆脱贫穷落后，中国人就无法真正挺直腰杆。对石油了解得越多，查全衡就越坚定自己的信念，更加确定自己选择的是一条崎岖而光荣的路。查全衡说：“亲身经历民族遭受外侮和灾难，是我们这一代人献身石油工业的原动力。”

在北京石油学院学习的三年，是查全衡无比充实的三年。当时国家因为经济困难、物资短缺，已经实行粮油配给制，十五六岁正是长身体的年龄，每天限量的粮食很难吃饱，更别说吃好了。可查全衡对这些丝毫没有放在心上，他每天如饥似渴地学习各方面知识，第一次比较系统地认识了石油，并掌握了石油地质和石油勘探的基本知识。

1956 年，查全衡完成三年的学业，迈出了北京石油学院校门。在与三年同窗依依惜别后，他回头望向母校，突然感觉自己在这一瞬间长大了，已经是一个应该为祖国分忧、为石油工业拼搏的石油人了。

50 年后，他以《毕业》为题作了一首诗：

黄土塬、西秦岭；
见证学子泪、同窗情；
君西行，我南下，
戴上铝盔走天涯。

二

“茫茫大地何处找油？”新中国石油工业老领导康世恩在创业初期提出的这一沉重问题，激励着一代又一代地质工作者接续奋斗，他们用毕生探索这一问题的答案，查全衡就是他们中的一员。

毕业后，查全衡成为石油工业部研究院的地质勘探技术人员。当时，地质队被人们比喻为“建设时期的侦察兵”，这首先因为地质队是国家经济建设的先头部队，还有就是野外地质调查特有的极端艰苦性。在长达 6 年的时间里，查全衡头戴铝盔，行迹天涯，踏遍了四川、贵州、广西、江西、江苏、安徽、浙江、湖南等省区的山山水水。他到过许多名山大川，但关注的不是秀丽风光；他穿过许多急流险滩，但关心的不是自身的安危；他眼中只盯着那些标注着时间年轮的各类岩石，他心里想的是地下几千米的地质构造，究竟有没有让人魂牵梦绕的石油。手中的地质锤是他叩问大地的钥匙，也是他野外生存武器，这把锤子帮他赶跑过野狗，打死过毒蛇。查全衡说，人在年轻的时候就应该到第一线艰苦岗位，他很感谢那 6 年的时间，不断的实践为他积累了丰富的经验，艰苦的环境磨炼了他的意志，这都是他一生的财富。1961 年后，又先后参加了胜利石油会战和江汉石油会战。

如果把人的一生看成一本书，那查全衡的这本人生之书有着太多章节。但华北油田无疑是其中最亮眼的篇章。

查全衡是 1976 年调入华北油田的。不过，在这之前，他从 1975 年就已经涉足华北油田的石油勘探。

20 世纪 70 年代，为支撑我国濒临崩溃的经济，加快石油工业发展，人们将目光再一次投向渤海湾盆地久攻不克的冀中坳陷。1975 年初，石油化学工业部成立工作组，推动冀中勘探开发工作，查全衡从石油规划院勘探室被抽调出来，担任工作组副组长。

查全衡非常清楚冀中石油勘探的历程。冀中石油勘探从 1955 年就已经开始了，之前比较集中的钻探有两次：第一次是 1964 年至 1966 年，重点预探京津地区（即目前的廊固凹陷），虽然几口井获得了工业油气流，但当时认为“地下情况复杂，所得到的油气藏局限”；第二次是 1968 年至 1970 年，钻探重点转向南部的河间凹陷，在霸县、岔河集、鄚州和任丘 4 个构造上打了 10 口井，经过试油，只有 3 口井获得低产油流，人们得到的结论是

"冀中中部下第三系油层储油物性不好，生油层不理想"。

直至1975年，冀中石油勘探整整经历了20年。20年间，国家在经济极端困难的情况下，投入大量人力物力，一代石油人倾注无数心血、智慧和汗水，但收获甚微。冀中石油勘探的"两上两下"，给地质人员留下了难以抹去的阴影。此次三上冀中，查全衡心里知道他们担负的担子有多重、责任有多大。为了冀中石油勘探真正实现突破，找出地下隐藏的"油龙"，让国家投入的每一分钱都有回报，查全衡和同事们那段时间不知翻阅了多少资料、进行了多少次地质分析、度过了多少不眠之夜。

1975年的5月31日，是查全衡一生都难以忘怀的日子。

当天晚上，石油化学工业部在石油规划院主楼339室召开"冀中石油勘探汇报会"，不仅有关部、司的主要领导都来参会，康世恩部长也来到现场。会上围绕下一步如何深化冀中石油勘探，大港油田、石油物探局的代表各抒己见，意见颇有分歧。当查全衡代表工作组汇报时，他语气坚定地讲了三个方面意见。在第一个意见中，查全衡首先着重就冀中坳陷石油地质勘探条件做了乐观的分析，认为这一区域的油源是丰富的，二级带规模比较大，每个带都是多含油层系，多种油气藏结合的复式聚集带，提出任丘—辛中驿构造带除存在东营组、沙一段、沙二段、沙三段的构造油藏外，还应存在第四种油藏类型——碳酸盐岩裂缝型油藏。第二个意见是关于冀中坳陷勘探1975年工作安排和"五五"计划头三年设想，提出1975年控制储量1亿吨，"五五"头三年拿下10亿吨储量，抢建1000万吨原油生产能力。第三个意见是如何落实"三稀"（即稀井广探、稀井高质量、稀井高产）方针，在冀中打一场勘探样板仗。

查全衡记得那次会开了很长时间，由于冀中勘探关系重大，大家都高度负责、态度严谨地研讨每一个设想、思路和意见，生怕出现一点纰漏。会议室的灯彻夜长明，中途还给每人发了几块蛋糕，这些蛋糕是工作人员从几十里外的北京火车站旁边的商店里买的。会议最后，康世恩部长作总结发言时，充分肯定了工作组的工作，强调要加强力量，加快冀中石油勘探进程。康世恩部长讲话结束后，大家热烈鼓掌，查全衡的手都拍疼了，他仿佛看到了广大地质人员期待已久的冀中勘探美好前景。

散会时，朝霞满天，新的一天已经来临。

三

时间是世界上最公正的裁判。后来的事实证明，查全衡代表部工作组提出的建议是正确的。

会后，查全衡带领工作组立即回到了冀中石油勘探现场。此时，任 4 井经 3269 队钻探已经将钻头打入潜山 50 米，并且发现了油砂。根据冀中石油勘探汇报会上提出的观点，查全衡代表部工作组经深入研究，很快向石油化学工业部、石油规划院建议，迅速对任丘—辛中驿构造带的碳酸盐岩进行试油，并进行大型酸化。

6 月 27 日，任 4 井在古老的碳酸盐岩层，也就是地质界所说的奥陶系试油，获得日产原油 113 吨的高产油流。7 月 3 日，经大型酸化，原油日产量更达到 1014 吨的创纪录水平，冀中石油勘探终于抱出了第一个“金娃娃”！黑色油龙带着积压了亿万年的激情，从 3000 米下的地层呼啸着冲出地面，瞬间冲掉了地质人员 20 年来挥之不去的心理阴影。任 4 井勘探大获成功，正式宣告了我国第一个碳酸盐岩高产油田的诞生，查全衡激动的心情无法用语言描述，这一天，他已经期盼太久了，冀中石油勘探大场面终于上演了！

继任 4 井之后，10 月 23 日，任 6 井又抱出“金娃娃”，日产原油 1509.6 吨。冀中探区再次沸腾了，喜悦在蔓延，激情在燃烧。

进入冬季，华北大地天寒地冻，但新区战场却是一片春意盎然。1976 年 1 月 8 日，查全衡主动请缨到任 7 井参与试油，任 7 井是任丘潜山油田中部山头上的一口关键探井，钻探任务是弄明白任丘油田到底是一个大型的块状油田，还是一个薄薄的风化壳油藏，对冀中下一步勘探具有重要意义。

天气异常寒冷，查全衡早上刚睁开眼，院子里的大喇叭传来了哀乐声和周恩来总理去世的讣告。查全衡和同事们都不敢或是不愿相信自己的耳朵，“本世纪内，要实现四个现代化”，周总理的声音似乎还萦绕在大家的耳畔。查全衡自发地戴上白花和黑纱，按原计划赶往任7井。荒野上，肆虐的北风呼啸着，卷起铺天盖地的沙尘，“道道棉袄”也挡不住刺骨的严寒，但比起心中的悲痛，这都不算什么。查全衡用手将白花紧紧地按在胸口，下定决心，一定要拿下大油田，告慰周总理在天之灵。

任7井井场，空气似乎已经凝结。两条8英寸的防喷管线从钻台下笔直伸向300多米外的两个崭新计量罐和两个1万立方米的土油池。下午4点多，对井上准备工作做了最后一次检查，5点钟操作人员全部到岗。柴油机发动了，压风机随即发出了巨大轰鸣。钻井队、试油队职工，油田和地方的领导，附近村民百姓，多家报社的记者，把土油池围得里三层、外三层。

夜幕已经降临，耀眼的探照灯光和千百道炙热的目光都直射在出口管上，可黝黑的管口没有一点动静。5分钟、10分钟、1小时，时间似乎过得特别慢，夜里的风透心凉，可还是有很多人在那里静静等候。终于，管口开始淌水了，随后逐渐出现了油花。

“出油了！出油了！”有人在高喊。

人们开始激动起来，有的眼角已经泛起了泪花。猛然间，黑色的油流喷薄而出，呼啸声刹那间淹没了人们的欢呼声。土油池上空被滚滚热气笼罩着，高温的原油变成油蒸汽向空中升腾，被冷风一吹，顷刻间又凝成油珠往下落，人们都被这罕见的“油雨”浇透了，狗皮帽子和“道道服”上密密麻麻全是油点，可没有人愿意离开。是啊，像这样激动人心的时刻，一生能碰到几回呀！

在计量罐旁，一名记者看着手表，在采访本上迅速地计算，兴奋地说：

“任7井日产油一万一千吨！”查全衡赶紧上前对记者说：“用几十秒的产量折算全天产量，这不科学，不能按照这个数字报道。”实事求是，是查全衡一直坚守的原则。他当然也希望任7井的产量越高越好，但这数据必须是真实的、科学的，因为好大喜功虚报产量，受损失的是国家，伤害的是石油工业。

为了取得任7井真实的日产量，查全衡一直盯在井上，实在累得不行了，才到野营房里休息一会儿。当时的野营房十分简陋，一个焊好的铁架子，蒙上一个帆布罩，再装上一个门，为了便于搬迁，房底是一副废钢管焊成的爬犁。房里还不如外面的土油池旁暖和。查全衡的脸上满是油点，可水桶里的水已经结冰，用拳头一砸，“嗵嗵”直响，从顶到底冻成了一个大冰坨，他只好用毛巾干擦几下，裹紧衣服在床上躺会儿。

第三天清晨，闹钟一响，查全衡就跑到计量罐旁，取得最后一小时资料，计算出日产量。他按捺住激动的心情，仔细核对了两遍，又拿着报表根据油池四周标尺的读数另行计算日产量，与用计量罐测定的数据做了比较，这才在报表日产油栏中郑重地填上——4620吨。

单井日产原油4620吨，这是当时的全国最高纪录！

1976年1月21日深夜1点多，一阵急促的电话铃声将查全衡从睡梦中唤醒。电话是石油化学工业部值班室打来的，让查全衡携带冀中坳陷的有关资料和图件，于上午9点前赶到张文彬副部长的办公室。查全衡一刻也不敢耽误，立即叫醒几个同事分头收集资料和图件。凌晨3点，他们坐上一辆没有暖气、四处漏风的北京212吉普向北京出发，而此时的气温在零下10摄氏度以下，不一会儿脚就冻得麻木了。司机小许是带病工作，额头滚烫，查全衡想给小许找点开水，可路上漆黑一片，看不到一户有灯光的人家。查全衡后来回忆说，那时大家不管在什么岗位，都有一股“革命加拼命”的劲头。上午9点前，他们终于赶到张文彬副部长的办公室，经过简单的交流，查全衡才知道，这次让他们汇报工作有重大意义。在汇报大厅里，坐满了国家计委、国家建委以及河北、天津等省市的领导，石油规划院副院长阎敦实详细汇报了冀中石油勘探的可喜情况。看着各位领导听汇报时专注的表情，查全衡从凌晨就开始紧绷的心情放松了下来，心里充满美好的期待。

9 天以后，1976 年 1 月 30 日，一份石油化学工业部关于组织冀中地区石油会战的报告，摊在国务院副总理谷牧的办公桌上。当天，国务院就批复了这个报告。

冀中战场沸腾了！

在查全衡的记忆中，1976 年的春天是火热的。

华北油田会战搅动着华北大地，振奋着每名石油人的心，3 万多名石油人会师冀中，在这片热土激扬青春、为国找油。这一年，查全衡调入华北油田，头衔起初是华北油田会战指挥部地质处处长，后为华北油田设计研究院副院长、华北油田会战指挥部副总指挥兼总地质师。

查全衡更忙了，忙得像上紧了的发条。在这段时间，他吃住都在办公室。白天他是副指挥，调度钻机，安排生产；晚上他是地质技术员，分析地质资料，查看油气显示。查全衡的家在北京，当时虽然道路没有现在这么通畅，但也就是三五个小时的路程。然而，他回不去。那时，查全衡的儿子才刚刚两岁。妻子一个人在家，工作非常繁忙，他们的宝贝儿子只能天天待在幼儿园。

1976 年 7 月 26 日，查全衡的儿子因连续高烧不退，幼儿园让回家休息。妻子考虑到查全衡工作忙，打电话告知他也只能让他多一份担心，就请假在家陪护儿子。然而，妻子也是一个十分要强的人，孩子刚刚退烧，她便将他反锁在屋里赶着去上班。等下班回来，妻子进屋便傻了，儿子静静地躺在被窝里，一只小手握住一条脏得发污的手绢紧紧地按在额头上，手绢上已经沾满了血迹。妻子连忙拿开手绢，只见一个一寸多长的口子还在不停地冒着鲜血。原来是孩子下床时体力不支绊了一脚，额头正好与洗脸盆的盆沿撞了个正着。情急中，妻子含泪一把将儿子抱在怀里，赶紧往医院跑。

查全衡知道消息赶回家时，已是 27 日中午。整整一下午，查全衡带着儿子看病、打针、取药，一会儿没闲着。晚饭后，过度疲劳的一家人早早休息了。凌晨 3 点，一阵猛烈的震动将查全衡惊醒，地震了！作为地质专家，查全衡对地震的特点太清楚了，等到第一波强震过去，他与妻子赶紧抱着孩子跑到楼外。余震不断，还下着小雨，为了让病中的孩子不被雨淋，查全衡冒险冲回家中，拿了一些用品。他用儿童车改装成小床，搭上塑料布，让孩子睡下。查全衡和妻子就在小床旁边守候了一夜，不停地为儿子驱赶蚊子。从后来的新闻广播中才知道，那天是唐山大地震，是一个举国悲痛的日子。

这一次，在最危险的时候能陪伴在家人身旁，这让查全衡有些慰藉。更多的时候，他心里充满对妻子、孩子的愧疚，但他从不后悔自己的选择。

那段日子，查全衡始终沉醉在幸福与激动中，冀中石油勘探捷报频传，日产上千吨的高产井一口接一口。每抱出一个“金娃娃”，查全衡的心里都有一种“喜得贵子”的喜悦。地质学家有句口头语：“上天容易入地难。”他太清楚高产井诞生过程的艰辛，看着喷涌而出黑色油流，他仿佛看到物探人员在荒野艰难跋涉，地质技术员面对地震资料冥思苦想，钻井职工在钻井平台顶风冒雪。这一口千吨井一年生产的原油，就比新中国成立初期全国石油产量还多。作为一名以“为国找油”为毕生目标的地质学家，还有什么比彻底甩掉“贫油国”的帽子更让人兴奋的呢。

与很多人的记忆一样，会战时期的华北油田在查全衡心中是红色的，火红的旗帜，火红的捷报，火红的激情。华北油田原油日产量在 1976 年 4 月突破 1 万吨，6 月就达到 2 万吨，国庆前夕又迈上了一个新台阶，达到 3 万吨，创造了中国石油工业发展史上从未有过的高速度。1978 年，全国石油产量突破亿吨大关，而这一年华北油田的产量是 1723 万吨，成为全国第三大油田。

任丘油田是我国第一个碳酸盐岩高产大油田，也是平均单井产量最高的一个油田。它的发现，在石油勘探的认识上产生了一个飞跃，“新生古储”“古潜山油田”这些概念的提出，丰富了我国油气勘探理论。自此，与之有关的一整套勘探新认识、新经验、新方法应运而生，全国范围内一场潜山找油热随之兴起。日后，相继在渤海、大港、胜利、辽河等许多油区，找到了潜山油田。

查全衡参加华北石油会战前前后后长达 7 年之久。7 年时间里，他与同事们一道先后成功组织和指挥了南马庄、八里庄、河间、南孟、龙虎庄等一批油气田的勘探。伴随着华北石油会战，查全衡在学术上也收获满满，他撰写的《冀中坳陷地质结构、演化历史与油气分布》一文，曾在 1983 年 AAPG 年会上发表，撰写的《华北盆地的潜山油气藏》一文也在美国某杂志上刊载。

作为老一代石油专家，查全衡对华北油田的贡献是有目共睹的。但他却像压弯腰的谷穗，殷实而不张扬。几十年过后，当有人再度问查全衡如何评价他对华北油田作出的贡献时，他依旧搬出了他最为推崇的“三个馒头”理论：“如果一个人在吃完第三个馒头时才觉出肚子饱了，你不能因此说，前面吃的两个馒头都是多余的，我们这一代石油人的幸运，就是吃到了第三个馒头。”查全衡说，石油勘探需要多兵种联合作战，本身是一个庞大的系统工程，任何一个环节搞不好，高产油井都会推迟发现。因此，在这样一个庞大系统里，要找出谁是最大功臣，这简直是不可能的！

也曾有人问过查全衡这样一个问题：“任丘油田的发现是偶然的，还是必然的？”

查全衡的回答坚定而自信：“任 4 井由于多打了 50 米发现了元古界高产油层，可以说任 4 井成为发现井是偶然的。但任丘油田的发现是必然的，因为它是石油人长期探索的结果。”

茫茫大地何处找油？这个问题曾经迷茫过查全衡的青春，但也催生了他的责任，激发了他的斗志，他用一生的努力找到了一个个答案。

没有个人金牌，
没有诺贝尔奖；
为石油默默奉献，
为伟业添砖加瓦。
我们是顽强的红柳，
是高大的胡杨；
我们是历史前进的动力，
是振兴华夏的脊梁。

——查全衡

青山一发是中原

高　峰

人物小传

梁狄刚，男，1938年3月出生，曾任华北石油管理局勘探开发研究院副院长、总地质师，1998年3月在中国石油北京勘探开发科学研究院总地质师岗位退休。被评为华北石油管理局劳模标兵、河北省劳动模范、全国劳动模范，并荣获全国五一劳动奖章。

他，是梁狄刚——河北省劳动模范、华北油田勘探开发设计研究院生油研究室副主任地质师。我仔细打量他：个子不高，黝黑的方脸膛，宽阔的额头，浓黑的眉毛下镶嵌着一双深邃的眼睛，闪烁着深沉睿智的光芒。

男儿国是家

出于记者职业的习惯，我总想探索采访对象的心灵。我请梁老允许我看看他近年来与国外亲友们的来往信件。他拿出母亲、妹妹、伯父从中国香港、新加坡等地寄来的信。其中有一封是十几年前他走出“牛棚”之后，写给母亲的第一封信的底稿。母子5年未通音讯，在这封信里用什么来宽解母亲的挂念，能真实地反映一个人的情操。为了让读者了解梁狄刚，我全文抄录下来：

母亲：

时近5年，未寄家书，母怀牵挂，余心不安。

风雨送春，飞雪迎春，鸿雁传书，一慰悬念。

忆往昔，别我母，离故乡，18年前。弃甘脆肥浓，抛锦绣绫罗，年方14，只身北上。求真理，向太阳，为人民，学当年舅父去延安，反“扫荡”壮烈牺牲，不朽榜样。到如今，18年过去了，青山踏遍，鬓须渐长，几经风雨，义无反顾，壮志凌云，不减当年，跟毛主席，革命到底！万难不屈，一往无前！

母亲：我等身为中国人，曾饱尝“华人与狗”之耻；今日得以自立于世界民族之林。每念及此，常喜极而泣不能自禁也。忆昔我母送余自穗赴京之夕，于京广列车之上，恐余年幼，不胜远别，留书一封，嘱余于车行后启视之，旋即匆匆握别离去。汽笛长鸣，列车北驰，余于隆隆车声中，读母手书，语虽寥寥，词极恳切，期余以国为家，毕生为人民服务，不负母望。余读毕起坐凭窗，心潮起伏，涕泪交流，盖因语重情深，少年初别，不能自忆者也。

如今，余已长成，18年来，于国于民虽无显赫之功，尚明革命大节。深知中国之有今日，民众之有今日，余之家有今日，全赖共产党毛主席英明领导，更觉18年前我母送余来京此举，深明大义，高瞻远瞩。苟余屈居香岛弹丸之地，不愿为洋奴走狗，必变商贾生涯，潦倒此生，岂有今日哉？

余今岁三十三，虽未成家，然好男儿四海为家，似水柔情，不足我恋。天下之大，举目为亲，生我者母，育我者党。干校劳动之余，濯足黄河之滨，望牛羊遍野，烟囱林立，万木争荣，千船竞发。巍巍长城屹立于身后，滔滔黄河呼啸于前，一派生机盎然，朝华蓬勃。兴之所至，跃身中流，劈波斩浪，横渡黄河，河宽百丈，往返数次。出水临登，登高远眺，望江山之多娇，喜河清之有日，藐风浪之不可畏，悟斗争之无穷，誓为共产主义奋斗终生！海枯石烂，此志不移。我母来书，谆谆告诫，因书此复母，以明吾志！

儿狄刚

1971 年春节于兰州

在我没读这封信之前，我猜想 3 年苦难“牛棚”生活，浪费了他宝贵的青春，这里有多少痛苦的哀诉、委屈的倾吐！然而，我读到的却是抒发豪情壮志的诗篇。此刻，我只觉得手中这几页薄薄的信笺，是那么沉重。这只是一封以解母怀悬念的信吗？不，这是忠诚于祖国的一片炽热丹心！

梁狄刚的祖籍是广东省南海县，从祖父那一代就迁往中国香港。1938 年他在香港出生。父亲梁铭是一位能干的实业家，继承祖父“梁国英药店”，成为一名富有的药商。可是 1941 年日本帝国主义打进香港，把“梁国英药店”倒过来称“英国梁药店”，硬说是英国人开办的，把店作为“敌产”封闭了。全家连夜逃往澳门避难。父亲恨愤交加，一病未起，病逝在澳门。这在 4 岁的梁狄刚心灵上，留下了民族灾难的痕迹。母亲是一位善良、贤惠而又很有知识的女性。梁狄刚从孩提时起，就接受母亲的爱国主义教育：“精忠报国”的岳飞、“留取丹心照汗青”的文天祥，以及民主革命的先行者孙中山、牺牲在抗日战场上的四舅黄祖雄，都在他稚嫩的心田里扎下了根。渐渐地在他眼前呈现出一行行越踏越深的爱国主义脚印……

1952 年，14 岁的梁狄刚，充满了对生活的幻想，来到了首都北京。今天，他回忆起少年北上时的情景，依旧满腔豪情：“妈妈送我到广州，让我一个人坐火车到北京找舅舅（北京有两个舅舅）。我清楚地记得，在汉口过长江时，正是早晨。站在驳船上，远望东方，滔滔江面上升起一轮红日，华光四射。当时我的心头充满了光明和希望！”

1955 年，梁狄刚毕业于北京 31 中。报考大学时，他的平均分数是 95 分——这是报考任何一所重点大学的通行证。按着他的爱好，原是要学中文或是政治经济学的。可是，共青团北京市委号召团员们带头报考国家建设所需的地质和师范专业。当时，有些人怕学地质苦。梁狄刚想，自己是共青团员，从香港回来就是要报效祖国的。祖国建设需要地质人才，就应该去学！于是他放弃了个人志愿，服从祖国的需要——报考了北京地质学院，学石油地质专业。

青山踏遍

岁月如流，5 年的大学生活过去了，梁狄刚被分配到中国科学院兰州地质研究所，投身到石油地质研究工作的行列中。这时，国家正处在困难时期，有人动摇了。一个从香港回内地的人请假回香港探亲，一去不返。梁狄刚为此人难过：在祖国母亲遇到灾难的时刻离去，可谓不忠不义。他坚定地、满怀信心地工作着，把母亲寄来的罐头送给浮肿的同志，自己忍着饥饿，照样开夜车：翻译、校正、刻印俄文专业资料。兰州的严冬之夜，寒冷彻骨，手脚冻麻木了，肚子里咕噜咕噜打“内仗”，真是“饥寒交迫”啊！这时他开始吸烟了，以香烟驱赶饥寒。静静的冬夜，他一面刻印资料，一面轻吟低唱“起来，饥寒交迫的奴隶……”《国际歌》给他以战胜饥寒的力量。胜利永远属于进击者。1962 年，他就同另一位同志，在《科学通报》上发表了第一篇论文《近代石油成因研究现状》。他体会到了创造者的幸福。

正当西方和霸权主义以一种幸灾乐祸的心情，扬言中国贫油之际，大庆油田像一颗璀璨的明星，诞生在祖国北方。为了进一步探索陆相生油的理论，中国科学院组织了由石油、水生物、微生物、古生物等几个研究所参加的综合考察队，对我国第一大湖——青海湖进行综合考察，梁狄刚有幸参加了这次进军。

出发前，他给母亲去信：“人，不能见利忘义，更何况中国人！重义而轻利，是我们中国人的传统美德！国家兴亡，匹夫有责。儿既已矢志报国，岂能在艰难中相背离！虽然我的力量是微小的，但我相信，几亿中国人跟着共产党，奋发图强，一定会改变贫困，送走饥饿。”

青海湖，海拔3190多米，面积4500多平方千米，人烟稀少，气候恶劣，海拔高，气压低，来到这里的人都很难适应。不到一星期，紫外线就在每个人的脸上揭下了一层皮。爬山，一步一喘，脚也走肿了。有时狂风暴雨袭来，连个栖身之地也难寻找。有人怯于风沙，惧于跋涉，半途而废了。但初出茅庐的梁狄刚却深深爱上了这地处青藏高原的青海湖！在工作之余，他曾和同伴们爬上湖滨海拔4500米的雪峰。站在雪峰上俯首下望，啊！大西北苍茫沉郁的气势，是那样令人鼓舞！碧蓝浩渺的青海湖，四周环绕着金黄色的沙丘；白皑皑绵延不断的祁连雪山，相似银蛇，翩跹起舞；红太阳照耀着雪山，阳光雪色相互辉映，格外壮丽妖娆；再看三角洲中的鸟岛，那里是鸟雀的世界，千百种鸟雀，婉转合鸣，振翅翱翔，多姿多彩；更令人神往的是湖畔耸立的日月二山，传说当年文成公主进藏时，到此思念父母，把日月镜放在这里，变成日月二山……啊！祖国江山如此多娇，无数英雄豪杰为之倾倒。

梁狄刚抱着为祖国地质事业争口气的愿望，跋山涉水，跨越戈壁，足迹遍及青海湖。对于他们不辞千辛万苦地跋涉，青海湖用肥美的鲤鱼来酬谢——这里的鱼又多又肥美，支起两块石头，燃起一把篝火，大鲤鱼烤得焦焦的，香喷喷，能当饭吃。还有，鸟岛上那有着各种颜色、各种花纹儿的鸟蛋，也曾填补他们这些跋涉者的辘辘饥肠。

在这早穿皮袄午穿纱的风雪高原，梁狄刚工作得很有兴致。白天勘探，夜晚阅读《水经注》等古书，了解青海湖的形成以及风土人情、古迹传说……他庆幸自己参加了这项综合考察，使他有机会投入大自然的怀抱，不仅领略了祖国山川、河流、湖泊的壮丽、雄奇和秀美，而且受到了大自然的陶冶，使他的性格、情趣发生了变化——他更加热爱祖国，更加乐观豁达。

两年考察，一年研究整理，一部40万字的《青海湖综合考察报告》初稿写出来了。这是100多位科学工作者血汗的结晶。梁狄刚写了其中地质、沉积、有机质三个部分。但这部著作还没来得及进一步整理出版，他又被派出参加四川石油会战。

黑风袭来的时候

1966年，梁狄刚带着云贵高原上的砂砾，大渡河的水滴，风尘仆仆地返回兰州地质研究所，可等待他的却是一场灾难。“文化大革命”来了，梁狄刚被揪出来了。“海外关系”不准他搞科研，他就捧读《毛泽东选集》，书里面密密麻麻写满了眉批。他们称此为“全面篡改红宝书”。鸡蛋里挑骨头，硬是在1387条学习心得里挑出17条“反标”，包括“学习毛主席著作，不在于大段背诵语录，在于领会其精神实质”。这一条眉批，被扣上“反对林副主席16字学习方针”的罪名。他被戴上“现行反革命”的白牌，关进“牛棚”。

梁狄刚心里感到委屈极了，难受极了。他热爱毛主席，对毛主席的著作、词选、书法都非常热爱。来京的第二年，他才15岁，就认真读了《毛泽东选集》。毛泽东思想在他洁白心灵的画布上，涂抹上了浓艳的色彩——他真诚地仰望共产主义，热爱共产党，热爱社会主义祖国。1954年，母亲来北京看望他，他送母亲一份珍贵的礼物——《毛泽东选集》……

同志们为他争辩：“人家14岁来京，困难时期也没动摇，总是爱国的吗！”“人家15岁就读毛主席著作，写了那么多的学习心得，怎能是反革命呢？”

纯洁真挚的同志爱，使梁狄刚感到温暖，得到力量。委屈的情绪消除了，意志更加坚定了。人身虽失去自由，思想的翅膀却张开着。身在斗室，思想却在祖国的山川大地任意驰骋……他回忆1958年勤工俭学，到鄂西大山里找矿，那里是贺龙闹革命的根据地，雄奇的崇山峻岭令他惊叹，更使他留恋的是老根据地的人民。他们质朴淳厚，勤劳勇敢，捧给你的是火一样的心。梁狄刚与乡亲们同住一张床，同盖一条被，同吃一锅饭。他也学老红军的样子，给老乡挑水、扫院、推磨……他同乡亲们结下了深厚的友谊。当时，山里人生活还很苦，老乡们宁肯自己挨饿，也要把仅剩的几块红薯给地质队员们带上。“带上吧，你们是为了找矿，才来这大山里受苦的。”黄金有价情无价，这感人的挚爱深情，曾使他落泪……

梁狄刚把这一年称为他一生中最有收获的一年，因为他在和人民群众的接触中，从感性上真正认识了人民的勤劳、勇敢、智慧，也真正懂得了中华民族几千年来，祖祖辈辈是怎样在这块土地上劳动生息的，从而使他对祖国、对人民产生了执着的爱。他在给一位朋友的信中这样写道：“……我在香港度过童年，有一个比较。我知道中国还很落后，人民还很清苦，我愿为他们贡献一生的力量！我爱他们，我爱祖国的壮丽河山。我感谢地质工作这一行，给了我认识祖国、认识人民的好机会。”

……回忆罩上了难以言传的感情色彩。

梁狄刚在想：今后为祖国找石油不大可能了。那，我就去当农民——鄂西老根据地的农民多好呵！跟他们在一起，同甘苦，共命运，为祖国生产粮食，也是一种贡献呀！

时间是伟大的作者

“时间是伟大的作者，它必然要写出完善的结局来。”1971 年春节前夕，梁狄刚被解除了“管制”，虽未平反，但总算走出了“牛棚”。他意识到：纵然春江里还有冰凌沉浮，但春天那阔大雄健的脚步已经迈开了。“牛棚”三年，好心人担心：这样一个有真才实学的人，怕会从此消沉下去了。然而事实却正好相反。莎士比亚有一句名言：“苦难对一个天才，是一笔财富；对一个强者，是一块垫脚石；而对一个弱者，则是万丈深渊。”梁狄刚是前者。他到兰州地质研究所之后，不给他工作干，他主动向领导提出要求，重新整理《青海湖综合考察报告》。“牛棚”三年，他一直牵肠挂肚的就是这份报告的初稿。这是上百人几年辛勤劳动的成果，它为中国第一大湖积累了几万个科学数据。这是国家的一笔巨大的科学财富，怎能让它失散、零落？他把自己关在一间小屋里，几乎与世隔绝，埋头在大堆大堆的初稿、资料之中。40万字，几百幅图谱，几万个数据，都要重新校正、整理。科学工作者实事求是的科学态度、严谨而踏实的工作作风，驱使他夜以继日地埋头伏案，一字一句，一点一滴地整理……连一个标点符号也不放过。

然而，在那个年代，要做成一件事该有多难啊！工作一开始，就遭到了一些人的反对。什么“白专道路”“修正主义路线回潮”等大帽子又扣过来。好心人不免为他担心。而梁狄刚有着坚定的信念：尽管黑风还会袭来，但黑暗总要过去，天地总会明亮。他足足用了一年多时间，把这部科学文献从40万字改成了20万字，但比初稿更充实更成熟了，他又写了前言，加了结束语。

科学出版社刚要出版该文献，“批林批孔”的运动来了。有人给出版社写匿名信，说出版《青海湖综合考察报告》是为修正主义路线翻案。并说，现在抛出这个报告的梁狄刚是“里通外国分子”。

善良的同志又在为梁狄刚捏一把汗。有些人认为这回他总该偃旗息鼓了吧？然而，不！梁狄刚坚信：几百幅图谱不是修正主义，几万个数据不是修正主义。他理直气壮地给出版社写信：你们可以把报告清样寄到生产单位去征求意见，石油第一线的职工们最有发言权，让专家和工人们的评判来回答那些愚昧的挑战！至于我个人是什么人，问题不大，可以把我的名字从报告中划掉。

出版社真的按照他的意见办了。不久，大庆油田、大港油田、武汉地质学院等许多单位纷纷来信表示：这篇报告很有价值，希望尽快出版。但因为种种原因，直到粉碎了“四人帮”，1977年这篇报告才正式出版，1979

年又再版。

甘洒血汗献中华

春天阔大雄健的脚步是谁也无法阻拦的，祖国的第二个春天终于来到了！阳光灿烂，万木争荣，一切都在蓬勃兴起。这时，有的人出于对过去的伤心，或出于对今后的担心，抑或是出于对外国的倾心，他们都走了。有人也劝梁狄刚：走吧，二十几年的坎坷道路，苦头还没有吃够吗？国外的亲友也来信，劝他出国去。那些日子，梁狄刚的心情很不平静，他回想二十几年来，是党，是祖国，是人民把自己供养成人的。“文化大革命”中虽然遭受磨难，但祖国和人民也在受难呵！今天，祖国和人民战胜了邪恶，十亿多人民已经意气风发地跨上“四化”征途，自己能当逃兵吗？……他在给一位亲人的信中表露了真情：“……打成反革命，最困难的时候，我也没想到要回香港。理由很简单：我爱祖国，爱我们中华民族的历史、文化、古迹；爱祖国的壮丽山河，我踏遍了鄂西的崇山峻岭，走过神话般的三峡，我登上了祁连雪山，去过酒泉盆地，到过云贵高原，跨越茫茫戈壁……我用自己的双脚一寸一寸地走过了祖国的山川大地，对于她的美，我惊叹不已！祖国对于我已不是抽象的概念；我爱勤劳勇敢智慧的劳动人民。我是一个中国人，我骄傲！今生今世我永远要同几亿中国劳动人民一起！很长一段时间里，我曾想过，我这一生，个人生活一定是很悲惨的。但是一想到我那为民族解放而牺牲的舅舅，又觉得没什么了。我想，人类历史上搞共产主义，没有成功的先例，这就要允许试验、摸索、走弯路、付出代价。在过去，打击日本侵略者，就要像舅舅那样，未婚妻等着，却勇敢地到战场上去流血牺牲，这是一种代价。现在，要探索出一条搞社会主义、共产主义的道路，也要付出代价，包括‘文化大革命’那样的代价，包括像我被打成‘反革命’，不能成家，不能好好工作这样的代价。只要整个国家、民族吸取历史教训，今后祖国有希望，我自己小小一个人，这点代价又算得了什么呢！……”他回答同志们的劝告说：“我是中国人，有责任把建设祖国的重担挑起来。目前，我们的国家还穷，条件还差，正需要我们奋发图强，振兴中华，共同努力把她建设好。”

这铿锵的话语，是感情的升华，更是动力所在。

爱国的热情激励着他，对于石油地质科学的事业心燃烧着他。他是要走了——他要到石油第一线去！强烈的责任感、事业心使他夜不能寐。他想：10 年的大好时光荒废了，人生能有几个 10 年？自己已近 40 岁的人了，小梁变成了老梁，再不抓紧时间干一番事业，死后也愧对祖先。他知道，要使科学研究工作直接为生产服务，为国家生产石油出力，就必须走出深院，到石油第一线去。

“我学的就是找油。不为国家和人民找油就是失职！我要求到油田去！到石油工人中间去！真刀真枪地搞出点对我国生产石油有用的东西，哪怕是尽自己一点点力量，也对得起祖国和人民的培育。”梁狄刚向领导提出恳切的要求。

梁狄刚的愿望实现了。1978 年，他来到华北油田，全心全意地投入华北石油会战。

衣带渐宽终不悔

梁狄刚在兰州地质研究所是搞基础理论研究的，来华北油田是要直接为生产服务。环境变了，工作条件不同，工作方法也不一样。他打定主意：既要重视生产，更要重视理论，要以理论来指导和解决生产中的实际问题，在两者的结合上体现研究成果的水平。

来到华北油田，他就要求到钻井现场去。当时，有 14 台钻机在任丘鄚州会战。他便和一位姓胡的同志来到现场，对分布在 50 多平方千米范围内的 14 口深探井进行随钻分析。一辆自行车是他唯一的交通工具。每天餐风饮露，跑井场、看岩屑、翻砂样、搞描述、打标志、做对比……他一丝不苟。终于在大量的第一手资料中，确定出7个地层标志，18个岩性段，搞清了断层多、构造复杂的鄚州地区的基本地质构造。同时还通过第三系地层起伏情况，预测出地区的潜山形态，解决了深部潜山构造地震反射不清的问题。

在鄚州前线，住木板房，中午很热。他们就拿块木板到树荫下去工作。晚上，总要工作到深夜，有时竟达通宵。同行的老胡钦佩他这过人的精力和忘我的精神。闲时偶尔谈起家常来，老胡问他：“听人说香港好，你为什么不想回去？”他笑笑说：“所谓好，无非是钱多一些，吃、穿好一点儿，而精神却是空虚、痛苦的。人不是一般的动物，不是为吃穿而活着，应有高尚的追求。”他又深情地说：“据我多年的体会，千好万好不如社会主义好。还是祖国好啊！”

他们在鄚州现场整整考察了半年，搜集了五六千个数据，进行分类、排列、整理。总结出一套“发段切割，由大化小，各个击破”的现场地层对比方法，在整个华北油田得到推广。

1979年，梁狄刚和同志们一起，抓样品，找数据，最后，依据两口井27个样品的120多个数据，进行反反复复的分析研究……真是“众里寻他千百度”，终于明确提出了冀中北部生油岩成熟深度在2700米~2800米这一重要论点。这一成熟度线的确定，对于弄清华北油田，特别是冀中的油气资源有着重要意义：深度定浅了，则生油岩体算得过大；深度定深了，则低估了勘探前景。这是涉及千军万马战略行动的重要数字。许多人不同意他们的结论，根据是武汉地质学院在冀中北部研究的结果是1500米。胜利油田的生油岩成熟度线也只有2100米。华北何来2700米到2800米呢？为了验证这一论点，设计研究院把冀中的7个样品送到法国一家号称世界石油权威的机构去分析。结论是2800米以下，为他们的研究成果做了肯定的证明。这项研究成果，纠正了过去认识上的局限性，对冀中生油资源评价有着重要意义，得到石油工业部领导同志的高度评价：“冀中北部地区生油研究比过去有了质的变化。”

进行科学研究，需要阅读大量技术文献，需要冷静的思索，需要进行大量的连续的试验分析……梁狄刚把一日三餐变成两餐，早晨不吃，只在中午进食堂买几个馒头，从食堂走回宿舍吃完一个，坐到办公桌前一边翻书又吃一个。剩下的晚上用开水一泡就是一顿晚餐。他是最爱吃米饭的，可是为了节省排队买饭的时间，只好吃馒头。每天他几乎都在忙工作想工作。同志们对他这种忘我的精神，由衷地赞扬说：“梁狄刚这种献身石油的精神，真可以用宋朝诗人柳永的名句：‘衣带渐宽终不悔，为伊消得人憔悴’来形容。”

生油研究是石油地质工作的重要门类，正当梁狄刚和全室同志雄心勃勃地努力追赶国外先进水平之际，突然接到伯父从新加坡寄来的明信片，上面写道：“你是个有才华和奋斗精神的人，留在任丘必将埋没人才。你早应该到国外去学习，前途不可限量……”

老梁在考虑怎样回答伯父的来信，同志们也观望他如何处理这件事。恰在这时，联合国在北京召开了石油地质国际学术会议，20多个国家和地区的专家、学者来华北油田参观，重点参观生油研究室，梁狄刚接待。参观后，美国石油专家哈布蒂博士说：“你们这个油田在世界上确实是个很好的油田，你们的研究工作和采用的分析方法也是世界水平。”事后，美联社、法新社、共同社纷纷刊登消息，发表评论，高度赞扬华北油田地质研究的规模和成就。梁狄刚把外国报刊的评论、消息剪下来，附在写给伯父的回信中，他说：“这些外国记者和专家的报道与评论说明，在任丘不是埋没人才，没有前途，而是大有作为，前途光明。我渴望事业上的成功，但我一刻也不能离开自己的祖国。”

青山一发是中原

人说，爱情是心灵的窗口，透过它可以窥视一个人的内心世界。那么，就让我们通过这个窗口，来看看梁狄刚的心灵吧。他已过“不惑之年”，尚未成家。过去，因为醉心于事业，他无暇顾及私事；后来由于有“海外关系”这个“紧箍咒”，他不想连累别人，也没人敢背这个“包袱”。来到华北油田后，领导为他彻底平反，恢复了名誉，提升他为生油研究室副主任地质师。领导和同志都十分关心他的生活问题。他的回答是：我并不急于有个家，我找的是爱人，而不是妻子。可以做妻子的人不一定是爱人。志不同，道不合，考验一来就不行了。

后来，他终于找到了理想的伴侣——这是一位淳朴、善良、勤奋向上的姑娘，是一位水文地质工作者。他在给姑娘的第一封信中就坦率地写道：“很久以来，我盼望着有一位‘志同道合’的女同志出现在我的面前，现在，这样的同志似乎已经出现了……我心目中的伴侣，应当像马克思和燕妮，周总理和邓大姐，居里和居里夫人那样，是能够同甘苦、共患难的战友。这些伟大人物，我们当然不能同他们相比。但是，我们难道不应当向他们学习，使我们的感情更高尚、更纯洁些吗？如果做不到，那么宁可一个人过，也不凑合。”

“所谓‘志同道合’，十分重要的一点，是对祖国命运和前途的看法。现在许多年轻人，‘看破红尘’，对社会阴暗面看得很重，他们不懂得中国的过去，甚至也不懂得20世纪五六十年代的中国，所以对前途丧失信心。跟这样的青年人，谈不到一块。你的父亲是一位老红军，我想你的家教一定很好，对你父母为之奋斗一生的理想，你不会失掉信心吧？在这个最重的信仰问题上，我想我们会有共同语言，互相鼓励，不然，对祖国前途都没有信心，我们活着还为了什么呢？”

1981年年底，43岁的梁狄刚要结婚了。亲人们祝贺他这迟来的爱情。妈妈从香港捎来一台电子计算机，弟弟从广州寄来一部《辞海》，在北京的舅父、著名的书法家黄苗子，亲笔为他书写了苏东坡的名句“青山一发是中原”的条幅。从这些礼品上不难看出，亲人们深知梁狄刚一向鄙薄物质而追求丰富多彩的精神生活。人们站在条幅前，欣赏着书法家高超的书法艺术，品味着这句诗的含义。舅父最了解外甥的品德和情操，30 年来，他为祖国、为人民像春蚕吐丝一样倾吐出满腔晶莹而纯洁的感情。今天，在他新婚燕尔之际，借用苏东坡的诗，高度赞扬他的爱国主义精神。面对这一条幅，梁狄刚的老同学、老同事们，回想着他对党的忠诚、对祖国的热爱、对自己所处时代的自豪、对本职工作的一丝不苟，无不感慨万千……

是的，梁狄刚从少年时代就投身到祖国怀抱，矢志报国，“虽九死而无悔”。从 17 岁向党递交了第一份入党申请书起，他渴望成为一名共产主义战士，百折不挠，坚贞不渝。在三年困难时期，软弱者走了，而他又向党递交了两次入党申请书。后来，由于受“左”倾思想的影响，党组织曾告诉他有海外关系，不能入党。但他义无反顾，立志要做一个共产主义先锋战士！平反后，他又两次申请加入党组织。1995 年 10 月，他入党了。他在入党志愿书上满含深情地写道：“人，不可没有信仰，否则活着还有什么意思？我信仰共产主义，永远跟党走！因为它是人类社会发展史所证明了的科学。尽管出现过许多挫折，包括‘文化大革命’那样的挫折，但是，人类历史长河的总趋向，终究是不可改变的……我，誓为共产主义奋斗终身！”

写完了这篇报告文学，我又想起一个劳动模范对记者的批评：在你们的笔下，模范人物都只会工作，连七情六欲都没有了。模范人物也是人，精神世界应该更丰富。因而，我在这里还要再写一笔——

梁狄刚不是那种只懂数据、图表的书呆子，他热爱生活，也懂得生活。他有很高的文学修养，每天无论多晚睡觉，都要翻阅几页文学书刊；他喜爱音乐，尤其是中外古典音乐，在十分劳累的时候，他打开录音机，听一曲《蓝色多瑙河》《小夜曲》；他爱唱歌，更爱朗诵，许多古曲诗词及近代著名诗词，他能全篇背诵；他爱好书法，也写一手好字，在他的新居墙壁上，悬挂着他书写的陈毅同志的诗《梅岭三章》，字体是那么挺秀、潇洒、隽逸。他有多方面的爱好，有广泛的生活情趣，他的内心世界是很丰富的。

奋斗吧，梁狄刚！今天，我们伟大的祖国，正是春光浩荡花千里，祝愿你“春风得意马蹄疾”，为振兴中华奉献出更多的科学瑰宝！

我有壮怀歌壮志

孟晓云

噙着眼泪讲／噙着眼泪听／噙着眼泪记／噙着眼泪吟／徒有虚名的老诗人／多年搁笔笔生尘／我有壮怀歌壮志／每恨笔力不从心／华北油田春色好／万花丛中耳目新……此诗摘自现代著名诗人光未然献给“一不怕苦、二不怕死”的3222钻井队的叙事诗——《英雄钻井队》。

英雄无悔，大地留音。1976年，有这样一群年轻的石油工人，面临凶猛的井喷和危险的毒气，选择了“舍生忘死”，在冲向井口、直面死亡、制服井喷的同时，将安全和生命留给了身后的同志队友和广大老百姓。他们就是被河北省革命委员会、石油化学工业部授予“一不怕苦、二不怕死的英雄钻井队”称号的3222钻井队。他们点燃的精神火炬，照亮了一代一代华北油田人前行的道路。

一

巍巍的井架直插云端，井架下一幢破旧的帐篷，灰白的帆布撕开着，随风发出啪哒啪哒的响声。一看这帐篷，就知道它的主人准是位转战南北的“老石油”了。

井队长李仁杰和生产骨干刚研究完工作，伸手撩开帆布窗帘，一阵清新的空气冲了进来。高耸入云的钻塔像一个钢铁巨人矗立在那里，钻台上正进行着一场快速钻进的战斗。小伙子们迎着飞溅的泥浆，大吊钳打得如飞，方钻杆转得溜圆，一眨眼就是一根钻杆下去了。

司钻梁通荣，是一名共产党员，清瘦的脸庞，个头不高。此刻，他手扶刹把，两眼紧紧盯着控制钻压的指重表。他那专注严肃的神情像边防线上的哨兵，也像航海船上的舵手，显得沉着、庄严。

李仁杰望着小梁虎实的劲头，不由想起小梁的一段往事。

在陇东高原打 21 井的时候，正是北风呼啸、风沙弥漫的初冬季节。有一次在紧张的下钻中，由于钻杆立柱太长，吊卡不好扣，身体瘦弱的梁通荣，双脚立在钻台栏杆上，迎着凛冽的寒风，一根接一根地扣好吊卡。同志们几次打喇叭要他下来歇会儿他始终不肯。当剩下最后几根立柱时，游动滑车上升到了预定的位置，还看不见小梁出来扣吊卡。怎么回事？大家急忙登上二层平台，发现小梁腰系安全带，冻得晕倒在操作栏杆旁……梁通荣常爱说一句话："干社会主义，就得拿出拼命精神来。"他这么说的，也是这么做的，可真是一块好钢啊！

李仁杰出神地望着窗外，沸腾的战斗场面使他激动。钻井这事可不比别的，几千米的地底下，看不见，摸不着，有时他睡着睡着，猛地像有什么心事似的，欠起身来，撩开窗帘看上几分钟，熟悉的钻机马达声在耳边响着，他才又躺下。当井队长以来他养成了这个习惯，睡觉靠在窗口，随时都可以看到井上的一切。

李仁杰拿起安全帽，走出帐篷，径直向钻台走去。他是个闲不住的人，每天工衣不脱，只要有点空，就要到钻台上和工人们一起扶刹把、打大钳。从参加华北油田会战以来，他没有吃过几口热乎饭，也没有睡过几宿安心觉，心全挂在井上。钻塔上"誓为祖国献石油，甘洒热血写春秋"的巨幅标语显得格外醒目。前一天，在这里开了开钻誓师大会，方圆十几里的社员都来了，一位老大娘拉着工人的手，指着井架热切地说："俺可从来没见识过这么大的铁家伙，盼着你们快快把沙窝窝里的宝贝找出来呀！"

"盼着你们快把沙窝窝里的宝贝找出来！"这是华北人民对我们石油工人的殷切希望啊！这朴实的话语在全队工人心头激起了股股热浪。是啊！

正是为了找这“沙窝窝里的宝贝”，3222钻井队的同志们翻过崇山峻岭，不远千里从祖国的大西北来到辽阔的华北平原。

正是为了找这“沙窝窝里的宝贝”，刚来华北平原那会儿，两截铁皮拼起来的伙房只运到了半截，帐篷只运到了架子和顶布。3222钻井队的同志们在没有墙的帐篷里住了三天三夜，在只有半截的伙房里，伴着蔽日的风沙吃了八天饭。

李仁杰来到钻台上，和工人们一块打大钳，不一会儿，便热汗腾腾了。这时，刚下班的地质工陈禄明跳跳蹦蹦地跑来：“队长，有你的一封家信！”

“队长，是老伴来的信吧？”小陈调皮地眨眨眼睛，打趣地问李仁杰。

“你这调皮鬼！”李仁杰伸手做个架势，陈禄明一溜烟跑了。他爱抚地目送着小陈的背影，然后走进帐篷。

李仁杰知道，又是爱人来信催他回家，这是第二封信了。原来，李队长的爱人魏碧英和他们的小娃儿生病住院了。这个消息，三个月前他就知道了，可是，为了参加华北石油会战，把这事撂下了。李仁杰捏着信，望着窗外钻台上繁忙的情景暗暗思忖着，掰掰手指头算算，李仁杰进入石油队伍已经十八个年头了。十八年来，李仁杰最多回过五六次家。十八年来，他就是这样，整年和钻机、柴油机做伴，那精神就像涉行在大戈壁上的骆驼，干呀，干呀，他和成千上万的石油工人一起，汗水引来了川流不息的石油河……

如今，这华北石油会战的前景是多么广阔，而我们队打的这口井又是探明油田面积的关键井，不能离开！想到这里，他拿起了笔：“碧英：请你原谅我，两年了，我没有回去探亲。我现在打的这口井是华北油田南部的第一口井，它有很重要的意义。家里的困难望你多克服一些，打完这口井再说……”

二

1976年6月24日，早晨，空气清新而澄碧，潮湿的泥土散发着芳香。钻台上，像大拇指粗的一股股泥浆从地层深部泛出来，顺着井眼直往上蹿。

泥浆池中，一股股天然气暗流随泥浆涌了上来，散发着刺鼻的臭味。

李仁杰在泥浆池边仔细地观察着，凭他丰富的打井经验，可以判断出这是井喷的前兆。

前一天，也是在这泥浆池边，泥浆槽面飘起了一个豆大的油花，这口井见到了良好的油气显示，全队的同志密密匝匝把泥浆槽围了个水泄不通，眼看一个“大金娃娃”快抱到手了，大家乐得合不上嘴。不料，今天却出现了这样的意外。一定要保住这口井，不管发生多大的井喷也要制服它，李仁杰心中树起坚定的必胜信念。他立即打电话向指挥部汇报了险情。上级的指示是：采取一切防喷措施，继续钻进。

3222钻井队党支部接到上级命令后，马上召集了紧急会议，对井上发生的情况做了仔细分析，对防喷、抢险工作进行了周密的安排和部署。

“紧急动员起来，战胜可能发生的井喷！”

党支部的声音，响在全队每一个工人的心中。3222钻井队的工人是怎样的工人啊，他们该怎样对待党的号召，又该以怎样的姿态接受这次意料之外的考验？是惊慌失措吗？是只顾自身吗？这些都跟先进的工人阶级毫不相干。

哨声吹响了，顿时井场上沸腾起来，在灼热如火的骄阳下，在烟尘汗雨中，几十个脊背起伏着，几十双臂膀挥动着，几十双健足在飞奔……灭火机摆好了，用架子车拉来的一堆堆沙土上，插好铁锹，井场上坑坑洼洼的地方都被填平了。一个战士、一支队伍的真正价值，常常是在最险恶的一刹那决定的。他们像是海燕，在迎接未来的暴风骤雨，他们像战士，只待冲锋号一响，随时准备冲上去，与敌人决一死战。

一向爱说爱笑的陈禄明忽然变得沉默起来。小陈打开箱子，取出在这口井发现的第一包闪闪发亮的油砂样，看了又看，摸了又摸，然后小心翼翼地包好，又锁进箱子里。小伙子的心思难猜吗？不，也好猜。

请看他在这一天写下的一篇日记吧："时间啊，你快如闪电，青春啊，你能有几年？要让青春在发展祖国石油工业中放射出灿烂的光芒，只要党和人民需要，我甘愿献出自己的青春！"

往日沉默寡言的梁通荣，这一天好像格外精神，他理了发，连络腮胡也刮净了。有人知道他爱人和小孩这几天里要从四川来探亲，就开玩笑说："老梁，这么精神干啥哟，去接大嫂子吗？"

梁通荣笑了笑，说："精神点儿，今晚是该出力的时候啦！"黄昏，天空的晚霞红得像火一样。硫化氢把泥浆污染成墨绿色泡沫，井场上的硫化氢像看不见的火舌一样蔓延着……

全队的人都集合在绿绒球般的荆条丛前。李仁杰站在队前，高挑的眉毛下，一双有神的大眼，射出炯炯的光芒，他把所有人扫了一遍，然后严肃地说："人民盼望着我们早日拿下这口井，我们决不能辜负党和人民的期望。根据情况判断，今晚很可能发生井喷，一旦井喷发生，首先要关掉井架灯，防止火灾、爆炸。井喷后两分钟之内，全队同志都要赶到井场，保住油井，保住设备，抢救阶级弟兄……"

平时李队长说话很简单，这一天，他破格一口气讲了两个小时，是那样和颜悦色，慢声细气。队长啊，队长！难道，难道你知道你将要离开我们，向我们做最后的一次告别吗？

晚霞隐去，天地变成灰蒙一片，暮色渐渐浓重了。

"共产党员们，想想我们入党志愿书上的誓言是怎样写的，要为共产主义奋斗终身啊！当革命需要的时候，我们就要挺身而出！"暮色中，李仁杰还挥动着粗大的手，雄浑的声音震响在人们耳边。

夜深了，井架上的灯光，像从蓝灰色的巨大天幕上垂下的两串晶莹璀璨的项链，那盏千瓦水银灯，把整个井场照得雪亮。

“马书记！”听到喊声，井队党支部书记马占忠的心动了一下。李仁杰一向称呼他老马，今儿个，这异乎寻常的称呼意味着什么呢？他披衣和李仁杰来到篮球架下。

此时此刻，有多少事，有多少话，涌上李仁杰的心头啊！“在过去的工作中，咱们配合得很好。我这个人脾气不好，工作中的缺点不少，今晚，给支部做个思想汇报，你看我还有哪些不够的地方，也给我提提……”

马占忠熟悉老战友的脾气，喜欢他那刚强的性格，听老李那朴实热切的语言，他的脑子里迅速闪过了几幅画面……

陇东西六井开钻前，下起了滂沱大雨，安装设备用的电焊机运不进来，李仁杰不顾雨大路滑，翻山越岭，步行往返八十里，用一辆架子车把电焊机拉到井队。

在西北高原一个山沟里打井，打到高压水层时，发生了井喷。需要强行下钻。李仁杰冒着零下几十摄氏度的严寒，站在井口，棉衣湿透了，结起冰凌，他就在井下喷出的热水中冲一会儿，冰化了再接着干。

前几天，打这口井发生了地层渗漏，需要把两个泥浆池的沉沙掏净，又是李仁杰带头跳进泥浆池，用手抠泥沙，抠了一整天，指甲都抠翻了……

眼下，这位铁铮铮的硬汉正轻声细语向党袒露着忠心赤胆，向战友倾吐着深厚的友情。老马哪里能想到，这竟是朝夕相处的战友与自己最后一次推心置腹的谈心，是他最后一次向党支部汇报思想。优秀共产党员李仁杰啊，在即将到来的一场严峻考验面前，早已做好了英勇献身的准备！

三

司钻梁通荣手扶刹把，开足钻机马力，驱动钻头继续向油气层挺进。油层以更快的速度被打开了，油气更多地伴着泥浆涌出地层。

这时，钻台上，机房里，硫化氢味更浓了，令人头晕目眩。紧握刹把的梁通荣，也被毒气无情地侵袭着，呼吸困难，脸憋得通红。他，一名普通的共产党员，此刻正为保护这口工人用心血和汗水浇灌出来的油井，稳稳地站在岗位上，倾注着全部精力。

实习司钻张永宁看到这种情况，便要接过刹把替换梁通荣，梁通荣不肯，正在两人争执不下的时候，又一股硫化氢气向他俩迎面袭来。梁通荣示意小张赶快离开，小张刚走下钻台，就见班长身体开始东摇西晃，眼看他支撑不住了，小张又蹭蹭几步跳上钻台，抢过刹把。战友间的关怀，同志间的情谊，像一股暖流通过梁通荣身上。临走时，梁通荣关切地嘱咐小张："你如果感到心里不好受，就马上摘掉转盘离合器，刹死刹把，或者打喇叭叫人。"然后，他才移动沉重的双腿，一步一踉跄地走下钻台。

零点三十五分，钻机吼叫着，钻头以每分钟一百转的速度朝地下油层穿去!

在钻台上扶刹把的小张，忽然看到泵盘表上的指针猛烈移动，泵压骤然升高，泥浆涌出转盘面半米多高，这是怎么回事？实习司钻小张还从未见过这种情景……

"快下去，这里危险！"猛然一声吼叫，李仁杰一步跨过来夺过刹把，一把推开了张永宁。原来李仁杰巡查设备正好走到这里，钻台上的变化意味着井喷即将发生!

快下去！这里危险！关键时刻我来顶，千钧重担我来担，我是队长，顶关键，挑重担，义不容辞，理所当然!

这里危险！战友啊，你快离开，我是中国共产党员，誓为共产主义奋斗终身，生命宝贵，党的事业更宝贵，当革命需要我的时候，我刀山敢上，火海敢闯，危险算得了什么！为了完成找油气任务，就是死在钻台上，也心甘情愿，在所不惜!

就在李仁杰接过刹把的刹那间，只听到轰隆惊天动地一声巨响，强烈的井喷发生了。

巨大的油气流挟带着核桃大小的砂石，像一头猛兽咆哮着从地层深处喷射而出，直冲向十几米的空中，接着像暴雨、冰雹般地倾泻下来，砂石撞击着井架和钻台，发出轰鸣般的巨响。油气和砂石劈头盖脸地打来，使他变成了一个“油人”。浓烈的毒气使他窒息。在这千钧一发的紧要关头，李仁杰魁梧的身躯依然屹立在刹把旁。

共产党员，是用特殊材料制成的。他们有钢铁般的意志，磐石般的信念，可以创造生命史上的奇迹。人们知道，浓烈的硫化氢气使人一闻就倒，李仁杰却支撑着没有倒下。他眼前什么也看不见，神志处于半昏迷状态。但他那根战斗的神经在活跃着，凭着他仅有的一点气力和他心脏的最后几下跳动，奋力睁开双眼，摘掉了转盘离合器，最后，整个身体扑在刹把上，紧紧压住了刹把。

正在钻台下缓和中毒症状的梁通荣，听到一声巨响，立刻从昏迷的状态中惊醒过来，一眼望见队长中毒晕倒，全身的血液立即沸腾起来。“快救人哪！”他呼喊着，第一个奋力向钻台上冲去。

钻台上，油老虎疯狂肆虐。井喷的啸声，震得大地在颤动。梁通荣一步步朝钻台上迈进，每迈出一步都要使出全身的气力。他脸上淌着虚汗，“坚持啊，坚持！”他咬着牙关，用无声的自语激励自己向前，一步，又一步……

谁不知道梁通荣是个硬汉子。那是 1971 年的 12 月，白雪皑皑的西北高原上，滴水成冰，寒气袭人。3222 钻井队正在岭 141 井紧张地下钻。突然，刚扣好的钻杆立柱从吊卡里脱了出来，轰隆一声，把钻台板砸了一个大窟窿插进稀泥里一米多深，横斜在钻台上。扳，扳不动，起，吊卡扣不上，怎么办？时间长了，井下钻具就有卡住的危险。大家心急如焚。梁通荣出了个主意：用绳子把人系着，从二十几米高的二层平台吊下来，悬空扣吊卡。这是一个很危险的操作。架工黄生存拿起棕绳准备上井架，梁通荣一把抢过来说："我经验多，这活我干！"说着就健步登上二层平台。他用棕绳兜着双腿，悬在空中，一手扳着吊卡，一手推开活门，反复几次才把立柱扣住。突然，他一失脚，整个身体向井架对面荡过去。"危险！"同志们都替他捏着一把汗。只见他机智地抓住井架拉筋，安全地上了架子。事后，小梁笑着说："干革命就得有个拼劲，党需要我们上，我们就上；党需要我们冲，我们就冲！"

梁通荣一步一步挪上钻台，离队长只有一步远了，他嘴角上露出笑容，向队长伸出手去……也就在这时，一股强烈的硫化氢气悄悄袭来，把他熏倒了，他安详地闭上了眼睛……

烈士的英雄行为，鼓舞着更多的人冲上来。四班钻工黄生有不顾一切地抱住坠砣，挂在刹把上；中毒严重的副队长陈万立、颤颤巍巍地摸到机房，将闸刀拉开，及时熄灭了井架灯，避免了一场火灾；四班柴油机司机宋守雄，全身被雨浇湿，仍然坚守岗位，保证机器正常运转；正在睡觉的同志们，闻讯后，翻身下床，立刻向井场奔去，抢救伤员，顶替负伤同志的岗位……

井喷暂时中断了，看不见的剧毒硫化氢气浪依然在井口翻腾。这只是暂时的静寂，更强烈的井喷随时都有可能发生。

地质工陈禄明没有忘记自己作为一个地质工的岗位责任，及时丈量井深，卡准层位，取全取准砂样。人们怎能忘记，是小陈通过荧光分析，发现了这口井的第一个油层的油砂；又怎能忘记，这口井钻到2300多米时，为了不漏掉一个油层，小陈端着饭碗就上了钻台，边吃边观察泥浆变化，终于发现了几粒小小的油花，在原设计的目的层以上又发现了一组新的油层。刚才，李仁杰和梁通荣两位共产党员刚毅的呼喊和英雄的行为，在青年地质工陈禄明的心里留下了深刻的印象。在短短的几秒钟内，他像是在惊涛骇浪中随着英雄们酣战了半生！这一天，他面临的是一场更严峻的考验。

他为了及时丈量井深，卡准发生井喷的井段，取全取准第一手资料，迎着飞卷的气浪，毅然登上了钻台。就在他精心测量工具的时候，更强烈的井喷又发生了！猛烈的油气从井口奔腾而出把陈禄明掀下了钻台。他，年仅二十二岁，为了祖国的事业，献出了年轻的生命。

小陈是个爱说爱笑，还喜爱写诗的青年人，井队上的人都喜欢他。到华北油田参加会战时，他正在兰州探亲，在家过春节，不巧得了重感冒，发烧三十九摄氏度，一接到队上让他赶回去参加华北油田会战的电报，小陈一骨碌从病床上跳下来："妈，我要走了。"

妈妈爱惜地数落着："慌什么，把病养好再走，也不迟！"

"妈，您白看《创业》那部电影啦，您也不学学人家周挺杉的娘！"

母亲了解儿子的脾气，知道拦不住，便说道："好，我学周挺杉的娘，你远走高飞吧！妈不扯你后腿还不行吗？可你千万要当心身子骨啊！"

小陈和父母告别后，冒着大雪，赶了近千里路，回到钻井队。小陈喜爱写诗，他短暂的一生岂不就是一首壮美的诗篇吗？天亮了，一场严重的井喷事故被制止了，国家财产保住了。当阳光照耀着井架时，井架上那行"誓为祖国献石油，甘洒热血写春秋"的一行大字，显得更加耀眼夺目了。英雄的 3222 钻井队的战旗迎着晨风，更顽强地呼啦啦飘扬着……

同志，当战友在你身边用尽了最后的气力，拼出了最后一滴鲜血，悄然逝去的时候，你的心一定会觉得撕裂般疼痛，血液在激烈地奔涌；不要悲伤，让我们为他们自豪吧！他们——李仁杰、梁通荣、陈禄明光荣牺牲的烈士，使英雄辈出的石油战线上又增添了三个闪闪发光的名字。

英雄的血不会白流，他们的行为将鼓舞人们用"一不怕苦、二不怕死"的革命精神，为我们伟大的时代谱写更壮丽的篇章。

揭开古潜山

理　由

到过冀中的人们，都会为那雄浑、奔放的平原景色而感奋。平原的襟怀是坦荡的，一碧万顷的田野，如烟似雾的青纱帐，和远处像银色绸缎般的白洋淀，构成冀中大地辽阔舒展的地理风光。它一览无余，把全部容颜风采展现在人们的面前，仿佛从来没有过什么保留。

但是，谁曾想过，在这千里沃野之下，竟然掩埋着一片幽秘的“桂林山水”！有挺秀的群峰，有千姿百态的溶洞，更有当今举世瞩目的资源财富——石油。如果让黑色的原油尽情喷薄，将汇成一条飘金荡玉的“漓江”，为我国的四个现代化注入新的活力。可惜，掩埋的地层太厚了，没有人能够一眼看穿它……

1975 年 2 月，当华北石油勘探二部 3269 钻井队在任丘摆下钻机的时候，距离发现这座巨大的地下宝库只有一步之遥。这支石油战线的劲旅是从白洋淀开拔的，适逢农历大年三十，冀中平原寒风凛冽，冰封雪冻，到处是白茫茫的一片。石油工人为祖国寻找资源情急如火，凌晨 4 时就开始行动，把上百吨的设备、器材和生活用具装上汽车，长驱一百千米，当天就赶到任丘井位。晚上，邻近的村庄传来一阵阵清脆的鞭炮声，多少人家团聚在灯下欢度除夕啊。我们的石油战士啃一口硬干粮，喝一口冰凌水，在雪地上展开被褥，仰面满天星斗，露宿于旷野之中。这样的英雄壮举，使天地也应为之动容吧。这次钻探的设计目的，是指向新生界第三系砂岩地层的。

我们脚下雄浑的大地，像一部厚厚的万卷巨著。那是大自然在漫长的历史年代中，经过无数次地壳运动和地貌变迁，给我们留下的一部著作。它分作很多章回节目，被地质学家称为界、系、统、层、组。石油科学的经典理论认为，其中生成、储集石油的地层，大体分作两类，即新生界、中生界的砂岩地层和古生界的灰岩地层。灰岩主要成分是碳酸盐，这类地层往往形成很多洞缝和孔隙，石油流通性能好，储集容量大。世界上一些单井日产千吨以上的大油田（如中东波斯湾），都聚集于灰岩地层。我国的石油工作者早就向往在祖国的大地上寻找灰岩油藏。早在 20 世纪 50 年代，隆隆的钻机第一次穿透冀中大地，目标就是直捣古生界的灰岩。可惜，经过三上三下的崎岖历程，虽然钻头一度已直指灰岩油藏宝库的北大门，却未竟其功。

天刚破晓，从冀中地平线上升起的晨曦，给钻塔的顶端抹上一道淡蓝色的清辉，薄明中渐渐露出整个井场的面貌：一夜寒风卷起的雪花，凝冻在尚未安装的柴油机上，覆盖在来不及支起的帐篷上，也给露宿的人们披上一身银色的铠甲。3269 队的英雄们抖一抖肩膀，从这冰天雪地中站起来了，一个个脸颊鲜红，眼眸晶亮，奔腾着、呐喊着，把沉重的钻杆高高吊起，笔直地对准大地的胸膛；燃起熊熊的篝火，炙烤被冰雪冻结的管道。他们不愧是高擎大庆火炬的队伍，从大年初一奋战到初三，全队有 30 多人患了感冒，却没有一个人肯歇一会儿。直到隆隆的马达带动飞旋的钻杆，一切工作都已就绪时，他们才想起给自己生火起灶……

隆冬过去，春风吹绿冀中的田野。钻探工作进展顺利，钻杆已深入 2700 多米的地层，并在第三系的砂岩中发现漂亮的含油显示，说明这里生成石油的沉积环境很好，设计目的已经达到。表面上看来这是一件好事，实际上给后来埋下曲折的一笔，使人们的认识变得扑朔迷离了。

在巍然矗立的钻塔之下，有一间用铁皮钉成的小房子，这里是钻井队地质组的同志工作的地方。地质组的郭顺源是个广东青年，细细的高个子，黝黑的脸庞，永远挂着一丝憨态的厚嘴唇，和一双专注而深沉的大眼睛。他是从部队复员的，组织上为了把他培养成技术人才，让他跟随老地质技术员冯泽臣学习技术。冯泽臣沉默寡语，这个成都地质学院的毕业生把诚挚的感情凝聚在无声的岩石里，也把积累的知识注入郭顺源的身上，井场是课堂，岩屑是教材，教程是反复实践。郭顺源已练出一副地质员所特有的眼力，拿起一粒岩屑，看看它的颜色，就能说出化学成分；瞅瞅它的光泽，就能辨别晶体结构。乍看上去，地质员的工作平凡而单调：到泥浆池去捞砂样，回到小房子里来看砂样，用几乎是千篇一律的语言在记录本上描绘岩屑的性状。地质员是指挥机构的前沿哨兵，是勘探工作敏感的神经末梢，职责庄重而光荣。

1975 年 5 月 27 日，3269 队的钻头在 3153 米的深处进入古老的灰岩地层。这天清晨，郭顺源来到工作室，把年轻的采集工们辛勤采集的岩屑一包包倒出来，有棕红色的、浅灰色的、浅褐色的，大的如米粒，小的如粉末，成千上万，数不胜数。岩屑铺在工作台上，好像在他的面前展开繁星闪烁的苍穹。他的任务就像一个严肃的天文工作者，要从浩瀚的银河系中去探索奥秘的新星。他手持放大镜，一颗一颗地分辨着、寻觅着、思考着，时间流水一般过去，直看得两眼发酸，笼罩一层朦胧的云霭。就在这时，一颗金黄色的火星在他的睫毛下跳荡了一下，他敏捷地伸出钢镊捕捉在手中，小心翼翼地捧到荧光灯下，这颗岩屑顿时呈现出金黄色的光泽。他又在岩屑上滴了一滴三氯甲烷，岩屑下面的过滤纸泛起一圈淡黄色的波纹。这波纹在他心中荡漾、扩展，掀起欣喜的波澜……

他兴奋地跑去对冯泽臣说："灰岩里还有油砂啊！"

"是吗？"老冯惊喜地说。

"是！"郭顺源点点头。

下午，郭顺源和冯泽臣一起看了一遍砂样，他们发现的"新星"，已够组成小小的"星座"了。当晚，郭顺源打电话向上级汇报："发现八颗油砂！”

接下去发现的油砂就更多了。5 月 31 日，由郭顺源执笔，在记录本上做了如下描述：油砂比例 5%。褐灰色，碎块状，质较纯，隐至微晶结构……可能裂缝含油，鉴定为油斑白云岩。

这批油砂的发现，像茫茫大海上露出水平线的桅杆。当时还很难预料，这条船能不能给人们带来满舱的珠宝。6 月的一天下午，当勘探二部前线工作组和钻井队的同志坐在一起，讨论最后的方案时，摆出两种截然不同的意见。一种意见认为：灰岩地层缝洞很发育，固井工艺有困难，可能造成水泥流失和工程事故，给国家造成损失。既然上边的第三系发现含油显示，当然是要上边不要下边。另一种意见坚持说，既然钻机已经打到底下，是油、是水、是干的，先试试再说，试完下边再试上边。两种意见都是善意的、负责的、正当的考虑。“热岩热”方兴未艾，探灰岩壮志未酬，错综复杂，是非难澄，最后一起请上一级领导决定。

方案终于确定下来：打水泥塞把下边封死，在第三系砂岩地层试油。

古潜山石油宝藏又一次阖上沉重的大门！

这是人们认识客观事物的“之”字形反复。冀中勘探眼看功亏一篑，古潜山油田的发现又不知要延迟多少年。无缘对面不相识，可叹失之交臂！人们对未知领域的认识，真比钻机穿透岩石还要艰难得多……

不过，这次毕竟不同以往。这次周折多少带有一些偶然因素，瞬间即逝了。多年来，人们在冀中大地踏过的声声步履，化为愈来愈强烈、愈来愈坚定的音符，激励着人们勇往直前。在这里，我们还应提到河北省地质局勘探队的功绩。他们有一台钻机和 3269 队的钻机遥遥相望。他们的钻机率先打入古老地层，并取出一块含油的岩心，给很多同志以明亮的启示。更重要的是，我们有一支高擎大庆火炬的勘探指战员和科技人员队伍，走南闯北，百炼成钢；手中握有现代物理探测的先进技术，如虎添翼。已经积蓄足够的力量，形成一种必然的趋势，向新的领域搏击了！

河北省沧州，一排平房的门窗大敞着，这里正在开会。屋里的空气很闷热，人们出出进进。在冀中勘探的漫长经历当中，这一天是富有传奇色彩的。这次会议的话题，与我们说到的问题并不相干。生活当中的某些事情就是这样，当时放下不值二两，事后提起重觉千斤。故事是从会场外边的一次相遇引起的。

地质队副队长柴桂林走出会场，消除一下久坐开会的疲劳。这几天他的确很劳累。他刚从任丘赶回沧州，肩上还披着冀中田野的轻尘。这时，勘探二部副指挥叶秉三同志从会场里走出来。

叶秉三问道："试油的事怎么样了？"

"定了……"柴桂林说，话里带着惋惜的口气，"2800米的地方打水泥塞，还是要上边同意。意见提过了，没起作用。"

叶秉三听了心里一沉，两人相对而视。在短暂的沉默中，他俩都看到对方眼里闪动的火花。虽然谁也说不清楚，这团火焰的背后将要出现什么东西。但是，那大地深处的奥秘十分诱人，应该试一试……

叶秉三当即返回会场，会议仍在继续进行。他思忖了一下，在这个场合提出自己的意见是不适宜的。转身走向隔壁的房间，抄起电话，直拨大港。

电流把思想沟通在一起。当时住在大港的副指挥咸雪峰同志向上级党委反映了情况，两地的话筒都激荡着这样的声音："一定要打开老地层，冲开新领域！"

沧州会散之后，叶秉三去找勘探二部党委书记孙德福同志。孙德福已经接到大港打来的电话。这个铁人的老战友，工人出身的"老石油"，粗犷、豪放，一向善于汲取同志们的意见。没等叶秉三开口，就先问道："你是不是要底下的？"

"是，要底下。"叶秉三说。

"好！你把这件事接下来。"

7 月 1 日，3269 队的钻井从古老的灰岩地层喷出汹涌的油流。经过工程部门的酸化处理，单井日产量达到千吨以上，相当于砂岩油井的 30 倍。

这口探入大地腑脏的钻井，导致了整个任丘油田的发现，导致石油科学上的重大突破，豁然揭开华北石油大会战的帷幕！

帷幕拉开了，认识逐步深入。冀中古潜山的科学理论，是参加华北石油会战的同志们用手、用脑、用钻杆、用物探仪、用电子计算机对地层探索的结果。以才气勃发的石油地质学家阎敦实同志为代表的科技工作者，根据丰富的第一性资料，进行了卓有创见的研究，为我们描绘了这块土地上曾经发生的惊心动魄的情景：

距今大约 4000 万年前，冀中一带群峦隽秀，湖光绮丽。耸立在水面上的山峰受风化的剥蚀和水的浸溶，形成千洞万隙的壮丽奇观，这就是后来储集石油的天然仓库。第三系早期，由于太平洋板块的挤压，地壳剧烈地运动，发生山崩地陷的断裂、扭转、下沉，这一带化为烟波浩渺的大湖。奔放不羁的大自然为我们演出的这场话剧，科学家们称它为“华北运动”。那些古老的山峦被湖底的有机物沉积和河流挟带的泥沙掩埋，具备了生成石油的良好环境。“华北运动”的最后一幕，地面又渐渐隆起。大自然用风来梳理它，用雨水来耕耘它，年复一年，把它犁为冀中平原的雏形。几度沧桑，那些古老的山峰深深潜伏地下。经过对古潜山的岩性进行分析，为远古界震旦系的地层。第三系生成的石油，大量聚集于古潜山之中。这种罕见的奇迹叫作“新生古储”。

实践解放了思想，思想又带动了实践。在华北石油会战布钻开发时，这一理论成为屡试屡中的行动导引。继任丘之后，又发现一系列新油田。由于震旦系地层在我国特别发育，可以想见，我国翡翠般的田野将增添一颗颗熠熠发光的明珠。

“震旦”源于梵语。梵语呼中国为“震旦”，象征着聪明、智慧和勇敢。这样好的寓意，触发人们联翩的浮想。中国人民的聪明、智慧和勇敢，不也像熔岩沸腾于大地一样，闪烁着新的光辉么！我们不但正在翻阅大自然留给我们的鸿篇巨制，也在积极探索认识规律，争取较多的自觉，较少的束缚。这一探索，必将从亿万人民胸中开发出富丽的矿藏，汇成更加巨大的能源，向四个现代化的宏伟目标拼搏。

脊　梁

柴甫泉

人物小传

刘仁达，男，1940 年 8 月出生，四川资中人。1984 年至 1989 年连续六年被评为华北石油管理局劳动模范标兵，曾获国家能源工业劳动模范、河北省优秀知识分子、河北省“科技金鹰”等荣誉称号。1986 年荣获全国五一劳动奖章，时任第一采油厂副主任地质师。

好一个中国型高级地质师！正是这样一代代澎湃民族血浆的国人，用他们那一颗颗能够伸直的心，焊成了一根根构造中国这座自立于地球之上的摩天大厦的盘骨。

——记者采访手记

古潜山告急

窄小的北京吉普，抖动着一段一段地向共和国的决策机关靠拢。

车里倚着位让连鬓胡子憋青了半个脸的中年人。他，一双粗壮的手抱着两个宽阔的肩，两只地质工作者特有的似乎能够看穿地壳的眼睛微闭着，显然在向人们摊出一车都装不下的思考。

刘仁达，除了名字带着几分神秘以外，其他都那么平平常常：长方形的大脸，粗糙里透着红润；翘起来的嘴唇，憨厚中带着倔强。看到他，容易让人想起《平原游击队》中的李向阳。他是新中国成长起来的第一代地质工作者，地质学业结束后的第一天，不满 19 岁的他，踌躇满志，装着一腔沸腾的热血，一步跨进沉默了千百万年的黑土地，和王进喜等数以万计的石油大军一起，为共和国揭开了大庆石油会战的帷幕。

时间，以十年为单位，一步一步地向前挺进。贵州、四川、吉林、江汉、峨眉山、大巴山……历史，沿着一条地质之路，把他推到了这个当年钻井、当年建设、当年开发、当年建成千万吨产能，原油产量占全国 300 多个油田十分之一的任丘油田主任地质师的位置上。

车，颠簸起来。刘仁达下意识地按住腿上的资料夹，夹里夹着的那份沉甸甸的报告，像是压着他的心。

他手下的任丘古潜山油田，位于冀中饶阳凹陷，是我国有史以来发现最早、面积最大、储量最多的第一个灰岩大油田，只要你把地下钻个窟窿，它就每天给你几千吨地往上冒！作为能源工业的明珠，为整个民族的经济腾飞，放射出激动人心的希望之光，连续十年，原油产量仅次于大庆油田和胜利油田。多么自豪啊！十万职工探亲、出差个对个儿的话多："我们那儿一天出好几万吨油，全国第三！"眼下呢？回到老家，见到同学，再也不提油的事了。他们，十万职工，都有了"栽"的感觉，没了油，还算什么石油工人？咱们工人力量再大，也不能钻到地下去拼啊。时间老人刚刚迈进 20 世纪 80 年代，就为华北油田亮出了一个黑色的谜，从任丘这个主力油田开始，一口一口的油井相继见水，直至"油"里含水达到 80% 以上，产量极度下降，形势急转直下，一口井从日产原油超千吨，一下子掉到四五十吨。任 15 井，1982 年日产还是 700 多吨，1983 年就掉到了 20 吨。一年下来，整个任丘古潜山油田（华北油田采油一厂）因此而减产几百万吨。可惜！刘仁达是这个厂研究地下的主角，他再也吃不住劲了，急急忙忙写了一份情况报告，风风火火地钻进了这辆开往北京的车。

首都，六铺炕。

石油工业部领导代表国家向他亮了底："咱们的经济正在爬坡，石油工业只能上，不能下，必须一年一个台阶，你们掉，让哪里补？"这位两鬓斑白的领导，终于摊开了两只厚厚实实的手，那副焦急的模样分明在说："大庆、胜利、辽河、中原……家家挑着一副超重的担子，都在艰难地跋涉。"

是啊，华北油田当时有4个采油厂，他这个第一采油厂的产量占全油田的80%，80%啊！一厂掉下去了，华北油田怎么保？全国有几个华北油田？！

刘仁达一下子感觉到自己肩上的担子的分量，发烫的脸烧出了心里的责任感。他再也没有说什么。怎么说呢？地下资源不可抗拒的自然递减规律？客观！向国家摆客观？我？主任地质师？刘仁达无论如何也张不开这个口。

人说："湖南人不怕辣，陕西人辣不怕，四川人怕不辣。"这个怕不"辣"的四川汉子横下一条心，非要当当这个地质界称作雾迷山油田的第一个破雾解谜的人。对着石油工业部领导，他那两片有角有棱的厚嘴唇吃力地动了动，说："我们有治！"

雾迷山摆阵

四千万年前的冀中，山峰壮观，群峰秀峦；四千万年后，由于地壳的巨动，山崩地陷，这座古山，被埋在了3000多米深的地下。地上成了一望无际的大平原，抗日战争时期，缔造了以神出鬼没而闻名全国的雁翎队。

山，在地层深处，我们的地质家，用他们那一双双神奇的手摸到了，他们顺着那巨大的脊梁般的山脉，摸了300来千米，摸到了天津蓟县，在那里，它露出了高昂的头，当地人叫它迷雾山。老一辈地质家也有他们自己的性格，他们给山名翻了个儿，叫它雾迷山。

雾也好，迷也罢，刘仁达下决心要冲破它！

开发灰岩油田，刘仁达所在的采油一厂在国内是头一份，治理灰岩油田，国内尚无先例，国外有成功的经验，就是不让中国人知道，把这套技术封得严严实实。刘仁达是中国人，他曾经负责搜集数字、分析动态、填表报表，在国家还没下达这项科研课题的时候，非要碰一碰国内高级科研单位的一大批专家尚未去碰的课题，他要把这一片搞出个“花”来，让国外的权威们看看，告诉他们：“你们能够做到的，我们也能做到！”

没有计划而且也不会有计划，采油一厂毕竟是负责采油的一个厂，上边没有这个意思，搞起来影响本职工作不说，厂内厂外有多少舌头？全吐出来，能活埋了他。怎么办？好办，下了班干，八小时之内把自己的工作处理得好好的，研究治理任丘雾迷山油田的课题，决不占用公家的一点儿时间！反正他只有一个养信鸽的爱好，大不了叫“小家伙儿们”受点委屈罢了。

过去的十年，对这一片油井采取的是大面积的“一刀切”，效果还可以。专家们根据油藏地质研究和生产动态反映认为，任丘雾迷山油藏是一个“缝连缝、洞连洞，缝洞相连的统一的储集体”。这回，刘仁达的想法是：各区块的地下情况并不相同，要一块一块、一井一井用不同的方法分开治。这，是自己这个研究了几十年砂岩型油田，从未接触这个灰岩油田的无名小卒能够做到的吗？刘仁达思来想去，脑海里突然闪现出一个念头：行！初期开发的规律不是一次能够认识的，有时，初期规律和整个开发过程会有不小的偏差。

他的脑细胞里闪现出了一组20年前的画面：那是大庆油田初期开发的三年里，规律形成了，论点出来了，说“注水三年，水淹一半，采收率百分之五”。规律再束缚人不过了，人们心灰意冷，产量一直上不去。当时指挥大庆石油会战的康世恩同志急了，说：“这样下去怎么行！”1964年夏天，康世恩同志亲自召集全大庆上上下下的地质技术人员，整整研究了一个月，终于彻底打破了上述论点，大胆地提出了“六分四清”治理方案，并就此掀起了冬季大会战，产量一下子提高了几百倍！从此，我国新闻界才郑重地向世界宣布，大庆石油会战取得了决定性的胜利！刘仁达有幸参加了当时的研究活动。他想起当时的情况就好像有了主心骨，尽管对治理任丘雾迷山灰岩油藏还没有一点点把握。

回到家里，他把自己的想法告诉了爱人韩连彰。连彰是个搞了30年统计工作的统计师，刘仁达负责搞整个油田地下的储量，她负责搞整个油田地上的产量，两个人一上一下挺合得来。用她的话说，家也是办公室，办公室也是家。俩人一进屋，不是井就是油，说起来没完没了，有时争得脸红脖子粗，常常忘了做饭。好像一厂的这好几百口井没别人的，全是他们家的。连彰知道他一条道走到黑的倔脾气，听说他要搞分块治理，很合自己的心意，但作为妻子，她没说支持，也没说反对，还是提醒了他一下："搞这个等于逆水行舟，会震动一片人，要搞不成，面子还要不？"大概是为了达到提醒的目的，她把"面子"两个字咬得特别重。

"面子？"刘仁达淡淡地笑了笑。

这个在峨眉山下长大的心宽胸阔的四川娃子，打小就不把什么事放在眼里。课文上说"洋油"像潮水，无情地冲击着中国贫弱的经济，他就天真地想去挖油，挖好多好多的油，把外国的顶回去！1956年初中毕业后，在全班成绩一直数一数二的他，不听班主任的劝说，放弃了高中考大学的机会，决定报考石油中专学校。他一口气填了三个志愿，全是石油，就这样，15岁的刘仁达像个刚出生的牛犊，一头闯进了重庆石油学校，从此便和地质结下了不解之缘。

入学不久，他偶然从一份资料上发现，1904年到新中国成立的45年间，全国累计生产原油278.5万吨。他抄起笔来一算，如果把这些比茶叶水还贱的原油分给当时的全国6亿同胞的话，每人一年只能得到二两！二两，一年，当香油吃也不够啊，不依靠人家外国行吗？怨洋人欺负咱们吗？打这以后，他的心像被什么撞击了一下，一直平静不下来。当时，新中国的石油工业，虽然迈了几大步，但原油产量仍在世界不多的产油国家中排在20位以后……一些外国专家都在看中国的笑话，他们一面用石油卡中国的脖子，一面大声叫嚣中国出不了大油田，贫油！这就是说，今后，我们的子子孙孙都要靠外国的“洋油”养活。

中国人，六万万新中国的主人，守着大片大片的国土，干听着人家的“断言”，哪一个有自尊心的中国人能够咽得下这口气？！刘仁达怎么寻思怎么别扭，他就不信，大片大片的石油光埋在外国的地下。他紧走几步，回到自己的宿舍，写下了“中国，有油！”几个大字。

1964年，刘仁达亲眼看到了大庆首批原油外运，他和战友们一样，像是自己高了半截，眼泪扑簌簌地掉了下来……

听说任丘发现了大油田，他高兴得几夜睡不着觉。1977年9月，他舍下了那个温暖的家，来到华北油田参加新战区的会战。刚会战时，几万职工没有一间能够称得上是“房”的房，一顶帐篷里，多少家挤进去，几根高粱秸一支，找一个破草袋子一挂，成了“邻居”；把各自靠边的篷布一撩，成了“门”。他们才来几天，户口还没落上，柴、米、粮、油借着吃。可他，为了尽快熟悉这个新型油田的地下情况，扔下了患有几种疾病的妻子和两个几岁的孩子，还有这么个“家”，带着铺盖，独自来到白洋淀边的雁翎油田，一蹲就是一年！在这前后的几年、10年、20年里，他哪一天考虑过自己？在大庆，每当看到王进喜披红戴花，腼腆地骑在指挥们为他牵着的枣红马上，刘仁达也暗想过，像铁人那样，让自己的脊梁去支撑共和国的石油工业，但他从没有想过自己的脸面。他想的是中华民族的骨气，让这个被世人瞧不起的国家在这个古老的星球上露露脸面，到那时候，每个中国人的脸上都有光彩，离开国家，自己算什么？丢脸能丢到哪去？不就是个中专生吗？

韩连彰看出了丈夫的心事，凑到他跟前，深情地说：“想好了就干，家里的事儿我顶着。”

“成不了呢？”刘仁达打趣地问。

“犯不上坐牢，真坐，我去陪你。”连彰话一出口，两个人“嘿嘿嘿”地乐起来。从此，刘仁达开始了有生以来第一次不是秘密行动的“秘密行动”。

看不见的战线

我们脚下雄浑的大地，像一部厚厚的万卷史书，那是大自然在几十亿年的漫长生涯中，经过无数次生与死的搏斗，给我们留下的一部辉煌的巨著。它分为很多的篇、章、回、节、目，地质学家称作界、系、统、层、组，刘仁达所要下手的就是任丘雾迷山组。

整个工作从零起步，一点一点了解灰岩油田进入“更年期”以后的脾气，取油样、查资料、拜教师，分析、研究，研究、分析……一切一切，悄悄展开了。

家——第二办公室。

每天下了班，他都要三步并做两步走，赶到家里迅速“进入角色”。他把借来的资料摊得满屋子都是：钻井的、测井的、物探的、井下的、采研所的、研究院的……你算吧，除去这些，光本厂近十年开发的动态资料就有一尺多厚，所有这些，都是为了研究、分析、对比一口井的，而他，要把全厂300多口井，一口一口地吃个透！

拿电测曲线图，卷着看不到，伸开三米来长，往哪放？谁家有那么长的桌子？只好铺在床上、地上，他也只好弯下腰去看。成天守着电测上来的成万的曲折点，一点一点地对比，一张一张地分析，一天、两天……天天，他落下个腰疼的病根儿，一疼，他就趴在床上看资料；一看，几个小时就过去了。

晚上，刘仁达除了边吃饭边看《新闻联播》外（其实，他看电视也在想他的事，别人看到精彩处叫绝，他再回过头来问别人是怎么回事），他很少看其他节目，两个孩子说嘟囔就嘟囔：“你不看也不管别人，看谁家还没换彩电？”嘟囔归嘟囔，谁也没放开嗓子说过，他们知道，爸哪来的时间？上楼不是常常一步俩台阶吗？哪一夜不是把整个楼上的灯一盏一盏地全熬灭了才算拉倒？

几个月，几十万个数据。

地质工作者的岗位在地下，他们斗争的对象是油层。这些人，终年奋斗在一条看不见的战线上。

刘仁达着迷了，迷到了吃饭“嚼”数据的地步。他像哥德巴赫猜想一样，去猜想地下，猜想未来。有一次，他病倒在床上，还让女儿拿来笔和纸，记上他躺在床上算出来的数。他跋涉在原油递减速度的崎岖山路上。对善意的误会、无知的嘲讽，他从不理睬，理睬也需要时间，多走上一步就是一步！多少次，上去又摔下来。他把失败接起来，焊成攀登的梯子，像征服珠穆朗玛峰的爱国英雄，咬着牙往上爬！而这一切都是那么平平静静，在井站、在会场、在他的“第一办公室”，没有露出半点“蛛丝马迹”。谁能想到，眼前这位在基层地质岗位上耕耘了30多个春秋的普普通通的知识分子，正在运筹着一项前人未及的伟大工程。

这天，厂长段世国进了他的办公室。段世国是个事业心很强的厂长，曾是华北油田采油指挥部的总指挥，后来指挥部一分为七（分成七个单位），他成了采油一厂的厂长。段厂长跟刘仁达很合得来，他曾经为自己有这样一个得力的助手而自豪。可是眼下，队队掉产，天天掉产，掉得他措手不及，手下多名职工干瞪着眼，有多大劲儿也使不上。找科研部门？那里面有限的人员背着无限的科研课题，况且，他这个采油厂厂长的手也伸不了那么长；找刘仁达？全厂上上下下、方方面面的人，有几个比他忙？段厂长琢磨来琢磨去，怎么也不忍心再给这位压弯了腰的汉子肩上再放上一副担子，把他累垮了，就等于拆了一根支撑几百万余吨产能的梁。可是，就眼睁睁地看着产量一步一步地往下滑？这绝不是他段世国所甘心的事。

到底，他咬咬牙，还是推开了刘仁达的门。

话，坦诚、直率、见底。

“仁达，一厂只有你，搞吧，我给你当助手。”末了，段厂长向刘仁达投去了一束热望的目光。

刘仁达站了起来，用一双颤抖的手，从资料柜里取出了一摞厚厚的东西，递过去，说：“厂长，我已经搞出来了，看，这是方案，这是草图、作业措施、实施报告……”

段厂长坐不住了，又惊又喜，这个大庆石油会战初期时的老牌地质师，把刘仁达手里的东西一份份接过来：“干！干！”两个字一个音，两个人一条心，两双信任的手紧紧地握在了一起。这一握，握出了多少永驻心田的日日夜夜啊！

难忘的岁月

1983 年 7 月，华北油田地质技术座谈会。这天，刘仁达往油锅里撒了一把盐，第一次向同事们提出了对任丘雾迷山灰岩油田进行分块综合治理的方案，话音未落，一片哗然，立即引起了众多与会者的极大兴趣。

没有反对的吗？有。明的、暗的、若明若暗的，还有围、追、堵、截。于是，接二连三，发生了一串串不该发生的故事。

怕不怕？刘仁达说：“怕这怕那的人，什么事也干不成。我父亲是地主，工作后一直不敢乱说乱动，一怕说错话，二怕做错事，三怕站错队。就是因为怕，白白放跑了那么多宝贵的时光。党将我手把手地拉扯了 20 来年，在我身上花了那么多钱，我给国家搞了点什么？如今，快 50 岁了，一辈子有几个 50 岁？再怕，一生就得交白卷儿，这个国家就不如没有我！”

经过反复研究、认真分析、仔细对比、再三论证，刘仁达发现了雾迷山上性质不同的八个区块，这八块的地质特征各不相同，有的差异很大。他又趁热打铁，找到了各自的病症，接着就是八套硬硬实实的措施。

试验！厂长、副厂长、局长、副局长，还有局里的地质老总，这些参加过无数次石油大会战的“五虎上将”都站出来了，一旦有闪失，他们都替他担保！！

试验选在任353井，白天黑夜，刘仁达一步也没敢离开井场。

“看！”一位年轻的作业工扯着嗓子喊起来。刘仁达、厂领导、技术员，还有在场的几十个作业工人都看到了，测表大幅度摆动，“原油”变色了。这口日产原油57吨的老井，一下子提高到250吨，含水率由原来的62.8%，一下子下降到零。局领导现场拍板儿：全面实施！

1984年初，襟怀坦荡的冀中平原摆开了新的战场，他们要向地层深处的雾迷山进行第二次挑战。人定胜天，也能胜地。“地神”服了，头一年，刘仁达治得它乖乖地多缴了藏在心腹里几千万年的55万吨黑色的液体，一项方案，救活了整个任丘雾迷山上的井。

1985年，春天早早地来到华北油田的角角落落。当时的国家领导人来到任丘，为油田的建设者们鼓劲助威。胡耀邦同志兴致勃勃，挥笔写下了“中华要振兴，科技作尖兵”两行大字，这十个字，最先闯进了刘仁达这位科技工作者的那颗滚烫的心。他被理解了，世界上还有比理解更“万岁”的吗？大年刚过，他又拿出了新的治井方案：在分块治理的前提下，根据每口井的不同情况，进行单井综合治理。

他又忙上了，他家的电话直通一线，一个接一个地往外拨，孩子们对父亲可不客气，常常抗议：“小点声！还让人家看电视不？”甭看他对油层有办法，冲孩子可没招儿，他喜欢他们，他知道自己至今也没有对孩子们付出多少应该付出的父爱，他总觉得欠孩子们许多许多。于是，他就捂住一只耳朵，小点声喊。

天当成房，地当成床，吃在井站，住在井场。为了准确地掌握第一手资料，他三天两头住在井上。这年夏天，任226井压力波动很大。那一天，刘仁达和一大队副大队长牛忠红、工人王大庆整整在野地里蹲了一夜，半个钟头看一次压力。地下的资料一夜就上来了，可身上被蚊子叮的疙瘩三天也没下去。

就这样，日月陪着他摸完了每一口井的“脉搏”。救井要紧，中西“医”结合，很快，一剂剂“药方”拿出来了。

任 17 井是我国为数不多的高产自喷井之一，这两年产量一头扎下去，抽也不行，谁看到它那副病态都会上火。“神医”刘仁达一副偏方：分段酸化、封隔卡水、机械抽吸。几味“药”一搭配，神了，任 17 井神奇般地恢复了自喷能力，日产原油从 37 吨猛增到 217 吨。他望着这奔涌着的黑色油流，情不自禁地跳了起来，这里面饱含着他，还有研究院、采研所，全厂 100 多名地质人员和作业工、采油工、局厂领导……上上下下多少人的心血啊！

这叫集酸、卡、抽三种工艺于一身的综合措施。华北油田，由刘仁达引头，又为我国灰岩油田的中后期开发，趟出了一条新路。这一年，一厂人用这种方法对 129 口瘫痪的油井逐个治理，成功率达百分之百，措施增产在上一年直线跃进的基础上又超过了 56 万吨！这，相当于我国规模不小的中型油田一年的全部产量。

雾迷山上有一批高角度裂缝发育的油井，刘仁达的单井治理法对它们来说，效果并不明显，能不能把它们也彻底“解放”出来？一个硕大的问号，伸直了便是一条铺出去的路。

生活是什么？是一台大戏，一幕再一幕；人生呢？是一列火车，一站又一站。拿刘仁达来说，一年 365 天，忙了这事儿忙那事儿，几乎没有休息过一个星期天。他没有喝茶的习惯，有时来个客人沏上杯水，不知要泡多长时间，再来人打开杯子一看，长了白毛发了霉。多少年的老邻旧居，见了面“你好、你好”地亲热着，就是不知道人家姓啥叫啥，哪有工夫串串门唠唠嗑？这不，他的单井综合治理刚搞成，又盯上了高角度裂缝发育的油井。于是，又一项崭新的工程在他心底奠基了。话说回来，人活着不就是为了走路吗？没了路还活个什么劲儿？

刘仁达找到了采油工艺研究所，他要和这里的行家里手联合起来，用几颗灼热的心，去解开这个该死的谜。

走出去，一天；坐下来，一夜。这些日子，他那副150度的老花镜后面，藏着一双怎样的眼睛啊！

18岁的女儿刘英得了肿瘤病，连彰看到丈夫忙，自己背着女儿跑职工总医院。动手术那天，爱人找到办公室通知他。

“动吧。”刘仁达像是在给爱人撑腰。

“你不去？”爱人平常说话声音就很小。

“我去顶啥用？又不是医生，井上离开我行吗！”刘仁达急眉火眼地发问。

爱人没词儿。她拖着虚弱的身子，又来到了医院。手术室里，她攥着女儿的小手，心疼地守着她度过了痛苦的时刻。几天后，刘仁达路过医院门口，匆匆找到了女儿的病房，刚要推门就听到了女儿那微弱的声音：“妈，爸忙，别叫他来了。告诉他，我不怪他……”听到这里，刘仁达鼻子一酸，把头扭到一边……

夜，很静。凌晨两点，刘仁达忽然从坐了几个钟头的沙发上弹了起来，兴奋地走进卧室，冲着熟睡的韩连彰的肩膀连拍了五六下，她迷迷糊糊醒来。

“干什么？”

“找到了！”他激动得变了音，抄起地质图，指着上面的圈圈点点，又加强了一句：“看，毛病找到了！在低渗透油层，应该治它。”

刘仁达高兴得一夜没睡着觉，第二天早早地冲进了办公大楼。

堵、酸、卡、抽，一整套相应的绝招应运而生。1986年新年的钟声未消，他和他的战友先行出击，大家搬兵布阵，在不到一周岁的任109井打响了第一炮！这井投产一个月见水，接着就是一半油一半水，日产量由178吨掉到27吨，这一下，又从27吨提高到110吨！第二炮干到了任257井，这口井便由 33 吨增到 127 吨！

“推广实施！”厂长大手一拍，是对刘仁达这项小小成果的十二分肯定。

为了保证推广实施中不出现丝毫偏差，每次作业，刘仁达都要盯在井上，直到工程圆满结束。他最担心的就是自己的方案不能很好地应用于原油生产，哪怕一斤一两，也要争取。

1986 年 7 月的一天，任 25 井卡酸后不能正常生产，刘仁达听说后，“噔噔噔”来到副厂长杨服民办公室，两个人边说边下楼，拽了个司机，冒着雨朝井上赶去。由于雨大泥多，汽车没办法走土路，他俩谁也没跟谁商量，跳下车都往前走，他们一前一后，在棵挨棵、片连片的青纱帐里滑滑嚓嚓地走了一个多小时，赶到现场后立即和工人们一起接放喷管线，故障排除了，生产恢复了，他们成了“泥人”。

这就是我们的地质师。

这一年是虎年，他治理高角度裂缝发育油井一百多次。夏日里，他带的水喝光了，附近没村没店，渴得难受，就跟大家一样，一肚子一肚子地喝施工拉来的大罐车上的脏水……这一年，他们又从地下夺回了不包括正常产量在内的 67.3 万吨原油！

这一串子招，这一厂子人，凭着豪情，凭着壮志，凭着敢于战天斗地的英雄气概，三年迈出三大步！他硬是用他那双大手，从地层里多抠出了 261.2 万吨原油，三年的总累计增油相当于新中国成立前 45 年全国原油产量的总和！这几年，刘仁达所在的采油一厂为国家多贡献几百万吨国民经济的“血液”，折合人民币近三亿元！

再向雾山行

共和国不会忘记自己的建设者。1986 年，中华全国总工会向生长在中华大地上的亿万英雄儿女中的精英颁发全国五一劳动奖章，刘仁达作为华北油田几十万职工、家属中唯一的优秀代表，欣喜地拿到了一枚！他的名字贯满了整个庄严的人民大会堂。佳音再传，泛青吐绿的阳春三月，第二次国际石油工程会议在北京召开，刘仁达的长篇论文——《任丘油田中后期开发治理》，又震动了一排排坐在主席台前的为寻找地下宝藏搭上一生的国际地质界的专家、学者。在场的中国地质界的专家，看到外国专家受惊的神态，个个撑着一身身笔挺的西服，开颜喜笑，扬眉吐气。

第二次国际石油工程会后，刘仁达发现了自己存在的价值，知识分子如果能够在实践中与工农群众相结合，那就能凭自己的本事报效祖国。中华民族要永远屹立于世界民族之林，靠你、靠我、靠每一个华夏儿女的骨气。

这天晚上，他停下了手头儿上的活，铺开稿纸，写出了第一份入党申请书。从 1956 年算起，整整 30 个年头了，他一直没有向党提出这样的要求，他觉得党把自己培养了这么多年，自己却没有给党干出一件像样的事来，实在没脸提出这样的要求。现在，他要把这份用自己心灵深处的音符拼成的入党申请书，连同自己毕生的精力，一起交给中国共产党。党了解他，伸出了一双热情的手，把他揽进温暖的怀抱。

1987 年，历史把华北油田这个共和国的主力油田推到了“形势严峻”的边缘。这个时候，华北油田来了个 50 多岁的大庆人，出任华北油田的第五任局长。他恨不得拿出一日万里的速度，让华北油田迅速腾飞起来，他要和他的助手们领着十万兵，背水一战，重振华北油田的雄威！

刘仁达暗暗地憋足了劲儿，决心让采油一厂在增产 261 万吨的基础上，再上一个大台阶！

他知道，这就是百米冲刺的运动员，自己通过拼命跑出的纪录，自己再想突破它，非付出成倍于前的心血不行，哪怕争取零点零几秒的时间，刘仁达也不在乎。他想到了领导们那一张张焦急的脸；想到了毛主席那双有力的手和地质老前辈李四光握手的情景；想到了西方人那由来已久的鄙视中国人的目光……

一年、两年、三年。那是怎样的一千多个日日夜夜啊？！他们家住干部楼顶西边的最上头的那一套房子，一到夏季，白天太阳西晒，晚上楼板烤人，爱人和孩子吃完饭就往外跑，他呢，图的就是个清静。一盆凉水，一块毛巾，满能顶过去。蚊子多，咬人，到蚊帐里头去干！“道具”太多，床上摆不开。高级知识分子，有办法，多多地点蚊香，熏！问题迎刃而解。

……

功夫不负有心人。渗透了刘仁达心血的“三低油井的治理方案、封堵水淹大孔道方案、全面控制注水方案、降低底层压力方案……”一个接一个提出来。

一项方案就是一条看不见的路，这头是刘仁达，那头是黑油浆，中间横着一堵墙，一堵看不见的墙。有的他可以绕过去；有的他可以跳过去；有的他要靠领导、同事、助手、工人等一帮好心人，连拉带拖纵着身子爬过去；有的就得豁出这把老骨头，用头去撞，把“墙”撞个大窟窿，硬钻过去。过去了便是英雄，过不去呢？他没想过。最终，他还是走通了一条条他所要走下去的路。

就拿全面控制注水来说吧，这个方案搞出来不容易，拿出去更难。自从华北油田原油产量大面积滑坡以后，整个油田，一线、二线、三线，还有三线里的“三线”，哪一个职工不知道华北油田往后要靠多注水，让水在地下往上“顶”油过日子？“啪”一家伙，刘仁达提出全面控制注水，他扔出去的这颗重型“炸弹”有多大的杀伤力不说，该有多少人不能接受啊？

有人前来“劝”阻，刘仁达就是不听劝：“我的方案我干，我的责任我负！”叮当五六，两句话顶回去了。他没有给他们“台阶”，他们也没有下去，使出浑身的招数，正面地向他扑来，刘仁达一动不动，腰杆儿结实着呢！结实得像一棵不老的松！仔细一看：身后站着厂长、局长……一个个有识之士。

可是，至今，看到效果出了成绩几载之后，刘仁达还能在公开场合下听到反对他这套做法的论点。这并不奇怪，科学吗，总是允许探索和争论的。

不管怎么说，刘仁达还算如愿以偿，这些方案都被他送进了地层，尽管上来的有苦、有辣、有酸、有甜。

1988 年 7 月，任 7 井，试验。灰白色的无机堵剂，很不情愿地被壮壮实实的作业工们一层一层地送进地下。这玩意儿是用普通的材料配制而成的特殊的高强度堵剂，在上边软得像泥巴，到下边可就不是它了，一下子变得比石头还硬，弄不好就会出事。刘仁达认真得眼都不敢眨巴。

“刘工，管子动不了啦。”有人报告。

“啊！”坏了。出事故了。下到地下的堵剂互相“勾结”，把油管死死地“抱”住，油田把这种情况叫“插旗杆”，插了“旗杆”就差不多等于把这口花了千百万元打出来的井判了死刑。

刘仁达直眼儿了，在场的 20 多人连同一台台作业车，都像霜打了似的，谁也不愿意说第一句话。刚刚上任一个多月的厂长杨服民很快赶来了，刘仁达“交代”了过程，叹了口气，说：“管儿下得深了。”

“没别的原因？”杨厂长问。

“没有。”刘仁达是个自信的人。

“换井，接着干！”杨服民是个果断的厂长，他懂得：前进需要代价。

任 208 井。一方、两方、十方……堵剂堵到二十方时，井口压力“蹭”地超过了 150 个大气压，比平时高出了一倍，再干，油井很可能再“插旗杆”。

“怎么办？”作业工人大多是急性子，他们沉不住气了。

“反洗！”刘仁达胸有成竹，“把多余的堵剂洗出来。”

一个基层作业工，一个高级地质师，一个“怎么办”，一个“洗出来”，不到一秒，难题解决了，这工作效率是不是世界纪录？难说。反正，他实打实地跟在井上，每口井作业都这样。有的井偏远，送不上饭去，他带着干粮也要去。他解决问题的速度，至少要比“马上就办”还要“马上”得多。

一个早上，厂作业科科长、工程师苏士学把电话拨到刘仁达的家，告诉他，任 240 井今天作业，按说，主任地质师不该上井，苏工也没有义务通知他。可是，有一次苏工没有告诉刘仁达，刘仁达冲他发过脾气。

电话是刘仁达的爱人韩连彰接的：“苏科长，老刘正在厕所里，他肚子疼。”“好啦，好啦。”车还等着呢，苏工没舍得多说一个字，他叫上“左膀右臂”，一溜小跑下楼。楼下站着一个人——刘仁达。

“哎？”苏工吃惊，虽然他家的房子离这儿只有几十米远。

“走！”刘工上车，拍着肚子补充道：“好啦。”到了井上大家才看出来，他面色如土，一会儿用手按着肚子干，一会儿蹲在地上指挥。苏工埋怨上了：“这么厉害，来干吗？”刘仁达也有理：“这里能停吗？不停我就得来。”就这样，他捂着肚子盯到很晚。第二天，病倒在床上，爬不起来了。

任 264 井，每上来一百斤黑乎乎的东西，经化验，90 多斤全是水，天天如此。怎么办？堵！在几千米深的地下封堵大孔道，堵到晚上，刘仁达才和工人们一起返回。第二天一上班，他就把电话拨到采油二队。二队的资料员拿起话筒，笑道：“刘工，我们刚说到你，说你准会来电话。告诉你：今天的含水是零！”零，这就是说，油管里上来的都是油！这井，产量增加了多少？整整 12 倍！

刘仁达抓着电话，一句话也讲不出来了，为了让“油管里上来的都是油”，他为这些孤苦伶仃的油井操碎了多少心、付出了多少爱啊？！

洒向大地都是情

近代中国面临着民族和社会的深重危机，传统的知识分子总是在救治中国的实践中，追寻人生的价值。时代不同了，刘仁达在新中国地质科学的跑道上，选定了人生的坐标，体现着自己的价值。

作为地质师，刘仁达一天也离不开大地。大地有多厚，他对大地的感情就有多深。几套方案试验成功之后，他一口井一口井地操持实施。

1989 年 5 月 1 日，别人放假休息，他在任 387 井上袖子一挽，当了“壮劳力”，一干就一天，不累；同年 9 月 30 日，别人欢度国庆，他在任 263 井上裤腿一卷，干起了泥水活，草草吃了点中午饭，一直干到次日凌晨。他说：“只要我的这个措施得以实施，油井能多上油，多累多饿也觉不出来啦。”

一次，他到钻井队摸油层的情况，回来后弄了一身泥，一进门儿爱人就说：“快，换衣服。”

“先别。”刘仁达笑起来挺自然，“你看我带的啥。”

“啥？”

“看。”刘仁达很神秘地从兜里掏出一块馒头大的石头，“岩心，地下原始标本，刚从地里取上来，我在那‘偷’的。”

为了掌握地下资料，他常常带着地质技术资料去野外井队看取心，因为从地下取出这么个“宝贝”要花九牛二虎之力，还要花不少的钱，所以有规定，取上来的岩心，任何人不准拿走，统一交研究院保管。刘仁达豁出老脸，要了几次人家也不给。这天，他趁井队上的同志不注意，悄悄地放到自己口袋里一块岩心。

“看这，黑的，就是生油的地方，原油就藏在这些小孔里。”他拿着这块深灰色的蜂窝似的岩心，像得到了一块宝石。那时，他整天装在兜里，连出差也带着它。他跟爱人说，他看到了油层。严格地说，爱人不懂这些，虽然她的办公室和他的办公室只有半尺远的一墙之隔；准确地说，爱人懂了，她懂得了他的心……

堵水要用石灰乳，石灰乳是用石灰、水泥、石棉等搅成的。在配制搅拌过程中，刘仁达亲自把关，哪怕掉到池子一个小小的纸片、短短的绳头，他也要拿出来。搅好以后，每次，他都用手捞起一把，在手心里拈一拈，看一看溶解的程度，是不是还有大的不合格的颗粒，每次，他手上的肉皮都会被石灰烧变了形。1989 年 9 月，在 391 井上搅拌时，掉进池子里一个水泥袋子，他抢先一步，将自己的整个右臂伸进池子里，袋子上来了，手上起泡了，胳膊掉皮了，他却放心了。

从 1988 年开始，刘仁达的腹部就有发胀的症状，他一直没有去医院检查，至今也不知道是什么病。他说：“一查就得半天，为这点病值不得。”他有病，还得爱人去给他找医生开药，爱人给医生说半天好话，人家也没好听的：“病人不来，这么开药不符合规定，吃错了怎么办？”

三天两头上井，平均起来，一个星期最少要去三四趟，按规定一趟远一点儿的井，好几块钱的补助费，有时一个月跑 20 多趟，10 年下来多少趟呢？他一分钱也没有要过！几乎天天加班到深夜，有时候干到天亮，为了保证精力，他每月都要从工资里抽出相当一部分钱来买夜餐，夜班费该要吧？ 10 年下来多少钱？他一个夜班也没报过！两口子想到一块儿了：别叫人家说咱上井、加班是为了图钱。

他们家有什么？刚添的一台冰箱、看了 10 年的一台 12 英寸的黑白电视机、两件实在摆不出来（在屋里）的老式旧家具、几盆蓬勃的花，还有 7 只懂事的小信鸽。别忘了，他还是华北油田信鸽协会的副会长呢！

他家还有一部放在旧沙发上的电话呢。在这个家里，它最活跃啦，刘仁达已经形成了习惯，下班回到家，准要拨电话，问井上：“现在油的温度多高？量油了没有？多少？”最后还得让人家放下电话，在取样的那个地方，看看这时候油多少、水多少。问了这井问那井，一天不问，心里就像堵上了一团东西，憋得慌……

采油一大队有个化验室，每天在晚上 8 点半前化验出当天上午 8 点、下午 4 点和晚上 8 点的油样儿。到了这个时间，刘仁达都要把电话拨到这里，听听这一天油井的含水比。化验人员只要这个时间听到电话铃声，拿起话筒，连问也不问，直接就会说："刘总，今天……"

这个厂的许多干部职工都喜欢亲热地叫他"刘总"或"刘老总"。

人不背井，井不负人。1987 年初到 1989 年底，他们这个厂光上措施又多出了 102 万吨原油，如果他们不"千方百计"，这个厂 3 年的总产量就会减去这个数甚至减去更大的数！这些年，一厂的产量上去了，整个华北油田也连连超额完成国家下达的原油生产指标。厂领导没有忘记他，局领导没有忘记他，千千万万的华北油田人都没有忘记他。

他和他的同事们搞的一项项技术工艺，先后通过了局级、省级、部级鉴定。他挑旗研究的裂缝型块状低水灰岩油田中后期开发，一下子成了国内的首创！首创，刘仁达把这个闪光的字眼儿，写在了共和国的旗帜上，迎风招展。

这几年，加上过去的二十几年，他得过多少奖励。当过多少次标杆，刘仁达自己也记不得了。只知道把那些裹着自己对大地、对祖国拳拳爱心，倾注了他大半生的心血才染红的一个个荣誉证书摞起来，差不多有一米！光眼前这几年的就有多少？对低渗透含油缝洞的治理，获得河北省科技二等奖；整个任丘雾迷山油田中后期开采技术，获得国家科技进步二等奖。1983 年，刘仁达被评为一厂劳动模范标兵；1984—1989 年，连续 6 年被评为华北石油管理局万里挑一的劳模标兵；1986 年，他是全国劳动奖章获得者、河北省劳动模范；1989 年，被评为国家能源部劳动模范、河北省优秀知识分子、河北省科技金鹰……这年，华北油田从近 20 万职工家属中树起 15 个劳模标兵，唯有他的胸前挂着一块闪着金光的全国五一劳动奖章！《华北石油报》不吝版面，把这 15 个标兵的照片摆了一版，他被排在第一位……

他对自己的荣誉，看得很轻很轻。刘仁达的脑子里压根儿就没有储存荣誉的细胞？错了，历史记载着这个时节，20 世纪 90 年代第一春，我们的共和国向全世界公布了一个闪光的“阿拉伯”数字：1989 年全国原油产量比 1949 年增长了 1146 倍！中国从此已经成为世界上的第三能源大国！他记住了，这是包括他在内的整个中华民族的荣誉，刘仁达会把它珍藏在他那滚烫滚烫的心窝里。

劳 动

付 获 王建中 梁 冰

劳动，作为人类维持自身生存最简单、最基本的物化活动，无论是经过了资产阶级大工业革命的洗礼，还是从工业社会过渡到信息社会，一直是人类征服自然、改造自然的最直接的手段，因而也是最受尊重的。在我们中国，给予普通的劳动者以巨大的荣誉，即是对劳动的承认。

谨以此文献给那些默默奉献在石油工业战线的普通劳动者。

——题记

一

勘探四公司管子站位于冀中平原——晋县城外，石德线铁路从这里横贯而过。也许是那个时代留下的遗漏，公司基地设在深泽县境内，而管子站却远在30千米之外的晋县。工具加工车间车工班就是管子站下属众多班组之一。在管子站，这是一个普通的车间班组，设备笨重、陈旧，大多还是从苏联进口的20世纪50年代的产品。车工班的主要任务是为钻井队加工钻杆、钻铤及各种型号的接头，年复一年，工作既紧张又平凡。

然而，就是这样一个名不见经传的地方，一个普通的岗位，却涌现出一位享誉石油行业的全国劳动模范——崔飞云。如果说这个车间班组，当时在偌大的拥有近万名工人家属的四公司还是默默无闻的话。那么，自从1989年9月5日这个值得纪念的辉煌日子来临时，它的影响已经不只在公司，而且迅即传遍了整个管理局。

对于勘探四公司来说，这也是一段引为自豪的历史。

甚至是崔云飞本人也从未想到过，他会从简陋的车床旁，靠自己辛勤的双手和劳动，一步步走向河北省，走向全国，走进人民大会堂，受到党和国家领导人的亲切接见。在拥有百万产业工人的石油工业，获此殊荣的人寥若晨星，而崔飞云只不过是一个普通的车工。那么，当我们回顾他所走过的艰辛而坎坷的道路时，我们能得出怎样的启示或感慨呢？

二

这是一张简单而又复杂的履历。

崔飞云，男，中共党员，陕西省神丰县人，1971 年从部队转业到石油战线至今。先后担任过钳工、铣工、刨工等，1975 年 3 月正式改为车工，目前任管子站工具加工车间车工班班长。

工作情况：6 年累计干了 19.7 年的工作量，即已踏进了 21 世纪的大门。

病事假情况：13 年未休过任何病事假。

岗位责任鉴定：13 年未出过一次机械事故或人身事故，产品合格率 100%。

工作成绩：连续 12 年被评为勘探四公司先进生产者，连续 4 年被评为管理局劳模标兵；1989 年 7 月被河北省授予优秀共产党员光荣称号；1989 年 8 月被河北省政府授予劳动模范光荣称号；1989 年 9 月被国务院授予全国劳动模范光荣称号……

我们被这张履历所公布的数字深深震动了，它所蕴含的内容使每一个有良知的人都不会保持沉默，而由这组数据所引发的一系列社会的、感情的纠葛，无不让人深思，感慨万千！

三

我们在酝酿采访的过程中，曾有过几种设想，是先正面接触崔飞云，还是先从采访他周围的领导、同事开始？因为我们从侧面了解到崔飞云非常珍惜时间，哪怕是分秒，再加上他并不是一个表现欲很强的人，所以究竟先采访谁，我们很踌躇了一阵子。倒是崔飞云所在车间主任李玉光说："先看看老崔吧，自从当上全国劳模后，他先后参加了几个大会，对损失的时间很心疼，现在正拼命想追回来呢。"

在隆隆的加工车间，一台苏制"127"型空心特种管螺纹车床旁，我们见到了崔飞云。他正专心致志地车削部件，直到李玉光大声喊他，他才抬起头。

我们第一眼强烈的感受是崔飞云略显疲倦，神情凝重。这是一条朴实的陕北汉子，瘦高，抿直的嘴角透露出一丝倔强。很难想象就是这副瘦弱的身躯在 6 年中竟完成工时 41025 个小时，是部颁标准的 3.28 倍，相当于 19.7 年的工作量。整整多干了 13.7 年的活。

人的一生是由几个 13.7 年组成的？在我们走出车间时，李玉光告诉说，人们只知道老崔的工作成绩，却不了解他的另一面，近几年他的家庭琐事接连不断，生活负担很重，老崔一边拼命工作，另一边还要腾出精力应付家庭问题，所以他的身体每况愈下。

我们握着崔飞云粗糙的仍沾有油污的手，不禁肃然起敬。

"我没有什么谈的，很多人都找我要我谈谈自己的成绩或经历，我不过是干了一个人力所能及的事情，党和国家却给了我这么高的荣誉，我有时觉得很惭愧。"崔飞云用一种平静的语气对我们说。

有些已经过去了的事情，崔飞云是永远也忘不掉的……

四

崔飞云从事的车间工作，主要是为钻井队加工接头，车削钻杆丝扣，这些加工件笨重、细长，车削难度大，要求工艺标准非常高，稍有疏忽，或许一件价值千元的部件就要报废，或丧失原有的作用功能，因此专业技术知识是取决于能否干好这项工作的主要条件。

崔飞云首先要攻克的便是技术难关。

他向经验丰富的师傅虚心求教。

他自费购买上百元的技术书籍。

担任车工的一年多时间，他没看过一次电视。他几乎把业余时间都用在了学习上。

但这仅仅是开始，命运总爱捉弄那些不幸的人。

崔飞云急于掌握一门高精的专业技术知识，他是多么迫切！车间领导了解到崔飞云的情况后，推荐他参加公司举办的为期半年的文化补习班。

这是一次较高水平的文化学习，所以崔飞云加倍珍惜。在学习班上，他如鱼得水，尽情遨游在知识的海洋里。

就在此时，一封加急电报送到了崔飞云的手里。

“母亲病重，速归。”

崔飞云不相信这是真的，他怎么也不能相信。母亲生下他，把他抚养长大，当他刚刚能为母亲分担忧愁的时候，18 岁他便又走出黄土高原，参加了中国人民解放军。抖去军旅风尘后又加入了石油大军，十几年他回家的次数太有限了，即使回去一趟也是来去匆匆。

紧紧握着手中的电报，他仿佛看到母亲站在自家门前扬起满是筋络的手为自己送行，仿佛看到 80 高龄的母亲病卧在床上急切盼望儿子回家焦虑的眼神。

他揣起电报急急来到厂长办公室，当他握住门把手时，禁不住又松开了……

自己正在参加学习，对于毕业于“文化大革命”时期的初中生来说，是多么需要这些知识呀！也许这样的机会再也不会来了，况且参加胜利油田大会战，还有大量的管材急等加工。他默默转身回去了。

痛苦往往会给人带来无限的力量，当这沉重而折磨人的一天从崔飞云的日历中翻过去之后，他便更加执着地钻进了知识的殿堂。多少个日日夜夜，他宿舍的灯光一直亮到深夜，也不知他曾多少次推开老师的门。

从春到夏，半年时间匆匆而过，崔飞云又回到了车床旁。

这时胜利油田大会战已拉开序幕，井队已开始往黄河口搬迁，管子站院内堆积如山的钻杆亟待修复，车床旁几乎整天都能看见崔飞云的身影。主任劝他休息两天，崔飞云说："我现在正需要实践，好把学到的知识用在工作上。"没有人能阻挡他对工作的热情，一个"突击"月下来，他足足掉了7斤肉。

当工作告一段落时，他突然想起该回去探望母亲，回到梦牵魂绕的黄土高原去。

火车上他的心情是激动的，他极力想象母亲那康复后爽朗的笑容……

当崔飞云踏进家门第一眼看到的便是妻子那右臂上的黑纱。一切尽在不言中。他的心好似被电击中。他的大脑变成了空白。崔飞云再也抑制不住巨大的悲痛，这条钢铁的汉子终于号啕大哭。妻子也泣不成声。

他来到母亲的坟前，双膝跪下，他已没有泪了，他的泪已干了。亲朋和乡邻们指责他、耻笑他。崔飞云你还哭母亲呀？你是个不孝之子！

五

13年的车工生涯，高强度的体力劳动，使崔飞云承受了最大限度的生理压力。他没有任何怨言，这也是他毫不保留的重要的一部分，但更让他刻骨铭心的是巨大的感情创伤。

提起往事，崔飞云陷入了深深的沉思之中……

往事甚至不堪回首……

1985年春节前夕，时值爱人分娩，崔飞云作为丈夫心里既高兴又担心。而且在油田工作近20年了，他还从未与家人过一个团圆年，这次可以弥补一下原来欠下的感情债了。

谁知“公”与“私”的矛盾再一次严酷地摆在了他的面前。

一方面，当时正是管理局钻具修复大会战，崔飞云作为车工班班长，负责全面的技术指导，岗位上根本离不开他；另一方面，妻子在家翘首等待，他们感情的结晶就要出生，顺利或危险都是没有任何把握的未知数。此刻，他分明已经看到：春节喜庆的气氛中，妻子盼归的焦灼目光。

是选择前者，还是后者？崔飞云是个感情丰富的人，他理解妻子在家抚养老小的艰辛，十几年来，自己长年累月在外工作，是妻子用瘦弱的身体支撑着家庭，从没有给崔飞云添过麻烦。

“为什么棘手的难题总让我撞上？”崔飞云望着那成堆的钻具和因春节放假而渐渐空旷的车间，他犹豫了……

晚上，他几乎一夜未睡，最后他把命运的赌注压在了侥幸上。

可是这次他付出的代价太大了。他几乎一生也不能原谅自己的过错。

钻具全部修复后，春节已过。崔飞云匆忙赶回家中，妻子已由于难产受风造成下肢瘫痪，住进了医院。

在病床边，负疚一直噬咬着他的心，他甚至不敢直视妻子的眼睛。

“我们离婚吧！”妻子哽咽着，极力忍住要哭出声来。崔飞云心如刀绞：“我对不起你，我何尝不想早日来呢，可是那么多的工作总得有人干啊！”

妻子的泪水顺着脸颊流了下来：“你走吧，你干你的车工永远也不要回来。”崔飞云望着妻子憔悴的面孔，沉默了。他的内心展开了激烈的斗争，他产生了从油田调回来的念头。他已经失去了母亲，再也不能失去妻子和孩子。

他要赎感情的罪。

崔飞云很早就知道，他家附近有一个煤炭部直辖的煤矿，需要车工，加工的钻具与油田的极其相似，加工原理也相同。他们规定每天只需要加工 5 个接头便算完成任务，而崔飞云去了之后，声明每天能加工 40 个，这个煤矿的领导不信，当场考试，崔飞云以在油田干了十几年车工的丰富经验和娴熟技术很轻松地完成了一天加工 40 个接头的纪录。该矿领导如获至宝，连称奇迹，当场拍板奖励酬金 5000 元，并许诺如调进煤矿，按八级工待遇，并且将家属、孩子的农村户口全部转为城市户口。这是多么大的诱惑啊，对于崔飞云这个长期两地分居的人来说是一次难得的机会，这次机会将家庭问题和工作问题一并解决，如若这样，他崔飞云就可以免去后顾之忧，可以守在妻子身旁，照顾老人，教育孩子，享受天伦之乐了。在家时间长了，崔飞云既沉浸在调回煤矿的喜悦里，又有一种莫名其妙的不安。当他刚刚回到管子站时，迎接他的是领导和同事亲切的笑脸，听到的是熟悉的隆隆的机器声，见到的是自己心爱的车床，他恍然明白了，为什么在家中常常坐立不安。他在几十年的工作中和管子站产生了强烈的感情，真要走，他舍不得啊！他只有站在自己的车床旁才能忘掉一切，这里凝聚着他的感情！这期间管子站已接到两封煤矿方面的商调函。崔飞云再次犹豫了……

站上的强壮劳力都抽出援建胜利油田会战去了，班里人员青黄不接，领导和战友热切挽留的目光，无不使他怦然心动，他决心留下来。他离不开心爱的车床，离不开朝夕相处的战友，他把最美好的岁月都交付给石油了！

六

1986 年崔飞云终于在鲜红的党旗下举起了自己的拳头，这个里程碑的出现使他看到了自己付出的劳动被党和人民承认了，同年他被评为局劳动模范。

1986 年 6 月的一天，崔飞云接到了为 32720 钻井队加工两只美国制造的 8 寸套铣筒接头的紧急任务，当时美国专家正在井场等它处理事故。这一工艺不仅要求丝扣误差不得超过 20 丝、光洁度必须达到 ∇6 以上，而且要求两天之内务必完成。

加工这样的接头，在美国用的是20世纪80年代先进的磨床磨削，而他操作的却是被淘汰的苏制“127”型管螺纹车床，稍有疏忽就会成为废品。他肩负的不仅仅是加工两只套铣筒的任务，还是石油工人的声誉，是中国在国际上的声誉。

崔飞云毅然挑起了这副担子。

工件上了车床，他认真选择刀具，精心设计、调整角度，集中精力一口气干了12个小时，并提前一天完成了任务，当美国专家知道加工接头的是一名中国普通工人时，大为吃惊，伸出大拇指称赞道：“OK，中国工人真了不起！”

这件事迅速传遍了整个公司，人们激动地对崔飞云说：“老崔，你可为中国人争气了。”

1988年7月12日，崔飞云接到修复32971钻井队一个法国制造的9.6英寸取心钻头的紧急任务。这个工件不仅要求在当天下午6点前送到井场，而且光洁度必须限定在∇6以上，崔飞云决心承担这项重任。他查阅了大量的外国原始记录，反复衡量这种接头与国产元件的差异，靠着他多年积累的经验及硬功夫，只用了3个小时就高质量地完成了任务。

现在我们该以怎样的目光去看待一个普普通通的车工呢？在中国大地上，一部分人为钱而奔走，崔飞云却一直从事着实实在在的创造历史的劳动。

干重活的是共产党员；干脏活的是共产党员；付出最高代价的是共产党员；为中国人争气的还是共产党员。

崔飞云作为一名忠诚的共产党员，他不是用夸夸其谈，而是用自己的行动回答了“为人民服务”“公而忘私”的含义。

七

1989年学大庆检查验收时，局党委主要负责同志高度评价说：“我们的事业多么需要这种老黄牛式的共产党员啊！”

我们在管子站采访时，崔飞云所在车间的主任兼政治指导员李玉光说：“老崔是一名不可多得的工人，他取得的成绩使普通的岗位变得不普通了。”崔飞云的徒弟谢海涛，24岁，技校毕业生，我们采访时他略显腼腆而拘谨，他颇有感触地对我们说：“崔师傅是我见过的最能干的一个人，他的成绩仅仅靠正常上班的8小时是不可能干出来的，多少年的寒暑易往，他牺牲了无数业余时间，加班加点。我经常看到他在人们吃完饭休息或娱乐时，拖着疲惫的身体往回走的背影。”说这话时，小谢的眼圈红了。

崔飞云同一车间的战友跟我们讲了这样一件事。有一次，崔飞云患重感冒，体温高达39摄氏度，卫生员给开了3天病假，可当他看到那积压待修的钻具，实在休息不下去，就仍坚持在岗位上。中午吃饭时，他不顾自己的病情，帮助食堂卸大米，不小心把腰扭伤了，第二天疼得他站都站不直，但他还是按时赶到了车间，主任看到他操作车床的姿势不对，才知道他的腰扭伤了，劝他回去休息，可崔飞云一直坚持到下班。他用热毛巾连敷了十几天，未休过一天假，在这期间，他仍坚持每天车削三十几个接头。

八

崔飞云是一名普通的车工，然而在平凡单调的岗位上，在所走过的每一步人生道路上，凝结着他多少心血和汗水啊！

崔飞云的贡献使我们看到了一代工人阶级的优秀代表，看到了凭借自己的劳动和双手同样也能创造奇迹的伟大行动正在变成现实。

崔飞云的贡献在于他所付出的全部劳动都是发自朴素的、真诚的胸襟，没有一点虚伪的东西掺杂其间，而这种胸襟是一个民族走向繁荣昌盛最不可缺少的。

崔飞云的贡献在于他只知奉献而不知索取，最后被有些人加上“傻子”的绰号而仍不知“悔过”的高尚品德。

据资料披露，我国石油工业现已有产业工人100多万名，年产原油一亿吨，跃居世界十大产油国行列。如果把石油工业比成一座日臻完善的金字塔，那么像崔飞云这样的人不就是塔底最忠实的基座吗？

他们其貌不扬，忙碌地生活在人群中，他们有自己的喜怒哀乐，他们像常人一样工作一样呼吸，但就是这些人默默地用自己的双手把世界装扮得更加美丽，把我们的国家建设得更加强大！

劳动万岁！

爱在荒原

鲜 勇

伟大的时代催生伟大的事业，
伟大的事业成就完美的人生。
一九七六年，
一声春雷召唤。
他如飞鸟投林，
在华北荒原上恣意高飞；
他如鱼龙入海，
在浩荡油浪中劈波畅游。
他的人生，
因辉煌的华北石油会战完美精彩！

——题记

一

1976 年 10 月，当踏上前往任丘的旅途，参加华北石油会战时，尹定有一种“鸟回山林、鱼入大海”的畅快。

“锦绣河山美如画，祖国建设跨骏马，我当个石油工人多荣耀，头戴铝盔走天涯……”

在北去的专列上，雄壮激昂的歌声此起彼伏，绿军装、“道道服”挤满车厢。每个角落都绽放着年轻、希冀、灿烂的笑脸。

“下面广播中央人民广播电台消息：10 月 6 日晚，中央政治局对江青、张春桥、王洪文、姚文元实行隔离审查……”

广播中传来粉碎“四人帮”的消息。“十年了，终于拨开云雾见太阳了！”尹定万分欣喜之余，心中涌起一阵酸楚。

尹定 1953 年高中毕业，响应国家号召，考入北京地质学院金属、非金属探矿专业。1956 年，国家根据石油工业发展的需要，将北京地质学院尹定他们这届大学生集体转学石油地质专业。1958 年，尹定以优异成绩毕业，怀着“为祖国拿下大油田”的理想豪情，义无反顾投身川中石油会战。

成大事，要有大智慧、大本领、大毅力！一入川中，尹定就深耕一线，从井队技术员做起，虚心饥渴地汲取油气生产实践经验。钻井、采油、试油……从地质勘探到油田开发，每一个工作岗位，他都无比珍惜，前进的每一步，他都走得无比坚实。

然而，正当尹定自感积累渐丰、欲展报国宏愿的时候，1966 年“文化大革命”开始了，工厂停工，学校停课，彻底破灭了他报国的志向。

“文化大革命”期间，正是尹定 30 岁至 40 岁，人生中最黄金的十年就这样白白蹉跎了！

“人过中年、一事无成。”当尹定以为自己的人生就此定论的时候，1976 年 1 月，国务院批复了石油化学工业部《关于组织冀中地区石油会战的报告》，让他心中那团积压十年、渐近熄灭的报国之火瞬间爆燃了。

“祖国培养我，我不能就此这样！开发大油田！到冀中去！”尹定的内心不可遏抑呐喊着。

沉舟侧畔千帆过，病树前头万木春。正因如此，“复得返自然”的尹定，对于时间有一种近乎偏执的珍惜。为了赢回失去的时间，他抓住每一分每一秒刻苦学习，像一个饥饿的婴儿贪婪地吮吸着知识的乳汁。

会战初期的任丘一片荒芜，除了一望无际的盐碱地，就是水泡子、乱坟岗，方圆几里见不到人烟，社会依托极差。当地的水碱性大、含氟高，不能饮用，喝水要用汽车从外地运来。建设者们住的是自己搭建的帐篷，自然环境非常恶劣，物质生活基础薄弱。

然而，这一切在尹定眼里，并不算什么。相反，他一来就爱上了这片荒原，因为在这里，他有了自由飞翔的辽阔天空。

二

来到华北油田后，尹定被安排到勘探开发研究院开发室，从事油田开发和地下水动力学研究。

这是一项需要有深厚的高等数学功底的研究领域，尹定一接触就感到自己这回有了用武之地。

原来，一直以来数学是尹定最喜欢、最擅长的学科。从中学时起，尹定的数学成绩便名列前茅。大学时，由于所学专业的限制，他数学学得不多。大学毕业后，为了弥补这一不足，尹定开始自学高等数学。他利用业余时间，通读俄文版斯米尔诺夫《高等数学教程》，进行了数千道高等数学习题练习。

俄文版的斯米尔诺夫《高等数学教程》共 5 卷 11 本，内容广博、深奥、晦涩，是一部经典的大学高等数学教材。通常情况下，一名数学系大学生花费整个大学时光都很难全部学完，个人自学，难度可想而知。然而，兴趣是最好的老师，在别人眼里枯燥的数学练习，尹定却做得津津有味。短短两三年时间，他便对《高等数学教程》有了全面、系统的掌握。

知识使尹定丰富了人生，充实了思想。

“文化大革命”中，尹定经历了数十次批斗、批判，被关进“红专学校”隔离学习，时常戴着高帽游街示众，被下放劳动改造，遭受了常人难以想象的苦难。但是他始终坚信国家必将会驱散阴霾，祖国建设离不开科学知识。坚定的信念使他坦然面对艰难动荡的外部环境，利用一切机会坚持学习。他以毛主席“饭可以一日不吃，觉可以一日不睡，书不可以一日不读”名言为信条，时时刻刻激励自己。

为了学习英语，尹定可以说想尽了一切办法。那时，许多中文书籍都不让读，更别说外文书了，尹定就通过各种渠道买了一套英文版《毛泽东选集》。挨批斗的时候，台上高声念着他的批判稿，一旁垂首站立的尹定临辱不惊、心里默背着英语单词。即便被开除了厂籍，下放到盐厂改造，尹定依然没有丧失信心，英文学好了，他又开始学习日文，用获得知识的乐趣熬过那段艰难的岁月。

“看看书、学点东西，比终日无所事事好。学点知识，扩大知识面，虽不能马上用，但打好基础，等国家需要的时候，就会随时发挥作用。”多年以后，他这样风轻云淡地说，似乎那些苦难从来没发生过。

守得云开见月明。1976 年，当四川石油局党委和军管会宣布对尹定的批斗是错误的，恢复他工作的时候，他已成为一名通晓俄、英、日三种语言，能够快速阅读、准确翻译国外专业油气地质书籍杂志、技术资料的高级石油科研人才。

旌旗猎猎炮声隆，千军万马战华北。

广袤的华北平原上，到处是帐篷，钻井、采油、油建、井下……随处可见意气风发的石油人，他们不论男女，都穿着油乎乎的“道道服”，天南海北各种口音交杂着。红旗一面接着一面、车辆一队连着一队、井架一簇挨着一簇，钻机昼夜轰鸣、焊花处处绽放、劳动号子此起彼伏，到处是激情四射的会战场面。激情的岁月，燃烧的青春。置身其中，尹定经常会觉得恍如隔世，似乎一下子从严冬来到了春天。

1976 年，40 岁的尹定开始了自己的青春，当时广为流传的一首小诗代表了他的心情：谁说会战苦，我说最幸福；天天传捷报，越干劲越足！

这里过不了几天就有报捷的喧天锣鼓声，整个冀中战区都在沸腾。

钻井、井下、油建、采油……各行各业都在争分夺秒、集中精力加快生产建设。誓师会、擂台赛、挑战书，从上到下，人人有使不完的劲儿。

多年之后，一讲起誓师大会擂台挑战的火热盛况，尹定仍然激动不已，瞬间焕发青春的容光，眼中闪烁着炙热的光彩。

“戴花要戴大红花，骑马要骑千里马……”

激昂战歌响起，鞭炮锣鼓齐鸣呼应；十面红旗猎猎，千人踏歌列阵誓师。

随着高音喇叭传出“打擂开始”，数支队伍离弦似箭般奔上高台。

“我们二部摆擂台，英雄好汉请上来！”

“打出千吨井，勇擒油龙王，蘸着汗水写捷报，党的生日献厚礼！”

“不管兄弟单位指标有多高，勘探三部决心超！”

“擂台上，比标准；井场上，比实干。我们今天来挑战，谁应战？上擂台，拿出指标比比看，我们共同赛着干！”

“我们 3269 决心钻进尺 800 米……”

“我们 3295 决心冲破 1000 米……”

台上打擂，台下呼应，欢呼声、掌声此起彼伏。在这里，每个人都专注于本职工作，每个人的思想都那么纯粹，每个人都有一腔“宁可少活二十年、誓死也要拿下大油田”的壮志豪情。

时任勘探开发研究院党委书记徐天明说：“知识分子是工人阶级的一部分，本职工作就是搞科研，我们必须有六分之五的时间在进行科学研究。”

在这个时代大舞台上，尹定尽情施展着自己的才华。在华北这片茫茫荒原上，他体味到从未有过的快乐和满足。

很快，他出色的数学专长和掌握俄、英、日三种语言的能力，被勘探开发研究院和油田的领导发现和赏识，一项影响尹定一生的科研项目交到了他的手上。

1976 年，华北油田打出的绝大多数井为高产井，任 4 井、任 6 井、任 9 井等几口主力油井原油日产量达到千吨以上。原油在地下毫无阻力，开采极为容易。并且，油藏储量丰度高，油质好，油层厚度大。

然而，华北油田与大庆油田不一样，是典型的灰岩裂缝底水油田。随着开发的深入，水锥进现象开始显现，原油含水上升很快。因此，科学、合理制定油田开发方案被提上议事日程。

而在此之前，制订油井开发方案主要靠人工分析，科研人员要根据生产数据，做大量复杂、烦琐的数学计算，并且，一次只能制定一口井的开发方案，差错率高，也费工费时。

勘探开发研究院决定引进数值模拟技术，研制一套适用于华北油田的油藏数值模拟模型来指导油田开发。

所谓数值模拟，就是用数学的方法研究物质运动规律。这是一门随着电子计算机的出现和发展而成长的新学科，是以计算机为标志的世界新技术革命深度应用衍生形成的最新前沿技术。油藏数值模拟是从多孔介质流体渗流过程中的本质特征出发，利用计算机进行数值计算，研究地下流体渗流过程随时间、空间、储集层的储集性和储集流体的流动性，以及开采参数变化规律的方法。

大家都知道，地下油气水是流动的，看不见、摸不着，不能人工直接测量。油藏数值模拟，通俗地讲就是，采集现有生产数据，编写一套计算机程序，利用电子计算机强大的运算能力，通过高速计算处理各种各样复杂的数学公式，精确算出地下油气水有关参数，建立油藏数值模型，精确描述开发油藏的地下油气水的状态，通过油藏数值模拟技术，可以算出开发油藏现在的地下油气水动态，还可以预测将来的产量、压力、油水界面分布、残留油分布等动态指标，对比选择配产、注水、布井、井网、井距等最好的方案，以求得到较好的开发效果。

在现实中，一个油气藏只能开发一次。应用油藏数值模拟，可以很容易地重复模拟不同开发方式的开发过程，制定出多种可供选择的油田开发方案，有助于对任何给定油藏作出其开采及经济问题的优化研究，有助于油田开发的科学决策。由于电子计算机的强大计算功能，相对于其他方法，用数值模拟方法可以更快、更省、更方便、更可靠，分析方法的可信度更高。

对此，尹定举了一个简单的例子：数值模拟任丘油田一个山头，要计算 1000 多个未知量的方程组，用每秒运算 100 万次的电子计算机，运算 1 个小时能完成预测一年的指标。一小时 3600 秒，也就是说要计算几十亿次。这样的计算工作量，人工是不可想象也无法完成的。

因此，要实现大开发，要高效拿下大油田，华北油田必须要掌握油藏数值模拟这一世界前沿先进技术，必须拥有一套适合古潜山灰岩油田特点、指导油田高效开发的油藏数值模型。

三

1976 年底，时任勘探开发研究院院长龚再升交给尹定一个新任务，到山东胜利油田学习油藏数值模拟计算方法，探索建立华北油田自己的油藏开发数值模型，编制指导以任丘油田为核心的古潜山灰岩油田高效开发方案。

华北油田是当时中国唯一的大型灰岩油田。在任丘油田发现之前，国内乃至世界范围内发现的大油田绝大多数都是砂岩油田。灰岩油田与砂岩油田的数值模拟研究差别很大，国内从来没有人从事过相关的数值模拟研究，在我国乃至世界范围内都可以说是一项全新领域。

一没任何前人成果可以借鉴，二没一丁点儿计算机知识，三没一台电子计算机，甚至连计算机长什么样都不知道！

全新的领域，“三无”条件，挑战超乎想象，我能行吗？

世上无难事，只要肯登攀！从原子弹、氢弹成功研制到人造卫星上天，从大庆油田发现、扔掉“中国贫油论”帽子到华北油田诞生、开创新生古储理论，我们中国人从来没有被困难吓倒！“有挑战的工作才有价值。有挑战，才有成就！”在尹定的心中，从来没有放弃的字眼儿。

“油藏数值模拟，掌握计算机是关键，数学知识是基础，我有高等数学特长；国内无前人成果，国外有研究资料，我有俄、英、日三种语言特长；油田开发生产急需问题，我多年从事、心中有数，专业实践特长也具备……”

“而且现在国家形势这么好，党和国家这么信任知识分子，华北这片创业沃土有这么好的环境和条件，这一次，岂能让‘为祖国拿下大油田’的机会轻易溜走！我要为党、为人民争口气，攀登这个高峰！”

……

怀着为党为中国人争气的壮志豪情，怀着“为祖国拿下大油田”赤子之心，骨子里从不服输的尹定开始了勇攀“灰岩油田数值模拟研究”科技高峰的全新征程。

这是一个全新的领域，同时也是一个令许多怀揣报国理想的知识分子为之着迷的学科。

马克思有一个著名的论点：“一种科学只有在成功地运用数学时，才真正达到了完善的地步。”数值模拟方法就是建立在严格的数学基础上、具有广泛深远应用价值的信息技术科学。要搞好数值模拟，首先要解决三个问题：一是数值模拟的概念和方法；二是计算机方法及数学模型；三是计算机程序的编制和计算机语言。

当时国内数值模拟资料非常少，尹定想尽各种办法收集国外的相关资料。单位领导、同事，大学老师、同学，四川局老乡、朋友……他发动身边的一切资源收集数值模拟书籍杂志。单位集体采购、个人自费购买、大学院所借阅……尹定与人说话三句话不离数值模拟，碰见谁就托人帮忙。凭借深厚的数学功底和过硬的英文读写能力，在短短半年时间里，他翻阅学习了数十本专业英文书籍杂志，很快解决了入门关，构建起数值模拟知识架构，进入了探索数值模拟奥秘的科学殿堂大门。

“编写程序，所有的计算要通过计算机来完成！学习数值模拟计算方法，计算机是第一必须掌握的工具。”

在此之前，尹定从未接触过计算机。别说是编程了，就连计算机是个什么样子，都不知道。关于计算机的知识，真可谓一窍不通。

他一步一个脚印，从最基础的知识学起，不断提高计算机操作应用能力。在山东胜利油田学习期间，他抓住一切机会，虚心向同行请教，翻阅通读计算机书籍，系统学习相关知识。

研究初期，油田没有一台电子计算机，尹定不得不到北京花钱借用北京大学的计算机进行学习。那时的北京大学计算机室，每天有来自全国各地的企事业单位科研人员排队等候上机，从白天到黑夜，排得满满当当。外单位人员算题一般被安排在晚上 1 点后，需提前申请机时。而一个人一天最多申请 5 次，能够批准的顶多两次。两次之间的时间间隔仅 10 来分钟，如果操作不熟练、程序出问题，几十分钟一晃而过，就毫无收获。为了不浪费一分一秒机时，尹定提前疯狂地手写计算、编制程序，一遍遍地检查，直至确认无差错。经常是半夜 3 点上完一个机时后，顾不得休息便又匆匆赶到另一个机位。凌晨 4 点，当算完题走出机房，尹定虽然很疲惫困倦，但丝丝清凉里带着收获的满足。每次下机返回宿舍，楼门都已关闭上锁，他不得不翻门而入。

“只要功夫深，铁杵磨成针。”夜以继日、废寝忘食地学习，令尹定的计算机水平有了飞速的提高。BASIC 语言、汇编语言、BCY 语言、北大语言、FORTRIN 语言、C 语言，他样样精通，能够熟练地运用进行编程计算。从很早的 TQ16、TQ6 型计算机，到瓦格斯型计算机、EAX785 计算机，再到后来的工作站，他不但能熟练操作使用，而且还会组装维修，大多数毛病，他都能手到病除，比维护人士还专业。

过硬的计算机技术，为尹定最终取得油藏数值模拟研究巨大成功奠定了坚实基础。

四

在数值模拟研究过程中，尹定遇到的最大问题就是怎样建立模型。

在胜利油田时，在兄弟单位同事的帮助下，尹定曾得到过一个模型。但这只是一个一口井的模型，虽然也说明了一定的问题，但远远达不到适用于指导整个华北油田开发的需要。

于是，尹定便四处收集、购买、借阅有关油藏数值建模的资料、著作，边学习边消化吸收，努力探寻建立华北油田数值模拟模型所必备的源程序。

北京图书馆拥有当时国内最广泛、最全面的外文图书收藏，面向全国开放，杂志、书籍可异地邮寄借阅。位于北京王府井的外文书店有市面上很难找到的各种外文书影印本。因此，尹定一有时间到北京，就会抽时间到北京图书馆翻阅查寻资料或逛一逛王府井外文书店。平时工作忙来不了，就通过邮寄方式借阅或购买有关杂志、书籍。

华北油田的潜山油藏地下不但有很多裂缝，而且裂缝与裂缝之间还有很多小孔洞。哪一种数值模拟计算方法能满足油藏的这种双重介质特性呢？

一次，尹定在阅读一篇国外文章时得到很大启发。文章介绍了一种双重介质有水渗吸作用的水锥数值模拟计算方法，借鉴这一学术成果，尹定终于找到适用华北油田数值模拟计算的源程序设计思路。思路对了仅仅只是漫漫求索的第一步，想要编写设计出真正属于自己的源程序又岂是一蹴而就的事情。

与计算机打交道，是一项艰苦的劳动。计算机所能接受的是一套逻辑思维很严密的机器语言，在人工编写程序过程中，稍有疏忽，哪怕是错一个符号、一个字母，计算机就会不接受，停止运行。有时，为了找出程序上一个小小的错误，尹定走路、吃饭，甚至睡觉都在想，经常因为下班时想不起自行车放在什么地方而回家挨骂。可是一旦找出问题，哪怕已经躺在床上了，也会一跃而起，兴冲冲跑回机房纠正错误，验证预想结果。在同事、家人眼里，尹定整个人像个陷入魔障的精神病患者，但他自己却乐在其中，享受着征服计算机的那种快乐。

后来，针对油田产量高、油层厚度大、地下缝洞发育的特点，尹定将外国文献中提出的半衰期概念引入数值模型。在计算中改变模型建立方法，尹定采用半衰期活塞式推进方法代替传统的相渗透曲线方法，不但使计算方法更加简便，而且更加符合油田实际情况。

尹定说："研究其实就是一个不断找错的过程。出错、修正、前进，再出错、再修正、继续前进……周而复始，直至最终成功。研究者必须经受得住不断地挫折失败打击，坚定信心，持之以恒地蹒跚走下去！"

3 年多来，尹定记不清做过多少次计算，进行过多少次修改。1979 年，尹定的研究取得突破性进展——华北油田第一个单井两维两相数值模拟模型成功建成。所谓两维，就是一个点由两个纵横相交的坐标数值决定；所谓两相，就是油相和水相。这种方法可以通过一口单井的油水数据、渗透率、孔隙度等参数确定开采数量，预测开采年限以及见水时间。任丘油田开发初期，人们对古潜山底水油藏认识不全面，认为井打得越深，钻进油层越厚，出油就越多。可是投入开发不久，很多井相继见水。这种现象说明，油井不能盲目往下打，钻开油层要有一个合适的厚度。那么到底打开多深呢？以前没有科学的依据。通过两维两相单井数值模拟模型研究计算，尹定领衔的油藏数值模拟研究团队提出打开厚度 10% ~ 20% 的开发建议，经过 3 年实践应用、生产数值采集检测证明，这一建议较为科学合理，成为任丘油田实现 10 年高效开发极为关键的指导性指标。

科学探索无止境，一山更望一山高。在针对一口井（一个点）的两维两相数值模型建成后，尹定又马不停蹄朝着更深领域——面向整座山头、整个古潜山油藏的三维两相数值模拟模型研究进军了。所谓三维，在数学里是指立体空间，就像模拟设计一个礼堂的最适宜观众容量，根据空间横向计算排数和每排位置，纵向准确计算具体座位号和适宜间距，有楼上也有楼下，构成三维空间。同理，地下的油气水在开采过程中，上下左右运动形成了油气水流动的三维空间格局。

三维数值模拟，能更真实反映地下油水流动状态。表面上看，三维比两维只多一维，可是难度和复杂程度远远大于两维两相数值模拟，计算量成几何数级增长。比如模拟一个潜山油藏山头，大概需要用数学公式设计出1000多个网格来计算。每个点上又有几个参数，要先通过计算看，是否与开采的实际情况相符合，之后才能模拟预测。如果稍有不符合的地方，就要修改参数，在几千个节点上几千个参数中，究竟要调整哪一个参数，绝不是一下就能找出来的，往往需要计算100多次，反复总结验证，才能找准。

1980年10月，尹定和他的科研团队获得重大进展，华北油田终于有了一套属于自己的、能够科学指导油田开发的数值模拟模型——裂缝性三维三相黑油模型。

经有关专家鉴定，模型所采用的全隐式计算方法和解析矩阵方法，达到了当时的世界先进水平。其独创的不规则网格，更加符合油藏实际形状不规则、地下参数不均匀、非均质的特性，而独有的局部加密锥进问题，更加切合油田开发实际。

古潜山油藏是底水油藏，一旦见水就不是好兆头。当年留路北油田有4口井见水，人们担心整个油田被水淹了。尹定通过三维两相数值模拟计算，提出打留66井建议，并成功预测了该地方的油水界面深度。后来经钻井实践证明，留路北油藏实际油水界面深度与尹定的数值模拟方法预测数据仅相差不到10米。

跨过一个又一个深谷，爬过一道又一道山梁。尹定一路崎岖、矢志不移，奋勇登先。经过3年的实践检验应用，1982年，尹定主导开发的裂缝性三维三相黑油数值模拟技术喜获成功，实现了对整个油田精准三维数值模拟预测、科学合理高效开发。在任丘油田、留路北油田、雁翎油田和胜利、辽河的灰岩底水油田广泛应用，取得很好效果，顺利通过石油工业部鉴定，获得石油工业部一等奖、河北省科技成果二等奖，填补了我国灰岩油田数值模拟技术的一个空白。

1986 年 8 月，裂缝性三维三相黑油数值模拟研究被列为国家“七五”攻关项目，1992 年 11 月，这项成果被评为国家科技进步二等奖。尹定也被评为国家“七五”攻关先进个人。1979—1982 年，尹定连续 4 年被评为勘探开发研究院标兵。

本 色

赵树标

记不清是哪位大科学家，曾说过这样一句发自内心的话——“那些很活泼而且很细心的蚕，那样自愿地、坚持地工作着，真正感动了我。”

——作者题记

在那火红的20世纪60年代，随着毛主席“工业学大庆”伟大号召的发出，一个光辉的名字——“铁人”王进喜，在中国960万平方千米的土地上震响。学习铁人事迹、发扬铁人精神的群众运动，席卷了各个油田，席卷了神州大地。星移斗转，几十年过去了，铁人在一些人心目中渐渐淡漠了，然而，铁人精神像一面鲜红的旗帜，永远飘扬在石油工人心中。他们自觉地以铁人为榜样，发扬铁人精神，为发展祖国的石油工业默默地奋斗着、奉献着……

华北油田器材供应处天津转运站抓管机刘德全就是其中一个。

一

初夏，在天津西部一个油田物资转运站，一名老工人正和工友们忙于生产。他开着那台没有驾驶室的抓管机，迎着飞扬的沙尘，把一根根圆木从铁路线旁边运到料场，汗水和沙尘混合在一起，使他都快成了个泥人了。他，就是当年曾参加过大庆石油会战，并荣获石油工业部“松辽石油会战红旗手”光荣称号的刘德全。

刘德全祖籍湖南省临澧县。1935年，出生在一个贫苦农民的家庭，他成为光荣的石油大军中的一员还真有点戏剧性！

1960年2 月的一天，服役4年的刘德全，和一批战友打点行装，准备第二天离别部队，踏上归乡之路。这时，一封急电打到部队，根据党中央、毛主席的指示，从他们这批退伍军人中，选拔一批优秀战士，参加大庆石油会战，刘德全幸运地进入了大庆石油这座新的熔炉。

在大庆，刘德全见到并结识了中国工人阶级的杰出代表、被誉为“铁人”的王进喜。铁人的思想品德、行为风范深深感染了他，他决心以铁人为榜样，为祖国的石油工业贡献美好的青春和毕生的精力。

那时，正是油田会战初期，刘德全任器材供应处装卸队的分队副队长，为保证油田会战物资的需要，他和全队职工一起早出晚归，人拉肩扛，抢卸物资，经常是昼夜连转。出色的工作，使他被石油部授予“松辽石油会战红旗手”光荣称号。

1960年10月1日，刘德全与铁人等模范人物一起，应邀到哈尔滨参加黑龙江省的国庆观礼大会。面对荣誉、鲜花、掌声，性格内向的刘德全再也抑制不住激动的心情。在旧社会，他还是个光着腚玩耍的孩童时，就不得不操起放牛鞭，地主家那些比人还得势的畜生，给他留下了许多痛苦的回忆；他刚满10岁，就进了离家几十里的合口镇，在一家裁缝店当了学徒，后来成了一名小裁缝；正是读书的年龄，却不得不过早地挑起生活的重担……如今，仅仅干了一个工人应该干的活，尽了一名工人、一名战士应该尽的责任，就受到党和人民的如此奖赏，一向不爱流泪的刘德全，激动得流下了热泪。他握紧拳头暗暗发誓，要像铁人那样革命加拼命地工作。

在大庆，刘德全一干就是9年，把自己的青春年华，献给了祖国第一大油田的开发建设，多次被评为大庆会战标兵。更值得自豪的是，他在苦难中学到的裁缝手艺，派上了用场。1960年11月，他受命带领一批职工家属创建大庆缝补厂，他们把7栋只有屋顶没有门窗的“干打垒”作为厂房，

“三口大锅”作为漂衣工具……靠勤劳的双手，自力更生、艰苦奋斗把缝补厂办起来了。后来，“缝补厂精神”被列为大庆自力更生、艰苦奋斗的五种精神之一。

20世纪60年代末期到70年代，我国接连发现了一个又一个大油田。1969年，根据铁人“要选精兵强将，把最优秀的队伍开上去”的意见，刘德全被选中进关去参加新油田的大会战。他忘不了，临行前铁人和大庆的领导同志，特地赶来为他们送行。铁人即席讲话，深情地嘱咐大家说：“……快快拿下新油田，是落实毛主席‘备战、备荒、为人民’伟大战略方针的大事，你们是油田建设的骨干……你们去了要打硬仗，打胜仗……大庆是毛主席树的红旗，要把工作干好，为毛主席争气，为咱大庆争光。”

铁人的话，刘德全深深印在心里，暗暗表示，自己无论走到哪里，都要以铁人为榜样，让大庆精神铁人精神在新的油田发扬光大。

二

刘德全是一个说到做到的人，从1960年转业到大庆，到现在已经过去30个年头了。30年间，刘德全先后参加了大庆、江汉、大港、华北4个油田的会战，干过8个工种，无论是做什么工作，都是干一行，爱一行，钻一行；无论走到哪里，在他身上都闪烁着铁人那实干献身精神。

多年来，他总是坚持每天早半个小时上班，提前把车整好，干起活来不分白天黑夜，不分节假日，不计较工作时间，不计较报酬多少。常常是一天工作12个小时以上。下面请看一个粗略的统计吧：从1976年参加华北油田会战到1986年，10年间完成货物装卸倒运量103万多吨；414个星期天没休息；每天早上班晚下班累计奉献工时3710多个小时……

这平凡的数字，不正是刘德全实干精神的真实写照吗！

有谁知道他付出多少辛劳呀！

春风知道，夏日知道，秋霜知道，冬雪知道。

那年秋天，进入天津转运站的物资不知为啥那么集中，铁路 6 线两侧一下子被卸下的管材堵塞了货位，这可急坏了有活儿就沉不住气的刘德全，他饭吃不香，觉睡不实。清晨，当人们还在熟睡时，刘德全犹如早起的啼鸟，迎着蒙蒙的曙色，唤醒了沉睡的机车，当人们醒来时，他已倒出了三四个空档的货位了。夜晚，当人们围坐在电视机旁欣赏精彩的节目时，刘德全又伴随着发动机发出的节奏，熟练地操纵着抓管机的各个拉杆了……

我们再看看刘德全夏日的一天吧，接近中午，太阳如火一样烤得人难以忍受，刘德全驾着那台 125 型老式无驾驶室的抓管机，为排得像长蛇似的前来拉管材和钢板的大卡车装车，整整干了一个上午没有休息，他不时地抓起那条早已被汗水浸得湿漉漉的、由白变黑的毛巾，擦去额头和脖颈上的汗水。中午，仅用了 10 多分钟，草草地吃了些东西，又接着干起来了。

盛夏的天，说变就变。下午 2 点多，滚滚的乌云从西北方升起，吞噬了太阳，卷起了狂风，在隆隆雷声的助威下，倾盆大雨肆情地泼向大地。为了赶装车辆，使物资尽早运到生产岗位，刘德全冒雨继续装车。雨中，他驾驶着抓管机穿梭往来，在场的司机几次打手势，示意他到驾驶室躲躲雨，他都视而不见，暴雨在他面前好像一点威风也没有。但是，事实并非如此，大雨已经浇透了他的衣服。两个小时过去了，一尺多深的水淹没了平放在地上的钢板。在视线模糊、钢板抓不起来的情况下，刘德全被迫从抓管机上下来。他脚刚挨地，腿凉得有些支持不住，一阵狂风吹过，他从一米多高的料台上摔了下来……你可知道，老刘患有关节炎啊！他从地上吃力地爬起来，稍事休息，又干起来了。这一天，他在烈日和暴雨中，连续工作 8 个多小时，使前来拉货的司机，在当天都能满意而归。

三

刘德全同志常说：“作为一名石油工人，要身在油田，心想国家，多作贡献。”为此，他在实际工作中，始终把为国家多作贡献作为自己的奋斗目标，并通过平凡的岗位、忘我的劳动去努力实现。由于长年坚持早上班、晚下班，不管气候条件多么恶劣，只要有任务就坚持干，他的关节炎病越来越重，稍有细心的人都会发现，他的棉裤比别人要早穿半个月，晚脱半个月，实在疼得厉害了，就到卫生所要点药，顶一顶，医生不知道给他开了多少次假条了，他总是不声不响地揣在怀里，照样坚持上班。

岁月的增长，工作的劳累，他又患了严重的青光眼病，不仅视力减退，而且时常头痛，严重的时候，夜里疼得不能入睡，但他第二天仍然坚持工作。领导多次催促，1988 年 1 月，他才答应住院治疗。手术后，医生嘱咐他休息两个月，站领导考虑他年龄大了，身体又不太好，决定不让他再开车。刘德全躺在床上，双眼微闭，身子在休息，脑子却在忙碌地工作：怎么办，从此不干了，清闲清闲？此时，他的脑海里浮现出铁人的英雄风貌，耳畔边似响起铁人的铮铮话音：不干，半点马列主义也没有……干，我要继续干！刘德全谢绝领导和组织上的关怀，只休息了 10 多天，就又开起抓管机，开始了新的奉献。这些年，同志们觉得刘德全实在辛苦，曾多次劝他说，老刘呀，奔 60 的人了，不能再拼命了。他总是不以为然地回答说，年龄大了，身体不好，体力是不如过去了，但事业心不能丢，革命意志不能衰退，工作质量不能降低。

难怪老刘的爱人说，“我们老刘呀，谁拿他也没办法，他一天不干活，就好像憋得慌，他常是三顿饭并成两顿吃，有时一天只吃一顿饭。”1989 年 8 月初的一天，刘德全倒了一个上午的货位，下班了，碰巧遇到爱人老马，夫妻二人并肩往家走，爱人心想，今天还不错，可以吃个正时的团圆饭了。谁知刚走到半路，碰上井下作业公司拉管子的汽车，老刘甩下爱人跟上汽车又奔向料场。车装完了，时针已经指到下午 3 点。拉料司机望着汗水浸湿了全身的刘德全歉意地说：“刘师傅，真是太辛苦您了！”

“别这么说，我们下班早晚家就在站里，你们还要赶几百里的路程呢！

你们能早点安全赶回去，不误生产，我们辛苦点值得。”老刘啊，他心里想的是生产，考虑的是同志，唯独没有自己。

1985 年 1 月，刘德全接到老家来信，78 岁的老母亲病了。老母亲身体一向挺好，去年儿子回家看望奶奶，祖孙二人还“比赛”爬山呢。平时身体好的老人，一闹病肯定不轻，刘德全预感到老人凶多吉少。可是，正值年初，各项生产任务都很紧，母亲生病的事刘德全跟领导一字未提，就像没事一样仍然埋头忙于生产。

2 月 1 日，一封加急电报从湖南拍来，“母亲病危，速回！”在领导的催促下，刘德全风风火火地踏上归乡之路。当他赶到家里，母亲已经离开人间五天了，全家人悲痛地等待他回来料理后事，再看一眼老母亲的遗容。刘德全跪在母亲灵前放声痛哭。

“母亲，不孝的儿子回来看你来了，你怎么不再等一等呢！……儿子对不起你啊。”

他永远忘不了，在凄风苦雨的岁月，还没有等他懂事，父亲就被国民党反动派抓壮丁，死去了。

是母亲，把他们兄弟姐妹六人从苦难中拉把成人。

是母亲，用勤劳的双手，支撑着那一贫如洗的家。

是母亲，把他送到军营……使他后来成了一名石油工人。

滴水之恩，当以涌泉相报，父母对于儿女，那是恩深似海啊！刘德全多么想做一个孝顺的儿子啊，可是由于工作忙，老母亲临死之前竟没能吃上自己亲自送的一片药，喝上自己亲手倒的一杯水，甚至连最后一面也没有见上。

“自古忠孝不能两全。”

刘德全了解母亲，母亲也体谅自己儿子。生前，母亲曾千里迢迢从湖南到大庆，后来又到江汉，两次进油田看望儿子，母亲了解儿子的工作，支持儿子的工作，几十年来，从来没有因为家里的事影响过儿子的工作。

刘德全安葬了母亲，提前18天回到转运站，当时已是农历腊月二十六。一到家，他没有顾上问家里年货购买得怎样，就先到队长家打听生产情况，得知两台抓管机都出了毛病，他不顾母亲刚去世给自己带来的悲痛，也不顾路途的疲劳，第二天就上班抢修抓管机，保证了春节生产值班的需要。队长感慨地说："咱们老刘啊，真是全身心都扑到工作上了。"

难怪从华北石油会战以来，刘德全年年都是会战标兵。1980—1989年，连续10年被评为局劳模或劳模标兵，多次被评为优秀共产党员，两次被评为天津市和河北省的先进生产者。

四

荣誉啊，闪光的荣誉！你是那样光彩而又纯洁。像火炬、像号角，给人指路，给人鼓劲；然而，你又是那样严肃而冷峻，谁要是从你那儿摘取羽毛，作为自己帽子上的装饰品，你就会用犀利的目光，瞅得他无地自容。

德全呵，德全，你为什么能够30年如一日，通过一个个荣誉的考验，成为永不褪色的标兵？

或许我们能从这段谈话中找到个中的原因。

时间：1986年1月。

地点：津保公路，在参加供应处先代会回天津转运站途中。

不知是哪位同志和他半正经、半开玩笑地说："老刘，今年你本应涨两级工资，但你八级到顶了，以后当不当劳模无所谓了。"

"有资格涨两级是党和国家的关怀照顾，自己八级到顶，同样是党和国家关怀照顾的结果，工资虽然到顶了，但贡献不能到顶，为党工作是永无止境的。"一向不善言辞的刘德全，回答得是这样干脆利索。

金钱和物质对人是有诱惑力的，难道对刘德全就没有诱惑力吗？

1986年4月，装卸队组织了一次"金钱与理想"的讨论会，面对当时社会上刮起的一切向钱看的歪风，刘德全谈了自己的看法。他说："钱本身是个好东西，国家富强离不开钱，生产建设离不开钱，个人生活改善也离不开钱。但是，一个民族，如果没有了理想，没有了奉献精神，一切向钱看，这个民族就没有希望了；一个人一心只想钱，两眼只盯着钱，就不配做一个共产党员。”是啊，金钱不可少，但理想更重要。这一年，刘德全所完成的作业量和工作时间，是本站同类车型的两倍，等于一个人干了两个人的活，仅义务加班就多完成23193吨的工作量。

这几年，站附近的友邻单位，常向站里求援抓管机，每次去执行任务，友邻单位总是准备上等的饭菜，还有一份“小意思”。刘德全每次都婉言谢绝。一次，站里派他驾驶抓管机给一个单位去装圆木，刘德全到那儿就干，几个小时连口水也没喝，对方看他太辛苦了，给他车上扔了两条高级香烟，他坚持不要。中午，又给他特意安排了丰盛的午餐，又被他婉言谢绝了。对方觉得实在过意不去，两次派人专门把50斤大米和五条香烟送到家里，又被他回绝了。刘德全严肃而温和地对来人说：“端正党风人人有责，我是一个党员，党员不能做损害党的形象的事。”来人见他态度坚决，话又非常在理，只好将礼品原数带回。

1989年，当中国石油天然气总公司决定，在石油系统掀起学习大庆群众运动新高潮时，这位保持和发扬大庆精神铁人精神，以铁人为榜样，30年如一日忘我工作的老劳模的精神和品德，显得更加光彩夺目，在他周围工作的干部职工响亮地提出了一个口号：“远学大庆，近学刘德全！”

1990年春天，华北油田供应处作出了向他学习的决定。消息传来，这位为我国石油工业默默奉献了30多年的老党员、老劳模，心里又激动又不安。他做梦也没有想到，一个昔日曾给地主放牛、做小裁缝的苦孩子，会成为光荣的石油大军中的一员，会成为一个受人尊敬的劳动模范。他总是感到，党和国家给他的荣誉太多，而他对党和国家的贡献则是太少了……

采访就要结束了，他拉着我的手诚恳地说：“老赵，你回去以后，见到领导，请给我捎个话，我今年虽然已经55岁了，身体也不太好，体力明显不如前些年了，但是，领导和群众这样信任我，看得起我，我一定好好干，不辜负领导和群众对我的希望。”

这声音，如此真挚，这话语，那样平凡！这真挚的声音不正是一个老劳模的心声吗！这平凡的话语，不正体现了一个老劳模高尚的思想情操吗！

跨越“龙门”

宋克力

外国人常说的运气这个词，在中国被叫作机会。这不是宣传唯心论，120多年前，在德国，在辩证唯物主义哲学的奠基人那间小小的书房里，当马克思进行他那宏伟睿智的思索时，有时也不免发出关于运气之类的感叹。

机会，这个在客观世界中带有很大偶然性的东西，曾使多少人为之垂涎欲滴。然而大千世界，芸芸众生，生活给予每个人的机会并不是均等的。有的人，一生吉祥如意，凭借机会获得成功（绝大多数没有成功）。这样的成功是不会令人羡慕的，因为它缺少一点奋斗的乐趣，就好比谁有钱都可以去全聚德吃一顿烤鸭一样，没有什么值得津津乐道的。有的人则由于社会的、历史的原因，几乎从一开始，展现在他们面前的生活之路就是荆棘丛生的。但他们没有退缩，一步一步迈着坚实的步伐奋力前行。这里自然充满了艰苦与辛酸，但也能品尝到拼搏与奋斗的甘甜。这是一帆风顺的命运宠儿所无法享受到的乐趣。

在我们伟大祖国的土地上，在一大群这样对未来充满信心、不甘平庸、不甘沉沦、默默攀登事业峰顶的奋斗者中，有一个身材矮小，业绩并不显赫的人，他就是本文的主人公廖盛权同志。1981年4月下旬的一天，廖盛权主持设计的10吨龙门桥吊已经到了最后组装阶段。4条高达13米的大腿刚立起来，突然刮起了六七级大风。瞅着在呼啸的狂风中晃晃悠悠的桥吊大腿，人们的心一下子提到了嗓子眼。谁都知道，这架长29米、跨度16米、起升高度13米、自重18吨的庞然大物，它的分段焊接的3200道焊缝、

96 个螺孔，在安装中不允许有一道变形，或有一处螺孔有正负 3 毫米的错位，这在好天气里也是很难做到的，何况现在。

廖盛权习惯地把眼镜往上推推，投给向他聚拢来的几位班长一个淡淡的微笑，轻轻地说："继续干吧。"

他那么有把握？他对自己的设计那么放心？人们的脸上明显地露出疑惑的表情。

此时此刻的廖盛权，心中翻卷着汹涌的波涛。他深知自己的责任，假如组装失败，几十名工人半年来的辛勤努力将功亏一篑，1400 公斤电焊条以及诸如此类的价值数万元的材料费、加工费等，也将付诸东流。但是，一个人有时也同一个民族一样，最宝贵的是要有自信心。这是对自己所追求的理想，所献身的事业的坚定信仰；是对自己把握客观事物的意志、技能和对集体力量的充分了解和信赖。具备了这两条，剩下的就是和大自然的搏斗了，这点对他这个饱经生活磨难的农民的儿子来说，实在算不了什么太大的困难。组装在廖盛权沉着若定的指挥下有条不紊地进行。当最后一个螺丝准确无误地插入螺孔拧紧时，整个工地沸腾起来。"成功了！"人们欢呼着，涌向廖盛权。

凝视着在狂风中巍然挺立的桥吊，廖盛权眼里噙着泪花。是啊，他不仅奉献给社会一个庞大的物质实体——龙门桥吊，而且向社会展示了他具有的潜在价值，这怎能不令人感慨万千。

人们也许要问，一个工程师设计一台龙门桥吊，有什么值得大惊小怪的。问题恰恰在于，廖盛权并不是工程师，而是一个只断续读过四年小学，十年前还不知开方为何物的普通工人。小学四年，这在我们国家只能算刚摘掉文盲帽子。而这样一个人却动手设计并组织制造了龙门桥吊，这难道不值得大书一笔吗？

让我们看看廖盛权的充满艰苦行程的足迹吧。

他的家乡，是靠近珠江三角洲平原的广东省顺德县。自古以来，这里草木繁茂、鱼米飘香。然而，到处盛开的玫瑰花并没有给廖盛权带来如花的童年，相反，1944 年他呱呱坠地的时候带给这个雇农家庭的只是愁苦和眼泪。母亲产后第三天就下河捞虾、摸鱼，为的是给这个家筹集一顿菲薄的晚餐。廖盛权两岁那年，母亲瘫痪了。家里的顶梁柱倒了一头，另一头无论怎样用力，也无法支撑住这个残破的家，更别提让孩子们上学念书了。

可是，幼年的廖盛权是多么羡慕那些背着书包走进学堂的孩子呀。他瞪着圆乎乎的小眼睛不止一次地悄悄来到学堂窗下，听着里面朗朗的读书声。他也曾向母亲哀求过要上学读书，但母亲如注的泪水把他吓呆了。

直到新中国成立以后，他 10 岁那年，爸爸才让他上学念书。临走的前一天晚上，瘫痪在床上的母亲，一针一线为他缝好书包。第二天，母亲让别人背着，把小廖盛权送进学堂。当着老师的面，母亲对他说：“孩子，托共产党的福，你才能念书。你要听老师的话，不要把时光白费了。”母亲的话，成了廖盛权学习的动力。直到今天，也就是母亲去世 27 年后，廖盛权谈起当时的情景，都激动得不能自已。

“大跃进”时期，廖盛权辍学了。1965 年，他应征入伍。在东进的列车上，他望着车窗外飞速掠过的一座座工厂，一排排楼房，一架架桥梁，一辆辆汽车，惊异了。心想，天地这么大，事业这么多，我知道得太少了，心中又涌起一股渴望学习的热情。

然而“文化大革命”打破了他的幻想。入伍第二年刮起的那场风暴，几乎把所有的书籍都推进了废品收购站。无奈何，廖盛权只好拿出自己背包里存放的，念了 4 年小学留下的全部课本，从头读了起来。

5 年的部队生活很快结束了。1970 年，他作为一名新兵，走进了石油工人的行列。

摆弄惯土坷垃的手，同机器打起了交道。起初，他觉得新鲜、有趣，渐渐地，他感到不满足起来，以致有一天，他终于发现，自己几十年来奉行的听话、守纪、谦和等人生标准中，似乎少了点什么。按照这些准则，他平平坦坦地度过了人生的每一个关口，干什么都是好样的，入伍不到一年就入了党，年年被评为“五好”战士。到工厂当搬运工也好，当拖拉机手也好，都踏踏实实干，也年年被评为先进生产者。照这样下去，将来升级、加薪不是也会平平稳稳吗？到底缺的是什么？廖盛权终于悟出，他所缺少的正是事业上顽强的进取精神。进取这两个字可不是闹着玩的，你只要在自己的人生字典中加上这两个字，特别是对只念过4年书的廖盛权来说，那就意味着要同艰苦、辛劳、熬夜结下不解之缘。

正如马克思所说，这是一条崎岖的小路。放着平坦的大路不走，为什么要攀上这条崎岖的小路呢？廖盛权想起了母亲的嘱咐。母亲曾希望他做一个鲁班式的为民造福、为国造福的人。鲁班之所以能为民为国造福，首先在于他有本领，是位能工巧匠。如果仅仅空怀一腔热血，到头来，还是白了少年头，空悲切。

廖盛权下定决心，开始在崎岖小路上艰难攀登。他选定的目标是机械，他要成为新时代机械行业的“鲁班”。中华民族的灿烂文化，向全世界表明，我国人民是世界上最早使用机械的人民。早在青铜器时代，我国人民就掌握了高超的冶炼和锻造技术。东汉时，我国著名的科学家张衡，不仅制造了浑天仪、地动仪，被称为“数术穷天地，制作侔造化”之人。到了明代，我国人民的机械技术水平有了很大提高，造出了能使郑和七下西洋远航的大船。

机械可以说是使用范围最广，也最普及的一门学科。然而，普及并不能否认它的艰深，尤其在近代，机械行业的高精尖程度，使它与电子工业并驾齐驱。要想在今天掌握机械技术，远不像古人那样只需要一双灵巧的手，而且需要一副灵敏的头脑，需要具备数学、物理、材料力学等多方面知识，掌握计算、绘图、设计等多种技能才行。而廖盛权就凭着他的毅力和勇气，大胆地叩起这座庄严的殿门。

读书使他忘记了一切。所有的业余时间几乎都用在搞懂和背诵那些晦涩的数学和物理公式上了。他起点低，自学数学是从乘法口诀开始的，有一次，他从对数表上查到“π”的根值是1.772，为了弄明白1.772的来历，他用加减乘除演算了几十遍，全部记忆细胞倾巢而出，奋战三四个晚上，都毫无结果。后来，他揉着红红的眼睛去找技术员。技术员告诉他这是开方，并随手扯过一张纸为他演算了几例。廖盛权大为惊异，他第一次听说数学中除了加减乘除外，还有开方。数学远比他想象的要高深得多。于是他恭恭敬敬地请技术员做了他的启蒙老师。

他买来了《中学数学基础》《电工基础》《机械制图》《机床维修手册》《焊工焊接技术》《钳工基础》等30多套书籍，如饥似渴地攻读起来。他住在集体宿舍，担心学习太晚会影响别人休息，就自制了一个小灯，等同室的同志们都睡熟了，他才悄悄爬起来，坐在桌前，打开小灯，平心静气读起书来。夏天，蚊子咬得受不了，他就端着小灯钻进蚊帐里，任凭汗水打湿衣衫。每年的探亲假是他集中学习的大好时光。他很少走亲访友，到家后就一头扎进书堆里。他家是个家庭托儿所，白天孩子们喊喊喳喳闹，干扰很大，廖盛权就干脆爬到房顶上，顶着秋后的太阳读书演算。有一次，爱人做好午饭，到处找不见他，还以为他去哪个亲戚家了。谁知快到午后两点了，眼尖的孩子才发现爸爸在屋顶上，妻子又气又笑，大声喊了一声，廖盛权才意识到早已过了吃饭时间了。他家邻居有间破屋，堆着柴草，里面曾养山鸟、狗。廖盛权为了寻找一个安静的学习环境，不顾脏臭，拿着书进去一学就是一天。乡亲们说，盛权读书着迷了，香臭都分不出。廖盛权的学习，实践针对性很强。他是本着缺啥学啥的原则为自己制定学习计划的。他的工种是维修钳工，识图下料是基本功。因此，在学习数学的基础上，他把专攻的课目，定在识图和制图上。为了学会识图，他把图纸钉在墙上，抱来实物，拿着卡尺，边量边学。有一天，一位焊工对他说：“老廖，你成天学习，能不能搞个中压乙炔发生器，咱车间那台，太小，太危险。”廖盛权听了心里一动，正巧，车间主任听到了，就对他说：“干干试试也不错。”廖盛权得到支持后，名正言顺地干了起来。他顾不得吃饭，先骑车去县城新华书店买了本《焊接技术》，当夜就通读了一遍，搞清了乙炔发生器的原理。第二天，他开始画图了。那时，他刚学会识图不久，想抄起鸭嘴笔画图可真不是一件容易事。公差、光洁度怎样表示？椭圆怎样画？弧度、弧高、弧长怎样计算？这些都是摆在他面前的一道道关隘。他采用老办法，笨人多干。前半夜请教技术员，后半夜画草图，画坏了撕掉重来。

画废的草稿在一张张增多，正确的新图也在缓慢地一笔笔接近成功，科学就是这样，你付出多少代价，他就给予你多少报答，此处绝无通融的余地。

廖盛权终于摇摇摆摆走出了迷宫。第一次由他亲手绘制的图纸变成了新崭崭的零件。乙炔发生器搞出来了。廖盛权六载苦读结出了一个小小的硕果。是甜的？是酸的？廖盛权懂得，现在还不到品尝胜利硕果的时候，陶醉就意味着止步。他的目光又坚定地投向前方。

1976年初，管子站由沧州搬到任丘。当时条件简陋，钻具装卸全靠人抬肩扛，轻的百十来斤，重的两三吨。廖盛权当时虽然不是搬运工了，可是他深知搬运工的甘苦。于是，他向领导提出，要搞一台小型龙门桥吊，把搬运工人从繁重劳动的桎梏中解放出来。

站领导支持他的行动。谈革新易，干革新难。廖盛权仔细观察了兄弟单位的龙门桥吊后，沉默了。整个吊车需要170张配件图，每一张图纸的精度要求都很高，而且横梁要在地面分段焊接，然后提到空中去组装，焊接过程中钢铁受热引起的变形系数，应该怎样计算？

廖盛权想，到底干不干呢？干，困难一定很多，而且还可能会失败。不干，虽然不会失败，却等于放弃了一次很好的学习机会，放弃了学习，难道不是最可怕的失败吗？

干！廖盛权推推鼻梁上的眼镜，夹着书本，走进了技术员的宿舍。

在同志们的帮助下，廖盛权连续40多天，每天只睡3～4个小时，准确地绘制出了170多张龙门吊图纸，完成了设计任务。为了下料准确，他又买来《钣金工读本》，边学边干。放样时；为了找好基准，他吃饭睡觉都在想，终于发现了牵线定点找准的办法，保证了放样准确无误。

当银灰色的5吨桥吊高高耸立起来时，两颊深陷的廖盛权抚摸着浸透他心血和汗水的钢柱，流下了喜悦的眼泪。

成功者的秘诀在于，他永远处于起跑线的始端，廖盛权正是这样，他的自学道路，是伴随着攻克一个个技术难关度过的。

1978年，管子站把革新等离子喷焊机的任务交给了廖盛权。何谓等离子喷焊，廖盛权闻所未闻。他去请教技术员，技术员告诉他，等离子，就是电场中阴离子和阳离子相等，从而产生较强的电弧，熔化钻杆接头，使之与一种特殊金属合金粉末黏合，从而增加了钻杆的耐磨强度。技术员对他说：“这是一项新技术，国外也才应用不久。大胆干吧，给你的自学再开辟一个广阔的领域。”

走出技术员的房间，廖盛权很激动，他想，我这个才念过4年书的泥腿子，居然搞起具有先进水平的等离子喷焊机来了，这里寄托着领导和同志们多大的期望啊。这一夜，他辗转难寐，想了很多很多。他想起了童年哀求母亲让他念书时的哭闹，想起了在顺德农村，抽打着水牛，费劲地把犁铧插进水田时的烦恼。祖国是多么需要革新和创造啊，想到这，他顿时觉得浑身充满了力量。他翻身下床，打开书箱，拿出了下午刚刚买到的一本新书《等离子喷焊》，认真读了起来。

不久，廖盛权去大港油田管子站和海洋勘探局管子站学习。回来后，立即投入了设计绘图。

设计的第一个难点，是既能上下移动，又能横向移动，旋转360°，还要便于维修的焊枪。为了攻克这个难关，廖盛权几天几夜没吃好饭、睡好觉。经过反复琢磨，他采用螺杆传动方法，解决了上下、横向移动问题。

但紧接着，又出现了焊枪扶正不好的问题，经改进，用两根光杆做轨道，再次攻克了这一难关。后来，他又推翻了原定手动卡盘的方案，决定模仿S127车床，把卡盘搞成自动的。但S127车床的卡盘是圆柱齿轮，而这台喷焊机卡盘则要求是伞形齿轮和圆柱齿轮连接，怎样改呢？廖盛权设计了一个二级减速箱，然后在卡盘上加配个伞形齿轮，从而使自动卡盘获得成功。

整整一年，365个不眠之夜，廖盛权绘制了400多张图纸，并亲自参加了施工，等离子喷焊机终于造出来了。此刻，它安静地坐落在对焊车间高大的厂房内，像个怕见公婆的新媳妇，羞涩地垂下头侍立着。从外表看，这台机器一点也不美，同它主人一样，身材矮小，服饰粗糙，毫无动人之感。然而，当它接通电源，翩然起舞时，围观的人们惊异了，它是那样的灵巧，钻杆接头自动进入卡盘、转动、喷焊，一道金色的焊花飞向屋顶，然后再转动，再喷焊，又一道金色的焊花飞起。喷焊过的钻杆接头，经检验，全部合格。

人们不由得惊叹起来，它的内秀和表面朴实无华，内心光芒四射的品格，不正同它的主人廖盛权一模一样吗？古语说："文若其人。"在这里我们竟发现"机若其人"，似乎有点进化论的味道。

廖盛权就是这样，10年来，在自学的道路上，不断探索、不断进取，取得了可喜的成绩。先后完成5项较大的技术革新成果，小改小革不下百项。他自己也从一个半文盲，达到中等专业学校毕业水平，掌握了同等学力所具有的数学、物理、材料力学、机械制图等基础知识，并且具有较强的独立设计和机械加工能力，和他共事的工程师、助理工程师一致给予他较高的评价。党和人民也给了他应得的荣誉，评选他为华北石油管理局标兵和河北省劳动模范。

廖盛权的青春年华，是在不断地奋斗、顽强地进取中悄悄逝去的。他恋爱过，但没有花前月下的卿卿我我。他有一对很可爱的孩子，但却给予他们太少的父爱。他完全有条件，也有时间带着爱人孩子，登上越秀山，俯瞰五羊城，在海滩上散步，在花丛中漫游。可是他放弃了，他宁愿躲在腥臭难闻的鸡栏狗巢潜心攻读，也不愿把时光白白掷给流水浮云。

他就是这样一个人，绝少想到享受，摒弃一切物质引诱，把整个身心全部奉献给他所热爱的事业。10年来，他几乎放弃了看电影、看电视、逛商店等所有的文化娱乐生活。在物质生活上，他是清贫刻苦的。他是四级工，七八十元的收入，老人、爱人、孩子都是农村户口，近年来实行生产责任制，他家劳力少，经济窘况是可想而知的。他每顿粗茶淡饭，不沾烟酒，衣着总是两套旧衣服替换着穿。每月寄回家五六十元，剩下的还要存起来，以便有积蓄可以两年探家一次。他转业到石油工业10多年，没做一件家具，全部家当只是两个木箱。

1980年，他爱人带着孩子来任丘探望他。到家第二天，他仍然按时上班了，因为龙门桥吊正在紧张施工，工地离不开他。妻子黎丽崧打量着丈夫住的这间简易房：门是用纸板做的，床上的被褥还是结婚时添置的。房间里，没有一张桌子，一个凳子，既无锅碗瓢盆，又无柴米油盐。她想去买，可不知道商店在哪。南国女子初来北方，语言不通，风俗两异，几乎寸步难行。无奈，她只好呆坐在床前暗暗垂泪。

丈夫下班了，风尘仆仆推门进屋就要吃饭，妻子含着泪说：“没有米，我拿什么给你做呀？”廖盛权拍拍脑袋才恍然大悟。然后，他领着一家四口，去集体食堂吃饭。

晚上，妻子坐在用砖头垒成的凳子上，嗔怪地对他说：“你设计大吊车都不成问题，为什么就设计不出一个凳子？”廖盛权不知如何回答。

妻子又问：“你的老乡、同事，本事没你大，可都做成了一套又一套家具，你就不能也找些木料做点？”

廖盛权回答说：“你总不希望我去当贼吧。花公家的材料，用公家的时间干私活，别说是做，就是白给我也不要。我是共产党员，群众看着我呢，如果我拿一根小木头，别人就会拿一根大木头，这账你算过吗？我之所以不要命地苦学苦钻，为的是把党交给我的工作干好。咱不能仗着自己搞了点革新，就干损害党的利益的事。你想添点家具，咱们以后节约钱买，我说到就可以做到。”

一席话说得妻子热泪直流。这是真正的爱的泪珠，是一个妻子对自己丈夫真诚表白的理解、信任和崇敬的表示。

廖盛权完全有条件改变自己的经济状况。他的家乡广东省，实行经济特区政策后，人民收入提高很快。很多在外地工作的广东人都动心了，和他同进油田的 30 个同县老乡中，有 18 个已经调回去了。他们在来信中纷纷劝说廖盛权赶紧请调回家，他们为他描绘了一幅幸福生活的图景。有一封来信是这样说的：“凭你的技术，就是退职回家，一个月挣三四百元是不成问题的。”他的妻子、姐姐、姐夫、岳父、岳母等亲友也轮番劝他回家，有的还四处奔走，为他联系接收单位。

廖盛权又何尝不想调回广东呢？多年来，两地分居，经济拮据，牛郎织女，天各一方，高堂年迈，孩儿幼小，他的家是多么需要他这双有力大手的支撑啊。寥盛权不是不食人间烟火的神仙，他的心也是肉长的。每逢探亲回家，一踏上故乡碧草茵茵的土地，一股发自肺腑的思乡之情便油然而生。他是多么想留在这块生他养他的土地上，在他所爱、所熟悉的亲人们身边度过美妙的夜晚，迎来充满希望的黎明。

然而，他想得更深更远。他想，我廖盛权有今天，是党培养教育的结果。我是搞石油学会的技术，离开了石油就失去了驰骋的疆场。取之于油，要用之于油。石油是建设“四化”的宝贵物质，祖国离不了石油，我廖盛权也离不了石油。他随口吟诵起周总理喜爱的两句诗来：“青山处处埋忠骨，何须马革裹尸还。”共产党人如果连这点气魄都没有，还谈什么解放全人类。

像 10 年前，他选择人生道路一样，在生活的水准面前，他又选择了最低的标准。

1982年，廖盛权出席了河北省劳动模范代表大会。他站在会场中央的圆形吊灯下，望着自己胸前佩戴的红花，百感交集。

是啊，在锲而不舍的追求中，他有时也感到失败的威胁，有时会因惆怅而彷徨苦恼，但当他想到自己是一名共产党员时，一切苦恼、威胁便会烟消云散。共产党员如果对自己的事业无所追求，无所奉献，那还叫什么共产党员？追求是会有失败和苦恼的，但唯有追求，才会进取，唯有进取，才能贡献，唯有贡献，才是幸福。人类的发展历史，不正是一个追求进步的历史吗？从茹毛饮血的山顶洞人，到刀耕火种的原始部落，进而再到铁犁铜鼎，最后步入文明的乐园，哪一步没有凝聚着一代代人追求奋斗的心血？今天，我们祖国正进行着的四化建设，不更需要奋斗与拼搏吗？

想到这，廖盛权感到一股深深的自豪充溢全身。他要把这强烈的自豪感化作力量，去继续追求、继续拼搏、继续奋斗。他要使自己炎黄子孙的每一滴心血、每一滴汗珠都无愧地洒在为祖国建设的道路上。

春之华

孟宪琦　白义森

杨柳吐翠，大地泛青。河间县城南的芦苇荡被呢喃燕语唤醒了，一枝枝嫩绿的芦苇争着抢着顶破土层冒出了尖脑袋……

伴随着这充满生机的春天，1981 年的钻井黄金季节来到了！然而，就在这芦苇荡里驻扎的勘探三公司 32967 钻井队仍处于“冬眠”状态。春风是温暖的，而这里不少职工的心却是凉的。他们对这个在公司 19 个钻井队中位于最后的队失去了信心。不是要调走，就是抱着“过一天算三晌”的想法度日。不知是担心让日益增高的芦苇团团围住，还是担心这芦苇荡要在雨季变成沼泽地——钻机有气无力地呻吟着。

这是阳春三月的一天下午，32967 钻井队来了一个莽头小伙，只见他头戴一个变了形的铝盔，脚蹬一双底子很薄的工鞋，身着溅满油、泥的工衣，嚓、嚓、嚓，进机房；蹬、蹬、蹬，上钻台，干活卖力气，说话大嗓门。嗬！那个利索、泼辣劲盖帽啦！不认识他的人暗自喝彩，以为队上来了一名老实能干的工人。可是，很快他们又觉得这位“不速之客”有点奇怪，说话往往带着“官腔”，还专门跟那些上班疲疲沓沓，在酒场上吆五喝六的人过意不去。他是谁呢？人们很快清楚了，他就是新上任的 32967 队指导员左春华。事态的变化太突然了。那些从来没人敢管的“刺头”还没有谋划好“对策”，队上就爆出了一条新闻。那是左春华进队一周后的一天晚上，在队上召开的职工大会上，他当众宣布了 3 条措施：一是对干部进行严格考勤，杜绝超假现象。二是要敢于伸张正气，不准有任何破坏纪律的现象存在。不管哪位职工违反了制度，一律照章处理。三是要切实落实岗位责任制：提前半小时到井场；认真按巡回检查路线接班；完不成当班任务的不准下班；上班时不准私自离开井场，不准回宿舍吃饭。特别令人惊讶的是他当场就宣布扣除了队上两个干部的超假工资。本来吗，这3条措施是早就有的规章制度，并不过分。可是，对于这个一直在下游兜圈子的后进队来说，简直是破天荒的事，更不要说扣干部的工资了。犹如一石激水，泛起层层涟漪，惊奇的目光、怀疑的目光、敌视的目光一齐射向了左春华——一个泼辣中有些精气、憨厚中带点“傻气”的小伙子。

话好说，事难做，拭目以待的人啊，你看到了什么？

“跟你们好说歹说就是不听，是不是还要试一试我的软硬？既然这样，那就别怪我不客气。”站在左春华面前的是两个惯于“逞能”的年轻人。刚才，他俩在地质值班房打赌。一个说：“你要一拳头砸坏这张桌子，我掏钱赔偿！”另一个也不示弱，一拳头下去，那张桌子散了架。现在他俩站在他面前口气还挺硬的：

“不就是一张破桌子吗，不砸也用不了几天！”

“破桌子就该砸？那我举个不恰当的例子，假若你有个爷爷今年七八十岁了，你敢把他活活捏死吗？反正不捏死也活不了几天啦！”他是个急性子，话一出口，却有点后悔，不该在这样的场合下冒出这么几句。那两个年轻人并不在意他这几句尖刻的话，反而嬉皮笑脸地耍开了贫嘴……他俩走后，他立即同队长何广义及其他几个干部通了气，当天就扣了那两个嘎小子29元钱。实话说，那张破旧的桌子值不了这么多钱。要使这个落后多年的队振兴起来，很有必要“矫枉过正”啊。

“慢走！”这是一天晚上，上零点班光景，他把下班的同志留下来了：“当班任务当天清，这是制度。你们继续干，什么时候把两台泥浆泵和泵房卫生搞好了再下班！”乖乖，他说钉子便是铁。咂嘴吐舌也好，心里不舒服也好，在他那威严的目光的注视下，这一班工人不得不延长了两个小时才下班。

这就是左春华上任后放的三把“火”。这三把“火”，烧掉的是软、散、懒，烧出了一个新局面。开始那些惊奇的目光、怀疑的目光乐成了缝，敌视的目光也温顺多了。

钻井队指导员这个职务算几品官？没人排过号。但事实表明：在这个岗位上要真想干好，干出成效来确实不易。这里七八十号人，其中90%的是30岁以下的年轻人，他们来自祖国的东西南北中，别看年龄相仿，但经历、性格迥然不同。这里远离公司，一年四季，不分冬雪夏雨，在野外生活，整天同笨重的铁家伙打交道。如今的井队生活同大庆创业年代相比不知好了多少倍。但眼下同二线相比，条件还算艰苦。

这是什么天气哟，简直热得要命。晒得钻机发烫，野营房那嗡嗡转的风扇失去了魅力，人们到室外的阴凉处去午休。宁607井正向深部钻进。3000米以下的地层复杂呀——别看那一根根用特殊钢材制成的碗口粗的钻杆在地面是响当当、硬邦邦的，但把它连接成3000多米长，旋转起来却软得像面条。下钻后，转盘带着方钻杆转过十周八匝后，3000米以下的钻头才慢慢蠕动。在向复杂岩层钻进的过程中，下部钻具要同时受到压力、扭力和弯曲力的作用。天热心急情更迫。由于客观原因，这段时间队上干部只剩下左春华一个人。过去他忙乎那是“跑龙套”，眼下他成了“主角”，既要忙台上又要忙台下。起完3200米的钻具，该换什么样的钻头？泵压、泥浆、水马力选多大参数为宜！本来，凭他多年的经验，完全可以自己安排。但是，打井是一门老老实实的学问，何况这是他过去从未涉猎过的深井，岂能主观臆断？于是，他通过电台向公司生产科请教。要掏泥浆大罐了，烈日暴晒，罐内像蒸笼，气温高达40多摄氏度。有人建议等晚上凉快了再干。等？岂有此理！左春华恨不得生个什么魔法，一拳砸出个油眼来，心急火燎啊，一分一秒都不忍心耽误。只见他甩掉背心，操起一把铁锹跳进了罐内。不能直立，就猫腰干。罐外的热流，罐内那股刺鼻的味道合伙袭击着他，不一会，就汗如雨注。他咬紧牙关，抖掉头上的汗珠，一锹、两锹……一看他这股拼劲，在场的几个职工再也站不住了，纷纷跳进了罐内。这天下午 5 点多钟，修好的滚筒被送到了井场，由于井场只有一台 8 吨吊车，摆放困难，一直到晚上 12 点才把滚筒装上。接着，他又和上零点班的同志一起穿大绳，一夜没合眼。同志们劝他回去休息一会，他寻思：井下静止时间较长，下钻过程中会不会出现复杂情况，再说中途还要调整泥浆。于是，他又和上白班的同志一块干起来。时过中午，他晕晕乎乎，口干舌燥，便在水龙头上冲了个凉水澡，继续顶在钻台上，一直干到晚上 7 点多钟下钻到底，一切正常后，才离开井场。“呀，他连续工作了 36 个小时！”一位职工屈指一算，不禁失声叫了起来。

从生理角度来讲，人体结构一样，同样是 206 块骨头，肌肉在收缩活动的过程中，都要消耗体内葡萄糖和盐分。那么，左春华也该休息了。可不，你看，他连工衣也顾不得脱，就躺在了一张光板床上。窗外，小溪旁的蛙声此起彼伏，在溪旁散步的几个小青年用《军港之夜》的曲子信口哼唱着自编的“歌词”：井队的夜啊静悄悄，微风把树梢轻轻地摇，年轻的钻工，多么的辛劳，睡梦中露出甜美的微笑。马达你轻轻地响，钻机你轻轻地叫，让我们钻工好好睡觉……这惬意的催眠曲把左春华送入了梦乡。

让我们借主人公稍事休息的片刻，调转镜头，顺着他走过来的“足迹”看一看吧：他出身于书香门第，爷爷退休前是某中学校长，爸爸在县机关工作，妈妈是个教师。左春华少年时期大部分时间是跟爷爷一起生活的。这个爱吟“之乎者也”的老先生，常用通俗形象的话语给孙子讲“孟母择邻”“孔融让梨”等故事，讲“谁知盘中餐，粒粒皆辛苦”的道理，这种传统道德潜移默化的力量促使小春华养成了一个爱动脑子、爱劳动的习惯。

“爷爷，这煤油为什么能点灯？水为什么点不着？”在他那天真的孩提时代，总爱缠着爷爷问长问短，“你说煤油是石油变的，那你给我指一指在哪，我用咱家那水桶去提，把盆盆罐罐都灌满，给你点好多好多灯，把屋子照得亮亮的，你看书省眼睛。”

“好，你去提呗，就在这！”爷爷指了指脚下的土地，眼睛乐成了一条缝，“这下面很深很深的地方有。”

“你骗人，地下边还能长油？”

其实，爷爷并没骗他。就在春华出生的那一年，即1954年，担任地质部部长的李四光同志就组织石油普查队伍，要在全国范围内进行普查勘探。把主力部署在了新华夏系第二沉降带的松辽平原和华北平原上。1955年地球物理勘探队在他的家乡河间县毗邻的肃宁、饶阳一带开始了区域普查工作。普查的结果判定：这里有广阔的开发前景。钻探工作自1968年宁1井开始后，1972年加入石油大军的左春华，赶上了1976年家乡的土地上大规模钻探石油的热潮。儿时用桶去提石油的夙愿终于实现了。

这岂止是用桶提，简直是石油河啊！

日产千吨的任4井即华北油田的“功勋井”，打破了古生代石灰岩地层无油的断言，拉开了华北石油会战的序幕。忘不了，继任4井之后，在一口日产2900吨的高产油井祝捷会上，伴随着喷吐的油柱，响着噼里啪啦的爆竹声、锣鼓声，彩车、人流、歌声、笑声……啊！富饶的故乡哟，竟蕴藏着这么多宝贵财富！此时此刻，左春华眼睛湿润了。可是，他那澎湃的心潮又很快平息了。因为在家乡的土地上哗哗自喷的这些石油，还不是他亲手钻探的。他为此感到脸在烧。望着远方林立的井架，他更加坚定了自己的信念：多打井、多拿油，告慰家乡的父老兄弟，支援国家建设！但是，每当他打完一口探井，如果是个干窟窿的话，尽管各种资料收集得准确、齐全，也不免有些懊恼。他真恨不得有穿山甲的本领，一头钻进地层深处，看一看究竟哪里有油。每当他打完一口生产井，而且真打出了油时，就激动得不能自已。他虽不会吟诗作赋，可在他那丰富的内心世界里有着无穷的诗情画意。当他登上井架之顶，遥望着广袤的冀中平原时，不禁思绪万千。

是啊！上下几千年，在这块土地上发生了多少英雄壮举！从隋朝末年窦建德率领的河北起义军，到传说的宋时杨六郎在高阳一带镇守三关口……一直到近代史上威震中外的抗日战争。作为古战场，这里不知留下了多少“慷慨悲歌之士”及爱国英雄的足迹；从回民支队到雁翎游击队、地道战、地雷战、野火春风斗古城……作为拯救中华民族的沙场，这里洒下了无数先烈的鲜血。饿殍千野、任倭寇践踏的时代终于一去不复返了。冀中儿女继承先驱们英勇善战的光荣传统，用巧夺天工的技艺装点着这里的每一寸土地，告慰先烈的英灵。在这光辉的土地上成长起来的左春华，爱这里的一草一木，为了打出更多的油井，汇入祖国母亲的“血管”，让时代的列车加速运转，他甘愿抛洒一腔热血。

“嗵”的一声，左春华从床板上蹦了下来。只见他揉了揉眼睛，向屋外张望。原来他刚才做了一个噩梦：像井喷，泥浆裹着油花花冲上了天车，钻台上像下雨，又像卡钻，柴油机开足马力吼叫着，钻具还是上不来，下不去。想到这，他急了，连鞋带也顾不得系就跑出了宿舍。嗬！噩梦醒来是黎明！井上一切正常，锋利的钻头正向 3700 米以下的潜山进击！

进击！心血同泥浆一起迸射；进击！脉搏同指重表一起颤动。精诚所至，地府的大门岂有不开之理。宁 607 井顺利完钻了，实际井深 3780 米，钻井周期 66 天，经济效益明显，达到了钻探目的。这出戏以喜剧收场了，“导演”加“主角”的左春华在 66 天里上了 120 多个班，几乎每天上两个班。

随着油田的高速开发，储采比失调逐渐成为华北油田一个突出矛盾，要解决这个矛盾，就要多打探井，多找储量。石油大军夺油心切呀！32967 队又以“三个当天”的速度来到了新井场。刚刚捅破地壳，令人心烦的事又跑来缠绕左春华。一天，他的妹妹来到队上，说经人介绍，兄弟油田的一个姑娘从千里以外赶来相亲，现正在家里，爷爷让他回一趟家。井上正下技术套管，怎么能轻易离开呢！春华对妹妹说：“你先回去，我到井上再看一下。”妹妹回家了，为远方的姑娘准备着丰盛的菜。可是炒好的菜放凉了，爷爷不知在村口上张望了几次，还是不见人影。好吗，这可急坏了老人，一急之下，从屋里推出了自行车。年近七旬的老人吃力地蹬着车子，心里犯开了嘀咕：自己看着长大的孙子，如今是二十七八岁的人了，可还让他操心。说不懂事吗，人家在井队是干部，干的是大事业。说懂事吗，对自己的终身大事不哼不哈的。井队离家只有20里地，回公司还路过村口，可他一年也难得回几次家。即使回来一两次，说不上几句话把屁股一拧就走。家里人想和他把这事絮叨絮叨都没个机会。眼下，人家姑娘千里迢迢赶来，可他连人影都不见。想到这，老人的气不打一处来。一进钻井队，就给了左春华一个红脖子涨脸。他了解爷爷的心病，是想在有生之年见到重孙子。为了宽慰老人，春华陪着老人回了家——待了不到3个小时。

一个月后的一天，那位姑娘来信了。她对左春华这个“不近人情”的人极为不满，婚事有告吹的意思。这时，春华如梦初醒，才想起应该给女方写封信表示歉意，讲清自己“不近人情”的道理。想不到，春华放出的“信鸽”又把姑娘引来了——这次，她直接来到了队上。身着工装的左春华把她让进屋里，倒了一杯开水，寒暄了一会儿，又照常是那句老腔：“你先坐会，我到井上去看一下。”可一上钻台，就身不由己了。因为绞车调挡拨叉失灵，怎么扳也不起作用，用锤敲也无济于事。不能磨叽停钻时间一长，井下容易发生复杂情况。于是，他抢过大锤，把上身探进钻机。刹车箍磨得滚烫，绞车里冒着刺鼻的油烟味，烤得他脸和脖子像针扎一样难受，嗓子眼里像堵了个棉花团。他跪在链条上，憋足劲，用大锤一口气把牙嵌砸了十几下，才倒过来。直至正常钻进后，他才回到宿舍。望着姑娘那阴沉的脸色，他有些难为情，赶紧给她做解释。可她把头一扭，走了。

这次失恋，对左春华来说不知是第几次了。他清楚地记得，开始有人给他介绍了几个姑娘，但一听他在井队上班，连面都不愿见。人啊！为何这般的世俗？那些瞧不起钻井工人的姑娘们，你们不是追求时髦的衣食住行吗？那么，先冷静地想一想吧，当你乘车沿柏油马路去远行时，当你在穿衣镜前自我欣赏那舒适柔软的涤纶、腈纶等衣料时，当你打开录音机陶醉在美妙的音乐中时，当你点着液化气炉烹调佳肴美味时……可知道你们分享的这些“果实”里面蕴含着石油钻井工人的汗水。石油全身是宝呀！四化建设没石油行吗？那么，凭什么嫌弃钻井工人？爱情，难道仅仅是花前月下的卿卿我我？恋爱，难道是高于事业的主题？不！“战士自有战士的爱情”，钻井工人的眼里容不得一点沙子。左春华以鲜明的态度回敬了那位姑娘：“看来你是无法理解我的工作。既然这样，即使你我凑在一起，也谈不上什么爱情。再见吧！”

左春华这个血气方刚的汉子，有着和正常人一样的染色体，有着和正常人一样的感情，何况已过了“男大当婚”的门槛。屡次的失恋，因失恋而招来的可畏的人言，这一切都在他心上留下了创伤。然而，当他像陀螺一样嗡嗡旋转的时候，一切干扰和烦恼都烟消云散了。一次井队搬家，他三天三夜没脱工衣。饿了，到食堂买几个馒头；渴了，咕咚、咕咚就是一茶杯凉水；困了，就在值班室的光板床上迷糊一会……终于，他实实在在地睡着了，嘴里还咬着一口馒头。见此情景，哪个工人不为之感动！32967队的工人心中有数，他们的指导员一忙起工作来，连吃饭的时间都不忍心耽搁。

机工小张说：“有一次我找指导员请假，见桌子上放着饭，估计他一会可能回来，可等了半天不见人影。我找来找去，最后发现他在二层平台上扣吊卡呢！”

钻工小李说：“像这样的事多着哩。”

一次行动胜过十次诺言。领导干部处处为人表率，本身就是有形无声的思想政治工作。有这样的指导员，就是铁石心肠的人岂能无动于衷？

左春华，这个石油大军中的普通一兵，把辛勤的汗水洒在了故乡的沃土上，把澎湃的激情、深沉的爱奉献给了祖国的石油事业。广大职工奉还给他的是敬佩和勉励，党和人民给予他的是信任和荣誉。1981 年，左春华被评为公司、管理局、石油工业部的标兵，河北省劳动模范。他的名字以及照片在《华北石油报》《河北日报》上多次出现。32967 队这个过去“名落孙山”的老大难队像一只打盹的老虎醒过来了。在他那敢抓善管、敢于拼搏的劲头感染下，党支部“一班人”同广大职工拧成一股劲，把心思用在了钻井生产上。全队职工的平均级别只有 1.9 级，由于队上形成了善学肯钻的风气，因而在采用钻井新技术方面不断取得新成绩。从 1981 年 3 月到 1982 年 6 月，他们采用新技术打的 6 口井，一口比一口深，一口比一口快，经济效益一口比一口明显。6 口井平均井深 3717 米，创出了华北油田深井钻井新水平，多次受到公司、管理局的表彰。并且受到了中共河北省委、河北省人民政府的嘉奖。

最后，有必要告慰读者：左春华已找到了志同道合的伴侣，姑娘也在钻井队工作，她聪慧、活泼……

“春天的后面不是秋，

何必为年龄发愁！

只要在秋霜中结出你丰硕的果实，

又何必在春花面前害羞。

……”

爱在石油

松　立　王兴宏

1977 年 8 月的一天，四川省广安县内靠近渠江边的一个小村庄，人们在为一对年轻的夫妻送行。男的叫姜兴渠，是华北油田勘探三公司的钻井工人，女的叫伍尚菊。她两年前得了类风湿性关节炎，由于农村缺医少药，没有得到及时治疗，致使她全身关节僵硬，四肢肌肉萎缩，手指、脚趾成鸡爪状，1.55 米高的个子缩到 1 米左右，体重减到不足 60 斤。

乡亲们瞅着姜兴渠夫妇禁不住泪如泉涌。这个小山村曾有几个患类似病的人，不消几年，便相继离开人间。尚菊会怎样呢？一位大娘拉住姜兴渠的手泣不成声地说："孩子，往后你们怎么过呀？"兴渠看着尚菊，尚菊的眸子里也含着两包晶莹的泪水。兴渠朝她笑笑，转身对乡亲们说："大家放心，有我在，尚菊会好起来的。"

就这样，当时年仅 31 岁，有着 5 年军龄、7 年工龄、9 年党龄的姜兴渠，毫不犹豫地挑起了这副生活的重担。

从那天起到现在，整整 5 年过去了。被许多人认为活不了多久的伍尚菊竟逐渐地好了起来，现在居然可以借用身体甩动的力量下床走动了。她脸上浮起了一层淡淡的红晕，两只眼睛变得颇有神采起来。许多人都不相信这是真的，去年尚菊的母亲听到传闻说尚菊死了，来信问丧事是怎么办的。兴渠回信告诉她说，尚菊的病情有所好转，身体恢复得很快。老太太不相信，来信催要相片。于是兴渠背着尚菊，带着孩子去照了他们结婚 12 年以来的第一张全家合影。相片照得很好，尚菊满脸带笑，大而明亮的眼睛分明在说：妈妈，您看，我这不是很好吗？我能好起来，不靠天，不靠地，全靠了兴渠那山泉一般甜、嘉陵江一般深长的爱啊。妈妈，5年了，近两千个日夜，您知道兴渠是怎么走过来的吗？

爱，这是一个真正的权威！特别是当她被融进一种崇高的信念之中后，能唤起多少温暖的情感，能产生多么巨大的，甚至异乎寻常的力量呀！

一

来油田后，姜兴渠甚至没来得及收拾一下残破的家，就开始背着尚菊到处求医问药了。他先到几家设备比较齐全的大医院，得到的回答都是：没什么希望了，养着吧！有的医生检查完尚菊的病情后，惊异地说：“我行医几十年还从来未见过像这样严重的类风湿性关节炎！”

难道真的没救了吗？难道尚菊就一辈子像堆棉絮一样瘫倒在床上了吗？兴渠瞅着两个衣衫褴褛、面色焦黄的孩子，不由得悄悄哭了起来。尚菊呀，你没得病的时候，是那样的勤劳能干、是那样的活泼可爱。我当兵5年不在家，你那时还没过门，却每月都步行30里地到俺家，帮助妈妈喂猪垫圈，劈柴做饭。1970年结婚后，我怎能忘记，是你照顾老人，抚养孩子，忙里忙外，挑起了全家的生活重担；我怎能忘记，每次探亲回家，你总是做了好吃的，自己不吃，也不许孩子吃一口，硬往我嘴里塞，自己心甘情愿地上山砍柴，下田挑粪。你没有文化，可你通情达理；你长得不俊，可心灵像山茶花那样美！

想到这里，兴渠的心像针扎一般疼，他霍地一下站起来，心里暗暗立下誓言：只有一线希望，也要治好尚菊的病。

他听说献县有个老中医，治疗类风湿性关节炎有经验，就前去登门拜访。医生说：“我试试看，你把病人带来吧。”兴渠说：“我家有孩子，病人来不了。求您上门去看看吧！”医生说：“我老了，腿脚不方便。”兴渠说：“那没关系，我每天用小推车接您送您。”就这样兴渠每天早晨7点出发去接老中医，天黑前又把他送回家。一个多月过去了，爱人病情不见好转，兴渠不灰心。为了继续给尚菊看病，他遍访了附近几个县的老中医，给上海等地的医疗部门写信联系药品。春去秋来，冬流夏至，兴渠背上背着妻子，手里牵着孩子，坚定地奔波在乡间的土道上。

姜兴渠把治好爱人的病当作他生活的第一需要。他是三级工，每月收入不到70元。每逢开工资他先把两笔钱扣下：妻子的药费20元，营养品10元，这是神圣不可侵犯的。再加上四口人的口粮款，就所剩无几了。他节衣缩食，刻薄自己。20世纪80年代的人们早已司空见惯的物质生活，对他来说，简直是非分之想。他一年四季都穿着工作服或早已变得发白的旧军衣，冬天难得穿上一双袜子，夏天却蹬着双翻毛大皮鞋。没有毛衣，吃的是粗茶淡饭，多年的烟酒嗜好也早戒了。他的家里，除公家发的床和桌子外，唯一的家具是三只破木箱，有一只还是尚菊结婚时的陪嫁，红漆早已剥落。空荡荡的两间房，连个窗帘都没有。到过他家的人，无不心酸落泪，可他却说："只要能治好尚菊的病，再苦也能熬。有了人，就有家！"

去年8月，有人告诉他高阳县农村有个医生可能会治尚菊的病，就是药费贵，每副中药17元。他听后二话没说，就把医生请来，在他家住了一个多月，当他借债300多元，爱人自我感觉好些时，医生因事要回家。于是，他把年仅十岁的儿子小勇留在家，自己带着爱人、女儿随同医生一起到高阳农村。9月27日，是他难忘的一天。这天，他那四年卧床不起的妻子，竟然借着全身甩动的力量，一步三点地走了几步。他的心顿时像被点燃似的热烘烘的，眼泪唰地一下涌出眼眶。4年啊，他踏着星光起床，伴着月色入眠，做梦都在盼着这一天。这一天终于到来了，来的这样突然，又是这样真切。他揉揉眼睛，再揉揉眼睛："啊，看清了，我的尚菊会走了！"他像个孩子似的拍手跳了起来，眼角还挂着晶莹的泪花。

二

伍尚菊病情好转，是丈夫倾注心血的结果。

尚菊到油田后，整整 5 年来，姜兴渠每天早晨 5 点起床，先做好饭，然后再给妻子儿女穿衣服，接着给他们洗脸、喂饭，饭后再给妻子喂药，忙完这些，上班时间也就到了。下午 4 点下班后，他洗衣、做饭、喂饭，照料孩子睡下后，还要烧好热水，为尚菊擦浴，这样可以加快血液流动，对恢复肢体功能有好处。尚菊因长期服药，肠胃受刺激得了慢性胃炎、肠炎。夜间，只要妻子稍稍有响动，兴渠就翻身下床拿来便盆，像抱小孩似的托着妻子大小便。他每天平均只能睡四五个小时，碰上夜班，就得一天一夜不合眼。

为了给尚菊增加营养，这个既当爹又当娘，拉扯孩子还要服侍妻子的姜兴渠又养了 20 只鸡，这无疑给他每天繁重的家务劳动又增添了新的内容，可是只要尚菊有蛋吃，就是再苦，兴渠心里也觉得甜滋滋的。

5 年，整整 5 年，姜兴渠就是这样度过的。他默默地承担着全部的生活重担，从没有因此而向领导提出过过分要求，因贫倚弱，索无止境。一个人在一时一事上做到宽大如怀，温柔细致，也许不难。可是在 2000 多个日日夜夜中，可以预见几乎没有尽头，始终如一、坚韧不拔地在这些平凡的、琐碎的，在一些人看来没有什么意义的小事上耗费精力，抛洒心血，就的确是难能可贵的了。

也许有人会说，照顾一个 5 年卧床不起的人，难道就不心烦不生气吗？姜兴渠是个普通的有血有肉的人，长年累月守着这样一个妻子，免不了有急躁的时候。可是，要知道，他是在特殊的场合，怀着异常的感情而生气的。他煮好两个鸡蛋来喂尚菊，想不到妻子舍不得吃，给了 4 岁的小女儿小琴。他不高兴地说："让你吃你就吃吗！"尚菊也挺犟："我不想吃嘛！"一句话伤了兴渠的心。他果然生气了，把 4 口人仅有的 4 只碗摔碎了一只，接着跑到院子里像个孩子似的哭起来。尚菊心软了，对小琴说：“快去叫爸爸回来，妈妈吃。”兴渠这才破涕为笑了。还有一次，兴渠下班刚进屋，面前的情形使他绞心般地难受起来：连根火柴棍也拿不起的妻子，居然艰难地挪动着刚能走动的双腿，用两个手腕夹着巴掌大的扫帚，弓着腰扫起地来。扫帚滑脱了，她慢慢地用脚把扫帚柄踢到墙边，然后用脚尖挑起一头来，再伸手去夹，汗水滴滴答答地落在地上。兴渠生气了，夺过扫帚埋怨道：“真不听话，谁叫你下床了？”尚菊故意噘着嘴说：“我这不是替你干活，我是想活动活动，你见我能动弹，难道不高兴吗？”兴渠听后，又一次破涕为笑了。

在我们的现实生活中，不是常可以听到那些攀高枝、择门第、喜新厌旧、嫌贫爱富的公子哥儿式的奇闻逸事吗？有些人也真是，他们往往用市侩的眼光来衡量今天人与人的关系，把一切都纳入交换的范畴，以此来寻求人生的平衡。我做官了，对不起，庄稼院的媳妇再见吧！我当工人了，上大学了，经济条件改变了，对不起，谁叫你没文化来着，没有共同语言吗，只能对你喊声：“拜拜！”这类人物，又怎能理解姜兴渠的作为，又怎能找到一个共产党员，一个社会主义制度下的公民和没有文化的残废乡下妻子之间的平衡点呢？于是，公子哥儿们、老爷太太们发难了，他们说：姜兴渠一表人才，完全可以另寻佳偶，何必自己给自己套上一辆破车，拉到何年何月才算个站呢？姜兴渠说：“表面看来，我关怀的是我心爱的妻子，而实质上我维护的是我尊崇的社会公德，因为我时刻记着：我是社会主义国家里的一个公民，是为人民谋幸福的一名共产党员。”怀着这样纯洁信念的人，生活道路上的一道道关隘又有什么可怕的呢？

三

5 年来，躺在病榻上的伍尚菊，曾多次产生轻生的念头，而每次又都是她的丈夫姜兴渠给了她继续活下去的勇气。

1980年10月的一天，秋风阵阵，阴雨连连。瘫卧在床已经4年的伍尚菊，又感到全身疼痛难忍。她想喊，牙周关节疼得她张不开嘴；她想哭，眼泪早已流干。老姜上班去了，床前站着4岁的女儿小琴。此时此刻的尚菊，脑子里翻江倒海，一会儿出现兴渠那日渐消瘦的面庞，一会又映出渠江边家乡那间茅草房。她想，为了我，兴渠受了多少罪啊，伺候我，还要拉扯孩子，一个男人在生活的道路上背着这么沉重的负担，该是多么艰难啊。亏了兴渠，在井队时年年还是先进生产者呢。一想到兴渠，尚菊心里便涌上一股又甜又苦的柔情。这时，在她脑海盘桓许久的一个念头渐渐明晰起来："去死！解脱兴渠的苦恼，让他生活得更幸福。"就这样，一个刚满32岁的青年女子，为了她所爱的人的幸福，选择了一条心酸的让人掉泪的道路。她把女儿小琴叫过来："小琴，你把窗台上那包药用开水冲了给妈喝。"

孩子恐惧地摇摇头说："不，爸爸临走时说过，那是耗子药耗子吃了这药会死的。妈妈，你不能吃，吃了也要死的。"说着，她急忙把药包装进自己的口袋，用小手紧紧护住。

过了一会儿，姜兴渠回来了。小琴急忙抱住爸爸的腿说："爸爸，妈妈要吃耗子药！"兴渠听后大惊失色，一步跨到床前问妻子："是真的吗？"尚菊默默地点点头。

兴渠怔住了，呆呆地站立着。好半天了才说道："是我嫌弃你吗？"

"不是。"

"是我待你不好吗？"

"你是世上最好的人。"

"那你为什么……"

尚菊哇地一下哭出声来："我不忍心再连累你呀！"兴渠有点激动了："我给你端屎端尿，吃苦受累为啥？你要是死了才对不起我！你躺在床上，孩子天天能看到妈妈。有你活着，咱们还像个家。咱老家有句俗话说：'一根竹竿打到头'，就是再苦、再难、再累，咱们也要白头到老啊！"

世界上还能有比这更真诚、更炽热的爱情表白吗？姜兴渠难道没有想过，他的青春年华，甚至他的一生献给这样一个也许终身都不可能复原的女人值得吗？他想过，也许没想过，因为在他这样一个质朴的共产党员的心田里，这类商业性十足的名词是没有立足之地的。

这场风波使姜兴渠得到了新的启示：要医治好尚菊的病不仅需要物质的力量，更需要精神上的帮助。

从此，他开始注意从各个方面开导尚菊，鼓起她重新生活的勇气。

他家附近经常放映露天电影。放映前姜兴渠要来回跑三趟，先领着大孩子拿着椅子找好座位，接着回家背尚菊，然后再把小女儿小琴抱来。尚菊从小长在农村，结婚不久就得了这种病，连电视是啥样也没见过。兴渠就背着她到邻居家去看电视。开始出家门，尚菊不肯。她说："你背着我这样一个人，别人会笑话的。"兴渠乐呵呵地说："咱们老夫老妻的，怕个啥？你出去散散心，总比老闷在屋里强。"兴渠背着妻子走在路上，有的人同情，前来搀扶；有的人讥笑，在一旁冷言冷语，一些不懂事的小孩投来木棍、碎石。兴渠全然不顾，坚定地向前走着。尚菊感动地对人说："世上有好人，有坏人。有的妇女身体好好的，男人就不要了。可兴渠……唉，我听到别人议论他的那些话，心就像刀割一样疼，我没办法，只好趴在他的肩头上哭呀哭！"

腊月，别的人家忙着打酒买肉添新衣过年，而姜兴渠却不买肉，不买菜，也不给一家 4 口添一件迎春衣。自己有病不去看，舍不得花 5 分钱的挂号费。可是，他竟然大方地花 55 元"巨款"买了一台收音机。他说："让尚菊知道一下国家的好形势，听听歌曲，心情能开朗点。"生活把姜兴渠这个五尺汉子的心磨得像针尖一样细。每年旧历七月七日是尚菊母亲的生日，不用提醒他总能及时把贺礼寄去。家乡来信了，他总是有声有色地念给妻子听，他这样做都是为了使妻子心情愉快啊！中国古代有千金一笑的说法，姜兴渠的行动，岂非千金价值所比，他捧给尚菊的，是他那颗晶莹透亮的心啊！

中秋时节，兴渠为妻子唱起了家乡的民歌：

庄稼佬背着（那个）太阳过山哟，

今年又是（那个）好年成吧……

皓月当空，月色如水。尚菊兴致挺高，也唱了一首：

蝴蝶，蝴蝶（那个）真美丽哟，

头上的金子（那个）穿着花花衣吧……

丈夫深挚的爱，终于使尚菊心灵中的那潭死水活泛起来。生活对她来说，不再是度日如年的磨难，而是充满希望的期待。

四

在我们的国家里，人民群众之间互相帮助从来就是传为美谈的。尤其在今天，共产党领导的社会主义制度，为我们民族的这种传统美德，提供了更广阔的发展场所，并赋予了新的、更加完美高尚的内容。姜兴渠在他肩负着生活的重担，艰难跋涉的几年间，从来就没有感到过孤独，没有感到过凄凉。尽管他从未向组织提出过非分的要求，也没有絮絮叨叨地成天叫喊困难。但是，那些普普通通的人，和他无亲无故，甚至素不相识的人，都向他伸出了友爱的双手。

有一年的春节，一位普普通通的家庭妇女走进了姜兴渠的家，伍尚菊躺在床上问：“你是谁呀？你来干什么？”来人回答：“我叫朱玉芹，你就喊我姐姐吧，我来看看你过年过得怎么样。”说着打开了手里提的包，从里面掏出猪肉、糖果、瓜子、花生，满满摆了一桌，看到这情形，伍尚菊只叫了一声：“姐姐……”就泪如泉涌，什么话也说不出来了。

像朱玉芹这样的普通人何止一个！几年来，姜兴渠一家大小的衣服和鞋几乎都是左邻右舍的家属们做的。夏天，有人想着为他们补补蚊帐；冬天还没到，热心的大嫂大姐们就赶来为他们腌制咸菜了。

这就是我们的人民！他们像泥土一样众多、朴实、无华；像松柏一样高洁、青翠、仗义。

党更是关心姜兴渠一家。为了照顾他们，组织上把姜兴渠从一线调到二线，并在生活上、工作上为他提供了许多方便，经济上也尽可能地给予帮助。

公司领导还看望姜兴渠一家，向他们问寒问暖，表示慰问。公司领导高度赞扬了姜兴渠几年如一日，精心照料病残妻子的行为，并号召党团员向他学习，争做社会主义精神文明建设的模范。

姜兴渠的事迹传开以后，在勘探三公司引起很大反响。人们纷纷来到姜兴渠的家里，目睹了这一对夫妇的生活情况，许多人落泪了，还有许多人沉思了，他们被姜兴渠这种默默的献身精神感动了。他们在想，在党的十二大精神推动下，在社会主义精神文明建设的春风吹遍祖国大地的时候，对照姜兴渠这个普通共产党员的情操和行为，你，我，他，应当怎样生活？怎样工作？

我们的人民真不愧是乐善好施的人民。许多群众自发地捐献款和物，短短十几天里，勘探三公司有 1196 人，捐献出了现金 700 多元，粮票 800 多斤，还有被子、窗帘、衣服、球鞋。少先队员们拿出了自己的练习本，共青团员们组织了义务打针小组、义务清扫小组，定期帮助老姜清扫庭院，送医送药。有一位老工人，听说姜兴渠的事迹后，抓起家里的一只母鸡就出了门，老伴儿忙问：“你这是干什么？”他边走边说：“老姜家属需要补养，这就算是我的一点心意吧！”

面对着党的关怀、群众的帮助，姜兴渠一家激动不已，彻夜难寐。他们满怀深情地给党组织写了一封感谢信。信中写道：“我们从我们一家的亲身经历中体会到，千好万好不如社会主义好，爹亲娘亲不如共产党亲！”

亲爱的读者，我们的故事讲完了，您有什么感想呢？

绿 叶

牛 信

一

她来了，轻轻地走上了讲台：慈祥的笑容、和善的目光。教室里安静极了，这是一堂不寻常的课——勘探三公司第二小学的老师们要听初来乍到的叶淑琴讲课。与其说是“学习”，不如说是“严考”。

她，坦然自若，嚓、嚓、嚓，在黑板上写下了《小马过河》的课题。然后，在黑板上画了一条“河”。接着，她拿出了两张事先制作好的图片，这是两张素描“马”图，一大一小。

“这是什么？”

“是两匹马。”同学们喜悦地答道。

“老马还是小马？”

“一匹老马，一匹小马。”问答式使课堂气氛一下子活跃了。

紧接着是“马妈妈”和“小马驹”的扮演者登台了。课堂气氛又一次出现高潮。

按照课文的特定镜头，“马妈妈”和“小马驹”的扮演者开始对话：

“孩子，你不小了，能不能过河替妈妈把磨坊里的麸子驮回来？”

“妈妈，我怕，你带我去吧？”

“我带你，你永远怕。”

“那我……”

“小马驹”在黑板前示意过“河”时，“马妈妈”鼓励它：“放大胆。”

终于，“小马驹”过了河，还驮回了麸子。小马第一次替妈妈做事，受到妈妈的表扬，可高兴啦！

一堂课充满启发式。然而，叶淑琴并不以此满足。她还紧紧抓住孩子们的心：

“老马为什么让小马独立过河？”

“你遇到困难时依赖妈妈吗？”

“当你第一次替妈妈做事时，想到什么？”这不是简单的问题。这是启发、也是作业。

一堂课有起有落，紧紧抓住了孩子们的心。

哗、哗、哗，同行们报以热烈的掌声。从此，她的名字与形象教学法连起来了。

听过她讲课的人，都说她讲得“灵活、多样、善于启发、富有趣味性”。这样说，并不过分。她的识字教学就像做游戏。

上课了。叶淑琴在黑板上写了个“粮”字，注音后，她不急于教识字，而先讲“粮”的意义、来源和用途，使小学生对“粮”字有一个直观认识。然后是学生做“游戏”：一个同学拿着“米”字，另一个同学拿着“良”字，合起来就是粮食的“粮”，由浅入深，转入理解字意：“米，有大米、小米、黄米、软米……”

深入浅出的教学，使小学生听得津津有味。

叶淑琴又引导孩子们从识字走向组词，当她的话音未落，一双双小手随之举起。

有的组成：“粮食”。

有的说成：“粮站”。

还有的组成：“粮户”“粮食作物”……

“这就是我们要学的‘粮’字”。叶淑琴补充了一句，孩子们满意地点头示意：明白了。

整个识字教学，课堂气氛活跃，学生学习兴趣浓厚。一名被人称为“瞌睡虫”的调皮鬼，以前上课总睡觉，调到叶淑琴班里后，“瞌睡虫”被赶跑了。这个同学说：“叶老师的讲课像讲故事、做游戏，听得懂，还好记，上课一点也不想睡。”一位曾经传过叶淑琴闲话的人，听了她的识字教学课，羞惭地说：“没想到叶老师的课讲得这么活，真解渴。”

人常说：台上一句词，台下念百遍。其实，叶淑琴每堂课的“现身说法”，有谁晓得课外要付出多少辛勤汗水呀！

春雨知道，盛夏知道，秋风知道，冬雪知道……

20 年来，叶淑琴一心扑在教育事业上，唯独她自己的事没往心里去。

一天，叶淑琴的小儿子慢腾腾地朝她走来：“妈妈，我难受！”平时细心的母亲，这时却大意了。她顺手摸了摸孩子的前额，说：“有点热，过会就好了。”

孩子失望地走了。晚饭后，叶淑琴又撇下孩子，赶制第二天的识字图片去了。深夜，当咳嗽声把她惊动时，孩子早已烧得昏迷不醒了。爱人出车不在家，她急了。猛然，才想起去医院。孩子送到医院，又是打针，又是服药，刚刚安静了，叶淑琴非常自责，白天的大意，才使孩子遭受这般痛苦，我真……

寂静的深夜，当她深一脚、浅一脚地回到家里时，已是次日凌晨 1 点多啦！孩子慢慢退烧了，进入了梦乡。

叶淑琴真疲乏了，她多想躺下歇一会儿。可一转念：识字图片还没制好，她赶忙打了盆凉水，抹了抹脸，又伏案忙开了。“战斗”结束了。叶淑琴周身的疲劳已经消失，她感到了一阵轻松和惬意。夜幕渐渐消逝，天空露出了鱼肚白，叶淑琴伸了伸腰，长长地松了一口气，拿着识字图片，出了门向学校走去。

她一犁一耙在三尺讲台上辛勤耕耘着。汗水滋润着孩子们的心田，伴随着绿叶是朵朵鲜花的盛开：1979 年，勘探三公司统考，她教的班平均成绩 98.7 分，名列第一；1980 年局教育处组织统考，她教的班平均成绩为 96.8 分，名列全局第二名；1981 年，在勘探三公司组织的同年级语文竞赛中，共有 31 名学生参加，她教的班就有 9 名学生夺得了竞赛权，分别取得了好成绩。

二

这是 1979 年的冬天。叶淑琴为学生赶制识字图片，接连几个夜晚没有睡好觉，她那偏头痛病又犯了，折腾得她怔忡不宁，躺卧在床上起不了身。

眼看要过年了，家里还是冷冷清清，一点年货也没置办。屋子里的空气清冷而凝重，爱人当个司机长年跑外，不懂事的两个孩子吵着要买这买那，年老的母亲抹着眼泪抱怨、数落，牵动着叶淑琴的万般心绪。

人们议论着的事儿，早已传进孩子们耳中。一天晚上，七岁的小儿子赵军，撅着小嘴，来到叶淑琴的身边，直通通地问道："妈妈，人家说你是假积极，是吗？"

叶淑琴一愣，随口问道："你听谁说的？"

"好多人都说，还说……"

"嗯！"叶淑琴没让孩子再说下去，她伸出两手把孩子拉到自己的身边，说："你看妈妈是假积极吗？"

"反正收音机里说啦，坏人才搞假把戏呢！"小军哭丧着脸，眨动着充满问号的眼睛，执拗地追问："妈妈，你为什么要假积极呢？"

哪想到孩子会提出这样的问题。该怎么回答呢？她慨然一声长叹："妈妈是一名党员，工作应该走到别人前头。"

"党员也不能假积极呀？"小军继续发问。

孩子的问话刺疼了妈妈的心，她克制住心灵的战栗，许久没有作声。年迈的母亲忙插上来为女儿开脱："别问了，看你妈妈瘦得这个样子。"

天真的孩子把眼睛一眨，说："假积极就应该瘦。"孩子的话像一把锥子扎在叶淑琴的心上。此刻，叶淑琴仿佛才意识到，在经受"文化大革命"后的今天，要脚踏实地为党的教育事业工作，诚心实意为祖国培养人才，将要付出多么实际而沉重的代价啊！

望着天真的孩子，这个从不落泪的倔强女性，眼里充满了泪水。孩子怎能理解自己的心情呢？她似乎从思索中找到了答案："孩子，妈妈是个死心眼。"

"那你就活点呗。"

"心眼活了小学生就学不得知识，学不得知识就没本领，没本领长大就接不了社会主义的班……"她竟然用数学的推导法来启发孩子。

小军迷迷糊糊地点了点头。

孩子们睡下了，老母亲又数落开了："琴，军军说的是真是假，娘不懂，只要不离开大伙儿办事娘就放心……"

人心不是铁铸的，孩子幼稚的问话和母亲唠唠叨叨的数落撼动着叶淑琴的心。

时针已指深夜12点，她躺在床上翻来覆去睡不着。忽然，她利索地爬起来，自言自语道："教师，就是要教好书。我没有错，不管别人说东道西，还是走好自己的路吧！"

三

教书重要，育人更重要。

叶淑琴深深懂得，作为一名人民教师，不仅要为祖国培养有文化、懂科学的人才，而且要为"四化"培养热爱党、热爱祖国、德智体全面发展的合格毕业生。

1980年10月，叶淑琴教的班上转来个绰号叫"牛皋"的"三气"学生（三气：家长生气、老师憋气、学生怨气），他的真名叫赵建兵。

小建兵曾因开口骂人，动手打人，学习成绩差，两年留级、四次调班没有转变而闻名全校。建兵来到班上意味着什么？他为什么几年没有转变？难道小建兵真变不好了吗？

现在，给叶淑琴出了一道难题。

解难题，自然要动脑，这些天，叶淑琴吃饭不香，睡觉不甜。她想着，悄悄观察着小建兵的一言一行。建兵初来乍到，尽管他淘气出了名，毕竟师生有些陌生，几天无声无息，“牛皋”仿佛老实得像猫儿似的。然而，叶淑琴没有放松对他的“警惕”。

这是一个晴朗的早晨。当上课铃响过后，叶淑琴像往日一样轻步走上讲台，开始范读课文。突然，赵建兵学着刘兰芳说的《岳飞传》中牛皋的声调“哇、哇”地吼叫起来。这阴阳怪气的声调，先是把全班同学惊呆了，后又引起哄堂大笑。

几十双急得想要说话的眼睛紧紧盯着叶老师，希望她做出果断的处置。叶淑琴胸有成竹。她向他投去了和蔼的目光，顿时，教室里的紧张气氛缓和了。叶老师又继续范读课文。可是过了一会儿，小建兵又愣声愣气地喊开了。这一堂课，被搅乱了。

当晚，叶淑琴走访了小建兵的家。

建兵的爸爸是运输大队的工人，没有文化，生性就是暴性子。一见面他就放开了连珠炮：“这孩子死不争气，我又没有文化咋教育？只能打骂撒气。”原来，建兵在家里常因调皮、逃学而挨打，浑身被打得青一块紫一块，日子长了，小建兵被打皮了。

夜深了，叶淑琴躺在床上翻来覆去睡不着。她望着早已熟睡的丈夫和两个心爱的孩子，心总是像被什么揪住似的。

皎洁的月光从窗口投进来，叶淑琴下床推窗翘望，高远的夜空，星月交辉，几朵浮云在游走。她长长舒了一口气，呵，明天将是一个晴朗的好天！

这些天，叶淑琴一直吃饭不香，睡觉不甜，身子瘦了，眼上也布满了道道血丝。但她精神不减往日，仍以惊人的毅力活跃在天真活泼的孩子们中间。

几节课后，叶淑琴打算找赵建兵谈谈，可是叫了几次，小建兵怎么也不来。她没有急于去找他，而是和孩子们一起做游戏。在玩耍中，叶淑琴有意识地一会儿问张三爱好什么，一会儿问李四喜欢什么。当问到小建兵时，他却一声不吭。欢乐的海洋一下子被打进了“闷葫芦”。叶老师出了个“牛皋进庙”的游戏，把整个活动推向欢乐：只见 4 堵人墙“筑”起，中间 4 名同学坚守“庙门”。突然，一个胖乎乎的小虎将健步冲向“门”前三推两拉，4 个学生组成的“门”移动了位置。同学们异口同声地呼喊着：“嗨，牛皋进庙啦！”接着又是一阵欢笑声。

小建兵在一旁看着止不住“噗嗤”笑了一声。这些叶淑琴不会看不见，她缓缓走到小建兵的身边，笑眯眯地问建兵：“这个游戏好不？”建兵似笑非笑地点了点头。叶老师又问：“牛皋这名虎将你喜欢吗？”小建兵不假思索地回答：“喜欢。”叶老师见他来了精神，接着又问：“你知道牛皋是哪个朝代、什么样的虎将？”小建兵眨眨眼睛：“反正我知道牛皋是个虎将。”他又不服气地冒了一句。

叶淑琴觉得现在是“水”到，该挖“渠”的时候了。她从衣袋里掏出手帕给建兵轻轻擦去鼻涕，怜惜地说：“建兵啊，只知道牛皋是个虎将还不行，要懂得牛皋是个什么样的人，了解他的历史遭遇，还要多看书，努力学习呀！”小建兵听着听着渐渐低下了头。

打那以后，小建兵连续几天上课老实多了。然而，叶淑琴还一直注视着他的举动。

一天下课后，小建兵兴冲冲地跑到叶淑琴的面前：“老师，我拾的钱包。”这突然的举动，使叶淑琴非常高兴，她弯下腰紧紧抱着小建兵，激动地说：“真是好孩子！”建兵望着叶老师脸上滚动的泪花，也感动得哭了。

小建兵边抽泣边安慰着老师："以前我错了，今后看……"

小建兵的进步并非偶然。这些天，叶淑琴为了帮助建兵取得进步，多次进行家访，和家长建立了帮教联系；她像孩子们一样深入到小学生中间，去做团结小建兵的工作，她有意识地在全班表扬小建兵……这一桩桩、一件件看着似乎很不起眼的工作，使上上下下为小建兵转变提供了合适的条件。

一个月过去了，小建兵没有打架骂人；两个月过去了，小建兵学习开始用功了。

当小建兵第一次拿到"三好学生"的奖状回到家里时，他的爸爸眼睛湿润了。父亲第一次为儿子的进步感到高兴，高兴之余，说不尽对叶淑琴这样一个辛勤园丁的感激之情。

赵建兵的进步并没有使叶淑琴感到轻松。祖国的花朵需要长期施肥、浇水、培土，教育好下一代要付出不懈的努力。她更加感到自己肩上的担子的沉重。

叶淑琴循循善诱使"牛皋"得到了转变，进一步证实了这样一个哲理：浇树要浇根，育人要育心。小树如果没有园丁的剪枝、喷药、施肥、浇水，就长不成参天栋梁；青少年的成长如果没有家庭、学校和社会的教育、帮助，就会走向歧途。这是多么令人深思的问题啊！

四

夜里下了一场大雪，北风呼啸着，没多久厚厚的沉云被刮得无影无踪了。天气青乍乍，寒生生，这是个滴水成冰的早晨。

孩子们爱动，但在这刺骨的寒风面前手脚也畏缩了。小朝军就是寒风的"俘虏"——瞧，两手提着棉裤艰难地朝教室走去。

叶淑琴疾步跑到他的跟前，擦去他脸上的泪痕，急忙把他抱进了教室。

孩子们也一起涌进了教室。

“哟，棉裤尿了吧？”叶淑琴用手摸摸问道。

9岁的小朝军愣住了。他羞答答地说：“玩忘了，解不开裤带，尿了棉裤。”

周围的同学哄堂大笑，小朝军的脖根子也红了。

叶淑琴和气地对同学们说：“当一个同学有了困难时，是伸出热情的双手，去帮助、去关心，还是嘲笑、旁观呢……”一席话把嘲笑小朝军的同学说得低下了头。

叶淑琴匆匆朝家跑去，把自己孩子的棉裤拿给朝军换上，此时此刻，倔强的小朝军眼泪夺眶而下。

第二天，小朝军穿着叶老师拆洗得干干净净，缝得整整齐齐的棉裤，又玩去了。

20多年的教学实践使叶淑琴深深爱上了这些天真活泼的孩子们。孩子们从她这里吸取了丰富的知识“乳汁”，她从孩子们身上得到的是勇气和力量。

她仿佛看到：眼下这些天真烂漫的孩子们，明日将是“四化”建设中的工程师、人民解放军战士、地质勘探员、拖拉机手、光荣的建筑师、人类灵魂的工程师。

她仿佛又看到：她教的这些孩子们，在未来的各条战线上都取得了优异成绩，他们正手捧奖状，个个向她微笑……

在叶淑琴的心目中，他们是鲜花，他们是栋梁，他们是未来的接班人。正因为这样，叶淑琴以慈母般的感情关心和爱护着孩子们。

这是一个真实的故事：一天上午，在课间活动中，有个叫李风林的学生，在玩耍中跑得太猛，不小心摔倒在石子堆上，两腿膝盖擦破了，鲜血直流，叶淑琴得知这一情况后，疾步来到了这个同学的身边。

她关切地问：“痛吧？”

“不——痛……”李风林嘟嘟哝哝地说。

“快来，我背你上医院！”

“老师，没——事……”小风林又痛又怕地回答着。

“爸爸妈妈不会怪罪你……”说着，她蹲下身子把小风林背到背上，快步向医院走去。

包扎后，叶淑琴又把这个学生背着送回了家。一连几天，清晨，她把这个学生接到学校；放学后，又把他送回家。

在叶淑琴的精心关照下，小风林的腿伤很快愈合了。对此，小风林的家长非常感激，专门给学校写了感谢信，信中是这样赞美叶淑琴的：“叶老师既是孩子的师长，又是孩子的母亲，一件小事从叶老师身上反映出来的是新时代的风貌。她教育学生学雷锋，她自己天天在学雷锋。”

这不是夸张。这是对叶淑琴关心、爱护学生的确切评价和真实写照。

平时，叶淑琴把关心学生与忠诚党的教育事业紧紧联系在一起，集中体现在不起眼的小事中：她经常给孩子们洗手洗脸、整容整衣、梳头理发；孩子们头疼脑热，她总要先领去医院看看；她常年坚持和孩子们一起做操、一起跳绳、一起攀谈家常。她用火一般的热情温暖着孩子们幼小的心灵，孩子们从她那里得到的是温暖，看到的是微笑，学到的是知识，师生的感情越来越深。

叶淑琴热爱孩子们，孩子们更热爱她。

有一次，叶淑琴讲课，头晕得坐倒在椅子上，全班学生像战士得到了首长的“命令”，一下围上来：张张红润的脸庞出现在她的面前，双双热情的小手向她伸来，这个问长，那个问短。当她神志清醒时，这个不轻弹泪的女性，竟泪如泉涌。

亲爱的读者，你想过没有，这些刚刚开始走上人生道路的孩子们，每一个小小透明的心灵，都是一个感情的温度计。可不是吗？你瞧——每逢过年过节，孩子们争相给叶老师送来蛋糕、月饼、红枣、苹果、梨等礼品，以表达他们对老师的心意。当然，叶淑琴是不会收下这些礼品的。但你可知道，正是孩子们这真诚的心意，对叶淑琴产生多么大的精神安慰，正是这天真纯朴的举动，使师生的心越贴越紧了。

她为有这样可爱的孩子们而自豪，她为自己所从事的工作而骄傲。

在公司劳模颁奖大会上。她来了，她轻轻地走来了：披红戴花，手捧奖品，出现在领奖台上。腰鼓队奏起了欢乐的鼓点，喇叭里播送着欢快的乐曲，摄影师满怀激情调光圈，观众席上绽开了张张笑脸，大礼堂里的1700多人沸腾了，此刻，谁不为之激动！

可是，平常最爱笑的她，此刻没有笑。相反，她感到的是内疚。20年来，她的名字前面冠之以“模范教师”“先进教育工作者”“优秀共产党员”的头衔，14次上过吉林省前郭旗、华北石油管理局、勘探三公司的光荣榜，多次上过《华北石油报》《河北日报》，如今已是副校长，可谓功成名就了。然而，作为一名人民教师，难道就是为了这个？不！

她离不开三尺讲台，与其说她是园丁，不如说她是一片绿叶，而绿叶的使命不仅仅在于孕育春花，更重要的是酿造秋实。

烛 光

王振江 叶锦龙

一

古老的川中山区，偏僻而闭塞，就在这样一个几乎被遗忘的角落，一个 18 岁的少女，为了祖国教育事业，自愿留驻山乡一干就是 13 年。

她自幼生长在四川盆地的南充天峰乡。嘉陵江犹如一条银带，或急或缓地从她家门前流过，沿江两岸，林木葱郁，稻谷飘香，景色十分秀丽诱人。

的确，美丽富饶的土地，留给聂显玲的本该是说不尽的幸福与美好。但事实上由于祖祖辈辈缺少文化，致使勤劳的天峰乡父老乡亲只能长年累月眼睁睁地看着奔腾咆哮的嘉陵江水从眼前白白流逝。结果，靠天吃饭带给人的只能是无尽的贫穷和饥饿。聂显玲清楚地记得，是新中国的诞生，她才有了饭吃，有了衣穿，并且还有幸成为聂家第一个有文化的人。她是在天峰乡上的小学，随着年龄和知识的增长，她逐渐认识到教育对改变家乡贫穷落后面貌的重要性。“我长大后一定要当一个名教师。”这种朴素的愿望不仅使她从小学到高中一直成为受同学尊重、老师喜爱的优等生，而且还使她成为天峰乡唯一的一名女高中生。

本来，以聂显玲优异的学习成绩和刻苦求学的勤奋精神，她有充分的条件和机会迈入大学门槛。然而，1963 年高中毕业时，她还是放弃了那充满辉煌与阳光的追求。

那是一次终生难忘的毕业庆典。庆典会上，老校长的一段动员讲话深深打动了她的心：农村如大海，海阔凭鱼跃；农村似蓝天，天高任鸟飞，有志青年到农村去，在那里你们一定大有作为……聂显玲清楚地记得，庆典后，她不顾家人的反对，立即向学校递交了“不参加高考志愿回乡”的申请，并且就在这一年，当上了一名梦寐以求的普通的山村女教师。她教书的地点先是在离家 10 多里的东观区 11 队小学，随后便调往条件更为艰苦的龙音寺小学。

龙音寺小学坐落在一座小山的山顶上。这里原是供烧香拜佛的一座寺庙，清冷而偏僻，就像鲁滨孙漂流记中的那座孤岛，前不着村，后不着店，寺庙里泥塑的观音娘娘和众菩萨倒是搬走了，但为其保驾的各路天兵鬼神的画像依稀可见。尤其是那个手执索链口吐红舌，怒目圆睁，浓眉倒立的索命鬼更是清晰得吓人。

当聂显玲第一天站到这座空旷、深邃、阴森可怖的寺庙时，她直感到毛骨悚然。真不敢想象，一个刚刚 18 岁的少女，今后将怎样面对这无边的孤寂恐怖。为此，她有过片刻的犹豫，也有过暂时的胆怯。然而，当那一个个衣衫褴褛，睁着一双双求知眼睛的山村娃子向她投来渴望知识的目光时，一种从未有过的使命感，终于使她不顾一切地留了下来。

她说：“就是苦了我一个，也不能再使他们像父辈一样斗大的字识半筐。”

龙音寺小学只有一个复式班。班里有一年级的学生也有六年级的学生。在这里聂显玲显然是一个全能教师。她既教语文，也教算术；既当班主任，又当学校校长。娃子朗朗的读书声洒满教室溢满校园，无边的寂寞和孤独也便消失在脑后。可到了晚上景况就不同了，山野万籁俱寂，寺庙里更是静得可怕，昏暗的煤油灯下，与聂显玲为伴的只有蟋蟀和大着胆子爬过她眼的老鼠。最初的日子，聂显玲噩梦一个接着一个，常常不等夜幕降临，她便不得不早早关紧寺门。有一夜，聂显玲干得很晚，批改完作业已是午夜时分，和往常一样只觉得头晕眼涩。她想透透风。于是，站起身来，壮着胆子推开寺门。寺门开了，一股清新的山风迎面拂来，她顿时精神一振，双脚下意识地迈出门，“啊”随着一声尖厉的失声惊叫，聂显玲如同被人突然点了穴似的呆住了。只见一条碗口粗细的花皮蟒蛇，正虎视眈眈地盘卧在寺门的石阶上。清冷的月光下，这条蟒蛇，正吐着长长的贪婪舌头。还算万幸，离聂显玲仅一步之遥。这是多么险恶而性命攸关的一步啊！如果说聂显玲的脚步再迈急一点，如果说聂显玲的眼睛搜索得再迟钝一点，那么，她这个山村女教师的性命也许会就此永远地离开了人世。聂显玲说，她是在极端恐惧中逃回寝室的。那一夜她把房门紧了又紧，关了又关，躲在床上战战兢兢，直到天亮也没能再合上眼睛。

当然，环境的寂寞与恐怖，这还仅仅是困难的一方面，难的是吃饭。龙音寺小学所处的山上没现成的粮食。要吃要喝全靠聂显玲下山到30里以外的东观中心学校去背。运气好，背点米，运气不好，便只有红薯。菜是没有的，好在山上野菜有的是，等孩子放学了，到山上转一圈，什么猪鼻孔、儿菜之类的野菜便能弄一篓，背回学校或炒或腌也便对付过去了。有时，想自我改善伙食，下下功夫，城头总还能找到几颗蓬蓬勃勃的山菇，捡回来往锅里那么一炖，再滴上几滴菜籽油什么的，那个鲜，那个嫩，感觉并不比御膳差多少。

生活和工作上的酸甜苦辣，聂显玲都领教了。然而，她始终没有向任何人提及过调离龙音寺小学的要求。她打心眼里喜欢上了龙音寺，喜欢上了山村的孩子们，尤其是当孩子们从她这里学会了一首诗，弄懂了一道算术题或唱熟了一首歌时，她的心头便总生出一种神圣，一种自豪，一种劳动后获得丰收的满足。一次一个叫刘杰的山娃子，暑假时爬树捣鸟窝，不小心摔坏了腿。开学了，刘杰还没来上课，这下聂显玲可急了，怎么办？让别人抬着刘杰来上课，显然行不通。于是她便登门补课，刘杰的家与学校隔两座山，上山下山的距离足有五六里路，补一次课要往返20里的山路。而聂显玲补课又多赶在放学后，因为时间紧，她常常是连饭都顾不得吃。有一次，老天作对，一场大雨下起来后，总也不见停。眼见天色已晚，聂显玲好生着急。于是，顾不得犹豫，随手将一顶大沿斗笠扣在头上，便冲进雨雾中。一路上风如鞭，雨如注，本来就难行的山间小路，这时被雨水一冲，红红的泥土又粘又滑。过陡坡了，聂显玲一脚踩空，摔倒了，她想，这下坏了，一定伤了筋骨，试着伸伸胳膊、踢踢腿，感觉还好。于是爬起来找来一根竹棍，然后，在地上捅一个窝，等一脚踩实了，再去捅第二个、第三个……就这样，10 多里的山路，她足足爬了半天。记得，当刘杰一家人从雨中把全身湿透的聂老师迎进家门时，出人预料地惊讶，感动得刘杰全家人热泪盈眶。

在聂显玲看来，老师如父母，爱护学生保证每一个学生得到教育的权利，这是她义不容辞的责任和义务。在这个问题上，一人的能力或许有限，但是，只要是尽力了就没有什么可遗憾的。

1966 年因为工作的关系，聂显玲挥泪告别了龙音寺小学，到峰乡农中任教。这里学生多了，但条件并不比龙音寺小学好多少，许多学生因为家庭经济状况不好，常常连两三元的学费都交不起。作为一个民办教师，聂显玲尽管月津贴只有 9 元，但每每遇到这种情况，还是会拿出一部分来接济那些交不起学费而濒于辍学的学生。有时，交不起学费的学生太多，她便利用课外时间组织学生到山上拾蝉皮和蜗牛去卖。然而，山区毕竟太穷了，许多孩子仍是面临着失学的压力。这是 1970 年冬的一天下午，聂显玲按照往常惯例准时给孩子们上课，突然，她发现，班里一名叫易延珍、一名叫张苑的两个女学生不见了。仔细追问，周围的学生只是说，这两个女学生近日和一个从内蒙古来的女人贩子来往较多，这使聂显玲立刻意识到事情的严重性。这时已是下午 4 时，根据两个女孩离家出走的时间推算，估计人贩子还没走出多远。于是，她顾不得与谁打招呼，只身翻山越岭 30 多里追到东观车站，然而还是晚了，去县城的公共汽车刚刚发走。她急得直跺脚，还好一辆敞篷货车过来了，她竭力拦住了它。向司机说明缘由，并答应给司机全部路费，这才搭车来到了南充县。

南充县车站，来往旅客熙熙攘攘。聂显玲分开众人，四下查寻直到晚上 9 点多也没有见到人影。无奈中，只好挤进候车室，她从车站的地图上推测去内蒙古的人贩子行车路线，应该取道绵阳，然后北上陕西，而南充去绵阳的汽车发车时间为次日早晨 6 点，所以她断定人贩子一定还没离开南充县城。于是，她强打精神守在候车室里。此时，她又冷又饿，想吃点东西，但所在店铺无一例外地打烊关门；想睡一会儿，一个独身女性又害怕遇到什么不测。没办法只好将头往衣领里缩一缩，将渐渐宽松的腰带再紧一紧，然后，双手抱肩靠来回走动来抵御风寒的袭击。还好，第二天凌晨 4 点，人贩子终于带着她的两个女学生出现了。

“你们要干什么去？”两个女学生正在候车室洗脸，聂显玲瞧准后连忙追问。

“单姐姐说是要给我们找工作。”两个女学生将眼光转向身后被称为单姐姐的人贩子。

“你们爸妈知道吗？”

“不知道。”

“你们上当了，这女人是要拐你们走。”聂显玲不假思索地脱口便说。

人贩子做贼心虚，赶忙跳上汽车逃走了。

就这样，两个天真的女孩子得救了。记得次日的下午 2 点，聂显玲将两个女孩子送回家时，易延珍的奶奶“扑嗵”一声，竟跪在了聂显玲的面前，感激的泪水止不住地往外涌：“你真是个比父母都亲的好老师，要不是你，我这老婆子恐怕这一辈子都见不到我的孙女了。”

二

华北油田钻井二公司任丘农场学校远离闹市。由于生活和工作条件的艰苦，先后有 50 多人因各种原因调离了学校。她，却默默地伴随着日出和日落度过了 17 个春秋。

1976年8月，已经是两个孩子妈妈的聂显玲，随丈夫来到华北油田钻井二公司，丈夫搞测井，她依旧还当她的教书匠。她认定了一个理：教书育人，让更多的孩子踩着自己的肩膀，攀上科学和知识的巅峰，成为国家的有用之才，再没有比这职业更崇高的了。

她自愿留在了远离闹市的第二钻井工程公司农场学校，教语文课。那时石油会战正值高潮，职工家属来自四面八方，没有现成的学校，可孩子的学业不能丢。于是在河堤上几栋帐篷一搭便是校舍，用竹篱笆一围，外面再糊上一层黄泥巴，也便成了办公室。第一学期开了3个班，老师加在一起只有3人，没有校长、主任，每人负责一班。不必说，在如此简陋的条件下教学，风和日丽的天还好。风雨天，帐篷里黑洞洞的，可见度极差，呼啸的北风挟沙裹雨不时从破旧的门洞和窗户里挤进校舍和办公室，于是，沙吹眯了眼睛，眼睛红红的，泪流不止，仿佛总在哭。好几次，发疯般的狂风，掀翻了屋顶、撕破了隔墙。将书本和一夜间辛辛苦苦换来的教案一扫而空。冬天到了，大地白茫茫一片。在竹篱笆房里备课和改作业，如同走进冰的世界，就是身体紧靠火炉双手仍冻得如同红萝卜似的麻木而僵硬。因为耐不住艰难的煎熬和困苦的磨炼，在那两年里，先后有几名教师哭着闹着调离了该校。聂显玲的丈夫老杨看在眼里，他心疼妻子，几次同聂显玲商量调离农场学校，聂显玲就是不松口。于是，他自作主张为她在测井公司联系好了接收单位。调动后条件是诱人的，一是可以住上楼房，二是两个小孩可以就近上高中，她再也不用长年累月骑自行车10多千米上下班了。

本来，如此优厚的条件，对许多人来说，是打着灯笼都求之不得的事儿。然而当她在丈夫的再三催促下，来到校长办公室时，孰料，张开嘴竟又同校长切磋起了教改，调动的事压根就没提。她说："每个人的追求和愿望不同，对幸福和困苦的理解也不同。在我看来只要能让我更多地履行一个教师的责任，环境再苦、工作再累，心里也觉得欣慰和幸福。"

或许，正是为了这样一种追求，聂显玲在这所农场学校硬是扎下了根。起初，由于教学对象的变化，聂显玲每天面对的不再是一群单纯、朴实的山娃子，而是一群跟随父母浪迹天涯、见多识广、性情骄野的石油娃。同这群孩子打交道，困难的往往不是教书，而是育人。1979 年，她所在班，来了一个叫何秀英的小女孩。这孩子除去性格上具备一般石油娃那种大胆、任性、桀骜不驯的特点外，还由于患癫痫病而有着极强的自卑心理。在她的心目中，世界仿佛是一个远离爱的荒原，没有善意只有歧视，没有关心只有嘲讽。说轻了，她根本不把老师的批评当回事，说重了，倒在地下抽搐不止。因此，凡教过她的老师，都打心眼里发怵。

怎么办？难道因为如此，就任她如同一棵旁枝横生的树苗一样，不受约束地疯长下去？

不能！孩子是祖国的花朵，在校园里，不管它是带香的蔷薇，还是携刺的玫瑰，都应该得到园丁们无一例外的辛勤培育和怜护。

聂显玲将全身心的爱倾注在何秀英同学的身上。她从学习上关心她，平时，因为养病没能来上课，聂显玲总不忘记抽下班的时间或假日去她家补课。在她父母对她失去信心时，聂显玲仍帮她找药方、访名医，说服何秀英的父母增强治疗的决心和信心。生活上不仅自己而且也教育全班同学都来帮助她。一天，何秀英的癫痫病又犯了，人就倒在一条排污沟的边上，两眼翻白，口吐白沫，由于剧烈的抽搐和滚动，全身上下沾满了污水和污泥。见此情景，聂显玲立即跑过去抱她，太重抱不动，无奈中，只好双腿跪在地上，然后竭尽全力猛然挺身，才总算将何秀英抱起，并安置到了自己午休的床上。这时，何秀英抽搐仍旧不止。为照顾何秀英，平日她借课余的空闲，翻看过一些有关按摩与针灸的医书。知道发作中的癫痫病人，只要施以掐人中、合谷等穴位治疗，是可以加速苏醒的。于是，照猫画虎，现炒现卖，果然，何秀英的抽搐停止了。

聂显玲好高兴。看着平静下来的何秀英，心中的一块石头落了地，于是，找来自己平时穿的干净衣服小心翼翼地给何秀英换好。抽搐中，由于小便失禁的缘故，何秀英将裤子和床单都尿湿了，换下来，一股尿味扑鼻而来。没有犹豫，聂显玲随手又将它浆洗干净。

20分钟过后，何秀英慢慢睁开了眼睛。环顾四周，聂老师正冲她微微笑，自己全身上下清净如洗，窗外边刚刚浆洗好的衣服在微风的吹拂下正欢快地摆动。

何秀英一切都明白了。

“聂老师，真对不起。”一向执拗和冷漠的何秀英终于从心底第一次由衷地发出一句充满感激的一唤。

是啊，人间自有真情在。

这一唤，唤醒了一颗冷漠的灵魂！

这一唤，唤醒了生的信心和爱的渴望！从此，何秀英消除了性格上的冷漠和心理上的自卑，使活泼和自信又回到了她的少女世界。记得两年后当何秀英小学毕业离校时，小姑娘泪流满面，抱着聂老师久久不愿离去：“聂老师您真比我的父母还亲，没有您我不可能升入中学……”

有人留心做过一个观察。多年来，凡是聂显玲带的班，学生中违纪行为和败坏学校声誉的现象总能降到最低限度，学生的思想品德合格率常常为100%。

请想想看，这简单的数字里实际上包含了聂老师多少心血和汗水呀！

聂显玲关心爱护学生是如此，其实在实际教学中所表现出献身投入精神又何尝不如此呢？

整整8年了，由于农场学校的老师紧缺，她一直担任一个班的班主任，教两个班的语文课，由于教学任务太重。家里的事情她都顾不上。99岁的婆婆至今跟在她身边。家自从平房搬进了楼房，婆婆总是一个人在家，寂寞和孤独使老人的性格起了很大变化。因顾不上照看，婆婆一个人百无聊赖，便常常像小孩子似的拧水龙头玩，累了、烦了，水龙头也不关便上床睡觉，这样好几次等楼房放水，家里便要“水漫金山”，淹了自家的家什不算，更搞得二楼一楼叫苦不迭，为此，聂显玲不得不每次登门向邻居“谢罪”。

1983年冬的一天下午，她批改完作业，写完晚自习要讲评的作文讲稿。已是6点多钟了，这时，她起身去学校锅炉房打开水。谁知，刚站定身体，便觉精神恍惚，走出校门口，脚下被什么东西一绊，随即便直面摔倒在地。这下可好，嘴和地面上的一块水泥盖板撞个正着，两个上门牙磕断了，鲜血顺着嘴角直往下流，挣扎着爬起来，赶紧往农场卫生所跑，不料卫生所值班医生又不在，没办法，只好捂着流血的嘴回到家里，反复用冷水漱口止血。

“今儿，你就在家待一晚吧！”看到聂显玲这痛苦的样子，儿子和老伴都极力劝她别再去学校了。

“那怎么行，说好今晚要给毕业班学生讲评作文的。”

“可你也不瞧瞧，你现在这个样子又怎么上得了讲台呢？”

镜子里映出一张变了形的脸，嘴唇鼓得又紫又高。不张口便罢。一张口缺牙处的豁口直跑风，发出声音就像是七八十岁的老太婆。

聂显玲为难了。是啊，作为一个教师，形象很重要，现在这副面容去见学生总是欠妥吧。于是情急中，她从衣柜里翻出个特大口罩，戴上试试，还好，缺陷全部遮住了。就这样，她照样按时去了课堂。在以后的3天时间里，也是一直戴着口罩去上课，学生和同事们问起缘由，她回答得倒像真的似的：“感冒了。”不过纸里包不住火。最后，牙被磕的事还是被校长发现了，这样一来，少不得一番劝阻，但劝归劝，她照样一天没休息，直到一周后她才叫老伴用自行车带着来到任丘的一家牙诊所。

“炎症没消，这牙不能补。”诊所的大夫态度热情，对待病人满负责。

“这我知道，可我是老师，总不能缺着门牙戴着口罩去上讲台呀。”聂显玲脸上一副诚恳和期待的神情。

看来，牙科大夫也是深受老师教益的人，瞧着聂显玲这种乞求的样子，一种理解后的敬慕之情油然而生。

正是聂显玲这种忘我的治学精神和工作态度，这一年的年终考试，她所带的这个班，终于没辜负人们的期望，全班 42 名学生，8 名考上中专，27 名考上技校，升学率高达 82%，在华北油田各所学校中名列前茅。

这一年，她被评为管理局先进教师。

1985 年 2 月，她光荣地加入了中国共产党，实现了自己的夙愿。

或许，聂显玲应该满足了。然而她没有。正如人们预料的那样，荣誉在她的眼里只是一种催化剂，催化的结果，只能使她自身的热情和能量加速释放。

1986 年 9 月，农场学校分成中学和小学两所学校，聂显玲走上了领导岗位，挑起了小学校长的重担，1988 年又兼任党支部书记。行政工作多了，多得既繁又杂。本来，她可以从教学一线退下来。然而，为了学校工作，她仍然设法给自己做了这样一条规定，工作再忙，每学年听课不少于 110 节，参加各种教学研讨活动不少于 20 次。

写到这里，笔者禁不住想起了辞别聂校长的一段对话："聂校长，听说在你任校长 6 年间，学校六年级毕业生参加管理局 40 多所小学会考均取得前 5 名，学校体育代表队 1991 年参加局运动会取得第一名？"

"是的。"

"你今后打算怎么办？"

"成绩已成为过去，重要的是面对未来。"

"你在农场学校已经干了 17 年，不打算换个环境吗？"

"不，我早就想好了，我这一辈子注定是不会离开教育岗位了。现在我已经把儿子杨中调到我校当美术老师。我是这样想的，过几年我退休后服务教育事业的志愿就由儿子来继承吧。"

看来，奉献对聂老师来讲是没有终点的。

记得唐朝诗人李商隐有两句千古佳句：“春蚕到死丝方尽，蜡炬成灰泪始干。”

想想看，聂老师不正是这春蚕，这蜡烛吗？

喇嘛甸草原上的早春

王弥宗

“我们就像鸿雁，秋天飞回南方，春天又飞到北方。”这是参加大庆喇嘛甸调整井会战的华北勘探一公司前线一位负责同志的话。

不是这样吗？在白雪皑皑的北国，在春姑娘还没有从睡梦中醒来的时候，在鸿雁的翅膀还没有划破北方湛蓝而又冰冷的天空的时候，这支意气风发的钻井队伍，像一群性急的鸿雁，已经从温暖的华北大地上飞到这里来了。

荒草在疾风中呼呼作响，油田上空的高压线紧得像是随时可能绷断。灰白的积雪，一块块闪闪反光的冰面，人们鼻孔中呼出的白气，都体现着迟迟不肯北去的冷空气团的骄傲，它嘲笑这不能使它屈服的二月底的阳光。

距离计划中第一口井开钻的日子还有一个月。等到了那个时候，春风会给北方大地带来温暖，温暖也会毫不留情地融化坚硬的冰。

人们盼望春归的日子，但是，位置在冰泡子上的几口井又必须在化冻之前完成，否则，已经摆上去的钻机就很难再搬出来了，提前开钻势在必行。

“开钻后钻机最薄弱的气路管线怎样防冻？”

“工人们的情绪怎么样？在如此艰苦的条件下他们愿意提前开钻吗？”

一个又一个问号在前线临时党委书记张富祥同志的脑海中环绕着。他站在迎风疾驶的卡车上，从一个井队跑到另一个井队。他要到工人群众中去寻找答案。

当他经过一天的奔波，披着晚霞返回前线机关的时候，他的眉头舒展了，难以掩饰的喜悦挂在嘴角上。

他怎么能不高兴呢？他看到了一个井队野营房门上贴着的鲜红的对联，其中有一副上写着："身在油田放眼世界，艰苦奋斗献身'四化'""苦后有甜"。对联犹如盛开的一串红，那么耀眼，那么喜气洋洋。

他怎么能不兴奋呢？虽然井队的锅炉还没有点起来，钻工们的宿舍里与室外的温度相差无几，做饭、洗漱都是靠刨冰化水，但他们没有因此而偎在被窝里，而是下火车的第二天就到井场抡起十字镐刨泥浆循环沟了，就拿起冰冷的扳手去检修封存一个冬天的钻机设备了。他来到井场上，久久地凝视着钻工们热烈的劳动场面。刨泥浆循环沟的人们把棉衣甩在一边，一个个脸色红润，头上冒着腾腾热汗，那股热乎劲，冰冻三尺也能化个透！

他怎么能不激动呢？他在32631队听到了这样一个故事。这个队的大班司机溪后良，父亲久病卧床，母亲年迈体弱，妻子带着3个孩子还要种7亩地，生活十分困难。溪后良回家探亲，妻子说什么也不让他再当石油工人了。不当石油工人，不能为祖国的石油事业贡献自己的力量，这对溪后良来说是万万不可的。

"石油队伍里不缺你一个，咱们家没有你，老老小小，里里外外，可作了大难。"

"咱们家难，国家建设'四化'缺少油更难。家里的事你咬咬牙就挺过去了。以后，我为发展石油工业立了功，也有你的一份光荣。"

"谁稀罕！"

妻子的脸上有笑容了，她不是那种不明事理的人。她开始忙碌起来，为溪后良打点着归队的行装。

井队干部们自豪地向张富祥同志汇报的不仅仅是一个溪后良，按时来这冰雪世界报到的，还有6名刚下车就请人们吃喜糖的青年工人呢。新婚的甜蜜，家庭的温暖，都不能拴住他们的心。

还有什么可犹豫的呢？还有什么不放心的呢？正是这些朴实、坚强，献身于石油事业的人们，组成了这支远征的队伍。他们中间，不论是几十年南征北战的老石油，还是刚入石油门的学徒娃，心中都被一个“油”字占据着。在他们的面前，什么样的困难也是挡不住的。

夜幕降临了。张富祥同志的心情难以平静。他漫步在草原上，极目望去，一座座沉睡了一个冬天的井架上重新亮起了一串串的明灯，它们似乎成了各个井队钻工们心愿的“代表”，好像在表白：“我们准备好了，我们准备好了。”

钻机隆隆，转盘飞转，钻头欢快地粉碎着坚冰，刺破大地。冰冻的大地颤抖了，满天的繁星颤抖了。此时，是 1982 年 3 月 9 日午夜 23 点整；此地，是 32873 队井场。

一时间，负责前线工作的领导似乎成了受气的小媳妇，大多数井队的干部都因为没能第一个开钻而指责领导对他们的不重视。真是强人之所难，又有谁能做到 17 个井队并列第一名？况且，从 3 月 6 日会战人员基本上齐到 3 月 9 日第一口井开钻，只有短短的 3 天时间。再远一点推到第一批先遣人员从华北出发的 2 月 24 日，也只有 13 天。在这样短的时间内做好了开钻前的一切准备工作，这里面又有多少辛勤的汗水？

为了完成前线指挥部下达的在 7 天之内点起井队 17 台锅炉的任务，钻前大队锅炉队来到前线的 29 名同志，哪天不是干到夜里 11 点以后才休息。有一次，一个井队的锅炉因为炉膛漏水，点燃后又熄火了。消息传到锅炉队时，队里只有正患感冒的共产党员杨万增同志，他不顾自己发着高烧的病体，搭车赶到井队，甩掉棉衣，钻进炉膛查原因。凭着这种火一样的激情，锅炉队提前一天完成了井队锅炉的点火任务，把春天的温暖提前送到了钻台上，送到了钻工们的野营房里。

开钻需要水，送水需要罐车，而罐车严重不足。前线指挥部命令把 15

台五十铃卡车在5天内改成水罐车。先期到达前线的机修站的20名同志，顶着凛冽的西北风，在露天地苦干4天，完成了这项任务。

这仅仅是后勤工作中两个小小的侧面。在保井队提前开钻的日日夜夜里，又有谁睡过一个好觉？又有谁不是一个人干着几个人的活？大家只有一个心愿，那就是往前赶，再往前赶，抢在春姑娘的足迹光临喇嘛甸之前。

一台台钻机唱起来了。从独唱、重唱到大合唱，只用了10天工夫，17台钻机就都亮开了大嗓门。

第一口井，各队都在打着关键的第一口井。俗话说："一年之计在于春"。第一口井也和春天一样的重要。它如一粒种子，经过汗水的浇灌，将孕育出理想的蓓蕾，结出完成全年调整井任务的硕果。反之，如果培育不好，这粒希望的种子可能一开始发育就遇到挫折，并永远留下创伤。为了打好第一口井，会战的人们度过了多少个不眠之夜，付出了多少艰辛的汗水。

新任副队长王福德刚刚调到32976队，一下车就赶上了第一口井开钻前的紧张准备工作。他行李没解，床铺没安，穿上工衣就上了井场，从上午一直干到夜里12点。工作中，他的左脚不慎砸伤了，脚趾肿痛得不敢着地，队里的干部、工人都不让他上井，他说："我不能干重活还能干轻活，不能走我站着。"他上了钻台抢过刹把就不撒手。

32920队队长曾凡超长得五大三粗，身上有使不完的劲，工人们送他个尊号叫"老塔"，意思是他壮实得如铁塔一般。可是，铁塔一般的曾队长一口井下来，工人们说"他的脸都小一号了"。这还需要再描绘一番他是怎样白天黑夜连轴转的吗？工人们的话就是最好的表达。

32873队打的第一口井钻到了标准层，需要加重泥浆。有20多人外出参加考试，队里人手不足，干部、卫生员、勤杂人员一起上，12个人扛了60多吨重晶石，保证了生产的顺利进行。

17部钻机在欢唱，17只钻头在飞转，第一轮17口井的进尺在交替上升，各队之间的竞赛开始了。这个竞赛完全是自发的，没有人去组织，没有人去动员。用32920队队长曾凡超的话说："我们的脾气就是不服气，看到别的队干在我们的前头心里就不舒坦。"

每天早晨8点前后，是各队向前线指挥部汇报生产进度的时候。在这个时候你如果到井队去看看就会发现，大部分井队的报话机前都有人在"窃听"兄弟队的情况。开展竞赛也用上了现代化的"武器"。各队之间干着、比着、追着。第一轮井下来，32873队实现了搬家、安装、开钻"三个当天"。32637队就来个搬家、安装、一次开钻、二次开钻"四个当天"，还要打进尺50米。32920队创一开到二开间隔12小时5分的纪录。刚刚报了捷，第二天这个指标就被32975队突破了，他们一下子把一、二开间隔时间缩短到10小时30分。在这个战场上，人们真正感觉到了时间的宝贵。因为一个巨大的等号摆在时间与进尺之间了。

钻井的速度越来越快，井队搬家安装开钻的速度越来越快，人们的会战热情越来越高涨。高涨到井队完钻后，一刻也不想等就吵着要搬家；高涨到后勤各单位次次为井队搬家都抢点运行，从提前十分钟、半小时到提前一小时；高涨到负责前线工作的几位领导都要坐下来商量要不要给井队泼一点冷水了。

这几位领导同志的担心不是没有根据的。虽然1981年这支队伍在喇嘛甸打了101口井，但那些井位大多数在低压区，而今年大多数井队开始进入高压区，这些高压区虽然当年打开发井时有地质资料，但经过十几年的采油和注水，地下情况已经发生了变化，并形成了许多憋压层。因此，尽快掌握在高压区打井的地下规律，比提高钻井速度更重要。

正当他们开始组织力量调查分析这些情况的时候，3月26日17点50分，井喷在32975队打的喇4-3166井上提前发生了。井喷发生的气层恰恰是地质资料上所没有的。

强大的天然气和高压水带着泥沙石块呼啸着直冲向井架的二层平台，

然后又如雨注般地倾泻下来。32975队的钻台和井架周围被水雾笼罩着。

公路上、土路上，几十对车灯闪闪，向着同一个目标飞驰。在井喷发生后的20分钟之内，各种压井设备、物资和压井人员就赶到了现场。井喷的呼啸压住了人们说话的声音。传达命令只能对着耳朵大声喊，或者用急剧的手势来表示。

压井的人们冲上去了！人们排成一列，传递着一袋袋的重晶石粉。头上，泥水、石子如注。石子打在人们的安全帽上乒乓作响，泥水顺着头、脸、脖子往下流。人们的棉衣湿透了，西北风一吹又冻成了冰。虽然大家冻得瑟瑟发抖，但没有一个人后退。32975队队长杨继华在5天前刚刚为本队一名因意外事故而受伤的同志输过200毫升血，身体虚弱，但他始终顶在压井的最前线，棉衣湿透了就再换一套。这个队有一半的同志和杨队长一样在一夜之间换了3套棉衣。

压井在紧张进行。人们盼望着呼啸的气流突然停止的那一瞬。但这个时刻还没有盼来，柴油机却突然熄火，压井被迫停止了。

肆虐的气流更加疯狂，喷出的石子打在井架上噼啪作响。人们期待的目光投向熄了火的柴油机。

柴油机旁，机修站内修车间的3名同志已经冲上去了。他们是在柴油机刚刚停转就冲上去的。在冲上去的同时，他们的浑身上下也湿了个透。经检查，是高压油泵柱塞出了毛病。这3人中有一个机修站到大庆前线的唯一的油泵工许道均，感冒正折磨着他。拆油泵穿着棉衣不方便，他三把两把脱下了淋得透湿的棉衣，只穿着一件衬衣开始干。头上浇下的泥水，黑夜里零下十几摄氏度的气温和肆虐西北风，使患病的许道均难以抵挡。同伴们找来半块石棉瓦挡在他的头顶，但无济于事。他嘴唇青紫，脸色煞白，双腿颤抖。他转过脸来，看到了井场上在探照灯的照射下几百名压井战士的目光。这目光中，有期待，有信任，更有力量。他紧咬牙关，身体靠在柴油机水箱上，借助着同伴们打着的手电筒的光亮，拆洗着高压油泵。

经过近两个小时的苦战，柴油机又运转起来。

3月27日18时5分，持续了24个小时的井喷终于被压住了。人们立刻忘记了连续奋战24小时的疲劳，欢呼着、跳跃着，很多人飞快地跑上钻台，享受着胜利者的幸福和喜悦。

正像人们所诅咒的那样，“西伯利亚来的风没有好风”，它给喇嘛甸草原上带来了一场大雪，把刚刚有所回升的气温又拉了下来。

北风呼啸，雪花横飞。在俗称“鬼龇牙”的黎明前，固井大队的一组固井车在漆黑的夜幕中顶着风雪出发了。这一天，他们不仅实现了日固3口井油层的计划，而且在喇3-3826井创出了从摆车到结束1小时15分的最短固井时间纪录，固井质量全部合格。在零下十几摄氏度的气温和凉水固井的条件下，达到固井质量合格，是非常不容易的。总结会上，工人们风趣地说：“谁说那是凉水？那水早就和我们的心一样，是热乎乎的了。”

会战的第一个月过去了。在短短的一个月时间里，这支远征的会战队伍在困难中走过来了，在苦战中走过来了，在挫折中走过来了，在胜利中走过来了。

前面还有困难，还有苦战，还有挫折，还有新的胜利在等待着他们。

在前面等待着他们的也还有美丽的春姑娘。你看，她不是已经被这些不礼貌的客人过早地惊醒了吗？她羞涩了，为刚刚跳出地平线的太阳蒙上了一层薄纱。

等着吧，当太阳升起之后，将刮起一场春风。

白毛风

马 镇

白毛风，内蒙古高原的恶神，在它震怒的时候，如倒海的凶涛，如搅天的狂云一般，使天空变得昏暗，大地变得迷茫，一切沟壑在它的步履下充平，一切生物在它的魔影前战栗。

奇寒，不足以说明它的力量；恐惧，不足以说明它的雄威。它，似乎就代表了死亡。

谁在它的面前不退缩?

一、人们还在欢度元宵节

世界上无人不感到中国前进的步伐，在这强有力的步伐声中，人们似乎还没有注意到在内蒙古草原上一个面积达 10 万平方千米的新油田在轰鸣的钻机声中出现在神州大地上。

1984 年 9 月中旬，胡耀邦同志视察内蒙古二连地区，新闻界第一次向世人郑重地披露了二连盆地的石油开发情况。胡耀邦同志在赛汗塔拉视察石油钻井现场后，热情洋溢地说：“与其让石油在地下睡觉，为何不开采出来？有水快流吗？”他鼓励内蒙古自治区党委第一书记周惠和石油工业部一起抱个“金娃娃”。电讯传到石油工业部，部长们召开各方面的会议，决定集中力量加快二连盆地的开发。

这里靠近北京，1976 年来自全国各地的近万名石油工人在这里建设了一座小小的石油城。他们是华北油田属下的第一勘探公司。企业改革，这个公司算是走在全国石油战线的前面，1981 年承包了大庆油田上千口井的钻探任务。1976 年，石油化学工业部将内蒙古探区的勘探任务交给了他们，如今也要转为承包了。每年春季，在这小小的石油城里都出现一个犹如战争年代送子参军送郎出征的场面。大雁北飞，几千工人告别妻儿父老，到塞外去叩响埋藏金子的大门；北国冰封大地的时候，再飞回南方的家。年年月月，他们在塞外的荒原上为民族的振兴默默地献出自己的一切，青春、爱情、家庭，甚至人应该享有的基本的物质和精神的生活。

部长们又将加快二连盆地开发的任务交给了他们。真是铁臂挑重担，新领导班子刚刚组建起来就担起了这副担子。新年伊始，经理会议室的灯光彻夜通明，像大战前的将军们运筹谋划一样，经理们事无巨细地制定着将开赴钻探前线的各种计划。

1 月 27 日，内蒙古草原正是风雪大作的时候，建设生活基地的先遣队伍冒着奇寒开上了草原。

2 月 18 日，华北油田勘探一公司二连分公司正式成立。

2 月 28 日，春节的温馨还在每个家庭中散着醉人的香味，第一批赴锡林浩特的队伍坐着汽车出发了。车场上没有悲伤，只有依依的惜别，人们早已习惯了这种春去冬归的生活。

3 月 1 日，石油城内万人空巷，在小小的火车站送走了赴大庆油田的专列。

3 月 2 日，第二批队伍开赴内蒙古前线。

3 月 6 日，在鞭炮声中迎来了元宵节的黎明。清晨 7 点，第四批开赴内蒙古的队伍聚集在停车场上，公司的经理书记都来送行。初春，虽有料峭的寒气，但天风已消去了剑刃，变得驽钝，甚至有些软绵绵的了。伸伸筋骨，长长精神，许多人不但将棉帽子扣到箱中，连棉裤子都不屑一顾。第一次上内蒙古的已在幻想那茫茫草原的风光了。

刚刚参加工作的女播音员依在妈妈的身边，稚气未脱的脸上那双大大的眼睛闪着求索的光。她还从来没有离开过妈妈，妈妈早晨给她煮的元宵还在她的唇上挂着甜味，可惜不能和妈妈共度佳夜看花灯了，可她没有显出难受。

7点30分，租用的内蒙古锡林浩特运输公司的客车还没有到，这本应提前一天到达的。送行的人群中出现了骚动。

公司经理张富祥昨夜开了很晚的会，今天仍早早地来到了办公室。各种事情充满了他的脑子，大庆前线、内蒙古前线……开钻、进尺、成本、奖金，大兴安岭像一根扁担挑起大庆、内蒙古这两个挑子，一头迎接了哈尔滨，一头依着阴山。挑这副担子的人没有大兴安岭的硬劲是走不了路的。

也就是在车场上人们骚动的时候，电报室将一份电报送到他的桌上。锡林郭勒盟二连前线基地加急电报：锡林郭勒盟地区气温下降，骤起狂风，风卷着积雪将道路阻塞。3日出发的队伍中途受阻，困在张家口哈巴嘎一线，许多人未带防寒衣帽，冻伤。这突来的消息使张富祥吃了一惊。人员不能早日上去，钻井队便不能早日开钻，那比去年高出两倍的进尺任务就无法完成，这该死的白毛风！他常去前线，知道内蒙古冬季白毛风的厉害。谁也不能创造时间，只有与“白毛风”拼个你死我活了。他马上通知第四批队伍停止出发，然后召集领导碰头会。会上决定立即派人到北京购买棉衣棉鞋，由张富祥与二连分公司经理赵成广，二连分公司副书记夏忠明带上医生药品和防寒用品奔赴前线，慰问受阻队伍，并设法踏勘前进的道路。

让我们将时间向后拉回些，与第三批赴内蒙古的同志生活几个小时吧。

3月3日，载着人员和物资的车队绕过北京三环路，过清河驶进燕山的怀抱。车上是钻前大队的工人，大都是一个赛一个的棒小伙子。钻前，顾名思义钻井的前线，拆井架、运井架、竖井架，没把子力气别想进钻前。他们的活儿最累，可也有骄傲的地方——他们不动，大地上永远生不出那被诗人歌颂的钻塔。

小伙子爱个利索劲，为了有线条，身上省去了不少的衣服。车在燕山里行，风景好，很惬意。一路山川到了张家口。当他们在张家口进入梦乡时，一定还在做着美梦，出山川进草原，那风光会更美了。

翌日清晨6点，离开了张家口。起得早有些困，一个个顾不得车外挤进来的冷气，裹紧了衣服，缩短了脖子，闭上眼睛睡起来。

燕山山地一过，空旷的原野便迎面扑来。随着一阵袭人的寒气，再困的人也睡不着了。前边闪动着白光，不久，车子驶入了一望无际的冰天雪地之中。气温急剧下降。

“白毛风”！不知道谁叫了一声，人们的眼睛都盯向前方。刹那间，车子冲进了风中。疾风卷着积雪在原野上呼啸腾飞着，笔直的公路上似乎被无尽奔驰的流云盖住一般。汽车则像狂流中的小舟，颠簸着，好像时刻都有翻覆的危险。若是摄影师，会以为这是壮丽的景色，可生活在这里的人们却都像避凶神一样躲在孤寂的小屋和蒙古包内。迷茫的原野上只有石油工人的车队向大自然表述着，人类仍在征服着这里的世界。

向北，太仆寺旗；向北，正蓝旗。700年前大蒙古国可汗忽必烈称帝的中都便在这里。如今那庄严富丽的都城已与荒野为伴了，毁灭它的自然有战乱，“白毛风”恐怕也粉饰不了它冰剑霜刀的虐行。车行到这里，“白毛风”终于撕下了它在前面多少有些收敛的面纱，排山倒海一般向着车队扑来。它像要把车子举起来似的，用力将积雪卷起，紧紧地裹住车身，然后举起来，狠狠地甩出去。一辆、二辆、三辆……拖运野营房的车子纷纷翻倒在路边。被“白毛风”卷起的积雪遮住了天空大地，看不清道路，辨不明方向，更可怕的是寒冷的袭击。气象台预报气温将近零下30摄氏度，风口实际温度在零下30摄氏度以下。谁也不再看窗外的景色了，将身子紧紧地蜷着，仍感到除了胸口的一股热气外，周身像冰块一样，尤其那一双脚，即使用刀割去，也不会有知觉。人们只关心着早日到达目的地。

挡风玻璃上结出一层冰，干毛巾擦不掉，湿毛巾更不行，司机只好用酒精擦拭。头车跑得快些，为了等后面车而停下来，熄了火。跑了200千米的路，水箱的水都开了，再冷的天怕什么？10分钟打火，竟打不着了。“白毛风”莫非真要阻住石油工人前进的路吗？

哈巴嘎，这是方圆200里内唯一称得上镇子的地方，因为“白毛风”的袭击，8辆客车滞留在镇上，饭馆、旅馆都挤满了人。车队行到镇上，客运车司机告诉说，前边是大风口，雪堆满了公路过不去。车队没有停止，仍向前开去。出镇30里，下了一个大坡，风好像只无形的巨手一样，迎面顶住了汽车，车速更慢了。透过模糊的车窗，可以看到几栋翻倒在路边的野营房子和几辆停着的卡车，车门上印着“交通部”的字样。这是为勘探一公司运送设备的车。“白毛风”像咀嚼胜利品一样，拍打着它的猎物。人们的心绷紧了。“白毛风”吞吃行人旅客的故事没有人没听说过。有一辆客车夜里被风抛到路旁，一车的旅客烧光了车上能烧的东西，等到天亮找到他们时，已经没有一个人生存。或许这个故事又在每个人脑中闪出了吧？冻得发紫的脸都紧张地盯着前方。

突然，前边的车开不动了。司机顶着风下了车。原来车陷到了雪墙里。他放眼向前望去，狂风中已没有了道路，只有白茫茫的积雪把道路和田野连成一片。人们只好下来推车。“白毛风”高兴了，扑上来戏弄着这些不识时务的石油工人，风刀割着他们的脸，风撑堵着他们的鼻子。可这些工人喘着粗气还是把车拖了出来。不长的时间几个人的脸被“白毛风”刺伤了。车队被迫退回哈巴嘎。

回到哈巴嘎已是傍晚了，小小的镇上几家小小的旅店早已住满了人。一天的冻饿，连最棒的小伙子都在不停地发抖。这时谁都没有更多的需求，只希望能有个暖和的屋子。

真是未料难事有难事，车队共有130多人，竟没有一位领导带队。出发单位领导送上车，锡林郭勒盟方面的领导接下车，谁会想到“白毛风”来捣蛋。有官衔的三位同志分别为：生产副组长付广树、生活组长马其旺、车队队长杨利生。危难中他们好像感到了自己身上的责任，自动地走到了一起，工人们也围上了他们。团结，危难中求生存，中国人凝聚力强的民族特性在这时放出了光辉。

年轻的杨队长不止一次在“白毛风”中开过车，他真犟，坚决要组织力量冲过去。马、付两位老同志看看天色，看看冻僵的工人们，还是决意先住下，再与基地联系，请求他们帮助。

马其旺、付广树找到了镇派出所，请求他们帮助寻找住处。一位民警同志热情地说：“只要有我们睡的，就有你们石油（工人）住的。”他带着他们串遍了镇上的大小旅店，找到了 16 张床位，安排了 30 多人住下，然后又找到几户老乡家，挤进了 30 多人。天已经黑了，寒风把每个人家的门窗都吹死了，还有 70 多人没有地方住，不好再麻烦当地群众了。这些同志全部到了镇招待所饭厅里。民警同志深表歉意，可工人们满足了，饭厅里没有风，还有一个火炉，在狂风中每个人的愿望不就是这个吗？深夜，十几个人围着火炉子，暖和了退出去，再让别的同志挤上来。友谊真比金子还珍贵，温暖在严寒中就是金钱买不来的生命，谁能想到，饭厅里没有椅子，我们这些石油工人硬是这样站了一夜！

二、领导应在前边走

长城脚下的古城张家口已将近午夜了，肃杀的寒风卷着尘土在大街小巷中串着，很冷。没有行人，可各家的窗户都亮着，每当那辆挂满各式灯笼的彩车播放着音乐，孤单单地驶过窗口时，窗口上便露出几张笑脸。寒冷并没有阻住塞外古城的人们欢度佳节。

当张富祥的汽车驶进张家口时，他已记不得今天是元宵节了。街上冷清的景象使他更惦记在路上的工人们。车子一到某部队招待所，他便和几位领导到被迫回来的部分工人屋中探望，将棉大衣和棉鞋送到衣服单薄的同志手中。医生挨房间给冻伤的同志治疗。不少工人几分钟前还在发牢骚，现在，却非常感动，张富祥他们领导着万人的企业，有多少事做？可他们来了，和我们一块儿挨冻。只要领导和我们在一起吃苦，死了也心甘。

夜深了，几声鞭炮响完，张家口变得死一样沉寂，只有寒风在敲打着窗户。张富祥、赵成广和夏忠明都没有睡，他们在焦虑中。天气预报，明天的风还要大，气温还要低，怎么办？退回北京？劳民伤财的事不是上策。让工人们再向“白毛风”冲去？怎好拿工人们的生命当儿戏？为了早日开钻，还是要前进。由我们先上去吧，闯进风区看看情况再说，领导，不就是在前边走的人吗？

张富祥到美国谈判购买钻机，刚回来不久，他利用这个机会大量地了解了美国石油工业的情况，也打听了美国石油工人的生活。相比之下我们的工人收入是很低的。他了解自己的队伍，带着这支队伍光靠智慧，没有身先士卒，与工人同甘共苦的精神，是找不出大油田的。

赵成广在油田已战斗 20 余年了，艰苦的岁月磨去了他的青春，在他的身上你已找不到半点儿大学生的斯文劲儿。他是个乐天派，部下到他那里总爱先和他说几句俏皮话，然后再向他汇报工作。

夏忠明酷爱教学研究，他在学生时代曾梦想做一名教师，他的秉性举止也的确是当教师的料。也许是命运将他交给了油田，当他步入中年的时候，党委以他重任。

时代将这 3 位 60 年代的大学生推上了领导岗位，他们有着共同的理想，现在，他们决心同踏风区，去做一个开路人。

第二天一早，张富祥召集了退守张家口人员的会议。会上，他斩钉截铁地宣布：“今天，我和赵经理夏副书记先行一步，争取冲过风区赶到锡林。明天我们带人从锡林返回，到哈巴嘎接应你们。有令必行，你们明日出发，不管风雪多大，不见到我们不许后退。”会场上很静，铿锵的声音撞击着每一个人的心扉。谁也没有发出一句怨言，甚至只要他同意，谁都愿意与他一起去和“白毛风”较量一番。

中午，3 位领导带着铁锹、干粮、水，分乘 3 辆小车向着茫茫的草原驰去了。

二道营子处在最大风口的边缘，风卷着雪粒将世间的一切都掩在白色的风景中，载重汽车，翻倒的野营房像忍受鞭笞的奴隶一样，默默地卧在路旁任凭“白毛风”抽打。不远处有一间小屋，屋里的一铺炕上挤着七八个人，其中的两个用破布和棉花包着耳朵。没有言语，个个愁眉苦脸地呆坐着。偶尔发出轻轻呻吟。

这是交通部廊坊汽车团的司机，是为勘探一公司运物资的，头一次进草原，穿得少，很俏，京津的年轻人一冬不穿棉衣有的是。到张家口加油，油箱内还有“-20号”油，（“-20号”就是在零下20摄氏度不凝固。下文“-35号”油，意同。）司机要将剩油倒了换上“-35号”油。油库的同志不同意，竟将“-35号”与“-20号”油混在了一起。车过太仆寺，“白毛风”卷了上来，司机紧张了，寒冷像要把他们的血凝住似的，他们真正领略了严寒的滋味。车到二道营子，前边的车开进雪墙里走不动了。熄火，下车挖雪，点火，不着。打开油箱，机油已结成了蜡。车子全成了死车，“白毛风”无情地惩治起这些不识它真面目的人类。

绝路逢生，这间荒野上的小屋救了他们。

在“白毛风”中已行驶四五个小时了，张富祥坐在车中一刻也没有平静过。不当领导是很难体会他此刻的心情的。他在井队当技术员时，扛水泥顶上个棒小伙子，现在肩上没有水泥却比扛水泥还重。他在张家口下的命令已将自己推到了绝路，车队明天要开上来，他死活也要闯过风口，要是退回去，不只是延误钻机开钻，言之无信，这个队伍就不好带了。石油工人对领导的要求不亚于军队的士兵。积雪被“白毛风”吹进车内，飞扬着落在身上，暖气早失去了作用，车内气温也降到零下20摄氏度，腿麻了、身子木了，但他的双眼紧盯着前面。在茫茫的风雪中他看见了几辆抛锚的车和翻倒的野营房，他也看到了那间小屋。他让司机开过去。

汽车团的司机没想到在这种时候会有人看望他们，一个个从炕上爬起来，愁郁的脸上露出了笑容。

张富祥让随车的医生给冻伤的司机治疗，随即问起前边的情况。汽车团的同志说：“前边是大风口，积雪被风吹到路上，形成一道道宽宽的雪坎，汽车冲过去极难。”他们没有劝张富祥退回去，但从那一双双眼睛中可以看出他们钦佩这几位领导来闯风口，可又担心他们闯不过去，中途遇难。

和“白毛风”较劲儿的地方就在前方。闯吧，听了司机们的话，3位领导连对对眼神商量的意思都没有。在最紧要关头提议商量一下，往往就意味着后退。他们的心在按一个节奏跳动，闯过风口去，后退没有路。

同行的人都知道前边有什么在等着自己，那不单是寒冷。天就要黑了，闯不过去就要困在漆黑的荒野里，死神并不远。司机顶着风最后一次检查了车，他们是那样认真，好像一行人的生命都在他们的手中。

“白毛风”挥舞着它的霜剑在前边等着，3辆小车像弹丸一样缓缓地迎着发出毛骨悚然的声响向前方扑来。天地混成了一团，世界好像被密集飞速流动的雪粒所充实，再没有生物，没有河流，没有明媚的阳光和迷人的月色。可汽车无视“白毛风”的淫威，仍颠簸着前进。

前面的汽车冲进了一条雪坎，轮子空转了几圈，停住了。司机打开了车门，头刚伸出去，“白毛风”便将帽子卷了去。这样的天气光着脑袋就是找死，同车的伙伴立即下车去追赶。“白毛风”戏逗着将帽子飞快地吹去，人们站不住脚，无法追上帽子。幸亏100米外的一棵小树挂住了它。

铲雪，推车。风吹在脸上，喘不过气，刺骨的痛。夏忠明用肩顶着车，喊着号子，眼镜已被雪糊住了，他顾不上擦。大学的教室里有多暖和，站在讲台上更潇洒，他没有想这些，生活让他和风雪搏斗。“一、二！”又是一声喊，车推过去了，后面留下深深的车轮印。

行不多远，又一道雪坎挡住了去路，一米多高，二十多米宽，再往前看，还有数不清的雪墙。看看天，快黑了，若是铲雪开路一夜也干不完。不能这样干下去，张富祥和伙伴们商量了一下，决定分三路分头去找雪少的出路。没有探路的棍子，他们将汽车的摇把找了出来。

真难啊，耳边响着风声，忍着刺骨的冰痛，喘着气，一步一滑，腿好像已离开了身体，单凭着大脑的支配向前移动。后面那挤满人的小屋很暖和，也很诱人，只要那屋的热气喷在脸上，也是一种幸福。也许他们想过那喷在脸上的热气，可他们的脚步仍向着前方。

“白毛风”能将积雪吹上公路，也能将高地上的雪吹走。张富祥探到了一条坡地上的路。他带着车在前边慢慢地颠簸着前进。前边的车陷到了雪里，后面的车给拖出来，绕过雪坑再行。天，完全黑了，“白毛风”仍没有减弱的趋势。寒冷，张富祥的十二指肠溃疡剧烈发作起来，他向医生要了几片药咽了下去，然后压住前胸继续指挥着车辆与风雪搏斗。

赵成广的车压后阵，车内飞着雪花，他已冻得不行了，可诙谐的话仍不时地冒出来，给了部下不少的安慰。乐观，本身就是一种力量。车子从高地上绕过险区后又上了公路。前边的车子开快了，恰恰这时候赵成广隐约看见一辆吉普车陷在雪里。草原上救援被困的车就像大海上的救援遇难船一样，是每个人义不容辞的责任，那救援的手就是生命的绳。赵成广让司机把车开过去，救援这辆车。车子已被困很长时间了，车的主人说不尽的感谢。这辆吉普车刚脱离险境，便掉过头飞驰地开走了。老天像在气赵成广这个乐天派，又将他的车陷在雪里。他无可奈何地摇摇头，只得和同车的小伙子推车。他的确生气了，骂着“白毛风”，猛的一用力，头撞到了车，眼角上方碰出了一寸长的口子。鲜血顺着眼窝流下来。没有什么止血的东西，同车的小赵拿出张纸糊到他的伤口上。

张富祥的车绕过险区后，看看后面闪着两盏车灯，便继续向前开。闯出大风口后，他停下车下去，深深地喘了口气，从心底涌出了一种轻松感。他等着后面的车，想和几位伙伴庆贺一下。当他看到最后面的车不是赵成广时，他着急了，知道出了事，和夏忠明一起坐上车又冲进了风口。“白毛风”没有挡住张富祥和他的战友们，它吼叫着肆意发泄着失败的情绪。将汽车刚压出的道路又厚厚地盖上了雪粒。

三、地球上本来没有路

当张富祥冲过风口的时候，第四批赴锡林浩特的车队也到达了张家口。退守在这里的同志向他们传达了张富祥要求明日务必开向锡林浩特的指示。

第二天，晨曦刚露，车队出发了。“白毛风”在草原的门口迎接了他们，客车司机是锡林郭勒盟运输公司的，对“白毛风”了如指掌，并不将这“迎客风”放在眼里，从容地在流云般的风雪中穿行。

车刚到哈巴嘎，客车司机甩上门放出水箱的水不走了。几百人顿时加入了受阻的队伍。这小镇子挤得更满了，旅店、饭店、商店，到处都是旅客，连个坐的地方都难觅了。

带队的同志无权向雇用单位下命令，只好和客运司机商量，请他们再向前开。这些司机在“白毛风”中从容地开了400里地，此时却为难地摇起头来。不能怪他们，6日，他们没能按时到达，就是因为一辆车陷到了哈巴嘎前边的大风口中的雪里。司机和助手想尽了一切办法也没将车救出来。夜里10点多钟了，漆黑的天上没有一丝光亮，在这零下30多摄氏度的风雪夜中再待下去，就是等待死亡。他们不得不丢下车子，在风雪中摸索着朝哈巴嘎走去。半路，他们看到二道营子的那间小屋。他们得救了，可脸已冻出一片片的疮面。说到那情景，现在他们还在不寒而栗。

带队的同志告诉这些司机，“我们的经理昨天晚上已闯过风口了。今天来接我们。”他们疑惑地看着这位同志不敢相信。其实，困在这里的油田同志也在思忖这个问题。在哈巴嘎没有看见张富祥和另外两位领导，昨夜一定是闯过去了，因为其他意外的事谁也不愿去设想。那么今天呢？现在已是下午3点钟，还不见他们的踪影，能来接应我们吗？电话联系不上，小镇上能站的地方都站满了人。怎么办？是退回张家口？可张富祥的命令呢？有令必行：只许前进，那可是掷地有声的。

一位客运司机真被说动了，可开车到了二道营子风口，看看前边天地接连一片，风卷雪涌的景象，又退了回来。也许他就是为了让油田的同志开开眼，好信服闯不过去的话。人心浮动了，撤吧，只要车轮子转就困不死人。

谁也没想到，就在这时，张富祥和赵成广正在风雪中推着汽车，向哈巴嘎走来，夏忠明和副经理刘书华正带着先期到达前线的机关干部在大风口中铲雪开路。

昨夜10点，张富祥和赵成广、夏忠明到了锡林浩特基地，没有吃饭便召开了干部会议。会议决定由基地机关人员组成救援队，明日赴哈巴嘎铲雪开路，接应张家口来的队伍。

锡林浩特距哈巴嘎200千米，救援队出发的时候谁也没想到会遇到什么困难，工会的一位干部竟连棉鞋都没穿。进入风区，“白毛风”越来越大，风卷起积雪，紧贴地面向车扫来。这时，侥幸进内蒙古没遇到“白毛风”的人才领略到“白毛风”的厉害。那位没穿棉鞋的“好汉”只好将皮手套套在脚上御寒。

中午11点，救援车开到距锡林浩特191千米处，这是昨夜张富祥闯出风口的地方。向前望去，白茫茫的，昨日留下的车辙早已不见了。前进，只有再踏勘开辟新的道路。干吧，地球上本来就没有路。救援队员顶着风雪下了车，先开出一条通往公路边高岗上的雪路，让救援车开上了高岗。张富祥还是决定用昨天绕行的办法去接应前边的队伍，公路上近30千米的积雪可不是这小小的救援队能清除的。

道路在雪野上慢慢地向前伸展去。“白毛风”鼓足了气力与这群不屈服的人类搏斗着，挥舞着雪的刀剑在人们的身上疯狂地砍剁着，铲出一锹雪，又刮回一锹雪，“白毛风”妄想逼着这群人向后退去。它要冻滞住他们的血液，可这些人的额头却偏偏在它的狂虐下冒出热气来。他们干出汗了。赵成广知道这“白毛风”的厉害，在基地找了根麻绳系在大衣外面，现在他累了，将绳子甩给了“白毛风”。在这个救援队伍里有经理、有干事、有科长，可你分不清他们职务高低。在油田，只要到前线，便没有空手的人，想摆官架子别挣石油的钱。

张富祥记着他在张家口说的话，他不能再耽搁了，必须先赶到前边去接应张家口来的同志，让他们知道他言而有信，树立起闯过风口的信心。他与赵成广分乘两辆小车离开救援队伍独自向风口深处闯去。

当张富祥与赵成广相互救援着，千辛万苦先行闯过风口到哈巴嘎的时候，已是下午 3 点半了，困在那里的同志正准备再次退回张家口。看着他冻得发紫的脸，人们激动了，好像有了依靠，一声不响地听着他们的指挥。

张富祥将油田与地方的 20 多台车组成个车队，他告诉同志们：“前边有救援队的同志们在接应我们，大胆地冲，不用害怕，我压后阵，决不能让一人一车掉队。”

赵成广开路，张富祥殿后，车队犹如一把剑，一把毅力与钢铁的剑，刺向了白色的狂流，霎时，这狂流裂开了一条缝隙。路，在他们的脚下展开了。

不用再详述他们在“白毛风”中拼搏的情景了。当张富祥带着几十台车进入锡林浩特时，已是夜间 10 点钟。由于偶然的状况，餐车没有随救援队的队伍冲进风口，救援的同志在零下 30 摄氏度的风雪中空着肚子战斗了 10 多个小时。

一个插曲却需要写出来：

闯过风口，车队行至距锡林浩特 64 千米处，一辆地方客车因为在风雪中行驶时间过长，油耗尽抛锚了。车队停下来。司机请油田的司机支援些柴油，碰巧，油田的车全部都是汽油车。天已黑了，“白毛风”还在刮着，气温比白天更低，这辆客车上尽是妇女、儿童、老人，一天的冻饿使许多幼儿哭声不止。谁能忍心将这样一车人扔到风雪大作的荒野上呢？可是油田运送人员和物资的车又能容下多少人？但几位领导仍决定无论挤成什么样，都要将乘客带走。半夜，工人们将锡林军分区的一位妇女送到家后，这位妇女抱着冻伤的孩子感谢地说："你们救了我们娘儿俩。"

车上的工人们已冻得站不起来了，听到这话，他们满足了。

生活对于奋击者没有平静的时候。深夜，两天的征尘还没有洗去，赛汗塔拉又打来告急长途电话：80多台运送物资车辆和300余职工被"白毛风"困在了镶黄旗。

基地指挥所里，领导者的心绪又飞向了千里之外。

四、他冻了一夜，带回81台车

赛汗塔拉，中蒙边境上的一个重镇，距锡林浩特400多千米，胡耀邦同志就是在这里看望的钻井工人。内蒙古探区面积太大了，只好在这里又建一个基地，这里靠着铁路，物资好运，可又不能依赖它，等车皮的功夫，几千米的地层都钻进去了，公路运输还是主要的。打开地图可以看到，公路出了张家口，越长城，到内蒙古的镶黄旗就断了线。镶黄旗到赛汗塔拉间的大草原上只有一条鲜为人知的自然道路。

春节后，一场大雪压住了锡林郭勒草原，先期到的钻前大队二人是挖出雪洞钻进房子的，最后动用了推土机才将井场清除出来。

当"白毛风"在这白色王国中卷起雪暴的时候，这里就成了死亡之地。

曾有声，牵引车司机，没有谁更多地注意他。当"白毛风"过去，调运工作结束后，他像蚯蚓一样，翻松着土地拱出地面，又翻松着土地钻进土里。他自己也淳朴的像土地一样。在汇报材料上没有看到他的名字，笔者是在采访中听到别人谈到他后才采访他的。他是一个魁梧的汉子，可在生人面前却腼腆的像个女人，需要问一句才说一句。他19岁当的工人，已与石油打了20年的交道，黑红的脸上刻满了他经受的风霜。

3月6日，他和同伴乘火车到的赛汗塔拉，刚下车便接收到镶黄旗接应受阻车队的任务。牵引车是刚大修后运来的，还没有磨合。他和同伴没有休息连夜开动机器进行磨合。第二天一早，他的同伴驾车向雪海闯去了。曾有声坐在屋里，看着窗外的“白毛风”，为同伴担忧了一天一夜。3 月 8 日晚 9 点钟才见到同伴带着 9 台车回来。

风还在不停地呼啸，看着灰蒙蒙的天空，曾有声心里明白。大部分物资还没有运到，牵引车还需要与“白毛风”搏斗一番。他精心保养着车辆，等候着调度室发出出车的指令。

赛汗塔拉的“白毛风”超过哈巴嘎的强度，室外测温零下 28 摄氏度，风口处超过零下 40 摄氏度。车队 8 日压出的雪路，第二天便全部盖上了。

镶黄旗还从来没来过这么多的车，这么多的客。8 日后，只两天便有近百台车阻到这里，好客的蒙古族兄弟在这点上真要感谢“白毛风”了。街上，连堪称“高级”的旅店房间都住满了人，还有许多石油工人没有避风的地方。镶黄旗政府热情地派出工作人员动员老乡腾出房子，安置了石油工人兄弟。

“白毛风”席卷了草原，牧民遭受了多年未遇的“白灾”，旗政府要组织力量救灾。不能再麻烦他们了，停在这里的人员车辆必须尽快开赴赛汗塔拉。锡林浩特基地派出一位领导同志到镶黄旗统一指挥车辆。万事俱备，300 名职工翘首北方，只盼牵引车闯过风雪，为他们领衔开路。

曾有声接到任务时，他没有想做什么“英雄”，更没想这是件什么“伟大”的事情，像平常一样早早起来检查一下车辆，然后带上 4 个小面包、一壶水，与助手上车了。他从同伴那里知道，这段平日只用 4 个小时的路，现在用 10 多个小时，路上连个小生物都见不到，不带点儿吃的可不行。

草原上即使是阳光明媚的初夏，也不能单车外出，几百里不见人烟，万一车子出了事，无人救援，就危险了，在这“白毛风”狂虐的时候更不能单车出行。一辆吉普车，一辆“东风”卡车跟着牵引车出发了。

履带式牵引车，石油工人叫它“坦克”，这个庞然大物远远看去就像一头怪兽，发着隆隆的声响，无所顾忌地在草原上行走，沼泽、沙丘都不在它的话下。可“白毛风”却要它低头了。牵引车刚刚开进草原，“白毛风”便施展出通天的法术，将大地变成混浊的世界，漫天的雪粒遮住了它的视线，满地的积雪盖住了沟壑道路，风声压住了马达的轰鸣，冰凌封住了车窗的玻璃。这个庞然大物变得迟钝了，看不到道路，辨不清方向，判不明沟壑。

曾有声有自己的办法。他在迷茫的风雪中努力寻找电线杆子，这条线路是紧贴着自然路通向镶黄旗的。他将车子开向高岗，躲过风头，绕过洼地雪坑，千回万转，再回到电线附近，一条雪路便蜿蜒着向镶黄旗伸去。

夜来临了，3 辆车在风中只行进了一半路程。卡车不知是第几次陷进雪坑里了。司机又向牵引车发出救援的喇叭声，曾有声将车掉过了头。“轰隆”一声，牵引车庞大的身体陡地滑进了雪坑。漆黑的夜里谁看得清地貌？可曾有声不能原谅自己，只剩下吉普车，小小的车与“坦克”比起来真像骆驼旁的一只绵羊，如何拉得出牵引车？他骂着自己，忍着“白毛风”针刺般地吹打下了车。他与同伴想出了一切能够想出的办法，履带只是将雪坑刨成个更大的坑，牵引车纹丝不动。

半夜 11 点了，车子已开出 10 多个小时。赛汗塔拉和镶黄旗的领导一直在通话，询问牵引车到达的情况。“没有到达！”这个消息将给领导和同志们多大的精神压力。深夜迷失在“白毛风”狂叫的荒野中就意味着死亡。领导们会派出队伍来寻找他们的。可曾有声知道，无论镶黄旗和赛汗塔拉基地都没有在“白毛风”中夜出救难的能力。必须有人闯出风区，赶到镶黄旗报告情况，任务只有那辆暂未陷住的吉普车去完成了。

吉普车中坐着调度员，他与曾有声商量，准备独自闯出一条路到镶黄旗，再带车救他们。

在“白毛风”中半夜独行，生与死的机会各半，可这是唯一的希望。曾有声本来就不会表达自己的感情，何况是在奇冷的寒风中，他抖动着嘴唇同意了调度员的意见。

吉普车开走了。曾有声并没有对救援抱有多大希望，他清楚，调度员即使安全到达镶黄旗也快天亮了。3个人，他的副手，卡车司机和他躲进了驾驶室，等待着黎明。发动机一直没有熄火，驾驶室多少还有点热气。真是万幸，他多带了两桶油，就是这两桶油救了他们的命。

4个小面包，一壶水，早在白天就吃光喝光了。当他们安静地坐下来的时候，疲劳加上难忍的饥饿向他们袭来。他们忍耐着蜷住身子，任凭“白毛风”拍打着车窗，静静地闭上了眼睛。

调度员在天亮前竟奇迹般地冲出“白毛风”，赶到了镶黄旗。可是，他没有任何能力再冲进风雪中寻找曾有声他们了……

天亮了，“白毛风”仍没有减弱的趋势，它好像为自己困住了这个庞然大物而高兴，又为没能制服它的主人而愤怒，它扬起风头，卷着雪粒，围绕着牵引车又一阵阵地撞击着车的铁甲，履带被雪埋住了。

雪是白的，很诱人。曾有声朦胧中醒来，渴极了，他看看窗外的雪，抿了抿嘴唇。饿，还能挺住，渴，却让人坐卧不安。有雪还能让人渴死吗？他用大衣包着头，开门出来把雪放到嘴里。雪在他的嘴里溶化了，一股沁骨的冷传遍了他的全身。他的头脑清醒了。

应该说他的心中还是盼望着救援的车来的。就像大海中的遇难者盼望着救难的轮船一样，他急切地盼望着风雪迷漫处突然出现一个车队向他开来。随着时间的消失，他的希望也一点点地消失了。这个憨厚的人开始自己动脑子了，他要自救，不能看着燃料用光等死。

他和两个遇难的同伴商量自救的办法。可用尽了心机，履带只是在原地滑动。

中午了，几个人疲倦地呆立在风中。冻饿、劳累，他们简直快要失去信心了。

突然，曾有声盯着履带的眼一亮，快步走到车后，将挂着卡车的钢丝绳从牵引车上解下来，然后把钢丝绳绕到履带上。他叫卡车司机上车。他启动了牵引车，履带在原地滑动起来，绕在履带上的钢丝绳也随着履带转动，巨大的力量一下将卡车拽出了雪坑。憨厚的人想出一个绝顶聪明的办法！恐怕“白毛风”都被这个办法惊呆了，悄悄地减弱了风势。

卡车脱险后，很快又帮助牵引车开出了雪坑。

下午 4 点，他们终于开进了镶黄旗冷清的街上，在“白毛风”中他们整整冻饿了 30 个小时。

曾有声的确像条蚰蚓，太普通了，没有人对他进行更深切些的慰问，更没有人感到他做了什么了不起的事情。他吃过饭，休息过了，又默默地去保养他的“坦克”。他知道让领导着急的这近百台车就靠他的“坦克”引导闯“白毛风”了。

3 月 11 日上午，81 台车一起发动起来了。车队开进了雪原，宛若一条黑色的巨龙在遮天蔽日的风雪中蜿蜒地游动着。“白毛风”发出它最后的怒吼，朝着车队扫过一阵又一阵的雪暴。它嘶喊着，似乎对人类挑战抱着无比的仇恨，它不允许在死亡之地出现生物的痕迹。

曾有声开着牵引车在五六千米长的车队前后奔跑着。“白毛风”将一台一台的车推进雪坑里，他又一台又一台地拉出来。“白毛风”对他真有点咬牙切齿了，可昨夜没制服他，现在又怎么奈何得了他？

惊心动魄的 12 个小时。当曾有声开着他的“坦克”最后一个进入赛汗塔拉时，听到车后的风声欣慰地笑了。那声音分明是“白毛风”的哀鸣。

“白毛风”被蒙古族的牧民们称为“白灾”，同样，也给内蒙古的石油开发带来不可估量的困难，可困难却锻炼了这支为中国的石油工业呕心沥血的队伍。

如今，调运工作结束了，“白毛风”也退却了，钻塔也纷纷地竖在了草原上，呜呜地鸣响了。一切又恢复了平静，人们再谈起“白毛风”时，只是拿着生产报表作为闲话谈了。在都市的办公室里是不会有人知道这些石油工人经受了怎样的考验，当几十、几百亿的财富从这里涌流出来的时候，恐怕也不会有人知道他们到底付出了多少代价。

石油工人的性格是粗犷的，可他们的心却纯洁得像水晶。如果你去问问：你们为什么和“白毛风”搏斗？工人们会淡淡地说：倒霉，碰上了。为了石油的开发，他们献出了爱情和家庭，献出了他们能够献出的一切，可他们没有感到什么不应该，在他们看来，当了石油工人，就应该这样生活。

他们的确像蚯蚓一样，在泥土中翻滚，吃进的是泥，翻松的是人类赖以生存的土壤。

也许你认为他们太平常了，可不管你承认不承认，他们是真正的勇士。

“白毛风”，“白毛风”，在这样的石油工人面前，你能不退却吗？

钻井交响

孟宪琦　董树成

人物小传

宋兴忠，男，1954年3月出生，1971年参加工作。1986年至1988年连续三年被评为华北石油管理局劳动模范、劳动模范标兵，曾获全国能源工业劳动模范、河北省劳动模范、河北省优秀共产党员等荣誉称号。1987年荣获全国五一劳动奖章，时任第三勘探公司32965钻井队队长。他带领的32965钻井队连续三年获石油工业部“金牌队”称号，被评为全国能源工业先进集体。

序曲：平原上有一支哀怨的歌

那是一个寒气袭人的春节。

在北方。

在冀中。

在今天不知去向的那个钻塔上，凛冽的寒风抖动着一副对联：

上联：七情六欲赶帮超

下联：吃喝拉撒争自由

横批：不信请看

哗啦啦……对联在一幢野营房的门上颤动，招惹得过往人眼里溢出了笑："这小子还出绝活儿。真是的——不信请看！""看"字出口又进耳，人们听到一首无声的悲歌——

俺，堂堂正正呀，为啥没力气呀！提起建队时间，也是老字辈儿；论人员，不比兄弟队少；论设备，不比别的队差；论人力，山南海北的大汉站着像个老虎，卧着像条龙！上级同样器重俺，队干部流水似的一个又一个，可队上的模样为啥像老太太过年——一年不如一年。瞧眼下这样儿，宿舍脏乎乎，设备油乎乎，食堂的碗筷黏糊糊。相当一部分职工盗卖油料，被拘留的，被法办的，被罚款的……队伍没士气，一年打不了两口中深井。有国家的投资保着，俺不穷，就是没劲儿。有血气的男子汉谁想在这个队待？这烂摊子就是让千手观音见了也头痛，谁敢接？谁接谁准是光着腚推磨转圈儿丢人，呜——呜……

第一乐章：不和谐的奏鸣曲

丙寅虎年的第一场雪使皴裂的井场及野营房像涂了一层厚厚的雪花膏，耀眼。雪未停，风没止，华北石油勘探三公司32965队70余名职工聚在餐厅，听新任队长宋兴忠做就职演说。他的声音不高不低，有人听而不闻，私下里琢磨他有多大能耐：1978年转业后一直在这个队"混饭吃"的他谁不清楚！平时懒得说话，在关键问题上说一两句亦是人微言轻，等于没说。个头儿不高不低，瘦，从里到外看不出有什么"官气"。况且是个招聘干部，尚方宝剑再硬，自个儿底气不足也是白搭，就等着瞧热闹吧……台下正在开小会，没料想台上突爆"冷门儿"："年钻井进尺上3万米，夺金牌！"队长宋兴忠蓦地放大了的嗓门儿，惊得众目光在他身上转弯儿……

人们的惊奇不无道理。就凭32965这个头疼队，在全国钻井战线强手如林的角逐中想夺金牌？即使感冒发烧也不敢说这胡话。虽说众人眼是秤，但也有瞅不准的时候。转业前在部队当过多年工程兵的宋兴忠，凭着在32965队当钻工、司钻及副队长时的观察与思考，自然心中有数：干部身上油泥多，职工干活就自觉。因此，说一千道一万，不如带头干，用自身的行动感召、激励职工的上进心！

于是，很快——

队上办起了技术夜校，以科学打井为先导。

请“老钻井”传宝，到兄弟队“取经”。

合并以往的制度，增强其针对性。

每口井在班与班之间展开小指标赛。

口号：向时间要速度，向管理要效益。

步骤：日运行，旬分析，月总结，一天一个生产会。为了打好第一口“争气井”，宋队长三天没合眼，最后咬着馒头打开了呼噜……

这股劲儿绽开了公司领导脸上的笑，32965队由过去在大会小会上做检查变成了介绍经验。可宋队长却没笑！为啥？只因有的职工老有空子可钻。不管是艳阳高照还是月光如昼，总有人在值班房里摇头晃脑打瞌睡，甚至有人躲在钻台偏房里睡觉。掏泥浆罐原是义务性活儿，不知从什么时候起，有人开始讨价还价……如此“主人翁”的“责任心”，能夺金牌？

“知了”在枝头鸣叫着夏天。

车辆在土道上扬着沙尘。

汗水淋漓的宋兴忠直起身来，正要喊大班司钻时，发现他已带上几个人正在钻台上忙碌。这位司钻自觉“超前”的行动不知触动了宋队长哪根神经：半年来，自己喊哑了嗓子跑乏了腿，可有些人的毛病还是毛病，为啥？今天搬迁时，他基本上没喊没跑，各项工作却有条不紊地运行着。为啥？倏地，他的脑海里像电光火石般闪了一下：作为一队之长，仅仅靠自身的实干作用无疑是将自己等同于一名普通职工，重要的是必须想法增强队伍群体中每一个个体的素质。感性认识一旦上升到理性认识，其作用就会按乘方速度增长。那阵儿，优化劳动组合的词儿在报纸上都很新鲜，民主选举在公司也无先例。宋队长偏要闯这个新区——民主选举大班，司钻自由组阁。竞选者发表演说。当选者立“军令状”。试用期两个月，合格者自选班长。结果四名钻工当选。紧接着由班长自由组阁。这下，就有热闹可瞧——

“请你出示文件，哪条政策让这么干？”

“这是变着法儿整工人……”

宋兴忠面无愠怒之色，笑嘻嘻地说：“没第一个吃螃蟹的，现在你也不知道香。”软钉子让有些人碰了个大窝脖，就换着法儿出外“活动”。于是，就有一个个熟人的条子到了宋队长手里：

“请不要将 ×× 编外，他是 ××× 的子女，他父亲与 ×× 是老同事。”

“宋队长，你还不清楚‘关系’的分量……”

权力一旦让“关系”变通，即使是私人关系也可变成“工作关系”或曰“公共关系”。你宋兴忠不傻不痴，即使没吃过猪肉也见过猪走路呀……人多嘴杂的议论，使队上像开锅的水，咕咚咚，冒的却是凉气儿。宋兴忠呢，仍是那副“傻样儿”，同几个干部“碰头”又“碰头”之后，抑或是轻松抑或是深沉地说：“不理他。”

“关系”像弹簧，延伸长度与力成正比。

时值深秋，被编外的两名职工像“知了”似的知趣地不咋呼了，揣上烟，赔笑脸，找了队长找班长：“咱哥们一场，混得不容易，日后呢？还得吃一个锅里的饭。”转过身，却变了词儿说宋队长：“蔫人也有蔫主意，咱是服了这‘爷儿们’。”不管是心服还是口服，宋队长是得理不让人：“你俩找上门，证明有进取之心，我要看的是行动。编外不变，可跟班作业，考验期两个月，一看工作是否扎实，二看技术是否过硬，三看与其他同志相处得怎样。”这三条不是紧箍咒，却让那两名职工感到了压力。归根到底，压力成了动力。当然，这种动力不仅仅作用于那两名被编外的职工……

第二乐章：没有韵律的“浪漫曲”

在钻井队这个流动的“部落”，似乎有一个永恒的主题，即与驻地老乡关系很难和谐。毋庸讳言，近几年的工农兵共建活动收效明显，但中国这么大，个别乡民和内部职工的私欲仍像物价似的“行情见涨”。32965队不是世外桃源，队长宋兴忠也“在劫难逃”。信不信由你，在他任队长前后，就经历了一桩桩见怪不怪的怪事儿。

A.“偷人有功”

时间：宋兴忠任队长之前。

场景梗概：夏季某日下午。无风无雨，但太阳不太有劲儿。32965队的钻机一如既往地转着……“有人偷东西”！一声呐喊，从值班房跑出五个身着工衣的职工，围住了一名偷钻具护丝的当地人。有职工上前夺护丝，那当地人用方言骂了起来。那名职工上去就是一拳。那当地人见势不妙，把几句脏话同护丝一起扔在身后，骑上车子跑了。约一个小时后，近百名老乡手持铁锹、镐把，雄赳赳挺进井场，要报仇，要算账。瞬间工夫，井队宿舍的玻璃碎了，井场设备有一些零部件不见了，一名职工腰被打坏，一名职工背部皮开肉绽。老百姓凯旋回村后，井队停产一天多，重伤职工住医院，轻伤的不下“火线”。官司打到地方公安局，又冒出四五个老百姓被井队职工“打伤”的案情。双方扯了一大堆，把“皮球”踢给了法院。法院是以法律为准绳，但法不责众。实话说，自本地发现油田以来，有的老百姓就干开了“揩油”的营生。这些人“大法不犯，小法不算”，因此，大部分行为应归道德法庭裁决，公安局以往也将闹剧的头面人物法办过，拘留过，对不够“资格”的批评过，教育过。有的收敛了，有的照样儿玩花里胡哨的把戏。这一次，为了严惩，抠条论理，比以往多拘留了几名，钻井队这方承担的是掏钱若干元给受“伤”的百姓治疗（可钱一到手，村上那几个“伤员”不疼了，不痒了，又欢蹦乱跳的）。

B. 宋兴忠成了“调戏妇女犯”

时间：宋兴忠任队长之后。

场景梗概：雨季。天上不下雨，地上有积水。为了让搬迁车辆顺利通行，宋队长带上几个大班人员掏土道上坑洼之处的水。掏到离井场约 4 里之处，从道边的玉米地里传来一沙哑的女中音：“揍他，就是他！”话语刚落，3 个 30 岁左右的妇女手挥 3 把铁锹朝宋兴忠的胳膊及膀子上铲来。宋队长躲闪又躲闪，几个大班人员拦挡再拦挡……为了息事宁人，宋兴忠不顾胳膊上一寸多长的伤口的疼痛，到当地派出所报案。那 3 名女性村民及当时旁观的几名男性村民被传进派出所后，一女性村民哭丧着脸说：“我正在地里干活，他过来就调戏我……”民警深知宋兴忠的品行，怒了：“瞧你那模样儿……”总算某男性村民的良心没有大大的坏，吐露了真情：“我们给井队打水，按合同要供给我们柴油。一次我们比合同规定多灌了一桶，可他就是不让拿走，还没收了桶。这年头姓‘公’的东西，谁用不是用！就说那柴油吧，你井队没了可以领，咱老百姓要点都不行？太死心眼了！俺们就是有气。为什么让女人充当打手，俺们琢磨着井队不敢把女的怎么……”在这种“道理”面前，宋兴忠即使能换十个脑瓜仍是不开窍，住进医院后仍愤愤然。后来，由于惦记着队上夺金牌之事，便央求主治大夫提前办了出院手续。

C. 难以谢绝的“鸿门宴”

时间、地点略去不提。

× × 所一员将，听说 32965 队要在他们的辖区打井，便三番五次邀宋队长去喝酒。宋队长没去，那人好不恼火。搬到新井后，为钻井用水问题，宋队长按惯例去驻地村“拜访”，没想到，几个村民将他软禁起来。想住，有好烟好茶侍候。想走，很简单：“不多要，柴油 10 桶，日工 400 个。”宋队长一惊：这个数目就是 × × 所那人当初提出来的。柴油每桶 180 公斤，日工每个 2.2 元，折合人民币 4000 余元。他不由得生气了：“就是吃了豹子胆，我也没有这个权。”“只要你有‘良心’，这个权就有了。”一老年村民知根知梢地说：“听说你家是咱省景县农村的，应该清楚乡亲们的难处。柴油价贼高，平价柴油轮不到咱。眼下，旱得要死，想浇地就是有钱也买不到柴油。这 10 桶油和你们队上那两大罐一比算个屁！何必死心眼呢？只要你装糊涂，办法我们想。”

“大伯，我是党员，不能这么做呀……”

“你是抠着屁股上房——自己抬自己。说白了，不给油甭想开钻！”

时值午夜，宋队长寻思着：已误开钻 12 个小时了，队年钻井进尺要上 4 万米，时间比金子还贵！职工们掐着指头算分秒，耽误不起呀！望着窗外黑咕隆咚的天和地，宋兴忠咬咬牙说：“略抬贵手，只给两桶，我豁出去做检查了！”他犯了“纪律”，要不，真的甭想开钻。

事实上，哪个队都会遇上这号麻烦事：搬迁时断路、放水……“闹剧”一旦发生，一般都是井队“理亏”。谁让你是国有企业且是中央企业呢！关键时刻你装熊赔情也没用，只要掏钱、给油、出物资就行。职工们清楚队上干部的难处，有人给宋队长打圆场：“工农兵共建不是有一条叫互惠互利吗，咱全当实行的是这一条。”宋队长笑了，这笑比哭还难受……他认准了“共建”，首先从“自建”抓起，在内部定了“五要五不准”章程。对地方则多联系、订公约、搞联防……心诚则灵。依据此法 32965 队打开了排除闹剧的“绿灯”。请看——

a. 好一幕“二娘教子”

丁卯年，属兔。冬天某日下午。32965 队职工在井场又抓住一个“贼”。双方较量了一阵，宋队长请村上党支部书记来领人。那村书记到现场后大吃一惊：明目张胆做贼的原来是他的弟弟……宋队长一看在“太岁”头上动了土，第二天提上自掏腰包买的礼品，同村上的副书记进了书记家的门：“大娘，咱们本来是一家人，没想到闹出这号事，任你罚吧，你说怎么就怎么！”书记年过六旬的母亲，“有理”不打上门客：“我那小子是不学好，给你们添了麻烦……”柔能克刚。宋兴忠走后，老母亲通知本族老小（约占了半个村），晚上召开家族会，好一顿“训斥”。大意是说“油鬼子”不是日本鬼子，怎么能跟人家打“埋伏”……不要给当书记的儿子脸上抹黑……从此，32965 队在这个村附近打井 3 口，没出现大小闹剧！

生姜还是老的辣！

b. 支油办——服务上门

戊辰年。属龙。夏季。公司要求某口井当天实现搬、安、开。以防万一，宋队长把意图告诉了驻地支油办。“这事包在我身上。”支油办武同志挺爽快。搬家那天，他在井场盯了一天，将捡“废料”的男女老少村民一一“回敬”到了远处。直到正常开钻后才离队。自此，武同志隔三岔五地到队，帮助井队保生产。

第三乐章：阴阳相斥谐谑曲

不是异性相吸之自然法则不灵，也非钻井队工人不可爱，是……知情者自然忘不了：前些年《工人日报》曾报道过钻井工人找对象难的现状。一时间，钻塔成了梧桐树，山南海北的“信鸽”像凤凰……又以《篇篇情书飞油田》为题，报道了油田以外的女青年与钻工结为伉俪的事儿。事实上，接触实质性问题后，成功的婚配不过是百里挑一。当年刘巧儿“在劳模会上我爱上了人一个”的标准，在今天不是唯一的标准了。有的姑娘选劳模时愿意给钻工举手，可要选对象唯恐躲之不及。在她们心目中，钻工们粗鲁、脏，更主要的是一旦成婚，即使在油田内部也得享受“两地分居”的待遇。

宋兴忠上任之初，全队 73 名职工中已婚的 30 多位职工家属在油田以外工作生活，有工作的调动难，没工作的解决随矿户口难。其余的光棍汉们有 5 个是大龄青年，撒开情网多年也没捕到一条“美人鱼”。一队之长要调动职工生产积极性，总不能让光棍汉们望着从书摊购来的杂志封面及挂历上的美人儿望梅解渴吧！宋兴忠为此而头疼，终于“疼”出了几种方法。

A. 因势“强迫”法

司钻小A同泥浆工小D正处于热恋状态，小D的父母闻讯后死活不同意。宋兴忠三次登门拜访，将小A、小D的感情讲得露得不能再露，女方父母仍是那句话：“将我的女儿调到身边我就答应他俩的婚事。”双方已有感情基础，何必棒打鸳鸯散。再说，小D的父母身边有两个孩子照应，明摆着，一旦将女方调回去，这桩婚事还有个好？宋兴忠寻思着将大大小小的道理讲了一大堆，女方母亲仍是变着法儿不同意，不惜挥汗颠簸到井队：“我给你们跪下啦，将我的女儿调到身边吧。”小D的母亲一转身，又冲小A发火了：“都是你闹的事……”小A见状觉得有愧于队上干部，也给小D的父母帮腔。宋兴忠知道小A说的是违心话，心里更难受：难道钻工不是人？遂将心一横，脸一拉，甩出一句话：“先结婚，后调动！”……小A、小D终于结婚了，井队那个热闹呀——过春节时的热闹和这个热闹一比成了“孙子”。小A呢，高兴得干起工作来人人都竖大拇指。

B. “聚合反应”法

有的钻工说：“我们找对象难，一个重要的原因是‘库存量’少得可怜——上级分的新工人常常也是该娶媳妇的小爷们。”

的确，工作性质、劳动制度注定一线女工比例很小。近几年来，女工的“飞鸽牌”甚多，有的女工即使分到了井队，也想方设法往二线调；有的女工以在二线找对象为荣，以此作为离开井队的跳板。宋兴忠上任那年的8月，队上终于盼来了一名女工小E当泥浆工。铝锅见火热得快，机工小B与小E很快好上了。宋队长趁势将小E由泥浆工改为机工，让小B、小E承包了机房。从此，两人干起工作手不闲，出了机房嘴不闲。“四班两倒”后，队上减少了的房子里一天24小时都有休息的职工。于是，队上专门到公司要了一幢野营房，作为小B、小E恋爱的“圣地”……

“怎么能这样谈对象……”有人不依了。

“你这人……”宋队长用埋怨的口气带出了笑。

“感情培养”增后劲，小 B、小 E 一年后结婚了，大红“喜”字给“荒原”又添了一片绿洲。

C. 真诚诱导法

盼望已久的解决随矿农业户家属的指标下来了，可宋兴忠却坐卧不宁。他想找公司领导多要个指标，但又不忍心给组织出难题。想找合乎条件的两名司钻谈谈，又怕挫伤他俩的积极性。一连多日，他见那两名司钻后总有一种负疚感。因为他太了解这两名生产骨干了。多年来，老婆孩子在远方的农村，责任田里的风风雨雨，老老少少的缝补浆洗，还有那因两地分居产生的一些没法说清的恩恩怨怨……正因为此，他关心职工胜过关心自己。职工深夜患急病，队干部背送到医院；职工家中遭火灾，他解囊相助 300 元；五幢空调房，全部让给职工住……

春雨润物，无声有情。职工们的心中映出了宋队长的真诚，自然会以真诚回报：“队长，我知道只有解决一户随矿户口的指标，让你为难。当个井队干部不易！我这么多年都坚持下来了，那就继续‘旱’着吧，让别的同志先解决。”这个让，那个也让……

哦，肝胆相照的“关系”！

诚然，宋队长的“绝招”不是万能的。至今仍有一位职工已过而立之年尚是独身，本是响当当的生产骨干，硬是发蔫了——人，能活几个 30 年啊？宋兴忠一番感叹之后，告诉笔者：请呼吁——爱神丘比特，别以工种论人！请在钻工面前别吝啬你那饱蘸爱汁的神箭！

第四乐章：辉煌大回旋

钻塔，四门洞开，迎八面来风。

钻井队——流动的部落。冬雪，夏雨……

32965 队的喜怒哀乐同其他队大同小异，然而，这个队的主旋律——生产，已不同凡响。在这喜怒哀乐大联唱中，总指挥宋兴忠时而欢快，时而徐缓，消杂音，扬主调，促使队伍的群体产生了一股前所未有的爆发力。

——1986 年，荣获部颁金牌！

——1987 年，荣获部颁金牌！

——1988 年，年累计进尺上 4 万米，又获部颁金牌！

——连续两年被河北省命名为“文明单位”。

宋兴忠任职三年，32965 队“三连冠”。现在，3000 米深的井 3 只钻头可钻完，钻井周期十一二天不算新鲜。于是，鲜为人知的宋兴忠出名了：1987 年，华北油田唯一的全国五一劳动奖章归他了！河北省优秀共产党员、局标兵等“桂冠”戴上了。然而，一提起他的荣誉，他总是如数家珍似地念叨着其他干部和职工的贡献。他说在雨季生产中，党支部书记高海河连续 52 天没脱工衣。他说，发电工蒲良平等三位职工，一次看井时被大雨阻隔，一天一夜没吃没喝。他说，42 岁的建队“元老”黄华杰，一次拉肚子时忙着检修设备，顾不得上厕所，致使两个裤腿糊满了稀便。他说，二班钻工李合营的父亲蹚开路子让他离队去经营一个赚钱的“公司”。可小李说：“我图的是‘三连冠’，不是万元户”。他还说……

尾声：平原上回荡着正气歌

“几度风雨，几度春秋，风霜雪雨搏激流；历尽苦难，痴心不改，少年壮志不言愁……”荧屏上不是这样唱的吗？舞台上不也是这样唱的吗？不，是 32965 队的职工，在铿锵钻机的伴奏下，以前所未有的磅礴之势在这样唱：“……璀璨金牌，赤诚铸就，危难之处显身手，显身手。为了母亲的微笑，为了大地的丰收，峥嵘岁月拼搏显风流，拼搏显风流……”

使 命

曾宜克

即使命运从不发芽，
我不惋惜千百次播种；
即使花朵结不成果实，
我不遗憾千百次凋零。
信念告诉我，
人生，
没有比脚再长的道路，
没有比人更高的山峰。

——题记

她的名字我知道，在华北油田她的名字很是叫得响，在河北省、中国石油的群英中，她也是数得上的人物；她的容貌我见过，在油田文化宫前厅内的光荣榜上，她披红戴花的大彩照曾足足挂了有三年之久；她的事迹我了解，曾有不下四五位作者，或理想、或拼搏、或奉献、或爱心地变着法儿描绘过她，少则千字，多则几千上万字的通讯、报告文学也已有七八篇之多，写尽了她这人和她的事。

她是凤凰，从芸芸众生中脱颖，她的头上罩着一道又一道光环，重重叠叠。我还能再写出点什么新鲜呢？此文难作。

带着两万多字的厚厚的采访笔记，带着新疆吐哈油田会战前线的尘土，带着一颗忐忑而沉重的心，我登上了返程的飞机。随着飞机不断升高，起点乌鲁木齐市变得越来越小。心，也悬在了半空里，空荡荡的好没底。把眼凑近机窗，欲将沉重、不安投向外面的天空。不曾想，被现代冰川覆盖着的白皑皑的博格达峰，在强烈的阳光照射下，显得异常耀眼，刺痛了我的双眼，使我极不情愿地将双眼闭起……

猛然间，脑海中出现了一幅熟悉的画面：在高山峻岭间，在无垠的大戈壁，一队身体矮小的牦牛驮着沉重的包袱艰难而又坚定地向上、向前行进着。为人们运送去物质的和精神的食粮……

啊，这图画，不正是我要找而未找到的吗？这负重的牦牛不正是当今一代中年女知识分子的真实写照吗？她们朴素而深沉，扶老又携幼，在充满风险的严峻的岁月里负重前行。她们上有老，下有小，弱小的肩上压着生活和工作两副重担，最大限度地消耗着自身的能量，可得到的补充却很少很少，仍顽强地把理想、把希望、把生活的使命，把社会的重托输送到彼岸，给人们带去鼓舞欢欣，为人类营造幸福乐园。

她就是其中的一个。

她不是画家，每天要伏案画 10 多个小时；她不是指挥家，每天要在脑中指挥那站那罐更加和谐地共奏一曲。她叫金淑祥，华北油田勘察设计院一名普通的设计人员，现任油气设计室主任、主任工程师。

她，一位事业的成功者，一朵成功的花。当人们欣赏、惊羡她现实的明艳时，是否还记得她当初的芽儿浸透了奋斗的泪泉，洒遍了牺牲的血雨。

1976 年 11 月，当她刚刚跨进“而立”之年不久，在厂里干得红红火火、得心应手的时候，一纸调令，要她奔赴刚刚投入开发的华北油田参加会战。

——大庆油田石油化工总厂不愿让她走：她是全厂车间技术员中仅有的两名技术员之一，是厂里的技术能手。

——她所在的油品车间的领导们舍不得放她走：在车间她既是技术员

又是办事员，还是业余通讯员，更是车间主任和指导员的左右手。

——车间的工人师傅们更不愿在他们这个群体中从此少了这位朴实无华的“金人”（工人对分配到工厂的大学生的称呼）。

同事们清楚地记得：他们的“金人”从没叫过一声苦和累。那还是在班组工作的时候，她怀上了第一个孩子，反应异常强烈，吃不进也喝不进，总想吐又吐不出来，值完一夜的班回到家里就是昏昏沉沉地睡觉。怀孕7个月了，她仍坚持工作着，从没见她向领导提过什么要求和条件，倒班干活与常人一样没有区别。一次，要刷一个埋在地下的5000多立方米的汽油罐，直径达30多米，汽油罐里都是要加铅的，铅对人体的伤害很大，尤其对孕妇及胎儿更厉害，有点常识的人都懂得这一点，她也知道，可她却不好意思说，她和大家一起钻进了罐里。时间，随着她有节奏的动作一分一秒地向前慢行，半个多小时过去了，她感到自己的身体实在难以支撑，眼前一阵阵发黑，冒金星，她觉得自己就要倒下去了。这时她心里只有一个念头：不能倒在罐里，要不给大家造成的麻烦就大了。她向班长说：班长，我很不舒服，要出去透透气……趔趔趄趄向罐口走去，当她刚从罐口爬出去就昏了过去……

孩子出生后，她已调到车间当了技术员，车间把她当作一把好手来重用，她也把自己当作一个好劳动力去拼搏。可是万事总难两全，工作和孩子该顾哪头呢？她斗争过，很激烈。她想做一个好职工，也想当一个称职的好妈妈，给嗷嗷待哺的孩子多施点母爱。然而，精力、时间却不允许。她咬咬牙、狠狠心选择了前者——准备让婆婆把孩子带回老家抚养。为了让孩子能尽快脱离她，这个不到11个月的孩子被母亲强行断了奶。不会说话的孩子只好每天用不停的哭声想唤回妈妈香甜的乳汁，小嗓子哭哑了，金淑祥的心也要碎了，但她抹去泪，坚强地从孩子身边走开。断奶后，奶水挤得乳房胀疼胀疼的，轻轻一压，奶水便像泉水一样涌出，止也止不住，乳房四周也被挤得生起了高高的筋包，不敢碰不能压。

一个月后，她经受住了精神和肉体的深沉的痛苦，送孩子到了火车站。刚刚开始学习走路的孩子闪着亮晶晶的眼睛，陌生地看着自己的母亲，却一歪一斜地冲着一位陌生的妇女走去，还含糊不清地喊着“妈妈”“妈妈”……她心里说不出是个啥滋味，哽咽地对着爱人说：“你看看，孩子连妈都不认识了……”泪水，冲断了她的话语，她哭了。

她心里是极不愿让孩子走的，可又能怎样呢？为了工作，为了事业，她只能强忍住心中的思念之苦，将心底的爱遥寄给远方的小宝宝。

天下的母亲，比钢铁还坚硬，比花朵还温柔。她们的爱是无私的、广博的、深沉的。

面对这样一位好部下、好帮手、好同事，谁能舍得让她走呢？可她听从党的召唤，哪里需要哪里去，与千千万万个像她一样的母亲一起，到祖国最需要的地方去，用她们那弱小的双手去开辟一个新的天地，用她们那瘦削的躯体去支撑起明天的希望大厦。哪里有油就到哪里去，四海为家，天当被，地当床，为祖国石油工业的发展献上一个石油女工的情，谱上一曲石油女工的豪迈壮歌。

华北油田的发现和开发，是我国石油工业发展史上的一件大事，它为全国石油储量达到第二个增长高峰、为全国石油产量破亿大关作出了巨大贡献。它急需一批技术力量的补充。人们从城市、科学院所、部队和各个油田汇集到冀中大地，发扬大庆石油会战的光荣传统，为由于“四人帮”的破坏、已处于崩溃边缘的国民经济的恢复和发展，团结奋战。

她与爱人一同来到华北油田设计院，进入一个全新的空间。

她作为主力队员被分配到院里的龙头室——油气设计室，从具体的生产工作一下转入科研、设计工作，过去那些天天面对的、不知用手抚摸过多少遍的设备、仪器、螺丝钉不见了，摆在面前的是一块三尺大的图板、一张白白的绘图纸和一支笔，一种陌生感给她带来了一股难以名状的不安：我能胜任这工作吗？能干好吗？但随着华北油田勘探开发形势的迅猛发展，要求开发油田的地面设施工程建设也得紧紧跟上，哪里发现油田，油田开发工程就在哪里上马，这就给设计工作提出了一系列亟待解决的科学技术问题，而当时技术力量的不足，急需她们来弥补。时间没有给她留下过多的思考余地，也没有给她留下当“学徒”、熟悉工作的空隙，第一项任务便布置了下来：为一个年产 10 万吨的接转站搞一个初步设计方案，要求两天一夜拿出来。

她第一次感到了发怵的滋味，第一次为工作找到领导提出了“条件”：“时间能否再宽裕点？”

室主任说：“我们是把你当主力调来的，你就边看老图熟悉边干吧。”

一点退路都没有，她硬着头皮干了起来。她把过去的老图拿出来边看边思考，有不懂的就问老设计人员。一天过去了，一夜又过去了，她已连续干了 30 多个小时，她实在难以支撑，趴在桌上眼一合就睡熟了。她拿着图纸忐忑地交给了组长，组长看看她满脸的倦意，再看看她的图纸，满意地点了点头，说：“你看，你还说不行呢，你不是干得很好吗？仅一天一夜就拿了下来。”她提前交了答卷。从此，她肩上承受起了一个接一个的重担。

油田的原油生产形势不断向好，几乎是几天就上一个新台阶，常常能听到锣鼓的报捷声。但原油的含水量像是很不服气似的，与原油产量成正比地往上升，一口新井投产用不了两个月，含水量就上升到 20%。水，捉弄着处在兴奋中的人们，使人们为它焦急、为它忧虑。油田指挥部急了，责成设计院在最短的时间内，采取最有效的措施，把含水量降到最低限度。院里感到了沉重的压力，这重担让谁来挑？金淑祥。重托与希望凝结成一副沉沉的担子压在了她的肩上，她承担了项目负责人。她与电室、化学室的同志跑大港上东炼，下现场钻试验室，对原油的含量、黏度、凝固点、沥青等影响脱水的参数进行了反复调研、分析、对比，在彻底掌握了华北油田的原油性能后，她与当时任电室主任的郭佩珍一起，在现场对原电脱水器进行了彻底的改造，在现场施工的油建工人看了她们的作品后，说："嘿，好家伙，除了外壳没有动外，瓤子叫你们都给变了样。"

试投产那天，她与郭主任一起上到脱水器顶上的变压器室内，监听脱水器的运转情况。室内电压高达 4 万伏，如此大的电压若靠得太近就有被吸住的危险，况且门上安了自动控制装置，门开电断，门关电通，也就是说她们在里面必须要将门关死，机器才能运转。此时，若电脱水器内进丁点空气就会爆炸，跑都跑不出去，她俩就会粉身碎骨。时间一分一秒地过去，10 分钟、30 分钟、60 分钟……脱水器一点声响都没有，就连过去脱水时像炒菜锅里发出的"劈里啪啦"油爆声也没了。她俩纳闷儿，心中没底："到底脱掉水了没有？"两个小时后，化验报告出来了：全部达到要求指标。啊，成功了！她高兴得差点跳了起来，紧缩的心松弛下来。那 150 多个日日夜夜的汗水终于变成了果实，她感到莫大的欣慰和喜悦。这是油田第一次搞脱水，在没有任何经验的情况下，一次投产成功，它将为油田减少多少损失，又能为油田节约多少宝贵的资金啊。会战指挥部为此召开了祝捷会，把她们俩人请上了主席台，披红又戴花。这项目被评为油田重大科技成果一等奖，这是她到油田后获得的第一个奖励。从这个奖励中，她感受到了组织的信任、人民的关怀；从这奖励中，她也感受到了一种压力，使得自己只能前进，不能后退。她暗暗给自己鼓着劲，欲把压力变成前进的动力，不论今后遇到多大的困难，也要把工作干好，不辜负党和人民的殷切期望。

她就是这样一个人，只需给她送去一丝温暖和鼓励，就能在她身上转化为巨大的热量。还有谁能比这样一位淳朴的知识女性更多情、更晓理，更能从周围人的关怀中吸取力量。

时间的车轮在旋转，她一个站一个站地连续上了二十几个站的电脱水器项目，几乎站站都是一次投产成功。室里又给她肩上加了担子，她担当起了联合站的项目负责人。项目一个接着一个，同时干两个项目也是常事。

白天工作，晚上加班，回到家里还得照顾体弱多病的丈夫和两个孩子。夜深人静时分，人们都已进入了梦乡，她才拖着那双浮肿的腿和疲倦的身躯走向那平静的“小岛”。隔天的疲劳还没退尽，新的黎明又把她拉回到忙碌的工作中。天长日久，“美尼尔氏”、静脉曲张便悄悄侵入她那日渐消瘦的躯体中，因病加重了失眠，失眠又加重了病情，浑身像积累了一股甩脱不掉的疲劳，她更加消瘦了，眼睑松弛下来，眼角平添了许多鱼尾纹，俨然一副中年妇女的模样。

她还没有来得及去充分享受一下美好、浪漫的青春，就已跨入了不惑之年。家庭和工作起了变化，一连串的磨难等待着她、考验着她，她是新中国一代知识型劳动妇女，肩上的担子比老一辈家庭妇女更沉重，不但要去衔接生命的链条，还要用自己积累起来的丰富的知识和经验去创造人类的未来。

1981 年底，她刚把患有乙型肝炎、萎缩性胃炎、高血压等多种疾病的丈夫服侍好，婆婆又因急性肾炎、脑血栓从农村老家接来，住进了医院，需要有人陪护。这时，她正全身心攻关南马庄联合站四合一装置新课题。家里，丈夫多病体弱，七八十岁的公公弯腰弓背快达 90 度了，俩孩子还小，家庭的困难她都占全了。只有她一个还能蹦还能走的好人，要照顾家里老少三代，项目又催得急，她已没有过多的精神和力气再去照顾病情危重的婆婆。此时的她啊，恨不能将自己分成三瓣，去尽孝道、去尽妻责、去尽母心。她犯难了。无奈，只好求助长期上下午 4 点班的弟弟。弟弟很体谅姐姐的难处，没说二话就答应了。白天，弟弟值班照顾婆婆，她上班画图、跑现场，晚上，拖着疲倦的身体去接弟弟的班。一天、两天、三天……她累得浑身说不出是个啥滋味儿，只感觉到身体就要散架了。那天，她值完夜班，就赶到施工现场去处理施工中遇到的问题，干着干着，只觉眼前天和地在旋在转，美尼尔氏病又犯了。她就坐下休息了半个多钟头，病情减轻后，又继续配合着施工了。

一个月后，婆婆出院回家休养，每天她要为偏瘫的婆婆端尿端屎，换衣洗被，还要用瘦小的身躯把婆婆从家里背出，用手推车推着去卫生所打针，一天两次背出背进。婆婆心疼她，说："淑祥，你太累了，我这把老骨头就这样了，好了好不了都没事，以后咱们别去打针了。"她安慰婆婆说："娘，我没事的，过几天你的病就会好的。"起初几天还行，后来工作太紧，身体又疲倦，她已没有力气，丈夫又有病。思来想去，她跑到卫生所，借来注射器，回到家，用纱布包起棉团自己练习打针。就这样，她充当了两个多月的"家庭护士"。周围邻居见她对婆婆这么好，有的羡慕，有的纳闷。

"这会子谁对公婆还这么孝敬？你看看，现在哪家的老爷子、老太太不是老丈人、丈母娘！连现在的年轻人都知道生儿是脸面，生女才是依靠。"

"多好的媳妇，你说我咋就遇不上呢。"

……

"我命好，遇上了这么个好儿媳，天底下难找。"她公公，一位20世纪30年代参加革命的老同志自豪地说。

对这些，她只是笑笑说："公婆虽不是我的父母，但天下的父母生儿育女，谁不图个晚年幸福呢？在办公室我是工程师，在家里我可是儿媳妇。我只是尽了点做半个女儿的责任和义务。"

是的，她尽到了一个儿媳最大的心意。但是，她没有耽误一天工作，请过一天假。南马庄联合站按期投产了，四合一装置运转效果也非常好，被评为部级优秀设计奖。她是这项目的主要贡献者，但她没有因为自己的付出比别人多，而抢功在先。在她写的上报材料上，她把自己的名字排在了第4位。

人的一生，如同一环环套起来的锁链，如果其中一环改变了位置，那么整个人生都会由此改变。婆婆的病刚有好转，女儿又病倒了，到医院一检查：黄疸型肝炎，已耽误了一个多星期。

大夫责怪她："你是怎么当母亲的？孩子都病成了这样。"

她无言以对。她的心好痛好痛，她后悔自己当初看到孩子捂着肚子叫痛，还以为是闹肚子，没当回事。她希望这不是真的，或是病得在自己身上，可是……她心里责骂自己不是一个合格的母亲。她把整个身心都投入工作中，满脑子都是罐、管、站。有时与同事一起走路上班，同事与她说话，她也没听见，等回过神来觉得十分尴尬。

在病房里，懂事的女儿看着憔悴的母亲，知道妈妈很忙，家里还有爷爷、奶奶和弟弟要她照顾，就说："妈，你不用来陪我了，我已经长大了，能自己照顾自己的。就是有什么好吃的你给我送点来就行了。"听了女儿的话，她哽咽住了……

她多想给病中的女儿多一点母爱的补充，去温暖被病魔缠身的小身躯。但项目一个跟着一个，使她无法抽身。女儿住院3个月，她没能在女儿的病榻旁安安稳稳地陪上一小会儿。她和爱人轮流给女儿送饭，她也只能隔三岔五地利用这短短的送饭时间，看看躺在病床上的女儿，匆匆看女儿吃上几口自己用心中的泪、心中的爱烹调出来的香喷喷的饭菜，就只好恋恋不舍地与她告别，又赶着去上班了。每次从医院回来的路上，女儿那眼巴巴地望着自己走出去的失望小脸，总是在眼前晃来晃去，她泪眼模糊了，只好在心里对自己说：下次一定要多陪陪孩子，可每次想到那躺在3尺图板上的图时，她又急匆匆地从医院赶了回来。女儿很重要，但是一个设计人员的责任和对祖国石油事业的无限热爱使她把个人利益丢在了脑后。

赵建兴，她的爱人。1962年，他俩同时从河北省两个不同的农村考入了北京石油学院同一个班，在化验室的学号又是挨在一起的，他俩是一组。那时，老赵出身好，入团早，是班上的团支书；她出生在一个破落的地主家庭，但她是班上积极要求上进的重点培养对象。他俩是全年级"一帮一、一对红"的典型。"文化大革命"中，她受到冲击，又是老赵的安慰和理解，使她从苦恼中解脱出来。他俩有着相同的个性：顽强、上进；他俩一同分配到大庆石油化工总厂，是厂里的先进分子；他俩又一同来到华北油田设计院；他俩互敬互爱，工作上相携相帮。可老赵自工作后身体一年不如一年，几种疾病同时占据了他的躯体，是她用一颗爱心温暖了他的病体，使他坚强地支撑着。他俩你帮我，我帮你，没有埋怨，有的只是理解和信任……

这是1986年初的一天，她不知怎么了就想起了这许多，心里难以平静，握着笔的手停放在图板上不能继续。这是她干工作以来第一次分神。早上，她把爱人送上车，去北京中日友好医院复查，因怀疑是肝癌。他路上顺利不？检查的情况怎样？是不是？要是真的……她不敢往下想。当怀疑老赵是肝癌后，当天下午院里室里就有许多领导来了，把她叫到一边，对她说："你要坚强，还有这一大家子需要你来照顾呢……"他们越说，她越觉得是真的。"要不他们怎么都来安慰我呢？这是不是让我在精神上有个过渡，不至于一下子接受不了这巨大的刺激？"满脑子的问号，挤压得她喘不过气来。她揉揉发涩的眼，默默吞下了个人的不幸，就又继续伏在3尺图板上干了起来。

回到家里，她也没了心思，手在水中洗着菜，就又想起了这事。她后悔自己为什么没能陪他一起去，别人都有爱人陪的。可她刚刚接了宁一联设计工作，各专业室正等着她提供资料，没有资料，工作就没法开展。家里上有老、下有小，她要是去了，这一大摊又交给谁呢？她还是想陪老赵一起去检查，一旦有事也好有个照应。老赵看她为难犹豫的样子，也劝说道："算了吧，你里里外外还有这么多事，室里已安排了两名同志陪我一块儿去。再说，你去也没多大用，这病是就是，不是就不是，谁去也解决不了问题。"

晚上，她看到儿子写的一篇日记：我做了个噩梦，梦到爸爸的病是个很不好的病。等爸爸进屋后，想问又不敢问。急得我就醒了。她哭了，她怨自己的命不好，年年都有坎，而且回回都是赶在过春节，咋就那么不顺呢；她怨自己没有尽到当妻子的责任，每次老赵有病，她都没能陪护在他左右好好照顾。她又想起老赵那次瘫痪住院的事。

1984年初，她已当上了组长。她接的第一个任务苏一联拉油点的设计项目刚刚奋战完毕，又接受了北京供气工程的北京门站设计任务。图纸刚一存档又立即投入抢上王二站的设计会战中。

王二站是油田下达的一个紧急上产任务。油田的滚动开发，要求地面设计工作也要实行滚动设计，只要新井一出油，他们就必须日夜奋战，抢设计、拿产量。当时，管理局提出了“日产上3万”的响亮口号，为此，院里、室里做了紧急动员，油田领导也亲自来督战，并把设计工期从常规的一个半月缩短到了22天。

时间已临近春节。外面鞭炮声此起彼伏，单身职工已踏上回家的路途；多少人提篮挎兜，逛市场，串商店，正忙着操办年货，平日宁静的设计院也已呈现出一派节日的气氛。然而，她家里却冷冷清清，肉还没有买，菜也没有购，老赵瘫痪还住在医院里，打着吊针……她带领几个年轻人，依旧伏在3尺图板上日夜加班，一直干到大年三十。

年三十下午，外面已是少见行人，办公楼内一片寂静，正当万家团圆，喜迎新春的时候，她仍趴在桌上画着图。还是好心的领导悄悄替她把爱人接回家来。大年初一，全家包了顿饺子，算是吃了顿团圆饭。大年初二，正当人们串亲访友或一家老少围坐在电视机前，尽享天伦之际，她顾不得再陪伴病中的丈夫，只说了声：“老赵，你好好休息，我晚上送你回医院。”就又匆匆地赶去加班了。晚上，还是同志们帮她把老赵送回了医院。

这段时间里，工期紧、任务重，老赵需要她陪护，家里老少四口需要她伺候，她忙了这头，顾不了那头。开始，她利用晚饭后的时间去医院看看老赵，后来工作一忙，一周只能去看一次。一天，她去看老赵，同病房一位病人对她说：“金同志，你可真够忙的呀！你们领导比你来得还多呢！”一句话，说得她满脸通红。尽管老赵见她不好意思，理解地说那是他叫她不要来的，但她的心里总觉得不是个滋味……

就是这样，王二站的任务如期完成，一次投产成功，被院里评为优秀设计项目。在这个过程中，她一人就画了两张一号图、八张文表，审查五个单体，折合工日 42 个。

接着留 58 临时拉油点的设计任务又落在了她的头上。这又是一个“六一”上产的紧急项目，必须在短期内搞完。由于经常加班，过度疲劳，她开始出现大脑停滞现象。画着图，脑子就麻痹了。静脉曲张也常常侵袭着她，小腿和脚面肿得一按就是一个窝窝，一道道青筋如山脉般突起在腿上，但她仍坚持着。

在留 58 井投产的那天，她和室主任廖思训一起赶到了现场。晚上 11 点多钟，当来自全局几个单位的 20 多名同志正怀着喜悦的心情等待着原油喷涌而出时，发生了意外。两口油井的放喷阀打开后，比预计多出几倍的强大油气流咆哮着冲进分离缓冲罐。霎时，罐内压力剧增，6 千克的压力表一下子打到了头。一时间，天然气夹杂着油流从安全阀喷射而出，发出了刺耳的尖叫。作为工程师，她十分清楚，这个缓冲罐是个代用品，设计压力只有 3 千克，而压力表的指数已超过了设计压力的一倍，如不及时采取安全措施，随时都有罐爆人亡的危险。况且离这里 20 米之外，就是点燃的火炬。一旦缓冲罐爆裂，后果不堪设想，这时，胆小的吓跑了，懦弱的躲进了小屋，只剩下她和室主任廖思训，还有另一位领导。时间已不允许他们多加思考，只见她和廖主任不约而同地一起冲了上去，一个开大放空阀，一个关小了控制阀。强大的油气流被制服了，避免了一场恶性事故的发生。他俩却成了“油人”，油水从已变成了一缕缕如“油丝棒”的头发上，不住地滴落……

这一年，她负责设计和审校了 15 个项目，连设计带审校共出标准图 51.575 张，折合标准工日 722 天。除此之外，她还有下现场和零星工日 150 天，合计 872 个工日，相当于一年干了两年半的工作量，她的体重却下降了11斤。

度日如年的一星期过去了，老赵从北京检查完身体返回，结果是肝、肾囊肿。一块石头落了地，她也病倒了。这次美尼尔氏病发作很厉害，她在家足足躺了两天才缓过来。接着又投入宁一联合站的设计工作去了。经他们优选方案，精心设计，采用全密闭流程等新工艺，第一次将“四合一”设备用于较大联合站上，一次投产成功，节约工程投资60万元。

一位作家曾这样说过：坚定而有信心的人，他的生活是简单的。金淑祥的生活也简单得只剩下两个点：工作和家庭。但在这简单的背后却蕴含着她无限丰富的情感。

在这十多年中，为了工作，她推掉了多少次疗养的机会，把业余生活简单到只剩下每晚半小时的《新闻联播》，有百分之七八十的晚上到办公室加班或学习。她的家里给人留下印象最深的是那老式而简陋的几件家具和一张一屁股能坐到底的沙发，它们支撑着这个家的门面，迎来送往这个家的客人，也记录下了这个家庭中的酸甜苦辣……因为这些，女儿不知多少次埋怨过她生活太单调了，可女儿又怎知当母亲的心呢？

她出身不好，在那“老子反动儿混蛋”的年月里，她一直背着沉重的思想包袱，夹着尾巴做人，想大干而不能。而今，在科学的春天里，她入了党，可以挺直腰板了，她怎能不甩开膀子大干呢？她时刻牢记：是党和人民用助学金把她培养成才，她要报答，她要用勤奋的工作来报答这养育之恩。

她常说：“我爱我的家、我的亲人，但我更爱我的事业，爱事业和爱家是一致的。”

每当她看到或经过自己设计的一座座拔地而起的集油站，传来哗哗的油流声，她的心里就有说不出来的高兴，感到无比的欣慰。

十多年来，人们为她取得的成绩感到惊讶，为她的工作作风而折服。人们给她评奖，给她授予各种各样的称号：自1978年以来，连续9年被评为先进生产者，1985年到1987年取得了局劳模标兵“三连冠”，她是院、局、省优秀共产党员、优秀女职工、最佳知识分子。她的家庭也多次被评为文明家庭。1986年被评为省劳动模范，1987年被河北省授予“优秀知识分子”光荣称号，1988年她得到了一枚全国五一劳动奖章，1989年被评为能源部劳模……

一个普通的女知识分子冒尖出了名，像长得高出丛林的一棵树，招致风来摇，雨来淋……有的人说：她有什么了不起的？说来说去，不过是些家长里短。是的，她所做的的确算不上是惊人之举。论技术，有比她更强的；论成绩，有比她更显赫的；论资历，她也没有什么可炫耀的；她的故事是一本生活的流水账，但却叮叮咚咚奏响了一曲石油女工的奉献之歌。

她的成绩，是平凡的积累，是马拉松式的纪录。十几年来，她的设计质量和数量保持在第一流，名列前茅。十几年来，婆婆生病、孩子生病、丈夫生病，她自己也累出病来……简直没有喘息的机会，而她却始终出满勤、干满点、使满劲，像一根坚强的柱子，默默承受着沉重的压力，不摇不晃，凝结着力的美、心灵的美……

在新疆吐哈会战前线见到她时，她已是温吉桑·米登油田70万吨产能地面建设工程设计工作的项目经理了。可她一点也没有变，依然是老模样：短发，不加修饰地盖在头上；眼镜，依然是那副珐琅架；身材，依然是那样瘦弱，难以抵挡风寒。

温米油田是继鄯善油田之后的又一个大联合站。它由许多小断块组合而成，像土豆似的东一块西一块，东西长达11千米，南北跨度也有四五千米，面积铺得大而散。怎样确定站外集输流程，使之更加合理又能节约投资，成了一大难题。若照葫芦画瓢，将过去老图纸老方案稍加修改，照样挑不出啥毛病，还省力。然而，作为一名老设计人员、一位项目负责人，她深知一项工程的优与劣、资金投入多与少，其关键在设计，而设计的关键在方案的优选。一个好项目能为国家节约少则几十万元，多则百万、千万元，否则将会使大把大把的钱神不知鬼不觉地白白投进去。强烈的责任心驱使她每干一个项目，总要想尽一切办法最大限度地发挥出自己的才能，使项目不仅在每一个部位、一个单体得到提高，而且还要将成本降到最低限度。在温米油田设计方案阶段，她和伙伴们一起不厌其烦地找资料，一遍遍地测算数据，以构思出最佳方案。他们在吸取鄯善油田的经验、教训的基础上，对几种不同方案经过反反复复比较，最后确定为二级半布站方案。这项方案可节约工程投资达 2000 多万元。在这个过程中，她们出图共折合 100 多张一号图，文字资料 190 多页。

在吐哈会战前线，她已住了大半年。她把全身心都投入进去了。白天跑现场，配合施工；晚上，画图、审图、修改图纸常常到凌晨。人们私下里说：她好像是个工作狂。也许对吧，金淑祥对工作已到了如痴如狂的地步；但却不完全，因为在她心中，工作已不是一种简单的概念，而是一种使命、一种责任、一种爱心。是的，在这大半年的生活中，她已深深爱上了这块形似贫瘠，却孕育着强大生命力的土地，她要用自己的汗水，用勤劳的双手为这块土地未来的辉煌，添一把泥土，浇一把汗水。

她就是她，祖国浩浩荡荡的脑力劳动大军中的普通一员，像戈壁小草，无论在什么地方，无论风寒酷暑，只要有土地，只要有人民，她就可以在那里深深地扎下根。

中国有句古话“蚌病成珠”。金淑祥经历了一番精神和肉体的深沉痛苦之后，在她的身体内也凝结成了吃苦、耐劳、坚毅、不贪、知足、向上精神的“珍珠”。也许历史注定了她这一代人是负重的一代，她们身上虽然缺乏前辈们打江山的辉煌，也难以有儿女们在大树下乘凉的潇洒，但她们和新中国一起经历了坎坷，赶上了改革开放的伟大变革，她们无怨无悔。现在谈享受，金淑祥认为还早了点，她还要用以后的生命继续去为祖国的石油事业拼搏奋斗。

回顾奋斗的历程，金淑祥只有一句话：“中年无悔”。

意　境

马　镇

他像身处无我之地的艺术家，翱翔于美韵风流的梦幻。

他像隐形梵天之界的数学家，畅游于图符运筹的迷宫。

我看重意境。意境好，少走弯路；意境差，就多走弯路。

刘宝华，6 年来，你有了 24 项科技成果，最好的意境是什么？

八笔仪。

游车像一只巨大的水怪浮上二层平台，衔起一组钻杆，又旋转着潜下去，将钻杆送入深深的地层。

突然，压力表指针反弹，转盘像失去了羁控，恐怖地吼叫起来。

钻杆断了。井卡报废。上百万元送给了土地爷。

自从石油现代化钻井工程创始那天起，钻杆因疲劳过度在井下断裂的事故就没停过，研究钻杆探伤的工作也没停过，谁也不想把钱白往地下扔。

中国人勤劳智慧，不但能用手工探伤，而且哪个老师傅都能把手测经验写本专著，可是钻杆照断。

《第三次浪潮》的作者托夫勒说：现代世界已进入以电子计算机为代表的第三次浪潮，而中国还处在有烟工业阶段。这对有着“四大发明”悠远文化的中国不啻是个悲剧。

的确，洋人早就发明了用电子控制的钻杆探伤仪，拎着这玩意儿往钻杆上一套，来回走一趟，8 种情况曲线便显示在屏幕上，像透视一样准确。

1979 年，石油工业部花费 200 万美元从美国进口了 17 套“八笔仪”钻杆检测仪分配给各大油田。但是据调查，直至1983年，那17套“八笔仪”还有14套扔在仓库里，任钻杆在井下扭断，任工人繁重地劳动，任几百万几千万的财富往地里扔。

浪费的理由极其充分：外国仪器不适合中国的钻井设备。可哪一项引进的技术设备不需要改造消化呢？20世纪80年代，难道中国人真的退化了不成？

“你为什么嫁给刘宝华？”我采访他的妻子。

“那年他不满5岁，像个小泥孩儿似的让他姑带着在村里上学。他和我同班，我们把他当娃娃玩，可他功课竟都跟上了。”

“对呀，你为什么嫁他？要知道他当钻工时，你都是冶金学院的大学生了。”

“1973年，高中毕业时他才16岁，回村召集小伙子组织起青年突击队，非要改变家乡的面貌不可。队里谁都比他个儿高，谁都比他岁数大。甭说，从那年起村里吃上麦子了。他这人从小就是干什么不要命。”

“所以你死心塌地嫁他了。”

刘宝华那张娃娃脸上露出一个挺神秘的笑。

“蓄谋已久，蓄谋已久。”

“有关你的意境？”

他点点头。

我催他讲。

像要捧出一个什么秘密似的，他瞥了一眼端坐在一旁的妻子，随即颊上旋出两个酒窝，羞赧地摇摇头。

我猜他两口子一定有什么秘密，便又请他妻子讲。

他妻子叫刘克者，是个极文静的女人，但比刘宝华大方。“恋爱时，我要他今生必干一番事业”，她说，“否则我不嫁他。”

“这压力可够大的。”我佯作吃惊地说。

“可不”，刘宝华闪闪他那聪慧的眼，“你听我给你讲这么件事：那年考职工大学，不知得罪了谁。考试那天，大队人事干事到井队办事，见我还在钻台上干活，吃惊地问我为什么不去考试。我说不知道。他说早就通知队上了。我火烧火燎地找到队长，队长却叫我到纸篓里找到通知再说。我什么也不顾了，一下扑到地上，抱起纸篓便找起来。人事员不错，一边骂队长，一边拉起我，把我推上一辆汽车，送到火车站。”

“赶到基地，人家已考完两门。全完了，想着已上了大学的她，想着我们婚约上的誓言，心里直流泪。我只考了两门。回去那天，天上下起了大雪，像是为我哭丧似的。我昏沉沉地溜进站前书店，买了两本工具书，出来时才发现没钱买车票了。我又冻又饿，只好提心吊胆地溜了一次车。”

“老马，我这辈子就做了这么一件对不住国家的事，就这么一件。”

刘宝华满脸内疚。

随着这忏悔，屋里静下来。我发现他的妻子正用人间最温馨的目光望着他。从目光中我看到了她的理解，看到了即使没有那婚约，她也坚信她丈夫的胸臆中早就滚动着一种意境，一种不明朗的但却能包容人类所能创造出的意境。

“……出乎意料，我考了 151 分。录取线 150 分，我被录取了！”

蓦然，刘宝华又开怀地笑起来。

对刘宝华意境的内涵，我是在采访中不断完善认识的，它既是对理想的飞腾驰骋，又是对科学的奇思绝想。他是个将理想与现实结合得相当出色的人。

他属于爱迪生们，当然，他的失败也与爱迪生们有着惊人的相似。

1983 年，刘宝华从华北油田职工大学毕业，分配到第一勘探公司管子站。那天，人事干事将他领到管修车间，车间主任又将他领到休息室，然后指着屋里 5 个小老头说：“这是技术革新班，就等你来当头儿了。”

主任走后，自报家门。加上他 6 个人，平均 43 岁，要不是他才 20 岁出头。这数字还得大。小老头们笑吟吟地围着他这个又矮又小的娃娃，把他看得满脸绯红。

“老师傅们，你，你们多帮助。”

“甭客气，你指哪儿打哪儿。”

“打哪儿？”

“造站区花园。任务早下来，就等你了。”

乖乖，他可是学机械的。他这才明白，这革新组其实是收拢退居二线的老工人，干杂活儿的。甭管怎样，他到底有了一个营造意境的阵地。

花园让他造得挺不错，受到公司的表扬，组里的小老头也开始喜欢上他。可他却沉默起来。

原来，他偷偷地瞄上了站里闲置的那套从美国进口的钻杆检测仪。

原因出自他在与工人们一起检修钻杆时的感受。笨重的手工检测中，老师傅那鹰般的眼神，那行云流水般的动作，加上那滚动搬运钻杆发出的“哼嗨”声，他已品不出丝毫的美与钦佩；生产报表上月复月的超额完成任务，年复年的庆功受奖，对于已掌握国外生产情报的他，也只感到痛心疾首般的耻辱。要知道国外许多国家不用说检测质量，就是速度也是我们的几十倍。

他不能不营造起改造钻杆检测仪的意境。

可最初的意境与他的年龄一样幼稚。

美国这套被称作“八笔仪”的检测设备是为井队现场检测用的，而中国的钻杆都是拉回基地检测。刘宝华想，只要模拟井队现场做一钻杆架，拎起那洋玩意儿检测就成了。等他和几个小老头把“八笔仪”从仓库里倒腾出来，才知这样货离实用还远着呢。

这套“八笔仪”20多公斤重，一个壮汉子拎着在钻杆上走几趟就吁吁气喘。可美国人是在现场干，没几根；咱们呢？检修场地堆着成千上万。开干后，把几个小老头累得半死，一天才检测出几十根。

刘宝华是个怪杰，试验失败后，他的脑中竟又突兀地转动起一个全自动钻杆检测流水线的意境。

湛蓝的天空上一轮圆月，明洁的大地上是圆月泻下的银光。一扇简陋的窗里射出一点橘红，将静谧的夜勾出一丝生气。

窗外无风，只有蚊来。刘宝华趴在办公桌上，光赤的脊背淌着汗，汗渍下是一片片的蚊包。他没有多余的动作，手只是像比例尺似的勾勒着意境中的形象，一米五六的身躯蜷在椅子上，显得那样瘦那样小。

他绘制出这样一个意境：让“八笔仪”离开手，固定在一辆小车上，然后再叫钻杆在小车的套中自动行走。

以后的实验证明，他这个意境趋向是正确的，虽然不知出现过多少次挫折，但这基本的设想没有变。

刘宝华将图纸拿给那几个小老头看。小老头们挺服他，时值酷暑，光着膀子起早贪黑地跟他干起来。一个月后，刘宝华的意境在一幢板房里化作了一套真实的装置。

这是刘宝华近十年的追求与梦想。上中学时，他便幻想着做一个发明家。他激动极了，按动电钮时，手都在颤抖。

命运似乎觉得他的梦想来得太容易，想捉弄他一下。就在他按下电钮时，套在检测小车内的钻杆发出一声刺耳的怪叫，接着，整个“八笔仪”像地震了似的剧烈地颤动起来。

“我懵了。”他对我说，“几个老师傅跟我累了一个多月，几秒钟就判了死刑。”

他蹲在地上许久没有起来，他觉得对不起那几个小老头，他要是女的，一定大哭一场。

“这次打击对我的一生太重要了。一夜间我成熟了许多，登泰山之巅起于山麓之石，那出神入化的科学意境也只能始于浅巧的灵感。”

你一定挨骂了。

瞎折腾，瞎折腾……

有的是从背后传来的，有的是从眼神中领悟到的。

怎么办？

你说呢？我会服？不过，我先绕过“八笔仪”，营造些小桥流水似的意境。一年来，我连干了4项革新项目，居然项项成功。

看你说得这么轻松。我猜，“八笔仪”在你的意境中就没消失过。

算你说对了。他的脸俨然成为一座苍峻的山。

一口探井打入3000米深的古潜山。油砂随着泥浆冲出井口，在地质工的手中闪烁着七彩的光。地质师们赶到井场，捧过油砂，那激动的心情不亚于荒漠中见到一泓清泉。

“起钻，取岩心！”

经理和老总们守在电话机边静候着消息。一个新油田的诞生或许就在这一瞬间。

“经理……”电话中突然传来急促慌乱的声音，“钻杆……钻杆断在井里啦！”

“混蛋！”经理愤怒了希望顷刻化为泡影，谁能控制得住。“查，是谁检修的！”

是刘宝华他们车间检修的。又一个上百万元扔给了土地爷。他听到后，心比浸入冰河还要刺痛。他感到羞辱难当，他身上所流动的中国新一代知识分子的血令他躁动不安。

我能忘掉“八笔仪”吗？我能不营造起检测流水线的意境吗？

他因为激动，许久没说话。我拿笔静静地候着，我想，他下面一定会喊出什么闪光的语言来。

他终于开口了，声音很轻很疲倦：“政工干部在材料上，写我自从改造‘八笔仪’以来没休息过一个星期天，这是真的。”

就这么一句话，可我没失望。

寒暑相易，又是一个三伏，刘宝华绘制出他的第三个改造“八笔仪”

的意境。

这次他很自信，他不再搞试验式的，他要车间停产，安装他设计的检测流水线。他到站里请缨，立下军令状，若不成功甘受任何处分。

要是一年前，站长非把他顶回去不可，可现在，生产的压力使站长不能不做出同意的选择，何况他已有了 4 项革新成果。

自动化流水线需要小电机，我带着助手（这时车间给我配了个技术员）跑遍了北京城，买了 4 台。为了给国家省点儿钱，我俩没雇三轮车，一台 24 公斤，一人两台，扛着挤了汽车、挤火车，下了火车又扛了 5 里地才到站里。到时已 8 点多了，一身臭汗没顾得洗，啃了两个面包，又连夜把电机装上。我想，车间是停产干这活儿的，早安装完一天，国家不是少损失点儿。

事情出在第二天。我拿着发票去报销。但主管财务的不但不给报销，还让我写检查，说我买的电机比计划多花了一倍的钱。

我急了，和他算账：电机款超出一倍才几百元，“八笔仪”改造成功能省多少钱？可人家还是不同意。我又争辩，告诉他，我当班长、技术员，还要干材料员、电工、钳工、泥瓦工，我实在没条件去了解电机的具体价格。可人家立即又甩过一句：不写检查，就别再买设备。

你看看，流水线建成建不成似乎跟他没关系。谁都知道我立了军令状，可安装失败了，就只我一人倒霉吗？

流水线需要 4 根钢管。我拿着计划单去开货，谁想人家不给，反而扔过来一句话：“钱都让你们折腾光了。”我一脸的卑微相求于他。“得，给你两根吧。”他像挺开面似的随手写了两根。我哀求着说我们需要 4 根。这位先生立即拉下脸，一边将货单拍给我，一边说：“别来这套，计划都有水分，我清楚。”你看看，没人调查生产的实际需求，老老实实地找他们，什么都别想干了。

你问我朝没朝他们低头？岂止低头，为了能办成事，我都想给他们跪下。你知道吗？人老了，牙全没了，只有舌头依在。为什么？这叫以柔克刚。只要我的意境能成为现实，什么屈辱我都能忍。

别写，你千万别写这些。

我默默地听，我的心在流泪。新一代知识分子哪一天才能扬弃老一辈知识分子那种忍辱负重的品行，成为一个行立不弯的完整性格的人？

结果呢？

结果和工人们大战夏暑3个月，将钻杆检测流水线建起来了，并且当年就获得局科技进步奖，还获得了奖金。

你问我得了多少钱，钱不算什么，都分给了大家，凡和改造“八笔仪”有关的都有一份。功劳是大家的，要不我的军令状怎么拿的回来？

为了轻松一下气氛，我转向刘克者。

“你让我说？”他呀，“对我也是以柔克刚。”

我带女儿刚调过来时，女儿直管他叫叔叔，我有时心烦向他发火，他不回嘴，星期天该去车间还去，该搞设计还搞，让他磨得我的性情都变了。

宝华插嘴说，“她不错，管家，还帮我抄资料。”

她瞥他一眼，那眼神分明含着万端情感。

科学与幻想是大地与白云。

科学与意境是大地与蓝天。

白云可以化雨润地，蓝天却包围着大地。

科学就是维纳斯，他只有在意境的大海中才能演化诞生出美丽绝伦的身躯。

采访刘宝华，我竟涌流出这诗般多的奇想。其实，意境对刘宝华还有另一番意义，它不单是一种追求和理想，而且还是他生活的力量和寄托。在下面的采访中愈发感受到这一点。

钻杆检测流水线渐臻佳境，可在刘宝华看来，有如笔走龙蛇，就欠画龙点睛一般，只做了一半工作，只有那一点才算是龙啸天庭的真功夫。这龙睛便是用计算机处理“八笔仪”检测数据。

“八笔仪”所显示的只是8条钻杆内部结构曲线，最后结果需要重新计算，而用手工计算，每检测70根便要用去4个小时。

他不懂计算机，便找到北京某研究所求援，人家张口就要5万元。他又跑到某高校，人家根本不理睬他。他要不出钱也请不动人，只好下决心自学计算机的BASIC语言，再营造起一个计算机处理检测数据的意境。

我知道，我的采访又要进入紧张阶段了。

紧张吗？其实学习虽苦，倒挺愉快的。我参加了一期计算机学习班，那层神秘的纸一捅就破了。令人烦恼的倒是学习以后。唉，怎么说呢？你还得把笔放下，你还不能写，你就听着吧。

就在我学习期间，公司给了我们一台PC-1500计算机。我知道后高兴极了，从学习班回来两天两夜没睡觉，把“八笔仪”数据计算程序编了出来。可怪事又出现了，计算机偏偏交给一位不懂计算机的人管理，而这人又被认为是最尽职尽守的。为了保护计算机不受损，他将计算机搬到他宿舍里，像看护国宝一样看管起来。我向他借，他让我在他宿舍用。这又不是借刀削萝卜，几下就完事了。我坚持要搬到我的工作室去。后来借是借出来了，可只用了一天，那位管理员就强行搬走了，说是公家的，不能让我一人占着。他出门时，那眼神像在瞅一个爱占小便宜的无赖似的。你不知道，当时站里只有我一个人懂计算机。我透心地凉。我为了谁？我真想破口大骂。可一想到我那改造“八笔仪”的意境，我忍了。

我得想个以柔克刚的法子。正巧，公司举办计算机学习班，我便撺掇站里的两个学员，叫他们朝那管理员借。他们年轻，那管理员不敢不借。于是，我就利用那两个学员中午休息的时间试验修改我编排的计算程序。

你看，我是不是像个骗子小偷什么的？可这次我绝没有6年前不买票溜车时的负罪感。我是在为人民工作。你说呢？老马。

你没错，真的，你没错。为了将改造“八笔仪”的意境化为现实，你只有这样。

刘宝华的眼睛潮湿了。

十年磨砺，一朝成锋。刘宝华龙睛点就，“八笔仪”配上计算机数据处理，如水银泻地，功效一下提高了 6 倍。他营造的意境终于变为现实。

1983—1988 年，刘宝华为了他最初的科学意境，花了整整 6 年的时间。站在宽敞明亮的厂房内，望着流水线上不停滑动的钻杆，他的喜悦盖过了感慨。

现在他成名了，他的发明有的获得国家专利，有的成为总公司的科技推广项目。在我写成此文时，传来省里授予他省级优秀共产党员的称号。这使我又多了一份欣慰。

不倦的油情

盛乃荣

我们从古以来，就有埋头苦干的人，有拼命硬干的人，有为民请命的人，有舍身求法的人……这就是中国的脊梁。

——鲁迅

1960年，仇射洋毕业于北京石油学院机械系。

1965年，他发明了不压井、不放喷井下作业控制器，在大庆油田获得了广泛的应用。

1982年，他带领项目组发明了“任671型深井裸眼封隔器及其配套工具”，取得了重大经济效益。该项目的“上提解封机构及新型增强胶筒”部分，获国家重大发明四等奖。

1984年，他主持研制成功了6461型多功能工艺管柱及工艺技术，使裸眼井分层治理又增添了新的工艺技术，获得国家专利。

……

还有两本不一般的荣誉证书——

荣 誉 证 书

特授予仇射洋同志：

为石油工业有突出贡献科技专家。

中国石油天然气总公司

1992年1月18日

荣誉证书

仇射洋同志：

为表彰您为发展我国工程技术事业作出了突出贡献，特决定从1992年10月起，发给政府津贴。

中华人民共和国国务院

1992年10月1日

这两本证书，是仇射洋一生献身石油的缩影。它们见证了仇射洋不平凡的事迹，也记录了他将自己献给祖国石油工业的全过程。

一

1936年，仇射洋出生于江苏省盐城市建湖县。建湖地处黄海之滨，背倚苏北平原，在江苏中北部里下河地区，素有“水乡明珠”之美称，是著名的杂技之乡、淮剧之乡。

仇射洋的幼年是在中国抗日战争最艰难的时期度过的。时至今日，他仍然依稀记得被大人背在肩头，躲避敌人扫荡的情景。

他经历了陈毅倡导的“集中文化人，重振苏北文化”的新文化运动。在苏北，文化精英与抗战文艺有机融合，以抗战为主题的文艺活动在整个苏北根据地开展得轰轰烈烈。《李闯王》《敌后日记》等戏剧及文学作品，为人们颠沛流离的逃难生活带来了鼓舞和振奋，点燃了人们内心深处的希望与热情。

仇射洋中学时代是在上海度过的，就读于著名的同济中学。同济中学有着光荣的革命传统，素有“民主小堡垒”之称。新中国成立后，学校继承发扬革命传统，在各个不同历史时期，广大学生积极响应党的号召，踊跃参军、抗美援朝、支援边疆和农村建设。仇射洋当时的志向是刻苦学习，考上复旦、北大等名牌大学，用知识报效祖国。

在20世纪50年代，受全球工业化浪潮的影响，能源的战略地位越来越高，而石油作为能源中的重要行业，在工业生产和国防建设中占据重要地位。新中国百废待兴，经济建设、国防建设都急需石油，全国上下都期待石油工业大发展。

仇射洋开始越来越多地关注石油工业的方方面面。他了解到，新中国成立前，国家石油工业的基础十分薄弱，仅有甘肃玉门老君庙、新疆独山子、陕西延长等几个小规模油田，年产不足12万吨，国内消费石油基本上依靠进口。新中国成立后，国民经济千疮百孔，国家一穷二白，国家最需要的是石油，但最缺的也是石油。石油基本依赖进口，4亿多人过着使用“洋油”的日子，缺油已经到了“一滴油一滴血”的严重程度。毛主席说：“要进行建设，石油是不可缺少的，天上飞的，地下跑的，没有石油都转不动啊！”朱德元帅也说过：“没有石油，坦克、飞机还不如打狗棍。”

他的内心翻腾起来，石油！石油！

1956年，他义无反顾地报考了北京石油学院。

当时，国家已先后开发建设了新疆克拉玛依油田、青海冷湖油田及四川油气田，扩大了玉门油田，初步形成了玉门、新疆、青海、四川4个石油、天然气生产基地，在东北、华北、西南等几个大盆地进行的区域勘探也取得了新进展。1959年全国原油产量达到373万吨，主要石油产品自给率达到40.6%。但远远不能满足国家经济建设的需要。

1959年9月26日，东北松辽平原松基3井喷出工业油流，由于恰逢新中国成立10周年大庆，这个油田便被命名为大庆油田。

在东北发现大油田的消息迅速传遍全国，仇射洋感觉浑身热血沸腾，他给自己心中定下了目标：到东北去！去开采大油田！

1960年，仇射洋通过4年的刻苦学习，以优异的成绩完成了学业，如愿以偿地到了大庆油田，参加了世界瞩目的大庆石油会战。

青春的热血融入会战的激情，仇射洋觉得每一天都是崭新的，每一天都有干不完的活儿、使不完的劲儿，多年苦学的知识终于有了用武之地。

当时主持大庆会战工作的康世恩同志，要求全力攻克因压井作业造成产量下降的技术难题。这一重担落在了仇射洋肩上，他开始了人生中第一次高难度科研攻关。为尽快地做到书本知识与实践相结合，他不知疲倦地跑现场、查资料、搞设计。那段时间里，仇射洋不光搞科研，白天还要和工人们一起从事繁重的体力劳动，因为粮食和副食紧缺，抽空还得开荒种地、挖野菜。我们现在看到的电视剧《铁人》，反映的就是当时的真实情况。在 20 世纪 60 年代初期，参加大庆石油会战的很多人都是这样干的。为了技术攻关，仇射洋处处挤时间，一有空就跑到油田图书资料室，查阅相关资料。

让仇射洋至今津津乐道的是晚上大家一起学习“两论”的情景。冬天零下 20 多摄氏度，帐篷里滴水成冰，寒冷刺骨，大家围着一个土炉子，没有柴火烧的时候，就只能忍痛烧一点原油。原油燃烧黑烟四起，大家边学习边讨论，一场学习下来，屋里人的脸都被熏黑了，两只眼睛咕噜咕噜在动，一张嘴露出“大白牙”，大家乐呵呵地互相戏称“油鬼子”。

仇射洋对那几年生活的深刻记忆有两个字，一个就是“冷”，还有一个就是“饿”。当时正值国家困难时期，全国粮食紧缺，最艰难的时候，他们早晚喝稀饭，中午是野菜加粮食的菜团子，饿得受不了就喝几口酱油汤、咸盐水，总是感觉腹内空空，饥肠辘辘。大家凭着心中始终如一的信念，千方百计克服困难，用“革命加拼命”的精神坚持会战。

1961 年到 1965 年，经过 4 年多日日夜夜的努力，仇射洋终于啃下了这块硬骨头。他发明了不压井、不放喷井下作业控制器，能在高压条件下实现密封，正常起下油管作业，并在大庆油田获得了广泛的应用，为油田建设作出了重大贡献。

康世恩亲切接见了仇射洋，那场景仇射洋终生难忘。康世恩紧紧握住他的手，称赞他人小、水平高、贡献大，高度评价他在压井技术攻关方面取得的成就，并鼓励他再接再厉、再立新功。那亲切的话语，春风拂面般的笑容，充满赞许的眼神儿，以及和他紧握的双手，给仇射洋带来了无比的温暖和无尽的力量。

仇射洋在大庆油田一干就是 8 年。这 8 年，是他最美好的青春年华，有他最难忘的奋斗记忆。

1969 年 8 月，江汉石油会战指挥部成立。江汉石油会战是特殊年代组织的一场特殊会战，不仅要在江汉平原上建设一个初具规模的综合石油基地，还有一个目的是保护一批石油战线的领导干部和技术骨干，为将来的石油工业大发展做技术、人才和队伍储备。仇射洋被时任石油工业部副部长的康世恩同志点名到江汉油田参加会战。而这一干，又是 6 年。

二

1975 年 7 月，任 4 井获得高产油流，这个振奋人心的消息传遍了石油战线。1976 年 1 月 30 日，国务院批准了石油化学工业部《关于组织冀中地区石油会战的报告》。3 月，华北石油会战指挥部成立，来自大庆、大港、辽河、胜利、四川、长庆、吉林、江汉等全国各个油田的 3 万石油大军会师华北，在广袤的冀中平原展开了一场轰轰烈烈的石油大会战，实现了当年勘探、当年开发、当年建设、当年收回国家全部投资的“四个当年”，创造了我国石油工业史上的奇迹。

仇射洋非常荣幸自己是会战大军中的一员。

他被当时的石油工业部驻华北石油会战指挥部工作组作为专门人才调到华北油田，参与我国首个碳酸盐岩油藏开采的技术攻关。作为技术攻关队的主力，仇射洋以全部的激情投入会战中，付出自己全部的力量。

曾经有人问仇射洋，大庆会战、江汉会战和华北会战，哪次会战更艰苦、更伟大。他这样回答，几次会战都艰苦，石油创业就不可能轻松，没有“宁可少活 20 年，拼命也要拿下大油田”的劲头，就找不到大发现，建不成大油田；几次会战都伟大，因为大家都怀着“为国家找油、为油田奉献”的伟大理想，都体现出顽强拼搏、艰苦奋斗的伟大精神。

华北石油会战初期，有这样一句顺口溜：“头上一顶蓝天，脚踏一片荒滩，风吹尘土四起，下雨泥浆乱翻。”没有像样的砖房，只有四面漏风的帐篷，起风时尘土飞扬，几米外的人都认不出，吃饭经常在野外，菜里面经常拌着沙。最令人头疼的是下雨，进井场的路泥泞不堪，车辆进不去，设备设施就只能靠人往里运。

仇射洋清晰地记得，一天夜里，多日的暴雨淹没了通往井场的临时土道，大批钻井设备滞留井场外。指挥部下令：“人拉肩扛也要把设备运进去！”

夏末秋初的深夜已有寒意，阵阵冷风夹着雨点拍打着脸庞，冰冷的钻杆裹着泥浆紧压在肩头，脸上分不清雨水还是汗水。夜色中，大家扛着钻杆深一脚浅一脚地迈着步子，像千足蜈蚣似的向前蠕动着。泥水灌进雨鞋里，冰冷的感觉刺激着人们的神经。

一根根沉重的钻杆终于被搬到了井场，东方也泛出了鱼肚白。大家伙儿坐在钻杆上，一边喘着粗气，一边倒着雨鞋里的水，个个都成了“泥猴”。不知谁带头唱了起来：“日落西山红霞飞，战士打靶把营归，把营归……”

在仇射洋的记忆中，20 世纪 70 年代华北平原的冬季比现在冷多了，河里冰层冻得很厚，浅的地方冰一直冻到底。人们出门的时候，都捂得严严实实，棉帽子、手套、口罩……还有一身臃肿的棉衣。高低不平的土路上冻得坚硬，踩到凸起的泥棱，脚硌得生疼，不小心还会崴了脚。泥浆溅在工作服上，很快就冻硬，像是穿了一副盔甲，干活都困难。

在这样艰苦的条件下，仇射洋愣是靠着两条腿，一口井又一口井地调查、采样、分析，每一口井都不落下。针对华北灰岩油田开发过程中不断暴露的矛盾和需要解决的难题，仇射洋开展了以解决底水锥进、分层酸化及卡堵酸综合工艺为主要内容的科研攻关。解决的办法就是尽快实施卡堵水工艺措施。通过控制底水锥进，调节层间矛盾，达到最大限度提高采收率的目的，最终实现长期稳产高产。

但是要实施这些工艺技术，就必须首先解决适合碳酸盐岩油藏使用封隔器的难题，否则，再好的地质方案都只是纸上谈兵。当时已担任石油化学工业部部长的康世恩到华北油田调研时，也明确要求，马上进行裸眼封隔器的攻关！

仇射洋心里清楚，当时我国对于碳酸盐岩油藏开发，没有先例可循，更没有成功的经验可以借鉴。并且华北油田的井深都在3000米以上，井下温度超过150摄氏度，井下压力达到350兆帕左右，工艺条件要求十分苛刻。但仇射洋更清楚，这个难题不解决，会极大影响油田的开发建设。不仅要攻克这个难关，而且还要快速攻克，早一天出成果就会早一天见效益。他感到肩头的担子更重了。

仇射洋先是查阅了大量外国资料，国外封隔器大都是在管柱上采用卡瓦进行锚定，但该方法根本无法在裸眼井中使用。没有他山之石，那就让自己成为“他山之石”！

在进行大量管柱受力分析的基础上，仇射洋大胆提出上提式解封的设想。他和同事们夜以继日地研究、试验、再研究、再试验，一个个难题被攻克，但一个个新的难题又冒出来。摆在他们面前最大的难题，就是没有耐高温、耐高压的油浸试验装置。油浸试验装置是高精端设备，采用的是高碳钢材料，权威文献中明确写着，在一般环境条件下，高碳钢无法进行焊接。

无法焊接？仇射洋不信这个，他对同事们说：“我们石油人，就是‘有条件要上，没有条件创造条件也要上’，思想一定要解放，要勇于去质疑。”他翻阅了大量的资料，用实干精神依托科学理论，大胆设计，在密闭的工房中，将沙子炒热，然后将钢体放在沙子上焊接，并放在沙子上逐渐冷却。

在这一过程中，门和窗户都不能开，持续几个小时，他和焊工汗如雨下，几近虚脱。这个办法虽土，但效果却非常好，焊接成功的油浸试验装置完全达到了设计要求，能耐 150 摄氏度高温、耐 700 兆帕内压、耐酸、耐腐蚀，创造了奇迹。

扫清了攻关道路上的一个重大障碍，仇射洋来不及高兴，就率领项目组开始了裸眼封隔器的研究。那段时间，仇射洋把全部心思都放在科研攻关上，长期待在资料室和实验室。没有固定的作息时间，吃就在实验室解决，困了就把椅子拼在一起，倒头休息会儿。有时候刚躺下，忽然想到了一个数据或一个技术点，马上又爬起来进行分析和研究，就连理个发、洗个澡的时间他都心疼。

1982 年，作为第一发明人，他带领项目组发明了“任 671 型深井裸眼封隔器及其配套工具”，该封隔器结构为水力密闭式，钢体上带有锁紧、解封机构和密闭阀系统，可以广泛用于裸眼井的分层找水、分层测试、分层堵水等井下作业。一经投入使用，就取得了重大经济效益。

该项目的“上提解封机构及新型增强胶筒”部分，在 1982 年获国家重大发明四等奖。同年 10 月，他光荣地出席了在人民大会堂召开的全国科学技术奖励大会，受到党和国家领导人的接见。

1984 年，仇射洋主持研制成功了 6461 型多功能工艺管柱及工艺技术，并获得国家专利。这项技术成为裸眼井分层治理的新“利器”，明显提高了碳酸盐岩油田开发水平，现场实施 25 口井，取得了增油 21.3 万吨的喜人效果。

在那个生活匮乏、设备设施落后的年代，是什么支撑着华北油田工程技术人员的精神和意志，从下面这首小诗中我们可以找到答案。

四两馒头半两沙，华北油田把根扎。

千里迢迢来会战，豪情满怀干科研。

支起帐篷搞试验，现场就是工作间。

堵注调卡样样精，措施增油几十万。

三

1985 年，仇射洋担任了总工程师职务，负责采油工艺研究院的全面技术工作。此时，他已经是国内采油工艺技术方面的知名专家。

职务变了，但仇射洋对石油事业的热爱没有变，他参与技术研究的热情没有变。几十年来，无论在哪里，无论在什么岗位，只要涉及石油工程科技攻关，他的血液就会沸腾。凭着锲而不舍的科学精神和对新技术的不懈追求，他一直保持着旺盛的创造力。他经常提出技术课题，帮助同事们进行技术分析。先后完成大小研究成果 20 余项，并且无偿交给院里。

“一个人搞科研，只能解决有限的问题，一个团队搞科研才能为企业解决更多的难题。”仇射洋一直认为，打造一支优秀科研团队比自己完成重大科研项目、获得重大奖项更重要。他以自己的人格魅力和精湛的专业知识，鼓舞带动院里的青年科技人员，给他们传递信心、传递技术、传递压力。他说：“科技是油田发展的动力，而创新需要更多科技人才。青年人是挑起科技攻关大梁的后备军。”他把自己的知识倾囊相授，把多年积累的科研资料与大家分享。他指导青年人写科研论文、解答他们的疑问，总是有求必应、不厌其烦。这些青年技术人员说，跟仇老在一起，总能被他饱满的工作热情、攻坚克难的意志品质感染。

为了更好激发青年科研人员的工作热情，仇射洋结合油田开发实际，以学科建设带动技术发展，以技术发展推动产能建设，建立了以科研为主体的承包经营责任制，实行“三定、六包、一奖”的激励机制，对在科研生产中作出突出贡献的人，申请院里给予物质和精神奖励。建设了技术先进、设施配套的各类实验室，为科技人员施展才华创造了有利条件。实践证明，这支团队在服务油田生产中发挥了不可替代的作用。

针对华北油田卡、堵、酸、抽综合治理的要求，仇射洋带领团队主持研制“I6-461型多功能工艺管柱”，在原油上产中发挥了重要作用，提高了碳酸盐岩油田开采技术水平，并获国家专利。在进行灰岩油藏分层酸化单项工艺技术研究的基础上，攻关团队对碳酸盐岩油藏分层酸化工艺技术进行了综合研究，加大了现场应用规模，取得了可观的社会效益和经济效益。

为提高适应古近系—新近系油田采油工艺技术的配套完善，他带队研制了“754”型深井分注管柱及分层注水工艺技术，为三系油田分层注水开辟了新路子。开发“YC油管任意堵塞器及液力投捞”等实用技术，解决了油田开采工艺中的难题。

多年来，仇射洋在带领团队不断取得科技突破的同时，个人也收获了许多的荣誉：石油工业有突出贡献的科技专家、国家级技术专家、河北省“劳动模范”，6次获得局“劳动模范”称号，2次获得局“劳模标兵”称号。1987年，由于任丘古潜山开采技术取得突破性进展，作为“任丘古潜山油田开采技术”的主要研究者之一，仇射洋获得国家技术进步二等奖。仇射洋非常珍惜这些荣誉，他说这不是奖励他个人的，是对攻关团队的肯定。每当看到青年科研人员迅速成长起来，挑起了技术创新的大梁，仇射洋比自己获得成果还高兴。

仇射洋事业成功，家庭也令人羡慕。他的妻子也是个事业心很强的科研人员，在采油工艺研究院主力研究室工作，多次获得局劳模称号。他们既是相濡以沫的夫妻，也是志同道合的“战友”，一忙起来谁也顾不上家，但彼此又都互相理解、互相支持。两个女儿从小得到的照顾就比别的孩子少，但这也锻炼了她们自立自强的性格。尤其是父母的一言一行，给她们树立了学习的榜样。女儿品质优秀、事业有成，也是仇射洋的骄傲。

退休后，仇射洋依然放不下他钟爱的事业，时刻关注石油工程技术的发展进步。有了新的想法，他会及时和原单位沟通；有技术人员向他请教技术问题，他总是毫无保留地出谋划策，大家都说仇射洋是退休不退岗。

每当回忆一路走来的经历，仇射洋总有一种幸福感。他觉得自己是幸运的，作为一名石油人能参加3次石油大会战，这是多么大的荣耀啊！那些在别人看来难以忍受的生活磨难，对他来说都是人生财富和珍贵记忆。他见证了新中国石油事业的一步步发展壮大，更为之付出了青春和热血，作出了应有的贡献。

仇射洋，用执着与奋斗为自己收获了一个完满的人生。

把生命的一部分留在了大庆

谷　地

人物小传

陈汉宝，男，1938 年 12 月出生，汉族，陕西省城固县人。1960 年 4 月大学毕业参加大庆石油会战，经历大庆会战艰苦创业的全过程。1963 年 7 月在大庆外围“英三井”钻井施工中，因公负伤，失去了左臂。1963 年底离开大庆，先后参加天津大港“六四一”会战、四川石油会战、湖北江汉“五七”会战。1976 年参加华北石油会战，曾任第二勘探公司经理兼党委副书记。1995 年退休，曾获“全国关心下一代工作先进工作者”“全国离退休干部先进个人”等荣誉称号。

1963 年 7 月 28 日，3251 钻井队，正在大庆外围松花江畔的英三井钻井施工，陈汉宝是这个钻井队的技术员。深夜突降暴雨，司钻在二层平台上被大雨浇得精透。陈汉宝替换司钻操作，左手扶在钻机绞车护罩上，右手握住刹把。突然，绞车滚筒低速链条断开，迅急飞转下来，把陈汉宝的左上臂切断，他跌倒在钻台上。一个不满 25 岁体魄健美的青年英才，陡然成为一名残疾人！他该以多么大的毅力，多么强的坚韧，来扛住这场灾难，战胜伤残战胜怯懦，赢得更辉煌的人生！

他做到了，做的是这样优秀、这样从容、这样坚定、这样光明。他没有沉沦，没有逃避，而是敢于正视现实，身残志更坚，独臂走天涯，追寻石油梦。他转战过四川、江汉、大港、华北，足迹踏遍内蒙古、新疆，从技术员、工程师到万名职工的钻井公司经理。1991 年，他领导的钻井公司被授予“全国地质勘查功勋单位”，在人民大会堂领奖。退休后，他热爱关心下一代事业，做过数十次专场报告，激发青少年热爱祖国、艰苦奋斗、不忘传统、奋发有为的豪情壮志。

他是靠了什么做到的呢？

靠了对理想信念的追求

陈汉宝中学时期，最喜欢的歌是《勘探队员之歌》：“是那山谷的风吹动了我们的红旗，是那狂暴的雨洗刷了我们的帐篷，我们有火焰般的热情，不怕那一切疲劳和寒冷，背起我们的行装，攀上一层层山峰，满怀无穷的希望，为祖国寻找那富饶的宝藏……”他被这首豪迈奔放的歌打动了，向往着当一名地质勘探队员。1955 年他从陕西秦巴山区的城固县，考入西北工学院矿产开采专业。1956 年全国院系调整，转到北京石油学院学习。大学期间，他先后参加过国庆游行、欢迎印尼总统仪式、十三陵劳动等活动，三次见到毛主席，深感幸福和骄傲。进入石油学院时，原西北石油系的学生要分为钻井和采油两个专业，很多同学报了采油，他却选择了更为艰苦更有风险的钻井专业。他说，国家的需要就是我的志愿，我选择钻井，要把我的青春和热血献给祖国的石油钻井事业。

靠了榜样的引领

1958 年，陈汉宝在北京石油学院上学期间，传诵着一个为祖国地质工作献身的英雄事迹。1958 年 9 月 25 日，著名爱国将领杨虎城将军的小女儿杨拯陆，在新疆戈壁滩执行野外石油地质勘查任务，风云突变，狂风骤起，飞沙走石，接踵而来的是瓢泼大雨，大雨过后变成鹅毛大雪。杨拯陆被冻死在冰封雪盖的斜坡上，她凝固的躯体双臂前伸双手插入大地。一个著名将领的女儿，年轻的共产党员，把22岁花朵一样美丽的生命献给了祖国的石油勘查事业。陈汉宝深深地被杨拯陆为国找油献出年轻生命的事迹所感动，立志向英雄学习。

1960年4月，陈汉宝从北京石油学院提前毕业奔赴大庆，参加艰苦卓绝的石油大会战。1960年10月，陈汉宝任3251钻井队技术员。在为沙尔图生产试验区突击一批新井钻前土方工程中，他同铁人王进喜有一段友情。当时，王进喜任钻井指挥部装建大队长和钻井二大队大队长，每天要现场指导检查新井施工进度。王进喜每次遇到陈汉宝，都会与他亲切交谈，称他为“小老乡”，询问工作生活情况，鼓励他好好工作，作出成绩。陈汉宝亲身感受到铁人王进喜为国找油、忘我工作、严格要求、科学求实、关心职工、平易近人的优良品质。

1963年7月，陈汉宝在事故中失去左臂，在生死考验面前，他想到独臂将军余秋里。余秋里22岁时，在长征路上失去左臂，却说：“我的生命都交给了党，少只胳膊算个啥。”当了石油工业部部长的余秋里，大庆会战时在一线指挥，和职工群众同甘苦共患难。陈汉宝以余秋里部长为榜样，身残志坚，追寻石油梦。1992年7月，在北京民族文化宫举办的“昨日将军今日情”大型摄影展上，陈汉宝见到了余秋里。老部长说：“我在大庆油田时，听说有一个技术员胳膊断了还很坚强，原来是你呀！”1993年10月，余秋里还邀请陈汉宝到家中做客，一见面就高兴地说：“我的大庆战友，咱们又见面了。”

靠了艰苦环境的磨炼

1959年9月26日，新中国成立10周年国庆前夕，松辽盆地松基3井获得工业油流，预告着“大庆”油田诞生，此时还是保密阶段。1960年初，来自全国各地37个石油厂矿、院校的近5万石油健儿，3万名解放军转业官兵，奔赴松辽大地，展开一场艰苦卓绝的石油大会战。陈汉宝同北京石油学院1000多名应届毕业生提前毕业，全部参与到这次大会战。广阔的松辽原野，北风凛冽，天寒地冻。头上青天一顶，脚下荒原一片，沼泽湿地，草原荒漠，人烟稀少，气候恶劣。数万人聚集在从安达到萨尔图50千米铁路线上，方圆几百里只有100来户人家。到处可见戴着狗皮帽子身穿印有“农垦”字样道道棉袄的人群，他们说的是天南海北浓重的方言乡音，住的是马棚、大车店，几十人一个通铺，吃的是苞米碴子、高粱米、冻白菜。中苏关系破裂，苏方单方面撕毁合同，撤走专家，终止贸易，和国际反华势力封锁控制扼杀我们，给生产和后勤保障带来严重困难。国家连年遭受自然灾害，粮食不够吃，食品药品短缺，物资极度贫乏，生活条件异常艰难。1960年4月29日，在萨尔图召开石油会战誓师大会，这是一场在困难时期、困难的地方、困难的条件下，进行的石油大会战。正当会战热火朝天的时候，天气突变，暴雨如注，淫雨连绵，车辆难行，举步维艰，人们仅有的随身物品，湿了又湿，泡了又泡，身体遭受严峻考验。更为严重的是，粮食定量不足，体力不支，还要做超强度劳动，人拉肩扛，钻井工人提卡瓦、打大钳、扣吊卡、起下钻……全是重体力活。疲惫不堪，伤病不断，危及生命，有的人忍受不了，擅自离开岗位，开了小差。苏联产的乌德——3200和贝乌——40钻机停止进口，不得不使用罗马——3200钻机，这种设备性能差，用牙坎操作，安全系数低。就是在这样艰苦困难的环境里，锻炼了陈汉宝的坚强意志。他在后来的回忆文章里写道：“我就是在这样的环境和条件下，开始人生历程的第一步，走向工作岗位，走向生活。在大庆的三年多时间里，我经历了会战艰难创业的全过程，使我深刻理解了创业的含义，它是我们民族世世代代形成的传统美德和刚毅性格，是战胜一切困难的力量源泉和精神支柱。”

靠了一颗感恩的心

陈汉宝常挂在嘴边的话是：“感恩组织感恩同事，感恩亲人感恩医生，感恩献血的20多名兄弟，感恩家乡远道而来的姑娘。”感恩是多么崇高的情怀，多么广阔的胸襟，感恩是中华民族传统美德，至纯至善至美至真。在那次事故中，英三井所在地是黑龙江杜尔伯特蒙古族自治县，松花江畔西南德根屯。陈汉宝臂断失血昏倒，生命危急，当地渔民连夜划着小船，渡松花江过嫩江，用了7个多小时把他送到吉林省镇赉县医院，为抢救争得了宝贵时间。设在镇赉县的大庆石油地调处全力抢救，连夜动员20多名血型相同的职工，租用专船，一路输血，护送到哈尔滨的黑龙江省医院。当时陈汉宝伤口感染脓液流淌，迅速进行第二次手术，才保住宝贵的生命。感恩队友情深似海，临时来钻井队烧锅炉的老班长，发生事故后，夜晚一个人冒着暴雨悄悄爬上机房顶，找到那只断臂，小心翼翼地抱回来，用温水一遍一遍清洗，用干净的衣服包好，揣在怀里，一遍又一遍地说：“我要把它暖热，让医生给技术员重新接上。”感恩母亲和家乡的好姑娘，“知我疼我爱我”。受伤致残，失落迷茫，一落千丈，悬崖深渊。“母亲从山西城固千里迢迢看我”，儿是娘的心头肉，儿遭断臂娘的心该有多么悲痛，娘见面时却异常镇定，还带来一个年轻漂亮的姑娘，公社卫生院的护士，“我敬爱你的母亲，她告诉我你的事迹，一说我就跟着来了”。这是多么纯真的爱呀，是石头也会被感动。可又怎能连累可爱的姑娘，怎能让人家照顾一辈子，陈汉宝说服了母亲，婉拒了心地善良的姑娘，增强勇气，让这伟大的爱温暖一生，无怨无悔献身石油。

靠了坚韧和坚守

面对从体魄强壮的健全人到左臂断离成为残疾人的严酷现实，免不了受到周围人们的嘲笑、讽刺、围观和怜悯。陈汉宝在挫折中挺立，自信中坚强。为了信念、抱负，一切重新开始，从头再来。他努力学会用一只手工作和生活，时时处处按正常人严格要求自己。坚持练臂力、练手劲、练胆量。一只手可以登上井架天车平台，可以现场指挥大型施工作业。别人两只手完成的工作，他一只手都能完成。这中间，陈汉宝不知吃了多少苦，流了多少泪。一个正常人看来轻而易举的动作，他用一只胳膊、一只手去完成是那么的艰难，失败了，再试一次，又失败了，还要坚持。就这样，吃喝拉撒，看书记笔记，接打电话，他不靠别人就能独立完成。他坚持深入生产第一线，与钻井工人同吃同住同劳动，不怕苦、不怕累，不讲条件，不讲价钱，他是一个强者，他终于成功了。带着坚定的信念，执着的追求，伤残的躯体，先后参加了大港、四川、江汉和华北石油会战。津门港湾有他的身影，巴蜀群山有他的足迹，洪湖水乡有他的汗水，冀中平原有他的心血。历经“我为祖国献石油”的艰辛，他感受了“头戴铝盔走天涯”的乐趣。靠自己的信念，献自己的青春，凭自己的毅力，用自己的智慧，谱写出激情昂扬的“钻塔之歌”。

1974 年 6 月，在冀中地区高家堡构造上的家 1 井喜喷 63.3 吨高产油流，突破冀中第三系出油关，使渴望在广袤的冀中平原上找油的人们信心大增。1975 年 5 月，3269 钻井队在任丘—辛中驿构造上的任 4 井，井深 3153 米进入古老的古生界灰岩地层，岩屑中发现含油的白云岩。新地层需要新眼光，坚持继续加深。当钻进 3200.64 米，进入灰岩 47.64 米，试油自喷，日产油在百吨以上，这在当时是很了不起的事。后经酸化压裂，任 4 井日产油 1014 吨，抱了个大“金娃娃”。当试采大队工程师宣布计量结果时，全场一片欢腾。陈汉宝情不自禁地大喊一声：“我们打出千吨井了！它圆了我们的‘千吨油井梦’。”他和叶秉三副指挥立即驱车返回沧州汇报。当钻井二部指挥孙德富听到这一特大喜讯，兴奋地说：“要好好祝贺一下！”陈汉宝激动地说：“送大肥猪！”孙德富高兴地说：“好！送两头大肥猪，让井队职工好好吃一顿肉。”从此，打千吨井成为钻井工人的盛大节日，慰问祝贺，庆功报捷，披红戴花。实现了打千吨井的梦想，陈汉宝又开始了他潜山找油的艰辛历程。1975 年底，钻井二部更名为冀中勘探指挥部，陈汉宝被任命为调度长。这支队伍在会战中打出 40 多口千吨井，任 9 井日产油 5435 吨，全国第一，使中国石油进入千吨井时代。1976 年 1 月，开展的冀中地区石油会战，使陈汉宝的钻井之路走上更广阔更灿烂的新天地，经历了最精彩最壮观的恢宏场面。1977 年在会战创业的激情年代，他光荣地加入了中国共产党。忠诚党的事业，永远跟党走，献身石油，报效祖国，成为他的坚定信念和执着追求。他把石油钻井事业融入党的崇高事业，多打井，快打井，打出千吨井，找到大油田，成为他的神圣职责和历史担当。

陈汉宝一步一个脚印，一步一个台阶，一个独臂人，一个技术干部，靠自强不息、百折不挠的精神，不断实现着人生价值和追寻的石油梦。1983 年 7 月，他被任命为勘探二公司这支万人队伍的代经理，1984 年任经理，这是压力，更是责任。1991 年，经国务院批准，国家计委、劳动人事部、地质矿产部和全国总工会联合授予勘探二公司“全国地质勘查功勋单位”称号，陈汉宝走上中南海领奖台，捧回宝石奖杯；1992 年 12 月，他被选为河北省第八届人民代表大会代表，走进河北大会堂，代表钻井工人讨论国家大事；1993 年 5 月，他飞向大洋彼岸，以中国石油钻井代表团成员身份，出访加拿大和美国，展示中国石油钻井人风采。

1993 年 6 月，霸 33 井特大井喷事故的抢险现场，没有任何阻碍的强大天然气流成束状直刺天穹，巨大的咆哮声使人的心房颤抖，井场周围 500 米内无法用语言传递信息。面对天然气失控的艰险局面和随时可能引起突发事故的严峻形势，陈汉宝率领抢险突击队临危不惧、奋不顾身，连续 7 天坚守在抢险现场，齐心合力终于将井喷制服，谱写了一曲舍生忘死的英雄壮歌。事后有人问他：“你站在井口抢险，腿都抽筋了，为什么还要冲在前面？”他回答：“这是我的岗位，更是责任和使命，虽然我一只手不能换装井口，关闭阀门，但我能带给同事们战胜艰险的信心和力量。”这次抢险，他领导的钻井二公司荣获集体一等功，他本人荣获个人二等功。

靠了诗人的情怀

陈汉宝在传奇的人生境遇中，打造了乐观、豁达的精神状态，他对生活的热爱，迸发出喷薄的激情，创作出大量反映钻井工人风采和风貌、歌颂祖国大好河山雄伟壮丽的诗词作品。歌词《脚印》获全国“虹雨杯”歌词大赛三等奖，《钻工情》获全国石油词赛三等奖，《春到井场》获“中国潮”金曲最佳创作奖。他有 20 多篇诗词作品在报刊和杂志上发表，被河北省作家协会和音乐家协会吸收为会员。“诗歌陪着我走过一段又一段人生历程，表达我一个又一个永恒的思想和意志。”每当谈及这方面的事情，他都抑制不住内心的激动。

一次陈汉宝赴冀东油田唐海钻井队，一路狂风暴雨，到达井场却雨过天晴，阳光灿烂，天空呈现出一道彩虹。他十分兴奋，诗兴大发，出口成章写出了“迎海风，踏海浪，奔向太阳，餐风饮雨上战场，喜看钻井好儿郎，钻井工人的风采，似彩虹谱写七色乐章”(《唐海行》)。在新疆塔里木沙漠腹地的塔中 3 井，白天看是一望无际、绵延起伏的浩瀚沙海，晚上看是满天星斗、群星闪烁的茫茫夜空，看着井场的灯光，数着天上的星星，他写出了“边陲的儿女啊！怎能忘母亲的期望，洒热血，战油海，献身边疆；铁人的兄弟啊！谁不知找油的沧桑，舍生命，擒油龙，神州飘香”。当汽车从塔里木河上的浮桥通过，望着滚滚流淌的河水，他被震撼了，这是一条生命之河啊！“塔里木河从雪山飘来，她是您生命的源泉。”在深入井队的路上，一路坎坷，高低不平，一到井场机器轰鸣，热火朝天，他写出了“绿色的原野坎坷的路，巍峨的钻塔飘白云，飞旋的钻头震大地，钻机奏出最强的音”。1988 年 4 月，他赴内蒙古锡林浩特二连油田看望一线的钻井工人。离开任丘时，春暖花开，春意盎然，过了北京进入张家口，却经历了沙尘暴、“白毛风”和漫天狂雪。神州大地幅员辽阔，大千世界气象万千，他思绪万千，激情振奋，有感而发，写出了“一路春风踏征程，一路黄沙伴我行，一路白毛何所惧，一路瑞雪催攀登”。置身于一望无际的茫茫大草原，仿佛看到源远流长的石油河，亲临草原深处高耸入云的巍峨钻塔，仿佛听到远方亲人企盼喷油的呼唤。他创作了“草原在召唤，边疆在召唤，我的心上人要奔赴新油田；草原欢笑，您绿洲扬帆；边疆春寒，您平台激战；我面对明月，遥寄心愿，盼油龙出海，高歌唱凯旋”的《草原情思》歌词，在天津《歌声》发表，获河北省企业歌曲创作一等奖。

在霸 33 井发生强烈井喷的危险时刻，他置身井口喷涌的火海，临危不惧，靠前指挥。他在诗中写道：“生与死考验着伏虎勇士，血与火熔炼出忠心赤胆；风风雨雨历尽艰难险阻，日日夜夜谱写献身诗篇；鏖战征途塑造刚毅形象，英雄群体筑起巍巍高山！”这首朗诵诗《抢险战歌》在中国首届企业文化节演出。

靠了高度责任心和使命感

陈汉宝以一名老石油人对党对人民的赤诚之心，关爱油田青少年，引导油田青少年，情系油田青少年，发扬“忠诚敬业、关爱后代、务实创新、无私奉献”的“五老”精神，为培养和教育好下一代作出了突出贡献。

为了讲好石油精神和大庆精神铁人精神，2006 年 6 月，他专程赴大庆油田“寻觅创业路，感受铁人魂”，故地重游，思绪翻滚，走访了“松基三井”“铁人第一口油井”“铁人王进喜纪念馆”“铁人广场”“铁人村”和大庆石油学院等。大庆油田发生翻天覆地的变化，使他震撼。从石油城发展成为绿色环保城、石油文化城、百湖之城和国家命名的“魅力之城”，善于创造辉煌的大庆人创造了新的历史。但无论怎样变化，大庆人始终高举大庆精神铁人精神的旗帜，艰苦创业，爱国奉献，创新发展，谱写新篇章。他为这一切深深感动着，撰写了《铭记铁人》《大庆记忆》《大庆随感》《永续辉煌大庆人》等文章，下决心为弘扬传承大庆精神铁人精神发挥自己的光和热，把对大庆的感受、热爱和眷恋及对石油的执着、情怀和梦想，传承到油田青少年一代身上。

从 2008 年以来，他先后在管理局宣传部、管理局关工委、局团委和教育处组织的多种活动中演讲，讲遍了井下作业公司、器材供应处、石油机械厂、华美服务处、运销处、渤海石油职业学院、天津石油职业学院以及油田中小学，作石油传统报告 30 余场，写宣讲提纲 20 多万字，有上万人听了“忆传统，学大庆，作铁人，潜山情”主题报告。特别在渤海石油职业学院东、西校区的两场报告中，1000 多名同学聆听了报告，掌声达 30 多次。院党委书记感慨地说：“30 次掌声说明了什么？它充分说明了大庆精神铁人精神，同学们认可了、接受了、理解了，用大庆精神铁人精神铸魂育人，他们一定会在潜移默化中传承弘扬，成为他们人生道路上最宝贵的精神财富。”听完报告后，没有一个人退场，而是全体起立，长时间热烈鼓掌，这感人的一幕，永远留在一个老石油的心里。

2011 年在建党 90 周年之际，全国关工委在青少年中开展“学党史、颂党恩、跟党走”主题教育活动，陈汉宝用入党前后的亲身经历，和多次多地参加石油会战的切身感受，表达一个老石油人甘愿为石油事业奉献一生而终生无悔的理想信念。在油田一中、二中、机关中小学、钻二中小学、井下中学、科研学校和油建中学，为 3000 多名学生作报告 7 场，引起很大反响。机关中学的一名学生，在作文中写道：“在陈爷爷的报告过程中，我们接连不断地鼓掌，这掌声给陈爷爷，也给他的战友们，给所有为了国家、为了人民的石油工人。我们作为油田的子女，一定要像‘铁人’一样踏实、勤恳、奉献，热爱党、热爱祖国、热爱油田、热爱集体；要踏着‘铁人’的脚步，努力学习创造明天！”

2009 年，陈汉宝被评为“河北省关心下一代工作先进个人”，被渤海石油职业学院聘为兼职教授。2010 年被全国关心下一代工作委员会和中央精神文明建设委员会办公室评为“全国关心下一代工作先进工作者”。2013 年初，他被评为华北油田第二届“身边好人”，75 岁又被油田关心下一代工作委员会聘为顾问。

2014 年 11 月，陈汉宝被中共中央组织部授予“全国离退休干部先进个人”称号。

写在后边的话

我和陈汉宝有着多年的工作交际，他的事迹一直深深地感动着我、激励着我，我曾写过歌颂他的一首长诗。2018 年 5 月，《文艺报》、铁人文学基金会和大庆油田，联合举办“铁人杯”纪念改革开放四十周年、铁人诞辰 95 周年征文活动。征文内容可为重大工程、典型事件、典型人物，也可为凡人小事、平日场景、我与石油等。主题要体现石油石化事业的变化与发展、对社会作出的巨大贡献，体现铁人精神在企业发展中的作用。

这应该是石油石化系统一次大的征文活动，作为文学爱好者，我积极参加。根据征文要求，在写事还是写人、选择什么事什么人上，我反复琢磨思考，陈汉宝的事迹让我感动不已，激动万分。

为什么这样感动和激动呢？一是陈汉宝的动人事迹，感人至深，催人泪下；二是他表现出来的精神风貌，在铁人的教育感召下，为祖国的石油事业作出的重大贡献。这首 210 多行的诗，题目就是《一只胳膊留在大庆》，作为征文投稿，被择优刊登在《石油文学》2018 年第五期。

小站忙人

韩思俊　岳双才

一

天刚破晓，东方地平线上升起一缕红霞，一座座银灰色的采油树，在绚丽的朝霞中披着金色的光辉；井场边一丛丛生机勃勃的小树上挂满了晶莹的露珠儿，又一个繁忙的早晨开始了。

采油树下，一位中年人正在观察着什么。他中等身材，脸庞清瘦，他，就是华北石油管理局标兵、河北省劳动模范、采油三矿采油一队队长李小四同志。此刻，他正带着鏖战了一夜的风尘，又奔波在一个个井场之间。

昨天下午，忙完一天队里工作的李小四，正要下班回家，刚迈出门槛，只听见“丁零零……”一阵急促的电话铃声响起。李小四收住脚步，转回身抓起了桌上的电话听筒：

“喂，队部吗？我们这里热水罐发现了原油。”话筒里传来河一联合站值班人员焦急的声音。

“什么？水罐里发现原油？”李小四一听，就像战士听到了冲锋的号声，多年丰富的采油经验告诉他：水罐里发现原油，就说明某口油井出了问题，造成油水在管线里混流，这会给原油生产带来损失……

李小四顾不上回家，立即带领几个工人来到了现场。这时，夜幕已经降临，天上没有月亮，也没有星星，四周一片漆黑。这个大站管理着几十口油井，油水管线的故障出在哪口井尚不得知，需要一口井一口井地查才行。

闪亮的手电光划破夜幕，照耀着坎坷不平的土路，李小四和工人们深一脚、浅一脚地巡查在各井之间。一口井，两口井，三口井……一直检查了九口井，终于发现问题出在118号井。于是他和大家一起抓紧时间，采取措施，排除了故障。这时，东方的天边已经露出了鱼肚白。

多少个不眠之夜，李小四都是这样在井站上度过的。有一天深夜，老天忽然变了脸，狂风摇曳着树木，发出怒涛般的吼叫，暴雨像千万条鞭子抽打着窗棂。劳累了一天的李小四，被窗外的暴风雨声惊醒了。他躺在被窝里，脑子里不由一闪：遇上这种天气，启动抽油机的送电装置容易自动跳闸，会不会……想着想着，他一骨碌翻身下了床。

妻子睡意蒙眬地问："深更半夜，干啥？"

"你没听见外面？"李小四边穿衣服边回答。

"下雨井上有人值班，你去干什么呀？"

这时，李小四已经穿好了衣服："下雨抽油机送电器容易跳闸，我得看看去。"

妻子再没说什么，她了解丈夫的性格，他的心在油井上。李小四披上雨衣，推出自行车，冲入黑夜的暴风雨中。风越刮越大，雨越下越猛，狂风夹着暴雨，劈头盖脸朝他打来，眼难睁，路难行，自行车没法骑了，他干脆扛在肩上。

"呵，李队长，您……怎么来了？"正在站上值班的工人见浑身湿透的李小四推门进来，又惊又喜。

李小四淋了个透心凉，被风一吹，冻得浑身打战，他伸手抹了一把满脸的水珠，急着问道："油站情况怎么样？"

"抽油机井跳闸了……"值班的是位青年工人，正不知如何处理，急得团团转。

"走，看看去！"

李小四一边走一边心里翻腾着：要是断了电，一个晚上不抽油，就少为国家生产几十吨原油啊！他心里着急，不由得加快了脚步。和这个青年工人在暴风雨中几乎一路小跑赶到了井场，很快排除了故障。电机又欢叫起来，抽油机又轰隆隆地运转了，长长的膀臂一上一下地从几千米深的地下，源源不断地抽汲出黑色的油流。李小四像孩子似的笑了。

二

作为一个采油队的队长，李小四深知肩上担子的分量。他时刻在告诫自己：党把这么多的油井交给我，我就要对党对人民负责，不能出一点差错，真正做到让人民放心，让党放心。

李小四所在的队管理着 5 个站、46 口油井和 37 台设备，井站分散，分布面广，管理起来很不方便。怎样才能掌握生产的主动权，完成国家交给的原油生产任务？李小四觉得：要管好生产，就得熟悉生产，熟悉井站，每口井都要在自己心里有本账。

每当晨曦微露，李小四就从床上爬起，匆匆洗漱后，便开始一天的工作。他骑着自行车，巡回在各个油井泵站之间，督促每个岗位，检查每口油井，调查研究，解决问题。就这样，一天又一天，年年月月，不论刮风下雨，酷暑隆冬，逢年过节，始终坚持不懈。细心的同志给他算了一笔账，在采油队工作的 4 年时间，他骑车上站竟跑了 4 万里路程。这里面记录了李小四多少工作的艰辛，洒下了他多少勤劳的汗水啊！

1981 年下半年，采油一队搬入矿区居住，这样，上井路途就更远了，来回一趟少说也有 50 里。有的同志劝他说："李队长你快 50 岁的人了，身体又不好，用不着每天上井，在家指点指点就行了，我们保证让您放心。"

对同志们的劝说，李小四表示感谢："同志们的心我知道，可我是队长，不了解情况就是瞎指挥，我只要在采油队一天，就要实实在在干一天，不上站，我心里不踏实。"

有一次，河一联合站四号罐漏油，李小四从早晨干到天黑。当处理完情况骑车回到家时，一倒在床上再也不想起来了，浑身像散了架一样，豆大的汗珠从他瘦削的脸颊上滚落下来。他胃病又犯了。

“看你，这下该服气了吧！”妻子一边端来饭菜，一边心疼地说：“谁像你，整天泡在井上，没有你去，那井就不出油了？”

李小四忍着胃疼，慢慢吃着饭，笑嘻嘻地看着妻子没说话。妻子又从抽屉里给他找来药片，准备他吃完饭再吃药。谁知刚吃了半碗饭，李小四把衣服一披，又要出门。“你又去干啥？不要命了？”妻子一把拉住了他。

“我到队部去看看，一会儿就回来。”李小四说着，径直到了队部。

队部里，站长李源坤今晚值班。李小四说：“小李，你今天在站上干了一天，回去休息，夜班我来顶。”

“队长，你不也同样干了一天吗？”

“我年岁大些，晚上睡不着，你快去休息吧！”

李源坤知道队长是个犟脾气，凡是他决定的事，就是十头牛也拉不回来，再多说也没用。他望着队长那清瘦的脸庞，布满血丝的眼睛，不觉眼睛湿润了。

多年的采油队生活，使李小四养成了一个习惯，一天不上井心里就不踏实。他喜欢听采油树里原油哗哗奔腾的声音。每检查一口油井，他都要倾听一阵，就像一个高明的琴师，在欣赏一支悦耳动听的乐曲。这对他来说，简直是一种精神上的莫大享受。他只要听见油流在欢快地奔腾，什么疼痛，什么困难，都一股脑儿抛到九霄云外去了。

1981 年 11 月，133 号和 139 号两口井因产量下降，管线结蜡，影响了正常生产。李小四带人从朝阳初升一直干到夜幕降临还没能恢复生产。一天的劳累，他的老胃病又犯了，疼得直冒虚汗。

“李队长，您快回去休息，明天再干吧。”同志们劝他。李小四想：今晚不处理，明天结蜡更严重，处理更困难。一晚上少出多少油啊，况且，其他人经验不多……想到这儿，便对大家说：“油井生产不正常，我回去也放不下心，你们愿意让我早些休息，那咱们就加紧干，不然，躺在床上我也睡不着。”

人们还能说什么呢？他们明白，只能用行动回答自己的队长。大家又干起来，继续洗井，一直干到晚上 10 点多把两口井洗活。当李小四听见管线里又发出哗哗的油流声时，心里乐开了花。

三

每个人都有自己的家，有的人把家当成安乐窝，听听音乐，看看电视，和儿女们一起享受天伦之乐。而李小四也有一个温暖的家，也有贤惠的妻子和可爱的儿女，可是他却对另一个家——采油队充满了更深的爱。

李小四很少顾及自己温暖的小家。每天，他吃罢早饭，把碗一撂就早早地来到队上，安排布置好一天的工作，然后带上饭盒，骑车上站。天黑时回到家，吃过饭，嘴一抹，又到了队部，主持一天一次的生产碰头会。为了便于领导全队生产，及时处理生产中的问题，他干脆把铺盖搬到了队部，每天除了吃饭外，他的大部分时间是在队部和井站的大“家”里度过的。

一天傍晚，一个十三四岁的姑娘来到了队部。

“叔叔，俺爸爸呢？咋这么晚还没回家？”

队里干部一看都认识，这姑娘是李队长的女儿。就说：“你爸爸上站没回来哩，有事吗？”

“俺妈病得厉害，叫爸爸陪她上医院……”

原来，李小四的爱人病了有四五天了，孩子们又小，顶不了事儿。好几次想让他陪着去看看，李小四总说队里工作忙，没有空儿。这天傍晚，病情越来越厉害了，这才打发孩子来找，哪知快天黑了还没回来。妈妈生病在床，爸爸天黑未归，小姑娘不知怎么办才好，眼睛里闪动着亮晶晶的泪花。

这几天，为了提高抽油机的工作效率，要给每台抽油机的“毛辫子”灌铅，这种工作是第一次搞，新工人经验少，李小四次次带头去干。自己的妻子生病，他一直瞒着大家。当队干部知道后，说啥也不让他再干了，催他回家照顾爱人。他说：“家里需要我，这儿更需要我，站上这样忙，我能放下工作走吗？”直到把工作干完，他才从站上回来。

后来，李小四的爱人住进了医院。孩子们小，没人料理家务，可也没有因此耽误他上井跑站。天还没亮，当人们还在熟睡的时候，他早已起床，做好全家人一天的饭菜。中午让孩子们自己热一热，凑合着吃，他自己照样在油站上忙活。

转眼间，爱人住院有一个多月了，李小四都顾不上去照看。这天中午，他在站上接到电话，告诉他，他爱人下午动手术，让他务必赶到医院。按规定动手术需要有亲人在场。接到电话后，李小四安排好工作，骑车回到矿上，下午搭交通车到了职工医院。手术一做完，当晚他又返回队部值班。爱人住院两个月来，他没有在医院待过一个整天。

也许，有人会说，是李小四和妻子没有感情吧？不，他夫妻俩共同生活了 20 多年，恩恩爱爱，情深意长，还有可爱的 4 个儿女，家庭是和睦的、幸福的。可是，他爱自己温暖幸福的小家，更爱社会主义的大“家”。有一次，谈起家来，李小四笑起来，说：“我是一个采油队长，就得一个心眼扑在采油上。成天围着家庭的小圈子转，那有什么意思啊！”

他的妻子关心他、理解他，主动承担着繁重的家务，让他把更多的精力倾注到工作上。有一次，他的妻子谈起“家”来，又像责备，又像赞扬地嗔笑着说：“咱们家呀，就像小四的饭馆，除了吃饭，一天也不见面哩！”

有一次，矿里在住宅区铺装水管，他爱人身体不好，孩子又小，等着李小四回来挖水道，谁知他在河一联一蹲就是几天不回来，眼看水管铺到家门口了，爱人只好自己挖了起来。李小四回到家，爱人忍不住埋怨几句：

“你呀，心里还有没有这个家？”妻子累得满头大汗，不住地数落他：“回到家，你不管凉不管热，吃了饭抬屁股就走。买粮买菜你也不沾边，这家是我一个人的？”

这时，李小四笑眯眯地抽着烟，一声不响。妻子的脾气，他是知道的，虽然发点火，生点气，一会儿就完，工作还是支持他的。不过，他感到自己确实对不住妻子，繁重的家务她一人承担，还能不让人家发几句牢骚？爱人是个懂事理的人，她理解自己的丈夫，心疼自己的丈夫，有时虽然忍不住要嘟囔几句，可事后照样一人把家务活揽在身上。

爆竹声声，万象更新，一年一度的新春佳节来到了，孩子们放着鞭炮，妻子做好了香味扑鼻的水饺，还特意炒了几个李小四喜爱吃的菜，一家人等着他回来吃团圆饭。时间都中午了，还不见李小四的人影。过年过节，人人都休息，他又到哪里去了呢？

妻子来到队部，果然不出所料，李小四又上井去了。

原来，有一口井结蜡严重，产量下降，需要泵来洗井。正好，春节这天上午，矿上联系来了一台泵车，问他干不干。当时，有的同志说：“一年就这一个春节，休息完了再干，天也塌不下来。”李小四对伙伴说：“天是塌不下来，可原油产量下降了。”

在噼噼啪啪的鞭炮声中，李小四带着几个工人，跟泵车上了井。这口井是口产量较高的井，入冬以来因管壁结蜡严重，产量由每天 84 吨降到 73 吨，少产一滴油都牵动着李小四的心，更何况这是十几吨呢！他和大家冒着严寒，奋战 4 个多小时，洗通了井筒。使油井产量又恢复了。李小四听着哗哗哗的原油奔流的声音，他的心里像吃了蜜糖似的……

李小四到采油队 4 年来，没有在家过一个完整的节假日，他把自己的一腔心血和热情献给了油井。

1980 年初的一天，李小四正患感冒，发烧到 39 摄氏度。当他听说，河三计量站和两口井要投产时，再也待不住了，翻身起床要上井。妻子一把按住他："你又咋啦，正发高烧哩！"

李小四对妻子笑笑，说："没事儿，好啦！"

妻子面带愠色："别胡闹了，刚打退烧针哩！"李小四仍是笑着给妻子解释："你还不知道我这人，井上搞投产，干干活，出点汗，病就好了。"说着，一边穿衣，一边往外走。

妻子一把没拉住，他已经走远了。

"小四……"妻子满眼含泪，呼唤着丈夫。

当时，正是大冷天。李小四和同志们在河三计量站连续奋战了两天一夜，直到投产成功，他才回到家里。工人们很感动："李队长，你又是两天一夜没回家……"

李小四一听笑起来："怎么没回家，这油站不就是我的家吗？"

是啊，油井就是他的家。这个"家"虽然没有亲爱的妻子和可爱的儿女，但对他来说，同样有着无限的温暖，他对这个"家"倾注了无比深厚的情和爱……

李小四自1946年从部队转业到石油企业，先后转战过4个油田，在石油战线度过了18个春秋。如今已是47岁的人了。这样的年龄在其他行业也许并不算老，可在采油一线和20来岁的青年小伙子一起摸爬滚打，那就差劲了。好心的同志曾劝他说："老李，你都半截入土的人了，身子骨又不壮实，还这样没命地在一线干，到底图个啥呀？"李小四爽快地回答说："图啥？我一不图涨工资，二不图当官，就图一样，为实现'四化'多生产原油！"

滚滚的油流啊，你像无穷无尽的乳浆，哺育了铁人王进喜这样顶天立地的英雄，也哺育了李小四这样扎扎实实，一步一个脚印的实干家。

不，不是荒原

宋晓瑞

“周德猛挂上勋章了。”职工们在奔走相告。

在“为边陲儿女挂勋章”活动中，鉴于华北石油第一勘探公司32704队副队长周德猛同志在内蒙古草原经济建设中的突出贡献，共青团中央授予他一枚亮闪闪的银质奖章。

职工们为他自豪、高兴。小周，这个年轻的副队长，他的心更难平静。

捧着奖章，他激动、感慨不已。生活，是诗是画，是歌是舞；生活也是愁是火，是难是涩。苦、辣、酸、甜、咸，喜、怒、悲、哀、乐，人们时刻都在感受、体味着，只是接受与消化的功能各异，其结果与收获不一而已……

一、失恋

年轻的周德猛失恋了。

那一刻，他咬紧牙关，硬挺着、扛着，想做个顶天立地的钻工。但压抑了许久的感情，还是如决堤的洪水，狂奔狂涌。

他绝望了，躺倒了。不吃不喝，大喊大叫。那般的歇斯底里，叫人心碎眼潮。

1980年的春天，这是个收获的季节。倾注了心血和汗水之后，工人、农民，乃至各行各业的人们，心中装满了丰收的喜悦，都在期望着收获。

但是收获的果实不一定都是甜的。在周德猛那片爱情的土壤中，那棵爱情之树上就结出了这样一颗苦果。尽管他是河北省、石油部的劳动模范，尽管他以无限的激情投身于祖国的能源事业，但是，爱情——这朵常常与金钱、商品、才貌与地位为伍的花，却以自己的独特方式开放着，就在 32717 钻井队（他原来工作的井队），小周的队友们期待着他收获的时候，却听到一个令人震惊的消息——周德猛的女友与他分道扬镳了。

人们看到了一条世俗的偏见鸿沟，一堵无形的墙。好言相劝，期望言归于好，已无济于事。

“小周，她既然瞧不起你，那就不值得你伤心、留恋。”

“别想不开，三条腿的蛤蟆难找，两条腿的人有的是，天涯何处无芳草！”

是的。石油工人什么样的苦没吃过，什么样的罪没受过？！

沙打雪袭，烈日暴虐，大自然宠你，爱你，毫不吝啬地赋予你宽广的胸怀、钢铁的性格和坚强的意志。失恋，又算得了什么呢？

听，是谁在吟道：

……我的恋人已离我远去
匆匆地去与地位和金钱结合
而我为甚还要在她撒下的情网里
如同落网的鱼儿
忍受着百般的折磨
……
不，为了新的生活
我要解脱

需要解脱，应该解脱！只是这一切太突然了。如一场地震。好端端平展展的大地，顷刻间便山崩地陷，沟壑深渊。殊不知，它也经过了许久的运动，挤压，孕育，积蓄……

半年多来，我们不是常常拌嘴，观点不一，甚至不欢而散吗？她有什么错？她有才华又不安于井队这个小天地、这个苦地方；她要展翅高飞；她要寻找舒适、安逸，她要……周德猛在冥思苦想。

理智，是万能的。它可以浇灭人心中的邪火，理清人纷乱的思绪，引导人们在黑暗的洞穴中走向光明。理智，拽着周德猛走向冷静。

多少人在担心着处于极度悲哀中的周德猛从此会一蹶不振。多少人希望着周德猛勇敢地站起来重新生活。

周德猛不愧是五尺男儿，他站起来了！

上班，他早来晚走，忠于职守。扶刹把，打大钳，修泵加重，管理全班，样样工作走在前干在前，一身水一身泥，有时还替人顶班连轴干十几个小时。下班，他读书看报，写字练字。他宿舍的灯总比别人亮得早，熄得晚。

他明显地消瘦了。

有人心疼地说："他这是在拼命呀。"

说拼命莫如说发奋。周德猛是在用汗水排泄心中的苦楚，用知识填补精神上的空虚。

是的，冬天到了，那么，春天还会远吗？

二、春的信使

经过痛苦和磨难后，在我们这个古老而又文明的国度里，在我们这个有着 960 多万平方千米的土地上，一经有爱的雨丝的滋润，万物都将复苏、萌芽、开花、结果。荒芜的土地就会长成绿洲。

1980 年 9 月，《工人日报》在读者来信栏刊出了"钻井工人为什么找对象难"的文章，立即在社会上引起反响。几百封信函，带着姑娘们一颗颗纯洁、质朴、天真、美好的心，从祖国的四面八方飞向北京工人日报社，飞向华北石油管理局党委宣传部。

1981年2月，周德猛从荒郊野外的井场上走来，带着泥土和原油的芳香，带着钻机轰鸣的余音，来到了车水马龙、高楼大厦鳞次栉比的省会石家庄，参加河北省劳动模范表彰大会。

会议期间，中共中央政治局委员、中华全国总工会主席倪志福同志特意从北京赶来参加大会，并在接待处西楼会议室与劳模代表座谈。

倪主席说："我代表中央政治局和全总来看望同志们，并想听听同志们的意见，希望各位畅所欲言，无论是集体的个人的事儿都可以谈。"

暖流，在周德猛的身上荡漾着奔腾着。他感到是那样的快，那样的急，那样的热。眼帘怎么湿润了？是呀，"还有什么不能和盘托出的呢？"

他激动地站起来，急促的话语夹着颤音。他简洁地汇报了石油工人的工作、学习、生活情况后，有些难为情地说："首长，我今年27岁，虚岁28了，还没解决个人问题。"

"啊，为什么？"倪主席不解地问。

"野外作业艰苦，安全系数小，当钻井工是个被人瞧不起的行当。"

倪主席听后，关切地问："像你这个年龄还没解决个人问题的钻工有多少？"

"在我们队有4个，在全局就更多了。"

……

这是个社会问题，如何解决？我们的全总主席在思考……

散会了。在小轿车旁，倪主席喊来了周德猛，指着身边的工人日报社记者牛大奇，亲切、慈爱地对小周说："要好好学习，努力工作，个人问题，就由大奇同志负责帮你解决。"

周德猛，这个钢铁般的钻工，眼眶又一次潮湿了。

他回来了，从省城回到了属于他的天地。完全是清新的感觉：天阔地广，大自然竟如此让人心旷神怡。处处迷人，处处如画，处处妖娆美丽。皑皑白雪下，孕育着无限生机。

他思绪如潮，感慨万千。只要人们爱的河床不干枯，大地的绿就不会减少。绿，生命、希望、生活。

来不及歇一歇，洗去路途上日夜兼程的疲惫和身上的沙尘，小周就以崭新的精神面貌，全力以赴投入了工作。

每当站在钻台上，手握千钧的力量，听着悦耳的机鸣，让钻头向地球深处挺进时；每当晨曦初露，最先迎来一丝曙光时；每当夜幕降临，最后送走一抹晚霞时，周德猛的心里就有说不出的欣然、愉悦和自豪。因为，因为这是在为祖国工作。

他在给管理局有关部门领导的信中，汇报了自己参加劳模会后的工作情况和体会，然后，充满深情地写道："我是党的儿子，井队就是我的家。我要用我年轻的血肉之躯，为母亲、为祖国、为人民做些有益的工作。"

他在用行动履行着自己的诺言。井场上，被人随手丢掉的螺丝、绳套、废铜烂铁，他都捡起来，归拢到一起，分门别类，废物利用；宿舍大院脏了，乱了，有了碎纸、罐头瓶子，厕所堆积了粪便，他一声不吭，拿起扫帚、铁锹清除干净；同志有了忧愁，他帮着去分担；有了经济困难，他帮着接济。

1981 年 7 月，四川省成都市发生了历史上罕见的特大洪水灾害，他闻讯后立即写去了慰问信，寄去了钱和粮票。

悠悠寸草心，报得三春晖。

当周德猛把整个身心都投入火热的工作和对社会有益的事业中时，我们的各级党组织也在注视着他，无微不至地关心着他的成长、进步，更为他的个人问题的解决而倾注全力。

是的，周德猛需要爱情，需要有属于自己的那朵爱情之花。

三、南疆，有这样一个姑娘

南疆。广西大新铅锌矿，有个姑娘叫戴汝俊，姐妹三人，她排第二。她天资聪颖，文静秀丽，内刚外柔，工作积极努力，是矿上很能干的车工。

小时候，她有着美满富足的家庭。父亲是个能讲三国外语的大学生。

儿童时的汝俊，就从安徒生的童话中认识了一个奇丽的世界。她为卖火柴的小女孩伤心忧虑，她崇拜居里夫人，她为自己的未来做着玫瑰色的梦。

但是，动乱年代终止了她那天真美丽的梦。1957 年，父亲被打成了“右”派，一夜之间便成了反党、反社会主义的大坏蛋。这样，一个好端端、恩恩爱爱的家庭顷刻间被拆散了。

1968 年底，战备疏散，汝俊一家被遣送回乡。母亲含泪领着她们小姐妹三人从广西回到了湖北老家。

当时，汝俊 13 岁。娘四个，四颗空落落的心，套在空荡荡的旧阁楼里。

旧阁楼颤颤巍巍，四面透风。第一夜，无情的风就要把这可怜的无依无靠的娘四个吞没，吼叫着刮个没完。母女四人瑟瑟发抖着挤在一床棉被里。苍天哪！你为什么这样不公平呢？娘几个的泪水汇在一起流啊流……

母亲，刚毅坚强的女性，没有被来自生活和精神上的重创压倒。次日天明，她便带领她的孩子们砍来竹子，加固阁楼，和泥堵塞漏缝。农村的生活是艰苦的，劳动又是繁重的。妹妹年幼，母亲就带着汝俊和姐姐下田劳动。背石头，打牛草，积肥插秧，收稻割麦。肩磨肿了，手打起血泡，常常累得躺在地上爬不起来。

就是这样，娘仨拼死拼活地干，每天才挣 9 分工（因为她们是接受改造的，工分理应限制）。一个男劳力工作一天是 10 分。而 10 分的工值才合人民币三毛二分钱。

辛辛苦苦干了一年，竟食不饱肚。母亲只好把南瓜秧收集起来，剥去皮，磨成面，来给汝俊姐妹做团子吃。

有年下大雪，树木的枝干被压折不少。汝俊领着妹妹去拾柴。一个少年见了恨从心起：“大右派，坏分子的丫头也想捡便宜。”一棍子砸下去，妹妹当即就晕倒了。

血，顺着妹妹的额头往下淌。叫不应，背不动，惊慌失措的汝俊，面对着高山峻岭，哭喊着，哭喊着。

是一位好心的大婶听到呼救，跑来把小妹背下山；左邻右舍的乡亲，看到情形危急，不顾辛劳，连翻两座大山，把小妹送到公社卫生院，这才使小妹脱离危险。

艰辛与困苦，磨难与创伤，会使懦弱者失去生活的信心，或玩世不恭，或走向绝境；也能使坚强者深刻地认识和理解人生，更加勇敢、执着地去追求。

泪水，没有把汝俊心中的理想泯灭。经过浇铸，反而更成熟、更丰富起来。旧阁楼前有条小溪流，它清清澈澈、欢欢畅畅、从从容容地奔流着走向远方。自从搬回来，汝俊就与小溪流成了形影不离的朋友。只要有空闲，她总要到小溪流身边去梳妆、遐想。

她沉静地注视小溪流走去的远方，心中便泛起信念的潮。

她常常默默地对小溪流说："你走向远方，是汇入江河？还是汇入大海？不管路途多么曲折、遥远，你总是一鼓作气，义无反顾，直到找到自己的归宿。总有一天，我也会像你一样走向远方，任凭人生的旅途多荆棘，多坎坷，我也要寻觅到自己的位置去发光发热。"

作为人，谁不希求自己生存得有意义有价值呢？那么，就请你张开双臂，大胆地拥抱生活吧！只要你去不懈地追求，不断地耕耘，不停地奋斗，生活会给予你……

1978 年 1 月，是汝俊一家激动、兴奋、难忘的时刻。在党中央的关怀下，汝俊父亲 21 年的冤案得以平反了！她的一家，在政治上获得了新生。

在矿上，汝俊很快加入共青团组织。

这个文静秀丽的姑娘，以她的虚心好学，以她的刻苦努力，以她的精湛车工技术，赢得了人们的一致称道，更引起小伙子们的爱慕倾心。

一时间，求爱的、提婚的纷纷登门，渴望获得汝俊姑娘抛出的彩球。但汝俊心中爱情的门却紧紧关闭着。

“女儿大了不由娘啊。”母亲只好婉言谢绝来访者。她怎么也不理解二女的心思。那是因为她不知在二女的心里有条小溪流呢。

读了《钻井工人为什么找对象难》这篇文章，汝俊的心再也平静不下来。她激动了，流泪了。她觉得那艰苦的地方正是自己多年来想寻觅的位置。

夜深人静，姑娘心中那神秘的门打开了。汝俊伏案疾书，给《工人日报社》的编辑和华北油田宣传部的同志写信：

……人应该超脱世俗和偏见，勇敢地走自己的生活之路。

作为男青年，如果他是浅薄的、庸俗的、胸无大志的、碌碌无为的、只为自我而奋斗的，那么，他的家庭再显贵、富有，他的工作再舒适、安逸，他的仪容再堂皇、标致，也不会得到真正的女人的爱。因为他们并不懂得什么是真正的人生。

我愿到最艰苦的地方去工作，去开拓生活。我愿在那最艰苦的地方，陪伴一个有志有为的青年钻工。

姑娘们用爱精心拨动的心曲，是最能打动人的。那力量是无法用斤两来衡量的。

汝俊把彩球抛向了周德猛。

四、历史，请记下这不寻常的三个月

1981 年 3 月中旬。也就是周德猛给局领导写信不久。一天，一辆北京吉普停在了 32717 钻井队的井场上。局宣传部的同志们来看望周德猛，为他带来了爱的信使。

他们把汝俊姑娘的信递给小周，仔细说了他们的看法，并让小周简洁而详尽地把自己的情况介绍给汝俊。小周一一照办了。很快，他就收到汝俊姑娘的回信。

鹊桥，经过各级组织的努力，通过传情的鸿雁，从华北架到华南。

春姑娘迈着舞步，轻盈走来。

冰雪融了，大地泛青，柳枝抽芽，报春的小草纷纷拱出地皮，嫩嫩的，绿绿的，娇艳极了！春姑娘走进小周的心房。

4 月下旬，小周写了一封热情洋溢的信，连同自己的照片，寄给汝俊。随之，汝俊的回赠便到了小周的手里。

情趣、爱好、志向的一致，消除了从未晤面等种种障碍。两颗年轻的心在接近、在相融……理解，是人生最大乐趣。

两位青年通了第三封信后，他们所在单位的党组织互通信函，鉴定式的介绍情况，更证明他们的选择是正确的。如此，他俩的步伐加快了。5 月 17 日，周德猛打点行装，登上南去的列车，去会他的知音，去见他的“织女”。他压抑不住内心的兴奋与愉悦。一会儿帮旅客提东西，一会儿帮乘务员送水、扫地。

列车在飞奔。窗外，展现在小周眼前的树木，像条长长的绿色彩绸，飘舞着。还有那花，那草，那庄稼，那拔地而起的建筑群，真使他入迷，如醉如痴。

目的地临近了，小周竟情不自禁地紧张起来，显得有些束手无策。这毕竟是第一次见面啊。

为了这第一次相会，两个人对见面的方式曾绞尽脑汁。在成百上千的旅客中，如何相认？胸前挂上标记或写上：接 ××× 的牌子，不高明。

爱情，会让人的脑细胞活跃，会使人的大脑商数增加。小周灵机一动，联想到小说里、电影中的故事情节：在白区工作的地下党的接头方式，他计上心来：我们何不重演一下。

“我下车后左手拿一黑色手提包，你站在站口南侧，手拿一本杂志……”两人就这样在信中说定了。他们都相信第六感。真是心有灵犀一点通。

下车后不久，小周就看到站口南侧手拿杂志的姑娘。“你是小周同志吧？”拿杂志的姑娘问。

小周喜上心头。“对，你是汝俊？”

“嗯，我为接你在这已整整等了一天。”

“是吗？”小周的血在往头上涌。

两个渴望相会的恋人终于相逢了。

沉默。想说的话太多了，一时竟不知从何说起；都想一吐为快，却又都吐不出来。

走在马路上，触景生情？还是适逢灵感？他俩终于有了话题。从轻轻柔柔的絮语，到足以使人神魂颠倒的情话，直接要比间接更长情绪！

两人深感相见恨晚。对驾驭未来的生活，充满了十足的信心和勇气。

汝俊父母对这飞来的女婿，自然十分满意。他们深信二女儿的修养与眼力。真是合家欢喜。

汝俊父母的心里似吃了蜜：女儿的羽翅已经丰满，完全可以放单飞了。

青年人的节奏，染上了浓烈的时代色彩。7 天之后——5 月 25 日，在大新县的一个小镇里，小周与汝俊举行了简朴的婚礼。

贺喜的人络绎不绝。矿上的、油田的，牛大奇同志特意转达了倪志福主席的问候和祝福。

3 个月，不寻常的 3 个月。两个陌生的年轻人从祖国的南北走到了一起。

生活就是这样神奇，这样多彩，这样绚丽。

两颗心的组合、交融、化一，能否跟上时代脉搏的跳动？一个新的家庭的组成，能否在社会的实践中，经受风风雨雨的洗礼？

青年人需要磨砺。时间会告诉人们，时间是最好的答卷。

因为生活本身就是爱，人的心田就是生长希望的绿洲……

追求者的足迹

郑　毅　马焕玉

他，太累了。连续几个昼夜的奋战，使他又一次累倒在隆隆的钻机旁。这一次他睡得是那样的酣畅、舒适，又是那样的甜美、安详。是的，他真的有点犯懒了，宁愿拥抱着这块土地多待会儿，仿佛这儿就是他毕生向往的归宿。灯光映照着他那多处受伤的面庞；初夏的晚风，好似一位懂事的小姑娘，轻轻地抚慰着他；隆隆的钻机声，又好似一支催眠曲，把他送入甜美的梦乡。他那一串长长的梦，是他执着追求的真实写照，是他那支英雄钻井队几年来英勇拼搏的生动记录……

有人说，学文的，学理的，学工的，三者相比较，后者是最苦、最累的。他们的"书房"是荒郊野外；他们的"文房四宝"是矿山机器——成百万元以至上千万元的设备；他们的创作题材是数以万吨计的产品和能源。穿一身油渍斑斑的工装，肩上担着比工人重得多的责任，脑力劳动和体力劳动，超强度的双重负荷。他——勘探二公司3269钻井队队长谭显全，这个华东石油学院钻井工程系七五届毕业的大学生。自1975年参加工作以来，艰苦的钻井生涯，对他来说感受是很深的，脱皮、掉肉、跌跤，哪一样他没尝受？然而，不正是这艰苦的磨炼，使他赢得了战果，饱尝了甘甜吗？不就凭这，他留下了一串闪光的脚印，带出了一个勇于拼搏，不断开拓的英雄集体吗？ 3269钻井队年年迈新步，不断攀高峰，在1981年年进尺3.32万米的基础上，1982年又交井12口，年进尺突破了4万米大关，为国家节约投资76万余元，在华北油田独占鳌头。人们钦佩3269钻井队"泰山压顶不弯腰”的大无畏英雄气概，赞美3269钻井队顽强拼搏的奋斗精神，也希望对这个“功勋钻井队”的带头人谭显全做一番了解，读者，让我们在他生活长河中撷取几朵闪光的浪花奉献给你们……

整整8年了，井打了一口又一口，共计打了多少口，这些或许有案可稽，可是有谁能记得清，谭显全和他的战友们，为了向国家交出一口口优质井，曾付出了多少心血和汗水？1980年5月，是谭显全难忘的日子，他同职工们一起填掉了一口新打的探井——岔302井。这口井至今已成为他抓钻井质量的分水岭。原来在打这口井以前，他们队在岔河集地区打了10口井，有5口井井斜超过了上级规定标准。井斜原因在哪儿呢？当时谭显全从理论上分析，认为钻具结构不合理，便采用了加螺旋扶正器、加长钻铤的纠斜办法，可谁想到，那无语的大地，复杂的地层就好像难以驯服的怪物，当岔302井打到井深1600米时，斜了九度。“九度？！”“九度！？”谭显全手里托着这个井身倾斜的数据，心里真像灌了辣椒汤一样，好不是滋味：“自己身为共产党员，是党和人民用乳汁哺育我上了大学，可我……向国家交斜井——这就是失职啊！”他把资料往桌上猛地一放，“不，再不能这样继续下去了！”在职工大会上，当谭显全把填井的原因向职工们说明后，有的同志想不通：“队长，你不是不知道，咱们熬黑熬夜，风里雨里打一口井，难道就这样把它毁掉？这么干劳民伤财呀！”谭显全望着大家那一双双复杂而又火辣辣的目光，沉痛地对大家说：“……是啊，大家的心情我是很理解的，填井是可惜，可向国家交‘次品’更痛心啊！我们石油工人是国家的主人，我们打井，应该为国家负责，为油田建设负责一辈子！我们通过填井要填出志气，填出打优质井的决心！”就这样，谭显全同战友们一起，含着泪，横着心把这口井填掉了。事后，谭显全又把前10口井的资料全部找来，反复分析对比。井斜的数据像一把钥匙，打开了他智慧的心扉——井斜的症结终于找到了。从岔302井以后，一直到1982年上半年，他带领大家共打了34口3000多米深的井，井身质量都是全优。

战场上，狭路相逢勇者胜。勇气和胆略对事情的成败起着巨大的作用。有人说，3269队队长搞钻井有胆有略。说也怪，谭显全这个人对钻井新技术、新工艺非常敏感，他明白，要力求以最短的时间和最小的代价获取最大的经济效益，必须抓科学钻井。他的视线就死死盯住了喷射钻井新技术、新工艺的应用上。这套新技术、新工艺要求以适当高的工作泵压获得尽可能高的钻头水马力，提高机械钻速。完善它的第一步就是适当提高泵压，改进水力参数。3269队从1977年就采用了喷射钻井新技术、新工艺，泵压最高开到了150个大气压，钻井周期已经由原来的40天缩短到了25天。但是，谭显全的奋斗目标何止是突破25天，他想的是祖国的钻井事业能有大突破！每当他凝望着火红的朝霞映照的巍巍的钻塔，总令他心驰神往，感慨万千：是啊，老一辈石油工人艰苦创业，把祖国贫油落后的帽子甩进了太平洋，今天，我们新一代石油工人应该给钻井事业插上科学的翅膀，开拓前进！多少天他深思苦虑："我们用的泥浆泵都是大功率的，钻具又都是新的，如果把泵压再提高到180个大气压，充分发挥水马力的作用，钻速不更高吗？"但是前无先例，这样干是要冒风险的。在生产骨干会上，他谈出了自己的想法。"队长，照咱们现在的泵压打比别的队都快，何必去冒那个险！""试试也行，不过就咱们那管线吃不消。"大家你一言，我一语发表着自己的见解。"这样干是得冒一定风险，常言道：'世界上最难的恐怕要算做某件事情的第一个人了，就像第一个吃螃蟹的人。'即使失败了也能从中得到点启示吗。"谭显全用启发的口吻对大家说，"我已经想过了，咱们不能坐着等经验，要走出去，开阔视野，博采众家之长。"一席话说得大家心里豁豁亮亮的，把顾虑也都打消了。

为了找到确凿的依据，酷暑盛夏，谭显全同技术员、生产骨干一起跑遍了岔河集地区所有井队，收集了各个地层的地质资料，钻头数据及各井的水力参数，组织大家逐一分析比较、计算，终于筛选出一套比较理想的钻井参数。他又和大家一起检修了全套设备，整改了高压管线，采用组合的双喷嘴水眼，适当降低排量，把泵压提高到 170 ～ 180 个大气压，结果打一口 3200 米的深井，钻井周期由 25 天又缩短到了 20 天。

钻头使用的好坏，往往是一口井能否打快的关键。合理地选用钻头也是钻井新技术、新工艺的一个重要组成部分。对于涉及高等数学理论的具有七八个变量的参数方程，在国外输入电子计算机上，只需要几秒钟就解决问题了。可是在谭显全的井场上，却连个功能齐全的计算器也没有，计算量不能算小了。他想起了在大学中曾用过的一种土算法，叫作“瞎子爬坡——一点点摸”。在周围若干个点，选出一个成本最低的点的参数来。一个点中的全部参数需要的时间，往往要以小时计算，一口井每个地层的各种钻头参数计算出来，不下于 10 多个小时。他和技术员不厌其烦，不断摸索，不断优选，路子越来越宽，几个月的功夫，终于优选出一组适合岔河集地区各个地层、经济效益好的钻头类型和相应的参数。到 1982 年下半年，打一口 3100 米的井，仅用 6 只钻头，比以往节省 4 只钻头，平均机械钻速每小时却高达 14 米。

多么可喜的第一步啊！但是，要沿着这条路坚定地走下去，谈何容易。他不光要有火一样的热情，铁一般的毅力，更需要锲而不舍的进取精神。1982 年对谭显全来说是终生难忘的一年，这不仅是 3269 队年进尺突破了 4 万米大关，又攀上了一座新的科学钻井高峰，而且还因为发生了两次重大卡钻事故，使他和他的战友们都经受了一场严峻的考验。

冀中的 4 月，草长莺飞，春意盎然。正是打井的黄金季节。3269 队岔 144 井井场上一派繁忙。年轻的钻工脱掉棉衣换上了单工作服，一个个精神抖擞。大钳“铿锵”，钻机“轰鸣”，一根根钻杆有节奏地向地层深处穿去。刚参加完河北省、管理局劳模大会的谭显全放下行李，来不及拂去一路风尘，听到震耳欲聋的“交响乐”，按捺不住内心的激动，兴冲冲上了钻台。他从司钻手里接过刹把，平稳地操作着，目光紧盯着前方的指重表。突然，他紧握刹把的手出现一种异样的感觉，“有点憋钻。”他迅速上提钻具，指重表上的指针急剧上升。上提不成，下放不行，两台 1200 马力的柴油机因负荷过重而冒出一股股浓烟。“不好，卡钻了！”一场事故发生了。

3269 队卡钻的消息不胫而走。它像一次强地震，震动了岔河集前线，震动了勘探二公司。

“哎呀，‘功勋队’这一跤摔得好惨呢！”有的人为他们惋惜。

“谭显全红得发紫了，八成是当劳模坐彩车晕昏了头吧？”有的人难免要说几句风凉话。

“这回 3269 队栽了个大跟头，他们队长不会就此甘休吧？”一些好心同志为谭显全捏着一把汗。

压力，重重的压力，顿时像空间缺少了氧气，让人窒息难喘。身为一队之长的谭显全在不到两天的时间里，似乎瘦了许多，老了许多。

“谭显全啊，你将怎样经受这场严峻的考验？”

深夜两点多钟了，谭显全的斗室内灯光闪烁，烟雾弥漫，桌上的罐头盒内装满了烟蒂。副指导员曹刚信、副队长李桂欣坐在床边，谭显全坐在对面桌旁的椅子上，那双睿智的眼睛已经布满血丝。三人只顾抽烟，沉闷不语，可个个胸中都像开了锅。几天来，谭显全胸中一种严肃的使命感更是像烈火，熊熊不息。他再也按捺不住了。首先开了腔：“发生卡钻事故，我要负责任，组织上给我什么处分都行。但绝不能让‘功勋钻井队’这面旗帜倒在我手中。哪里栽倒的就从哪里爬起来！事故要尽快处理，年进尺 4 万米一寸也不能少！完不成任务我决不下钻台！”说着，他激动地站起身把手一挥，“我相信歌德的话：‘凡是自强不息者，终能得救！’”

已经是六天六夜了，队长谭显全的工衣还没有下身。一次次的起下钻、套铣、倒扣，扶刹把比较危险，他就把司钻支走，自己操作；一次次胃病发作，疼得他直冒虚汗，他吃上几粒止痛片，咬着牙依然坚守在钻台上。他明白，如果在这个关键时刻自己倒下，全队的士气就会一泄而无法鼓起。他像一个军事指挥官一样，凭着顽强的毅力坚守在前沿阵地，稳定着“军心”，鼓动着全队职工的斗志。

这一次他被司钻何有明拖下了钻台。他无力地躺在泥浆池旁的土堆边上，望着细雨霏霏的夜空，心头一阵揪心似的疼痛。多大的损失，多宝贵的时间……他太累了，每一根神经都感到疲倦了。眼前的灯光渐渐模糊了，钻机声也越来越小了，他睡着了。朦胧中觉得周身暖和起来，他睡得更甜了。

天色微明，他醒来，发现身上盖了件棉衣，再看对面，副指导员曹刚信坐在自己身旁，手中还端着个正冒热气的饭盒。

“老谭，我和副队长、技术员商量了一下，处理事故期间，我们几个干部轮流跟班。”曹刚信边说边把饭盒递给他，“这样干你身体吃不消。”

多好的战友啊！当一个人遇到困难的时候，有什么比这同志的友情更珍贵啊！他知道这位副指导员也是几夜没合眼了，他心头顿时火辣辣的，他想说什么，可是喉咙里塞住了东西，一句话也说不出来。是啊，此时他又能说些什么？

……

1982年9月25日，《华北石油报》在一版显著位置登载了一条重要消息：“3269钻井队在岔74−17井以13天零22小时打完了一口3061米的深井，建井周期19天19小时，生产时效高达98.45%。”消息传开，在华北油田引起了轰动，连内行的人也百思不得其解：“打得这么快，谭显全到底装备了什么新式武器？”殊不知，设备，依然照旧；人，还是原班人马，客观上的一切都和往常一样，但从主观上讲变化是很大的。处理完事故后，谭显全和全队职工又花费了更大的精力，将拼命精神与科学态度更巧妙地结合在一起，使得钻井速度突飞猛进。

泥浆是钻井的血液。谭显全深知，两次事故的发生，其中原因之一，就是因为泥浆性能不好。教训使谭显全深深体会到，要快速优质打井，当务之急就是攻克泥浆关。然而改善泥浆性能又谈何容易。华北油田的哪个井队不为泥浆而感到棘手？甚至连泥浆站也叫苦不迭，更何况一个井队。

但是，他没有退缩，决心要摸一下这只“老虎”的屁股。他果断地走了一着棋——聘请泥浆站技师孟庆美同志来队做技术指导。这一着棋引起岔河集地区几个井队的关注。

“老谭，泥浆站孟庆美前来听令！”这是孟庆美来到3269队后，顾不得安置床铺，就跑到钻台上朝正在观察指重表的谭显全说的第一句话。

“孟工，听到你这大嗓门就让我想起了京戏里猛张飞的唱词：当阳桥前一声吼，吼断了桥梁水倒流。”谭显全边说边拉着孟庆美走下钻台，井场上留下一串爽朗的笑声。身材敦实的孟庆美是一个由工人提拔起来的技术干部。论学历他连初中也没读完，要论现场经验，即使有大学文凭的工程师也不得不刮目相看。谭显全的确有眼力，真是请来了活“神仙”。这一段日子，他和孟庆美就像乒乓台上的一对双打冠军，配合得如此协调、默契。孟庆美要整改泥浆组，谭显全马上应允：“全队各个班组的人员任你挑选。”孟庆美没有试验材料，副指导员曹刚信当即带人到临近井队拉来。完井电测前循环泥浆，孟庆美建议起出几柱，谭显全告诉值班干部，起钻保证一柱不多，一柱不少。谭显全和孟庆美这两个实干家拧在一起，像两部开足马力的柴油机，一刻不停地运转着。从炎热的夏天，到数九寒天，一次次配方，一次次试验，终于配制成六低一稳的优质轻泥浆，避免了起钻拔活塞，下钻不能到底的现象，满足了井下需要。

泥浆性能改善了，总泵压由原来的180个大气压提高到200个大气压，真像是给钻井插上了翅膀。1982年下半年交的8口井，平均钻井周期只有16天。

“号外！看号外！3269队上4万米了！”谭显全不负众望，带领职工终于以385天突破了钻井进尺4万米大关，为国家节约资金74.5千万元——向党向祖国奉献了一颗金子般的心。捷报使人们震惊，使人们赞叹：“真了不起，谭显全带领的职工也真神了，不服不行啊！”不，谭显全不是神人，他是一名普通的共产党员，他是在科学钻井的道路上沿着崎岖的山路奋勇攀登的勇士！

……

一个隆冬的傍晚，夕阳西下，朔风拂面，冀中油田岔河集前线，钻机正“引吭高歌”快速下钻。突然，钻台上传出一阵急促的呼喊：“快！快！钢丝绳打扭了！”职工们心急如焚，纷纷跑上钻台。原来下钻时10股钢丝绳拧成了“麻花”。大钩和十几米钻具悬吊在空中放不下来，泥浆无法循环，下钻被迫停止。内行人知道，钻具在井中静置的允许时间仅以分秒计算，试想，2000多米钻具悬在井里，时间一长，卡钻事故随时可能发生。“队长来了！”就在这千钧一发之际，谭显全二话没说，一个箭步蹿上钻台，只见他“呼！呼！呼！”迅速地把保险带拴在腰间。“快拉锚头绳，把我吊上去！”“队长，你……”大家明白，这样干是很危险的。在几位操作熟练的老司钻的配合下，用锚头绳把他悬到十几米空中拴接棕绳。凛冽的寒风吹得他浑身打战，悬吊他的锚头绳来回荡个不停。冰冷的大钩似乎故意与他作对，不停地转动，几次穿上的棕绳又倒了出来。猛然间，只见队长右手用力向上一伸，“呼啦”一把抓住了大钩，左手将棕绳的一头“噌楞”穿过去……他像凌空的海燕一般矫健敏捷。一分钟、两分钟、十分钟……“看，绳套拴好了！”一位青年工人高兴得简直要跳起来。钻台上的人就势将棕绳一拉，钢丝绳终于倒开了，一场事故避免了。队长安然无恙，一颗颗悬着的心也落了地。当谭显全下到钻台时，双腿一软，瘫倒在钻台上。

他，就是这样一位追求者，对钻井事业爱得那样热烈、那样深沉，以致倾注了他全部的心血。他每天的工作时间都在10小时以上。他有胃病，有时胃病发作，他一声不吭，用一只手使劲顶着肚子，或是从口袋里掏几粒药朝嘴里一送，照样干活。只要他跟班，险活重活抢着干。正常钻进，他替换司钻扶刹把，一扶就是几个小时。他家住公司机关大院，有时夜间他会从任丘跟送料的车回到井场，安排好生产才连夜回去。难怪妻子佯嗔地对他说："嫁给你算倒霉了，活守寡。"

在人生的长河中，事业、家庭、妻子、儿女缺一不可。谭显全很幸运，他有一位聪慧、善良的妻子。他曾风趣地对我们说："我在事业上的一次次成功，是与我那个坚强的'后方基地'分不开的。"他的妻子罗凤英，这位豁达的四川女子，具有中国妇女所特有的品德——她把对丈夫的忠诚和爱化作毛毛细雨，渗透到丈夫的工作和生活中去，使丈夫没有后顾之忧。她不像别的主妇，总想把丈夫拴在家中搞小"建设"，她知道丈夫身上的担子的分量。从谭显全 1965 年当钻工起，他们就深深相爱了。她随丈夫从美丽富饶的嘉陵江畔来到华北油田，从未嫌弃过生活条件艰苦。她默默地实践着自己的诺言："随他走遍天涯海角。"十几年来，她的心一直一分为三：一分想着自己的工作，一分想着两个孩子，一分想着丈夫的事业。

她是个小学教师，每天除上课外，回家还要操持家务，照顾孩子，一天到晚没有空闲，她从不向丈夫诉苦。当时小儿子得肝炎未愈不能送托儿所，她白天一上班就得把孩子锁在屋里。一次，淘气的小丹丹"逃跑"了，她含着泪找遍了公司机关大院家家户户，大街小巷，最后还是民警同志把丹丹送回了家。晚上，谭显全回来了，凤英真想扑在他怀里痛哭一场，可一看到丈夫那消瘦的面庞和深陷的眼窝，她的心就又软了。"他的担子多重啊！"第二天他又走了。凤英没拦他，还为他叠好换洗的衣服，微笑着送他离开家。这笑容未流溢丝毫凄然，她知道，他们夫妻间的感情不能像年轻夫妇那样扬起激动迷醉的浪花，而应汇入丈夫的志趣、欢乐和执着追求的理想中去。

1982 年的冬天，3269 队像田径场上的运动健儿，正全力以赴向 4 万米目标冲刺时，罗凤英得了重感冒，一连几天躺在床上，饭不能做，饿得两个孩子直哭，小丹丹扑倒在床前直嚷嚷："让爸爸回来吧！妈妈，我饿……"她望着脸色苍白的丹丹，心中难免有些凄楚，粮没人买，饭没人做，孩子无人照顾，难呐！她有点动心了。但这只是一刹那间，她想起丈夫临走时嘱咐她的话："凤英，'后院'着火我就完了。"这关键的时刻他怎么能离开他的岗位！她暗自下定决心，无论家中有多大难处，都不能让他知道，再难也要挺住！就这样她硬撑着患病的身子，操持家务，照顾患病的孩子，使家庭这个"后院"始终风平浪静。

他，这是第几次累倒在井架旁？谁也记不清了，他又一次进入了梦乡……一声嘹亮的笛声，把他从睡梦中惊醒。他真的听到了职工们的欢呼声。副队长李桂欣兴冲冲跑到他跟前，二话没说，朝他肩上就是一拳："4万米大关突破了！"倾听着嘹亮的笛声，望着高耸的井架，他眼睛里似乎有一层雾，越来越浓，渐渐变成一串串硕大的泪珠……

根系泥土　情在蓝天

宁海利

人物小传

王仰之，1928年5月出生，浙江东阳人，曾任华北石油管理局史志办公室主任，是我国著名科普作家。他科普著作众多，20世纪五六十年代创作的《地下宝藏》《地球的故事》《水的故事》《人和水的斗争》等专著，成为许多青少年的科学启蒙图书。曾参加《十万个为什么》丛书的编写，撰写了《为什么会发生洪水》《河流的力量是哪里来的》《地下为什么会有石油》等重要篇目。

我是1984年5月在华北油田召开的“河北省中青年作家创作座谈会”上认识王仰之先生的，那时候我还只是个20岁出头的文学青年。这次会议在改革开放后中国新时期文学创作中地位十分重要，河北省委副书记高占祥到会，与会者有大作家王蒙、徐光耀、刘绍棠、刘真、草明，诗人张学梦、边国政，青年作者有铁凝、莫言、邓刚等100多人。

会议中间休息时，负责会议事务的华北石油管理局宣传部宋克力科长向大家介绍了一位一直坐在会场后面的老同志。说，这是油田的科普作家，叫王仰之，出版过几十本科普著作，儿童青少年最爱读的《十万个为什么》，其中有不少条目就是他写的。大家纷纷投来惊奇与仰慕的目光。

要知道，当时铁凝也只是刚刚出版了一本短篇小说集，莫言还在保定的部队做文书，《红高粱》正在写作之中。那么，这样一位重量级的高级知识分子，他是如何成为科普作家，怎样来到华北油田的呢？让时光退回到二十世纪——

从新华社记者到科普作家

1928 年 5 月，王仰之出生于浙江东阳。中国人民解放军南下后，1949 年 5 月新华社组建浙江分社，因为有在报社做记者的经历，王仰之被分配到浙江分社的编辑部工作。同在一起工作的有后来成为新华总社副总编的于民生，有担任过新华社安徽分社社长的包小白，还有曾任中国新闻社副社长的吴红。一开始王仰之是实习记者，不久就成为正式记者，并能独当一面地开展工作了。

这一时期，王仰之与几个年轻记者经常下乡。浙江的绍兴、宁波、台州、临安、嘉兴等地区，都留下了他们采访的足迹。每次下乡，带的是浙江省委开的介绍信，周围的人都戏称他们是“钦差大臣”，而他们的生活却很俭朴。出发时，背上一条小被、一条棉毯，一个黄色的小背包里装上相机、采访本和盥洗用具。常常是这样，在县委宣传部的办公室里，把两张办公桌一拼就是床，吃饭就在食堂，同职工一样买票就餐，从来都不给下面的单位添麻烦。

记者责任很重，工作也很辛苦。他们的工作日程安排得满满的，今天刚采访一个机械厂，明天就要去某大学做一位气象学教授的访谈，后天又得上农科院了解水稻新种的培育情况。为了顺利完成采访任务，能够和采访对象更好地交流，出发之前，他总是要做足准备工作。白天的时间不够，晚上就接着干，有时直到深夜，甚至黎明。

记者，常常成为许多人，特别是年轻人所羡慕的职业，但其中甘苦，没有亲身经历过的人往往难以得知。王仰之当记者的时间并不长，但直到多年以后，他依然留恋那一段时光。他总说，短暂的记者经历培养了他的探索精神和求真作风，对他的人生起到了非常重要的作用。

王仰之又是怎样与科普创作结下不解之缘的呢？说来并非偶然。1951年，他从新华社浙江分社调干升学，进入南京大学学习地质。1954年分配到东北地质学院，一面当研究生，学习水文地质和工程地质，一面当助教，担负一部分教学工作。当年6月，他还参加了国家大型水库——官厅水库的地质勘查工作，任内业组负责人，组织绘制了比例为1：50000的官厅水库图，主持起草了文字报告。

由于有记者的工作经历和对写作的爱好，他学习工作之余，除了零星发表的文章外，还出版了《地球的故事》《地下宝藏》《人和水的斗争》等多部科普专著，均数次印刷，每本印数都近10万册，一些专著还被译成朝鲜文出版。

搞科普创作是利国利民的事，也是费心费力的事，对于其中的甘苦，王仰之深有感受。在他家里随便打开一个档案袋，里面全是资料，其中大部分是他从各种书刊或档案中一字一句摘抄下来的，大约有12000多张。他打趣地说："它们是不会说话的老朋友。"

知识在于积累，王仰之为了收集资料不知花费了多少心血。有一年，他去南京历史档案馆找资料，住处距离档案馆有五六里远，他每天都是步行往返。阅卷室早晨8点开门，王仰之总是7点多钟就等候在门口。后来管理人员被他的精神所感动，也提前上班，每天7点半就为他开门。中午阅卷室关门，他舍不得休息，就在档案馆一间空房子里摘录借到的资料。饿了，吃个烧饼充饥；渴了，到门口买杯茶水喝；实在困倦了，就在椅子上打个盹。一连50多天，几乎无一例外。

王仰之是一个毅力很强的人。在"文化大革命"期间，他和一些老教授被关进一间大教室，成了被批判的对象，整天不是写交代材料，就是被叫去提审。那时候，他只好在晚上查阅地质资料，看了470多种参考书。1万多张资料卡片，有好多是当时做下的笔记。白天，他就背着看管人员，在“检查交代材料”的下面，大写特写地质科普读物。后来，由地质出版社出版的长达10万字的《水的世界》一书，就是当时写成的初稿。

说起对科普创作为什么有如此浓厚的兴趣，他坦诚地说：“新中国成立后，是党培养我上了大学，掌握了一些地质科学知识。我有责任把自己学到的知识传播给更多的人，特别是那些没有机会上学的人。知识是人民给的，我有什么理由不还给人民呢？”

在科普创作的30多年时间里，他先后发表地质科普论文30多篇，文章400多篇。出版了《地球的故事》《地下宝藏》《中国的山和水》等几十本科普读物。

其中，地质出版社出版的“趣味地球科学丛书”之一——《水的世界》，是王仰之很重要的一部代表作。他讲“蓝色的星球”，介绍地球的水是从哪里来的，淡水在自然界是怎样循环的；他讲“浩瀚无际的海洋”，解析潮汐奇观的形成；他告诉你湖泊的“身世”，带读者走进冰川的世界，从宏观到微观，深入浅出，是很多青少年的科学启蒙书籍。

与油田结下了不解之缘

1970年，王仰之全家从长春地质学院被下放到了吉林省白城地区农村，当地政府并没把他当成右派对待，反倒让他去主持修建当地两个公社的水库。1974年，地方政府想找吉林油田支援些地方紧俏的农用物资——柴油，由于当时王仰之的科普作品在国内有一定知名度，不少人都知道，吉林油田领导也提出了一个条件，希望地方政府把王仰之调到油田。于是一个给油，一个放人。王仰之来到了吉林油田红岗子水电队，当上了一名技术员。

1975年任丘油田发现，1976年初，冀中石油会战开始，全国范围内调集各路大军支援华北。4月，王仰之随着吉林油田的支援队伍来到华北，分配到水电指挥部。5月，水电指挥部成立水文地质勘探大队，主要负责勘探地下水源和水井施工任务。这名五十年代初毕业于名牌大学的水文地质和工程地质研究生，终于找到了自己的位置。在水文地质勘探大队，王仰之担任技术员、助理工程师，并主持水文地质工作。

从东北调到华北油田参加会战，王仰之的心情非常兴奋，即便是生活条件极为艰苦，即便是已经年近半百，但创业的激情使他心血沸腾，像年轻人一样，浑身有使不完的劲儿。当时整个油田除了总部有一二栋砖瓦结构的小平房以外，几乎都是板房和帐篷。仅有的几条路覆盖着半尺多厚的浮土，刮风一身土，下雨一脚泥。可是职工的情绪却十分高涨，因为几乎天天都有捷报、喜报。王仰之为自己所学知识有了用武之地而发自内心地高兴。

建设一个现代化的石油基地，必须要解决水的问题。没有水，别说生产无法进行，就是生活也难以保障。钻井施工、油气生产、原油集输，需要大量的水。尤其是在油田开发过程中，由于压力逐渐下降，需要不断注水以保持地层压力，任丘油田每天采出原油 2 万多吨，注水 36000 多立方米，平均每采出 1 吨原油，就需要注进 1.8 立方米的水。再加数十万职工家属的生活用水，这个数字就十分可观了。

众所周知，华北平原是我国水资源最紧张的地区之一，人均淡水占有量只有全国平均水平的 15%。这里地面河流有潴龙河、孝义河、唐河、府河、漕河、瀑河、白沟河、古阳河、小白河、大清河等，但各水库下游水量较小，不能作为长期稳定可靠的水源，只能作为补充水源加以利用。王仰之认为，整个冀中平原分布着巨厚的新生代河湖相沉积，有较好的水文地质条件，要保障油田生产生活用水持续稳定，只能开发地下水，将地下水作为油田主要的水源。

王仰之对油田周边进行了实地调查和水源评估，1977 年至 1979 年，他完成了《白洋淀水源调查报告》。同时，针对任丘地区水井过密，过量开采导致水位急剧下降等问题，他又与相关专业人员提出利用白洋淀地表水作为补充水源的建议，即在洪水期白洋淀水位上升时，将白洋淀一部分水作为任丘地区水源的补充。并建议在任丘外围建设“卫星水源”，从任丘外围输水到任丘，以缓解任丘用水的紧张状态，延长任丘现有水源井的寿命。

后来，白洋淀供水工程在油田领导正确决策和地方政府的大力支持下得到实施，解决了任丘地区石油人长期饮用高含氟水和生活用水不足的问题，24 个单位的 13 万职工家属从中受益。

1980 年至 1982 年，由于王仰之在中国地质史和科普界的独特地位，他又被借调到石油工业部编写《中国石油工业发展史》一书，并完成了《中国近代石油地质勘探史》的编写。

地下为什么会有石油？石油是怎样形成的？水和石油开采是什么关系？即便是石油工人，也未必能清楚这些问题的答案。要让人们了解石油、珍惜资源，离不开石油科学知识的普及。

1984 年，为提高领导干部综合素质，华北油田成立了党校，王仰之又被调到了局宣传部并在党校担任教员，讲授石油地质知识。为此，他还和爱人徐寒冰一起编写出版了《中国石油史十讲》一书，简要地介绍了我国石油工业发展的历史，回顾了中国石油工业发展的历程，描绘了新中国石油工业飞速发展的成就，展示了未来的美好图景。篇目有：我们祖先对石油的认识和利用；世界上最早开凿油气井的国家；我国早期开发的几个油田；旧中国最大的油田——玉门；“洋油”在旧中国的倾销；建国初期石油工业的发展；气壮山河的大庆会战；渤海湾的夺油之战；“中国贫油论”的由来及其破产；希望还在前头。全书约 8 万字，有插图 25 幅，对中国石油史，包括“洋油”进口、大庆会战、所谓“中国贫油论”以及海洋石油开发等问题做系统全面的论述，这在石油系统还是第一次。为广大石油职工了解石油工业的历史，以及学习石油战线优良传统提供了一部有益的教材。

管理局成立史志办后，王仰之担任了史志编辑室副主任，除主编每年的《华北石油年鉴》外，1986 年他主笔编写并出版了《华北油田十年》一书。此外，他还担任中国石油学会科普委员会委员、《石油知识》编委会编委、中国地质学史研究会理事、中国科技史学会会员。不但油田的人熟悉他，而且全国知道他名字的人也不少，因为他的名字同他大量的科普著作连在一起，给人们留下了较深的印象。

从科普创作再到石油地质史研究

从20世纪80年代中期开始，王仰之从科普创作转入了石油地质史研究。1989年他编写出版了《丁文江年谱》。丁文江，地质学家、科学家，蔡元培称赞丁文江是“稀有的人物”，说他是有办事才能的科学家。这本年谱弥足珍贵，对人们了解丁文江、了解他们那一代知识分子十分有益。1990年他编写出版了《中国石油编年史》，石油工业部副部长焦立人题写的书名。这本书从公元前2世纪四川开凿盐井发现天然气开始，至1995年12月科学家、原煤炭部顾问孙越崎先生在北京逝世止，简直就是一部中国石油工业年谱。看得出，王仰之搜集了大量资料、下了很大力气。1995年王仰之编写出版了《中国地质学简史》。1996年王仰之编写出版了《中国地质调查所史》，中国地质调查所是中华人民共和国成立以前的地质调查和科研机构，成立得早、规模大、成果多。从1913年到1949年，共37年。地质学家黄汲清为这本书撰写序言。黄汲清写道：“对于地质调查所的历史，是中国地质学史研究的重要课题之一。王仰之毅然承担了这项艰巨的工作，并且在一没有经费、二没有助手的情况下，只用了很短的时间，就写出了一份初稿拿给我看。我非常高兴。”

真实记录中国石油工业史，让那些为石油工业发展作出突出贡献的人载入史册，这是王仰之追求的目标。1959年，我国发现了大庆油田，全国欢腾，举世震惊。“洋油”时代结束了。大庆油田的发现和建成，是我国工业化进程中的一件大事，也是地质科学界的一件大事。对于大庆油田的发现，谢家荣的地质研究成果发挥了重要作用。黄汲清是当时还健在的老一辈地质学家中的权威，曾长期担任中国地质学会理事长，针对黑龙江北部地区的第一份勘察设计书，就是黄汲清起草谢家荣修订的。当时，黄汲清和谢家荣都是地质部石油普查委员会的常委。王仰之溯本求源，以《谢家荣——勘查中国石油地质的先驱》为题发文，从谢家荣1921年开始的玉门之行，一直写到谢家荣1949年提出松辽平原有油的预测，深切表达了对这位中国石油地质领域功勋卓著的功臣的敬仰之情。

如今，我国已成产油大国。从南到北，从东到西，一座座油田奇迹般崛起。其中很多油田都曾经出现在谢家荣早年的著作里，在他的预测之中。他不仅为破除中国贫油论进行了卓有成效的地质研究，还打破传统，把视野扩展到深层的古生代，向古生代要油，这在中国、外国，都是个创举。王仰之用丰富的史实和翔实的资料，介绍了谢家荣为我国石油工业作出的突出贡献，后来被业内所认可。

离休后的王仰之，虽然离开了工作岗位，却越来越忙。除进行一些专题研究外，他还承担着培养研究生的任务，他大部分写作时间，都是一点一滴挤出来的。离休当年，他的《中国石油概论》等两本专著出版。几年过后，《中国石油编年史》《中国石油史话》等又陆续奉献给广大读者。

王仰之先生一心著书，每年都要写20到30万字。还参加编写260万字、20卷的《中华地学通志》。所著由三联书店与台湾锦绣出版公司出版的《从贫油国到石油大国》一书，是一部近代和当代的中国石油史。同时，王仰之编写的《石油常识》（上下）在全国发行，是一本对青少年进行爱国主义、石油知识教育很有意义的书。离休后他经常说，写书的计划很多、很忙，要抓紧有生之年为后人多留一点有益的东西。

著书不是写短文，必须得有庞大的“骨架”，通篇形成一个完整的思想体系，特别是科普著作更是如此，既要旁征博引，又要滴水不漏。这样艰巨的劳动，对年轻人来说也不是件易事，而王仰之却以年老体弱之躯，潜心研究，埋头写作，完成了一本本大部头的著作，其难度可想而知。

我在华北石油报社工作时和王仰之先生交往很多，时常去他家小坐，他也经常来报社找我，见面时总拉着我的手不愿放开。后来，他出版的书基本都是我为他设计的封面，每一本都签名送给过我。

王仰之对《华北石油报》情有独钟，他不仅是热心读者，还是重要作者。他曾对我说："《华北石油报》留给我的第一个印象，就是它是不断给人们传播好的消息，不断给大家打气的报纸。虽然是一张小型报，却办得很有特色，内容贴近油田职工的生活，很受大家的欢迎。"王仰之虽然搞的是地质，可是和报社的关系却十分密切，推其原因，可能是因为在新中国成立前后，他也曾经是新闻工作者。即使后来离开了新闻岗位，他手中的笔仍然没有放下，经常给报社投稿。

来华北油田后，王仰之虽然工作繁忙，但还是经常写些地质方面的短文，在《华北石油报》的专栏《学科学》（后来改名《科海》）上发表。到20世纪80年代，他专门从事中国石油史研究，写了许多关于石油史的文章，有不少文章在《华北石油报》上刊发。

从20世纪70年代末到90年代初，差不多20年，每年他都向《华北石油报》投稿，有的年头还投得很多。他和爱人徐寒冰合写的文章，如《漫话热水井》《塑料棚里春来早》，还有几组介绍石油知识的文章，有的被《工人日报》等报刊转载，有的被中央人民广播电台《科学知识》节目选播。

20世纪90年代初，下海经商成为潮流，油田一些单位也搞起了三产。王仰之告诉我，他曾到一家三产公司给人讲课，一是想了解一下市场，二是想挣点钱好出书。王仰之当时已过花甲之年，身体已大不如前，我对他的精神既钦佩又感动。

1997年10月，第15届世界石油大会在北京召开。正在住院治疗的王仰之想到这是一次不可多得收集资料的好机会，抑制不住内心的激动，不顾医生的多次劝阻，执意来到北京，最后因病情加重又住院了。到年底，尽管因病出现语言障碍，手也不听使唤，但他仍十分吃力地在纸上写出了

“老想写书”几个模糊不清的字，令在场的人悄然流下热泪。

王仰之走了！后来我了解到，他早年还创作过儿童文学作品。这是他1948年发表在《中国儿童时报》题为《喜欢》的儿童诗，你瞧，他写得多有趣：

羊喜欢：
四面都是青草地。
猫喜欢：
两只老鼠到嘴里。
狗喜欢：
两根骨头丢在地。
鸡喜欢：
三条小虫一把米。
人喜欢：
几个朋友在一起。

王仰之知识丰富、著作等身，做人低调，为人谦和，是我非常敬佩的一个人。

斯人已逝，著作依在。他耗尽心血写作著书，传播普及科学知识，几代读者不会忘记他；他殚精竭虑研究石油史，记录石油工业发展历程，广大石油人不会忘记他。他的根系泥土，情在蓝天！

B超奥秘的探索者

杜洪昌

1988年4月，风景如画的黄山，沐浴在温暖的阳光下，显得更加绚丽多姿，分外动人。著名的迎客松，伸出巨大的长臂，似乎在拥抱川流不息的中外游客。

4月20日，近百名中美两国医学界的精英荟萃黄山，参加中美两国医用B型超声波学术交流会。在到会的中方48名B超专家中，作为特约代表的华北油田机关门诊部的黄继强大夫，并不引人注目。然而他在会上发表的《脾脏占位性病变的超声显像诊断》一文，对脾脏常见的和罕见的各种肿瘤所作的精辟论证和比较，却使到会的专家们刮目相看。当专家们得知这位来自基层卫生部门的医生是靠自学攀登B超技术高峰时，更是惊叹不已！

黄继强，中等身材，头发花白，宽阔的前额下，一双明眸透着精明、智慧和坚毅。1981年3月，他在全国石油卫生系统第一个引进医用B超技术，率先揭开了B超应用的奥秘。8年来，他刻苦钻研，以精湛的医术和热诚为患者服务的精神，赢得了油田职工的普遍赞誉。从1982年开始，他连续6年被评为局级劳动模范。1987年，中华人民共和国卫生部授予他全国卫生文明建设先进工作者称号。

探索B超的奥秘

在科学上没有平坦的大道，只有不畏劳苦沿着陡峭山路攀登的人，才有希望达到光辉的顶点。

“文化大革命”，使中国医疗科学的应用和研究原地踏步，拉大了与世界先进医疗科学技术水平的差距。当美国、日本、英国等国家在医疗诊断上普及 B 超技术时，我国医疗界对 B 超的认识还处在朦胧时期，还不明白用 B 超这种现代化的医疗设备，快速诊断人体内脏的疾病。一种强烈的责任感、紧迫感、使命感，时刻在黄继强的心中撞击着、鼓动着。

党的十一届三中全会以来的路线方针和改革开放的政策，使黄继强感到从未有过的清新和开阔。他滋生了一种“老夫聊发少年狂”的雄心，每时每刻都注视着医疗的动态和信息，终于在一份不太显眼的医疗资料上，发现了 B 超的应用范围和诊断价值。他喜不自禁地把几年来的苦思冥想和盘托出，得到了上级和有关部门的支持。

1981 年 3 月初，黄继强小心翼翼地把一台价值 18 万元人民币的日本产 EUB—22B 型超声显像仪安装在华北石油管理局机关卫生所的电诊室内。

俗话说万事开头难。从此他踏上了探索 B 超奥秘的艰苦之路。

深夜，黄继强失眠了，他想了许多许多，B 超作为一种先进的被医疗界称为现代化标志的显像仪，能探查出人体脏器内 3 毫米以上的肿瘤、结石，能显示出早孕妇女子宫内状似蝌蚪的小生命。要掌握这种技术，该给多少疑难症患者带来福音。他似乎看到一个接一个患者的面孔在他眼前闪过，他们渴望得到及时的诊断和治疗。

他一连几天几夜不成眠，食不甘味。要出去学习吗？当时全国有 B 超的大医院寥若晨星，没有哪一家医院能办 B 超训练班。

求知的愿望驱使着他，当他打听到北京某大医院有一台 B 超，便满怀希望进京求艺拜师去了。但他完全没有料到，北京大医院的 B 超医生却冷若冰霜地拒绝了他的要求，一点也不肯传授 B 超技术，并声称天机不可泄露！中国人对中国人搞技术封锁，心地善良的黄继强对此难以理解，不禁有些愤愤然！

从外表上看黄继强仅是一文弱书生，但在困难面前却表现出内在的坚韧和不屈不挠。他下决心要自学掌握B超诊断技术，日本人能制造出的仪器，中国人一定能学会使用，而且要使其在临床上发挥更大的作用。到那时也绝不保密，要毫无保留地传授给一切愿意学习B超技术的医生。

决心就这样下定了。

掌握B超技术，除了熟悉B超的操作技术外、最根本的是要看懂B超图像，这是最要紧和最复杂的学问。B超的特有功能是把人体内脏根据检查者的需要分成无数个断面图像显示在荧光屏上，通过追踪、定影、摄影、录像，供反复详尽地测量，观察分析，或留作资料。因此，操作者必须精通人体解剖学、局部解剖学、断面解剖学。为此，黄继强又翻开了他在20岁时读过的大学教科书“人体解剖学”，逐个脏器地学习整理，熟记解剖的标志和正常值。为了弄明白断面解剖图像，他买来了猪的内脏肝、脾、胰、肾、肠子放入容器中，再放适量的水，像人工腹腔那样，然后用B超探头，观察各个部位断面的图像，需要进一步观察的部位，可以随意切开看看，这个方法极为有效。在此基础上，他又用B超观察身边医护人员各内脏器官的局部及断面图像，经过数百次的反复探查对照，逐步看清了健康人体内脏各部位在B超显像荧光屏上的图像，他入了迷着了魔似的看着B超，一看就是十多个小时，眼睛看得发酸发痛，揉一揉，稍休息一会再看，腰酸腿痛，他用拳头捶打一下自己的腰背。有时他感到非常的安静，看一下手表方知早已过了下班的时间。

20多天过去了，他消瘦了，眼窝深深地陷下去，然而，他对B超技术的知识丰富了，终于弄明白了人体内脏各局部断面的正常图像和有关数据。对极难记忆的内脏解剖数据，他又请学校的美术老师画了放大的图像，挂在诊室的墙上，需要时只要一抬头就可以看到极为方便。继而他一鼓作气开始了临床实验，寻找内脏病变的特征。将已诊断为患有胆囊炎、胆结石、肾结石、肝硬化、子宫肌瘤等疾病的老病友，邀请来做B超检查，从中总结出这些疾病在 B 超显像上的规律。就这样用了短短一个月的时间硬是靠自学、刻苦的钻研，基本上掌握了 B 超诊断技术。而按照常规，要达到这种水平，即使到有名望的大医院培训，少说也得 6 个月以上的时间。

这时黄继强感到无比的高兴，他操作着 B 超仪，似乎觉得又长了一只能透视人体内脏的火眼金睛。

1981 年 4 月，黄继强用 B 超正式开诊检查病人，这一消息不胫而走，前来就诊的患者络绎不绝。石油战线上的人们渴望现代化医疗条件，他们可以免去拖着病体去北京、天津吃苦受累。黄继强自信地告诉患者：“做 B 超检查，我们可以了。”

发现第一例肝癌

1981 年 5 月 11 日上午，病员王某，男，48 岁，因进行性消瘦、乏力要求做 B 超检查。在此之前，患者曾做过同位素扫描检查、抽血化验过甲胎球，均未发现异常。富有临床经验的黄继强，根据病人的主述和症状，首先考虑病人的病因可能在肝脏。于是他用 B 超探头仔细地探查患者的肝脏，荧光屏上清晰地显示着肝脏各个断面的影像。胆囊正常，左肝正常，当把探头放在患者右胸第六肋下缘时，荧光屏上突然显示一个直径 4.3 厘米大小的团块影，肝癌！一个可怕的信号在黄继强脑海里闪过。但诊断一个人患有肝癌等于判了病人“死刑”，这是非同小可的事啊！黄继强想到这里，更加仔细地反复探查、分析、比较并摄下了 3 张病变部位的照片，一切征象都集中于肝癌的可能性最大，良性瘤的可能性是零。科学是无情的，黄继强提起沉重的笔在 B 超检查报告诊断一栏内认真地写下这样一行文字：“肝右下区肝癌”。这一切看似自然轻松，若无其事，患者全然不觉，但黄继强却出了一身冷汗。如果这是一个错误的诊断，将会承担什么样的后果啊！患者的家属知道这一诊断后亦感到十分惊恐。10 天后患者的家属又来找黄继强，说是去北京大医院，也做了 B 超检查、肝脏未发现异常。黄继强坚持自己的诊断不会错，并且又安排患者来做B超复核检查，仍坚持原诊断——肝癌。

这对夫妇又一次心急火燎地奔赴北京。6月3日，北京肿瘤医院收纳王某住院手术，病理切片诊断肝癌，从而证实黄继强大夫的诊断准确无误。

直到今天，当笔者去采访他的事迹时，黄继强说："自从诊断王某患肝癌，我的心一直悬着，B超检查所见又不允许我写别的诊断。"

笔者问："北京大医院用B超检查为什么没有发现肝癌？"黄继强回答说："可能是马虎了，用B超检查是件很细心的事，稍不注意，一个病灶的影子就滑过去了。"

笔者又问："这像不像用雷达追踪敌机，稍不注意，敌机就跑了？"

黄继强笑着说："差不多。"

发现第一例肝癌，这是千锤百炼的第一次，可以说是首战告捷，是鼓舞，是信心，也是力量。然而，黄继强在此时此刻想到的是，各种各样的内脏器官的肿瘤，需要早期诊断，早期治疗。一种强大的责任感驱使他分秒必争地继续探索，B超诊断各种肿瘤的规律。他边工作，边学习，边提高。到1981年底基本上熟识了腹腔内脏各种肿瘤的B超图像。而且他还试着用B超检查颅脑、眼睛、甲状腺等部位的病变，扩大着B超的"眼界"。

天职在他心中的分量

黄继强在学生时代就立志当一名人民的好医生。他，1959年毕业于北京医学院。1976年由吉林油田调来华北油田，参加华北石油会战，立志将自己的全部心血和热忱献给石油战线上的人们。从1981年4月开始到1988年底，黄继强和B超诊断室的医生们共为27351名患者做了B超检查，为数以千计的疑难病患者明确了诊断问题。

黄继强作为机关门诊部的主任，每天找他看病的人不知有多少，他太忙了，忙得连打开水的时间也没有，实在渴了，向别的科室要点水喝了事。

他忠实地履行着一个医生的天职，从他身上嗅不出半点世故和铜臭。不管何时何地，只要有危重病人，他都要亲自过问组织抢救，哪怕是深夜他熟睡的时候，只要他知道有病人，马上起床，投入抢救病人的工作。他似乎有用不完的精力。

他的老伴是一个和他志同道合的医药工作者，她心疼地说："老黄啊！一听说有病人来就来神啦！"

他对所有的患者无论职务高低都能热情接待，千方百计为他们解除病痛。

1988 年 9 月 6 日，一位年轻的女患者李某，因妊娠伴有血尿 40 多天，四处求医无效，慕名来找黄继强大夫诊治。黄继强认真地分析了病情，并且做了 B 超检查，发现右肾有一占位性病变，诊断为肾肿瘤，存在恶性可能。这种病人需要及早手术治疗，北京能做这种手术，如果病人自己去北京，住院难会使病人贻误治疗时机，将使病情进一步恶化。黄继强急病人所急，毫不迟疑地给北京大学第三医院的老同学写信，请他为这位病人解决住院治疗问题，从而为患者争得了早期住院治疗时机，并顺利地做了手术。事后这位患者逢人就说："是黄大夫救了我的命。"为了表达感激之情，患者曾两次带着相当丰厚的礼品，送到黄继强家中，都被婉言谢绝。黄继强说："为患者诊治疾病是我的职责，决不能乘人之危敲患者的竹杠。"

这样的事例举不胜举。经黄继强治好病的人，为了表达感激之情，今天有人给他送名烟，明天有人给他送名酒、鲜果，都被他婉言谢绝。有的患者到他家放下礼品就走，也不留姓名，黄继强回家发现后，立即把这些礼品上交党支部。近几年来，黄继强拒收礼品不知有多少次。有人对黄继强说："现在收点礼算什么，再说患者完全是出于感激之情。"黄继强回答说："作为国家干部应该为政清廉，作为医生救死扶伤是我的天职，我只有给患者看病的义务，绝没有收礼品的权利。"

唯有一次面对患者的邀请，黄继强再难推却——事情的经过是这样的：

某医院一位护士，第一胎妊娠，经该院B超检查多次，诊断为无脑儿，妇产科的医生出于好心4次动员她人工流产。胎儿是母亲的希望，她不忍心轻率打掉，但又怕是无脑儿……这位护士极为焦虑，在这种情况下慕名来找黄继强做B超检查，那天黄继强虽然很忙，但还是认真地为这位护士做了B超检查，结论是胎儿正常。这位护士如释重负，足月顺产一婴儿。望着可爱的小生命，对黄大夫的感激之情油然而生。孩子周岁那天，这位护士举办一个小酒会，执意要请黄大夫参加庆祝孩子周岁的小生命。这件事已过多时，黄继强早已忘得一干二净。当护士重提此事时，黄继强愉快地答应了她的请求。酒会上黄继强看着那个亲自确诊保留下来的小宝宝，内心无限欣慰。

在金钱诱惑面前，黄继强不失共产党员的本色。1988年3月，有人好心相邀："老黄您出来咱们一块干吧！您当B超顾问，每天给您50元酬金。"好家伙！一年就是个万元户，面对着唾手可得的重金，黄继强谢绝了。他说："我黄继强要发财很容易，但我是门诊部的主任，要发财我要带领大家一起，在党的政策允许的范围内致富，目前最重要的是带领全体医护人员，提高医疗技术、改善服务质量，全心全意为患者服务。"对这个根本问题他多年来抓住不放，他所领导的局机关门诊部，年年被评为先进单位、优秀党支部，他自己也年年被评为优秀共产党员，多次被评为端正党风先进个人。

不断攀登B超技术高峰

从1981年开始到1989年，在人生的道路上只是短暂的一瞬，然而黄继强以坚强的毅力和全心全意为病人服务的精神，在B超应用领域取得了丰硕成果，诊断准确率达到95%以上。他对技术精益求精，非常重视认真总结经验，先后撰写和发表了23篇论文。

他撰写的论文"中药胃快速超声显像"曾在全国石油系统消化学术会

议上宣读过。这种检查患者无痛苦，不需要增加新的设备，开拓了 B 超检查的新领域，填补了石油卫生系统 B 超不能检查胃病变的空白。《河北日报》做了报道。他写的“小儿颅脑超声显像临床应用”一文，在中国超声医学工程学会石家庄分会上宣读。他写的“腹腔内高位隐丸的超声显像”发表在《中国医学影像技术》1986 年第 2 卷第 3 期上。1985 年 9 月 24 日，黄继强作为正式代表去福州参加了全国第一届 B 超学术会议。

“脾脏占位性病变的超声显像”一文，收录在中美黄山医用超声学术交流会论文汇编一书中，并被《中华物理医学》杂志录用，发表在 1989 年第 1 期第 11 卷上。

许多医疗单位的医生慕名前来拜黄继强为师，学习 B 超诊断技术。黄继强耐心热情地手把手地传授 B 超诊断技术。前来学习的医生们说：“黄老师太好了，他毫不保留地教给我们。”到 1988 年底，他共为全国石油系统各兄弟医疗单位义务带教 B 超医生 43 名。北至辽河油田，南至南海油田，可以说是桃李满神州。

1987 年，他应试了中国医学影像编辑部举办的全国临床超声诊断水平测验，以优异成绩获得了前 8 名优秀奖证书。

黄继强在探索和掌握 B 超的征程上好像是一匹不知疲倦的千里马，一直是精神抖擞，马不停蹄。一次，他突然病倒了，已有 3 天没有上班，笔者闻讯前去他的家中看望，只见他躺在床上侧着身子吃力地写着论文“B 超探查肩腱袖的超声显像”，这篇论文是应海南海口《医疗诊断技术杂志》的要求而写。我想他的病可能好多了，可是令我吃惊的是他的病情并未好转，重度环状痔发作，伴有脱肛，七八个枣样大小的痔核围成一圈，发着炎就像一圈大水泡，直肠脱出不能还纳，直肠黏膜脱出部位发着炎流着血。他坐都坐不起来，动弹不得，病到这种程度，让人看一眼就感到可怕，只是痛也是够难受的了，还坚持写论文。他这种为医疗科学事业顽强拼搏的精神，使我肃然起敬。

由于他高深的医学造诣，他被聘为深圳市生物医学工程学会顾问，当选为中华医学会河北分会功能检查学会委员，中国超声学会河北分会理事，还担任中华医学会华北石油分会内科组副组长。荣誉的光环没有使他头晕目眩，在荣誉面前，他更加感到肩上担子的沉重。

“老牛明知夕阳短，不用扬鞭自奋蹄。”黄继强正是以老黄牛的拼搏精神，在医疗科学的征途上，不知疲倦地探索着、攀登着。

显 微

郭振荣

一

1983年秋，美丽的海滨城市天津。海河像温顺贤淑的少女，披着雾纱，微笑着，把浓郁的菊香弥撒给这个古老而又年轻的城市。

此刻，天津宾馆，贤达如流，群英荟萃。400多位医学专家教授云集在这里。“第十届全国外科会议”正在这里召开。

在显微外科组的大厅里，人们正凝神地注视着银幕。通过精心绘制的幻灯片，彼此交流探索生命之树的奥秘，寻觅新的医学信息反馈，咀嚼着智慧和汗水结晶出的成果。

一阵掌声过后，大会主持人继续宣布：下一个内容，《游离大网膜移植治疗血栓闭塞性脉管炎的初步分析》，报告人，陈立章。

“老陈，该你的啦！”有人轻轻捅了他一下。

“嗯？噢！”一个矮胖而又不修边幅的中年男子，从后排椅上站起来歉意地笑了笑，健步登上讲台。他，就是华北石油管理局总医院的外科医师——陈立章。

在中国，40岁的人，可以找出几百万乃至几千万；但是，在一个世俗与偏见仍旧残存着的国度里，要跻身这样庄严而又高雅的医学殿堂，可绝非是每个40岁的人都能做到的。何况，陈立章只是一个挂着普通医师头衔的中专毕业生。

生命是什么?

从我国现存最早的一部医书《黄帝内经》中提出脏像、经络学说，凭借一把草药，一根银针来医治人本身的疾病；发展到今天，只需在血管里注进一滴药，就可以在荧光屏上显现出人体的各个器官，两千年来，人类为了和疾病作斗争，求生存，繁衍后代，经历了多少坎坷？通过古老的和现代的医学手段，把无数濒临死亡的生命从地狱之门救回，这是人类的幸运。但不幸的是，至今，人类对许多疾病仍未找到可靠的预防和治疗措施。血栓闭塞性脉管炎就是其中的一种：肢体麻木、发凉、疼痛、溃烂，直至截去患肢。不知有多少人为此而痛不欲生!

矛盾的大自然造就了生命，但同时也在无情地扼杀生命。1908 年，伯格尔将此病公之于世，至今已有 80 年的历史。这 80 年间，世界上出现了机器人、航天飞机、试管婴儿。科学以几何级的递增速度，把人类社会向前推进了几个世纪。但是在科学如此发达的今天，几毫米乃至几微米的血管堵塞，竟把如此众多的生命逼到死亡的路口。

人类在一条坎坷不平的路上，艰辛地探索着：切除交感神经节……切除部分肾腺……动脉内膜剥离……可惜，没有找到一种有效的办法。1966 年凯内先生给医学界同仁们带来一个喜讯：用带蒂的大网膜，移植到患肢上，可以改善患肢的血液循环。接着日本的西村昭男在世界上首次把大网膜从腹腔取出，移植到患肢上。这一试验的成功，为人类战胜脉管炎这个恶魔，开辟了一条阳关大道。

遗憾的是，在当今的世界和中国，能完成这种高难度手术的人寥寥无几。在 20 世纪 80 年代以前的中国医学杂志上，关于这种手术的报道，实属罕见。因为，要掌握这种手术，不仅需要一般医生所具备的解剖和生理知识，而且更需要准确无误的吻合微血管的技术。然而，要获得它，则需要有超人的毅力。

陈立章顽强而自信地闯入了这块人类较生疏的领地。

二

1982年的一天，一个右大腿截去三分之一的小伙子，被几个人抬进外科门诊。小伙子的双亲，向正在门诊的陈立章医生哭诉孩子的不幸。这个小伙子叫张进社。1980年，突然右脚趾麻木，发凉，日渐疼痛，被当地医院诊断为“脉管炎”。经多方投医无效，不得已做了截肢术。但，这并没能阻止病魔的蔓延，不久，他的右上肢出现了症状。病魔的黑手已经悄悄扼住了小伙子的生命的咽喉。

“医生——你们得想个办法，救救我的孩子！”老人声泪俱下。

陈立章走过去，望着小伙子的残肢，心里很不是滋味。作为医生，他比任何人都理解，一个人手和脚的价值。他不知该怎样回答和安慰患者。沉思了片刻，他说：“你们先拿些药吃，我们一定想办法。”

夜晚，家中。妻子见陈立章毫无睡意，关切地问：“你怎么啦？哪不舒服？”

“没怎么。我是在想，能不能在我们医院开展大网膜移植治疗脉管炎的手术呢？”

“别尽想那些不着边的事。要那么简单，人家也不能截肢了。再说，你做好了一百个，不一定是成绩；万一做坏一个，可就是个把柄。”妻子嗔怪地说。

陈立章没有反驳。此刻，一个大胆的设想，已经在他的大脑里萌生。

他把这一设想告诉了科主任于德昌。于德昌是20世纪50年代的大学毕业生，有着30年丰富的外科经验，总有那么一股不断探索的性格和进取精神，他从心底喜欢那些勇于为医学事业献身的人。他热情扶植医学新人，甘当人梯，不断为他们成才创造有利条件。

“有理想，还要有科学态度。只有动物实验搞成功，才能过渡到病人身上。”他当即给陈立章配备了一名助手，并设置了三张专用病床。

实践，要有理论指导。医学和其他自然科学一样，离不开，他们为自己画出一串问号，再一个个地去寻找答案。

“书山有路勤为径”。陈立章和于主任一起钻进浩如烟海的医学书刊中，去寻觅凯内和西村。于主任捧着英文杂志，彻夜不眠，奋战数天。陈立章更是熬红了眼。他凭着自己刚学的一点有限的日文，边查资料边查字典。在求知的海洋里，陈立章选择了条以“苦”为荣的航线。是的，没有苦，就没有胜利的彼岸，就没有成功者欣慰的笑。

有人说，陈立章好像不知道什么是苦。不知道苦的人，神经是不健全的。陈立章以高度的事业心和责任感，把苦和甜揉在一起，这是什么滋味？只有他自己知道，只有走过这条路的人才知道。

三

让我们把镜头推移到1978年。那时，陈立章刚来油田。他发现油田因外伤断指的事故频频发生。但因医疗条件和技术的限制，这些患者几乎都成了不同等级的残疾人。作为一个外科医生，他感到自己太无能了。断手再植虽是医学上的难关，但绝不是不能闯过的。他决心去闯这个难关。他立即给马鞍山医院的外科主任写了一封信，要求去学显微外科，并很快得到同意。陈立章像所有胸怀宽阔的青年一样，在人生的天平上，为自己找到了一颗有分量的砝码。

6个月，能学成显微外科？似乎是医学界一个小小玩笑。陈立章可不这么看，既来之，就一定学出点名堂。他无暇顾及江淮胜地秀丽的风光，一头扎进实验室，开始了探索医学微观世界的艰苦攀登。

在普通外科的手术台上，陈立章可以驾轻就熟，任意驰骋。但在这片陌生的领域，要在几倍或十几倍的显微镜下，用只有头发四分之一细的缝合线，在直径只有0.3至0.5毫米的兔子耳朵血管上，间断缝合8针，并保证血管畅通无阻，谈何容易？整整两个月的时间，他把自己“钉”在试验台旁，常常是踩着星光进去，又踩着星光出来。没吃过一顿热饭，没睡过一个囫囵觉。

两个月过去了，在微血管缝合技巧上，他仍没有长足的进步。陈立章产生了急躁心理，常常把持针器狠狠摔在桌子上。陈立章的老师、著名断指再植专家孙学良，好像注意到了这个年轻人的异常情绪。

“小陈，我们一起去武汉，你也好散散心。”一天，孙老师说。陈立章来这里两个月了，孙老师除了进行严格的技术指导外，很少和他谈生活，即便是星期天，也从不关照他稍事休息。

“真的？太好了！”这两个月，他在实验室——食堂——宿舍，这条三角线上，单调而机械地循环着，能不渴望医院大门外清新的空气？

陈立章怎么也没想到，孙老师是领他去参加“第九届全国外科会议”。参加了这次会议，陈立章才坚定了攻克显微外科的信念。他坐在会场一个没人注意的角落，意外地发现，20 世纪 70 年代末期的中国在所有与会代表的名单上，最年轻的人已经是 45 岁了！

呵！1978 年，中国到了一个什么样的关键时刻？一个曾经产生过华佗、扁鹊、李时珍等众多著名医学家的古老文明国度，如今却是医学人才青黄不接！

陈立章恍然大悟，他懂得了孙老师的真正用意，明白了这位老知识分子的良苦用心。

四

1982 年 6 月到 10 月，华北燥热的大地，煎熬得人简直无法忍受。人们在电风扇下和西瓜堆里挨日子。陈立章却选择了这种时候和青年助手侯薇一起在只有几平方米的动物实验室里开始了术前练兵——在狗身上，进行大网膜移植试验。

4 个月的时间里，他几乎把所有的空余时间，都消磨在又脏又臭的实验室里。盛夏，这小屋闷得像蒸笼，如果不开窗，腐臭的动物粪便气味令人窒息；打开窗，蚊蝇们又会蜂拥而入，扰得人不得安宁。陈立章对此毫不在意，为了解除病人的痛苦，他执着地追求着，默默地承受着。

一天晚上，陈立章拖着疲惫的身体迈进家门。妻子心疼地望着丈夫说："老陈，你的眼睑又开始浮肿了，是不是肾炎犯了？这么大的人了，一点也不知注意身体。"

"不会的。眼睛是因为看显微镜疲劳了。"

妻子不容分说，把他拉到医院里检查。化验结果：尿蛋白两个加号，果然不出所料，他的老毛病又犯了。

动物试验还没成功，陈立章怎么也躺不住。他把病假条揣进兜里，经常去观察那条做了大网膜移植的狗。

妻子这回真火了："你没死没活地干，到底图个啥？去年你做了那个手术，至今还有人风言风语，还没尝够苦头？"

是的。成功之路，总不会像长安街那么宽阔笔直。

1981年，陈立章从马鞍山医院学习回来后，限于某些原因，显微外科手术一直未能正式开展。他边工作，边选择普通手术病例，急切地盼着能尽快把学到的知识应用于临床。

不久，有人给他介绍了一位"双侧隐睾"的患者来就诊。陈立章决定给他做"睾丸自体移植"手术。在当时，这种手术在国内尚未见报道。

不想，一切都准备就绪后，却在手术显微镜上出了意外，有人以"显微镜是分科使用的，陈立章所在的病区，没有开展显微外科的任务"为借口，硬是把着显微镜不让用。陈立章不明白，天体这么大，为什么总有行星在同一轨道上相撞？是啊！自然——人，人——自然。宏观和微观的奥秘太多了。他想得太少，太少。

院里召开了"圆桌会议"，决定先让病人出院，等有了条件再手术。

"出院？不行！"为什么显微镜宁可闲置一边，也不让别人手术使用？

陈立章有自己的性格，只要对患者有利，个人受点误解算不了什么。1970年，他在哈尔滨医科大学进修时，一次病房收进一名腹部包块的患者。4位权威医生会诊后，都认为包块与肝脏有关。陈立章缺少一般下级医生对上级医生应有的随和态度，他通过认真观察、思考，大胆地提出自己的见解，包块是长在肠系膜上的，与肝脏无关。尽管这件事给老师添了点小小的不快，但手术证实陈立章是对的。

陈立章在对待医学上，具有严肃的科学态度，相信庄严的科学殿堂中，最宠爱的是那些尊重科学的人们，而不是那些人云亦云的庸人。况且，治病救人是医生的天职。他终于争得了为患者做手术的权利。

1981年，在河北省召开的一次外科学术会上，陈立章报告了“睾丸自体移植”手术成功的消息，引起了外科同行们的关注。泌尿外科专家黑兰荪教授，充分肯定了这一成果。《中华泌尿外科杂志》的编辑告诉他：你做的这是中国的第二例。

也正是因为这一次，他干了“不该干”的工作，所以，一些人对他的看法变了：陈立章要出风头了，陈立章骄傲自大了……

这一切，陈立章是清楚的。但是，此刻，他更相信妻子是理解自己和支持自己所追求的事业的。

陈立章更理解妻子。这些年，如果说自己在业务上有所进取，哪一点能离开她？搞试验忘了吃饭，要么她把饭菜送到实验室，要么把饭菜热了又热，耐心地等着。公公病了，她精心侍奉老人；孩子面临升学考试的关口成绩不理想，也是她废寝忘食地辅导……可自己又为妻子分担了多少家务，为老人和孩子尽了多少义务？妻子，在人生的旅途上，该是一个什么含义？

动物试验还没成功，张进社和众多的脉管炎患者都在盼望着华佗再世，保住他们珍贵的手脚。他对妻子说：“现在无论如何也不能放弃试验。院领导、党支部和科里的同志都很支持。昨天，崔跃东医生连夜翻译出一篇资料，于主任和刘人晨医生正在抓紧研究手术方案，护理部也组织了专门的护理练兵……不干，对不起大家，更对不起病人。明天，多买点鸡蛋，只要加强营养，身体问题不大。”

女人的心肠是豆腐做的。软弱的心肠，说服不了比石头还坚硬的信念。

中午，妻子去市场买回了鸡蛋。“炒鸡蛋吧？”

“行！”陈立章目不转睛地查找着资料。

“怎么了？”

“这鸡蛋怎么是熟的？”

陈立章接过鸡蛋：“啊？”原来，妻子买来的是孵小鸡的毛蛋。生活，常常会爆出一两个有趣的火花。

五

只要肯付出代价，成功的路就在你脚下。

1982 年 12 月 15 日，是陈立章一生中感情最复杂的日子。他与张进社亲属的谈话，记录在术前报告上：手术如果失败，患者有可能截去右手。

当然，如果成功了，这一手术报告，将载入大网膜移植治疗上肢血栓闭塞性脉管炎的世界史册。

陈立章信心十足地步入手术室。穿手术衣、消毒、铺巾、切皮……在十倍的显微镜下，他根据自己设计的大网膜剪裁方法，沉着而熟练地吻合着血管。从早上 8 点到下午 6 点，整整 10 个小时。他水米未沾牙，汗水湿透了手术衣……终于，陈立章接通了最后一条血管。

这不是一条普通的血管，是陈立章用希望和信念，为患者从死亡的深谷走向新生命的天地所架起的桥梁。它使中国人在探索人体微观世界的历程中，增加了激动人心的一页。

1984 年，当摄影记者随陈立章回访张进社时，这个在农业合作化时出生，对新生活有着美好憧憬，却饱受疾患蹂躏的青年，已经可以骑车、担水、看守梨园了。

著名心血管外科专家吴英恺教授，以及程继熙、夏振龙和陈立章的老师孙学良，对这一成果都给予了高度的评价。河北、河南、山西、辽宁等省的同仁们，纷纷表示要来参观学习和请他去做手术。《河北日报》《上海科技报》纷纷报道了陈立章和他所在的医院，所取得的这一成绩。省内外脉管炎患者，也纷纷来信，恳求到油田总医院治疗。现在，让我们看几个病例吧。

曹世德，教师。右下肢脉管炎 11 年。慕名走遍了 4 个省市的十几家大医院，用款一万余元。在精神和肉体上承受了难以想象的折磨。经过陈立章手术后，他已经可以下床自由行走。他激动地说："我用语言表达不出对陈医生和油田总医院的感激。"

刘增顺，工人。右下肢脉管炎 8 年，已经烂掉 5 个脚趾。在 1980 年至 1984 年的 4 年间，他从没脱过衣服、躺着睡过一次觉。体重由 110 多斤下降到 70 多斤。求医用款 7000 余元无效。现经油田总医院术后，他不但可以脱衣睡觉，而且可以自己登上楼。刘增顺说："我只有出院后加倍地去工作，才能对得起油田总医院的关怀和陈医生的精心治疗！"

对于成功者，成绩永远是属于昨天的，现在，陈立章想些什么呢？

"大网膜移植手术的成功，是领导支持同志们帮助和兄弟科室大力协助的结果。如果说这是成绩，那就应归功于党的培养，大家的协助，当然，也包括我妻子。现在，我们已经做了 37 例手术，成功地改进了 5 种新的大网膜移植方法。我们要继续搞下去，解除更多病人的痛苦。最近，我们正着手写出一篇高质量的论文，力争在国外权威性的学术刊物上发表，为中华民族争光。"

也许有人会说，陈立章又在说大话。这样的结论还为时过早，让实践去检验和做结论吧。

像中国其他有成就的知识分子一样，陈立章经历过曲折和坎坷，受到过讽刺和责难。但是，他在事业上得到的是更多的关心和帮助。1984 年底，在讨论陈立章能否出席局先代会的问题上，少数人提出异议。在如何评价一个有成绩的中年知识分子的关键时刻，院党委站出来拍板定案：上报，树立陈立章这个先进典型！陈立章终于得到应有的荣誉，被评为 1984 年局先进标兵！在陈立章长时间的手术中，手术室的护士慷慨地拿出麦乳精、奶粉，供他食用。科教科里一位同志，毅然地从动物饲养费中挤出一些钱买奶粉，给他作为手术加餐。

然而，陈立章也有遗憾之处：毕业 20 多年，因只有个中专学历，技术职称始终没被晋升；1966 年就递交了入党申请书，至今也没能迈进党组织的大门；申请成立脉管炎小组，增加医疗设备和扩大专用病床的报告，至今也没被批准。

但是，陈立章不为一些个人得失所困扰、徘徊。他执着地追求着事业。他相信，爱事业就是爱党、爱祖国。

人生的价值在于奉献，而不在于索取！

耿耿丹心

可　可　高明忠

1983年4月18日，水电厂茶炉工王仁伟因病去世了。消息传开，这个厂一千多名职工、家属，从四面八方主动赶来参加他的追悼会。老工人胸佩白花，眼角挂着晶莹的泪珠；孩子们哭叫着王爷爷，献上亲手扎的小花圈；就连许多一向被称为小玩闹的年轻人，也肃穆地站在王仁伟的遗像前，默默地鞠着躬。

一个普通的共产党员，一个平凡的茶炉工，为什么竟然能撼动这么多人的心？为什么能掀起这么多人感情上如此巨大的波澜？为什么连一些对生活已经麻木的人都不得不去思索人生的真谛？

一

1959年秋，人们刚刚经历了大炼钢铁的热潮，头脑还没有完全冷却下来，一场突如其来的灾难像冰雹一样劈头盖脸砸下来，整个国民经济陷入困难阶段：经济要调整，人员要精减，粮食定量越来越少，人们饭碗里的油花只剩下星星点点、飘忽不定。那时，“六级工不如老乡一捆葱，家有三只兔赛过区干部”成为流行最广的醒世名言，和王仁伟一起参加工作的一些同志又返回乡间挑起了货郎担。王仁伟不懂得这些变化的原因，他从来没想过自己是否也需要重操炸果子的旧业。就在这年秋天，王仁伟所在的四川石油管理局营山勘探大队机电车间，决定派他去养猪，帮助全车间300多名职工渡过难关。王仁伟想也没想就一口答应下来。从此，他和养猪这一行结下了不解之缘。

那是真正的白手起家！75头猪崽买来了，没有猪圈，王仁伟就在地上挖个坑，上面盖上稻草、竹叶，建成了简易猪圈。可是猪食又成了大问题，人们连碗边沾着的一粒米也不忍放弃，哪有剩汤剩饭留给猪呢？王仁伟对谁也没讲，背起背篓就上了山。好在他就是当地人，对营山县的山山水水十分熟悉，每天都能割回来好几大背篓猪草。翠屏山的条条小路留下了他抛洒的汗水，塔子河清澈的流水映照着他奔波的身影。冬天来临，缺乏营养的人们靠着火炉还嫌冷，王仁伟却把铺盖搬到了猪圈里。他每天晚上都要起来看看盖在猪圈顶上的毡子被风吹落没有？还要看看小猪崽是不是被它的妈妈误当枕头枕在了头下？有一次母猪生产，他整整守了两天两夜，小猪好不容易生了下来，可浑身冻得发紫，连气也喘不上来，他就把小猪搂在怀里，用勺子给它们喂自己亲手熬的小米粥，然后轻轻地摇着，像哄孩子那样哼起了自己编的摇篮曲：

快快长吧快快长！同志们都在盼望；

快快长吧快快长！支援建设出力量……

春天又一次降临了。猪仔也度过了最艰难的日子，开始长膘了。王仁伟心想：到秋天，同志们就可以吃上肉了，可是光有肉没有菜也不好吃啊！他打量了一下猪圈旁边的空地，拿起一把铁锹就挖了起来。几天之后，这块空地上长出了绿油油的菜苗。他的工作日程更紧了，每天要喂猪，垫圈，砍猪草，熬猪食，又要侍弄菜地。可是他还嫌不够。还要去食堂帮炊事员做饭，捡煤核，为大家烧开水；晚上请小学生给他教文化；等大家都睡了之后，他还要修炊具。他是一个编篾好手，他不能让自己的手空闲着。为了干完所有这些事，他每天5点起床，夜里11点才能睡觉，他的脸整整瘦了一圈，眼窝也塌陷下去，两腿也浮肿了。

就这样，他天天如此，月月如此，默默地奔忙着，默默地苦干着。开始，人们谁也没有注意到这个少言寡语的中年人，可是，当金色的秋季来临时，人们笑眯眯地吃上大碗大碗的红烧肉、炒辣椒、番茄肉末时，人们仿佛突然一下子感到这个中年人具有一种非凡的力量，一种超群脱俗的力量；端着碗的手战栗了，徜徉在嘴边的笑容凝固了。人们打量着这个不起眼的略微驼背的中年人，眼睛湿润了。有人算了一笔账，1959—1962 年，王仁伟平均每年为大家提供 15 口生猪。他养的猪个个膘肥体壮，平均产肉量在 180 斤以上，最大的一口，净肉 420 斤，光油就有 50 斤。他还平均每年为大家提供 3000 多斤的新鲜蔬菜，品种是琳琅满目的，有辣椒，有茄子，有西红柿，还有地瓜，油菜，大豆等。此外，他还编织了大量竹筐、竹篮，几年来，食堂从未买过筐筛之类物品。他还捡煤核，用它烧开水，给猪取暖，到底捡了多少已无法计算了，全车间的灰堆他都扒过。听了这样一笔账，谁能不为之动情！王仁伟从没向任何人讲过一声困难，可是几百名职工，人人都能想象得出他克服了多少难以想象的困难与艰辛。这一笔账，把王仁伟那宽厚，善良，热爱集体，热爱祖国，热爱社会主义事业的赤子之心捧在了大家面前。1961 年，人们一致推选他出席了四川省劳模大会，他被评选为四川省劳动模范。

1976 年，王仁伟随石油会战大军来到华北油田，领导上仍然分配他去养猪。他在猪圈边搭起了一个小偏房，百尺见方的猪圈和这个小偏房成了他全部的生活世界。他不满足，又在旁边空地上开了一小片地，第一年就产稻谷 800 多斤。秋天，农场的稻子上场了，他看到稻草堆里还有不少稻谷，就利用空闲时间去翻草。末伏的太阳火辣辣的，晒得他浑身上下像被烤焦了一样。但是他仍然在不停地筛呀筛。两年的秋天他就是这样过来的，一共筛出了 3000 斤稻谷。

1981 年，领导又让王仁伟担任烧茶炉的工作。在他搬进茶炉房之前，喝开水成了水电厂职工家属的一件头疼事。清晨，人们聚集在水龙头旁，一面跺着脚，一面看着水龙头里那细得像面条一样的水流干着急；中午，打水出现高峰，可是，“开水”仍然那么不紧不慢地流着；晚上，人们深一脚浅一脚地往前摸，稍不小心就会掉进水里、泥里；如果是冬天，人们更要担心脚下块块隆起的冰坡。

谁也没有注意从什么时候起，开水变烫了，水流充足了，从早到晚不间断了，水龙头前的泥潭、水坑，被一溜的方砖垫得平平整整。这是谁干的呀？是王仁伟！王仁伟的名字又一次进了这么多人的耳朵，王仁伟又一次成了这么多家庭饭桌上赞叹的对象。

时间的推移，大自然铁的无情法则，使王仁伟的身体状况一天不如一天了。1982 年春天，他 5 年多第一次回四川探亲，到家就患了重病：胃出血，肾结石。在爱人和孩子们的督促下，他住进了医院，经过 10 多天的治疗，病情刚刚减轻，他就要求出院。出院第二天，又风尘仆仆踏上归程。这一次探亲，连住院在内，也没超过 30 天！他回到厂里后，听说茶炉坏了，这一惊非同小可，全厂几千人的用水怎么办？王仁伟急忙找来同班几个师傅一块商量，用抹泥加砖垫高的办法，使旧锅炉又烧出了滚烫的开水。

在王仁伟的生活中，除了干活就是干活，他难道没有一点精神生活的要求吗？有！他爱听川剧，爱摆“龙门阵”，按说，他已过花甲之年，也到了该睡在躺椅上，手捧茶壶，悠然自得地享受晚年时光的时候了。可是他不，他的眼里有干不完的活，捡煤核，修工具，编筐篮，扫马路；招待所的下水道被污物堵了，他撸起袖子就动手掏。他参加工作 25 年以来，除了有数的十几次探亲外，他从未休息过节假日、星期天；25 年来，他从未中断过捡煤核，筛煤渣。1981 年，有人给他做了个统计，一年中他光捡煤核 3 万多斤，等于给国家节约了 15 吨原煤。25 年来，他天天黎明即起，深夜方睡，从早到晚不停地干活，就连有病的时候也是这样。

世界上恐怕没有一个人是生来喜欢吃苦的，王仁伟也同样。可是为什么又把这么多苦活苦差事揽在自己身上呢？他没有文化，不会把自己的思想上升到理论的高度，可是他却用自己的方式，一句极普通的话，一个淡淡的微笑来表达了。这句极普通的话是：因为我是共产党员。他的话和他的微笑包含了他全部的信念和追求，也许这就是一个普通的平凡的老人为什么在他的身后能产生一个巨大能量转换的作用力的答案吧。

二

王仁伟的一生，是在清贫中度过的。他 1958 年参加工作，当时工资每天按 0.7 元，月计 21 元。到 1977 年他才不过 43 元，后来升了两级，现在的工资是五级工 65.5 元。他的老伴在一家街道办的饮食站工作，每月收入不到 30 元。他有 4 个孩子，还要负担弟弟留下的一个孩子，生活状况可想而知。他一辈子没穿过毛衣，如果不是儿子工作以后给他买了一件的确良衬衣的话，他连一件像样的衣服也没有。夏天，他光着脊梁穿一件劳动布工作服，后背被汗水渍的发白；冬天，他光脚穿一双翻毛皮鞋，手背、脚背被风吹得裂开了小口。有一次开模范会，他要上台领奖，这才买了一双胶鞋穿上。他大半生没戴过手表，后来买了一块，那是因为他当学校的校工，要按钟点打铃。买了块表倒成了他的负担了，老是担心表不准，怕误了打铃的钟点，见人总问："请看看我的表准不准？"他的家朴素得近乎寒酸，除了他参加工作时买的两口破木箱外，没有置办一件像样的家具（床和桌子是公家发的），整个屋子空荡荡的。他不抽烟，不喝酒，一日三餐粗茶淡饭，还经常吃苞谷面贴饼子，因为河北的粮食供应有 60% 的粗粮。可是他却把每年自己业余时间开荒种的和一粒粒筛出来的数千斤稻谷，全部交给了国家。

希腊神话中的盗火英雄普罗米修斯有一句名言："想的是索取，不是爱，想的是给予，才是爱。"王仁伟对祖国尽其所能地奉献，而索要的报酬却以满足最低生活水平为标准。

三年困难时期，他因缺乏营养而浮肿了，可是亲手种的菜他一叶也没动过。每逢食堂杀猪，同志们总是说："给王师傅割一块好肉吧，他辛苦了！"可是他从来都是婉言谢绝。在云南会战的时候，那里出产木材，他经营的猪圈里也有不少废旧板材，有人劝他：打几件家具吧！他一笑了之。队伍调到华北要上车时，别人大箱小柜，唯独他还是两口破木箱，一个行李卷。在华北油田喂猪时，他住在猪圈旁边自己垒起的小偏房里，冬天取暖按规定可以烧公家的煤炭，可是他不，他挎个小篮子到处捡煤核烧。火炉生起来了，他又心疼炉火白着着可惜，于是，干脆当起了义务烧水工，每天清晨，他提着两壶滚烫滚烫的开水，给附近农林办的办公室、工房送水，整个冬季，从未间断。1982 年春天他生病住院，每天总要问护士："今天的药费多少钱？"问的次数多了，护士不耐烦起来："公家不是给你报销吗？你老问什么？""哎！"王任伟一声长叹："公家的钱就可以随便乱花吗？"护士一扭身，走了。年轻的护士姑娘，她怎么可能理解一个从旧社会走进新社会的老工人的心呢？

25 年来，王仁伟转战祖国南北油田，长期与爱人分居两地，他那点菲薄的工资有相当一部分是消耗在数年一次的探亲路程上了。到了华北油田以后，生活安定一些了，他也到了垂暮之年，领导上曾三次给他指标，动员他把家属接来，老伴儿也在当地办好了退休手续，只等老王来接，共享天伦之乐。是啊，人们都说王师傅 60 多岁的人了，冷一口、热一口总不是个事呀！一些心软的大嫂、大娘，每逢见到王仁伟那粗针大线缝补的衣服，见到他爬到茶炉顶上去烘烤洗过的衣服时的身影，都忍不住流下了眼泪。她们也一次次地劝王仁伟把家属接过来。可是王仁伟不这样想，他想，油田正在建设中，住房很紧张，许多年轻人都没有房住，我老了，给国家做不了什么了，为什么偏要多占一套房子呢？就这样，他一次又一次地推迟接家属的事。直到他病危住院，决定要做手术了才同意把老伴接来，他才算在油田有了一个正式的家。可惜，他没来得及在这个家里得到片刻享受，就匆匆告别了人间。

人生是为什么？这个古老的哲学命题，从古希腊开始到现在已经争论了几千年，参加这个争论的不乏著名的哲学家：柏拉图、伊壁鸠鲁、黑格尔、萨特，都曾发表过不少高论。王仁伟对此并不十分了解，他甚至根本不知道这个世界上还有什么古希腊，什么柏拉图。就是对马克思也知之甚少，但是他却为自己树立起了人类最高尚、最伟大的人生观。

他出生在四川省营山县一个农民家庭。刚刚15岁时，母亲就病死了。母亲死后不久，父亲眼又瞎了，只好带着他和一个弟弟沿街乞讨。父子三人走遍了营山县城的大街小巷，在灰蒙蒙的高低不平的青石板上滴落过血水。那时，少年的王仁伟血气方刚，他受不了有钱人的冷眼与嘲弄，一赌气跑上了翠屏山。正巧，长征中的红军部队路过这里，他们请王仁伟替部队做几天饭。几天的做饭生活使王仁伟仿佛到了一个崭新的世界，他亲眼看到红军中官兵平等，互敬互爱，看到红军专为贫苦人出气，他真想跟着红军一走了事，但又放心不下瞎眼的爸爸和年幼的弟弟。红军走后，他辗转下山，等找到爸爸和弟弟时，爸爸已在弥留之际了。爸爸是饿死的，死在一个龙王庙里，王仁伟真想一拳砸碎那庙堂上泥塑的神像，他绝望地呼喊："龙王爷啊，老百姓为你烧香上供，你就是这样保护老百姓的吗？"爸爸死后不久，弟弟一块银元自卖自身，从此兄弟俩天各一方，谁也不知谁的下落。

现在我们有些同志讲生活总爱横着比，越比越觉得不满足。可是王仁伟从来都是纵着比，越比越觉得贡献少，越比越觉得心不安。他的人生观正是植根在这块肥沃的土壤中，逐渐生发起来的。也许，这就是他长期以来安于清贫的生活、乐于无止境地为祖国为人民奉献的源泉吧。

从某种意义上讲，王仁伟又是富有的。打开他的箱子，里面整齐地摆放着从20世纪50年代末开始的他的所有奖状。这厚厚的一叠奖状，不仅是他多年来，年年、季季、月月荣获先进称号的记录，而且是他——一个共产党员献身精神的真实写照。在20世纪80年代的物质生活面前，他是清贫的；但是在另一个世界，也许对人来说是更重要的一个世界——精神世界，他是富有的。

三

平凡与伟大之间，并没有一道不可逾越的鸿沟。伟大的人之所以伟大，首先在于他在平凡的岗位上尽职尽责，使人感到温暖、受到鼓舞，这样时间长了，不知不觉中人们就会发现他的身上有一种虽然平凡，但却难得的某种闪光的东西，于是，人们立刻赋予他应有的评价，伟大就这样产生了。

王仁伟是一个使人感到温暖，使人受到鼓舞的同志。他烧茶炉，总是把水送到车间、工地，在人们的印象中，一上班所有的保温桶、暖水瓶都是满满的，要是偶尔有一次不满了，倒真要奇怪一番的。在川中勘探大队的时候，家家冬季取暖要买焦炭。仿佛已成定规似的，到了买焦炭的时候，人们总看到王仁伟把买好的焦炭，一家一户挑着给送去。在那些日子里，崎岖的山路上，傍晚时准能看到王仁伟挑着百十斤重的挑子一摇一晃蹒跚前行的身影。要是有一天看不见了，也是真正要奇怪一番的。四川人过春节大年初一早上要吃元宵，不少职工为推元宵面等小磨而排长队。为了不影响生产和工作，王仁伟把一家一户拿来的米，一点一点倒在石磨上，利用喂猪、做饭的空余时间，大多是夜深人静时，轻轻地推起了石磨。就这样，帮助那些生产任务忙，孩子小，没时间去推磨的职工磨好元宵面，到大年初一早上所有的人家都能吃上元宵。

王仁伟无论走到哪里，都像把一盆火带到那里，烧得那里的群众心里热乎乎的。他每次回家探亲，无论听说谁病了，都要买包糖去看看。他生病住院了，只要能动，他总是帮助护士拖地抹桌。住院要做大手术，临上手术台前一小时，他还在走廊里忙前忙后拖地板。被确诊为晚期胃癌后，刚输完血，他又挣扎着起来，一步一喘地把器械放回器械室。在厂里开会，哪怕中间只休息十分钟，他也要跑到茶炉房拿起扫帚把院子扫几下。他自己身体是这个样子，可还时时处处关心着同志们的健康。有一次他胃出血刚控制住，党小组长朱明友见他又上班了，想过来劝劝他，可是还没等他说话，王仁伟先开口了："老朱啊，你的胃不好，快去医院检查检查好好休息吧！这里有我，你就放心好了。"听着王仁伟的话，朱明友只觉得鼻子一酸，眼睛立刻湿润了，他一把握住了王仁伟那爆满青筋的手，一句话也说不出来。

王仁伟就是这样一个人，无私地把光明和温暖抛洒给别人，而自己却留下了困难和清贫。25年来，他没有深交一个人，但是所有的人都是他赤诚相见的朋友；他从来没在口头上讲"我是一个共产党员"，可是所有的人都从来没有怀疑过他是我们这个伟大政党中的一员，甚至在他还没有入党的时候，也这样认为。他代表了新中国成立以来，在最艰难、最热烈的几十年岁月中撑起我们这座社会主义大厦的一代人。由于历史的原因，他们大都没有文化，缺少想象，但是，他们心中永远保存着新中国成立初期就树立起来的美好的信念。他们毫无怨言、默默无闻地追求着，奋斗着，欣喜地看着一批批超过自己的年轻人。他们的目标是那样的一致，他们的追求是那样的执着，甚至当他们不得不遗憾地退出已经不能胜任的工作岗位时，仍然在执着地追求着。鲁迅先生说过一段很好的话："我们从古以来，就有埋头苦干的人，有拼命硬干的人，有为民请命的人，有舍身求法的人……这就是中国的脊梁……说中国人失去了自信力，用以指部分人则可，倘若加之于全体，那简直是污蔑。"

亲爱的读者，当你读完这篇文章之后，你是不是也有这种感觉呢？

追光逐影一生情

刘俊发

人物小传

赵吉华，男，1935年5月出生，河北唐山人。1959年毕业于北京石油地质学校，先后转战新疆、大庆、大港、华北等油田。1965年《华北石油报》的前身《勘探战讯》在大港油田创刊，赵吉华是创始人之一。曾任《华北石油报》摄影部主任、《中国石油画报》华北记者站站长、中国石油新闻摄影工作者协会副主席，在新闻摄影岗位奋斗30多年，为石油新闻摄影事业作出了重要贡献。

一位当之无愧的新闻摄影记者

作为一名石油企业报的摄影记者，赵吉华对新闻摄影有着高度的责任感和强烈的事业心，常年深入油田生产建设现场采访创作。

大港油田的前身是大庆油田的勘探指挥部，1964年1月挥师入关，开展华北地区石油勘探。为了保密，对外称“六四一厂”，正式名称为“石油工业部河北石油勘探指挥部”。为了及时宣传报道勘探成果，鼓舞职工队伍士气，指挥部党委决定创办一份报纸，定名为《勘探战讯》，报头由会战指挥部指挥杨文彬题写。编采人员是从宣传部、工会、团委等部门抽调的，一共五六个人，赵吉华是其中之一。因为他以前接触使用过照相机，所以在编辑组他的岗位是摄影记者。其实只是侧重摄影，实际上他也写文字稿，是一名全能记者。

1965 年 3 月，《勘探战讯》正式创刊。开始时是钢板刻蜡纸，油印机印，后来到河北日报印刷厂铅印，每期印 2000 多份，不定期出版。当时指挥部机关在北仓，钻井队等生产单位都在野外，编采人员背着报纸，到基层单位采访时分发。赵吉华是摄影记者，跑现场多，发报纸也多。

1965 年 11 月，港 5 井喜喷高产油气流，宣告大港油田诞生！指挥部机关也由北仓迁到大港。

报社成立初期，也是大港油田会战初期，工作条件和生产环境非常艰苦，尤其是交通不便，路况不好。赵吉华作为摄影记者，要经常跑现场，领导给他特殊待遇，配备“专车”：一辆飞鸽自行车。那时一个科室才有一辆公用自行车，有的科室还没有。有了“专车”，赵吉华工作起来就方便多了。但是，到了雨季，道路泥泞，他每次骑着这辆“专车”到野外生产单位采访，还得准备一根小木棍，当车轮和挡泥板之间被泥巴塞住了，就用木棍捅。有时还要扛起自行车走过泥泞不堪的路段。后来，随着各方面条件的逐渐改善，赵吉华的“座骑”也升级了，换成了一辆山东济南出的“轻骑”。在报社这是头一份，令许多人羡慕不已。再后来，他有了一辆幸福牌两轮摩托车，这就更加快捷方便了。但是，也因为这辆摩托车，差点出了大事。一次，他骑着摩托车飞驰在一条新完工的柏油马路上，突然发现前面路上横着一根粗电线，刹车来不及了，好在当时他还年轻，反应敏捷，猛一低头，电线把头盔刮掉了，吓出了一身冷汗。赵吉华就是凭借这样的交通工具，不论春夏秋冬，还是风霜雨雪，奔波于钻井井场、油建工地、采油井站，拍摄了大量新闻照片，记录了战海啸、港 75 井灭火抢险，以及渤海湾我国第一座海上石油钻井平台、第一座海上采油平台的建设、投产等重大事件。

华北石油大会战展开后，他又奔赴冀中会战前线，采访报道广大职工风餐露宿、顽强拼搏的事迹，拍摄了一口口千吨高产井放喷的激动人心的场景，记录了一个个抢险保产的壮烈场面。多年以来，任 4 井喷油的照片高频次出现在各类媒体，这幅记录华北油田发现井辉煌时刻的作品，就出自赵吉华之手。1975 年 7 月，任 4 井钻开古生界碳酸盐岩地层后，试油获高产油气流，引起会战指挥部和石油部领导高度重视。经大型酸化压裂，任 4 井日产原油 1014 吨，成为华北油田发现井。赵吉华意识到这口井的重大意义，坚持跟踪拍摄，华北油田首口千吨井放喷的壮观场面，极大地鼓舞振奋了广大职工的会战热情。

1985 年，内蒙古二连油田勘探开发如火如荼地展开，成为华北油田增储上产的主战场。这时的赵吉华已年过半百，还曾患肺结核，有严重的膝关节病，但是，他不畏艰险，在隆冬季节前往地处塞北大草原的二连油田采访。冒着零下二三十摄氏度的严寒，他深入到作业现场、采油井站，以及被称为“草原孤岛”的阿赛输油线 2 号站等地，采访报道二连油田职工在冰天雪地顽强拼搏、无私奉献的崇高精神风貌，拍摄了大量“戴狗皮帽子敢死队”的英雄群体形象。

30 年中，赵吉华有 5300 多幅新闻摄影作品在《华北石油报》发表，110 多幅作品在省部级、国家级报刊发。他的《童心》《试航》，1991 年被选送参加在日本举办的第 16 届亚太地区摄影展，受到好评。他在香格里拉拍摄的《高原春早》，在 1989 年中国摄影家协会主办的中华人民共和国成立 40 周年全国摄影回顾展上获金奖。

赵吉华是中国摄影家协会会员、中国新闻摄影学会会员，当选中国石油新闻摄影工作者协会副主席，担任《华北石油报》摄影部主任、《中国石油画报》华北记者站站长。他业绩突出，实至名归，是一位当之无愧的优秀新闻摄影记者！

一位具有崇高敬业精神的新闻摄影记者

赵吉华作为摄影记者，除了具有强烈的责任心、使命感，更有吃苦耐劳、不避艰险的崇高敬业精神。在大港、在冀中，哪里有新区会战，哪里有重点工程，哪里有突发事件，他都风雨无阻，赶往现场，投入采访拍摄。从高高的井架，到巍巍的炼塔；从蔚蓝的渤海湾，到广袤的冀中平原，再到苍茫的内蒙古大草原，都留下了赵吉华的足迹和身影。

从 1965 年《勘探战讯》创刊到 1976 年冀中会战，10 多年间，报社一直只有赵吉华一名摄影记者。他勇挑重担，不辱使命，出色地完成了任务。如果说他几十年如一日，兢兢业业，无私奉献，已是难能可贵，那么，在重大突发事件面前，在关键时刻，更能彰显他吃苦耐劳、不避艰险的可贵品格。

1967 年，大港油田所属海洋石油勘探指挥部，完全依靠自己的技术和力量，采用钢桩、管架、桁架结构，在渤海湾建成我国第一座海上钻井平台，并打成 1 口直井和 3 口斜井，口口见油，展现出渤海湾大好的找油前景。然而，一场突如其来的巨大险情，差点让这座钢铁庞然大物毁于一旦。

1969 年 2 月 21 日，千里冰封的渤海湾，呼啸的北风推动着 2 米多厚的巨大冰排，以排山倒海之势冲向渤海 1 号钻井平台，粗大的钢桩被撞得来回晃动，连接钢桩与钢桩之间的拉筋，有的被撞弯，有的被撞断，整个平台发出巨大的“嘎嘎”声响，平台上高高的井架，100 多吨重的设备，随时都有倾覆的危险，几十名钻井工人的生命安全受到严重威胁。

险情通过天津市、石油部迅速报告到国务院，周恩来总理亲自过问，指示中国人民解放军总参谋部组织军队支援渤海 1 号钻井平台抢险救灾。总参谋部立即调动陆海空军和通信兵部队，协调国家海洋局、天津港务局、上海救捞局等单位，组成以海军某基地副司令员为总指挥的破冰抢险指挥部。一场规模空前的、特殊的抢险救灾战斗打响了。

当务之急是营救平台上的职工。经空军直升机侦察险情后，采取直升机和海军破冰船同时进行的办法，历尽艰险，才将平台上的职工全部安全救出。然后，挑选精兵强将，组成抢险工程队，加固平台。从2月27日开始，经过空军投弹轰炸冰排，海军破冰船破冰，这条从码头到平台的航线，平时只要一个半小时，这次用了33个小时才到达。在狂风巨浪、冰排冲击的险恶环境中，抢险队战胜难以想象的困难，把一块块重达半吨的工字钢焊接在钢桩上，使平台得以加固。经过28个日日夜夜的拼搏，动用了空军直升机、轰炸机，海军“海拖216号”、国家海洋局“战斗24号”、天津航道局“海建号”“大庆22号”、上海救捞局“红救9号”等舰机，军民团结奋战，终于取得这场破冰护井战斗的胜利，保住了平台，保住了设备和油井，没有出现人员伤亡，堪称奇迹！

在这场突发的重大自然灾害面前，作为新闻摄影记者的赵吉华，第一时间投入到采访报道之中。他不顾个人安危，搭乘抢险队的船只，到抢险现场跟踪拍摄。强烈的晕船反应，使他呕吐不止，站立不稳。但他顾不得这些，倚靠着船上的物体或设备，甚至是趴在甲板上，在惊涛巨浪中抓拍一个个惊心动魄的抢险画面。拍摄时，他要尽量寻找最佳拍摄角度，兼顾各个岗位、工位，所付出的艰辛，所冒的风险，可想而知。在整个抢险过程中，赵吉华多次随船出海，在职工和解放军战士的帮助下，近距离拍摄了大量抢险队员冒着生命危险破冰护井的感人场景。《红旗战报》不仅配合有关文章发表了这些照片，而且刊发了图片专版，留下了罕见的、独特的渤海湾破冰护油井的珍贵历史画卷。

人们常说“冰火两重天”。冰与火是两种自然现象，但是一旦以极端形式表现出来，就成为灾难。赵吉华在石油新闻摄影记者生涯中，不仅采访报道了震撼人心的破冰护井新闻，还多次拍摄了油井灭火抢险的壮烈场景。其中，最为突出的是港75井和霸33井两场大火。

1970年7月28日上午，我作为钻井单位代表在二号院参加油田政治部召开的会议，突然传来港75井着火的消息，于是马上休会，我便立即骑着自行车回钻井指挥部。从二号院骑到公路上，就看到港75井熊熊燃烧的大火，往南骑了五六分钟，眼看着40多米高的井架轰然倒塌。

港75井由钻井指挥部32155钻井队承钻，井位在海边。当天上午，井队正在做钻开高压气层的准备工作，突然发生井喷，强大的天然气流夹带着泥沙和石块向上喷射，在井架上撞击出火花，随着一声震天巨响，一场罕见的大火发生了。20多里外的地方能听到轰鸣，50多里外的塘沽能看到火光。

火情就是命令。钻井指挥部领导、大港油田领导第一时间赶到现场，消防队员、附近各单位职工，油田驻军迅速奔赴火场。天津市、塘沽区的消防队也前来增援。

大火迅猛燃烧，很快将水龙带烧化，整个游动系统砸在钻台上。大火在8米高处的水龙头分成两股，一股冲向天空，一股从鹅颈管口冲向地面，像翻滚狂舞的火龙，整个井场成了一片火海，地面的泥水鼓着大泡，像开锅的热粥。现场迅速组成一支以钻井指挥部生产组组长芦学栋为首的抢险突击队。第一项紧急任务就是立即把机房的柴油罐和机油桶移走，否则在大火高温炙烤下随时都可能起火爆炸，酿成更大的灾难。紧急情况下，有丰富抢险经验的老工人何本富等人勇敢站了出来，在消防水龙的掩护下，开着拖拉机争分夺秒地把柴油罐和机油桶撤走，排除了这一重大险情。

面对肆虐的大火，下一步怎么办？现场领导、专家用黑板粉笔书写描画，抓紧研究灭火抢险方案。当时，冲着地面燃烧的大火使方圆二三百米范围都无法靠近，灭火措施难以实施。所以第一步就是要把鹅颈管去除，使冲着地面燃烧的大火改向天空燃烧。如何去除鹅颈管？尝试了用炸药包爆炸等几种办法，都失败了。到了晚上，油田军管会副主任霍洪山在现场和其他领导、专家研究决定，用炮打。他当即和他所在部队，驻天津66军联系，先是调来40火箭筒，在海边立一根类似鹅颈管的钻杆短节，冲着大海方向试射。霍洪山抗美援朝时就是炮兵营长，他在现场亲自指挥。因为距离不远，几乎每一发都能击中，但是短节只是摇晃一下，连续射击好多次，短节依然如故。深夜，又调来打坦克的57战防炮，终于把鹅颈管打掉了，冲着地面燃烧的大火终于改变了方向，冲向天空燃烧，为下一步灭火抢险创造了条件。

紧接着，由几百人组成的抢险队伍，在消防水龙掩护下，轮番上阵，用装满土的草袋垒筑起一条四五十米长的坡道和井口平台。消防队连续奋战，终于扑灭了大火。抢险突击队立即冲进井场，抢装防喷井口。经过5天4夜，先后有近万人投入战斗，历经千难万险，终于制伏了这场罕见的井喷大火。

作为油田报社唯一的摄影记者，赵吉华依然是肩负重任，井喷刚发生，就迅速奔赴火场。他不顾危险，冒着大火高温的炙烤，在滚烫的泥浆中东奔西跑，抢抓那些震撼人心的画面。赵吉华凭借自己多年的实践经验和职业敏感，特别注意研究领导、专家制定的抢险方案，把握抢险过程中的重要部位和关键环节，拍摄了大量现场感强，展现广大职工舍生忘死、赴汤蹈火保护国家财产的精神风貌和英雄形象的摄影作品。

时间来到1993年，冀中平原，华北油田，霸33井。

6月23日晚，霸33井因不法分子盗油引发强烈井喷着火事故。中国石油天然气总公司领导亲临现场指挥，全局上下通力协作，经过21个日日夜夜的鏖战，最后制服了井喷大火。如果说，当年渤海湾破冰护井，港75井灭火抢险，赵吉华正值盛年，那么现在的他已经58岁，年近花甲。但是，他老骥伏枥，热情不减当年，临危不惧地投入到灭火抢险的采访拍摄之中。他仍然坚持尽可能近距离，在关键时刻拍摄关键镜头，创作了大量气势宏大、撼人心魄，堪称经典的摄影作品。现在是数码时代，相机可以直接出片。但在那个年代，摄影记者除了现场拍摄，还有大量的暗室工作，要自己配药水，经过显影、定影、冲洗、烘晒、裁切等多道工序，其中哪一道工序失误，就可能前功尽弃。在霸33井灭火抢险的20多个日日夜夜，赵吉华在火场和报社之间不知道往返奔波了多少次，为的是及时把照片冲洗出来，以备报纸刊用。一个年近六旬的人，没有强烈的责任感和高度的事业心，是很难做到的。由于赵吉华在霸33井灭火抢险中表现突出，华北石油管理局给他记了二等功。

一位摄影记者的不了情

赵吉华从事新闻摄影30年，从不懈怠，始终如一，兢兢业业，执着眷恋。他除了完成本职工作外，还把很大一部分精力倾注到油田摄影协会的组织协调，培养摄影新人等工作上。他经常组织油田摄影爱好者、通讯员选送作品向《中国石油报》等报刊投稿，举办摄影通讯员学习班，指导他们进行拍摄创作实践，为油田摄影事业培养新生力量。华北油田的中国摄影家协会会员中，李宝顺、韩树明、孙长源、瞿勇等，都得到他的指导和帮助。赵吉华为人正直，谦虚随和，不以长者和权威自居，深受大家的敬重。在油田摄影圈，岁数大的称呼他老赵，年轻人叫他赵师傅，都把他当成主心骨。

赵吉华对摄影艺术的执着，还表现在除了搞好新闻摄影，也潜心探索风光摄影的拍摄技巧。他不辞辛劳，带领年轻摄影人，到新疆、内蒙古、云南、西藏等边疆、少数民族地区采风拍摄，创作了大量具有很高艺术水平的风光、民俗摄影作品。

还有一件事，说明赵吉华对摄影的执着与眷恋。

20世纪80年代初期，赵吉华想把使用多年的相机更换一下，升升级。经过多方努力，当时主管器材供应的副指挥批准购买两套哈苏相机。局计划处、财务处等部门办完手续后，由石家庄办事处通过省财政厅兑换外汇购买。哈苏相机买来后，一套给赵吉华，另一套给了宣传站。赵吉华拿到哈苏相机，非常高兴，这可是“鸟枪换炮”了。他采访拍摄的热情更高，拍摄的照片质量更好，对相机也是倍加爱惜。

1994 年，按管理局当时的规定，赵吉华到了提前退休的年龄。退休了，相机就得上交，这让他难以割舍。我当时任报社社长，他找到我说："刘社长，不怕你笑话，这相机就是我的伴侣，情人，没有它，我吃不下饭，睡不着觉。求你帮帮忙，想想办法，让我把相机带走，出钱也行。"他还说，人民日报、新华社的摄影记者退休，可以带一架自己用的相机。我很理解赵吉华，答应想想办法。去找有关部门，得到的答复是不行，没有政策依据。想到这台相机已经"服役"了 10 多年，已经到了使用年限，我便找到资产评估中心，让他们评估价格，结果评估了 300 元。我让赵吉华交了钱，办了有关手续，把相机拿走了。

赵吉华如愿以偿，高兴得不得了。一年前，赵吉华有一件大喜事，经中国石油新闻专业高级职称评审委员会评审，只有中专学历的他，因为业绩突出，被破格晋升为新闻高级职称。对于赵吉华来说，相比评上高级职称，拿到这部朝夕相处的老相机更让他高兴。他一直把这个"老伙计"带在身边，每次老年摄影协会组织采风活动，他都带着宝贝相机心情愉快地和大家一起拍摄。但是，这相机毕竟使用很长时间了，后背有些毛病，他的身体也不如以前，特别是膝关节病更加严重了，所以拍片越来越少了。于是，一位朋友想买他那支 200 毫米定焦镜头，托我跟赵吉华说。我估计他不会卖，有一次还是试探着对他说了，他两手一拍大腿，说，快拉倒吧，给我 10 万元我也不卖。

我和赵吉华 1965 年相识。1972 年我调报社工作，更是朝夕相处。退休后我们常在一起谈摄影，一起采风拍片，一起参加老年摄影活动。40 多年间，我们结下了深厚情谊。

赵吉华 2011 年 8 月 14 日因病逝世，享年 76 岁。虽然他离开了，但他拍摄的一件件优秀作品却长存于世。每次在展览、报纸、刊物上看到他的作品，总让人感慨万千，这些作品不仅新闻性强，艺术水准高，更重要的是记录了油田的历史，记录了时代的风貌，也记录了一名油田摄影记者孜孜以求、忠诚事业的心路历程。随着时光的流逝，这些作品更显得弥足珍贵，成为人们心中永远的记忆。

百万征途云和月

齐彦明

据说每颗星星都有自己的轨道。它们并不炫耀自身的能量，而是默默地运行，悄悄发光，所以，深邃的夜空上，才会永恒一片壮观而又魅人的灿烂。

——题记

引子

当时间老人艰难地把封闭已久的大门“吱呀”一声打开时，涌入眼帘的是一片五光十色的诡秘的璀璨。“外面的世界很精彩！”踌躇的国人一时眼花缭乱，无不惊异于外界的斑斓，但很快又激起更强烈的自信与尊严，素以巨大凝聚力和向心力而著称的中华民族，拥有自己辉煌的“太阳系”！

白洋淀畔，一颗小星悄然而生

公元 20 世纪刚刚爬上第 81 级台阶，迎春的鞭炮便迫不及待地骤然响起。古老而广袤的炎黄大地上，无数肩扛“现代化”的新人成长着、壮大着。这天，天刚蒙蒙亮，华北平原的白洋淀畔，一颗“小星”悄然而生。尽管在 960 多万平方千米的版图上，在数以千百万计的运行大军中，他是那么的不起眼，但他毕竟出现并且找到了属于自己的位置。那是一个月光被冻得瑟瑟发抖的凌晨，23 岁的刁洪祥早早来到车场。他环视一下四周，很静，只有冷冰冰的月光和风的絮语……他忽然感觉不到自己的存在，这深深刺疼了他，“我要寻找我自己！”他挺挺胸，坚定地想。

“您早，队长！”当看到老队长正朝他走来时，他快步迎上前去，礼貌地打着招呼。队长把热乎乎的3462号车钥匙交给他，“第一次开这车注意安全……上路吧。”透过睫毛上的霜花，他看到老队长眼里闪着慈祥和鼓励。他想表个态，嘴唇抖动了几下，什么也没说出来。

在一排排如虎雄踞的车阵的那头，他好不容易找到了“3462”，这是一台半新的日产8.5吨五十铃罐车，此刻正狼狈而又委屈地蹲在那儿，惶惑地盯着它的新主人。

不管怎样，它毕竟是属于自己的“星座”。刁洪祥走上前去，一边为它擦拭灰尘，一边和它“交流”：“放心吧，伙计。只要不怕辛苦，从此，咱俩相依为命了！”他按按喇叭，启动马达，车好一阵激动。驾驶室在升温，刁洪祥的理想在升华……一颗小小的星座泛着希望之光驶离“港湾”，汇入华夏无垠的“星系”……

那荒凉而又神奇的处女地，为他举行了冰与火的洗礼

对于负重远行的骆驼，最可怕的不是眼前沙漠，而是心中没有绿洲。刁洪祥从小就爱幻想、有抱负，对生活充满信心。他生长在新社会，却过多地继承了祖辈对颠沛流离的悲苦身世的挑战和父辈“你可以打死我，但打不倒我”的对命运的顽强抗争基因。

刁洪祥出生于工人家庭，祖籍山东宁津。祖父两代曾为穷困所迫，三闯关东，两下吉林，拼死拼活，终不得养家糊口，父亲刁玉秀一气之下，只身入津，挣扎到解放初，才在一家制灯厂找到工作，于是举家定居天津。日子虽说清苦，倒也安居乐业。随着斗转星移，膝下已增6个子女，家庭负担日趋沉重。多亏了社会主义制度，才使刚松了一口气的父亲的双肩没被压垮。如今，父亲已光荣退休，幸福的晚年，天伦之乐使老人打心眼里掏出大实话：没有共产党就没有新中国，没有新中国也就没有我现在的好

生活。”刁洪祥作为长子，从小就力所能及地分担起家庭重负，自己比同辈人更早地迎接了生活的挑战，初中一毕业便参加了工作。他的血液里流淌着父辈不屈不挠的顽强信念和对党、对社会主义大家庭的朴素情感。他决心在全新的天地里投入奋斗，以实际行动与贡献报答父辈的期望和人民的哺育。在组织和领导的关怀、培养下，刁洪祥很快成长为有理想、有雄心、敢打敢拼的石油新人。1983年起，刁洪祥就一直被评为公司标兵和优秀共青团员。他的进步，就在于不断地把荣誉当作新的起点，自我审视，找出差距，不畏艰险，以顽强的跋涉，跨越“沙漠”，拥抱“绿洲”。

1985年3月，华北平原已被春雪消融的叮咚声惊醒，而塞外高原却仍笼罩在冰刀霜剑的肆虐之中。严冬，迟迟不肯放弃它的最后一块领地。

二连浩特，风吼雪啸。然而，英雄的钻井工人已在雪原上竖起钢铁的战旗！

亟待开钻。水源不足。

消息传到华北，运输公司紧急动员。刁洪祥连夜报名，首批开赴前线。

时值32629钻井队束手待水，刁洪祥顾不上安顿行李，顶风逆雪，冒着零下20多摄氏度严寒，往返16趟，连续行驶20多小时，和战友备水300吨，保证了该队提前一天开钻。

正常值班中，刁洪祥了解到，每口探井的一、二开用水最多，而且由于井位、路况不同，造成兄弟队之间差异很大。于是，他合理安排自己的值班，挤时间先后支援兄弟队12次。当听说哈17井很难保证正常供水时，刁洪祥工作实在离不开。怎么办？无论如何也要保证钻井进尺！他连夜加班为本井队备足水，白天赶去哈17井增援，牺牲自己的休息时间为哈17井做出了贡献。

哈10井是受部领导重视的重点探井，打好它对二连开发具有重要意义。钻探中，北勘32629队全神贯注，进尺顺利，士气高昂。

岩浆中，已发现可喜的工业油砂……突然，发生了井漏！为避免泥浆堵死油孔，前线指挥部当即决定，改用清水打井！

拉水车只有 3 台。每天需用水 1000 吨！险情就是命令，宁可去一层皮，掉几斤肉也要保住重点井！刁洪祥早上 5 点起床，晚上 11 点多收车。每天工作 17 个小时！ 3 天过后，精力渐渐不支……但一看到钻井工人殷切的目光，他硬是咬紧牙关，干劲一鼓再鼓，以革命加拼命精神，连续奋战 7 个昼夜！领导和井队职工深受感动。一再握住司机们的手说，“辛苦了，谢谢你们，谢谢！”刁洪祥却不好意思地说：“没啥没啥，辛苦点儿是应该的。比起钻工兄弟们的艰苦，这算啥！”

入党的愿望实现了，他对自己的要求更高了

作为华北石油管理局唯一的专业运输大户，“车轮转，钱不断”“金算盘，银算盘，不如把着方向盘”的“良辰美景”已成“昔日景观”。如何摆脱困境，再振雄风？面对运力日益大于运量的现实，拥有 733 台机动车的运输公司再也不敢存有“皇帝的女儿不愁嫁”的“大老板”幻想。货源紧，竞争激烈。不少兄弟单位的自备车辆已和运输公司并驾齐驱，个别单位甚至超过运输（如井下公司）。尽管这个公司已改“坐商”为“行商”，尽管有局协调处的支持，但“吃不饱”“总白跑（效益）”，交了养路费“晒车板”的现象仍很严峻地摆在这个大“专业户”面前。安全、效益、服务质量已成为公司生存的三大支柱。

也许是性格特点，也许是职业局限，刁洪祥习惯了沉默寡言。他深谙公司车辆老化、资金短缺、货源不足的难处，十分注意在安全、节支、服务增值上下功夫。自从向党组织敞开心扉，表达了“志愿”之后，他更是注意以实际行动和效果填好自己的答卷。多年来，刁洪祥驾驶 3462 车几乎跑遍了油田的每一个角落，在哪里值班，哪里就是一片称赞。

1987 年的金秋十月，刁洪祥捧着沉甸甸的收获成为一名光荣的中国共产党员。有的人把入党当成“驿站”、有的人用党票装潢“门面”，而刁洪

祥却在向党庄严宣誓的同时，紧握着拳头立下这样一个誓言：年均安全行驶10万千米以上；货物周转量完成翻番；车辆完好保持一流水平；年成本节约4万元。

记得一位哲人曾说过这样的话：要是愿望等于现实，乞丐早都成了百万富翁！多年的行车实践提醒刁洪祥，要实现以上“海口”绝非易事，但人生能有几回搏！为此，刁洪祥白天跑完了队上的路单，晚上自己联系“货源”找活干，以优质赢得用户。1991年夏天，刁洪祥完成井队拉泥浆任务后增援一车油到二机厂，只一车便因油质好备受用户青睐。对方纳闷，你这油质量比以往都好，从哪拉的？刁洪祥笑笑说：“油还是京30井的轻质油，我只不过是把罐洗净控干而已。”又试拉几趟，质量如初，而且主动卸车打阀门。用户很感动，非要写稿表扬，刁洪祥连连说：“别介别介，你们要是同意，就让我加班承包了拉油任务吧！”

艰苦的工作就像担子，摆在我们面前，看我们敢不敢承担。刁洪祥挺身而出：“我是共产党员！”共产党员有什么特殊？刁洪祥响亮回答：“先天下之忧而忧，后天下之乐而乐，党和人民的利益高于一切！”工作中，刁洪祥处处以实际行动这样回答。

1990年3月，春节的喜庆气氛还在人们心头缭绕，运输公司调度室里已是铃声不断，一派繁忙。突然，三车队电话里传来总调度焦急的声音：“内蒙古前线亟须一车设备！”说内蒙古已封山，大雪还在下，最好动员一名驾驶经验丰富的老司机……

这可是艰险任务。“请”谁去呢，队领导皱起眉头。这时，跑了一天车的刁洪祥正好来交路单，当即请战并连夜装车。经过两天两夜的艰苦跋涉，终于顶风逆雪及时把物资送往前线，受到前线职工的交口称赞。

人，关键是一种精神。如果没有信仰，没有目标和志向，那么，仅有精力也就成了无源之水。共产党员刁洪祥正是怀着对党对人民的一腔热情，投入自己热爱的事业，在忘我工作中焕发出了超常的精力。

1988年春节前夕，寒风刺骨，气温连降，连续几场大雪把华北封入少有的奇寒。喧哗的城乡霎时冷寂起来，公路上除了厚厚的积雪空无行人；大小车辆销声匿迹。然而，采油五厂的原油产量仍在上升。庄一联的储油罐液面已突破9米，再不抢运，冒罐在即！面对行驶危险的皑皑雪路，面对岌岌可危的油井生产，共产党员刁洪祥毅然驾车而出，在零下十几摄氏度的雪野上碾出第一排深深的辙迹……气温继续下降，雪路碾成了光滑的冰道，每行驶一千米，需付出几倍于平时的精力！太累，靠边歇一会儿；太困，停车打个盹，竟连续十几天连轴转、忘我奋战在抢运线上（期间在肖指导员的劝阻下只进旅馆睡过两次）！榜样的力量是无穷的，在刁洪祥的带动下，全体司机劲往一处使，拧成一股绳，奋发大干，终于化险为夷，保障了春节期间的原油生产，受到管理局和公司的表扬。

同年8月，庄一联再次冒罐告急。当时三车队正奉命在基地年检，刁洪祥再次"请缨"，和曹书荣等几名司机连夜赶去增援五队。除吃饭进过一次旅馆外，刁洪祥整整6天没有离开驾驶室，汗水和痱子也一直没有离开过刁洪祥！庄一联至石炼单程90千米，他驾3462车每天三四个来回，6天拉油22趟，行驶3960千米，完成22天的工作量。险情排除后，同志们不无自豪地说："放心吧，有我队刁洪祥在，原油就别想冒罐！"

节假日期间，更是刁洪祥紧张忙碌的时刻。1991年2月，火树银花，万家团圆。车队司机少、任务重。刁洪祥一声不吭，默默地一台车顶三台车用。白天从苏2站到龙虎庄倒油三四趟，下班到京30井拉一车油到总部炼厂，晚上又去作业队值夜班。仅春节期间一个月就完成了3个多月的任务！

时间，不愧为权威的评论家。它为刁洪祥入党4年来的结论中这样写着：

1988—1991年，共安全行驶55.5万千米，相当于地球到月球的1.5倍；节油18吨；节胎8条；成本节约20.5万元；货物周转量完成计划任务的

215.38%；4 年完成了 8 年 7 个月零 14 天的工作量。

刁洪祥决不会食言！

他不光是优秀党员，还是节约标兵、爱车模范

梅花香自苦寒来。刁洪祥以惊人的毅力实践着自己的诺言。党和人民不会忘记他，连续 4 年授予他局劳模称号，记一等功两次；1990 年、1991 年刁洪祥又连续两年荣膺管理局优秀共产党员称号。他不能不为之激动。但他知道如何在荣誉面前保持清醒，就像平时在形形色色的“交易”面前始终高度警惕一样。前途不光是阳光和鲜花，还有雾霭和荆棘。他拿起一枚优秀党员证章，金光闪闪映得他不敢正视。“荣誉应该有她的一半！”但他马上感到脸红，因为他同时又想到他的车，这奋斗的 10 年它可是始终陪伴着他。

刁洪祥爱车是出了名的，就像战士爱护钢枪、猎人珍惜自己的眼睛一样，这话一点也不夸张。他的 3462 五十铃车是 1976 年投产的，总行驶已超过 150 万千米。倘在日本，起码已回炉 5 次。可在中国共产党党员刁洪祥手里，不仅为能源工业立下赫赫战功，而且至今仍无一次大修纪录！如按常规计算，仅大修费用一项，就已为国家节约开支 17 万元。不仅仅如此，最令人咂舌的是，它始终保持着局“红旗设备”称号。而且，在 1991 年全局的“红旗”车辆评比中，3462 车又以最佳状况一举夺魁，成为运输公司 700 多台车中唯一获局“样板车”殊荣的车辆！“老爷车”=“样板车”，这简直有点“天方夜谭”！然而刁洪祥却很坦然，个中酸甜滋味他自己最“体会”。司机们则更是心服口服：“到车场你不用查车号，哪台最‘漂亮’，准是刁洪祥的车！”

俗话说，鸟靠羽毛马凭鞍，漂不漂亮看打扮。刁洪祥不愧为爱车模范，只要车一停，便有如气功师自然发功，手脚再也闲不住、这儿擦擦那儿蹭蹭；又像化验师面对显微镜，左瞧右照，一粒微尘、一丝纤维也逃不脱他

的眼睛。他总是随车带着一套工作服，每次收车他的第一件事就是“梳洗”他的车，否则神不守舍。难怪有人看他擦车的细心劲就和他打趣，“哎我说，是不是人家要用你这油罐车去接新娘子？”倘谁不小心在他车上划一下，那真比画在他身上还难受。一次，一封“母病”电报把他召至天津，但他只“孝敬”了老人一天就回来了。到家不吃饭就跑去看他的车，果然厢板漆让代开车的同志划了道。他心疼极了。把车擦洗干净，回家取出年检时“留一手”的同色漆和小毛刷，连夜小心翼翼涂好。

人们往往习惯于主观推理，急于结论。看到有人新潮爱美，就断言，不是干活的人！一听说刁洪祥爱车有如此“洁癖”，哪能不挑活？事实上，爱美和工作并非矛盾概念。多年来，共产党员、爱车模范刁洪祥始终奋战在脏、苦、险、累的前沿！有次为井队拉泥浆溅到车厢上，他立刻擦掉，仍担心残液烧蚀车漆。归队后，饭也不吃，把车开到路灯下，提水冲洗到夜里 10 点才放心。

对于车，刁洪祥称得上既是伴侣，又是保健医生。他爱车不仅仅是对国家财产的“热爱”，而是和车进行“感情交流”的全过程。他熟悉“3462”的每个部位，熟悉每个“关节”的特点；哪儿部位不舒服，哪个零件要出毛病，他都了如指掌；他对待车的“感冒”决不像对待自己一样马虎，头疼脑热的忍一忍就过去了，而是以预防为主，一有“症状”立即诊治，绝不拖延。即使运行状况良好，收车时再晚再累也要对车进行一次认真全面的“常规检查”，否则饭吃不下，觉睡不着。

刁洪祥爱车惜车胜过自己，那不假。但他更心疼国家财产，千方百计降低成本消耗，心甘情愿找“罪”受。每当有故障或查出隐患，他从不图省事、找方便，急于进厂或去以旧领新，而是一般毛病不过夜，自己能修不进厂，能修补的机件决不换。即使不得已领新，旧件也要“留一手”，找机会修好备用。不少途中“抛锚”了的司机，得过他“留一手”的好处。在保障车辆运转良好的基础上，刁洪祥就是这样以宁可自己吃苦受累，决不给国家浪费的企业主人翁精神，艰苦奋斗，精打细算，从不多踩一脚刹车，多加一次油门。如何减轻磨损、轮胎何时倒位，哪儿需要加固，哪儿必须焊补，他心里都有一本“小九九”。

一次，水箱又漏了，按情况应领新，他舍不得。拿回家刷洗干净抱到保养厂去修。人家一看就判了“死刑”，没法修了领个新的吧。他还是不忍心，找到队上技术员去说情，终于坚持修补，起死回生。

为节省轮胎，刁洪祥开车非常注意择路。跑得省，倒拉勤，外胎磨没了花还在跑。一次夜间行车，轮胎被扎个大洞，他换好备胎。第二天拿轮胎房火补。杨工背着手，瞥一眼满是补丁的轮胎；“该换了！”可刁洪祥却舍不得扔；“费点事，还能用。”工程师被感动了，主动帮他补好。

聚沙成塔，集腋成裘。刁洪祥每一把方向、每一脚油门都向人民负责。他的车况比同类新车都好，材料费却比谁都少。自 1984 年实行单车成本核算 8 年来，共为国家节油 45839 公斤，节胎 21 条，成本节约 30 多万元，遥遥领先于同类车水平。

所以，你要说，3462 车是“老爷车”那不假，15 年了，要问，它跑了 150 多万千米？也没错，白天晚上，不闲着！你又问，主要担负拉运原油任务？当然对，长年累月装卸原油！但谁若由此推出结论，3462 车肯定邋遢，稀里哗啦，那他肯定是犯了主观主义！

刁洪祥的 3462 车运转顶呱呱，外表人人夸，独具“功勋车”风采！

刁洪祥是怎么“树”起来的，有何“机遇”或“照顾”？吃不吃“小灶”

伟大的事业源于坚韧不拔的工作。刁洪祥的成功根植于不懈的艰苦卓绝的努力。

十年光阴近，弹指一挥间。当“壮怀激烈”的我们或“举樽”或“对垒”或平行于“席梦思”，悲叹“大志难酬”“逝者如斯夫”时，风餐露宿、日月兼程10年的刁洪祥驾着3462号“星座”已经安全驰骋115万千米，相当绕地球20圈！

40回风云易节，3650次月升日落，无数个晨昏雨雪。刁洪祥的青春虽没有霓虹灯和卡拉OK陪伴，但有崇高思想追求的人生是永远不会孤独的。他沐浴着战斗的壮丽，沐浴着成功的幸福，希望之光照亮他，众多的荣誉簇拥着他！他以共产党人的崇高风范激励自己，不断去拼搏、去登攀。

哪里最危险、最艰苦、责任最重，哪里就有刁洪祥；何时年节，何时风雪，何时冒罐，必须有3462车！

鄚312井至南大站。阴雨季节，拐村转巷，路窄多坑。跑一趟需5个小时，千米数却不多。他一值班就是一个月。

高29井投产。有土路，到河一联卸油一等就是五六小时，没人愿去，他去了。等不起，晚上跑。土路颠、轮胎爆，修好再跑，毫无怨言。等土路铺上柏油，成了抢手活，他又拱手相“让”。

队里动员卸罐，他饭也不吃，第一个卸完交车；前线抢运物资，他连夜装车出发，首车到达锡林。锡林风狂雪猛，赛汗被困断粮，急需两车给养。“谁辛苦一趟，30块钱！”听听草哭石嚎的“白毛风”，看一眼凄惨惨的天和地，有人吐出舌头：“等队长来……”话音未落，刁洪祥挺身而起：“不给钱，也得跑！欧阳知生，你跟大哥受一次苦……”

“那活儿，没人干……”

“我干！”

“××车坏了。”

“我上！”

不管何时何地，不问跑东跑西，刁洪祥是随叫随到，从不计较个人得失。

1990年10月2日，华北大雾。对面不见，天地难分。至晚，雾不开，夜更浓。文31井冒罐告急！三车队奉命组队，因可见度极低，人员不足。22 点许，刁洪祥值夜班返队，公司副经理郁泉跳上他的车："打头，小心……"刁洪祥心急如焚，见副经理跟车督战，更觉责任重大。打着防雾灯，2 米之外仍迷蒙。他全神贯注，听从指挥，既开路抢运，又防不测。别人拉一趟，他拉两趟，神经一直绷紧到第二天 4 点，总算舒出一口气……

要说照顾，艰苦即"照顾"；要说小灶，考验就是"小灶"。一句话，刁洪祥的荣誉是靠自己无私无畏的拼搏和坚韧不拔的毅力自我"树"起来的，组织上对他成绩的及时肯定和鼓励就是"机遇"。

看一看——硬邦邦的数字，敲一敲——响当当的事实！铁质的声音告诉我们这样一个真理，谁能强烈而持之不懈的追求，谁就能达到目的。现实会给每个人以"机遇"！

刁洪祥长年累月"没命"地跑车，是不是为了钱？他是"铁人"吗？他是如何实现"安全"的？

刁洪祥是"铁人"？有人说"是"，有人说"不是"。或许他确有惊人的毅力和超常的耐力，但他终究是"人"，而非一块"铁"。既是人，谁没有个"家长里短"，谁少得了"大事小情"？关键是他总能以大局为重，不因之分心而影响工作。当然，也有例外的时候。

1991 年盛夏，骄阳烈烈，酷暑炎炎。刁洪祥照例跑完白天计划任务，准时赶到南大站值夜班。8 点许，在回采油一厂取作业件途中突然呕吐。作业队跟车张指导员见状询问，刁洪祥强笑答：胃不好，没事。刚下土路，又吐了，脸色苍白，可他仍执意要送张指导员回厂。勉行 2 里路程，已大汗淋漓呕吐不止。三车队黄指导员闻讯接回，并送医院，服药后强制他休息。可刁洪祥哪里闷得往？翌日稍好又出现在值班点上……

刁洪祥如此跑车是为了钱？不能说不是，也不尽然。刁洪祥是个孝子，以前家庭负担较重。可这几年条件改善，自己也有了个"小康"之家。再把"钱"解释为动力显然牵强。他曾为灾区捐款 120 元，是该队党员个人捐款的 5 倍多。即使以前困难时期，他也是靠付出、凭力气挣“公平钱”，从不搞损公肥私、歪门邪道的“昧心钱”。前些时候，石油除了本身的能源功能外，还兼有货币的全部职能。可刁洪祥时刻以挡风玻璃上“本车司机共产党员”警策自己，泾渭分明不染一尘，手里方向盘宁为公字跑万里，不为私字打半圈。一次，刁洪祥到沧炼卸油，管卸油的同乡与他交情甚厚、要求搭车，绕道大城。刁洪祥耐心向老乡解释：“你的事就是我的事，但我从不为自己跑私车。”然后，站公路上等了半个小时，终于为老乡搭乘了一台途经大城的车，妥善处理了公私关系。

一次，刁洪祥正吃午饭，忽听 32629 队一职工手让玻璃割破了血流不止。他饭碗一推，立即开车把这人送到 40 千米远的 126 医院。由于路颠簸左前钢板折断一块，但他毫无怨言。

要问他怕什么？刁洪祥说：“怕老婆吵架，怕精力不支。怕路况、车况、心情不好；风雨雾雪都是威胁。其实最怕的还是安全意识麻痹开快车。”对于安全问题，刁洪祥总是思想上高度重视，行驶中念念不忘，并十分注意吸取别人的长处和教训。10 年来，他日均行驶 300 多千米，有时每天达 600 多千米，但他从不在车速上争时间，而是在时间上找千米。宁可连轴转、绝不开快车。有人总怕事故会给自己带来不幸，而刁洪祥却总怕开快车会给国家造成损失，会给别人造成痛苦。因而他非常注意保持中速行驶，礼让三先，宁停三分，不抢一秒。即使在检查站林立，司机叫苦不迭的“三乱”泛滥时期，也从未被罚过款，以一分一秒的安全意识跑出了 115 万安全千米的好成绩。

据说“榜样”都有一个“贤内助”，“模范”都有一本难念的“经”，刁洪祥群众关系怎样？妻子支持他吗？

抛弃时间的人，总是被时间所抛弃。刁洪祥的全部身心几乎都奉献给了事业，以令人难以置信的毅力每天至少工作十二三个小时，有时十七八个小时，甚至更多。因此，他的时间十分珍贵。孩子功课成绩下降了，他顾不上管；妻子病了，他没时间照顾；甚至搬家这么大的“工程”，他也无暇帮一把，但对于工作、对帮助别人，他从不吝啬。政治学习、安全活动，再忙也得参加；青工政治培训，他白天上课，晚上跑车，从不迟到早退。在工作中，总是尽最大努力助人为乐。

白天到深县拉油，一个司机的传动轴故障。刁洪祥不光拿出自己的配件，还主动帮助修理，一忙活就是 3 个多小时；夜晚 12 点，3404 车后轮跑得只剩下一个螺丝，刁洪祥赶到，取出自己的备用螺丝，帮他上好拧紧，深夜 2 点才回到车场。

司机张大有说：那次我拉油回返，至文巡段轮胎放了炮。那天天气，甭说换胎，就是坐荫凉里也直冒汗。正发愁，一台车靠边停下，正是刁洪祥。他二话没说，抄工具就帮我干。上好轮子，他又从路边摊上抱回几个大西瓜，看他一身泥汗，我心里真是过意不去。这样的事，多了，谁都佩服他热心肠，尤其是青年司机，都愿和他一块儿跑车。

刁洪祥也有他难念的“经”。作为生活中的丈夫和父亲，他说：“我欠妻子的太多，欠孩子的更多！”可一心扑在工作上，实在没有时间“补偿”。一提儿子，刁洪祥眼圈红了，低下头：“孩子 8 岁了，光跟我遭罪……”

那年，我从内蒙古回来了，孩子亲得搂着我的腿转圈儿，我难得回家一趟，为儿子煮点儿奶粉吧，谁知脑子里净想着装车，手里的奶一下子浇在孩子右肩上，现在还有疤……当时，孩子才 3 岁。

后来，儿子大点了，我又总不在家。回来高高兴兴亲亲儿子吧，可孩子却不认我，“你走你走”推我走。他妈说：“你不能让他走，他是你爸爸！”“我没有爸爸，我不要！”一气之下我把他揍哭了，心里又难受……出去买来玩具、好吃的培养感情。可没等熟，又出车了……

1988 年，孩子 5 周岁，已经懂事了。一天，我跑了一天一宿车回来，正钻车底下捣鼓。儿子来了：“我妈让我看你回来没有，回去吃饭。”我一看还顶点事了，就下命令："儿子，把扳手给我拿来！爸爸紧下螺丝。"孩子很听话，乖乖把扳手递进来，我感到了骄傲！可儿子一转身，右脸撞到车防护网上，立时，白肉翻了出来。我赶紧抱去医院，缝了4针。孩子边哭边诉："车比你儿子还亲，光要车，没有我……和妈妈……"

"可内疚有什么办法呢？"刁洪祥揉揉鼻子，"我不能不跑车……还有妻子，跟了我没享一天福……"

刁洪祥一心扑在工作上，可多亏了"半拉指导员"兼"后勤部长"的妻子。她不但"承包"了买粮、换气、带孩子等全部家务，还在丈夫"低潮"时给予大力支持。"你工作大胆干！只要你精力允许，你就好好跑车。家里有我，想吃什么我去给你买，半夜回来我给你做饭，只要你平平安安不出事故，我什么条件都不要！"

这就是劳模的妻子刘素芹，运输公司卫生所化验师，曾获"局交通安全演讲赛"三等奖，入党积极分子。她好学上进、工作积极肯干。同事戏语："老头子当标兵，你也想当？"她笑答："就是！"

她很直率、健谈。她说："我原来可不是这样。他在家老大，我可是老姑娘，爸爸大小是个离休干部。"她说话总是笑："那阵儿他开车，我巡诊，没想到让他给盯上了。'听诊器，方向盘'，毕竟还在他前面吗！"

我请她诉诉"苦"，她略做迟疑，便打开了话匣子：1983年5月，我23日生孩子，他22日还在出车，等我生孩子出来时他早蹲门口睡着了。护士喊半天"谁是家属"，也没人吭声。踢他一脚，他才揉揉眼看看我："咦，你怎么出来了？"等我躺在病床上，他还念叨出车。当时我觉得头晕目眩，满房顶走马灯似的人在转，随后就不省人事。整整13天才活过来，才知道差点儿为我料理了"后事"，才知道得了产后风，至今仍时不时头疼……

我这人闲不住。孩子一岁上，我奶完孩子就打水洗他爸换下来的脏衣服。出去倒脏水的当口，孩子从床上摔下来了，头上栽了3个大包！孩子哭，我也哭。越哭越气！偏偏老司机许胖子过来"火上浇油"。也不说，也不劝，扯开嗓子就唱上了：

“好女不嫁司机郎，家是旅店妻跑堂，生了孩子他不管，回来抱堆油衣裳……”真让人哭笑不得。

孩子我就不说了，自己能养就能带，孩子病了我管。可我迷迷糊糊烧到 39.5 摄氏度，孩子还在我身上爬来爬去。1985 年分了楼房，搬家能指望他？邻居欢天喜地搬了上去，我一急，把孩子托给邻居一天一宿，也搬了上去——后来他从内蒙古回来也不知怎么打听到家的。

有人说，别惯他臭毛病，当初我也争过、下过通牒，“要车还是要我！”但没用，也给过他“颜色”，踢过盆、摔过碗，“开个破车有啥了不起！”你猜他说什么？“你跟趟车吧！”我抱上孩子就上了车。正是伏天。先去深县装油，再拉到北京东炼去卸，晚上 12 点才到固安。又闷又热，腰又疼，路上总有事故叫你头皮发炸！偏偏轮胎又爆了，又帮他扒轮胎。第二天上午才赶回来，手脚都肿了。这才知道跑车的“伟大”，再也不“小瞧”他了。

要说他爱车，我最有体会，家里的毛巾总“丢”，时间一长，我也不找了，就再买一条。1986 年夏日，他回来了，手里提个脏水箱，一头扎进卫生间不出来。我说，你不会在外面修……一阵头晕，栽到暖气片上，磕了个“乌眼青”他还不知道。3 岁儿子喊他：“爸爸，我妈流血了！”他才慌不迭送我到医院，缝了两针。

一次，我不小心在他车厢里啐了口唾沫，他急了：“你看你，不会吐外面！”我知道错了，嘴上却说：“吐外面？我把车给你砸了！”说归说，从那再也不给他添麻烦了，有时还帮他擦擦车。

“唉，都是过去的事了，认倒霉吧，谁让我找个司机丈夫！”她话虽这么说，脸上却掩盖不住自豪，洋溢着骄傲……

刁洪祥的确有个“贤内助”。

结束语

站在我面前的刁洪祥，竟全然没有驾长车纵横百万征途的“豪气”，倒颇具一介书生客气腼腆的“斯文”。1.73米的个头，拘谨、内向，没有“豪言壮语”，却独创了这样一个等式：10年=115万千米。条件是：无任何大小事故，完成货物周转量548万吨/千米，相当于两年零15天的任务。也就是说，当我们徘徊在1991年岁末的街头时，共产党员刁洪祥驾驶3462车正行驶在2001年1月15日的马路上……我突发奇想，这在中国同行界是否绝无仅有？在世界汽车运输史上是否罕见？

刁洪祥是运输公司的骄傲；刁洪祥是能源界的骄傲；刁洪祥是中华之星的骄傲！

但愿现代化风云中多一些“刁洪祥速度”“刁洪祥节奏”“刁洪祥精神”，那么，赤县神州上就会新星迭起如节日焰火，交织成绚丽960多万平方千米之上的不夜天，华夏“太阳系”将会更加辉煌夺目！

火 炬

魏令华　崔　玮　刘德胜

暮春时节，她主动请缨

不惑之年，是人生含辛茹苦、肩负重任而又充满荆棘的岁月。束凯玲跨入这样严酷的岁月，她做梦也没有想到，自己的一生会同党的思想政治工作联系在一起。

1985 年初，华北油田向北京输送天然气工程的南孟压气站，进入了设备后期安装调试阶段。就在这个节骨眼上，即将接管该站的采油二厂采油四队党支部书记奉命调离。作为队长的束凯玲心里“咯噔”一下，顿时感到肩上的担子重了许多。她在十几年的工作实践中感到：一个基层队，不但需要技术过硬、敢抓善管的队长，而且需要理论水平高、能够开发人的潜力、调动人的积极性的党支部书记。这如同人的两条腿一样，一条粗一条细不行，走不协调不行，缺一条也不行。可眼下，党委一时派不来支部书记，该上哪儿去找呢？

束凯玲陷入了思索之中。

那些天，连她自己也不知道是怎样过来的。她在井上、站里来回穿梭；队里、厂里四处奔忙，一天下来，尽管累得腰酸腿疼，躺在床上动都不想动，但她仍想了很多，也想了很久……

她想起自己上初中时那难忘的一幕：班主任老师讲着课，终因身体虚弱，趴在了讲台上。看着老师那因饥饿而浮肿的脸庞，同学们知道，他上有老、下有小，妻子又患肝炎，一家人的生活全要靠他支撑。老师的负担太重了，可他从来不肯耽误一节课。一个同学饿得起不来床，他就将衣袋里仅有的5斤粮票，毫不犹豫地送给了这位同学……尽管老师所做的不是什么惊人之举，可一个共产党员的光辉形象却深深地嵌刻在束凯玲和同学们的心里……

20多年过去了，束凯玲始终忘不了这位老师。从这位老师身上，她学会了怎样做人。如今，她意识到，作为一名党员，不仅要干好本职工作，更重要的是，在党需要的时候，要挺身而出，勇挑重担！

她再也躺不住了，“腾”地坐起来，对忙着做饭的丈夫说：“我想改行当党支部书记，你看行吗？”

丈夫愣了愣，“你当党支部书记，不是开玩笑吧？”

“都什么时候了，人家还有心跟你开玩笑？”束凯玲认真地说。

“我看不行！”丈夫走出厨房，点燃一支烟，深深地吸了一口，“你搞了十几年输油，半路改行，能行吗？再说，党支部书记有什么好当的？你没听有人吵吵，现在政工干部经济上没实惠，社会上没地位，政治上没前途，你这不是自讨苦吃吗？”

说起自讨苦吃，束凯玲心里仍隐隐作痛，难道我吃的靠行政命令、简单罚款的苦头还少吗？这办法刚开始还行，可时间一长就不灵了。“不就罚几元钱吗？从工资中扣吧。”从根本上解决问题，还是要靠思想政治工作。“正是为了今后少吃苦头，我才决定改行！我相信，只要下决心干下去，是会尝到甜头的！”

束凯玲的话是有道理的，丈夫只是不理解妻子为什么要在政工干部受冷落的情况下自告奋勇。

束凯玲看出了丈夫的心思，她神情坚毅地说：“你我都是共产党员，党需要我们的时候，就应义不容辞，迎难而上。眼下政工干部是被一些人瞧不起，但这是不正常的，我要用自己的行动树立起新时期政工干部的形象。”

丈夫终于被妻子的一腔热情感染了，他站起身来，拍着妻子的肩膀：“你就大胆干吧，我支持你！”

没有什么比这更重要了，束凯玲期待的就是这句话：“那好，明天我就找厂党委去。”

“你呀！永远改不了这急脾气！”夫妻俩都笑了起来，刚才那阵紧张劲儿一下子被这笑声融化了。

束凯玲的请求很快得到了厂党委的批准。1985 年暮春时节，她走马上任了，她把共产党员的理想、责任、希望和使命担在肩上，像头不知疲倦的牦牛，在连绵起伏的雪原上，开始了艰难地跋涉……

生产的难点，就是思想政治工作的重点

陌生的工作，冷落的职业，其难度不言而喻。思想政治工作被人称为一门综合性应用科学，应该先从哪里入手呢？

束凯玲又想起了自己的班主任老师。他讲过共产主义课吗？他是从哪儿讲起的呢？束凯玲记不清了，但唯一忘不了的，是那比金子还重的 5 斤粮票，还有他那浮肿的面庞……

她悟着、悟着，渐渐地，头脑清晰起来：职工们的思想问题大多是在生产过程中产生的，只有围绕生产，晓之以理，动之以情，才能开发出职工心头的精神能源。

采油四队是个“名不副实”的单位，原油日产量只有四五十吨，而输油、输气才是真正的“主业”。束凯玲上任那阵儿，正赶上全国石油系统开展“优质高速高效”劳动竞赛，队党支部号召全队职工：抬高起点创水平，团结奋斗夺金牌。

有些人就摇头：“凭咱队这点油，还不够全厂炒菜用，夺什么金牌？”为了坚定大家的信心，束凯玲找党员、找班组长、找青年职工一个一个地

促膝谈心。她满怀深情地对大家说:“油少,确实是我们的劣势,但我们的生产管理水平一直名列全厂前茅,职工队伍也是过硬的,只要大家齐心协力,奋勇拼搏,一定能跨上新的台阶。一个人没有理想,就会浑浑噩噩;一个集体没有奋斗目标,就会丧失战斗力。难道我们只能看着别人拿金牌吗?”一番实实在在的话语,拨动着职工的心扉,一束蓬勃向上的火苗,点燃了人们竞争的热情。

职工们不再沉默了,他们从心底发出了“夺第一、拿金牌”的豪言壮语。各班组的规划、措施定出来了,个人的决心书贴到了墙上;单井实行了承包,设备实行了承包,就连那机房里久无人擦过的数十扇窗户,也被职工们承包了。谁也不甘落后,谁也不敢满足——竞争,攀登,为了金牌,为了集体的荣誉,这里的夺金热情像自然界的野火一样,当它分散的时候,是柔软无力的,但当它凝聚一团、汇集一束、形成激光,直指一个目标时,就会成为一柄锋刃犀利锐不可当的宝剑!

束凯玲被职工这少有的亢奋激情感动了,她从大家身上看到了力量,受到了鼓舞,同时,也第一次体验到了思想政治工作的威力。她更加坚信,思想政治工作绝不是可有可无,更不是表面文章,任何时候都不能放松、不能削弱。政工干部的劳动是无形的、平凡的,但也是神圣的、伟大的。她用革命的“理”去点燃职工心头的火炬,使之烧得更旺,变成强大的物质力量!

有耕耘就会有收获。采油四队经过拼搏、奋争,不但夺得石油工业部“一优二高”劳动竞赛银牌,而且捧回了“华北油田模范集体”“过硬文明单位”“第一流采油队”的奖旗、匾牌。

这是采油四队的自豪,这是采油四队的骄傲。这奖牌和锦旗,浸透着职工辛勤的汗水,饱含着束凯玲和她的伙伴们的滴滴心血。职工们庆幸队里有这样一个坚强的领导班子,有这样一位令人佩服的党支部书记。

谁也忘不了,1985 年 9 月,南孟压气站即将投产。厂里从 9 个单位调来的58名职工中，除4名技校生外，其余都是采油工、输油工改行的，并且有三分之一是正在哺育幼儿的年轻妈妈。这些从没有接触过输气工作的职工，怀着好奇和新鲜感，陆续报到后，听说输气易燃、易爆，思想上顿时产生了“三怕”怕危险、怕出事故、怕担责任，刚来站上的那股高兴劲儿一下子跌落到了低谷。惧怕和不安使一些人多次要求调走，哪怕还回原单位。束凯玲理解大家，更理解孩子妈妈的心。她认为：职工们的惧怕心理主要是因不懂输气知识造成的。于是，她就像医生看病那样，开出了两味药剂——

第一味：束凯玲和队长一起研究，制定了上岗培训计划，并给职工上技术课，讲授输气基本知识，组织模拟练兵，带领大家熟悉工艺流程。

第二味：束凯玲一次又一次地给职工讲北输气工作的重要意义，一遍又一遍地为大家做示范动作，并告诫姐妹们，只要技术过硬，加强责任心，严格按操作规程办事，就不会发生危险。

一次次深入浅出的讲课，一次次推心置腹的谈心，终于稳定了职工的情绪。大家齐心协力，检验设备，调整仪表，扫线试运，做好了投产的一切准备工作。1985年9月21日，随着压缩机的一声嘶鸣，压气站投产一次成功，圆满实现了华北石油管理局“按时投产、保证安全、万无一失”的要求。

“投产成功了！成功了！”职工们雀跃着，欢呼着，往日紧绷绷的脸上绽开了笑容。束凯玲看到这些，也禁不住笑出声来。这既脆又甜的笑声，又一次证明束凯玲在自己选择的道路上，已经迈出了扎实的一步。

任何时候都要把党建工作置于生产“前沿”，常抓不懈

有人说：基层队犹如一个多彩的万花筒。这话一点儿也不过分。在少则几十人，多则上百人的基层队里，职工的思想水平参差不齐，性格脾气迥然各异，要想使这支庞杂的“交响乐队”演奏出同一个声音，高超的艺

术指挥是至关重要的。表现什么，抒发什么，力度如何，都需要指挥的巧妙调度……一般人看来，做这样的指挥太难了。殊不知，在我们无数个基层队里，有相当一批这样的指挥。他们是队伍的灵魂，是队伍的主角，在他们的精心指挥下，“乐队”奏响了一曲曲蓬勃向上、激越亢奋的主旋律！

束凯玲作为这样的指挥，是称职的。多年的基层工作实践锻炼了她、造就了她，使她的头脑更清晰、思路更敏捷、方法更灵活、指挥更果断。作为党支部书记，她清楚自己肩上的责任，知道要使这上百人的“乐队”有朝气、有活力，行动上步调一致，发挥党组织的核心作用，比什么都重要。

队里的老党员比较多，他们为祖国的石油事业辗转南北、奋战半生。随着年龄的增大，实际问题的增多，其中一些人不免产生了“松口气”“歇歇脚”的思想。束凯玲察觉后，就从党性教育入手，引导大家对照入党誓词，用党章的标准严格检查自己的言行，进行自我评议，自我考核，并发动群众对他们进行民主评议。党员们坐不住了，纷纷要求到最艰苦、最劳累的岗位上去。老党员李福元，原来认为自己快退休了，凑合着干点就行了，通过党性教育，他感到自己那种思想要不得，决心以实际行动重塑共产党员的形象。三号计量站清理油罐时，队长考虑他有动脉硬化病，想让他留在家里休息，可他凌晨4点就赶到现场，和年轻小伙子比着干……如今，李师傅虽然退休了，可他依然惦念着队里，时常到站上转转，遇到干活时，他就帮上一把，职工们夸赞他：“这老头一点没变，真像个老党员的样子。”

最近几年，“金钱至上”沉渣泛起，个别党员讲实惠、讲报酬，甚至干活讲起了条件。“在我们这个支部里，决不允许有这样的党员！”束凯玲请来“老石油”给大家回忆大庆石油会战艰苦创业、不讲索取、只求奉献的优良传统。有人讥笑她：“都什么时候了，还抱着老皇历不放！”束凯玲回答：“大庆精神是我们的传家宝，优良传统是我们的命根子，它曾培育了我们一代又一代的石油工人，激励着我们拿下了一个又一个大油田。我们不仅要抱着不放，还要世世代代传下去，使之发扬光大。”她依然我行我素：定期讲传统，树典型，搞活动，让党员始终处在自我教育、自我约束之中。全队党员为油田献身的积极性被调动起来了，原油生产中，平时工作中，没有一个拉歪套、使邪劲的。只要党支部一声令下，大家就会齐声响应。春节前夕，束凯玲组织党员开展“为孤寡老人送温暖”活动，不到两天时间，党员们便捐献了 100 多元钱。

坚持不懈的思想教育，使党员的先锋模范作用和党支部的战斗堡垒作用得到了充分发挥。1985 年以来，全队 18 名党员无一人违纪，12 人次先后被评为局劳模，局、厂优秀党员，厂先进生产者。队党支部先后荣获了厂、局、河北省“先进党支部”称号。

束凯玲在把主要精力用于搞好党的自身建设的同时，没有忘记这个“乐队”众多的“乐手”——青年。抓住青年就是抓住了未来，束凯玲要求自己“接近青年，爱护青年，把满腔的情和爱无私地奉献给青年，做他们的知心朋友”。队里有几名要求入党的青年，积极性很高，可他们觉得入党太难了，加之党内存在的一些腐败现象，给他们心中留下了阴影。就在他们左右摇摆、徘徊不前的时候，束凯玲来到了他们中间。

党的基本知识等有关书籍，通过她的手送给了青年……

在党课上，她给青年们讲授中国共产党的昨天、今天和明天……

在宿舍里，她给姑娘、小伙子们讲入党的条件、入党申请书的写法……

而更多的，是她用亲身经历启发大家，引导大家……

青年们的心被打动了。他们的情感和束凯玲的情感交织在一起、融合在一起，产生了碰撞，发出了共鸣。在她的倡议下，一个由青年入党积极分子组成的“马列主义学习小组”成立了，青年们拉住她：“指导员，你给我们做辅导员吧！”束凯玲二话没说，愉快地答应了。

“指导员，我想找您谈谈。”

“束师傅，这是我的思想汇报。”

“指导员，今天下午我们小组活动，请你参加。”

“指导员……”“束师傅……”

信任、尊重、希冀，都集中在了“指导员”这三个字上。

读书演讲、知识竞赛，有她的声音；青春舞会、文艺联欢，有她的身影；游艺室里，比赛场上，有她的呐喊……

独具特色的“文化工程”吸引了青年，他们从中获得了知识，陶冶了情操，丰富了生活。自然，大家的思想也在不断升华——40多人递交了入党、入团申请书，3名青年光荣地加入了中国共产党。

束凯玲用理解、信任和深厚的爱，帮助青年们编织了一个个理想的花环……

感情，是一根隐秘的琴弦，一旦拨弄了它，就会弹奏出动人的心曲。

人世间，爱是最神圣的，它是人与人之间连接感情的纽带，是一种真正的权威，特别当它融进一种崇高的信念之后，能唤起多少温暖的情感，能产生多么巨大的甚至异乎寻常的力量啊！思想政治工作更需要爱，更应该多些“人情味”。束凯玲把自己全部身心的爱都奉献出来，以心换心，用爱取爱，使思想政治工作更加富有说服力和感染力。

队里有位女工，丈夫不在身边，她找到束凯玲，要求和丈夫调在一起。作为一个基层队的党支部书记，她没有调动人的权力，再说，队里还有十多名职工两地分居，工作不可能满足每个人的要求。束凯玲没有简单地用“原则话”打发这位女工，她明白一个独身女人生活的艰难，现在最需要关心、安慰和照顾。于是，她有空就和这个女工聊女人间的悄悄话，慢慢地，女工的心情平静了。后来，这个女工即将分娩，由于丈夫不在身边，心里惶惶不安。束凯玲闻讯赶来，护送她住进了医院。孩子平安出世了，由于月份不足，浑身青紫，束凯玲就用衣服裹着婴儿，抱了两个多小时。初做母亲的女工睁眼看到，指导员额头上的汗珠不住地往下淌，她不由地心头一酸，激动地叫了声：

“束姐，太难为你了！”

从“姐”的称谓中，束凯玲感到了一种欣慰和满足，从这亲切的称谓中，我们不是也感到了一颗心灵的震动吗？

这个女工上班后再不提调动的事了，她离不开采油四队这个集体，更离不开对自己亲如姐妹的束凯玲。

人，作为生产力最活跃、最有生命力的因素，一旦燃起理想的火焰，它产生的能量是巨大的，但是又有谁知道，思想政治工作者要使一个人转变，往往需要付出很多：父母兄妹的情怀、师长的理智、领导者的清醒……

他，何元林，曾以玩世不恭、破罐子破摔而闻名，被人称为“刺头儿”。束凯玲和他交上了朋友。有人说：“指导员，你希望的念头最好和幻灭的念头同时产生，免得水中捞月一场空。”束凯玲笑而不答，因为她心中有谱。

她想起一位心理学家说过的话：人在两种状态下无法对付，一种是不要脸，一种是不要命。小何还没有达到这种程度，岂能视为不可雕琢的朽木？她利用各种机会接近他，用春日般的温暖抚慰着他创伤累累的心灵，用火一样的眼睛审视着他内心世界变化的轨迹……一天，两天，一个月，两个月，渐渐地，人们发现，小何变了，变成了另一个人。这一切，束凯玲看在眼里，喜在心头，她知道，这只是第一步。

夜，紧紧地拥抱着世界。宇宙总是把冬寒夏暑、春华秋实公平地轮回给人间，总是悄悄地用温柔多情的胸脯，安抚困倦了的人们。可它却不知道，这时的束凯玲正在被一根难拧的弦，搅得不能入梦：小何年纪不小了，还没有对象。家，是社会的细胞、生命的温床，没有它，人的心灵是荒芜的、枯燥的。

第二天，束凯玲就拉起了一支“红娘队”。

没过多久，鹊桥搭起来了，可姑娘的心中还有疙瘩。束凯玲看出了姑娘的心思，诚恳地对她说：“小何过去是有毛病，但人无完人，何况人家已经改了呢。”几句朴实的话，使姑娘的心里荡起了涟漪，脸上泛起了红晕。

一个新家庭就这样悄悄诞生了。婚礼上，小何想到了过去，想到了现在，但更多地想到了他的党支部书记。他和新婚妻子将一包喜糖毕恭毕敬地捧到了束凯玲面前：“指导员，请分享我们的甜蜜吧！”

这糖是甜的，这生活是甜的，就连这众人的笑声也是甜的。束凯玲接过糖，放在嘴里细细地咀嚼着，思考着：下一步，该让小何政治上来个升华，加深对党的认识、对自己肩负重担的认识。

后来，小何向党组织递交了申请书，入了党，当了压气站的站长。当我们探索小何转变的奥秘时，得到的回答竟是那么直率和简单：“指导员看得起咱，把心交给了咱，咱还能不把工作干好？”

思想政治工作一半靠说，一半靠做，做比说更为重要

政工干部是真理的宣传者和实践者，这一特殊职业，注定了他们要比别人付出更多的牺牲。束凯玲有这个思想准备。寒来暑往，她总是像蜡烛一样，默默地燃烧着自己，照亮着别人。

1986年春节前夕，束凯玲的父母千里迢迢从大西北来到油田，这是他们与女儿分别10年后一次难得的团聚。束凯玲十分高兴，她想，一定要让二老享受一下家庭欢聚的天伦之乐。

这竟是她心理上的自我安慰。

大年三十晚上，全家人围坐在一起包饺子。屋外噼噼啪啪的爆竹声和孩子们高兴的打闹声，使束凯玲想起了队里节日值班的30多名单身职工。他们有父母、兄妹，也有一个温暖的家。人逢佳节倍思亲，该怎样让他们不孤独寂寞，度过一个欢乐的节日呢？束凯玲坐不住了，她急匆匆地把包

好的饺子分出一些，又拿出糖果、花生，迅速装进一个包里，带着两个孩子走出了家门。

在通向单身职工宿舍的路上，队里的党员和双职工发现了束凯玲，他们顿时明白了，也不声不响地跟在后边，手里端着饺子，拿着花生、糖果……

一个温暖的大家庭。

一个欢乐的除夕夜。

一个寂寞的角落不再寂寞。

望着他们的党支部书记，望着那一张张熟悉的笑脸，单身职工们一个个眼圈红了，他们想了很多，也说了很多……

凌晨两点多钟，束凯玲回到家里，迎接她的是父母期待的目光，老人在等着女儿共度 18 年没在一起度过的除夕之夜啊！

看着父母爬满皱纹的脸，束凯玲默默无语，感慨万千。是呀，该怎样对父母说呢？她永远忘不了，父母怎样含辛茹苦供她读完了中专，怎样依依惜别送她参加了大庆石油会战，又怎样在寂寞中思念着异乡的骨肉……滴水之恩，当涌泉相报，她多想做一个孝顺的女儿啊！可是，坚守岗位的那 30 多名职工，也需要温暖，需要爱呀！

其实，也无须再说什么。两位老人是通情达理的，他们知道女儿肩上的责任。责任在某种意义上就意味着牺牲。全家未能在一起共度良宵是遗憾的，但女儿却由此赢得了职工的信赖，这比什么都值得！初一到初四，他们又帮着束凯玲准备了丰盛的家宴，把节日值班的单身职工们一个个请到了家里。

年过完了，两位老人却累得躺在了床上。他们心里是高兴的，他们为自己有这样的女儿而感到自豪！

束凯玲常说："政工干部一半靠说，一半靠做，而后者比前者更重要。政工干部既然是人类灵魂的工程师，就应该比别人要求更严，做得更好。

如果‘唱功’好，‘做功’差，道理讲得再多、再好，也没有说服力。”这段话富有哲理，耐人寻味。柬凯玲的父亲年近七旬，患有高血压和动脉硬化症。那年秋天，老人眼底突然出血，医生嘱咐必须尽快治疗，否则有失明的危险。在石家庄工作的姑姑也来信催促尽快把父亲送到省城治疗。正当柬凯玲准备动身的时候，厂里下达了清理霸一站万方油罐的任务，罐内没膝深的污油，全要靠人工一桶桶地往外掏，油气熏人，闷热异常，劳动强度大，任务十分艰巨。柬凯玲知道，作为党的支部书记，在关键时刻率先垂范，比一打宣言和号召要管用得多。经过再三考虑，她毅然放弃了送父亲赴省城就医的打算，托一位到石家庄办事的职工把父亲带去了。

父亲上了汽车，她的心里却一阵阵愧疚，视线也有些模糊了。她轻声呼唤着："爸爸，原谅您的女儿吧！"

清罐战斗打响了，柬凯玲带领突击队员，第一个钻进罐里猛干起来，别人10分钟换一次，她硬是坚持着不出来。渐渐地，柬凯玲有些头晕恶心，面色苍白，站都站不稳，但她仍然用信念和意志支撑着自己，没有离开油罐半步……污油清除完了，她和大家拉来锯末，一锹一锹往罐内扔。干得正起劲时，突然下起了大雨，雨点打在她和突击队员们的头上、身上，早已喉咙沙哑的柬凯玲，又一遍一遍地喊着"加油！""加油！"大家望着这位与他们同甘共苦的指导员，望着这位清罐现场唯一的女性，都被感动了，他们要与老天拼个你死我活……

清罐任务提前5天完成了，柬凯玲才感到浑身像散了架一样。回到家里饭没吃一口，便倒在了床上……

她实在太累了，累得都不能自持。长年快节奏的工作，使她的大脑始终处于一种高度亢奋的状态中，如同上满发条的钟表一样，滴滴答答走个不停；长年的奔波，使她走起路来疾步如飞，风风火火。她有做不完的事，忙不完的活，慢了、拖了，就会贻误时机——这对她来说，是绝对不允许的！

一个女性，一个迎着时代风雨走向思想政治工作岗位的年轻共产党员，就是这样，怀着对党的事业的赤诚之心，用自己坚定不移的信念之火，照耀着他人，为我们的人民共和国开掘着比原油还要贵重的精神能源，为大庆精神铁人精神谱写着新的、更加壮丽的篇章！

当华北石油管理局将“劳动模范标兵”称号授予她的时候；当华北石油管理局党委将“优秀政工干部”称号授予她的时候；当原国家能源工业部将“劳动模范”称号授予她的时候；当中共中央组织部将“优秀党务工作者”称号授予她的时候；当江泽民、李鹏等中央领导同志亲切接见她的时候……

束凯玲，“铁人”后裔的脉管里，有你点燃的火炬！

热血忠魂

张　凡

世上没有从天而降的英雄，只有挺身而出的凡人。当一个人面对威胁临危不惧，敢于用鲜血捍卫正义，以超凡的勇气保护他人的生命，他就是英雄，将永远被人们铭记。

——题记

“我局公安处百货大楼派出所民警郗庆普同志，为了维护社会治安，保护人民群众的生命安全，于一九八五年五月十日上午，在与正在行凶杀人的歹徒英勇搏斗中，奋不顾身，光荣牺牲。为了表彰郗庆普同志的英雄事迹，经局党委研究并申报省委、省政府、省公安厅批准，追认郗庆普同志为中共正式党员、革命烈士，追记一等功。全局党员群众和青少年，要以共产党员、革命烈士郗庆普同志为榜样，学习他为‘四化’建设、为人民群众勇于献身的崇高精神，学习他全心全意为人民服务，助人为乐的高尚品德，学习他模范遵守和坚决维护社会主义法纪的观念……”

1985 年 6 月 13 日，华北石油管理局作出向革命烈士郗庆普同志学习的决定。一个月前，郗庆普还不为人所知，如今，这个名字已经在油田家喻户晓，他的英雄事迹被广大职工群众口口相传。让我们沿着时间的轨迹，共同追寻这位英雄的生命成长历程。

党叫干啥就干啥，干就干出个样子

郗庆普生于 1949 年，是共和国的同龄人，老家在河北省肃宁县郗庄村。他的生活轨迹与新中国的发展紧密相连。

1968 年，郗庆普初中毕业应征入伍，成为一名光荣的解放军战士。在部队这个大熔炉中，他认真学习、刻苦训练，练就了一身钢筋铁骨，更练就了铁一般的意志。凭借优异表现，他多次受到上级的表扬和嘉奖，光荣地加入了共产主义青年团。

1971 年 3 月，郗庆普响应党的号召，退伍在大港油田当上了一名石油工人。他始终认为，这是自己一生中做出的最重要，也是最正确的决定。石油是国家经济的血液，作为一名“头戴铝盔走天涯”的石油人，是多么的荣耀！当时，大港油田的工作生活条件非常艰苦，到处是盐碱滩，没有几条像样的道路，喝的是“苦水”，风中都带着碱味，但郗庆普从来没有抱怨过。面对新的环境和挑战，他毫无畏惧，展现出了令人钦佩的坚韧和毅力，在他的口中，人们听不到任何推诿的话，在他的脸上，也从来看不到有畏难的情绪，无论工作多么艰苦，条件多么困难，他都从不退缩，坚持到底。他常对身边的工友说：“工作不分贵贱，党分配啥，咱就干啥。干就像个干的样子，干就干好。”单位领导非常看好这个刚从部队转业的年轻人，说有这么一股子劲头儿，没有什么困难克服不了，不管什么工作，交给他准没问题。

石油生产不仅艰辛，有时还会伴随着危险。1972 年夏天，大港油田的万家码头加压站油管破裂，发生油喷事故，原油带着巨大压力从油管破裂处喷出，空气中弥漫着浓重的油气味，现场随时可能发生爆燃。郗庆普不顾自身安危，冒着被油气熏倒的危险，抢先冲上去，和同事们一起抢险，经过不懈奋战，终于制服油喷，保护了国家财产。事后有人问他当时怎么想的，他轻描淡写地说：“那种情况下来不及想，也不应该想别的，就是一个心思，赶紧处理事故，别给国家带来更大损失。”

在大港油田和华北油田，郗庆普从事过电工、采购员等多个岗位，在每个岗位上他都尽心值守、竭尽全力。他把每一次工作调整都当作丰富人生的过程，增长本领的历练，以阳光心态迎接新的挑战，面对新的生活。

1979 年，郗庆普迎来了一个新的转折，他被调到华北油田技校担任保卫干事。这又是一个全新的岗位，以往工作中积累的实践经验再次“归零”。华北油田技校是油田一线生产人才的摇篮，学子众多、专业丰富，在石油行业享有盛名。但这么多的热血青年从天南地北汇聚在一起，打架斗殴的事件也时有发生，在技校做保卫工作，绝对不是一件好干的“差事”。郗庆普坚信，热爱是最好的老师，责任是最大的动力，只要自己下足苦功夫，就一定能担起这副重担。

郗庆普深知，想要在这个新的岗位上有所作为，就必须不断学习和提升自己的业务能力。于是，他开始通过各种途径加强学习，努力掌握保卫工作的相关知识和技能。他的勤奋态度和工作成绩，很快就赢得了领导和同事们的赞扬和尊重。

在技校工作期间，郗庆普特别关注青少年群体的思想教育。他清醒地认识到，学校是青少年人生之路的重要关口，是他们成长成才的重要阶段，帮助他们健康成长，是包括保卫人员在内的所有学校教职员工的共同责任。因此，他经常主动深入学生群体中，关心他们的生活和学习情况，积极开展思想政治工作，引导他们树立正确的世界观、人生观和价值观。

面对一些青少年存在的问题，郗庆普并没有选择置之不理或简单化处理，相反，他主动承担起了帮教的责任。“只要有足够的耐心和爱心，每一个青少年都有可能转变”，他长期跟踪这些青少年的情况，对他们进行耐心的教育和引导。在帮教过程中，郗庆普不仅关心青少年的思想问题，还关注他们的生活困境，尽可能地帮助他们解决实际问题，让他们感受到社会的温暖和关爱。他的努力没有白费，一些问题青少年在他的帮助下逐渐转变，最终走上了正轨。

对失足青少年，郗庆普更是倾注了大量的心血。在技校有一个失足女青年，经多次教育仍未能彻底转变。许多人都建议将她交给司法部门处理，但郗庆普却坚决反对，他认为每个人都值得被拯救，尤其是对于一个年轻的失足者，应该给予更多的关爱和机会。于是，他主动承担起了帮教这位女青年的重任。

郗庆普耐心地与这位女青年交流，了解她的内心世界，用真诚和爱心去感化她。在长期不懈地努力下，这位女青年终于醒悟过来，决心痛改前非，重新做人。从那以后，她遵纪守法，努力工作，得到了大家的广泛赞誉。后来，这位女青年建立了幸福美满的家庭。她说，是郗庆普改变了她的一生，让她看到了希望，感受到了社会的温暖，她将怀着一颗感恩的心将这份温暖传递下去。

郗庆普努力工作从来不计较得失，对他来说，用爱的力量改变一个个在黑夜中迷茫的青少年，让他们冲破心中的阴霾，找到前进的方向，做一个对自己的人生负责，对社会有贡献的人，就是最好的回报。

我是人民警察，职责就是为人民服务

1981 年，郗庆普调到百货大楼派出所工作，负责百货大楼和附近农贸市场的治安工作。成为一名人民警察，是他的一生中最骄傲的事。他无比珍惜“警察”这个称谓，也非常清楚这两个字意味着什么，知道自己应该担负的责任。

这一年，随着华北石油会战指挥部改名为华北石油管理局，历时五年轰轰烈烈的华北石油大会战宣告结束。油田广大职工以创业的激情、丰硕的战果向祖国和人民交出了一份辉煌的会战答卷，带着全国“油老三”的荣耀向着新目标迈进。时代在进步，事业在发展，油田的生活条件也比刚会战时有了极大改善。百货大楼和附近的农贸市场是任丘最繁华的商业区，每天车水马龙、人来人往，因而也是治安管理压力最大的区域。

在百货大楼派出所，郗庆普始终以严谨的态度和强烈的责任感处理每一个治安问题。他经常走店串摊，深入群众调查，了解农贸市场有多少摊贩，谁常来常往？市场上有几个个体户的摊点？是什么人开的？经营什么业务？随时掌握着市场经营人员的变化情况。农贸市场的小事多，烦事多，民事纠纷多，郗庆普不管事情大小，都认真对待，妥善处理。

1984 年 10 月，在他的管辖范围内发生了一起治安事件，一位群众与个体户发生争执，并动手打伤了个体户。为了查明事件真相并妥善处理纠纷，郗庆普与同事一起深入调查。他分别找到双方了解事件起因和当时情况，打人群众和被打商户各执一词，都说自己占理。在掌握真实情况的基础上，郗庆普一方面对打人群众进行批评教育，使其认识到动手打人触犯了治安管理处罚条例，必须承担相应后果，一方面对被打商户进行安抚，希望他不要提出不利于解决问题的过分诉求。在郗庆普的耐心调解下，双方的情绪都稳定下来，打人事件得到了妥善处理。

像这样的治安事件，郗庆普不知处理过多少起。这些纠纷在别人看来都是小事，但当事人在情绪激动时却容易失去理智，因为一句话、一个举动，就可能造成不可收拾的后果。郗庆普每次处理纠纷都做到客观公正，他相信每一个人心里都有一杆秤，都会分辨是非对错，只要自己能站在双方角度换位思考，真正做到秉公执法，就没有解决不了的纠纷。在工作中，他时刻提醒自己要清醒冷静，即便遇到为了自身利益胡搅蛮缠的当事人，处理纠纷时受到冒犯甚至威胁，也不能感情用事，更不能以权压人，要维护人民警察的良好形象。

除了做好治安工作外，郗庆普还积极参与市场管理和监督。他深入了解农贸市场商户的经营情况，帮助他们解决实际困难。在市场管理方面，他提出了许多建设性的意见和建议，得到了上级领导的高度评价。

郗庆普脑子里时时装着工作，心里时时想着群众。他对群众充满关爱和耐心，无论是矿区居民还是个体商户，只要有困难或需要帮助，他都会毫不犹豫地伸出援手。

1984年12月2日，任丘县南关大队农民张会来11岁的儿子张静安，外出不慎跌倒，鼻骨骨折，鲜血直流，十分危险。郗庆普路过发现这一情况，二话不说，立即抱起孩子就往附近的医疗所跑去。医疗所医生见孩子伤势严重，怕耽误伤情，让赶紧送医院治疗。郗庆普又抱着孩子奔向县医院，没想到，赶到医院时，医生已经下班了。郗庆普看着孩子满脸是血，心中万分焦急，晚一分治疗，就会多一分危险。他当即拦住了一辆吉普车，把孩子迅速送进华北石油总医院。眼看着在医护人员的紧急抢救下，孩子脱离了危险，他这颗悬着的心才放下。张会来夫妇闻讯赶到医院，见心爱的儿子安然无恙地躺在床上，转悲为喜。当他们寻找孩子的救命恩人时，郗庆普却已悄悄地离开了医院。张会来夫妇经过一个多月的细心查问，终于找到了郗庆普。夫妇俩送来了写有“精神文明的榜样”七个大字的镜匾，紧紧拉着郗庆普的手千恩万谢，满含热泪地说：“你真是人民的好警察！”

郗庆普常说：“我们是人民的警察，就要全心全意为人民服务。警服不仅是我们职业的标志，它更凝聚着人民群众对我们的信任，我们要用自己的行动为公安战士增添光彩。”他不仅这样说了，也确实这样做了。在公共汽车上主动为老人小孩让座，在马路上扶老携幼，在公共场所为失散儿童寻找父母，他用一言一行、一举一动，传递温暖，播撒阳光，践行一名人民警察的初心与使命。

有一次郗庆普出差路过肃宁县城，正遇县城西街交通堵塞，一辆汽车与一驾马车堵在路中间，汽车司机和赶马车的农民互不相让，双方言语激烈，马上就要动手了。看到这种情况，郗庆普立即跳下汽车前去处理。同事劝他：“这不是咱们的管辖范围，地方的事不好处理，多一事不如少一事。再说了，这是你的老家，本乡本土的，管得不好受埋怨。咱们还是绕过去算了。”然而，郗庆普坚决地说：“我是人民的警察，遇到这种情况，怎能不管！我在这里处理，你赶快通知县公安局。”他耐心地调解了双方的矛盾，平息了事态，避免了打架斗殴事件的发生，迅速恢复了交通秩序。他的行动得到了肃宁县公安局和在场群众的一致好评。

国家有困难，个人问题算个啥

郗庆普把群众当成亲人，把群众的难事当成家事来办，自己有难处，却从来不会向单位开口，总是一个人扛着。

郗庆普工资不高，抚养着三个孩子，两位老人。妻子没有工作又有病，经常打针吃药，经济上非常拮据。晚上不加班时，郗庆普会和妻子一起糊糕点盒，增加一点收入，但就算在这种情况下，他也从未向国家申请补助。同事们知道他的困境后，主动为他申报补助，他得知后，再三谢绝，说什么也不要。他对组织和同事们说：“感谢组织和大家的关怀，国家也有困难，我的困难算个啥？不能再给国家增添负担了。”硬是把补助款退了回去。

郗庆普生活非常简朴，穿的都是单位发的工作制服，从来舍不得给自己买件新衣服，中午吃饭也是什么便宜吃什么，一分钱掰成两半花。但是帮起别人来，他又是那么的慷慨大方，仿佛自己是个万元户。一次春节回老家，郗庆普看到邻居家还没有买过年的东西，一打听是家里经济困难，没钱过年。看到邻居家春节还是冷锅冷灶，每个人满脸愁容，他的心头一酸，立即把身上仅有的50元钱送给了这位邻居。并劝慰道：“这点钱你先拿去用，也可能不顶什么事，先把年过了再说。”邻居手捧着郗庆普给的钱，感动得热泪盈眶。

自从调到百货大楼派出所，郗庆普就很少休星期天和节假日。他家在采油一厂作业大队，离单位十几里路，但不管春夏秋冬，酷暑严寒，他总是早上班晚下班，中午很少回家吃饭和休息。在遇到紧急治安案件时，他就干脆住在所里，不分白天黑夜地工作。同事们劝他回去看看，他总是说：

“案件没处理完，我心里不踏实，回家也待不住。再说，我家住得远，来回一趟时间挺长的，也怕耽误事。”大家都说，郗庆普公而忘家，把全部精力都用在工作上了。有时郗庆普一连几天不回家，贤惠的妻子放心不下，找到所里，见他工作确实太忙，心疼地嘱咐几句，就又独自骑车赶十几里路回去了。

郗庆普 1968 年参加工作，按规定可以分到商业公司的房子。商业公司的房子不仅地理位置好，处于油田中心区域，而且比他在作业大队的房子面积更大、质量更好，离他上班的单位也非常近，走路都用不了 5 分钟。但让所有人都想不到的是，他一直没向组织反映过房子的问题。有人说他傻，这么做图了啥？他说：“目前单位住房紧张，不少同志都没房，我现在有房子住就可以了。领导有困难，同志们有困难，我个人这点小事算个啥。”

评价一个人道德是否高尚，不仅要听他是怎么说的，还要看他是怎么做的。熟悉郗庆普的人都知道，他说的话都是发自内心，他做的事也都出自本意。他有自己的追求，有奋斗的方向和努力的目标，那就是做一个当之无愧的人民警察。

要干好工作，就得有拼命的劲头

郗庆普为人谦和、与人为善，但在工作和学习上却有股拼命的劲头儿。

刚走上民警岗位时，为尽快熟悉业务，掌握工作的主动权，他一方面虚心向老公安请教，另一方面拼命自学公安业务知识。白天工作忙，晚上他经常自学到十一二点钟。去外地出差，他的提包里总是装着几本公安业务书籍，抽空就学。他衣兜里还常装着一个小本子，上面密密麻麻记满了有关法律条文，一有时间就拿出来看两页、记两条。由于他刻苦努力，在不长的时间内就成了一名能独当一面的优秀民警。

打铁先得自身硬。作为一名肩负维护社会治安、保卫人民安全重任的人民警察，郗庆普时刻都紧绷着一根弦，随时准备应对各种突发事件。他坚持“对群众有益的事就全心去做，对群众有害的事就坚决去管”的原则，始终把党和群众的利益放在第一位。几年中，他数不清多少次帮助群众解决急难问题，多少次化解情况紧急的危难局面，他流过血，流过泪，但无怨无悔。

1985 年 5 月 10 日，是一个被很多华北油田人永远铭记的日子，因为这是 36 岁的郗庆普在这个他无比热爱的世界生活的最后一天。

当天上午，油田百货大楼北侧的菜市场摩肩接踵，熙熙攘攘。10 点左右，一个蓬头垢面、精神异常的男人引起大家的注意，从外貌和表情很容易看出，这是一个精神病患者，虽然有人看护，人们还是尽量躲开。走过一个卖肉摊铺时，精神病患者突然挣脱看护的人，从肉摊上抄起两把锋利的切肉刀就跑。摊主紧追上去想抢回刀，没想到精神病患者回手一刀刺中他的前胸。

“他杀人了，抓住他！”周围群众见状高声呼喊。精神病患者更加疯狂，两手各持一把滴血尖刀胡乱挥舞，血珠从刀尖飞出，洒落在一些人的脸上、身上，大家被这恐怖的一幕惊呆了，眼看他奔向百货大楼，纷纷随后追去。在大楼门口，他将 17 岁的油田青年刘冬生逼至墙边，朝其前胸狠狠刺去，刘冬生下意识抓住刺来的刀刃，在激烈搏斗中，刘冬生脖子右侧中了一刀，手和腿也被刀刺伤，鲜血直流。

危难关头，郗庆普闻讯赶到，面对疯狂的凶手，他没有丝毫的畏惧，厉声喝道：“把刀放下！”随即冲上去，一手用力揪住凶手，一手奋力去夺滴血的尖刀。可凶手没有正常人的理智，鲜血似乎激发出他内心的罪恶，他疯狂地用另一把尖刀刺进了郗庆普的左胸，鲜血瞬间染红了警服。虽然身受重伤，但郗庆普仍然不顾个人安危，护住刘冬生，抬腿猛踢凶手，随后又扑上去想抱住凶手。凶手对郗庆普又刺了一刀，撒腿就跑。郗庆普捂着淌血的胸口，边追边喊：“抓住他！抓住他！”由于伤势过重，郗庆普没跑几步就倒在血泊中。

郗庆普的英勇行为激发了群众的义愤，大家赶紧把郗庆普和刘冬生送往医院抢救，上百名群众围截见人就砍、不肯就擒的凶手，齐心协力将其抓获。

刘冬生得救了，人民的好警察郗庆普却为保护群众的生命安全流尽了最后一滴血，壮烈地牺牲在岗位上。

郗庆普走了，永远离开了他深深眷恋的这片土地，离开了他挚爱的妻子、儿女，离开了多年来一同摸爬滚打的兄弟……

百货大楼派出所全体干警在告别了烈士遗体之后，特意抽时间去照了一张合影，了却郗庆普在世时的一个心愿。大家将中间位置空出来，留给了郗庆普，直到现在，他们每人还珍藏着这张照片。

英雄的血不会白流，他的名字将永远铭刻在人们心里，他的精神也激励着人们为维护社会稳定贡献力量。

求　索

吴　亚　张明波

一、使命

当那枚红色的秒针嘀嘀嗒嗒跑过 1985 年最后一个午夜零点，便预示出一个平凡而又艰巨的使命。

华北油田高产稳产的十年已成为一段光荣历史。

华北油田在全国“油老三”的宝座晃动了。

时间无情。1975—1985 年，累计生产原油 1.2 亿吨，累计上缴利税 54.3 亿元的显赫功绩，已确确实实落在时间的身后。

1986 年以后，华北油田原油生产形势异常严峻：原油年产量滑坡速度令人瞠目——平均每年达百万吨之巨！这便是古潜山高产油田不容置疑的规律！高产油田的高速度递减，像一片阴云笼罩着冀中十里油城，也笼罩在十万石油大军心头。

有人忧心忡忡：坏了，十万人的工资恐怕也难发出来，等着喝西北风吧。

有人悲观失望：完了，华北油田就这点儿能水啦，等着打起背包转战他方吧。

人心浮动，一双双惶惑不安的眼睛……

然而，杨万里局长却没有丝毫动摇、退缩，在困境中看到一线希望、一片光明。他紧握拳头信心百倍：全局上下齐动员，节流挖潜共渡难关。

扩大外围勘探，寻找新区，力争几年内恢复千万吨原油生产能力，重振华北油田雄威！

面对老油田挖潜、老油井稳产的艰巨任务，采油工艺研究所的科研人员感到肩上沉重的压力，年过半百的高级工程师郄齐家就是其中一个。

他，魁梧的身材，鬓白的头发，布满蚯蚓似褶皱的脸，一双探索渴求的眼睛，一张不善辞令沉默寡言的嘴，一个堂堂正正的男子汉！

“国家兴亡，匹夫有责。”油田生产的严峻形势搅得郄齐家坐卧不宁，一反常日的恭顺温良性格。作为采油工艺方面的科研人员，在老油田治水问题面前，他深深意识到自己责无旁贷的重任。

他很少讲什么豪言壮语，只有朴实无华的行动。自1985年承接一项化学堵水的科研课题后，他一直在默默无闻地为之奋斗。他的身影时而闪现在办公室书桌旁，时而闪现在试验室瓶瓶罐罐之间，时而闪现在油井施工现场。

有耕耘，便会有收获。哪怕收获的仅仅是一点可怜的失败教训呢！

二、初试

每人都有一份人生履历：有的则归入档案，有的则随时间流逝。除了干部科档案袋里诸条款令外，郄齐家清楚记得：自己是国家花钱培养上的大学——知识也是国家给的，并不属于自己私有！

53年前，他诞生于保定望都县某乡村。弟兄七人他行大。乡村传统“长子为大”，他便义不容辞地承受了贫瘠的生活重压，童年时代清苦而坎坷，1948年他才有机会跨入校门。那年，他已经12岁。学习机会如此来之不易，他勤奋而刻苦便是自然而然。1958年，他以优异成绩考入天津大学放射化学专业。他心底有笔良心账：保定6年中学时代，每月享受国家4元生活补贴；大学5年半，每月国家发给14.5元助学金……20世纪50—60年代，正是国家一穷二白的年代啊！

弄清郄齐家心底的良心账，便不难理解他 1979 年以后转行到油田短短几年由外行变内行的秘密。

郄齐家搞采油工艺科研属于半路出家。大学毕业后，他被分到核工业部搞“核后处理工艺设计”。自加入石油大军行列，他有一种陌生感与紧迫感：放射化学与采油工艺差之十万八千里，虽然这两行的应用化学分子式有相近处，可毕竟是隔行如隔山哩！如何尽快熟悉油田掌握油田特点，是他面临的紧迫问题。他心里沉甸甸的。他暗暗给自己制定了一个目标：尽快赶上自己周围这些“老石油”。

1979—1981 年，郄齐家仍过着单身汉生活。但他却从未尝到某部影片形容的那种“单身汉的乐趣”。除 8 小时正常工作之外，他大部分业余时间都花在学习上。晚饭后到半夜这段“黄金时间”他常去办公室，在静谧中他时常学习至半夜 11 时左右。在短短一年多时间里，他啃完厚厚的《油田地质学》《油田化学》，还认真翻阅大量的华北油田地质资料。1980 年，他还赴四川学了几个月《高分子化学》。

当然，他更注重实践中摸索学习，尤其不放过上油井现场学习的机会。他放下工程师架子，甘当小学生，向经验丰富的同事及作业队的工人师傅不耻下问虚心求教。他逐渐掌握了古潜山油田的采油特点。

1985 年采研所的科研课题小规模承包，他带领 3 名石油学校刚毕业的年轻人，大胆承包了“碳酸盐岩现场堵水”课题。初试锋芒的人，难免忐忑不安，自己这柄剑是否锋利？

1982 年以后，任丘油田原油产量开始递减，而后进入中高含水期。生产油井的堵水愈加成为关键性难题，仅采取单一堵水或酸化措施，已难有效控制油井含水量不断上升。郄齐家根据油井以堵水为主、堵水酸化、堵水抽油相结合的工艺特点，试图以减小碳酸盐岩油藏纵向渗透性差异的办法提高油井产量。他经过反复摸索性试验，终于研制出新型有机化学堵剂：酚醛树脂——树脂凝胶段堵塞水技术，并在任 109 井首次堵水试验。

任109井是一口开采时间较短的生产井，含水量骤增，原油日产由100多吨降至27吨，丧失自喷力。经技术人员用测井仪检测，发现该井套管已变形，便关闭该井。当时任109井已是一口“死井”。

郄齐家小组接受任109井后，与采油一厂作业工人相配合，一次堵水试验成功，经两次酸化后，用抽油机抽油生产，日产原油130多吨，含水量下降30%左右。任109井由“死”变“活”，而后持续稳产两年。

第一炮打响后，郄齐家小组取得了采油一厂领导的信任，放开手让他们进一步上井试验。继之，任348井等12口井完成堵水试验，成功率达90%以上。当年，仅此一项科研，便增产原油2.3万吨。而后，共经过95井次试验，累计增产原油31.2万吨。这项科研成果被评为局级成果，并实现了当年开题、当年鉴定、当年应用于生产。

三、启迪

当红色秒针嘀嘀嗒嗒跑过1987年最后一个午夜零点，任丘油田主要产油区块——雾迷山油藏的形势愈加严峻：水淹体积达93.36%，综合含水高达75.3%，剩余含油厚度仅有81.52米，油层缝宽100微米以上的大裂缝已基本被水淹，中小含油裂缝的生产能力难以发挥，原油产量递减速度加快。而以前采用各类有机堵剂为主的综合治理油井手段效果越来越差，并且，由于原材料不断涨价，有机堵剂的成本消耗越来越高……老油田的稳产到了最艰难的时刻。

郄齐家没有被自己已取得的四项局级科研成果所陶醉，更没有因被评为局优秀党员和局劳模而沾沾自喜。他在思索：怎么才能有效地堵住油井中的水呢？尽管1987年有机堵水干了11口井，可原油仅增产1.6万吨，油井的漏失问题愈加严重，有机堵剂的效应日益衰减……

难啊！他陷于深深思考中。

仿佛是一个跋涉着的旅行者，走到路的尽头，太阳倏地坠入地平线，夜的帷幕徐徐拉开，四周伸手不见五指，一股彷徨与不安袭上心头。他在暗夜里踌躇着，竭力辨认前进的方向。他在寻找一颗闪烁的星辰，或许是北斗星，或许是启明星……

蓦地，一道耀眼的弧光划破沉寂的夜空。或许是一道闪电，或许是一颗流星……

那个久久难寐的长夜里，辗转反侧之中的郄齐家倏地记起1986年底任364井的一次堵水施工。当时，罐车拉到井场的堵剂凝成一块块的形状，为了增强堵剂强度，他决定在堵剂里加入无机物石棉、蛭石等。然而，这种加入少量石棉、蛭石的有机堵剂竟也在快速注入中全部打到油井里，而且堵水效果不错。蛭石的颗粒大于100微米，仍能顺利注入井下油层缝隙中，那么，水泥颗粒才10~30微米，从理论上讲，也可以作为堵剂注入井下油层缝隙中……但是，水泥凝固后强度过大，岂不将油层缝隙完全堵死？堵剂虽需增高强度，可是还必须能解开，这样才能将小孔道油抽上来……

那么，如果能搞出一种物美价廉的封堵有效的无机化合堵剂……

哦，行吗？一旦有了这种大胆设想，连郄齐家本人也马上产生动摇，怀疑其成功的可能性，乃至很快否定了这种设想。

然而，雾迷山油藏的严峻含水形势，确实又逼迫郄齐家不得不重新思考这一大胆而诱人的设想。

不错，倘若这一设想能取得试验成功，无疑是一个首创，一种开拓，是走出一条前人未曾涉足的新路。然而，这条路或许怪石林立荆棘丛生，或许暗藏着豺狼虎豹毒虫猛兽。

创造，不仅预示着成功，也可能预示着失败，乃至全军覆没的危险……

科研需要一种冒险精神，正像鲁迅先生所赞许的那样：敢于吃第一口螃蟹！然而，这种冒险精神又必须与严肃的科学态度相结合。冒险不是蛮干，而是丰富实践经验中的启迪、多种科学旁证下的有根据的设想。正像举世闻名的世界数学难题之一“哥德巴赫猜想”的诞生那样：由1+3=4、3+5=8……而提出的“两素数之和等于一个大偶数”的大胆设想！虽然郄齐家没有那样伟大，但是，作为一个有志之士，一个大胆设想也在他大脑里开始孕育。他悄悄翻阅了大量中外堵水资料，苏联和国内其他油田有些用水泥堵水的资料，可却找不到能堵能解的资料……然而，这点儿有限的资料完全是粗线条的，缺乏堵剂强度的文字数据。

“一寸光阴一寸金，寸金难买寸光阴。”任丘油田的紧迫堵水形势终于逼得郄齐家下了最后的决心：向上级有关领导摊牌吧！

1988年1月，郄齐家正式开题：“碳酸盐岩封堵大孔道技术。”

一个偶然的回忆，将郄齐家引上一条充满艰辛的拼搏之路。其实，偶然存在于必然之中。

开题之后，他周围有的好心同志劝道：“老郄，这条路可不好走，你高工当了，还图个什么呢？可别冒这个险了。”也有人说：“这个问题我也不是没想过，课题的难度可想而知。即使堵剂成功了，那么工艺能否过关也难说！万一出了重大事故怎么办？责任谁负？”

郄齐家理解同志们的好心劝慰。但是，他更多想到的是科研人员的责任。虽然他总是在微笑，可心底却如惊涛拍岸巨浪翻滚。

天上不会掉馅饼。不担点风险能获得科研成果？

四、阵痛

人生旅途里常会发生某些意外。1985年全局中年知识分子体检普查中，发现郄齐家患高血压，心脏也不太正常。

其实也不足为怪，看似意外的事，其中都包含某些必然因素。这几年郄齐家没在意自己身体，只不过偶尔感到头晕不适，以为是工作累没休息好。上井场搞有机化学堵水时，确实累些，通常上井连续干20个小时之多，有时，甚至连续干一天一夜。为照顾组内年轻同志家住得较远、孩子年幼，他往往让年轻同志按时上下班。而作为课题组长，他必须对每一口油井负责。为获取第一手可靠资料，他始终坚守在井旁不得休息，每次施工都亲自看着最后一道工序——返洗结束。更多的时候，他不好意思仅仅作为指挥者在井场指手画脚发号施令，而是和工人们一起搬卸沉重的物品，搅拌堵剂。他懂得一个简单的道理：鱼儿离不开水。他明白工人最厌烦什么。上井施工后，无论从装束或从身上沾的泥浆灰尘程度看，他都是一名合格的"老工人"。

工作紧张的几年，也是郄齐家生活困难的几年。他家属郭丽筠从望都老家携三个未成年女儿随矿后，他岳母也跟来与他们同住。真可谓"上有老，下有小"，经济上并不轻松。有时家里改善生活，先要照顾老人，而后是照顾上高中的女儿，至于剩多剩少，才是他们夫妻的份儿。郄齐家是家中的长子，还得率先做出长子的表率。他父母每年"三节两寿"的份额自不必说，加之他几个弟妹相继成家立业，无论哪个结婚，作为大哥的郄齐家总要出头份儿的。他有限的工资加上家属劳动寥寥无几的收入，勉强支撑这 6 口之家。平时，郄齐家夫妇连个鸡蛋也舍不得轻易送到自己嘴里。

生活清苦似乎就是中年知识分子的美德，尽管如此，郄齐家从不抱怨什么，反而有一种知足的愉快。自己爬几年坡算什么？我们整个国家也不富裕。现在和新中国成立前相比，岂不是天壤之别！自己有个温馨的家庭，三室一厅的单元住宅；尽管 14 英寸的电视机略小一点儿，却也不至于到别人家去看春节联欢晚会……更可贵的是，郄齐家有自己纯洁的爱情，有个知冷知热的贤内助。家属郭丽筠文静而清秀，在乡村当过医生，烈士的后代，凡事深明大义，全力支持丈夫的事业。她几乎总揽了琐碎家务，将三个女儿养育得像三朵鲜花。有了相敬如宾的家属，有了可爱的女儿，有了家庭伦常欢乐，有了属于自己的事业，郄齐家还有什么不满足呢？

阵痛，是一种孕育，有痛苦也有欢乐。

生活中的"阵痛"似乎每个人都经历过，工作中的"阵痛"并非每个人都有权利享受。

无机堵剂试验开始前，郄齐家首先查阅了大量有关参考资料，并认真求教局研究院的地质专家。而后，他又求教了一些地质、采油方面的局内专家，那段日子他显得格外忙碌，一辆旧自行车忽而到研究院，忽而到采油一厂地质队……经过详细的数据论证后，他拟定出9种配方的无机堵剂：水玻璃、氯化钙配比堵剂；水玻璃、石灰、水泥配比堵剂；水玻璃、般土、石灰配比堵剂；水玻璃、石灰、水泥、蛭石配比堵剂……这9种方案，究竟哪一种最合适呢？

实验室里的艰辛试验开始了。他与课题组的几位同志，终日与粉末儿、液体、瓶瓶罐罐为伍。时常在试验室一呆六七个小时，有时饭也顾不上吃。

第一次试验——失败。

第五次试验——失败。

第十二次试验——失败。

第二十次试验——失败。

第二十五次试验——失败……

有人传说，当年“六六六”整整试验666次，最后才成功。如此说，665次失败都具有无可估量的参考价值。

然而，郄齐家没有那样惊人的毅力与恒心。在无机堵剂二十几次配方试验失败之后，他产生了一种困惑：无机堵剂该不会是不可能实现的空想吧？他开始怀疑自己干了件极蠢的事。他的心情也随失败次数的增长而日益沉重。

渐渐地，他食不甘味，味同嚼蜡。觉也睡不安稳，梦里时有冗长而苦楚的叹息，难哩，陌生的路难走。在黑暗里摸索难免碰壁。

初春，柳树渐渐舒展开婀娜的枝条随风摇曳，千姿百态。郄齐家无心赏玩这迷人的景色，一天上午，他步履沉重地推开科研科办公室的门。进门后一声沉重的叹息：“老孙，无机堵剂不好做，比有机堵剂难做多了，恐怕难成功啊……完不成科研任务。”当时的科研科长孙记荣同志关切地望着日渐消瘦的郄齐家，沉默片刻安慰道：“完不成没办法，咱们如实上报吧。”

这天，郄齐家起个大早——总惦着试验的事，确实睡不着。家属已起床梳洗，开始进厨房忙碌。他推开房门，步出楼宅，吸一口新鲜爽口的空气。朝霞冉冉，天高气爽。他漫步于厂区的柏油路上。晨风习习，轻轻梳理他的头发；路旁，枝头一抹新绿散发出沁人的清香。他精神为之一振，心窗豁然洞开：路，还是要走下去；尽管这是一条坎坷不平的路……

功夫不负有心人。郄齐家坚定了自己的信念，继续试验下去。他终于闯过黎明前的黑暗，试验逐渐开始有了希望，胜利的曙光初露端倪。那一次次的失败数据不再是僵死的，而是充满生命的活力。或许是失败次数太多了，他已记不清究竟是哪一次试验给他带来那一线光明。他仅粗略记得：大约三十几次试验以后，心头逐渐轻松。之后，每次试验，便为成功补充一次新数据。在第六十次试验以后，他确实感到：成功的距离咫尺之遥！

这天上午，他找到局堵水协调组组长王云鹏，兴奋地说：“无机堵剂配方差不多了，做个动态试验吧？”

王云鹏不敢懈怠，马上与局钻井工艺研究所联系。钻研所深知采研所的科研经费很紧张，便敞开无私支援之门，免费为郄齐家小组做了三次无机堵剂动态试验。3 天之后，郄齐家见到动态试验报告：抽化试验大于 8 小时。

按动态试验结果做理论分析，该堵剂上井试验没问题了！于是，该堵剂定名：YD10-HB 新型无机复合堵剂。

堵剂的诞生，才仅仅是成功第一步。这种无机复合堵剂究竟效果如何，除了试验室的理论数据外，最关键还是现场油井堵水效果，还要看是否与该堵剂相适应的油井现场施工工艺。

郄齐家并不轻松。

五、诞生

局里对郄齐家科研课题的任务很明确：1988 年 10 月之前拿出堵剂配方，年底之前试验一口油井。

实际上郄齐家小组通过 5 个月的奋战，6 月初就拿出正式堵剂配方，比局里要求提前近 4 个月时间。采油一厂的地质老总刘仁达闻讯后，立即催促将堵剂投入油井现场试验。

1988 年 6 月 20 日，全套人马浩浩荡荡开赴任 11 井，这是郄齐家课题的首次现场试验。由于无机复合堵剂初凝时间比有机堵剂短十几个小时，因而要求现场施工在限定 8 小时以内完成。

这天，天气炎热，加之首次试验，现场的人们紧张程度自不待说。郄齐家更是十分激动，除了现场技术指挥外还不自觉地投入火热的劳动之中。一袋袋石灰、水泥至少几十斤乃至上百斤重，郄齐家与众人一起背上背下，忘我地拼命干。他还不停地招呼配比搅拌，注入流量控制，忙得他气喘吁吁大汗淋漓。石灰水泥粉尘弄得他浑身上下灰突突，仅剩两排牙齿是干净的。现场施工无水可冲洗，他强忍石灰水泥烧伤脸手的疼痛。

任 11 井首次试验旗开得胜，堵水效果良好，该井增油显著。而后，他们又在任 208 井、任 7 井、任 15 井等继续试验。不料，在任 7 井试验出了偏差，由于该堵剂的施工工艺未掌握，出了一次“插杆事故”。

接着，任 15 井、任 367 井等 4 口井试验相继出了不同类型事故。在一次堵水协作会上，个别同志产生了对这种无机新型复合堵剂的怀疑。一口油井价值上百万元啊，弄不好会白白葬送掉。谁能负起如此巨大的损失责任呢？

郄齐家心里也不住敲鼓：是啊，上百万元的事非同小可！他私下问采油一厂的地质老总刘仁达：“刘总，咱们还干不干？”

“干！”刘仁达回答干脆利索。

在关键时刻，采油一厂的厂长杨复民挺身而出："无机堵剂的试验继续干，出了事故我们领导负主要责任！"

一次，开完技术协作会，杨复民单独留下郄齐家和刘仁达，坚决地说："你们只管大胆去干，出了问题我顶着！"

有如此远见卓识的领导鼎力支持，郄齐家心里有了底数，继续与刘仁达等同志合作，认真总结失败的教训、改进油井现场施工工艺，陆续又试验了 30 多井次。试验效果良好，次次成功，再没有发生技术事故。截至 1989 年底，这项科研现场试验 38 井次，有效率为 77.4%，增产原油 7.8 万吨，创经济效益 630 万元。仅无机堵剂成本低廉一项，就比有机堵剂节约开支 60 万元。

1989 年 11 月 10 日上午，这项科研成果的鉴定会在采研所科技会议室隆重召开。

已是初冬时节，室内还没供暖气。刚进会议室，未免感到有些阴冷。可是，渐渐地，室内温度随着与会人员的热烈而庄重气氛而悄悄升高。

会议由局技术开发部高级工程师刘永恩主持。局内地质、采油、化学方面的专家汇聚一堂，期待着认真检验这项有创举性的重大科研成果。十几位专家评委前排就座，并不时在记着什么，专家们的目光是挑剔的。

首先，郄齐家就无机新型堵剂的性能、特点、作用、效果，一一向评委们做了介绍。他在介绍过程中，辅以幻灯图片，以图片上曲线、图形、数据等项说明，帮助评委理解。为了说明某些技术性问题，他还向评委们出示了岩心标本和实验样品。

郄齐家的心怦怦跳动着，他根本没觉出室内的阴冷，只觉得浑身燥热，情绪亢奋。那目光里是一种热烈的期望与深深的渴望。面对十几双挑剔而慎重的目光，他时而面带微笑双颊泛红，时而神色庄重嗓音朗朗，叙述沉稳有力，既富有条理性又富有感染力。

正好半小时。郄齐家意犹未尽地坐到椅子上，暗暗松口气。之后，刘仁达介绍了试验油井施工前后的产量与含水量变化数据对比，材料翔实而可靠，令人信服。

评委们目光缓和，不时颔首。

随之，采油一厂的代表介绍了该项科研的施工工艺情况，宣读了《用户意见》，表示对该项科研成果很满意。该项科研成果已成为采油一厂主要增油减水治理老油井措施之一。

接着，答辩开始。几乎每位评委都就科研及现场施工工艺提出两三个问题。

“大孔道范围到底指多大？”

“100 微米以上的孔道都能堵吗？”

“该项堵剂的强度究竟大到多少？有无量的指标？”

……

郄齐家与刘仁达分别就评委的问题一一作答，表现出沉着、冷静、自信而谦逊……

近 3 小时紧张而热烈的气氛，该项科研成果终于以令人信服的事实通过局级鉴定。

鉴定评语大意为：该成果具有独创性，属国内先进水平。其性能均适合碳酸盐岩油藏的增油减水需要，能封堵大孔道缝隙，能堵能解，强度大，适合大压差生产，成本低廉。该项科研荣获 1989 年度局科技进步一等奖。

1989 年 11 月，该项科研成果又顺利通过部级鉴定，并作为重点科研成果在全国同类油藏生产中推广应用。

“不经一番寒彻骨，怎得梅花扑鼻香”。作为一个幸运的成功者，郄齐家第 3 次荣膺局劳动模范称号，并被树为局劳模十五大标兵之一，第 4 次蝉联局优秀共产党员称号。

尽管如此，他并没有躺在功劳簿上坐享其成，而是向更高目标奋进。

目前，他正在全身心投入新开课题的紧张研究中。当然，他可能再度饱尝失败的苦涩，也可能再度陷于迷茫之中；或者，他不再那么幸运……但是，作为一名党培养出的技术干部，他问心无愧。

最后，让我们以马克思的名言结束本文：

“在科学上没有平坦的大道，只有不畏劳苦沿着陡峭山路攀登的人，才有希望达到光辉的顶点。”

“血液”的呼唤

李文强

工业离不开石油，犹如人体离不开血液一样，因而人们在石油的“能源家庭中的宠儿”这一美誉上，又加上了一项“工业的血液”的桂冠。

感谢大自然具有特殊的“造血”功能，为共和国提供了储量丰富的石油宝藏。

如果把石油的管线比作大自然奔流的血脉的话，那么它在由地球深处向地表运移的过程中，必然会产生千奇百怪的“病患”。正是在对这些“病患”的治疗中，成长起一大批新中国的石油技术专家。他们创立了一整套中国的石油开发理论体系。

在华北油田设计院，作者见到了华北油田化学高级工程师、管理局劳动模范标兵魏玉庆同志。

他，54 岁。看得出，他黯淡的脸色掩盖了昔日的白净，额上深深的皱纹印着对事业的追求与拼搏。说起话来，笑容中含着严肃，诚挚中带着谦逊。“我们的工作是研究除去掺杂在原油中的水及杂质的药剂的，可以说，紧紧围绕原油开采中的‘病患’搞攻关，以提高这种‘工业血液’的采收率，这是我们的根本宗旨。”

别古庄告急，他迎难而上！于是如此行当

“丁零零……”

告急电话传向采油四厂，又传向管理局机关。派人，观察，分析，诊

治。回答的却是摇头连着摇头，叹息拽着叹息。

也怪，历史车轮推进到20世纪80年代第7个年头，京郊这块广袤的宝地上，竟出现石油开采史上罕见的“病魔”：原油夹杂着米黄色泥沙扶摇直上，古一联全站原油含水50%，而矿化水中平均每升含泥沙1521.4毫克，有的井每升含泥沙达19514.3毫克。这恶魔，似黄河水神在咆哮，给原油脱水、原油生产以极大威胁。

没有簇拥，没有张扬。魏玉庆默默地被请出“山”了。

也许是上天的安排，他的科研攻关之路隐没在崇山峻岭之中，攀登是艰难的。来油田的10年中，给他的净是些难啃的骨头。庄一联合站棘手的原油脱水未利索，古一联合站的重负又压上了肩头。

车到现场，没有喘息，没有安顿。三个座谈会，一股脑儿开到夜里。一张张忧郁、焦躁、不安的脸庞，给魏玉庆的心头压上重重的铅石。

“从井里冒出的，全是新鲜玩意儿，我们连见都未见过。”

“来过几茬人，都没回天之力。魏工，就看你的绝招了。”

“耽误了原油生产，我们领导成了热锅上的蚂蚁。”

句句话语撞击着他的耳膜，也撞击着他那颗滚烫的心。他知道，原油含水、含气是司空见惯，不足为怪的，可原油含泥沙，就足以为怪了。能否用药剂除掉，国内外尚无先例，难以把握，这是其一。其二，别古庄危难之际，自己被推上英雄和“狗熊”的较量台。能当英雄，倒还光彩，否则，自己这张老脸也不好搁。其三，关键的是原油产量。国家下达给华北石油管理局的805万吨年生产计划早已确定。尽管管理局采取目标分解之妙计，一口井一口井地挤，一天一天地算，任务能否完成的弦还时时刻刻紧绷着。为此，局处两级干部搬起行李卷，进驻采油一线。别古庄就有一位局常委的领导坐镇呢！

冀中平原的5月，绿满大地，鸟语花香。魏玉庆无暇观赏这美好的自然风光，和同伴们在密如蛛网的油田井站之间穿行。问情况，测数据，集油品，查设备。仅6天时间，他的足迹就遍布100平方千米的别古庄油区内14个计量站，70多口油井。

表面看去，魏玉庆的身体还算结实。其实不然，他受着慢性肝炎、肾结石和前列腺炎的折磨，已10年之久。异常的劳顿，超出了他所承受的能力。每天清晨，脸面、眼泡儿肿胀起来，眼球儿陷进眼眶内，腿肿得像未蒸熟的馒头，一按一个坑。年轻技术员小焦见了，心疼地说："魏工，您别跑了。要啥资料，我们跑来给你汇报就是。"他笑笑："不行，数据准确与否是攻关成败的关键，我得亲自去。"

魏玉庆和同事们带着大量数据、资料、油样"飞"回设计院，投入"三班倒"的分析化验之中。

夜，深了，像喘着粗气拉着破车的老牛，蹬5里路的自行车，他来到东风村居民区的家，就一头扎在床上。累，实在是累，全身骨头像散了架。盼望着劳累了一天的大脑迅速进入梦乡，使体内精力得到足够补偿。但睡梦之神始终不能从数据的脑海里挣脱出来。

作为别古庄地区脱水除泥课题组负责人，攻关的胜负取决于自己的能耐；作为设计院派出的技术代表，知识分子密集单位的水平，体现在自己身上；作为原油上产的中坚力量，为保证国家计划的严肃性，自己有不可推卸的责任。他觉得，领导和同志们的眼光，和蔼的、期望的、慈祥的、尖厉的、刻薄的，一齐从四面八方投集到自己身上。

根据显微化验和放大600倍观察，别古庄原油中脱出的米黄色乳浊液具有特殊性。它属油包水型液体，液滴大小均匀，呈球状高度分散在污水中。原油绝大部分附集在薄膜而致密的油水界面膜上，且在低温输送下析出的微细蜡晶和沥青质、胶质也吸附在这种膜上，对破乳脱水除泥极其不利。多方因素错综复杂，如何选择化学药品配制成除泥剂呢？

他再也躺不住了。

一骨碌从床上爬起来，戴上老花眼镜，他的大脑又被思绪的狂涛卷入到《国内外热化学脱水现状》《水处理手册》《化工辞典》等知识海洋中，像一叶小舟，颠簸着、飘荡着，极力寻觅着理想的彼岸。

老伴儿埋怨：“挨冻受累的，你逞啥能？要想管别人，你做官儿呀！又没那个能耐。”

一连几个晚上，他记不得摔了多少次跤。手冻僵了，脸冻疼了，腿关节炎冻得贴“风湿膏”还无济于事。他牺牲了在舒适温暖的家里欣赏电视节目的业余生活，放弃了逗看孙女所享受的天伦乐趣。而且，还额外搭上几盒“凤凰”烟。

“我们不单纯做实验，还教你们操作，如需要，还搞脱水工艺流程改造。不搞彻底不罢休，不为你们减少大量体力劳动不回院。”

夜晚谈，白天讲，魏玉庆和 30 多人磨了嘴皮子。真诚终于换来理解，换来笑脸。尔后，魏玉庆和同事们与工人一道上白班，倒夜班。一辆自行车，光两个多月的上下班就行程 500 多千米。

实验进程向人们表明，任二联脱水工艺流程及主要脱水、加药和污水处理设备也需更新改造。

魏玉庆是个热心人。对同志热心，对本职工作热心，对社会主义建设事业热心。

他所在的脱水组是根据生产需求研制原油脱水药剂的，工作内容无非是沿着发现问题、调查取样、分析化验、药品筛选、现场实验、协助推广的轨迹，循环往复，直线式上升，螺旋式发展。可脱水工艺的改造本属设计专业承担的工作，魏玉庆依仗自己对脱水的娴熟技术，主动承担起并不属于自己的那份“闲事”，还得到院室领导的支持。

很快，他画出草图，搞出改造方案。方案经逐级审查，拍板实施。

保证原油生产这个现实，决定任二联脱水工艺改造必须在整个油气集输正常运转下进行，这就给施工增加了巨大的困难。

管道内油流夹杂着天然气在高压下急速流动。要增改阀门，须动焊枪。

稍有火星，必燃大火，随即爆炸，后果不堪设想。魏玉庆参与采油厂施工讨论，和工人们采取先在管道外焊接管头、法兰、阀门，后开启阀门，下钻头钻割圆弧切口，再用铁棒顺阀门砸击割圆口，在原油喷发的一刹那拔出铁棒、关闭阀门的办法。共更改阀门 50 个，带压开孔 21 个，不带压开孔 50 个，创造出未出任何事故的奇迹。

四号油罐容积万方，要开孔安装两只流量计和 4 个阀门，别说是明火，就是铁器摩擦一点儿火星，也足以点燃天然气，使几千万元的联合站毁于一旦。

有的好心人婉言相劝，担心万有一失带来恶果，说：“多余管那闲事。一旦发生意外，就吃不了兜着走喽！”确实，尽管魏玉庆经多方科学论证，但心中仍似揣着小老鼠，七上八下不平静。

放油，排气，测试，宣布开工。有的工人闻到天然气味，还是不敢上前握那把焊枪：“自己死了无所谓，甩下老婆孩子怪可怜的。”一工人快速拉过魏玉庆，激动地说：“你不能走！”言外之意，要死，死在一块儿。

“行！”老魏一扬手，话说得异常有力。

“咔嗒，咔嗒……”无情的时钟送走昨天，迎来了今日。他大脑显得麻木，似乎又有些思维的短暂停滞。他点上根“玉兰”，一口口深深地吸着。每当这时，唯独能使自己大脑解围的就算是烟卷儿了。走出门外，顿时满天星辰眨着眼睛投来温柔、安慰的光，他心里自然增加一种愉快感。

躺在床上，朦朦胧胧像是睡着了，但大脑似乎还在活动着，嘴里不时蹦出“数据”“流程”“加药”之类的话来。像往常一样，老伴儿总是用手指捅他脊梁，心痛地说：“就你能，闭上眼还唠叨。”东方破晓，魏玉庆又失去了睡意。灵感的驱使，他意识到办公室里还有一本可参阅的国外资料，便穿衣下床。

“等一等！”

他被吓了一跳。

“看你那褂子，穿反了。”老伴儿跟出来。

他笑了。是难堪的笑，也是自然的笑。

多么难熬的一个个夜晚呀！

从现场调查，分析化验，查阅文献，到配方筛选，研制药品，一个多月里，魏玉庆循环往复，度过了一个个不眠之夜。带着肿胀的脸庞，带着充满红丝的双眼，带着惹人烦恼却时时受着折磨的慢性病，他奋争了 30 多个白昼和夜晚。

……

6 月初，我国石油开发史上首创的除泥剂 HCN–1 问世了。现场试用，果然奏效。继而，兴利除弊，又先后研制出 HCN–2、HCN–3 两种除泥剂。加上对部分工艺流程的改造，使古一联合站原油由原来每升含泥 1521.4 毫克降至 1.85 毫克，每升脱后污水含油从 2103 毫克降至 2.3 毫克，原油含铁量从 2.42 毫克降到 0.02 毫克，都优于部颁标准，年直接经济效益达 35 万元。

现场的工人笑了，技术人员笑了，领导干部也笑了。在掌声中，采油四厂职工将两块写有“除泥效果显著，脱水效益最佳”“水质合格第一功”的匾额先后赠予魏玉庆。

魏玉庆名声大振。一个“脱水专家”美誉传遍华北油田。一次次脱水难题，一回回紧急指令，处长点名，局长道姓。为了抢油，为了地下“血液”畅通，他有求必应。

数九寒天，千里冰封，百里雪飘。庄一联合站脱水不合格，几十辆油罐车“长龙”般急待“充饥”，几十位司机挨冻受饿一个昼夜。

通知一到，魏玉庆乘车出发。茫茫雪路，百里之内 7 起车祸，车毁人亡，鲜血染地，目不忍睹。司机心惊胆战，魏玉庆连连安慰。一天艰难，行至现场。一位领导同志激动地握着魏玉庆冻僵的双手，称赞说：“为了拿油，你是玩儿命到这里的。”

内蒙古边疆原油即将首车拉运兰州。赛汗塔拉车站罐车停靠，阿尔善原油却脱水不合格。二连石油勘探开发公司电波告急。魏玉庆挂帅出征，3天行程，赶赴前线，一周内剔除了压在人们心头的重石。

“呜——”一声汽笛长鸣，历史翻开了内蒙古草原石油开采史上新的一页。

……

年年岁岁，岁岁年年。魏玉庆，我们的原油“脱水专家”，4年中先后解决了5个主要原油处理大站及所辖油区的脱水除泥问题，为国家创直接效益达130多万元。

闲事多管，吃不了兜着走哟！心里揣着小老鼠

爱管闲事对否？这是世人争论的话题。或许，管闲事管出喝彩，管出称道，管出名扬四海；或许，管闲事管出唾骂，管出冤家，管出臭名远扬。不过，在社会关系越发复杂的今天，不少人还是把“少插言，寡拌嘴”作为自己的处世哲学的。

魏玉庆秉性爱说。话说多了，自然就免不了管了多余的事。而这些事对他来说是不得不管，不管觉得心里难受。

1986年底，瑞雪覆盖了整个华北油田。一连数天，浓雾笼罩着人们的笑脸，压抑着人们的心扉，堵得人们烦躁不安。

夜晚，魏玉庆出门，在东风村至任二联合站的雪路上骑车行进着。滑倒了，连人带车。爬起来，又摔倒。倚仗着他那件棉大衣的忠实保护，摔也不怕。

这是他自揽的“闲事”，心甘情愿自觉自愿地去做本来不属于自己职责范围内的思想工作。

根据管理局部署，设计院研制出适合低温脱水的高效破乳剂HD-3。局、院、采油一厂决定在任二联合站进行现场实验，确定魏玉庆为实验组

组长。可是，他和同伴们深入现场半个月竟取不成真实数据。

“实验，实验，成败各半。成功了，有他们技术人员看着操作，是他们的成果。他们走了，我们玩儿不了这些铁家伙，剩下端屎倒尿的还是我们倒霉。”

“他们搞实验，给我们增加不少工作量。”工人的话拐弯抹角灌进他耳朵。他着急呀！

任二联是任丘古潜山油田的核心。古潜山又是华北油田拿油的主战场。可随着开发进程的推进，尽管采油专家采用卡、堵、酸、抽等技术措施，原油含水仍持续升高，有的井含水达50%。因而，原脱水装置不适应，破乳剂耗量高，脱后污水带油、带杂质高，且不能回注，形成站内恶性循环，外输原油因含水受罚。使用新型破乳剂已迫在眉睫，时不我待。

从某种意义上说，工人的担心可以理解。他们轻车熟路，习惯传统管理模式，唯恐新实验不成而甩给他们包袱。工人思想不通，有当官儿的来管。通了，咱们吃些苦，出些力；通不了，搞咱们的科研，井水犯不着河水。可是，别忘了，我是共产党员！做群众思想工作是义务，是责任，不能瞪着眼让国家受损失啊！

……

夕阳西下。当最后一条焊口完成后，人们屏住的呼吸终于放开了，一张张绷紧的面孔舒展得像朵朵盛开的荷花。一位工人伸出大拇指，说：“这样的知识分子我们欢迎！”

老伴儿守米，老母淌泪！家事无暇关顾

“只为家庭活着，这是禽兽的私心；只为一个人活着，这是卑鄙；只为自己活着，这是耻辱。”俄国伟大作家奥斯特洛夫斯基的名言，深深地印记在为人类事业而奋斗的人们心上。

粮店门前，时过中年且拖着瘦弱身体的她，一袋袋，把370斤大米拖

出门外，滴滴汗水摔在地上，半袖的确良衬衫湿透了半截。好狠的烈日呀！店门西向，火辣的阳光无情地烤过来。

一等，再等，三个小时过去了。

你让我先来排队，把允许用粗粮换的大米买出来，你在班上处理完事来接我吗！四年中，要么，到采油厂搞实验，要么，就出差调研。掐着指头数，光在外吃住就合上两年了。家里像是你的“旅馆”，家务事一点儿不沾。几十斤的液化气罐，孩子在家孩子换，孩子不在我换。人家见我，问你们魏师傅呢？我说：甭想指望他。偶尔换一次，气罐驮到办公室，心思跑到实验室。中午做不上饭，只能借邻居的“光”。

“看吧，准是又忘到后脑勺了。”焦急、烦躁，她的心火急火燎的。

他没忘。

本来，魏玉庆下午到供应处拉配制除泥剂的药品后，想再把米弄回家。可计划跟不上变化。因手续繁杂，拉回第一车，时间已逼近下午 5 点。还得返回拉第二趟呀！关键是别古庄原油含水、含泥影响到产量，明天必须把除泥剂送至前线。面对原油生产告急，能放下身上重任而先顾及个人私事吗？

她又气又急。

人都下班了，怎不见你的影子？你不看看，西北天空阴云密布，风雨在即；你不瞅瞅，行人跑的跑，躲的躲，你却铁石块，稳坐钓鱼台呢！

怎么办？好，附近有老乡住家。她，一位面黄肌瘦的弱女子，搬一段，不行，又拉，一袋袋，硬是将 370 斤大米拖到六七十米远的简易房里。她气喘吁吁，上气不接下气。如若不是主人在家，她的泪水会成串成串地淌下来。

晚上 9 点，魏玉庆拖着疲惫的身躯迈进家门槛儿。尴尬，内疚，忏悔，疼爱，一种复杂感情在纠缠着他。

老伴儿呀，我欠你的账太多了。

这几年，你总念叨胃部闷胀，脸也浮肿，多次让我陪你去医院检查。我工作忙，腾不出时间。前些日子，还是大儿子带母亲看病，医生确诊为肝硬化。直到今天，“乌鸡白凤丸”“益肝灵”还时刻陪伴着你。

自从来到魏家门上，我在外上学、工作，家庭重负你一人顶住。拉扯4个孩子，照料婆母，料理连哥嫂在内十多人的衣食住行。你要强，是生产队妇女队长。挖沟挑渠，抗旱担水，没日没夜地拼在地里。这几年，你随矿来油田，孩子陆续有了自己的饭碗。你应该享福了，应该！可是，几十年劳顿累坏了身子，染上疾病……

1987年7月，年近八旬的老母从鲁西北平原来到油田。刚一下车，看到来接的是儿媳、孙子忠林和孙媳，着急地问：“忠林他爸爸呢？不是说好来接吗？”

“本是要来的。可是公家有事，出差了。”

老母听后，两行热泪流下来。命运，对于老人来说是不幸的。前几年，年仅50岁的大儿子患病早逝，撇下老人和一堆孩子。二儿子魏玉庆患肝炎、肾结石住过两个月医院，至今未断吃药。老人身在老家心在油田，时时惦记着他。“我老了，你们就瞒着我。”老人心情沉重，哭哭啼啼。

尔后，远在别古庄的魏玉庆得知老母的境况时，晚上驱车3小时，凌晨一点回到家。“娘，我身体还好，别惦念着。外边需要我。我不在场，工人们干不了活，耽误原油生产不行。我不能在家照顾你老人家。”

第二天一早，魏玉庆又踏上北去的征程。

他深深感受到“自古忠孝不能两全”的味道。古人曰：“父母之心，爱子孙一也。”像老母疼爱自己一样，他也疼爱着自己儿女和孙女。但为了工作，他无暇尽心履行长辈的义务。女儿未考上学，埋怨他没有辅导；儿子请教他技术，没能如愿；就连3岁的孙女几天见不上爷爷，也哭哭嚷嚷。

若为名利，就不甩开膀子干了！手捧奖赏，心在颤抖

人生到底为什么？

有人信奉“对酒当歌，人生几何”，把自己精神与物质的享受建立在别人的辛勤劳作之上，昏然度世。他们追求实惠、金钱、财产、虚荣和奢侈，把吃饱喝足，玩够捞足甚至花天酒地、挥金如土的腐朽生活当作“幸福”的目标。可是，魏玉庆有与他们不同的根基、不同的理想、不同的追求。

他不会忘记，儿时，自己是贫苦农民家中的讨饭娃子。讨饭路上被狗咬的伤疤至今还印在他的腿上。他的成长之路，每一步都渗透着党的关切，倚靠着人民的乳汁。上高中时，是学校唯一补助 12 元生活费的孩子。读中学时，在祖国刚刚收拾完旧社会遗留给共产党人的破烂摊子，国家根底非常薄弱的情况下，享受着甲级助学金的厚遇。大学 5 年，在三年困难时期，他除花上国家补助的钱，还用上人民救济他的衣服和蚊帐。他发誓，一辈子不忘党和人民的养育之恩。1960 年，在全校几千名学生中，他第一个在庄严的党旗下，举起他那只有力的手臂宣誓。从此，他把自己交给党，交给伟大的共产主义事业。

“我想，作为人，活在这个世界上，是要依赖于别人的劳动，但自己也要以同样的分量偿还自己所领受了的和至今仍在领受着的东西。作为一名共产党员，应该是为人类的贡献最大，为自己的索取最小。走到哪里，都不能忘记这一条。”

在原二机部北京第五研究所，他潜心研制核燃料，并主搞“745”工程，获得一次试车成功。来油田 10 年，结合原油生产，他参与并负责不少科研课题，并取得成果。其中有 5 项获管理局优秀成果、节能奖，8 项获院优秀科技成果奖。

至于“名”“利”，他有啥可图的？白天、夜晚、心血、汗水。十多项科技成果，仅三四百元项目奖，这小小数字，岂能和成果价值相比拟，但

对于他，已经满足了。

长期的现场实验生活，失去了他家庭生活的平衡，也给他的身体带来痛苦。由于超常劳累，他的慢性病得不到有效控制不说，单就去年冬别古庄那场西北风，在野外冻得他腿关节炎发作，左肩膀关节受损。时至今日，尽管贴膏、服丸、烤电，仍上楼腿费力，干活膀子疼。

54 岁了，图的是什么？金钱？否。舒适？也不是。只要用自己的辛勤劳作，换回原油脱水除泥合格，换回增产原油，自己就倍感宽慰了。

1989 年 2 月，可以说魏玉庆“名利双收”。劳模会上，他披红戴花被掌声拥上主席台。手捧华北油田劳动模范标兵证书和 300 元奖金，这位硬汉子的心颤抖了。

“说实在的，说心里话，论技术水平，我并不比别人高，论贡献，我并不比别人大，只不过和大家一起，在为国家增产原油的工作中，我尽了共产党员应尽的义务。”

此时此刻，他心情激荡，浮想联翩。他似乎听到了原油脱水告急的新的召唤，看到了祖国建设的“血液”按照人的意志滚滚流向远方……

燕　子

李化林　李汝宁

应该说，生活的全部意义，都在于对事业的追求之中，当然，要追求就免不了有痛苦。但幸福最终属于追求者。

——摘自采访日记

2 月，华北的 2 月仍春寒料峭。

华北油田勘探一公司职工礼堂却春意盎然。主席台前，十几盆红、黄、白色的鲜花竞相开放。这里，局劳动模范标兵演讲团正在给上千名职工做报告。此时，主席台上的麦克风前，一位圆圆的脸、大大的眼、梳着短发的女青年，正在向听众讲述自己的经历。她那浓重的苏北口音，深深地打动着听众的心，会场不时响起热烈的掌声，很多人都被她的事迹感动得流下了热泪。

这位女青年叫毛海燕，是华北油田地球物理勘探公司的放线工。90 年代第一春，对毛海燕来说，可谓是“双喜临门”，她被评为 1989 年度管理局劳动模范标兵，又被评为河北省“四自”标兵。

一

生活中的事情往往令人不可思议。有时，一件小事就会改变你的生活之路，促使你追求她，热爱她，甚至为她付出自己的一切。

中学时代，一次偶然的机会，毛海燕和同学们到镇上看了一场电影，电影的名字叫《创业》。也许是学校良好教育的熏陶，也许是对英雄人物的崇拜，十几岁的毛海燕那颗少女的心灵，深深地被影片里的人物打动了。东北平原上那严寒拥抱着的白雪，蓝天下的草原上矗立起的高高钻井架，从千米地下喷出的乌黑的原油，以及石油工人那雄壮豪迈的气概，在小海燕那富有想象力的脑海里，留下了深刻印象。

十几年后，当回忆起那段往事时，毛海燕面带兴奋的神情说："没想到，少年时代的愿望，后来却真的变成了现实。"

是的，1978 年高中毕业后，毛海燕真的告别了自己的家乡，带着在黄海岸边成长起来的憧憬和理想，加入了石油地球物理勘探的行列。当时，毛海燕高兴极了，兴奋极了。

刚开始，她被分配在基建大队当钢筋工。可是不久，聪明伶俐的毛海燕就被领导看中了。于是，她被调到办公室，先后做过描图员、会计等几种工作。就这样，一晃几年过去了。工作的频繁更换，使毛海燕深感不安。她觉得在后勤工作还不能算一名真正的石油工人，真正的石油工人应该到生产一线去，在荒野中摔打磨炼自己。

正当毛海燕想调往生产第一线时，组织上又通知她到石油物探学校当打字员。

夜晚，皎洁的月光，透过玻璃窗洒在屋地上，把室内映得灰蒙蒙的。毛海燕躺在床上，翻来覆去睡不着。她想，要到学校当打字员，就甭想到生产一线去工作了，何不趁此机会，调到生产一线去呢。常言说："人生能有几回搏，青春不搏何时搏。"毛海燕思索很久，终于下定了决心。她翻身下床，连夜写下了要求到地震队工作的请调报告。

第二天一上班，毛海燕就把请调报告交给了领导。

她要去地震队工作的消息传开后，周围的人震惊了。

地震队素有"吉卜赛部落"和"男人的世界"之称。流动性大且不说，那艰苦的环境也够人受的。在华北，由于地震工作是在冬季施工，一年的工作任务要在三四个月内完成，而且日工作时间平均在 13 个小时以上，所以，很多人“挖门子、找路子”，千方百计地想调出地震队，而在这种情况下，毛海燕主动要求调到地震队去，似乎让人不可思议。

人们议论纷纷：“她在后勤待腻了，到地震队只不过想换换口味罢了。”

“一个姑娘家要求到地震队去，会后悔的。她哭鼻子的时候在后头呢。”

好心的朋友要她慎重考虑，劝她最好不要去，她婉言谢绝了。

毛海燕下定了去地震队工作的决心，并取得在局机关工作的姐夫和姐姐的理解和支持，得到组织批准后，毅然扛起行李，来到了地震队。

就这样，毛海燕放弃了很多人向往的工作和环境，在原野中，开始了对人生的新追求。

二

人生的道路是不平坦的，在这条路上行走，遇到的事情往往使人始料不及。在意想不到的困难面前，意志坚强的人，会毫不犹豫地闯过去，向所追求的事业奋勇前进。

毛海燕就是一位这样的人。

到地震队不久，毛海燕就北上内蒙古二连地区。在二连地区奋战了两个夏季之后，1984 年的冬季，毛海燕又随队伍返回了河北。

一个寒冷的冬日下午，迎着凛冽的北风，毛海燕在枯黄的田野上细心地查线。突然，对讲机里传来队长的声音：“路口的大线被汽车轧坏，立即抢修。”此时，正是将要放炮的关键时刻。毛海燕关闭对讲机，甩掉身上棉大衣，飞快地向二里以外的路口跑去。半个小时过后，毛海燕已经熟练地把线修好。她背对着呼呼刮过的寒风，长长吐出口气。方才由于着急出了一身汗，此时被风一吹，禁不住连打了几个寒战。顿时，她感到身体有些不适，随后，又觉得胃有些疼痛。她强打着精神，用手顶着胃部继续查线。

收工回驻地时，已经晚上 8 点多钟了。

由于胃的疼痛，毛海燕晚饭只吃了一点，就再也吃不下了。随后就呕吐起来，不但把吃下去的饭菜全倒了出来，而且还吐了几口血。

血，是那样的殷红。宿舍的同伴看毛海燕脸上那痛苦的神情，十分着急，她们立即把队上的领导找来。

“立即送医院！”指导员焦急地说。

队上的值班汽车，冲破夜的帷幕，经过两个小时的奔波，把毛海燕从霸县送到坐落在徐水县的物探局职工医院。

经过医生的全面检查，毛海燕患的是大面积胃溃疡出血，需要立即住院治疗。一向对身体不太重视的毛海燕，这次仍以为，只要打打针、吃些药就会好的。然而她哪里料到，可恨的胃，半个月不能进食，躺在病床上，一输上液就是 16 天。

无奈，毛海燕只得在那间能容纳三张病床的洁白的屋子里住了 50 天。整天被圈在屋子里，毛海燕感到太憋闷了。她要回到大地的怀抱，回到与她朝夕相处的伙伴们中间。

几天来，毛海燕天天缠着医生要出院。医生被她缠得毫无办法，只得勉强同意她出院了，但对她提出两个条件：“一是出院后继续休息半个月，二是要天天坚持吃药。”在医生面前，毛海燕虔诚地保证：“一定按照您的话去做。”然而，走出医院大门，她就把医生的嘱咐抛到了九霄云外。

坐上徐水县开往霸县的公共汽车，毛海燕兴奋得简直想跳起来，望着原野上那平坦无遮的黄色土地，觉得格外亲切，心胸宽阔了许多。由于她急于想见到伙伴，看到那乌黑发亮的大线，下午两点钟到霸县驻地后，她连工衣也未来得及换，就跟队上的送班车来到了工地。

将近两个月的病房生活，可把毛海燕闷坏了。同伴们熟悉的脸庞，长长乌黑的大线，隆隆钻机的轰鸣，使毛海燕的精神异常的兴奋。到工地上，她很快就和同伴们一起干了起来。她干得是那么起劲，好像要把耽误的时间补回来。不一会，她就满头大汗。同伴们见她身体很弱，怕经受不住过度的劳累和寒风的侵袭，劝她回驻地休息，她却不肯，在那寒风侵袭的田野上，仍在忘我地干着，干着。

世上有些事情，往往是不以人的意志为转移的。3 个小时过后，毛海燕的身体渐渐支撑不住，红润的嘴唇变白，脸色蜡黄，同伴们见状，立即把她送上值班车。这时，大家也收工了。回到宿舍，毛海燕一头就扎在床上的被子里，当队上卫生员从她腋下取出体温计时，已经高烧到 39.5 摄氏度。

不幸的毛海燕这次又得了急性肾炎，不得不来个“二进宫”。重新住进了医院那间洁白的病房。

那一年，毛海燕刚刚 21 岁。21 岁的年龄对姑娘来说是金色的，更何况毛海燕是位有着自己理想和追求的姑娘。

转眼，毛海燕在窄小的白色世界里度过了百天。她出院时，人瘦了，身体状况也不如以前了。有的同志劝说：“海燕，你还在地震队干啥，何不借此机会调回后勤。”当时领导也做了要调毛海燕干后勤工作的考虑，可毛海燕却想：“我既然选择了地震队，就要干下去，不能中途退却，否则，我连自己也对不起。”于是，毛海燕谢绝了同志们的善意劝告和领导的关怀，重新返回了日思夜想的地震队。

三

身体的不适，对毛海燕来说并不痛苦，即使再病倒几次。她仍然要返回地震队。然而，新婚丈夫的不理解，初恋的逝去，却使她一度陷入痛苦之中。

他是南京部队一名军医，高高的个子，穿着笔挺的军装，打扮得格外精神。中学时代，他们是同班同学。他是班长、她是副班长，学习上互相帮助，工作上相互配合。四年的学生生活，使他俩结下了深厚友谊。

然而，在人生的征途上，命运却给他们安排了各自不同的道路。中学毕业后，她不远千里，来到华北，当了一名石油工人；他则光荣服役，成了一位军人。尽管彼此天各一方，但学生时代建立起的友谊，在他们走上社会最初阶段，受到了特别的珍视。华北平原，长江岸边，鸿雁传书，感情渐浓。几年后，这两个对新生活充满浪漫想象的有情人，终于跨过热恋的门槛，成了法律意义上的生活伴侣。

1986年农历腊月二十八，这天是爷爷给孙子和孙媳选定的“良辰吉日”。那时，毛海燕所在的地震队，已从石油地球物理勘探局调到华北油田物探公司。那年冬季，地震队正在河北省武清县施工，任务十分紧张。已经是放线班班长的毛海燕，当然不想因为结婚而影响工作。家里接连打来三封电报，可毛海燕把电报悄悄揣在兜里，没让任何人知道。当全队生产任务全部完成，毛海燕风尘仆仆乘车赶到家时，已经是腊月二十八下午了。

都没来得及修饰打扮一番，毛海燕就匆匆被推着举行了婚礼。有人说，热恋中的青年，往往看不到对方的缺点，一旦婚后生活在一起，有时又觉得是那样的陌生。

新春新婚，对毛海燕来说过得并不愉快。过了正月初三，毛海燕就要返回单位，因为要代表全公司几百名职工参加管理局召开的先代会，之后，还要参加白洋淀的地震会战。毛海燕想，丈夫是会理解的，也会支持我的行动的，两情若是久长时，又岂在朝朝暮暮。可事情并不是毛海燕想象的那样简单。她不仅没有得到理解和支持，丈夫反而要她一起到部队去度蜜月。

几年来的野外生活，使毛海燕养成了自我支配的个性。正月初四，她就和丈夫一起离开了黄河之滨的角斜镇，来到了长江岸边的南京市。在南京火车站，在蜜月佳期里，他们真的暂时分手了，一个往北，一个往南。丈夫生气了，分别的一刹那，他向她扔下一句冷冰冰的话：“你会后悔的！”

也许毛海燕太自信了。她没有料到，新婚之后的第一次分别，竟在她的情感上留下了难以抚平的伤痕。

不久，他从遥远的江南寄来了第一封信，要毛海燕立即打请调报告，调回南方。看完信，毛海燕有些不解，怎么能提出这样的要求，他明明知道我是离不开地震队的。她回信拒绝了。

很快，他的第二封信又来了，并直截了当提出了离婚。毛海燕把信反复看了几遍，心在颤抖，眼在流泪。她茫然了。但她很快又冷静下来，写了封长信说服丈夫，请他慎重考虑。紧接着，第三封信又来了，16 开方格信纸上留下的墨迹，表明他再也没有任何考虑的必要。他要建立的是“温馨舒适的小家庭，不愿自己的妻子是只野燕子”。

随后，他来到了任丘，他们面对面地坐在一张桌子旁，然而彼此却显得是那样的陌生，似乎往昔的一切在他们中间都已荡然无存。

“我们从头开始好吗？”毛海燕还想做最后的努力。

“没必要了。”那语气没有留下任何商量的余地。

“既然在生活的海洋中走不到彼岸，分离就分离吧。”毛海燕带着极为痛苦的心情，在离婚书上，按上了那个殷红的、断送了美好初恋的手印。

四

为了排遣初恋的失败所带来的感情痛苦，毛海燕只有工作、工作和工作。

有人说：“放线工，三分钟。”意思是说，放线这个工作没啥技术含量，有三分钟就能学会。

毛海燕不同意这种看法。经过几年的实践锻炼，她认为，地震放线工作不是轻易能干好的，如果没有耐力和毅力，没有甘愿吃苦和勇于奉献的精神，是不能胜任的。

放线工在地震队里出工最早，收工最晚，工作单调、乏味，特别是当遇到较为复杂的地表情况时，更要付出艰辛的劳动。那一次，由于施工的需要，测线要斜穿过滹沱河。河两岸全是沙滩，放线车不能前行，只好“趴窝了”。当时，天空刮起了六七级大风。面对着沙土飞扬的两千米宽的河滩和每袋 70 多斤重的大线，毛海燕没有丝毫的犹豫，她发扬大庆石油会战时人拉肩扛的精神，带头扛起麻袋，顶着凛冽的寒风，迈着艰难的步伐，向指定的地点走去。沙滩上留下了两行沙坑和一滴滴汗珠，紧接着，成片的沙坑和更多的汗珠写在了沙滩上。

两个多小时后，整个大线排列接通了。

晚上 7 点多钟收工时，毛海燕和放线班的伙伴们累得筋疲力尽，个个都成了土人。

由于第二天还要在此地施工，毛海燕决定不收线了，让放线工全部回驻地，自己和两个民工留下来看大线。

漆黑的夜，刮着凄冷的风，风越刮越大，气温越来越低。一天只吃了一顿饭的毛海燕，此时，饿得肚子咕咕直叫，冻得浑身直打哆嗦，可她仍在毫无遮掩的旷野里坚持着。在驻地，队领导得知毛海燕没回来，立即派车前去工地，当把她接回来时已经是午夜零点了。

那几年，由于受到一切向“钱”看的影响，很少有人讲奉献精神。毛海燕这种为了生产，为了他人，勇于牺牲个人利益的行为，在一切向“钱”看的漩涡中，太难能可贵了。自从加入中国共产党那天起，她就把自己的一切交给了党，为共产主义事业而奋斗终身。

在华北平原上，地震队施工经常要穿过一些河流。几年来，施工中穿过多少河流，毛海燕已经记不清了，可那次破冰前进的情景，始终没有从她的记忆中逝去。

“记不清是哪一年了。”毛海燕若有所思地说，大约是三九的天气，大线要跨越一条 30 米宽的冰河。由于河面太宽，不知道冰层冻得是否结实，也不清楚冰下的水有多深，站在岸上的放线工，你看我，我看你，谁也不敢贸然过河。这时，对讲机里不断传来催促接通大线排列的声音。怎么办？毛海燕看到冰面上被风吹得来回摇曳的稀疏枯黄的芦苇，好像看到了全队职工上百双焦急的目光。她迅速脱去棉大衣，拿起大线插头，毅然向冰上走去。

岸上同伴们的心，顿时都吊了起来。

刚走几步，只听咔的一声，毛海燕脚下的冰层碎了，随即双腿穿过冰层，落入水中。齐腰深的水，冰冷刺骨，如无数根钢针扎在毛海燕身上。她咬紧牙关，忍着疼痛，破冰前进。

毛海燕左手举起大线插头，抡起右臂和拳头，向冰层砸去。砸碎一块冰，她向前迈一步，砸掉两块冰，向前走两步。30 米宽的冰河，她足足用了 20 多分钟才接近对岸。当把大线用力拖上对岸的一刹那，她也倒在了岸边。

身后，长长的“玉带”已从中间断开，半米宽的河水倒映出悬在天空中那轮永不掉落的太阳。

如果说，毛海燕白天是一只勇敢的“燕子”，那么晚上她则是只辛勤的“夜鹰”。每天施工，50 米长的大线都有五六段被损坏，由于队上没有专职修线工，毛海燕便主动承担起修线任务。每天收工后，尽管身体十分劳累，毛海燕还是走进检修房，强迫自己把大线全部修好，保证第二天使用。

1985—1989 年的 4 个施工季节，毛海燕坚持天天夜里义务修线。据不完全统计，她亲手修好的大线，连接起来有 1000 多里长，为国家节约资金 15 万元。队领导看到毛海燕没日没夜地工作，多次提出要给她一些补助费，都被她婉言谢绝了。

有人对毛海燕说，在市场经济条件下，你这样干真是太傻了。

毛海燕却想，作为一名共产党员，为了实现自己的理想，为了中国石油工业的腾飞，我甘愿做“傻子”。

五

初恋的失败，对毛海燕来说也许是件幸事。如果那位穿着笔挺军装的小伙子不离她而去，毛海燕也许不会找到一位能理解她、关心她、支持她，能使她在追求自己的事业中取得成就的生活伴侣。

毛海燕和高仁军是在工作中相识、相爱、结合在一起的。1986 年的下半年，中等个头、书生气十足的高仁军从江汉石油学院毕业后，被分配在毛海燕所在的地震队。在以后一年多的时间里，高仁军担任团支部书记，毛海燕担任团支部宣传委员，他们朝夕相处，配合默契。

这时，毛海燕已经是连续两年的管理局青年标兵了，她的事迹深深打动了高仁军的心。

说不清从什么时候开始，高仁军从内心深处喜欢上了毛海燕。起初他还有意抑制自己，不让自己的感情外露。可是后来，他无法压抑自己的感情，一天见不到毛海燕，就觉得生活中似乎缺少点什么。

就在毛海燕失去了初恋，受着痛苦的感情煎熬的同时，高仁军也陷入了苦苦的思恋之中。

一个寒冷的宁静夜晚，月亮显得格外圆，星星也俏皮地眨着眼。毛海燕坐在检修房里聚精会神地修大线。这时，门开了，高仁军披着棉大衣走了进来。

“海燕，修几根了？”高仁军低声地问。

“刚修好两根。你不是到公司去了吗，什么时间回来的？”“晚饭之前回来的。”离开队里三天了，此时见到毛海燕，高仁军在精神上似乎好了许多。近些天来，他越来越觉得再也不能压抑自己的感情了。想到生平第一次对异性说“我爱你”，心里不免还有些发慌。他强迫自己镇静下来，走到毛海燕身边，“来，咱们一起修吧。”

屋内，150 瓦的白炽灯发出耀眼的光。在灯光的怀抱里，高仁军和毛海燕边修边交谈。他们谈得是那么的和谐，那么的融洽。

终于，高仁军向毛海燕敞开了自己的情怀。霎时，他们都沉默了，似乎高仁军在等待着毛海燕对自己的宣判。

片刻，沉默被打破了。

“仁军，好姑娘有的是，你为什么偏找我？”

“因为你人好，我喜欢你！我爱你！”

听到“我爱你”三个字，毛海燕的大眼睛有些潮湿了，她柔声激动地说：“仁军，谢谢你！”

终于，在那间明亮的、简陋的堆满大线的检修房里，两颗火热的心，紧紧地连接在一起。

在感情上经历了一段痛苦的折磨之后，毛海燕终于遇到了一位知己。她的体内似乎有股热流在涌动。她陷入了一种从未体验过的幸福之中。

婚后的生活是和谐幸福的。

高仁军非常体贴毛海燕，他见她工作忙，就尽量减轻她的家务负担。为了学会做饭，高仁军虚心求教，不耻下问，经过他一段时间的紧张“实习”，他居然能做出几样饭菜了。用毛海燕的话说：“虽然做的饭菜谈不上什么色、香、味，但每当我下班回来，看到桌上已摆放好的饭菜，心里就有种说不出的幸福感。”

毛海燕更关心高仁军。高仁军是个不善修边幅的小伙子，作为妻子的毛海燕总想把自己的爱人打扮得漂漂亮亮，因此，经常从家庭的开支中挤出部分钱来，为他选购各种适合其体形特点的服装，这常常使高仁军心里觉得有点过意不去。

生产上的相互关心，工作上的相互支持，心灵上的相互沟通，使他们之间的感情越来越深，爱情更加甜蜜。一年以后，爱情的果实成熟了——女儿来到了人间，给他们的生活增添了新的欢乐。

为了祝福夫妻爱情青春永驻，伴随岁月白头偕老，他俩共同为女儿取了个名字——璐璐，意为在人生的道路上，共同走到生命的彼岸。

六

应该说，有了温暖的家庭，有了心爱的女儿，有了管理局青年标兵的光荣称号，毛海燕该喘口气了，可以不去野外地震队工作了，然而，她并没有这样做。她想的更多的是自己肩上的责任，一个共产党员为之奋斗的事业。

1989 年 8 月下旬，毛海燕在爱人的支持下，给刚满 10 个月的女儿断了奶，又一次整装待发，准备回到原野的怀抱。

汽车启动了，抱在外婆怀里的璐璐，暂时要与妈妈分别，到黄海之滨的角斜镇那座青砖砌成的四合院里，重温母亲儿时的梦。

突然，璐璐发现妈妈不在了，双手张向车窗外，“哇”的一声哭起来。

站在车下强忍着泪水的毛海燕，听到女儿的哭声，看到那双伸过窗来的稚嫩小手，心似乎碎了。

汽车已经走得很远很远了，毛海燕的两眼仍在直愣愣地注视着前方，半天，她的神智才清醒过来，泪水不知不觉倾泻而出。

回家的路上，她茫然不知所措，好像一切都成了虚幻，一切都在缥缈之中，仅仅四五里的路程，她足足走了两个多小时。

到家后，一连几天，她茶不思，饭不想，好像得了一场大病。

毛海燕也是个有血有肉有感情的女人，在孩子和家庭面前，她知道自己的位置是多么重要。然而，她认为，最重要的还是地震队的放线工作。

在此前的几个月里，组织上考虑毛海燕有了孩子，将她调到劳动服务公司大线厂工作。一下子环境变了，各方面条件优裕了，可是，毛海燕总忘不了地震队。

就在这个时候，从地震队传来消息，毛海燕带过的放线班，近来由于管理不善，受到了公司领导批评。这个消息，似晴天霹雳，对毛海燕震动太大了。谁不知道，这个放线班凝聚着毛海燕多少心血呀！过去曾多次受到上级的表扬，1987 年还被公司命名为“畅通无阻放线班”，能眼睁睁看着这个班垮下去吗？毛海燕默默地在心里对自己说：“决不能！”

1989 年 9 月，毛海燕又一次返回地震队。

这年的地震勘探，以石家庄地区凹陷为主要探区，毛海燕所在的 2324

地震队，担负了晋县地区的施工任务。这里，地表情况异常复杂，给地震勘探带来了相当大的困难。

11 月 8 日，地震队进入测线施工时，又碰上了难啃的硬骨头。开始过水浇地，然后是过果园、村庄，还要穿越沧石公路和石津运河，夜里 12 点多钟，放线班被石津运河挡住了去路。

石津运河宽约 20 米，由于上游水库放水，河水流量骤然增大，水深流急。沉沉的黑夜，在能见度很低的情况下，为了确保安全，放线班提前准备了橡皮船，毛海燕现场指挥摆渡。

橡皮船向河对岸划去，谁知船刚到河心，就被湍急的水流冲向下游。一次不行，二次，一连摆渡六次都没有成功。

夜里的气温越来越低，河边已经结了一层薄薄的冰。毛海燕急得满头大汗。这时队长赶来了，看到此情此景，跟毛海燕说："夜已经很深了，今天别干了，准备收工罢。"

听了队长的话，毛海燕急了："只要井打了，药下了，大线就一定要接通，不能因为我们拖全队工作的后腿！"黑暗中，毛海燕坚定地说。

话音刚落，毛海燕又带上两个伙伴，第七次跳上橡皮船。

水仍湍急地流着，它不管岸上人的仇恨和咒骂。毛海燕使出全身的力气，直向对岸划去。船好不容易到了河心，又不听摆布了，眼看船又要被冲向下游，就在这关键时刻，毛海燕顾不得满身汗水，纵身跳下河，抓住船舷，推着船向对岸游去。冰冷的河水，很快穿透她的棉衣，浸入整个身体，冻得她不停地打战。然而，毛海燕凭着坚强的毅力，拼命向前游着、游着。十分钟后，毛海燕终于把船推到了对岸。

大线接通了，工地上响起隆隆的炮声。炮声穿过夜幕，向旷野散去。

毛海燕听着那来之不易的炮声，心情格外地激动。

七

冬夜，深邃的天空中挂着一弯下弦月，由于月光的遮掩，星星不像往日那样密集，那样明亮，显出一种孤独的冷寂。阵阵寒风从旷野里刮过，给田野带来了沉默和冷酷。

时针指向1990年1月17日22时，2324地震队的数字地震仪打出了最后一张生产记录表。

炮声停止了，仪器车发电机熄火了，一时间，旷野宁静了许多。

“各组注意，现在开始收线。”对讲机中传出稍显粗哑的声音。这是放线班班长毛海燕下达的命令。

霎时间，分布在10里长测线上的70多名放线工，在田野上开始涌动起来。

芳龄刚满27岁的毛海燕，这时正在大线排列的最前头。月光下，1.6米的个子，头戴棉帽，身穿满是油污、分不清什么颜色棉大衣的毛海燕，一边指挥着大家工作，一边熟练敏捷地收线。她拔出检波器，断开插头，卷好小线和大线，装进麻袋，然后扛在肩上，向停在路边的收线车走去。

周围的一切都在低温下凝固着，只有毛海燕和她的伙伴们在汗水的浸泡中，显得分外的热。

回到地震队临时驻地晋县党校时，已经是午夜零点多钟了。毛海燕随便吃了点东西，又向检修房走去——这是她多年养成的习惯，不管收工多晚，检修坏线仍雷打不动。这一次坏线还特别多。第二天早晨，当食堂炊事员起床做饭时，检修房的灯仍在亮着。

归心似箭的农民季节工，吃罢早饭，就相继离队回家了，毛海燕的放线班只剩下三十几个人，为确保收尾工作的完成，队里又从放线班抽走十几个人。这时，队长下达了命令：一切工作要在明天中午前全部完成，保质保量迎接公司检查验收。

十几名放线工要在一天半的时间里，完成班里所有设备的检修、清理、擦洗工作，确实非常困难。大家从早忙到晚，只完成了工作量的一半。

夜深了，同伴们陆续进入梦乡。毛海燕却怎么也睡不着，或许是由于工作责任心太强的缘故，或许是因为将要与孩子和爱人的团聚，或许是想和那日日夜夜厮守的大线多待一会儿的心理，或许这些因素都兼而有之，她翻身下床，又信步走向了工房。

在明亮的白炽灯光下，毛海燕用木棍把冻在大线上的泥土敲掉，然后提来一桶水，把布浸湿，擦掉线上残留的泥土，再用另一块布把线上的水擦干。她擦了一根又一根，干得那么认真，那么仔细，以至于冰冷的水和零下十几摄氏度的低温，把她的手冻得又红又肿，她都全然不晓。当东方泛白，红日初升的时候，100 米长的 100 多根大线，乌黑锃亮，整整齐齐地摆在工房外面的场地上。

“班长，你不要命了，赶快回去休息。”

“你再不休息，我们就罢工了。”

伙伴们看到整理好的大线，知道毛海燕又熬了个通宵，一下子炸了窝。

毛海燕毕竟是毛海燕，宿舍那把椅子还没坐热，她又风风火火地到另一个工房，参加整理 46 部电台的劳动。

“全部合格”，下午公司检查验收组公布了结果。于是全队“起营拔寨”，连夜返回公司基地。

当毛海燕和同伴们卸完车，办完交接手续时，已经是 1 月 20 日下午了。

从 17 日到 20 日，毛海燕整整三天三夜没合眼。这三天三夜啊，是紧张的三天三夜，是不寻常的三天三夜！

作为一个女人，在紧张繁重的劳动中，竟有如此的意志和毅力，确实了不起。然而，这一切在毛海燕眼里，却显得是那样的平淡无奇。也难怪，在七年的野外地震勘探生活中，连续十几个、几十个小时的工作，对她来说，已经习以为常，为了石油工业的发展，为了华北油田的振兴，“少休息会儿又有什么！”

进入 20 世纪 90 年代的第一春，毛海燕的事迹，先后被《中国石油报》《石油物探报》《华北石油报》等报刊登，广大石油职工深深地被她的事迹所感动，人们称赞毛海燕是新时代的铁女人。当我们费了许多周折找到毛海燕采访她时，她却说：“我是一名共产党员。这些年来，我只不过做了一个共产党员应该做的事。”

共产党员，这个具有神奇魅力的名称，在祖国建设的不同时期，都发挥着巨大的不可估量的作用。愿油田所有的共产党员，在新时代新征程中，向毛海燕同志学习，为了共产主义事业，甘愿奉献出自己的光和热。

雏雁凌空

焦顺海

每个人都面临从零开始的那一刻，他走过的路在牵引着我的笔端。

——作者题记

李军青当局劳模了！和他同窗共读的同学相信他会有出息的，但决想不到他会出息得这么快。再仔细瞧瞧，局劳模的名单里仍堂堂正正写着三个大字：李军青。

他们不会忘记毕业分配时的种种议论。

如果说这群刚刚迈出校门的年轻人对油建二公司的认识是个零的话，那是假的。他们隐隐约约听说过，油建二公司是个流动性很大的单位，常年在野外施工，工作环境可艰苦了，再者这是一个建厂有30多年历史的老牌单位，其厂龄就比他们的年龄长，那里面经验丰富的人有的是，何时才有出头之日。一个在等待分配的同学说，就凭施工条件艰苦和没有个出头之日这两条，宁愿分不到工作也不到油建二公司。大伙儿在你一言我一语地议论的同时，李军青手拿报到通知书从华北石油学校教学大楼的大门走了出来，正在议论的同学们一下子围了上去，当看到分配去向竟是油建二公司时，顿时议论又炸开了锅：李军青，你的学习那么棒，若分配到其他单位肯定会有出息的。言外之意分到那里肯定是没有出头之日了。对于小李来说，他想分配到油建一公司，因为他的父母在那里，但他还是愉快地接受了组织上的分配。

1985年8月27日，油建二公司四大队三中队仪表一班分来了一名刚刚毕业于团泊洼华北石油学校自动化仪表专业，浓眉大眼、白面净脸的石油后生，他就是李军青，这年他22岁。

对于同学们在分配时的种种议论，小李倒没多少在乎，真正触动心灵的则是他惊奇地发现在学和用之间竟有如此大的距离，以至于一名老师傅让他取一个减压阀时，他竟对在学校时背得滚瓜烂熟的减压阀放在眼前而不认识。于是，他告别了同学们参加工作后的每次新鲜聚会，也把同学们在分配时说他没有出息的议论早已抛在了脑后，充满他脑子的则是如何想法尽快去缩短学与用之间的差距。他想，熟知并写出各种仪表材料的形状、规格及其型号，其重要性可以比喻成英语单词，不懂单词怎么能看懂英文呢？于是人们时常见他嘴里在默语着什么，其实他正在像背诵英语单词那样在默语着各种仪表的形状及型号。

时间老人载着小李正实践着零的突破！

1987年1月16日，他被调到大队技术组，没过几天，他便赶上了局化学药剂厂的建设，要求当年开工、当年投产，其速度之快在我国石油史上同类规模的施工还是前所未有的。油建工人对时间格外珍惜。组长把化学药剂厂常减压装置、污水处理厂、循环水厂、供水站、供热站、油品贮运和液化气搬迁等工程项目的仪表安装图纸一摞摞搬到他面前，李军青平生以来第一次抓工号，更没想到第一次就让他一下子抓这么多工号，他仿佛觉得那一大堆图纸就是一个大的惊叹号。

我能胜任吗？李军青在问着自己。

夜深了，楼区宿舍的灯一盏盏熄灭，他躺在床上怎么也睡不着，挂在墙上的石英钟的秒针在嗒嗒地敲击着他的心。他失眠了。他披衣下床，站在四楼的阳台上眺望夜空，无数只星星在不断地向他眨着眼睛，他觉得那是在嘲笑他。“你能胜任吗？”他也觉得那是在询问他。“李军青，你能胜任，你能胜任。”他更觉得星星在争先恐后地回答着他。

对，我能胜任！经过思想反复较量，小李冷静了下来。

地层有压力能多出油，人有压力工作才有劲头。他开始给自己自觉增加砝码，每天晚上把图纸带回家看到深夜，一个不眠之夜过去了，又一个不眠之夜过去了，工地上一个个工程项目在销号，桌子上一张张图纸在减少，而他眼睛里的血丝却在一天天地增多。由于过度劳累睡眠不足，血红的眼睛又长了血泡，在领导的多次催促下他才到总医院做了眼球后注射，边治疗边看图纸，结果病情进一步加重，不得已又做了第二次眼球后注射。26个日日夜夜过去了，工程也接近了尾声，结果，他所负责的化学药剂厂施工一系列工号以没出一次差错，没让工人干一次返工活而赢得领导和工人师傅的信任。

零，开始实现突破。

零，正实现着突破。

对于年纪轻轻的李军青来说，遇到零的时候太多了，他一切都得从零开始。油建工作总是在穿插着进行，还是当化学药剂厂正在收尾之际，四大队抽出几名仪表工赴岔一联抢修一台自动化锅炉，这是管理局所采用的第一台自动化锅炉，由于仪表质量不过关及种种客观原因，使控制盘上8块仪表均已损坏，自动化锅炉没有了大脑还怎么工作？为了早日修复这台锅炉，使它发挥应有的作用，管理局把抢修任务交给了油建二公司，并要求有关单位派出仪表工协同抢修。然而，一天天过去了，这台贵重的锅炉仍躺在那里一动不动。怎么办？退货不现实，购买新的已来不及，况且还要花费几万元。十月的天气天高气爽，然而，人们仍然像生活在炎热盛夏，心里像着了一团火，管理局着急了。油建二公司着急了。公司副经理高巍带着技术员李军青来到了现场，他是四大队仪表技术员，他有责任来，尽管他对这台锅炉了解甚少。但是在场的人们看到从车上下来的是一个名不见经传的年轻人时，投去的几乎都是不在乎的眼光、我们搞了几十年仪表安装都没办法，你来有何用？那种眼神的含义是什么，只有李军青心里最清楚。看来，初出茅庐的人很难让人信任，起码当时在场的有些是这样的。李军青已顾不得那么许多，他反复查看诸台仪表，终于发现了毛病所在，原来是仪表上诸多接线头，有的被接反了，有的被接错了，这主要是由于到货仪表端子与图纸上仪表端子的布置有差别造成的，不仔细检查还真难发现。问题找出来了，但更大的困难又迎面而来，由于这些仪表长期露天存放，均已不能使用，仪表必须先经修理才能够进行联校，一个半小时过去了，第一台回水液位控制仪表被修复，经调试，性能良好，在场的工人们信服了，尽管没有任何语言表示，但那按他的做法积极去调换其他7台仪表的接线行动就是证明。有道是，无声胜有声。接着，由他亲自操纵，管理局第一台自动化锅炉一次点火成功。

李军青初出茅庐便小试锋芒。

零的再突破

油建二公司四大队是一支电气仪表安装队伍，承担着华北石油管理局北部油田地面建设施工任务中所有项目的电器和仪表的安装，具体负责的就是一个仪表安装中队。哪里有工程，哪里就有他们的身影，遇有公司十多个工程相继开工的情况，一个中队几十号人马，一经分解，每个施工点也只能派出三两个人去完成任务。因此，客观上需要四大队的职工人人要有独当一面的本领，有时一项大型工程最多只能抽出二三十人去参战，这就需要三中队的领导统筹安排、全面指挥。由于工作需要，三中队要提拔一名抓生产的副中队长，提拔谁？按常规应从班长里面提拔才似乎合情合理，班长的工作都是好样的，个个干劲赛猛虎，然而四大队的领导和三中队党支部书记及正副职队长是开明领导，他们打破常规，果断地提拔年仅26岁的李军青这位后生可畏的年轻人当了副队长。1989年3月，李军青走马上任了，得知小李当了副队长，有的班长自然不服气。因此，也就难免给小李出点小难题，明明是班长领错了配件，但却在工人中间说是小李领错的，并说，连仪表型号都不认识，还有资格当队长？想借机降低小李的威信。随着时间的推移，工人们得知，在领那个配件时，小李根本不在场，结果，谎话不攻自破，小李也就不战而胜。然而不战而胜的事却很少很少，更多的是需要真打实干，需要鏖战。

1989年刚刚进入4月份，三中队的施工任务就到了脚打后脑勺的程度，三项大宗任务一起向中队压来，一是二连油田会战仪表安装工程，二是雁翎注氮工程进入施工阶段，三是远征河南炼油厂抢建催化仪表工程。三项任务的工期要求都很紧，相比之下去河南施工的困难更大一些，一则任务重人员少，二则时间紧。人员少到哪种程度，时间紧到何种地步，这里有一本账可算，预算定额为1560个定额工时，按计划要求在5月中旬交工，绝对工期只有40天，也就是说，要想完成任务，中队最少也需派出39人前去参战，然而中队经过一个萝卜一个坑地掰指头细算，也只能派出23人。反过来说，23人前去参战，要完成1560个定额工时的工作量，最少也得需要68天的时间。三项工程，三个队长，必然是各负责一项，在队干部分工会上，他主动要求带队去河南施工，有的同志好心劝他说，李队长啊，你当队长还没几天，第一次带队单枪匹马就出这么远的门，可怎么抓呢？你还年轻，弄不好有“栽”在那里的可能，以后的工作可怎么干啊。对于个人的得失他不是没有想过，然而他想得更多的是自己“栽”在那里事小，影响华北油田和公司的社会信誉事大。中国在改革，中国在开放，油田企业也要走出去参与社会竞争，这次跨油田跨省出击就是一次尝试，只能成功，不能失败。当他看到职工们跃跃欲试的劲头及中队领导鼓励他放下包袱、大胆工作的支持时，心里觉得热乎乎的，多么好的职工，多么好的领导，他更坚定了必胜信心。1989年4月3日，他带领23名仪表工踏上了赴河南的征程，同时也带去了中队全体职工的一片担心和一片祝福。

4月5日，经过长途跋涉的华北石油人来到了河南炼油厂催化装置工地，跳下车不顾一路疲劳便投入了紧张的施工。李军青白天指挥施工，现场解决问题，每晚召开会议，及时进行组织协调，并妥善安排好第二天的工作。为了杜绝施工过程中停工待料现象的发生，在组织施工的同时，他亲自负责供料工作。奇迹出现了！他们仅用15天的时间就优质高速地完成了计划68天才能完成的工作量，比计划提前53天。这次跨省出击参与竞争旗开得胜，赢得了甲方好评，为公司赢得了社会信誉，还节约工时和台班费2万多元，创纯利润5万多元。

对于李军青来说，零，始终摆在他的面前，对于零，小李怎么看待？他说：学到的知识不去运用，那永远是零；来到零的面前，你不去突破，那你永远是零的奴隶，只有对零实行突破你才能把工作做好。这是什么逻辑？笔者未去和逻辑学中哪一条对号入座，而李军青正是按着这一逻辑在工作着。几年来，他所负责组织施工过的每一项工程证明，他在进行着零的跳跃。不过每跳一次，他的身后便已不再是零。

他又来到了零的面前。

20世纪80年代最后一个年头，雁翎油田迎来一个新伙伴——雁翎注氮工程，注氮是法国道达尔公司发明的一项专利，就是将净化后的氮气注入地层，以增大地层压力，进而提高原油产量。雁翎注氮工程是中国石油天然气总公司在华北石油管理局进行试点，如果切实可行后，还要在石油行业进行推广。整个注氮工程虽然占地不大，但却涉及英国BOC低温公司、法国道达尔公司、意大利英格索兰公司、西德西门子公司、美国贝克公司，一个个蓝眼睛、黄头发的外国人来到中国、来到雁翎。整个工程由英国大包，除提供低温设备外，又从意大利购买来空气压缩机，从法国购买来氮气压缩机……一句话，雁翎注氮工程所需大小设备全是外国货，所有图纸也全是清一色的英文，这就给承担施工安装任务的油建二公司带来了一个不算大可也绝不算小的难题。原计划英文图纸由设计院翻译，可当时翻译人员已排满了任务，无精力再接受翻译任务，困难摆在了负责雁翎注氮工程仪表安装任务的中队长兼技术员李军青的面前。屈服吗？那不是他的性格，他又一次站了出来，决定自己翻译。但那又谈何容易，所有图纸、8 本说明书、14 本技术资料共计十多万字的翻译资料不是说一句话就能完成的。但是，为了工程进度他豁出去了，他白天在现场组织施工，晚上抓紧翻译第二天就要用的资料，常常翻译到深夜两三点钟。就这样，他经过了 20 多个边组织施工边翻译的日日夜夜，图纸翻译完了，他人也瘦了一圈。

如果说李军青主动义务承担十多万字的翻译任务还不算是一个大的难题的话，那么，仪表校验工作就是一个不可否认的大难题。小李毕业分配到单位后，经常看到有些仪表说明书是英文，从此他下决心攻克英语，做一个多面手的优秀技术人员。经过三年的勤奋学习，阅读英文版报刊已不在话下，在为国争光、为中国人争气的时刻，作为一名石油后生，他理应挺身而出，可是仪表校验工作就不同了。他忘不了 1988 年 11 月 1 日到 16 日，在华北油田宾馆同英法专家进行为期 16 天谈判时的情景。谈判期间，英国专家慎重提出，因仪表所检测的工艺介质是氮气，因此，其仪表的校验只能采用气体校验的方法。注氮工程所需要的仪表的校验绝对不允许用油或水校验的方法，再则，这在世界上还没有先例，外国专家把话说得很绝，并记在了备忘录上。也就是说，他们传统采用的用油或水对仪表进行校验的方法在这项注氮工程中不能使用。用气体校验仪表就必须有一台气动校验设备，但公司又没有这种设备，买一台至少也得花上万元，而且半年后才能到货，从工期上说也不允许。经多方打听，得知一个工厂有一台这样的设备，然而这个厂家正在昼夜检修仪表，已无力支援。时间在一天天流逝，工期在一天天逼近，然而，所有仪表连一台也还没有校验。此时此刻，年纪轻轻的李军青能掂量出自己肩上的担子有多重。

下班的铃声早已响过，小李仍站在中队的院子里凝思，当他的双眼盯在一堆待用的氧气瓶上时，一种解决始终萦绕在他脑际的难题的方法骤然间萌发出来，能否用氮气瓶对仪表进行校验呢？柳暗花明又一村，他决定尝试一下，这种想法得到了领导的支持。他白天照常在工地组织生产，晚上查阅各种有关仪表检测资料，一个晚上过去了，又一个晚上过去了，他紧锁的眉头没有舒展开来，因为资料里没有现成的答案可借鉴。氮气瓶的压力比所校仪表的压力要大 10 多倍，一旦校验失败，价值上万元的仪表就会报废，工期受影响可是大事。为了解决这个难题，在同事们的密切配合下，他在高压气瓶的出口处装上减压阀，但气压不够稳定，于是又增设了一个气体缓冲罐和双减压双过滤器，经试用证明性能可靠，其检测精度达到了标准要求，试验成功了！

当外国专家得知三中队不用高精度的校验仪也能对仪表进行高精度校验时惊讶不已，张开的嘴巴久久没能合上，但更多的是不相信，于是来到检测现场核实。小李边操作边讲解工作程序，一会儿便将校验报告单递到外国专家手中，当看到校验结果和他们在仪表出厂时用昂贵的检测仪所测数据相符时，专家佩服地竖起大拇指不断比画，并用生硬的中国话说：“OK，中国年轻人真行！”1989 年 5 月 29 日，雁翎注氮工程用的 237 块仪表全部测完，按期交付安装。6 月 1 日，仪表进入安装阶段，经过 28 个紧张的工作日全部安装完毕。7 月 15 日，仪表投入整体联校。

作为小小的技术员，作为“有条件要上，没有条件创造条件也要上”的铁人精神继承人，李军青用土法校验仪表，仅这一项就为国家节资 1.5 万元。

人们说，长得眉清目秀的李军青有点才气。他深知，如果说有一点才气的话，那也是师傅们精心教诲的结果，他说他还年轻，向师傅们、向实践学习的东西还很多很多。但有一点可以肯定，这位石油后生作为百万石油大军的一员，同样有一颗中国心，同样有一颗勤俭过日子的主人翁的心，也同样有想前线所想、急前线所急的整体意识观念。

1989 年 7 月的一天，从内蒙古二连工地打来告急电话，前线急需 12 面计配站仪表盘。到过二连的人都知道，七八月是施工的黄金季节，到 9 月份也就到了人们常说的“二连苦，二连苦，每天要吃几两土，白天吃不够，晚上也得补，一觉醒来鼻孔打起浞凝土”的黄毛风的季节。因此，在二连施工的职工把每个项目的竣工工期不是按天数来计算提前，而是在按小时来计算。进入 7 月，职工们昼夜拼搏，已进入计配站的仪表安装阶段，然而所提前订的仪表盘却迟迟没有到货。怎么办？时间不等人，前线的电话就是命令，他和中队领导研究后，决定自己制作。他和工人师傅们详细研究对策，在取得设计部门同意并在保证仪表盘功能的前提下，按要求对仪表盘进行了全面改进，对每道工序、每个尺寸都严格检查，为减少在二连的工作量，他们又将仪表盘上所有仪表线全部配完，鏖战 7 天，把自己加工制作的 12 块仪表盘及时运到了二连工地，这一项又节资 1 万元。

雏雁学着飞行。

雏雁开始飞行。

又遇到零

鸿雁鹏程万里，但要修正方向。

李军青在工程施工中对零实现了一个个突破，作为一名中队干部，他注意过好人情关，或许也是工人们信服他的一个原因。这不，一个村民找到他的头上，这还是 1989 年在雁翎注氮工程中的事，这个村民找到李军青说：你现在当队长了，手中有了权，嘴上说了算，把仪表包装箱送给我一些。并许愿说事成之后给小李送两条好烟和 10 斤白洋淀活鱼，说着说着就将 50 元钱塞到小李手中。这时李军青想，前两年常听工人们说，工人穷，班长穷，中队长是个万元户。尽管此话过于偏激，但想到自己没当中队长几天，就有好处送上门来，心想不廉洁的干部，必定过不了这一关，最终必然会栽跟头。作为一名中队干部，要能“拍得起胸脯”就必须过好人情关，于是他把钱还给对方并严词拒绝了。

经过几年的磨炼，李军青在生产中逐渐成了行家里手，但对于新组成家庭才一两年的李军青来说，总觉得欠妻子的情很多很多。在抢修岔一联自动化锅炉的日子里，也正是妻子怀孕反应最厉害的时候，每天呕吐不止，下不了床，他没有时间在家照顾妻子，而是把妻子送到父母家。在雁翎注氮工程最紧张的日子里，他那不满周岁的小女儿病了，拉肚到了脱水的程度，他每天还要翻译图纸到深夜，家务的担子落在了妻子一人肩上，妻子没有一句怨言。当妻子看到和她在一起的姐妹们都给小孩儿做了床时，也想让小李在工地上拿两块木板给做一个，小李死活没同意，硬是到县城花89.6元给买了一个，这自然遭到了妻子一通不大不小的奚落。日后，一位工人对小李的妻子说，在雁翎注氮工程施工时，他把两块仪表箱板装在了车上，让李队长带回家给小孩儿做个床，李队长没有答应。也正是这件事教育了大家，所以，那么多仪表箱板一块木板也没损失，全部拉回中队做了工具架。小李的妻子听了这话又觉得她的奚落冤枉了小李，心里很不是滋味。

这是一对石油鸳鸯！

作为中队一名年轻的副队长，他处处向其他队干部学习，和他们一样，把一百来号人的衣食住行、安危冷暖时刻挂在心上，尽管对自己的小家庭顾及不到。中队有一名职工分到了新房，但他本人正在二连施工，正当家属为搬家之事犯愁时，小李派人帮她搬家，并把房子收拾干净，家具摆放整齐，那名职工听说后，更加精神饱满地投入工作。中队有对夫妻，婚后七年没有生育，男职工从二连撤回来后本想在家和妻子多团圆些日子，可又赶上去北京施工，他是班里的主力，自然少不了他，他听说后有些想法，李军青和队干部商量后，决定让这小两口一起上北京施工。施工期间，小李还特意安排他俩到医院检查治疗，从而解除了他们的后顾之忧。像这样关心职工的事，中队职工你一言我一语能说出一箩筐。正是这些日常细致的工作做到了家，他和队干部一起把职工们紧紧地团结了起来，使大家感到了集体的温暖，干部职工劲往一处使，中队才打赢了一场又一场硬仗。鸿雁飞行，排列成行，雁阵前面有头雁。

并非尾声：0+0 ≥ 1

0+0 ≥ 1，这在数学里是绝对不能成立的不等式，但这或许就是对参加工作还没几个年头的李军青所走过的路的注脚。

应该说，李军青参加工作，一切都需从零开始，一切需要对零的突破。一个零被突破了，又一个零被突破了，你会发现李军青组织过的工程正在发挥着作用：华北油田管理局第一台自动化锅炉正常运转，雁翎注氮工程中的仪表正严阵以待，到二连油田落户的仪表盘正笑对滚滚原油。如果李军青当初在零的面前败下阵来，那么零仍是零，正因为突破了零，零才不再是零，对零的不断突破，构成了雏雁起飞的助跑线。

雏雁已经起飞！

雏雁正在凌空！

雏雁或迟或早要成长为一只鸿雁，祝愿李军青今后鹏程万里。

“太阳”和“月亮”的变奏曲

孟宪琦　董树成

阴阳割昏晓，日月难同亮。

——题记

月升中天静无声。

经厚厚的窗户纸过滤的月光，失去了应有的亮度，小屋里朦朦胧胧。有几束月光从门缝里漏进来，挺不规矩地洒在被子上……山里柴火硬，炕是热的，热得让身边熟睡的儿子老是翻身，将洒在被子上的月光折叠得变着形状；丈夫好久不寄但终于寄回来的信是热的，热得让她做不了好梦——静静地睁着眼，不知该想什么。快半夜了，她把前前后后的事儿都想了，就是把什么事儿都没想透。过去的日月转得快，说不清岁月给自己留下了什么，只是觉得在以往的日子里，很忙，很累。她 21 岁嫁进高家时，丈夫高海河在部队当工程兵。工程兵是个啥行道，她说不清，反正听说挺辛苦的，辛苦得就像盖房修路的老民工。她惦记着这一点，总是知疼知热地让别人代笔写信时多说些知疼知热的话。后来，丈夫转到了油田，听说是个钻工。那钻工是个啥样儿，她说不清，听说也是个苦差事，苦得就像山里油坊的榨油匠，苦过、累过之后，连身上的衣服让汗和油也浸得发亮。她惦记着这，让别人代笔写信时，总是免不了要说“儿子挺好，挺听话；父母挺好，挺健康；地里的庄稼挺好……”为的是让在外辛苦的他一心忙工作。其实，就在她每次在信上说完“这个好，那个好”之后，免不了自个儿要窝在屋里流一阵泪：有月无日是“明”一半，但千里报喜不报忧，她给丈夫能诉苦吗！好多次，儿子发烧，额头烫手，她急得直哭。好多次，为给婆婆请个好医生，她差点跑断了腿。还有那，在土里刨食（责任田）时的风风雨雨……

一年年的365个日日夜夜哟，每当她看到村上姐妹们的丈夫为老婆、孩子风风火火地忙碌时，她一次次地升起妒火。可是，每当她在姐妹们面前一次次夸她的男人多么能干时，没想到她们的“妒火”比自己还盛：“你是门上拴着马，还愁没驴骑。你男人是个走州过县的老手，吐金屙银哩……”平心而论，她的海河够意思，每次探亲回来，他恨不得把一年中里里外外的活儿全干完。回到单位后，用一份份汇款单弥补着做丈夫的“遗憾”。恼人的是：汇款单再好，里里外外的活儿仍是自己一个人干。村上有些老人一见她忙得脚后跟不沾地皮时，不止一次给她叨叨过，让她给男人说说，把她和孩子的户口转到城里去（村上人总以为她男人在什么大城市工作），说她没必要守“活寡”。她听了就听了，没往心里去。但一阵阵心烦时，不由得生出种种天真的想法，还真希望男人把她和孩子转出去，过几天舒心日子，沾几天男人的光气……令她激动无比又不敢将这心情在公公婆婆面前流露的事儿，在她没有奢望的时候从天而降——男人来信了！说组织上按有关规定，将她和儿子户口转到了油田。还说让她把家里好好拾掇一番，他要回家接她和孩子。

这是用钱买不来的喜事。

然而，她却失眠了。她猛然间觉得身边有更多的活儿要干。公公、婆婆的被子脏了，该拆洗了，俩老人的棉衣该添新棉花了，小妹的婚事还没着落，地里的麦子该施肥了，等天一下雨，就赶紧去撒化肥……

两年后的一天，当高海河的妻子在油城一隅回忆在家乡这个失眠之夜的情景时，不好意思地说：“我犯神经的那一天，确切时间是1988年的3月。”

龙年的太阳挺有劲。

二

高海河用指头捋走额头的汗珠子，一脚蹬在吉普车的轮子上，将信封放在腿上，在邮寄地址一栏里，嗖嗖写完了一行熟悉的字：山西省闻喜县岭西东乡三家庄。在写收信人姓名时，犹豫了一下：上上一封信是父亲收的，上一封信是妹妹收的，这一封信该是妻子收了。于是，他将一个熟悉而又陌生的名字写在了信皮上：张婷芝（老高写信的技巧是个秘密，一封信将家中老少全问遍，对谁都是半斤对八两。因此，每封信家中哪个成员都能看。收信人是轮流坐庄，为的是让他们都能体会到他这个当儿子的、当哥哥的、当丈夫的三重角色谁都没有忘）。他匆匆瞥了一眼没有写错的信封，遂将它交给了司机（让二线来的人代寄邮包、信件，在井队是约定俗成的事）。吉普车在井场扬起几股沙尘，透过沙尘腾起的帷幕，高海河恍兮惚兮似乎看到了妻子的愁容：这是他第三次写信让老婆、孩子等他回去接……自然，想这些问题只是一瞬间。搬家、安装又二开，队上弟兄们的劳动强度是相当大的，偏偏炊事班多了一个病号（少了一个火头军）。高海河望了一眼在钻台上忙碌的身影，不由得将 20 个小时没挨床的身子骨向食堂方向挪去。

去十几里外的集上买菜。

择菜、洗菜、切菜……

忙完这些琐碎的活儿后，他一端起碗，觉得身子轻飘飘的，恨不得就地栽倒踏踏实实睡一觉。突然，井场一阵骚动，他扭头一惊泥浆返喷，钻台上稀里哗啦像下雨。像触电似的，他倏地跳起来，向钻台方向跑去。快速钻进时泥浆返喷，虽不是多大事故，但要止住泥浆要的是速度，不然，会因小失大。说时迟，那时快，只见老高冲上钻台没说二话抱住钻杆就对扣。高高冲起又落下来的泥浆顺着他脖子往下灌，免不了嘴里也得品品味儿——酸、辣、苦、咸似乎都有。钻台上的弟兄们见此情景，哪敢怠慢，七手八脚齐动手，不到抽一根烟的工夫，一切复归于正常。

“老高，你前几年当副队长时就挺辛苦，现在改任党支部书记，也该歇歇了。”在他下钻台时，一职工真情实意地劝说着。他回头一笑：“队长也好、书记也好，都得围着井眼做工作。”一语道罢，猛听钻台下有人喊他。哦，又是驻地农村的头儿，是不是上次要油没给，今天要摆“鸿门宴”……

一着急觉得时间快。

眨眼到了 8 月份。乡村八月是丰收在望的季节；在井队，这是接受考验的季节。对 32965 队来说，龙年的八月实在是不客气。队上年进尺要上 4 万米，这是华北油田组建以来大型钻机在同类井深的情况下从未有过的纪录。况且，这一年是实现金牌“三连冠”的最后一年。眼下累计进尺只有 2 万多米，谁不憋着劲儿急。老天爷偏偏要过意不去，将大雨、中雨、小雨一股脑儿往岔河集降（干涸了 5 年之久的白洋淀就是在这一年重放水乡异彩的）。岔 30−25 井完井后，雨水淹没了整个井场。偌大的井场像一面镀了水银的镜子，倒映出了 32965 队的困境：搬迁遇阻。二线有关单位及机关的同志三次帮队上搬迁，皆因雨大、水深而未奏效。活人总不能让尿憋死呀！老高和副队长一人包了一个班，组织职工掏井场的水。那一段，七天下了三场大雨，他们掏出去三四百方水。没了积水的井场被泡软了，一脚踏下去就是个泥坑。显然不能通车。等天晴晒干后搬迁，最少还得等七八天，况且，谁敢保证在日后的七八天里不再下雨！

能等吗！

高海河一急，只穿一条短裤，拿起铁锹和脸盆清稀泥。职工见状，灵犀相通，纷纷跑回宿舍拿来了脸盆……当手表上的分针转了 4 个半圈后，井场的稀泥基本上没有了。为使载重的搬迁车辆万无一失，他们又在土道及井场铺了一层竹笆片。之后的情景是：天黑了，且阴了。与公司调度室一联系，方知周围已经下开了雨。这雨要是再“传染”到岔河集，白天的紧张便成了无用功。已经连续30个小时没合眼的高海河心急火燎，又是一夜没睡，及时与调度室联系——做好了第二天搬迁的准备工作……

那年雨季过后，当机关有关同志帮助队上总结那段工作时，发现了一串让人惊讶的数字：32965队在雨季大干了86天，打了3口井，拿下了第三个1万米。高海河在这段时间里，连续52天没脱工衣……于是，“咱老高，是块铁”的话——传开了！

二

列车似长龙，沿着京广线，向北，向北！

在石家庄车站下去一大帮人，于是这一家人才有了属于自己的座位。他们临窗相向而座。儿子靠在母亲身边，伏着车窗跟前的茶几睡着了。像条件反射似的，做母亲的也想睡，可是睡不着。第一次外出、第一次坐火车本应有的新鲜感让这嘈杂且拥挤的车厢氛围冲淡了，况且，站了五六个小时，实在是让甜甜的心扫兴。她将目光从窗外收了回来，落在了丈夫身上……

去年3月，他来信说回家接她和孩子，她就着手准备工作。在第二封信、第三封信里，他老说忙，暂时回不了家。让她等着。她等着！麦子由绿变黄了。她等着，树叶由青变黄了。下雪了，结冰了。她依然等着！时间一长，村上的姐妹们有了拿她取乐的话题。她们说他可能变心了，在外面有了相好的；她们说他可能变卦了，转她和孩子户口本来就是没影的事。她尽管清楚这些话是姐妹们开心的调料，但仍免不了胡思乱想：是呀，他为什么迟迟不回来，一次次地往后推。这年头人都怕的是夜长梦多，有好事儿谁不急着办。那年他参军时，缠着那些收兵的人不走，生怕人家变卦不收他。在她的印象中，海河对人对事不是那种一推六二五的人，那他为什么迟迟不回来，一次次用信哄她。是不是他出事了，听说在钻井队干活也很危险，和煤矿一样，常出事！她想写信问个清楚，可她不会写信，让别人代笔，又不好意思掏心里话……就这样，在极度的焦虑中熬煎着……草绿了，花开了，麦子灌浆了，她的海河回来了，终于回来了……要不她今天凭啥坐火车！

哐当当，哐当当……

嘀的一声，车窗外有列火车向后哐当而去！

她对这车窗内外的一切都是陌生的，那些穿红着绿的男女说话，有一半她都听不懂。未来对她是个梦，怎么去圆这个梦，是好，是孬，全凭你了——孩儿他爹！她望着背靠车窗闭目睡着了的海河，在心里这么念叨着、念叨着……

他没有睡，他睡不着。

平时在队上，忙起来顾不得睡觉，一有空就恨不得睡个昏天黑地。可眼下有的是时间，他却睡不着。队上的生产不知怎么样，他走时，岔30-104井已经二开，算起来眼下已完钻了，该搬迁了，下口井位不知定了没有。去年队年进尺突破了4万米大关，在石油天然气总公司开展的同行业劳动竞赛中，实现了金牌三连冠的夙愿！今年春节一过，原任队长宋兴忠调出了井队，组织上让他任队长兼党支部书记。两副担子一肩挑！32965队是一个4次荣获部颁金牌的先进队，要保持这么大的荣誉，就得创，就得干。今年进尺上4万米，再夺金牌，不是变魔术似的戏法……

乘务员过来倒水，他睁开了微闭的双眼。

妻子倚在茶几的边角上，睡着了。

机工小张不知还有无思想包袱。他也是，为什么平白无故要撞上纪律这根“高压线”：你旷工10天，我就得兑现制度。你不服气，找你谈心4次，面上是服了，看得出，心里还有疙瘩。傻老弟，你也不想想，四班两倒后，当班的职工是一个萝卜一个坑，况且一个班一干就是12个小时，谁能代替谁。你10天不来队，给队上的工作造成了多大被动！处罚你，你应该想得开，不然，定那些制度还有啥用。你平时爱说一句文绉绉的词儿：醉里乾坤大，壶里日月长。是这样吗！喝酒要是真能去心病，我甘愿醉千万次。人生天地间，不怕有闪失，就怕不争气。老弟，你千万要记住我临走时的叮咛：别喝酒，不然醉醺醺地上班会出事的。老宋——宋兴忠要是在队上就好了，他是个大能人，那枚全国五一劳动奖章没白拿。可他走了，因工作需要到二线了。他要是不走的话，多好……今年 4 万米能实现吗？算起来差不多，就是雨季得抓紧点，别耽搁。赶，将时间尽量往前赶。去年上万米时间用了 90 天，平均井深是 2865 米。今年上万米用了 75 天 14 小时，平均井深是 3096 米，眼下进尺将近两万米，看来上两万米时间比去年只少不多。还得往前赶，钻井队这活儿先紧后松总比先松后紧强。对，关键是要缩短搬安开的周期，在完井阶段要卡准小指标赛，九牛爬坡，得想法儿让个个出力……

当天下午，当高海河带着妻子、孩子出现在 32965 队宿舍区的时候，有的职工愣了：队长请了 1 个月假，怎么提前 13 天就回来了。有人自然想起公司有关领导“逼”着他回家接老婆孩子时的情景，似乎明白了他来去匆匆的原因。但对年轻职工们称作嫂子的队长“太太”来说，职工们哪儿来的好奇目光至今是个谜：因为在家时，父母让海河多待几天，且说了一大堆“多待几天”的原因。可他颠来倒去只是一句话：队上工作很忙，是公司领导照顾他，才挤时间回家的，走时都“没顾得”请假。

三

医院里，一片白。

墙是白的，床是白的，护士小姐的衣服是白的。床前有盆清水，有从窗口投进的一抹阳光，经水反射在对面墙上，悠悠一片亮。她痴情地望着那个晃悠的影子，生出莫名其妙的怨气。忽有咚咚脚步声由远而近，她坐正了身子，准备向护士提个要求，她不想住院了，回家去。尽管家里的儿子还不会体贴照顾她，她仍觉得比这样住院强，烦了自己不说还烦别人。门开了，进来的不是护士，是公司机关一位姓王的女同志。

“真难为你了，每次让你到这挺干净的地方干脏活儿。”她将刚放好暖瓶的女同志，拉坐在了床沿上，又一次冲她诉开了苦。

她说：一月前那次住院，本来就不该拖。可那“死鬼”老是忙，顾不得。那天开会，他顺便送她到医院检查了一下，大夫说她可能有炎症，开了一堆药。20多天后，他借到公司开会的机会回家一看，仍不见好转，便把她引到公司医院一查，人家让她转院。他一听，以为妻子长了个什么瘤子，急得不行。大夫不急不慢地笑着说：“什么瘤子！是你俩不老实才长出来的东西！”一听这话，他好像轻松了，又是说忙，让包队科室的那位科长用车送她去局医院做引产手术。她哭笑不得，这是哪家对哪家。他似乎意识到了自己这个想法的荒唐，便耐着性子在当天把她送到了局医院。怀孕3个多月做引产手术，弄不好是拿小命开玩笑。这些不知是他真不懂还是假不懂，反正，手术后的第二天，他就回了队。她想不通，无论他有多忙，总不会拿她的性命当儿戏吧。她哭了……正在她解不开这个扣时，是包队科室的领导让眼前这位姓王的女同志来伺候她。出院时，还是她将她送回家的。

她说：这次住院，也不是闹着玩的，是大出血！可他倒好，就像没这么回事似的，第二天又回到了队上……她越说越觉得委屈。

姓王的女同志本是政工出身，自然明白自己的义务。于是，喜滋滋地说：高队长老实肯干，也能干。上上下下没有不说好的。他们队上的70多号人，都是山南海北的大能人，干的活儿是全国同行业的一流水平，他的名气大得很，是局劳模、优秀共产党员……

作为高海河的妻子，在眼前这位“大妹子”的开导下，听明白了，也听糊涂了。明白的是知道了丈夫在工作上真是个人尖子，糊涂的是他对自个儿的家总是这么个态度，不知是对还是不对。

从报社来了两名记者。

记者是慕名而来的：32965 队继全国金牌三连冠之后，在 1989 年又以 227 天时间成为华北油田本年度第一个登上 3 万米的井队（比 1988 年上 3 万米时间提前了 44 天）。这么大的成绩是怎么来的，队长兼书记的高海河总该说道说道吧。可他尽敲边鼓。他说队上的弟兄们，个个都挺棒，并如数家珍地念叨着一个个职工的名字。记者见他避实就虚不谈自己，便凭掌握的线索从正面提问：“听说你妻子又住院啦，你忍心让她一个人待在医院？”

“没办法，离不开。多亏有包队科室的同志关照她。”

“你被局里评为铁人式钻井队长，这称号来之不易呀！”

“我不配，人家铁人王进喜，那才叫一心一意多找油、多拿油，我差远啦，不敢比。”

记者觉得这样面对面谈不妥，便“放走了”高队长。待他俩从宿舍到井场，“转”了半天之后，才弄到了“真货”——

（机房大班甘杏军）我和高队长在一个屋子住了三四年了，我是“深受其害”呀。我和他的宿舍两年来一直摆在井场。有一次搬家时，一位职工趁他不在，便把宿舍房摆在了宿舍区。后来，他从老井场回来后，又将宿舍拖到了井场。我知道，他这是为了方便工作。长期驻井，使他养成了睡觉不老实的习惯。躺下就能睡着，过一阵就能醒。无论多晚上床休息，夜里也要起来三四次，即使井上没有事，也要到井场上转转。有时忙起来，十几天、二十几天不脱工衣不新鲜。难怪有的职工把他叫“夜猫子”。每逢搬家，到新井后，不正常供水、供电、供暖气他不休息。掐着指头算时间，抠着分秒抢时效，再说，他还要应付井队附近老乡的周旋。对那些人急不得、慢不得、打不得、骂不得，只能是耐着性子磨嘴皮子……这对队上干部来说也是一项重要的工作。另外，逢五遇十还要接待二线来的同志，斩头去尾抽中间，他一天休息的时间就更少了。噢，对了，记者同志，你去高队长的床下面一看就知道了。那里很热闹，焊条、螺丝、气路管线、常用工具，一应俱全。只要井上一有异常情况，每晚他一阵阵醒来后，猫腰顺手一摸，就让床下那些常用件派上了用场……

（大班司钻贺正平）……去年12月份，一名钻工住院，高队长顾不得去医院看望，就给了卫生员50元钱，让他代表自己去一趟医院……

（卫生员兼茶炉工毛文龙）……去年9月份，钻杆倒扣，高队长为了抢时效，将材料员、卫生员等大班人员组织起来，卸反扣钻具。这样的事多的是，高队长有句口头语：钻井队不养闲人。事实上，队上的确没有闲人。大家之所以能做到“能挑百斤担，不挑九十九”，关键是队长的形象正。为了工作，他把自个儿的事置之脑后，在这样的干部手下干活，就是累得趴下了，也心甘情愿。

四

除夕之夜没月亮。

夜，是平常的热闹，附近和远处的大炮、小炮声一阵比一阵响，家家户户冒油香。她早早地吃过晚饭，又早早地包好水饺。在剩下的时间里，她不知该干什么。儿子早早地打开了电视机，那电视里面的确很热闹。那些男男女女们又说又笑，又唱又跳，那才真正叫“过年”哩，瞧自家这样儿，一年到头连个说知己话的人都难得碰上（儿子懂事不知事，跟他一天到晚不知要说多少废话）。结婚12年了，她和孩他爸在一起还没度过春节哩。今年是她到油田后的第一个春节，本以为能和他正儿八经的过个年。可眼下，他仍在井队——家属二基地离公司40里——公司机关离他那个井队130里。就是说他现在在正北方向170里外的井队。只有她和儿子在家里守夜。实话说，鸡、鸭、鱼、肉、蛋家里不缺，缺的就是……唉，这也叫过年。往年在老家，过年时他虽不在，但那是啥样儿，家里有公公、婆婆、小姑子。不管吃啥，喝啥，老老少少，连说带笑，挺热闹。再说村上人哪个不熟，端上饭碗去串门，边吃边聊天儿。眼下倒好，为了在一起，才往一起跑，可是，她到油田都8个月了，他在这个家里待的时间还不到20天。平时好说，这大过年的，也不回来打个照面。早知这样冷清，还不如不解决户口好。这不是自个找罪受吗！家里的亲朋好友还以为她跟上男人到外面享清福哩。这是福吗？！

儿子让她看电视，她搬了个凳子，却心不在焉……她想起了小姑子。她有病，没个正经人照管，小姑子9月份从老家赶来伺候她。一过腊月二十三，她却急着要回家，让当哥的送她回去。可他能离开井队吗！他思前想后，将小妹托付给一位回家探亲的老乡，就回了队，直到现在没回来。早知如此，她还不如同小姑子一起回家去过年……

门外的炮声更密了，儿子说现在是12点整，从现在开始，就进入了新的一年，他要去放炮。他说要用炮声把他迎进二年级。儿子不提不要紧，一提让她更伤心。高飞——10岁的儿子有个响亮的名儿，不傻不痴，一阵阵说话时好像挺懂事，可念了四年书，仍在一年级。别人家的孩子在校学不好，回到家里有当爸当妈的指教。她这个当妈的是个睁眼瞎，斗大的字识不了几个，还不如儿子这个一年级。想起这事，她的气不打一处来，可是，能怨孩子吗？那该怨谁！电视上还有影儿，她却没了看的心思，起身将该煮却没煮的水饺用报纸一苫。从身上摸出一张10元的票子塞给了儿子：“给，这是压岁钱。记住，高飞，你又长了一岁，该懂事了。不会走能飞吗？该好好念书了，要给妈争气呀！我要是识文断字的话你能老念一年级吗！”儿子似乎听懂了妈的话，挺响的“嗯”了一声。随即，挑起一串鞭炮。门外，好一阵激烈地叭、叭、叭……

除夕之夜不停钻。

这是早已定好的事！腊月二十四，岔262井完钻。腊月二十六日，32965队搬到了岔30–60井。也就在这一天，队长兼党支部书记高海河开完公司“三干会”回到了队上。三个队干部立即“碰头”，见缝插针地召开了队委会及职工大会，传达了“三干会”精神，重新制定了90年代第一春的奋斗目标，即进尺上4万米，节油750吨，节约成本80万元以上。着眼长远抓当前，春节期间不停钻，把在岔262井电测时耽误的几天时间抢回来。响应队委会号召，各班分头行动。在“走的高兴，留的愉快”的前提下，逐一落实了节日期间顶岗的职工。岔30-60井腊月二十九开钻，腊月三十固表层。眼下是除夕之夜，在队的40余名职工早已将对联贴到了宿舍门上；炊事班早已将晚上会餐的水饺包好了。高队长亲自到井上去装封井器，将顶岗的职工一个个替换下来去分享蛇年最后一顿晚餐的愉悦……

晚上12点整，高队长用鞭炮声迎来马年！

正月初一，岔30-60井二开！

正月初三，河北电视台在新闻节目里播放了华北油田勘探三公司32965队节日期间顽强拼搏的事迹……

五

十五的月亮十六圆。

马年的正月十七，高海河借回公司办事之机，急匆匆赶回位于行营基地的家。没想到，迎接他的是妻子那长一行短一行的眼泪。这是他没有想到的，其实是他应该想到的。他当然清楚：妻子是山沟里的老实人，句句都是实惠话。但，日月并存难同亮！

妻子看重的是“小家”，没错儿。

自己看重的是“大家”，也没错儿。

既然都没错儿，眼下的样儿是误会；既然是误会，大过年的更不该这样儿。他感到有好多话要对妻子和孩子讲，一时却不知从何说起。于是，屋子里便有了一片静……突然，儿子打开了录音机，传出一个女人亮亮的嗓门儿。这声腔，这歌词，早已让井队多数弟兄们模仿得像极了——

“天上有个太阳，

水中有个月亮，
我不知道，我不知道，我不知道——
哪个更圆，哪个更亮……”

强渡命运之河

叶锦龙　李文彦　李本水　邢蜀东

小序

1989年11月3日，冀东油区精神文明建设经验交流会暨表彰大会会场——

参加冀东石油会战的华北石油勘探二公司6022钻井队司钻袁永德，被冀东石油勘探开发公司推举为“努力奉献的好司钻”，并被树为冀东油区精神文明建设十面红旗之一。他生活的桨在艰难的命运之河中激起的每一朵浪花，留下的每一串故事，都深深地打动了听众。他的执着追求和奉献精神，赢得了人们的一阵阵掌声。

一

他出生在陕西黄土高原的山区里，大山给了他刚毅、倔强的性格。自从命运之舟将他载进华北平原那天起，他就感到，前面有无限的憧憬与追求。

1980年，袁永德毕业于华北石油技工学校，被分配到了勘探二公司6022钻井队。那时，他才20岁，一个渴望着事业和爱情的年纪。

就是从那时起，他不但虔诚地从老工人那里学到了技术，同时也一次又一次地从老工人那里听到了大庆人的故事，铁人王进喜的形象深深地镌刻在他的脑海之中。他知道，作为一个石油工人，仅有技术是不够的，更可贵的是那些闪着光辉的优良传统和为石油工业腾飞而顽强进取的意志和精神。

当一个人懂得了该怎样去踏踏实实地奉献时，一切艰苦都将成为检验自己的标尺。

井架工——副司钻——司钻，他很快迈过了一个小小的三部曲。

他默默地按大庆人的标准塑造着自己，他的话说得很朴实：我觉得干什么就要像什么，干得“把式”点儿才行。

就在袁永德鼓起事业的风帆破浪前进的时候，一只爱情的小船也在悄然地向他靠拢。

1982 年 3 月，一个温柔的季节。6022 队正在打高12 井。下了班的钻工们去安新镇照相，结识了照相馆里一位叫凌金艳的姑娘，姑娘热情大方又健谈。一回生，二回熟，从此大家便常聚到一起海阔天空地“神聊”。时间长了，姑娘竟悄悄地在这个钻工堆里爱上了袁永德。钻工弟兄们也看出了姑娘在注意袁永德，于是趁袁永德不在时，向姑娘“吹”开了，说袁永德是副队长，人多么多么好。其实，副队长是假，多么多么好倒是真。袁永德毕竟是袁永德，他谈恋爱也没忘了“三老四严”，当姑娘向他表示了“意思”的时候，他对姑娘说：“我根本就不是什么副队长，我是井架工。”姑娘笑了：“那些坏小子真能吹。其实我又不是喜欢什么副队长，我喜欢的是你这个朴朴实实的人。”不久，一个幸福的家庭诞生了。

二

然而，就在袁永德满怀信心地在事业上迈开大步前进，并尽情享受爱情带来的温暖的时候，生活已在他的面前铺展开了一条坎坷艰难的命运之河。

灾难接踵而来，不幸的事情就像他在家乡时搬过的山石，一个又一个，沉重地压向他的肩头——

先是那含辛茹苦的老母亲患病，直至胃被切除了三分之二，继而，在妻子生下孩子的第6天，岳母病逝；接着，在黄土高坡上爬了大半辈子的老父亲又患了半身不遂；后来，老岳父又在一个冬季辞别了人间……

生活怎么突然变了脸色？难道非要一下子压垮袁永德这条年轻的汉子吗？

作为儿子，袁永德是孝顺的，但由于在外地工作，他没能更多地在父母身边尽一份孝心。现在，他多么想把父亲接来任丘，让老人家一边治疗一边享受一点儿女的深情。但他又想到自己长年在野外工作，父亲来了，只能靠妻子一人照顾，心里总觉得过意不去。再说，妻子和孩子的户口还在农村，眼下正借住在一栋铁皮房，不仅居住困难，经济上也将更加紧张。贤惠的妻子看出了丈夫的心思，对他说："你只管安心工作，不用操心家里的事，我一定会把老人照顾好的。"

父亲接来了，袁永德回到了队上。

三

爱情让他和她乘上了同一艘命运之舟，相互扶持着撑过一个又一个生活的漩涡。袁永德太累了，似乎也该喘口气了，可现在，生活又掀来了一重恶浪。

1989年1月，晋古12井。

此刻，这个扶着刹把的汉子，整个神情都倾注在他所挚爱的事业里。钻进，向着岩石的深处。为了石油人的热望和一个民族的腾飞，他渴望着将自己的全部热量都奉献出来。然而，就在他展开梦想的翅膀的时候，噩运正悄悄向他逼近。

这一天，他正在钻台上工作。匆匆从任丘赶回的队长给他带来了一个不幸的消息：凌金艳得了骨癌，需要做截肢手术……

这消息不啻一个惊天炸雷，击呆了袁永德!

上次休假期间，妻子就出现了右腿疼痛的症状，跑了几家医院，虽未能确诊，但吃过一些药之后，疼痛减轻了，本来以为没什么大问题了，哪知道竟有了今天这样严重的后果。

她才 29 岁啊!

就在袁永德在队上上班期间，凌金艳的右腿又疼得厉害了，她不得不决定住进医院。这个要强的女人，她怕影响丈夫的工作，就没有告诉袁永德。当时，家里没有钱，就向邻居借了一些。可孩子才 5 岁，虽然老人的病情有所好转，但还是照顾不了孩子，丢在家里不行，托给邻居又怕给人家添麻烦。于是，凌金艳带着 5 岁的儿子住进了华北石油总医院。初步诊断为骨癌，后又去天津会诊，确诊就是骨癌，只有尽早进行截肢手术，才可能控制病情的进一步恶化。

袁永德风风火火赶到医院，看到病床上消瘦的妻子和乖乖在妈妈身边 5 岁的儿子时，他的鼻子一下子就酸了，心里真是疼痛难忍。骨癌，这是和残疾甚至死亡连在一起的病啊！她是多么需要他，可为了他能安心工作，她事先竟没有和他打个招呼。现在，看到了丈夫，她强忍了多少天的泪再也抑制不住了。袁永德攥住妻子的手，不知道该怎么安慰她。也许，这个时候，一切都不需要说，一切话语都成为多余，只要这紧握着的手就足够了。

2 月 5 日，除夕之夜。

到处是耀人的灯火，到处是欢乐的鞭炮。过年了，对于孩子，这意味着明天又将带着新的一岁去奔逐。对于大人，这意味着明天将又是一个新的生活天地。可此时，职工医院的病房里，袁永德与妻子相对无言，过年对于他们意味着什么？过完年就要进行截肢手术!

想到妻子以后就要和拐杖做伴，失去正常人的行动自由，袁永德有多少心里话要对她讲啊。

然而，默默无言，这个除夕夜，只有眼睛与眼睛，心和心在交谈……

谁不珍惜父母给予完美的血肉之躯，谁不知道形体完美的可贵，更何况凌金艳这样一个曾干过七年照相工作的女人！然而，此时，她更多想到的是，过了这个春节，自己就永远只能用一条腿来支撑这个家庭了，就失去了更多为永德排忧解难的条件了，就会给这个家、给永德添加更沉重的砝码了！过了这个年就是30岁的人了，而立之年要失去一条腿，这是一个巧合还是命运残酷的安排？前几天，丈夫提出要用轮椅推她去医院的花园里拍张照片，因为就要失去一条腿了，拍张照片，留个纪念吧。她没有同意，她不敢去，她怕那样会引出自己一肚子的痛苦泪水，她怕自己经受不了……

四

妻子失去了一条腿，作为丈夫，他知道自己肩上的担子又加重了多少。而作为一名石油工人，他更知道自己神圣的职责和崇高的义务。面对这些，他必须挺得住，不能垮下去。同时，他又必须做出抉择，无法两全。他在命运的湍流中经受着严峻的考验。

袁永德，你还这样年轻，生活给予你的却是太多的艰难困苦，你能支持得住吗？我们在心里为你呼喊——命运，你不要太残酷了，你公平一点吧！

袁永德，你为什么不提出调回后勤以便照顾妻子？

你为什么不利用自己的困难向组织讲讲“价钱”？

你为什么要在妻子尚未痊愈时就匆匆赶回井队？

难道你不懂得爱或不会爱吗？

80年代了，还用得着这样犯傻吗？

不！袁永德比任何人都更明白这些。

有位诗人说过：这个世界总是要有人受到创伤／这个世界不会没有伤疤的／这个世界最刚硬的部分／就是由伤疤组成的。是啊，只有在艰难困苦中跋涉过来的人，才深知索取与奉献是无法放在同一天平上的，才深知如何去完善高尚的人格，使自己成为这世界上最刚硬的那一部分。

1989年2月底，6022钻井队要奔赴冀东油区参加会战。这个油区多是打斜井，6022队也是第一次打斜井，队上技术力量不是太强，作为司钻，队上需要他。在这个节骨眼上，袁永德又一次做出了果断的抉择——到冀东去，参加会战。他把自己的想法说给了妻子。妻子说：“你这样对！咱不能为私事忘了公事，家里的事你放心。我不能站，就坐着做饭。”这就是一个钻工妻子给一个钻工的勇气和力量！

队伍上冀东以后，妻子虽然坚持要自己照顾自己，但对于一个刚刚截去了右腿并带着孩子的女人来说，困难实在是可想而知的。可袁永德的工作又不能耽误。他想来想去，想出一个办法，上班时把妻子背到冀东，休假时再带回任丘。

那一天，袁永德背着妻子，带着孩子，爬上了去冀东的倒班车。那是一个怎样的场景啊，袁永德，步履艰难。他背着的是相亲相爱的妻子，更是一个痛苦而又沉重的命运，一个流动的家庭，一个强者所寻找到的生存方式，一个共和国普通钻工的奉献精神。谁不为之感动，谁不因此而想到了许许多多呢？

少想着索取，多做点贡献，这才是人生价值的真正所在。

五

他站在钻台上，紧握着刹把，钻头执着地契合进岩石，体现着人的追求和意志的顽强。海就在他的前面汹涌抑或平静着，堤岸上，芦苇在风风雨雨中相互搀扶着，向天空延伸着生命的崇高意向。

袁永德心中有个“小家”，更有一个“大家”。他在克服家庭困难方面，在与生活逆境的抗争中，表现出了80年代石油工人的顽强毅力和胸怀。在工作上，他更是踏踏实实，不断进取，积极奉献，不愧为具有大庆精神的好青年。

袁永德带的班大多是青年工人，他知道，要带好这样一班人，只靠说是不行的，更重要的是用行动带动他们。不管是严冬酷暑，还是风霜雨雪，每次上岗带班他都严格按制度办事，对设备细致认真地检查一遍，发现问题及时处理。他曾发现了刹车平衡梁销子半截脱出的隐患，避免了一次井毁人亡的恶性事故。他曾几次检查出钻具刺漏，避免了钻具断落事故。

他带的班，生产时效在全队处于前列，从没有发生过什么责任事故。

他的班没有脱岗、睡岗、乱岗、串岗等现象。

一年多来，他倾力为队上培养生产骨干，带出了两名副司钻。

他曾经在扭伤脚的情况下，坚持下完钻。

他是那样平凡地工作着，不显山不露水。假如我们每个人都能像他那样去做，我们的事业不是距成功更近一步吗?

袁永德也不会忘记，在他最困难的时候，组织上和同志们对他的关怀：妻子做手术，他回任丘那天，井队的同志们为他临时凑了700多元钱；当组织上了解到他给妻子看病欠债3000多元时，有关部门批复了勘探二公司冀东分公司给袁永德的困难补助申请；公司还决定特殊照顾他，为他的妻子、孩子解决了随矿户口，还在农场分了住房；公司经理亲自到他家看望了他的妻子……这一切，都使袁永德感受到了党的温暖和社会主义制度的优越。他暗暗要求自已，要更好地工作，一定要对得起党，对得起领导和同志们的关怀和帮助。

尾声

现在，袁永德妻子的病情稍有好转，但自理生活仍十分困难。井队实行四班两倒制，从冀东到任丘，他要在井队圆满地干完 20 天的工作，再回到家中做完繁重地支撑四壁的活计，真是 20 天做男人，20 天做女人啊。生活的风沙已把一个强健汉子打磨搓揉得消瘦了，然而，却把他纯净的心灵和顽强的意志与追求打磨搓揉得更加闪光了。

读者同志：你也有 5 岁的孩子吗？你 5 岁的孩子是在学弹钢琴还是在学习舞蹈或绘画呢？或是正在妈妈、爸爸的怀里撒娇吹泡泡糖呢？可袁永德 5 岁的儿子，正像小男子汉一般在家中起着作用：择菜、洗碗、拖地、擦桌子、照料妈妈……这些似乎还不该由一个 5 岁孩子承担的任务却在由他完成着。5 岁的孩子啊，钻工的儿子早当家！

而这一切在袁永德的家庭中已很平常。生活总是这样，当它将命运之河的波涛铺天盖地地推过来的时候，不是你战胜它，就是它吞没你。你只有奋力拼搏，才能强渡过去！袁永德就是这样的一个强渡者。

关于袁永德的故事还没有完，正像他脚下的路还很长一样，他还要付出很大努力和很多代价去完成他所追求的事业。

钻头，是这样铸成的

柴甫泉

仲夏，曾经在大庆石油会战中把一只胳膊丢在王进喜身边的华北油田勘探二公司经理陈汉宝，一手将一个陌生的人物拉到了我的笔下……

他，方方的脸，方出了他的个性。近几年，他挑头研制的人造金刚石取心钻头、斜井钻头、刮刀钻头、全面钻进钻头……齐刷刷、大踏步地走向大庆、中原、内蒙古、新疆……一举创出钻井进尺最高纪录；共和国的参天大树刚刚艰难地凝成40个年轮，他的404复合片钻头，令美国钻头专家目瞪口呆，令国际技术权威咋舌、震惊！他，一个普普通通的钳工。

敢问路在何方

1976年，随着日产原油1014吨的华北油田第一口油井的诞生，开始了散发着浓烈油香的华北石油大会战。眨眼间，从山南海北涌来的3万头顶铝盔的男男女女，汇集在一片片连毛草也懒得长的盐碱滩上。顿时，千里淀边钻机声、号子声融入奔涌着的黑色油流。他的心经不住石油工人巨大吼声的摇撼，放下书包，断然离开了他所眷恋的足使整个大西北骄傲的黄土高坡，一头扑进油的怀抱。

几经风雨，几度春秋。

他蜷缩了自己那显得过度高大的身材，沿着一条又狭又窄的路，挤进了华北油田勘探二公司一号库。这是公司供应站的一个回收废品的库房，小得不能再小的长方形院子，像一个生了锈的破匣子，里头塞满了一类类狼狈不堪的破烂。

“一号库，养老库，不图别的图舒服。”他这个走到哪里把“王琢磨”外号带到哪里的全公司小有名气的革新能手，居然“琢磨”到破烂库里，仅这道人生多元方程里的一个小小的未知数，便足以把他当时周围的小哥们儿唬得一愣一愣的。

“王琢磨”看中了这里的一大堆一大堆的破烂。它们是任何一个地方都难以找到的进行革新试验的好材料，旧钢管儿、锈角铁、残缺不一的铁板、长短不齐的螺丝……还有缺胳膊少腿的废车床、缺鼻子少眼的破机器。他要在这块“废墟”上搭起一块通往天外的板，为自己铺架一条攀登的路。

创业，等于酸，等于辣，也等于享受。

作为这块土地上的儿女，他从书本上闻到了那个“老大哥”用石油卡住母亲脖子的滋味，他发誓要把学到的全部知识连同自己的一腔热血，献给祖国的石油事业，甩掉贫油国的帽子，让占世界人口四分之一的中国真正像一个占全世界总人口四分之一的挺着腰板的国家！那个时候，他还是个孩子。

“王琢磨”开始琢磨了，以钻井队为圆心，以废料库里所有的废旧的材料为半径，他用自己的心认认真真地画了一个大大的圆，所有画到“圆”里的，都成了他琢磨的课题。

他第一个提出利用工余时间为井队修旧利废。经费从哪来？上边有成堆成堆的票子，就是没有流通渠道。因为：废品库仅仅是废品库。

钳子、尺子、扳手……都从人家交上来的旧品里挑，碰上实在找不到而又非用不可的工具，只好咬咬牙，勒勒家里的日子，自己掏腰包。工具齐了，他这个被大西北的风宽了肩、圆了腰的1.8米的汉子，像长出了一对翅膀，他要像当年战斗在这里的平原游击队“没有地雷造地雷”一样，用自己的手，去造那些没有的设备！他像是拴在了库房里，天天夜夜，从乡下跟来的妻子总是周而复始地等、不厌其烦地盼。

他回来了，这是1979年冬的一个飘着雪花的深夜。丈夫草草地扒拉了几口妻子给他热了一遍又一遍的他最爱吃的饭菜，她看着他吃到完，丈夫撂下筷子，拔腿要走。

“还去，外头下大了。”妻子叫刘养琴，体重不到90斤，话音低而颤，正好和她这个典型的瘦弱女人的形象相吻合。她怕丈夫不信，拉灭灯，把他拉到窗户跟前。

“去，我带着被子。”她望着他，一大晌没言声，大概，他也感到了自己卷铺盖的举动有些突然，于是又摸着她的心，很在意地补了一句：“噢，这活，井上等着用，睡在那儿方便点。”

……

他尝到了第一次用汗水浇灌的果实，他为修复井队泥浆泵配件而设计制造的专用车床，试车一次成功！每年修复凡尔体、凡尔座等重要配件1000多个，不仅最大限度地方便了井队，而且仅此一项，每年为国家节约资金近10万元！

如果能提高现有的焊接技术，修复凡尔体、凡尔座速度还能快一些，作为前道工序的焊接工艺，都是用手来完成的，是它时常让新上马的机床饿着肚子，他想。

他又盯上了焊机，他要把这台老掉牙的机子重新组装，变成有导轨装置和升降装置、能高速运转的自动焊机！魄力，对于一个在“文化大革命”年月里毕业的中学生，这需要一种怎样的魄力呀！

老天爷像是有意戏耍这位刚刚迈入而立之年门槛儿的痴情的人，偏偏让他在这个节骨眼上，一头撞上了春节。他似乎没有在意，甚至连头也没抬，他用他特有的方式，把老天气得脸色苍白。

妻子受不了了，70多岁的老母亲受不了了。大年三十晚上，媳妇搀着小脚的婆婆，孩子端着满盆的饺子，一步一小心地离开了暖融融的家，来到工房，和他一起度过了一个团圆年。大年初五，二氧化碳保护自动焊机革新成功，工效一下子比手工焊接提高了8倍！

他，不满足。

一年后，他又以6项技术革新获得极大成功的破天荒的高频率，震撼了几万职工包括年过半百的指挥的心，成为当时工业学大庆的标杆。但他仍不满足。也许，分管命运的上帝，为每个创业者铺就了一条同样的没有头且又没法走的路；或许，这是它们筛选人间真正的创业者的拿手好戏。

跟着感觉走

一个时期，井队泥浆泵拉杆紧缺起来，他所在的这个先后打出大庆、大港、华北三大油田第一口出油探井、具有强大阵容的勘探公司，也只得依靠每月拔下来的可怜巴巴的4根拉杆过日子，前线井队被迫停机，频频告急。他吃不住劲儿了，下班后没顾得吃饭，跑到指挥家里，一股脑儿地倒出了自己要用低温镀铁工艺修复泥浆泵拉杆的想法。指挥在眼下这万般无奈的形势下，破例不惜巨款，迅速给他调拨了一台先进的低温镀铁设备。拉杆镀出来了，但镀出来的拉杆还需要磨光、精制，没想到这些设备是有钱也买不到的。

他又自费买来了有关磨床设计的书，一连几个昼夜，把堆满笑容而又不失尊严的十来本业务书翻了个遍。心里有底了，他立即动手设计磨床，没有感到半点畏惧，尽管书中死死地闸住：磨头的最大机械误差绝不可超过头发丝儿的十六分之一。

早在青铜器时代，我国人民就掌握了高超的冶炼和锻造技术，是世界上最早使用机械的人民。这是中华民族的自豪。今天，我们的民族有这样的好儿女，这是整片国土的骄傲！

七拼八凑，用一台朝鲜进口的旧车床改造的新磨床问世了，很快，废品库里形成了一条完整的拉杆“再生”作业线，一台台沉默的钻机恢复了它那拉歌般的铿锵悦耳的鸣声。

钻工笑了，指挥笑了。他，不满足。

一个人，要走多少路，得到怎样的满足，才能真正称得上“人”呢？

难道，就为了这填不满、塞不足的“满足”，人们要把众多的艰难困苦带到人生中吗？

作为共和国的同龄人，生活的长河给他留下了多少所经所历、多姿多彩的画卷啊！认真追忆，头条画面却是梦——一个背叛了梦的本质的圆圆的梦。

中国改革大潮刚刚涌进80年代，他做了一个梦，梦见一伙井队上的硬汉子围着他要钻头，上下一打听，神了，960多万平方千米的国土上，果真只有两个青黄不接的钻头厂家，偌大中国竟然还要依赖从外国进口的钻头去打井。他的心为之一颤。中华民族！龙的传人！全世界机械工业的发源地！今天，不能不说是一种国耻。作为中国大机械行业这盘大棋上的一个小卒，他想到了去“过河”，去挑大梁，去为古老的东方民族夺回机械制造的桂冠！从此，他发誓要拉住梦的手，造出钻工兄弟们满意的第一流的中国人自己的钻头！

这，意味着什么？一个和造钻头没有丁点联系的工人加上一个和造钻头没有丁点联系的单位，然后，再乘以钻头工艺中比钻头还倔的一个个神气十足的未知数。仅这道简单算术式，就意味着他要付出怎样不简单的努力啊！起码要成倍、成百倍地高于干了一辈子的钻头行业的专家，就像和运动员比赛，人家跑出去了上百米、上千米，而他还没踏上跑道。

“嘿，王琢磨真敢琢磨，是不是想弄点外快呀？”

“他可不是那种人。还不是出出风头，往上爬。”小道消息走小道，比大道还快，有些人听说后，私下尽情地发挥想象，无拘无束地塑造着他。有些人不这样，干脆把嘴巴对着他的脸：“做钻头不是做豆腐，做豆腐还讲究个门道呢，成套设备百万元，百万元！成元的票子要排300多里，从这里铺到北京！钻头出不来，你会‘进去’？”

别人说，到底还是别人说。人，活着是为别人，但不是为别人活着。他知道成功的路绝不会跟长安街一样，他要顺着自己的思路照直地走下去。

值得高兴的是他的领导在一一听取了这位嘴上刚刚长“毛”的小伙子的大胆设想及详细方案之后，居然像是他的部属，一个个都悄悄地给他打起了下手，督促业务部门全力支持。于是，一路绿灯，在资金紧缺的情况下，在最短的时间内，一大笔科研经费破格送到他的手里！他哭了，虽然这笔款项还远远不足，这个一参加工作就没有离开机械行业，偷偷摸摸地搞了十来年科研的他，感到从来没有哪个人像这几位领导这样真心地理解他、支持他。他哭了，淌着止不住的泪。

遗憾的是，在通往成功的羊肠小道上，一路天然的坎坷，一路人为的路障。更遗憾的是，本文主人公再三叮嘱记者：“千万别提这些事儿。”不提，记者憋着一口气；提了，他将陷入怎样的境地？人啊，都是生活在这复杂的高级动物群里的活生生的人。

幸好。他被历史卷入了官场，成了一号库的主任。在这个天地里，论资格，他是“元老”；论技术，他是“权威”；论职务，他是“司令”。他可以理直气壮地享受“一杯茶，一支烟，一张报纸看半天”的待遇，但，他不。

北京、天津、武汉……他几乎跑遍了有关的科研部门和有关的理工院校，当然，还少不了国内仅有的两家钻头厂。拜师、取经、求教……还抱回了整套整套的各大书店买不到的多种有关钻头的书，他来不及喘一口大气，一猛子扎进了知识的海洋。

出来，似乎成了一个完全不同的他。他感到了一种知识的海洋漂浮着的轻松，也感到了钻头工艺各种数据至极的精密而带来的新的压力。

制图板是他的办公桌、吃饭桌和床铺上的常客。4 个月。终于，一只钻头所需的几十张只有内行才看得懂的纷繁的图纸拿出来了！试验，紧张、兴奋、提心吊胆和工房里的叮叮当当声交织在一起，奏成一曲动人的乐章。

在这里，汗是音符，血是旋律……

失败了。

他有准备。一张张图纸推倒重来。他又伏下身子，重新抓起制图笔，不到两个月，一摞新图纸出来了，华中理工大学一位老教授看过之后，大吃一惊：“奇迹，这是中国年轻工人的奇迹！”

试验，手里空了，他又拿“成功不了，愿被开除厂籍”的状子做抵押，要来一万元。又花光了，他不好意思再去伸手，拿出了自己20年的积蓄，并向亲友们借了几千元。就这样，抖了抖肩，挺过来了。

车间成了他的家，洗脸跟工人们用一个盆儿，擦汗跟工人们共用一条毛巾。饭，由他的妻子送，跟工人们围在一起吃。他顾不上回去，尽管离他生活的家仅仅几十米远！

他顾不得，妻子养琴便一次一次从十几里地远的粮站把几十斤面粉一步一步地往家背；他顾不得，母亲闹病，妻子只好背着老人赶往几里地以外的医院；他顾不得，妻子默默承受起她那繁重工作之外超性别、超常人的全部生活负荷！

这夜，是中秋夜。油田的月亮也挺大方，早早地蹿到了中天，很圆，圆得人们心里满满当当。过十五了，他把弟兄们撵回家跟老婆孩子圆月，他说放假一夜。

第二天，大伙见他戴上一副新帆布手套，于是便把肚子里憋了一夜的节日之乐全喷在了这个话题上。

“本库消息：主任大人首次戴上手套，从此，宣告结束了他‘一不怕油、二不怕锈’的长期历史。”

“哎，哎，怕是嫂子不干吧？啊？”

……

男同胞里也有细心的人。车间里的“小白脸”发现他一只手大、另一只手小，上去把手套给他拽了下来。人们一下子惊呆了，大家看到了一只又红又肿带着血迹、裹着药布的手。他们看了看车间里的活和他那布满血丝的眼，都明白了。

模型——无底的深渊，他和他的伙伴们不知从里头掏出了多少失败，更不知装进了多少希望。

一年之后。

1982 年 11 月 27 日，华北石油会战指挥部西南 20 里的任 239 井，钻井平台上多了一半人，这些人静静地等着，他们已经等了 4 天 4 夜。凌晨 3 点多，钻工举起双臂，向豁达的蓝天宣布了一个激动人心的消息：他——王兴民挑头研制的第一只人造金刚石取心钻头成功了！消息通过电波迅速传遍全国，一双双求援的手，从祖国的四面八方伸来，一只只钻头带着王兴民的自豪，雄赳赳、气昂昂地赶到了夺油会战最前线，中国钻工用上了中国自己的钻头！很快，中原油田用这种钻头打出了钻井进尺最高纪录！

王兴民用目光抚摸一下自己的钻头，一股热流突然从心底里迸发出来，涌向全身，使他不得不甩掉油乎乎的棉衣，在雪地里走了十几个来回。

冬天里的一把火

成功，大约在冬季。

冬季，他悄悄地抬高了人生的坐标，抓住了取心钻头改进方案；抓住了制造金刚石刮刀钻头、侧钻钻头等 3 个新品种的总体设想；抓住了向更高的目标冲刺的“标枪”！

然而，一道指令，王兴民成了劳动服务公司副经理。决策者们独具慧眼，不约而同地相中了这位蕴藏着钻头性格的陕西汉子。

钻头，呆了。一待就是 3 年！

他那帮弟兄都没了主心骨，3 年没有迈出一步！于是他们合着伙找到王兴民家里。

他再也坐不住了，找到自己的上司——经理曾克恭的办公室，开门见山：

“我想回去。”

“什么？”

“你把我绑在这里，我会疯的！”

曾经理是第一眼看中了王兴民的人。他岁数大了，年龄不饶人，他要把手下这17个厂子、几千号人、数以千万计的家产交给一个他信得过的人，如今王兴民是他心目中最理想的人选，3年的实践恰恰证明了这一点。他提出回去，自然老经理吃惊之后，要举双手反对。

办公室不行，他又找到曾经理家里，老经理说出了自己心底里的话，他哪里知道，王兴民的心早已被钻头吸走了。

一次不得，两次、三次……托人情，找关系，软缠硬磨。好笑，人往低处走，居然也这么费劲儿。

心诚则灵。终于，他的一腔炽情熔化了好心的老经理，也熔化了一个个腰袋上别着一道道紧要关口上的钥匙的人们。

1988年夏季，他回来了，揣着一把冬天里的火。在上边他就设想，来到下边不担任任何行政职务，专心搞钻头。寻思半天，不能。倘若自己不戴乌纱搞钻头，兴许就搞不成。中国的事情就是这样，说不清。

重打鼓，另开张。国内金刚石一时难买，他一眼就瞄准了旧钻头上的金刚石，怎样才能取下来呢？请教，查书，集思广益，终于找到了酸蚀法。酸蚀半月，金刚石乖乖地走下来了。半月，周期太长。他和伙伴们开始了新的试验。这次，干脆在车间里支起了电炉锅，饿了就来一顿。这天夜里，他让年轻人们回家休息，自己盯在车间里，上眼皮和下眼皮闹矛盾，吸烟、洗眼都不管用，又两个通宵没合眼了，没办法，找了几把破椅子，排成“一”字形，躺下就“着”了。他忘了这是车间，冬天里一个四面透风的车间。

醒来，一条花洋布被搭在身上。他想到了妻子，心里一阵内疚。这几天，试验连连遭挫，妻子一夜间摸黑来四五次，隔着车间的窗户望两眼再回去，并没打扰他，而偏偏有一次碰巧，让他看到了，他竟发神经似的冲她吼出了男子汉的粗暴，好像失败是她给带来的。他下意识地冲自己的头打了一拳。

难题解开了，他们用电解法成功地取下了金刚石，用这种方法比过去的酸蚀法快20倍！

材料足了，图纸他也一张一张地拿出来了。冬天，又是冬天，309、403、406……一只只新型钻头一个接一个呱呱落地，4个月产值130多万元！从此，他们不是一号库了，招了农村随矿的100多个职工家属，他们挺着胸脯，挂上了“太行钻头厂”的牌子。人们露出一脸藏不住的笑意，他似乎有一肚子不愿吐露的秘密。一天天、一夜夜……时间偷偷摸摸地向大家透露了一篇完整的消息：有第一只钻头垫底儿，搞这一批钻头是有把握的。他要用它们赢得的奖金做后盾，去拿下他并无把握在国际钻头业占有一席之地的复合片钻头！

是的，人们看出来了。为了集资，这个富得流油的厂子里的领导没有用公车办过一次私事；为了集资，全厂连个沙发、电扇也没有买；为了集资，他攥着能给全厂每人买一辆汽车的票子，连把扫帚也舍不得买。

绝大多数职工理解他，也有些人想不通，能怪他们吗？他们要跟着厂长担多大风险啊！造一只钻头要花几万美元，试验中一只钻头不成功，就等于毁了几万美元的材料费，毁了这个自负盈亏的集体小厂的192名职工辛辛苦苦一年的血汗！

他说：“有险才有味儿，不知足才有意义。”

1989年，桃花盛开的时候。公路线、铁路线、电话线通向全国四面八方的三条“热线”，蓄满了他的夙愿，他和一家家科研单位、大专院校、国内飞腾起来的钻头厂家，取得了联系，他要和他们手把着手，让共和国的钻头漂洋过海，到洋人的身边抖抖威风！

他，感动了一位在无数会战中经历了风风雨雨的管理局的领导，专门开会布置，把研制复合片钻头定为华北油田科研攻关重点项目，并相应地成立了以王兴民为组长的攻关小组。

紧锣密鼓，热血沸腾!

试制，失败；再试制，再失败……

一梯队、二梯队、三梯队……他，还有一批又一批青工、技术人员投奔到专家、教授和一位位国外钻头行业技术权威人士身边。他说：事业，光靠热情不行。

失败的根源找到了，一切从零开始，他们在攻破了几十道技术难关之后，又把最大的功夫下在了高不成、低不就的铸造钻头的600摄氏度恒温上。

夏天。车间里，人们抓起草帽、书本等能够生风的物件，用力地扇着，似乎要扇走这闷死人的鬼天气，扇出一个爽凉的世界。炉旁的他，关切着炉里的“胎”，四五十摄氏度的室温没有对他起到一点作用，尽管汗水把衬衫贴在了他的肉皮上。

恒温保持下来了，不料焊接又成了一个难题。赶紧，他和手下的工程师、技术员、电焊工人，连夜向这个关口扑去。

方案一、方案二、方案三……钻头到底比人心硬，任凭你付出怎样代价，它都无动于衷。

1989年5月初，几十万双眼看着太行厂，太行厂看着攻关小组，攻关小组看着王兴民，王兴民却得了急性肠炎。

公司职工医院内。一位中年女医生带着一脸自信，看了看他递过来的化验单，说：“住院。”

“你给我开点药吧。”他强打着精神，拿出了讨好的劲头，用哀求的语气，说服着态度并不坚决的女医生。

王兴民把药片分成3部分，一部分放在家里，一部分放在办公室里，一部分装在衣服兜里，哪时候饿不住哪时候吃。就这样，他没有离开钻头，咬着牙，挺着……

6月28日，他实在爬不起来了，爱人想送他去医院，他让爱人把医生叫到家里，医生一看，必须马上去医院输液。他对前来的崔医生说：“到医院就不由我了，别的时候我住俩月都行，这些日子我一天也不能离开厂子！麻烦您到我家来输吧。”老崔被他感动了，很快，一整套输液设备在他的床头支起来了……

床上的他，一只手老老实实地接受着一滴滴不紧不慢的流体，另一只手笨拙地翻腾着复合片钻头后期制作的一张张图纸。突然，以秒为单位，他的目光亮到了极点，他像发现了什么，拔掉插进血管里的针头，匆匆地向厂里赶去。

振奋人心！最后一关攻破了！！人心振奋！！！

404复合片钻头站起来了，带着新一辈石油工人的性格，带着80年代新型的集体企业的志气，带着国人的威风！

他，不满足。

他又瞄准了国际钻头行业冒尖儿的钻头，他要用行动来践行自己的诺言：让中华民族的机械制造业在这片古老的国土上重新放光。

石油教师

洪　秀　风　杰

人物小传

赵庆普，男，1936年3月出生，辽宁法库县人。曾获河北省优秀共产党员、华北石油管理局劳动模范标兵等荣誉称号。1989年被评为全国优秀教师，时任华北石油学校电气科自动化教研组组长。

一年之计，莫如树谷；
十年之计，莫如树木；
终身之计，莫如树人。

——《管子·权修》

在我们的采访名单中，最后一个是他的名字——赵庆普，华北石油学校电气专业科自动化教研组一位普普通通的教书匠。

周围同志如是说

“普通，确实很普通。”自动化教研组青年教师辜忠涛说，“但赵老师又确实很好。突出感觉是很有原则性、很公道、很有人情味。干工作兢兢业业，踏踏实实，没得挑。平时以身作则，组里的工作抢着干。每学期分学时、分奖金，都合情合理，大家很佩服。对学生敢于严格要求，期末考试，一些平时不用功学习、专等到考场上大显神通的学生先看谁监考，一看是赵老师，便惊呼‘栽了’。对同志很热心，组里有谁想搞点研究或者是想搞个项目，他总是全力支持，尽心帮助。一次，我帮矿机实验室搞抽油机性能测试系统项目，有时需要出差，他对我说，你专心搞你的，我给你请假。还说，这一段时间你家里的事也由我照顾。逢节日，把组里的单身职工叫到自己家里一起过。日常谁家要是有个什么事，他都是跑前跑后给你忙乎。50多岁的人了，什么事都抢在前，干在前，又通情达理，所以他虽然是个很普通的人，但他布置的工作别说不干，就是干不好心里都有点过意不去。”

“赵老师有两点我认为很值得学习。”主管教学的副校长韩风钧说。“一是数十年如一日，工作勤勤恳恳、任劳任怨。二是业务和思想都过硬，既教书又育人，能把思想教育渗透在日常的教学工作之中，不论是对工作，还是对师生员工，甚至对校外的一些不认识的老乡，都是满腔热忱，不讲任何条件，这在目前很难得。”

自动化教研组副组长刘光荣说：“赵老师不仅理论教学过硬，而且特别注重实验教学和实践教学。1984年主抓实验室工作以来，调动全组人员积极性，自制仪器车两台，模型教具10多件，实验用印刷电路板数百块，维修各种仪器仪表100多台件，先后建成电子实验室、脉冲实验室、电机实验室、计算机实验室，实验开出率目前可以达到74%。同时，在赵老师的倡导和组织下，我们进行了实验公开教学和观摩教学，改过去实验以老师为主为现在的实验以学生为主。尤其是把自动化专业的不对口的校外实习改成校内自己安装、调试电视机的‘电路教学实习’，大大提高了学生理论联系实际的能力，自己动手的能力，独立思考问题、分析问题、解决问题的能力，为学校教改工作开了好头。”

赵庆普的儿子赵英说：“我刚开始上班的时候当体育老师。爸爸不止一次对我说，当老师千万不能糊弄学生，误人子弟。特别是做体育老师，除个别课外，上课不能拿讲稿，要认真备课。不要认为体育就是蹦蹦跳跳，它和别的课一样有很多要求，一个动作、一个姿势都不能含糊。妹妹在我们学校读中专的时候，爸爸不允许她在家住，让她和同学们住在一块，说培养集体意识，妹妹毕业分到石油部驻天津办事处，尽管离家很近，但除节假日外，爸爸不准她平时回来。有一次我去天津出差顺便看看妹妹，她一见我就哭，说想家，但又不敢回去。爸爸也去天津看过妹妹两次，但那都是找组织了解妹妹的工作情况，并要人家对妹妹严格要求，不必客气。"

"上了十几年的学，赵老师是我遇到的最好的老师。"88 仪表 2 班的张成虎同学说，"有风度，真正的学者风度。赵老师上课正点，从不迟到一分钟，也从不压堂。一节课的内容，计划很周密，时间掐得特别准。我们都感到赵老师备课下了大功夫。赵老师讲课严肃认真，语言精练，重点突出，没有一句废话。在讲授的过程中不断提出问题，使我们能在听课的过程中主动思考。特别是一些不被注意而往往又是我们似是而非的问题，甚至一个符号，赵老师都能适时把它们提出来，让我们在思考的过程中加深记忆。有时课堂空出十分钟，针对本次课的内容出两道思考题，让我们当场书面回答。不准看笔记，不准翻书，不准交头接耳。赵老师说，你们实事求是地回答，一来可以看看你们对课堂内容掌握的情况，更重要的是检验我这样讲是不是合大家的胃口。我们都觉得，赵老师真正把教学当作了自己的事情，丝毫没有应付的成分。"

"赵老师答疑也很特别。到教室来，如果没人问，他便主动出击，提问题让我们回答。如果我们问他问题，他很少直接回答我们所问的问题，而是对我们所问的问题旁敲侧击，并通过其他方面进行反问，启发我们动脑筋，联系起来想问题。开始的时候，大家对这种答疑方式不习惯，特别是反问，回答不上来觉得很难堪，便有问题也不轻易问。赵老师发现这种情况后对我们说，你们不要怕反问，老师绝对不会因为你回答不上来就笑话你，说你们来到学校就是学习的，如果什么都能回答，什么都会，还来学校干什么？还要老师干什么？再说你们走出校门参加工作后，问题更是千奇百怪，有时处理一个问题会牵涉很多方面的知识。如果你问 1+2 等于多少，我就告诉你等于 3，那么下次你碰到 2+1 等于多少的问题，恐怕还得问老师等于几。由于赵老师讲得很诚恳，我们很快就消除了恐惧心理，并且逐渐体会到了这样答疑方式的高明。它不仅有助于我们把问题搞透彻，而且可以培养我们的创造性，培养我们举一反三分析问题的能力。"

"我们班全是二连公司的代培生，文化程度不齐，成分也复杂。我们毕业也不发毕业证，所以有的同学说，我们到石油学校来不是学习的，是疗养的。但上赵老师的课，大家很自觉，迟到、旷课的很少，课堂纪律也好。赵老师善于针对实际情况，采取多种方法，使大家都对这门课产生兴趣。从赵老师的身上，我们不仅学到了知识，更重要的是我们学到了一种作风，一种严肃认真、一丝不苟的工作作风。赵老师是当之无愧的好教师！从他身上我们知道了什么是为人师表；从他身上，我们悟出了伟大出于平凡这个万古不变的真理！"

对赵庆普本人的采访

我们说明来意，在赵老师对面的沙发上坐了下来。赵老师笑了笑。片刻的沉思之后，他对我们说：

"1936 年 3 月 2 日，我出生在辽宁省法库县辽河岸边的一个村庄。小学是在本村念的，初中和高中生活是在沈阳度过的。1956 年，我考入东北工学院自动控制系工业企业电气化专业。1960 年，我服从组织安排提前一年留校做老师。20 世纪 50 年代和 60 年代初期对老师要求特别严。如何上课，如何备课，如何批改作业，如何辅导答疑，都要受到严格训练。从那时起就养成了对自己、对学生严格要求的习惯。"

"1978 年，为解决子女就业问题，我被调到华北石油学校。刚调来的第一年，东北工学院人事处两次来人，要把我调回去。我们学校当时正到处招兵买马，根本不肯放。我觉得来回折腾也没啥意思，便当上了‘油鬼子’。”

“刚调来那阵儿，自动化专业的调节原理课没开，电工学没人愿意讲。领导征求我的意见，我说我上。来到学校的第三天，我便开始正式上课，讲电工学。第二年自动化专业开设调节原理课，我又重操旧业，讲调节原理。根据中专学校的特点，1981 年调节原理课改成自动控制原理。这也带来问题，就是自控这门课没有中专用的教材，特别是没有石油中专适用的教材。针对这种情况，1982 年，我与其他同志一起利用一周时间到任丘地区有关单位进行了调研，摸了摸用人单位对自动化专业的毕业生有什么要求，毕业生上岗后干些什么工作，需要什么样的专业知识等。开了几个毕业生座谈会，让大家谈谈在学校学的和到单位用的有什么不同，自动化专业还应增加些什么内容等。回到学校我又征求了其他专业教师的意见。在此基础上，以学生手头教材为依据，以学用一致为原则，我对自控课的讲授内容做了较大的调整。要求学生务必做好课堂笔记。这虽然在一定程度上解决了所学和所用脱节的问题，但给学生的学习带来很多困难。再说靠做笔记学习毕竟不是长远之计。根据这种情况，从 1984 年开始我便着手编写适合我们自己专业特点的自动控制原理教材。现在这本教材已经脱稿，40 多万字，500 多张插图，即将由石油工业出版社出版。”

“编这本教材费了很大的劲。关键是没有合适的教材可以参考；自己对现场工作又了解得不深不透；担任自动化教研组组长，工作头绪多。特别是主管的实验室工作，简直就是个无底洞，有多少时间和精力都能在那里找到用场。前段时间家里接二连三地出了一些事。儿子先后 4 次到任丘住院，母亲瘫痪在床，生活不能自理，病情一天天恶化。自己要上课，带学生实习等，一天到晚忙得晕头转向，焦头烂额。写教材的事只有等到夜深人静的时候才能坐下来考虑。所以这本教材基本上是利用晚上和假期写的。”

“苦和累对我来说都已比较习惯，所以感觉不到什么。但母亲的死确实使我很难过。我记得很清楚：那天中午，我匆忙吃下儿媳送来的饭菜，想喂母亲两个橘子，可无论如何都喂不下去。我惦记着学生做实验，匆忙赶到实验室安排实验。等陪学生做完实验已是下午 4 点钟。我担心母亲的病，又怕母亲从床上摔下来，便慌慌张张往家跑。一进家门就感到心力不济，眼前发黑，一下子晕倒在门口，半个小时后才清醒过来。因为当时在天津的女儿生孩子，老伴前去照顾，所以我醒来后顾不得喘气，便急着照顾母亲。但第二天凌晨母亲就不行了，我很悲痛，为自己没能在最后照顾好母亲而感到不安和内疚。”

“母亲去世后，我将更多的时间和精力投入学习和工作之中。但我自身又有不少毛病，特别是肾结石，有时疼起来刀绞似的，搞得我很被动。有一次，指导一个自动化班搞毕业设计，正在给几个学生做指导，肚子突然疼起来。疼得我立刻出了一脑袋瓜子汗。我因为知道是怎么回事，所以不害怕。用桌子角顶住腹部，硬挺着把问题讲完。学生看我不对劲，问我怎么了，我说没事，出去走走就好了。我从教室出来，靠着墙蹲了一会儿，抽了一支烟。稍微好了一点后，我又到教室答疑了两个学生。那一天晚上就把我疼服了，真服了。1 点钟的时候，无论如何挺不过去，找到卫生所的大夫，一下子打了两支哌替啶。我本来不愿意吃药，特别是不愿意吃中药，嫌麻烦。但为了不耽误工作，不在学生面前出丑，我连续吃了 100 多副中药。效果还真不错，很有一段时间不疼了。”

“在我们采访的过程中，有的学生说您严肃有余，活泼不足，是不是这么回事？”

“是。”赵老师说：“这个问题我也有感觉，但试着改了好几次，效果都不大。这与我这个人的性格有关系。后来我采取多去教室、多和学生接触来弥补这方面的不足，有一定的收获。教了一年课以后，有的学生说，赵老师并不像我们刚开始想的那样可怕。我说我又不是老虎，有什么可怕的。”

“我对学生要求严，有时严得有点冷酷无情。但我对自己要求更严。我知道其身正，不令而行；其身不正，虽令不从的道理。平时写讲稿，认真仔细，宁可多写少讲，也不少写多讲。讲稿讲一次写一次，不重复用。要求学生做作业写字不能潦草，画图要用尺子，我首先做到板书清楚、整齐，画图正正规规；要求学生上课不准无故迟到一分钟，我首先做到上课提前到教室，没特殊情况不让学生等老师。平时答疑也是，说几点钟去，不管刮风下雨，到时候一定去，守信用。要求严，平时又不爱说笑，所以很多学生怕我。特别是考试时怕我监考。”

“不管是小考、中考还是期末考试，对作弊学生我从不客气。发现不了算他运气好，发现了他就得认倒霉。有一次我给一个班进行期中考试，有个同学搞小动作，我马上给予了警告。可他不听，还搞小动作。我当场宣布该同学不及格，并说卷子交上来也不给看。这一下子就把其他人也给镇住了。考完后我特意把那个同学的卷子认真看了看，发现答得不错。我找他谈话时说，以你平时的成绩，答个及格不成问题，可为什么要干作弊这种不光彩的事呢？谈完后，我便在平时注意与他多接触，怕他背思想包袱。果然有一次他问我，老师，期中不及格，期末考试还给及格吗？我说这就要看你的啦。只要平时认真学，期末考试好好答，不作弊，你考 100 分，老师不会给你 99 分。当老师的都盼着你们学好、考好，没有老师盼着你们不及格。这个同学后来学习更加努力，期末考试取得了较好的成绩。”

“前几年考试完后，总有个别不及格的学生到我家来，让我提分给个及格。我首先明确表态说不行！然后再讲道理，说给你们提分很容易，老师的笔头一动就行了。但那样做我良心上过不去，也对不住你们和你们的家长。你们把家长通知书拿回去，家长看到的是假成绩，这不是老师把你们的父母给骗了吗？只要你们假期抽出一些时间好好复习，补考就能及格。有的同学特别是女同学，一听不给提分就哭。我说哭也没有用，有用的就是假期好好复习。在这个问题上宁可让他们不痛快，对我有意见，也不能迁就。提个及格，他们把整个假期就玩过去了；不提，他们可以利用假期看看书。”

“学校子女如果有不及格的怎么办？”我们问。

“一视同仁，我曾对我们教研组的一些青年教师说过，对学校的子女更要从严要求。我们不对他们负责，还得对他们的父母负责呢！一般我看谁学习不用功，先给家长打招呼，说你要再不好好管管你的孩子，到时候就是不及格啊！免得以后说你不给面子，弄得不好。但话又说回来，如果给学校子女提分，不给别人提，老师还怎么在学生面前做人？”

“团泊洼这个地方偏僻，交通不便，不知从什么时候起，谁家的电视机、录音机什么的坏了就来叫我或往我家里送，让修理。刚开始我对家电也不太懂，但自己是学自控的，所以基本原理知道一些。摸索着鼓捣了几台，还真出来人、出来音了。于是，用我老伴的话说，从此我们家成了无线电修理部。其实不仅仅是家，实验室还有不少。1986 年，在一次全校性的职工大会上我表过一个态，就是以后谁家的电器坏了，我们自动化教研组包了！是我们组包了，不是我个人包了。现在一提修家电就是赵庆普，根本不是那么回事。我当然也修，但更多的是组里的同志一块修。”

“给学校哪个单位修过电器吗？听说目前社会上存在私事好办公事不好办的情况。”我们这样问道。

“修过。”赵老师说，“在单位与个人这个问题上，我从来优先考虑修单位的。因为个人的电器坏了只影响一家，而单位的电器坏了则影响一片，甚至整个学校。像卫生所、广播室、电化教学实验室等单位的设备需要维修或调试，我都全力以赴。吃饭时干不完我坚持干完后再吃饭，白天干不完晚上接着干。不然心里总惦着，饭吃不好，觉也睡不香。我修电器不分休假不休假，熟悉不熟悉，只要在家，随叫随到。有一次正吃午饭，一位老师来叫我，说他家的冰箱坏了。我二话没说，放下碗就走。两千多元的东西，坏了没有不着急的。还有一次，我用两个晚上时间给一个小伙子修好一台电视机。等小伙子把电视机搬走后，我问老伴这小伙子是谁。老伴说连人都不认识，你忙个啥。我说咱又不图啥，就算增加点共产主义因素呗？后来才知道，小伙子是胡连庄的一个农民。”

“我和我们组的人修电器，也影响了个别人的利益。有一天，大港油田生活基地的一个人找到我，说他办了一个电器修理店，我们义务修理电器抢了他的生意。要我从他那里接活，给我报酬。我笑了笑，没答应。我能答应吗？撇开一个共产党员的党性不谈，我怎么也得对得住我的良心吧！我家庭出身不好，12 岁时父亲病故，全家老幼失去依托，生活全靠政府救济。从初中到大学毕业，我完全是靠奖学金坚持下来的。我赵庆普能有今天，靠的还不全是党和人民的哺育吗？我这点知识，还不全是党和人民给的吗？我凭什么用党和人民给的知识来谋取个人私利呢！把知识还给人民，这永远是我赵庆普做人的宗旨！”

“屈指算起来，从 1960 年登上讲台，到现在整整 30 年了。这 30 年自己究竟干了点什么，想起来很惭愧。党和人民对我恩重如山，这个情我一辈子也还不清。今后更加努力吧，以求最后闭眼的时候，心里能稍微安慰些。”

没记在采访本上的话

“轻易不来，再坐一会儿，况且我还有事求你们呢！”当我们合上采访本准备起身告辞的时候，赵老师又叫住了我们。“你们来，我闭口不谈，或就是聊闲篇，不是那个意思，也不礼貌。我知道你们这也是工作。但说老实话，如果不是先进，我可以做更多的工作，也可以把工作做得更好。现在干什么也有顾虑，不干吧，心里过不去；干吧，又怕别人说三道四。像现在学雷锋，不仅仅是青少年的事，大家都应该学，所以总想把我们组的人动员起来搞些活动，根据我们的工作性质开设些服务项目。但这样搞，弄不好又会有人说：这小子当先进尽搞些花里胡哨的东西。所以想来想去还是没有集中搞。上一学期，校党委发了红头文件，要大家向我学习。我觉得很好笑，要大家向我学习啥？学习我的老气横秋？学习我的平平庸庸？去年教师节让我发言，真难坏了我。写那两篇发言稿比我写教材还要难得多。最后领导还说不行。当老师教好书、育好人，当组长管好、带好这个组，这就好像人活着要吃饭一样，很正常！现在正常的事都搞得不正常。工作是大家干的，荣誉却全落到我一个人头上，全国优秀教师、能源部劳动模范、省优秀共产党员、局劳模等，弄得我浑身不自在！我干的都是我职责范围之内的事，当这个先进、那个模范的，不是明摆着让我内疚吗？后来省教委又给我寄来500元钱，这不是闹戏吗？正好碰上我们的宣传部部长，我把汇款单塞给他，说麻烦你到邮局把钱取回来，用它搞些宣传教育活动吧。说来说去，就是要你们别写。要写就写别人，我们学校比我做得好的有的是。特别是一些中青年教师，在教学方法和教学效果、治学态度等方面，都有自己的成功之处。树立典型应该把重点放在他们身上。我快退休了，总在我身上打主意没意思。希望你们能考虑我的意见。以后欢迎你们常来坐，不谈别的，你们说好不好？”

不是结尾的结尾

从赵老师家出来已是夜阑人静。抬头看天，满天群星不知疲倦地闪烁；低头看路，灰色的柏油马路默默无声地伸向远方。一首唱给无名者的歌顽强地萦绕在我们耳际，久久不肯散去：

没有花香，没有树高，我是一棵无人知道的小草；从不寂寞，从不烦恼，你看我的伙伴遍及天涯海角……

心中的那一座站

杨培生

奉献者的价值是永不停止的追求。

——题记

要找他采访很不容易。虽然同在一个单位，可就是难以见到他的影子。按说我由于多年的职业习惯已经算得上是新闻敏感“人物”了，为了多了解一些有关他的情况，时不时地打听他的消息。朋友也给我帮忙，不断地传递信息，可每每不能如愿，得到的回答不是“去二连还没回来”，就是“刚回来又走了”之类。眼看截稿日期渐近，任务压在肩上，我好不发愁。于是只好改变战术，迂回进攻，凭我以前知道的和后来人补充的情况，拉拉杂杂地写下了有关他的不完整的故事。

劳模大会，他的位置空缺着

1990 年 1 月 22 日，华北石油管理局劳模大会隆重举行。这是油田最高规格的先进表彰大会，是石油工人显示人生、显示价值、显示光辉的庆功典礼。伴随着景仰和羡慕的眼神，从油田 10 万名职工中涌现出来的十几名标兵，神采奕奕地端坐在主席台上。乐曲、鲜花、掌声，付出者终于得到报偿，人们用各种形式表达着对劳动模范的敬慕。

主持人高声宣读着每一个劳模标兵的名字。那些被念到名字的人微笑着站起向观众致意。“李汉武”。声音过后，竟没有人站起。细心的人好像忽然发现，主席台上留给李汉武的位置空缺着。“李汉武何许人也，这么重要而又最能昭示辉煌人生价值的关键场合，他为什么不到会亮相呢？”有人心里打起了疑问。

主持人赶紧解释：李汉武同志长期奋战在二连油田施工现场，为了确保油田冬季正常生产，他仍然战斗在自己的岗位上，因此未能参加大会。

会场上响起一阵雷鸣般的掌声。也许，这掌声已经不仅仅只是对劳模的祝贺……

他对草原着了魔

按照常规写法，应该先介绍一下他的情况：李汉武，男，共产党员，勘察设计院油气室工程师。祖籍河南，有着中原大地人所特有的朴实与憨厚；相貌普通，不高不矮，不胖不瘦，一副厚玻璃眼镜折射出似乎不知疲倦的眼睛。1968 年毕业于西安石油学院，1975 年来任丘参加华北油田会战，迄今为止，仅由他担任项目负责人设计的油田联合站、接转站就有 89 座，油井 500 多口，管道 400 多千米。他画过的图纸铺在地上能覆盖几个篮球场。按说，都是近 50 岁的人了，手中的绘图笔该歇歇了，搞搞技术指导咨询一类的事，辅导辅导年轻人，或许比一年到头蜷缩着身子趴在绘图板上要轻松一点。可李汉武没有歇的念头，照样玩命地干活，如同一台不知疲倦的绘图机器，不断地倾吐着一根根线条，构成一幅幅美丽的图画。有人给他统计过，这几年他年年都是一年干两年的活。他的心理活动很简单也很质朴：不干活对不起党这么多年对我的培养。

1987 年农历腊月，到处张灯结彩爆竹声声，人们喜迎龙年春节的来临。中国人对龙有着特别的偏爱，石油工人对龙更有特别的感情：油龙起舞、油龙高歌、油龙腾飞等字眼不时见于油田的报刊、摄影作品上。

或许是巧合，龙年之初，一场擒油龙的战斗悄然打响。只不过这个油龙不是在冀中平原的古潜山下，而是在沉睡千年的内蒙古草原上。石油工业部和华北石油管理局审时度势，运筹帷幄，果断下达了抢上二连油田的指令。这个指令打破了草原昔日的宁静。数万大军千里迢迢，挥师北上，人们为我国又在塞外草原找到一个新油田而欢欣鼓舞。它的发现无疑是在冀中潜山油藏产量骤减的关键时刻为华北油田注入了新的生机。

李汉武高兴极了。他是油气工程师，油气专业在设计院被称为龙头专业。搞油的人一听说有油就坐不住，设计人员个个摩拳擦掌，跃跃欲试。李汉武急切请战，他有一种创造欲，仿佛已经看到自己设计的油田联合站巍然矗立在风光绮丽的草原上。

李汉武担任了蒙古林油田的项目负责人。然而，知道底细的人都知道，在处于高寒高海拔地区几十里不见人烟的北疆草原上搞油田建设谈何容易，远离任丘基地生活条件艰苦暂且不说，就是那肆虐的白毛风黄毛风也叫人望而却步谈虎色变。况且地形复杂，技术难度高，人们对油田地面设施能否经受得住气温变化无常的考验，更是心里没底。万一将来这座油罐冻裂那条管道断开，油田岂不是毁于一旦？

李汉武苦苦思索着。年三十晚上回到家里连精彩的电视晚会也没有心思欣赏。

蒙古林油田包括一个40万吨的联合站，20万吨的接转站，以及站内外输油管网，投资几千万人民币，是一个在二连乃至华北油田都算得上数一数二的大工程。为了给油建施工抢出黄金季节，赶在来年入冬前建成，上级只给了一个半月的设计工期。光图纸大大小小就要上百张，这点时间实在是太紧张了。

李汉武明白，国家需要油，油是石油人的命根子。在二连地区抢油上产，时间贵如金，能不急吗？

大年初一，李汉武和全家人欢欢喜喜地吃了一顿饺子，算是一年到头的团聚，又是龙年出征的饯行。当人们还在走亲访友沉浸在一片节日的氛围之中，李汉武已经一头扎进了办公室，开始查资料摆方案了。他天天从白天一直干到深夜，一口气连续干了20多天，晚上加完班回家，两眼迷迷蒙蒙地走在路上，有一次差点撞到了树上。

李汉武有句口头语：干什么就要干出点样子来。他心里容不得一点马虎。久而久之，养成了一个怪癖，凡事总要琢磨个三番五次，处处要求高标准。看他干活，就像拈线穿针，细了又细，准了又准。他常说："设计一条线，工人几身汗，投资上百万元，技术上的事就是要较真。"越是有难题，越能激发他的战胜欲望，他千方百计非要弄出个高招不可。

宁静的夜，时针已指向12点，李汉武仍然毫无困意。手中计算器上的数字显示不停地跳跃着。这几天来，李汉武自己也记不清计算了多少次了。他为蒙一联的事伤透了脑筋。蒙古林油田联合站地处一个东西相距350米，两端高差十几米的大斜坡上，在高差如此大的地段建造一座大站，以前没有先例。如果按常规全部推成平地，光土方量就够海的了，十元钱一方土，上百万人民币就白花花地流进土里去了。李汉武想在国家资金紧张、华北油田囊中拮据的时刻，这笔钱可不是个小数目啊。何况在霜冻期达200多天的二连地区，本来能留给施工的季节就很有限，总不能把时间都抛洒在推土上啊。

能不能拿出一个全新的设计方案呢？这些天费了很大精力搞出的几套方案，李汉武都不太满意。他要在别出心裁上做文章。别看他在家里对柴米油盐上的事全不管，家庭经济账一窍不通，可现在他要算油田使用资金的大账，油气工程师也要学着当经济师了。李汉武上班想下班想，吃饭想走路想，甚至晚上做梦也在想。眼睛熬出了血丝，人也明显地消瘦了。忽然，李汉武心头一动，他想起了我国古代在山腰上建造的亭台楼阁，拾级而上，鳞次栉比，层次井然，比平地上建造的又多了几分风韵。这不是一个很好的启示吗？对！蒙古林油田联合站的布局完全可以利用地势高差之变化进行设计，因地制宜吗！想到这里，李汉武立即动手，画出了一张全新的平面图。正面看去，大站的罐区、油区污水、处理区分三大块依地形高低变化呈阶梯式摆开，如同在茫茫草原上平卧了一个庞然大物，头、腰、尾层次清楚，紧密相连，且立体感更为突出，俨然一幅美丽多姿的草原风光国画。

李汉武似乎忘记了连续奋战的疲劳，他立即向上级领导汇报了这一新方案。油田的专家和决策者们通过周密的技术经济论证，认为此方案安全可行，方案顺利通过。由此，整个蒙一联工地的动用土方量一下子减少了十几万立方米，工程造价大幅度降低。工期加快了，施工单位高兴，领导和专家们发出满意的称赞，李汉武又一次尝到了成功的喜悦。

乘胜前进。李汉武紧接着又拿出了高水平的施工设计图，采用了全密闭流程、自动计量、大面积水力活塞泵、区域性阴极防腐、微正压高效加热炉、交直流电脱水等 6 项先进技术，使蒙古林油田的整体建设水平达到了一个新的高度。

1989 年 10 月 2 日，正值中华人民共和国成立 40 周年大庆之际，蒙古林油田全面正式投产了。乌黑发亮的原油顺着李汉武设计的蒙阿输油管道，源源不断地汇进祖国的石油大动脉，一个新的油田诞生了。

不称职的“一家之主”和称职的油田“保姆”

和中国的大多数知识分子一样，人到中年的李汉武一方面对事业有着强烈的追求，另一方面是上有老下有小，沉重的家庭负担像一条锁在他肩上的铁链，时不时地给他紧一紧“拉锁”。

1989 年 3 月份，阿尔善油田的两座大型联合站哈一联、蒙一联相继全面投入施工。油建队伍上得猛，几千人一下子涌到草原上。蒙一联工地上矗立着“笑迎风沙斗严寒，3570 建奇功”的巨幅标语。当年要生产 35 万吨原油、抢建 70 万吨产能，好一场艰苦的硬仗！施工队伍急等着设计人员去交底。李汉武是这个工程的项目负责人，他决定亲自上去配合施工。可他明白，这一去就不是一个月两个月，可能半年一年，还可能时间更长。为此他还要付出另一种代价。

临行的前一天晚上，李汉武把自己要上去的决定告诉妻子。妻子一听就抹了眼泪："汉武啊，你一年到头忙工作，家里的事也该顾一顾吧。你瞧瞧咱家这样，父亲已是80多岁的人，卧病在床。3个孩子都上学，没一个工作的，二儿子头年参加中考，成绩不好落选了，老三也面临这一关。咱家就你一个有文化的，一家之主，你不辅导辅导孩子，我一个家属咋办呢？假如再落选，孩子的前途你想过没有……"

听着妻子的数落，李汉武心里一阵阵发酸。慈孝之心，人皆有之，李汉武何尝没想过这些。他是个孝子，常年在外奔波，顾不上照顾年老的父亲，眼下父亲生病，总该尽一点孝心吧。再说孩子，李汉武平日哪有时间辅导他们。设计院知识分子家庭多，别人家父母对自己的孩子抓得紧，都一个个考上了大学。可自己的孩子连高中都没考上，作为父亲，也该尽点责任了。可是，油田需要我上去啊！蒙古林油田设计上采用了很多新工艺新技术，只有我最熟悉，我要是不去配合施工，现场出了问题找谁解决呢？何况，油田领导为了加强施工投产的技术力量，已经任命自己兼任蒙古林联合站副站长，总不能叫施工生产单位有了问题跑几千里路回来再找你吧。

矛盾，生活中处处充满了矛盾。李汉武心中像塞了一团乱麻，理也理不清。他晚饭也没吃好，把妻子儿女叫到一起开起了家庭会。李汉武对妻子说："常言道，自古忠孝不能两全，我知道走后家里的困难，可我不能因为家庭困难把油田上产的事抛开不管了，那还算个党员吗？"他又把脸转向孩子们："爸爸很想帮助你们一把，可眼下实在没时间，不上前线，我总是放不下心。学习上的事还要靠自己抓紧。你们能理解爸爸吗？"

孩子们望着父亲庄重的神态，知道父亲决定了的事是不会回头的。他们懂事地说："你放心去吧，我们一定好好学习，争取好成绩。"

妻子也毕竟是石油职工的家属，她掂得出油田上产的分量，也懂得汉武的一片苦心。丈夫一席话，使她心中的天平也倒向汉武一边，她抹了抹泪花，深情地说："那里真要离不开你，你就去吧，家里的事再难有俺顶着。俺虽然辅导不了孩子，可俺会管好他们，让他们抓紧时间的。"

李汉武慰别了妻子儿女，急切地踏上了去二连的征程。

天苍苍，野茫茫，风吹草低见牛羊。塞外大草原的独特风光迎接了李汉武。时值三月，乍暖还寒，草原还是一片枯黄，唯有枝干挺拔的干枝梅，以她的冰蕊琼枝和铮铮傲骨，展现着草原的盎然生机。

建设中的蒙古林油田如同一个千军万马拼搏的大战场，焊花飞舞，机器轰鸣，巨型吊车把重达十几吨的混凝土预制大板一块块地吊起，又一块块拼装成厂房。李汉武在工地上来回穿梭，哪里有问题他就出现在哪里。白天他和工人们干在一起，一身泥巴一身汗；晚上趴在昏暗的灯光下，就着床板当图板，把白天发现的问题理出头绪，修改设计。住在现场倒也有个好处，住房就是办公室，干早干晚都自由。他每天都要干十几个小时，一天下来腰酸腿疼，可施工单位找上门来和他商量事情时，他还得咬咬牙起来接着干。一天晚上，已经是 11 点多钟了，这些日子李汉武熬上了夜，白天他看到蒙一联低压油泵房和管网接头处的管线很密，为避免管线连头接错，他想利用几个晚上用彩笔绘制两张局部放大图，给施工单位提供方便。眼下图纸就要完成了，李汉武揉揉酸胀的双眼，突然想出去看看草原之夜，放松一下神经。来到油田已经几个月了，还没顾得上好好欣赏一下草原景色呢。

阿尔善的夜也是沸腾的，远处的钻机轰鸣声隐约可闻，前面公路上的车辆川流不息。李汉武仰望天空，恰是一轮明月当头，清辉溶溶，星光灿烂，他深深呼吸了一口新鲜空气，顿觉几分清爽。10 分钟后，他回到屋内，打算小睡一会。

突然，隔壁房间传来急促的电话铃声，蒙一站工地紧急报告：换热器温度上不去，请李工快来！接电话的人犹豫了，近来李汉武太累了，现在刚睡下，真不忍心半夜再把他叫起来。但生产上的事耽搁不得，石油工人有一个沿袭多年的老传统，凡是和油沾边的事，那就是命令，不敢有半点闪失。他叩响了李汉武的门。李汉武闻讯后二话没说，立即穿上衣服赶往十几千米以外的工地。到现场后他反复调试了技术参数，又教会工人们操作方法，直忙到凌晨两点多钟才回来。第二天一早，他还是不放心，吃完饭又去了现场。就是这样夜以继日地连续苦干，前前后后为生产上解决了 60 多个技术关键问题，被工人们亲切地称为“李高参”。看到油田新工人多对流程不熟悉，他还主动提出对工人进行技术辅导，手把手地帮助他们掌握操作规范，几个月来，受他辅导过的工人多达 30 多名。知道他底细的人感动地说：“李工没时间辅导自己的孩子学习，却把全部精力都毫不吝惜地用在了为油田解决问题和培养人才上，真是一个油田的好‘保姆’啊！”

在凛冽的风雪中

草原的冬天是风的世界，雪的王国。“凉秋九月，塞外草衰”，日历才刚刚翻到十月，阿尔善大草原却已经是“地白风色寒，河深彻底冰”的季节了。1989 年的雪还来得特别猛，一个晚上就下了半尺来厚。迷迷蒙蒙，漫天皆白。肆虐的西伯利亚寒流把人们堵在温暖的房中，享受着弥漫的暖气和花茶的清香。

随着这第一场大雪的到来，二连油田投入全面开发以后将迎来第一个严冬。各种生产运行装置能否经得起严寒的考验呢？上上下下都揪着心，谁也不敢轻易下结论。油田的领导和机关干部全部搬到了前线办公，靠前指挥，与油田同甘苦共命运。设计院急油田之所急，派出了冬季保运队，长驻前线，严阵以待。李汉武作为冬季保运队的一名正式成员，被委以设计院驻阿尔善油田技术全权负责的重任。这意味着他要继续在二连油田待到 1990 年 3 月，直到油田安然度过冬天。

可怕的“白毛风”呼啸着卷过，扬起的雪粒打在脸上像刀割一样疼痛难忍，气温骤然下降到零下三四十摄氏度。李汉武紧紧裹着两层皮衣在雪地里行走着，两腿冻得瑟瑟发抖。刚才蒙一联的工人反映，加热炉的炉温上不去，这如同一声警钟，一下子急坏了李汉武。在这高寒地区，加热炉是原油生产的关键之关键，一旦出了问题，原油就会死死地冻结在管道里和容器中，整个生产将会全部瘫痪。十万火急！容不得半点迟疑，李汉武立即赶往现场。在凛冽刺骨的风雪中，他仔细地检查着每一个部位。一会儿，手冻得像红萝卜，脚像踩在冰凉的铁板上，他以最大毅力忍耐着。终于，他发现由于操作不当引起了炉内循环热水量过大，热水温度下降，只有 75 摄氏度，远远低于设计要求的 90 摄氏度。他很快进行调试，炉温终于上去了，他才如释重负般地出了一口长气。回来后，腿脚已经不听使唤了。

在漫长的冬季保运的日子里，不管有事没事，李汉武天天都要到现场，东走走，西看看，以求及时发现问题，把事故消灭在萌芽状态。12 月份的一天，他去蒙一联巡回检查，突然发现热水泵声音不对头，用手一摸，电机壳烫得厉害。他立即打开壳子查看，果然看到电机轴安装不正确，要不是处理及时，险些烧了电机，造成一场事故。在场的工人们感谢他，他却平静地说：“这是我这个工程师的责任啊！”

李汉武和其他设计人员的心血没有白费。1990 年 3 月底，天气渐暖，草木返青，阿尔善油田安全度过了第一个严冬，各类工艺装置满足了正常生产的需要，人们长久悬在心上的石头落地了。李汉武那又瘦了一圈的脸上，露出了胜利者的微笑。

中国的知识分子有一种宽大的胸怀和令全世界都为之景仰的优秀品质：只求奉献，不求索取。

李汉武就是具有这种优秀品质的一名普通知识分子。在我们这个时代，一个人可以没有官位，可以没有名利，可以没有惊天地泣鬼神的丰功伟绩，但唯独不可以没有理想和志向，不可以没有对国家和社会的奉献之心，这就是人生之宝，这就是民族之宝。

让我悄悄祝愿你，李汉武，你会获得新的成功。

天　职

郭振荣

关于爱，特别是那种以牺牲自己，为他人奉献爱心为天职的爱，需要什么样的赞美诗？沿着人类文明的古驿道向今天走来，所听，所见，无不是歌颂与歌唱，因为人类太需要这种爱了，有了它，人类的精神境界才有了崇高。

刘雅洁，就是这样一个用自己的思想读懂了什么叫奉献爱心、伟大与崇高的人。她看上去与别人绝没什么两样，所不同的是她的思想、她的心，是她几十年如一日在救死扶伤的医生岗位上，全身心地投入，忠心耿耿于事业，把自己的全部化作片片爱心洒向人间，以回报党、人民和祖国。刘雅洁也因此获得了党和人民给予的诸多荣誉。她先后20多次被评为院级先进标兵、先进工作者、优秀共产党员、三八红旗手等；十几次被评为局级劳动模范、优秀共产党员、优秀知识分子、优秀政工干部等；被河北省卫生系统授予医德医风建设先进个人；被卫生部、劳动人事部授予全国卫生系统模范工作者，并当选中国共产党河北省第三次代表大会代表。

人活着不能没有信仰

1990年7月1日，刘雅洁在一次党员演讲中用了这样一个命题：人活着不能没有信仰。她以自己坎坷的经历、不懈的追求、坚定的信念和无私的奉献，打动了10位评委和200多名党员而得了一等奖。

是的，刘雅洁是该获得这个殊荣的。在华北石油管理局总医院，甚至在油田的其他单位，凡认识刘雅洁的人哪个不称是、不伸大拇指。她就是那样走过来的，坚定地走在人生曲折的路上。一心奉献，不求索取，无怨无悔，信仰——是她不垮的精神支柱！

1949年，人民领袖毛泽东庄严宣布：中国人民站起来了！然而，我们的祖国却仍然是满目疮痍，百废待兴。那时还是个高中生的刘雅洁，以自己聪颖的天资考上了大学，并同时收到了5所院校的录取通知，刘雅洁却毅然选择了学医。家庭出身不好给她带来的压力和痛苦是巨大的。但刘雅洁没有因此而灰心。她有自己的追求，有自己的信仰。一个人无法选择自己的家庭出身，但追求和信仰可以抉择。她要坚定地跟中国共产党走一条崭新的道路，她要当一名医生，多为党为人民做好事，回报党和人民。

入学不久，她便入了团。大学四年级她又向党组织递交了入党申请书，之后她先后7次递交入党申请。但是，在那个年代，一个旧官吏的女儿，即便是你已经脱胎换骨入党也是困难的。可刘雅洁不相信，她说：我始终不信党会把一个愿意为她奋斗一生的人拒之门外，我入不了党，只能说明我做得还不够，我要加倍努力。为了改造世界观，刘雅洁像所有要求进步而又受家庭出身禁锢的中国知识分子一样，付出了许许多多。她挨过批，下农村，下工厂，在辽宁省一个偏僻的农村当“6·26”医疗队员，一当就是8年，甚至婚后11年没有要孩子……她想以此表示自己对党始终不渝追求的决心。党的十一届三中全会召开后，刘雅洁终于实现了自己的夙愿。整整30年，30个四季的轮回，刘雅洁从青春年少到了不惑之年。党旗下面，刘雅洁哭了。

入党后，她格外珍惜自己的党员荣誉，不忘自己是党的人，恪守自己的入党誓词。她说：我既然选择了共产党，就一生一世是党的人了，党的事业就是我一生的追求与信仰。在刘雅洁家中的客厅里挂着一幅黑白照片，那是她参加中国共产党河北省第三次代表大会时的代表合影，在她得到的诸多荣誉中，她最珍惜的就是这一份，并以此不断激励自己。

刘雅洁把一个医务工作者崇高的医德和一个共产党员的坚定信仰熔为一炉高质量的钢水，浇铸了自己的思想，支配着自己的言行，于是也就有了下边这些关于刘雅洁的许许多多的动人故事。

是党和人民培养了我，我要努力工作，把学到的知识和本领全部奉献给党和人民

刘雅洁一直是这样说的也是这样做的。几十年来，特别是她来到石油战线工作以后，几十年如一日，以自己高尚的医德、精湛的技术，全心全意地为病人服务。在她数不清的感人故事中，我发现她真真正正做到了：不分白天黑夜，不分职务高低，不分分内分外，为病人能豁出一切。有人对我说："要写刘雅洁做的好事你是写不完的，她对待每一个病人都是这样。"的确，刘雅洁就是这样一个人，她把自己的爱心全部投入到那些平平凡凡、普普通通的工作中，让每一个患者都能从中感受到家一样的温馨，亲人般的情意，感受到人间真情。

故事一：一天上午，一位癫痫病患者突然发作被送入总医院。刘雅洁接到电话立即赶到急诊室。此时，病人已口吐白沫，神志不清，并因气管痉挛和被痰阻塞而窒息。她急忙启动吸痰器，但吸痰器因负压不够没有吸力，病人的生命危在旦夕，刘雅洁二话没说用口对口的方法从病人嘴里吸出一大口浓痰，使患者立即恢复了自主呼吸，为抢救赢得了时间，在场的病人家属拉着刘雅洁的手感动得说不出话来。

故事二：一位 81 岁的老太太身患肺心病、冠心病、Ⅲ度心力衰竭，家属请刘雅洁到家中会诊。看完病人，刘雅洁想：病人生活不能自理，如住院至少得有两个人长期陪护，而且吃住不便。为减轻病人和家属负担，刘雅洁决定为老人设家庭病床，并自己包下了病人的医疗和护理。病人重时她坚持每天去，病人好些她每周去两三次。输液、打针、喂药、抽腹水、做心电图，所有的工作都是她亲自动手。冬去春来，转眼就是一年半，500

多个日夜，刘雅洁在出诊的路上不知被大雨浇透了多少次衣裳，不知有多少次吃不上饭，不知有多少次磕磕绊绊。事后，一说起这件事，病人家属总是无比感动，她们说："我们这些做儿女的做不到的事，刘主任都做到了。"

故事三：一天傍晚，刘雅洁拖着一天的疲劳刚走出医院大门，就被一位农民拦住了。"同志，你是医生吗？"刘雅洁说："是的，你有事吗？"这位农民先是欣喜后又用祈求的口吻说："我家里有重病人，你能不能去给看看？"望着农民焦急而又为难的神色，刘雅洁还能说什么？跟着他上了一辆拖拉机。谁知这一跑就是 40 分钟，来到了河间市境内的卧佛堂乡。来到农民家里，只见一位老大娘躺在炕上不断地呕吐。一名当地的医生正按急性胃肠炎给予治疗。经过认真检查，刘雅洁否定了当地医生的诊断，确诊她得了"蛛网膜下腔出血"。这是一种随时可危及生命的疾病。她建议当地的医生使用脱水药和镇静药。用药一小时后病人头痛、呕吐都有明显缓解。为了救治老人，她又把这位素不相识的老人接回总医院，亲自帮她办了住院手续，住进了内科病房。老人病愈出院回家后，她又三次去病人家中探望复查、指导康复。这位农民的一家用一句最纯朴的语言表达他们对刘雅洁的感激之情："没她这么好的人了。"

故事四：一天下午，刘雅洁出内科门诊，她发现一位中年妇女心神不安地坐在候诊椅上，不时焦急地看着手表，她就主动上前询问。原来，这位妇女是从 70 多千米外的青县来看病的，上午没看上，又等了一中午。刘雅洁关切地问她今天是否回去，中年妇女说："3 点有车，过了点就得住一夜了。"刘雅洁一看表，还有半小时。她立刻把中年妇女领进门诊，亲自给她做了诊治，她怕病人不熟悉医院情况而耽误了时间，就亲自帮她划价、取药。最后又用自行车把她送到汽车站。望着刘雅洁的满头汗水，中年妇女感激地拉着她的手说："你对我太好了，让我叫你一声大姐吧！"

故事五：4 月的一天，已经是晚上 10 点多了，刘雅洁从任丘市医院抢救完一名急性心肌梗死病人回到家。一天的劳累她连饭也不想吃一口，只想洗个澡，然后好好睡上一觉。谁知椅子还没坐稳，又响起了敲门声。来人是河间市医院的院长，说是医院的一名医生心脏猝死，但家属不信，指名要她去看看才肯相信。院长无奈只好半夜登门。刘雅洁听说后，深感这是病人家属对自己的信任，二话没说，拿起外衣搭车赶到河间。经查，病人的确已经死了，但作为一名医生，她怎么能不理解死者家属此刻的心情。为了安慰病人家属，她又一遍遍地认认真真地用药，心外按摩，口对口进行人工呼吸，又抢救了半个小时。在善后处理中，刘雅洁帮助医院做了大量而细致的工作，使病人家属口服心服。事后，医院为感谢刘雅洁送给她300元抢救费，她坚决不要，她说："我今天确实很辛苦，可作为一个党员和医生，这都是该做的，今天我应该来，以后有事我还要来。"

故事六：一天，基层卫生所转来一位高烧不退的病人。病人曾在一家传染病院诊断为脓胸并进行治疗。刘雅洁接诊后再次为她抽取胸腔液体化验。她注意到液体不像脓性，肉眼可见到米汤样物，怀疑病人得的是一种叫乳糜胸的病。她亲自把标本送到化验室，关照检验员认真反复做。化验结果证明了她的诊断是正确的。由于医院对这种病的治疗没什么好办法，她决定把病人转往北京治疗。患者担心现在社会风气不好，自己北京又没熟人，怕看不上病。刘雅洁得知后决定亲自陪这位患者去看病。她先后三次陪病人去北京找自己大学时代的同学、北京医院著名专家缪竟智为其诊治。病人和家属深为这位年近60的老主任的负责精神所感动，执意要请刘雅洁去家里吃顿饭，以表示一家人的敬意。刘雅洁婉言谢绝了，她说："你们放心吧，病人我会包治到底的。"

故事七：一个星期天的下午，天下起了大雪。刘雅洁在家中忙着填写党员登记表，并为老伴准备去内蒙古二连医疗队的行装，这时，任丘市出岸公社的一位农民敲开了她家门。农民告诉她：自己的儿子得了重病，怎么也治不好，是别人告诉他让他到油田医院找刘雅洁医生的。刘雅洁想，患者家属冒着大雪来求医，病人的病情一定很重，无论如何一定得去看看。于是，她跟着这位农民上了一辆破旧的卡车，在铺着厚厚积雪的土道上提心吊胆地颠簸了一个多小时才赶到患者家。患者是位 17 岁的青年，已经高烧、四肢软瘫、神志不清三天了。刘雅洁仔细询问了病情并为患者做了检查后确诊他得的是一种罕见的病叫“格林巴利综合征”，她向家属详细交代了治疗方案，怕家属听不懂，又把治疗方案写在纸上，等患者家属买来药后她又亲自给用上，并像患者的亲人一样守候在他身旁，给他物理降温，问寒问暖，倒水喂药，一直忙到晚上 8 点多才离去。临走，患者家属感激地对刘雅洁说：“您技术高，对病人好，您看过了，孩子就是治不好我们也不后悔。这大雪天，没什么好带的，给你拿点钱吧！”刘雅洁连忙摆手道：“你们这样信任我，我很感谢了，你们挣钱不容易，留着钱给孩子治病吧。”

故事八：5 月的一天中午，刘雅洁正在吃饭，一家基层医院打来电话，说一患者怀疑是“甲状腺脓肿合并甲状腺危象”生命垂危，请她去紧急会诊。“甲状腺脓肿”本不属内科疾病，但一想到生命危在旦夕的病人，她丢下饭碗骑车赶到公司医院。患者烦躁不安，呼吸极度困难，“甲状腺危象”的诊断是没问题的，可是自己对“甲状腺脓肿”抢救没经验。但刘雅洁想：治病救人是自己的天职，病人生命危急，自己怎么能撒手不管。她转身下楼骑车赶回总医院，请来了五官科汪主任并一同返回基层医院，配合汪主任从患者肿大的甲状腺中抽取了大量脓液。为了能在下班前赶上化验，她又不顾一下午的奔波疲劳亲自骑车把标本送回总医院化验，替患者垫付了钱。这一天下午，年近 60 岁的刘雅洁在基层医院和总医院间往返三次，6 趟上楼下楼，出透了几身大汗，连一口水也没顾上喝，一直忙到晚上 8 点才回家。在提起这件事时，刘雅洁说：“虽然病人不是内科的，但他得救了，我心里同样感到欣慰。”

故事九：7 月的一天晚上，刘雅洁正忙着做晚饭，急诊室打来电话，她立即赶到医院。医院大门口停放着一辆救护车，一个溺水的学生躺在车内。

刘雅洁上前一看，溺水的学生皮肤紫胀，双眼外凸，手脚冰凉，她查看了瞳孔，断定已经死亡。为了对家属负责，她要求护士给死者做心电图，护士看到死者的样子十分害怕不敢靠近，她就上前亲自操作。确定孩子确实已经死亡以后，她又跑上门诊楼借来一条白布单给孩子蒙上，又亲自把死者送到太平间。为了使孩子的父母在精神上得到安慰，不让他们直接目睹孩子的惨状，翌晨，她早早起床到太平间为孩子更换了干净衣服，并仔细为他化了妆。忙完后，她又把被污染的床单拿回去洗干净。刘雅洁的行为深深感动了孩子父母，事后，他们专门让朋友开车来接她，请她吃饭以示谢意。刘雅洁对来的人说："我只是做了我该做的事，请转告孩子的父母，别再破费了，请他们自己多保重吧！"

故事十：一个冬天的晚上，已经10点多钟了，刘雅洁正在家中看专业书，电话突然响了起来。电话是从一家基层医院打来的，他们正在抢救一名突然休克、生命垂危的病人，想请刘主任去紧急会诊，但又怕这么晚了打搅她，便用商量的口吻问刘雅洁是否能去？如果不能去在电话里指导也行。刘雅洁听完情况干脆地回答：能去。半个小时后，当刘雅洁赶到这家基层医院时，发现病人瞳孔已放大，呼吸困难，有急性心肌梗死症状。她立即给病人做心电图。这时，病人呼吸突然停止了，紧要关头，刘雅洁没一点犹豫，立即对病人实行口对口的人工呼吸和心外按摩，一分钟、两分钟……刘雅洁以一个医务工作者高度负责的精神口对口地为病人做了20分钟的人工呼吸，累得浑身是汗，连腰都直不起来。虽然，病人终因病情过重，抢救无效而死亡，但刘雅洁并没有一走了之，她又主动帮助写抢救记录，对家属进行安抚，直到深夜12点多才离去。临行时死者的家属拉着她的手再三感谢，并拿钱塞到她手上说："您拿着，就算是一点辛苦费吧。"刘雅洁婉言谢绝。两天后，总医院收到了一封这个厂写来的感谢信，高度赞扬她为抢救病人表现出的高尚医德。

关于刘雅洁这样忘我奉献，这样播撒爱心的故事，讲不胜讲，在她抢救和诊治过的成千上万的病人身上，留下她那一片片滚烫的爱心，一个个动人的故事。

与金钱和物质相比，我觉得那一声“让我叫你一声大姐”更能激励我

有人也许会问：刘雅洁这样整天拼死拼活地忙，是不是得了病人的好处，拿了病人的钱？当我把这个信息反馈给她的时候，她只是淡淡一笑说：“钱算什么，与金钱和物质相比，我觉得那一句‘让我叫你一声大姐’更能激励我。”

在商品大潮惊涛拍岸、金钱可以买心换脑，一些人你追我赶捞钱的今天，竟有人敢这样蔑视金钱？是的，刘雅洁就敢这么说，也能这么做。面对病人和病人亲属送来的一个个“红包”，摆下的一桌桌宴席，拎来的一堆堆物品，刘雅洁总是说：“你们对我的信任已经是奖给我的最高荣誉，请拿回去吧。”仅近十几年来她拒收、拒吃、拒送的次数就无法统计。甭说是病人的，就连到基层医院会诊、讲课按规定该得的钱，她也分文不要。一次，一位基层医院的医生给她带来200元钱讲课费，怕她不收，把钱让别人转交给她，说是以前借她的钱，连姓名也没留就走了。刘雅洁弄清楚后，立即把钱送了回去。她对医院的人说：“用钱我有工资，我该得的党都已经给了我，你们再不要这样了。”

有人从百里之外到总医院看病，挂不上刘雅洁的专家号，急得什么似的，执意要把钱直接交给刘雅洁，被她拒绝了，她说：“今天中午我就是不吃饭也要让你看上病，钱我是不会收的。”

一家基层医院听说刘雅洁要退休，派人上门来请她：“到我们那儿去吧，你啥也不用干就可以每月拿1000元，我们就是想‘月亮借你这太阳的光’。”刘雅洁却说：“谢谢你们的好意，我不能去，我留在大医院可以发挥大作用，这里的病人更需要我。”

刘雅洁回辽宁探亲，弟弟劝她："姐，你退了吧，有一家医院说一月给你500元。"她听后一笑说："组织上已决定让我延长5年。再说，你姐姐的事业是在石油上，咱不能为多捞几块钱一走了之。"

刘雅洁的母校，大连医学院的院长听说她要退休也来信请她回去，并一口应允给她高薪，解决户口和住房，都被她婉言谢绝了。

科里要去石家庄办事，按规定院里不能报销，有人说："刘主任，做两个胃镜钱不上交，路费不就有了？"刘雅洁说："这样的事咱不能做。"

有人不上夜班还给自己画上几个，好多拿点夜班费，刘雅洁夜里抢救、加班加点的事数也数不清，可夜班费她也不要。

刘雅洁不收别人的钱，不挣亏心的钱，不白花公家的钱。然而，为了学习新技术，她一次就花掉自己的1000多元。今年9月，全国"多脏器功能衰竭研讨会"在北京召开，刘雅洁想这是一次难得的学习机会，真想去参加，可她知道院里的学习经费十分紧张，一下子给自己出这么多钱去学习有困难，便决定自费参加。要动用这么多个人的钱去参加学术会孩子们想不通。"妈妈是有工作单位的人，再说学习技术又不是为了自己，这钱公家就不能出？"刘雅洁把全家人叫到一起，动情地说："人家要退休了都讲究吃点、穿点、出去旅游，妈妈没这些爱好，就是想多学点技术，多看好几个病人。照说，咱们一家四口都是党员，都该成立个党小组了。大家都是党的人，把心用在党的工作上有什么不应该。别把钱看得太重，人活一辈子，两袖清风一身轻的好。"

刘雅洁一席亲切中肯的话语，说服了全家人，爱人孩子一致同意她自费去学习。

刘雅洁不是超人，她需要像其他人一样富有，去过更美好更舒服的生活，然而，刘雅洁毕竟是一位在思想上与众不同的人，她无时无刻不在用一种崇高的思想支配着自己，不在想着该怎样让别人生活得更美好，不在想着如何为病人再多做一点。

“该我做的事还很多很多，我要全力以赴，在有生之年多做些，再多做些”

刘雅洁做了这样许许多多，可她总还有一种内疚感，经常这样自责自己：你已经做好了吗？你还应该努力去做。

刘雅洁不是工作狂。她不过是比别人更热爱自己的工作，更懂得一个共产党员和医生的责任。对党和事业与人民的忠诚，使她那颗已经不再年轻的心时刻激动着，使她无时无刻不在用这样两句诗来激励自己：老牛自知黄昏晚，不用扬鞭自奋蹄。

“想病人所想，急病人所急”是我们在医院里常听到的两句话。刘雅洁可以说是完全兑现了这两句话的人。有这样一件小事，似乎能说明点什么。一天中午，刘雅洁正在家里休息，电话铃不时响起，几次接都没有人说话。两个正午睡的孩子不耐烦地说：“妈，你干脆把电话拿下来，别接了！”刘雅洁听后，语重心长地说：“妈妈是个医生，一个电话很可能关系到一个病人的生命，这可是人命关天的大事啊！”那天中午，她守着电话接了十几次，都没人说话，她便主动给内科的所有病区和急诊室打了电话，都说没有抢救病人，仍放心不下，怕是二级单位医院来的请求抢救电话，整整在电话旁坐守了一个中午没有休息。孩子们也深为妈妈的工作精神打动了，从此后，家里一来电话，孩子们无论正在忙什么都主动去接。

事情虽小，可以看出刘雅洁脑子里想的、心里装的都是病人，是工作。

刘雅洁在对待病人表现出的工作精神和热情的确与众不同，她虽然已是主任医师，却仍然坚持像普通医生一样出门诊，甚至护士们干的打针、输液、测体温、量血压；护理员干的倒水、喂饭、给病人接大小便、收拾被褥等凡能做的她都亲手去做。她又是大内科的主任，管理着 5 个病区两个门诊组，一个血透室的 160 多张床，110 多人，还兼着内科行政主任、总支委员、支部书记，又是局科技委员会委员，省消化疾病学会委员、内窥镜组副组长。她肩上压着一副又一副担子，忙得一天跑着走，但对自己担负的其他工作仍然那么投入，她用自己的行动去身体力行，率先垂范。有人劝她说：“刘主任，您是教授级的，应该有点身份，不要什么事都自己做了。”刘雅洁回答说：“只要对治病有利的工作，我都要学会，都要做。”

刘雅洁一直认为：抓业务，不抓人的思想不行，工作是要靠人去做的，当医生的没有为人民服务的好思想不行，没有高尚的医德，只想索取，不求奉献，那就当不好医生。为此，她对科里的思想政治工作特别重视。她经常找同志们谈心，了解她们的思想、要求，特别对青年医生更是关心他们进步。内三病区一位新分来的大学生，工作上积极肯干，身上有很多优点，但一度受“向钱看”思想的影响，对在医院挣工资不甘心，工作上受到影响，刘雅洁发觉后，多次找他谈心，给他讲党的宗旨，医生的职责，年轻人的社会责任，帮他分析问题，稳定思想，使这位年轻医生深受感动和激励，转变了自己的人生观，全身心投入工作。不久，他被破格晋升为主治医师，并且很快入了党，这样的事例很多很多。

她还经常用共产主义、爱国主义、集体主义的思想教育全科职工，认认真真组织大家学习马列著作、毛泽东选集和哲学，引导大家树立正确的世界观和人生观。多年来，她记下了厚厚三大本学习笔记。在刘雅洁的领导和影响下，内科医护人员的思想素质不断提高，理解、关心、爱护、尊敬、帮助病人蔚然成风。多年来，她所领导的内科 6 次被评为管理局模范先进集体，先进党支部和党小组也大多出自内科。

刘雅洁精神境界高，思想作风好，技术上更过得硬。在华北油田甚至任丘、河间等市，哪家医院有了难题首先要请她去会诊。她知识全面，临床工作经验丰富，技术上精益求精，使她成为总医院内科疾病的诊治“权威”，深受同行们特别是年轻医生的尊敬与信赖。多年来，她专心从事消化疾病的研究，进行了上万例的胃镜检查，不仅代培了 20 多名学生，还写出了 13 篇论文，在省部级以上学术刊物发表与交流。她领导的消化内科一直处于河北省领先地位，并荣获局级科技进步奖，她本人也被树为局科技战线工作标兵。

为了使总医院内科尽快上一个层次，提高医疗水平，她还牵头制定了“内科5年项目开展计划”。为了在自己退休之前尽快实施这些项目，她克服重重困难，跑北京，上天津，千方百计地引进新技术、新方法，仅“计划”实施头一年，就引进了6项内容，其中抗栓1号动脉注射治疗脑血管栓塞，卡托普利治疗肝硬化腹水的总有效率达到了96.7%。

已经60岁的刘雅洁，论知识、论技术、论经验都可以称得上是华北石油管理局总医院的“权威”，她的主任医师、教授级别的头衔已经足可以说明她的实力，况且又到了退休年龄，按常理她完全可以不像年轻人那样投入地学习业务。但，刘雅洁却没这样想，她总有这样一个想法：自己的年龄确实大了，但身体还好，组织上又这么信任自己，给自己创造了可以继续为病人服务的机会，自己应该珍惜这个机会。只要活着，就应该学习，多掌握一门技术，就多一种治疗办法，多给病人一次希望。为此，刘雅洁直到现在，每年坚持自费订阅近10余种的医学杂志，每天晚饭后，不管一天的工作多累，电视节目多好，而她总是桌前灯下孜孜不倦地阅读着、查找着、记录着、总结着，针对临床工作中的问题，苦心探寻，琢磨着一个又一个的治疗方案，治好了一个又一个病人。

乙型肝炎、慢性肝病的治疗，多少年来一直没什么新的进展，困扰着许多医生。刘雅洁在工作中也常常遇到一些年轻医生的请教和患者的咨询。乙型肝炎从范畴划分属传染病范围，刘雅洁完全可以不管不问，但她却没这么想。相反，她认为自己同样有责任，为了了解对此病新的治疗动态，她利用休息时间几次去北京，像普通病人一样挂上著名肝病专家的号进行咨询。当这位专家得知她的真实来历后，深为这位同龄、同资历、同级别的同仁勤奋好学的精神所感动。还有这样一个故事，一位患哮喘病的患者，反复发作，几经治疗不愈。她经人介绍到北京的一家私人医院治疗，效果非常好，刘雅洁知道这一情况后想：有这么好的治疗方法，自己为什么不去学学呢，自己学会了，病人就不需要二趟跑北京了。于是她决定跟患者去北京设法学会这种治疗方法。谁知，这位医生非常保守，除病人外，任何人不许进入参观，无奈，刘雅洁只得借口病人“晕针”以家属的身份进去“护理”。她仔细地观察，终于掌握了用药和操作方法。回来后用到病人身上，不仅收到了同样的效果，费用也只是去北京治疗的 10%。

热爱生命之树，让生命之树常绿

伟人毛泽东曾经说过这样一段话：一个人做点好事并不难，难的是一辈子做好事，不做坏事……这才是最难最难的啊！刘雅洁一直在以自己的言行实践着伟人的教诲，以一种强烈的社会责任和深厚的情感，去努力为人民做好事，去争取一辈子做好事，去播撒爱心，创造美好。

我们还无法更深入地进入刘雅洁的内心世界去探寻这位高级知识分子的精神活动，但可以肯定的是，她用自己整天不停忙碌的身影和她不断升华的精神境界演绎着一种让人信服的人生哲理，使我们在寻找答案的时候，一读就懂。

但是，像所有有成就的中国知识分子一样，他们默默无私地奉献和巨大的牺牲所换来的并不完全是人们的支持、理解与敬佩。在人们的价值观念发生重大变化的今天，刘雅洁难免要成为一个有争议的人物。关心她的人说：“都啥年月了，老主任你图个啥？”有人担心：老主任整天忙家外的，家里的事谁管？不理解她的人说她是“大傻帽”“表现自己”“工作狂”；嫉妒她的人说：“总医院的荣誉都叫她一个人捞去了”等等，对各种各样的担心、议论、非议、责难，她早有耳闻。面对这些，刘雅洁非常坦然，她说：“我对社会没有什么非分之想，在工作中我努力去做，只是为了尽一个医生的社会责任，在生活里我也不是个苦行僧，我努力做一个好妻子、好母亲，有一个幸福的家。我所做的绝不是想给谁看，而是兑现我一生追求与奋斗的宗旨。”在刘雅洁走过的道路上，她的脚步是那样的热诚与坚实，每一个脚印里都可见她执着追求的烙印。

与一个医生谈话，话题无不是关于人，无不是关于人的生命。医生的天职就是关注生命，刘雅洁也不例外。她说：“我已经60岁了，人到黄昏，但60岁并不是就应该去享受天伦或去悲哀的年龄，我不会虚度时光的。”

是的，刘雅洁不会的。她一生都在寻求拯救生命、维系生命之树常绿的方法，所以她最知道生命的内涵，最知道让生命之树常绿的法则。她会沿着这条法则义无反顾地走下去，把生命之钟击得更响，把生命之树染得更绿。

青春的昭示

冯敬兰

人物小传

王立贵，男，1963年9月出生，辽宁大连人。1983年9月至2012年3月在第四采油厂工作，2012年4月调到二连分公司。1989年至1991年连续被评为华北石油管理局劳动模范标兵。1992年荣获河北省劳动模范称号，时任第四采油厂采油四队桐34站站长。

说到油田，给人留下最深印象的总是那些巍峨的钻塔。钻塔，已成为一种铁人与英雄的象征。不错，钻塔下轰轰烈烈的场面最能表现出人征服大自然的宏伟气魄。石油的事业是创业者的事业，是理想主义者投身的事业。原野上矗立的钻塔就是一代又一代青春的纪念碑。

可是你是否知道，当钻机撤走，留给采油工的又是什么？那是永久的枯燥，是看不到头的平常而寂寞的日子。数不尽的油井星罗棋布在祖国广袤的土地上。那小小的白色井口房，那永不知倦的磕头机，遥遥相望，默默无言，只有采油工的脚步，日复一日地丈量着它们之间的距离。

我们这里记述的，是一口油井与一个青年采油工的故事。这位青年名叫王立贵，27岁，中共党员，两度被评为华北油田劳动模范标兵。1990年，河北电视台的春节联欢会上，还插播了王立贵与他妻子工作与生活的片段呢。

上篇

这里是北京市大兴县东南的一个小镇。1986 年春夏之间，镇上的老百姓与石油钻井队的小伙子们一样兴奋，日夜轰鸣的钻机和林立的钻塔带来了热闹和希望。人们有理由兴奋，地质专家们早就预言这块土地下面可能存在着第三系油藏。“系”是地层单位。第三系属于新生界。地球自成形以来经历了漫长的历史。愈在上面地层，其年龄越小，愈在下面的地层，其年龄越老。地壳上的全部地层共分为太古界、元古界、古生界、中生界和新生界五大部分。我国的油田大部分属于新生界第三系。1964 年，地质部某石油普查大队在这附近曾打过探井，那口井获得了工业性油气流。可是当最后一个钻井队撤走的时候，结果并不令人喜出望外，只有一口井具有生产价值。这口井被命名为桐 34 井，由华北油田第四采油厂管理。

桐 34 井前不着村后不着店，距厂内最近的油井也有几十里，给管理带来了不便。但它却是全国数万油井中离天安门最近的，直线距离不过 30 千米左右。

麻雀虽小，五脏俱全。尽管只是一口井，也要配备全套设备，加热炉、分离器、贮油罐……都要有人管理。6 个青年采油工被派到桐 34 井常驻，其中就有王立贵和他的女朋友王宏伟。

桐 34 井虽在北京境内，却无异于任何一个边远偏僻的地方。井场邻坟场，无水、无电，仅有两间铁皮房和一条通往外界的田间小道。起初 6 个人轮流休班，总还有个盼头。可是一年以后，6 个人就调走了 4 个。王立贵对王宏伟说：“让你们家托托人，你也调走吧。”“那你呢？”王宏伟问。“采油工到哪儿都干一样的活，剩我一个我认啦。”“你一个人能顶 6 个人？”王宏伟又问。“那有什么？你看我行不行！”王宏伟说：“好吧，咱俩都别走，就在这儿干。”

1987 年初秋，桐 34 井停喷改抽，井站只剩下一对青年长期为伴了。油井改装抽油机，没有供电系统怎么办？当时正推广一种利用油井伴生天然气做能源的发动机，使用这种设备可以节约电力和柴油。厂内已有 14 口边远油井安装了这种天然气发动机，桐 34 井也不例外，但是由于天然气排量不稳定，不能保证发动机正常运行，再加上这种设备故障甚多，给油井管理带来了更多的困难。

王立贵想：采油工的本分就是管好油井，保证生产。为国家作贡献不是一句空话，假如这口井稳产 5 年、10 年，生产原油就是几万吨，折合成人民币就是几千万元，这是一笔多么巨大的财富！王立贵心里盘算着这笔账，一种自豪感在心中升起，他蓦然间懂得了什么叫国家主人翁。

为了及时准确地排除天然气发动机可能出现的故障，他千方百计查找资料，虚心请教，细心揣摩。不管白天还是黑夜，只要听到发动机声音异常，他就不吃不喝，非查个水落石出不可。即便是刮风下雨数九寒天也绝不懈怠。1989 年冬季的一场大雪过后，气温骤降。偏偏那个夜里发动机出了毛病。半夜里井场死一般沉寂，井场旁的坟场上偶尔窸窣有声。打着手电筒的王宏伟牙齿打着冷战，戴着手套的十指又痛又僵。

“求求你明天再干行不行？”她跺着脚哈着气，帽子和睫毛结了一层霜。

“等一会，再坚持一小会儿。”王立贵好像是铁打的，居然不怕冷。他俩在这野地里已折腾一个钟头了，黑灯瞎火的，井场上没了瓦斯发动机咚咚的声响，静得简直吓人。

“我坚持不了了。”王宏伟哭了。

王立贵接过手电筒说：“你先进屋暖和着，我马上就来。”他们已经结婚一年多了，家就是几十步外的那两间铁皮房。毕竟也算个家呀，总比野地温暖得多。王宏伟实在拗不过，走了。王立贵用嘴叼住电筒，继续埋头鼓捣那机器，到底把故障排除了。发动机启动了，井场上又响起咚咚的有节奏的声音，这个小小的闭塞的世界立即有了活力。

久而久之，王立贵终于能从发动机的异常声音中判断出故障所在，一经发现，随时检修，半点不含糊。

7月的一天，发动机的离合器导向轴承突然坏了，井上没有了配件，厂里也没有。眼下厂内其他14口井用的这种发动机都因故障频繁，早已废弃不用了，现在只剩下桐34井还在使用。那么只能与厂家联系，而厂家也已转产其他设备。怎么办？坐等厂里给解决吧，不知道要关几天井呢，起码要减产上百吨。王立贵急得坐立不安。也许是急中生智，他忽然想起50多里外的一口井上有一台废置的发动机，何不到那儿去看看。但这井属于别的单位，谁知道人家肯不肯借？他背着工具袋骑车上路了。

7月的骄阳似火，晒得庄稼叶子都耷拉了。王立贵口干舌燥，渴得没法子，就喝一气老乡浇地的水，继续赶路。他只知道那井的大概位置，边走边打听，骑了两个多小时车终于找到了地方。他对井上的工人说明来意，再表示有了配件立即奉还。人家看这个满头大汗的小伙子挺诚恳，立即帮助他卸下配件，说，不用还了，你就用吧，反正这机器也没用了，早晚是一堆废铁，何况这年头像你这么负责任的年轻人还真不多见。王立贵感激再三，回到桐34井，顾不上吃饭，先把配件换上。下午6点，天然气发动机又发动了，咚咚，咚咚，像一支军乐队正从这里经过。王立贵忽然感到很乏。他躺在地上，望一眼仍旧炽烈的夕阳，细心聆听原油在管线里汩汩地流。其实那是听不到的，但他感觉到了。桐34井只要天天出油，就是对他最大的奖赏。

还有一次，注油器不注油了，没有机油。他通过电台向队里要。他与外界的联系全靠一架小小的无线电台。4天过去了，也不见有人来。那天傍晚，他告诉宏伟，他回队里一趟，10点前一定赶回。队部当时在廊东，他抄近路也要骑两个小时自行车。小伙子骑车像一阵风似的，上了路只管向前冲。到了队里领了机油，不耽搁就往回赶。他特别不放心宏伟个人留在井上，一个女孩子黑灯瞎火地守着野地里一口油井，不能不叫人牵挂。王宏伟本来是一个天不怕地不怕的姑娘，走夜路、穿坟场和男孩打赌，跳进大水坑玩水全不在乎。可是不久前也是一个晚上，她一个人在井上，坐在小屋里织毛衣，一个蓬头垢面的疯子扒着窗户做鬼脸，大喊大叫，宏伟拾起了棍子准备和疯子拼命，疯子跑了，她却伤心地大哭一场。那些日子里，她常常从噩梦中惊醒，从此知道了女孩子都有不能抵御的恐惧。现在天色已晚，难保王宏伟不再受到惊吓。王立贵心急如焚。路走了不到一半，自行车突然坏了。公路上漆黑一团，只有往来车辆的车灯倏忽而过。修也无处修，只能推着载重的单车往回走。他跑一气走一程，紧赶慢走，到井上已是凌晨两点钟。小铁皮屋里的灯光昏暗如豆，依旧让他心里热烘烘的，宏伟眼巴巴地等着他呢。

王立贵和他的妻子默默地工作在远离厂队的地方，厂长看在眼里记在心上。1989 年，他亲自批准优先分配给这对青年一套住房，年底又提议王立贵为厂、局劳动模范。管理局一位领导同志从 1987 年第一次到桐 34 井检查工作后，就一直惦记着他们。以后他每逢到采油四厂检查工作，总要去桐 34 井看看，有时还专程从任丘驱车 200 多里到井上看望王立贵夫妇。领导的关怀使王立贵感到十分温暖。他爱井如家，将油井看作自己青春的见证，悉心地保养和管理着油井的设备，保证油井连年稳产。截至 1990 年底，桐 34 井已累计产油近 4 万吨，创产值 550 万元，节电 38.5 万千瓦时，节约柴油 700 多吨。桐 34 井免修期长达 845 天，在全国同行中也属少见，超过油井正常免修期的一倍，光检泵费一项就节约 3 万元。况且，他所使用的天然气发动机在华北油田也算独一无二了。

在离天安门最近的一口油井旁，一个普通青年，用他的平凡劳动创造出了不平常的成绩。这正是青春的力量，理想的力量。

王立贵有理由为他的劳动自豪。

下篇

王立贵和王宏伟是在井上的伙伴们相继调走后的1988年五一结为夫妻的，把几件家具径直拉到井场上，两间铁皮房就算家了，没有铺张甚至连婚假也一概免掉。

这几年到桐34井参观访问的记者真不少，春节前河北电视台现场采访王立贵时，据说一个小伙子对王立贵说："我真想留下陪你待几天。"那种环境简直叫人发疯呀。他们采录的片段插播在春节联欢会上，全省的人都知道这对青年与那口井的事了，我们还是要在这里向人们介绍一下王立贵夫妇的生活环境。

他们的"家"裸露在野地上。井场旁边就是坟场，年年都有新坟，一到清明就青烟缭绕，白纸飞扬。井场周围是庄稼地，夏天还好，青纱帐一起，井场似乎也有了勃勃生气。冬天却是望不到边际的萧条荒凉，只有一条田间道通往远处的公路，一到雨季，路上的积水就能没膝。没有电，现代生活没有电，是最不能让人忍受的。只有一块太阳能发电板，电压24伏，供一架小型电台和生活照明用电。两只核桃大的灯泡，灯光如豆，怎么读书？怎么听广播？怎样打发寂寞长夜？看电视是连想都不敢想的。

这是一个无声的世界，除了那台瓦斯发动机长年不疲地咚咚响着。

井场的水是厂里定期送，储在一只长方形大铁罐里。夏天暴晒一天，水就开始变质，滋养出各种小虫，在水里横冲直撞。冬天水冻成冰坨，冰面上落一层尘土和铁锈。要用水，只能探进手臂用锤子破冰。厂工会看到这种情况，派人给他们打了一口手压井，没想到压上来的水质更差，不能饮用。王立贵夫妇只好继续吃水罐里的水。

铁皮房里的日子也难过。夏天太阳毒日照时间长，他们俩在井场干半天活，中午却进不了屋，四壁辐射的热烤得人心烦意乱，只好在储油大罐的铁架底下铺块垫子，躲在荫凉里歇过晌午。冬天呢，屋里一没了火，就跟冰窖一模一样。井上的气量不稳，越到冬天排量越低。为了保证发动机正常运行，有时不得不关掉生活用气。入冬以后，气温骤降，生活用气的管线口径小，加上气量不足，很快就凝结冻堵了，一个多月不化，甭说取暖，吃饭喝水都没了着落。有一只煤炉，烟大，不好烧，一天要生几次，还总灭，只能勉强烧壶开水。王宏伟当时正回厂部休产假，王立贵便天天啃干面包和方便面，棉袄棉裤，皮帽子昼夜不离头。有一天厂长来到桐34井，看到这小伙子大白天还全副武装，立即责令有关单位，将生活用气的管线全部换成粗的。几天后，房子里的天然气炉又烘烘地烧起来，王立贵能吃上热饭菜，晚上也不必戴着皮帽子钻被窝了。说到这些事，王立贵对厂长真是感激不尽。

在这样的环境里生活，该需要多么坚忍的意志和勇气呵。何况王立贵还创出了一流的成绩。

“苦是苦，我不干别人也得干。石油工人一代一代走南闯北，不都是这样过来的吗？”王立贵面对着记者的询问，常常这么说。他是第二代石油人，他的父兄都是普通工人。每一个石油子弟，从小上的第一课就是艰苦奋斗，战胜困难，不断迁徙，不停地建设新的家园，这就是他们的本分。1990年王宏伟怀孕了，27岁的王立贵渴望着做父亲，他对妻子说，从今以后，所有的活儿我全包了，你只负责生一个胖娃娃就行。宏伟说，做饭我也不管了，怎么样？他笑了，说只要你在这儿陪陪我就行。

王立贵不满足于油井连年稳产，他还有一个整改井场面貌的计划，要让桐34井干净、漂亮、崭新，具有现代井站的面貌。这可不是一件容易做的事，他只有一个人，两只手，怎样完成那巨大的工作量呢？

6月的盛夏，平原上刮着干热风。王立贵光着膀子，一锹一锹地在井场周围挑土挖沟，借来老乡的手推车，把土推到井场低洼处，用铁耙搂平、夯实。几天下来，人就黑得跟非洲土人差不多了，宏伟开玩笑说，瞧你，去做牙膏广告去吧。早知道你这么黑，说什么也不嫁你。中午太阳毒，他就早起晚睡两头抓紧，一干就干到半夜。下雨了，他赶紧在井场上铺一层麦秸，拉着借来的碌碡来回轧，把个几百平方米的井场修整得和打麦场一样瓷实平滑。他干了两个半月，挖出一米深的防火沟200多米，挖土方1500立方米，还在井场旁修了两个花池，种满了花草。王宏伟看丈夫累得又黑又瘦，于心不忍，怀着五六个月的身孕，每天蹲在地上拔那些刚冒芽的小草。王立贵说，在他们的井场上，绝不让野草滋生。每场雨后两三天，他们就要清除一天刚刚冒尖的草芽。

9月初，妻子被送回厂部家中，他开始给井场全部设备除锈刷漆。这是一项琐碎麻烦的工作。两个12立方米油罐3米多高的钢架锈迹斑斑，还有加热炉、分离器、烟囱……高的有三丈，矮的紧贴地面，没有梯子没有喷漆工具也没有一个能打下手的人。王立贵不厌其烦。他先用废钢锯条把那些粗笨家伙身上的锈迹一点一点刮净，再拎着漆桶，用一把刷子攀上攀下地刷，一整天干下来，浑身糊满了油漆。两丈多高的烟囱爬不上去，他就踩着板凳举着长竿，往上刷漆。常常是烟囱没刷着自己却沾了满头满脸的油漆。20多天过去了，桐34井面貌焕然一新。11月中旬，妻子分娩了。队里派人接替王立贵，让他回家安心照顾妻子孩子。自从他们在厂部有了一套新居室，一年多来，王立贵还没在自己家里舒舒服服住过一天。他总是来去匆匆，利用领料或开会的机会跑到楼上看看，有时候根本不进家门就赶回井上，现在待在自己真正的家里，他却焦虑不安。井上的事他放心不下，特别是那台天然气发动机，除了他，再没有人能摸准它的脾气。万一发生故障造成停产，就会影响全厂的生产，临近年终，厂里的生产任务压得很紧，他不能忘记自己应负的那份责任。3天后，宏伟出院回家，他当天就跑回井上去干活。干完井上的，又骑车赶回家里给妻子做饭。家里人有怨言，说你当劳模也得有家，一辈子不就伺候这么一回月子吗？他一想也感到自己有些不近情理，总不能让产妇饿肚子吧，婴儿也需要足够的奶水。可是井上的事怎能放得下？他只有减少睡眠时间。每天晚上把妻子喝的鸡汤鱼汤煨好，骑车回井，第二天早上打发走拉油车，又匆忙回家干家务，中午妻子睡了，他回井上看看，两三点再回来。十几天下来，王立贵眼睛布满血丝，人也明显地瘦下去了。

自从驻守桐34井以来，王立贵没有节假日星期天，没有上班下班白班夜班的概念，他付给油井的是他所有的时间与全部的精力。他一个人出色地完成了一个井组的任务。他很骄傲，他为自己是全国数十万采油工中唯一一个在北京的油井旁工作的采油工而骄傲，但是，5年中他却只进过一次城。

王立贵说："我只是一个普通青年，把我的桐34井搞成一流的，就是我的理想。我尽自己的最大力量去做了，油井已经成为我青春的见证。"

有人对他孤独一个留在井上感到迷惑不解，他到底图什么？究竟有多少油水让他捞到啦？

人们都知道，近年来由于社会不良风气的浸染，金钱腐蚀着人们的心灵。油田采油工伙同内外不法分子盗卖原油的事时有揭露。王立贵独守一井，天高皇帝远，是一些人指望发财的理想豁口。每年都有人找上门来，劝诱他合伙卖油。这种事民不举官不究，天知地知你知我知，怕什么？卖几吨油，够你挣个一年半载，别傻了！好说歹说，王立贵就是不点头答应。他才不做这种见利忘义的事呢！他说："我为国家工作，油井是国家的，我有什么权利私卖原油？也许别人会说我这是大话，随便怎么说，反正我问心无愧。"几年来，从王立贵手中没有丢失过一斤原油。

在那清寂萧条的冬日雪原上，我们听到了桐34井天然气发动机咚咚的鼓声，也听到了青年采油工王立贵的心声，那声音沉着而铿锵。

在这篇文章即将结束时，我们向王立贵同志致以深深的敬意。正是他以及像他一样的青年共产党员、青年普通劳动者，用自己的青春，昭示着祖国富强美好的明天。

草原之恋

秦郑华

“究竟回来看谁”

一提起当初他去二连那档子事，廖永成的妻子就有些伤感。

“是啊，别人结婚谁不是三朋六友、热热闹闹、风光风光，可咱倒好，一纸结婚证书便成了他廖家的人。”

“那是 1988 年春，我们刚领了结婚证，他就打了要求去二连的报告。一纸调令下来，他成了阿尔善油矿采油三队的队长。那时说走就走，连举行个简单的结婚仪式都没来得及。要说呢，我们双职工又不缺钱，何苦去受那份罪，那时阿尔善正是试采阶段，就只上了他们这一个队，住的是板房，连买牙膏都要到 100 多千米外的锡林浩特去买。可他说‘我是党员，就应该带头到艰苦的地方去，至于仪式，什么时候有时间不能回来补？反正我们领了结婚证不就正式结婚了吗？’就这样，他去了二连，到现在孩子都一岁多了，可结婚仪式也没补。”

妻子幽默地说：“现在一想起来，还总觉得像‘未婚同居’似的。”

“其实，按规定在二连前线工作 45 天就可以回来休 15 天假。”妻子接着说：“可 3 年来廖永成却只休过 5 次假，加起来也就是 50 天。”

“那年，我行将临产，预产期在 10 月 2 日，那时我是多么希望廖永成能在身边啊，可偏偏赶巧阿 11 计配站在 9 月 28 日投产。我看着他又想走又想留的样子，知道留住人，也留不住他的心。于是，还是擦干泪放了他。

当时9月底的阿尔善，已下过了第一场雪，气温降到了零下30摄氏度，他带着投产组的4名同志在站上整整干了4天4夜，饿了啃几口方便面，渴了喝口凉水，终于使新站一切步入了正轨。”

“10月11日，他带着一身征尘，怀着一颗忐忑不安的心推开了家门，谢天谢地，我肚子里的小家伙大概太理解父亲了，竟还未出世，直到他回来的第5天才姗姗来到世上，而他只陪了小家伙10天就又奔回了那令他牵肠挂肚的塞外草原。”

“屈指算来，这3年中也就这一次住了15天，除此之外，每次都是七八天就回队。而就这七八天他又是家访，又是跟队里喊话，又是替别人买东西。那晚，我望着这个每天除吃饭睡觉见不到影的丈夫，和他那一大堆明天将随他一道消失的衣服、香烟、蔬菜、水果，不禁问道：‘喂！你究竟是回来看谁呢？’面对我的责问，他只是抱歉地一笑。不过，我心里自然也明白，他何尝不恋这个家？但他离不开阿尔善，离不开他的那些‘娃娃兵’，离不开他那倾注了全部青春的输油管线。难道不是吗？他曾是那样渴望去大学深造，可几次送上门的机会都因工作离不开而放弃了。为了成全他，我这次做出一个决定：把周岁的孩子送到姥姥家，也要求去了阿尔善。”

草原冰雕

在阿尔善，采油工有三怕：一怕春夏秋飞沙走石般的“黄毛风”；二怕冬季那冻骨头不冻肉的“白毛风”；三怕停电“灌香肠”。而三者之最当首推“灌香肠”了。所谓“灌香肠”，是采油工对输油管内原油凝固事故的形象说法。提起“灌香肠”，妻子又记起了那个冬夜：

那是1990年2月底的一天，凌晨2点多钟电厂突然停电，睡梦中的廖永成接到电话后，仅一刻钟就赶到了10千米外的大站。那天夜里的气温是零下42摄氏度，眼见着加热循环停止，未加包的输油管危在旦夕。他立刻与值班工人一道，用加热炉内的热水每隔 10 分钟给从燃油箱到加热炉那段未加包的管线加热一次。14 台加热炉，2800 米的管线，他们就这样坚持了近 2 个小时，直到重新恢复供电。加热系统正常了，他顾不上溅了一身一头的水，登上锅炉车又赶去处理那些受冻的输油管，接着又挨个去 12 座计配站，一口单井一口单井地调整参数。

清晨，当上岗的工人来到站上时，见到他竟然成了一塑冰雕。只见他全身披挂着冰甲，头发、眉毛上挂着一层厚厚的冰霜，只有那嘴里吐出的一团团热气还显示着生命的存在。

谈起这样的事儿来，妻子的话匣子就再也合不上：

那是 1990 年春节，几个队干部硬逼着让他回来过个团圆年，可谁知刚住了 5 天，就接到公司的通知说王涛总经理要来二连调研。于是，他丢下我们娘俩，在大年三十之夜赶回了队上。一下车他就直奔大站，当发现高压泵房内施工后的那 3000 多块凌乱不堪的水泥板还未归整时，他二话没说甩去大衣就干上了，这一干就是一个除夕之夜。

头儿

谁也说不清是为什么，在他们队上住着好多员工，但不论老的，也不论少的，大家伙都爱管我们这口子叫“头儿”，似乎只有这样才够“哥们儿”。

人们都说他带着一群娃娃兵，的确，全队职工平均年龄只有 21 岁，最小的才 16 岁。其实他又有多大啊！ 1964 年出生的，去阿尔善那年不过 24 岁，要在一些机关里绝对是小字辈，可在队上，今天这个闹情绪了，明天那个想家了，他都得长辈似的苦口婆心地做工作。

也难怪一些工人调皮好动，他们小小年纪就告别了父母、家人，只身来到塞外。这里没有剧院、舞厅、商场、公园，只有起伏的丘陵和无际的荒漠与草原。每每看到男孩子们养的一只只小老鼠，女孩子们种的一块块小草皮，他的心里就不是滋味，他们的确太寂寞了。

中秋之夜，他从矿里开会归来，本来应该先回来看妻子孩子，可他却一头扎进职工的宿舍，和娃娃兵们讲故事、钻桌子……当他和工人在一起聊天时得知小王和爱人因两地分居闹意见时，他又苦口婆心地进行劝说，直到小两口和好如初，化解了矛盾，他才回家。不知多少次，只要是队上工人思想有情绪，他都能及时地看得出，解开职工心中的思想疙瘩，像一个“婆婆”那样，积极做好每一个人的思想工作。在二连公司工作的这些年里，可以说他没睡过一次囫囵觉，把队上的工作处理完以后，他还不放心，因为在二连公司上班的职工大都离家比较远，职工难免有想家的心情。这样，他经常抽出时间到职工宿舍看看，了解了解情况，看谁家中有困难，他都尽力帮助，直到上夜班的工人一一上岗，直到看着那一张张稚气未脱的脸甜甜地睡去。

难怪有些职工深有感触地说：“我们‘头’对我们就像亲兄弟一样，在生活上给予关心，在工作上给予帮助，除了这些不算，因为我们队新职工多，从哪个单位调来的都有，技术力量薄弱，为了搞好安全生产，减少事故发生，他每天都耐心地给我们讲解安全知识、操作规程，整天像大哥哥一样呵护我们，我们没理由不干好本职工作。”

新春佳节，为了让留守的职工安心工作，从年三十到初三，别人过了三天三夜的年，他却煮了三天三夜的饺子。14 个计配站，100 多名职工，他一碗碗挨个送到每班工人手中。有的职工说：“我们‘头’不但工作上没说的，当‘家庭主妇’也是行家里手，吃他包的饺子感觉格外得香。”

新工人来，他去领来床铺，安排好食宿，手把手传授操作技术。

“工人们回来晚了，食堂过了开饭时间，我们的家就是大家的昼夜餐厅。有时我忙不开，他就亲自下厨，给下班回来晚的职工做上可口的饭菜。有的工人想吃‘小灶’了，就领到家里来撮一顿。还记得有一次，他了解到一位工人由于患感冒不思茶饭，他在家里做了一大碗姜丝面，亲手端到这位工人的床前，并看着这位工人把一碗热气腾腾的姜丝面吃下去。”妻子说这些话时，明明是抱怨，神情却显得非常自豪。

有位姑娘患有先天癫痫，他带她几下锡林寻医求药。

一位女工不幸病故，他不但送去了200元钱表示对死者家属的慰问，还跑前跑后帮忙，从人力物力上尽量帮助，使这名病故女工的家人备受感动。

副队长小张二十好几了还未找上对象，廖永成找同学、找同事，几乎动用了所有的关系为小张介绍，终于促成了这桩婚事。

几乎没有一个夜晚他不是过了午夜才入睡，几乎没有一个清晨，班前会他不是最早一个到。他时刻想着的是，组织上把这192名职工交给我，我得让组织上放心，让他们的家人放心。

队上的老职工们也都记得，当初刚来三队时，面对这个由4个采油厂的职工组建的新集体，许多人都担心队干部会偏袒原单位的职工。可是当队上一位与廖永成来自一个厂的电工因延长了换电时间影响了生产时，廖永成不仅在职工大会上点名批评他，还按规定扣发了他的奖金。有人劝他：“你何必得罪人，得给自己留条后路啊！”他却说：“我首先得对全队职工负责！”

在三队，分配奖金，干部们拿职工的平均奖；晋级，他们让给工人；有了差错，一律跟工人一样扣发奖金受处分。

久而久之，大家也忘了谁是原单位，谁是后补的，只记得自己是三队这个大家庭的一员，只记得他们的“头儿”是廖永成。

一个年轻的“大娃娃”带着这样一群娃娃兵，1990年一年，完成了26.69万吨原油任务，超计划0.2%；14项生产技术指标达到和超过了部颁一级标准。1989年、1990年连续两年荣获管理局“双文明集体”。廖永成也连续两年分别荣获河北省“优秀共产党员”、河北省“劳动模范”和管理局“劳模标兵”称号。

1995 年 6 月，因干部交流，廖永成调到采油三厂工作。由于他对采油工作有着难以割舍的情结，在厂机关工作一段时间后，又回到了采油一线，在沸腾的油田展现着一个劳动模范和优秀共产党员的风采。

测井逐梦

韩元涛

“老余，干啥去？”

“出差。”

“出差？人家出差西装革履像个老板，你咋这副德行？”

余幼军下意识地掂掂手中的破提包，抻抻身上穿的汗渍麻花的工作服，“嘿嘿”一笑，一脸天机不可泄露的神秘。几个小时后，他登上了向南奔驰的列车。车上的人摩肩接踵像火柴盒里的火柴棍儿插得满满的。余幼军终于在座位下找到个“席梦思”，“出溜”钻到下面睡大觉去了。衣当床单，提包当枕头——噢，原来这就是余幼军的秘密。

“抬脚，抬脚。”列车员手拿扫帚打扫卫生。这次好梦不长，余幼军还没睡足，就被扫出地“铺”。窝了一肚子的火：“干啥子的？”“啥地不要。扫地！”列车员一副鄙视的神态。看他像个穷要饭的，出口的话比扫帚疙瘩还硬。

余幼军自觉没趣。尽管这时众目睽睽，他还是很习惯地容忍了这一切。出门在外，和为贵，这是聪明人的处世之道。遗憾的是他的梦被打断了。那是一个为之奋斗了 10 多年的梦。

反差与反思——发生在“法国院”的故事

华北油田测井公司西大门北侧，坐落着一所极不显眼的小院儿。一栋 3 层小楼，一排平房。几间车库围在一起，无论房屋的外观造型、内部装饰，均无一点法式建筑的风格，但人们却习惯地称它“法国院”。因为，最早这里曾是法国斯伦贝谢测井公司的专家工作的地方。

1981 年，余幼军就在这所院里工作，今天他仍在这院里工作，只不过几度风雨，几度春秋，余幼军已由一个不被人看重的丑小鸭，出脱成一只能够展翅高翔的白天鹅。

他如今的精神、学识、心态也与十多年前完全不可同日而语。但他永远忘不了 10 年前发生在这所院里的事情。

那天早晨，几个“老外”将两台 CSU 测井车开进了华北油田测井公司的“法国院”。那阵势与其说是前来帮助工作。倒不如说是前来向中国人炫耀技术更为确切。工友们望着这两台“外星来客”，羡慕得直咋舌头。喜好刨根问底的职工禁不住奇怪地问：“这家伙得值多少钱？”“听说一台能换咱们公司所有的测井设备。”有人貌似懂行而又形象地回答。“咱们什么时候能有这玩意就好了。”“会有的。面包会有的，一切都会有的。”这话一半是自信，一半是戏谑。

余幼军当时就夹杂在看“西洋景”的人群中。但他当时想起的却是中国的一句俗语：天上不会掉馅饼！

不久，“老外”招收中方雇员，余幼军被选中了。和他同去当雇员的还有一些人，可惜没过多久，就陆陆续续中途“退学”。为什么？“受不了外国人那份气，吃不了外国人那份苦。”

的确，那些“老外”也太挑剔，并且从不掩饰自己的感情。看你干得好，他们满面春风喊：“OK”。看你干得不好，吹胡子瞪蓝眼，一个劲儿地：“NO，NO，NO”“NO”不过三次就大骂“get away！（滚开！）”那 CSU 测井车光大的部位就上千个，每测一次井，就要强制拆卸保养一次。有些部件重几十公斤，甚至上百公斤，对于那些虎背熊腰的“老外”来说，搬动它们困难还不算太大，而对一些身单力薄的中国同胞来说，却是有些吃不消。这还不算什么，可气的是他们只让你干重活、脏活、累活，并不传授技术于你。而且，对你处处小心，时时提防，唯恐你像间谍一样窃走了他们的技术秘密。法兰西民族素以浪漫多情著称于世，但是斯伦贝谢公司的职员们在对待下属的工作时，却显得毫无温情。他要你干什么，你乐意干也得干，不乐意干也得干，根本没有商量的余地。

这的确是一个令人难以接受的事实。曾用中国的四大发明而滋润了自己智慧的西方世界，现在却以一副教师爷的身份来教导过去的老师。这种翻天覆地的历史性巨变和由此造成的巨大心理落差，不能不使每一位华夏子孙有切肤之感。然而，这又能怪得了谁呢？重文轻理的儒家思想，一向把科学技术视为洪水猛兽、“奇技淫巧”。闭关锁国的政策，培养了人们“夜郎自大”、永远感觉良好的心理。直到外国人用我们祖先发明的指南针、火药武装起来的坚船利炮，残酷地轰开了中华民族坚硬的围墙时，人们才恍然大悟：我们这块拥有四大发明，拥有 100 个世界第一的古老文明国家，已经被现代文明远远抛在了后头。

现在，有人感到在外国人手下干活不好受。但谁又能否认这样一个基本事实呢？当老师和当学生滋味就是不一样！

在斯伦贝谢公司当了 8 个月的雇员，余幼军眼界大开，不仅了解了测井工艺的全套过程，而且深切地感受到了我们同世界测井技术上的差距。人家西方国家早在 20 世纪六七十年代就开始应用井下电视、数字测井等先进技术手段，而我们却一直沿用 20 世纪 50 年代从“老大哥”那搬来的，现在看来已颇为原始的测井仪器和测井方法。

应用这工艺，井下测井仪器与地面测井仪器的起降连接，全靠连绳套、包接头这样的手工方法进行，不仅劳动强度大，而且还常常因为测井仪器在井内起下次数频繁造成资料误差和井口拉断仪器、井下卡死仪器等重大恶性事故。

但是中国人并没有失去自信心。中国人本来就不比别人傻。不是在经济技术高度发达的美国有一句这样的话吗？美国的金钱装在犹太人的口袋里，美国的智慧装在中国人的大脑里。余幼军打算为中国人的智慧再提供一个证词。

他用他顽强的拼搏精神和锲而不舍的信念，博得了那些“老外”的信任。起初，他们都不让余幼军摸那精密仪器，后来竟单独给他“开小灶”，特许他在保养设备时，亲手拆卸仪器。这样，余幼军便有了进一步了解这些仪器性能、构造的机缘。特别是那个屁股上别着一串钥匙的工头，把钥匙看得比饭碗还重要。他每天按时开启、关闭仪器库的大门，别人休想单独进出或多在里头待一分钟。

后来，他每每看到余幼军干得汗流浃背，将安排的工作做得分毫不差，总情不自禁地竖起大拇指夸赞：“Fish（鱼，谐余）——好！”并破例让余幼军拿上钥匙单独进入仪器库取部件。再后来，干脆放心地将钥匙交给他保管。尽管号称“世界测井霸王”的斯伦贝谢公司，为了保住自己在地球上的测井权威和霸主地位，向来对自己的技术秘密严格封锁，但是余幼军还是凭着他的机敏与机智学到了不少东西。

智慧与痴情——科学迷宫的闯荡者

余幼军有一个信念：研制出和外国一样先进的测井仪器。在斯伦贝谢公司当了 8 个月的雇员，这个信念更加坚定了。适应于中国测井工艺的新型测井仪的设计构思在他的脑中打转。

这种构思所产生的处女作，后来取名为“马龙头”。它是一个连接所有井下测井仪的仪器。看上去明晃晃的，外形极像一根 1 米长的不锈钢棒槌。在余幼军没有研制出国产马龙头之前，我国所用的马龙头均从外国购进。每支价格 1.8 万美元左右。尽管它本身的价格不算太高。但它由上百个零部件组成，每一个零部件损坏后，都得从国外购买配件，而且价格昂贵。人们普遍感到使用国外的马龙头就像买得起“傻瓜”相机，而买不起彩色胶卷一样。余幼军研制生产的马龙头，售价只有 1.3 万元人民币，全部零部件均由国内生产。它不但能与美、法、英等不同国家生产的不同型号的测井仪器配套使用，而且能与国内生产的常规测井仪器相匹配，是一种“万能仪”。

在异想天开者的眼里，美丽的构想可能像做梦一样没有实际意义，而对于严肃的思考者来说，构想意味着淌血流汗的开始。余幼军一个地道的工人，文化水平张大嘴说也不过一个初中生。不要说翻阅外文资料，就连什么是“三视图”、什么是“投影”，这样最简单的制图术语他都不懂。在这种基础上搞科研有空中踩钢丝——“玩悬”的嫌疑。但是，他没有忘记“有志者事竟成”的古训。于是他花钱买来了砖头块似的大部头《机械制图原理》昼夜钻啃，从点、线、面常识学起，边学边画。啃不动了，画不下去了，就去敲他熟悉的工程技术人员的门儿，向人讨教，后来草图都能成麻袋地装。

1982 年 10 月，测井公司成立了“工艺组”，余幼军挂帅出征，当了个组长。别看这“官”不入品位，但却牵引着余幼军的情怀。他身不由己地在科学的迷宫中奔跑、闯荡。有时他高兴得忘情大笑，有时他恼火得只想吵架，有时他激动得手舞足蹈，有时他颓丧得有气无力。从此，他饱尝了失败的痛苦，成功的喜悦；从此，他踏遍了南来北往的列车——于是也就有了本文开头的一幕。

斗转星移，转眼近 10 年的光阴过去了。余幼军先后研制出 20 项科研成果。然而，这 20 项科研成果耗费了余幼军多少心血？星星知道？月亮知道？或许连他本人也说不清。

1982 年 12 月 30 日，他手持自己绘制的图纸到宝鸡机械厂联系加工业务，当对方表示无力接收这项加工业务，他怏怏不乐地返回时，在火车上意外地听说陕西秦岭航空公司能够加工这种零件的信息。于是，他风风火火地赶回单位开了介绍信，1983 年元旦刚过，他就踏上了西去的列车。当千千万万个家庭还沉浸在喜庆气氛时，余幼军却在火车上啃一口方便面，呷一口水。

马龙头属高科技产品，生产材料涉及机械、电子、橡胶、陶瓷、工程塑料等许多门类，而且加工精度高，非一般厂家所能加工。当时京津地区没有一家愿意承担这项业务的加工工厂，余幼军只得带着图纸到装备精良、人才济济的“三线”军工企业。他下巴蜀、去秦晋，全国各地到处跑。为了早一天出成果，他把时间压了又压，甚至舍不得花费时间下饭馆吃饭。每次从北京坐车或西进或南下总是先买下几天的方便面，饿了在车上找碗开水一泡，便是一顿饭。

可是，这年头火车上也到处弥漫着商品意识，送开水的变成了卖汽水的，方便面泡不成了只好干啃，结果越嚼越渴，越渴越得买汽水，常常是一块方便面进肚要赔进两瓶汽水，这样长年累月地折腾，钱包总是入不敷出。

四川、陕西，名胜古迹数不胜数。乐山大佛驰名中外，峨眉山景天下奇秀，兵马俑气势磅礴令人叹为观止……然而，余幼军只是个匆匆过客，每次到这里，从没驻足浏览。其实，他何尝不想饱饱眼福，人家“老外”远涉重洋还要到此一游，他为啥不可。可是，他总觉得时间不够用，他像旋风般追逐着时间，追逐着希望。

成功最钟情于那些勇于为事业献身的人们。1983 年、1984 年富有中国特色的“马龙头”“天地滑轮”相继问世。现场测井试验证实，产品的各项性能均达到法国斯伦贝谢公司的技术水平。为此，一些测井专家甚至称余幼军的创造性劳动将给中国的石油测井工艺技术带来一场革命。这项科研成果所具有的意义，远远超过了它自身的价值！ 1987 年 9 月，石油工业部在新疆召开“复杂岩性储集层测井成果评审及新技术推广交流会”。会上专家满座，群“贤”毕至。余幼军是到会的唯一的一名工人，但他却登上了会议的讲台。会议作出一项决议：应尽快推广天地滑轮、马龙头等测井新工艺。

在生与死之间——动人回眸一笑

超负荷的工作终于把余幼军压垮了。起初，他只觉得左腿膝关节隐隐作痛。走路有些拐，但他依旧挺着，好人似的去上班，好人似的继续干他那永远忙不完的事情。谁知这次老天爷成心要打垮他，病痛一天天加重，严重到使他龇牙咧嘴彻夜难眠的地步。妻子急了，不由分说，找来辆三轮车拉上他就往医院奔。问诊的大夫表情严肃，又是切脉，又是验血，检查结果使人战栗——骨癌。余幼军心里咯噔一下，心想这下完了。刚 40 岁出头，就身患重病，阎王爷也太不解人意了，你倒是等我多搞出几项科研成果再来拿我呀！怎么办？他与四川科技大学、成都军区德阳军分区一同研究的一个科研项目刚刚立项，难道就这样撒手走了吗？嗨，人早晚都是个死，与其等死，还不如赶在死前把这个项目拿下来再说。他没有住院，让妻子用三轮车拉着原路返回家中。下不了楼，索性把家当成研究室，设计方案、加工计划遇到麻烦，就请别人来家商议。后来，结构设计又遇到了难题，没敢和妻子商量，他偷偷带上几片止痛药，便乘车到了成都。长途跋涉，辛苦自不待言，到了成都，他腿疼得越发厉害，挣扎着走进电子科技大学的门，就再也不想站起来了。接待他的人见状，又惊又忧，说都病成这样子了还出差，你这不是玩命吗？他没有解释，只是艰难地报之一笑。

科技大学的几位老师被余幼军的精神感动了。他们专门同成都第二干部疗养院联系，准他免费入院治疗。然而，他是工人，进干部疗养院显然是不够级别的，好心人灵机一动，在入院单上给他封了工程师的头衔，尽管余幼军为自己的身份名实不符着实踌躇了一番，但眼下腿疼得厉害，也只好将错就错了。可是，住院归住院，科研不能停歇，每天他照样手拿铅笔、直尺、计算器，在病房里算啊，画啊，不到晚间 12 点他是决不肯休息的，搞得人家医务人员诧异万端，说是这么多年进院疗养的干部，还没见一个像他这样把工作当疗养的。或许是余幼军的精神感动了上帝，一个半月的“疗养”，余幼军不仅完成了超深井双侧向电极系的全部设计，而且腿上的肿块也奇迹般地消退了。余幼军也觉得纳闷：难道阎王爷拿错了勾魂牌？余幼军没有死，但他在“死”面前的回眸一笑是何等动人！

“毛病”与习惯——余幼军和他的影子

余幼军升“官”了。1988 年 4 月，乘着改革的春风，余幼军经过一番折腾，一块标有“华北油田测井新工艺实业公司”的牌子，十分醒目地挂在了当年的“法国院”里。他当上了这个公司的经理。

“经理经理，家里的事你咋一点都不理？”余幼军的“梦”做得越来越美，爱人的日子就过得越来越艰难。他一晚上一晚上的不着家。好不容易盼到了第二天中午，他回来了，除了一脸倦意还带来了几个人。“这是哪来的客人？”妻子偷偷地问。“洽谈业务的，快给做点饭吃。”余幼军带着刻不容缓的口吻。气得妻子真想痛痛快快地臭骂他一顿：“这哪儿是你的家，简直是旅馆！我不是嫌你带人来家里吃饭，你倒是早点告诉我一声，让我准备准备呀！”妻子是个极要脸面的人。而余幼军却不在乎这些，粗茶淡饭，狼吞虎咽，吃得极有滋味。

家里的床板坏了个洞，妻子让余幼军找人修。被他一口回绝了：“这头儿坏了睡那头儿。”结果那头也不堪忍受压力——坏了。妻子认为这下他总该修一修了吧。可万没想到余幼军自有新招儿，从床底下扯出块垫子放了上去——好了！就这样，他们在这张“不平凡”的床上睡了两年多。妻子感到又生气又好笑，只得望着余幼军叹气：“哎，拿你没法儿。”

不过有一次妻子可真的不干了，那是冬季的一天，妻子习惯地扛起液化气瓶去换气，不想在三楼楼梯上一失足连人带罐滚了下去。妻子摔伤了腰，在床上躺了好几天。待余幼军回到家，她把积了多少年的怨气和委屈一股脑地发泄出来，和他大闹了一场，声称：“你要再不管家里的事，我们娘几个就天天下饭馆，反正液化气我是再也不换了。”余幼军自感愧疚，多年来自己确实欠下了妻子和孩子们的感情债。从此，他除了搞科研算是又多了一个责任——换液化气，有事没事总要去晃荡晃荡液化气瓶，看还有气没气。

尽管如此，余幼军仍然不违初衷，一门心思搞科研，有几回外出联系加工业务碰了钉子，他便忽发奇想：我何不办个加工厂，自己设计，自己加工，搞它个科研——加工——销售——服务一条龙？也是天赐良机，1988年底，测井公司的机修厂遇到了“经济危机”，小小一个厂子，累计亏损达20多万元。余幼军挺身而出：“我承包！”余幼军头上又多了一顶乌纱帽。但他所欣喜的不是这“厂长”的头衔，而是自己有了科技产品的粗加工基地。

余幼军身兼“经理”“厂长”两职，在别人看来好不威风。然而他却无论如何也拿不起厂长、经理的派头来。其一，他改不了出差有硬座坐硬座，没有硬座钻地“铺”，只图快不图舒坦的老“毛病”。其二，他改不了往家里领业务员吃饭的“坏习惯”。那次，从吉林来了几个业务员，不知不觉和他谈到了中午12点。对方满以为这位家底殷实的经理，会请他们到某个像点样的饭店撮一顿。没承想，余幼军却把他们叫到家里吃了顿饭，闹得几位客人大惑不解。

故事尚未结束，暂且不下结论

余幼军到底是个什么样的人物？人们评价不一。妻子说他是个“自私鬼”，可他却把承包机修厂按合同规定应得的5563元奖金，分文未动地全部捐献给了测井公司技术委员会；女儿说他是个“不合格”的爸爸，因为他从来没有关心过她们的学习和生活，没陪她们看过一次电影、逛一次公园；同事和一些领导说他是个人才，从1982年至今，他已获得20多项公司、局、省级科研成果。不仅如此，这两年新工艺实业公司如同一束测井用的中子源，在为华北油田创造了巨大财富的同时，以它极强的辐射力，将新科技产品扩散到全国各个油田，使中国的测井工艺水平因此迈上了一个新台阶。余幼军最得意的作品“马龙头”，已由问世时的两个品种，发展到5个系列10个品种。“天地滑轮”也繁衍出第二代、第三代“子孙”。他承包机修厂，一年下来就扭转了亏损的局面，获利6.9万元。

当然，对余幼军的评价远远不止上述这些。“傻瓜”“野心家”“疯子”“暴发户”等头衔不一而足。人多嘴杂，余幼军不想计较，也无法计较。他不想为澄清事实而枉费时间，其实，事实已为他的人格做了最好的说明。更何况，每一个有良知的人无不为他的拼命精神击掌叫好。一位局领导看了余幼军的事迹材料后，欣然批示：“油田建设需要千万个余幼军，四化大业需要千万个这样的好工人。”

1991年6月，中央电视台以《一个测井工人的梦》为题，对余幼军的事迹做了专题报道。鉴于他为测井事业所做的特殊贡献，华北油田破例将他晋升为工程师。

著名的作家高尔基说过：“人的天赋就像火花，它既可以熄灭，也可以燃烧起来，而迫使它燃烧成熊熊大火的方法只有一个，就是劳动，再劳动。”余幼军，这位普通的测井工人，以劳动的丰硕成果印证了高尔基的名言，他没有翩翩的风度，没有烫金的学历，但他却独有那些说三道四、尸位素餐、貌似高贵者所不具有的吃苦耐劳的筋骨和上下求索的勇气。

余幼军不仅拥有20多项科研成果，拥有一个“马龙头”家族，更拥有一种精神——一个优秀的中国工人所特有的“位卑未敢忘忧国”的精神！

石油，家国

赵春花

天刚蒙蒙亮，一切都还没有醒来，在华北油田采油二厂家属区内，一户人家的灯亮了，像往常一样，他早早地起床做饭，虽已年过半百，可从乌黑的头发、挺拔的身材看上去，他只有 40 岁的样子。一切收拾停当，他穿上工衣，背上工具兜，刚要出门，背后传来老伴的一声喊："你老糊涂了？今天还上站？"一只脚已经迈出门槛的他这才一拍脑门："还真是老了，这么大的事差一点忘了。"也难怪，每天早晨五点半准时起床，然后坐车到离厂区 30 千米外的岔河集生产前线去上班，这个程序已运转 17 年了，一切都已成了习惯。他转身回屋，脱掉那身工服，开始在大衣柜里找他那件还没沾过身的西装，随着手在衣服间滑动，他的心也止不住怦怦乱跳起来。这么大的事怎么竟会忘了呢？！今天将是他生命中最亮丽的一天，他要去省会石家庄领取那枚金光灿灿的全国五一劳动奖章，这是多么值得自豪的事啊！当了 11 年标杆采油站的站长，他的荣誉证书装了半屋子，而此次获此殊荣的整个华北油田也只有他一个呀！可此时他的心里却沉得慌，沉得没有底，他一遍遍地跟老伴说："我咋觉着这个奖这么烫手哩！咱管的总共就那么一个小站，也没干出啥名堂，哪够得上这么高的荣誉？！"看着他的样，老伴不停地笑，说实话，自从干上了采油这一行，他的荣誉就没断过，她还从没见他这样慌乱过，她半开玩笑地宽慰他说："你咋会不够格？站虽然小，可它把你的心都占满了，你真要把心都给我，我也给你发个大奖，再说你不还在岗位上吗？你要觉得自己不够格，以后再可着劲干不就行了。”这几句玩笑话还真解开了他心里的疙瘩，谁说不是呢？往后还有的是干头呢，怕什么呢？此时笔挺的西装已经穿好，他迈着稳健的步子，精神抖擞地走出了家门。

他就是华北油田采油二厂采油三队 74–1 计量站站长王小国。

王小国，神了

消瘦的面容，清瘦的身材，冷峻的表情给人以果断刚毅之感。除了这些，初次见面的人不会发现他与众有什么不同。倘若和熟悉他的人聊起来，他们就会告诉你，王小国神着呢，别人比不了。神在哪？到他的站上看看就知道了。在采油队最重要的就是对井站现场标准化的管理，现场标准化水平上不去，原油产量、效益也只能顺流而下，而王小国神就神在担任哪个站的站长，哪个站的现场标准化管理就变得无懈可击，哪怕你按照各种规定的条款，鸡蛋里挑骨头。从 1981 年到 1987 年，3 座采油计量站在他的手下步入了局标杆站的行列，他被誉为“走一站、红一站，站站建成样板站”的站长，而他管理的岔 74–1 计已经连续 11 年获得管理局标杆采油站称号。让我们走进 74–1 计看一看吧。走进这个计量站，你会突然有一种豁然开朗的感觉，那明亮的玻璃窗，整洁的计量间，一排排锃亮的阀门、丝杠以及院内错落有致的花草，都是那样令人赏心悦目，而分散在原野中的 6 口油水井，井场棱角分明，采油树、抽油机整洁干净，标准化现场规定上要求的三清、四无、五不漏在这里达到了极致。小站还有另一种极致，那就是这个小站多年来保持了一系列的第一：资料准确率 100%，高居全厂榜首；油井开井时率 100%，远远走在了其他采油站前列；每年的现场标准化检查在全局都是首屈一指；井上的盘根最长能使用 8 个月，是其他站的几倍甚至十几倍；站内管线连续性 11 年不刷，油漆依然闪闪发亮，创出了小站上的世界吉尼斯纪录。

伴随着这小站的众多个冒尖，从 1988 年开始，岔 74–1 计的大名就飞出了采油二厂，飞向了全国。1995年，中国石油天然气总公司组织参加全国企业文化会议的50多名代表到这里参观，许多大厂的厂长、经理都止不住感叹："管理水平真够一流！"1993年，时任北京市副市长的吴仪到岔74-1计参观时，也忍不住点头称好。有人统计过，从1988年开始，已经有来自局内外的1100多人来这里参观。树大招风，自然也有不少人专门到这里来"挑"过刺。一位厂党委副书记想试探一下74-1计是否经得起考验，就在一天的傍晚悄悄来到74-1计，在站内外转了半个多小时，结果满意而归，之后不管到哪个站检查，他都要谈到74-1计。其他采油队的两名站长从没去过74-1计，其中的一位不相信这个站这么"格色"，俩人打赌，到站上专门检查最不引人注目的丝杠，如果查出有一点锈迹或上面沾有黄油等东西，其中的一人就要请客，查不出来两个人就共同请王小国一顿。不知内情的王小国像往常一样接待了这两位"参观者"。俩人在站内外足足转悠了一个多钟头，最后临走时和王小国约定，非要请他一顿。王小国被弄得丈二和尚摸不着头脑，两个人一时不知该怎么解释，只是紧紧握着王小国的手一个劲地说："这次我们是真服了！"

普普通通的一个采油站站长，竟能引如此多的"英雄"竟"折腰"，王小国何许人也?

不老的气节

与共和国同龄的王小国出生在河北农村，小时候因为家庭条件不好，又赶上各种运动，勉强上到小学毕业。虽然长到十几岁还依然跟随父兄土里刨食，连村子都没出过，可他心中始终有一个绿色的梦想——有一天要走出村子，到外面的世界去闯一闯。1968年，好机缘终于来了，19岁的王小国在这一年顺利踏入了军营，走出了实现自己梦想的第一步。1971年，他转业到甘肃物探局当了一名放线工。1981年，他又撇家舍子来到了华北油田采油二厂当了一名采油工。从踏入军营到来到采油二厂，13年的风吹雨打，已经使王小国从一个充满了幻想的青年摔打成一个铁铮铮的钢铁汉子。13 年，他已到过祖国的不少地方，他发现外面的世界是那样大，那样充满活力。而高高耸立在黄山山顶的迎客松在他心里打下了深深的烙印，那满眼的绿色，那充满鲜活生命力的虬枝，那可战胜一切灾难的冲天豪气，一下子就把他征服了，而他的理想越来越明确，那就是不管到哪，都要像那不老的松柏一样活出自己的风格，显示生命的本色。当时采油队流传着这样一句顺口溜：进了采油队，量油测气，清蜡扫地，两天就学会。在很多人心目中，干上了采油，就跟没出息挂上了钩。而王小国却深深地爱上了这一行。由于他好钻，能干，干了不到 3 个月，就担任了站长。他凭着一股不要命的劲头先后把两个难管理的计量站领进了局标杆站的行列，“神人”的“雅号”也不胫而走。

1987 年，队长又把一个老大难站岔 74−1 计交到了他手上。

“插不下脚，目不忍睹”，王小国用这 8 个字形容当时的场景。虽然已过去了 11 年，可当时的一切，想起来就像发生在昨天。是啊，他怎么能忘记？那是他干上采油以后接受的最严峻一次考验，也是他在采油工的岗位上打得一个大胜仗。

那时站上有 9 口油水井，由于管理不善，井场上到处是油，站上也是一团糟。就在他踌躇满志即将上任时，爱人在工作中突然被拖拉机撞成骨折住进了医院，而三个孩子中最大的上三年级，最小的上一年级，一家老小的吃喝拉撒全落到他一个人头上。一边是百废待兴的采油站，一边是一切不能自理的妻儿老小，这是怎样一个难题！

他没有理由后退，他已经不是父辈们眼里的那个嫩芽子了，当生活之海掀起了波浪的时候，他必须做一名合格的舵手。

无法想象那段日子他是怎么熬过来的。白天他在站上带着职工们刷房子、漆管线、整井口、垫井场，晚上坐车回 30 千米外的厂区照顾爱人和孩子。妻子是粉碎性骨折，骨头两处粉碎，刚进手术室时，鲜血浸透了棉裤，打石膏时她的嘴唇咬出了血，硬是没叫一声，医生都连连感叹："这么多年，还没见过这么坚强的女人。"王小国知道，此时妻子最需要的是什么，可他不能给她更多的时间。每天伺候几个孩子吃完饭，写完作业，上了床，他还要把明天的饭准备出来，再把孩子们的衣服洗出来，才能到医院照顾妻子，而他自己每天只能睡两三个小时。这样过了一个月，已经进入雨季了，可站上的活还没干出个眉目，他急得嘴上起了泡。一天已经到下班时间了，可他情不自禁地又拿起工具来到了井场上大干起来，忘记了时间，忘记了饥饿。天黑下来，夜班工人巡井时发现井场上有人吓了一跳，一看是他，一下子怔住了："站长，怎么没回家？"王小国淡淡一笑说："这一阵站上活太多，家里我都安顿好了，少回去一两天不碍事。"说完又继续干起来，晚上就在站上的计量间里打了个盹。这一干就是三天三夜，他熬得眼里布满了血丝，身上被蚊子叮得全是包。

4 个月后，全队最差的岔 74-1 计挤进了厂标杆站的行列，次年又光荣地被评为局标杆站。

王小国又一次体验到了成功的滋味，他用行动再一次证明了困难是个欺软怕硬的家伙，在弱者面前，它会显出无穷的威力，而面对强者，它只能甘拜下风。

但王小国没有松劲。毛主席曾说过，一个人做一件好事不难，难得是一辈子做好事。而他更清楚，建一个标杆站不容易，让一个计量站长期保持标杆站水平更不容易，而他要的不是一个昙花一现的标杆站，他的目标是让他的 74-1 计成为标杆站中的"长胜将军"。

这谈何容易！

他必须做到以严治站！

"我知道哪个职工也不愿到我们站去。我也知道绝大多数女工在我那都哭过鼻子，也都到队上告过我的状，可我一样不能对他们'放羊'，没规矩怎么成方圆？"

对王小国的规矩，熟悉他的人谁没有耳闻？对每一个新来的职工，他都约法三章，既然来这儿上班，就不能瞎混，每个人都要做到井上情况清楚，生产技术精通，资料准确无误，站内的每个闸门，每块玻璃，每个丝杠，必须时刻保持最佳状态。比如说刚扫过院子，一阵风吹来，落下几片树叶，必须马上捡起来；刚刚擦过的管线，突然又落上了灰尘，必须重新擦干净；而稍微有一点空隙时间，岗位工人还得抱起那厚厚的采油工读本。一天下来，几乎没有什么轻松一下的机会。而谁要想偷懒，那可就像烧香找错了庙门。一年冬天，一名上班不久的职工嫌晚上量油麻烦，就偷偷做假资料，不想被王小国发觉了，第二天这名职工刚要下班，突然被站长叫住了，王小国问：“你昨晚量油了吗？”这名职工理直气壮地说：“量了。”没想到王小国立刻就拿出了他做假资料的证据。原来他在闸门上做了记号，如果量油的话，记号会被破坏，而实际上记号完好如初，这名职工闹了个烧鸡大窝脖。这么个严法，刚到站上的小姑娘有几个能受得住？当他的面不说，回去和朋友同事们谈起来常常要挂泪，急眼时会说简直在劳改。但没有人主动要求调走，按她们的话说开始是受不了，时间一长，那种身为局标杆站一员的自豪感就占了上风，特别是看到上级部门的领导来检查参观时连连赞叹的情景，心里更是美滋滋的。其实还有一个原因大家心照不宣，那就是他们的站长让人服气。

工作上王小国从不让人说出一个不字来。因为岔 74-1 计管理水平高，每次队上检查都戴上“有色眼镜”，说穿了就是鸡蛋里挑骨头。那是在局开发系统大检查前夕，队干部先来一次预检，几名干部从站上到井上足足检查了一个小时，也没发现一处漏洞。正想离开，队长突然发现了“新大陆”，原来在岔 74-59 井减速箱底下有一块油渍，他看了老王一眼，王小国的脸立刻变成了“关公”，他马上拿来棉纱、锯条和轻质油连刮带擦起来。中午，队长正在家里吃饭，玉小国来了，说：“队长，问题已经解决了，你再去检查一下吧。”队长没想到王小国这么较真，笑着说：“那本来就不是什么大问题，整完了就不用看了。”王小国高低不依，到底拉着队长又检查了一遍。

这就是松的气节，松的风格。

不渝的情感

在王小国家客厅的墙上，挂着一幅一米多长的大镜框，里面只有一张照片，那是 1995 年王小国第一次获得河北省劳模后在石家庄领奖时和全体与会人员的一张合影，照片上足有 1000 人。在王小国眼里，这张照片是家里最珍贵的东西，它记载了一段美好的历史，记下了一个令人难忘的瞬间。每次看到这张照片，他都会想起当时领奖时的情景。在那高高的领奖台上，他那双粗糙的大手被紧紧地握住。“老王，连续这么多年保持标杆站不容易呀，我知道你苦水一定不少，你要坚持住啊。”年过六旬的省委书记在他耳边亲切地叮咛着。这是王小国第一次跟这么大的领导靠得这么近，这个珍贵的瞬间是那样深深地印在了他的心间。是啊，为了保持这个标杆站，他的苦水真不少呢。然而，为了这亲切的嘱托，为了自己珍爱的事业，自己那点苦水又算得了什么呢？

他无法忘记。那是 1995 年春节前夕，医生在为老伴拔牙时不小心将牙掉进了颈腔里，当天脸和脖子就肿得见不了人。王小国说好了要陪她去医院，可赶上站上事情正多，只好往后拖。眼看到了年根儿，老伴和他商量：“这么多年你也没在家过个年，今年就休几天吧，也好陪着我去瞧瞧病。”王小国何尝不是这么想啊，可他还不能这样做，他握住老伴的手，抱歉地说：“对于站上来说，每年过年都是一个坎儿，站管理水平的高低就得在这时候体现出来。站上年轻人想家，容易分心，还是让他们回家团圆吧，等过了这几天，我一准儿陪你去医院。”挣扎着过完年，老伴知道他忙，只好自己去医院，谁知一时精神恍惚，竟被一辆机动三轮车剐了一下，幸亏没有造成重伤。这天回到家，王小国见老伴哭成泪人，她说我知道你当这个站长不容易，我就是有点后怕，万一今天我有个好歹，身边连个亲人也没有。此时，王小国的心都要碎了。第二天他带老伴急匆匆赶往保定医院。手术很成功，但因为老伴已经六七天水米没打牙，需要长时间静养。陪了不到一个星期，王小国感觉心里把抓心挠的，说实话，在站上摸爬滚打十几年，那个小小的采油站早已不仅仅是他谋生的岗位了，它的荣辱兴衰已和他紧紧连接在一起，成了他生命中重要的一部分，刚刚离开几天，心就像空了一大块。可是他又怎么能向爱人开口？病床上的妻子还在沉睡着，因为身体极度虚弱，手术后她差不多都在昏睡。此时她脸色苍白，还有些浮肿，纵横交错的皱纹使这张脸显得分外的苍老。王小国的眼睛湿润了，当初曾是个多么鲜亮的女人啊，在村里人眼中，她是跟着他出来享福的，可实际上呢？他还记得有一次，因为站上活多，他半个月没有回家，当时在大田地里上班的妻子正赶上收割水稻，每天早晨 5 点集合下田，中午只给一个小时的吃饭时间。因为没有时间买菜，那半个月家里就吃了半个月咸菜。3 个孩子中，7 岁的姐姐成了家长，每天负责照看幼小的弟弟妹妹。一天，她和妹妹把只有 4 岁的弟弟从托儿所接出来后，就只顾了自己玩，弟弟想睡觉，可摸着家门却进不去屋，靠在门框上就睡着了。那天妻子下工回来搂着熟睡的儿子哭了一宿。可这个坚强的女人啊，她什么时候埋怨过他？不管多难的事，她总会说："你放心，家里有我。"现在，她静静地躺在床上了，在这个时候离开她，谁能这么残忍？！他坐在她的床边静静地握着她的手，他想，什么也不说了，一切再等一等，等她再好些。她却突然醒了，或许她早已醒来，只是无力睁开眼睛，看着他的眼睛，她说："你回站上吧，我已经没事了。"知夫莫若妻，她知道，对眼前这个和自己相亲相爱的人，只有这样，才能减少他的痛苦。他一下子慌乱起来，是那种被别人洞察了秘密以后的慌乱。他语无伦次地说："过年那几天，地方不法分子偷油特别厉害，站上两名女工都年轻，我怕她们应付不过来……"他的嘴被捂住了，什么都已无须再说，妻子对他的要求仅仅是让他保重身体。

多么感人的挚真挚爱！比起恋人们花前月下的那些呢喃细语，海誓山盟，它显得那样的厚重、那样的崇高。

保重身体，这是妻子对他的一个小小的要求，可就是这一点，他能做到吗？王小国在地震队当放线工时，因为常年在野外作业，他落下了严重的胃病和关节炎，一疼起来痛苦难忍。一天，他正跟一名女工保养抽油机，他的关节炎又犯了，立时，豆大的汗珠滴下来，那名女工让他休息一会儿，他笑笑说："没事，老毛病了，过了这一阵就好了。"这天中午，王小国没来吃饭，那名女工在院墙外找到他时，他正在痛苦地捶着自己的腿，这名女工实在忍不住了，说："站长，明天你不去请假我帮你去请，总这么熬着也不是个事。"王小国只是笑了笑，这么多年，他没有为这给自己留出一天的时间。

岁月不饶人，几十年的风吹雨打，年过半百的王小国越来越感到体力不支了。以前干活不知道累，可现在每天回到家骨头就像散了架一样，躺在沙发上就不想起来，有时连饭也不想吃。可每次走进他的小站，他浑身又充满了无穷的力量。这里是他战斗的地方，这里有他青春的见证，他还要在这里奉献自己最后的光和热。

可在许多人眼里，他已经是"古董"了。不知多少次，别人这样问他："现在是什么年代了？你要这样傻干到什么时候？你这劳模还时兴吗？"每次他都只有一个回答："不干油从哪里来？！我不管什么时兴不时兴，我只知道不管什么年代，都得有人踏踏实实地干活，都得有人讲奉献。"这就是一名优秀共产党员的回答，朴实而又真挚，从这简单的回答里，我们体会到了他对自己事业的无限热爱。这是一种永远不老的情感，这是一种永远不老的爱。

不懈的追求

一个真正热爱自己事业的人，他不会停滞不前，而是在不懈地追求完美。王小国也是如此。十几年的站长生涯，让他深深地懂得，采油工的岗位虽然很平凡，但同样需要高素质，身为一名站长，自己的责任不仅仅是把一个站管好，更重要的是带出一批技术精、作风硬的采油工。平时，他总是利用工作间隙，向职工们念叨："当一名合格的采油工必须要做到两点，一是技术过硬，只有这样，处理问题才能得心应手。二是腿勤、手勤、眼睛管用，只有腿勤，才能多跑现场；只有眼睛管用，才能多发现情况；只有手勤，才能发现情况及时处理。"为了让职工们养成这个习惯，他总是用行动来潜移默化地影响大家。一年四季他都坚持两个小时巡井雷打不动，每次上井时都带上工具，发现问题，及时处理。站上的 74−38 井在一个农贸市场边上，平日三天一大集，两天一小集，每次赶集，村民的车、牲口把井场糟蹋得一塌糊涂，每次等集一散，不管多累，王小国都会立刻清理干净。时间长了，村民们都忍不住夸赞："老王这样的人真难找。"

整天耳濡目染，站上的职工自觉不自觉地都养成了"三老四严、四个一样"的作风，就是王小国不在，哪项工作也落不下。有一年全厂现场标准化大检查时，正赶上王小国出差，站上只剩下女工钟军红和一名实习生。队长有点着急了，岔 74−1 计历来是检查的重点对象，这次王小国不在能行吗？检查前一天，队长带着大队上的大班人员赶来增援，到站上一看，所有的地方都搞得井井有条，他们惊讶地问钟军红是怎么干出来的，她淡淡一笑说："早来会儿，晚走会儿，少歇会儿，按站长的要求干呗。"队长不由得暗竖大拇指："王小国的兵就是不一样。"

活了半辈子，王小国最大的遗憾就是自己没文化，这也成了他学技术的最大障碍。因为底子薄，读技术书就像读天书，他只能一点点地啃，一点点地消化，回到站上，再结合实际，熟练掌握。他们站有 4 口注水井，因为注水压力大，调整注水量时，很容易造成注水闸门的密封垫子刺水，换垫子是站上最难的活，一般是队上的维修班来干。为了掌握这个技术，他先啃书，发现那上面的步骤太复杂，没接触过的人很难弄懂，等维修班再干活时，他就在旁边学，把一招一式都记在心里，一遍记不住，就等维修班在其他站干活时再去学。为了练手，他用硬纸片做了很多模型，回到家就鼓捣。终于被他学会了，他把自己学到的东西仔细揣摩，变成职工们能听懂的道理给他们讲解，再共同实际操作，职工们很快就掌握了。现在74–1计成了全厂唯一自己能干这个活的计量站。

自己吃了没文化的苦，对有文化的年轻职工，他想方设法鼓励他们学技术，每天只要一有空闲时间，他就打开岗位练兵题进行提问。他的言传身教不仅使站内的职工学技术的劲头越来越大，而且还吸引了不少人来“偷”学技术。有一名作业工出身的站长，和王小国的站离着很近，有一阵子，他几乎天天到74–1计来，来了就在站上到处转，看看这个，问问那个，问完就走。可过了两个月，小伙子突然不来了，王小国感到纳闷，就抽空去看看他，不看不知道，一看吓一跳，原来这个站的管理水平和74–1计已不分上下。那个站长看到他，不好意思地说：“我这都是从你那取来的经。”

那一刻，王小国心里有一种说不出的兴奋和自豪。是的，他还不该自豪吗？！十几年来，从他手底下走出60多名班井长和基层干部，其中3名全国技术能手，20多名局、厂技术能手和油井分析能手。他的大徒弟唐丽在担任74–2计站长的三年时间里，先后获得了管理局十大青年标兵、河北省三八红旗手、全国优秀团员的称号。而他的3个孩子中，老大在苏桥上班一年就当上了岗位明星，老二在维修大队是一名生产骨干，最小的儿子1996年当兵，1997年部队就寄来了喜报。

王小国，我该怎样来赞颂你？在你面前，多么壮丽的语言都显得那样苍白。你就是一棵不老松，你把根深深地植入了石油这块养育你的热土，也把你不懈追求的精神传给了和你并肩战斗的同事们。

笑立潮头

荣学君

人物小传

姚广平，男，1952年10月出生，河北青县人。曾获河北省优秀共产党员，华北石油管理局劳动模范、优秀共产党员等荣誉称号。2004年被评为河北省劳动模范，时任第一机械厂钢管公司副经理。

20世纪80年代，商品经济的浪潮汹涌澎湃。几度春秋，潮起潮落，吞噬了多少浮泛的沉渣，淘炼了多少弄潮的勇士……姚广平——华北油田第一机械厂运销科销售组组长，在商品经济大潮迭起之际，一身正气，笑立潮头，表现了一个优秀共产党员的高尚情怀！

一幅艰难的奔波图

大运河像一条银色的巨龙，唱着时代的欢歌，穿过青县，向前蜿蜒而去。她的两岸，响起了方兴未艾的改革声——那是1980年初，乍暖还寒的时候。

在运河东畔的华北油田第一机械厂里，人们熬过了建厂初期的漫漫冬日，心头开始充满新的生机。他们多么希望改革的春风早些吹绿这片土地啊！随着国民经济的调整，这个他们为之奋斗了几年的“大厂”生产经营陷入了困境，“关、停、并、转”4个告急信号犹如四块落水巨石在一机厂激起了层层波澜。为了生存，当时厂党委制定了这样的方针：不等不靠，不向上级伸手要；揽活、转产、大干，减轻国家负担……正是这样的危难之际，姚广平来到了新组建的运销科销售组，被赋予了走向社会承揽任务的特殊使命。

这个刚刚进入销售队伍的新兵，是带着新奇的幻想开始销售生涯的——还是在20世纪70年代初期，当他作为天津知青来到父辈生长的地方接受贫下中农再教育时，一个同来的知青被选到大队去干“跑外的”，他羡慕极了。曾有一个顺口溜在知青中流传：头等人，跑外交，“前门”烟卷嘴上叼；香的甜的全吃够，天南海北到处跑……然而，姚广平万万没有想到，他干销售的第一仗却是到城市街头摆地摊。

烟台市。时值初春却依然朔风凛冽。全国钢材订货会正在这里举行。

“卖钢管喽！谁要我们的钢管……”

断断续续的叫卖声随着寒风在会场外阵阵响起。高声叫卖的不是小商小贩，而是堂堂国有企业的销售员姚广平他们。由于工厂名微而众寡，不见经传，谁相信青县能有什么出钢管的大工厂呢？于是连订货会的入场资格都没有得到。可是，他们是带着全厂职工的殷殷厚望来烟台的，家里的2000多人还在等米下锅呢！没办法，只好屈尊叫卖了……清晨，他们迎着红日，顶着海风，早早就来到会场门口，铺开摊子，亮出广告，放上录音，抓紧在代表入场之前宣传产品；晚上，他们出入代表房间，自我介绍，推销产品，寻求用户。订货会的几天里，眼睁睁看着同行业厂家的销售员们满面春风，得意而归，而他们磨破了嘴，跑断了腿，仅仅订出了一份合同。

那些日子，姚广平无心欣赏海滨之城的秀丽，更无意品味席间美酒的香醇，而是被一种巨大的责任感裹挟着——产品不能转换成商品，就等于辛勤的劳动没有创造出价值，他这个搞销售的对职工们有愧啊！如此回厂，有何颜面见江东父老？订货会刚散，他告别了同来的人们，独自登上了南去的列车，上青岛，下济南，走濮阳，闯中原，15天内一口气跑了山东、河南的13个城市，终于在胜利油田和南阳油田签订了1600吨钢管的销售合同。这些恰恰是当时这个厂全年钢管产量的二分之一！

初次成功的鼓舞是巨大的。他从此领略了销售工作之难，感受了销售人员责任之重，更决心在销售行业中干出一番事业来！

他从书本上汲取营养——工作之余稍有闲暇，就翻阅随身携带的《简明政治经济学》《销售人员手册》等，读着、记着，不断丰富自己；

他从老销售们身上接受经验——他们那些为了争取用户而发生的一个个惊心又滑稽的故事，先是让他捧腹大笑，接着令他伏案深思；

他在实践中磨炼自己——为了销出产品，购进原料，总是马不停蹄地在外奔波，每年有七八个月是在火车上和旅馆里度过的，最长的那次竟有40多天……

那是深秋时节，萧瑟的秋风横扫着大连街头的飘飘落叶。一个月前，哈尔滨—伊兰煤气管线工程开始立项，闻风而至的姚广平和厂里的有关领导千方百计地探听消息，找准门道后竟一举从中揽回15000吨钢管的生产任务。15000吨，意味着厂里将增加3800万元的产值！可是当他接到原料到货通知单时却吃了一惊，提货地点由原定的天津新港转到了大连港口，一下子多绕了1000多千米。随着管线工程的迫近，生产原料成了厂里的燃眉之急。当姚广平匆匆赶到大连港口协商尽快发货时，原料却又被转到城郊的周水子货场。他只好在港口——周水子，这15千米长的两点一线上往来穿梭。清晨，东方的天际刚刚泛起淡淡的晨曦，他就早早起床，挤上汽车来到周水子，希望赶在早晨排车之前能要上车皮；傍晚，落日的余晖早就从西天隐去了，他还在调度室里说呀、磨呀，央求货场抓紧安排发货。一周过去了，大连的海风越来越凉了，姚广平心急如焚，而发货员那不紧不慢的官腔却让他敢怒不敢言。他心里清楚，家里的生产原料只剩下1000多吨了，再拖下去就成了无米之炊，心中一急，口舌生疮，嘴角溃烂，脖子上长了一个核桃大的疖子。两周过去了，车站丝毫没有发货的意思。无可奈何之际，他来到车站领导办公室。一阵仗义陈辞之后，站领导被这个带病奔波的外地人深深打动，更对他忧厂之忧、急厂之急的强烈爱厂之心而大为钦佩，立即进行研究，并着手修改当月的货运计划，答应给他零星发货。辛苦的奔波终于有了着落。当这批进口钢卷以每天600吨的发运量源源不断送进厂里，人们为获得新的生产原料奔走相告的时候，他却由于连续40多天起早贪黑的过度操劳得了重感冒，高烧39摄氏度，最后支撑不住病倒在港口的旅馆里……

他热爱销售工作，几年来的心血全部倾注在了销售事业上——为了多销产品，他经常废寝忘食；为了多购原料，他累得衣带渐宽；为了给厂里多创效益，他可以抛开家中的一切。那次，妻子得了肺结核刚住进医院，姚广平匆匆赶来了，他是向妻子辞行的。原来天津港口做出新规定，凡200千米以内的货物必须用汽车运送。汽车运费是铁路运费的9倍！厂里的铁路专用线有7条之多，火车可以一直开进车间里，放着铁路不能用，每年几万吨原料的运费要白白扔掉100多万元！姚广平实在坐不住了，不得不离开病中的妻子。此刻，她多么需要丈夫的照顾啊！然而，她是了解丈夫的，只是在望着他远去的身影消失之后，眼里才涌出那颗憋了半天的泪珠。一个星期以后，姚广平带着与港口签好的长期使用铁路运输的协议回到厂里。当妻子在病床上得知他为厂里节省的运费一年就是150多万元的时候，几天来对他的埋怨一扫而光，脸上浮起了会心的微笑。

姚广平庆幸自己有个贤惠、能干的好妻子。

结婚以来，他们相濡以沫，感情甚笃。妻子给了他多大的理解和支持啊！为了让他专心工作，身为妇产科医生的爱人——张慧丽，承担了家中的一切事务，做出了巨大的牺牲。可是她同样是一个事业心极强的人，多次获得厂先进工作者和优秀共产党员的称号。平时一有病人，她就全心投入工作，常常忙得忘记了家务，忘记了孩子。那还是他们住在离工厂4千米之外的家属区时，姚广平为了揽回吉林热力公司那3000吨钢管，已经外出半个多月了，爱人在医院里为了迎接一个幼小生命的降临，从中午一直忙碌了 8 个多小时。当她满心欢喜地抱起呱呱坠地的新生儿递给孩子母亲的时候才突然想起自己刚满 5 岁的女儿此刻早就离开托儿所，正在家中倚门槛盼她归来。她急忙骑上车子，顶着寒风，冒着飞雪向家属区赶去，刚进家属大院，就看见孩子正从远处哭叫着妈妈，向她跑来，雪地上留下一串歪歪扭扭的小脚印。她紧紧抱起孩子，心里一酸，内疚的热泪再也抑制不住，哗哗淌落在孩子那冻红的小脸上。怪谁呢？他和她都是为了事业啊！

一曲浩亮的正气歌

唐代著名文学家柳宗元曾经写下脍炙人口的《蝜蝂传》以警示那些贪心的后人：“……行遇物，辄持取，印其首负之……极其力不已，至坠地死。”改革开放以来，就是有一些被金钱、利益熏黑心肝的人，凭借手中的权力像柳宗元笔下的蝜蝂那样，拼命地为自己聚敛财物，不择手段地满足私欲，直到在党纪国法面前身败名裂。姚广平最恨的就是这种人。他认为，手中的权力是党给的，自己干的是人民的事业，承担的是工厂的责任。

搞销售工作的招人羡慕，令人觊觎。身为销售组长的姚广平则更加引人注目。他买的是钢材，卖的是钢管，通过手中的钱每年都有好几千万。在一些人的眼里，他控制着钢材、钢管甚至管头、板头都是通往发财之路的阶梯。姚广平何曾不清楚这些呢？然而，他是共产党员，从他干上销售工作的第一天起，他的父亲——一个老共产党员就这样告诫他：“干销售工作不能有半点私欲，要记住革命前辈的话：手莫伸，伸手必被捉！”

最近几年，随着市场竞争的激烈，虽然销售工作越来越难，但在销售人员的奋力开拓下，用户市场却越来越大，钢管产量上升了，年产达到五六万吨，销售额增加了，突破了 1 亿元！尤其是厂里开展“抓管理、上等级、抓质量、创名牌”活动以后，先后创出了 7 个规格的省、部级优质产品。用户闻知，蜂拥而至，产品一时供不应求，当初烟台街头摆地摊那苦涩的一幕已成为他们茶余饭后的笑谈了。

出于战略眼光，厂里规定新老用户之间的钢管差价可以每吨浮动50元。这50元的优惠权限，姚广平使用起来总是慎之又慎，既要照顾老用户的关系，又要考虑新用户的情绪，还要保护工厂的利益。

那是在郑州召开的全国钢材订货会上，姚广平和同伴们经过艰苦的努力，揽来了6000多吨钢管的生产任务。正在高兴之中，河南某物资公司的采购人员经人介绍找到了他，一番客气之后，趁无人之际拿出一沓厚厚的人民币，悄悄塞在他的提包里。姚广平掏出钱，掂量着，话语意味深长："这是多少？"采购员脸上充满了神秘："2000元！小意思。""不，这是俩圈！老兄，你这是给我送手铐啊！我货真价实，正当经营，你何必如此？"

寥寥数语，采购员的脸色由神秘变成了尴尬。原来他是想通过这种办法买到1000吨优惠钢管。

"优惠可以，"姚广平和颜悦色地说："但必须是3次合同以后。这样吧，你再多介绍几个用户，我下次一定优惠给你，但是请你和他们说明，不许这样干！"说完把钱递了过去。

对方心里热乎乎的。据说后来那位采购员到处宣传华北油田一机厂的销售员们为人正直，为政清廉，并真的招来了好几个用户。

暗中送钱、信中带钱、托人捎钱、登门送礼的事，姚广平不知遇到了多少。有时迢迢百里送来一些"土特产"意思意思，恳求他收下；有时悄悄地找上家门来谈生意，言语之间不乏弦外之音，答应事成之后必有重谢，从几百元、上千元，最多竟达五千元，还信誓旦旦地说"没人知道，你放心"。可是，他的心怎能放得下呢？他是一个共产党员啊！处理这些昧心之物，他有他的一定之规：尽量不伤用户，又不能让厂里吃亏，还不能违法乱纪。对于钱，他坚决不收，一概谢绝，有时甚至翻脸；对于物，他能退的退回，那些远道而来实在退不回去的，他总是在送礼的人走后，光明磊落地拿到科里，交科领导处理。对于送礼者的要求，他却是照章办事，毫不含糊。

工厂附近某市乡镇企业局是个老用户了，几年来与一机厂建立了牢固的业务联系。按照规定，老用户是要优惠的。每年他们购买几千吨钢管的优惠差价对这个乡镇企业局来说可算是个不小的数字。为此，那个局的某经理十分感谢厂方的支持，竟和姚广平交起了朋友。为了表达对朋友的谢意，经理把姚广平拉进了县城最好的饭店。酒过三巡，菜过五味，经理掏出5张百元大票，放进他的衣袋，一再言明，这是一些小意思，万望笑纳。姚广平推开那嘎嘎作响的票子，正色言道："是真正的朋友，就不要给我瞎马骑，有朝一日马失前蹄，把我跌倒了，还如何做人！"然而人家情真意切，还是不肯甘休。姚广平实在推脱不过，只好严肃地说："同志，我是共产党员，党纪国法不容我这样做。"一言出口，对方不由得愣住了，那只拿着大把钞票的手呆举着久久收不回来：是埋怨他不识好歹？是疑惑他竟然如此不近金钱？还是惊诧他那凛然不可亵渎的一身正气……

随着商品经济的发展，销售领域的不正之风愈刮愈烈。请客吃喝在销售圈里早就司空见惯，"红包""黄货"、家用电器也成了销售场上的常规武器，不足为奇了。为此，姚广平这个当组长的经常在心头泛起一丝忧虑：销售员们天南海北长年在外奔波，如何防微杜渐，不为世俗所染?

一次，厂里下发了一份处理决定，姚广平看后气愤极了：这些蛀虫，吃着厂里，用着厂里，还合起伙来偷厂里，你们偷、拿、索要的时候，难道就没有想到党纪国法吗！他也很为他们痛心，其中有的人曾为工厂做出过贡献，也许还能干出更大的成绩，但是却跌倒在金钱和利益面前，断送了大好前程。柳老夫子，你的《蝜蝂传》没能唤醒那些贪心过重的后人哪！从此，每当有人出差，他都叮嘱一番："咱们干的是党的事业，要时刻对党负责。特别是在金钱和物质面前更要胸怀坦荡，两袖清风，问心无愧！"

他确实问心无愧。即使在亲朋好友求到家门让他行点方便的时候他也是问心无愧。

离工厂仅仅十几千米的青县曹寺乡是他下乡插队时生活过的地方。那里有当知青时曾热心照顾过他的亲人和朋友。他干的这一行，老家里的长辈们谁不说是个肥缺呢！托他办事的、求他买下脚料的每年都有几次。对于这些他全都按规定办理，从未送过人情。那次，他当年投靠的叔叔来厂找他，要弄点钢管头，并点明要开优惠价。姚广平笑着解释，优惠是对用户而言的，给自己的叔叔优惠，别人会怎么说，硬是按规定开了票。车装好以后，发货员发现有几根超过一米的长管压在下面，就要按废管计价。废管吨价要比管头高出好几百元钱。叔叔只好亮出了姚广平的牌子。发货员正在为难之际，姚广平赶到了。他问明情况，指着那几根长管说："要么卸下来，要么去补钱，钱不够，我替您交。"为了这，叔叔把事情闹到了天津的父母那里，母亲来信把他好好数落一顿。然而，正是这种问心无愧的模范行为，深深地影响和带动了组里的同志，他们人人严格要求自己，自觉抵制社会上的不正之风，做到廉洁销售、公正做人，多次受到厂领导的表扬。

张新华，这个为工厂的发展做出过突出贡献的老销售员，为了退还用户对他表示的"小意思"，从家里翻出被塞在沙发罩下的1000元钱，直追到招待所里。人家不肯承认，他却急着说："如果不是你送的，那我只好上交领导了。"

年轻的销售员于锁孝一天之内先后接待了几个用户，直到第二天才发现被塞进抽屉的500元钱。用户都走了，找谁去？后来他弄清是河南某公司的一个采购员为了酬谢而送给他的，没过几天，他就利用出差的机会退了回去。

还有那么多的同志把客户送到家中的那些成箱的饮料、整箱的名酒、一条条香烟，一次次送到科里，请领导处理。难怪那些来厂办事的客户们看到以后，伸出拇指啧啧称赞："你们厂的风气如此清正，实在难得！"

一颗晶莹的赤子心

1991年。

3月的厂区春波泛绿，杨柳垂青。登高远眺，高大的厂房里弧光闪烁，轰鸣的机器声震耳欲聋；汽车穿梭如织，人流熙熙攘攘。厂区中央的办公楼里，金色的阳光从窗口斜射进来，洒在厂长办公室的三封电报上——

信息员来电：据了解，全国有20多个直缝管厂和厚壁管厂相继建成并部分投产；

销售组急电：正在召开的全国钢材订货会上，有些钢管厂家和钢铁公司联合经营，其合作产品将大大低于市场价格，我厂将处于劣势；

服务组回电：我厂产品因囿于石油行业，市场相对减少，加之同行业厂家竞争激烈，对今后开辟市场十分不利。

三封电报犹如三柄重锤敲击着厂长的心——竞争空前激烈了！市场出现疲软，经营阻力增大，工厂的四面响起了楚歌。几天来想了很多很多，但他那翻腾的思绪中浮现最多的还是运销科，是销售组，是姚广平和他的同伴们——那是开辟市场的关键啊！

办公室里，厂长和姚广平兴致勃勃的交谈一直持续到很晚。姚广平关于改进销售工作的几点建议句句都深深地打动了厂长。从此，细心的人们发现工厂的销售工作开始有了微妙的变化：

——向带料加工倾斜。过去，买进原料—生产加工—卖出钢管，这种经营方式一直持续至今。可是眼下市场疲软了，资金紧张了，2750元一吨的钢管谁在订货时也得掂量掂量。姚广平正是看出了用户的这种心理，到处去登门拜访："想节约吗？带料加工吧，一吨就少花250元……"内蒙古准格尔煤炭工业公司自已出钱购买原料，由厂方代办的9000吨钢管最终折算以后，比直接购买产品竟节省225万元！这一招果然大大吸引了用户。虽然工厂盈利暂时有所减少，但却利用了厂外资金，而且牢牢保住用户市场。年终的统计报表上，一行显赫的黑体字这样写道：带料加工钢管占年销钢管总数的五分之二。

——利用流通领域设点立足，扩大销售。姚广平认为，社会上金属流通部门是一支不可忽视的潜在力量，如果开发得力，那将是工厂的重要用户和义务宣传员。他们下功夫与这些部门建立业务联系，先后在陕西、山东、河南等地开辟了 8 个立足之点，通过他们做广告，搞销售，扩大了工厂的知名度，一年来在这些流通领域售出的钢管就有 1 万多吨。

——加强与上层联系，面向重点工程。来自上层决策部门的信息，对这个产品行销 20 多个省市的企业有着重要的指导作用。姚广平和他的同伴们正是紧紧抓住了这一点，先后与有关部门加强联络、密切关系、采集信息，用以指导销售工作。平时，一有重点工程上马，他们便捷足先登，承揽任务。1991 年，厂里生产出了 5 万多吨钢管，有二分之一是销往国家重点工程的——那里是他们销售工作所面向的重要市场。

成功从来属于为之付出辛勤劳动的人。在全厂 2600 多名职工的共同努力下，华北油田第一机械厂在波及全国的市场疲软中适应了局面，赢得了主动，扭转了经营形势，结出了丰硕的成果：全年创产值 1 亿元，上缴利税再次突破千万元大关——不易啊！这丰硕的经营成果中，充满了厂领导们科学的运筹，饱含着全厂职工拼搏的汗水，更凝聚着姚广平和销售组全体同志的巨大奉献。在年终的总结表彰会上，姚广平作为出席管理局的劳动模范被厂领导请到了主席台上，披挂着特意为劳模们制作的大光荣花，享受着成功后的欢乐。当厂领导、代表职工向他、向他们这些为工厂的发展做出突出贡献的功臣们鼓掌致敬的时候，姚广平感到浑身被一种巨大的幸福和激动所笼罩，他的心颤起来了，眼里再也抑制不住泪水，一颗一颗地淌落在胸前的光荣花上。流吧，尽情地流吧！这是欣喜的泪、光荣的泪、胜利的泪……

日上三竿的时候，姚广平打开窗子，明媚的阳光立刻照进窗里，室内生辉。父亲为了让儿子迁家回津和姚广平整整长谈了一个上午。这里，不是华北油田，不是大运河东畔的第一机械厂，而是天津海河之滨的一栋普通平房。这里曾是他童年生长的地方。20 多年过去了，儿时的印象已经面目全非了，一条条繁华的街市，一幢幢充满现代色彩的大厦……眼前的一切都变了。

多少年来，姚广平来去匆匆。父子俩这样的长谈太难得了。

“我和你母亲都老了，趁现在政策允许，还是回来吧。”父亲试探着问。

“那里有我奋斗 10 多年的事业，我实在舍不得。”字句之间充满真情。

“听说你长年在外奔波，吃了不少苦头。”父亲望着儿子渐老的面庞，话语里流露出长辈的爱怜。

“可是，我也尝到了成功后的甜头。”

这是发自心底的话。父亲当然没有感受到儿子身边都是些何等自强不息的人们啊！在当年工厂最艰苦的岁月里，他们不等不靠，不屈不挠，付出了极大的辛苦，做出了巨大的牺牲，赢得了工厂的发展。草枯草荣，花开花落，10 多年的风风雨雨过去了，昔日举步维艰的工厂终于以崭新的姿容屹立在古老的大运河东畔！如今，她连续跨上了部级文明工厂、省级先进企业和国家二级企业的三大台阶，成了同行业的佼佼者。工厂的条件改善了，职工的生活提高了，人们的精神面貌焕然一新，这一切引来了用户们多少羡慕的目光啊！爸爸，您能够体会到其中的喜悦与自豪么？

事业是精神的支柱，他热爱事业。就在工厂附近，一个新建的钢管厂为了竞争，不惜重金拼命来厂挖掘人才。当一些人耐不住每月千元高薪的诱惑离开工厂怀抱琵琶另上船的时候，他却心如磐石，任人家三顾茅庐却碰壁而归。他离不开科里培养他成长的老书记，离不开把他带进销售大门并热心指路的老科长，离不开朝夕相处、风雨同舟的同志们，更离不开他投身奋斗了 10 多年的销售事业。爸爸，人们常说一个人失去了属于他的事业，也就失去了自身的价值。您说是吗？

他的事业获得了成功，党和人民给了他巨大的荣誉：连续几年被树为厂标兵、局劳模、局优秀共产党员，多次受到管理局有关会议表扬，《华北石油报》上报道他，厂里在群众中宣传他……就要进入不惑之年的他觉得党给予的实在太多了，自己不过做了一些应该做到的事——爸爸，您说该怎样报答党给予我的信任和关怀呢……

父亲被他真挚的话语深深地打动了。这位老共产党员看到了跳动在儿子心里的那颗晶莹的赤子之心——这不正是未来的希望吗？

窗外，宽阔的海河上波光粼粼。一艘轮船发出了长鸣，在滔滔的河水中破浪前进着。姚广平的目光随着远去的轮船，向前方久久地凝望着……

冬天里的一把火

姜学俊　朱瑞林

一生能栽出几个30岁

带着一丝倦意，你坐在桌前。那嘴角勉强挤出的些许微笑告诉我：自己不受欢迎。也难怪，昨夜里与副厂长林清合十几小时风雨兼程由山西太原联系原材料赶回来，今天一早马不停蹄又赶到厂里，你太累了，太需要休息。虽然你年轻，正值精力充沛的年龄。一位名人曾指点：要笔杆子得有点职业“赖”劲。我挺尴尬，但还是坐在了你的对面。

你有个挺俗的名字：陈顺祥。顺当，吉祥，这是中国百姓人家的常见字。老一辈人带着美好的祈望将福寿顺祥赠予自己的后代。可你从小却伴着艰辛、苦涩长大。

9岁丧父，举家艰难，你被邻居收养。那是个13口人的大家庭，抱孩子洗衣做饭你都要干。16岁时你便响应号召下了乡，迎着刺骨寒风在松嫩平原上耕锄。1974年，你又被石油会战的热浪卷到了辽河。

这，便是你32岁生命的全部履历。

是生活的重压还是心血的过度消耗？是老成持重的内向性格还是那一脸无暇修整的蓬乱、浓重的络腮胡子，你看上去该有40岁，唯有你那双眼睛，那双看一眼俨然令人终生难忘，深邃而坚毅，熠熠闪光的眼睛告诉我你的实际年龄。

我说：“真没想到你只有32岁。”

你喟然长叹：刘志丹32岁是红二十八军军长，为中国革命作出了重要贡献；近代民主革命者陈天华反清救国，愤然投海自杀只30岁。英国物理学家牛顿32岁时已经在光学力学方面作出了重大贡献……可30岁，在现代中国人的眼里仍然是社会舞台上跑龙套的年龄。可悲，一生能裁出几个30岁。

一生能裁出几个30岁。正是这种生命的紧迫感促使你毅然揭下了承包油建一公司石油液化气钢瓶厂的招标“皇榜”。

轻率吗？你说也许是。可偌大个中国与其谨小慎微裹足不前，倒不如多些“轻率冒险者”。改革本身就是要冒风险。在你周围闪动的目光中，赞颂、鼓励、怀疑、讥讽、迷惑交织了一张复杂的感情之网，你在这张网的包围之中迈开大步走上钢瓶厂的投标竞争讲台，那一串坚实的脚印仿佛一个个大大的感叹号，在喊：冲上去，勇敢些！

一旁，端坐着一脸严肃的领导、专家，那场面叫人想起法庭公审。

“你了解目前钢瓶厂的状况吗？”一位“法官”提问。

“我知道钢瓶厂目前已是劳动服务公司的一个沉重包袱，200多职工家属靠借贷发工资，4000多只钢瓶积压在库房……”

“你若中标，将如何扭转这种局面？”又一位“法官”发难。

“我将依靠质量、信誉和优质服务打开钢瓶销路。在生产管理上我将实行定量定额、计件等方法……”

你不是演讲家，你并不健谈，口若悬河不是你的特长，但你用心血说话，靠真诚，靠翔实的调查和大胆而切合实际的设想赢得了掌声，赢得了人心。接下来的钢瓶厂职工信任投票，你得了大多数。“陈顺祥”这三个字被唱票人用嘹亮的嗓音唱了180多次。而你的竞争对手仅仅得了10多票。

1988年2月15日，对于许多人也许是个极普通的日子。但对你、对钢瓶厂的200名职工却非同寻常。这一天，你作为钢瓶厂的租赁承包人、法人代表，第一次出现在职工家属面前。这意味着什么？权力、名誉、责任……200多双眼睛期待着你这新官上任的第一炮，可你只有两句话："有人问我，新官上任三把火怎么个烧法？我说我只有热没有火。如果硬说我有，那我这把火燃烧的是我自己。给咱钢瓶厂照个亮，给职工家属暖暖心。"

几分钟的沉寂，从未有过的长时间的热烈掌声。那一刻你望着200多张熟悉却又陌生的脸激动得只想哭。

正月里，严冬依然。厂门外的原野上，荒草萋萋，寒风凛冽。来上班者将头缩进大衣领，慢悠悠蹬车前行。厂门口有人迎风而立，那显得孱弱且微微驼着背的身影，竟能使众多缩进大衣领的头抬起，慢悠悠地转动加快。经过他身边，有人诙谐却也不无深意地哼起了《冬天里的一把火》："你就像那一把火，熊熊火光照亮了我……"

俊媳妇上门找婆家

厂会议室里那幅散射状销往地区平面图，那些大大小小、形状各异的锦旗奖状告诉我：油建一公司钢瓶厂曾有过辉煌的历史。1985年年产钢瓶18600只，1986年猛增到28000只。产品不但销往新疆、广东等十几个省市，而且打入香港、澳门市场。那会儿，整个华北油田都知道油建一公司有个钢瓶厂，都以钦羡的目光注视着这个集体小厂。问及工作单位，只要说出"钢瓶厂"三个字，即使是国有企业职工也自惭形秽。钢瓶厂像块巨大的磁铁吸引着众人。然而，人类的可悲之处便是得意而忘形，居安未思危。仿佛一夜之间，厄运突然降临钢瓶厂这个天之骄子的头上。钢瓶滞销！昔日吵嚷、人头攒动的销售科变得冷冷清清。日销售额有时只有几只，仅占生产量的百分之几。望着成品库日渐增多的钢瓶，职工们窃窃私语：

"这钢瓶卖不出去，不是废铁一堆吗？"

"这厂子没戏了，赶快想法挪挪窝吧。"

钢瓶厂这块磁铁失去了往日的吸力，变成了一块"废铁"。

你“野心勃勃”想用你瘦弱的躯体搬动这块“废铁”，重新赋予她巨大磁力。于是，8 小时工作制对你失去了意义。早晨，第一个迈进厂门的职工看到的是你；下班，最后一个离开车间的职工看到的仍是你。你说笨鸟得先飞呀，没什么灵气，再懒，能干什么事？

是的，你只有张可怜的中学毕业证，你曾奢望并且至今仍然奢望迈进高等学府，让大脑的每一条沟回注满知识的琼浆，并同那些名副其实或名不副实的知识分子为伍，长两级工资，戴上顶职称的桂冠。可你注定拿不到文凭，因为你没有第二个脑瓜儿，那唯一的一个脑瓜儿里装的只有钢瓶。

是的，你算不上聪颖，智商与大多数中国人一样只有中等水平。你曾梦想做个画家，在你的家里我有幸看到了你的作品，我不懂画，可我知道那画儿画得不怎么样。可我也知道那些名画家也都是由不怎么样到怎么样的。你喜欢小猫小狗，更偏爱鸽子，你望着天空振翅翻飞的鸽子竟能忘记吃饭。可你注定成不了画家，也只能在梦里与小狗、小猫嬉戏，因为你已经把自己交给了钢瓶厂，失去了“人身自由”。

所幸的是，你相信勤能补拙。为新辟生产门路你凌晨 4 点从天津赶到家，早 7 点又出现在厂里。两个小时的睡眠你已经满足了，虽然身体并不满足。虽然你妻子凄惶惶告诉我，承包半年多你已经失去 17 斤血肉。

所幸的是，你懂得他山之石可以攻玉。你高薪聘请了天津和本公司的三位专业技术顾问；你在“组阁”时首先想到的是工程师齐学之，请他出任技术副厂长。

“四面楚歌”，这成语尽人皆知，但真正体验个中滋味者不多，你陈顺祥却算一个。打开产品销路，这是你上任的头件大事。可你知道北京、天津、保定、石家庄都有钢瓶厂，这支庞大的“汉军”队伍将你小小“项王”包围得密不透风。人家吃的是“官饭”，你买一吨原料的钱，人家能买两吨，在商品经济这个无形的战场上，你的对手是多么强大。硬碰，必败无疑，只有独辟蹊径，才能生存。你俯身桌前思索着，俨然运筹帷幄的将军。

那几个晚上，你妻子说你噤若寒蝉，吸的烟不是以根数是以盒算。就在这缕缕烟雾中，使钢瓶厂死水变活打开销路的大政方针产生了：从以城市为主，转向以乡镇为主，油田内外结合，避实就虚，找出“汉军”重围的薄弱点——乡镇。你知道，那是个大有发展前景的广阔市场，你对厂干部说：“皇帝的女儿不愁嫁，好酒不怕巷子深，那都是老皇历了。人家东芝、松下的产品硬不硬，照样花钱做广告，人说丑媳妇不怕见公婆，我们来个俊媳妇上门找婆家。”

战略方针付诸实施。冲破铁壁重围的尖刀班组成了。副厂长林清合率领 7 人推销组于今年 3 月开始了历时两个月的远征跋涉。60 天里，这支队伍南征北战，足迹遍布河北、河南、山西、山东的村村镇镇。问林清合走了多少路，他笑笑：“实在记不清了。”问上门推销苦不苦？他说：“很苦，饿肚皮，没处睡时常有，可陈顺祥更辛苦，‘士为知己者死’。既然我打算跟他一块干，就没想着享福。”

陈顺祥，你听到了吗，真该为你有这样的“铁哥们”干杯！

在众人眼里，送上门的媳妇不会俊，登门推销的货不会好。推销员靠的是一张能把死人说活的嘴。而林清合同你一样讷于言而敏于行。他是靠真诚搞推销。正是这种真诚感动了那些早已厌烦靠嘴推销的人，使他们相信：俊媳妇也会上门找婆家。

两个月里积压的 4000 多只钢瓶溪水般流入乡镇企业、个体户、专业户、农民的家门。钢瓶厂职工家属的劳动价值实现了，人们稳定了，你这小小“楚项王”在“汉军”的合璧重围中居然站住了脚。

接着，为巩固农村根据地，你们在附近县镇设立了 42 个代销点，并建立了用户回访制度，定期深入用户集中地区了解钢瓶使用情况。沧州地区工商局颁发的“重合同守信用单位”奖牌高高挂在了厂门前。牌子不大，但分量很重。那是靠销售几万只钢瓶无一只退货换来的。

阳春三月，寂寞了一冬天的原野开始躁动，小草顽强地冲破冻土纷纷挺直腰杆，垂柳、白杨也吐出了第一片嫩叶，葱绿的华北恢复了她少女般迷人的魅力。油建一公司钢瓶厂，这被绿海拥抱中的丑小鸭，抖掉满身的泥垢，露出了白天鹅的绰约风姿，重新招来了人们钦羡的目光。寻找各种借口要求调走者不走了。已经调出者纷纷要求调回来。理由是：看你陈顺祥、林清合人好。你们笑了，心里却想哭。你明白，不是人好，是钱好。1987年职工靠借钱发工资只有七八十元，如今是一百七八十元。钢瓶厂承包指标是年利润7万元，可到8月份已突破15万元，即使是个人拿小头，这小头也非同一般。算这笔账，人们是再精明不过了。

不管怎么说，毕竟陈顺祥上任这一脚是踢开了。钢瓶厂重新具有了磁铁一样的吸引力。

居家过日子，不算计不行

眼见日产钢瓶由120只增加到240只仍然供不应求。眼见那订货人员纷至沓来一副媚态希望尽早交货。全厂200多双眼睛在交流着同一信息：钢瓶厂的好日子来了。唯有你那眼里依旧罩着一层忧郁，你又是一连几日噤若寒蝉。别说厂里的干部职工，就是厮守十年的妻子也百思不解。“到底是什么愁事又让你缝上了嘴？”妻子发问。你说：“这些日子钢瓶销得太快。”“那不是好事吗？难道没人要钢瓶好？”妻子仍然不解。“畅销的后面紧跟着滞销。”你忧心忡忡地说。

这不是杞人忧天。办公桌上的各种信息报将市场预测告诉你，维持现状，到明年最迟到后年15公斤钢瓶市场将饱和。陈顺祥你好精明，在商品经济这所大学里，你已获得了一张硬邦邦的文凭。

1988年4月的一天，正当你为钢瓶厂的前途冥思苦想，一位公司副经理的电话使你为之一振：天津市有位工程师研制开发两公斤便携式钢瓶，发展前途很大。当天你便找到齐学之，请他速下天津卫打探军情。那天闻听老齐返回，你不由分说，拽上林清合便进了齐家的门。宁静的夜晚，不足10平方米的小客厅，钢瓶厂未来蓝图的设计者在侃侃而谈。而这周末的夜晚，那守候窗前的妻子，那温馨的家庭对你们又该有多么大的诱惑力。你们似乎失去了听觉、知觉、感觉，那会儿对你们的唯一诱惑是那想象中的两公斤液化石油气钢瓶。

“建一条两公斤钢瓶生产线需投资多少？”你问。“40万。”齐学之说。“40万，够冒险的。万一销路……”林清合不无忧虑。

“搞大钢瓶保险，但保险中潜伏着危险。搞小钢瓶冒险，但冒险中孕育着保险。质量我们保证，销路靠你打开。”你把拳头重重砸在林清合肩上，仿佛在他肩上又加了一副担子。

喧闹声息了，油城睡了，唯有齐家这盏45瓦的日光灯亮着。灯下，那决定钢瓶厂命运的讨论进入最后时刻。“你说干吗？”你问。“干吧。”“干。”三颗心在同一频率上跳动。月亮跃上正天又跌入西山，满天星斗仿佛只是瞬间便只剩下启明星在闪亮。你们迈出齐家门时，楼群中的无数个窗口传出座钟、挂钟、石英钟的齐奏声。它宣告：中国人新的一天开始了！

开始了。油建一公司钢瓶厂这个中国工业肌体上最微小的细胞在新的一天开始了裂变、重新聚合的伟大工程。而更使世人瞠目的是从这天开始仅仅4个月后，第一只两公斤石油液化气钢瓶便摆在陈顺祥的办公桌上。这乳白色小巧玲珑的钢瓶，这中国第一只全新的两公斤钢瓶凝聚了你们多少心血和汗水。你用端详刚出世的儿子一样的目光，一眼不眨地端详着这白胖的小家伙，轻轻在它脸上吻一吻，顿觉清爽，甜美之意溢满全身，你舒心地笑了。

我问你对两公斤钢瓶咋这样钟情。

你为我算了一笔账：“一吨钢材制作15公斤钢瓶40只，制作两公斤钢瓶却是200只。15公斤钢瓶单是北京、天津、河北一带就有十几家，而两公斤钢瓶就我们一家。凭原材料节约、市场广阔，我能不钟情？当然，质量要求高了，可我们取胜靠的就是质量。”

我笑了："你陈顺祥好会算计。"

"居家过日子，不算计不行呀。我们小门小户，手里捧着的又是泥饭碗……"

说得多好啊，居家过日子。真希望那些财大气粗，捧着摔不碎砸不烂的铁饭碗的人能够多想想怎样居家过日子。

我知道，正是为了居家过日子，你婉言回绝了有关部门的热情安排：由厂里出资3万元，你们厂领导一行三人去香港考察一次。那会儿，你家里尚无彩电，而你知道出去一趟便可以得到。

正是为居家过日子，你厂房修了一栋栋，水泥路铺了一条条，而你们厂领导却依然身居建厂时由鸡舍改建的陋室里办公。

我想，如果华北油田，如果中国多一些这样居家过日子的能手，我们的事业该是怎样呢？

听厂里人说，两公斤钢瓶已送北京参加全国炉具展览。长春的一汽准备生产3万辆旅游轿车打算配备这种钢瓶。

好兆头，好形势，陈顺祥，该满足了。

可在你脸上永远找不到"满足"二字。目光中那淡淡的忧虑似乎与生俱来无法抹掉。你大口吞下一缕香烟，说："我劝你还是先别写，3年后承包期满，我或是成功或是失败你再写吧。"

如今，3年承包期已满，钢瓶厂已取得累累的丰硕果实。上级领导发现了这匹千里马，如今，他被提升为劳动服务公司主管工业的副经理，如果说在钢瓶厂3年承包中，他不负众望，那么在新的领导岗位上，这匹千里马更会奋蹄疾驰的。

明天不是梦

晓　瑞

上篇：走出沼泽与困惑

1987 年 8 月。

正在塞外名城张家口为二连石油会战联系物资的勘探一公司供应站党总支书记李风鸣接到了经理陈锦权从基地万庄打来的电话：另有任务，请直接返回基地。

当时，如火如荼的二连石油会战正进入一年一度的决战时期，作为勘探物资供给的总后勤官，李风鸣陷入选择的两难境地：作为党员、作为党的一名干部，理应服从决定，立即回归，但供应站率队参加前线会战的领导只他一人，自己回去了，这里的工作怎么办？群龙无首……几经请示商讨，他暂时留了下来。

9 月，与专程奔赴前线的站长陈学友交接完工作，李风鸣已无心欣赏坦荡辽阔的草原那如诗如画的美景，在“蓝蓝的天上白云飘，白云下面马儿跑……”的歌声与实景中，告别了草原，告别了二连会战前线。

……跑点，摸底，调查，分析，研究，论证，参观，紧紧张张的两个月后，公司派驻农工商联合公司并担任工作组组长的李风鸣被正式任命为经理而走马上任了。

这是一个乱糟糟的摊子。

这是一个重负压身、举步艰难的摊子。

由于管理混乱，厂点基础薄弱，亏损情况十分严重，欠银行贷款110多万元，欠大公司298万元；在沉重的桎梏中，职工消沉，人心不定，企业已濒临绝境。

两个月的工作体验，李风鸣心明如镜。

经历了阵痛，能否孕育出希望的胚胎呢？

晚秋的雨淅淅沥沥，晚秋的风萧萧瑟瑟。在农工商联合公司发展史上，势必会记下：正是在这样的时日，李风鸣受命于危难之时，沉稳、坚定、果敢地执掌帅旗，走进了属于他的新的办公室。

多事之秋，也是萌动希望与活力的秋啊。

人们用冷漠、怀疑、观望和期待、祝福等复杂的目光盯着新经理的一举一动。

“放权让利，休养生息，自我完善，自我发展。”李风鸣把办企业的指导思想公布于众。顿时，在各个厂点、在整个农工商公司，如早春的雷，划破了焦渴、沉闷、阴云密布的氛围，职工的心潮活泛了，鼓荡起希冀——这回好了！这样有戏唱了！！

统一的材料库解体，把材料下放到厂点，免去了下边买个灯泡也要找经理批条子等烦琐程序；

下放木器厂、电瓶厂等8个厂点的账号，全面推行为期三年的经营承包。对于指标测算，模式多种多样，比例分成、包基数、按10%提成，奖励基金、福利基金、生产发展基金（三项基金）提成的剩余，留厂点发展、壮大自己：买设备，建厂房……

一招儿活，活一盘。各厂点的经济效益在增长，职工的生产积极性在增强，资金也在积累中越发丰厚，整个公司渐渐形成了一个良性循环的运行轨迹。

然而！正当李风鸣大刀阔斧的兴利除弊致力发展时，一张无形的网已开始羁绊他的手脚。

一些人的不理解乃至工作中的不配合，加上蜚语流言的中伤，常常使这位耿直、果敢、干练的经理陷入尴尬、难堪和烦恼的境地。这里，我们不妨在生活的长镜头中择取几个片断：

镜头一：某日，一厂长因奖金问题推开了经理办公室的房门。

“李经理，我们的钱为什么不让发？”

望着气呼呼的来人，李风鸣只好放下手头的工作，耐心地解释道：“钱，不是不可以发，但不能乱发，不然，还定财务制度干什么。”

“我们是多劳多得，符合社会主义分配原则。”厂长振振有词。

有的人就是这样，没道理楞能给你狡辩出许多道理，不管是真的假的直的歪的正的反的对的坏的，脸不红胆不怯。

李风鸣禁不住来气：“错了，分光吃光花光，不符合社会主义分配原则，要摆正国家、集体、个人三者的利益关系，把眼光放远点，去掉短期行为。”

唇枪舌剑，桌子敲得当当响。

时近中午，李风鸣摊开双手，说：“你要还不明白，咱们下午接着谈。现在，我要回家吃饭了。”

“吃饭？好。”这位厂长二话不说，跟着李风鸣就走。

太阳，大大地挂在天空的正中，似乎并不火辣、刺眼。

在已显空荡的公路上，一前一后，李风鸣忍不住气往上顶：“你跟着我干什么？”

“敢情儿，你下班回家有热乎饭吃。我哪？我没家，我没地方吃饭。”

还有这样的吗？！

强压下心里的愤怒，李风鸣朗朗而大度地讲：“好好，我们回办公室继续谈。”

……

镜头二：有位领导同志几次来农工商联合公司检查工作，都因李风鸣没能很好地陪他而愤愤不平、大发其火："这个经理太傲了吧，他眼里还有没有我……"

这位可尊可敬的领导，你哪里知道：每次来，李风鸣都妥善安排了专人负责陪同。由于太忙，他不能亲自参加。可咒的自尊与虚荣，模糊了一个极其简单明了的道理，那就是时间对一个企业家来讲该是何等的重要！

在汇报会上，这位领导故意用冷傲的语气问李风鸣，"你是新来的经理吗？"

"是。"

"说说今年小麦的产量有多少？"

正值三夏大忙时节，小麦还没有全部收割完，李风鸣估算着答："大约在 280 至 290 万斤。"

"到底是 280 万斤，还是 290 万斤？"

当着那么多的人（包括自己的部下），李风鸣经理的脸发烧发烫了。

（值得说明的是：随着时间的推移，凭着实干和实绩，这位领导理解了李风鸣，他们之间的鸿沟填平了。）

镜头三：疑人不用，用人不疑。这是李风鸣奉行的用人之道。

原电瓶厂厂长崔爱国，是个很有争议的人物。他人聪明，有经营头脑，既会木工活，又懂得做电瓶极板、组装等工艺流程。但他政策观念差，纪律性不强。

用不用他？

研究来研究去，班子的意见还是不统一。最后，是李风鸣语惊四座："用，关键是看我们如何引导、帮助和发挥他的特长。"

崔爱国被委以厂长的重任后，李风鸣一有机会便给他交代政策，传授管理经验，在去南京蓄电池厂参观的火车上，李风鸣仍不厌其烦。

从心泉里涌出的是甘露是一剂最有效的灵丹妙药。

崔爱国，这个鲁莽的汉子终于悟到：人生，不仅仅需要钱，更需要知识；只讲物质，没有精神，人活着如行尸走肉，人生的意义、价值也就无从谈起了。

他在担任厂长的一年中，小小的电瓶厂起死回生，上缴公司20万元。

……

崔爱国怎么就红了火了？他是不是给李风鸣送礼行贿了？

生活中，就有那么一些靠指手画脚说东道西过日子的人。他们不顾实际，只凭自己的“合理”想象，便演义、杜撰出有头有尾条条是道比真的还真的故事。“肯定，他是给李好处了。”“他在上海给李买了组合音响……”

在党的民主生活会上，李风鸣坦荡且又伤感地说：“同志们可以去我家看看，现在家里用的还是那台旧‘砖头’（已买了几年的凯歌牌单卡收录机）。”

机关臃肿，人浮于事，年支工资、奖金等开销近100万元。

自古华山一条路，到了必须消肿的时候了。机关率先精兵简政，建立劳务市场。精减下去的人，假若厂点不要，公司只发三个月工资，三个月后自谋出路。

下去的人不理解，带着一种失落一种企望一种恼怒，或拖关系找人说情或直接找到李风鸣，软磨硬泡，说不妥就吵就闹就骂骂咧咧就摔门而去。

一些人猜疑：“李经理要求严，是不是不讲关系和情面呢……”

李风鸣在职工大会上坦然相告、深入浅出论人情：“只要你能干，创出效益，咱们的关系就不错；想不干工作，咱们的关系还好，那不可能吧？你这一路没干上去，上级找我，我和上面的关系就有问题。”

有人曾恨恨地断言说：“李风鸣家要是着火，肯定没人救。”

李风鸣则坦然宣告：“我死的时候，自己走到火化场去。”

闲着的闲死，累着的累死；干活的人不得好，不干活的却浑身自在，黑白颠倒，一个多么奇怪的现象！

努力干事业的人就该备受磨难吗？

这个在文学艺术创作中已被作家们写烂了的故事，为什么、为什么在我们的现实生活里依旧不可避免呢？！

李风鸣苦恼、困惑。

他在日记中这样写道：成堆的问题弄得筋疲力尽不算，上边、左右说不清的关系，领导不去拜访说你太“牛”，上级不去应酬说你太“傲”，地方上不去拜见办不成事，左邻右舍、机关有关单位不请一请，难免卡一下，如何办呢？一天如果应酬这些，这还有什么精力抓工作……

仿佛是在泥泞中跋涉，那么艰难，那么疲惫，那么乏累。李风鸣那坚强的躯体似乎也快承受不住这般的无端的重压了。

是坚持自己的一贯做法，还是“入乡随俗”？多少个不眠之夜，李风鸣坐在自家的小院里，仰望博大恢宏的天际，梳理着纷乱的思绪。

他想到过自己的童年。在河北沧县的乡村，那个瘦弱的孩童，上学用功读书，下学便到地里挖野菜打柴草；小小的年纪，就能晃晃悠悠地背起百十斤重的担子。

他想到过读中专时的情节。在承德石油学校的运动会上，自己赤着脚板在同学们的呐喊助威声中怎样冲向终点；特别是在临近毕业，怀着那般的赤诚和情怀，坚决要求到祖国最艰苦的地方去工作、去生活、去拓展事业。

他想到过工作之初，在江汉油田报到的第一句话是问哪儿最艰苦。无悔的青春，留在了曾倾注心血汗水的钻台上。

他更忘不了1970年的7月1日，自己站在鲜红的党旗下庄严神圣地举手宣誓……

人活着，不就是要做点事吗！

人活着，本该为我们的社会尽心尽力尽职尽责的啊！

李风鸣发出了心灵的呐喊：谁愿意怎么说就怎么说吧！我要做事，我要工作。

好在他有个非常好的贤内助，包揽了一切家务，就连家里断了几天米，都未让他操过心费过力……

好在他有个好搭档，党总支书记高宝光全力支持工作，不必担心“军中大帐”不稳，“断后”会很彻底……

好在大多数的领导、职工对他的理解、信任，这是干好工作的支点，也是力之源。

李风鸣义无反顾。

耕耘吧，劳作吧，人们!

奋斗吧，拼搏吧，人们!

为了美好的明天，为了伟大的事业，播下了希望，准会收获希望。是的，是的……

下篇：迈向辉煌

“全公司总收入已突破两千万大关，达到2689.7万元，实现利税339万元。其中上缴国家各种税收100.9万元，纯利润129.7万。在这一年里，归还银行贷款78万元，归还大公司145万元。处理往年亏损18万元，新购置固定资产102万元，为农业补贴45万元。公司拥有自己的流动资金达到580万元……”

在1988年的年度总结表彰大会上，面对千余职工、家属和从业青年，李风鸣经理豪迈、激昂地宣布。

他赢得的是满场的掌声。

热烈而持久的掌声，是信任、是称道、是情感的交流，更是心灵的共振。

昔日愁苦着脸的职工、家属、从业青年们，终于扬眉吐气了，喜气洋洋地如同过年，有的甚至眼里泛着泪花：农工商联合公司迎来了她有史以来的第一个好年景。从中，他们也找到了自己做人的价值和尊严。

卸去了重负，无债一身轻啊。

可以证实自己的能力与水平了，可以沾沾自喜轻松轻松了，可以按部就班了。不，李风鸣告诫着自己也告诫着同事和属下，这只是万里长征走出的第一步，要保持清醒的头脑和旺盛的斗志，求发展求进步永无止境。

在分析首轮承包的得与失中，李风鸣认为：一是厂点的凝聚力不够，个别承包人以为厂子是自己承包的，当然自己说了算，人为地疏远了干群关系；二是仍有短期行为，盲目创效益拼设备，不注重扩大再生产；三是班子的凝聚力体现不出来。

要扬长避短，他提出进行全员承包，采取风险抵押的做法，从单纯经济效益转轨到全面综合经济效益。

新的举措在全公司推开，风险抵押的标准为：厂长1500元，副职干部1200元，车间主任级800元，班组长500元，家属、青年300元。分级分年度考核，调动全体人员共同关心生产经营。

百业兴昌。

但是，并不是一包全灵，一好百好。李风鸣对同仁们说："我们可不能当甩手掌柜，要指导、帮助厂点解决问题。"

塑料厂，过去自己加工粗产品，只对鞋楦厂。从广西购进2台坊楦机后，可以加工精品，厂长踌躇满志，准备大干一场，便打算退了与老主顾的业务往来。

李风鸣知道后找到这位厂长，指出："必须两条腿走路，既出精品对鞋厂，又出粗品对鞋楦厂，这样才能保证产值不跌。"

见厂长疑惑不解，他又进一步解释说："开发新市场要有个过程，新市场还没等站住脚跟，就急急忙忙地减去老产品，实际上等于进一退二，明摆着少了一条财路。"

受了点拨的厂长顿开茅塞。

综合加工厂经过几年的探索、努力，终于把自己的产品——野营房打向了外部市场。但在盲目乐观中，他们丢弃了一次机会。

长庆油田需要100栋野营房，业务人员都说谈好了，就完事大吉再不去管不去问了。结果，一个月后定做的活半路没了。

“产品出去了，钱拿回来了，这是你工作做完做好了吗？”那天，李风鸣动了肝火，他狠狠地批评厂长说：“为什么人家中途不要了，你就不想一想，派人去查一查，问一问。在现今的商品竞争中，质量跟踪、售后服务不能同步，信誉、声誉从哪里来？市场岂不就越走越窄了。”

教训，会使人聪明成熟起来，也会促进经营管理进一步合理和更具科学。

随着农工商联合公司的“依靠科技，调整结构，内姻外联，广开财源，滚动前进”，李风鸣的工作节奏也越发快了：考察，论证，立项，投入，一个接着一个。

1990年11月，那是个雨夹雪的天气。公司跑交通的大客车在山东滨州段出了事故——碰伤人了，需要领导赶去处理。

当时，正是时雨时雪的恶劣气候，加上人们心急如焚，李风鸣放心不下，怕事故连着事故，便决定自已亲自去。

上午9点，他带着“213”北京吉普车出发。

绝对的匆匆忙忙，又绝对的小心翼翼。车内的暖风在徐徐地吹，刮雨器在不停地刮着，汽车的前挡玻璃仍是乌涂涂雾昭昭的。如履薄冰，唯难唯艰。不过，总算是有惊无险，提到嗓子眼儿的一颗心落了肚。晚上8点多，他们终于到达了勘探一公司山东前线。

敲开食堂的门，那里早已火熄灶冷。

尽管是草草地吃了顿饭，但毕竟是一顿安稳的饭。

第二天，李风鸣忙里忙外，处理完情况，于第三天的下午返回基地万庄，到家时已是夜间11点多了。

翌日一上班，便听说新型建材“隔热镇水粉”的发明人在北京召开新闻发布会，李风鸣当机立断，顾不得疲惫发软的身体，立即调车赶赴北京万寿宾馆。

信息，是促进经济发展的催化剂。这已是现代社会公认的命题。

的确，在这之前李风鸣已从自己的一名职工（发明者的同乡）口中得知“隔热镇水粉”的性能、特点。

这种新型建筑材料，属国内外首创，是一种集隔热、防水、保温、绝缘、阻燃等多功能于一体，具有不同于传统防水材料的许多优点，荣获1990年10月全国发明展览金牌奖和第19届日内瓦国际发明与新技术展览会银牌奖。

现在，发明者正在为他的专利寻找“婆家”。

李风鸣已有问鼎之意。

当他们风风火火地赶到宾馆，对方已准备打道回府，次日的飞机票都已经买好，正忙着收拾行囊。

听了介绍，看了资料和录像片，人家极爽快地说：“技术转让费39万元，要与不要，我等你们5天时间。届时，请你们到我家里谈。”

发明者给李风鸣留下了四川崇庆县的家庭住址，同时也就留下了一个极为诱人的谜。

李风鸣等人又赶到国家建设部科技成果司和中国建筑技术发展研究中心等单位进行咨询论证，一部分人称许，另一部分人认为风险极大。

到底搞不搞呢？

李风鸣在思在想。

从机关领导到工作人员都在沸沸扬扬地议论，认为这一项目有前途，可以投入。失败了，便认倒霉。

时间紧迫，5天才120个小时，不容人顾前顾后！

在大公司的党政联席会上，陈锦权经理投了关键性的一票，“你们个人拿钱，可以干。”

李风鸣立即带领有关人员进川。工厂是不许进的，只得反反复复看各类资料。

那是怎样的 4 天啊。

李风鸣住在发明者家里，无心观街赏景，更无心游玩。他思虑重重，顶着抗着一种无形的沉重的压力：这是选择、敲定的最后机会了，下午汇票给不给，拍不拍板？这可不是儿戏，这是 39 万元呢，这是职工们辛辛苦苦攒下的工资啊。

别人都进入了甜甜的梦乡，李风鸣却还在踱着步子。

立项考察，要本着三项原则：一是产品必须具有广阔的应用前景；二是引进的技术必须是先进的而且能够吸收消化，为我所用，快见成效；三是引进的技术必须符合高质量、低消耗，经济效益显著。

自己不是时常对技术人员讲，要大胆干，不怕失败，允许失败，上 5 个项目，成功 3 个就是好样的吗！

不必犹豫，也没时间犹豫了。正确的选择靠过硬的产品，更靠对市场的了解和掌握。

李风鸣大胆地越过“雷区”，拍板买下了“隔热镇水粉”的专利权。

过了春节，便派车拉运设备。汽车没有着落儿，雇个体的，要运费 7000 元，那也拉！

厂房坐落在三小营区。

安装调试设备，李风鸣天天盯在现场，身穿工衣一干就是一个月。大正月里，饭店餐馆都不开业，他们就在老乡的小卖摊吃中午“饭”，那小摊最好的一道菜是炒花生米，连口热乎汤也没有。无所谓，塞饱肚子不饿就成。

感动得对方派来的副厂长把远在四川的两个儿子也召来参战，他说：“李经理，要不快点把机器安好，我对不起你……”

这边机器运转了。那边，李风鸣要求机关人员做到“三个五”，即：每人写 5 封信，联系 5 个用户，推销 50 吨产品。

紧锣密鼓，轰轰烈烈！

在150天的时间里，从组织上马、选址建厂、设备改进、配方优选到省级鉴定、售后服务等一应俱全。“隔热镇水粉”的开发，开创了“当年论证，当年上马，当年建厂，当年返回投资”的纪录。的确是现代化的速度，的确是一个了不起的奇迹！

尔后，李风鸣马不停蹄地带着自己的产品北上南下，旨在寻找合作伙伴，扩大影响，建立自己的子公司。

江苏、南京、杭州、宁波……4天时间，他们跑了4000多千米。苦吗？累吗？这里边的艰辛只有他们自己清楚。每天天不亮就爬起来赶路，一路上要说要讲要介绍要让人家看实物，时近半夜方能投宿……

要问李风鸣南国的风光北国的景色，那么多的景点名胜，他一个也说不出来。就连近在咫尺的北京香山、八达岭长城、八大处公园和北戴河海滨等游览胜地都没去过。

他无暇顾及，无暇顾及。

可他却会朗声讲道：目前，我们“隔热镇水粉”已在全国有十几个分厂。

截至1991年底，农工商联合公司总收入已达2997万元，实现利税共计310万元，拥有流动资金1300万元。

李风鸣的目光又投向开发区和边境贸易。如今，上海的商店已经开张，满洲里的分公司也已上马。

追求没有止境，事业更没有尽头，为了美好而壮丽的明天，为了光灿灿的明天……

弄潮

刘 利 王东星

须养成幼者有能在世界新潮流中游泳，不被淹没的力量。

——鲁迅

山巅“观潮”。从乌苏里江到青藏高原，从海南琼岛到黄河故道，改革开放的大潮已在神州大地涌起。数不清的“幼者”，凭借着“初生之犊不怕虎”的气魄，从四面八方迎着潮头，欢呼着“下海”了。

说到“下海”，不由得让人想起了史植洲同志。面对商品经济的海洋，他既是个“幼者”，又是个“旱鸭子”，但他不甘命运的安排，敢于“下海”，去搏击浪花，做个时代的弄潮儿。

史植洲，是水电厂工程处电气队队长。这个4年前还是名不见经传的普通外线电工，在逐潮踏浪，经过一番顽强拼搏之后，把小小的电气队搞得有声有色，红红火火。如今的史植洲，已经成为一个颇有名气的人物，连续4年荣获局多种经营系统“优秀厂长（经理）”称号，先后3次被评为管理局劳动模范。

投身改革的大潮中学游泳

1988年初，改革的巨浪已席卷了华北油田。新潮奔涌，地火升腾。旧的体制，旧的思想，在激烈的市场竞争中受到了强大的冲击。水电工程处电气队的前身——电气修造厂也在劫难逃：这个只有6名职工和19名从业青年的小厂，工程断了来路，产品没了销路，再加上部分职工对承包没有足够的思想准备，抱残守缺的小厂一下子陷入风雨飘摇之中。困境中，不少职工产生了散伙的想法。史植洲接的就是这样一只处于惊涛骇浪中的小舟。

此时，不少好心的同志曾劝史植洲：进，如逆水行舟，困难重重；退一步，虽不是海阔天空，但现成的“铁饭碗”是用不着发愁的。

海浪拍击着岸边的礁石，也拍击着史植洲的心。他想，老一代石油工人能拼出一个大油田，我们这一代石油人为什么不能在关系到企业生死存亡的时刻，再闯出一条新路？面对波涛汹涌的大海，史植洲决心冒一冒风险，投身于改革的大潮中去学习“游泳”。

而立之年的史植洲，迎来了他人生中最辉煌的岁月，也开始了最艰难的航行。

斗转星移，四个春秋过去了。改革像万能的魔棒，显出了神奇的力量。

史植洲在任职的几年中，在人们的眼前留下了一串金蛇狂舞的数字，产值、税金和固定资产，像孙大圣的筋斗一翻再翻：

——年产值是 1987 年的 28 倍。

——4 年共上缴税金 316 万元，年平均上缴税金相当于 1987 年全年产值的 4 倍。

——固定资产由建队初期的 4.97 万元猛增至目前的 100 多万元，增长了近 20 倍！

闪光的经济效益和社会效益，把我们的目光聚集到队长史植洲身上。

他今年 36 岁，黝黑的脸膛，宽阔的额头，个子虽然不高，却长着一副结实的身材。当初次和他接触时就不难发现，这是一个外粗内秀的铁汉子，浓黑眉毛下的一双眼睛，一眨一眨地闪烁着深沉而睿智的光芒。

“你问我是靠什么成功的？重要的一条就是要善于用人。”

用人之长　容人之短

在用人这个问题上，史植洲有句口头禅：用人之长，容人之短。他解释说，作为一个领导重要的是善于用人。俗话说，用人之长，世上无不可用之人；取人之短，世上无可用之人。

他们队有个老职工，是电气工程队前身电气修造厂的厂长，人送绰号“郭能人”。说他能，是因为他有一手绝活——搞预算。不管承包什么工程，他一估，八九不离十。

就是这位“怪才”，当初和史植洲就是上不了一条船。

“史植洲来了，我就走。”原来，他不愿向史植洲俯首称“臣”。

史植洲刚上任不几天，他就凭“老厂长”的余威，组织了一场不大不小的“罢工”，想给史植洲来个“下马威”。

史植洲也感到难堪，但并没有因此而和他斤斤计较。

“我们都是为事业而走到一起来的，是一个战壕的战友，我希望你能留下来。如果你觉得我人品不行，到那时再走也不迟。”史植洲敞开心扉，和他进行了几次长谈。

在以后相处的日子里，史植洲处处尊重他。每当工作中遇到问题时，总是把他作为一个知己，真诚地同他商量。

信任像阳光，使多少隔膜、怨艾在阳光下冰释。

“郭能人”的潜能，也在阳光下集合、释放……

当电气队的产值三年上了三个新台阶时，他感到没离开电气队这步棋走对了。他公开对人讲：“我很少佩服人，可对小史，我服了。”

人们常说“浪子回头金不换”。可建队初期史植洲真盼望能用这些“宝贝”去换些黄灿灿的“金子”。他们文化素质低，抽烟、酗酒已是家常便饭，更糟的是常把打架斗殴当儿戏，无聊而又不愿让人管束，很像一群无主的“野马”。

至理名言不可不信，但如何才能叫“浪子”变成“金子”呢？史植洲和他的同事们苦苦思索，也没想出什么好办法。

来吧，小子们。我要天天和你们泡在一起，看你们到底有多少新花样可耍？万没想到，这一“泡”不要紧，竟使他像哥伦布一样发现了一块“新大陆”：这些“宝贝”身上虽有不少毛病，但也有挺可爱的地方，这就是他们重感情、讲义气，脏活累活都不怕。

搞工程这行，就需要这号人！

从此，史植洲和这帮小兄弟交上了朋友。他以大哥来对小弟弟的热情，抓住他们自卑背后更强烈的自尊心理，鼓励他们好学上进。

为了体现集体的力量，他同其他职工一道召开了一个由从业青年及家长和处领导参加的“恳谈会”，热情地帮助他们。

这是一个多么别致的会呀。高兴得这帮小子直打趣说“这是非党员民主生活会。”

恳，能沟通心灵；恳，能激发力量。

家长的希望，领导的支持，职工的信任，极大地调动了他们工作的积极性。从此，每当工程中遇到急难险重的任务时，这帮从业青年玩着命干，生怕叫人说自己是“草包”。

大浪淘沙。史植洲真的在沙窝窝里淘出了“金子”。

以质量求生存，凭信誉求发展

随着改革的大潮一浪高过一浪，电气队的领头人史植洲的心也像涨潮的大海，波澜翻腾，昼夜不能平静。他清醒地认识到：随着改革的深入，竞争机制的引入，背靠石油企业这棵大树乘凉的好日子不长了。电气队要想在竞争中立于不败之地，就必须以优良的质量和良好的信誉，冲出油田，到社会上去“找饭吃”。

1989 年初，他们同霸县宁津乡签订了一个合同，要在春节前为对方架设一条3.37千米长的6KV高压输电线路。

这可是离开“家门”，第一次找到“饭”吃！谁知天公不作美，工程即将开工时，队上的从业青年却被招工招走了，全队加起来，只剩下11个人。

时间紧，任务重，是撕毁合同，还是延期完工？大家经过激烈的争论之后认为：这是赢得信誉的好机会，再苦再累，哪怕掉几斤肉，也不能自己砸自己的“饭碗”！

为了争取时间，他们每天天一亮就开工，中午也顾不上休息，晚上一直忙到很晚才收工。一天下来，每个人累得腰酸腿疼，连上车都需相互搀扶着才行。就这样，11个人只用了短短17天的时间，就保质保量地完成了任务。

“没想到，春节之前，我们还真用上了电！”用户非常满意。

正是靠着顽强拼搏的精神和良好的信誉，他们在以后的岁月里逐渐赢得了用户的信赖，打开了通往社会的大门，使不少用户慕名找上门来。

1990年4月，他们承接了石家庄炼油厂南输油工程，架设一条从里一联到采油三厂加油站8千米长的高压线路，工程预算超过200万元。

一次，施工中突然下起了大雨，可这时导线已放了一半。由于不法分子盗线严重，停下来就会前功尽弃。

没有任何选择，顶风冒雨也要干。

天上，雨哗哗不停地下着；地上，几十号人一刻不停地急速干着。当一个个都滚成泥人，好不容易干完时，他们发现一棵电杆跑了位。工程师经过测试，发现误差在部颁标准允许的范围之内，是合格的。

当时，史植洲想：不良的电气工程，会危及人民的生命安全，来不得一丝马虎。既然已经发现不是高质量的工程，就必须进行整改。于是，他们忘记了疲劳，抖擞精神，拔掉了这根电杆，又重新挖坑立杆，拉挂导线……

整个工程完工后，用户给予了高度评价，认为质量是完全可以信赖的。河北省建筑业管理局还为他们颁发了“工业建筑施工三级合格证书”。

手捧烫金的证书，史植洲感到了它的分量，也更深刻地体会到了信誉和质量给电气队的回报。

4 年来，他们累计完成大小工程 200 余项，没有发生一起质量纠纷，有的工程还荣获了管理局“优质工程”称号。

用关心和爱凝聚队伍

这几年，电气队的人有一个非常明显的感觉：跟着史植洲干，就像高压电杆浇铸了钢筋水泥基础一样稳实、可靠，有希望，也有奔头。

如此巨大的凝聚力是怎样产生的呢？史植洲说，靠的是关心和爱。

谁会想到，在困难面前这个铁铮铮的硬汉子，却有一种特殊的人情味。

天不老，情难绝。头衔，不论大小，都不能忘了尊重人，关心人，爱护人。

在电气队，同志之间相互关心已形成了队风：有人出差，在家的同志登门买粮换气；谁家有事，随叫随到，半夜敲门半夜走。工程师王占秋的爱人 4 年中两次住院动大手术，全队职工带上自己的家属，白天晚上轮流去医院照顾。

人心都是肉长的，谁不感动？

有人说，改革开放，要讲究现代化的管理方式，家访、谈心等早该淘汰了。史植洲却认为恰恰靠了这带人情味的工作方式，才使电气队抱成了一团。

中国的改革深深根植于中华民族的土壤，所以，它也离不开中华民族传统的美德，也许，这就是“中国特色”的改革吧。

1989 年初，电气队在四川陆续招收了 60 余名民工。他们大多是刚走出校门的小青年，当他们抱着美好的愿望步入社会时，首先遇到的却是电气队刚刚起步的艰苦环境。加之远离家乡，举目无亲，没干多久，不少人流起了思乡的眼泪，工作热情也不高。

有人说，民工看重的是钱，重赏之下必有勇夫。这话虽有一定的道理，可并非灵丹妙药。

史植洲想，民工也是人，是人就需要温暖和尊重。要让他们做到以队为家，积极工作，首先是关心和爱护他们。于是，他要求每个职工待民工如亲兄弟，生活上关心，工作上帮助。

一天收工吃饭，史植洲发现一个个大小伙子，每人只吃三四两饭，他感到纳闷："吃这么一点，怎么去干重活？"

"我们又没粮食关系，整天吃高价粮。为省点钱，好多人不敢吃饱。"一个民工诉说。

民以食为天，不吃饱怎么行？

不久，经史植洲建议，队里专门帮民工建立了自己的食堂，并给他们50%的粮贴。每逢节假日，队里还拿出部分钱来改善他们的伙食，叫他们吃饱吃好。

夏天蚊虫多，天气热，队上先后修建了14间民工宿舍取代了原来简陋的住房，装上纱门纱窗，配发了电扇。随着经济的好转，又为他们买了彩电，修建了篮球场等文化体育设施。

一次，民工何秀礼下班去买烟的途中被自行车撞倒，疼痛难忍，队干部亲自送他去梁村医院诊治，并叫他安心休息了十来天。其间，队上的职工轮流把他叫到自己家中吃饭……

关怀和温暖，像雨露滋润着人的心田，也似凝固剂，把全队职工的心紧紧地凝聚在了一起。

关键时刻，领导要冲在前头

史植洲不仅是一个敢于在改革大潮中冲浪的人，同时，他还是一个实干家。人们敬佩他，是因为他是队里的“领头羊”而不是手举鞭子的“牧羊人”。

1990年9月底，一场罕见的冰雹和狂风袭击了华北地区，给管理的电力线路造成了严重破坏，任八至任六35千伏线路5基电杆被吹倒。

接到抢险任务后，史植洲立即组织力量赶赴现场抢修。到现场一看，个个傻了眼：5基电杆正好倒在一个200多米长，80余米宽，2米多深的水塘之中，要重新竖杆，必须在水中作业。

一个民工跳入水中想试一试，可由于水冷，腿一下抽起筋来，再加上他不太会游泳，下去之后接连喝了几口凉水，人们赶快把他拉了上来。

此时，有人说去白洋淀雇个船再干，有人感到这活太难干，对着水塘直嚷嚷：“这活给钱再多也不能干。”

几十号人的眼睛一下子转向了史植洲。

天，确实有些冷，活，也不好干。可这是在完成重要任务呀！此时，史植洲倍觉肩上担子的重大。

他大声说：“就是一分钱不拿，也要把抢险任务干好，电气队的人不能丢脸！”二话没说，史植洲率先跳入水中。

榜样的力量是无穷的，这话一点不错。在史植洲的带动下，在场的几十号人，会水的游到里面，不会水的站在浅水中，全部下了水，投入到紧张的抢险工作中。

这些要是在晴天平地算不了什么，可顶着凉风在水里连续作业就困难了。时间一长，个个嘴唇发紫，全身直打哆嗦。实在顶不住了，爬出水面，裹上大衣，暖和一会儿咬着牙继续干。电气队的人不是孬种，优质高效的抢险任务完成了，有关领导给予了极大的肯定和热烈的称赞。

几年来，电气队的领导同职工和民工一道，晴天一身土，雨天一身泥，工程顺利还罢，一旦出现问题，队干部总是第一个冲上去。

1993年6月27日，狂风大作。港西到任丘220千伏供电线路大城附近有 23 基电杆被 12 级飓风吹倒。顿时，整个油田一片漆黑。生产也陷于停顿状态。

停电就是命令！

队上在不到一小时内相继派出了 8 个班 70 余人，脚踩泥泞，冒着雷电风雨，沿着供电线路寻找故障点。雨水和汗水，顺着脸流入鼻中、口中，“水泥”路上，不知多少人摔倒了爬起来，继续向前走。当时针指向零点时，故障点终于查到了。他们连续奋战了 7 个昼夜，终于排除了故障，从而及时恢复了油田的正常供电。

这一切，史植洲觉得好像就发生在昨天。

改革，难道就不需要点精神了吗？事实证明：一个人如果没有精神支柱，没有一个远大的理想，终将被时代的浪潮搁浅在岸边！

人活着，不能只为金钱

古往今来，世上有多少人抵住了金钱的诱惑？钱这东西，谁说不爱是瞎话。处于商品经济的时代，没钱不行，可只为钱活着更不行。在金钱这个问题上，恩格斯早就有一句名言，叫作不能染上一股“铜臭”味。史植洲觉得恩格斯的话亲切而又实在。

有人讲，在改革开放的今天，“男人要当耙子，女人要做匣子”，能捞就捞它一把。

史植洲出生在河间一个贫穷的农村，从小家境不好，体会过没钱的苦。电气队创业初期，为节省几个钱，常常用手推车把几吨重的水泥电杆推到 10 多千米外的施工现场而舍不得雇车，手和脚都磨出不少水泡。

尽管对钱有那么多酸甜苦辣的体会，可史植洲和队上的职工并没有因为金钱让心灵扭曲变形。他常常告诫自己：做一个守法公民，不该拿的钱，一分不拿；做一个优秀共产党员，该拿的钱，尽量少拿；做个好领导，有实惠要先想到群众。

电气队需要的电料较多，常和附近的一些厂家打交道。他们经常会收到任丘、河间等地用户送来的鱼，可他们一斤也没要。

一次，任丘一家电线厂的业务员来推销电线，来者把史植洲拉到办公室，悄悄塞给他 1000 元钱，说是一点小意思。史植洲清楚，收下这钱，自己占了便宜，吃亏的却是集体。他明确地告诉对方："如果你们的电线能保证质量，价格也合适，我们可以考虑，但送钱给我个人，让我损公肥私，我不干。"

1990 年，按承包合同规定，史植洲这个承包人可拿到 16000 元奖金，其他职工也可拿到数千元，名正言顺。考虑到第三产业起步不久，企业又在走下坡路，他和其他职工一样，只拿了 3200 元，占应得奖金总数的五分之一。他说，"这样做，我作为一个共产党员，心里才踏实。"

1991 年，史植洲又把厂里奖给他的 4900 元奖金，分档次，按工作成绩奖励队上的职工，使他们深受感动。

史植洲常想：我个人少拿点钱，却激发了全队职工的劳动热情，促进了企业的经济效益。即使我个人本事再大，能长三头六臂，没有职工的同心同德也是徒劳的。从这个意义上说，我得到的比失去的要多得多。

家庭和睦，才能干好事业

一个和睦的家庭就是一个安乐窝、避风港。谁不盼望家庭和睦，家人朝夕相处。但一个人的精力是有限的。作为一个领导，只顾"小家"舍"大家"，不是一个称职的领导，而只顾事业不顾家，又算不上一个好丈夫、好父亲。自古一个理：忠孝两难全。

史植洲总觉欠孩子的太多，8 岁的女儿，多少次地搂着脖子请求："爸爸，您和妈妈一起带我去少年宫玩玩好吗？"每次，史植洲不敢点头，也不敢摇头。点头，一旦兑现不了，怕孩子又会毫不客气地说："骗人，净骗人。"摇头，更无法下台："你不是个好爸爸！"

他欠妻子的太多。平时洗衣做饭，买粮买菜，一切家务几乎与他无缘。

史植洲并不是大男子主义，也想做个好丈夫，可每天回到家。在队里的那股劲消失得全然不见踪影。无论冬夏春秋，饭碗一推，懒得实在不想动。

他爱人在矿容队上班，植树、种花等任务也十分辛苦。有时回到家直喊："你工作我也工作，你累我也累。今天咱们谁也别做饭，谁也别吃饭。"每当此时，史植洲会打起精神往厨房跑。其实，妻子清楚他那两下子，除了煮面条、蒸米饭外，其他都是擀面杖吹火。看他手忙脚乱的样子，又好气，又好笑，还是她强支着身子自己干。有时，史植洲不会动手，可会动口，厚着脸皮在妻子背后一边转，一边学着电视上比画："军功章上，有我的一半，也有你的一半。"一副滑稽的样子。妻子见状，会假装生气地大叫："我不要你的一半。"

史植洲有自己的理论：向自己的老婆耍个赖，道个歉，没啥。就是下跪，又有谁知道？反正都是一家人。他认准了一个理，只有家庭和睦，才能有利于干事业，而"贤内助"则是干事业的坚强后盾。

一分汗水换来一分果实。由于他奋力拼搏，使他刚过而立之年就到了收获的季节。史植洲在华北油田已小有名气，水电厂广播站、局有线电视台、《华北石油报》等都曾报道过他的事迹。

当南国的春风掀起又一轮改革开放热潮的时候，1992 年 10 月 4 日，史植洲被任命为水电厂康海实业公司经理助理。

浪大好弄潮。他又开始了新的航程。

满目春风江河涌，百舸争流弄潮头。他本不会游泳，但改革的大潮强烈地吸引着他。他决心伸展双臂，一往无前，奋力游向成功的彼岸。

强者的天空

亮 华 树 标

看到华北油田原油产量滑坡，企业发展面临挑战，看到许多单位人浮于事，残疾人更是就业无门时，我作为一名共产党员、一名受党培养教育多年的技术干部，看在眼里，急在心上。一种责任感、使命感，在激烈地敲打着我的心扉，于是，我下决心挑头创办一个以安置残疾人为主的福利厂。

听到残疾人及其父母、兄弟姐妹们那声泪俱下的感激话，看到残疾人身残志坚、不辍劳作的身影，更激励我把福利厂办成办好。

——厂长　张立新

引子

在冀中平原东部黑龙港地区，屹立着一个历史悠久的城市。古老的南运河，载着历史的风雨，带着民族的希冀，从她身上穿过；举世罕见的大铁狮子背负着仰莲巨盆，矫健异常地坐落在她的旧城遗址，她，就是河北省的石化新城——沧州市。

古代沧州，曾是专门发配犯人的地方。在文人墨客的笔下，它除了荒凉就是贫困。直到新中国成立前夕，沧州仍是一个小手工作坊屈指可数、基本上没有工业的几万人的小城。新中国成立以后，尤其是改革开放以来，随着工农业生产的发展，特别是随着油田的开发，在这片昔日的盐碱滩上，新兴的石油、化工、机械、电子、纺织、印染等工业灿如一片繁星，耀人眼目。华北油田勘二沧州集团公司就是其中的一颗新星，而在河北省制桶行业排名第三的福利制桶厂，就是这颗经济新星的组成部分。

1992年3月28日，福利制桶厂充满了欢乐，职工们兴高采烈，欢迎他们的厂长张立新从河北省社会福利生产经验交流会上载誉归来……

在这欢乐的时刻，他们怎能忘记四年来所走过的艰苦创业的历程呢！让我们循着时间的轨迹，去探寻一下这个厂从无到有、从小到大的历史吧！

胸怀良愿　艰难起步

1988年初，为进一步发展多种经营企业，解决单位残疾人就业，勘探二公司党政领导，决定在沧州基地创办一个以安置残疾人为主的福利厂。共产党员、技术干部张立新请缨，胸怀良好愿望，挑起办厂重担。

一时，舆论哗然，众说纷纭。

“老张，厂子办成了这可是件功德无量的事啊！”

“老张，要钱没钱，要物没物，要产品项目没产品项目；要厂房没厂房，你这个厂可咋办呀？”

“就靠这帮瘸拐聋瞎的，还能搞出产品来，看好戏吧！”

由衷的赞成、善意的劝说、无聊的嘲讽一齐朝张立新涌来，这个在贫困中泡大、具有坚强创业意志的山东大汉，这个在党的培养教育下，转战南北、技术在身的党员干部，力排众议，朝着既定的目标起步了。

1988年4月25日，这个仅有5名职工、2名家属、4名从业青年、8名残疾人组成的福利厂，就在这一片舆论声中翻开了她历史的第一页。

没有厂房设备，他们就采用“借鸡下蛋”的方式，租赁了其他厂闲置的几间旧厂房和5台旧设备；没有流动资金，大伙便拿出自己的存款去买原料；没有技术人员，唯一懂技术的厂长张立新便兼起了技术员、技术教师、技术工人这几重重任。

5 月份，啤酒销售旺季即将来临，他们抓住这一有利时机，租来原列车房厂闲置的旧设备，搞起了制冷啤酒罐的生产。他们边干边改型，经过一个多月的苦战，终于赶在啤酒销售旺季，生产出了 20 个啤酒罐，很快便推销出去 14 个。与此同时，他们还注意瞄准市场，缺什么做什么，找到什么米，就做什么饭，又生产了一批鸡笼子和部分铆焊件。5 名职工、2 名家属、4 名从业青年、8 名残疾人，就这样没日没夜，不知苦不知累，连滚带爬过来了。到年底，实现了 20 多万元的产值，不仅当年发出了职工的工资奖金，而且在激烈竞争的商品市场上有了自己的立足之地。

初战告捷，残疾人及其家属异常兴奋。基地大修厂有个老工人名叫杨德福，自己患有高血压，妻子患有精神分裂症，两个儿子，杨忠海双目近乎失明，杨忠兴先天性痴呆，全靠他那微薄的工资维特着这个有三口残疾人的家庭。这位老工人，年仅 50 岁，却愁得早已白发满头。当两个儿子从福利厂第一次拿回自己的劳动所得时，老人捧着工资禁不住老泪纵横，他跑到厂里，拉住张立新的手，感激的话说了一遍又一遍……

张立新深受感动，更加坚定了办好福利厂的决心。面对取得的一点点成绩，他没有陶醉，他和他的工友们清醒地认识到，啤酒罐这个产品项目不仅季节性强，而且市场已趋于饱和，要想真在市场上站稳脚跟，办好这刚刚起步的福利厂，使残疾人真正开垦出一块属于自己的天地，还得找到自己的拳头产品。因此，更为艰难的攻关创业还在后头。

抓住机遇　艰苦创业

1989 年 5 月，从一个朋友那儿，张立新得到一个信息：河北省外贸为满足沿海一带出口化工原料包装的需要，准备在沧州及附近建一个制桶厂。他赶紧跑到沧州外贸去联系，得知已有 3 个厂在争这个项目了，其中一家是国营中型企业，其他两家也是实力雄厚的乡镇企业。无论是规模、技术力量，还是资产，都远远在他们福利厂之上。可不管怎样，为了厂子的生存，为了残疾人就业，为了福利事业的发展，哪怕只有万分之一的希望，也要尽百分之百的努力去争。张立新风风火火地赶到省外贸，可他只把厂子里的情况说了一半，人家就笑了：“得了，得了，你不用说了，就你们那么一个厂，要什么没什么，根本不行。”

他不甘心，硬着头皮又去了一次，人家仍不为之所动。

万般无奈，他突然想出一招，跑到东光县一个化工厂跟人家借了两个包装桶。如获至宝地拿回来，细细拆开跟大伙一块琢磨。经过一个多月的试验，他们终于设计制造出了一台以人工手摇为动力，集压模、卷边等工艺于一身的土设备。用这台土设备，大伙苦干了两天两夜，终于拿出了两个样品桶。第三天一大早，两宿没合眼的张立新和司机吴忠诚便一人背上一只桶登上了去石家庄的火车。当他们把这两只凝聚着全厂职工汗水和热望的样品桶放在省外贸办公室时，在场的人都感到十分惊诧，他们不敢相信，一个多月的时间，这个没有任何制桶设备、图样的小厂竟能捷足先登，造出这么两只挺像样的桶。

接待他们的刘科长半信半疑，开玩笑说：“老张，你说吧，你从哪儿找了这么两只桶。”

张立新有点激动了：“刘科长，不相信，你可以带人去看看。”他把残疾人的心情，把他们如何没日没夜地赶制样桶，一下子和盘端出。

刘科长听了，感动了：“好，我们去看看。”

不久，这位科长带上两个科员，来到福利厂，目睹了桶的制造过程，看到了小厂的窘迫，看到了残疾人一双双渴望工作、渴望生活的眼睛，感受到全厂艰苦创业、上下一心的氛围。他们相信了，话语中也充满了感情和期望：“你们干吧，只要你们先干出来，质量合格，就让你们上。”

话虽不多，却犹如一支兴奋剂，着实让全厂上下激动了很久，残疾人更是眉开眼笑。谁知大家高兴得太早了，更大的困难还在后头呢！

希望与困难总像孪生姐妹一样，相伴而来。就在他们信心百倍地准备大干一场的时候，得知，我国目前尚不具备生产全套的制桶生产线，而进口一套日本产的制桶生产线需要 40 万 ~ 50 万美元。50 万美元，对于这个刚刚能自给自足，连厂房、设备还没有的小厂来说，无疑是一个天文数字。

为获得技术资料，省外贸一位热心的同志给他们写了一封介绍信，介绍他们去上海某厂取经，拿着介绍信。张立新和办事员小褚带上方便面，背上一袋子举国闻名的沧州金丝小枣作为联络感情的见面礼，乘火车南下去了上海。

为了给厂子节约每一分钱，他们学习“梁生宝买稻种”的精神，到了上海，住的是十几个人的大房间，吃的是自带的方便面，连出租车都舍不得坐，全凭两条腿在那儿走。可当他们费尽周折好不容易找到离他们住的招待所还有 50 多里路的厂子时，人家却连车间都不让进。

拖着疲惫的身子，他们一步步向招待所挪着。临来时，年轻的小褚曾设想等办完了事用半天时间去看看、转转，也不枉来大上海一趟。可此时，那一切对他们都没有吸引力了，在他们眼前晃动的只有那些残疾人渴望的目光。

他们想起了厂里那兄弟俩：双目失明的哥哥杨忠海、先天性痴呆的弟弟杨忠兴。

想起了那个早已失去父母，靠哥嫂接济，靠自己捡破烂维持生活的残疾人罗道淹。

还有那个仅靠母亲那有限的抚恤金维持生计的崔化勇。

还有……

难道还让他们再陷入困境，失去对生活的信心吗？不！决不能。他们加快脚步，回到招待所，收拾行李奔向了火车站。

火车在奔驰，此时，张立新也禁不住思绪万千。那是“长夜难明”的年代，16 岁的父亲离开山东肥城老家，闯关东到了齐齐哈尔。1940 年，张立新这个山东大汉的后代根苗，诞生在祖国东北的肥沃土地上，新中国成立后，上了学识了字，1957年，初中毕业进了齐齐哈尔市机械厂。他虚心好学，很快出落成一个技术尖子。1959年，当祖国的特大油田——大庆油田开发建设需要时，他响应党的号召，从工厂第一批扑进了大油田。一晃30多个春秋，张立新从大庆到大港，从大港到四川、江汉，最后归到华北。几十年南北转战，培养了他不折不挠的创业精神，纯青了他献身石油工业的良好技术。他和徒弟发明的液压火焰空心弯管机，一直用到了现在。

靠石油人自力更生、艰苦创业的奋斗精神，靠残疾工人自强不息的奋斗意识，靠几十年积累的技术和经验，制桶设备一定能搞出来。想来想去，张立新下定决心，要勇干硬上。

那半年，张立新不知是怎样过来的。白天，忙厂里的生产，晚上，回到家搞设计，不知有多少次在饭桌上忽发灵感，扔下正吃了一半的饭便奔向图纸。也不知有多少次他是握着计算尺，对着绘图板迎来黎明的曙光。

功夫不负有心人，压盒机、收口机、上底机3台设备都搞出来了，整个制桶生产线初具规模，近百只规整、光洁的桶生产出来了。省外贸的同志再次应邀来厂，经过一番严格的检验，各项技术完全合格。他们当场宣布：从现在起，福利厂正式成为省外贸出口化工原料包装桶定点厂家！

从此，福利厂正式定名为福利制桶厂，他们终于有了自己的产品项目。

就靠这3台设备，1989年9至12月，他们便实现了30万元的产值。接着，又进行改造，使设备实现配套。到1990年上半年，一条完整的小桶生产线便正式形成了。1991年，又土洋结合搞出中桶生产线，并改造了厂房。残疾人由初期的8人增加到23人，并拥有了50万元的固定资产。

残躯擎起一片蓝天

1990年10月，河北省商检局质检人员来福利制桶厂进行了为期3天的生产工艺、产品质量、企业管理等方面的考查鉴定后，颁发了出口包装容器生产许可证，有了这个许可证，就意味着他们的产品可以在全世界通行了。福利制桶厂也随之渐有名气，取经的、偷艺的，明看暗访一批批接踵而来，他们想揭开这样一个谜：为什么这些残疾人生产的桶会有如此强大的竞争力？为什么这些自行设计制造的土设备会比日本进口的生产线废品率还低？厂长张立新回答得好：在没有任何资料参照下摸索出来的那套独特的生产工艺固然重要，但更重要的还是全厂上下那种以厂为家、以厂为荣的强烈意识。

厂里有一条制度，凡是出现废桶，就要对有关人员进行罚款。但制度定了一年，一回也没有实施，因为一年来没有出现过一只废桶。为恪守信誉，厂里常常有些急活，每逢这时，全厂职工便几天几夜连轴转加班赶活，没有谁抱怨过，也没有人提额外要求，建厂3年多来，这个厂从没有职工因奖金、待遇方面的事跟领导闹过矛盾。

近两年，厂子宽裕了，大家仍是那么紧巴巴地过日子。去年年初，他们从旧厂搬入新厂，为省下那每小时100多元的吊车费，2吨重的设备，他们硬是用滑轮，靠人拉肩扛运进新厂区，没有一人发牢骚。特别是那些残疾工人，他们各项工作干得尤为出色。因为他们懂得，是这个厂给了他们就业的机会，是这个厂给了他们生活的勇气和信心，是这个厂给了他们做人的尊严。他们爱这个厂，他们需要这个厂，这个厂就是他们生命的支柱。

油漆班有位右腿因粉碎性骨折而致残的油漆工，名叫郭志发，家中生活十分困难，公司安排他到福利制桶厂上班，收入有了保障。每天，他总是早早地来到班上，里里外外忙个不停，班上有什么重活、急活，他总是抢着干，进厂3年，他从未迟到过，每个月在班里干的活最多。朋友，你也许会说，这有什么？这不是很平常的吗！的确，对于一个健全的人、健全的家庭来说，这的确不算什么惊人之举。然而，对小郭来说这确实太不易了。如果你来到他那间离厂区3.5千米的低矮的小屋，看到他那在破旧双人床上瘫坐着的妻子，看到他那在地上跑来跑去的4岁的小女儿，看到他将妻子抱上抱下，背里背外，看到他一人做饭洗衣的情景，你是否还会觉得这没什么？是否还会觉得这很平常呢？

没有人能想象得出他的每一天度过的是多么艰难。让我们来看一看吧！每天，他5点多钟便起床，做好早饭，服侍妻子、女儿吃早饭了，再给妻子梳洗好，背起她，拖着自己那条残腿，一步步走上300多米，送到岳父家，然后，骑上半个小时的自行车来到厂里。下班后，再把妻子从岳父家背回去。遇到厂里有急活需要加班，他就把妻子锁在家里，孩子送到岳父家。加班活几乎次次不落。他常讲，是党的好政策，是社会主义企业温暖了我的家，我的劲全使出来，也报答不完党的恩情啊！

当你步入制桶厂，首先要见到的是门卫罗道淹，他也是一个腿瘸的残疾人，他当上福利制桶厂的门卫后，是那样的自豪，他工作兢兢业业，认真盘查每一位进入厂区的人，谁要想平白无故从厂里向外拿东西，那是绝对过不了他那一关的。

进入车间后，首先映入你眼帘的是那一排排、一摞摞摆放整齐的包装桶。你能想象到吗？这竟是那个严重弱视，几乎接近双目失明的杨忠海摆放的。他把那些桶从生产线上运到油漆班，再把漆好的桶一个个摞好，这套活儿干起来竟是那样轻车熟路。知道内情的人明白，那是凭着毅力，经受过多少次摔碰才练就的本领啊！杨忠海偶尔在过道上脚尖碰到一颗螺丝钉什么的，也要趴在地上摸索着将它捡起来，放入工具箱里。

……

这些残疾人，就是这样用他们那残缺的肢体努力地劳作着，用他们那孱弱的身躯顽强地与命运抗争着。正是他们在组织的关怀和支持下，挺起了那负重的脊梁，与他们的带头人一起，共同开垦出了一块让自己的生命价值得以实现的土地，共同擎起了一片属于他们希望的蓝天。

创业3年，福利制桶厂经过全厂上下的辛勤努力，一年更比一年强，1989年，产值30万元；1990年，产值70万元；1991年，产值134万元。

工厂被评为华北油田多种经营企业先进厂点。厂长张立新被评为局劳动模范、河北省福利企业优秀厂长。

从张立新和他的职工身上，我们看到的是一种民族的奋发精神，是一个民族坚韧的灵魂和顽强的毅力。在改革开放的大潮中，如果我们企业的每一个职工、每一位厂长，都能像他们那样挺起自己的脊梁，去拼搏、去抗争，我们的企业定能摆脱困境，定能拥有一个更加美好灿烂的明天。

黑黑的脊梁

柴甫泉

白涯涯的黄山岗　挺起棵钻天杨

每个人都有自己的梦。男人的梦粗犷，女人的梦细腻，大人的梦成熟，孩子的梦天真。华北油田第二钻井工程公司建筑安装工程公司经理勾永贵，他算得上响当当的中国男子汉，他的心窝里装过一个又一个粗犷而豪放的梦。

十几岁，他看到他们川北的汉子们外出的外出、当兵的当兵，他就不声不响地做起了出门闯世界的超年龄段的梦；二十郎当岁，全国上下学大寨学得正火，别人逗他："大寨出了个陈永贵，咱们这有个勾永贵，人家比你'贵'多少啊。"一句话，刺疼了他那根绷得最紧的自尊心的神经，于是，他又做起了一个要在人前显贵的长梦。后来，他果真出了门、当了兵；再后来，他果真有资本在人前显贵了，成为四川老家那片白涯涯的黄山岗上立得最为执着的一棵钻天杨。

人，谁也不知道什么叫满足。只要活着，谁也不想给自己画个句号。世人无不如此。

1987 年 4 月，勾永贵这个 18 岁当兵、18 岁入党、在北京军区基建工程部队打了 9 年山洞的老兵，又正步迈进了沸沸腾腾的华北油田，和石油工人们一起，一声接一声地喊起了会战的号子，成了一名地地道道的石油战线上的新兵。

不久，国务院决定组织力量开赴祖国的北疆，在内蒙古草原上开展大规模的找油大会战。消息传到华北油田，一夜之间，上万将士纷纷报名参战，他们刚刚吃完大年三十的饺子，就匆匆告别了妻儿老小，直奔二连前线。勾永贵经不住“前线”两个字的诱惑，径直找到有关部门的有关领导，几天时间，他打通了各个环节，他的名字终于破例出现在第二批赴疆参战的人名单上。老勾紧走慢走，赶在晚饭前到了家。

他们家有一种成了规律的习惯，谁有让人震惊的消息，都等到开饭时，在饭桌上“发布”，不管是好的、坏的、自己的、别人的。这晚，他第一个坐到饭桌旁，按捺不住内心的激动，努力压低声音，说：

“哎，我上二连。”

“你也去？”妻子敬守华愣了，她没有一点儿思想准备，“谁让你去的？”

“科里的头儿，我自己也愿去。”

“定了吗？”妻子语气非常平静。

“人事关系已经开到了二连公司，一切手续都办好了，明儿个一大早就动身。”

“不行。”妻子放下手里一直没有放下的那盘通红的炒辣椒，说：“你想了没有，我的病不要紧，仨孩子咋办？要去，你给我带走一个，我带俩……”

是啊，自己怎么就没有想到孩子呢？！妻子常常犯病。万一“病”起来，三个不懂事的孩子可怎么办啊？！看到妻子躲着他抹泪，多愁善感的他，眼泪也在眼窝儿里打起了转儿。

“唉！”勾永贵进退两难。他像跑了气的皮球，泄在沙发上，一动没动。

前线没有去成，只好在后方接着坐科室。坐科室是一种享受，也是一种煎熬，一天 8 个钟头，坐也得坐，不坐也得坐。这对一个三十来岁的年轻人来讲，是一个多么大的不幸啊！当时，华北油田原油产量下降，数万富余职工另辟新径，第三产业异军突起，各路志士尽领风骚。看到这些，他又坐不住了，心想：人家是人，我也是人，自己站着不比别人低，躺着不比别人短，一样的天、一样的地、一样的路、一样的机会，别人能干一番事业，我为什么不能？！人来到世上，如果不干一番事业，退休以后，自己也不会原谅自己！平平淡淡地生活，虽然也叫生，也叫活，生个什么劲？活个什么劲儿呀？！

于是，这个出了名的急性子“蹬、蹬、蹬”地找到劳动服务公司。油田劳动服务公司，是办厂子、搞经营、创效益的自负盈亏的单位，在众多的有识之士的眼里，在当时中国一浪一浪涌动着的商品经济大潮里，进劳动服务公司，几乎可以和“干点事业”无条件地对等。

一份申请书交到了劳动服务公司何书记手里。他说他要去预制板厂；他说他有的是打预制板所需要的力气；他说预制板都是混凝土制成的，他说他在部队跟混凝土整整打了 9 年的交道！

老勾说完后，何书记笑了：“光有力气就行吗？你不会不知道吧，咱们的预制板厂，已经换了两任厂长，至今连一块板儿也没打出来，他们可都是大学生啊……”

“大学生怎么啦？”老勾这人讲话很愣，从来就是想了的不说，说了的不想，“我就是不服这个气，没有文凭的就全是窝囊废？！”

几年来，“文凭热”烧伤了他的心，不仅仅是官方，社会上的一些人对文凭也很迷信。在办公室里，出来进去、站着坐下的都有个文凭，就他，一个初中生，有谁能看得起他这个“四肢发达、头脑简单”的“大兵”呢！可悲的是，看重文凭的，很多都是没有本事的人，而没有本事的人，到底还是比有本事的人多的多呀！

实际上，文凭不等于本事，本事却包容了文凭。

何书记看着这个倔强的虎头虎脑的大小伙子，笑了：“告诉你，这几天我们正想找你，公司领导议了议，只有你能把这个厂救起来，交接一下工作，赶快上任……”

铁饭碗一扔，成了。不过，这次他多了一个心眼儿，事先没有跟爱人透露半点消息，待她知道后，他已经正儿八经地是她的厂长了，他已经光着脊梁甩开膀子正儿八经地干上了。

黑油油的铁脊梁　汗珠子滚太阳

1984 年秋夏之交，几名职工带着几名家属，走进了一块杂草丛生的荒地上。他们每人从自己家里拿来一把铁锹，搬石运土、除草填坑，几天后，总算见到了一大块属于他们自己的平地。

没有房子怎么办？盖，拣砖头盖！于是，他们拉着平板车到拆房子的地方拣砖头，地面上的拣完了，就下手一块一块地去扒埋在地下的墙脚，一天复一天地扒呀，他们的手扒出了血泡，就用针挑破，挤一挤里头的脓水，接着扒……

房子搭起来了，他们又人拉肩扛建造平台。肩膀子压肿了，他们就俩肩换着用，咬着牙扛……

1984 年 10 月，勾永贵上任。那时，预制板厂的条件稍微好了些。但他知道这点不大的家产来得不容易，他要把这些珍贵的家产连同一厂子人建厂创业的精神一块儿接过来，发奋图强，尽快投产。

厂里缺少钳子、扳手，一时买不起，他就把自己家的钳子、扳手连同“百宝箱”一块搬到厂里，办公室里没有电灯，就把自己家的摘下来，以家“喂”厂……

厂里缺少生产骨干，他上衣一挽、下衣一卷，甚至大脊梁一光，一天一天地干。构架钢筋、搅拌泥沙，每样脏、险、累的活，他都要先打头。就这样，他没黑没白地干了半年。

1985 年 5 月 1 日，这是一个在勾永贵的记忆中不容易抹掉的日子。这天，第一块楼板打出来了，有板有眼、规规整整。人们像端详自己的新生儿一样，仔仔细细地打量着这块从自己的手下出来的有角有棱的楼板。

从走进这片荒地算起，老姐妹儿们、小哥儿们拼死拼活，他们整整地盼了 10 个月，300 多个日日夜夜啊！还不都是为了这个梆硬梆硬的难产的“婴儿”吗？！几名家属工顾不上丈夫、顾不上孩子、顾不上自己的家，没时没点地和男子汉们一样滚在沙石场上。过去，厂长手把手地教她们，也发脾气、训她们，现在又把功劳记在她们身上，她们忍不住了，个对个地笑着抹泪。“哭什么？”老勾说着说着，自己也坚持不住了……人的感情怎么就这么脆弱呢？

大家来劲了，没顾得上吃饭，一口气打了好长一排，等到凝固后，一数，15 块全部不合格，行话叫作“漏震”。这会儿全傻眼了。

勾永贵赶紧搭了辆去石家庄的车，他要亲眼看一看人家是怎么打出来的。车到半路翻到沟里，把他甩出去好几米，幸好爬起来还能走，只不过一瘸一拐而已。到了石家庄构件厂，他找了根树棍杵着，一眼一眼地参观了生产预制板的整个过程。他没顾得上停留，连夜赶到家里。

终于成功了，当年产值 48 万元！

有了钱，老勾如鱼得水。他并没有把它当成钱，而是当成命、当成救命的雪球，他要用它去滚事业、滚世界、滚人生。

几年间，他从一个小小的水泥厂，滚到了今天这个具有木器厂、筑路队、工程队、安装队、运输队等多位一体的综合性企业。这是一段怎样的不平常的发展史啊？！

勾永贵又小里小气，又大手大脚。非生产性开支，他压了又压，舍不得多花一分钱；看准了的项目，说上立马就上，上百万元都敢花。

至今，他们许多办公室的水泥地板还是坑坑洼洼，墙壁连涂料也没刷。下面的小头头请示了多少次，老勾都舍不得花钱捣鼓。而这些又能用几个钱呢？涂料几角钱一斤，石灰在隔壁库房里放着数千吨！

过去，木器厂只有两个人领着农村来的几个小木匠，房子矮得大个子直不起腰，不刮风不响，不下雨不漏。前后窗户向来就不敢打开，似乎整个“房子”全靠窗户顶着撑着，一开窗户屋顶就会塌下来，以至在每一次开会时，厂长总要带上一句：“遇上刮大风、下大雨，大家要快往外跑，跑不及的，就往桌子底下钻。”尽管这样，小小木器厂的效益却连年看好。

上！勾永贵手里有了钱，很快拆除了木器厂的所有房屋，先后投资70万元，为木器厂盖了两栋新楼，还建了一大套高大而宽敞的木器生产加工流水线工房，并购买了所有能够买到的高级电动工具。时间和实践都证明，他的决策是正确的，数十个木工、数十个家属白天黑夜忙忙活活，该厂产品仍供不应求，年产值从上万元到上十万元再到上百万元，十倍十倍地往上翻！

老勾在接受记者采访时说：“这些年我最苦恼的是，我们这些干第三产业、干多种经营的人，不被人们所理解。社会上总认为我们肥了，腰包鼓起来了。其实，对我们这个企业来说，票子是几百万元几百万元的进，说实在的，厂的领导、我的左膀右臂、我的职工们并没有多拿一分钱！我们每年除了纳税、上缴外，绝大部分资金都用到扩大再生产上了。”

是的，记者专程到了老勾的家里坐了一会儿，屋里除几年前买的“熊猫”电视外，只有两个笨拙的旧沙发，四壁除了用来看电视的电源插座外，没有任何上墙的东西，房顶中间凿了个不规则的大洞，挂上了一个不规则的吊扇，电线很不情愿地悬吊在屋顶下，地板没铺地毯、地板革，坑是坑、洼是洼，显得和整个房间极其协调。全屋没几件家具，使得不大的小三间显得那样空空荡荡、冷冷清清。

勾永贵满脑袋里装的全是事业。他像一个铁人，几年来，几乎没有睡过一个囫囵觉，没有休息过一个礼拜天，没有请过一天事假，没有疗养过一次，没有因为老婆孩子有病或者家里的其他事耽误过一天！有一次爱人敬守华病得厉害，他又离不开厂了，只好从附近村里请了个老太太，帮他照理爱人。1990年5月，老父亲病重，家里连着打来了三封加急电报，催他回家，可当时正是生产的黄金季节，他只托人买了300元的药，寄回了四川老家……

勾永贵知道，老人家不会原谅他。老人想他，快要闭眼的老人想他呀！老人儿女不少，却就他这个大儿子一人出门在外，每个人一生不就一个生身父亲吗？难道快要过世的老人这点企盼过分了吗？弟弟妹妹们不会原谅他。他是大哥，谁不是父母养的？他们催他回来商量老人的后事，他是他们的主心骨啊！爹养了你十几年，你一去不回头，如今，爹到了这时候，你再忙、再忙，难道连让爹看一眼的工夫也没有吗？！可他实在离不开啊，当时，他确确实实一天到头不站脚，每天都要忙到深夜甚至凌晨两三点钟，十有八天不回家，或者在会议室的沙发上睡一觉，或者在堆满钢筋瓦石的工地上眯一会儿，怪不得每个晚上，他都要带着大衣上工地呢。真像人们说的：天当房、地当床、沙堆当枕头、大衣帮大忙……

这些，老家的人们知道吗？

女人不是水　男人不是缸

连勾永贵自己也承认，他有一个好妻子。白天在工地上奔波了一天，夜晚回到家，往沙发上一躺，浑身像散了架一样。每当这时，妻子敬守华总是把热乎乎的洗脚水端到他的跟前。多少次，老勾吃饭时没回来，她就把做好的饭菜送到工地上。这个工地没有，就到那个工地找，一直到把他找到为止。

为了不分散他的精力，她默默地承担了家里的一切。一次，瘦弱的她和十来岁的孩子，抬着一罐几十公斤重的液化气，从几千米外的气站往家走，娘儿俩走一段停一停，换换肩，来到泥浆站，正好碰到迎面而来的工会主席，主席赶紧下了自行车：

“老勾呢？”

“没在公司吗？”敬守华反问道，她习惯了，习惯了他们家的老勾几年如一日顾不上一点家务活。

工会主席感动了，他勾永贵手下有上百台车、上千个壮劳力，怎么让娘儿们孩子抬这个呢？他二话没说，赶紧把气罐搬到了自己的车子上，说：“是我的工作没有做好，以后你们换气、买粮，所有的有困难的职工家属换气、买粮，公司全包了。”

1991 年 8 月的一天夜里，闪电穿过窗口的玻璃，箭一般地窜到屋里，接着就是一声清脆的雷鸣。勾永贵被惊醒了，他一骨碌爬起来，看了看表，两点一刻，穿上衣服就往外跑。他知道，筑路队刚为运输公司建了停车场地，还没凝固，万一留在场地上的人不知盖一盖，几百平方米的混凝土场地就会被全部淋坏。他刚摸黑走到楼下，妻子带着雨衣追出来了。

老勾接过雨衣，鼻子一酸，泪差点儿涌出来。心想：爱人跟着自己多受多少苦啊！

“快回去吧！”勾永贵是急性子人，说话快而硬。

“我带雨伞来了，也跟你去。”敬守华是慢性子人，说话慢而软。

“运输公司！多远？我又不是散步去！”老勾发觉自己的话硬了些，又缓了缓，“快回去吧，窗户还没关呢。”

“前几天医院的郭大夫嘱咐我好几遍，说你的病挺厉害，千万不能离开人，特别是晚上，一定要我跟着……”

“这些个医生……”老勾没有说下去，和妻子一块儿朝几千米以外的运输公司赶去。

他终于累倒了，倒在了工地上，倒在了医院里。可他并没有把自己的病当回事儿，医院给他输液，几大瓶子，要输好几个钟头，没办法，他就用电话把公司的“头”们召到他的病房，研究工作、分析工程、论证、决策……

在住院的几天里，他找了个“联系人”当他的通信员，公司里有事，特别是生产方面、工程方面的事，他都要跑回去现场指挥，几次，他都是偷偷地把输液的针头从自己的血管儿里拔出来……

药，爱人让他拿到办公室，而他多少次都忘了吃，有时该中午吃的，到晚上才吃。吃完了也没时间去拿，医生知道他这个“毛病”，几次给他送到办公室里。

家里的事顾不上管，老婆的事顾不上管，老爹的事顾不上管，自己的事顾不上管，孩子的事呢？记者选择了这样一个关于孩子的镜头：

敬守华正在做中午饭，门“哐啷”开了，上学的孩子进来了，带着一脸的不高兴。书包“砰”地甩到了沙发上。

“又怎么啦？”母亲细瞅着孩儿的脸问。孩子没说话，当妈的了解不透孩儿的心思是不会甘心的：

“说，到底咋啦？”

“妈……”女儿扑到母亲的怀里，“呜呜”地哭了起来。

原来，女儿几次考试都是20来分，几次都在全班倒数第一，老师要求勾永贵到学校去一趟，一直没去，老师急了，对勾永贵女儿说：“你爸不来，你就在教室外边站着，什么时候你爸来了，你什么时候进来！”就这样，孩子站了两次，他还没去成；今天上午，老师又给她下了最后“通牒”：“你爸不来，以后你就不要来了……”

敬守华火了，关上气罐开关，饭也不做了，直奔工地而去。她一连找了3个工地，最后在油田总医院后边的永丰渠上找见了。她离老远就看到，他光着脊梁正和几个乡下来的小伙子推翻斗车。车要往渠上运沙石料，要运过去必须经过200多米的暄泥路，车轱辘不打转儿，全靠人力推。他们正一趟一趟喊着“一二三”地往里推……

看到这些，她再也没有朝前走，一路上想好的一肚子气话，又一句一句咽了下去……

要挣脱那井绳　牛铃摇春光

建筑业的“老板”，怎么打扮也洋不起来，真要是洋起来，那就不像建筑圈里的“老板”了。

勾永贵也是，个子不高，腰杆不细，那敦敦实实的大脸，似乎宽度比高度还长，并且让人觉得他那张方形大脸，还有往“横向发展”的可能。

老勾除了和水、沙、石、灰组成的混凝土滚了二十几年以外，没有别的任何专业，没有接受过任何成型的理论教育。所以，他的大脑里也没有任何可以把他框得住的框框；所以，他敢和命运抗争，他的思想是一个有文凭的人所没有的全新的世界。

当油田的几万第三产业大军的上千个“小分队”都把眼睛盯着外面世界的时候，他想，外面的世界固然精彩，可是，我们华北油田在外地人眼里，不也是一个精彩的外面的世界吗？不用说别的，华北油田开发建设十几年，仅国家直接拨给这里盖房修路的基建投资就达 152.9 亿元！这是一个以元为单位的 11 位的多么了不起的数字啊（不包括油田星罗棋布的多种经营企业每年自筹资金的基建金额）。这，恰恰等于 10 元钱一张的票子，在华北油田长期征用的 4.7 万平方千米的“领土”上整整铺了一层！

这不遍地都是钱吗？何不靠油田“吃”油田，利用油田的“地利”来发展壮大自己的企业呢？！

这只是油田几十万人、华北五省市十几万平方千米的战线上的一笔开支。勾经理对基建熟悉，他知道，国营、集体、个体的上千个建筑队长年累月地住在油田，而油田竟没有一支自己的建筑队伍，看到一麻袋一麻袋瓷瓷实实的新票子，被远道而来的建筑队背走了，他这个当了好几年的基建科施工组组长，着实又心疼又眼馋。我们 10 万职工富余 6 万，我们几万名家属没有活干，我们资金严重紧缺，我们……

“搞建筑！”勾永贵大眼一瞪，手拍在了桌子上，落地有声。于是斗大的粗线条汉字占据了宽大的厂门口所有位置：华北油田勘二建筑安装工程公司。从此，华北油田第一家建安公司在这里，在他的手下诞生了！

勾永贵有了名气，这个“土”企业有了名气，四方能工巧匠以及十来个大学毕业生纷纷找上门来，一再表示，不在乎捧在手里的铁饭碗，愿意在这个初中毕业生统治之下的“私营”企业里大干一番。他们说：“宁可在明白人手下当兵，也不在糊涂人手下当官。听好多人讲，勾经理是个干事业的人，跟着他一准儿没错。”

雪球越滚越大。滚大了的雪球，再滚就难了，尽管或大或小的有了些惯力。

他有的是滚大雪球的力气，他那不断扩张的胃口，除了吞下了华北油田一切可以吞下的基建工程外，又利用资金、人员、设备、天时、地利、人和的大优势，蹚出了一条跟踪揽活的新路子。

华北油田一些钻井队赴渤海岸边的冀东油田参加会战，勾永贵随后组织队伍开到冀东，又一下上了 40 万元的新设备，为海滩上的钻井队进行打桩服务，仅此一项，每年就可拿到 100 万元！

华北油田的钻井队去山东打承包井，他又组织队伍跟到山东、跟到胜利油田。大雪球要靠大家来滚，靠公司的领导、靠各厂的厂长、靠上上下下 760 多以厂为家的职工。

勾永贵忘不了任何一位职工，无论他们中的谁有了病，或者家里遇到了什么麻烦，他都要亲自去看一看，不管多累、多忙。

职工又有多少机会报答企业、报答经理呢？送礼，他不要；出力，多劳多得。终于，机会来了。这年，公司要集资买汽车，他们知道后，纷纷把钱送到公司财务，有多少拿多少，有的开个“假”证明，硬把自己没有到期的几千块钱的定期存款取了出来……几天工夫，保险柜满了，一按计算器，过了 20 万元。

老板吗，谁不懂得“感情投资”？

李忠述这个人有胆子、有点子，胆子大得惊人，点子多的邪乎，做过几年大牢，出狱后没人敢用。老勾发现后，二话没说，用！提拔为建安公司的副经理，一下子成了他的得力助手。

公司里“养”着一小部分正式职工，他们中有些是班组长，到月领工资，没有危机感，业绩平平。换！一下撤了好几个，换上了农村来的“乡巴佬”，撤下来的正式职工连“泥饭碗”也没了，只好“待业”，惊得其他职工直咂嘴儿：“啧啧，这不杀鸡给猴儿看吗……”

他孩子的亲姨夫从四川老家投奔到他这里，被安排在工地上看料，看到 3 个月时，丢了百十米焊巴线，老勾知道后，立即赶到现场，一查是失职。赔！逼得自己的“一担挑”到市场上花 700 块钱买回了如数的焊巴线，结果，3 个月的工资全搭进去了，一分钱没拿到，挣了一肚子气回去了……

公司这台大机器刚运转启动时，有的出人不出工、出工不出力、出力不出活。包！率先实行了定额、计件工资制、单车、单项工程承包等一系列完整合理的分配模式，当月开工资时，多的几百元、上千元，少的只有几十元，相差十几倍！从此，企业职工自己管自己，工作效率一增再增。

时间是金钱，质量是生命。当时间和质量发生冲突时，勾永贵还是舍“钱”不舍“命”。

1990 年，房建队给本公司的固井大队盖食堂，12 米的薄腹梁打好了，下午 5 点多，施工人员找到勾经理报功来啦：

“梁打好啦。”

“混凝土是多少号的？”

“250。”

“啊？！”勾永贵站起来了，嘴一闭、眼一瞪，够威够力！

“这么回事……”来人想解释。

“别说啦！砸！天黑以前把电灯装上，连夜给我砸掉，明天就凝固啦。”说完，老勾又气冲冲地去找房建队长聂富伟。

第二天，他们又重新返工，按标准用300号的混凝土打起了一条12米的薄腹梁。

还有一次，沧州地区建筑公司从他们这儿拉楼板，没注意装走了一块不合格的。勾经理知道后，又瞪起了大眼珠子，大嘴闭得紧紧的，两手背到背后，一声不吭地“瞪”着大家，伙计们都知道这是他发大脾气的前兆，于是赶紧派一辆专车，把那块空心楼板追了回来……

几年来，他们的产品、他们的工程全部合格达标，连续被河北省评为全省重合同守信用先进企业。

这就是勾永贵“勾大老板”的公司，一个从13人发展到760多人的公司！一个产值由48万元到1300万元，一下子增长了27倍的公司！一个固定资产由4万元到345万元猛增了86倍的公司！一个流动资金由0.75万元到324万元增长了457倍的公司！一个“一步一个台阶、七年迈了七大步”的公司！

“七五”末，上级为他们下达的指标是，到“八五”末，年产值达到1000万元，而他们居然在“八五”第一年的1991年达到了1300多万元！这，不能不说是一个巨大的突破和辉煌的超越吧？！

勾永贵一次又一次地走上了领奖台，走上了由他自己搭起来的领奖台；走上了几万名、几十万名职工家属搭起来的领奖台！

劳模、标兵、优秀共产党员、十佳厂长……这些披挂在勾永贵身上的花环，无时无刻不在告诉人们，他实现了自己的梦。然而，他却不以为然。

其实，人生就是一场做不完的梦，正因为有了这场做不完的梦，人生才会充满一个又一个的希冀……

吐哈纪行

宋晓瑞

会战魂

“2 月 8 日出发，你们队上 35 人打前站。”

华北钻井公司的指令一下达，32704 钻井队队长刘兴光不禁一怔：他的队伍 2 月 1 日刚从山东撤回，人员大部返家探亲，天南地北到处都是，能来得及聚拢吗？

电报，迅速飞向湖南、四川、山东等地。2 月 7 日还在担心人员上不齐的领导们，开始为哪些人必须留下晚走一步而犯愁了。齐刷刷，45 名职工到齐了：“我上，我先上！”有的人是刚刚到家，还未洗净旅途的征尘，就又应召赶回单位集结。青工小竹，结婚仅半个月，谢绝同志们要他度完蜜月再走的劝说，坚持要第一批上。

就像铁人王进喜当年去大庆石油会战一样，许多职工经过三天三夜的旅途跋涉后，一下火车，不问吃住就投入抢运抢卸专列物资、设备以及看井位、平井场等繁忙的工作中。

这样的干劲、这样的作风、这样的精神，是什么样的力量能够调动和凝聚的呢？

酷热的 7 月，记者踏上这片神奇、热烈、沸腾的茫茫戈壁，置身于我局 5000 将士之中后，那种探寻便释然便清晰便有了明确答案——是深入细致的思想政治工作，统一了会战职工的思想。

“火洲戈壁打好会战，大家有没有信心？”在某井场，队长庄重、威严地问。

“有！”戈壁风中传来响亮、坚定的回答。

“开钻！”钻工们列队登上钻台，缠上红绸的方钻杆在鞭炮声中开始旋转。

许多钻工对我说，忘不了大年三十前一天的誓师动员大会和第一口井的开钻时刻，心中升起的是神圣是责任，爆发的是热情是无穷无尽的力量。

有个钻工酒后打了司钻，全队职工一致要求开除他的“队籍”，送指挥部发落。这个钻工痛悔莫及，泪流满面地请求给一次改正的机会。前线的领导去做工作，他自己也回到队上挨着宿舍去跟职工检讨、道歉。终于，机会又向他走来……

“我们这儿的会战场面大得很哩，知道吗？我们这里是写进中央文件的，‘八五’计划里有……”那晚，司钻小张兴奋地跟我侃起来。

使我激动，让我感慨：会战的意义、目的，他们是那么的清楚明了。我也禁不住地想：当党和国家的决策者把目光投向这片古老、沉睡的土地后，历史将会记住：从1990年的8月起，48000平方千米的吐鲁番——哈密盆地就不再沉寂……

“吐哈”速度

深圳有“深圳速度”，吐哈前线有“吐哈”速度。

一天，华北钻井公司党委书记赵启海去钻前大队。昔日破烂不堪的大院和职工住的马棚已焕然一新：院落平展井然，门窗清亮洁净，新搭起的凉棚更是凉爽宜人。书记兴奋地说：“真快呀。”大队长马四猛说：“我们是‘吐哈’速度。”

“吐哈”速度由此扬名。党委书记在干部大会上特别提出：我们要的就是这种日新月异的高质量的“吐哈”速度。

对这种速度，许多会战职工不无激动、自豪地对记者说：你在这儿没有经历过从无到有的巨大变化，那该是怎样的刻骨铭心！昨天，这里还是废墟一片；今天，这里已立起板房、砖房排排。昨天，这里还是寂静荒滩；今天，这里已机声鼎沸、人影绰绰。昨天，这里的大戈壁空空旷旷；今天，这里已车水马龙，钻塔林立，50 万吨产能地面建筑拔地而起……

油建一公司电气队紧锣密鼓忙建设，31 名职工一天立起 96 根电杆。戈壁的盐土质坚硬难啃，有时一人一天只能挖一个坑，用水泡、用机械挖，进度仍十分缓慢。他们就想出胶泥放炮的办法。在挖坑的位置放好炸药，再用胶泥覆盖后爆破。这样，工作进程明显加快。紧线时，技术人员拿着温度计在现场计算弧度，确保精度的准确无误。战区检查他们架设的线路后，被评为优质样板工程。地方的同行称道："真行啊，你们不仅速度快，质量也是一流的！"

管子站今年调运来 4 万米新钻杆，急需喷焊后给井队配套。在简陋的板房里，喷焊班争分夺秒抢时间，加班加点做贡献，4 月 26 日首创班日喷焊钻杆 87 根，5 月 4 日又创 94 根的新纪录。这是该站历年来钻杆喷焊的最高纪录。

固井大队 4 天固井 5 口，质量合格率达 100%，其中优质井 3 口。这是今年的第一轮油层固井，为打好关键之仗，一支由工程技术人员组成的取经队伍，往返千里，向南疆的同行学习，又参观玉门固井队的现场施工，而后进行模拟固井施工岗位大练兵。快速的一次成功的背后，该留下多少周密的准备和艰辛的努力呀！

油建一大队在电焊工上岗前实行考核，一共 29 人参加考核，其中 28 人顺利通过考核，没考上的竟是个八级老工人，曾带出不少电焊能手，同在一个工地，连他徒弟的徒弟都是生产主力，而他只能给他们打下手递焊把。老师傅心里不好受呀：是自己年纪大了，体力视力跟不上了？不，他不服老，天天练。终于，无损探伤机给他的焊口亮出绿灯。

32704队今年从山东上来后，由于地层不熟，首战出师不利，卡钻、划眼，两个月钻完一口井。严峻的形势逼着干部们坐下来反省、总结，第二口井他们改变了工艺流程，同样的井只用了40天。

快节奏中求得高质量、高效益，这就是“吐哈”速度……

苦乐篇

50万吨产能地面建设开工，正值盛夏时节，戈壁荒漠，骄阳似火，大地蒸蒸腾腾热浪滚滚。钻进半封闭的大罐内施工，炙热、熏呛、憋闷，用不了几分钟便身如水洗。这般滋味，工人们说还属寻常，难挨的是那一身的痱子，到了晚上，痒得人难以入眠，真恨不得把皮肉挠破流流血才惬意。特别是焊工们，由于长时间受电弧光的灼烤照射，颈下裸露的那块皮肤赛手茧般的结起硬皮……

听着油建二大队政工组同志的介绍，我的脑海中突然闪现出鄯善县电力系统职工在油建工地的那一幕，带队的领导很动感情地说：我们学习大庆精神，榜样就在我们的身边啊……

是的，当历史进入20世纪90年代，我们的石油人在经历了伟大的变革后，更自觉更主动地接过了艰苦奋斗的优良传统和作风。正是大庆精神的发扬光大，产生了无数可歌可泣的感人故事。

那是2月11日，勘探一公司运输大队的42台汽车装上专列，按规定42名押车司机在等待发车的时间里不得离开站台。阵阵寒风送来浓郁的春节气息。万庄火车站离家近在咫尺，可他们——这群为儿为夫为父的汉子们却不能与家人团聚。家属们送来喷香的饭菜和滚烫的酒时，也带来泪眼盈盈：“春节也不能在家过了？”

岂止是春节不能在家过，他们还要去品尝思念、孤寂、艰辛，还要用毅力、勇气去承受磨难。

2月13日下午，专列启程向西部边陲进发。进入内蒙古境内，气温越来越低，车越走越冷。第二节车皮上的“望江”牌车被车头喷出的蒸汽冻得严严实实。司机刘山子待在驾驶室里饥寒交迫，明知道专列靠站就是出不来，饿极了，就把冻得梆硬的酱牛肉放在怀里去焐几次。他从工具箱里拿出榔头想把窗玻璃砸开，但又不忍心给心爱的伙伴破“相”。直到快出玉门关了，同伴们才发现刘山子被困，忙找来开水烫开车门。此时，刘山子已三天三夜没怎么吃东西了，身体绵软打晃，汽车却完好无损！

今年，随着钻井队伍的壮大，粮食需求量也相对增加。从冀中运来的几万公斤大米。经过几次装卸，许多口袋松散，车上、地上、库房里稀稀拉拉洒下不少米。回收后的米掺着砂土，不能食用。保管员曹水龙看到后心想：这些米来之不易，扔掉太可惜了。他找来簸箕、筛子，一有空就坐在库房门口，筛筛捡捡，一干就是几个小时。就这样，在两个多月的时间里，捡回 250 公斤大米。

……苦吗？许多职工讲：这儿的条件比不上冀中，甚至还不如二连，但打出了油，建起石油城。心中欣然顿生豪情。是呵，我相信。

警钟长鸣

这是一个特殊的“报告团”，带队的是安全科长，“作报告”的是一个井队的柴油机工。上班时，他“好心”地扶了一次刹把，无意中触犯了严格的规章制度，结果造成单吊环起钻、折断钻具的恶性事故，险些酿成人身大祸。看似一次巧合，实则偶然中的必然。他被“请”了出来，几天中，“周游”了各井队和后勤厂、站，从这瞬间发生的事故中，个人和集体都受到教育，并吸取教训。

“我们这儿没什么可写的。再紧再忙再苦再累，只要把事故降到最低点。”采访中，钻井公司安全科长张长德寥寥几句就封了门。

尽管如此，我们在吐哈前线，从干部、工人们的片言只语中，还是捕捉到了一些安全工作警钟长鸣的经验和故事。

落日的余晖静静地洒在戈壁滩上，炽热的环境有了几缕清风，45166 队开始走进恬静的氛围。突然，井场上汽笛长鸣，“井喷了！快上井。”看电视的、打扑克下棋的、刚刚进入梦乡的……都疾速奔向井场、各就各位。队长掐着表满意地笑了：在 5 分钟内，所有职工全部上岗到位。原来这是一次演习。这样的操练，效果是显而易见的。

一组组钢“牙”铁“嘴”，一堆堆防火沙，一双双警惕的眼睛，构成了 4557 队的井控现场。按照公司下达的安全防范措施要求，在丘东 3 井打开油气层前，这个队的井控装置从试压、检修、保养便准备妥当。各岗位、各工序都有专人负责，设立明显的安全标志，干部们 24 小时跟班作业。众志成城，严阵以待，总公司勘探处的领导在检查时给予了充分肯定，并召集华北、玉门、长庆三个钻井公司的工程老总和打探井的井队长、技术员取经学习。

“盼团圆安全知识竞赛”在华北钻井公司运输一大队食堂中进行，参赛选手有干部、工人，一个个正襟危坐，极其认真地回答着问题。

抓了十几年安全工作的老郭同志对记者说，运输一大队共有车辆 150 台，驾驶员 186 人，从 2 月份陆续上来后便投入紧张的营运生产中。这么多的车、这么繁重的任务，安全工作可不敢有一丝一毫的放松。安全周、安全月、百日安全无事故，活动一个接着一个，目的就是一个：安全生产。

可喜可贺的是，截至 7 月 31 日，这个大队和油建一公司运输大队等单位都把事故降到最低点——没有上报事故。

这是一个了不起的成绩，又是一个了不起的开端……

志在扛旗夺标

这里是丝绸之路的要塞，这里有闻名于世的火焰山。历史曾在这里写下重重一笔，历史曾在这里闪烁奇光异彩。

今天，头戴铝盔的华北油田人在这里将留下怎样的身影和足迹呢？

在吐哈会战工委大院，记者来到社会主义劳动竞赛的升旗场，心里顿生一种庄严、一种激情、一种敬仰。由华北油田、玉门油田、长庆油田组成的 3 个旗阵中，19 个钻井队的旗帜簇拥着华北油田的一面大旗升得最高。微风里，她猎猎飘扬，那么鲜亮、那么洒脱、那么从容地把我们带进队与队、班与班、内部与外部的群雄大角逐中。

开发区钻塔林立，井距不过几百米。钻台上彼此遥遥相望，你打一个单根，起下一趟钻用了多长时间，什么时候该换钻头，一只钻头打了多少进尺都了如指掌。这就给各个队提供了一试身手、一比高低的良好竞争契机。

45 型钻机之间、大庆型钻机之间，各个队都有自己公开的或暗中的竞争对手。首批开钻的 32718、32703、32632 和冀中调来开钻较早的 32916 等钻井队一个盯着一个地你追我赶。开始是 32718 钻井队一马当先，领先势头只持续了两个月，就被 32703 钻井队取而代之。32704 钻井队又紧随其后，8 月中旬进尺突破万米大关。

4555 和 45138 两个钻井队比翼齐飞，犹如疆场上对阵的红蓝两军，“厮杀”得难解难分。他们分别在 3 月 1 日和 2 日开钻，不管井位、设计，还是地下情况有多大差别，你冲我杀，相持不下。45138 钻井队在第一口井向第二口井搬迁中创造了一项 34 小时 30 分实现搬、安、开的战区纪录后，4555 钻井队队长顾亦民带领骨干去取经学习，并下“战书”，表示要超过 45138 钻井队。果然，在第二口井向第三口井搬迁中以 20 小时 20 分重写纪录。45138 队职工岂肯罢休，他们再鼓士气，4 天后便把这项纪录改写成 15 小时 10 分。

在前线，记者看到这样一组记录：到 8 月中旬，钻井一路进尺已达 12 万米，先后创造 12 项战区会战高指标、新纪录，在战区单项流动红旗赛中，5 月份夺得 6 面红旗中的 5 面，6 月份夺得 4 面，并连续两月获团体总分第一和钻井队个体总分第一。

一位工人这样对我讲：我们是华北油田人，不能辜负父老兄弟们的重托，有排头就站，有第一就争，打出我们华北油田人的水平和气势来。

高扬的旗帜

3 月的吐哈前线，缺少暖意融融的花红柳绿，凛冽的冷风吹得空旷的戈壁依然是春寒料峭、满目萧条。

面对建立基地和营运大宗油建物资等紧张、艰苦、繁重的生产生活实际，在没有大队领导在场的情况下，油建一公司运输大队打前站的 10 名党员自动地聚在一起。

那是一个漆黑的夜晚，党员们心急火燎：群龙无首，千头万绪的工作怎么开展？在这个时候就看我们的了。

戈壁滩树起一面旗帜，以共产党员、生产调度臧秀国为组长的临时党小组成立了，36 名职工有了主心骨。党小组挑起了生产、管理、生活等各方面的领导担子，从而使各项工作有条不紊地运行起来。板房搭好了，先让群众挑选，住舒适的地方，党员们最后搬进去；远离亲人，职工过生日时，党小组买上罐头、礼物去祝贺，生活红红火火，生产更火火红红。每天早晨出车，党员总是先发动好车，专拣急难险重的活干。

机关生活区场地推平后要浇水，因车少不好安排。共产党员、局劳模孙长久在忙碌了一天后，再给自己的车装上水罐，利用晚上的时间去拉水浇地。党小组长臧秀国累病了，高烧不退，嗓子疼得说不出话，但他一边打针、吃药，一边坚持组织生产。给基地汇报，他讲不出声，就把情况写在纸上，由别人代替回话。

4 月 18 日晚，这个 36 人的集体刚刚坐下来吃饭，突然接到通知，专列到达立即卸车！大家当即放下碗筷，把各自车上的油罐、水罐卸下来，一时间，大院里马达隆隆，车轮滚滚。从接到通知到车队出发，仅仅 15 分钟。他们空腹饿肚地一直干到深夜把专列物资运完。没有人脱岗，没有人喊苦叫累。这就是党员作用的进一步体现！

在4555钻井队，记者听到关于共产党员、泥浆大班林芳仁勇跳泥浆池的故事。那是4月3日，林芳仁发现零号罐闸门失效，泥浆汩汩地外溢，顷刻便是一片。正在钻进中的井是不能缺少血液的啊，他忙脱下衣服，冒着乍暖还寒的冷风，跳进罐内抢修。尽管冷不堪言，浑身溅满泥斑。但避免了再配浆和耽误生产的后果。

54岁的刘德章，45167队的司钻，这位老工人要求入党的心情越来越迫切，极为郑重地向组织递交了申请。他对支部书记说："我没几年折腾头儿了，但我还想像党员那样去发光发热……"

会战情

在熊华振的记忆里，4月16日——是个灰色的日子。那天，他在摆放钻具的场地忙碌着，突然接到"父病故见电速回"的电报。

好似晴天里的一声霹雳，他被打蒙了。惊惊呆呆地重心在往下沉，泪在默默地往下涌：母亲早逝，家中只有年迈的父亲，作为独子，自己本应守在老人的病床前尽忠尽孝……当心急如焚、悲痛万分的熊华振冷静下来以后。他想：井队的钻具收发配套任务重，而管子站在这儿的资料工和检验工只我一人，我如果走了，谁来顶替呢？何况自己回去，父亲也不能复活了。他找到站领导说："自己的事情再大也能克服，还是别影响会战了。"给老家发去电报，委托亲属帮助处理父亲的后事，熊华振又干开了工作。

油建工人王中印来到前线的第10天，患脑血栓的父亲故去。他也把思念与哀痛埋在心底，照常致力油田建设。自己得了肠炎、发着高烧，仍坚持上班，结果昏倒在工地上。

"天山上淌下来的不是雪水，是泪水，是会战职工的泪水呀！"这是一位政工干事的感叹。的确，在吐哈会战中，有多少职工在经受失去亲人、别离恋人等特殊的感情折磨啊！

新技术推广站的电焊工张旭云，结婚三年，早就盼着能有个孩子。在前线，他得知妻子于5月22日生下一个胖小子，高兴得站也不是、坐也不是，总想对人说、总想对着大戈壁喊：“我有儿子了！”可儿子是什么模样，他不知道。7月29日，公司慰问团从冀中带来前线职工家庭情况的录像带。张旭云早早地守在电视机前，终于看到了那欢欢实实的小家伙。

在前线，记者结识了一位年轻的护士，她结婚只有3天，就辞别丈夫而远行了。送她出征的那天，北京火车站的发车预备铃已经打响了，这对小夫妻还在依依不舍地相互叮嘱：好好干啊，保重了，保重了……

“到前线会战是为了什么？”当我们探讨这个题目时，她苦笑着戏谑地说：“为了钱呗！”

是为了钱吗？许多职工反问，钱能买来感情吗？给我多少钱，我也不干这苦行僧式的工作！

盛夏时节的天山。山下酷热难挨，山上却白雪皑皑。那冰融雪化的水汇成溪流，清清澈澈，淙淙潺潺，像条玉带把戈壁、天山紧紧缠连。我想：这天山、戈壁是理解会战职工的，是会为他们做证的。

战斗的年华

“躺在戈壁滩上，就那么睁着眼一动不动地看星星看月亮，我在想、在问：家在哪里？明明知道坐上火车、飞机，用不了多久就会回到您的怀抱，可我总感觉自己是在另一个星球上，找不到回家的路途……不过，亲爱的妈妈，您不要担心，我们把青春的脚步印在祖国的大西北，能够找到石油打出石油，就是为了使您快慰、满意、放心……”

这是一个青工写给母亲的信，当记者读到它的底稿时，禁不住眼睛泛潮了，有种淡淡的苦涩伴着缕缕情思爬上心头，然而更多的是欣喜、是振奋。因为我在井场、在工地看到了青年们的身影，他们没有辜负母亲的希望……

32703队副队长、团支部书记白恩国，在队长生病的情况下，主动挑起了主管生产的担子。那段日子，他既要组织工作，又要顶岗带头大干。每天都是一身油泥一身汗，忙得不可开交。没有时间自己做饭菜，作为一个回民，时常是在食堂要些馒头、米饭就着一块咸菜或一块酱豆腐草草地打发一顿。在队上，小白还带领团员青年学技术、搞知识竞赛。开展修旧利废活动为井队节约了一万元。这个团支部连续 3 年被公司团委评为优秀团支部，小白也 4 次在公司立功受奖。

油建立杆架线工作正处于关键时刻，可电气队的 31 名职工中竟有 11 人患肠炎拉肚子。人员力量严重不足，施工怎样开展？队干部急在心头。“别犯愁，我们拼了！”除了虚脱躺倒的，那些生病的工人全都上了工地。青工徐富有的病势仍未减轻，在工地看到杆子上的人手少，不顾领导的劝阻，硬是咬牙爬上 10 米高的杆子。干不了多久，小徐就得下来拉肚子，拉完了再爬上去，一个班，几上几下该需要怎样的劲头，怎样的精神啊！

仪表工刘宏伟，无论工作多忙，每天晚上都坚持给别人修表。自己花钱买来了台灯和钟表的零件，上井回来就“躲”在自己的小屋“成一统”，免费给大家修理。闷热的小天地里，尽管他脱去了衬衫，可还是汗水淋淋。问他为何这般。他说，这地方时差大，大伙不习惯，钟表便成了好帮手。要是坏了，就极不方便。自己是个团员，又有这个手艺，搭点精力熬点神儿，为职工提供点方便是应该的。据统计，他在一年半的时间里，为会战职工修表 280 多块。会战职工同声称赞：这样的青年实在是棒……

戈壁娘子军

戈壁娘子军，人数虽然不多（粗粗算来还不到职工总数的 10%），但作用却不可低估。她们任劳任怨、埋头苦干，默默地为会战出力流汗，得到人们的称道。

杨洽童，勘探一公司生活服务大队保管员，随第一批人员到达前线。一下车，她顾不上休息便投入紧张的工作，启封库房，发放物品。由于前线人员少，她一个人顶两个用。既要在办公室给领料人开票，又要去库房发放。从办公室到库房，可她每天不知要走多少个来回。同事们说：从早到晚，小杨忙忙碌碌的就没个停歇的时候。仅半年，她发放的床、办公桌椅、水桶等生活物品就达15.3万来件。

由于整日不停地操劳，杨洽童累病了。从5月中旬开始，她的肚子隐隐作痛，她咬牙坚持上班，吃药不管事，就去医院打吊针。每天上午打完吊针又立即回到岗位上，直到阑尾化脓被送进医院。手术后的第8天，她拖着虚弱的身子又开起票据来。

在油建施工工地，有个被誉为“假小子”的铆工，她叫刘翠玲，是中队里唯一的女性。抬铁板，一块最少也有一二百公斤，刘翠玲和男同志一样，抬起来就走。队干部感慨：“抬这么重，能跟上脚步就不错了。”平扁钢，工艺虽简单，但要求严格。一条宽40毫米、长6米的扁钢，要调平调直，手里的木槌就可劲抡吧。刘翠玲和男同志摽着劲干，叮叮当当地一气砸出30条。有时她干完了，有的男职工还没有完成。

记者在32704钻井队，见到荣立三等功的女地质工卢迎新。这个欢欢快快的女工，多少还带有孩子般的稚气。刚走出技工学校，在家排行老小的卢迎新便随井队来到几千千米外一望无际的戈壁滩。

“在班上，你是怎么干的？”

“很一般的啦。捞砂样，洗砂样，记报表，别漏掉一个砂样，别记错一个数据。”

“下班后都做点什么？”

“说说笑笑，唱唱跳跳，吃饭睡觉，也帮技术员去整理资料。”

……从这个老石油的后代那自然、寻常的工作中，我看到了希望，也看到了执着的追求。

民族团结之花

鄯善县，位于新疆东部吐鲁番盆地东端，西距自治区首府乌鲁木齐 287 千米。这里居住着维吾尔族、汉族、回族、哈萨克族等民族的居民。

自从石油工人到来后，催开了一朵新的民族团结之花。45138 队井场。隆隆的钻机声引来了一位维吾尔族朋友。他叫阿尔西提，是吐鲁番乡的水管员。他坐在井场上，要看看石油是怎么从地底下打出来的。赤日炎炎，钻工们挥汗如雨、艰苦奋战的场面，印刻在他的心上。

会战之初，由于水罐车少，有时井队用水就保不过来。缺水，井队便不能正常钻进。困难中，范玉德队长想到了水管所。抱着试试看的心情，范队长说明来意，阿尔西提竟很痛快地答应了。他说："宁肯我们少用水，也要支援你们，你们是为各族人民造福的。"

瓜果成熟时节，阿尔西提隔三岔五便赶上毛驴车给井队送西瓜和葡萄。

"自家产的，大伙尝尝鲜吧。"

"情，我们收下；钱，可得给你。"

阿尔西提却连连摆手拒绝："你们是我的朋友。朋友吗，不要钱……"

井队搬走了。阿尔西提的心空落落的，多了几分思念和牵挂。今年 3 月 8 日，这位 50 岁的维吾尔族朋友专程坐公共汽车跑了 100 多千米，从吐鲁番赶到鄯善看望 45138 队职工。

一对与华北钻井公司有工作交往的维吾尔族青年夫妇因家庭琐事闹离婚。公司党委领导了解情况后，多方做工作为其调解，帮他们分析矛盾的症结所在。勘探一公司党委书记王镜棠在参加 10 万米进尺祝捷大会的短短几天里，还专门领这位维吾尔族青年去女方父母家道歉，促使分居两个多月的夫妻又欢聚在一起。

公司机关的生活用水含碘氟量高（用这种水冲出的茶都浑浊的），对人体极为不利。于是，决定自打一口水井。因为不了解地方规定。事前没有报批，井打了一半被水利部门亮了“红牌”。钻井公司找到县政府。第二天，梁副县长便带领有关人员放弃星期日的休息，来钻井公司现场办公，为油田排忧解难。按水利局的设计要求，不仅打成了一口新井，还保护了地下水源。几百名石油职工终于用上符合标准的水。

民族团结搞好了，给会战创造了一个宽松、和谐的良好环境。我感慨、我激动，我由衷地为其唱一曲民族团结的赞歌……

“热”的坚定

焦顺海

魔管是热管的俗称。

1973年，第一届国际热管会议在德国召开；1976年，第二届国际热管会议在意大利召开；1978年，第三届国际热管会议在美国召开……

1992年9月18日至24日，第八届国际热管会议及热管应用产品展览会，在我国首都北京召开。1992年2月，华北油田油建二公司节能设备厂收到了国际热管学会发来的邀请书，邀请厂长魏正周参加会议，并为他们的厂设立了一个热管产品展位。

何为热管？

热管在传热学上有“热的超导元件”之称，它的当量传热系数是银、铜、铝等金属导体的几个甚至几十个数量级。

20世纪60年代和70年代，国外将热管用于航天技术以控制温度。此外，它还被广泛地用于电子工业、机械制造和医学等领域。

近年来利用热管传输地热以加热地面，防止结冰，如美国加州高速公路，把热管沿途插入地下，便轻易地解决了路面结冰问题。反之，在冻土地区用热管将地面热量传输到空气中，以保持地层的稳定性，如美国阿拉斯加的油田，由于所在地的冻土层在1.5到2米之间，天热时消冻程度不一，致使平直的输油管线曲折不直，每年的维修费用相当惊人，后来，他们用11万余根热管做支架，取得了良好效果。

最近，热管应用的新领域是在节约能源上——进行余热回收。

热管传热快，工艺简单，价格低廉，应用范围广。如用热管制成的空气预热器，只要将它往烟道一插，便可以将烟道余热回收到炉膛，使锅炉热效率提高 4% ~ 10%。

为什么这样一个被国际社会所关注的产品能与一家企业小厂结缘？为什么这样一个小厂能跻身国际专业论坛？

1987 年 8 月 6 日深夜 11 点多钟，大雨水帘般倾泻在华北平原上。此时，路上有一个骑自行车的人影，他艰难地行进在夜雨中。忽然，自行车一滑，那人仄斜了几下跌进了路旁水沟中……许久，那人才从沟中爬上来，费了很大力气把自行车拖上来，又继续前行了。

他，就是为了给公司卸“包袱”而签了自负盈亏承包合同的魏正周，他，就是历尽辛苦连办陶粒砂厂、玻璃布厂、环氧煤沥青漆厂等 11 个厂点，而终没有走出困境的魏正周。眼下，在滂沱的大雨中，他也不能心安理得地坐在家中，他心急如焚，他要去走访一位专家，最后敲定他今后发展的路：依靠科技，开发具有参与市场竞争能力的产品——热管。

几经迂回，通过许多热心人的穿针引线，魏正周认识了中国科学院工程热物理研究所的马同泽。马同泽是国际热管学会委员，也是国内唯一的一名委员，他已出版了好几部热管理论专著，是国内热管研究界最具权威的人士。也许是被魏正周的执着精神所感动，马同泽同意达成共同研制开发热管应用产品的经济联合协议。

1991 年 1 月 1 日，中国石油系统唯一一家热管专业生产厂——华北油田油建二公司节能设备厂正式宣告成立。厂长魏正周。

胜利和失败并存，顺利和挫折同在。世界上的路不是平坦的，要干成一番事来也是不会一帆风顺的。办节能设备厂有三难：一难无技术，二难财力底子薄，三难厂里人员技术素质低。这第一难，魏正周闯了过来，可这第二难怎么办？

账面上仅有 10 万元的压底资金，要办这样一个具有发展前景的厂就要购进价值 80 万元的设备，况且工厂 1000 多名家属还要靠这 10 万元过日子啊。“可以集资吗？”家属们说。于是这个 100 元，那个 200 元，一时间竟集资了 30 万元，魏正周又贷款 40 万元，没想到缺资金的难题让家属们给化解了。

与此同时，魏正周又开始考虑引进技术人才的事宜。

经过这次办厂的前前后后论证工作，使他渐渐懂得了市场竞争就是产品质量的竞争，产品质量的竞争就是技术的竞争，而技术的竞争要反映到人才的竞争上。他除请中国科学院马同泽来厂传授热管技术课外，还在外聘请了 6 名“星期日高级工程师”

为了节能设备厂的兴起，魏正周把方方面面的技术和管理人才请进了厂里，从此摆开一副决战的阵势。

一根热管产品的产生、一台换热器设备的出厂、一项局级鉴定的通过，这里面孕育着一个个希望，同时也饱含创办的艰辛

5 月，一个孕育希望的季节，一个充满遐想的季节，一个诗情画意的季节，一个令人心情舒畅的季节。

1988 年 5 月 16 日，白云点缀着湛蓝的天空，微风轻轻拂面而去，汇集在车间里的石油职工和家属个个精神爽快，人人喜形于色，今天，石油史上第一根热管通过他们的双手将要在石油天然气总公司唯一的一家节能设备厂——华北油田油建二公司节能设备厂产生。人们的眼睛紧紧盯着机器，随着时间的推移和管线不停地旋转，第一根热管产品诞生了。化验，测试，质量全优。

1988 年 7 月 3 日，第一台高频焊接螺旋翅片重力式钢水热管换热器制出来了。魏正周和他的同事们像女儿出嫁一样，把这台设备打扮得漂漂亮亮运到公司锅炉房安装试用，竟使锅炉热效率提高了 8%。

人们开始对这个节能设备厂关注了，这个厂开始给各个企业的节能工

作带来希望。

随后，这个厂开始投入大规模的生产。一台台合格产品不断出厂。

1990年12月，寒风似乎来得异常的早，华北平原一望无际的麦田纷纷进入冬眠状态，大地开始结冰，路上行人开始穿起棉衣，戴起棉帽。然而，公司职工的心却是异样的火热。19日，公司节能设备厂生产的高频焊接螺旋翅片重力式钢水热管及换热器产品将要在招待所二楼会议室通过局级鉴定。说是局级鉴定，简直称得上部级鉴定。

国内知名专家来了，总公司相关部门领导来了，大庆、胜利、辽河、四川、中原等各大兄弟油田的行家也来了。这次局级鉴定会正式代表近70人，由21名节能专家组成的评委会经过整整一天的评判，一致通过了产品鉴定，鉴定结论是：华北油田油建二公司节能设备厂生产的热管及换热器性能优异、寿命可靠、技术先进、工艺装备及质保体系均达到国内领先水平。

这个评语是来之不易的。为使热管和换热器产品达到国内领先水平，魏正周投资上马安装了热管制造自动生产线、高频螺旋翅片管自动生产线和自动焊接组装生产线3条大型生产线。全员、全方位、全过程实现了质量管理控制，从选料、除锈到焊接实行了56个质量控制点，实现了运用微机进行优化设计及对质量管理和质量保证体系的监护。全厂52名职工中有20名工程技术人员和管理人员，其中有6人是高级工程师，每一岗位都制订了高质量的管理标准，每一个人工作量是满负荷的……

就在热管及换热器产品要进行局级鉴定的前夕，魏正周接到了一封寄自四川渠县老家的来信。信中说他母亲患重病已卧床不起，老人想念儿子，想让他回家一趟。然而，产品就要进行鉴定了，在这个节骨眼儿上他怎么能走开呢？他将家书往兜里一装，又忙热管去了。外人有谁会想到魏正周在产品鉴定会上，兜里会装有这样一封家信呢？

产品通过鉴定后，他又开始忙碌厂子扩建事宜，一直到春节前夕，他才抽身回老家去看望患病的母亲。就要过春节了，家里的亲人说这回就多待些日子吧，一家过个团圆年，然而惦记厂子的魏正周在家只住了几天就心神不安了。可怎么向卧床不起的母亲开口呢？要知道他自参加工作20多年来从没在家过一个春节啊！

“妈，我不能陪您在家过春节了，厂里还有那么多人在等着我。”做儿子的惭愧地对母亲征询道。

“我已经是80多岁的人了，病成这个样子恐怕你下次再回来就看不到我了，你就不能等过完节再走。”母亲流着老泪怎么也想不通。

从不轻易掉泪的魏正周，此时此刻不禁泪流满面。对于老人的心情，他是理解的，可他更能掂量出厂里热管产品生产的分量和职工家属的期望。于是，他把厂里的情况一五一十地向母亲讲了。

就这样，魏厂长挥泪告别了亲人，在除夕的下午返回到了工厂。

作为儿子，这是对母亲的不孝吗？不，一名共产党员为祖国的节能事业做出了应有的贡献，这就是儿子对母亲养育之恩的最好孝敬；这就是一名普通党员对党的培育之恩的最好报答！

节能设备厂生产的这种热管换热器，是一种能将锅炉烟道余热进行充分回收利用，从而达到提高锅炉热效率，而且安装造价低，几个月便可收回成本的节能高新产品。华北油田一些单位经安装使用收到了可观的经济效益，而其他兄弟油田对这项节能新产品的使用价值还不太了解，为了适应市场的需要，为了节能事业的发展，他们又踏上了一条四处游说的征途，并制定了周密的售后最佳服务细则。

那还是在产品鉴定会期间，胜利油田节能处领导经实地考察论证后当场订货，要在胜利油田的锅炉上安装这种新产品。时隔不久，胜利油田物探公司来电报订了4台。锅炉的现状如何，他们尚不清楚，必须经过实地考察论证才能掌握可靠的数据。为兄弟油田安装这种产品的工作也就从此拉开了序幕。

1991年7月28日，大地热得像个蒸笼，烫得沥青公路泛起了油光。魏正周得到带领厂里的科技人员踏上了去胜利油田的路。这4台锅炉有一台已不具备热工测试条件，原油火嘴出现严重结焦现象，造成正反平衡误差过大，正平衡效率超常失真，检测报告给不出正平衡检测结果。

怎么办？是进还是退？是安装还是不安装？若安装，锅炉都到了这个程度，一旦失败了怎么办？若不安装，退出来还来得及，再寻找突破口。

“安装。”魏正周下了决心。他对随行人员说：“失败不可怕，我们不是在一次次失败和挫折中走过来了吗？”

这4台锅炉安装热管换热器，是结合锅炉改造进行的。锅炉改造本不属魏正周他们的服务项目，但他还是留下技术工人帮助他们进行锅炉改造和热管换热器的安装。为了这4台锅炉，魏正周派出科技人员前往胜利油田不下10次，服务质量赢得了用户高度赞誉。没想到这4台锅炉安装上热管换热器后，收到了出奇的节能效果，经过4个月的使用证明，排烟温度由装前的平均207.5摄氏度降到了153摄氏度，而燃烧空气提高了49摄氏度，大大提升了燃烧效率，使锅炉整机平均热效率由71.66%增至79.3%，平均提高效率到7.64%。通常情况下，热效率提高1%都是不容易的。而且经用户实测，仅计算了一台2吨锅炉，使用4个月便节约原油69.87吨，节约资金9467.45元，便收回了全部投资。为此，用户给节能设备厂写来了信息反馈信和感谢信。第一炮就这样打响了。

然而，打响这一炮是用血的代价换来的。

1991年7月初的一天上午，厂里又新进几台设备，在起吊设备时，魏正周的右臂不慎被砸骨折，疼得他大汗淋漓。经送医院拍片，片上清晰看到，一块骨头已明显游离出来，一端扎进了肉中。当他躺在医院走廊的椅子上听大夫对送他去的人说要住院时，他央求大夫说：厂里施工正紧张，我不能住院。于是他只打了止痛针，拿了点止痛药，在胳膊上缝了7针后便返回厂里。家属们万万想不到魏正周下午又来到了厂里。由于他在酸洗车间指导工作而使伤口感染，胳膊肿得老粗老粗，他白天工作，晚上输液消炎，从没休息一天。到胜利油田前夕，仅20多天时间便把绷带强行拿掉了。常言道：伤筋动骨一百天。他这样能行吗？他说，人要有一点精神。

当今世界，是科技竞争的世界，是瞬息万变的世界。经过创办节能设备厂日日夜夜风风雨雨的经历，魏正周懂得了皇帝的女儿也愁嫁，好酒也怕巷子深的道理。继胜利油田一炮打响之后，他又生出了占领社会市场的念头，于是他和他的搭档们上北京下深圳推销节能产品，先后为北京重型机械厂和深圳特区多伦有限公司安装这种节能设备，都使用户收到了可观的经济效益。

节能产品在一台台出厂，银行账号上的阿拉伯数字在不断增加，挣来的钱该怎么花？

厂子一天天红火起来，挣来的钱该怎么花？

魏正周在思考着。

干部、职工和家属在关注着。

他不会忘记办厂时的宗旨。

他更不会忘记10年前还是“晴天收盐巴、雨天拾蛤蟆”的芦苇盐碱滩变成如今的“晴天稻浪滚、雨天江南情”的动人图画，家属付出了多少不懈努力和艰辛。然而，如今他们仍在刀割手种。

他将一部分钱用来增加家属收入，但前提是从事工副业要低于从事农业的家属收入。再拿出相当一部分钱来改造和购买设备，扩大厂子的再生产能力，实现农业机械化，减轻家属的劳动强度。

购买一台中耕机，解决了耕地难的问题；购买粪罐车一台，解决了土杂肥运送到地难的问题；购买水稻和玉米收割机各一台，解决了收割难的问题；购买装载机一台，解决了粮食运输难的问题。

与中国科学院合作，共同研制出一台粮食烘干机，解决了晒粮难的问题；购买 15 吨地磅一台，解决了粮食入库难的问题；从而形成了一条 3000 亩粮田从春耕、施肥到收割、运输、烘干和入库完全机械作业线。

这样一来，从事工副业生产的家属无怨言，从事农业生产的家属心情舒畅，进一步稳住了农业，搞活了工副业，粮食产量由 1983 年的 36.3 万斤，猛增到 1991 年的 125.7 万斤。工副业产值由 1985 年的 52 万元，直线上升到 1991 年的 355 万元。家属人均个人年收入由 1983 年的 334 元，增长到 1991 年的 1200 元。

立足油田就要真正立足，占领市场就要真正占领

二连油田共有 97 台加热炉，设计时把鼓风机设在了室外，烧油的炉子是用火嘴喷油、鼓风助燃，因为冬季酷寒，鼓风机出来的都是冷风，使燃油雾化不好，火嘴经常结焦，而使加热炉断火。采油工人将鼓风机搬到室内，想提高鼓风的温度，但鼓进的仍然是冷风，结果不但没有将温度提起来，反而带来了操作间温度过低、墙上结冰等一系列问题。

魏正周得到这一信息后，想用他的热管去攻克这一难题。

1992 年 3 月中旬，二连油田还是寒气逼人的季节，他和孔繁松驱车北上了。到二连油田后，冽冽寒风逼得他俩喘不过气来。他们认真查看每一台加热炉，经和用户协商后，决定先制作 3 台试用，效果好就全部改装热管换热器。1992 年 4 月下旬到 5 月上旬，这 3 台热管换热器已在二连油田安装完毕，从而为油田在高寒地区采油解决了一大难题。

一个企业也好，一个工厂也罢，产品质量是使用户得以信赖的保证。他们的产品因为质量好由原来外出推销到今日用户主动上门订货。这不，深圳多伦有限公司又来函要订热管换热器 4 台。太原方面来厂洽谈合作项目。节能设备厂眼前正在为他们赶制一台余热集收器。化工行业有 1/3 设备是换热器，而设备投资的 1/2 要用在换热器上，这不成比例。因为化工设备腐蚀性强，一般情况下换热器每半年就要更换一次，采用热管器后不仅

可提高余热回收利用率，而且可以有效解决常规换热器的腐蚀问题，从而使换热器寿命可达3年以上。也就是说，在投资不增加的情况下，寿命可增长6倍。他们已应用上了一台热管换热器，并已获得了专利。1992年10月，化工部要对这个产品召开鉴定会，若通过的话，化工部就要强行推行这个产品。这次来的目的是对这个节能设备厂做实地考察，因为他们在此之前已考察过一些地方上的热管厂。经考察后，他们认为华北油田油建二公司节能设备厂无论是技术装备还是产品质量都在国内属上乘水平。等这台热管换热器赶制出来后，要和节能设备厂合作搞热管激冷器新产品。

节能设备厂的职工和家属很少休节假日、星期天，因为订货的多，不加班制作不行。这次五一节这一天也搭进去了。因为抚顺第八油建公司慕名而来，先预订4台，再制作11台直径为89毫米、壁厚为13毫米的热管换热器。而厂购进的高频焊螺旋翅片管自动生产线最粗热管可制作的直径为76毫米的薄皮热管。怎么办？是接还是不接？接！用户就是上帝，决不能让用户扫兴。

于是他们将“星期日工程师”请来，和厂里技术人员一起对生产线进行技术参数改造。“五一”这一天是试车的日子，8点以前，公司总经济师和“星期日工程师”齐刷刷地来到了车间。还好，试车一次便成功了。他们又一次实现了跨越，市场空间更广阔了。

截至1992年4月底，节能设备厂已为用户安装锅炉热管换热器72台套，用户覆盖北京、天津、河北、山东、四川、江苏、海南、广东、山西、甘肃、黑龙江、内蒙古、新疆等13个省市自治区。他们回访用户获悉，热管换热器效率在90%以上，提高炉效8%，总换热量高达10.5×10^6卡，共为用户节约标准煤1359吨，节约资金95.15万元。

一年多来，来电、来函、来人要求订货的源源不断，为了满足用户的需求，适应市场的需要，他们不断开发新品种，产品由投产初期单一的热管空气预热器发展到今天的热管省煤器、高效热管多采用炉、热管开水器、热管汽车暖风机、热管电暖器、热管空调器、热管太阳能热水器、余热锅炉、热管加热炉、高效多层流化床式节能型粮食烘干机、高频焊螺旋翅片管等12个系列38个品种。热管最细直径仅为20毫米，最粗可制作直径为89毫米，长短不限。产品已广泛用于工业余热回收和民用取暖生活，涉及石油管道输送、石油化工生产和电力、冶金、化工、纺织、机电等行业领域。同时，还承担了余热资源测定、余热回收方案咨询、余热回收系统热力计算与结构设计及安装、热管新产品的研究与开发。

就是这么一个只有52人的小厂，从1990年12月19日产品通过鉴定到1992年4月底不足一年半的时间，便形成了自己的拳头产品，产值及订货价值已达到320万元，固定资产从白手起家到现在的96万元。

结束语

魏正周的名气越来越大。

不过，他没有时间享受成功的喜悦。节能设备厂如今和华北石油设计院、华东设计院、天津石化总厂设计院、北京石油设计院和管道局设计院等设计部门加强合作，攻关新技术，研发新产品，向着更高更远的目标奋进。

结束采访时，我来到魏正周办公室，他不在，只见办公桌上放着一张1992年4月26日的《人民日报》，在以“提倡科学、尊重人才”为主题的社论的文章里，红铅笔把“当今时代的显著标志是科学技术的飞速发展。科学技术及其在产业化领域的竞争是国际上综合国力竞争的关键”“我们的现代化事业需要一大批有远大理想、有雄心壮志、有真才实学、有创造精神的人才，我们的社会应该创造更加有利于新的人才脱颖而出和施展才能的良好环境。“逐步推动企业成为技术开发的主体”等句子勾画得格外醒目。

我由衷感叹，魏正周这个瘦弱石油硬汉，以共产党员所特有的毅力和勇气为了企业的生存和发展，付出了全部的心血，倾注了所有的情感，闯过了一道道难关。真心祝愿他和他的节能设备厂明天更辉煌。

21个日日夜夜的鏖战

张洪波　王振江

序幕

时间：1993年6月23日晚8时许。

报警：由于地方不法分子偷油破坏，霸33井燃起大火。

公安消防支队七中队，20多名消防战士迅速进入战斗状态。尖厉的警笛划破沉寂的夜空，3辆红色消防车如离弦之箭，驶向火场。

好大的火！

火从覆盖井口的防盗水泥预制块缝隙中呼啸而出，巨大的轰鸣声震耳欲聋。疯狂的火焰喷向空中，形成一个直径约10米的翻卷火团，把漆黑的夜空映得如同白昼。

然而，两条泡沫水龙在如此大火面前，无异于杯水车薪，4次扑救均告失败。

这口定名为“霸33井”的天然气井，是采油四厂管辖的一口向北京供气的重点后备气源井。日产天然气18.06万立方米，凝析油36立方米。很显然，这样一口气井，若继续燃烧下去，华北油田不仅每天要蒙受50多万元的巨额损失，而且气化北京的长远目标也将受到威胁！

6月24日，离井口较近的沙土、石块已被烧成液状，井场四周的砖墙也被烤得通红，有的地方正在变软结焦。井口中心温度至少在1000摄氏度以上。

3000多米古老地层中喷射出来的是无尽的疯狂。原本用来保护气井的小院，已成炼狱。

一

火场告急！

管理局党政领导黄炎、段大钧、蔡志刚以及开发处、生产管理处的领导火速赶赴现场。

国家公安部消防局、北京市消防总队的领导率两台干粉灭火车赶来增援。

总公司钻井局的领导、开发局的总工程师赶赴现场。

河北省省长叶连松、中国石油天然气总公司相关领导先后打电话询问火场情况并部署灭火工作。

河北省副省长郭世昌、中国石油天然气总公司副总经理张轰赶赴现场。

廊坊市委、市政府领导也赶赴现场。

受总公司委托，国家级灭火专家、四川石油管理局总工程师、赴科威特灭火队副队长曾时田，赴科威特灭火敢死队副队长吴强伦，井控专家蒋泽厚等人正在奔赴华北油田的途中。

指挥车、消防车、水罐车、水泥车、压裂车、推土机、挖掘机，以及由总医院院长刘人晨带领的救护车，通讯处领导带领的通讯车，供应处运送抢险物资的材料车……向火场涌来。短短的两天，火场集结了18个参战单位，数百人的抢险大军。

6月24日17点30分，11台水消防车、3台干粉车，在30台水罐车的协助下，组成一道红色屏障将大火围住，上百名消防战士手持22条水龙，从井场围墙的东方和东北方，呈左右夹击之势逼向火海，试图将大火分割开来加以扑灭。这时只见许多战士已越过围墙缺口，进入井场的狭小院内，距离火点最近的只有3米，滚滚扑来的热浪和脚下越聚越多的滚烫热水，似乎把人投入蒸笼里在蒸在煮。尽管战士们不时地用食指压住水枪的一角，让反射回来的水强行冷却自己的脚部和身体，但仍觉得眼睛外突，全身的血管膨胀。由于分辨不清四周的情况，不少战士碰到烤红的墙壁烫伤了手和臂膀。副支队长彭文会和几个战士落入井场旁边的水坑里，坑中七八十摄氏度的积水旋即又把双脚烫出水泡。

切割了复燃，复燃了再切割，战士们与大火殊死相持 30 分钟，第五次围歼又败于强大的火势之下。

火在继续燃烧，烧疼了华北油田每一个职工的心。此时此刻，把“我为祖国献石油”当成毕生追求的石油人，其心情难以言状。

6 月 25 日：火场指挥部——一个以一杆红旗一辆红色面包车做标志的指挥部在井场附近成立。

指挥部气氛紧张而严肃。副局长蔡志刚、开发处处长王刚、公安处处长潘建全和副处长金海龙、公安消防支队支队长刘树民等，尽量提高声调，用极其简短而十分准确的语言阐述着各自对火情的分析。大家最后将灭火失败的原因归为一点：井场周围障碍物温度太高，继续喷发的天然气遇高温障碍物导致复燃，因此，要想尽快扑灭大火，必须先清除障碍!

命令迅速下达，井口四周的围墙很快被推倒了，砖块碎石被铲走了。但是当清障人员用特制的长 30 米的铁耙子伸进大火试图将压在井口的成吨重的防盗水泥预制块扒走时，却因屡屡滑脱而难以奏效。现在只有用挖掘机靠近井口才有可能将水泥块扒走。谁来完成这个任务？人们把目光落在了钻井二公司钻前大队司机陈万顺的身上。

危险是明摆着的。陈万顺，驾驶挖掘机已有 15 年之久了，完成急难险重的挖掘任务，他参加了不知多少次，但像这样贴近大火，冒着生命危险清障还是第一次。他家里有 3 个没有独立生活能力的女儿，和没有正式工作的妻子，万一有个闪失……此时此刻，他可以有许多的理由要说，然而他还是拉动油门，高擎起挖掘机的长臂，冲向了大火。

镜头 A：在水枪的掩护下，陈万顺冲上去了。距离井口只有 4 米，大火形成的高温热浪直扑驾驶室，在水龙中蹿越的火焰就舔在驾驶室的玻璃上。驾驶室极度缺氧，他只觉得呼吸困难，头昏脑涨。

此刻，人们的心似乎凝固了，几百双眼睛紧紧地盯着他，不少人握紧的拳头捏出了汗水。

扒住一块，又掉了下去。再靠近些，离火点只有 3 米了，再扒，终于，第一块水泥预制块挖走了，紧接着第二块、第三块……陈万顺不负众望。当下午 3 点 30 分挖掘机将最后一块水泥预制块挖走时，站在消防战士身边指挥作战的黄炎局长禁不住大声说道："好，干得好！"

火场出现暂时的战斗间隙。

镜头 B：刚才还生龙活虎的消防战士，似乎一下子全蔫了。有的顾不得脱掉被浸湿的战斗服就抱着水枪倒在了凹凸不平的井场上；有的脚还陷在泥窝里，便就地睡了过去，他们实在太疲劳了。整整 4 天 4 夜了，战士们火里烤，水里浇，没合过一次眼。他们中的大多数人，是刚刚参加工作的上岗工，在父母的眼里，他们都还是娃娃。那个趴在汽车驾驶室睡着了的战士洪刚，参加工作才两个月，两个月的消防生涯甚至还没有来得及经历一场哪怕是微不足道的火灾。然而，这场大火却让他赶上了。救火他没有经验，但决不乏勇敢，几天来，他抱着水龙头一直冲在前头，大火已将他的腿部和左臂烤伤，走路时疼痛难忍，可他没有下过火线。

还有那个叫刘军民的战士，冲锋时左脚被碎砖头扎出了一个半寸长的血口子，伤口正在化脓。

战训科科长孟庆彦，这个昔日壮如铁塔的汉子，此时，他用棉花塞了又塞的鼻孔，仍有鲜血流出来……

记者日记：16 点 30 分，油建一公司接到为火场赶制一个高 7 米、直径 3.5 米的灭火罩的命令。这是一套备用方案。晚 10 点加工就全面铺开。管道厂内 70 多名干部职工一齐上手。下料、滚板、焊接，到次日早晨大罩完工。

镜头C：大火仍在燃烧。平原在烈火的烘烤中，缓缓地步入黄昏。井场热浪难挡。

指挥部的成员们席地而坐。蔡志刚副局长布置了下一步的行动方案："各个环节的工作都要做得科学、细致、周密，明天的灭火行动一定要争取一次成功！"蔡副局长坚定的话语响在每一个人的耳畔。紧接着，指挥部西侧的消防指战员围拢在一起，公安处长潘建全、副处长金海龙，用一块小黑板布置着明天行动方案的实施办法……

27日上午8点，西南风。36支水枪成半圆形围住火团，9台干粉车也呈半圆形逼向火点。人们的心也再一次逼向火点。

这是一次筹划精密的布阵，是一次智慧、科学和勇气与熊熊大火的决战！

一声令下，又一次大规模灭火行动开始了。

36条水龙瞬间呈扇状扑向大火。20分钟强行冷却。接着9台干粉车同时开炮，一声轰响，井场一片白雾，燃烧了4天4夜的大火还未来得及挣扎便窒息了。

全部行动干净、利落，前后只用了23分钟。

大火终于熄灭了。

二

火灭了。人们绷紧的心弦舒缓了一下，但很快又被提紧。此刻，疯狂的大火变成了锐不可当的疯狂气龙。强大的天然气流挟裹着大量凝析油从被烧坏的采气树底法兰和套管闸门处向南、向东喷出，并且随风向北笼罩了两千米范围内的空间。

这个越聚越大的天然气团，随时都有爆炸和复燃的危险，它比大火更可怕，更具灾难性！

立即压井！

一个小时之后，采油四厂和井下作业公司的两支突击队，率先冲向井口，将采气树左翼闸门强行关闭，抢装好高压放喷管线，用700型压裂车组实施反压井作业。然而井口压力太大，造成回压的天然气瞬间将压裂车的高压凡尔憋爆，井下作业公司压裂大队副大队长李宝海立即被掀到车下。

反压井失败。不能停歇，马上改施正压井方案。这一方案先要打开井口总闸门。而恰恰这个闸门，当初出于防盗考虑，用5英寸钢管罩住焊死，现在又要打开，谈何容易！

怎么办？唯一的选择就是锯掉钢管。

但是，要锯掉钢管就难保在锯的过程中不产生火花，而有火花就会导致天然气复燃，其危险可想而知。

谁来完成这个任务呢？黄炎局长将目光落到了孙保民、马桂成的身上。

这两个无疑是担此重任最合适的人选！

孙保民，钻井工程师。在他几十年的钻井生涯中，数不清的井口抢险和处理井下事故，练就了他独特的胆识。

马桂成，采油四厂厂长，他参与压服井喷和井场灭火的行动多次。出生入死的经历，使他积蓄了比别人更多的经验。

看得出，在这关键时刻，作为一名指挥员，黄炎局长是在尽量使每一决策更有成功的把握和更少的风险。

当然，对于孙保民和马桂成来说，似乎还有一个更重要的理由：作为一名党员、一名领导干部，危急关头必须作表率，否则，还算什么党员，算什么干部？

他俩冲上去了。天然气咆哮着。水和气浪劈头盖脸地打来。他们呼吸困难，眼前一片模糊，只有双手在下意识地驱动钢锯，极其小心又快捷地拉着：一厘米、两厘米、三厘米……钢锯每拉动一下，在场人的心就要为之颤动。

生命是真实的，而共产党员的真实生命在危险关头更能闪现出照人的光彩！奋不顾身、舍生忘死、无所畏惧……所有词汇在此都变得苍白无力！

记者日记：在今天的井场上，有一位同志给我一张纸条，上面记录了一串抢险勇士的名单：

采油四厂厂长马桂成、井下作业公司副经理冉超、局钻井处工艺科科长孙保民、局生产管理处副处长杨存旺、井下作业公司总工程师祝永祥、采油四厂作业大队大队长李炳绪。

给我这张纸条的同志说："你们记者写文章的时候，一定别忘了多写他们几笔。"

很显然，这不是一张普通的纸条，纸条记录的全是大队级以上的领导干部。看得出，写纸条的人对冲锋在前的领导干部有着发自内心的敬佩！

是啊，领导干部的率先垂范和舍生忘死的献身精神，就是无声的命令，它产生的感召力是巨大的……

几天来，以运输公司为主组成的罐车队伍，每一个司机都默默地把党员和领导干部当成学习的榜样。

运输公司的大队部司机是6月24日23点接到抢险通知的。他们长途奔波一天后没有来得及吃一口饭菜，便火速驱车赶到了火灾现场。用不着谁去扯着嗓子喊快跑，也用不着谁去放开调门嚷多拉点，大家自觉行动，昼夜奔跑，饿了就随便啃一口干粮，困了就趴在方向盘上利用排队装卸水的工夫睡一会儿。

在这支英勇顽强的运水大军中，有两名女性司机：王素环和丁明英。她们均来自运输公司三车队。到6月27日，她们已在井场至龙虎庄的路上，来回奔跑了5个昼夜。后来，她们连爬上罐车顶启开闸门都很吃力了，但她们仍然坚持着，坚持着……

令人不安的消息：正压井因井下油管被水化物堵塞，压井液打不下去。

1400 型压裂车组的现代化电脑显示屏显示，打开总闸门后的油管回压瞬间达到 270 个大气压。如继续加压，已经严重损坏的采气树就极有可能被打飞，如果这样，再行压井就将面临更困难更复杂的局面。

镜头 D：6 月 27 日 21 点，任丘。华北石油管理局第三招待所二楼会议室灯火通明。刚刚从井场冒雨归来的局党政领导黄炎、段大钧、王文达、蔡志刚，四川石油管理局灭火专家曾时田、蒋泽厚，以及井下作业公司、采油四厂、研究院的领导和地质专家，汇集在这里，召开紧急会议。黄炎局长坐在会议室临窗的沙发上。他嗓音嘶哑，说话吃力，为了让大家听明白，他把一片草珊瑚含片放到嘴里，尽量放开嗓音讲话。

会议对照霸 33 井的原始地质工程资料进行了认真分析。晚上 11 点，大家就井下油管堵塞的水化物成分和形态达成两点共识；一是水化物的构成为冰块和石蜡；二是电脑显示屏上压力曲线上升很快，说明水化物离井口很近。因此，明天的压井方案依此确定：

第一套方案卸掉正压井管线，打开总闸门放喷，靠井底天然气自身压力将水化物顶出，然后继续正压井。

第二套方案，如水化物顶不出，则加固底法兰和四通间的连续螺丝，再设法利用采气树，强行反压井。

镜头 E：6 月 27 日晚，大雨。风向不定。这是大火后最危险的一个夜晚。井口喷出的天然气无法飘散，浓烈的天然气像一口大锅覆盖在井场上空，抢险人员只能用衣领掩住鼻子和嘴才能呼吸。技安环保处副处长杨瑞启，手拿可燃气体检测仪，来回跑动着，不时将检测到的天然气浓度变化数据，报告给指挥部。情况十分紧急。留在现场负责的局党委副书记赵张保，局党委常委、宣传部部长姚治晓，立即做出决定，采取果断措施：将可能引发火灾的消防车发动机和通讯用的发电机关闭。在关闭前与管理局做最后一次通话："请供应处为大雨中衣着单薄的消防队员和罐车司机们送来棉衣、雨具。这是最后一次联络。以后，我们将中断联系。"

通知所有罐车司机拔下发动车的钥匙，关上车门。此时，司机们都蹲在车旁。他们大多穿的是背心和短裤。

加强警戒，严禁一切车辆和闲人进入警戒区内。负责警戒的公安干警们摸黑在雨夜里巡逻。

送饭车不能进入警戒区，只好停在离井场一千米以外的公路上，后勤人员抬着饭菜步行到井场，开饭时间延至凌晨1点。

井场一片黑暗，吃饭时，现场负责人一个一个地去叫。一点钟左右，生产管理处副处长杨存旺用沙哑的嗓子对旁边的同志说："吃吧，吃一顿饺子吧。"言外之意，危险在即，无法想象还会发生什么情况。

三

第二天清晨，正当人们满怀信心地按指挥部的最新部署行动时，大雨已将井场置于一片泥泞之中。由于气压太低和持续的东北风，放置于井场西南方的包括1400型压裂车组在内的大部分车辆全被天然气笼罩。车不能点火起动，行动方案不能按计划实行。不过，稍让人安慰的是，井下作业公司的抢险队员，在12点20分左右，将总闸门打开并放喷成功，油管水化物堵塞问题得以解决。

镜头F：阴云渐开，人们面露喜色。记者将摄像机镜头对准从井口开闭总闸门回来的年轻勇士高鹏——压裂4队作业班长。没想到刚才连死都置之度外的他，竟不知所措地一边躲闪一边连连摆手："别、别拍我，我可没啥好拍的。"

记者只留住了他的队友郑哲，一个胖胖的小伙子。情急之中问一句："你怕不怕？"

"怕。"小伙子几乎不假思索脱口便说："上井前有个记者老把镜头对准我，我就特腻味，心想，这莫不是在照遗像。但怕归怕，该上还得上，关键时候咱不能丢作业工的脸！"

镜头 G：井场南侧，局党委书记段大钧，正忙着为装高压管汇的勇士们刷丝扣，丝扣泥太多，刷不掉，拿钢丝刷再刷。见身边这几个小伙子在泥坑里对接管头，又赶忙找来木板，垫到泥坑里，管头完成对接。

由于井口法兰刺坏，29 日先后用清水 810 方、氯化钙 70 方、轻泥浆 120 方压井，均未成功。

30 日，用棕绳、压裂橡胶球堵漏，用 300 方重泥浆再次压井，仍未奏效。井口失去控制，天然气开始敞喷。18 点，总公司相关领导赶赴井场，在亲临井口察看并听取了黄炎局长和专家们汇报后指示，实施战术撤退，待切割掉旧井口、装好封井器后再组织压井。

这时，井场上 1400 型压裂车组在低音喇叭声中沉重而缓慢地撤出井场。数百名苦战了 7 天 7 夜的抢险将士们，表情都是难以名状的复杂。晚饭送来了，许多留守人员甚至没有心思去动一动饭菜。

井场暂时失利的消息迅速传回后方。后方的人们再一次紧急行动起来：

为配合再次压井，公共事业处的职工在三四天时间里，出动人员 762 人次，动用车辆 236 车次，运碎石 2500 吨，铺成一条长达 1 千米、能使所有抢险车辆直达井口的简易公路。

为配合再次压井，钻井工艺研究所的工程技术人员，苦战两天两夜，完成 4 号标准图纸 230 多张，液压封井器设计图纸提前交付二机厂。

镜头 H：连日来，第二机械厂各车间更是昼夜奋战，为了赶制井场急需的高压水力喷砂切割枪及液压封井器的零部件，该厂抽油机分厂、机械制造分厂、锻造分厂，已停止了其他生产活动，承受着可能被客户罚款和当月产值下降 1/3 的经济损失，许多工人和干部三天三夜不离开车间。调度长沈晓庆，连累带急，嗓子哑得只能靠手势来指挥生产。机械制造分厂工人庞加全家出动：妻子开天车，他在下边加工部件，刚 6 岁的儿子无人照顾，只好在车间的一个角落里自己玩。抽油机分厂青年刘彩凤累病了，但只躺了 3 个小时，就又拿起了焊枪。

副厂长李向阳这个看上去文静贤淑而泼辣能干的女同志，几天来，她的心几乎无时无刻不在挂念着霸33井，她做梦都想早一天制服井喷，也从心底祈愿她那出生入死、第一个冲上井口用钢锯锯断防盗护罩的丈夫马桂成能平安。祈愿化为力量和智慧，她既运筹帷幄，又样样工作抢在先，干在前。

7月2日15点，一条长19.5米，重达1.2吨的高压水力喷砂切割枪提前制造成功。这样，切割油管的战斗被提前到7月8日实施。

切割的任务还是交由井下作业公司承担。

记者日记：今天是7月8日，15点35分切割开始。这时，已经敞喷达8天8夜的井场，完全改变昔日的模样，离井口200米的坑坑洼洼里，积满了深棕色的轻质油。或许空气中天然气含量太高和落地轻质油大量蒸发的缘故，许多在空中欢快飞翔的蜻蜓，一到井场上空便栽跌下来。

看来，一旦井场发生意外，作业的人们逃生的机会已变得很渺茫。井场指挥部下令将能够撤离的人员全部疏散到离井口更远的较安全地带。

井场上只剩下井下作业公司经理文浩、党委书记蒋自强、总工程师祝永祥、副总工程师席明扬和修井大队大队长李亚平等七八个人，继续观察高压水力喷砂切割枪切割情况并及时进行调整。

此时，在场的人显然都知道自身处境的危险，但每个人却都异常镇定。

切割是从割断采气树与井口底法兰间的最后一颗螺丝入手的。这是至关重要的一环，不割断它，被刺坏的采气树就吊不起来，吊不起采气树，井下油管露不出地面，自然就无法割断。

本来，按照战前的实验，用400个大气压的工作压力，应该很快就能割断这样的螺丝，但是，时间已经用了30分钟、50分钟、70分钟，螺丝仍然没有割断的迹象。人们不敢再想，如果失败，它将抹去几个日日夜夜的一切努力，又回到零的起点。

蒋自强、文浩急得几次爬到距井口一米左右的草袋子上，试图用木棍探清螺丝的切割程度，但都因气浪太大，无法达到目的。

镜头Ⅰ：总工程师祝永祥，一个连日来在抢险的紧要关头，多次出现的人物，又一次出现在井口。这一次他决定用手去摸，就如同将手伸进虎口，要摸清老虎到底长了几颗牙一样。他冲上去了，气浪迎面扑来，他不能呼吸，憋足一口气顶一会儿下来，换一口气再上去。半分钟后，他走出了气流包围的井口，满脸油污，眼睛通红，面对围上来的人用手比画着说，这螺丝由于旋转的缘故，到现在才打出一个洞。

人们明白了他的意思。身旁的李亚平似乎更明白。他知道，如果再这样切割下去也是浪费时间。此刻，一个大胆的想法在他脑海中产生。他示意队友康新民，拿来大号扳手，扳手的尾端用绳子绑好。为防止气流将自己打倒，他又让康新民把自己拉紧，然后快步向前，任气冲浪涌。3 分钟，只 3 分钟……他退下井场，说了声："螺帽拧掉了。"

不消说，这是多么惊险、多么伟大的 3 分钟！就是这 3 分钟，他至少为切断油管赢得了一天的时间。

记者激动不已，借着井场吃饭的间隙，找到祝永祥，并且问了一句显然是多余的话："这个时候为什么非得领导干部上？"

他先是愕然，继而从倦怠的面容里透出一丝微笑："这是习惯。况且，我是技术干部，技术干部需要掌握第一手情况，不然，抢险方案又怎么做到万无一失呢？"

祝永祥的话说得平实而坦然，但我们分明能在其中感觉到一种震撼的力量。

"一不怕苦、二不怕死"，石油工人不朽的精神；"危急关头，共产党员、领导干部冲在前面"，石油工人不变的传统。有了这些，还有什么困难不可以克服，还有什么艰险不可以战胜！

四

7月8日20点30分，油管终于被割断。由于卸掉了采气树，已无任何阻碍的强大的天然气流以更大的能量，成束状直刺天穹，巨大的咆哮声使人的心房颤抖。井场周围500米内无法用语言传递信息。

这预示着，抢装液压封井器又将是一场恶仗！

当然，已承担该项任务的第二钻井工程公司显然也没含糊。从6月30日接到井场指挥部的指令，他们便立即行动。先抽调具有丰富压井抢险经验的工程技术人员，赶赴井场实地了解、考察井喷及井口装置损坏情况。继而，成立了由公司经理陈汉宝任后勤保障总指挥的抢险突击队。几天来，这支队伍模拟井口状况，一次又一次进行战前演习，方案中的每一个细节，他们都已记得滚瓜烂熟。他们目标已定：这次行动，要勇敢，但更要讲究科学和严密的组织！

这不愧是一支被国家命名为“地质勘查功勋单位”的“王牌军”。7月12日凌晨4点，当启明星还没升起，油城的人们都还在静谧甜美的梦乡里神游的时候，这支队伍已经奔驰在通往霸33井的公路上。他们准6点到达井场，只简短但又十分明了地重申了一下抢险中应该注意的关键事项，便立即投入到紧张的战前准备之中。

这时，井场气氛格外肃穆。

记者日记：8日晚，刚除掉采气树不久的霸33井突然发出滚雷般的轰鸣，井口嗖的一声，喷出一节油管，紧接着三节、八节……这油管犹如长龙，擦过作业井架撞出道道火花，随后又利箭般射向100多米的高空，再面条似的落到井场的东北方……

毫无疑问，经过如此长时间的喷发，井口和井场的潜在危险又加大了。不过，抢险队员显然也做好了赴死的准备。抢险突击队副队长陈军，这个刚刚步入而立之年的小伙子，似乎想得很多。连日来，他一直躲在队上模拟练兵。他想回家，但又怕回家。怕回家不是怕父母和妻子不支持，而是怕他们为自己担心。昨天，正是父亲 58 岁生日，说好了弟弟和他要前去祝寿，可事到临头他又改变了主意，只告诉妻子到商店买 4 瓶好酒，并由她全权代表送去，算是了结了心愿。他知道这样不妥，但为了制服井喷，忠孝难以两全，也只好如此了。

镜头 J：9 点整，抢装封井器的决战时刻来临。70 多名身着橘红色抢险服、头戴橘红色安全帽的抢险队员，用棉花塞紧耳孔并戴紧防震耳包。两辆 30 吨吊车及两台紧固绞车相继到达位置，刘磊石用写好字的小黑板，传达着战前的每一条指令。一切就绪，这时，副指挥刘若岩小旗一挥，吊车随即将重达 11 吨的液压封井器吊起，并徐徐下滑与井口底法兰对接。

近了，更近了，几乎就在两者相遇的一刹那，井口突然发出刺耳的怪叫，井场顿时气浪翻涌，一片白色，抢险队员无法接近。多亏吊车司机临阵不慌，封井器才没倾斜或翻倒。

第一次抢装失败。

在场的四川石油管理局井控专家，迅速将抢险队员召集在一起，气龙的咆哮声太大，说话听不见，他就在井口旁的液压控制房的墙壁上，用粉笔快速写出原因：一是井口未校平；二是吊车松绳和绞车紧绳不均匀；三是封井器未对准气流中心。请注意！

11 点 15 分，封井器调整完毕。吊车再次起吊。11 点 20 分，液压封井器与井口底法兰再次靠近。强大的天然气流又发出刺耳的怪叫。然而，没有谁理会它。抢险队员们都呈半蹲状死死拉住绑在封井器上的棕绳将其扶稳，眼睛眨也不眨，两台紧固绞车，在司机的小心操作下，一起发力，绞动紧绳。

终于，封井器与底法兰对在一起。这时，抢险队队长张博友，瞅准机会，抢先穿上第一颗螺丝，紧接着史玉华、陈军、高明山等又一起将其余 11 颗螺丝穿上。

11点30分，发疯般喷发达21天之久的天然气流，第一次有控制地从封井器顶端喷放。专家们最担心的井口底法兰与封井器的连接处的刺漏问题，因工程技术人员采取了加铜铅垫片密封而得以妥善解决。这使得整个液压封井器抢装几乎达到了完美无缺的地步。

关键的时候，我们的抢险勇士们再次用行动证实：当今的石油工人，不仅有着无与伦比的献身精神，更不乏用知识和智慧武装起来的科学头脑！

记者日记：7月13日15点32分，一个盼望已久决定性时刻来到了——

随着液压封井器所有的闸门的关闭，疯狂喷发的天然气流柱消失了。压井顺利进行并完全成功。这时，井场上一片宁静。作为现场指挥的副局长王文达，高兴地举起右手，伸开食指和中指成V字状，作出象征胜利的手势。许多人竟然不敢相信这是真的，有人欣喜地流出了眼泪。

尾声

7月14日6点50分，井口压力从压井时最高的250个大气压降至零。霸33井抢险取得了决定性胜利！

21个日日夜夜啊，我们动用了大量人力和物力，用“一不怕苦、二不怕死”的革命精神和“面对现实、尊重科学”的求实态度，扑灭了大火，制服了井喷。没有一人伤亡，没有损坏一台设备，没有再次造成井口起火，可以说，这在灭火压井史上算是一个非常成功的战例。

21个日日夜夜啊，有多少默默无闻的抢险人员值得赞颂，有多少动人的事迹值得传扬，而我们却无法详尽地描写和刻画。

21个日日夜夜啊，也留给了我们许多的思考。大火锻炼并考验了华北石油人，在烈火中，在生死考验面前，华北石油人填写了一张合格的答卷。

所有参战的前方与后方的抢险人员，请接受我们最崇高的敬意！

华玉闪烁

李化林

有人说，做人难，做个女人更难，做个有抱负有事业心的女人难上加难。从实实在在的现实生活来看，这话不无道理。在我国这个由男子一统天下的古老国度里，历来就不同程度地存在着轻视女人的陋习。自从新中国成立后，妇女才得以翻身解放，受到重视。但是，由于几千年来形成的传统观念，轻视妇女的思想仍不能在短时间内消除，还或多或少有形无形地在人们的头脑中残存着，并在各种各样的场合中环境里表现出来。但是，不管怎样，在20世纪末波澜壮阔改革开放大潮的冲击下，一批批女人，更确切地说，一批批女强人脱颖而出。她们在大潮中搏击，在事业中奉献，以至于在与命运的抗争中，显示出巾帼英雄本色。难上加难，对她们来说，已经无所畏惧了。她们就是背负着时代的重任，踏着难字铺成的道路，一步一个脚印，奋力地前进着……

在本文中，我们将要讲述的主人公蔡华玉就是这样的一位女性。

上篇

她上任了，周围送来的都是一些不信任的目光：“一个女的，能干好吗？”然而，她以她的智慧和行动，赢得了人们的敬佩。

一

1989年阳春三月。

沉睡在冬天里的华北大地，又被轮回的春风唤醒了。柳树放叶，桃树开花，白洋淀的水面上露出嫩绿的苇芽。这一切仿佛在告诉人们，美丽的春天来到了。

可是，在美丽的白洋淀畔的华北油田第二勘探公司劳动服务公司创新服装厂，好像还沉睡在冰冷的寒冬里，42 名职工、家属和从业青年仿佛丝毫没有感受到春天的温暖。

42 张脸上呈现出 42 副冷面孔，没有欢乐与兴奋，没有愉快和笑容，有的只是叹息和无奈。

这是为什么呢？劳动服务公司领导的心里最清楚。

很长一段时间来，创新服装厂已经没有“创新”可言了，这名不副实的厂子到了举步维艰的地步：工厂没有资金，职工工资发不出去；从银行贷款 5 万元做成的运动服积压在仓库里，没有销路；厂长要求辞职，工人心里不稳。

面对创新服装厂这种状况，劳动服务公司领导班子进行了认真的研究分析，认为要想改变现状，使创新服装厂得到振兴，必须改革过去由公司直接任命厂长的管理体制。因此，他们决定对创新服装厂实行承包，以解决几十名职工家属和待业青年的就业问题。

然而，承包方案一出台，出乎意料的是创新服装厂没有人敢站出来承包，一时间使劳动服务公司的领导为难起来。

为了使创新服装厂能继续生存下去，公司领导又进行了进一步研究，在统一思想认识后，决定请人承包。

在对公司内的职工详细调查摸底之后，领导决定让蔡华玉出任创新服装厂厂长。

蔡华玉何许人？

当时，44 岁的蔡华玉正在勘探二公司任丘农业粮店当售货员。

这位当售货员不久的蔡华玉，此前曾在勘探二公司沧州服装厂担任过多年的会计工作，还经营过一段时间的商店。她既熟悉服装厂的生产和管理，又有商品经营的实践经验，是担任创新服装厂厂长的最佳人选。

一个春光明媚的上午，蔡华玉来到了劳动服务公司经理的办公室。经理热情地让蔡华玉坐到椅子上。

“今天请你来，想让你出任创新服装厂厂长，承包这个厂子。”经理坐在椅子上，又接着说，“一段时间以来，创新服装厂管理不善，经济效益不好，大量的产品积压，最近，厂长又提出辞职，全厂 40 多人面临着失业的危机。为了使这个厂子能够发展下去，保证职工家属和待业青年能有工作干，我们希望你出任厂长。”经理说完，用一种期待的目光望着她。

蔡华玉听了经理的话，沉思了一会儿，说：“恐怕不行。一是我没有担任过厂长，虽然多年在服装厂做会计工作，熟悉服装业务，但毕竟没有做领导的实践经验。二是家庭负担较重，上有 70 多岁的老母亲卧病在床，下有 3 个正在上学的孩子，老李（蔡华玉的丈夫）的工作也很忙。好在目前粮店工作较轻闲，能够照顾家，不想干什么厂长。”

一个多小时的谈话结束后，经理的思想工作，似乎没有起到多大的作用，这有些出乎意料。

深夜，躺在床上的蔡华玉翻来覆去睡不着觉，大脑陷入了深深的思索之中。

她是个要强的女性。多年来，不管是在地方还是在油田工作，她都不甘落后，总是千方百计地把工作干好。她年年被评为先进工作者，获得的奖状和证书有一大摞。现在在粮店卖粮，虽然工作轻闲，难道就这样混到退休吗？不，不能。但是，如果去承包创新服装厂，丈夫能同意吗？她左思右想，对身边的丈夫说：“我去承包服装厂，你看行吗？”

“人家男的都搞不好，你一个女的行吗？别逞能了。”丈夫有些不高兴地说：“睡觉吧。”

她迷迷糊糊地不知道自己什么时候睡着了。

劳动服务公司的领导像伯乐一样，看准了的千里马，是绝对不会轻易放掉的。

几天之后，经理又找到了蔡华玉，蔡华玉的答复是，让我考虑考虑。

当又一次找到蔡华玉时，蔡华玉被经理的真诚打动了，同时也取得了丈夫的支持。她决定承包创新服装厂。

二

劳动服务公司决策者们的“三顾茅庐”，终于使蔡华玉出任了创新服装厂厂长。

消息传出后，一时间引起了强烈的反响：

“女人能干好，男的干啥去？”一些对女同志持有偏见的人似乎有些不忿儿。

“都快成老太婆了，家庭负担又挺重，我就不相信她能把创新服装厂搞好。”一些家属在私下里议论纷纷。

“老蔡呀，算了吧，别去承包服装厂了，如果搞不好连家也会赔进去的。”几个同乡担心地劝她。

面对方方面面飞来的各种议论，蔡华玉只是付之一笑。她有她的主见。她从来就不相信女人比男人差。既然自已与公司签订了承包合同，不管遇到什么困难，也要勇敢地干下去。

于是，蔡华玉走马上任了。

进厂第一天，当她在全厂大会上和工人见面时，她没有发表那种司空见惯的施政演说，只讲了几句话：“同志们，上级派我来创新服装厂工作，我服从组织的需要来了。既然我承包了这个厂子，就一定要把生产和经营搞好，不辜负组织和同志们的期望。但是，我本人的能力有限，今后还希望大家积极配合我工作。我们要共同努力，不断创出新成绩，使我们的服装厂成为名副其实的创新服装厂。”

望着台上这位身高一米七左右，衣着朴实，体态丰腴，两眼炯炯有神的女厂长，台下的人没有表现出任何惊奇与兴奋，有的只是从她们沉默的面孔上，射过来的一道道飘忽不定的怀疑的目光。

蔡华玉开始行使厂长的权利后，没有像别人那样，搞个新官上任“三把火”，而是默默地深入工人中间了解情况。经过一段时间的详细调查，她感到厂里面临的第一个问题，就是管理混乱，制度不健全，人心浮动，工作没有积极性，从而导致产品质量差、销售不出去。第二个问题是没有资金。

针对面临的困难和存在的问题，经过认真的研究分析，蔡华玉觉得先应从管理抓起，制定完善制度。只有建立了健全的管理体制，工作才能很好地开展。

于是，她和党支部书记陈宗喜一起研究，重新修改制定了《文明生产管理制度》《职工奖惩条例》等上百条管理制度，打印成册，下发给职工。并把其中重要部分用毛笔抄写到白纸上，镶到镜框里，挂在车间的墙壁上。

有了制度就得执行，就要落到实处，否则制度只是一纸空文。

然而，真正按制度行事，也不是件容易的事。

新的制度上墙不久，第二缝纫组的 6 个女工在加工女式西装时，不慎丢了一件。厂里按规定罚款 30 元。30 元钱是 6 个女工一天半的工资，这对按计件拿工钱的家属来说，白白付出了一天多的劳动，是她们难以接受的。于是，组里派了 3 个代表，来到厂长办公室。

“蔡厂长，我们知道丢了衣服不对，但不是有意的。念我们是初次，就原谅我们吧，别罚钱了。”一名女工说。

“厂长行行好，给我们一次机会吧，如果再发现我们丢衣服，你怎样处分都行。”又一个女工说。

坐在办公桌前静静地听着女工们讲话的蔡华玉，表情温和中带着严肃。见她们 3 个人都讲完了，便操着浓重的河南方言说：“你们的心情我很理解，家属们挣点钱也确实不容易。可是，你们为我这个厂长想过没有。我承包这个厂子是担着风险的，我既要对上级负责，又得保证全厂几十号人的工作。我们是集体企业，要使工厂不断的兴旺发达，没有严格的管理制度行吗？如果你们今天丢失衣服不按制度处理，那么明天别的组再出现类似的问题，我怎么办？如果大家都不执行制度，那我们还制定制度干什么？没有制度，工厂可能亏损，甚至倒闭。请你们自己想想，该不该罚款？”

厂长的一番话，说得3个女工面面相觑，无言以对，最后只得默默回到车间干活去了。

在制度面前，蔡华玉一视同仁，谁违犯了制度，谁就会受到制度的惩罚。有一次，两个工人工作时间下象棋。当时，正有活需要他们做，蔡华玉派人叫了两三次，他们仍不肯来。于是她亲自去叫，看到他们还在玩，一气之下，撕了棋盘，并在全厂大会上点名批评，按制度进行了处分。

蔡华玉多次强调工人不能穿高跟鞋上岗，可是有那么几个散漫惯了的女青年就是不听，仍然穿高跟鞋上岗工作。蔡华玉看到后，在对其进行思想教育的同时，都按规定罚了款，从而杜绝了这一现象。

由于狠抓制度管理，全厂工人的精神面貌焕然一新，从此，人们对这位大胆泼辣的女厂长有了一种新的认识。

三

蔡华玉想，要想使服装厂的经济效益好，就必须有活儿干。于是，在狠抓制度管理的同时，她不断地通过各种渠道为厂里揽活儿。

她撇下正在上学的3个孩子，跑北京、天津，去沧州、石家庄……跟人谈生意，给人说好话。她费尽了唇舌，尝尽了长途汽车的颠簸之苦。尽管如此，她内心依然是高兴的，因为需要承做的风衣、裁判服、白大褂、童裤、棉手套等一批批的加工活儿，源源不断而来。

活儿有了，工作任务重了，如何调动工人的积极性？蔡华玉陷入沉思之中。由于是集体企业，对工人实行的是计件工资，原则是多干多得，少干少得，不干不得。可是，原来的计件工资不太合理，没有完全体现出按劳分配的原则，导致工人的劳动积极性没有发挥出来。蔡华玉感到，要激发大家的劳动积极性，必须改进计件工资制度。于是，她与厂里的管理人员经过反复测算，定出了较为合理的计件工资标准。

她们把做每批衣服分几道工序，对每道工序都做了较为精确的测算，如做单工作服上衣，缝纫时分五道工序，第一道工序是做兜、上兜、接兜盖里，工钱是 0.209 元；第二道工序是做前贴边、接里贴边，工钱是 0.18 元；第三道工序是做后背缝、上领、接领里、钉大小商标，工钱是 0.183 元……衣服的样式不同，分的工序也不一样，因此，每道工序的工钱标准也不一样。所以，每做一批服装，蔡华玉都要亲自和管理人员测算出合乎实际的基本工资标准。

这种计件工资实行后，有力地调动了工人的劳动积极性。几乎所有的工人都早上班晚下班，主动加班加点，甚至有时在厂长的再三催促下，才恋恋不舍地离开机器。

然而，工人的劳动积极性高了，新的问题又出现了。由于有的工人为赶速度，忽视了质量，致使一些产品不合格。

质量是产品的生命，没有质量的保证，产品生产得再多，也只能是废品一堆。蔡华玉深深地懂得这个道理。于是，在她的主持下，制定了《全面质量管理方案》《加工质量管理制度》，并对产品实行了“三检”制，即工人自己检验、检验员检验和技术员抽验。对产品质量进行严格把关。

世界上，做任何事情也不是一帆风顺的，总是会遇到一些意想不到的困难。但是在困难面前，蔡华玉从没有退缩过。特别是对付那些个人素质极差的家属女工，她更有一套办法。

那是 1989 年的盛夏，厂里正给器材供应处加工普通单工作服。一天，器材供应处派人来厂里检查服装质量。

宽阔的厂房里，工人们都在机器旁忙碌地工作着，机器发出嗒嗒嗒的声音，此起彼伏地响个不停，飞出窗外，飘散在空中。

检查人员围着机器转了一圈，最后停在一位正在钉扣的家属女工身边。检查人员拿起旁边钉完扣的衣服仔细检查起来，发现有的扣子钉的针数不够，没有达到要求。站在旁边陪同检查的蔡华玉当即让女工返工，女工很不痛快地说："你得给我返工钱，否则就不干。"

送走了检查人员，蔡华玉找到了这位女工说："你为什么不返工？"

"不返就是不返，没什么理由。"这位号称"管不了"的女工很强硬地说。

"那我就罚你的钱。"蔡华玉很气愤。

"你敢！"说着，女工撒起泼来，还骂了厂长。

"你再骂人，我就用黄油把你嘴抹上。"蔡华玉被气急了。

"我就骂。"

这位说到做到的厂长，真的弯下腰，从地上拾起一块木片，跑到车间的窗台边，从装黄油的铁罐里挖出一块黄油，向女工跑去。那位女工看到厂长真的急了，转身就跑。蔡华玉紧追了几步没追上，气愤地将木片摔在远处的地上。

几天之后，那位女工仍拒不认错，蔡华玉将她辞退了。

这件事，在厂里引起了强烈的反响，大多数人拥护厂长，说她做得对。

然而，不管别人怎么说，蔡华玉依然按照规章制度严格要求，在产品质量上决不放过任何一个疵点。

一次，厂里给石家庄市某学校承做校服，在最后抽检时，发现有一套衣服上的扣子被压坏了。为了保证不合格产品不出厂，蔡华玉决定将已经打好的每包 50 套的 80 包服装全部打开检查，直到再没有发现次品时，才打包起运。

由于狠抓了质量管理，产品合格率达到 98%。在全油田 8 个服装厂服装加工质量评比中，创新服装厂名列第二，并被河北省劳动厅定为普通劳保单衣定点生产厂。

蔡华玉上任的第一年，全厂产值达到了104.4万元，是上一年的228%。

这时，人们对这位女厂长刮目相看了。蔡华玉以她的智慧和行动，赢得了人们的信任和尊重。工人们高兴地说："厂长，还真行！"

中篇

看到眼前一片废墟，她晕倒了。然而，她经受住了烈火的考验。灾难后的奋起，使人们对她又有了新的认识。

一

1989年12月30日，时间和往常一样地流逝着。蔡华玉仍然在干着所应该干的事情。下午上班后，她到车间转了一圈，看到工人们都在井然有序地工作着，就回到了办公室。

几天来，由于过度的劳累，加上没有按时食宿，蔡华玉患了重感冒。但她没有休息，始终坚持着上班。这年终岁尾的工作，使她感到好紧张好累呀！

坐在办公桌前，她从办公桌抽屉里拿出近两天的生产报表，想看一看，可觉得头昏得厉害，同时，又伴着一阵剧烈咳嗽。她无力地将头贴在臂弯里，趴在办公桌上。

是呀，她的身体太乏了，早该这样静静地休息休息了。近一年来的工作实践，她觉得厂长这副担子太沉重了。从她被春风簇拥到这个小小服装厂起，她就把自己融入了工作中。

她清楚地记得，刚上任时，厂里一点流动资金也没有。月末了，周围几个工厂的职工都高高兴兴地领取了工资，而创新服装厂的职工却愁容满面。她们知道厂里没有钱，是开不出工资的。

"作为一厂之长，怎能不给职工开工资？虽然自己刚刚上任，但这是自己的责任呀！”劳累了一天的蔡华玉疲惫地坐在室内的沙发上沉默无语，然而，思维却在不停地活动着。

思索良久，蔡华玉决定先用家里的存款给大家发工资。她站起身走到柜子前，拿出存款折，打开一看，数额不够。她把存款折放下，又开始琢磨起如何筹集缺少的那部分钱。

第二天，她从同乡家里借来了钱，又到储蓄所把自己的全部存款取出，来到厂里，把钱交给了会计。职工们高兴地在会计手里领到了工资。

就是在这样一个起点上，蔡华玉以中国女性特有的坚韧不拔的性格，带领着创新服装厂职工、家属和从业青年，在坎坷的道路上奋进。

蔡华玉从胳臂上抬起头，用两个食指揉了揉太阳穴，站起来用冷水浸过的毛巾擦擦脸，觉得头清醒了许多。她伸出左手腕，用右手掀开盖在手表上的衣袖，看看表，已经 5 点，想到该到医院打针了。

她站起身，走出办公室，锁上门，推上自行车，向医院缓缓地走去。

一个多月来，全厂人员都处在高度紧张的工作之中。给北京某部队缝制棉军大衣的任务，要求的时间很紧。工人们每天都是早上班晚下班，有些家属夜晚还来加班加点。

此时，车间里的日光灯亮了，48 台缝纫机在柔和的灯光里欢快地转动着，那嗒嗒嗒有节奏的响声，犹如一首动听的交响乐。

下午 6 点整，在熨烫工作台前，一位女工正在熨烫着衣料。

突然，熨斗尾部的电线接头冒出几个火星，霎时间，燃着了旁边的棉絮。女工惊慌地大叫一声：“不好，棉絮着了。”随即抄起一块布料，用力打在冒烟的棉絮上。

这一打，燃着的棉絮腾空而起，向着附近的棉花堆飞去，顷刻间，棉花堆也被燃着了，不一会儿，大火熊熊，整个厂房浓烟滚滚。

在场的女工们全都被吓呆了，等她们回过神来，火势已经控制不住了。然而，她们还是不顾一切地从火中抢救设备和布料，机工班长李志华冒着生命危险，一次次冲进大火中往外搬机器，团支部书记何维秀一回回肩扛手拽往外运布料。有的女工去报火警，有的女工去叫人，不大一会儿，周围居住的群众自发赶来了。他们提水桶端脸盆，经过两个多小时的奋力抢救，火终于被扑灭了，但呈现在人们面前的是一片被烧焦的废墟。

望着这片余烟未尽的废墟，所有在场的女工都痛心地哭了。

已经晚上 9 点了，蔡华玉躺在床上发着烧，觉得浑身散了架似的难受。

在医院打完针回到家，她便一头扎在了床上，连丈夫烧好的饭也没吃。

这时，屋门被人敲响，孩子打开门，走进来的是厂里的两位女工。

“厂长，厂里有急事，请你去一下。”两位女工哭丧着脸坐在沙发上，其中一名女工说。

“什么事？”蔡华玉从床上吃力地坐起来，惊疑地问。

“去了，你就知道了。”另一名女工低沉地说。

她们一起走出房门。两位女工骑上自行车，蔡华玉让儿子骑车带着自己，向两千米外的工厂驶去。

当蔡华玉走进工厂大门，看到围观的人群和哭泣的女工们，心里觉得不妙。她急步走到厂房门口，呈现在眼前的一切，使她感到天旋地转，顿时晕倒在地。

是呀，一年的心血，顷刻间化为灰烬。这种刺激太强烈了。

几个女工把蔡华玉抬进办公室放到沙发上。半个小时过后，当她清醒过来时，又倔强地站起来，向着那片废墟走去。

夜，深沉的夜，被阴云笼罩得漆黑一片。

二

“天有不测风云，人有旦夕祸福。”我常常想，能够留下这样至理名言的人，一生准是经历了坎坷、甚至苦难的折磨，否则，这 12 个字不会这样千古不朽地警醒着人们。

新年前夕的这场大火，把个创新服装厂烧得元气大伤，48 台机器，被烧毁了 40 台；正在加工的布料、棉花已化成灰烬。粗粗算来，被大火吞噬了 10 万元的财产。

两天来，蔡华玉忘记了吃饭，忘记了睡觉，忘记了打针，忘记了那个充满温馨的家。

当她从办公室的沙发上清醒的一刹那，就认识到自己到底还是个女人。她甚至对自己的晕倒感到气恼。我是一厂之长，怎能这样经不起风浪的吹打呢？我躺在这里，全厂的工人怎么办？面对眼前的残酷现实，自己应该坚强起来，带领工人尽快恢复生产。想到这里，她从沙发上站起来，走出了办公室。

夜色溶溶，一片漆黑。冷风送寒，不禁使蔡华玉打个冷战，然而，头脑倒清醒了许多。

蔡华玉走进厂房，望着眼前的废墟，深深地感到：悲痛是没有用的，要紧的是在废墟上重新站起来。

厂房内，被火烧过的墙壁上，重新亮起了电灯。浓浓的烟雾早已散尽，但一股股潮湿的煳味，仍四处缭绕。

已经凌晨 4 点了，蔡华玉还在带领着自愿留下的工人清理着被烧后的现场。她把一捆被烧残的湿漉漉的布料从地上搬起，刚走几步就感到有些头昏，又无力地把布料放到地上。正在一旁收拾的机工班长李志华看到厂长身体太累了，就转过身来说："厂长，你休息一会儿吧！"

"不要紧，没什么。"蔡华玉缓慢地回答。

"哎，厂长你是不是饿了？"李志华关切地问。

这一问，才使蔡华玉觉得肚子咕咕直叫。想到从昨天中午吃了点饭后，到现在已经十六七个小时了，此时还真想吃点什么，"唉，还真有点饿。"

"走，到我家去。"李志华的家就在附近的家属区。

看到厂房里的废墟已经清理得差不多了，蔡华玉让大家都回家休息，自己随李志华一起来到了她家。

吃罢饭，蔡华玉又立即返回了厂里。

按着签订的合同，交棉军大衣的时间已经临近了。如果没有这场大火，全厂工人将提前完成任务，可现在怎么办？

坐在办公桌前的椅子上，蔡华玉在静静地思考着。

没有厂房、没有机器、没有布料。要想马上开工，必须解决这几个问题。

如何解决呢？经过苦苦地思索，一个完整的方案，在蔡华玉的大脑中逐渐形成。

第二天上午，蔡华玉和党支部书记陈宗喜商量之后，决定召开全厂工人大会。

在大会上，蔡华玉讲了恢复生产的三项工作：第一，用被烧的厂房外的一栋板房做临时厂房；第二，为了尽快恢复生产，请大家把自己家里的缝纫机搬到厂里来；第三，立即派人到部队协商购买布料。

会后，工人们就开始清扫板房，凡是家里有缝纫机的同志都把缝纫机搬到厂里，一切安排就绪。第三天早晨，30 多台机器又转动起来。

为了尽快完成棉军大衣的加工任务，工人们加班加点，有的女工的丈夫在钻井队工作，自己把孩子寄托在邻居家里；有的女工有病也不休息，坚持工作。

板房的空间有限，容纳不了更多的机器，蔡华玉又找到临近的物探公司服装厂，借用他们的厂房和机器，让机工班长李志华带着八九个女工，每天早晨把材料用三轮车运去，做成大衣后，晚上再运回来。

经过 20 多天的日夜奋战，棉军大衣的加工任务保质保量地完成了，并按期交给了用户。

这些天来，蔡华玉被工人们的忘我工作精神感动了。她为创新服装厂有这样一群女工姐妹而感到自豪和骄傲。

三

一只小船要在风浪中不断前进，确实需要掌舵者的勇气、胆识和智慧。因为小浪后面有大浪，大浪后面有巨浪，巨浪里面还夹着狂风。

这场大火对创新服装厂来说，就如狂风巨浪吹打着漂泊在海面上的一只小船。然而，这只小船却勇敢地战胜了风浪。

虽然，创新服装厂受到了前所未有的创伤，但是很快就恢复了生产，这使蔡华玉内心感到一些慰藉。几个月后，在劳动服务公司的支持帮助下，工人们又重新搬进了新厂房。

一批服装加工出厂后，又接着来一批，工人们在机器旁不停地工作着。虽然大家都知道这一批批活儿都是厂长亲自联系来的，但她们却很少知道厂长为此所付出的辛劳和甘苦。因为蔡华玉从不爱跟别人讲自己的苦处。她认为，向别人诉苦是一种酸楚的表现。

那一次，她到北京某单位联系承揽加工服装，本来跟对方是有过几次交往的，可是这次对方说啥也不给活儿。俗话说："求人难，求人难。"此时，蔡华玉真正品尝到了其中的滋味。临近吃饭时间了，蔡华玉灵机一动，在附近的一个酒楼里宴请了对方。

酒桌上，佳肴丰盛，酒香飘溢。酒过三巡，在蔡华玉的再三请求下，对方才答应给一批待加工的服装。

蔡华玉长期患有高血压，本来不能喝酒，再说也不会喝酒，但为了几十个工人有活儿干，为了能够使小厂生存下去，她像喝草药汤一样，陪着对方喝下了几杯白酒。

然而，不管自己怎么难受，活儿是揽到了。当天晚上，蔡华玉带着满足疲惫不堪地回到家里。

已经深夜 11 点多钟了。蔡华玉匆忙洗漱了一下，就躺到床上睡去。

到了凌晨 4 点多钟，她被一阵肠胃绞痛疼醒。丈夫立即打开电灯，看到妻子脸色刷白，就马上把她送到职工医院。

经过医生检查，诊断为急性肠炎。

于是，她只好在那白色的病房里住了一个星期。

在目前的社会上，不正之风充斥着各行各业，“一个公戳，不如一个餐桌”，似乎是不请吃不送礼就办不成事。在这一点上，蔡华玉有着深深的体会。她说：“我们有个原则，尽量避免这方面的支出，主要是以产品质量取胜，外加多说好话。”

“给人说好话的滋味也是不好受的。”蔡华玉颇有感慨地说。

有一次，蔡华玉和两个工人一起给某单位送去加工好的经检验完全合格的一车服装。

可是，就在这个单位的库房门口，有个20多岁的女保管员，却有意地为难蔡华玉。

“你们做的服装不符合要求。”她从汽车上成包的服装中抽出一件，在手里抖抖说。

“保管员同志，你看哪不符合要求？”蔡华玉认真地问。

“你们以后就别做了，没有金刚钻就别揽瓷器活。”女保管员答非所问地说。

蔡华玉想，这一车服装是全部检验合格的产品，如果拉回去怎样向厂里的工人交代？她明明知道女保管员是有意为难，心里十分气愤，但无法发泄，只能强装笑脸，说好话，请求她验收服装。

蔡华玉的软磨硬抗最终使那个年轻的女保管员把服装全部验收入了库。

第二天，蔡华玉在班上给工人们讲述这件事时，第一次委屈的在众人面前哭了。

这委屈的泪水，默默地渗透到每个工人的心中；这委屈的泪水，也透出了这位性格坚强的女厂长的软弱。

就这样，蔡华玉带领着全厂工人在坎坷不平的道路上，奋力地前进着。

这一年，在失火后的严峻情况下，全厂完成产值达到了 126.6 万元，比上一年产值多了 12.6 万元。

“蔡华玉，了不起！”工人们兴奋地说。

随着产值年年增长，蔡华玉的威望也在工人们的心中越来越高了。

下篇

学生时代，铸成了她好强的性格。这种性格对她的前半生起到了决定作用。当经过三年的艰苦奋斗，她双手捧着景泰蓝奖杯时，激动得热泪盈眶。

一

有人说，人过中年总爱回首往事，而回想起往事来，感到最美好的就是学生时代。是呀，学生时代的生活是美好的，那种充满天真烂漫的幻想，那种真诚挚爱的友情，那种嬉戏打闹甚至为了一件小事与同学争吵的场面，那种饮食的清淡或者饥肠辘辘的感受，会久久地留在记忆中。当几十年过去，回忆起来，仍感到无限的美妙。

在繁忙的工作之后，在温暖舒适的家里，蔡华玉常常给已经上学的儿女们讲起自己学生时代的故事。

她常对孩子们说：“你们现在太幸福了，简直生活在蜜罐里一样，跟我上学时比有天壤之别。”

是呀，时代不同了，生活与生活也不能同日而语了。

在那贫困落后的年代，在那贫穷偏僻的村庄里，小华玉却养成了争强好胜、在困难面前不低头的性格。每天放学后，她就帮助妈妈做家务活，或者到野外给猪挖野菜。那窄小稚嫩的臂膀，和父母一起担起家庭生活的重担。在学习上，华玉从来没有落后过，学习成绩始终在班里名列前茅。她学习十分用功，白天课堂上认真听老师讲课，夜晚在一盏昏黄的油灯下做作业，温习功课。

在书本中，少年的华玉感到了在河南省平舆县辛店公社蔡庄村之外，还有个那么大的世界。她决心好好学习，长大后到外面的世界闯闯。

1961 年，正值新中国成立以来经济最困难的时候，华玉小学毕业了，并以优异的成绩考上了县中学。县中学距华玉家居住的蔡庄村有 10 多里路。

由于家庭生活困难，华玉不能在学校食堂就餐。她就宿于学校，每个星期六下午放学赶回家，星期一早晨背着母亲为她准备好的一个星期的干粮很早就往学校赶。冬去春来，常年如此。

冬天还好一点，由于天气寒冷，干粮不会坏。可是，到夏季就不行了，天热时，带的干粮时常会变馊。

然而生活的清苦，并没有动摇华玉求学的信念，她更加努力地学习。

初中二年级时，华玉有个最要好的朋友，她不但学习好，而且长得漂亮。可是，有一天她突然跟华玉说，她的妈妈不让她再继续上学，已经给她找到婆家准备成亲了。

华玉听到后，内心引起了极大的震动。

回首以往她们曾经在一起畅谈过美好的理想：要好好学习，踏着知识铺成的道路，走出这偏僻的乡村，到更广阔的世界中去生活。可是现在，好朋友已经辍学，承受起不该在这十六七岁花朵般的年龄所应承受的一切。为此，华玉感到十分难过。

幸运的是，华玉有个好妈妈。她不仅鼓励华玉好好上学，而且还想方设法为华玉上学创造条件。

初中毕业后，华玉又以优异的成绩考上了坐落在信阳市的河南省第一高中。那一届 260 名初中毕业生，考上省第一高中的只有 4 个学生。

信阳市距蔡庄村有 150 多千米路，华玉只能一个学期回一次家，再背干粮上学显然已经不行了。第一个学期，妈妈就把辛劳一年养起的一头猪卖掉，给华玉做生活费。

高中3年，华玉生活上十分简朴，可是在学习上却非常勤奋认真。她每天刻苦读书，遨游在知识的海洋中。她也渐渐懂得了人生的价值和生命的真谛。

高中毕业后，她本该考大学，可是那场史无前例的“文化大革命”开始了。她不得不又回到那个有过许多童年梦幻的蔡庄村“接受再教育”。

后来，县里招收讲解员，她以高中毕业及好胜心理的优势被录取了。从此，华玉离开了蔡庄村，参加了工作，实现了她到外面世界闯闯的理想。

二

自从参加工作以来，蔡华玉做过讲解员、售货员、会计等工作。1980年随丈夫来到油田。不管在哪里工作，她总是不甘落后，因此多年被评选为先进工作者。

自1989年承包创新服装厂后，她那种争强好胜的性格更表现得淋漓尽致。全厂产值一年比一年高，到1991年达到了131.69万元。

面对这些成绩，蔡华玉知道，这里不仅有自己和全厂职工的心血，而且也融进了丈夫的辛劳，正像那首《十五的月亮》里的歌词一样：“军功章啊，有你的一半，也有我的一半”。

提起蔡华玉的丈夫李国民，确实值得称赞。这位憨厚、老实、诚恳、性格内向的运输大队仓库保管班的班长，对妻子的工作是百分之百地支持。

1989年是蔡华玉承包创新服装厂的第一年。当时，家里的负担确实很重，上有70多岁的老人卧病在床，下有正在上学的3个孩子，华玉每天把身心全部扑在厂里，家里买粮买菜换液化气做饭带老人看病等琐事都落在了李国民的肩上。然而，他毫无怨言。他对妻子说：“你就放心地干吧，家里的事就别管了。要干就干出个样来。”

近几年，在单位李国民几乎每年都是先进工作者，他并没有因为家庭的负担重，而影响本职工作。

可以说，对老人，他尽到了晚辈的责任。

1989 年夏日的一个深夜，华玉出差未归，躺在床上的老人突然呻吟不止，正在熟睡的李国民被岳母的呻吟声唤醒。他急忙起身，穿好衣服来到岳母床前，迅速给岳母穿好衣服，背起岳母从四楼下到一楼，用自行车将岳母送到医院。医生为老人做了紧急治疗后，李国民就守候在岳母的病床边，直到天亮。岳母的病情减轻了，他又从医院把岳母用自行车驮回家，安顿好后，才去上班。

自从蔡华玉承包了创新服装厂后，照顾老人的事都由他一个人承担了。一年四季，他不仅坚持每餐为岳母做可口的饭菜，而且还经常把岳母从四楼背到一楼户外活动、晒太阳。他的行动得到周围邻居们的称赞，都说这“半个儿子”比亲儿子还亲。

可以说，对妻子，他尽到了丈夫的责任。

1990 年春季，一天凌晨 5 点多钟，蔡华玉突然呕吐起来，脸色刷白。被惊醒的李国民立即把妻子送往医院。经过医生诊断是急性肠胃炎，决定住院治疗。在妻子住院的日子里，李国民每天都把饭菜亲自送到妻子床前，并安慰她要安心养病，病好了才能更好地工作。

可以说，对子女，他尽到了做父亲的责任。

由于妻子承包了创新服装厂，无暇顾及孩子们。李国民既要照顾 3 个孩子的衣食，又要辅导他们的学习。对出现意外的事故还要处理。1992 年 3 月，大儿子在技校上体育课时，不慎将右脚摔坏。他几次用自行车推着儿子上医院看脚、拍片子，进行治疗。

为了能让妻子全心全意把工厂搞好，李国民做了力所能及的一切，这使蔡华玉感到幸福和满足，她为有这样的好丈夫而自豪。正是有了丈夫的大力支持，才使妻子工厂里的生产图表上的红柱，一年比一年高。

三

近几年来，对家人，蔡华玉关心得太少了。然而，对厂里的工人，她却关怀备至。

那是 1991 年农历腊月二十九，在厂里工作了一天的蔡华玉回到家里已经 7 点钟了。到家后，她急忙吃了几口饭，就对丈夫说："走，陪我到医院去看看斯师傅。"

丈夫问："斯师傅是干啥的？"

"他是我们厂的门卫，前几天将腿摔坏了。"说着蔡华玉从橱子里拿出早已备好的糕点和罐头，装在布兜里，向屋外走去。

躺在病床上的斯孝培老人，见到厂长来看自己十分感动，连连说："谢谢厂长，你工作这么忙，还来看我，我真过意不去。"

蔡华玉说："这是我应该做的。你要好好治疗，不要着急，一定要把伤养好。"

几年来，厂里不管哪个工人有病，只要蔡华玉能抽出时间来，都要亲自探望。

厂里哪个工人家里如果有困难，她都尽力去帮助解决。有一次，一个工人的家里发生了不幸，需要钱，蔡华玉头天晚上得知，第二天早晨，就想办法筹集了 2500 元，为其解了燃眉之急。

蔡华玉把关心工人作为一项思想工作来抓。她说："建立健全各项规章制度来约束工人只是搞好管理的一个方面。另一方面，还要抓好工人的思想工作，而思想工作的一个主要方面，就是要关心工人，为他们解决一些实际问题。工人的心里顺畅了，思想上没有顾虑了，自然就会将全部精力投入到工作中。"

这确实是经验之谈。

在创新服装厂，厂长的思想工作做得好，工人的工作干劲高，只要有急加工任务，工人们都主动加班加点，有时，在厂长的再三催促下才下班。

1990年以前，服装出厂前要把服装送到高阳县服装厂去打包，因为自己没有打包机。这样做既浪费时间又多花钱。为了使服装打包不出厂，安全员齐炳信、修理工杨维奇、业务员周礼富和党支部书记陈宗喜，主动承担了设计制造打包机的任务。他们勤俭节约，利用废旧钢材，在一个月时间里，经过反复研制，制成了打包机，为厂里节省资金2500多元，从此，结束了到外面进行服装打包的历史。

技术员何桂林的孩子刚刚两岁，为了提高服装加工质量，她咬着牙把孩子放在亲戚家，自己到北京学习了一个多月。

保管员于秀婷工作兢兢业业，几年来，仅经过她手的扣子就有几十万个，入库出库她都是一个个数，从未出现过差错。

工人们高涨的工作热情，给工厂的经济带来了勃勃生机。3年来，全厂产值一年上一个新台阶。

孟子说："天将降大任于斯人也，必先苦其心志，劳其筋骨。"是呀，创新服装厂经过3年的艰苦奋斗，结出了丰硕成果。蔡华玉赢得了人们的称赞，她正像她的名字一样，碧玉华彩，闪闪发光。

公元1992年6月，在华北油田勘探二公司礼堂的主席台上，蔡华玉胸前戴着大红花，光荣地坐在多种经营十佳厂长之一的位子上。在十佳厂长中，她是唯一的女性。当她从公司领导手中双手接过景泰蓝奖杯时，激动得热泪盈眶。

是呀，回想起3年多来走过的艰难路程，她怎能不激动呢？

暖 流

晓 萌 白义森

一

"'齐天大圣'被关进了'八卦炉'，哈哈，这小子是自作自受。""他这号人脸皮厚，划一刀子都不出血，进拘留所算不了什么！"其实，人们说错了，"齐天大圣"进了"八卦炉"，正难受得流泪呢……

这是1980年仲夏的一个夜晚，"齐天大圣""惹不起""浪荡鬼"——华北油田勘探三公司管子站工人、戴着几顶"桂冠"的丁海元，在拘留所躺不下、睡不着，他望着手铐在手腕上留下的痕迹，一把无名火在心中升起。他想喊，想骂，他恨不得把那门窗砸个稀巴烂。但是，"自知之明"警告他：在拘留所是不许发狂的！虽说理智控制了感情，但心潮却无法平静。"这一切，该怨谁？"一个大问号勾住了他的心，心房的屏幕上跳出了他往日的"英雄壮举"。

夜幕四合，路灯齐放，在管修车间的场地上燃着一堆大火……突然，轰隆一声，一个火球飞上了天。这是1976年冬的一个夜晚，车间让丁海元挖个地沟埋暖气管线，为了挖起来省劲，他点着原油化冻层，还嫌火焰小，便推来一个200公斤的大汽油桶，本想一点点给火上加油，不料刚开盖，油桶就爆炸了。要不是他来了个"就地十八滚"，差点让脑袋搬家。可他竟大言不惭地说这是最近发明的"新式火焰喷射器"。

"哐，咚咚，咚咚，哐"一阵阵刺耳的响声此起彼伏。这是1977年10

月站领导不在的一天晚上，丁海元同十几个小青年在宿舍起哄，一会敲饭盆，一会敲暖气管线，惊动了一排房子，有的女职工吓得关上了门。最后，为了庆祝“伟大的胜利”，丁海元带头从床上拽出枕巾，蘸上汽油点着后，举着火把绕着管子站游行，边跑边喊“我们解放了”。

时近黄昏，在管子站的一间单身宿舍里，微弱的灯光照着一张蜡黄的脸。丁海元望了一眼灰蒙蒙的天空，一咬牙拔掉手腕上那块上海表的表轴，一把抓起箱盖上的一瓶敌敌畏，他，要随着手表的停摆结束自己短暂的一生。在这弥留人世的最后时刻，他目光呆滞，心跳加剧，然而，在地狱的入口处是不能犹豫的。“永别了，妈妈！我的死是为了不让您再为我流泪。保重吧，爸爸！我的死是为了让您不再为我生气。谅解吧，二老，我的死是第一次也是最后一次为你们尽孝。”随着心中的呐喊，50 毫升敌敌畏进了消化系统。接着，他点着一根烟，躺在了床上……这是 1978 年秋季的一天，丁海元打算把自己的户籍迁往另一个世界。当时不满 21 岁的他，认为人生没什么可留恋的了。为吗？只因“玩闹”的种子结出的是一个个苦果。他溜岗、串岗有绝招，一月只上十天班，生产班组不愿要，工种一年换一个；他和站上百分之六七十的人吵过嘴，跟 20% 左右的人打过架，车间和站上领导几乎让他骂遍了。因此，周围不恨他的人少。不少当母亲的常用他的名字吓唬小孩。那些上门“告状”的和指名道姓的辱骂，搅的母亲常流泪，惹得父亲常动手。父母还多次让领导把自己发配到千里之外去会战，理由是眼不见心不烦。他觉得，这个世界把他遗弃了。场地上那个废料堆，每天还有人到里面寻找有用之才，而自己活在世上有什么用呢？无非是多造一些大粪，唉，赖活不如好死……但是，秒针仍在走，他还没来得及去死神那里报到，就躺在了医院的病床上。

……

啊！往事不堪回首。此时此刻，他不由得想起了领导的批评教育，师傅的忠言相告。他气，他恨！悔不该把这些当成了耳旁风，悔不该由着性子一意孤行，要不，怎能酗酒闹事触刑法，又落到这般田地。感情的大闸呀，为啥这样怪！有时热胀冷缩，有时热缩冷胀——多年前就该掉的悔恨泪，为何才流到嘴边！

二

凉风习习，月明星稀。管子站一间办公室的窗户上，人影绰绰。“我们做丁三（小丁排行第三，人们惯称丁三）的工作多年了，可转来变去，却送进了拘留所，咳，为这，我都感到脸发烧。我们这些做思想政治工作的人负的什么责？”陈教导员的声音有些嘶哑。“老陈，前不久我在一本书上发现有个寓言故事，想讲一讲。”陈教导员不禁纳闷，这是什么时候，倒有心闲扯。他望了一眼车间赵指导员，表示默许。“这个故事大意是说：有个人的儿子很不成器，当父亲的常用鞭子抽打。邻居一位老大爷也跑过去帮着用木棒打，并且说：他是顺着孩子父亲的心意做的，棍棒下面出孝子嘛。”

短短的几句话，在大家脑海中引起了共鸣：“对呀，我也在琢磨这个问题。咱过去为丁三着急，老是恨铁不成钢，因此，在帮教方法上欠妥，一味地批评、训斥。我看咱无形中充当了那个‘老大爷’的角色。你说，这多可笑！”“精诚所至，金石为开，我就不信打不开这把锈锁。”这天晚上的会开得可真热火，随着激动的话语，灯光一直亮到深夜。第二天，党总支立即在职工大会上宣布了几条帮教措施，并强调指出：周围的职工不要再歧视小丁，要上下左右齐动手，开创一个“墙倒众人扶”的局面。

党总支打了“预防针”，小丁从拘留所回到站上后看到的是张张笑脸，听到的是好言相劝。这一切，大大出乎他的意料。他想，这是大伙给自己赏脸，自己起码得顾点面皮。从此，他比以前本分多了，创造了一个个“奇迹”。参加工作7年来，第一次正儿八经地参加完职工大会，第一次“老老实实”地干完了8个小时，第一次进影院没有打口哨、瞎起哄。

正当车间要表扬丁海元“近来表现不错”时，他偏偏不争气，接连发生了两件事。裂了缝的鸡蛋易惹苍蝇。在外单位几个“小玩闹”的逗引下，小丁是眼泪刚擦，旧病复发。一天晚上，他同几个“好友”去看电影，遇见外单位几个“小玩闹”。过去，双方互相打过架，这次见面，分外眼红。互不服气，准备再较量一场。小丁同几个人便统统把草帽沿撕掉，只戴个像瓜皮一样的帽盔。“全副武装”好后，小丁正要回去取大刀时，被一直注意着他的车间主任拦住了……不用说，老主任当晚就没收了他在车床上做的那把刀。时隔不到半月，从管子站传出一个惊人的消息：丁三失踪了！管子站派人四处寻找，结果是活不见人，死不见尸。母亲等得发急，不由得胡思乱想，一会寻思他可能是让坏人勾引走了，一会寻思他这次可能真的寻了短见。越想越怕，越怕越伤心，一连几天，卧床不起。其实，这沸沸扬扬的气氛纯属虚惊。一周后，丁海元在人们面前出现了。原来，他私自到天津去了一趟。

“丁三要是变好了，除非太阳从西边出来！”“可不是吗，江山易改，本性难移呀！”这些风言风语传到赵指导员耳朵后，他又气又急，恨不得立即给说这话的人嘴上贴上封条。实话说，同过去相比，小丁是有进步的，这该表扬，但出现反复也是事实，不狠批一通也心难平静。那么，这次到底该表扬还是该批评呢？在车间办公室里，赵指导员和朱主任又碰头了：“老赵，我看，这次只能表扬，不能批评。为吗？这个奥秘你会慢慢体会到的。”“行！不过咱不能盲目从事，明天我找小丁好好聊一聊，探个虚实。”

翌日中午，艳阳高照，赵指导员买来冰棍，同小丁漫步在林荫道上。“哈哈，这天气热，冰棍凉，越吃越清爽。”一听赵指导这有趣的开场白，小丁可急了：“赵指导员，你有什么话就直说吧，如果还讲‘浪子回头金不换’的话，那就别费唾沫星了，这话我听的耳朵都长了茧，没办法，就是听不进。在拘留所时，我也想来个‘金不换’，可现在，总觉得‘难回头’，因为我的脑瓜没在我身上长着。”听到这，赵指导员乐了。他拍一下小丁的脑壳，喜滋滋地说：“哎，奇怪，这不是长的挺好吗，五官端正，相貌堂堂，完全是个美男子。”赵指导员逗乐的笑声使小丁感到惊愕。实话说，他这次是等着挨批的，可……“给，把这两根再报销了”，老赵把两根冰棍塞到小丁的手里，接着说：“今天咱们随便聊天，如果你喜欢听的话，我想讲个故事。”察言观色的老赵望着小丁略停了片刻，又接通了“话匣子”的开关：“古时候，有两个勇士，一个在东住，一个在西住，有一天，俩人在路上碰见了。你想，两个好汉相见，还能不干几杯！因此，他们就进了酒店。有酒没肉不行啊，所以，一个人要去买肉。可是，另一个人说，‘傻瓜，你身上有肉，我身上也有肉，用不着买’。于是，他俩抽出身上带的刀，相互割着对方的肉吃了起来，直到俩人死去为止。你瞧，这两个人多勇敢！”

“哼，这不叫勇士，叫狗熊！要是我的话，就非……”说到这，小丁恍然大悟，原来指导员是在“影射”自己呀，他不由得感到脸上发烧，手中的冰棍才吃了一半就掉到了地上。

“是你的话，会怎么样呢？我看你现在就是用刀子在割自己的肉，虽然很勇敢，但却是自掘坟墓……”指导员这闪电式的进攻，把小丁震住了。小丁望着指导员，第一次流露出惊恐的目光。嘿，自己的话有效力，小伙子真的有了出息！总算没谈崩。老赵心中暗暗叫好。

这天下午，在车间召开的职工会上，赵指导员把小丁美美地表扬了一番，说他已有改邪归正的勇气和行动，至于小丁旷工一周去天津，做了大刀要闹事的话一句没提。这次表扬，不说小丁，就连好些职工都感到奇怪。但是，如果稍一细想，那“奥妙”岂不是不言自明吗！一双双复杂多变的目光投向了小丁，小丁感到无地自容，既激动又不安，一股暖流在周身奔涌。“指导员，你这是打鸭子上架呀！我想，如果‘鸡’不嫌‘鸭子’肯定能上去！”“好！”会场沸腾了：掌声、笑声。小丁没想到自己随便说的一句话引起了这么强烈的反应，这是有生以来的第一次呀！啊，他的心醉了。

“别高兴得太早，丁三以前不知打过多少次保证，结果怎样呢，还不是一加负一等于零。”人们的议论不是没有根据。为了保证小丁不再反复，车间朱主任、赵指导员，站党总支陈教导员不知家访了多少次，同小丁的父母一起制定了里应外合促转化的措施。打这以后，不知有多少双眼睛瞅着小丁。他要是一顿不在家吃饭，或者早回来、迟回来一次，父亲也要去站上问个究竟。每天上班，母亲催他提前15分钟走。为了避免他同不三不四的人接触，晚上看电影时，母亲同小丁一块去，一块回。节假日，父亲利用一家人团圆的机会，召开家庭会，表扬工作好的女儿和大儿子，并让他俩一起做小丁的思想转化工作。至于在站上的八小时以内，那更是不离“警卫”。

一波刚平一波起。正当人们不再为小丁的进步担心时，有个人说小丁偷了他的钱。嗬，这还是件新鲜事，人们都知道小丁爱玩好闹，还从未听过他有偷鸡摸狗的行为。陈教导员没有轻信。他找到小丁后，把这事婉转地摆了出来。“他胡扯！这小子过去吃饭、喝酒花了我不少钱，我从没说过二话。今天，凭什么说我偷了他的钱？”听小丁的口气还真有点委屈。老陈知道，找他告状的那人也是个正在帮教的后进青年，过去同小丁是“小兄弟”。审时度势，他知道小丁的表白是可信的。于是，他瞅准这个时机，指着被烟熏得发黑的食堂顶，给小丁讲开了“近朱者赤，近墨者黑”的道理，鼓励他同过去那些“小兄弟”断绝关系。

“小丁最近怎么样？”患病住院的车间朱主任仍在关心着这事，当他听说表现不错时，便让人把小丁叫到床前，同他拉开了家常。谈了一会，朱主任发现小丁还有个思想疙瘩没解开，这就是正为对象发愁哩。可不是吗，小伙子已经24岁了，也该考虑这桩事了。可是，他知道自己的名声不好，要找好对象难呀！强烈的责任心使朱主任意识到，一定要鼓励他正确、慎重地对待这个问题，千万不要一碰钉子就自暴自弃。于是，他向小丁立了“军令状”：“别怕，一旦你用行动赎回自己的名声，这个红娘我当！”嘿，这样的好话到那儿去买，不出真心能敢讲？小丁望着老主任那憔悴的面容，无比激动，自己过去不知同他吵过多少次嘴，可他全不计较，躺在病床上还惦记着我。小丁心头一热，跑出了病房。回到车间后，才对自己同老主任不辞而别感到抱歉。嗬！这个“马大哈”。

向下的东西是旧的量和质，主要表现在量上。向上的东西是新的量和质，主要表现在质上。从 1978 年开始，在两年时间内，管子站有 28 人找小丁谈过心，共计近 270 次。这里面的“雷阵雨”猛烈地冲击着他那板结了的心坎；“毛毛雨”渗透着他那干涸的心田……

三

1981 年的阳春三月，伴随着花红草绿，丁海元心田的爱情种子萌芽了。人生是花，而爱便是花的蜜。但是，当时对他来说，还不能用花来媲美青春，那么，他将采集到什么样的蜜，是甜？是苦？他也没细细回味，总之，他没等老主任当“红娘”，就主动“进攻”了。

一天下午，轮他倒休，爱情的火焰燎得他在家里坐立不安。便徒步来到医院化验室门前，思忖再三，但没有勇气进去。唉，要是没有过去那段不光彩的历史，干这桩事理直气壮，可眼下……她会答应吗？真是欲见不能欲罢不忍。他焦急地在门前踱了几圈，壮着胆子进去了。“哟，小丁，看病吗？”站起来的她，叫阎丽霞，是化验科的化验员。小丁过去常泡“病号”，他俩认识。小丁没话找话地同小阎聊了一阵，接着提出了同小阎交朋友的事。正值妙龄的小阎自然清楚“交朋友”三字里面的潜台词，她不由得感到震惊。是恨他的胆大？还是气他的妄为？也许都有！她本想发火，但一想，应该尊重对方。于是，一阵沉默之后，冲他嫣然一笑。笑，意味着什么？小丁不由得想起了《三笑》中的秋香，既然有一笑，说不定就有二笑和三笑。他这时才感到羞怩，脸涨得通红。

对待爱情应该是诚实的，这一点，小丁称得上冠军。3 天过后是个星期天，他又进了医院门。这次见到小阎后，他老老实实地坦白了自己的过去，从戴手铐到喝敌敌畏，从用气枪打灯泡，到打架骂街瞎起哄，听得小阎目瞪口呆。眼前的他羞羞答答，根本不像一个“惹不起”式的人物。这说明了什么？一是他的确有变化。二是爱情的力量降服了他。那么，能不能用这种力量去驯化他？想到这，强烈的责任心促使小阎掏出了心里话：“交朋友的事先不提，不过，从今天起，我有责任帮助你。”那么，这帮助又意味着什么，是友谊？是爱情？小丁带着问号回去了。很快，问号变成了感叹号，促使他在工作上同其他人比高低。

帮，从哪儿着手？经过多次接触，小阎“化验”出了小丁的“病因”，这就是思想空虚，欠缺精神食粮，因而，没有抵抗力。于是，她把报纸杂志上那些浪子回头和有为青年的事迹材料，用红笔圈起来，一本本、一张张送到了小丁手里，并“逼”着他谈读后的感想。一次，小阎让小丁写一篇小稿：《你怎样做一个八十年代的好青年》。小丁以前哪干过这差事，可是又不得不写，憋了好几天，才交了差。小阎一看满纸错别字，有些语句都不通。小阎没泄气，当着他的面做了认真修改，通过成稿的思路，启发他思考人生的意义。

小阎帮小丁，小丁找小阎，时间一长，有人说开了风凉话：“嘿，一朵鲜花插在牛粪上！”不少好心人当着小阎的面提出了疑问：“你爸爸是公司领导，你本身有才有貌，这么好的工作岗位，凭什么同一个‘小玩闹’搞对象？”投石击水起波澜，小阎的心像开了锅。那些日子，她心里痛苦极了。因为偏偏在这个时候，有人给她牵线提了个对象，且不说其他条件如何，男方的大学生牌子总比小丁的“小玩闹”名声强得多吧！那么，选择哪一个？现在、未来、婚姻、家庭，这一切像变色龙似的在她脑海跳跃。真是剪不断，理还乱，别有一番滋味在心头。自幼同书本结下不解之缘的小阎，不愿用世俗的口气向他人去乞求答案，她习惯地打开书本：“爱一个人意味着什么？这意味着为他幸福而高兴，为使他能够幸福而去做需要做的一切，并从这当中得到快乐。”车尔尼雪夫斯基的睿语，使小阎强烈地意识到：如果只因为小丁后进就同他断绝恋爱关系，那说不定又会使他重蹈覆辙，真那样的话，就等于自己毁了他。不，不能落井下石！想到这，他对小丁产生了一种同情之心。为了使小丁的生命之舟早日驶向新岸，她很快把同情升华为爱情。“我不能随波逐流！”信念一坚定，她立即找到小丁：“咱俩的事，主动权在你手里，只要你努力上进！”小阎没有消极等待，而是更加积极促进。小丁留着小胡子、长头发，小阎见后很生气：“我喜欢的不是时髦的外衣和长头发！”一句话，有分量！小丁立即脱掉了花格衬衣，理掉了长发。小丁拉痢疾，医生给开了三天病假，小阎发现后，用上了激将法：“不休假还不行吗？难道没这个勇气！”一席话，长精神。小丁回到车间，3天病假没休1天，他带病参战的行动很快受到了表扬。后边促，前边拉，小丁就是个石头人也得跟着动。小丁变化快，小阎心里喜，她趁热打铁，提出了更高的要求，让小丁争取年底当上先进生产者。

听说小阎同小丁建立了恋爱关系，小阎的母亲非常生气。在家属区，在公共场所，她常能听到这样的议论：“龙交龙，凤交凤，‘小玩闹’喜欢‘小玩闹’嘛。”女儿是“小玩闹”？母亲怎能容忍这种邪说流传。小阎父亲的个别老同事、老战友，那些日子一见他，就打哈哈：“哈，我说你这个当爸爸的操的什么心？怎么让女儿和那么一个人交往！”有些人就这么怪，讲起辩证法头头是道，但却爱用老眼光看问题。因此，不少人把小阎与小丁的关系当笑料传说。人言可畏！父母一气之下，让女儿和小丁断绝关系。从小受父母宠爱的小阎此时变得很执拗，她认为自己走的是正路。嘴是扁哩，舌头是软哩，别人说什么，让他们说去吧。当然，做父母的都希望把女儿嫁给一个正直的人，对父母的阻拦她不责怪，自信能闯过这一关。

一天晚饭后，小阎向父亲提出了两个问题：“爸爸您是领导干部，比我懂得多。您说，一个后进青年转变后，是不是好人？”“是！”父亲回答得很干脆。“假若小丁现在是您的儿子，那么，他还搞不搞对象？别人同他能不能来往？”“……”呵！父亲还有什么可说的！

好事多磨，那么，小丁和小阎的婚事能磨出个好结果吗？小丁的父母为此大伤脑筋。他们想，小阎的父母有千万条理由不同意这门亲事。可是，如果小丁这次搞的对象一吹灯，名声传出去，以后还有谁敢把女儿嫁给他，说不定还要打一辈子光棍。唉，人啊人！其实，用不着为山重水复叹气，应为柳暗花明扬眉。为了改变人们对后进青年的看法，为他们转化创造适宜环境，公司及时召开了青年工作会议，就有关问题做了研究部署。与此同时，党委领导同志多次到小阎家做家长的工作，使小阎的父亲很快跳出了风言风语的漩涡。他亲自到管子站对小丁的现状做了调查，嘱咐女儿要善于引导，并且做通了小阎母亲的思想工作。

爱情生活中的波折，本来是件坏事，但对小丁来说却是好事，因为这迫使他去追求人心所向的真善美，扫除心灵深处的污秽。小阎这坚贞爱情的光和热，同党团组织的光和热交织在一起，形成了一股巨大的暖流……光，是希望之星；热，是能量之源。

呵！丁海元的青春迸出了火花！

四

熬过寒冬的人最惜时间；小丁只恨自己转变得晚，恨不能把一天变两天。

“让我去！”他总觉得本职工作太轻闲，干起活来时间短。因此，星期天常到站上去加班。车间领导让他回去休息，他生气地说：“你放心，我不要加班费，这是将功补过。”“让我去！”吊车刮大风时脱轨，把电动机托板撞坏，在班里人手少的情况下，他主动请战，牺牲两个中午休息时间，一人检修完。

天车靠背轮坏了，他给谁也没打招呼，晚上连夜修。开吊车，本应是两个人轮流值班，但长期以来，他一人顶岗，毫无怨言。吊车一时三刻没活的话，就帮助场地工倒套管。为了保证桥吊行车安全，他画草图，拜师傅，苦心钻研开了自动控制装置。

“让我去！”去井队倒钻杆，他闻讯后，顾不得上白班的劳累，要求夜战。班长知道他患有腰脊椎劳损，不宜干这种活，但他非去不可。一到井场，他抬着钻杆喊号子，给大伙鼓劲。那泼辣的劲头和乐观神态令人欣喜。

过去，那些姓朱的、属狗的，跟小丁在一起可倒了霉，他总要起一些奇形怪状的刺耳绰号。谁若长得瘦，他就称“搓板”，谁若生理有缺陷，他起的外号专揭短。如今，他师傅长，师傅短，大婶大嫂叫得甜。过去，碰生人找一区住的人，他偏偏要往三区指。如今，他把做好事，当成了家常便饭。帮助电影院维持秩序，坚持每天早晨打扫附近家属区的垃圾……在家里，他由过去的“忤牛”变成了孝子，刷锅、洗碗、整地、种菜。手脚一勤快，心也变细了，把屋内屋外二十几个盆景侍弄的生机勃勃，黄灿灿，红艳艳……不知是花儿争奇还是儿子争气，如今这个家幸福美满，温暖如春。

花盆里的花只能供人欣赏，小丁的心花却结出了硕果。伴随着辞旧岁，迎新春的凯旋，小丁是四喜临门：一是被评为一九八一年先进生产者，二是被评为公司工会组织的劳动竞赛优胜者，三是被选为吊车班班长，四是和小阎领了结婚证书。面对取得的成绩，他感到问心有愧，于是，把年终发的奖品全分送给了班里的同志，自己只留了一张“以资鼓励”的奖状。痛定思痛喜今天，小丁心里翻滚的是酸辣苦咸甜。为了抒发这激动的心情，他用彩色毛线在纸上粘贴了一幅“喜鹊登梅”画，挂在了床头。梅花傲冰霜，喜鹊报佳音。这里面寄托着他对新生活的热恋，对未来的追求。

呵！昔日的“惹不起”，今日的“了不起”。

高森？高森！

孟宪琦

我们自古以来就有埋头苦干的人，有拼命硬干的人，有为民请命的人，有舍身求法的人。这些人是“中国的脊梁”……这一类的人们，就是现在也何尝少呢？

——摘自鲁迅《中国人失掉自信力了吗》

引子

北京。

天安门。

人民大会堂。

迎着四月的暖风，高森同3000多名全国劳模一起，踏上了人民大会堂的花岗岩台阶。心跳，加快了；血流，加速了。只有一点六米个头的高森突然觉得自己魁梧起来：原本40公斤的体重似乎更轻了，一级、两级……他沿阶而上！

从原籍河北省张家口市沽源县通往人民大会堂的路有多长？高森就从没有敢想过这样的事，他只是凭钻劲、挤劲、拼劲在攀登一个个无名高地……没料想，就进入了全国劳模的行列，正向人民大会堂走去，将接受祖国和人民的检阅。

这一天，是1995年4月29日。

一

此刻，是 1995 年 4 月 29 日下午 1 点。

劳模们进入人民大会堂时，迎接他们的是激昂振奋的锣鼓声和一束束靓丽的鲜花。敲锣打鼓、耍龙舞狮的是首钢工人。白衣天使、铁路工人、邮局职工、纺织女工身着各自的职业服装，代表首都人民和全国职工挥舞着花束欢迎劳模、感谢劳模。在这由欢乐和彩色组成的海洋里，高森同众多的劳模们一起留下了一个又一个珍贵的镜头……

之所以能分享此刻的欢乐，只因他经历了一段又一段“寂寞”的岁月。

1980 年 9 月。

伴随着华北石油会战的热浪，踩着石油人喜抱“金娃娃”的欢快鼓点，华北油田技校首届毕业生高森，加入了会战队伍的行列——在华北油田第四勘探公司机修厂当上了钻修工。钻修活儿是二线的一线，既脏又累。可对来自塞北坝上高原的高森而言，这样的脏活和累活算个啥。风里、雨里、泥里、水里，只要是工作上的事，再累也不在乎。钻进钻机护罩忙检修、用特制的工具拧卸碗口大的螺帽，再脏也主动。

师傅乐了！

领导乐了！

一年后，鉴于高森有点学问且善于动脑的性格，让他改行当上了电工。有人早就说过：“紧车工、慢钳工、吊儿郎当是电工。”可高森一上手却是一天到晚紧忙乎。师傅教的他学，师傅未教的他也学，隔三岔五去一线井队跑现场，不分白天黑夜不误分秒。军事化的作风是石油职工的光荣传统，对继承和发扬老传统的事儿，当时的小高一点也不含糊。他个头小，体力弱，一有空就不服输似的将那 18 磅大锤抡得铿锵作响。胳膊肿了，照练不误。于是，就练出了稳劲、准劲和狠劲。至于那电工的应知应会，早就练得娴熟。时间不长，他又当上了探伤工。参加工作不到 4 年，岗位换了好几个。每换一次工种，他都看作是锻炼自己的机会，干一行，爱一行；干一行，专一行。用师傅们的话说：“这小伙子，干啥像啥！”为啥能干啥像啥？只因他干啥想啥！本来内向的性格，一琢磨起别人不晓得的事理就更“内向”了。结婚前单身汉的生活最大的优越性就是一个人吃饱“全家”饱，常有时间去琢磨。

机修厂是钻井设备的中途补给站，从一线井队返修设备时替换下来的废旧零部件在厂区堆积如山，这如山的废料就真的废了吗？他利用中午休息时间在废料堆里翻腾，发现不少配件只因小面积的磨损被弃之不用，太可惜了。怎样才能利用起来呢？他解不开扣，就去问有关师傅和领导，厂里也正为此而“心疼”，震动焊、埋弧焊，各种修补法儿耗费十几万元，均告失败。这些废料真的就没救了吗？高森围着废料堆费心思之举动感动了师傅李成武，他与徒弟小高一起琢磨这个不管也没人说啥的难题。忽一日，李师傅在某杂志上见到了一篇电刷镀使废件再生的文章，喜滋滋地交给了小高：“好好看一下，看咱能不能用这个法。”

小高认真地去读那篇文章，然后和师傅拿着这篇文章找到了厂领导。厂领导就派小高和另一名同志赴北京解放军装甲兵学院参加电镀技术培训班。短短的5天时间，高森把老师讲的内容一字不落地全听了，有不少内容都记了下来。回厂后，便“照猫画虎”地镀了一根钻机轴，出乎意料的是镀的还算像那么一回事。

电刷镀如此简单吗？

不，以后的接连失败曾使高森神经衰弱得靠安眠片休息。在“山重水复疑无路”之时，他进京找到了装甲兵学院的老师。得到的答复是一句话：“碳刷不能混用……”就是这一句话，把他“逼”向了艰苦的自学之路。他是技校毕业，此时捧上了大学教材《热处理学》《有机化学》等。在正常的上班时间，他该干什么，还干什么。8小时以外，除过吃饭、睡觉，简陋的实验室就成了他的“家”。尤其是节假日，他在这个“家”一待就是一天。

夏天，室内像蒸笼，虽有电扇在头顶嗡嗡扇风，可那热汗依然不停地流；冬天，室内虽有暖气管线在悄悄地散热，可有些程序不是室内作业，依然得顶风冒寒去室外。如果说热与冷是淬火加钢必经之程序的话，那么，高森得到的是更加坚定的信念和这种信念催生出的硕果：经过上百次的试验，合格的镀件终于诞生了！

二

人民大会堂。

1995 年 4 月 29 日下午 3 点整，全体劳模和先进工作者，佩戴红花、奖章，满怀喜悦在人民大会堂宴会厅排成巨大的圆形立体人墙。

总书记来了！

总理来了！

还有其他中央领导。

江泽民总书记走到中间位置，站在第一排的来自西藏自治区的全国先进工作者俄珠多吉把洁白的哈达和藏帽献给江总书记……

掌声，还是掌声。

党和国家领导人在前排坐定后，合影开始了。北京大北照相馆专用的巨大照相机缓缓转动起来，几分钟后，4 米长的胶片记下了党和国家领导人同劳模、先进工作者在一起的珍贵镜头。

照片，使瞬间成为永恒。对高森而言，这永恒的瞬间浓缩着他 10 余年艰苦跋涉的历程。

1986 年。

黄河入海口的冲积平原接纳了一批钻井健儿——华北油田第四钻井工程公司的 15 个钻井队赴胜利油田打承包井，高森随从二线队伍也来到了前线——黄河三角洲。夕阳的余晖、交错的电力线、星罗棋布的油井房、人工筑就的黄河大堤……高森在工余时间无暇顾及这壮美的荒原新风景，脑海里依然装的是废旧工件和电刷镀。

电刷镀是一门高难技术，我国五六十年代曾研制过，但没有成功，国外也是 20 世纪 70 年代才研制成功的。1979 年上海有机化学研究所从美国引进了这门技术。由于难度大等方面的原因，未能推广。在未普及的情况下，高森要在这门技术上不断地提高，有效的途径就是潜心钻研。多年的体会使他意识到：没有理论上的提高，就很难在实践上创新。于是，他就把爱因斯坦的一句话当成了座右铭："人的差异产生在业余时间。"

因为前线也有机修厂，所以前线更需要有电刷镀。

90% 多的职工在前线住单身宿舍，别的单身宿舍一到业余时间就是凑热闹的黄金时间，而高森的单身宿舍，"热闹"是他一个人的，屋子里除了书，还是书。他，一会儿看，一会儿画，那投入的程度使人容易想起陈景润。于是，就很少有人去"串门"，厂长有时于深夜瞅见他屋子的灯光，便悄声进屋，道一声"早点休息吧，要注意身体啊！"或者给他的杯子续上热水，便悄悄地退出了屋……

理论的基础是实践，反过来又为实践服务。

1991 年初，一根损伤面积达 500 平方毫米的水龙头冲管运到了厂里。大面积损伤如用槽镀技术修复，太慢，井队急需这根冲管，高森便进行超面积刷镀试验，这在当时来说弄不好是要担责任的。如果成功了，皆大欢喜；如果不成功，要延误这根冲管的修理工期，势必影响井队的生产。高森略一思索就坚定了信念：如果不担风险，啥事也干不成，干！于是，他就紧锣密鼓地忙活。第一次试验，没成功。第二次试验时，带毒的镀液从 1 米高处流到了他的头上和身上，高森随便擦洗了一下接着干。他仔细分析几次失败的原因后，由点状工艺改为线状工艺，并且配制了新喷嘴。一试，成功了！这项成果获中国青年科技成果博览会新星奖。

1993 年 5 月，兄弟单位送来了一根轴颈磨损 1.3 毫米深的汽车曲轴，其磨损程度已超过了理论上的刷镀范围。高森更清楚：如果这根轴不能及时镀好，一辆价值 20 多万元的进口汽车就会长期停工待料，甚至有可能报废。为了用户，也为了使自己痴迷的电刷镀技术拓展刷镀范围，高森揽下了这个“麻烦事”。10 余次刷镀失败后，他大胆改进阳极刷，连续工作 32 小时，终于获得了成功。

高森是聪明的。

他的聪明之处就在于他不死抠书本，而是注重理论联系实际，向自己的失败过程讨教学问。作为国家级科研项目的电刷镀，用在泵块的修复上可以缩短维修时间，节约大量资金。从书面材料看，工艺很简单，但实际搞起来，难度很大，主要是 8 种化学药品的配方不好搞。8 种药品各有各的功能，无论哪一种都可由量变到质变；不管是用量过足还是不足，到适中的临界点的差异常常是一丁点。8 种药品的比例不一样，互相掺和着搭配，要找出合理的配方，简直就像玩魔方，玩不好就会将自己“绕进去”出不来。况且电刷镀是一个辛苦而危险的工作，镀液对人体有害，有六七个电刷镀技术工人都相继调走了。高森这个电刷镀班的班长，曾一度成了名副其实的“光杆司令”。这种现状，使高森陷入了深深的思考之中：对人体有害的活没人愿干是情理之中的事，没有自我保护意识的职工不是好职工。那么，刷镀工作能不能实现机械化呢？ 1990 年 9 月，在电刷镀 10 年成果博览会上，电刷镀技术研究会理事长林春花的一句话使他深受鼓舞，他在参观铁道部机车车辆工艺研究所研制的一件展品时说：“电刷镀完全可以实现机械化。”

美国一位专家在《全自动电刷镀》一文中介绍过用一种电脑遥控完成全部工序的镀床，但这是地球那一面的稀罕之物，无法借鉴。高森就潜心钻研自己的“课题”。他重新捡起了在技校学习的一点机械制图和机电控制知识，借鉴解放军装甲兵学院摩擦电喷镀技术，解决了自动供给镀液的问题。但用平面刷头刷镀时，镀液易向两边挤，镀层中间薄，两边厚。于是改用凹面刷头。使用多大的凹面合适呢？几百次试验后都失败了。他四处求教。公司工程师阮家嶷让他参考一下“优选法”。他就搜寻到了一本华罗庚的“优选法”，如饥似渴地学起来。刷镀工艺需要去离子水，他就到公司地质大队化验室去求教。化验室一名师傅给他推荐了一本叫《化学分析》的书。为了买到这本书，他把附近的新华书店转遍了，都没有。适逢他回老家张家口探亲途经北京站倒车，于是办好中转签字手续后，坐公共汽车赶到王府井新华书店。在那么大的书店要找一本《化学分析》，形如大海捞针。两个小时后，还真找到了。他喜滋滋地看起来，早把回家的事忘了。等赶到火车站时，早已过了发车时间。于是，他在北京住了一夜，第二天又买票回家。在火车上看书，回家后一闲下来还是看书。年迈的母亲问他在单位的衣食住行，打听他媳妇和孩子的事，他老是有一句、无一句地应付着。母亲一气之下夺过书要撕，高森急出了眼泪，一声接一声地直喊“妈……”。

假期未满，他就踏上了归途。

回厂后，实验一个接一个，大量的信息资料和各种数据密密麻麻地挤进了笔记本。

汇总、筛选、再实验……

高森像冲越界河的“卒子”，一步一步往前拱。当然，这期间他不仅仅是搞试验，还要刷镀源源不断地被送过来的废旧工件，探索刷镀机械化的事儿只能在工余时间琢磨。

三年，整整三年。

1993 年 4 月，机械化刷镀机模型诞生了！

1993 年 5 月，机械化刷镀机模型获河北省首届青年科技成果银牌奖；1994 年 9 月，河北省总工会表彰了全省 25 名自学成才的青年，高森是其中的佼佼者。

三

雄壮的国歌声在人民大会堂回荡……

全国劳模和先进工作者表彰大会于下午 3 点 30 分正式开始。

会议按程序进行……

在全场热烈的掌声中，江泽民总书记发表讲话。他代表党中央、国务院向劳模及先进工作者表示崇高的敬意……

凝眸注视这一切，高森就不由得想：再过几个钟头，这一盛景无疑会出现在电视屏幕上，年迈的母亲和心爱的妻子、儿子就会分享他此刻的激动心情。哦，那就让他们看个够吧！

——妈妈！这就是儿子对您的回报！

——妻子、儿子，这就是为夫、为父对你娘儿俩的“爱和关怀”。

1985 年的初夏。

情钟刷镀的高森在百花争艳的季节绽开了爱情之花。婚礼是组成新家庭的标志，因此不少人唯恐别人不知道，将那喜柬之类的吉祥物到处撒。而高森，把婚礼之类的盛典看得特淡，他不喜欢浮躁式的热闹，因而就像怕别人知道似的，与对象周淑芹到石家庄买了两件衣服，回来了，回来就算结婚了。不到一天时间到石家庄打了个来回。于是，周淑芹就由高森的对象变成了妻子。没有贴大红喜字，没有放炮，没有常见的婚礼那种轰动场面。

高森，悄悄地结婚了。

他说，这种方式省心、省钱、实惠！

其实，周淑芹最清楚，这一简单的婚礼节省最大的是时间。当时，高森正攻克的项目是热装件防掉皮刷镀。当天，她和高森从石家庄回来后，把所谓的新房简单整理了一下，高森就像完成任务似的，于第二天上班后就很少顾及这个家了。让周淑芹刻骨铭心的“伤心”事不止这些，多了！

随便提哪一件都能让她落泪。

就说 1986 年 6 月 26 日这一天吧。

那阵儿，正是周淑芹的临产期，晚饭时分，她觉得不舒服，就劝高森晚上别出去了，可能孩子要出世了。高森说："不会这么快吧，我出去一会就回来，就差最后一道工序了。"

高森出门，进了工房。当时，他承担的是一根脱皮 1.2 毫米厚的钻机轴刷镀任务。在 24 个小时内镀了 3 次，都不理想。井队急用，他带全班人连夜加班。晚上 7 点过后，邻居一位大嫂上气不接下气跑到工房告诉高森："你媳妇要生了，赶紧去医院。"高森说："外面的车正等着给井队送这根轴，还有一点活没干完。让她先等一会。"邻居大嫂一听就急了："有你这种人吗？！生孩子不是去商店买东西，是等的事吗！"

高森就去了。大夫埋怨高森两口子："太不像话了，怎么现在才来？"

高森无语。

妻子想哭。

望着高森的窘态，邻居大嫂想笑。

10 分钟后，儿子降生了！那悦耳的啼哭宣告母子平安。高森握住淑芹的手，含泪说了声"对不起"。

有人把儿子降生比喻为"太阳出世"，高森家的"小太阳"似乎给高森带来了好运。1986 年 7 月，他的首篇论文《如何使电刷镀在企业开花结果》在面向全国发行的电镀杂志上发表。1987 年 2 月研制出了大型刷镀转台和机械手；同年 5 月，一种廉价镀液研制成功，使自配的镀液增至 12 种。接着，《电刷镀使绞车传动轴起死回生》的经验在河北省技术交流会上获 A 级奖励，省计经委授予他"电刷镀先进工作者"称号。

知情者自然晓得，这些论文和经验提炼于无数次失败与成功的实践，是内心苦焦的沉淀，是只身一人在寂寞一隅的"聚合反应物"。在黄河入海口的钻井前线，别的职工是一年换一次，而高森为了保持攻关项目的连续性，一待就是4年。这期间，他失去的是天伦之乐，赢得的是鲜花，收获的是硕果。1992年，在承德召开的全国电刷镀第二次年会上，他是唯一的一名工人。面对众多的专家和领导，他一口气宣读了自己的两篇论文，赢得了与会者的高度评价。

就在高森赢得掌声的同时，他欠下了家中亲人一笔无法偿还的感情债。

那次是1992年，他从承德开会归来，妻子劝他把当月的假休了，陪她去一百多千米之外的任丘医院看看病。高森一想起山东新户前线的待修工件，就心急火燎地说，“不行，不行！”第二天就上了前线。之后，妻子3次捎信让他回来。回来时妻子已从医院回来在家躺了两天。周淑芹本想发泄压抑已久的火气，怨气，但一瞅见高森更加消瘦的面容，心软了，改口说：“你不管我和孩子行，可也得考虑你自己的身体呀。我是家属工，无固定工作，你要是有个三长两短，这个家怎么办？”他为妻子边熬药边写论文，刺鼻的焦煳味唤醒了他，药锅里吱吱作响，在冒着烟，妻子见状，放声痛哭：“你还要不要这个家呀……”

这个家，高森当然得要。

他每次休假进家门，儿子高鹏宇就连蹦带跳扯他的衣服、翻他的提包，满以为爸爸能给他带回可爱的玩具或可口的食品，结果翻出来的除了“铁块”，就是书。于是，儿子就学着妈妈的口气，冲爸爸说：“以后你别回来了！”

1994年的一天，他正在突击解放军某部送来的一批机加工任务时，8岁的儿子因风湿性关节炎和先天性弱视恶化住院。爱人在商店柜台不能离岗，他只好让儿子在医院自己照顾自己。儿子住了10天院，他紧锣密鼓忙了10天：刷镀了一根1300钻井泵主动轴，两个轴泵壳体、三副轴承、10个液压缸转向轴承、30个气门座、烧制了445升蒸馏水、配制了240升刷镀液。这一切，相当于一名熟练工一个多月的工作量。

他这样终日忙乎，究竟是为了什么？一分钱不多往回拿，反而把钱老往外送；多次为安徽洪涝灾区及坝上干旱区、云南地震区和贫困山区“希望工程”主动捐款。1995 年“七一”前夕，为帮助贫困山区失学辍学儿童回归校园，他一次交纳党费 800 元。明眼人一目了然：他的家庭不仅不富裕，而且十分清贫……

那么，他到底是为了什么！

答案，只能从他的行动中感悟：

截至 1994 年底，高森研制各种镀液 86 种，刷镀工件 3268 件，创造价值 405 万元。另外，他摸索出的旧镀液再生技术，每年可节约资金 5 万元。更令行家们看重的是：他的刷镀水平已跨入国内先进行列。

但高森不满足现状。1994 年 12 月的一天，他上书华北油田有关领导，在 4000 字的文稿中讲述了电刷镀的优势、发展前景及其潜力，建议在全油田推广这门技术。1995 年 3 月，油田机动处组织有关人员到高森所在的钻井四公司机修厂进行考察。4 月份，机修厂应邀参加了油田设备定点修理、机械加工产品订货会，电刷镀工艺引起了与会者的普遍重视。

于是，就有人给高森赠送一副对联：

上联：需要是创造的动力；

下联：奉献是事业的支柱；

横批：青春无悔。

尾声

高森从北京开会回来了！

他从北京带回来了 30 多斤重的书籍和资料。

华北石油管理局领导在迎候他。局党委书记、局长问他有什么要求，他毫不犹豫地说：“我现在急需‘充电’——学习！”

于是，1995 年 9 月份，高森进了固安石油职工大学预科班。1996 年 7 月考入了正式班级，学电力专业。全班 50 名学生，高森的体形属小个头之列，年龄最大（出生于 1958 年）。班上两名党员，他是其中之一。开始，同学们不大在乎他的存在，很快，大家都被他“吸”了过去：别看他年龄大，手脚最勤快，打水、扫地之类的公益活动他带头去干；别看他年龄大，学习成绩挺好。更让人羡慕的是：他上学前，写读书笔记、实验报告达 100 多万字，结合岗位实践撰写论文 40 余篇，有 10 余篇在省部及国家级学术刊物上发表，是有关部门认可的全国首批高级刷镀工。从 1985 年至 1996 年，他荣获钻井四公司、华北石油管理局、中国石油天然气总公司、河北省委等级别的多种荣誉（奖励）44 个，各种荣誉证书一沓一沓的……

于是，就有同学冲高森挺认真地说：“潘长江那小品里有句话说得真对——‘浓缩的是精品’！”

好汉歌

柴甫泉

唐文岭，全国五一劳动奖章获得者，一条真正的“梁山”好汉！

多少年如一日，他默默无闻、埋头苦干，用刚毅诠释着品质，用信念书写着忠诚，用真情演绎着感动，用一生的追求描绘着中国石油工人爱国、创业、求实、奉献的彩色图案。

他是井下作业公司第一试油大队主管生产的副大队长，2005 年被井下作业公司任命为大港地下储气库项目部经理。多年来，面对外闯市场艰难征程中的重重困难和来自各个方面的压力，特别是面对国内外同行业在同一战场上共同角逐、激烈竞争的挑战，他率领众弟兄一路拼杀，一路搏击，占“山”为王，以一流的服务、一流的质量、一流的速度，谱写了一曲荡气回肠的好汉歌。

天上的星星参北斗

在一次次外闯市场的征程中，唐文岭仿佛是璀璨的夜空中那颗最亮的星。

2005 年，华北井下作业公司在大港储气库承担了一些施工井，唐文岭和他的团队受命赶到大港。可是，等到了现场一看，大家都傻眼了。这些大多为四类井，经个人承包后，井内情况不明，资料要么没有，要么不详细，井场条件差，有的是用砖头瓦块垫起来的，有的是在院墙边或公路旁，有的是在河道水塘里，有的在高危地段。这些，都给施工方案的制定和保障施工安全、保障施工质量造成了很大的难度！

“唐经理，这些井都是别人甩了不干的，不具备施工条件，咱们撤吧。”手下人在打退堂鼓。

“让我带着你们一起撤？当逃兵？”唐文岭的眼睛直勾勾地盯着部下。

“不是撤，是退，在这儿退一步，到别的战场可以进两步！现在退还来得及，不然我们队会栽到这里的！”

“开弓没有回头箭。不就是条件艰苦吗？条件艰苦说明还是有条件，就是没有条件，我们创造条件也要干！不能把我们石油人的脸丢在这里！”唐文岭吐出的每一个字，都像一颗钉，斩钉截铁，落地有声。

现实问题无法回避，也别无选择。只能在组织管理上下功夫。为此，在严格 QHSE 管理体系标准、认真开展各项安全、质量活动的同时，作为项目经理的唐文岭，在接到每一口井的施工通知和甲方施工设计方案后，首先组织技术人员和基层队干部及生产骨干进行实地勘察、了解现状，对方案设计认真审核。根据现场环境、工序内容、工艺要求进行风险评价和分析，与甲方和配合方沟通协商，交换意见，达成共识。很快，一套套非常有针对性的施工方案和安全应急预案拿出来了！

施工前认真向施工人员进行技术质量和安全交底，提出安全质量要求。施工中，严格执行方案设计和安全预案的同时，干部跟班作业。多少个日日夜夜，唐文岭吃住在施工现场，跟弟兄们一起搏击在施工现场，他觉得，离开一步心里都不踏实。

在日常工作中，唐文岭加大检查监管力度，要求岗位人员认真执行岗位操作规程做好井控防喷工作，认真交接班，坚持岗位巡回检查，发现隐患及时排除或反映。同时他还坚持每天根据具体的施工工序提出安全与施工质量的要求，亲自查看每一口井在每一天的情况，使安全和施工质量处于严格的有效的控制状态。

随着施工的进行，井下情况的复杂性不断显现出来，这是以往施工中没有碰到的。甲方提供的资料与现场情况严重不符，工序无法正常衔接，施工速度缓慢。为此，唐文岭与技术人员一起，同甲方和设计方就出现的问题进行分析、商讨，提出建议。待双方达成共识后，又积极筹备和加工工具、配件，以保证正常的生产施工。在生产的组织安排上，想甲方之所想，急甲方之所急，不等不靠，尽最大可能，在保证安全与质量的前提下加快施工速度。诚实守信的服务贯穿工作之中，深得甲方与配合方的好评。

板深857井位于大港油田转运库门卫室与院墙及公路夹角坑洼处，井口距东面院墙和公路以及南面的公路和门卫室都只有10米的距离。修井机井架立起后东侧前后两道防风绷绳均要跨越公路，地锚打在公路边。公路上来往车辆很多，加之上方又有高压电线，绷绳绷起后距电线只有五六米的距离，来往的车辆易挂到绷绳导致拉倒井架，而且很容易触电，施工安全隐患很大。这种情况下，唐文岭经过勘察后组织生产骨干讨论、制定了相应的安全措施。一是在公路中间地锚两端加放双道防撞水泥墩，并摆放安全警示牌。二是在绷绳上套绝缘管、缠发光灯带和彩条，使绷绳白天醒目、夜晚发光，既防止了触电，又防止了车辆挂绷绳。三是安排专人值班，确保消除安全隐患，使施工得以顺利完成。

板8井位于大港千米桥油库内，井口在两列火车轨道中间。距井口150米外是库容10万立方米、资产达5个亿的国家级重点防火单位——大港油库中心的油库区。每天油库装卸100车皮左右的油料，装运时间达12个小时。不仅施工时井下复杂多变的情况会对油库安全造成威胁，就是施工设备运转和施工工具碰撞可能出现的火花以及静电都是重大的安全隐患。这样的环境下，施工难度可想而知，但是为了整个储气库运行安全，甲方又非常希望华北井下能够安全地对该井进行封堵作业。在公司安全、技术部门的大力支持和全力配合下，他多次到现场考察，与技术人员和甲方反复论证施工的可行性，制定出了科学缜密的施工方案和安全预案。同时组织所有施工人员参加油库中心组织的国家级防火单位安全教育，安全教育结束后经过严格考试，成绩合格者才能获得施工准入证进入库区施工。

一项项措施，一道道关口，一次次考试，他们拿到了施工准入证，终于接到了“可以进入库区施工”的指令，大家欣喜若狂，个个摩拳擦掌。

该出手时就出手

拿到施工准入证，他们如虎添翼，迅速进入库区，对几口特殊井展开了突击施工，任务完成后，华北井下施工队伍的整体素质、施工能力和管理水平已得到了甲方的充分认可。在唐文岭和项目部其他同志的积极努力争取下，甲方在原 11 口老井封堵施工的基础上，又给他们增加了 3 口老井封堵的任务。虽然存在一定的施工难度，但他们没有放弃，而是积极想办法安全、优质地完成施工任务。甲方看到的是，这支队伍越战越勇，几乎是无往而不胜，接着又给了他们 5 口新井的施工任务。

大港陕京二线地下储气库板中北高点二期新打的 10 口井都在一个平台，华北井下和大港井下各承担 5 口井的施工任务。大港两个机组，两个作业队施工。华北两个机组，只有一个队施工。甲方要求在同一天开工，同一天各先交 2 口井。针对人员少、后勤保障不足等特殊困难，唐文岭亲自组织安排生产，适时合理调配施工人员，在班组间开展“创精品、树形象、增效益”劳动竞赛。在人员远远少于大港施工队伍的情况下，狠抓施工一次合格率，加强工序衔接，始终保持与大港施工进度同步的水平。

两支队伍就像疾驶在高铁线上的两列高速列车，齐头并进，虽然唐文岭率领的人少，依然咬住不放，直到最终取得了决定性的胜利！

板中 16 井是储气库项目施工的最后一口井，也是一块难啃的“硬骨头”。该井井下情况复杂，内有三个重叠的电缆桥塞需要处理。而且井场过于狭小，井口东距津岐公路 17 米，公路旁有高压线路，北 10 米外有二层居民楼，西、南方向为水塘，妨碍修井机绷绳有效开档。这些因素使施工存在重大的安全风险。大港井下先期曾上一部小吨位的修井机进行作业施工，后考虑到施工难度和安全性，以无法立起大修井架，无法满足施工安全为由放弃施工，撤离了该井，无奈之下，甲方找到华北井下项目部，问唐文岭："唐经理，大港的撤了，你能不能帮助我们解决这个困难？"

"他们走了，我们上，你们的困难就是我们的困难，我们一起来解决！"唐文岭连想都没想，一口答应下来。

说干就干。他一边组织技术人员和基层队干部亲临现场勘查，一边向公司领导报告情况。经技术与安全部门的人员到现场查看，认真进行风险评估后，迅速采取了必要的安全措施：将绷绳用绝缘胶管包住，从高压线路中穿过后再固定到地锚上，在公路旁设立醒目的安全标志和安全警戒线，对固定绷绳的地锚进行加固处理。根据井场条件特点，合理布置井场。经安全验收后进行了施工。开工后，甲方带领大港井下公司领导和有关人员到现场进行观摩学习，对板 16 井井场布局、施工现场标准化管理以及采取的各种具有创新性的安全措施给予高度评价。施工中，唐文岭与技术人员亲临现场严把施工质量关，对出现的技术问题一起商讨，一起加工制作处理工具，加强工序衔接，科学准确地采用各种技术措施，经过探鱼顶、打铅印、下平底磨鞋、下环形铣鞋等工序的施工，将 3 个电缆桥塞一次性捞出，优质高效地完成了施工任务，为大港储气库项目建设画上了圆满的句号。

这项工程，镶嵌着朴实、镶嵌着梦想，也镶嵌着唐文岭和他的整个团队开拓的身姿！

风风火火闯九州

老一代石油人的豪迈气概深深地根植于唐文岭的心中。作为大港地下储气库项目的主要负责人，他既是尽职尽责的管理者，又是风风火火的实干家。多少年来，哪里有石油，哪里就是他的家；哪里有工程，他就在哪里扎根。

在外地闯市场，很少与家人团聚，单调、枯燥、寂寞，抢工期的时候，还要没黑没白地干，一个字：苦。但他都没有感觉出来，一年365天，生嚼着苦字，硬是把苦嚼成了甜。他说，每当看到自己一手为单位创下的效益，看到自己的团队高标准地完成一个又一个的工程项目，心里头就像吃了蜜一样。

看似风风火火的唐文岭，其实粗中有细。每到一地，他都要根据外部市场施工特点，制定相应的切实可行的管理办法和制度，使管理上有章可循。在队伍管理上，认真加强思想宣传教育工作，使员工牢固树立市场意识和服务意识，充分发挥和调动员工的工作热情和工作积极性。在安全管理上，结合"安全基础年"，认真开展"三不伤害""反三违""反习惯性违章"等活动，坚持"三级验收"开工制，认真执行"两书一表"，严格井控工作管理，适时加大安全检查力度，做好安全事故预防工作。在技术质量管理上，加强技术质量工作的学习与培训，认真执行方案设计，运用新技术解决实际工作中出现的技术质量问题。组织开展创精品工程活动，不断开展技术创新活动，确保施工技术质量。在现场管理上，坚持标准化和规范化，坚持开展"环保作业，绿色井场"活动，以管理展示华北人的工作水平。在设备管理上，加大检查、保养和维修的力度，确保设备正常运转，保障生产正常进行。60多人的施工队伍未出现违法乱纪现象，未发生任何质量、安全事故。运用自行研制的负压配灰漏斗配灰系统，完成了14口老井封堵的大灰量配灰，减轻人工配灰的劳动强度。另外，与技术人员一起自制了9件打捞和磨铣工具，解决了施工中复杂的井下问题，提高了工作效率。

唐文岭每日都奔波于各个施工现场，进行检查督导或跟班劳动，遇有特殊施工情况，他及时组织技术人员和生产骨干动脑筋想办法，与甲方和上级领导沟通联系，全身心地投入到工作中。不论早晚，即使病了也要坚持工作。

施工初期，3 口井同时施工作业，都不顺利。他看在眼里，急在心中，连续到各井场检查情况，组织施工，以至于嗓子发炎，话都说不出来，但他仍然坚持在施工第一线。说不出话来，他就用手势来指挥，手势比画不明白，他就用笔写在纸上，让他们看。

老井封堵进行挤灰和注灰时均是人工进行配灰，而且灰浆量比普通井要大，少则六七十袋，多则几百袋，劳动强度很大。每逢这时，他都主动自觉地同工人一起搬扛水泥。在板 16 井由 2800 米注灰至井口的施工中，灰量达 41 吨 820 袋。此类注灰本应由固井注灰车辆完成，因为人工配灰的劳动强度相当大，考虑至少要 4 ~ 5 次分注完成，雇佣固井注灰车辆费用较高，他就组织进行人工配灰。在三次注灰施工中，他每次都跟工人一起干。开始自己搬，累得不行了就与别人一起抬，直至施工结束。每次都浑身上下湿个透，一身水泥、一身汗。基层队的干部和工人都被他的行为感动，多次劝他别干了，但他连理都不理。

大港气库项目施工结束，他和他的这支队伍终于撤回了万庄基地。没过两天，唐文岭又被安排组织队伍去江苏金坛西气东输盐腔储气库施工作业，并担任此次施工项目部经理。他非但没有怨言，还像打了鸡血一样兴奋。

“说走咱就走哇，风风火火闯九州哇！”唐文岭哼哼着这曲豪放的歌，脚下生风，踏上南下征程。

到了江苏，一个月的时间里又顺利圆满地完成了 7 口井通井、恢复采卤的施工作业任务。这一年，他走南闯北、征西闯东，杀出了一片天地，树立了华北石油人爱岗敬业、勇于奉献、诚实守信的良好形象，展示了华北石油人过硬的技术素质、高超的施工作业技术水平和生产组织管理水平，稳固了大港储气库施工市场，受到了甲方及配合单位的高度赞扬与信任。

在上一年为华北创收 270 万元的基础上，又完成了老井大修、封堵 15 口、新井完井 5 口的施工作业工作量，实现收入 1100 万元!

这就是唐文岭——一个铁打的好汉，一个值得我们尊敬的开拓人，一个全国五一劳动奖章获得者。

拾“宝”

李亚平　刘新占　李　健

大千世界，斑驳陆离；芸芸众生，情态百出。这其中不乏耀人耳目的伟人伟事，但更多的是默默无闻的凡人凡事。然而，只要这些凡人凡事是闪光的，那么他就是可贵的。况且，你能说，这种平凡的持续不是伟大的么？姜玉杰是一个极普通极平凡的人。他中等身材，四肢粗壮，头发稀疏，腰背微驼。由于长年一身油泥的工衣，漆黑的面目上皱纹交错，使他总是显得比实际年龄大许多。从 16 岁参加工作至今，他整整当了 28 年的工人。然而姜玉杰又是一个非常了不起的人，因为他在 28 年的工人生涯中，当了 21 年劳动模范，并先后荣获省部级以上表彰 15 次，其中包括全国五一劳动奖章和全国优秀生产能手。28 年间，姜玉杰利用业余时间共修复各种车辆水箱、机油散热器、千斤顶、大泵凡尔总成等各种零配件 18700 多件，按半价计算，为国家节约资金约 80 多万元。不仅如此，他还义务为群众修理水壶、水桶、脸盆等生活用品 12600 多件次。

这就是姜玉杰的人生轨迹。

“我生长在新社会，是共产党给了我第二次生命，是大庆精神培育我成长。”

1954 年，当春风吹绿白山黑水，嫩江及其支流像道道彩练，缠绕在村村镇镇的腰间，鼓胀着，涌起层层如雪的浪花之时，姜玉杰出生在东北肥沃的黑土地上，慈爱的父母像所有望子成龙的家长一样，给他起了一个平凡的名字：姜玉杰，殷切地期盼他能成为石中之玉，人中之杰。

和风、细雨、艳阳、亲情。一切的一切都是那么美好。就在这样的氛围中，姜玉杰无忧无虑地度过了他欢乐的童年时光。

然而，天有不测风云。病魔夺去了他的母亲。8岁的姜玉杰悲痛万分，他幼小的心灵无法承受失去母亲的打击。父亲又当爹又当妈，拉扯着一家几口艰难地度日。没娘的孩子早当家，小玉杰稚嫩的肩膀也过早地扛起了沉重的锄头。不幸的是，黄鼠狼单咬病鸭子，由于过度劳累，父亲又病倒了，家庭的千斤重担一下子全部落在他的身上。他叫天天不应，唤地地不语。他疯狂了，疯狂地跑向田野。跑啊跑，直到累得再也不能动弹。

“幸亏我生在了社会主义国家。”回忆起这段经历，姜玉杰不无感慨地说：“就在我们全家进退两难的时候，是党组织派人来进行慰问，帮我们料理生活，又联系医院为父亲治病。要是没有党组织的帮助，我真不知以后会是啥样子。”

是的，是党的关怀使姜玉杰一家度过了艰难的岁月，还是党照顾姜玉杰，分配他到大兴安岭加格达奇粮库当了一名工人。尽管当时还是1970年的隆冬季节，他却感到浑身热血沸腾，心潮澎湃。他冲进风雪之中，激动得仰天祈祷：我一定要好好干，一定要报答党和国家。

1973年11月，姜玉杰服从组织安排，调到大庆油田参加会战，被分配到井下特车队当了一名泵工。从此，他便与浩浩油田、巍巍钻塔和隆隆机声结下了不解之缘。紧张的工作、火热的生活，使姜玉杰很快适应了环境。而质朴的工友和大家庭的温暖，又让他很快爱上了这里。井场上，他挥汗如雨；修房子，他一马当先；清垃圾，他冲锋在前；种粮食，他一丝不苟。当时，大庆还有个习惯叫“零点起步”，就是深夜起床淘厕所，姜玉杰一身粪便一身汗，从不惜力偷懒，更不迟到。艰苦的生活，磨炼了他坚韧不拔的意志；繁重的工作，铸就了他吃苦耐劳的性格。他如鱼得水，感觉到了报答祖国和人民的最好场所；他信心百倍，迎接着向他扑面而来的全新生活。

当时，姜玉杰所在的特车队有一支由老工人组成的废旧物资回收队。他得知后，立即找到老队长要求参加。“年轻人，嘴上无毛，办事不牢。你有这份耐心，能吃得了这个苦吗？”他得到的是不软不硬的回答。当天晚上，姜玉杰辗转反侧、一夜未眠。第二天清早，他手持一份决心书又主动请缨参战。老队长看在眼里，喜在心上，欣慰地点了点头。

从此，在清一色的老工人回收队中，又多了一名青年；从此，姜玉杰渐渐疏远了娱乐活动；从此，垃圾废料场成了他经常光顾的地方；从此，大庆人“三老四严”、艰苦创业的品德和性格凝铸在姜玉杰身上。

“有些人叫我‘破烂王’，笑话我捡回了劳模，却丢了媳妇。我为国家修旧利废，没啥丢人的，我光荣得很！”

1975 年 8 月，姜玉杰跟随石油大军奔赴华北参加会战。尽管，他对生他养他的土地有无限的深情；尽管，他对爱他帮助他的父亲有无限的依恋。他还是唱着“哪里有石油，哪里就是我的家”来到了华北大平原。

如火如荼的会战，繁忙辛劳的工作，使姜玉杰忘记了一切。宿舍——食堂——井场，三点一线便是他全部的生活内容。就这样，他一干就三年。直到 1978 年，已调到井下指挥部（现为井下作业公司）的他利用会战的间隙，好好看了看他的会战基地。这一看便看出了以后的故事，便看出了以后一切的苦辣酸甜……

那么，他看到了什么呢？那是大会战遗留下的一处废料堆，那是在他眼里尚有金子的一个个垃圾堆。他再也坐不住了，大庆人的回收队精神又占据了他的整个思想，又左右了他的神经。于是，他自己做了一个帆布包，开始利用业余时间捡拾废旧物资进行修旧利废。从此，帆布包便成了他的亲密朋友。

他用帆布包背回了一座废料堆，这些废料又锈又破哪那么好伺候。但这难不倒他。你锈吗？他就用土搓，用油泡，用水洗，用钢刷刷，用锯条锯，用锉刀锉，用砂纸打；你破吗？他就能修的修，能焊的焊，能配的配，最后涂上黄油，刷上油漆。弹指几挥间，旧貌变新颜，有的还真派上用场。一次，一个车队急需一个阀门，可库房正好缺少那种型号的。姜玉杰得知后主动找到了车队领导，拿出了自己修好的一个阀门，一试正好，解了对方的燃眉之急。车队领导不约而同地向他投来了赞许的目光。

初尝甜果，姜玉杰满心欢喜。从此，他对他的事业爱得更深、恋得更痴了。他自己也办了许多“痴事”，成了一名“痴人”。

这一年已是5月时节了，可他还穿着一双棉大头鞋。女工们有事没事就拿他开玩笑，说他是“北极熊”。在好心工友的百般劝说下，他才准备买一双凉鞋。在去商店的路上，他突然发现路边垃圾堆里埋着一个旧阀门。他如获至宝急忙跑过去，用手连刨带挖，很快刨出了旧阀门和许多废料，帆布包不够用，他毫不迟疑地脱下了工衣。就这样他满载而归了，而买凉鞋的事早已忘到九霄云外。

渐渐地，人们都知道有个“破烂王”姜玉杰。然而人多嘴杂，各色人等的种种议论便随之而来：

嘲笑者：这个人真是个“疯子”，好端端的工人当不够，又当起什么“破烂王”；

嫉妒者：干这有什么用，钱不多拿，劲不少费，还让人说这说那的，多划不来；

好心者：你这么一身油一身泥的，多不像个样子，连对象都不好找。

众口铄金。姜玉杰进退维谷，陷入了迷茫。人在生命的关键时刻，总会有一片温馨的绿荫，为他遮挡阳光送来清风。这时，又是党组织出面为他撑腰、为他鼓气。他永远难忘那一刻：公司党委让他披红戴花，骑上骏马，领导亲自为他牵缰引路，走遍了公司的大街小巷。那铿锵有力的马蹄声震住了所有的议论；那不同寻常的场面，打动了每个人的心灵……

姜玉杰的劲头更足了，脚步更坚了。他就像那匹骏马，正扬起四蹄，在他理想的原野上扬蹄疾驰，一往无前……

如果说，外人的冷嘲热讽是他有所预料的话，那么“后院起火”则是他始料不及的。

1980 年，姜玉杰结婚了。爱人是油田某单位的职工。结婚伊始，二人恩恩爱爱、相敬如宾，小小的家庭充满了温馨。然而，时间的大潮是可以改变一切、冲刷一切的。新婚燕尔的姜玉杰还不知道，等待他的并不都是春花秋月、细雨柔风……

年轻的姜玉杰并没有陶醉于新婚家庭，他依然执着地营造着他自己的另一块乐园，依然不懈地追求着他为之神往的事业。于是，他留给妻子的经常是这样的情景：该吃饭了不回来吃饭，该回家了不回家；回到家来，不是一身臭汗就是一堆脏衣裳……

于是，别人留给妻子的经常是这样的话语：他心中哪有你，只有那些破烂儿；和这样的人在一起，多丢份……

然而，妻子忍了。她并没有太过分的要求，只希望他能够在家多待一会儿，能多干净一会儿。可是当这些并非奢侈的要求也达不到时，她又怎能甘心呢？

对此，姜玉杰十分苦恼。妻子的不理解不支持使他痛苦。他尽量想办法能多在家待一会儿，可是那堆破烂有强大的吸引力，离开它，他又怎能甘心呢？

于是，便出现了无数次的劝解，便引出了无数次的争吵，两人感情的大堤便出现了难以愈合的裂痕……

他们终于离异了，姜玉杰在攀登事业高峰时不得不咽下了爱情的苦果。他又一次饱尝了生活的辛酸。但他并没陷于痛苦的泥潭而不能自拔。在爱情上，他一筹莫展，无能为力，但在工作上他却如鱼得水，挥洒自如。生活，严酷的生活，可以把坚硬岩石碾成粉末，也可以把粉末凝聚成岩石。

生活，对于他未免太不公平，只有事业才能给他以补偿。同生活相比，毕竟事业更重要、更迷人，更值得为伊消得人憔悴，并为之贡献整个最宝贵的人生。

此后姜玉杰便毫无束缚，全力以赴地追逐他真正的“爱人”——他所热衷的事业；而对生活中的爱人，他却提出一个最为简单的条件——理解和支持。

这时，又是我们的党组织向他伸出温暖的手。这只手，为他抚平了心灵的创伤；这只手，为他牵线搭桥，帮他重新建立了家庭。爱人名叫王艳敏，比他小几岁，是一名勤劳质朴的农村青年。1985 年，他们结婚不久，组织上就为小王找到了临时工作。从此，在我们油田这个小小的社会又多了一个家庭细胞。这个家庭虽然简陋朴素，但却幸福美满，充满温馨。小王勤快贤惠，温柔体贴，吃苦耐劳，北方女性的传统美德在她身上得到充分体现。最主要的是她支持理解姜玉杰。她用她并不健壮的身躯，撑起了所有家务，撑起了生活给予这个家庭的所有艰辛。她的爱意给了姜玉杰无穷的力量；她的劳作，为姜玉杰营构了一个坚强有力的大本营；她的出现，使姜玉杰再没有后顾之忧，可以全力以赴地奔向他那以工具为友、以废料为敌的修旧利废的战场。

党的关怀，妻子的理解，使姜玉杰如虎添翼，干劲倍增。人生的苦恼与欢乐，使他更成熟更坚强了，他精神抖擞地扑向了未来的事业，扑向了未来的生活。

“荣誉是暂时的，做人是一辈子的事。
我要当一辈子真正的劳动模范。”

“奉献与索取”，是早已有之而在今日更十分抢手和时髦的字眼。围绕这个字眼不知有多少仁人志士谱写了可歌可泣的奉献之歌；也不知有多少蝇营小人留下了百般索取的千古笑柄。因此，它就像一块人生的试金石，每个人都要在它面前做出回答。那么，姜玉杰是怎样回答这个问题的呢？

让我们以近13年时光为光源，以姜玉杰的行为为镜头，进行一下曝光吧？

广角镜头一：多少次，别人酒足饭饱后陶醉于梦乡，而他却加班加点，大干在工房；多少次，别人携妻带子，兴高采烈漫步在花园、商场，而他却身背“百宝囊”，奔波在大街小巷；多少次，别人喝着茶水，看着电视，消磨着时光，而他却在挑灯夜战，抢修那一个个次日待用的水箱。

广角镜头二：多少次，他挨家挨户，送回帮人修好的水壶、水桶、脸盆；多少次，他随着义务服务队，出现在商场和街头；多少次，他把夜班费和加班费交作了团费和党费。

特写镜头一：1985年7月5日。月光如水，万籁俱静。劳累一天的姜玉杰正睡得香甜。“救火呀、救火”的喊声把他惊醒。他毫不迟疑，起身奔向了火场——井下作业公司运输大队车库。他第二个赶到火场，也是第二个钻进火场。抢汽车、抬物品，用灭火器灭火，帮消防战士作战。火终于扑灭了，而他的双腿却已满是火泡。为此，井下作业公司为他立功授奖。

特写镜头二：1987年初。姜玉杰所在特车大队要分散到各试油大队。一天，两位老乡悄悄来到工房，“啪”的一声将一万元钱甩在了他的工作台上：

“我们要买你的料。”

“这不是废料，我不能卖。”

“嫌钱少我们还可以多加。”

“再多我也不卖。”

“你这人怎么这么死心眼儿，这些东西都是你捡来的，别人没数。”

“别人没数，我心中有数。这个数，就是我卖了这些东西，也就是卖了我的良心，卖了我共产党员的称号。”

就是这样，他把这些废料原封不动地带到了二大队。

特写镜头三：1990 年 4 月的一天，姜玉杰突然收到老家一封电报，说他患病的弟弟走失，让他立即回去帮助寻找。看完电报，这个刚强的汉子哭了。他与弟弟从小相依为命，弟弟走失，他能不急吗？可眼下几十台正等待喷漆的车要迎接检查，假如我走了，会误大事。公事私事，一对儿矛盾无情地摆在了他的面前。这时他又想起了自己是一名党员，关键时刻必须脚跟站稳。这样，他给家里写了封信寄了些钱，硬是留了下来，把泪水、汗水和油漆一起喷在了车上，为几十台车换上了不同寻常的新装。

特写镜头四：1991 年春天。管理局要组织全局的劳模去桂林疗养。山水甲天下的桂林无疑对每一个人都充满了诱惑力。人们都羡慕姜玉杰有这样一个绝好的机会。然而，他却没有走，因为赶赴新疆会战的 14 栋铁皮房正等着他给喷漆。有人为他惋惜，而他却一笑了之，只说了一句话：不去桂林只是我一人的事，不喷好房子可是公司的事，该怎么着，我心中有数。

这一年 7 月，井下作业公司劳动服务公司大车队的一名司机代表车队给他送来 30 斤鸡蛋，算是对他为车队连续修复 10 个水箱的酬谢。姜玉杰推辞不掉只好收下来，但事后给车队送去了 40 元钱。司机们见状都笑他太死心眼了。可他却说：“我几年来一直坚持不抽别人一支烟，不喝别人一杯酒，不拿别人一分钱的信条，我又怎么能要你们这么多的鸡蛋呢？”

特写镜头五：1995 年，姜玉杰从新疆前线回到井下二大队当上了谁也不愿干的焊工。因为整天与酸、碱、水打交道，久而久之，他得了皮肤病和关节炎。1996 年 2 月 6 日下午 5 点快下班时，修井大队 50 吨修井机上部水箱发生漏水，如果不及时抢修，将会造成停工停产。由于焊工是一个技术性很强的紧缺工种，只有姜玉杰的技术最好。修井大队的领导专程找上门来求援，已经干了一天活的姜玉杰二话没说，就拖着一双病腿爬上修井机，冒着北方 2 月如刀的朔风，在车上站了两个多小时才完成了焊接任务。下来时，他双腿已经麻木了，被同事们抬回了家。

特写镜头六：1997 年 6 月，压裂大队的进口 1400 型压裂车有 5 台水箱破损急需修复。这种水箱多年来一直无人能焊接修理，去国外购买不仅需要 50 万元的费用，而且还会耽误生产。情急之下，该大队领导找到姜玉杰帮忙。当时由于姜玉杰负责着 50 多台设备水箱保养和野营房的维修工作，只能利用晚上休息时间加班加点。酷暑炎热，蚊虫叮咬，姜玉杰硬是在蒸笼一般的工房里干了 7 天，修复了全部水箱。1998 年 2 月，二连会战的压裂大队施工队传来消息，经姜玉杰修复的 5 个水箱在二连地区使用半年多，没有发现任何泄漏现象。

人生如海，浪花飞溅。在姜玉杰的人生航程中自然也溅起了无数的浪花。这些镜头摄取的虽然只是其中的几朵，但从这几朵浪花的折光中，我们不难找出姜玉杰为我们做出的关于奉献与索取这个道理的答案。

“我现在最大的愿望是能收几个徒弟，把我多年积累的经验和技术传给他们。”

如今，姜玉杰已年近半百，日渐接近退休年龄了。他和所有的老工人师傅一样，最怕别人说他老了，不中用了。但岁月无情，会战时期的艰苦环境，几十年转战南北的过度劳累，使许多老石油工人疾病缠身，过早地衰老。姜玉杰明显地感到，自己的身体早已今非昔比。每天，当他拖着疲惫的身体下班回家时，总是摔倒在床上一动不动。晚上，如果不给两条关节炎的腿烤电，他就会疼得睡不着觉。回顾自己一生走过的道路，他感到自己没有白活，上不愧党，下不愧民。可是，就这样退休养老，多年心血换来的铜焊、电锡焊技术没人学太可惜！

每当想到这件事，姜玉杰就忍不住发火：“现在的年轻人既不能吃苦，又不爱学技术，白喝了一肚子墨水，人人都想去当官发财，活谁干？没有咱们技术工人，那能行吗？”

一天，他在《工人日报》上看到了一篇报道：90 高龄的中科院院士沈鸿在机械部高层座谈会上大声疾呼，“专家设计的图纸再好，如果技术工人制作不好也白费。据劳动部统计，我国有两亿工人，而技师仅34万人，高级技师仅两千人，即30万名工人中才有一名高级技师，技术明星所受到的奖励，不仅远远比不上那些歌星、笑星，而且在晋升技师方面也不能制度化、经常化，至于在舆论氛围中，能够在黄金时间，重要版面中一展风采的就更难得一见了。人们都还记得，50年代我国曾涌现出李瑞环、倪志福、郝建秀等一大批能工巧匠，他们被媒体介绍得如雷贯耳。他们创造的绝活大大促进了生产，现在许多老年高级技师已经或即将退休，他们的宝贵经验，更应抓紧‘抢救’。我们热烈地期望，让技术明星的星光更加灿烂！”

姜玉杰一口气读完报纸，心潮涌动，“真是说到我心坎里去了！”他当即拿着报纸找到公司领导，把他多年憋在心里的话一股脑都倒了出来。井下作业公司党委对这位老劳模的呼吁非常重视。不久，公司十大工程技术比赛的好戏出台了，一大批行业状元、技术能手受到大张旗鼓的表彰、奖励。随后，公司团委又组织开展了百名青工拜师学技活动，姜玉杰作为师傅代表在全公司拜师大会上代表师傅做了表态发言。他满怀深情地说：“过去是教会了徒弟，饿死了师傅。现在是教学互长，师傅教徒弟经验和技术，徒弟教师傅理论知识，1+1，一对红！”

姜玉杰笑了，他经常哼着小曲儿：“革命自有后来人。”

钱佃高师傅也是一个老工人。他常说：“家属在农村，自己也没有什么文化，大儿子钱井生17岁了，没考上学，待在家里待业，万一学坏了可怎么办！”忽然，老钱心里一亮，不如让儿子跟姜玉杰学徒，既学技术，又学做人。于是，他带着儿子登门拜师，姜玉杰也很爽快地答应了。小钱从小在农村长大，能吃苦、手也巧，姜玉杰看到眼里，喜在心头。一年下来，姜玉杰粗算了一下，小钱跟自己干一分钱没要，却为国家创造了两万多元的经济价值。孩子都18岁了，老这么干也不是个事啊！

1996年征兵时，姜玉杰找到了公司党委，他以一个老劳模的身份推荐钱井生入伍，并介绍他入了团。在钱井生穿上军装临出发的前夜，姜玉杰把他叫到家里，嘱咐小钱要好好干。临别时，钱井生哭拜于地，泣不成声地说："师傅，我回来还给你当徒弟！"

一位哲人说得好：一个人的伟大，不在于他的权利大小、职位高低；一个人的渺小，不在于他工作的平凡、地位的卑微。伟大与渺小的区别就在于一个在奉献、一个在索取。姜玉杰当了一辈子工人，一辈子都在修修补补，可他却用破烂儿为我们石油人构筑了一座不朽的丰碑。

根，深扎于油田这片热土

邱宜东

为什么我的眼里常含泪水？

因为我对这土地爱得深沉……

——引自艾青诗

如果说一个人的命运总是和国家的命运紧紧相连，那么可以说彭瑞林的大半辈子则是和祖国的石油工业结下了不解之缘。

彭瑞林是地地道道的“老石油”。30 多年的风风雨雨，他始终把自己的根深扎在油田这片热土上，为它殚精竭虑，日夜操劳，辛勤地耕耘着，挚情浇育的一朵朵石油之花，开遍了大江南北、长城内外。也正因为如此，他不断写下人生新的辉煌。他收获了，而且硕果累累。从 1992 年连续三年荣获华北石油管理局劳动模范标兵称号，并在 1995 年“七一”前夕的一片鲜花和掌声中，捧来了中国石油天然气总公司颁发的劳动模范荣誉证书。透过那一摞子红本本，我们又依稀看见他坎坷的人生之路，彭瑞林在油田这片热土上跋涉着、探寻着……

“人活着不能没有信仰”

彭瑞林，你在哪儿碰见他都不会产生错觉——他是个典型的中国知识分子。瘦、儒雅、彬彬有礼，由岁月的经验和满腹经纶雕琢而成的面孔和气质，再加上一副紫红色的老式高度近视眼镜和灰色中山装，浑身透着

“文化味”。和他交谈，他那思维敏捷的话语，给人一种睿智、充满活力并且有信仰、执着追求的印象，令你肃然起敬。

彭瑞林，1938 年出生于山西榆次。自古以来，榆次人的经商观念就比较强，素有“榆次商人遍天下”之称。当然，他的父亲也因经商置田地，后被划归了地主。

特殊的家庭成分和特殊的年代，从小就给他带来了巨大的痛苦和压力，但同时也造就了他内向、沉稳的性格。在人生的道路上，虽说一个人无法选择自己的家庭出身和社会背景，但追求和信仰是可以选择的。他热爱新中国，决心要跟着中国共产党走一条崭新的道路。

彭瑞林，大学第三年就向党组织递交了入党申请书。之后，又先后 7 次递交了入党申请。但是，在那个年代，一个地主儿子的步履维艰是可想而知的，即便你已经脱胎换骨，重塑自我，强烈要求入党也是难以如愿的。可彭瑞林不相信，他说：“我始终不信党会把一个愿意为她奋斗一生的人拒之门外，我入不了党，只能说明我做得还不够。”为了改造世界观，他加倍努力，像所有要求进步而又受家庭出身禁锢的中国知识分子一样，付出了许许多多。他到过煤矿当推煤工勤工俭学，去过粤北、黔西北等偏远群山峻岭的原始森林参加野外地质调查锻炼。1962 年，他加入石油战线的行列中，倾心竭力，埋头苦干。直到 1973 年他 35 岁的时候，方结婚成家，他把自己宝贵的青春和年华奉献出来了，他想以此表示自己对党始终不渝追求的决心。但是，家庭出身不好的阴影一直穷追不舍地困扰着他，使他入党像一个难圆的梦，但这个梦他一直在执着地做下去。党的十一届三中全会的胜利召开，犹如一股强劲的春风，吹暖了华夏神州，也把彭瑞林的心吹得更暖了。1983 年，他在会战热潮中的二连油田加入了党组织，从而实现了自己多年夙愿。整整 25 年，25 个四季轮回，彭瑞林从青春年少一下子到了不惑之年。党旗下面，彭瑞林忍不住潸然泪下。

入党后，他格外珍惜自己的党员称号，他说：“我既然选择了共产党，就一生一世是党的人，党的事业就是我毕生的追求与信仰。”俄国著名革命家车尔尼雪夫斯基曾说：“生命，如果跟时代的崇高的责任联系在一起，你就会感到它永垂不朽。”彭瑞林把自己坚定的信念，同祖国的石油工业紧密地联系在一起，因此写下了一首首壮丽诗篇。

“周总理殷切的期望，鼓舞我干一辈子石油”

一个人的命运，不仅要受国家大环境的影响，而且在人生道路的抉择中还往往受某种偶然因素的作用。

1956年，新中国已开始进行第一个五年计划，共和国从满目疮痍、百废待兴中站起。全国各地到处都是一片生机勃勃、欣欣向荣的景象。一大批从海外归来的科学家投入到火热的生产建设中，他们的事迹相继出现在报纸、杂志上。其中一篇介绍关于地质学家李四光为打破中国贫油论而奋斗的文章，使正在高中读书的彭瑞林为之鼓舞。虽说学校里流传着“干地质，深山转，背包一背去勘探”的说法。但对于彭瑞林来说，那一个人在深山密林中苦心勘察的工作、生活却使他由衷地向往。因此，高中毕业后，他义无反顾地选择报考成都地质学院。1957年，随着国家院校调整，他远行千里来到了北京地质学院，学习勘探地质专业。

光阴荏苒，时光如梭。4年的大学生活一晃就过去了，然而给他留下印象最深和最能触动情感的是在北京大学校园内操场上的一场报告。那天，晴空万里，春风和煦。他和北京地区所有地质专业的学生都静静地坐在操场上，等待激动人心的一刻。过了不久，一位清瘦的身影出现了，周总理迈着稳健的步伐，走上主席台。这是彭瑞林第一次见到周恩来总理，他激动万分，屏住呼吸，全神贯注地聆听着周总理的报告：“中国要发展、壮大，就需要钢铁、能源，而钢铁、能源既不能靠天赐，也不能靠英美给，只有靠你们到祖国的各地去寻找、去发现。地质工作非常艰辛。因此，你们的担子很重啊！”那寄予殷切期望的话语一下子把彭瑞林和同学们的心震撼了，人们的情绪高涨起来了，长时间掌声雷动……

随后，他响应祖国的号召，到中国石油工业的摇篮——玉门实习。在这贫瘠、荒凉的土地上，他时时被热火朝天、战天斗地、风餐露宿的生活所激动。他想，这才是一片神奇的土地。自己以往的抉择无不被这片热土魂牵梦绕，他感觉到生命只有交给那黑乎乎的石油，心里才能感到慰藉。

为了周总理的殷切期望，为了实现自己多年的梦想，分配时，彭瑞林毅然把根扎在了黑土地上充满希望的油田——大庆。

“我把苦看作是人生意志的试金石”

彭瑞林上高中的时候就读过：故天降大任于斯人也，必先苦其心智，劳其筋骨，饿其体肤，空乏其身……那时，他虽然不想成为伟人，但却想把苦和累作为人生意志的试金石。

脱掉了学生装，换上了缝成一道一道的石油工人的棉制服，戴上狗皮帽，彭瑞林投身到冰天雪地、如火如荼的大庆会战，当了一名采集工。

当一名井队采集工不是件轻松的事。彭瑞林所在的井队当时担负着喇嘛甸外一口钻探边缘探井的任务。荒无人烟的草甸上几百个风风雨雨的日子，他忍着蚊虫叮咬和严冬酷暑，在地质房旁老老实实地向工人们学习怎样取岩心，怎样鉴别砂样，怎样写完井报告……更重要的是，他从中国石油工人队伍的钢铁英雄身上学到了学院大楼里学不到的优秀品质。铁人精神感染着他。他的血液里注入了革命加拼命的活力。

正当雏鹰展翅欲飞，“文化大革命”来了，冲击着每一个人。是成为一颗在滔滔浊流中随波而下的泥沙，还是砥柱中流的磐磐巨石，敲打着彭瑞林的科学良知。看到钻井工人辛勤劳动取得的大量宝贵地质资料被放置一边无人整理，他的心痛得再也忍受不住。他冒着被“批斗”危险，在工人师傅的帮助下，开始参与研究“密闭取心”工艺。经过一段时间苦战，“密闭取心”工艺取得成功，从而为油井确定含油层提供了新的油砂判断方法。

即便是“文化大革命”时期，国家对石油工业的发展也极为关注。为了尽快使石油工业成为国家经济建设的主力军，石油部的领导同志决定再次展开“兵团式”夺油会战，江汉、吉林相继被划为主攻目标。彭瑞林主动请缨，跟随石油大军转战南北。紧张动荡的生活和忙忙碌碌的日子，使他忘记了什么是苦、什么是甜，下基层、到现场，摸爬滚打中练就了一身硬功夫，他成为一名不可多得的“全才”。这期间，他熟悉了石油勘探、钻井试油、地质设计，及定井位到交井的现场管理全过程。

1976 年，春暖花开，万象更新。彭瑞林怀着轻松喜悦的心情来到了冀中油田，滚滚征尘尚未洗掉，他就投入到那神秘的“古潜山”中去。在这个威武雄壮的进军声中，他还来不及扮演举足轻重的角色，便又一次匆匆踏上北上二连的列车。当他从塞北回到冀中，时间已走过整整 10 个年头。1991 年他调往华北油田采油四厂担任副总地质师。面对“古潜山”昔日的辉煌和今日的开采现状，他忧心如焚，短短 3 个月，他夜以继日组织人员，健全配套 1000 多口井的地质资料，将 1976 年以来所有北部地区油田单井钻井、试油 300 多万个数据归纳整理，存入微机。并编制了几百口开发井的综合数据表，统计处理数据 720 多万个，使小层、射孔、有效厚度三表合一。同时按照全国统一坐标网，对北部地区油田各类单井井位坐标逐一检查，绘制出了标准的断块井位图。还收集整理了北部地区全部测线、切片、成果带等三维地震资料。丰富、翔实的基础资料是他心血的结晶，同时，也为他日后钻研地层打下了坚实基础。

男人创业在油田，什么苦？什么甜？

一生转战东与西，情有价？情无价？

听说这是彭瑞林很喜欢的两句话。很耐人寻味！

“搞地质就需要严细认真、科学求实的工作作风”

彭瑞林常对人说：“搞地质就需要严细认真、科学求实的工作作风。”

油田稳产、增产的关键途径，无非是两条：一是靠新区的滚动开发，二是靠老油田的稳产挖潜。而这二条途径都需要对地层进行不断的再认识。

1992年，管理局将老油区滚动开发试油项目钻井管理权下放到采油厂，彭瑞林听到这个消息后，喜上眉梢。他知道，作为滚动开发负责人的他无疑会承担这项重任。在欣喜之余，他又多了一层忧虑：全年42口滚动开发井怎么布、怎么钻？这都要做出回答呀！他感到心头沉甸甸的。尽管工作做在了前头，对全厂所有地质断块构造有了一定认识，但离方案要求还差不少。翻来覆去地掂量后，彭瑞林坚定了必胜信心，因为在他的心中从来没有不可战胜的困难。第一批钻机开钻了。春雨连绵，寒气袭人，战区一片泥泞，没有车辆，没有道路，彭瑞林和他的助手迈开两只脚巡回在别古庄返青的麦苗地中，一口井一口井地细心观察着钻机透过岩层的情况。

2351米。这是安716井按设计预定地层钻进。4月30日，钻机就要到达界面。此时，伏在办公桌上的他坐不住了。为了确保实施无误，尽管傍晚车辆紧张，他还是搭车赶到了现场。每钻进一米，他观察一次岩屑，描一次砂样。春夜带着一丝凉意，冻得只穿单衣的他直打寒战，陪同他来的钻井一公司的地质员看到这个瘦弱的老头这幅形象，直劝他回到屋里休息。彭瑞林说：“不行，马上到钻遇层了。”十几个小时过去了。眼眶红涩、眼皮沉重，钻头终于达到了预定界面，异常情况出现了，泥浆槽里出现的并不是预计的油砂，没有油气显示。这突如其来的变化有如战场上出现了意想不到的敌情变化。是这里出现了断层，还是原来判断有误？彭瑞林神经再一次绷紧，经过反复看砂样和对比构造图，一个大胆的想法闪进他的脑海，他要求井队进行侧钻，并把方案电传研究院，征得同意后，实施作业，这口井最后日产13吨。事后，有人说：“如果彭老总不在现场，那么这口井很可能钻个干窟窿填上报表完事，几百万元投入就会化为乌有。”

就石油地质工作而言，钻机打到预定界面，没有任何油气显示，本是很正常的事，向上写个报告，就可以交差。界面，在人生的历程上往往会遇到这种界面，这不只是地层上界面，也是庸人或强者的界面，就看你敢不敢逾越。天大的风险摆在彭瑞林面前，他敢于挑起千钧重担，敢于正视自身，发挥专长。年终，42 口井全部成功。为了表彰他突出的成绩，局开发系统授予他优秀地质员称号。

初战告捷，彭瑞林并没有兴奋起来，相反，在他的心底始终有两个地质谜团：中岔口断块和京 30 断块。这两个断块单井产量一直比较稳定，尤其是京 30 断块的京 30 井，自 1978 年开发以来日产始终保持在 20 多吨，且油质好。可 20 世纪 80 年代初，在其周围钻探的井相继落空，人们开始认为它只不过是口零散单井，对它的潜力慢慢淡忘了。彭瑞林通过研究，对其油藏潜力提出了新的见解，他和其他人员利用三维地震资料，重新对断块进行构造落实，完成了《对京 30 断块小潜山的再认识》的论文，认为该断块是潜山灰岩和披复砾岩复合油藏，随后布井钻探。使京 30-4、京 30-5 分获日产 30 吨、50 吨，将断块产量日增到 130 吨。古潜山，这个地质概念由于冀中油田的发现，在读者心中已不是那么陌生，通常地质人员把冀中地下几千米深处成因于 9 亿至 10 亿年间的碳酸盐岩的山峦叫古潜山。在这条山脉中有十分发达的裂缝溶洞，它里面聚集了大量的石油，历来人们认为它们是洞连洞、缝接缝、连通性能好，当然在生产井旁再钻一口井，一定也会出油。传统的观念禁锢了人们的思想，也使他们未能打开通向宝库的钥匙。彭瑞林向传统提出了挑战，京 30 断块的灰岩中不仅有油，而且它的上层砾岩中也有油藏储存，它们组合成两个闭圈。所以，以前人们只对灰岩有认识，却忽视了砾岩油藏，因而，没有抱出“金娃娃”。这个理性认识的获得，完全是一个由不知到知，由知之甚少到知之甚多的过程。在这个过程中，有实践、有推理、有判断，当然更离不开科学的基础资料。中岔口断块生产井比较多，断块构造比较简单，容易认识清楚，可彭瑞林分析油水关系后，认为该断块边部还有 6 口井的钻探潜力，布井后，油井全部成功，使断块储量新增 28 万吨。

滚动战场上的辉煌胜利并没有使他陶醉，根据“开发一块，准备一块，研究一块”的勘探指导思想，他又对全厂 23 个断块的油藏类型分类，确定了 3 个后备产量接替区块，为油田的持续稳定发展奠定了基础。

对于已开采了十几个年头的华北北部第三系油田来说，如何稳住现在主力区块的产量是一个非常棘手的问题。大家知道：石油深藏在地下，本身资源有限，属不可再生能源，如果常年开采，它会越来越少，地层压力会越来越弱，影响油井生产能力。为了增强出油能力，通常办法是向地层注水，增加地层压力，这样，就会使油被挤出来，在注水的过程中，井中不可避免出现含水现象，中后期的油井一般含水都在 70％左右。1995 年，彭瑞林挑起了采油四厂总地质师的重任。为了确保京 11 断块的稳产，他把断块划分为高产区、低产区和潜力区，针对不同井组情况采取不同措施。高产区是管理重点，他组织人员精雕细刻；低产区是控制主要区域，他组织采取整改措施；潜力区是认真分析的区域，他组织根据储层结构、剩余油分布等特点，并运用微构造理论，解剖地质构造，挖潜增效。说起微构造理论的运用，那绝对是彭瑞林在偶然中学来的。1994 年的一天晚上，他在办公室看地质杂志，突然有篇关于“微构造理论”的文章映入他的眼帘，他意识到这篇文章和老油田高含水的解决有密切关系，就把文章剪下来，并在地质讨论会上向其他人员进行讲解，随后，他们选择了京 375 井试点。射孔后，一举获得日产 44 吨。它的成功，不仅标志着微构造理论在彭瑞林手中开了花，而且更加丰富了彭瑞林对京 11 断块的认识：洼槽处聚水，脊梁处聚油。由于理论上的突破，使京 11 断块剩余油富集区带的分析有了新进展。封闭的断层是注水开发后期剩余油相对富集区块，为定准井位，保持油层的不断缺，他组织专题组的同志精细研究，做出断面图，并确定了京 415 井井位，实施钻井成功，投产后日产油 14.5 吨，含水只有 8%，高于区平均产油量 2 倍。

“石韫玉而山辉，水怀珠而川媚。”京 58、泉 58 等一个个老油田断块在彭瑞林和其他同志的一着着妙棋面前，又重新焕发了青春。

“对青年科技人员，就是要扶上马，送一程”

江泽民曾说过，抓紧培养、造就跨世纪的一代青年科技人员，是关系到我们国家发展、壮大的关键。

采油四厂地质大队的几条“小龙”，都跟彭瑞林长了大学问。而彭瑞林也把下功夫传帮带，把培养后备人才作为自己退休前的最大心愿。从事油田滚动开发和地下项目管理工作的 16 人，有 15 人是 35 岁以下青年知识分子，大部分是近几年分配来的大中专毕业生。结合他们对地震剖面解释、地层对比、构造分析和井位选定四项基本功掌握不够的情况，为全面提高这些年轻知识分子的业务能力，彭瑞林结合生产实际给他们压担子，教方法，解决实际困难，寻找解决办法，增长真才实学。他精心指导年轻同志分别搞《河西务构造带滚动勘探开发方法研究》《中岔口构造再认识》等 10 多项技术性专题研究，讲授专题技术课。还与老同学联系，选送 3 名同志参加总公司办的地球物理专业培训。青年知识分子赵纯会接到参加管理局开发系统“青年技术干部技术比赛”的通知时，距正式比赛还有 3 天时间，小赵信心不足准备放弃比赛，彭瑞林热情鼓励，精心指导，两人吃食堂住办公室，夜以继日，从题目的拟定、论文的结构、术语的表述、临场的发挥都一一指导，终于使小赵在有限的时间里完善了选题，他以《微构造对油水分布控制》参赛，在全局 30 多名参赛选手中夺得三等奖，是 5 个采油厂参赛选手中唯一获奖者。1994 年，小朱编写的《京 30 断块特殊岩性油藏研究》的论文，获管理局科技二等奖。小朱激动地说：“如果没有彭老总的帮助、指导，恐怕我也很难有所收获。”

搞地质工作既需要理论知识，也需要有实践经验。向来虚心的彭瑞林把自己长期在基层得来的经验向青年技术干部传授，把他们“扶上马，送一程”。他要求青年科技人员坚持油田动态分析和静态研究相结合。他说，作为一名合格的地质人员，就应担负起“多面手”的角色。为了建立厂辖区采油井钻井、试油等静态数据库，他带领小杨开始了厂里静态研究的创业。创业难，难就难在一无所有。资料没有，彭瑞林就带着小杨到研究院去收集。设备没有，彭瑞林就想法筹划，经过半年的努力，静态数据库终于投入了生产。

彭瑞林不仅给静态组吃“偏饭”，而且他还把自己潜心研究的成果无私地传授给青年科技人员。1994 年，在对京 11 断块挖潜分析中，彭瑞林开始了大量的准备研究工作，在收集资料时，他注意到山东胜利油田应用微构造理论对剩余油的开发有一定借鉴价值。于是，他在工作中结合本油田实际，开展运用微构造理论进行增油试验并获得了成功，但他却把自己的总结、资料转给了一位青年科技人员，指导他编写了科技论文。

几年来，通过彭瑞林培养、帮助，已经有相当一部分地质技术干部的素质有了明显提高，具备了独立工作能力，他们编写的 3 篇地质论文在华北石油管理局、中国石油天然气总公司获奖。在通向地质科学的殿堂中，彭瑞林甘愿做“铺路石”，因为他深信地质王国不能是“一花独放”，应是“百花齐放”。

“我的荣誉中，也有妻子、儿女的一半”

在采访中，彭瑞林常说：“我的这些成绩全是和同志们的支持与妻子、儿女们的理解分不开的，尤其是成绩中也包含了妻子、儿女的一半。”

彭瑞林是 1973 年结婚的，当时他已经 35 岁了。人到中年，他特别渴望有一个家，然而，他却给家带来了什么呢？ 20 世纪 70 年代，他响应党“哪里有石油，哪里就是我的家”的号召，南征北战，妻子在颠簸中生了大女儿、小儿子。应该说一般家庭在这样的环境下也算完美和谐了。因为，它毕竟是个家啊！但对于彭瑞林来说，近 10 年的二连会战，使得他把家抛得更远了，妻子的责怪，儿女的埋怨常常使他内心感到愧疚。1991 年，他调回万庄基地，家庭开始充满了温馨。然而，妻子、儿女发现他的业余时间也常常被工作排得满满的。妻子患有严重的风湿性关节炎，让他抽时间陪同去北京治疗，被他拖了整整一年。一次他待在办公室查资料，突然电话铃响，儿子打来电话说妈妈发高烧了。彭瑞林放下电话，准备往家里赶，可就在这时，电话又响了，他抓起电话，听到的却是泉 56-1 井已打到了设计油层深度，但油气显示较差，需要他前去处理完钻。在这艰难的选择面前，他犹豫了，老伴身体本来就不好，再加上这病，可是，钻井不能停，如果停了就意味着厂里将损失 3 万元。最后，他给家里去电话，叫儿子、女儿带老伴去医院看病，自己则连夜赶到钻井现场。处理完情况已是深夜 3 点钟，他马不停蹄地赶到了医院，看着老伴因发烧而通红的脸颊，他不禁眼泪在眼眶里直转悠。

平时，上高中的女儿常常想让知识渊博的爸爸给辅导一下功课，几次走到他面前都看到他伏案不是写论文，就是画图纸，她只好不“麻烦”爸爸，怀着“埋怨”加敬佩的心情在作文中写下“爸爸是一个一心扑在地质工作上的人”。

如今，彭瑞林这株老树，经过风霜洗礼后，更加茁壮了，他的根在油田这片热土上不断延长、纵伸。

“忠”字探“迷宫”

孟宪琦

越努力越幸运！未来的样子藏在现在的努力中。

——题记

一个人的姓名，所有权归自己，使用权却时常是他人。你呼他叫他的次数一多，似乎人如其名！

本篇主人公，恰是例证。

请看：朱庆忠！姓和名三个字，落在一个“忠”字上。

“忠”，心上有中，中下从心。何意？字典云：赤诚无私、诚心尽力之意也！中华文明几千年，一直将“忠”作为美德在传承。《周礼》将其列入“六德”：“知、仁、圣、义、忠、和”；儒家将其纳入伦理纲常，即“忠、孝、仁、义、礼、智、信”等。更有古人将“忠”和“国”紧密联系，比如抗金名将岳飞的“精忠报国”。天不变道亦不变。尽管今天的人们早已将上天入地的神话演绎为司空见惯的新常态，但依然将“忠”作为高尚品格在歌赞！大概是这个缘故吧，本篇主人公不仅仅是取名有“忠”，更是将“忠”作为尊崇的理念信奉并践行。早在他35岁以前，就用“忠”字造出了一系列长短不等的“丽词佳句”。诚然，他不仅仅是用笔更是以锲而不舍的扎实行动，大写出了一个个“忠”字句，诠释着在小学作文中就写过的“忠于祖国、忠于党”等词句的内涵。不妨管窥一斑，选其二三。

一、“忠”实于梦想，以石油之魂筑梦

穿越历史画廊，可发现这样一组镜头：2000 年 5 月 24 日，时近午夜，可朱庆忠仍毫无睡意，在铮亮的台灯陪伴下，盯着《人民日报》上的一则消息沉思：

新华社北京 4 月 29 日电（人民日报记者马利、新华社记者韩振军）“五一”国际劳动节到来之际，全国劳动模范和先进工作者表彰大会今天在北京人民大会堂隆重召开，中共中央总书记、国家主席、中央军委主席江泽民在会上发表重要讲话强调，我们肩负的改革开放和现代化建设的任务光荣而艰巨，伟大的事业需要伟大的精神力量，全社会都要学习和弘扬先进模范人物的崇高精神，以坚定的信心和旺盛的热情投身到建设有中国特色社会主义事业中去……

对嗜好书报的朱庆忠而言，以往不知多少次看过新华社发布的类似会议消息，可这一次，望着报纸上新闻稿的他为啥如此激动？原来呀，他是这篇报道中的主角——2946 名全国劳动模范和先进工作者中的一员，且参加了“在北京人民大会堂隆重召开”的“全国劳动模范和先进工作者表彰大会”，受到党和国家领导人的接见，聆听了大会号召，目睹了来自祖国各地的劳模风采，感受到了置身于人民大会堂会场时的庄严、肃穆以及所产生的震撼和荣耀……诚然，在全国表彰大会闭幕快一个月的今天，让他激动的还有另一个由头：华北油田公司党委、华北油田公司 5 月 25 日也就是明天召开大会——让他专题传达全国劳模表彰会精神。为此，他正在重温大会盛况、思忖着加速前行的路径……

好，那就让他安心“备课”吧，我们移动目光，看看他一路走来的“风景”——

1966年是农历丙午年，朱庆忠出生于这年的9月15日。

俗语曰：一方水土养一方人。河北省景县王瞳镇董庄是个普普通通的小村庄，人口未过千，耕地不足1800亩。20世纪六七十年代，这里与华夏大地上的其他村庄大同小异，村民们面朝黄土背朝天地紧忙乎，仍难摆脱等着从鸡窝里掏鸡蛋换油盐钱的窘境。小庆忠的父亲虽是乡政府副业办公室主任，可对相继有4个孩子的家庭而言，微薄的工资难以遮挡入不敷出的困境。身单力薄的母亲在家务农，长子朱庆忠自然成为帮手："三夏"时节的农田里，留下了他的足印；紧张的挖沟修渠现场，有过他逐渐长高的身影……小小年纪就清楚春种、夏锄、秋收、冬藏的艰辛，体会到了"锄禾日当午，汗滴禾下土"那种原汁原味的苦。

日子虽清苦，可一颗少年的心在快乐着、澎湃着！

且说这董庄虽然很普通，可周围的铺陈不简单，有的远近闻名：始建于北魏高宗兴安年间的景州舍利塔、北魏至隋代的渤海高氏族墓、北魏至隋代门阀士族封氏家族墓地，还有被汉文帝誉为"真将军"的西汉著名军事家周亚夫墓地，等等。河北省十大历史名人，景县就占了3个：董仲舒、高适、高允。董仲舒就是提出"独尊儒术、罢黜百家"的那个西汉大思想家；高适就是"莫愁前路无知己、天下谁人不识君"等名句的原创作者、唐朝著名边塞诗人；高允是北齐兰陵王，不仅是《兰陵王入阵曲》作者，还是一位戴面具打仗的"帅哥"。如此这般的人文景观，自然就构成了这方水土上的独特风景：文化、文雅、儒韵气息，像风像雨像空气，人们不由得就被其熏染。这里不仅仅"地灵"，还有"人杰"——不少与土地打了多半辈子交道的农民，一张口也能说出几个美丽的传说，甚至有人还可吟诵出封建帝王、文人墨客观瞻舍利塔等风水宝地时留下的诗篇。在述说景州塔来历的"朝天钉钉子"等传说中，朱庆忠觉得"三年不窥园"的故事最真实，可信、可学。这个故事原型所在地就是"董子舍园"，又称董宅后花园，说的是年少时的董仲舒刻苦学习，三年都没有去自家后花园观赏美景。

大概正是受包括这些人文风情在内的文化气息熏陶的缘故吧，小小年纪的朱庆忠敬重书本，视学习为大事，对每天的作业和自定的学习任务，不吃不睡也要完成。

梦想属于少年。

在小学地理课本上，朱庆忠知道了祖国的名山和江河，晓得了广袤的国土下面真的蛰伏着许许多多富饶宝藏——这当然不是老人们口口相传的那种古墓中的宝。就在他畅想着长大后要造一种探取宝藏的武器美梦时，村庄周围突然有了震耳的炮声，从白天到晚上，一阵又一阵的炮声震得窗户响。这是在干啥？老师说“是勘探队放炮找石油”。放炮就能找到石油？朱庆忠和同学们感到新鲜，放学后就时常跑到村口远远地“看热闹”，越看越觉得打眼放炮的勘探队员了不起，在地上挖个坑、放个炮就能把藏在地下的石油找到！听老师说地下藏石油的地方离地面有几千米远，一千米等于 1000 米，那深度就好像把几千米长的路竖起来那么长，太神了，神奇得让人不可思议。一连多日，物探队放炮声引起的思虑在朱庆忠的小脑瓜里挥之不去。思来想去，还是闹不明白“为啥放炮就可发现埋得那么深的石油”。想不明白就干脆不想了，暗自鼓劲好好学习，长大后一定要把这事闹明白！

眨眼间，即将 19 周岁的朱庆忠迎来了高考！

很快，高考成绩公布了——凭分数，他完全可申报其他更好的院校，可他毫不犹豫填报的是江汉石油学院勘查地球物理专业。这一选择，绝不是一时冲动，是埋藏于心田的那粒种子的必然结果。这粒“种子”，萌芽于孩提时期“挖地找宝”的童言，疯长于物探队在村庄周围放炮声引起的思索，成熟于多年的了解与思考。小学快毕业时，大人说在离家乡不远的任丘县发现了大油田，村上还有人路过任丘，回来说那石油多得像流水，不用抽就自个儿从比自来水水管粗好多的管子里往外冒。接着，就传来了邻村有人到任丘油田当上了石油工人的消息，听得人心痒。从此，立志成为石油人的朱庆忠多了个心思：有意识地搜寻反映石油和石油人的书报。很快，就知道了玉门、新疆、大庆、华北等油田和铁人王进喜，还有《克拉玛依之歌》《我为祖国献石油》等歌曲……与石油结缘的种子伸枝展叶开花了，自然要结果——填报石油院校和专业！

踏入大学校园，感受的学术氛围、领略的校园风貌等南国自然环境，使在北方长大且未出过远门的朱庆忠觉得到了另外一个世界，美不胜收呀！以学习为己任的他，看重的是这里的人文环境，自然成为浓厚学习氛围的活跃者。在教室，他以谦恭之心听、记、问；在图书馆，他如饥似渴地看、记、写；在宿舍，他时常和舍友针对某观点或课题争论到深夜。校园树荫下，手不释卷的身影成为他人的“风景”；甬道旁的草坪上，朗朗上口的早读声引来众多同学“共鸣”。“积土成山，风雨兴焉：积水成渊，蛟龙生焉；积善成德，而神明自得，圣心备焉……锲而舍之，朽木不折；锲而不舍，金石可镂……”默诵荀子的《劝学》，是他在高中时养成的自励习惯。如果说那时他欣赏的句子是“锲而不舍”，那么进入大学后，则倾向于“蚓无爪牙之利、筋骨之强，上食埃土，下饮黄泉，用心一也”的语句，畅想着有朝一日自己就像蚯蚓或穿山甲那样，一心钻研地下“迷宫”，找到想要的“宝物”——石油！

理想使人充实！

大学四年，与其说是他孜孜苦读、苦学的四年，不如说是他打开更大窗户认识世界、丰富知识和思想的四年。“谁言寸草心，报得三春晖”。毕业典礼上，他和同学们齐声高唱《江汉石油学院校歌》，感恩母校，畅想未来：

“迎着红日，迎着长江
今天会合江汉
明天开上石油战场

胸怀祖国，志在四方

中华大地，处处是我家乡……”

二、“忠”诚于职守，以“勤、快”之姿追梦

掌声哗哗，表达着与会人员对全国劳动模范的敬意！

掌声过后，朱庆忠以洪亮的声音讲述着全国劳模表彰大会的氛围，以铿锵话语传递着全国劳模向祖国和人民的庄严倡议及承诺……

很快，华北油田更多的干部和职工通过《华北石油报》领会了这次汇报会的主要精神：

本报讯（记者李平）5月25日，朱庆忠就参加全国劳动模范和先进工作者表彰大会精神向油田公司领导进行汇报。于英太、苏俊、赵树栋、杜金虎、郭开旗、陈金瑞等油田公司党政领导和各机关处室领导出席会议。

会上，朱庆忠向与会代表汇报了劳模大会的基本情况和江泽民总书记对劳模代表提出的要求，表示今后一定要以江总书记的讲话精神为指导，更加勤奋努力地工作，为采油四厂和油田公司增储上产尽自己的一分力量。

于英太在会上讲话说，朱庆忠同志当选全国劳模，既是他个人的光荣，也是油田公司的光荣……

光荣属于奋斗者！

朱庆忠之所以能由一个走出校门的“学生娃”成为“全国劳模”，密码就在“奋斗”中。要破译这个“密码”，须先解读他的“逐梦三部曲”：

A. 序曲：有梦的地方有阳光

1989年7月16日！

“这一天”，朱庆忠入列“中国石油”，从位于湖北省荆州市的江汉石油学院来到风沙弥漫、干燥少雨的冀中平原。一踏进华北油田采油四厂大门，

他没有丝毫因环境骤变产生的“不适症”和生疏感，反而觉得亲切、自然。尤其是面对座座钻塔、台台抽油机时，有一种说不出的激动：从这里起步，就要圆“探寻地下宝藏”的少年梦了！

万丈高楼平地起，一年的实习期开始了。

很快，有老师傅发现：平时不爱说话的小朱是工作上的“有心人”，爱问、爱记，学得快。通过班组会议和学习专栏里的心得体会等，人们发现他对采油四厂和油田其他单位工作上的事也懂得不少。有人就好奇地问：你为啥能知道这么多？小朱笑眯眯地实话实说：“会上听的、报上看的。”其实，这些都不算啥，实习期间最让他激动的事是采油四厂给北京亚运会送气：为确保亚运会期间每天万无一失地向北京供气 23 万多立方米，不少职工主动放弃节假日休息，厂领导到重点输气岗位跟班劳动。耳闻目睹，他为采油四厂能给亚运会供气而自豪，又为自己能在这个单位工作而骄傲。同时，又被周围老同志、老师傅强烈的事业心和敬业精神深深地感动着……实习结束后，朱庆忠顺理成章地成为采油四厂地质大队一员。当所学专业与实际工作接轨时，就有了难舍难分的缘分。

心里欢畅手脚勤，忙起来倍觉时间快。

一眨眼，到了 1993 年。通过几年室内外工作的锤炼，朱庆忠走出职业生涯的青葱岁月、走向成熟。有关领导就给他肩上压上了担子——独立设计潜山井京 30-4 井位。首次接受这么大的任务，他既兴奋、又忐忑，好几天辗转反侧难入眠，常为一个问题纠结：假若工作失误，导致油井报废，就会给国家造成好几百万元的损失。责任重大呀！他在心里一连喊了数遍“只能成功”！遂从全面了解和掌握地下构造入手，打有准备之仗：将京 30 地区方圆 50 平方千米内的 30 口井资料全部找齐，逐井反复研究，逐层逐段分析。从钻井显示到试油结果、从地震特征到构造分析、从录井资料到测井曲线，发现疑点，精心论证。加班加点紧忙乎，不知不觉就是半个月。那段时间，他时常几天几夜难合眼，一躺下满脑子不是圆圆的圈闭和形形色色曲线，就是喷涌的高产油流。几番殚精竭虑，当他终于在构造图上点上设计的井位后，不由得热血沸腾，感到自己突然高大起来。他自然清楚：验证效果的是实践！因此，在京 30-4 井钻进过程中，他关心关注的程度超过了对待爱人和孩子。钻遇潜山顶面时，在井上一住就是好几天。得知该井录取的地质资料证明地下结构完全符合他的预想分析后，按既定方案试油求产，京 30-4 井喜喷高产油流——日产轻质油 30 吨！多年的“美梦”成真！他能不热泪盈眶吗！

初战告捷，上下欢喜。

朱庆忠为“打响第一炮”而喜悦，却未陶醉其中，依然如履薄冰似的探索着“知未知”“见未见”的路径。

地质资料除了密密麻麻的文字，大都是各种曲线和大小不等的圈和点，小朱平时就埋头于外行一看都发蒙的这些图上，看这个，瞧那个，反复对比、论证，谨慎、仔细圈“点”。尽管如此，出乎意料的事还是发生了。那是 1994 年，在布安 716 井时，按他和同事们当时的处理手段和解释方法，认为该井成功实施十拿九稳，结果却大相径庭：本应打在断层上升盘的井打在了下降盘。咋回事？全大队技术人员反复推敲后百思不得其解。情急之下，朱庆忠带上资料专程去物探局工作站重新处理。结果发现，运用最先进的解释软件解释就与实际钻井情况吻合。最终，经技术处理，对安 716 井实施侧钻获得成功。

反思总结安 716 井的前前后后，深刻体悟油然而生：本职工作属科研工作，需要以先进的科技手段为支撑。于是，朱庆忠提出了“给工作站配备人机交互解释系统、加大新技术新方法在深化地质研究方面的应用力度”建议。厂领导大力支持，并将小朱作为首批培训人员，安排他去北京某单位和涿州物探局工作站学习软硬件技术。喜出望外的小朱，将珍惜学习机会的心思变成行动，除正常学习时间和原定学习内容外，下课后或星期天就找熟人、托同学，想方设法打听和学习其他先进的地质分析手段。外出培训的3个月，他像上紧发条的闹钟，不分昼夜地奔波。很快，就掌握了地质解释、油藏描述、油气预测、数值模拟等与油田地质密切关联的知识。

“学习的敌人是自己的满足，要认真学习一点东西，必须从不自满开始。”朱庆忠小时候就知道这是毛主席语录，并以此为励志名言。在校时，他的体会是：“学生、学生，就是学习生知识的，所以越学越感到自己的不足。”想不到走上工作岗位后，这一体会更深，越来越觉得在大学获得的知识远远落后于知识更新的步伐，那些书本上的理论已无法满足实践的需要。“不满是向上的车轮”——1994年，朱庆忠考进了石油大学油藏工程研究生班。

新知识开阔新视野，新技术拓展新思路。

从理论到实践，从实践到理论，朱庆忠奋起思维的双翼，在地层深处的“层峦叠嶂”翱翔，跨越一个个“山头”，飞跃一个个“凹陷”，追寻着“油龙”踪迹。不知从哪一天开始，他突然觉得离地下横陈竖布斜卧的“群龙”越来越近。于是，每当他“点”出一个井位时，耳边似乎就有“油龙”的呼啸声骤响……

B. 进行曲：梦里寻他千百度

1997年11月，心思常在地下“迷宫”游弋的朱庆忠被上级组织委以重任——采油四厂副总地质师，全面负责采油四厂的滚动开发工作。在常人看来，这是天上掉馅饼——偷着乐！可朱庆忠闻讯却是心头一紧，感到“压力山大”！

之所以感到“压力大”，绝不是因为他当时只有31岁！

知情者清楚，1955年1月13日—23日，燃料部石油管理总局第六次全国石油勘探会议确定：当年以酒泉、四川、柴达木盆地为勘探重点，并在华北平原进行地球物理勘探。同时，地质部在1月20日—2月11日召开的第一次全国石油普查工作会议上，决定组建新疆、柴达木、鄂尔多斯、四川、华北5个石油普查大队……于是，石油勘探工作者将包括廊固凹陷在内的冀中平原纳入视野，于1955年迈出了“一上冀中”步伐。1958年2月下旬，主管石油工业的邓小平听取石油部工作汇报后指出：要把石油勘探的重点放到东部地区。第二个五年计划期间，对松辽、华北、华东、四川、鄂尔多斯五个地区要好好花一些精力，多做一些工作。“石油工业战略东移”号角吹响后，1964年和1973年，先后“二上冀中”和“三上冀中”。紧接着，就有了1976年的华北石油会战。实践反复证明：2600平方千米的廊固凹陷，是国内油田结构最复杂的构造之一。教科书上列举的油藏类型，在这里都能找到。有地质学家形象地比喻道：廊固凹陷是将一个摔碎的盘子又踩了几脚，烂得不能再烂了。这里往往是一口井控制一条线，一口井控制一个断块。眼下，采油四厂70%的产量来自别古庄油田，经过数十年的开采，采出程度已达75%以上，综合含水80%，挖掘潜力越来越小。在冀中地区各个采油厂中，采油四厂储采关系最为紧张，多年来一直没有新区发现。这种现状，是对地质工作者的严峻挑战。答卷别无选择，必须合格！否则，全厂将面临效益低下、大批职工转岗、队伍不稳定等困境，更谈不上发展与振兴。

那么，新的接替区块、新的接替层系在哪里？

一连多日，采油四厂区域内纵横交错的构造、小层、断层及各区块的种种数据，像过电影似的在朱庆忠脑海闪现，搅得他寝食难安。无论怎么思、怎么想，结论只有一个：决不能退却，厂领导的信任和支持、全厂3000余名职工的期盼就是动力，只要持之以恒地努力，就没有过不去的“火焰山”。于是，朱庆忠买来食品，吃住在办公室，将找来约两米高的资料往床边一堆，开启了“卧薪尝胆”式的工作模式：没有上下班和昼夜之别，工作站计算机一开就是20多个小时。在对全厂大小不同的20多个油田全部地质资料、300多口油水井生产动态数据进行了上万次的对比、排队、摸底后，终于梳理出几个主攻方向。其中，将大兴砾岩体作为重中之重，决定集中优势力量打歼灭战。

大兴新层下降盘砾岩体由一系列不同地质时期形成的纵向相互叠置、平面上沿大兴断面呈北东向展布的砾岩群组成，东西宽 4 ～ 7 千米，南北延伸长达 40 千米，总面积约 300 平方千米。朱庆忠就从区域综合地质研究入手，对砾岩体成因及沉积环境、砾岩体的形成时代、岩石成分、砾岩油藏的油源储盖组合等做了系统分析和评价。同时，应用三维地震数据和生产井数据解释了地层变化情况，发现兴 9 井同兴 11 井虽处于同一砾岩体的扇端部位，而兴 9 井的大套砾岩体却在兴 11 井部位消失。为什么是这样？为了化解大问号，他想方设法找到当年的井位设计参与人员，仔细询问并查阅当时所钻的 10 口井情况，仍不放心，又专程到井下作业公司查找原始的试油班报表和试采情况报表，翻阅了 100 多本档案，抄、读了上万个数据。回到单位仔细对比时，他将长长的对比图铺在地上，时而站在远处观察各条曲线的变化情况，时而跪地上下拉动剖面图，又不时回头翻阅其他地震资料。从钻井录井、取心、测试等环节开始，一口井一口井地反复琢磨着，发现疑点，逐条记录。就这样，天天忙到凌晨两三点钟，在办公室过夜成了家常便饭。

经过对兴 9 砾岩体储集层横向分布特征的反复研究，推断出了有利储层的分布范围。之后，利用地震、地质、测井、采油等多种资料综合判别，最终指明：兴 9 砾岩体是具有一定含油面积的凝析油藏，兴 11 井处于砾岩体边缘地带，因受断层影响产油较少，整个砾岩体有利含油区带在兴 9 井西南部位。据此研判，一个完整的滚动开发方案出炉了。经管理局有关方面审核同意，确立了首口针对砾岩的滚动开发井——兴 9-1 井位置。实施钻井后，准确打在砾岩体核部，在预测深度获得日产轻质油 23 吨、天然气 5 万立方米的喜人成绩，开创了华北油田砾岩油藏滚动勘探开发新局面。消息传开，业内人士啧啧称道。几个搞地质研究的同学在电话里冲小朱喜滋滋地说：“你的资料，让我们耳目一新，我们单位也开始下功夫对砾岩进行深入研究了。”

兴 9–1 井的成功，使朱庆忠更加坚定了“大兴砾岩体将是采油四厂原油上产的新接替区块”信念。而大兴砾岩体埋深 4000 米，钻一口井需投入 500 万元。风险高更显压力大，他负“重”迎难而上，对兴 9 断块投入了更多精力。1998 年，运用国内最先进的解释系统和应用软件，采用人机对话方式，将原来的解释结论重新标定了一遍。不知苦熬了多少个夜晚，终于确定了兴 9 断块有利富油区带，并在距兴 9–1 井西 400 米处部署了一口滚动井——兴 9–3 井。井位确定后还不放心，又带上地震数据在国庆假期前往物探局，通过计算机反演得到了第 1 张兴 9–1 和兴 9–3 井的连井波阻抗反演剖面图。细看，他猛地一惊：兴 9–1 井的大套砾岩在兴 9–3 部位有弱反射条带，这是在大套砾岩中的泥岩反射特征，说明该段将有三分之一的泥岩存在，势必给钻井造成严重影响：钻井液密度小了泥岩会垮塌、重了砾岩会漏失，无论漏失还是垮塌都会导致井眼报废，而且影响套管下入深度的确定。为完善方案，他又用两个晚上时间，通过波阻抗反演等方式寻找较好区域。终于，在距兴 9–1 西部 700 米的地方发现弱反射层消失。于是，他踏上归途，专程赶到任丘将完善的方案向管理局有关部门作了汇报，同意向西继续移 280 米后，定下了兴 9–3 井。1999 年 1 月，这口井完钻，日产轻质油 25 吨、天然气 2.6 万立方米。

C. 奏鸣曲：梦想花开节节高

“石油就在地质家的头脑里”。深谙此语的朱庆忠清楚：自来水不是自来的！要想给头脑里储存石油信息，只能靠理论、实践、再理论，再实践。在无新区投入、后备资源不足的情况下，他以老区为依托，“啃骨头”“拧毛巾”，全方位实施滚动开发。

桐 21 井，是一口长期低产的单井，老构造图上没有太大的面积，靠近断层没有继续钻井的余地，每天间开只有两吨左右，累计生产原油不足万吨，十几年毫无突破，惹得人们爱答不理。“管理，管理，不理怎么管？”找油心切的朱庆忠捡起了“这盘剩菜”。1998 年 7 月，他分析桐 21 井开发动态后，发现油井始终处于稳产状态，没有大的波动。于是，跑到井场向该断块承包人细问这口井生产特征，将十几年的生产数据连夜分析，直到凌晨两点半，根据研究情况断定：该区具有一定的供油面积，构造和已知的不一致。为了探个究竟，他用三维地球物理资料，仅用 6 天时间完成了桐 21 断块的构造分析。将新构造同老构造对比，含油面积增加了 1.2 平方千米，地质储量增加了 120 万吨。据此，布滚动评价井——桐 21-2 井，大获成功。接着，在该区的东部发现新的有利区块，综合评价后布滚动评价井——桐 21-18 井，成功钻进后，揭示了一个新的接替区块。

低产井可焕发生机！废弃井能否“起死回生”？

朱庆忠又开始了紧张的研判。

1998 年 9 月，他将目光移向多年前的一口失败井——安 25-2 井。在对比这口井所在区域的 40 多口井沙三段标准测井曲线时，在三条长桌上铺满了单井资料，对 10 米以上的断层全部重新精确标记，结合南部新安 71 断块油水界面 2800 米、务 103 断块 2950 米资料，反复比较油水界面不同形成机制。这活儿看起来清闲，实际上真熬人！每天从早晨 7 点半到晚上 12 点，除了吃饭，他几乎都是在地层对比桌上度过的：解释一张张剖面图、核对一个个数据，一个小层一个小层地分析，一条断层一条断层地研究，又通过在地震剖面上拉任意方向的联络测线等手段，仔细研判沙四段地层的具体形态。一天又一天，苦熬到第 10 天，得出了与原来构造截然不同的结论。于是按照新定的滚动开发方案，使务 103 断块的含油面积增加了一半。在新布的滚动评价井——务 103-9 井钻井过程中，朱庆忠查看过去的录井资料时，发现该区的务 103 井沙二段地层有油气显示，可该区块的大部分井在沙二段没有录取资料，更谈不上试油资料。为了搞清该段的含油气性质，他来不及吃晚饭，紧急召集相关工作人员集中分析对比。根据分析结果，决定改变原设计中的测井井段和内容，加大井壁取心力度，并对此井段进行综合测井。当时，已是晚上 10 点多钟，马上就要按原计划测井了！

事不宜迟！朱庆忠火速找了一辆车赶到井场，向测井队技术人员讲述了改变原设计的原因，并亲自守在仪器车旁，在第一时间看到了第一条标准曲线的出现：证实沙二段地层确实存在。据此，他现场确定了组合测井的井段和取心密度。最终，综合测井解释结论是油水同层。这一新发现，为在该区寻找新的接替区块作了技术储备，使搁置5年的老区“梅开二度”。

一个个新突破，使朱庆忠“变不可能为可能”的激情倍增：

——再次对京9断块深入研究后，在这个断块东部发现具有原始油气水性质的第二台阶，布的3口滚动井均获高产；在南部边界通过细致工作，进一步扩大了京9断块含油面积。在京9断块新布的8口井，投产后使产量由原来的28吨上升到80吨。

——对别古庄京11断块低电阻油藏成因周密研究后，布的京901井、903井，在正常解释为水层的砂体均获高达30吨的高产油流，形成一套完整的低电阻油藏形成模式，为采油四厂及其他兄弟油田对低电阻油藏的滚动勘探开发提供了范例，也为本厂在其他地区持续开发低电阻油层奠定了良好基础。

——京30-7井是一口地质报废井。为了对这口井所处断层有明确认识，他从构造上找结论：一条剖面一条剖面地反复标定可疑层位置，解释上倾方向断层走向，最后发现这个可疑层具有良好圈闭。经作业补孔，获工业油气流，开辟了牛北斜坡寻找尖灭砂体油气藏的新途径。

——正在钻进的安41-20井，按设计已打完进尺。朱庆忠和同事星期天上井后，观察钻井剖面和岩屑、结合地震剖面分析后，发现该井完钻深度下面50米左右有一个较强的反射，如果再加深一点就可钻遇。据此，他拿出了加深60米的方案。结果加深到48米时就发现厚达10米的油侵砂岩——发现一个新的含油层：可增加原油地质储量30万吨。此后，在这个区块布了4口滚动井，展示出了中岔口油田稳产的新路径。

好事儿随风传得快！

当时任管理局局长的刘海胜在一次全局大会上高兴地说："采油四厂把油气生产放在一切工作的首位，在近几年没有新产能区块投产接替的情况下，实现了增储、增产、增效的统一，各项工作都很主动。"

报社记者闻讯，赶赴采油四厂采访。有领导当着记者面夸完朱庆忠，泄露了一个秘密：说小朱找油有"诀窍"。记者追问，这位领导笑着说："保密，要解密你得去问他本人。"记者步履匆匆，好不容易找到朱庆忠后，他却张口闭口在感谢领导的支持和关怀，说是他们给了他一个宽松的工作环境；感谢各位同事，说正是因为他们默默无闻的付出，才确保了采油四厂原油产量的稳中有升；还感谢四厂原总地质师彭瑞林，说他既是领导、又是师傅，自己好多东西都是从他那里学来的……记者知道"子丑寅卯"后，就不打招呼地顺手翻开朱庆忠办公桌上一个笔记本，看着看着乐了：上面除了数字和手画的简图外，就是工作计划或安排，在某次会议讲话的提纲里，显露出了朱庆忠的"秘诀"："五勤、三快"法。"五勤"：手勤，随时随地记录有用的数据等信息；眼勤，多看介绍或使用新技术新方法的书籍；腿勤，横向联系，纵向沟通，及时了解各种相关的新技术；嘴勤，不懂就问，不耻下问；耳勤，多听他人意见，举一反三调整思路、完善方案。"三快"：信息传递快，收集资料快，成果反馈快。让记者意外欣喜的是：在这个笔记本的扉页上，他第一次见到了《江汉石油学院校歌》。遂不由得默读起来，突然灵光一闪：这不正是自己想要的"谜底"吗：

"……不怕艰苦，何惧风霜
愿献出青春热血
为祖国繁荣富强
求实，严谨，创新，献身
江汉校风永发扬……"

三、“忠”贞于事业，以“攀峰”之势圆梦

“心事重重”的朱庆忠早早起床了！

走进书房，他瞥了一眼台历，又下意识地瞅了瞅墙上的挂钟：2000 年 5 月 26 日，凌晨 4 点 10 分。

他习惯性地端坐桌前，脑海翻腾的是昨天“全国劳模表彰大会精神汇报会”情景——油田公司党委书记于英太在会议结束时的讲话提出：“全公司干部职工要以朱庆忠为榜样，学习他勤奋钻研、自我加压的进取精神；勇于实践、敢挑重担的实干精神；刻苦攻关、不断探索的创新精神。结合‘转、强、增’活动，形成一个学先进、赶先进、崇尚科学的良好氛围。”这字字句句如重锤击鼓，使朱庆忠感到了一种无形的“压力”。

怎样才能不负众望呢！

他继续沉思着，从文件夹里取出一张《华北石油报》。保存多日的这张报上，有华北油田公司 2000 年工作会的报道：

用新理念叩响新千年大门

——中国石油华北油田 2000 年工作会议写意

刚刚踏进新千年的华北大地冰天雪地、寒气袭人，而正在召开的中国石油华北油田 2000 年工作会议却洋溢着春的气息。

效益最大化、向股东负责、资金整体优化配置、一级法人决策等，一个个新观念、新办法激荡着与会代表的心……采油四厂厂长魏志刚深有感触地说：“华北油田已经实现了 5 年成本不升，重组后降低成本仍然任重道远。为了完成公司下达的指标，采油四厂要进一步更新观念，树立起新的天然气发展观和有采四特色的滚动开发观，通过努力，把潜力和优势转变为效益，天然气生产力争在去年的基础上再增 3000 万立方米，为油田公司尽量多地增加自由现金流量。坚持做好边际资源开发，做好油气富集区内

的找油工作，并把建产能与恢复产能更好地结合起来”……

朱庆忠边看边思量：今年是迈进新世纪的第一年，也是华北油田去年重组后分立的油田公司独立运作的第一年。在这个承前启后、继往开来的重要年份里，展现新的作为无疑是唯一选项。

多、快、好、省地找油，找更多的油，就是新使命！

再创新的高效益，就是新的“目的层”！

他起身，望着窗外天幕上几颗若隐若现的星星，“意识流”里涌现出几组数字：从1993年自己独立设计京30-4井位开始，至1999年，亲自设计及参与各种类型的井位设计278口，成功率96%以上；增加石油地质储量610万吨；累计产油162.8万吨；创造经济效益4.376亿元。其中，1998年全面主持滚动开发工作后，全年共钻调整井和老区滚动井22口，建产能4.7万吨，成功率100%；新区滚动评价井4口，均获成功。增加含油面积1.6平方千米、石油地质储量240万吨，部分缓解了采油四厂储量不足的状态。假若让时光倒流三四年，这些“数字”就是自己夙夜匪懈、梦寐以求的目标。时过境迁后的今天，这些目标已经实现，那抬升视线确定新的目标是“必须的”。就像攀登珠峰的登山队员，每一个战役都有一个目标高度，每上升到一个高度就以此为新起点将目光瞄向另一个新高度，用小目标保大目标的实现——直至到达峰顶！如果这样比喻的话，自己现在处于“珠峰”的什么位置呢！他自问自答：“充其量也就在海拔三四千米的山洼里吧。珠峰高达八千多米，越往上攀爬越难！”马克思早有言在先：“在科学上没有平坦的大道，只有不畏艰险沿着陡峭山路攀登的人，才有希望达到光辉的顶点。”他就这样思忖着，记忆之屏上突然闪现出不知在哪里见过的一首小诗：

上山不易下山难，

上得山来景更宽。

莫说此山无人到，

更有高峰在前面。

“回头望”是为了向前看，更是为了探幽发微、廓廓心灵迷雾——认识“真我”——校正砥砺前行的航向。于是，朱庆忠激活脑细胞，用缕缕思绪串起了往日的“片段”。

为便于描述，笔者以画面加解说形式将他这番回忆展现：

画面之一：赤日炎炎，暑热蒸腾。井场上机声隆隆，一片紧张繁忙之景。朱庆忠不时用手刮去额头汗水，与同事在井场上的地质房里盯着几张图纸……

解说：围绕生产实际确立科研及先导项目、用现场实际验证设计，早已成为朱庆忠的常态化工作，且收到了事半功倍之效。以大兴砾岩体研究为例，不仅增加了地质储量，还增加了原油产量，也摸索到了适应其他砾岩体的研究方法。“理论是实践的先导”，深谙此理的朱庆忠，自然重实践、更注重理论研究及学习。先后承担的8个科学技术委员会委托项目，每一个都是一项研究，每一项研究又是一项实实在在的工作，每一个方案就是一篇科研报告。理论与实践相互促进、相得益彰，推动了生产和科研的同步进行，使滚动开发工作日臻完善，形成了一套完整的滚动勘探开发程序，为油田后续调整奠定了坚实的理论基础。

画面之二：车窗外，楼房、行道树时隐时现；车窗内，坐在车后排的朱庆忠，手捧一沓资料，看得入神……

解说：在出差、开会途中见缝插针的学习，早已成习惯。利用双休日、节假日等时间系统学习新知识，就像一日三餐似的成“规矩”。朱庆忠用心血浇灌的理论之花，结出了丰硕的实践之果：学习油藏数值模拟后，可运用三维三相黑油模型模拟现场生产；学习新的学科——层序地层学后，可从新角度审视以往的方法和观点，确保了准确性，避免了局限性；学习计算机工作站技术后，可独立操作并解决一些工作进程中的新问题，在油气综合评价上采用油藏早期预测反演技术优化设计，提供了可视化油气水分布图，减少了钻井风险。在构造解释上，采用新版本进行人机交互解释，工作效率大为提高。学用结合，认识升华，各种成果顺势而生：主笔撰写的《层状裂缝性井下模型中的震电测量》《利用贝叶斯－克里金估计技术进行储层参数预测》《强化热采的三维地震监测》等5篇论文，相继在国家核心刊物上发表。同时，主研或参研的10余个科研项目，分别获省部级和国家科委相关奖项。其中，《河西务构造带特殊岩性油气藏的滚动勘探开发方法》获国家“九五”自然科学优秀成果奖；《河西务中部地区滚动目标评价与开发调整》《廊东油田治理改造配套技术研究》被认定为国内先进。

画面之三：工作站内，朱庆忠与同事在分析油水井动态生产数据……

解说：一花独放不是春。为尽快使采油四厂开发工作进入百花齐放的佳境，朱庆忠毫无保留地传授着自己的所学所知，激励身边的同志争先掌握测井、地质、采油、物探、钻井、计算机等专业知识，争当复合型技术干部。同时，将及时交流业内新知识、新技术和工作及学习汇报等写入制度，敦促大家取长补短、共同提高。在浓郁的学术氛围中，工作站迅速涌现出一批技术骨干，成为提高布井成功率的有力保障。

画面之四：会议室内，与会的10余人有的做记录，有的望着正在讲话的朱庆忠；工作站内，五六个地质技术人员围着计算机，朱庆忠指着屏幕上的剖面图耐心地讲解……

解说：作为油田一名地质工作者，搞地质研究是天职；作为采油厂的总地质师，抓管理是义不容辞的职责。两种身份集一身，两个职能一肩挑：朱庆忠在不分昼夜地进行地质研究的同时，适时运筹，完善各项制度、力促管理升级。比如，定期对技术干部考核、落实项目承包制等。在他紧密有序的日程表上，相关人员每月干什么、应解决什么问题、到月底须做到什么程度、应有怎样的结果等，不仅有详细安排，且有明细记载，稳扎稳打，步步为“赢”。以1998年为例，9月份就将全年工作基本完成，12月已落实1999年第一批井位。超前谋划、合理安排，因人而异、扬其所长，形成了人人有活干、个个清楚怎么干和自觉加班加点、严细认真成风的生动局面。

画面之五：朱庆忠的家，妻子在辅导女儿学习……

解说：“把握生命里的每一分钟，没有谁能随随便便成功。”10余年来，朱庆忠走的是一条艰辛的探索、创新之路。无论环境和条件怎么变，他“筑梦”“追梦”“圆梦”的步伐越来越快。为此，就有了比常人更多的付出：1997年，在北京一家外企工作的同学邀请朱庆忠到北京发展，起薪每月600美元，还可出国深造。朱庆忠毫不犹豫地婉言谢绝，一如既往地“为油忙”！从来没有上下班之分，没有一个完整的休息日是在家中度过的。大概是这个缘故吧，妻子曾感叹道：“我早已习惯了他不在家时的生活，在家时反而使我不习惯。”孩子都上一年级了，当爸的几乎没管过，更不用说辅导学习了。有人曾戏言，说朱庆忠是“神笔马良”，笔往图纸上一点就是一口出油的井。其实知情者最清楚：如果说朱庆忠有“神来之笔”的话，那么这是他用牺牲“亲情”和休息时间换来的。正如鲁迅所言：哪有什么天才，我是把别人喝咖啡的工夫都用在了工作上。不知有多少个夜晚，朱庆忠是伴随着成堆的资料在办公室里度过的；不知有多少个星期天、节假日，他不是在办公室就是出外求教或是为工作上的事奔波……

回首往事长心劲，倍感自信；展望未来添壮志，激情满怀。

朱庆忠将思绪收回，挥笔疾书，眼前的笔记本上出现一行行隽秀的笔迹：“继往开来，再接再厉……今后三年的奋斗目标是：打破旧的研究体系，完善并拓展适合本厂地质特性的研究思路，采用新理论在新层系寻找已转化的资源；精细研究老区地层特征，为制定油田开发中后期措施提供可靠依据；持续浓厚讲科学、用科学等良好氛围，不断提高新技术新方法利用率……”

窗外传来汽车的喇叭声。朱庆忠伸了伸腰，拉开窗帘。

东边地平线上方的天幕已被绚丽的霞光洇染，小区空旷处有晨练者在蹦蹦跳跳。几只喜鹊在枝头嬉闹，其中一只似乎是冲着朱庆忠所在的窗户，叽叽喳喳地诉说着……

太阳每天都是新的！

眼前情形使朱庆忠突然有一种莫名的激动，不由得想起在大学毕业典礼上与同学们高唱《江汉石油学院校歌》之景，其情由远渐近，其声仍犹在耳：

“……看共产主义事业
如长江的江水
我就是那江中的浪花
永远奔向前方
永远奔向前方
永远奔向前方！”

附记

行文至此，本应收笔，但仍觉言犹未尽。

本文述说的是2000年以前的事，距今已有20余年。为了对主人公介绍有一个较为完整的表述，有必要对“20余年”予以“补白”。寸纸难现万千景，只好挂一漏万的摆“现状”。于是，在无暇采访了解的情况下，遂将一组网上信息记录如下：

论文：《郑庄区块高阶煤层气低效产能区耦合盘活技术》

作者：朱庆忠等人

论文摘要：……沁水盆地郑庄区块有2/3的矿井属于低效井，区块整体经济效益差。以郑庄区块为例，剖析造成高阶煤煤层气低效开发问题的影响因素，提出了低效区盘活技术策略和模型。建立了井网部署方式、储层改造适应性技术、高效排采管控方式3个方面的优化技术，形成了适用于高阶煤储层煤层气井增产的技术系列……

作者简介：朱庆忠……中共党员，博士研究生，教授级高级工程师……2012年起主持华北油田煤层气勘探开发工作，享受国务院特殊津贴。中国石油学会非常规油气专业委员会副主任委员、中国石油非常规油气专业标准化技术委员会煤层气标准化技术委员会副主任委员、《石油钻采工艺》杂志社社长。获得国家、省部级奖励19项，国家授权发明专利1项，实用新型专利3项，在国家核心期刊发表论文29篇。先后获得“全国劳动模范”、河北省“劳动模范”、河北省有突出贡献的“十大杰出青年”、河北省“优秀科技工作者”、华北油田有突出贡献的“十大青年”“劳动模范标兵”等荣誉。

研究方向：煤层气勘探与开发。

主要成果：致力于煤层气高效勘探开发一体化关键技术研究，国家科技重大专项《山西沁水盆地煤层气水平井开发示范工程》（2011ZX05061）技术总监，先后多次组织和参加国家重点科技攻关项目及中国石油天然气股份有限公司级课题。用辩证思维方式审视煤层气产业问题，提出了四大地质控制理论、三大技术转移，确定了三种实践对策，精心构建“四个一体化”设计理念，促使煤层气成为华北油田公司重要的盈利产业。

走近朱振欧

齐彦明

人物小传

朱振欧，男，1958年8月出生，河北满城人。1988年至1997年连续十年被评为华北石油管理局劳动模范标兵，六次被评为华北石油管理局优秀共产党员，曾获河北省劳动模范、河北省优秀共产党员、集团公司特等劳动模范等荣誉称号。1997年荣获全国五一劳动奖章，时任运输公司大修厂一分厂副厂长。

我的修车技术，是在车间大课堂的实践中学来的；我的一点点成绩，是组织关心培养的结果。我必须努力工作，回报培育之恩。

——主人公语

朱振欧，从大山怀里走出来的汉子，带着柿树的性格和岩石般的底蕴，不显山不露水，在车间一蹲就是20年。仅从有资料可查的1988年至1997年10年间，他一人共完成汽车发动机大修488台，一次交车合格率100%，创产值200万元。如按工时计，10年完成了18年工作量。也就是说，目前他正干2006年的活！在车间一角的朱振欧永远是一身工服，两手油污，弓腰屈背，不停忙碌；没有豪言壮语，没有叱咤风云的履历，给人的印象是朴实、朴素，普普通通犹如一块长城砖，看上去毫不起眼，掂一掂，却有着说不出的分量和惊人的内涵。

振欧的内涵

振欧出生在河北满城一个叫石家佐的小山村，祖辈吃苦耐劳、执着向上的品质激励他长大成人。1978 年，改革开放的春风吹绿了原野，吹火了城镇，也吹醒了这个世世代代贫穷、安分的小山村。在漫山柿树挂满小橘灯的季节，20 岁的朱振欧在亲人们希冀目光的鼓励下，把依恋和憧憬打进行囊，毅然走出大山，应招到华北油田运输公司大修厂当了一名汽车发动机修理工。

当年的冀中平原到处充盈着轰轰烈烈的会战场面，到处回荡着《我为祖国献石油》的豪迈歌声，到处蓬勃着石油工人战天斗地、火一样的创业激情。朱振欧一踏上这块神奇的热土，立刻被眼前大工业化的爱国热潮所澎湃、所沸腾。第二天，几乎一夜未睡的朱振欧跟随指导员走进宽敞明亮的大车间，很少见到汽车的他眼前陡然一亮：一台台故障发动机在师傅们手里魔术般地拆散、拼接、组装成车，欢快的马达声便悦耳地响起，这是多么令人向往的职业啊！从此，一颗理想的种子在汽车发动机修理岗位上悄然生根。

俗语说：不怕不会，就怕有心。朱振欧钻研发动机几乎到了痴迷程度。首先从工作原理入手，班上，他紧跟师傅，手脚勤快，不避脏苦，用心揣摩，不懂就问。为弄通发动机构造，他主动承揽了别人不愿干的拆洗工作，把一台台油乎乎的发动机，小到掉地上的螺丝，大到几百斤重的缸体，一件件地细心拆洗、送修，全然不顾满身油污和脚下淌着火碱泡的黑水。在不到 9 个月的时间里，他已独立拆洗发动机 124 台，装试 24 台，超额工时 100%，初步掌握了多种发动机的基本构造。晚上，他手捧技术书籍刻苦钻研理论，每个零部件的性能作用，每道系统的工作原理，他都务求读懂弄通。理论与实践的密切结合，很快使振欧羽翼渐丰。

1988年，在石油战线的大熔炉里已锻炼了9个年头的朱振欧思想和技术已趋成熟，组织安排他担任了由21人组成的修理班班长职务。已有2年党龄的朱振欧如虎添翼，目标更明确，信念更坚定，技术上渐趋炉火纯青。从这一年起，振欧便全身心扑在了工作上，每个熟悉他的人都能说出几件令人瞠目的“排障”绝活，讲出几件可歌可泣的感人故事，他本人也以翻倍的工作和出色的效益连续10年被评为局劳模及标兵，连续4年被评为局优秀党员，1993年被记“振兴油田”一等功，1996年被评为河北省最佳职工，1997年被评为河北省优秀党员并荣膺全国五一劳动奖章。

振欧是公认的大修厂“名牌”，为厂里创造了可观的效益。振欧的爱人是家属，两个孩子都在读初中，4口之家全靠他一个人工资维持，还要赡养多病的老父亲，生活拮据可想而知。但他负重进取，依旧执着敬业，依然热衷奉献，从不向组织讲困难、提要求。而对外界的高薪聘请，他却从不为之所动，用他自己的话说就是，“我是大修厂的人，我得回报大修厂的养育之恩”。振欧身体长期得不到恢复，曾两度昏倒在工地上，可他却每天坚持早来晚走出满勤，急难险重冲在前，加班加点做贡献。20年大修厂风风雨雨，大起大落，分解组合，领导调整一拨又一拨，工人来去一茬又一茬，振欧始终立足岗位，敬业奉献。这几个字说起来简单，做起来却难，20年如一日无怨无悔，且做出突出贡献尤为难能可贵。这一点，可以说众口皆碑。

徒弟说师傅

先从良师说起吧。快人快语的巨云清已有多年“修龄”又半路出家师从朱振欧学艺的，谈起师傅的师技、师德、师风颇有感触：我是朱师傅所带十几名徒弟中较晚的一个。1994年4月，我因机构调整分到朱师傅手下干活，当时心里曾老大不满意。一是不想离开原来的班组；二是刚从厂外调进，对朱师傅为人不太了解；三是自1980年参加工作就吃“修理饭”，论工龄和朱师傅差不多，对他的技术和“名气”并不太服气。还有一个思想不便公开，就是不愿跟劳模一块干活，怕吃亏受累不自由，因此一直闹情绪。领导找我谈话我不通，朱师傅和我“交心”我不理，“顶牛”半个月才报到，心想就等着“穿小鞋”挨整治吧。一次我装配好一台发动机后试车良好，正沾沾自喜，突然机油表没有了压力！我急忙熄火查找原因，正不知所措，朱师傅过来问明情况便说：“小巨，凸轮止推轴承装反了”。我心里不服：你怎么知道！但还是不情愿地打开，一看果然装反！不由自主地佩服人家果然名不虚传。这时朱师傅已把凸轮轴抽出来，耐心讲解装配原理，还热心传授发动机故障诊断及排除“诀窍”，如第一道活塞环和油环的安装要领、四配套的声响鉴别、点火时间超前滞后的调整等。我大喜过望，这在传统上是不轻易传人的。自古民间就有“同行是冤家”和“偷艺”的说法。朱师傅对我这样一个心存疑虑、初来冒犯者还这样推心置腹传授技艺，一下子驱散了我头脑中的阴云，打开了我心灵的窗户，感到朱师傅不光技术水平高，道德品行也很高。以后又耳闻目睹了朱师傅“起子听诊”“水法断联”“声音鉴别”等“望闻问切”、手到病除的很多诊断“高招”和排障“绝活”，不由口服心服，肃然起敬。

后来，才知道师傅的精湛技术，是他长期刻苦钻研和实践积累的结晶。他潜心攻读，勤奋思考，仅读书笔记就记了十几本、几十万字，每种车型结构特点、每台发动机故障隐患及排除都记录在案。日积月累，举一反三，不断丰富，使他对发动机各个部位的性能和特点了如指掌，隐患诊断快速准确，故障排除得心应手，成为行业公认的技术“权威”。别人摆弄不了的“疑难杂症”，一到他手就迎刃而解。难怪大家都说，只要振欧在，咱就有主心骨，什么样的车都敢接，没有查不出的隐患，没有解决不了的问题。

1996 年秋天，一车队 6135 装载机突发故障不能执行任务，送多家检修也没排除“病因”，慕名送修我厂。当时大家察听后正争执是缸响还是瓦响，朱师傅放下手里活过来了，只见他用“特别听诊器”——一把大起子放发动机上一听就一锤定音：第 6 缸拉缸！当时好多人包括司机都听呆了，愣在那儿，心想怎么敢肯定就是第 6 个缸？师傅二话没说，开启第 6 个缸盖，抽出第 6 个缸活塞，大伙儿凑前一看，果然拉缸！修复后，引擎欢快悦耳，司机满意而去。

据说古代高医看病能“悬绳把脉”，而朱师傅不到现场不见车就能准确断障则更是“一绝”。一次，采油一厂三大队自己大修一台红星面包车，试车时三、四缸就是不工作，反复拆卸检修 2 天也没查出原因，修理工小张上门来请朱师傅。听完情况，师傅说话了：红星面包车第三、第四缸不工作的原因，可能是进排气，在进气管部位倒点水，看哪吸水哪儿就漏气。小张半信半疑回去后，按师傅办法一试，果然发现缸盖与进气管衔接处漏气，修好后一次试车成功。小车班长很惊讶，问小张是怎么突然捣鼓好的？听完解释暗暗称奇：“这朱师傅，神了！”

我们整天工作在师傅身边，像这类事例已司空见惯。在技术上越是“诀窍”越是一点就透，一般密不宣人。可朱师傅对技术从不保守，对谁都热心传授。就连地方百姓都知道油田大修厂有个没挂牌的汽车“专家门诊”，也经常上门来请他“说说”故障、“讲讲”排除、口头“谢谢”就走，当然对他的高超技术和有求必应的为人也赞不绝口。

再说益友。朱师傅带徒弟教技术不忘传思想带作风，但他从不摆尊严的架子，而是待我们如亲友兄弟事事关心。谁家有困难有矛盾，他再忙再累也要家访，因此大家有什么大事小情都愿和他商量。班里小张，爱人在地方上班，小孩上托儿所，接送和做饭都由他承担，家务较重。朱师傅在安排工作时，处处留心照顾，尽量不安排他加班，突击任务需延长时间，总是提前催小张先走。小张岳母来油田看病，朱师傅带班里同志买上慰问品登门探望。人非草木，孰能无情？真诚的关心和热情的帮助使小张工作更加积极，很快成为生产骨干。另一名工友孙新民，单身一人在油田，朱师傅更像对亲弟弟一样待他，政治上关心帮助他，生活上体贴照顾他，技术上手把手传授他。逢节假日就叫他到家吃饭。小孙不慎被摩托车撞伤，师傅忙前跑后又协调又送饭如亲兄长。小孙曾一阵子情绪低落，工作也不像以前有劲儿，师傅发现后找他谈心，了解到小孙在为个人问题分心，就一面鼓励他积极工作，把心思用到钻研业务上，一面四下托人帮他当红娘，不久就在商业公司为小孙物色一对象，经接触二人还真的情投意合。个人问题解决了，小孙工作更起劲了，班上脏活累活抢着干，班下认真钻研技术理论，现已掌握了四五种车型的发动机修理技术，政治上进步也很快，连续两年被评为公司优秀团员，还向党组织递交了入党申请书。

朱师傅不仅对班里同志关心帮助，对其他人同样体现着责任与爱心。1994 年的一天，技校 18 名实习生慕名自发前来学技术，朱师傅热情接待、耐心讲解并反复叮咛千万注意安全。谁知几天后，一名叫张铁柱的学生私下打开高压水枪，冲洗一台“五十铃”发动机凸轮时轴瓦突然受力飞出，正中该生鼻梁。师傅闻讯赶来，只见张铁柱双手捂脸，血从手缝汩汩流出，立即把他送到医院缝针，然后又护送他回物探家中。之后 3 个多星期的多次复诊换药，师傅都负责接送，医药费和慰问品也是师傅自掏的腰包。事后张铁柱说：“本来是自己闯的祸，还连累了师傅，师傅却说是他的错，没尽到责任，没照顾好我。我永远也忘不了朱师傅。”

朱师傅不仅是我们的良师、益友，还是好班长。算起来他当班长整整 10 年了，对人关心、帮人热心、处事公心、敬业诚心是有目共睹的。师傅身体和家境都不算好，可他以高度的主人翁精神和责任心忘我投入工作，以党员身份处处起模范带头作用。清挖排水沟，他第一个跳进没膝的污水里；班里分东西，他把少的坏的留给自己；盛夏修车一身汗一身油泥，他率先钻进车底；隆冬抛锚车马路求援，他二话不说顶风冒寒前去救急；他身患多种疾病，却每天第一个到厂，打扫卫生，安排工作，最后一个收拾工具，检查场地。在师傅的表率作用下，我们班不光职工团结、战斗力强，而且劳动纪律好、工作效率高，年年超额完成生产计划指标。如何当好兵头将尾班组长？师傅用行动昭示我们：喊破嗓子不如干出样子，身教重于言教。

振欧妻子话丈夫

“振欧一心扑在工作上，干的是事业，我得尽最大努力支持。家务事我一个人承包了，两个孩子和老人也不让他分心。”作为劳模的妻子，作为成功男人背后的女人，振欧的爱人许淑琴看上去不像家属。她身材高挑匀称，衣着干净得体，家也收拾得整洁温馨，给人的印象是个知情达理、会生活有韧性的女人。谈起丈夫，自然就沉浸在往事的酸甜苦辣之中。

我和振欧是经人介绍于1980年结婚的。振欧排行老二，兄弟6人只有他在外工作，当村支书20年的老父因坐骨神经痛拄双拐，后又做了胃切除手术，母亲患有黄疸型肝炎。两位老人达观进步，明大义境界高，认为儿子已是“国家的人”，就应该努力工作报国，不能让家事分心。

1983年9月，大女儿即将出生，做妻子的哪个不盼望丈夫在身边？可振欧厂里修车会战正紧，直到28日放假才匆匆赶回家来，连夜把我送到一个地方医院。第二天晚上女儿就降生，谁知我由于过度劳累产后大出血，接生大夫急忙把孩子扔在桌子上对我进行抢救，经一阵忙乱，我总算脱离了危险。虚惊一场的振欧还未感受初为人父的喜悦，又被告知孩子因着凉已高烧39.8摄氏度。振欧痛楚地看看病床上极为虚弱的我，又瞅瞅刚出生就昏迷不醒的女儿，我理解他既想陪在我身边尽尽做丈夫的义务，又想守护女儿几天肩负起初为人父的责任。可假期已近，不能影响工作啊！我看出了他的为难，读懂了他的心事，眼泪止不住流了下来。丈夫在这个节骨眼上就要离开自己，就要离开吉凶难测的女儿，怎不让人伤心呢？可我知道丈夫要强、向上、重事业，就心一横说：“你回厂上班吧，我们娘俩有家人照看就行。”振欧眼圈一红，紧紧握住我的手，什么话也没说出来……为安全起见，振欧和家人把我安顿好，又急忙送女儿到医疗条件好的保定妇幼医院，才恋恋不舍地搭上了返回任丘的班车。

后来我随矿来到油田，振欧更是一心扑在了工作上，满脑子都是干不完的活，饭碗一推就往厂里颠，家和孩子几乎只是影子。我情绪不好时也曾生过气，发过牢骚，可一看到丈夫早出晚归疲惫的神情，又心疼，总担心他的身体哪一天顶不住了要垮。果然，1988 年初秋的一个下午，振欧突然晕倒在车间。我匆匆赶到，和工友们一起把他送到医院，诊断为过度劳累所致，建议卧床休息。我攥紧手中的假条，心想这回你可得老老实实在家休息几天了。谁知第二天早晨广播一响，振欧简直就像士兵听到了发令枪，一轱辘爬起来不顾我的哀求又去上班了。

唉，真拿他没办法，工作工作，工作就不要命啦？这样下去，铁人也受不了啊！一年之后，车间组织的日野发动机抢修会战正热火朝天，强忍胃病和严重口腔溃疡折磨的振欧已连续加班 6 个中午和夜晚，汗水浸透了工装，人也黑瘦得失了形状，终因胃出血撂倒在发动机旁，又被送进医院。当时我心疼得眼泪止不住流，领导也再三劝他好好养病，他却说，会战已到组装调试的关键时刻，就是让我躺在床上也养不好病啊！因此只做了简单处置，揣上医生开的药又赶到修理现场。不久，振欧的口腔溃疡因修车常口吸汽油，恶化成糜烂性扁平苔藓，吃东西疼得眼泪直流，加上血压高，腰腿疼又一齐袭来，1.8 米的大个子瘦成了 130 来斤，一回到家就累倒在床上半天恢复不过来，但第二天只要能爬起来就又硬撑着上班。丈夫就是这么一个人，我能有什么办法呢！

常言说：父母在，不远游。振欧是个孝子，虽说工作在外，却时常牵挂老家多病缠身的年迈双亲。1991 年“十一”前夕，正带领工友抢修车辆的振欧突接“母危速归”的加急电报。他油手没洗，脏衣未换，立刻去找领导请假，可刚想敲门手又缩了回来：节前最后一天的突击任务，自己能带头离开吗？他默默地把电报放回工衣口袋，又不动声色地扎进车间大干了起来。第二天放假，他才拽上我乘早班车赶到保定医院。当时已被肝癌并腹水击倒在病床上的母亲骨瘦如柴，脸色蜡黄，腹部高高凸起。已昏迷两天的老母听到振欧喊娘声突然睁开眼来，母子不禁抱头痛哭。望着被病魔折磨得不成样子的母亲，想想老人好不容易熬到 6 个兄弟长大成人，一生极其不易留日已不多，振欧多想在老人弥留之际尽尽最后的孝心啊！谁知老母却断断续续地说：你啊……娘就等你，回来看一看……心足了。娘决不……拖你后腿，你出息……当劳模，为国家立了功，为朱家争了光……是最大的孝顺……回吧！老人说得很艰难、很平淡，但很坚决，倾出了老人家毕生的期望和遗愿。振欧咬紧嘴唇，强忍悲痛，泪水却早已夺眶而出。第二天，振欧依依不舍地含泪告别老人，赶回单位上班。不久，老母溘然长逝。

几年来，振欧每当想起九泉之下的母亲，心里就感到愧疚。他默记老人的教诲，更加全身心地投入工作，从厂先进、公司标兵、局劳模标兵到省劳模、优秀党员，再到全国五一劳动奖章获得者，不断以更好的成绩告慰母亲的在天之灵。老人的一生都不肯拖儿子的后腿，我当然也能掂出支持劳模丈夫的分量，只要我能动，家里就不让他分心。1992 年，我已疼痛几年的脂肪瘤长到拳头大小，影响到进食，不能再拖了。经总医院确诊好在是良性，手术后刀口缝了 8 针。为了不影响振欧工作，我硬一天院也没住。多亏乡友们都理解和支持振欧，换药、拆线、复诊甚至做饭、照顾孩子都是乡友帮的忙。振欧为此也曾动情地对我说："真难为你了，等我退了休，一定在家里好好伺候你。"我听了好感动，嘴上却说，别看你修车得心应手，等你伺候说不定帮倒忙，还是管好你自己吧！咳，回想 20 年的往事曲曲折折，有眼泪，有欢欣，但更多的是相互支持和尊重。世上还有什么比互相理解和信任更珍贵的呢?

振欧客户如是说

振欧的精湛技术叫人信服。钻井一公司客户说，1995 年我们送修一台大"旧野"，这车已经在某厂两次大修，先后耗巨资更换了四配套和气门，但配气机构仍不正常，只好送到数百里外的运输大修厂"诊断"。朱师傅检查后说，装配正确到位，机件无一损伤，不应该有问题。我们听了正感到失望，他居然提出一个大胆设想："可能某机件设计有误！"只见他径直卸下凸轮轴比画琢磨，果然测出该件在制造过程中铣键槽定位时错了一位牙齿，造成配气时间不准。经技术处理，他把凸轮轴向后赶了一个齿，发动机立刻恢复正常，长期压抑我们的心病也豁然开朗，当时感激的心情可想而知。我们钻前大队一台 T815 Ⅱ型车温度升高、不起速停驶，修东换西反复折腾也没解决问题。朱师傅面对发动机就像 X 光机透人体，一问一听一看就查出耦合器电磁阀损坏，但苦于一时买不到。朱师傅见状安慰我们说，别急，我想想办法。随后详细检查电磁阀的功能，只改制了一个空心螺丝装上，发动机马上欢快轰鸣。一个小小的空心螺丝就让一台长期蹲窝、价值几十万元的设备起死回生，投入运行，那技术，真叫你瞠目结舌。

振欧的服务态度使人感动。几乎所有客户对此都有切身感受。振欧常说：客户的利益就是我们的利益，客户的要求就是我们的要求，想客户之所想、急客户之所急是我们的服务准则。采油四厂的一台 T815 罐车离合器烧坏，快下班时才拖进车间，并提出该车正执行运油任务，要求尽快恢复。已劳累一天的振欧放下手里的活，抬头瞥一眼计划板上已排满一周的工作量，二话没说当天晚上就带几名工友连夜解体离合器。时值盛夏，车间闷热，蚊虫叮咬。他们身裹长衣，脚蹬雨靴，汗水一遍遍湿透工服，终于合格交车，为客户赢得了运行时间。振欧技术过硬，真情助人，有求必应，从不摆“权威”、端架子、弄玄虚。兄弟厂揽了一台 50 万元产值的活，自己解决不了向他求援，他去了；事业处推土机在外地施工中出故障，工地尘土飞扬骄阳如火，人家却借口周日休息不给修，他放下电话提起工具就走；采油四厂执行任务的车途中“抛锚”，振欧很快赶到霸州路段现场，冰天雪地天色已晚，振欧就打手电钻车底，近午夜修好车时手脚已冻得没了知觉。之后，但凡四厂及友邻单位的路障车都打电话直拨车间，不管昼夜雨雪，大多时候都是振欧亲自去。一般和振欧打过交道的司机，都能随口说出几个排障小窍门，遇到什么疑难问题，都愿打电话或回头找到朱师傅挂个“专家号”。振欧的一流技术和良好的服务态度，密切了和客户的联系，为厂里创造了产值和效益，也赢得了客户“上帝”们的高度赞赏。

振欧的修车质量让人放心。对技术精益求精、对质量一丝不苟是振欧的修车信条。经他修复的上千台车无一返工，被誉为“100%信得过”。一个周末的傍晚，振欧最后调试一台2011“东风”发动机时，发现缸盖轻微渗水，属上道工序加工问题，可退回原工序返工，当然不说也不影响合格交车，但却会留下隐患，给客户造成损失；人已下班，周一退回必然延期出厂，影响厂里信誉。振欧主意已定，当晚便来到车间重新解体发动机，利用周日修复组装调试好，保证周一如期交了车。采油一厂一台进口车缸体打了一个洞，按常规应换新，客户也同意签字。发动机解体后，振欧发现破损处承受压力不大，缸体基本完好，报废太可惜。他凭着多年的丰富经验和技术，对缸体进行了小心修补，为用户减轻了3万余元负担。经过两年的生产运行，发动机运转良好，缸体工作正常，也未发现漏油现象。“修车权威何处有，众人遥指朱振欧”，这绝非客户信口开河的津津乐道。

振欧的职业道德令人肃然起敬。熟悉朱振欧的人都会这么说。敬业爱岗、克己奉公、积极奉献，振欧20年来的履历就是最好的证明。计划经济时他带头在“修理工、钻工郎整天一身油衣裳”的苦脏累岗位上“扎根”大干，市场经济大潮涌来时他不改初衷，不为私利驱动。面对修理行业的困境，他为厂分忧，放弃上大学的机会，广揽车源，积极埋头苦干；面对外界的多次高薪聘请，他甘于清贫，不为“先富”所动。一位不愿透露姓名的某修理厂厂长对我说：听说个体企业多次高薪聘请他，并为其爱人安排工作。振欧却说：作为农民的儿子，我至今忘不了老父手拄双拐的谆谆教诲，忘不了老母多病而忙碌的身影，忘不了离村时强装笑颜的依依惜别，忘不了萦绕心头的乡音乡情；作为一名职工，我忘不了自己是大修厂的人，忘不了厂里对我的培育之恩。一句话，我的根在老家，我的心却系着大修厂的兴衰荣辱。我的技术属于厂里，我的成绩和荣誉属于组织，我不能见钱忘本、见利背恩啊！那神情，不能不让你肃然起敬。

朱振欧不愧是一个敬业爱岗、痴心不改的忠于职守者；不愧是一名重感情、讲奉献、知恩图报的好职工。

是金子，就是经得住检验；是金子，无论从哪个角度看都发光。

笔者赘笔议振欧

走近朱振欧，你就会觉得，振欧既是一名普普通通的运输服务行业的汽车发动机修理工、一个我们身边“日出而作，日落而息”的兢兢业业的工薪劳动者，同时又是一面旗帜、一名对信念有着忠诚理解，对事业有着顽强追求的实践人。20 年来他以一以贯之的执着与坚韧，超越了琐屑与平庸，肩负起了理想、道义和责任，谱写了时代最强音，成为大修厂、运输公司、华北油田乃至全省全国职工学习的楷模。在人生观、价值观、道德观趋于多元化的时代，在权欲、物欲、一切向“钱”看频频返潮的今天，朱振欧以他实实在在的人生答卷，回答了“人从哪里来，又到哪里去？活着为什么？”这个古老的仍在争论不休的哲学命题。

如果说，人是社会的，技术是共有的，朱振欧精神属于时代，那么，劳模作为有形资产和无形资产的综合本体，就成为企业宝贵的财富。从这个意义上讲，我们的每一级组织、每一位领导以及每一个职工，都应该肩负起爱护劳模、最大限度地发挥劳模潜能和价值的责任。同时，劳模应该像关心集体财产和利益一样关心和爱护自己的身体，保持旺盛的生命力和创造力，不断丰富自己的聪明才智，不断创造精神和物质财富回报社会。我们寄希望于朱振欧能抽出一定的精力和时间，整理出自己的技术案例和业务心得归纳成册，把丰富的积累和经验传授于人，贡献岂不大焉。

人生应该怎样活着才更有价值、更有意义，这是朱振欧用沉甸甸的收获回答我们的又一个问题。如果我们像朱振欧那样，放眼崇高的理想，上紧人生的发条，认真“把握生命的每一分钟，全力以赴自己的梦”，千千万万朵理想之花终会结出成功之果，我们的事业也将会因此而壮丽。

老 杨

孟宪琦 亢应清

有关方面之所以让我采写全国劳模杨振建，是因为我和他曾经在同一个单位工作过。其实，我和杨振建仅仅是认识，谈不上过多的了解。当年他在一线井队，我在二线机关。随着企业的重组分离，11年前他成为全国劳模时，一个在新重组的勘探三公司，一个在新组建的综合三处，相闻无来往，相见也不易。看来要完成这一采写任务，不是一件容易事。再说，这活儿与我的本职关系不大，很难用整块时间去经心。

不管咋说，应人事小，误人事大。

先忙中偷闲搜集第一手资料吧。

仗着和杨振建是老相识，就在电话上约他谈一谈。这老兄是个慢“郎中”，任我在这头心急火燎地催，他在电话那头老是慢悠悠一句话：“谈什么呀，10多年前的陈芝麻、烂谷子，都发霉了，还倒腾它干啥。”报告文学“报告”的是真人，“文学”的是真事，无米之炊，烧火有何用。幸有老乡加挚友的亢应清与杨振建一直在同一个单位工作，如今仍在同一小区居住。亢是单位工会副主席，是个知轻知重的人，便多次“开导”杨振建，让他主动配合我采写。好不容易给他说通了，我这边却难有空闲。阴差阳错地过去了近一月时间，“八”字尚无一撇。

这天，我终于有时间了，却是晚饭后。我和杨振建一个在任丘市，一个在河间市，南北相距35千米。为省时省事，就在电话上与他先聊了起来。

免提通话。

录音笔“记录”。

墙上的挂钟伴随着我俩的问答声嘀嗒，穿越时空的话题，打捞起了记忆的碎片。

一

山西省文水县——位于太原盆地西缘、吕梁山脉东麓，东与汾河水紧靠，西和吕梁山相依，北与交城为邻，南与汾阳接壤，平原与沟壑镶嵌，流水与怪石相望。近水有形，绕出了高高低低的青枝绿叶；远山有势，成就了起起伏伏的峰峦叠嶂。山高坡陡不荒凉，历史悠久有名望：有武则天的故里揭示着中国唯一女皇帝的来龙与去脉，有“狄青庙”彰显着宋朝著名大将军狄青19岁从军、屡立战功的传奇，更有“刘胡兰纪念馆”昭示着一个16岁女共产党员“生的伟大，死的光荣”的赤胆忠贞……

1954年2月14日出生于刘胡兰家乡的杨振建，从记事时起，就在这方水土上认识着普度众生的“日、月、水、火”，熟悉着饱经沧桑的“山、石、田、土”。辛勤劳作得到的粗茶淡饭养育着他的身躯，传了一辈又一辈的人文典故滋养着他的心灵。“山高不遮眼，沙小却硌脚；水流走曲径，人要走正道”之类的家训启迪着他走出朦胧。尤其是上学后看到课本及有关书刊上传颂着刘胡兰的事迹后，更令他激动地不能自已，为自己能生长在这块孕育先烈的土地上感到光荣和自豪。

于是，他像“狄青”一样，也在19岁那年参军了。

“来自刘胡兰家乡的军人更应有刘胡兰那样的气节和胸怀。”深谙此理的杨振建，向往的是“野营拉练”式的军事生活。尤其是刚入伍时，他觉得能参加像“保卫珍宝岛”那样的反击战的话“才像个当兵的”。“不随心”的是他成了工程兵。军令如山，不容他犹豫，服从是天职。没有想象中的“轰轰烈烈”，就在河南省洛阳市“平平淡淡”的军营生活中紧张忙碌：打靶再累他当乐趣，投弹再险他不在乎，实实在在地操练军训科目。高强度的训练和严格的军纪氛围陶冶着身心，使他很快理解了一名军人应有的“一不怕苦、二不怕死”的精神内涵，实现了由一个普通老百姓到军人的转变。他是一名工程兵，干的虽不是“逢山开路、遇水架桥”的活儿，却专门与“开路、架桥”的工具和器械打交道——仓库“卫士”，看守的是舟桥部队的常用“武器”。就在这“平平淡淡”的工作及生活中，他“如履薄冰”，从未懈怠过军人的职责。

新设备出库时，无论轻重他都第一个动腿搬运；旧工具进库后，无论多脏他都第一个动手擦拭……

他是农民的儿子，自小在泥里水里、在山梁沟峁间摸爬滚打，把动腿动手的活儿根本不当回事，只要是部队上的事、是战友的事，就主动去忙乎。日久见人心，上上下下都说好。若干年后，他回忆这段军营生活时，感到问心无愧的是没有虚度光阴，遗憾的是在一片叫好声中没有立过功、没有获过什么大奖，原因可能是他干的是后勤工作中的“二线”活儿，的确是太平凡了——收收发发、发发收收，况且自己不善言辞、不事张扬。

1978 年 1 月，杨振建转业后和众多认识不认识的战友投身于华北石油大会战，在冀中平原的河间县“东大洼”安营扎寨。初来乍到，他感到新鲜的是：离开部队到油田后为啥还是军事化生活，甚至比在部队时还“热闹红火”。在当时的勘探三部参加为期 3 个月的入厂培训时，是连排编制，每天有早操，人们把当时的领导称指挥、副指挥或政委。更让他感兴趣的是三天两头列队到几十里之外的任丘总部或某个井场附近参加庆功会或报捷会。那场面才叫热闹，他当了几年兵都未见过：激情澎湃的会场，一束束礼花弹冲天而起，随着震耳欲聋的爆裂声，从礼花弹中激绽开的小小降落伞一个个随着纸屑缓缓飘散；大小不等的彩旗在会场周围和主席台上迎风招展，红红绿绿的标语在附近的墙上或在不少职工高举的牌子上，释放着华北石油人建设大油田的决心；更有高音喇叭的喜庆音乐把人们点拨得欣喜若狂，锣声、鼓声、口号声，此起彼伏，报喜的、请战的铿锵之声不绝于耳，这个拼命要拿下“千吨井”，那个誓死要“超千吨”——争着抢着抱“金娃娃”……

在一个有星无月的夜晚，难以入眠的杨振建走出帐篷，望着家乡方向思绪万千：早在前些年，党中央、毛主席发出“工业学大庆，农业学大寨，全国学习人民解放军”的号召。大寨不远，就在他的老家山西，入伍前在村上大搞农田基本建设时，工地上的标语和口号就是“为建设大寨村、大寨县而奋斗”；入伍后，他成了部队这个大学校的一员。如果说学大寨在心中积淀的是“自力更生、艰苦奋斗”的基因，那么，在部队这个大熔炉中的几年冶炼，积淀在心头的就是以“三大纪律、八项注意”为核心的强烈责任心和“服从命令听指挥”的使命感。如今的石油会战，直接学习的是大庆经验，践行的是大庆精神。

学大寨——学解放军——学大庆。

他沿着这“三点一线”一路走来，全赶上了。如果说经历是一笔财富，那么自己从这些经历中获得了什么？

星眨眼，不知情；风拂面，不解意。

有流星一闪，划亮了天幕上一道线。

他想起了前两天师傅讲课时说的“三老四严”“四个一样”，做老实人、说老实话、办老实事……“老实”二字自小就耳熟，没想到这普普通通的两个字竟有这么大的学问，包含着这么多做人做事的道理。老老实实学大寨，就是真干实干加苦干，让地里多收粮食；老老实实学解放军，就是要忠诚使命，苦练基本功，平时不抛锚，用时冲得上，就像毛主席说的那样：“召之即来，来之能战、战之能胜”；老老实实学大庆，就是要像大庆人那样，“革命加拼命，拿下大油田……”对，从农村到部队，风风雨雨这么多年，体会最深的就是两个字——实、干！这是最基本的，如果再上点高度的话，就是“实干是做人的根本，不实干，对自己、对他人、对国家都不会带来任何好处”。

静——出智，定——生慧。

初中毕业的杨振建，就在这样一个“望星空”的夜晚，将朴素的认识升华为人生轨迹的基准线。正是靠在第一个23年积淀下来的这“实、干”二字，为他的第二个23年（从他到油田那天算起到离开一线井队，正好是23年）铺就了一条摘取“桂冠”的艰辛路。这23年，他在工作上用的是加法，工作也用加法回馈给他诸多荣誉，几乎年年有钻井队和公司级先进称号；1996—1999年，连续4年被评为公司标兵和局劳模标兵；1998年，荣获河北省劳动模范称号。46岁那年——也就是在2000年，他成为全国劳动模范，和其他全国英模一起游览长城和十三陵、喜登天安门城楼。更让他难以忘怀的是：这年4月29日下午，他参加了在人民大会堂举行的全国劳模表彰会，受到了江泽民同志的接见……

23年前，他——怀揣红星（军帽徽章）走进油田。

23年后，他——戴着红花走进新世纪。

二

听完与老杨的“对话”录音，虽说对他的事迹有了宏观上的把握，但要形成完整的稿件还差好多微观处的“料”。再加上我抽不出整块时间去跑，所以此事又搁浅了。

突然有一天，老亢来任丘办事，带来了原来与杨振建在同一个钻井队的两个战友。晚上，在宾馆，四人把盏抿茶，娓娓而谈。为了不跑题，我提议话题从一个“实”字开始。

老杨的战友甲先开了腔——

“要说实，老杨这人的确是够实的。他面冷心热，待人实诚。分配到油田一线后，他把在部队熏陶出来的‘战友情’带到了钻井队，眼里老有活，八小时以内不用说，八小时以外也闲不住，主动打扫屋子、自觉帮助他人是‘习惯’，高高的个头，身穿工衣急前忙后的影子随处可见。那阵儿大会战，讲的是‘先生产、后生活’，井队住的是帐篷，夏天热得够呛，冬天冷得出奇，对这些‘热’和‘冷’的事儿他好像不在乎，总是里里外外忙得挺热乎。有时下班了还在井场‘转悠’；在机房，常为柴油机声音不正常的事和值班机工琢磨；在泵房，时常帮当班职工忙检修。回到屋子，就啃厚厚的钻井技术手册……时间不长，老杨，不，那时还是小杨，对钻井队的司钻、井架工、泥浆工、柴油机工和内、外钳工等‘十八般武艺’拿得起、放得下，自然就成了司钻。司钻这个‘官’最小又最大，说小，充其量不过是个小班长；说大，手里攥着三条命：人命、井命、设备命。老杨当时认‘大’不认‘小’，对自己的要求是：努力把‘三关’，争当好司钻。因此，他更是闲不住。勤观察新技术的使用情况，勤记录有关原始数据，勤分析本队或别队以往井下事故的有关资料，眼里老有活，心里常想事。很快，他掌握了不少判断井下情况及井上运行的窍门，成了队上干部的好参谋。他这个人很少说话，给生人的感觉就像个‘闷葫芦’，但熟悉他的人都知道，凡事他总是走在前。三伏天掏泥浆罐，不说二话，光着膀子就钻进了蒸笼似的大罐；三九天检修钻机，二话不说，就将一米八还多点的个头挤进钻机护罩里面有限的空隙。有一次感冒发烧，附近医院的大夫让输7天液，到第三天他说忙就不去了，揣上药片上了班。有这劲头，谁不念他好。队上干部说：‘他干的活儿免检，放到哪儿都放心！’”

老杨的战友甲言犹未尽，战友乙接过了话茬——

“别说以前的事儿了，说说老杨当队长以后的事儿吧。那是1992年底，原钻井三公司32963队因老发生事故停产整顿。就在这个节骨眼上，担任32999队副队长的杨振建调到32963队任队长，用你们文人的话说叫临危受命吧。在到32963钻井队任职时的‘见面会’上，七八十双眼睛盯着老杨，就职演说是干巴巴的几句话：‘我也没啥能耐，没长三头六臂，就知道一个字，干！和大伙一起干一年，如果咱队还走不出困境，我自动辞掉队长职务。’就这一句话，把自个儿逼到了众目齐聚的焦点上。常言说新官上任三把火，当时我们还未意识到杨振建上任后烧的是哪‘三把火’，多年以后‘回头看’时才体会到，他其实烧的是‘四把火’，总结起来就是 4 个字——‘实、严、细、热’”。

老杨的战友乙抿了一口水，接着说：“关于他的‘实’，刚才已说了不少，我再补充一点。老杨这个人，以实干的精神带队伍、抓管理，心眼实诚得只知道干活。一队之长，是钻井队最大的‘官’儿，可他当官不像官，无论碰上啥难事自己先往前跑。1998 年初，按集团公司‘长城队’标准组队时更新了钻井设备，队号由 32963 改为 32205。要想成为‘长城队’，在国内外市场争雄，就得在方方面面都像那么回事。杨队长一急恨不得生出分身术。那年夏天的一天，在留楚区块打井时链条断裂。停钻后，钻机散发出的余热使密闭的狭小空间更是异常闷热，杨队长顾不了那么多，拿上工具就往护罩里钻，蜷缩着身子，左移右转，用了 1 个多小时才接好链条。出来时，浑身油迹斑斑，湿透的工衣滴着水珠……还有一次，是在留路区域打井，一开后下套管，下到最后一根时发现套管不合适，无法使用。为取得甲方信任，必须保证一开及时完成，如果让公司调度室派车送套管势必延误时间，怎么办？一抬头，他瞥见了约一千米外的 32965 钻井队井架。于是，20 多个小时未合眼的他立即招呼了 10 多个人到 32965 队求援。很快，他与 10 余名青工喊着号子、连抬带扛，一步一步地将一根长 1200 厘米、直径 33.8 厘米、重达一吨多的套管从 32965 队‘挪’了过来。一开完工后，他又精心组织二开施工，直到这口井完钻，一直吃住在井场，一身汗臭味的工衣始终没离过身。”

老杨的战友甲快人快语，抢过了话茬——

“老杨‘实’的事儿差不多了，我讲讲他的‘严’吧。老杨当队长那阵儿逢会必讲‘三老四严’，他说这是石油人的‘传家宝’，无论工作和生活条件变得多么好，说啥也不能丢掉这一‘宝’。他说一不二，从建章立制入手，完善修订了以岗位责任制为中心的一系列规章制度，出台了技术考核和奖惩等举措，加大了激励力度；组织职工开展拜师学技活动，结对帮教，严考核、硬兑现，使队上技术人才青黄不接的现状很快改观；加强与公司工程大队等科研技术部门和单位的联系与合作，硬是让当时在全国同行业领先的高压喷射钻井、改善泥浆体系等三大钻井技术在本队开花结果。就是为了这一系列工作的顺利开展，老杨从方方面面突出一个‘严’字，以队伍作风的转变促各项工作的高效运转。举几个例子吧：一名职工将一个吃剩的包子顺手扔进了垃圾坑，他发现后不仅提出严厉批评，还按队规罚款20元。几名上夜班的职工为招待来队的朋友，晚饭时喝了酒，带班的杨队长照章办事，对喝酒的6名职工每人罚款50元，并将罚款交队上食堂为职工改善伙食……职工一个个之所以被‘罚’得服气，关键是杨队长本身硬气，他一心扑在工作上，一年年基本上没休过什么假。一次，他下午回公司开会，散会后天已全黑，有人劝他在家住一宿，第二天再回队，可老杨惦记的是队上的‘二开’，硬是没进家门，连夜赶到了队上。有他这股劲，其他几个队干部，都多次主动放弃休假机会，以身作则带头干，把队上各项工作弄得热热火火。”

“你歇会吧，我再说说老杨的‘细’。”老杨的战友乙点了一根烟，将头扭向我：“老杨当队长那阵儿爱算三笔账。一个是靠优质服务‘占领钻井市场的大账’。‘要想占领市场，就得不断强化竞争意识；要让甲方满意，就得优质服务。’这方面的道理老杨平时没少讲，这方面的事他严格要求没少做。因此，自他当队长后，队上的信誉就像无形资产在不断增值。再一个是‘不大不小的时间账’，就是着眼于一个‘抢’字，引导职工强化效率意识。大概是1993年吧，楚29-11井钻至2000米时，高压立管油壬刺漏，刺口距钻台高达十几米。焊补这种高压管线刺口不仅要有较高的技术，还必须有高空作业的胆量，难度之大可想而知。当时电焊工休假，如果不及时焊补，就要起钻更换高压立管，费力不说，至少还得耽误一天多时间。

时间是效益，老杨舍不得，就不声不吭地拿起焊枪，系好安全带，爬上井架，坐在只有12厘米宽的角铁上开始了仰焊……焊好刺口下来后，身上多处被飞溅的焊花烫伤。老杨顾不得这些，与职工说的是抢这几个小时得到的效益。也就是从那时起，队上逐步掀起了一个学知识、钻业务的热潮，人人争当多面手，个个争着练绝活。以ZJ-20L钻井设备为例，仅销子就达109种、500多个，随便拿一个，不少职工就知道其型号和用途。还有一笔是'修旧利废的小账'。刚才说的那个'包子事件'，在队上引起的震动效应就是使职工养成了勤俭节约的好习惯，一个旧螺丝、半根电焊条，谁也舍不得扔、也不敢扔，工具和设备发生故障后，能修就修，尽力做到物尽其用。是1995年吧，春节刚过，老杨利用未开钻的这段时间，带人赶赴在冀东油田的井队抢修职工食堂操作间。仅这一项，节约资金3万余元。就是靠着这种算法，老杨在任队长的第一年，开钻10口，交井11口，累计进尺30897米，安全生产无事故，节约钻井成本100多万元，各项经济指标在公司名列前茅，一举摘掉了队上的落后帽子。从他任队长的1993年到1998年，节约钻井成本767万元，仅修旧利废一项上百万。"

"我说几句吧，"不抽烟的老亢打开了虚掩的门，慢悠悠地说："对老杨烧的第四把火——'热'，我不想做鉴定，就说几件事吧。有一个钻工叫马墨，小马当时20岁，一次干活时右脚被液压大钳挤伤，血流不止。杨队长眼尖手快，在迅速推开大钳时将手指擦伤，他顾不上自己的伤，忙为小马简单包扎了一下，用值班车亲自送小马到职工医院，又背着他在楼上楼下跑，将伤口缝好后又把小马背进病房。打这以后，老杨主动当上了马墨的师傅，以导师带徒的标准真教实学，把小马墨培养成了一名响当当、硬邦邦的队长；家在农村的小庞母亲去世后，是杨队长第一个拿出100元钱，并组织了队上的捐款活动；得知两年多没回家的青工杨文权祖母病重后，杨队长就主动安排车辆将小杨送到到了附近车站，之后又多次打电话询问小杨祖母的病情；有的青工谈对象，女方家长受'好女不嫁钻井郎'偏见的影响，持反对意见，又是杨振建三番五次走进女方家，当起了‘红娘’，解开了一个个‘小疙瘩’，成全了一桩桩美满姻缘。时间一长，队上职工都明白，杨队长虽没有一张‘婆婆嘴’，却有一副热心肠。大家一次次地感动着，就一次次带上礼品去感谢他。老杨收下了职工对他的情谊，将礼物一次次退还……”

“不对。”老杨的战友乙，话语随着两三个烟圈脱口而出：“老杨不只是‘热’，也有‘冷’的时候。就是对自己‘冷’，对家里人‘冷’。”

“那不成了‘五把火’？”我说。

“他这个‘冷’和‘热’其实是一回事，不能分开。”老杨的战友乙急着解释：“没有他对家里人的‘冷’，哪有他对队上工作和职工的‘热’。”

“我明白了，你说吧。”

老杨的战友乙侃侃而谈：“大概是 1999 年上半年，杨振建左手拇指长了一个肉瘤，无法弯曲，十指连心，疼起来揪心。在队干和职工的一再劝说下，他才去医院切除肉瘤，打针、输液，到第五天，他不顾大夫和去看望他的井队技术员杨文权的劝阻，拔掉输液管回到了队上，打着绷带在井场忙碌。也就是差不多在这一段时间，杨振建的女儿中考落榜，他只顾忙队上完钻前的工作，无暇给女儿说一句宽慰话，只是给妻子捎话，让她想办法联系女儿上学的事。队上职工清楚，一年 365 天，杨队长从未休过假，每次回家都是利用到公司开会的机会，来去匆匆。可以说他不是一个称职的丈夫和父亲，但的的确确是一个称职的好队长。正是在杨队长这一‘热’一‘冷’行动的感染下，队上职工感受到了 32205 钻井队这个‘大家庭’的温暖，积极求上进、争着干实事。在杨队长上任后的一年多时间内，有 10 余名青工成为生产骨干，有的还走上了钻井队的领导岗位。司钻黄艳林，被 32204 队相中，指名道姓地要把他调过去。小黄闻讯摇头摆手，‘不去！不去！我还当我的场地工，不会离开 32205 这个团队的！’”

……

当晚，离开宾馆时，老亢送给我一盘录像带。这是10余年前他和公司录像站同志为32205钻井队制作的专题片。这种老式的大1/2录像带在进入数码时代的今天很难见到，幸好我有一个与之匹配的老式录像机。

回家后，思绪起伏难入眠，就打开了放像机和电视：

快速递进的画面：

——雪原，井架。眉毛上结了霜的杨振建，手握刹把的姿态十二分的英武，目不转睛盯的是该看的地方。打大钳的职工动作标准、利索，三下五除二就将环环相扣的钻杆分开……

——远景：平原泛绿，繁花星布，井架林立……

——近景：杨振建在井场挂绳套，起吊钻机……

（画外音）……杨振建通过实践，摸索出了一套独有的施工方案，将风险降到了最低。苏66井是华北油田一口重点探井，地层复杂不说，还容易发生井喷、井漏。因此，甲方要求非常严格。就是在这种情况下，他率先采用全新的钻井液和固井技术，创出了井斜仅0.8度、井底水平位移10余米的最新指标，比甲方要求的井斜3度、水平位移60米的指标高出一大截，整口井未发生井喷和井漏现象，受到甲方和上级部门的高度赞扬。之后，杨振建在认真总结经验的基础上，把“做‘长城队’职工、打优质高效井”作为32205钻井队的理念，苦干实干加巧干，当年交井7口、钻井进尺20977米，取心收获率93.3%，口口井安全优质，创出了“长城队”的水平……

陆续出现的画面：

——赤日炎炎，大汗淋漓的杨振建和众职工抬着钻杆……

——井场，宿舍区，队部，悬挂的匾牌，摆放的荣誉证书……

（画外音）……32205钻井队年年都有新变化，一步一个新台阶。钻井三公司重组4年来，这个队累计开钻46口，交井46口，钻井进尺130475米，井身和固井质量及定向中靶率均达100%，各项指标全优，钻井总收入10878万元。昔日的“老大难”，一举成为“金牌”钻井队，先后60余次荣获公司、管理局和集团公司、河北省有关荣誉。杨振建本人也成为管理局、集团公司和河北省的“明星”……

三

虽说掌握了这么多素材，但要写杨振建的事迹材料，不与他面谈怎么行。于是我挤时间，在一个星期天的上午赶到了杨振建的居住地——华北油田公司华苑综合服务处。为了不给他添麻烦，约好在华苑服务处东区第一小区的“长春亭”公园见面。

八月的艳阳，把公园的花呀草呀照得生机勃发。未见杨振建，先见花盛开。红的月季，白的牡丹，还有紫荆花和众多叫不出名的草花在高处低处释放着“热闹”。我和老亢坐在公园凉亭的石椅上，嗅着淡淡的花香，在等杨振建时随意说着随心的话。当听到杨振建早在2001年就与单位有偿解除劳动关系的消息后我为之一惊，忙高声大气说：

“全国劳模，和曾经闻名全国的时传祥、孟泰等人物是一个档次，不敢说是国宝、最低也是企业的‘一宝’，怎么能解除劳动合同呢？”

老亢不以为然：“这是两相情愿的事，也是10余年前的事，有什么大惊小怪的。”

正当我为老杨买断工龄的事感到不可理解时，老杨来了，已是“奔六”的人了，不显老，上衣是白短袖，下身着黑色长裤，黑皮鞋，高高的个头。和10多年前一样，挺拔，精干。他一步三个台阶，直奔我来：“真不好意思，让你休息日也休息不了。”

老相识重逢，我免不了高嗓门：“谁让你是全国劳模呢，我可是慕名而来的。”

“那点事都过去 10 多年了，怎么又倒腾出来了？”

“好酒放的时间越长越好，你这瓶陈年老窖别有一番风味，我也是闻香而来……”

是九十点的阳光，有凉亭遮阳和过道风光临，不热。三人无茶水相伴，唯我有香烟吞吐。在时断时续、似有似无的缭绕烟气中，话题就像周围的花，这里一枝，那里一枝，随意而惬意。突然，我想起老杨买断工龄的事，就急切地问他为什么要和企业解除劳动关系。对我感到不可理喻的这件事，他想轻描淡写地应付。在我一再追问下，他盯着近处一朵硕大的红牡丹，才慢悠悠地打开话匣子：

“没有‘为什么’，是形势发展的必然。你知道，咱刚参加工作那阵儿，从河间到任丘，还有其他许多地方，那井架就像树林子一样，到处是。有井架的地方就有彩旗，那红火劲儿一看就让人长精神。但现在回过头看，那时的钻井水平较低，关键是设备跟不上趟，普遍是伍德钻机，功率小且事故频繁，泥浆泵的泵压只能维持在 5 ～ 6 兆帕，仅能满足携带岩屑的需要，而且容易损坏，还不易更换配件。循环系统唯一先进的设备是振动筛，泥浆稍加沉淀就泵入井内，常因泥浆性能差导致井下复杂情况，甚至发生井喷事故。当时使用的国产牙轮钻头，寿命短，一口 3000 米的井就要用十几个。频繁起下钻不仅增加了劳动强度，建井周期还长，一般都在 3 个月左右……”

“到 90 年代中后期，钻井设备进入更新换代的发展期，从伍德机改为大庆 Ⅰ 型、Ⅱ 型，还有整体起放的 ZJ20、ZJ30 和 ZJ40、ZJ50 及 JC70D 型电动钻机，地面循环系统由过去的沉砂池改为密封循环系统，固控系统发展到五级净化，振动筛、除砂器、除气器、清洁器、离心机等配套设施的应用，降级了井下事故的发生率。动力机是功率强劲的 PG12V190B 型柴油机，性能稳定，能满足各种情况下的动力要求。钻头种类多，寿命长，一口 3000 米的井有五六个就可完钻。与之相应的是钻井队人员整体素质明显提高，形成了以大中专生为核心、技校生为骨干、其他人员协助作业的人员配备格局。钻井队这种以崭新姿态迎接市场经济挑战的形势，要求知识型的员工必须脱颖而出。”

“我们队是‘长城队’，‘长城队’的目标是闯国际市场，对员工要求很高，最起码的一条就是要会外语。你想想，我连中国话都说不好，还说什么外国话。虽然自己也想学、也在努力学，但毕竟年龄也大了，无论学啥都不如年轻人来得快。当时，我们队清一色的是 20 多岁的小伙子，就我一个是 40 多岁，这个年龄在别的地方不算大，但在井队就算大的了。长江后浪推前浪，为了让队上各项工作更好地与时俱进，我就一阵阵琢磨让位给年轻人的事。当时正好赶上实施买断工龄政策，而且是最后一批。为不错过机会，我就没有犹豫，直接找领导谈了自己的想法。领导见我态度挺坚决，也就同意了。”

“其实你没必要选择离开企业，也没人赶你走呀？”

“谁敢？”半晌没吭声的老亢发话了，“老杨买断工龄时，正是红得发紫的时候，他是在事业的顶峰期急流勇退呀……”

我说：“不在井队干还有二线吗，没必要买断工龄……”没等我说完，老杨挺冲地说：“体制重组后，钻井公司哪有过去那么多二线单位，有数的几个虽说是一个萝卜一个坑，不过我去的话肯定也有位子，但那很可能是因人设位，或者人浮于事。再说，我干了几十年钻井活，到二线后无论干啥都是半路改行的外行……与其这样被企业养着，还不如主动走人。”

“你买断工龄时才四十六七，这几年是怎么过来的？”

“在钻井队走南闯北忙了几十年，一闲下来还真闷得慌。歇了不到半年，经人介绍，就去陕北干上了老本行，不过是一家私营企业，也是打油井的。去年，又到山西打煤层气，也是一家私企。”

……

凭职业敏感，我像哥伦布发现新大陆似的发现了老杨的又一个“闪光点”。

是，的确是“闪光点”！

他的急流勇退，着眼的是让年轻人激流勇进、让企业更具活力。离开企业后，凭自己双手双腿闯新路，无论在什么困难情况下，从未想过把曾经用汗水赢得的“辉煌”作为资本要挟组织。大女儿从西安外语学院毕业后一直在西安打工，已过而立之年仍在油田“待业子女”之列；二女儿大专毕业后在外“漂”了多年，27 岁赶上了油田公司为劳模和困难家庭子女零就业户解决一个子女就业的好政策……在杨振建的心路上，从未想过当名人，可 10 多年前的他至少在华北油田是名人：人民日报上登过他的名，中石油的电视频道中出过他的影，原勘探三公司和管理局有关大小会议上有过他的声。从不以“名人”自居的他，与企业解除劳动关系后，似乎遁世，告别“喧哗”，甘于寂寞，与世无争，无论个人及家庭有啥难事，从未向原企业“伸过手”“张过嘴”，活得安然、洒脱，仔细揣摩，可见其襟怀、风骨……

四

与杨振建握手辞别回到任丘后，已是晚上近 10 点。翻看搜集的一系列素材，回想白天与老杨的一番畅谈之景，遂生发一吐为快之感，赶紧打开电脑，郑重地敲下这篇报告文学的题目——“老杨”。

一个普通生命的重量

雨　远　李相恒

在1999年，对于华北油田采油三厂的职工家属来说，并不是所有的回忆都是幸福的，令人陶醉的。

我写下这个题目的时候，我知道，我将要完成的是一件残酷的，令人几近心碎的事情。

两个多月之后，我们重新来到华北油田采油三厂进行采访，在采访中，我不敢凝视遇难者亲人的眼睛，也不敢触摸那些曾与遇难者一同走过风风雨雨的兄弟心中的悲痛。我看到，随着时间的舐吮，这里的职工、家属的泪依然是热的，血依然是热的……

刘小忠：1967年出生，1985年入伍，1989年复员至采油三厂，常年从事反偷油盗电工作。多次被授予“采油三厂综合治理先进工作者”“采油三厂先进工作者”“管理局经济民警先进工作者”等荣誉称号。牺牲时年仅32岁。

一个短暂的生命！一个晶莹、透明，没有一丝瑕疵的生命！生的平凡，死的悲壮，他人生的每一个环节，每一个细节都纯洁的无可挑剔。

一个生命远离了我们，一个灵魂永远醒着……

无论如何，我决心用含泪的笔继续打开伤痛，再一次完成对一个普通生命重量的感受——

精神：是一种信仰，一种气节，不需要任何东西去装饰

石油工业，对于一个国家来说，实在太重要了。我们无法设想，假如缺少了石油，我们的国家和人民，将怎样的建设，怎样的生活。然而，自进入20世纪90年代以来，油田环境不断恶化，一些不法分子骚扰正常生产，盗窃原油，甚至哄抢油田物资的活动在油区日益猖獗，用拖拉机拉，用油罐车运，割电缆，截管线，拆变压器，声东击西，你追他跑，你疲他扰，在他强你弱的力量反差大时，哄都哄不走。

采油三厂留路油田就属于这种“重灾区”之一，由于远离厂区，井站偏僻，成为不法分子盗窃的主要目标。对此，广大石油职工为保卫油田，保护国家财产，与不法分子进行着反反复复、长期不懈的斗争。

刘小忠作为一名普通的经济民警，在留路油田驻站达10余年。10年来，他像一个上满发条的钟表，和战友们一起夜以继日地奔波在百里油区，巡护着每一口油井，直至生命的最后一刻。

两个多月之后，我重新翻阅了在与不法分子搏斗中牺牲的刘小忠同志的档案和资料，倾听了他的战友们含泪断断续续的讲述，我理解了什么才配称之为精神。

——“只要能治理好油区环境，吃点苦，受点累，哪怕付出再大的代价，也是值得的……”

——“10年来，我工作在野外，战斗在一线，虽然生活条件艰苦，但我从来没有向困难低过头……”

——“面对一次次不法分子的威胁利诱，围攻殴打，我没有一次退缩，我的工作就是与偷油盗电的不法分子作斗争……”

这不是一两句口号，不是社会流行色，它已经变成一个人的实际行动，成为一种精神，成了至高无上的信仰和气节。白纸黑字，剖肝沥胆，不需要任何东西去装饰。

那么，让我们开始重新复读一个普通的油田经济民警写就的人生作品吧。

刘小忠，出生在四川省武胜县。在中学时代，雷锋等一批英雄人物就在他心灵中留下了不可磨灭的英雄情结，成为他崇拜的偶像，使他养成了一种勇敢坚毅、爱憎分明的性格。1985 年入伍后，多次在执行任务中表现突出，受到部队的表扬和嘉奖。1989 年复员，他来到华北油田采油三厂成为一名经济民警，也就是从那时起，他全身心地投入到反偷油盗电第一线，立志要为油田贡献自己的一切。他先后在 9 个民警驻站点常年驻守，一干就是 10 年。10 年中，刘小忠与战友一起，先后抓获不法分子 239 人，摧毁犯罪团伙 45 个，缴获偷油车辆 130 多台，为油田挽回经济损失 200 多万元。

10 年，就像是一条路，一条让刘小忠越走越顽强、越勇敢的人生之路。

故事之一

1992 年的夏日，烈日当头，刘小忠像往常一样与 3 名同志巡逻在留路油区。

当他们拖着疲惫的脚步走到离留 62-30 井不远的地方，突然发现有 5 名不法分子正在井上盗放原油，刘小忠当即与另外两名同志大吼一声，冲了上去。这是一伙经常活跃在油区的惯犯，见到刘小忠他们冲了上来并不惊慌，一个带头的嬉皮笑脸地用胳膊捅了一下刘小忠道：

“师傅，行个方便，我们不会亏待你的，你也该给自己留条后路吧！”

“少来这一套，跟我走！”

刘小忠斩钉截铁地回答。不法分子见软的不行，又开始煽动正在附近种地的村民，一伙手持锄头、木棒的村民气势汹汹地赶来，开始向刘小忠他们围攻。小忠眼看自己和战友面临危险，抢先一步大声喝道：

“有种的，冲我来！”

“打死他！”

不法分子龇牙咧嘴，挥舞着锄头、木棒嚣张地叫着，势头转向了刘小忠。小忠左躲右闪奋力抵抗，最后还是被两根木棒重重砸在了头上，一阵天昏地转，倒在了地上……殷红的血，渗进了阳光下的土地……

小忠被战友救出送往医院时仍昏迷不醒，经检查确诊为脑震荡。但是小忠醒来后，仅仅只在医院住了3天，就又匆匆返回了驻站点。

【采访手记之一】当死亡的阴影逼来的时候，每个人都会产生恐惧心理，但是刘小忠没有畏缩，没有临阵而退，而是能够置死尽职，这就是一种用坚强的信念支撑下的气节。刘小忠身上没有一块软骨！

故事之二

1994年10月的一天，刘小忠外出巡线至献县河堤村时，发现了一辆装满原油的偷油车，经过与不法分子的搏斗，小忠将此车缴获并迅速开回了驻站点。

然而，盗油的不法分子很快就煽动起近百名不明真相的村民，他们拿着棍棒、砖头把留417站团团围住，有的爬上墙头企图翻墙而入，情况危急，局势难以控制。这时，小忠一边镇定地暗中示意战友去打电话请求支援，一边挺身而出断然喝道：

“谁要敢再闹事，一切后果自负！”

话音刚落，一块砖头迎面飞来砸在他的肩上，小忠一踉跄，强忍着疼痛又站直了身子，继续说服闹事的村民，希望使一些来起哄的村民明白真相，尽量避免正面冲突，减少不必要的麻烦和损失。

在小忠义正严词的耐心说服下，一些参与围攻的村民开始陆续散开、离去，少数不法分子做贼心虚，有些手足无措了，最终见目的难以达到，只得弃车而逃……

【采访手记之二】小忠，也许你本身就是一棵挺拔的采油树，无论有没有雨水的滋润，你都会活出自己的枝、自己的叶，在留路百里油区和自己的战友一道长成茁壮的防护林……

故事之三

1995 年 7 月 13 日上午。刘小忠从沧州探望父母后，乘交通车返回留 417 驻站点。多年的反偷油盗电工作养成的职业习惯，使他下意识地注视着公路上过往的车辆。

当交通车行至沧保路沙河镇路段时，一辆向东行驶的东风汽车与他一晃而过的刹那间，他看到被红蓝相间的纤维布围得严严实实的车身上，有一种黑色的液体浸透出来。他心中一动：

“原油盗运车！”

“不行！决不能让不法分子从我眼前逃脱！”想到这里，他立马让交通车司机停车，迅速跳下来，搭了一辆出租车朝盗油车追去。很快就追上了那辆东风车，并拦截了下来，倒运原油的司机一看情况不妙，抄起一把扳手朝刘小忠抡来，说时迟，那时快。小忠抢上前死死抓住不法分子的手，将他按倒在驾驶室里，动弹不得。最后，被小忠连人带车一起押回了驻地。

【采访手记之三】当我听完这件很有传奇色彩的故事，不禁心头陡然一震：一个人，是什么让他对自己的工作达到如此痴迷的程度？我知道，这时去做任何具体的猜想已没有意义，因为这就是一种精神气，一旦输入一个人的血脉，还有什么能阻止他的脚步呢？

故事之四

1999 年 1 月，一个寒冷的夜晚。刘小忠带领两名民警埋伏在一个村子的路口。

21 点左右，一辆“三马子”开了过来，车是一个男人开的，车上装满了蔬菜，一个女人盖着被子坐在菜上。车子干干净净，没有半点原油的痕迹。当车子从他们跟前开出几十米远，大家都以为没什么事的时候，小忠突然一声令下："快追！截住'三马子'！"

他们追上"三马子"掀开被子一看，蔬菜底下果真装的全是原油。这对夫妻，想趁天黑用改造的"三马子"偷运原油，结果人赃俱获。

事后，大家问小忠是怎么知道车里装的是原油，小忠淡淡一笑说：

"'三马子'从身边开过去时，我发现车上的女人神色慌张，还不停地回头张望，有点不对劲，凭直觉，我判断可能有问题。"

【采访手记之四】也许小忠太爱这油区了，他的眼睛容不下一丝灰尘……

我不能再这样断续讲述了，就像小忠生前的一个战友呜咽着对我说的那样："我实在不愿一一回忆了，那是10年啊，10年都把自己献给了油田的兄长啊！想起他，想起那些故事，我的心会产生撕裂性的疼痛。"

我一直忘不了这位年轻民警在讲述时痛苦的表情……

情怀：为什么你的眼里常含满泪水

"为什么我的眼里常含满泪水，因为我对这土地爱得深沉。"

这是一种境界。

小忠作为在偷油盗电"重灾区"里摸爬滚打的一名石油经济民警，他把根扎在了小站，把爱留在了小站；作为一个有着七情六欲的普通石油人，在巡井的闲暇，在夜深人静的时候，他想家，非常想，想多病的父亲和年迈的母亲，想瘦弱的妻子和可爱的儿子，这些都会给他带来一丝淡淡的温馨，一份遥远的想念和牵挂。

但是，在事业和亲情、爱情的天平上，他选择了事业。这是作为一个人生存在这个世上最难以超越的东西，小忠做到了。并且在这种超越之中，他找到了人生的重量。

他眼中的泪水，每一颗都沉甸甸的，每一滴，都是他为之舍身的石油。

第一颗泪水：献给父亲

这是一颗悲痛的泪水。

1998 年元旦前夕，小忠久病卧床的父亲病情加剧。老人多想让儿子在病床前待上两天啊，但是，老人的愿望没有实现。当时，小忠正带领着战友们为摧毁一个盗油团伙，已连续蹲坑伏击了 7 天，直到第 7 个晚上将林河乡这个盗油团伙打掉，小忠才匆匆赶回家。

可是，小忠的父亲已经去世两天了，他悲痛欲绝，在父亲的灵前把心中的愧疚化作了一声声痛哭，久久跪地不起。

父亲的去世对小忠的打击是巨大的。就是这样，他在料理完父亲后事的第二天，便含泪回到了站上，心中的悲痛，让他把更大的精力投入到了工作中……

【采访手记之五】我想，小忠一定相信父亲会理解他的。一个老石油离开了这个世界，但能留下这样一个儿子，就什么都留下了。

第二颗泪水：献给母亲

这是一颗愧疚的泪水。

小忠父亲去世后，他的母亲孤身一人住在沧州。小忠的哥哥在一次事故中因公致残，并且远在大港，妹妹还是待业青年。在母亲的眼里，小忠无疑是这个家的顶梁柱，能经常见到儿子，成了老人的精神安慰和寄托。

小忠理解母亲的心思。每到轮休时，他都要去沧州看看母亲，陪母亲看看病，聊聊天，干干家里的体力活。临走时，再给母亲放下些钱，来弥补一下心中的那一份歉意。

但是，一遇到不法分子偷油盗电猖狂的时候，他又顾不上了，只能在心底默默地念叨几声：

“妈妈，儿子对不起您了！”

【采访手记之六】在所有母亲的心里，孩子的重要意义无可替代。小忠母亲常常站在家门前远远地望着，老人望见了什么呢……

第三颗泪水：献给妻子

这是一颗藏在内心的泪水。

小忠 1995 年与在任丘工作的周艳梅结为夫妻，一个是经济民警，一个是售货员，两地分居，道不尽彼此的牵挂。

周艳梅是个瘦弱却很坚强的女人，也可能正是这一点她理解并支持了刘小忠。她可能永远不会知道，正是她的甘苦、她的付出成全了丈夫，使小忠在人生的道路上活出了自己的重量。

采访中，我听到了这样一个故事：

1996 年夏天，路 15 这个偏远的小站上走进了一个挺着大肚子的孕妇，来探望她的丈夫。她就是刘小忠的妻子周艳梅。

艳梅休产假了，在这个家里，一个小生命就要诞生了，她既高兴，又有些紧张，她多想和丈夫说说心里话呀。于是，她打电话想让小忠回来几天，可那几天站上事情特别多，小忠为难地说："你不是休假了吗，干脆到我这里来吧，这样什么也不耽误。"

这样，周艳梅就挺着肚子，从任丘坐了 3 个多小时的车，来到了偏僻的路 15 驻站点。

当小忠和战友们巡线回来时，艳梅已经在站上等了 4 个多小时，又累又饿的艳梅一见小忠，眼泪立刻就流了下来：

"你不知道我要来？你心里还有没有我？给我找车，我要回去！"

小忠把赌气的艳梅扶进屋，泡了一碗方便面，哄了半天。消了气的艳梅一看到丈夫瘦削、劳累的脸，忍不住又一阵心疼扑进小忠的怀里抽泣起来……

晚上，艳梅正想和丈夫说一说他们的小宝宝，扭头一看，小忠已进入梦乡。第二天早上，艳梅醒来发现丈夫已不在身边，床头柜上留了一张纸条，上面写着：

“艳梅，实在对不起你，晚上有任务，等我天亮回来再好好陪你。小忠留。”

周艳梅知道想和小忠说说话的想法又落空了，谁知道他啥时候才会有工夫。她起身把屋子收拾干净，也写了张纸条，本来艳梅还想赌气写一两句硬话，再想想，写了也白写，就匆匆留了几句：

“我回去了，家里不用你惦记，不过，自己的身体可要注意呀！艳梅留。”之后就搭车返回了任丘。

【采访手记之七】小忠，作为丈夫你是一座山，而又不能是靠山，因为你不能不爱岗，不能不敬业……艳梅，作为妻子，在没有靠山的日子里，你留给自己的苦痛，小忠怎会不知？

第四颗泪水：献给儿子

这是一颗慈爱的泪水。

1997 年春节前，小忠回到了家里，那时孩子已出生 3 天了，小忠看到儿子又亲又抱。之后的几年里，他每次回家都让儿子小鑫辰骑在自己脖子上，满屋地转圈。他想：

“一个月才见这么两天面，该让儿子高兴高兴。”

这是刘小忠一生幸福的时刻，然而连这一刻都那么短暂，都不可挽回地逝去了。

1999 年 2 月 7 日是小鑫辰两周岁生日，周艳梅想让小忠回来一块照张全家福，但想不到这竟成了这个家庭永久的遗憾。

在刘小忠追悼会上，小鑫辰望着躺在鲜花翠柏丛中的爸爸。天真地对妈妈说：

“爸爸是不是睡着了，我要让爸爸跟我玩会儿……”

但是，爸爸再也不会陪着他玩，再不会驮着他转圈了。

【采访手记之八】小鑫辰，我的心为你疼得流血，大家的心为你疼得流血啊！

第五颗泪水：献给小忠

这是一颗热腾腾的泪水。

10年，刘小忠默默地把苦涩的泪水独自咽进肚子，把爱献给朝夕相处的战友，然后独自一人走了。

驻站班有五六个小伙子，大家整日面对寂寞，共同面对危险，战友们待在一起的时间，比同家人待在一起的时间要多上许多。大家称呼小忠为“刘哥”，小忠也通过自己几年来经历的风风雨雨，理解大家离开父母、妻儿的内心情感，他真正像一个兄长，用爱抚慰着战友们的心。

小忠在部队服役时就是卫生员，哪个班员身体不舒服，他都自己掏钱，到附近的卫生院买药。每次巡线下来，大家疲惫不堪，懒得吃东西，这时，都是小忠不顾疲劳给战友做上可口的饭菜。每当站上来了探亲的家属，最忙的还是小忠，他会摆上最丰盛的酒菜，用家一般的温馨，打消家属们的顾虑，让他们安心离开……

就这样，小忠，你让那些战友们紧紧闭起眼睛，还会有泪水流出来。

【采访手记之九】这是一个流泪的夜晚。小忠的泪，许多人的泪，还有我手中的这支笔……跟着小忠，我学会了一步一步地走路。我明白了什么叫真正的情怀。

英雄，不是靠强力称雄的人，而是在生命紧要关口敢于站出来，在正义的天平上称一称自己重量的人。

1999年2月11—17日，是刘小忠短暂人生的最后6天。

这6天让一个普通的生命悲壮起来；这6天让活着的人，怆然而泣下；这6天让那些曾经猖狂的鼠辈终生不得安宁；这6天用鲜血定义了英雄这个光荣的词汇！

第一天：2月11日

腊月二十六，节日的气息已经越来越浓了，这天小忠回到了任丘。

艳梅看到小忠回来了，心中一喜，心想结婚以来还没有在一起过过年呢，今年一家人总算可以过个囫囵年了。谁料想，小忠进门的头一句话就是：

“队上刚刚换防，我回来看看你们明天就走。”

“你……你……”

艳梅不等他说完就急了，半天说不出一句完整的话，眼里泪珠在打转儿。

“你平时忙回不来就算了，可大过年的，你就忍心扔下我们娘俩？你以后再不要回来了！”

“我不是说了吗，刚换防，我回家过年把别人留下，那还叫啥班长？”

小忠赶忙解释。其实，单位领导考虑到他10年来还没有在家过过年，就想让他这次回家过完年再回来，可在回来之前，小忠拿定主意，第二天就回驻站点。

就在第二天凌晨3点多钟，艳梅突然肚子疼痛起来，浑身直冒虚汗。小忠急忙背上妻子，深一脚浅一脚赶奔二部医院。经检查，艳梅患的是胆结石，大夫建议尽快住院手术。

艳梅倒没怎么在意自己的病，躺在病床上倒是暗暗想道：

“看你今天怎么回去！”

可就在艳梅为自己突然得病而能挽留住丈夫有些欣慰的时候，小忠在向大夫仔细询问了病情之后，怀着不安和歉疚：

“先输液吧，缓几天大夫说问题不大，我初六就回来，一定回来，好好陪你看病。”

周艳梅盯着小忠的脸，半晌没有言语，眼眶里重新蓄满了泪水……

这样，在别人匆匆回家过年的脚步声中，周艳梅眼睁睁望着丈夫走远了……

【采访手记之十】周艳梅怎么会相信，这就是丈夫告别世界、告别亲人、告别 32 岁的生死之行，这是一种怎样的方式啊？

第二天至第五天：2 月 12 — 16 日

2 月 12 日，腊月二十七。小忠告别病中的妻子，如期返回留 17 驻站点。

小忠在长期的工作中，摸清了一些盗油不法分子的心理，越是逢年过节，盗油活动就越猖獗，所以，每逢节日假期他都要加密巡逻次数，否则，他心里不安，睡觉也不踏实。果不其然，在他返回的当天上午，就和战友在高庄附近抓获了一名偷油不法分子。

2 月 13 日，腊月二十八。留 17–1 井因小孩在井场燃放爆竹引起火灾，被小忠发现，并和战友一起迅速扑灭大火，避免了一场井毁事故……

2 月 14 日，腊月二十九。小忠与战友白天巡逻，夜晚蹲坑，这是平静的一天，他们未发现异常情况……

2 月 15 日，腊月三十。这天晚上，小忠没有坐在电视机前感受一下节日的气氛，他带领战友一直巡逻到第二天早晨，也就是 2 月 16 日，即大年初一。他们抓获了 3 名偷油不法分子……

【采访手记之十一】当写到这里，我的笔开始有些难以把握了，我知道离那一场最后的诀别已经不远了……

最后一天：2 月 17 日

2 月 17 日，大年初二下午 4 点 30 分。巡井之后回到驻地。

小忠看着大伙又累又乏的样子，就想过年这几天，大家吃没吃好，玩没玩好，就下厨为战友炒了几个拿手菜，随后招呼大家：“你们先吃吧，我和老方出去转一圈，我琢磨着不法分子可能会在我们吃饭的间隙偷油。”

随后，他叫上司机方仲亭驱车开始在油区巡逻。5 点 30 分。生与死的焦点，已经在不知不觉中向小忠逼近……

当车行驶到献县段村乡高庄，他们遇见了两辆盗运原油的“三马子”正向东行驶。小忠催促方仲亭开足马力，驱车追赶，不一会工夫，就追上了其中的一辆。原来这伙盗油的不法分子，看到小忠他们已经巡逻回去，又到吃饭的时间了，所以又溜到井场，偷放了两车油后仓皇撤离，万没有想到小忠他们又折了回来。

小忠和方仲亭没用多长时间就制服了这辆车的司机，正当他们准备继续追击另一辆车时，后面有五六个骑摩托车、自行车的不法分子赶了上来，把刘小忠围在中间，威胁他交回“三马子”。手无寸铁的小忠毫无惧色，坚决拒绝了他们的要求，并对他们展开说理斗争。不法分子气急败坏，揪住刘小忠的衣领大打出手，一名浑身沾满原油的歹徒也恼羞成怒，恶狠狠地叫道：

“你不放车，老子就给你放血！”

猛地从腰间抽出一把 20 多厘米长的尖刀，向小忠刺去，小忠猝不及防，被刺中左胸。

小忠捂着鲜血直流的胸口，一边死死抓住凶手的衣角，一边示意方仲亭用车载电台喊人接应。穷凶极恶的凶手见状，慌忙甩开刘小忠，又持刀扑向方仲亭……

此时，小忠身上的迷彩服已被鲜血浸透，但仍捂着胸口跌跌撞撞向歹徒冲去……1 米、2 米、4 米……在大约 6 米远的地方小忠一头栽倒在地。6 米中，留下的那 10 多个带血的脚印，是那样深刻、醒目！

热血染红了泥土，一颗良心将永远营养着百里油区！

肃穆的采油树，在向他立正，敬礼……

问苍茫大地，大地无语……

【采访手记之十二】当我们再次向方仲亭采访时，他说：“还讲什么呢，刘兄弟都走两个多月了……”之后是长时间的沉默，他不看我们，两眼盯着天花板，轻轻咬着下唇，看得出他想努力地控制住自己的感情。但，我们分明听到了方仲亭这个壮实的大汉断断续续的哭声……

致敬：血，永远是热的，永远不会断流

小忠走了，一个好兄弟远离了我们，他留下的唯一的遗物是一份没来得及交上去的工作总结，那是一份奇特的总结，透着对油区的热爱和对亲人的祝愿。除此之外，他没有留下任何遗言，英雄不需要遗言！他留下的空白，将会有无数个小忠填补进来。石油人的血永远是热的，永远不会断流！

两个月以来，在这块土地上，人们用各种形式表达对刘小忠的悼念和赞美：

2 月 24 日。采油三厂作出了《关于开展向刘小忠同志学习活动的决定》，并成立了刘小忠同志事迹报告团，在全厂巡回演讲，号召全厂干部职工、家属、师生学习他“不畏强暴，不惧邪恶的献身精神；任劳任怨、忘我工作的敬业精神；心系油田，爱厂如家的主人翁精神”。这种从生死中提炼出的精神，成了一个企业的精神，它的重量是无法比拟的。

2 月 25 日。刘小忠追悼大会。任丘会战道上没有了往日的喧闹，大大小小的车辆不再抢道，上百名经济民警举起手臂，为小忠路祭。灵车走过，哀乐相随，一个油田为自己的好儿子送行。

3 月 15 日。中国石油天然气集团公司党组成员政治思想工作部主任李克成作出批示：“建议综治办与油田公安处党委、油田党委研究，追认刘小忠同志荣誉称号，并在油田、集团公司公安、保卫系统和集团公司宣传刘小忠同志的事迹。”

4月5日。河北省公安厅发布命令，追记刘小忠同志一等功。

4月21日。中共华北石油管理局委员会、华北石油管理局下发《关于授予刘小忠“油田忠诚卫士”荣誉称号暨开展向刘小忠同志学习活动的决定》；召开刘小忠事迹报告会，并将在全局范围内做巡回演讲。

同时，采油三厂和其他单位自发开展向刘小忠家庭救助捐款活动，人们默默地送来自己的一份心意，没有人留下姓名……

大地依然无语。

我们虽然目睹了一个普通石油人短暂的生命过程，但他生命的重量还需要在今后的日子里，让我们在内心一遍一遍地感受。

小忠不朽!

胡杨·月亮·七天七夜

马　镇

我来到塔里木时，这里早已成为中国的热点，记者云集，像过筛子一样捞取着各色新闻，可我还是自信再有几倍的文人张网劳作，也取不走这里的所有故事。从库尔勒驱车200千米到轮南石油会战前线，很快便遇到了他。

他叫李庆虎，是华北钻井公司运输队的司机。“你累了吧？”他憨憨地一笑：“这算啥，会战初我曾两天跑了2000千米，困在沼泽地里7天7夜没出来。”

职业感令我周身一爽，忙不迭地催他讲讲。他说他还没向任何人详摆过这段龙门阵，我说那听起来才入迷。于是他讲起来——

那是会战初期，我们刚来塔里木不久，一天运输队接到指挥部的命令，塔中1井急需一套固井压封机，要尽快送到。这口井在安迪尔附近的沙漠中，看看地图你就知道了。从库尔勒出发要绕盆地大半圈，足有2500千米。可这是会战，就像上辈人打仗，限你几时急行军赶到战场，你能不执行？指挥部点名要身强力壮的好司机，我是多年模范安全标兵，领导点了我。还有一个副手是李荣振，朝鲜族人，比我小5岁。

你问干啥不从东边走？从东边绕只用600千米不假，可没路，地图上标着有，进去就傻眼。

头一天朝西赶到喀什，整整1000千米。第二天顺盆地西向南又向东拐，到和田又是700多千米。不敢再多跑，不好好睡一觉非出事不可。

前边都是土路，驾着五十铃车把五脏六腑都快颠出来了。过了民丰县还有 200 千米，我俩松快了。走出 50 千米，眼前豁地出现了一片绿茵茵的草地，看腻了灰黄色，这绿让人心都变柔了。谁想开到眼前才发现这是一片沼泽地，路全被昆仑山下来的洪水冲垮了。

任务急，令我俩失去了理智，油门一轰硬冲了进去。只走出几百米，便陷到泥里。

只知道塔里木有戈壁沙漠，哪想到还有沼泽？连把锹都没带，只好用手抠轮下的泥。忙到天黑，手指头磨出了血，车还是越陷越深。我只好让小李看车，截了辆车回民丰县交通局请求支援。

听司机讲这几天正是昆仑山雪水融化发山洪的日子，向东走很难过去。到民丰县，我给基地挂个电话，介绍了情况。队长很严肃地说：设备不运进去，井就无法打。这是会战的第一口井，再困难也要冲过去。这算是接到了生死牌，闯吧！

人家维吾尔族人就是心地淳朴，听我刚介绍完情况，交通局局长立即组织车辆。可能是支援油田的事由民政局管吧，民政局局长也闻讯赶来了。“我们一定要让北京来的同志开过去。”他一见面便操着生硬的普通话对我说。这里把石油人都说成是北京来的，让人听了就感到温暖。

交通局局长和民政局局长跟我一起坐车赶到沼泽地。两位局长脱下鞋先看看情况，随后又挽上裤腿到冰冷的泥水里捞石头垫车，这让我感动得差点儿流下泪。我急，人家和咱一起急。塔里木会战的确成了维汉人民共同的事业了。

车拖出来后，交通局局长又让救援的拖拉机护着我们跑了 3 千米，看看前边的路还行，便请司机回了。我连声向这位维吾尔族司机道谢，他听不懂我的话，只默默地点点头，然后向回路开去。一阵冷风吹来，很冷，可在这沉寂冷漠的荒原中我感到了人间的温暖。

我一生的厄难怕都要落在这片沼泽地上了。天亮后，我们颤颤巍巍地在似有似无的道路上慢慢地行驶着。前面沙漠影影绰绰地浮现在天际，算来再有百十千米就到塔中1井了。李荣振握着方向盘朝我一瞥一笑，他递过来的这份高兴还没等我回报，车“轰”的一声竟又陷到地下。原来路看上去是干的，底下都是泥粥。

我俩唾骂着，赤手空拳地在车轮下抠那倒霉的泥，手指疼得不敢碰东西，依旧屁事不顶。

远远地望见有放牧的牧民，我像看到了救星，不顾一切地朝牧民跑去，一边跑一边招手。牧民骑马跑过来，我打手势告诉他，希望他帮忙找一辆车将这辆陷在泥里的车拖出来。不料想，这牧民精通汉语，竟意外地告诉我，沙漠边上有石油的人。我猜不到是哪部分的队伍，但这也够我兴奋的了。朋友，我对他说，帮帮忙吧。他肃然地瞪着我，硬邦邦地说了句，好！便打马放缰朝沙漠奔去。维吾尔族人帮助朋友时是从不露笑的，这更见朋友的真诚。

天渐渐暗下来。一天没吃饭了，李荣振闭眼仰在驾驶室里。我知道他很饿，他沉默是因为感到我比他辛苦。他是个内向的人。

月亮升起来的时候，那位维族兄弟回来了。他的坐骑咻咻直喘。他告诉了我们一个绝望的消息：一辆在沙漠里跑的大钻辘车来救你们，结果到草地边也陷进去了，连驾驶楼都看不见了。他比画着喊，他说的一定是沙漠车，那可是100万元一辆啊！连驾驶楼都陷没了，这可是为救我们。

我俩惊呆了，连维吾尔族牧民啥时离开的都不知道。想到队长的生死令，想到塔中1井弟兄们等设备的焦急心情，我俩豁出去了，借着月光先到芦苇塘里一人拔了两抱芦苇，然后忍着指痛抠轮后的泥。折腾到下半夜，车终于压着芦苇扭出来了。

我俩这次挺明智，没再往前开，想先回民丰县再请人家帮忙送过这片沼泽地。

月光很明亮，车两旁的景物看得很清。车灯先照到一辆陷到泥里的车，抬眼望去，前边是一块洼地，有 4 辆车的影子一动不动地静在那里，李荣振急忙刹了车，我跳下去看。

突然，耳边传来哗啦哗啦的声响，越来越近。静听是从山那边传来的，不久变成了隆隆声，像有千军万马一样压过来。是山洪！我脑中倏地映出那可怕的情景，陡然跳上车，大喊：“快，快向高处开！快向那棵大树开！爬树！”

我们爬上树时，四周已成汪洋，水声可怖地撼着人心。我们的车不见了车轮，洼地那几辆车不见了踪影。司机呢？

只有大树和月亮使我们感到了生命的存在。天色微明，月亮还没有落去，淡淡的圆盘像是在担忧我们的安危。

这是一棵胡杨，粗粗的，树皮龟裂斑驳，像已死亡，但冠上突兀地生出两支直直的杈，长满绿色的叶子，似是重萌的生命，撑着我们两个人。

洪水退下些，四周依旧是茫茫的水，水面浮着许多牲畜的尸体。洼地那几辆车也露出了骨架，像浮尸。远处传来长啸声，那是一个维吾尔族牧民跪在地下，朝着水面磕头祈祷。我们不禁感到一阵恐惧袭来。

辘辘饥肠使我意识到应该向那牧民讨些吃的。我招呼李荣振，不顾一切地跳进水里边喊边向牧民奔去。水已齐胸，前边或许没顶，活下去的欲望使我顾不了太多了。

维吾尔族牧民默默地听完我们的叙说，点点头，回身从马褡裢里取出 3 瓶橘罐头，然后又捧出一捧核桃，我赶紧脱下衣服接住。他再捧，又捧，直到褡裢空了。我掏出钱给他，他看看钱，似是在思考，但终于收下，随后上马默默地踏着水花走了。

我们在车厢上先打开一瓶罐头狼吞下去，然后又用扳手砸核桃。肚子太空，越吃越饿。突然李荣振住手了，我也住了手，我俩面面相觑，不约而同地放下扳手。得省着吃，每个核桃都是我们的一份希望。躺下吧，我说，少动能省体力。我们分两边在设备与车厢板的缝隙间躺下。太阳出来了，很暖和，我们再也抵不住困乏，很快就睡着了。

太阳落山时，我们睁眼躺着。李荣振扔给我一个核桃，我一口咬碎慢慢地剥，慢慢地嚼。暮色渐浓，胡杨沉到夜幕中，“晚穿皮袄午穿纱”，现在冷了。我们骂着这鬼天气，钻进了驾驶室，还是冷。

月亮升起来，胡杨露出了很美的影子。我俩静静地望着月亮。你在想什么？我问。想老婆孩子，现在他们一定正坐在沙发上看电视呢。他的确把车窗当电视了。你呢？也想。还有呢？这套设备，人家等着呢，这可是会战的头一口井。他们能找着咱们吗？

骤然间从山那边又传来昨夜的那种水声。朝南望去，月光下白白的水头呼呼地涌来。有胡杨在，我们没慌，爬到车厢上，只觉得车身微微一颤，水头过去了，没了半个轮胎。

接连几天都是这样，洪水白天退，半夜来。我们习以为常，便不再蹿下跳上，水声再响，也只抱着肩，打着牙颤看月亮。

不是没有想过乘着水退弃车而走，但这是会战物资，丢下国家财产逃命，我们做不到，那太丢人。

第四天，水退去大半，变成有明显流向的一条条宽窄不一的河。我们的罐头吃完了，核桃也吃了大半。最要命的是我俩都闹上了肚子。李荣振比我厉害，肚子疼得直不起腰，空腹拉出来的是带血的点点稀水，可还是不停地拉，拉完了便爬上车厢躺着。

几时水退，几时有人来，我尽量不去想。我最大的乐趣就是一动不动地靠在车厢板上看胡杨，那支撑天宇的两支绿杈也支撑着我的生命。

《沙家浜》中有 18 棵青松，这儿有一棵胡杨，联想起来多有意思。那几位伤病员饿了吃芦根。对了，这儿也有芦苇。我想尝尝，可没力气。不能这么熬着，越熬越没力气，越熬越起不来。得活下去，像荒漠中的这棵胡杨一样。我挣扎着爬下车，到芦苇丛中拔了两棵，将根放到水中涮了涮。饿得发慌，手直颤，将芦根往嘴里送时很吃力。我咬住了芦根，一股甘甜的快感嗖地流遍全身。我精神一振，一气拔了一大把，洗干净后兴奋地爬上车。给，嚼嚼芦根顶饿，挺好吃的。我将我的发现告诉李荣振。

我俩有了代食品，也有了消磨时间的东西。躺着嚼芦根，品过味儿，才知道开始时的甜是饿的，嚼得时间长了，苦涩便越来越浓，但还是嚼，直到太阳落山才砸几个核桃吃。

寒气又袭来。我俩紧紧靠在一起，头昏、肚子疼。眼睛怔怔地望着夜空，是在盼月亮，那是支撑我们度过夜晚的力量。

李荣振又落泪了，他说他想家，老婆孩子也不知能不能再看到了。我安慰他，咱们有芦根、有水、有空气，还有几个核桃，比埋在煤巷里、困在大海上强多了，再说，塔里木该做的事还没做，怎么会完?

月亮终于露出了脸，旷野又像蒙着纱一样呈现在眼帘下。我们不再说话。

最可喜的是这一夜没听到山水声。

第七个夜晚真难熬，浑身像失去知觉，我昏沉沉地瘫在驾驶室内。手里攥着剩下的两个核桃，已没有了饥饿感，不再想吃它，也不感到冷，整个身子沉到了不知所然的境地。只有月亮令我觉得还活着。

不知过了多久，我感到眼球有些灼热，睁开眼，太阳出来了。我的心头一颤，只见水完全退去了。

惺眼朦胧间，蓦然听到拖拉机声。我兴奋地推一把昏睡的李荣振，然后推开车门爬上车厢朝远处眺望。南边晃动着几个黑色影子，北面也晃动着几个黑色的影子……我们得救了。我们已触到了死神的手，却又这么突然地抛开了它。

后来呢?到塔中1井后，吃了顿饭，睡了一觉，又往回返。就这么简单，你一定把这当大事了，但是会战初期这样的事多了，没人注意它。不过，回到单位，领导奖给我俩每人300元钱。谁也不会为了300块钱这么卖命，这是一种激励，肯定了我们遇难时的表现，这就足够了。还有呢?我忘不了荒野中的那胡杨，那月亮……

啊，胡杨，月亮。

这不就是可敬可佩的塔里木石油人？！

这不就是不熄的生命之烛？！

大草原作证

韩元涛

人如果拥有了自己的事业，便拥有了自己的品格。

——题记

采访白萧，我有两个最深切的感觉：一是我的思绪常常被拉回到 50 年代末 60 年代初的氛围之中。我在想，正是那火红的年代，锻造了一批不屈不挠、勇于攀登和无私奉献的灵魂。二是近几年被一些人贬斥为已过时的词语——大公无私、艰苦朴素、吃苦在先、享受在后等——不时在脑海里闪烁。因为，在白萧的身上，这些词语不仅有着完整的意义，而且已构成她品格的基石。我所接触到的人，谈到白萧无不感到这位女矿长可敬、可亲，但却举不出我们所需要的“闪光”的事例。或许，这正印证了古人的一句话：常居幽兰之室而不闻其香。他们说：“她天天都是这样做的。”

白萧说：我没有烦恼，只有担心
基层队干部说：白矿长抓工作一是严，二是细，但年轻人却亲切地喊她“白阿姨”

这里是一望无际的锡林郭勒大草原，这是块不安分的土地。曾几何时，这里刀兵逐鹿，狼烟四起，一代天骄成吉思汗，弯弓射雕。牧歌般的生活和马背上民族的雄风，幻化出无数英雄的史诗和神话故事。但是后来，历史沉寂了，只剩下一首“天苍苍，野茫茫，风吹草低见牛羊”的《敕勒川》

民歌，在广阔的草原上悠长地回荡。

大规模的工业文明终于到来了，1988年，按照中国石油天然气总公司的指示，华北油田上万名职工挥师北上，从冀中平原开赴草原腹地，树起井架，开动了钻机，白萧这位年逾不惑的女性，带着和年轻人一样的激情，告别了70多岁的老母和两个正在读书的女儿，与丈夫一起来到了这风卷雪涌的草原上。1990年，年产100万吨原油的二连油田，浸着石油工人的血汗诞生了。许多参战职工，带着胜利的微笑凯旋而去，白萧却留了下来，那一年她被任命为阿尔善油矿矿长。

白萧并没有为矿长的头衔感到春风得意，相反却体会到肩上的担子的分量。

阿尔善油矿地处海拔1200多米的高寒区。牧歌般的景色与令人谈之色变的风雪严寒，像一对亲昵的孪生兄弟并肩而行。一年四季，这里无霜期只有70天左右。冬季狂风肆虐，大雪飞舞，冻土层厚达3米，给油田生产带来难以想象的困难。

条件艰苦，环境恶劣还在其次，更严峻的是1000多人的油矿，由11个民族组成，平均年龄只有24.5岁，1988年以来参加工作的人占90%以上，具有大专以上文化程度的不足50名。队伍年轻、技术素质低，严重制约着油矿的长远发展。况且，这个年产100万吨原油的矿已成为祖国石油工业“稳定东部、发展西部”总棋盘上一枚重要的棋子，如果保不住油田稳产，自己何以见江东父老，何以向组织上交代。

天性好强的白萧，相信没有过不去的“火焰山”。她从工作的时间表上，彻底抹去了“八小时”的概念。白天，她奔波于井站，手把手地教新工人操作规程，滔滔不绝地讲工艺流程。晚上，她又把他们组织在一起，向他们讲授采油泵的工作原理、事故的处理方法。时光送走了无数个不眠之夜，工人们技术和管理水平日渐提高，油田生产日趋平稳，白萧却累倒了，高烧39摄氏度，头晕眼花。爱人老王心急如焚地要送她到医院，白萧却说："你要理解我，就替我到医院拿点药吧，千万别说我病了。"老王拗她不过，只得到医院取药。谁知老王刚一转身，她又跑到井站去了。老王深知妻子的性格，无奈地叹息："她真是不要命了。"

疾病却并不为白萧忘我的工作态度所感动。最后，她连起床的力气都没有了，才不得不到医院输液。工人们说："白矿长，你这样玩命地工作，不感到累吗？"白萧深有感触地说："我从来就没有累的感觉，有的只是担心，担心咱们完不成生产任务啊！"

责任感使白萧全身心地投入工作之中。常为白萧开车的司机都知道，白矿长和人谈得最多的就是生产。有一次，一位司机送她回任丘休假，一上车就首先声明："白矿长，咱们今天在路上换个话题，不谈生产行不行？""行。"白萧爽快地答应。可是车没开出去多远，白萧不知不觉把话题又引到油矿的生产上，司机及时提醒："白矿长，又走题了吧？"说完两人都笑了起来。白萧不好意思地说："我脑子里尽这些东西，赶不走啊！"

白萧对工作要求严，在油矿是出了名的。基层队干部对她在管理上的评价一是严，二是细。无论是大雪纷飞、严寒逼人的冬天，还是大雨滂沱的夏天，无论是中午，还是夜晚，她都会冷不丁地出现在井站上，查看劳动纪律。一位女工上班织毛衣，被她抓住了，她毫不犹豫地作出决定，宣布这位女工"待岗"。这位女工三番五次地托人求情，想搞下不为例。白萧不容置疑地对那位女工说："你找谁也没用。我是矿长，如果矿长抓住了违反劳动纪律的都不管，今后还有谁会管这样的事呢？"

说到白萧工作的细，许多人敬佩不已。她甚至能说出每一口油井的产量，每一条油管线的走向，每一个计配站有几个主要阀门。1989 年秋天，哈南联合站计配间的一个阀门刺漏，高压油气流呼啸而出，整个计配间油气弥漫。人们一连几次冲进去，试图关闭阀门，都未能摸到准确的位置。这时白萧赶来了，她冒着被毒气熏倒的危险，冲进房间，准确无误地找到了阀门，制止了险情。在场的工人们看着被气体熏倒在门口的白萧，敬佩之情油然而生。

在年轻人的心里，白萧不仅是位严厉的矿长，而且是位可敬可亲的阿姨。矿办的小田病了，她把热腾腾的饭菜给他端到床前。采油队的小赵住院了，她带着慰问品来到医院，抱歉地说："小赵，我不知你前天已住院了，现在才来看你，真对不起了啊！"

白萧又忙碌去了。住院的小赵却怎么也躺不住了："我得赶快出院上班，不能让白阿姨老惦记着我。"

执意要住 7 块钱的客房
从美国带回几袋糖
丈夫没办法只得和她分灶吃饭

工作上高标准，生活上低要求，是白萧所恪守的生活信条，多少年来，她不仅把这一信条传给了家庭的每一个成员，而且也带给了油矿。

那是 1991 年 10 月，白萧和矿人事科长等 3 名同志乘一辆车回任丘办事，车赶到河北怀来县天已经很晚了，她和同行的同志决定住在怀来县一个招待所里。矿人事科长和两名男同志住在每人 20 元的客房里，给她登记了 50 元一宿的"高间"，当白萧得知还有 7 块钱一宿的女客房时，坚持退掉了"高间"，要求换通铺住。同行的人劝她说："你是矿长，住 60 元的房间可以报销，干吗非要几个人挤在一起活受罪呢？"白萧肃然回答："就住一晚上，又不办公，有张床就行了，为什么要住高间呢？"大家无奈，只得让她住在最低等的客房里。服务员被这位"老太太"闹得大惑不解，直嘟囔："还是什么矿长呢，真抠门儿！"

正是这"抠门儿"的举动，深深地烙印在人事科长的心里。时至今日，他提起这件事仍显得异常激动。他说："如果我们国家的每一位干部，都能像白矿长这样处处廉洁自律，想着为国家节约每一个'铜板'，我们还用得着反腐败吗？那个晚上，我一夜都在这么想，翻来覆去睡不着觉。"

白萧的节俭行为，对和她同行的几位同志所产生的效果是："自那以后，我们几个人不论到哪儿出差，都拣最便宜的旅馆和房间住。"

一个行动胜过一篇华美的言辞。白萧就是这样，用自己的行动影响着周围的同志，教育着自己的子女。

1993 年 10 月，为引进美国的油田自动化设备，二连公司派白萧到美国考察学习。临行前女儿说："妈妈，这次出国可要给我们带点洋玩意儿回来呀！"白萧未置可否地笑一笑。出国半个月，她先后到了旧金山、纽约、波士顿、洛杉矶这些美国工业发达的城市，密密麻麻记了两大本日记，唯独没到商店闲逛。女儿见妈妈兴致勃勃地提着大包回来了，以为真给她买回了洋货。然而，当白萧打开包时，翻出来的除书籍和笔记本，唯有几袋糖块。就是这几袋糖，白萧还不让女儿全拿走："留下两袋，我还要带回阿尔善分给矿上的同志们吃呢！"

女儿望着一脸认真的妈妈，无奈地说："您什么时候才能像别人那样，潇洒地走一回呢？"

其实，最了解白萧秉性的莫过于她的爱人老王。老王和白萧是大学时的同班同学，因替别人仗义执言，"文化大革命"中被揪斗，后来身体一直不好。1992 年，组织上为了照顾他，将他调到二连公司的前指机关。前指距白萧所在的油矿仅百米之遥，同事们都祝贺老王："这下你可以吃到白萧亲手做的热饭菜了。"然而，王老自知没有这个"福份"。白萧整天忙得连轴转，哪里顾得上老王。夫妻二人住在一起，一日三餐方便面。没出 10 天，老王只得请求："白萧，我们还是各吃各的食堂吧。"从此，老王跑到前指食堂就餐，白萧也拿上碗筷返回了油矿食堂。

在生活上，白萧对自己的要求近于苛刻。一个馒头，一碟菜，就是一顿饭；一件工衣一年四季不下身；而对于她的下属和年轻人，她却表现出了不同寻常的仁爱之心。工人生病了，她让车队派最好的车送他们到医院；当班工人的饭菜差了，她要亲自过问。难怪工人们都说："白矿长心里只装着别人，唯独没有关心过她自己。”

女儿说：“妈妈我对不住您。”白萧哭了
丈夫说：“我需要妻子，不是矿长”

或许，正像一位哲学家预言的那样，一个人品格完美无缺，恰恰会使他的人生变得不完美。白萧不无感慨地说：“如果回首往事，我最内疚的就是愧对丈夫、女儿和我的母亲。”

1989 年 7 月，骄阳似火，二连油田进入了夺油会战的黄金季节。时任阿尔善油矿副矿长的白萧，其繁忙自不待言。偏巧在这紧要关头，白萧的爱人老王患严重的腰肩盘突出症，住进了任丘医院。远在千里之外的白萧无暇照料爱人，护理的任务自然落到了准备迎接高考的大女儿王屹诺身上。女儿要照料躺在床榻上的父亲，又要复习功课。在参加高考的 3 天时间里，女儿只能陪父亲在医院里吃病号饭。老王住了 3 个月的院，白萧从未露过面，医生和护士都感到不可思议。他们听说白萧是位矿长，都想看一看她是位什么样的女人。每当看到女同志来看老王，她们便猜测说：“王师傅，可能是白矿长看你来了吧。”躺在床上的老王苦涩地笑笑：“我现在需要妻子，而不是矿长。”3 个月过去了，老王出院了，医护人员却始终没能见到白萧。

后来，老王从报纸上读到一篇题为《女性的错误——人见人爱》的文章，便把它剪下来贴在墙上，并将其中一段画了出来指给白萧看：“如果一个女性达到了人见人敬，那么她就不再属于个人，而属于社会了。”白萧读后哑然失笑，嗔怪老王书生气。几个月过去了，白萧终于回到了任丘。女儿一头扑到她的怀里哭了：“妈妈，我没能考上大学，对不起您啊！”白萧搂着女儿，愧疚地落下泪来：“孩子，是妈误了你的前程，原谅我吧！”

女儿以几分之差名落孙山，白萧感到深深的自责。

作为石油的女儿，白萧感到自豪，作为母亲的女儿，白萧实在感到有愧。

1988年到1990年，是白萧终生难忘的3年。3年中她工作成绩斐然，而在家庭生活中却饱尝了感情的苦酸。那时，二女儿在天津一所学校读书，大女儿后来上了呼和浩特医学院，爱人老王在二连公司机关工作，她在距爱人100千米以外的阿尔善油矿，任丘的家里只留下70多岁的老母亲。

人们称白萧的老母亲是家中的“看守内阁”。而这位“看守内阁”的日子过得却不容易，70多岁的人，每天孤身一人，要从五层楼爬上爬下，打水、买菜、收拾家务。

然而，母亲没有怨言。有次母亲因心脏病住院，却不肯告诉白萧，白萧从别处得知消息，赶回了任丘。母亲刚出院，就催女儿快走：“矿上离不开你，别守着我了。”望着大病初愈的母亲，望着母亲稀疏的白发和饱经风霜的面孔，白萧心中涌起阵阵酸楚。

改革，踏风破浪。待岗——一个新鲜而严酷的名词
白萧说：“因为我们既有胆略又有谋略。”

到过二连公司的人不难发现，尽管阿尔善油矿位于祖国北部边陲，地处千米高原之上，然而这里改革的空气并不稀薄。从1990年开始，改革的劲风便一阵强似一阵掠过这个年轻的油田。在风卷雪涌的自然环境里，职工们不仅感受到了工作的快节奏、高效率，而且感受到了那凤凰涅槃般的痛楚与再塑生命的快感。

自白萧接任油矿长那天起，改革这个触及人们灵魂的命题，便不容选择地横在她和同事们的面前。人浮于事，机构重叠，平均主义，纪律涣散……要解决这些问题，钥匙只有一把——那就是改革。上千双眼睛盯着这位外表和蔼的女矿长，看她如何解开这道高等数学课本中找不到的无根方程式。

就在人们拭目以待的时候，一份文件——“三岗制”出台了，这份被认为是破天荒的文件，赋予每位采油队干部一项特殊的权力：开具“待岗”通知书。在一张类似高考录取通知书大小的纸上写着这样的字样：×××你被通知待岗，明天持此条到矿人事科报到。然而，这实在不是值得向同伴们炫耀的事情，被通知者很清楚这意味着什么——每月只拿100元的生活费，扣发全年的工资奖金，到职工学校重新拿起书本学习或被指派给别人打下手。

号令一出，全矿产生了强烈震动。当然也有些人并没拿它当回事，但时隔不久人们便完全明白了“待岗”这个新鲜而严酷的名词。一位姓武的青工，打架斗殴、赌博、旷工，过去队干部拿他没办法，他也自认为天皇老子也奈何他不得，这时他接到了“待岗”通知书，他被宣布待岗了。入不敷出的经济收入和严格的劳动纪律，特别是同伴们的眼光，使他火冒三丈。一天夜里，他纠集几个和他一样感到“不快活”的待岗者，在楼梯口截住了人事科长，咆哮着举起了拳头。人事科长被打，成了爆炸性新闻，人们担心油矿的改革能否继续下去。

白萧和矿领导却没有退缩，她在职工大会上义正词严地宣布待岗这项制度是打不碎的！改革必然会遇到风险，如果一遇到阻力就不敢将改革的蓝图展开，那么改革就永远是纸上谈兵。经过一番风雨，“待岗”这项制度终于战胜了阻力，坚持下来并日臻完善，在全矿形成了待岗、试岗、上岗、能上能下、竞争上岗的完整体系。待岗人员经过一段时间的培训后，如果思想和工作态度确有转变，可申请试岗；试岗期间不再发生问题，并能单独顶岗，可以重新上岗。后来许多人似乎意识到待岗犹如“回炉”，因此，当拿到通知书时，他们不再大吵大闹。重新回到岗位上的工人，也完全是一种全新的工作姿态。想当初，阿尔善油矿实行这一改革，可谓阻力重重，最多的一批待岗者有28人，他们砸毁了学校的桌椅、门窗，扬言要搞得油矿天翻地覆。而面对油矿势如破竹的改革态势，待岗者终于如梦初醒，再砸下去只能砸掉自己的饭碗。1992年底全矿只剩下4名待岗人员，而且待岗者将自己复杂的思想感情浓缩为一个想法，那就是彻底脱胎换骨，早日重返岗位。

后来有人问白萧及油矿的其他领导，“待岗”这一制度是不是太严酷了，他们说：多少年来，因为平均主义大锅饭的惯养，使我们的思想政治工作苍白无力，思想工作也许能使多劳的人自愿奉献，却难以使少劳的人承认自己应当少得。而解决这一问题的唯一办法只有改革，只有这样才能变阵痛为不痛，变长痛为短痛。

平均主义打破了，队伍涣散的风气刹住了。油矿的改革得到二连公司、华北石油管理局乃至中国石油天然气总公司的肯定。接下来，白萧又挪动下一个棋子，这个棋子写着“精减”二字。

精简机构、精减人员，这是“治疗”工作效率低下的一剂良药，但却是改革的难点。然而，白萧在二连公司的支持下，还是果断地将它付诸实施了。

为了大胆而稳妥地推行自己的精减方案，白萧和矿领导经过深思熟虑，反复研究，决定先抓试点。1992 年 3 月，只有 65 人的采油 5 队在改革中动了一次“大手术”，一下子减去 20 名职工。时任采油 5 队党支部书记的大学生杨金，至今讲起当初的情景仍激动不已：“真没想到矿领导的决心和魄力那么大。”尽管当时油矿做了周密细致的思想工作，但在收上来的问卷调查“假如你被减下去怎么办”一栏里，仍有人写上“赖着不走”“为你们义务服务”等内容。一连几天队干部的心忐忑不安，职工们处在一种山雨欲来风满楼的气氛之中。1992 年 3 月 20 日，在全体职工大会上，队干部宣布了矿里的精减决定，但没宣布被减下去的人员名单。杨金说：“那一夜，是我和队干部感到有生以来度过的最漫长的一夜。”因为怕已被减下去的人发泄不满破坏设备，同时也担心队领导的安全受到威胁，杨金和队长在井站上整整守了一夜。第二天清早，当队里宣布减员名单时，20 名被减下来的人，只有一个到会，其余的 19 人似乎早有所料，无颜再见到自己的同伴。

一切出人意料地风平浪静。

在解释这一现象时，白萧说："这绝非偶然，因为我们既有胆略又有谋略。"

谋略之一，是改革先从机关做起。在精减基层人员之前，他们已从机关开了刀，将机关科室由13个减为9个，人员由101人到60人，使基层工人感到改革势在必行。

谋略之二，是先从自己做起。白萧和党委书记在改革中作出了表率，他们将自己的利益与命运与基层队的利益捆到一块，哪个队工作效率差，产量上不去，她就和书记到哪个队蹲点，拿这个队的平均奖金。工人们服气地说："白萧矿长他们行得正，站得直。"

1992年下半年，工资、人事和劳动组织改革在油矿铺开。其一，在计配站实行了工区制和夜巡制。油矿投产初期每座计配站设6至7人，现在将计配站划分为16个工区，一个工区管理2到4座计配站，由一名工区长负责，3至6人管理，全矿计配站由原来的321人调整为95人。其二，针对联合站、接转站劳动组织重叠，岗位分工过细，个别岗位工作量不饱满等现状，实行一人多岗、主岗兼副岗，仅阿南联合站就减少7个岗，人员减少20人。其三，推广兼岗管理。机关、基层队干部、生产骨干兼司机，司机兼操作手、绞车手，一专多能、一人多岗在全矿普及。

1993年4月，采油5队主动请求再次精减人员，将45人减为18人，这个队在油矿首先实现了人员减半，工资翻番。油矿由建矿之初的1300多人精减为900人，工作效率成倍提高，职工也在改革中得到实惠，重塑了自己的形象。

白萧依旧是那样和蔼，依旧是那样朴素和谦逊，油矿的面貌却焕然一新。1991年，油矿管理的阿尔善百万吨产能油田被国家授予"国优工程银质奖"；1992年，阿尔善油矿被中国石油天然气总公司评为"全国十佳采油厂"，油矿在改革中创造的经验，在全国开发系统劳动组织改革现场会上作了介绍，并被全国各大油田所借鉴。油矿连续 4 年超额完成国家下达的原油生产计划。

白萧说：“这些成绩的取得绝非我一个人的功劳，是全体同志共同努力的结果。我不是一个叱咤风云的人物，我崇尚沙海中的骆驼，一步一个深深的脚印。”

是的，她是一峰沙海里的“苦驼”，为了那一步一个深深的脚印，1970 年，她从东北石油学院毕业后，放弃了到机关工作的机会，坚决要求到采油队工作；为了那深深的脚印，1977 年，她毅然来到华北油田参加会战；为了那深深的脚印，她在将知天命之年抛家舍子，来到了气候恶劣、条件极为艰苦的锡林郭勒草原。那厚重的草原记载着她的赤诚；那黏稠的石油，浸润着她的心血！

华北油田先进典型报告文学集

灿若星河

下册

华北油田公司党委宣传部
华北油田文联 编

石油工业出版社

图书在版编目（CIP）数据

灿若星河：华北油田先进典型报告文学集 / 华北油田公司党委宣传部，华北油田文联编．—北京：石油工业出版社，2023.10

ISBN 978-7-5183-6245-5

Ⅰ．①灿… Ⅱ．①华…②华… Ⅲ．①报告文学－作品集－中国－当代 Ⅳ．①I25

中国国家版本馆 CIP 数据核字（2023）第 165364 号

出版发行：石油工业出版社
（北京安定门外安华里 2 区 1 号楼 100011）
网 址：www.petropub.com
电 话：（010）64523582
经销：全国新华书店
印刷：北京中石油彩色印刷有限责任公司

2023 年 10 月第 1 版 2023 年 10 月第 1 次印刷
710×1000 毫米 开本：1/16 印张：94.25
字数：1252 千字

定价：280.00 元（上下册）
（如出现印装质量问题，我社图书营销中心负责调换）

前 言

天地英雄气，千秋尚凛然。中华民族是崇尚英雄、成就英雄、英雄辈出的民族。英雄的光辉永不泯灭，榜样的力量催人奋进。在艰苦卓绝的创业时代，榜样是点燃石油人迎难而上的希望之火；在波澜壮阔的改革开放大潮中，榜样是标注中国石油工业实现跨越的精神坐标；在推进中华民族伟大复兴的新时代中，榜样是中国石油积极履行三大责任、助力实现中华民族伟大复兴中国梦的领航旗帜；在建设新时期新华北的新征程上，榜样是我们全面推进中国式现代化华北场景的先锋模范。

一个个熠熠闪光的名字犹如一面面催人奋进的旗帜，引领我们不忘初心、砥砺前行。在近半个世纪的奋进征程中，华北油田人始终牢记“我为祖国献石油”初心使命，胸怀报国之志，恪尽兴油之责，为保障国家能源安全贡献“华北力量”，锤炼了迎难而上、坚韧不拔的品格，争创一流、勇攀高峰的斗志，敢为人先、奋力开拓的锐气，讲究科学、脚踏实地的作风，打造了一支特别能吃苦、特别能战斗、特别讲大局、特别讲奉献的员工队伍。

历史的星河，灿烂如霞；时代的华光，激荡人心。在油田各个历史时期，有许许多多闪亮的明星与时代同辉。情系找油呕心沥血的梁狄刚、彭瑞林，立足岗位创新创效的靳占忠、曹树祥，奉献油田扎根基层的于晨光、黄京生，解放思想技术革新的苏国庆、孙连会，科技攻关开辟战场的刘静、李晓燕等，为我们树立了学习榜样、塑造了价值标杆、注入了精神力量。虽然时代不同、岗位各异、经历不一，但他们都有一个共同的名字——时代榜样。这些劳动者的杰出代表，不仅用勤劳双手和聪明才智在平凡的岗位上创造了不平凡的业绩，更以自己的实际行动铸就了爱岗敬业、争创一流，艰苦奋斗、勇于创新，淡泊名利、甘于奉献的伟大劳模精神。

崇尚英雄才会产生英雄，争做英雄才能英雄辈出。榜样身上所体现出来的伟大情怀和崇高品质，是鼓舞和激励人们奋发向上的巨大精神力量。华北油田公司党委始终高度重视先进典型培养选树工作，把加强典型选树和学习宣传作为弘扬正气、凝聚人心、引领风尚的有力手段，推出了包括华北油田榜样、功勋员工、道德模范等在内的一大批先进典型，在油田上下树立了崇德向善的价值标杆，营造了崇尚先进、学习先进、争当先进的浓厚氛围，激励广大干部员工以先进典型为榜样，大力弘扬劳模精神、劳动精神，在建设新时期新华北的奋进征程中展现新作为、贡献新力量。

伟大时代呼唤伟大精神，崇高事业需要榜样引领。一代又一代华北油田人肩负保障国家能源安全重任，前赴后继、艰苦奋斗，高唱“我为祖国献石油”主旋律，在推动油田改革发展的历史进程中，书写了彪炳史册的壮丽篇章。站在历史新起点，公司党委宣传部、油田文联组织编纂了这部《灿若星河：华北油田先进典型报告文学集》，深入挖掘在华北油田发展建设中涌现出的杰出人物和典型榜样，引导广大干部员工深入学习他们的先进事迹和崇高精神，不断增强主人翁责任感，忠诚企业、为油奉献，勇于担当、扎实工作，以更加坚定的信念、更加昂扬的斗志、更加顽强的作风，为油田高质量发展作出新贡献。

《灿若星河：华北油田先进典型报告文学集》不仅是一本集子，更是一部鲜活的历史。翻开这本集子，一位位石油英模的形象跃然纸上，他们筑成了一座座人格化、具体化的“精神潜山”，矗立在华北大地，无畏风雨洗礼，无惧时代变迁。本书以时间顺序为轴，以报告文学的文体形式，在一人、一事、一点上发力，真诚讲述各领域各行业的不同先进人物、先进集体事迹，深挖榜样背后的故事，感知企业波澜壮阔发展进程中他们的坚守与执着、拼搏与担当。本书采写历史跨度长、覆盖范围广，在编校过程中，部分早期作品是在当时的历史环境下编写的，此次出版作以适当调整。近期作品通过收集、查阅大量资料和采访后稍加编辑或者重新编写而成。应该说，这部集子是一代代宣传干部为华北油田留下的永恒精神财富，是石油精神的赓续延绵和劳模精神的传承弘扬，更是一部星光璀璨的石油英雄奋斗史。在此，对大家的辛勤付出和无私奉献表示由衷的感谢。

最好的缅怀是传承，最好的纪念是奋斗。当前，我们正奋进在全面建设新时期新华北的新征程上，面临许多重大而艰巨的任务，迫切需要涌现出一批批具有鲜明时代特色和巨大感召力的先进典型，发挥先锋模范作用，团结和带领广大干部员工群众，艰苦奋斗，开拓创新，为建设新时期新华北贡献力量。这是时代的呼唤、发展的要求，我们要从石油精神、劳模精神中汲取智慧力量，以典型为榜样、以先进为标杆，热爱石油、拼搏奉献，求真务实、担当作为，更好地肩负起历史之责、发展之责，在打造千万吨当量综合能源公司中当先锋立新功。

谨以此书献给为华北油田勘探开发建设作出贡献的人们。

2023 年 10 月

目 录

上 册

下　册

年　轮

张锦华　刘俊杰

人物小传

罗耕范，男，1950 年 2 月出生，浙江临安人。1990 年至 1993 年连续四年被评为华北石油管理局劳动模范标兵。1994 年荣获集团公司劳动模范称号，时任第一采油厂采油一大队副大队长。他带领的采油一队多次获河北省“双文明先进集体”“先进基层党组织”，中国石油天然气总公司社会主义劳动竞赛“金牌队”等荣誉称号。

年轮，可以因岁月的流逝而改变，而生命的意志却不因尘世风雨而动摇。

华北大平原上，一台台矗立的抽油机总是在不知疲倦地歌唱——这起伏的旋律，和着采油人跳动的脉搏，构成了一种生命的强音！

身为华北油田采油一厂采油一队队长的罗耕范在这个采油家园中一干就是 14 年。在这 14 年中，他用心血、用汗水、用全部的情和爱谱写了生命履历中最辉煌的一章。

14 年，对人的一生来说是个沉甸甸的数字，而对创业者来说又是多么宝贵！紧一紧，可能轰轰烈烈，松一松，就会平平庸庸。

可以说，罗耕范正是紧紧抓住了这 14 年，使一个基层采油队成了全石油系统一颗璀璨的明珠。他领导的华北油田采油一厂采油一队，曾 5 次荣获中国石油天然气总公司社会主义劳动竞赛“金牌队”称号、4 次获“银牌队”称号，先后 5 次被河北省委、省政府命名为“双文明先进集体”，1993 年被河北省委授予“学雷锋先进集体”称号，1994 年该队党支部被河北省委命名为“先进基层党组织”。

“群雁高飞头雁领”，提起这些光荣的历史，人们自然不会忘记罗耕范这位铁骨铮铮的硬汉子，不会忘记那悠悠的往事……

1984 年年初，上级决定调罗耕范去担任采油一队队长，当时他感到从未有过的压力。要知道，采油一队是在任丘油田会战的战鼓声中诞生的，是华北油田成立的第一个采油队，曾是整个油田的一面旗帜，多次受到上级的表彰，要把这些荣誉坚持下来，谈何容易？

知难而进，罗耕范终于做出了人生无悔的选择，毅然挑起了采油一队队长的这副重担。

当时，任丘雾迷山油藏开始转入中后期开发，产量递减日益加快，综合含水不断上升，采油一队所管理的 66 口油井的产量仅相当于会战初期 6 口井的产量。加强管理，保证稳产，成了当务之急。

罗耕范到任后，经过一番深入细致的调查研究，推出了井站、设备、资料等一系列日常管理措施，建立健全了 11 类 170 条规章制度。同时，大搞油水井分析，坚持日观察、旬分析、月小结，并成立了以他为首的地质攻坚小组，潜心研究地下地质情况，制定增产措施。这样，经过 1 年的苦战，采油一队创出了油水井利用率、资料全准率、设备完好率等 5 项指标 100% 的好成绩，12 项主要经济技术指标达到或超过部颁金牌采油队标准，罗耕范等一队人喜上眉梢。

但是，伴随着可喜成绩而来的，也有着扰人的烦恼，那就是机械采油这一新课题。原来的自喷井一个个偃旗息鼓了，取而代之的是一台台抽油机。当它们第一次矗立在油区时，人们惊讶的神情不亚于看一种庞然怪物。

为了适应机械采油的需要，罗耕范白天上井劳动，关注每一个不懂的细节，晚上坚持自学，以蚂蚁啃骨头的精神，钻研《机械采油原理》等专业书籍。边干边学，学以致用。不到半年，只有初中文化的罗耕范就成了机械采油的行家里手，成了队里名副其实的“技术权威”。

刚刚转抽的油井，接二连三地发生故障，岗位工人处理不了，只有罗耕范亲自出马，他整天忙得焦头烂额。腿，跑细了；人，累瘦了……但是，还是解决不了实际问题。

现实教育了罗耕范：光自己干是不行的，只有培养一支技术过硬的职工队伍，才能适应新的生产形势。想到了这一点，罗耕范说干就干。他组织工人上文化课、技术课，设岗位练兵台，搞技术擂台赛，把不同工种、多种形式的技术学习活动搞得红红火火。就这样，他还觉得不够劲，“每周一课，每月一考，高分者奖，不及格者罚”。他说的话掷地有声，把技术学习纳入制度化轨道。同时，作为“技术权威”，他言传身教不辞辛苦，随时随地，见缝插针。电话里问，电话里答，井站上问，井站上教，一次教不会两次，两次不行三次，直到教会为止。他常对职工讲：“不怕你不会，就怕你不学。”他搞技术学习的“招”有时很特别，但也很管用。那年冬天的一天，雪花飞舞，大地银白，而落在管线上面的雪很快便化了，管线纵横交错，十分明显。罗耕范触景生情，早晨一上班，他让站上的职工都到外面走一走，赏赏雪景，顺便看看管线走向，每人画一张管线流程图回来。一边赏景，一边画图，自然别有一番意味。职工们回来后，每人交了一张合格的流程图。

群众性的学技术高潮，促进了职工整体素质的提高。在 1988 年管理局青工技术比赛中，一队有 4 名职工进入前 6 名，轰动了全局。

雄厚的技术力量，也为高水平的管理奠定了基础。到 1990 年，采油一队的管理进入全面成熟阶段，形成了以全面质量管理为龙头，以建立、完善各种考核标准和监控体系为手段，以提高油田开发水平为目标的一整套科学管理体系。但罗耕范没有满足于现状，强烈的创新意识使他年年推陈出新：

1991 年，他主持推行了对油井的“ABC 管理法”；

1992 年，实行了“一包三定一考核管理法”；

1993 年，建立起井站、人员双向选择新机制……

一步一个新台阶，采油一队成了全局的管理典范，到一队参观学习的人接踵而来，络绎不绝。

任何成功的管理都离不开实干。10 多年来，罗耕范给职工印象最深的一点就是干起工作来真有那么一股拼劲，无论刮风下雨，还是酷暑严寒，他总是冲到最前面。1993 年 11 月，在任 332 井管线解堵过程中，他不顾胃病发作，带着职工投入了紧张的劳动。由于管线老化，腐蚀严重，扫线压力稍一增大，管线就会破损。因此，必须控制压力，分段处理。由于天气寒冷，再加上吃不好饭，罗耕范的胃疼得越来越厉害，豆大的汗珠直往下滴。为减轻胃疼，他挖一会儿坑，就用铁锹把儿顶一会儿胃部，实在撑不住了，就抓几片药吞下去，继续干。别人劝他回家休息，他却摆摆手说：“这点病算什么？”一连几天他始终盯在现场，直到油井恢复生产。

实际上，采油一队的哪一个站里、哪一口井上、哪一条管线旁都留下他顽强拼搏的身影。任 231 井作业后启抽，因盘根盒上的压盖没拧紧，造成井喷，形势万分危急！罗耕范接到站上工人报告后，立即赶到现场，只见 70 多摄氏度的油水混合液喷出十几米高，像一条疯狂的巨龙。驻站的几名职工都吓呆了，他二话没说，顺手捡起一条油乎乎的草袋子顶在头上，箭步冲到了井口。井口到处都是黑乎乎的原油，喷起的原油像暴雨一样劈头盖脸地砸了下来，砸得他浑身上下疼痛难忍，但他全然不顾，抓住油乎乎的关井闸门，使劲一圈一圈地拧了起来。井喷终于被制伏了，抽油机又重新启动了，这时的罗耕范已成了“油人”，全身也火辣辣的痛。见此情景，在场的工人们眼圈都红了。

在工作中，罗耕范不仅有股拼劲，而且更有“咬定青山不放松”的韧劲。

有一次，职工反映任335井调平衡调了多次，效果仍不理想。他得知后，带领几名职工从下午一上班就守在井上调平衡，边调边观察。也不知调了多少次，始终没调好。不知不觉，夜幕降临。当时，正值盛夏，荒郊野外，蚊虫叮咬自不必说，更难耐的是饥饿和劳累。但罗耕范只有一个念头：不查出原因，决不回去！他让职工测一下液面，发现供液不足。经过认真分析，细致检查，直到夜里11点多钟才查明原因：抽油机与泵的型号配置不合理。原因找到了，罗耕范兴奋不已，又一生产难题被他攻克了。就是这样，罗耕范把一腔热血全部倾注到了采油事业中，什么也无法改变他，什么也阻挡不住他前行的步履。

循着他的人生足迹，我们不难发现，是火热的生活熔铸了他坚强的性格。

在知识青年上山下乡的年代里，罗耕范作为“老三届”中的一员，在那一望无际的呼伦贝尔大草原上度过了四个春秋，马背上的民族那粗犷豪放、纯朴乐观的性格感染着他，激励着他，给了他生活的勇气和信心，与牧民的真挚情谊成了他生命中最宝贵的精神财富。离开大草原，他加入到了石油大军的行列，从大港到华北，先后干过试井、输油、生产调度……频繁的调动，不同的环境，培养了他生活的能力，增长了他工作的才干，也造就了他无私无畏的硬汉子性格。用他自己的话说：“我十分怀念过去的生活，尤其是在草原上的那几年，那是我真正人生的开始。”透过这朴实无华的言语，可窥见他深藏的情韵。

他是个有情有义的队长，他心目中装着队里的每一名职工。无论是职工家属调动，还是子女就业，无论是分房调房，还是婚丧嫁娶，他都跑前跑后，操心费力。一年秋天，本队汽车司机边子华突然病倒，经医生检查，是骨髓骨腔堵塞，有瘫痪的危险，当时边师傅压力很大。罗耕范带他到医院检查确诊，回来后，又把他送到油田总医院进行治疗。医生建议动手术，可边师傅及妻子说啥也不同意，担心手术不成功真的造成瘫痪。罗耕范听了医生的建议后，便反复做边师傅夫妻的工作，并当场保证："一旦手术不成功，我一切事都包下来。"最后手术做了，而且很成功。病愈后的边子华拉着罗耕范的手，激动得半天说不出话来。

对青工们来说，罗耕范更像是知疼知热、可以交心的老大哥。大家有什么事情都愿跟他说说，让他出主意、想办法。去年夏天，他把队里发奖金剩下的钱拿出来，给单身宿舍买了电扇，改善了职工们的居住环境。

对老职工，他十分尊敬，关心备至。每当他们过生日的时候，他总是和其他队干部带上礼物登门祝贺。

每逢节假日，罗耕范都要到各个井站看望职工，因工作原因或路远而回不了家的职工，他就请到家里聚一聚，亲自下厨房，做上几个好菜。

生活是调色板，是万花筒，是交响乐，而罗耕范是懂得生活的。上井时，他像军人一样雷厉风行；检查时，他像包公一样铁面无私；伏案时，他专心致志；而聊天时，他谈笑风生……难以想象，雪天，工作之余，他能放下架子，和青年工人们一起打雪仗。多么快乐！尽情地玩，开心地笑，重温那儿时的梦！

1994年春节，他母亲从天津赶来准备过个团圆年，可他却把母亲接到队里。十几年来，罗耕范和职工一起在队上过春节已成了惯例。他从家里搬来电视机，拿来油、盐、酱、醋、白面和肉、菜一应俱全，全家人和职工一起包饺子，放鞭炮，看礼花。喜悦、温馨、甜蜜洋溢在每个人的心头。家！这是更加美好而让人眷恋的家呀！没有无私的精神，没有博大的胸怀，怎能容下这样一个家？

而对自己的小家，罗耕范却有着深深的愧疚。他的爱人白银华曾对笔者说：由于工作忙，他很少能顾上家，每天早出晚归，节假日也很少休息，碰到生产上有急事，有时几天几夜不回来。但是说归说，白银华还是理解丈夫的，因为她知道，丈夫是事业型的人，而无论是事业、爱情还是家庭，没有奉献就没有成功。奉献，使生命充满活力，使精神得以升华，使世界变得美好。因此，白银华几乎承担了全部家务，甚至买粮换气这样的重活也包下了。孩子小时，她没让罗耕范分过心，孩子大了，就送回了天津老家去上学，使得罗耕范能够全身心地投入生产。

光阴荏苒，时光流逝。十几年过去了，罗耕范任劳任怨，尽着一份职责，坦坦荡荡，守着一份淡泊，使得采油一队红旗不倒。他说：“组织上把这个队交给我，是对我的信任，我不能让这个队的牌子在我手里砸了。”

是啊！现如今，采油一队会议室里的墙壁上金牌闪烁，锦旗高悬，可这些荣誉是多么来之不易呀。

实际上，罗耕范就像他的名字的寓意一样，如黄牛般默默耕耘，并以自己埋头苦干、无私奉献在职工心目中树立起了一名共产党员、一名基层干部的崇高风范！

兰锁“破4万”

周 钇

年轻的局优秀共产党员高兰锁曾被评为河北省优秀团员、华北油田有突出贡献“十大青年”等荣誉，在担任32763钻井队队长之后，他在钻井事业上又创造了许许多多的辉煌，然而，他给我印象最深的是他带领后进钻井队破年累计钻井进尺4万米大关的动人事迹。这是一种超越，一种人生自我的超越！正因为有这种震撼人心的超越，才筑构起我国工业建设的脊梁。

——题记

河北井陉县威州镇某村。

1994年2月5日，天刚擦亮，高兰锁呼哧呼哧吃完母亲特地为他做的热汤面，接过母亲亲手为他打点的行装，“扑通”跪在已过花甲之年的父母面前，重重三叩头之后，起身向村边头也不回地走去。

妻子搀扶着颤巍巍的母亲，父亲跟在后面，默默地送高兰锁走出村子。

“兰锁！兰锁！你不要惦记俺们，俺们很好，你要多保重，多注意身体啊——”

汽车车门“嘭”的一声关上了，司机发动了马达。高兰锁从车窗里伸出脑袋，“娘！我把和煤泥的铁刨子放在院里的梧桐树上了，太高，你够不着，你叫楠儿她妈去取！”

梯田里，刚刚吐翠的麦苗，像正在热炕上已进入梦乡的楠儿，绽露出甜蜜而幸福的微笑。此时，只听见几天前大雪冰封现已解冻的水库里潺潺如歌的流水声响。

汽车缓缓地拉开了与站在村口的父母和妻子的距离。高兰锁轻轻地合上双眼，他的脑际一片混沌。汽车行驶的前方是几人合抱粗的大槐树、水库和自家的菜地、责任田，他的思绪在风驰电掣般地跳跃。

高兰锁 10 岁那年，大槐树下近景——

骄阳似火的阳光洒满山村每一个角落，一股股热浪，像是从水库面上腾空而起，井陉山峦像是封住了风口，村边饭桌大小的槐树冠，茂密的叶子像是粘贴在了树枝上，一丝不动。

高兰锁与几个小伙伴光着屁股，在水库浅滩游戏。忽然，一伙伴告诉兰锁，“你娘来了。”

母亲背着藤筐疾步向这面走来。高兰锁没来得及穿裤头，撒腿就跑。

“兰锁！你别跑，娘不打你，你回来！”

高兰锁一溜烟跑到槐树后，等到母亲赶到槐树下，高兰锁已爬上槐树树梢。

“兰锁！你下来，娘不打你，你答应娘，往后不再去水库玩水了，啊——”

童年的往事就像发生在眼前。啊，娘！而今又叫您担心了。孩提时，兰锁事事总让您牵挂，现在，兰锁已是为人之父，该兰锁孝敬您老人家的时候，兰锁却还在让您老人家牵肠挂肚，连一个团圆饭都不能亲手做给您吃！

汽车在乡间崎岖不平的小路上爬行。车道两旁，是兰锁家的菜园和责任田。只见空空的园地里，东一棵白菜西一棵芋苗，稀疏松散不成行，幼嫩的叶片早已枯黄。在道北责任田褐色的泥土中，挤出的几丝春绿，在不太规整的几个小方块里，显得那么孤伶、弱小，其实，它的主人已是六十开外的长者。

眼看这一切，高兰锁心里不禁一阵心酸，紧闭的双眼，挤出两行晶莹清亮的泪珠儿。

打小时，家里可以吃上黄瓜、大蒜、西红柿、北瓜，兰锁长大了，娘、爹却什么也吃不上了。在中学、中专读书期间，兰锁幼嫩的双肩，每年逢收，都要回去挑担，兰锁肩膀硬了，家里的口粮却落在已过花甲之年、身体有严重疾患的娘、爹身上！

晨雾还没有散开，像一块巨石堵压着高兰锁宽厚的胸膛，高兰锁感到有东西在嗓子眼噎着，什么话也说不出，他在心里一遍又一遍地呼喊着："娘！儿走了。"

汽车继续沿着蜿蜒崎岖的乡村山路爬行，远处是一座山，一座好大的山。翻过这座山埂，就进入了华北大平原，那里有让高兰锁魂牵梦绕的钻井队和他的战友们。

32763 钻井队高 30-2 井外景——

远处鸟瞰，这里像是一片营寨，中间是高矗的钻塔，最顶端飘扬着红旗，这是最夺目也是最巍峨的物体，以此为轴，乳黄色铁皮野营房四周，一片荒芜。在不远处，一排排白杨树已抖脱完萧瑟的秋叶，只剩树枝丫丫。

风，还在呼啦啦地刮。插在队部房子上写有"青年突击队"鲜艳的红旗随风飘扬，高兰锁宿舍兼办公室铁皮房前悬挂的"32763 钻井队进尺上 40000 米庆功大会"巨幅横标格外醒目。

高兰锁就站在这横幅下面的简易主席台上。

"在公司党委、公司及在座后勤各兄弟单位的大力支持帮助下，在全队干部职工的共同努力下，我们 32763 钻井队由后进变先进，实现了突破年累计钻井进尺 4 万米大关的宏愿……"

眼珠灰暗、眼圈发黑的高兰锁双手压在主席台桌面上，活像支圆规，倘若没有主席台支撑着，他瘦弱纤细的身子真要被风刮倒。然而，他略带疲惫的男高音，远比风声大，它清晰地敲击着全场每一位与会者的耳膜，是那么干净脆亮，响彻旷野。

一

1993 年 2 月 16 日，高兰锁担任了 32763 钻井队队长。从一个钻井技术员直接提升担任钻井队队长，而且是后进钻井队，领导就这么信任他？

高兰锁斜倚在床头，心里一阵翻滚。

高兰锁没有担任过副队长职务，他要在这全年平均奖金不超过 200 元、问题多、换过多次领导班子的后进队挂职，且要带出样子，并非像在老队 32716 钻井队那样容易，他心里确实没底。

高兰锁没有胆怯，他要勇敢地挑起这副重担！

从干部科报到后回到老队——32716 钻井队，高兰锁仔细清理洗刷了在队上穿过的 8 套工衣。它们陪伴着高兰锁在 32716 钻井队度过了多少不眠之夜！这里有成功的喜悦，有失败的教训，有挫折时的彷徨，有胜利时的欢乐。高兰锁要带着这相依相伴的 8 套工衣，到新的工作岗位，重塑自我，完善自我，超越自我，再创辉煌！这是高兰锁的性格，也是成功者的性格。

岔 76–2 井 32763 钻井队食堂内。

2 月的华北，寒气犹存。在食堂内微弱的灯光下，高兰锁就坐在职工中间。

职工大会开始。公司组织部领导宣读对高兰锁任职的决定。高兰锁坐在人群里，他敏锐的目光似乎窥见了在队伍中分明有藐视他的神色和不信任他的眼睛，有的架着双臂抽着香烟，那样子是不屑一顾或是谁来干都一样的无所谓。高兰锁心里一阵忐忑。等到该由他表态发言时，他的屁股像是钉在凳子上，站起的身子是那样沉重。

人群中发出了稀稀拉拉的礼节性掌声，这掌声不像是对高兰锁任职的欢迎，倒像是打在他的神经上。高兰锁猛然深吸一口凉气，定了定神，嗓子眼堵得不那么发慌了。

“我比在座的好些师傅都小，我尊重各位，包括年岁比我小的每一位师傅，愿意跟我干的，请留下，不愿跟我干的请自便。”

高兰锁开始了他的就职演说。有人把头悄悄地轻轻地从衣领里伸出来，用眼睛斜视着他。

“我保证做到三点：一、队领导班子起到模范带头作用；二、奖金分配公平，绝不搞特殊化；三、年底实现‘37301’奋斗目标。”高兰锁加重了语气，接着，他对“37301”做了解释：“年累计钻井进尺 3 万米，节约钻井成本 70 万元，人均奖金 3000 元，事故为零，争当一流钻井队。”

二

高兰锁忘却了昨天就职演说前的胆怯，就像根植于他所担任钻井技术员的老队——32716 钻井队一样，同样的钻机，同样的井架，同样的铁皮野营房，而所不同的，是暂时不熟悉的面孔，将来不就一样的熟悉了吗？高兰锁一身朝气，迸发出活力，迸发出热情，迸发出对未来的向往和对钟爱的石油事业的渴求！他爬上高高的钻台，履行作为一名钻井队队长的神圣职责。然而，他没有想到，久违了的 32763 钻井队给他吃了一次“闭门羹”。

高兰锁在钻台上，给正在操作起钻的当班司钻交代工作，该司钻以下钻台检查泥浆泵为名，将刹把向高兰锁一推，一去不回。

这是一次胆识的较量和挑战。

高兰锁想起了他在 32716 钻井队任技术员期间，队长不在，他第一次代理队长管理生产时的情景。那是完钻后清理泥浆罐的事情。天空骄阳似火，几个钻工盘坐在 1 号泥浆罐上抽着香烟。高兰锁走过去一看，罐底内尚有大量流沙没有掏出来，显然，活没有干完。

“你们怎么不干了？”高兰锁问。

“进不去，我们没法干。”一个钻工不屑一顾地答道。

高兰锁绕 1 号罐走了一圈后，斩钉截铁地说：“我能进得去，你们就进得去，我要进不去，这活就不干了！”

说完，他从旁边一个流泥浆的孔道轻松地钻了进去。不一会儿，他顺着该孔钻出来，把铁锹重重地往泥浆罐上一放，只听见“咣当”一声，高兰锁头也不回地向钻井值班房走去。

这一天，这个班的活完成得最早，活干得最漂亮。

想到这里，高兰锁心里说道：今天初来乍到，就比试比试吧，让你看看我这29岁的新任队长，会不会干这棘手的活儿。

只见高兰锁猛一合离合器，钻杆立刻随着吊环箭一般地从井筒内拔出，直冲云霄！

钻杆走向平稳，到位准确，服！那位司钻坐在泥浆泵后面的土堆后，目不转睛地盯着高兰锁娴熟地操纵刹把的每一个动作，眸子闪耀着钦佩的光芒。一个小时后该司钻走上钻台，站在高兰锁的身后，轻轻地拍着高兰锁的肩膀，微笑着说：“高队长，你辛苦了！”

上任以后，高兰锁果断地改变了该队以往的钻头使用模式，大胆地调整了钻头水力参数，极大地提高了钻速，1700米深的斜井，仅用钻井周期11天，人均奖金100多元。这一举措给了年人均奖金不足200元的32763钻井队全体职工以极大的震动。然而，要调动后进队职工的积极性，仅有这一口井的眼前效益，是解决不了根本问题的。高兰锁一面抓生产抓技术抓管理，一面跟班劳动，坚持每天和工人们摔打在一起。上任时带来的8套工衣穿完了，他又在脏工衣堆里挑选比较干净的穿。他的胃病越来越严重，膝关节炎也常疼得难以忍耐。但是，最让他揪心的，还是钻速如何快点再快点。

“队长，井斜了。”

“多少度？”

“14度。”

“14度！”高兰锁惊讶地重复了一遍，他抓过那件油泥斑驳的旧绒衣，一个箭步冲出了宿舍。

墨一般稠密的夜色笼罩着广袤的大地，像是要吞噬整个井场。被几条巨大的水银光柱死死缠绕着的钻塔，已失去了活力。西柳 10-5 井井场死一般寂静。

高兰锁认真仔细地检查，验证了刚从井底起出的还散发着热气儿的虹吸测斜仪之后，走到指重表盘下，他久久地盯着自动记录卡片图，几条红蓝黑曲线真实地记录着几项钻井参数在钻井过程中的运行轨迹。显然，钻井发生井斜是钻压过大所致，而加大钻压的目的，是为了提高钻速。高兰锁凭他多年的技术经验告诉自己，这种欲速不达造成井斜的代价是巨大的，必须填井侧钻！

沉默。一片沉默！

夜，已经很深了，然而，透过井场照明灯光，离井架不远处的洋槐树枝上，不知何时抽出了一丝绿芽儿，这是春的信息，春的使者，春的光辉！

高兰锁没有看见那丝绿芽儿，他紧锁着的两道剑眉，像是钻台上的刹把，紧紧地闩在脑门心儿上，只见他耷拉着脑袋，挪动着脚步，沉重地走下了钻台。

三

两个月过去。

西柳 10-12 井。一辆吉普车卷着尘土，开进井场。从车上走下来一位妇女，她叫陈延辉，是管理局团委书记。她被几个工人师傅堵在高兰锁宿舍前。

“我们队长忙完井作业，已经三天三夜没合眼了，你不能打扰他。”

“他什么时候可以起床？”陈书记问。

“不知道，让他多休息一会儿吧。”

一问一答之后，陈书记被几位工人师傅带到了一间宿舍里。

“我在钻井队干了10年，从来没见过像他这样玩命干的队长！”一个钻工补充说道：“高队长来了这几个月，我们都不知道他的被子是啥样子，因为他总是睡得晚起得早，起床后连褥子一卷，宿舍又变成了办公室。”

22岁的钻工陈小兵回忆起了他在苏42井腿部受伤后，住在公司招待所，高兰锁回公司开会顺便去看他，两人合住一室，见高兰锁说梦话时的情景：

那晚，街道上，到处是五光十色的霓虹灯，卡拉OK音乐声不绝于耳。“队长，开门。”“队长！开门！”室内没有回音。陈小兵推门进屋，只见电视机开着，高兰锁和衣斜躺在床上，嘴角微微动着，正说着梦话。只听见他喊着：“哎！往上！对，再上去一点儿！”睡梦中，高兰锁正在指挥大伙儿生产。

洁白的床单映衬着浅绿色的壁纸，橘黄而柔和的灯光淡淡地洒落在高兰锁的脸上。从上俯视高兰锁棱角分明、灰而发暗的面孔，显得憔悴清瘦。往日与高兰锁同吃同劳动、活蹦乱跳的陈小兵，今天在高队长面前，心被触动了。他站在高队长面前，凝望着高队长苍白的脸庞，久久不能自已，心里一阵酸楚。

窗外，没有一丝星月。夜，静悄悄的。陈小兵蹑手蹑脚地帮他盖了被子，没有发出一丁点声音，千万不要惊醒了睡梦中的高队长，让他好好地睡吧，他实在太辛苦了。

回忆到这里，陈小兵接着说：“那天晚上，我一点儿也没睡着。我在想，人家高队长辛辛苦苦带领我们，为的是啥？我不能再住院了，第二天，我就回到了井队。”

局团委书记陈延辉坐在活动椅子上，眼里闪着泪花，她手里拿着的笔不时在笔记本上写着什么。野营铁皮房子里，人越聚越多，你一句我一言，每一个人都有一串关于高队长带领大伙儿抓生产抢进尺的故事。那些故事，是那么意味深长，娓娓动听；那些故事，是那么让人久久难以忘怀。

四

任丘。高兰锁新家。高兰锁坐在床沿上，一言不发。

“5 月份，就给你写信，叫你早些回来。今年，俺爹俺娘的病比往年都重。俺爹每天咳得不行，他哪有身板收麦？左等右等你不回来，别人家的地早都收完了，就剩咱家的责任地了。我们好不容易把麦收完，你回来了。刚一住下，你又要走。今天，我们随矿，还没有在这个家里吃过一次饭，你又说要走，你心里根本就没有这个家！”妻子抱着女儿在一旁不停地唠叨。

“现在队里确实太忙，我必须得回去。”

“你那个叫什么？叫液化罐？说起来那么害怕，我们不敢使！”

“不是教过你了吗？”高兰锁有些不耐烦。

“万一炸了怎么办！”

高兰锁还是执意要走。这房里的彩电冰箱及一切生活必需品，是高兰锁忙乎了一整天，新购置回来的。完成了这些，他对这个新的家庭就算是交代了。

这是一间简易的临时探亲房，一块帆布把一间约 30 平方米的房子隔成两半，外面可用以做饭当厨房，里间就是高兰锁一家人的卧室了。在这里，一切都是全新的，新买来的床单、水桶、锅碗瓢盆以及面粉、大米和领回来的液化气炉具。然而，在这简陋的新居里，主人高兰锁刚回来却说要离开这个家回到钻井队，而这个家甚至没有一把蔬菜，崭新的炊具还从未启用过。

晚上，高兰锁躺在床上，想着他的钻井队。自 8 月 2 日，32763 钻井队在全公司 16 个钻井队中，以 213 天时间首破年累计钻井进尺两万米大关之后，队伍士气极盛，公司领导从工作出发，为高兰锁特批解决了家属随矿问题。在这时，高兰锁怎么可以只顾小家而不顾大家了呢？如若职工们的积极性被遏制下去，以后再重整旗鼓，谈何容易啊！

窗外月光洒落进如玉光明。妻子侧躺在另一张小床上，她还在赌高兰锁的气。女儿一直盯着彩色电视机屏幕，她没有见过带色的电视图像，她在聚精会神地欣赏着电视屏幕上的图画。

“楠儿！睡觉去，明天爸还要早起。”

五

国庆日，西柳10–4井32763钻井队食堂。联欢会气氛正浓。

“队长，井下发生井漏！”

“漏速多少？”

“尚未测定，但不低于60立方米每小时。”

“走，立即组织配泥浆堵漏！”

钻井柴油机仍在发出隆隆的声响，只是钻杆停止了旋转，泥浆罐内的泥浆通过泥浆泵吸入，不断从钻杆内壁流入井筒，按照60立方米每小时计，泥浆罐内仅有的100多立方米泥浆，不足3个小时就要被漏干，可能导致井塌甚至酿成卡钻事故，情况十分危急！

高兰锁和他的战友们在泥浆循环罐旁奋力抢配泥浆堵漏。场地上堆积如山的白土粉袋子像是上了传送带，一袋又一袋从钻工们的手里被送进配浆搅拌机。钻工们开始劳作时，习惯性地戴上了防护手套，时间不长，他们感觉到干活不利落，笨，于是一个个把手套抓下，扔在一边。

“队长，你的手指出血了！”

“哎呀，你的指甲盖磨掉了！”

高兰锁没有回答。他咬紧牙关，只是摇摇头。钻工们见他豆大的汗珠儿从他脸上滚落下来，认为是劳累和受伤手指所致。这在钻井队劳动中是常见的事，钻工们没有更多在意。逐渐，高兰锁明显地放慢了劳作速度，显然是力不从心。此时，钻工们发现高兰锁的脸色发青，已呈紫色的嘴唇在微微颤动。

“队长，你下去歇会儿吧，十指连心啊！”

高兰锁感到腿部发软，身子立刻就要倒下去，一个钻工一把搂住了他，搀扶着他走出了人群。

钻工们哪里知道，豆大的汗珠儿，哪里是因劳累和受伤手指所致，是高兰锁的胃病又犯了，他实在支撑不下去了。

昨日晚饭后，高兰锁感到胃在胀痛，吃下两片药后，基本消除了症状。这几天，高兰锁一直在为井下有轻微的渗漏而操心，他清楚，这个地区地层一旦钻遇了漏层，不但影响钻速，如若不能及时遏住井漏，还将导致其他恶性事故发生。由于劳累过度，高兰锁这几天的饮食受到了影响。今天，高兰锁在安排了钻井生产之后，几位家属从任丘基地来钻井队过节，高兰锁将她们一一安排好，自己却误了吃早饭时间。他是空腹组织大伙儿配泥浆的，紧张而繁重的抢配泥浆工作，使高兰锁倒下了。

高兰锁摆摆手示意正搀扶他的钻工不要管他。只见他用右手捂着肚子，终于蹲了下去。

“队长的胃病又犯了！”钻工们呼啦地跑过来，围在高兰锁身边。

“你们都跑过来干什么？还不赶快干活去！”高兰锁猛喝道。

六

今天是 10 月 22 日。这一天对于高兰锁来说，具有极其特殊的意义，因为这一天凌晨 4 时，32763 钻井队突破了年累计钻井进尺 3 万米大关，各项技术指标均达到要求，不仅实现了高兰锁年初上任时在就职演说中保证的“37301”的奋斗目标，而且，在全局近 100 台钻机中，第一个上年累计钻井进尺 3 万米大关。这些既是高兰锁预料之中的事实，又是他早已梦寐以求的愿望。高兰锁并没有表现出多么兴奋，他明白，这一天终于是要来到的。现在，他在深思，32763 这样一个后进钻井队，今天能达到在全局首破 3 万米大关，说明了 32763 钻井队非常有潜力。在最后的 70 天内，要完成 1 万米的钻井进尺，即平均日进尺要达到 142 米，有没有可能？高兰锁斜躺在他那张白天里永远卷起褥子的单人床上，思考着这个很多人想都不敢想的问题。

这是一种超越，一种实现自我，完善自我，献身祖国石油事业赤诚之爱的超越！高兰锁要全力冲刺。

“队长，公司调度喊话来，说是嫂子在家患重病，叫你赶快回。”

“回去？”高兰锁很诧异。高兰锁抓挠着后脑勺，在屋里来回疾步。

任丘。高兰锁家。高兰锁急匆匆爬完 5 层楼台阶，推门进屋。

“爸爸，我饿了，我不吃饼干。”女儿迎面跑过来，抱着刚跨进门槛的高兰锁的腿哀求道。

高兰锁环视四周，室内一片狼藉，妻子脸色苍白，躺在床上，一直呻吟。

看到这一切，高兰锁心里一阵酸楚。

“楠儿，你想吃啥？爸给你买去。”

“爸，妈还没有吃药呢，没开水了。”

高兰锁走进那间一张帆布之隔的“厨房”，只见两个早已干涸的铁皮桶斜倒在地。他明白，家里没有了一滴凉水，而现在不是供水时间，已经无法烧水吃药煮饭了。高兰锁转身向楼下奔去。

高兰锁在家已经第三天了，妻子的病还没有痊愈，而现在钻井队里的生产怎样？钻头使用是否到期了？走时刚修复的 2 号柴油机现是否还在正常运转？高兰锁心里忐忑不安。在这事业与家庭的天平上，高兰锁不知道取舍哪一端，两端对于他来说，都具有特殊的意义。

夜，已经很深了，窗外没有月光。女儿已进入睡梦，发出丝丝甜美的鼾声。高兰锁辗转不能入眠。蓦然，他一把抓住妻子，激动地说：“咱们明儿一起回井队吧。”

“你在说什么？”

“咱们明儿带上药，一起回钻井队吧。”

“你还嫌我们没有吃够你的苦啊，国庆节你不回来，我们去看你，你去堵漏，我们差点儿连饭都没有吃上。最后你胃病犯了，还是我来照顾你的。我们去了井队，你还能照顾得了我？”妻子不带好气地反斥道。

高兰锁动情地说：“你生病在家养着也是养着，你去了井队也是可以养病吗，我既可以工作，又可以照管你和孩子。”

“你整天就是工作工作，你心里还有没有我们！”妻子的话还没有说完，眼泪就掉了下来。

“不，我是说现在井队更需要我啊！”

“那你一个人走吧！永远别再回来了！”

第二天，高兰锁携带着全家出现在井场，与前来 32763 钻井队检查工作的领导相遇。

“不是说你回去休假了吗？”公司领导问。

“我实在是不放心，我还要冲 4 万呢。”

“好！到时候我们来给你开庆功会！”

大雨过后，32763 钻井队搬迁至文 46 断块钻井。车队向北，浩浩荡荡。

穿过文安城，满载着钻井设备及野营房的大车队，转向西北方向挺进，被前面的泥泞土路阻困。高兰锁和他的钻工们用草袋子铺路，拖拉机牵引，在约 8 里的泥泞土路上，展开了一场与天地争抢时间的战斗。

“队长，草袋子用完了，前面还有好长的土路，车进不了井场。”

“不再等草袋子了，时间要紧，用铁锹挖土，垫！”高兰锁果断地说。

在尚未铺上草袋子的泥泞路上，凸起了一层厚厚的散沙和泥土。然而，载重“大日野”左右摇晃，车轮还是滑进了水坑。汽车发动机不断发出轰鸣，车轮在水坑里飞旋，溅起一汪汪混浊的泥花。车队仍“步履艰难”，堵塞在半路。

时间在一分一秒地过去，仅有的 4 台拖拉机像 4 头老牛牵引着载重汽车，慢悠悠，一步一点头地向前爬行。后面是高兰锁和他的钻工们，用铁锹一锹土一锹土地往汽车轮子下垫，汽车一摇一晃，艰难地向前行进。

入冬时节，雨后的天气并未晴朗，一阵阵凉风吹过，袭上心头的是惆怅。50多辆载重汽车全部到位，仅有一小部分载物被卸运下来，钻工们累了饿了困了，却没有栖身之地，晚风吹来，汗水浸湿内衫，紧贴在肌肤上，是说不出的味儿。

广阔荒野，望不到一点灯火，只有32763钻井队卸下车来的少数几栋野营房内，亮起了点点银光。在融融的烛光下，钻工们吃过高兰锁和几位生产骨干从几里地以外的兄弟钻井队担回来的稀饭和油煎馒头片之后，两人一起或三人一堆挤在一张单人床上，和衣而寐，不管肌肤上的泥浆是否洗掉了，不管肚子里是否已塞满了，只要有一处安身，这一晚，就一定能睡得很香。

高兰锁安排好这天最后一项工作之后，回到他那宿舍兼办公室的铁皮房内。清清的烛泪像一泓泉月从山林间溢出，顺柱而淌，奔涌直下，中间是烛蕊燃起的红红火球，跳跃着，闪耀着，像节日礼花在盛开。而这一切，高兰锁无心欣赏。在他脑海里只有一个念头，抓紧时间休息，明早6时以后迎接他的，将是更加繁重的工作。

七

进入12月份，是高兰锁冲刺年累计钻井进尺4万米大关的最后阶段。

自妻儿8月份随矿来油田后，高兰锁再没有回过井陉。乡亲们说兰锁的井队出事了，乡亲们说兰锁生病了，乡亲们说兰锁团圆了媳妇忘了祖宗，怎么三四个月了不回山里看看生他养他的根儿？

最先来油田要看个究竟的，是高兰锁的父母。

那天，高兰锁回公司落实井位后，回家吃晚饭，正巧碰见父母来油田。听说高兰锁回来了，父母心里恨不得马上见到他，痛痛快快地骂这个不回家的不孝之子。当高兰锁跨进家门，出现在父母眼前的是和4个月前相比判若两人——眼睛凹陷，脸色蜡黄，头发蓬乱，一身泥兮兮的高兰锁。

这就是乡亲们说的井队出事了，娘日夜思念的锁儿？这就是乡亲们说的团圆了媳妇忘了祖宗不回山里看看生他养他根儿的锁儿？

娘拉着高兰锁冰冷的手："锁儿，你过来，让娘好好看看。"

娘颤巍巍地站起身移动着双脚，一双粗糙瘦弱的小手，在高兰锁的头上、肩上仔细地抚摸了又抚摸，顿时，老人家禁不住老泪纵横。

"锁儿，咱干不了就不干这个，跟娘回家去，啊——"

"娘！我行，我行的！"

月亮还没爬上来，只有这喜悦的灯光忽闪忽闪的。这晚，这简陋的临时探亲房这样温暖，温暖得叫人完全忘却了钻井队里的艰辛，钻井队里的寂寞。堂堂七尺高的兰锁依偎在父母身旁，他仿佛又回到了井陉的农家，心里那种激动，那种高兴，像是又回到了孩提时代。

"端琴，今晚多搞几个菜，我要跟俺爹俺娘多喝两杯！"

是的，一定要多喝两杯。俺爹俺娘教养我这么大，锁儿报答过俺爹俺娘多少？工作10年来，锁儿回过几趟井陉老家？这些年来，锁儿欠俺爹俺娘的简直太多太多了。娘患胃下垂，爹患肺气肿、腿骨质增生等疾病，锁儿作为这个家里的老大，俺孝敬过爹娘多少？在俺爹俺娘生病最重的日子里，锁儿都不曾陪伴在俺爹俺娘身边，给老人家喂过一勺药，递过一杯开水。今日，儿行在外，又让年迈的俺爹俺娘好生担忧啊！

高兰锁满腔里都是对父母的深爱之情。然而酒菜还没有上桌，话还在心窝里没说完，高兰锁在与父母的娓娓交谈中，竟然进入了梦乡，发出微微的鼾声。

夜，像是没有揭去面纱的少女，芬芳、温柔而又恬静。

皎洁的月光，透过窗户玻璃，淡淡地泼洒在高兰锁还没来得及更换的沾满泥浆和油渍的衣服上。一道道热气腾腾而美味的佳肴，飘溢着香气，萦绕在小屋。

“不能惊醒了他！”

母亲拿来毛毯，轻轻地给高兰锁盖在身上。让他好好地睡吧，安安稳稳地睡吧，甜甜蜜蜜地睡一个好觉。

八

1993年12月30日上午。32763钻井队高30-28井。

欢庆的锣鼓在高歌。公司党政主要领导来了。局团委书记来了。公司各大队（厂、站）及其他兄弟单位来了。各种车辆汇成宽阔的方阵，人流汇成欢乐的海洋。

飘扬在32763钻井队队部房顶上鲜艳醒目的“青年突击队”队旗，如青春的火焰，欢快、喜悦，奔放着、跳跃着。那鲜艳欲滴的色彩，如青春奔涌的热血，它代表着32763钻井队这支特别能战斗的集体，从一个胜利走向另一个胜利，从一个辉煌走向另一个更加灿烂的辉煌！

往日呼啸不息的钻机，此时静静地偎躺在钻塔坚实的怀抱，仿佛要稍事喘息，在欣赏了32763钻井队破年累计钻井进尺4万米大关的庆功会之后，再投入新的战斗。

高兰锁没有陶醉在鲜花和掌声中。他深深地懂得，32763钻井队破年累计钻井进尺4万米大关，累计节约钻井成本178万元，人均资金6000多元，全队全年无大小事故的纪录，不是他个人的功劳，这是浸透了许许多多人心血和艰辛的劳作，是许许多多领导和同志们大力支持、共同努力、相互配合的结果。

他们是中国进行社会主义经济建设的脊梁。他们是中国石油工业建设和发展的脊梁。高兰锁，就是这支队伍里一位突出的代表！

油层，油层

宋东兴

人生就是一次单程旅行，付出的是探寻的艰辛，收获的是沿途的风景。

——题记

一

1988年7月，22岁的崔永谦从江汉石油学院毕业，来到华北油田，踏上找油人生路。

成为一名找油人是崔永谦少年时的梦想。在他的家乡深泽县，就有华北油田的一家单位——勘探四公司。石油人朝气蓬勃的精神面貌和积极向上的乐观性格，对少年时的崔永谦形成了强大的吸引力，他渴望成为他们中的一员。1984年高考，他义无反顾地报考了石油院校。在学校时，崔永谦曾听老师讲，华北古潜山储量大、产量高，曾创造中国石油开发史多个第一，为国家建设作出了巨大贡献。毕业时，成绩优异的崔永谦放弃了去其他单位工作的机会，义无反顾地选择了华北油田。

踏上华北油田这片热土，崔永谦心情激动得无以言表，他终于圆了少年时的梦。但来到这里他才知道，如今的华北油田，已不是会战时“天天传捷报，越干劲越足”的黄金时期，面临勘探形势日趋严峻、原油产量逐年下滑的困难局面。作为一名年轻的找油人，他的心情从欣喜转为焦虑，更感受到肩上的责任。

一代人有一代人的使命。崔永谦暗下决心：现在再难也没有会战时难，老一代华北油田人能做到的，我们也一定能做到，一定要干出点名堂来。

刚到油田，崔永谦被分配到物探公司地震队担任技术员。如果说勘探是油气田企业的“龙头”，那么地震队就是勘探的“先行部队”。我国著名地球物理学家赵九章用“上穷碧落下黄泉，两处茫茫都不见”比喻勘探工作的艰难，物探就是运用技术手段让地下“茫茫不见”的地质构造露出“庐山真面目”。作为勘探工作者，最大的心愿当然是亲自打出高产井，可物探工作却是为别人提供资料做“嫁衣”。对此，崔永谦丝毫没有放在心上，他说，只要能为华北油田勘探工作作出贡献，每一个岗位都是光荣的。

“远看像逃荒的，近看像要饭的，仔细一看是物探的。”这是当时油田流传的一个顺口溜，虽然是调侃，但也反映出物探工作的艰辛。在华北地区开展地震勘探，必须要等到秋收以后，作业通常在冬季进行。在崔永谦的记忆中，20 世纪 80 年代冬天总是特别冷，这寒冷的记忆也许是来自那两年野外施工。崔永谦爱好运动，上学时是校队运动员，喜欢跑步、打篮球，在一起分来的大学生中，他属于“健将”级别，可野外作业的辛苦，仍然让他有些吃不消。只要有地震施工，他们都是一大早就出门，一天走二三十千米是经常的事，直到半夜才能回来。

冬季的华北平原一片肃穆，远远看上去平平整整的庄稼地，走到上面才会感到坑坑洼洼，寒冷使土地变得无比坚硬，每走一步都要小心翼翼，稍不小心就会崴脚。如果赶上下雪，那施工就更艰难了，不仅布线要付出更多的体力，在白雪覆盖下，地面标志难以识别，选准打眼放炮点对物探人员来说也是极大的挑战。一旦位置出现误差，获取的资料准确性、真实性将大打折扣，会影响后期地质人员的分析判断。更为严重的是，万一下方有通讯光缆或油气管道等，那后果不堪设想。崔永谦性格开朗、不拘小节，从不计较个人得失，但在工作上，他却特别较真，容不得半点疏漏。因为崔永谦知道，地震作业是勘探的第一步，如果第一步走偏了，之后所有的工作都会受到难以估量的影响。

在华北油田，地震队是人数最多的基层单位，人员总数少则几百人，多则上千人，工作量之大可想而知。一次次早出晚归，一次次爬冰卧雪，一次次风餐露宿，一次次艰难跋涉，没有消磨崔永谦的意志，他依然严细认真地对待每一次布线、打眼、放炮……每次听到隆隆的勘探炮声，看到几乎要结冰的泥浆被炸药强大的力量翻出地面，冲向天空，崔永谦都异常兴奋，总会联想到原油喷薄而出的情景，那是多么美好的画面呀！

崔永谦在物探地震队工作了两年，直到多年以后，他一直感念那段经历。恶劣的环境磨砺了他的意志，艰苦的工作锤炼了他的作风。无数次地震布线、打眼放炮、采集数据、解释资料、绘制施工图，使他以后在研究地震资料时有了更深入的理解，能准确分析资料在获取过程中是否受到野外复杂因素干扰，从而做出更正确的判断。

这两年，崔永谦用坚韧和执着走稳了他找油人生路的第一步。

二

人生由无数次选择构成，一个人事业的高度取决于他的格局、目标，也取决于他做出的一次次选择。1990 年，崔永谦调到物探研究所，成为一名真正的地质研究人员。在新的岗位上，24 岁的崔永谦在按部就班和拼搏奋斗中选择了后者，他要用拼搏向自己的梦想一步步迈进。

地质研究既要沉下心坐得住，又要有激情敢突破，而前提是必须有足够的积淀。崔永谦清醒地知道，虽然他在学校时是班中“翘楚”，虽然在地震队积累了不少实践经验，但距离一名优秀的地质工作者还有不小的差距。那段时间，生性好动的崔永谦暂时告别了足球场、篮球场，远离朋友聚会，全身心投入学习中，几乎到了痴迷的程度。每天上班，崔永谦脑子里都装满了“问号”，所里的专家、身边的同事都成了他的老师，别人下班了，他也舍不得走，扎进资料堆里一待就是几个小时。单位领导说，这小伙子行，有股子钻劲，是个干地质的料。

随着时间的推移，崔永谦脑子里的“问号”越来越少了，他的自信心也越来越强了。从来到物探研究所，他就一直渴望一个机会，一个证明自己的机会。虽说机会是留给有准备的人，但让他没想到的是，这个机会来得这么快。一年多后，26 岁的崔永谦成为研究组组长、科研项目负责人之一。

恩格斯说过：世界上只有两门科学——地质学和天文学，它们只能逐步地接近相对真理，因为它们是靠那些谁也没有经历过，而且今后也不可能再有人去经历的过程的残缺不全的遗迹，去做出科学的结论。而在地质学和天文学的比较中，勘探界有句话，“上天容易入地难”，因为“入地”是从地上探索地下，看不见摸不着。的确，时光无法倒流，谁也不能回到寒武纪，只能依靠少量化石、岩石、矿物，依靠地震勘探给地球做“CT”，去逐步认识、接近远古世界的真相。所以，地质认识往往不可能一次完成，必须多次反复；所以，勘探面前经常出现两个字——风险！

崔永谦以如履薄冰的心态和火一般的热情带领课题组开始了科研攻关。在很多人眼中，地质人员身份是光鲜的，工作是舒适的，有了勘探成果还能名利双收。其实，他们在工作中付出的艰辛是别人难以体会到的。面对浩繁的地质资料，崔永谦和同事们以“绣花”功夫精研细判，他们或是在资料堆里一坐就是几个小时，或是面对计算机屏幕苦思冥想。这份单调、枯燥，甚至有些煎熬的工作，崔永谦却从中体会到无穷的快乐，一种来自挑战和探寻的快乐。他总有一种感觉，看着一张张地震剖面图，就像穿越了时空，和远古在对话。在别人看来，那只是黑白相间的线条，可在他的眼中，那却是亿万年前恐龙肆意奔跑的高山大川，是蕨类植物野蛮生长的洪荒之源，是解开“地宫”秘密的“藏宝图”。

崔永谦当然知道面临的是多么巨大的困难，但他渴望成为那个打开“地宫”宝藏的幸运者。

三

赵县，历史悠久的文化名城。坐落于此的赵州桥是现存最早、保存最完整的单孔敞肩石拱桥，被誉为“世界桥梁鼻祖”和“天下第一桥”。赵州雪花梨是赵县又一张名片，其栽培历史悠久，可上溯到2500多年前，《诗经》的《晨风》所说的“山有苞棣”，指的就是它。

但是对华北勘探人来说，关于赵县却有一段刻骨铭心的记忆。1976年6月25日，从赵1井喷涌出的剧毒硫化氢，3名烈士的英魂，还有那悬挂在英雄3222队井架的“誓为祖国献石油，甘洒热血写春秋”14个大字，是他们心中永远的痛。

赵县在地质上属晋县凹陷，赵1井的钻探已证实了晋县凹陷是一个有利的生油凹陷，赵兰庄背斜是一个有利含油气构造，但因为地下含硫化氢，使该区域勘探陷入两难境地。即便如此，多年来，勘探工作者从未放弃探索，努力寻找不含硫化氢的油气藏。20世纪70年代末，钻探实施的赵8、赵9、赵23等井在孔二段发现了非含硫化氢的油气显示，增强了勘探工作者的信心。此后十余年间，勘探工作者不断创新、反复认识，陆续取得了阶段性成果，虽未实现突破，但积累了宝贵经验。直到20世纪90年代，晋县凹陷勘探终于“峰回路转”，1990年，赵29井中途测试获日产轻质油4.89立方米、天然气1400立方米，在晋县凹陷突破了非含硫化氢的“香油”关。之后用盆地模拟方法计算，晋县凹陷生油聚集量为2.29亿吨，其中非含硫化氢的聚集量为1.85亿吨，也就是说，晋县凹陷有80%的油不含硫化氢，这无疑给勘探工作者打了一支“强心针”。但之后，在晋县凹陷南部钻探的一批探井，大多失利，给晋县凹陷勘探又蒙上了一层阴影。

1992年，崔永谦担任研究组组长的同时，主持承担了华北石油管理局科研项目《晋县凹陷圈闭研究及下步找油方向》。他带领项目组利用地震资料重新对斜坡区落实构造形态，对地质特征开展综合分析。经过艰苦努力，落实了赵县鼻状构造、高村鼻状构造、南固庄背斜等5个大的构造，并提出了赵县鼻状构造油气主要富集在周村断层下降盘，沙河街组二、三段地层储层物性好，并且不含硫化氢，应作为近期的勘探重点目的层的新认识。这些观点受到很多专家认可，认为五大构造的格局落实得比较清晰，重点勘探目的层的地质认识比较深入，重点油气富集区的研究符合客观地质规律，应将这一地区定为勘探重点地区。这一研究项目获得管理局科技进步二等奖。崔永谦交上了他勘探找油的第一张完美答卷。

1993年初，崔永谦开始担任冀中南部室主任。他带领全室人员勇敢地担负起在华北油田重点探区——冀中南部探区寻找、落实油气富集区块并设计钻探井位的重要工作。

油田要为国家奉献能源，也要为企业创造效益。他深深懂得，自己工作的好坏直接影响着勘探的成功率，一口井打下去，不但关系到数百万、上千万的勘探费用，同时还关系到一个区块的地质评价和一个油田能否及时发现。每一次承担重任，崔永谦既感到压力，又感到自豪，压力来自责任，自豪来自大家的认可。

这一年，随着陆续出现好的勘探苗头，华北油田将赵县地区列为勘探主攻战场，进行了三维地震勘探。当时，油田等着要探明储量，钻机等着井位，勘探形势非常紧张。为了及时拿出地震资料解释成果，管理局组织勘探系统的地质勘探公司、研究院、钻井四公司与物探公司共同组成了地质解释研究会战小组，由崔永谦牵头负责解释工作。

会战，华北油田人再熟悉不过了。1976年大会战惊心动魄、荡气回肠的景象，早已深深印刻在每一个华北油田人的心里。会战，是一种精神的传承，也是激情的传递。崔永谦深知晋县凹陷艰难的勘探历程，深知勘探大发现对产量下滑、后备储量不足的华北油田的重大意义，他真正体会到了战士上战场的感觉。

勘探工作是一项系统工程，绝不是一个人、一个专业所能完成的，每一项成果都是多部门、多专业分工合作、共同努力的结果。可任何一个环节的疏漏、任何一个人的失误，都有可能让一个本该发现的油田失之交臂。

重大的责任，像一块巨石压在崔永谦的胸口。为了早出成果，他带领会战小组克服高温酷暑等种种困难，手工解释与计算机解释同时进行，计算机昼夜不停，解释人员 24 小时倒班，而崔永谦基本是“连轴转”。为了保证工作质量，崔永谦几乎参加了所有地震剖面的解释和检查工作，有时晚上参加计算机解释，白天还要与其他同志讨论出现的问题，连爱人生病也顾不上照顾。在他的带领下，会战小组齐心协力，只用半个多月的时间便完成了赵县地区主要地质层位的构造图，并经过综合地质评价及时设计了钻井井位。

勘探系统有一句话，“勘探没有失败，探井没有空井”。这绝不是勘探工作者自我开脱，因为勘探本来就是在探索新的领域、新的方向，无论探井的结果如何，是否获得油气，都会带来新的资料、新的认识、新的启发，而这些资料、认识和启发又会指导下一步新的勘探实践。道理是这个道理，但每名地质研究人员都渴望成功。曾有记者问崔永谦最大的压力和最幸福的事是什么，他不假思索地回答：“最大的压力是提不出勘探目标，找不到油气。最大的幸福是发现新的勘探目标，而且被证实。”

在寂寞中探索，在焦虑中期待，这也许就是地质工作者的“宿命”。用崔永谦的话说，解释资料是殚精竭虑，设计井位是如履薄冰，提交井位后是坐立不安。他们设计的井位只要一开钻，他就天天给勘探部门打电话，了解钻井施工情况。他多想盯在现场，亲眼见证他们千辛万苦设计的井出油，可为了避免钻机等停，他们还要马不停蹄地研究确定下一批井位。等待的过程是一种煎熬，焦虑、期盼、惶恐……各种情绪交织在一起，崔永谦的心情从没这么复杂过。

赵 102 井出油了！

赵 108 井出油了！

赵 109 井出油了！

赵 110 井出油了！

……

好消息一个个传来，连续 4 口井获得工业油流，且不含硫化氢，使得在赵县地区探明石油地质储量 668 万吨成为可能。在古老的赵州桥畔，一个新油田诞生了！由于意义重大，这一成果获中国石油天然气总公司 1994 年油田发现奖，崔永谦也受到重奖。压在崔永谦心中的巨石终于落地了，他体会到了幸福的滋味。

在发现赵州桥油田后，崔永谦带领课题组再接再厉，又连续在束鹿、高邑等地区的地震资料解释和地质研究中取得新突破。1995 年，他在束鹿地区地震资料精细解释和深化地质研究基础上，大胆使用勘探新方法进行油层预测，成功设计了晋 93 井并获得工业油流，一举发现了大车城油田，当年探明石油地质储量 434 万吨，确保了全局储量任务的完成。

自信比黄金更宝贵。现在的崔永谦已经有了足够的自信，这自信不仅来自晋县凹陷勘探的连战告捷，更来自他对勘探事业的热爱，对责任的担当。

四

寒来暑往，四季交替。时间改变着一切，但改变不了一个人的坚定信念。在勘探找油路上，不只有鲜花果实，更多的是沿途遍布的荆棘，无数条需要艰难选择的岔路，但崔永谦无怨无悔，因为这就是他向往的人生。

1996 年，崔永谦带领课题组在担负束鹿凹陷研究任务的同时，又挑起了对高邑、赵县地区重新开展地震资料解释和地质研究的重担。

在重新研究高邑地区地下地质情况时，他发现这个地区并非没有油，造成原来钻探失利的主要原因是这一地区地震波传播速度横向变化大，造成地下构造落实不准，再就是以往勘探的主要目的层位—孔店组地层比较致密，不利于油气富集。

这时，他想到了上大学时一节让他终生难忘的课。在那堂课上，一位在全世界享有盛誉的美国物探专家介绍了当时先进的勘探理念，还给他们讲了一个小故事：实验者将一群鸡隔在一段篱笆墙里，在墙外撒了几把米，所有的鸡都将头伸出墙外想要啄米，由于米撒的位置离篱笆墙比较远，鸡就算伸长脖子也吃不到。可实际上，那道篱笆墙长度只有 5 米，鸡只要走几步就能绕过去，轻松吃到米。这个故事对崔永谦影响至深，他认识到，做好勘探工作，要有执着的信念，但不能固化思维。

要想在高邑地区实现勘探新突破，首先要在认识上先突破，这条路走不通，就换条路走走。崔永谦及时转变思路，重新寻找目标方向。在系统研究的基础上，提出在高邑地区进行变速成图并把勘探的主要目的层位转向沙河街组二、三段的新观点，针对沙二、三段的地层设计了赵 61 井。经钻探，赵 61 井获得日产原油 38.53 吨的高产工业油流，成为赵县以南第一口达到工业价值的出油井，不仅开辟了高邑地区这一新的勘探领域，也取得了继赵县之后在南部探区油气勘探的第二次突破，发现了冀中最南部的高邑油田。1997 年，根据这一成果在高邑地区针对沙二、三段钻探赵 60 井，又获得日产 63.13 吨的高产油流，探明石油地质储量 517 万吨。

1996 年，崔永谦带领课题组对赵县地区的地质结构重新进行了深入研究，发现这一地区地下存在北西走向的“横”断层，在断层南侧应该有油气富集。面对不同的学术观点和反对的声音，他认真研究，精细论证，提出对这一地区展开钻探的建议。建议被采纳后，钻探的赵 55 井见到油气显示，随后赵 57 井获得了日产原油 48.7 吨、天然气 4375 立方米的高产油气流，不仅发现了沙四—孔店组为不含硫化氢的“香油层”，而且进一步扩大了赵州桥油田的含油范围。在此基础上，相继钻探的赵 113 在沙四—孔店组的地层中获得日产 42 吨的高产工业油流，赵 112 井在该层系油气显示层段达百余米，试油获得日产 23.37 吨的工业油流，赵 80 井也获得了日产油

150 吨、气 10000 多立方米的高产油气流。这些井的钻探成功，使赵县背斜 1997 年探明石油地质储量 415 万吨，不仅为全局储量任务的完成打下了坚实的基础，而且使赵县地区再次成为勘探工作的主攻战场以及全局拿储量的重点探区。

在有些人眼中，崔永谦是个幸运儿，总能找到新发现，提交的井位经常打出高产井。殊不知，这成功的背后，崔永谦付出了多少艰辛和汗水、多少耐心和细心，他总和同事们说，要保持严谨的治学态度和持之以恒的精神，勘探工作容不得一点马虎。工作中的经验他会和同事们分享，发生过的失误，他也毫不隐讳。

有一次，项目组同事读取设计的井位坐标，填写数据时字迹潦草，打字员猜错误打，到崔永谦审核时，正好他手头还有其他工作，就没有再次读取，直接签字后交到上级部门。上级部门的分管领导审查时发现坐标错误，把崔永谦叫到办公室狠狠批了一顿，说："你们这是想干吗，把井位定到太平洋里去了！你们是想出国了，还是想引起国际纠纷啊？"这是崔永谦唯一的一次审核失误，但他却反复提起，既是警醒自己，也是激励同事养成严谨的工作作风。

1997 年 6 月，崔永谦走上了新的岗位，担任了研究所副所长，主要负责冀中和塔里木华北区块的科研生产工作。他清醒地认识到自己肩上担子的重量，自己工作每深入一步，勘探的风险就会减少一分，必须以更加饱满的热情投入工作之中。为了能全面掌握所分管各室的工作动态和存在问题，检查监督工作计划实施进度，及时讨论解决出现的物探地质问题，他几乎整天待在各项目室。

1998 年，是物探研究所成立以来工作量最大也是最困难的一年，研究区域从冀中到冀南、从二连到塔里木又到柴达木。光是在冀中探区就承担了饶南、晋县南、前石家务 1300 多平方千米的三维地震解释和信安镇到杨村斜坡的地质研究等重点任务。尤其饶南大连片三维区，是研究所也是华北油田第一次进行大连片的三维资料解释，近600平方千米的解释任务几乎占研究所全年解释工作量的三分之一，而管理局要求出成果的时间又比较急。面对一个个摆在眼前的难题，崔永谦和他的同事们没有退缩，而是积极想办法解决。通过合理组织、潜心钻研，他们终于出色完成了饶南连片三维的解释任务，根据解释成果提供钻探的井位中，楚24、路68、楚18等井均获工业油流，从而使该区成为1999年管理局勘探找油的又一重点区带。

在理顺饶南的关系后，崔永谦又立刻投入晋县南地区的连片三维区片资料解释和井位设计工作之中。晋县南部在前几年一直是勘探找油的重点地区，勘探潜力比较大，但因为存在断层多、构造复杂等诸多因素，给解释工作带来了困难。在他担任副所长之前，解释的最后一个区块就是晋县南赵县地区，他一直认为这个地区还有很多油，所以对这一地区也是情有独钟。根据管理局关于技术干部要承包重点勘探区带的要求，崔永谦自然成了这一区带的“区长”，从大的结构分析，到检查每条测线，他不敢有丝毫疏忽。经过精心解释，他和技术人员在赵县背斜南翼完成了预探、评价井的井位设计，赵86、赵87、赵118等井均获工业油流，累计在背斜南翼新增探明储量632万吨。此外，还新发现了南柏舍含油构造，设计的赵36、赵69井实施钻探后均喜获工业油流，晋县南部的勘探取得了新突破。

与此同时，崔永谦还和北部以及区域研究项目的同志们对文安、信安镇等地区开展了科研攻关，经过合理安排、深化研究、大胆应用新技术，在文安斜坡王仙庄地区设计的井位经钻探连连告捷，在文安斜坡北段，经重、磁、电、震，二维、三维联合解释，厘清了信安镇—杨村斜坡的地质结构，设计钻探苏49井在奥陶系获日产油77.4立方米、气17万立方米，取得了华北油田新区勘探的重大突破，被行业专家喻为重、磁、电、震综合物探教科书般的典范。

崔永谦一直记得一位老前辈的话：干石油工作要多动脑，勤动手，面对问题既要去想，又要去做，既要去学，又要总结。特别是担任副所长后，由于他分管的研究工区跨度较大，除冀中、塔里木两大探区外，还包括物探公司的对外承包工程项目。为了掌握每个工区的地质情况、学习新的理论知识、总结研究成果，工作时间不够，他就“五加二”“白加黑”。因为他知道，要想超越前人，有新的突破，必须付出成倍的努力，必须潜下心来“做学问”。如果只是抄袭前人的成果，不想有新的发现，那就不如不干。尤其是1998年研究所引进新的地震解释软件后，为了提高自身素质和人机联做解释工作站的综合运用水平，他利用节假日、晚上参加有关专家讲学活动。承担的科研课题也基本上是他白天深入每个研究工区，反复进行研究论证，力求得出最有利的论据，利用晚上进行整理和报告编写。在年底的验收中，经专家评审，课题组研究成果达到国内领先水平，他的多篇科技论文在专业杂志上发表。

1999年，华北油田改革重组，崔永谦的岗位再次发生变化，成为华北油田公司物探研究院副总工程师，后又先后担任总工程师、院长。担任院领导以后，崔永谦在做好管理的同时，依旧以巨大的热情投入勘探工作，一直参加院里研究工作的指导把关和决策审查，是这个时期油田公司诸多勘探成果的参与者。作为项目经理，他还承担了国土资源部、中国石油天然气集团公司的油气战略选区、物探方法研究等项目。同时，在地震储层预测技术发展、计算机工作站集群技术发展等技术研究方面发挥了重要作用。

五

“不疯魔，不成活”，这句话更多时候是形容艺术家的，其实对于勘探工作者同样适用。

在进行勘探研究时，崔永谦经常处于痴狂的状态。有一次星期天爱人让他去买盐，在去超市的路上，他突然想到了一个断层的组合方案，为了验证这个方案，他折身就去了办公室，一忙就是大半天，把买盐的事儿忘得一干二净。等天黑回到家，他这才想起来爱人交办的任务。他和妻子是大学时的同学，妻子对他的工作是非常理解和支持的，但这样的时候多了，他难免心怀愧疚。当人们沉浸在节假日的轻松与欢乐之中时，崔永谦也想享受闲庭信步的悠然，享受与贤惠的妻子和可爱的孩子在一起的温馨。多年来，他觉得欠妻子和孩子太多了。如果说在勘探各个岗位上他自认为称职的话，但作为丈夫、父亲，他实在不敢理直气壮地自称称职。女儿是崔永谦的“心头肉”，他曾说，工作以来最开心、最高兴的三件事，第一就是女儿出生，第二是主提的探井井位第一次被采纳，第三就是女儿拿到大学录取通知，三件事中有两件是关于女儿的。但在女儿成长的过程中，他的陪伴少之又少，紧张的工作使他无法在孩子教育上投入更多的时间和精力。有一次孩子问他：“爸爸，你怎么那么忙，天天加班，也不陪我，为什么呀？”面对女儿的提问，大道理是不好讲的，他只有满脸的愧色。但作为一名油田勘探工作者，他没有别的选择。

崔永谦最欣赏一句话：不仅看你干了什么，更要看你干成了什么。多年来，他主持了冀中、二连、新区等多个地区的地震资料解释和地质研究工作，主持、参加完成局级科研课题几十项，用辛勤的汗水浇灌出了丰硕的成果：获集团公司、河北省、内蒙古自治区科技进步奖 10 多项，华北石油管理局、华北油田公司科技进步奖 30 多项；与同事们一起提交探井井位上百口，有一半以上获得工业油流，在冀中南部的赵州桥油田、高邑油田、大车城油田等油田的发现中做出重大贡献，在宝力格、木日格、宝饶内带等储量区块的发现中发挥了积极作用；多次获中国石油天然气总公司、集团公司的油田发现重奖；荣获河北省劳动模范、河北省杰出青年能手、华北石油管理局劳模标兵、劳动模范、优秀党员、华北油田有突出贡献的十大青年等荣誉称号。

崔永谦说：“石油工作是一项系统工程，任何个人的力量都是有限的，只有大家团结协作，才能取得好的成绩。我各个时期完成的各项工作和取得的成绩，都是大家共同努力的结果，我只是代表之一。”

崔永谦非常珍惜这些荣誉，他认为这些荣誉不是对他个人的奖赏，而是对他的团队的肯定。但他更珍惜的是那些难忘的记忆：第一次来到向往已久的华北油田，第一次在冰雪覆盖的田野放线，第一次通宵达旦解释地震资料，第一次提交井位，第一次看到自己设计的探井喷出滚滚油流……崔永谦将这些记忆藏在心里最深处，因为这是他一生的珍宝。

地质开花

闫继峰

没有豪迈的语言，却奉献美好的青春年华；没有华丽的粉饰，却雕琢出丰硕的勘探花朵。

张弟荣，这名在科研道路上潜心钻研、勇于创新的女强人，在华北油田油气勘探的征途上用自己辛勤的汗水赢得了一个又一个荣誉。20 多年来，她怀着对祖国石油事业的忠诚，凭着对地质研究的执着追求和过硬的业务能力，先后参加了廊固凹陷、饶阳凹陷、晋县凹陷的十几个地区地震资料解释和综合研究工作，组织或参与了多项局级科研课题。由于在科研工作中的突出贡献，她先后荣获集团公司 2000 年度“优秀共产党员”、集团公司 2001 年度“模范共产党员”和河北省 2004 年度“劳动模范”称号。

矢志不渝，练就发现石油的慧眼

瑞雪兆丰年，飞雪迎春到。1978 年 12 月 18 日，在北京罕见的大雪里，具有划时代意义的党的十一届三中全会隆重召开，奏响了我国改革开放和社会主义现代化建设的春之序曲。

这一年，张弟荣这个农村孩子迎来了她人生的春天。十年寒窗苦读，她考取了华北石油技工学校测井专业。张弟荣被录取的喜讯，一时间在张家口宣化县的这个小山村不胫而走，左邻右舍纷纷前来祝贺。那些天，张弟荣的心情一直难以平静，对新生活的期待和兴奋，对家人的眷恋和不舍，各种情绪交织在一起，内心五味杂陈。张弟荣清楚地知道，她将开启新的人生。

来到华北石油技工学校，虽然学校的环境没有想象的那么优美，教学硬件还不是那么完善，但张弟荣的眼界宽了，视野开阔了，学习的热情也更浓了。时值华北油田大会战，广袤的华北平原一派如火如荼的找油景象，古潜山上打出的一口口高产油井的捷报，频频传到校园，激发了石油学子内心按捺不住的找油冲动。在校两年间，张弟荣勤奋好学，刻苦钻研，学习掌握了石油测井专业知识，各门功课优异，完成全部学业。

1980 年，张弟荣技校毕业，本可以直接参加工作，但她做出了一个出人意料的决定，放弃参加工作，选择报考更高学府深造。她觉得自己所学知识还不够深入、系统，磨刀不误砍柴工，现在多上几年学，是为了将来更好地服务油田开发建设。通过刻苦学习，张弟荣顺利考入了华北石油职工大学石油地质专业。4 年的石油地质专业学习，为张弟荣增添了翅膀、丰满了羽翼。由此，也开启了她从事找油事业的人生新征程。

1984 年，她毕业分配到华北石油管理局物探公司工作。当时物探公司刚刚成立，急需培养一批油气勘探综合型人才。由于张弟荣有石油测井和地质专业的学习背景，她被组织选中，送到华东石油学院物探专业进修 1 年，这对张弟荣来讲更是“如虎添翼”。多年的石油专业知识的学习深造，张弟荣集测井、地质、物探 3 个专业于一身，一套找油的“金刚钻”到手了。

1985 年，在华东石油学院完成进修，张弟荣到物探地震队任解释员，负责采集资料的部署、监督检查和验收工作。1986 年，到物探公司研究队从事地震资料解释工作，承担廊固凹陷石油地质综合研究任务。

张弟荣先后参加了廊固凹陷二维、三维地震勘探资料的地质综合研究，提供钻探井位近 20 口，取得了丰硕的地质认识。她认为，廊固凹陷是一个后期构造运动剧烈，反转型构造多变复杂；多物源，沉积储层规律不明显；控制构造圈闭的断层继承性差，不易识别解释的复杂油气勘探凹陷。但廊固凹陷油气资源丰富，多年探明的储量与资评相差甚远，可能是早期形成的油气层遭到破坏二次运移集聚。她及时转变思路，调整目的层和勘探方向，建议加大低幅度构造和多种类型油气藏的勘探力度。她的这一新认识，至今被勘探专家所认可，并一直在廊固凹陷的勘探研究上发挥着指导作用，也为廊固凹陷成为华北油田勘探主力战场奠定了地质理论基础。

1999 年，随着三维勘探力度的不断加大，地震资料进一步丰富和完善，为饶阳凹陷、廊固凹陷的整体勘探提供了充分的资料依据。饶阳凹陷、廊固凹陷也成为张弟荣顽强找油、取得新发现新突破的“沃土”。

知难而进，留楚背斜勘探取得新认识

“石油蕴藏在地质家的脑海里。”这是张弟荣一贯秉持的找油理念。这一理念一直贯穿她的地质研究工作，深埋在她的内心，融入她的血脉。

她常对人说，这句话蕴含着丰富的找油哲学，包含着地质研究人员应该具有的强烈找油意识和丰富想象力。对每一名地质研究人员来说，找到石油是使命，也是责任，没有找油的信心和勇气，没有坚定的找油信念，就是有再高的专业知识和理论水平，也不会取得事业的成功。

1999 年，她参加了饶南三维连片地震资料解释和综合研究工作。饶南三维连片地震资料面积近 600 平方千米，对这么大的区域进行三维地震资料解释，在华北油田尚属首次。

作为华北油田油气勘探的主战场，该区域勘探程度已经相当高了。20 多年间，已钻各类探井 56 口。面对地质构造复杂、勘探程度如此高的老探区，要想在勘探上取得新突破新发现，难度可想而知。

按以往的工作量和科研人员的工作负荷衡量，200 平方千米的三维地震资料解释工作，需要五六个人才能完成，而这块近 600 平方千米的连片三维地质资料解释，项目组仅安排了 8 个人。这就意味着每个人要承担两倍以上的工作量。

对事业的不懈追求，造就了张弟荣知难而进、迎难而上的坚强性格。作为这个项目的业务骨干，张弟荣的工作量和付出又何止两倍呢？为让这一勘探老区再现新风采，她凭着在冀中探区多年的研究经验，带领项目组成员放弃节假日，早出晚归，加班加点，认真分析三维连片资料的地震反射特征，从重新标定层位、精准识别追踪地层、理顺断裂结构、构建新圈闭等基础工作做起，进一步理顺了该区断裂系统；充分利用地震、地质、钻井、测井等大量资料，在生油条件、储层特征、流体性质的研究上取得了新的认识，提出了“留楚背斜勘探目的层向新层系沙三上段转移”的新构想，打破了对该区原有成藏规律的认识。

基于这一新认识和大胆设想，她在楚24圈闭标定的楚24X井，经钻探在沙三上段获日产工业油流23.4吨，开辟了留楚背斜沙三上段新的勘探领域，取得了留楚地区油气勘探的又一次新突破。

执着追求，柳泉背斜勘探取得新突破

十载勘探之路，十年风雨兼程。

张弟荣先后从事过廊固凹陷、饶阳凹陷、晋县凹陷3个凹陷的十几个地区的地质综合研究工作，特别是在廊固凹陷油气勘探研究上的工作时间最长，一干就是十个春秋。

在勘探人的生活里，挫折与喜悦总是与他们相伴相随。虽然一路常遇不平和坎坷，有汗水、有付出、有困难，但张弟荣总能凭借过硬的技术和扎实的作风，攻克一个个难题，出色完成各项科研任务。

理想很丰满，现实却骨感。廊固凹陷具有地质构造复杂、断块破碎、资料品质差、成果转化周期长等特点，在很长时间里没有取得勘探上的新进展，也一度成为研究人员的“心结”。要想在这样一个老区取得勘探新发现，没有点耐心、没有一股执着的劲儿，是耐不住那份寂寞的。

人生贵在执着追求，万事都怕“执着”二字。2000年，张弟荣主动请缨，凭借自己对找油的那股执着劲儿，担起廊固凹陷柳泉地区油气勘探研究的重任。

俗话说，没有金刚钻，别揽瓷器活。张弟荣心想，既然选择了这个担子，就不能半途而废，就不能让别人看不起，不取得胜利决不“收兵”。她对自己多年积累的深厚专业知识和练就的工作能力充满自信，这也是她的一贯秉性。

在“揭榜”后的3个月里，张弟荣忙碌起来。她带领项目成员，废寝忘食，收集整理了该区大量的图件、研究报告及研究成果，一头扎进地震、地质、测井、录井资料堆里，分析对比各种数据。遇到资料里没有答案的、自己想不明白、搞不清楚的问题，她就向老专家请教。让她欣慰的是，一个个难题得到解决，一个个新认识浮出水面，就连张弟荣也记不清自己为之付出了多少，经历了多少个不眠之夜。有一次，办公楼值班师傅半夜醒来，看到一个办公室的灯还在亮着，以为是人们下班时忘了关灯，过去推门一看，发现张弟荣带领项目组的地质人员正在分析研究地震资料，他们太专注了，居然没有察觉有人开门。

张弟荣深深懂得，在油田勘探资金短缺、钻井进尺减少的情况下，地质综合研究的质量，关系着对一个区块、一个构造带的评价，也将直接影响领导的决策和油田的效益。为了保证资料解释质量，提高探井成功率，在廊固凹陷柳泉南构造的研究中，她积极调整研究思路，主动运用新理论新方法，对老资料从新角度进行分析研究，反复认识，反复验证，寻找突破点。

功夫不负有心人。她利用滑脱断层理论，进一步理顺该区断裂结构，在柳泉背斜取得“后期构造反转，油气二次分配，可能运聚浅层成藏”的新认识，使柳泉背斜勘探取得新突破。提供钻探的3口探井，均见到良好油气显示，其中，泉98井、曹50井试油获工业油气流。当年上交探明石油地质储量101万吨，探明天然气储量7.39亿立方米，预测石油地质储量649

万吨。随后，她与滚动开发结合，提供的泉 42–2 井试油喜获工业油流。

精雕细刻，采育岩性油藏勘探翻开新篇章

作为一个地质工作者，张弟荣深知油气勘探研究工作是油田勘探开发的排头兵和先遣队。一个油田能否被发现，科研人员的勘探思路和扎实的基础工作是成功的关键所在。

科研工作每深入一步，就将给勘探带来一线新的生机。2001 年以来，她担负着廊固凹陷西带的万庄、采育、凤和营等地区的地质研究任务。该探区钻探工作始于 1963 年，经过 3 次勘探会战，成效甚微。

面对新的困难和挑战，她没有退却，依然选择了前进。她从基础工作做起，理顺工区断裂系统，对该区的生油条件、储层特征、流体性质有了进一步的认识，这也坚定了她在该区找油的信心。为取得进一步成果，她利用该区三维地震资料，反复推敲，仔细琢磨，精心构建了采育砾岩体的成藏模式，提出了对采育地区砾岩体重新勘探的新构想。

为证实自己的构想，她又根据该区的沉积相特征及砾岩的分布特点，通过探井资料分析及精细层位标定，将该区的砾岩体自上而下细划为 6 套层系，并分期分套精雕细刻，共发现落实 18 个圈闭，圈闭面积达 32.6 平方千米。

虽然钻探目标已经明朗，但新的问题又出现了。由于砾岩储集体的非均质性很强，储层物性变化大，华北油田之前在砾岩体勘探上还没有突破性进展。为了破解这一难题，她又开始了新的攻关，重新对该区 14 口井的钻井、测井、试油及薄片分析化验等地质资料进行统计，分门别类归纳梳理、分析研究。

在那段时间里，张弟荣像着魔了似的加班加点，没过过一个双休日，就连吃饭、睡觉都觉得奢侈。因为加班，她只能狠下心让孩子独自待在家里，或者请邻居帮忙照看。

辛勤付出总会有回报。经过一段时间的连续奋战，影响砾岩储层物性的因素终于浮出水面，制约砾岩勘探的难题迎刃而解。她不仅提出该区砾岩储层物性受沉积相带、砾岩厚度等诸多因素影响的新认识，还掌握了该区储层物性变化规律和油气分布规律，提供钻探了桐 43 井，钻探结果与设计基本吻合，采用放喷求产和孔板测气，获日产油 38.8 吨，日产气 9467 立方米。

桐 43 井的钻探成功，实现了岩性地层油藏勘探的新突破，打破了采育地区多年勘探进展缓慢的局面，加速了该区砾岩体的勘探进程。

思维创新，旧州构造带勘探实现新进展

有奋斗，就会有付出；有创新，就会有发现。这是张弟荣的人生信条，她是这样说的，也是这样做的。

选准勘探方向是迈向成功的第一步。2002 年，为进一步扩大勘探领域，她把工作重点转移到固安—旧州地区研究及综合评价上。固安—旧州地区面积达 600 平方千米，勘探程度较高，究竟选哪个区域、哪个构造单元作为突破口呢？这让张弟荣思索了很久很久。

成功源于脚踏实地，发现源于对地下油层的探索。她整理行装再出发，一头钻进浩瀚的地质资料里，反复琢磨推敲，苦苦寻找线索，从不放过任何蛛丝马迹。经对该区石油地质条件进行多方面论证后，她认为旧州构造是一个继承性发育的构造，距油源断层近，具有较大的资源潜力，但由于该区地质结构十分复杂，一直没有找到较整装规模储量，其主要原因是圈闭落实程度不够，控油因素及油气分布规律尚未搞清。

思维创新是解决问题的秘诀。为寻找旧州构造控油因素及油气分布规律，她别开新路，打破旧的找油模式的束缚，对不同的地区、不同的储层细化砂组，构建了不同的成藏模式，以新的地质认识寻找新的构造及有利圈闭。有一天，她惊喜地发现，在泉 67、68 井剖面上，存在两大套电测解

释为水层的油气显示段。基于多年研究经验，她认为如果对这两个油气显示段再次勘探，必将揭示该区控油因素。为此，她将其划分为两套砂组，大胆提出该区勘探的新思路，开展深浅层位兼顾的钻探设计。

那么，该区的油气分布规律又是怎样的呢？经反复琢磨后，张弟荣认为可能是构造圈闭落实程度不够，造成厚油层未被发现。怎样才能验证这一设想呢？她凭借多年工作经验意识到，只有开展精细地震资料解释，才是落实构造圈闭的有效手段。光想光说是解决不了问题的，她立即对断裂构造进行精细解释。经过多次尝试，曙光终于出现了，在一次精细地震解释对比中，两条控制油气分布规律的断层突然展现在大家的眼前。张弟荣发现，在旧州构造上的泉 68 井南部存在两条北掉的顺向断层，控制着南北向的背斜形态，这一地质难题终于攻克了。

经过两个多月的苦战，她理顺了该区的断裂系统及构造形态，利用这两条断层，重新构建了以旧州断层和州 16X 南断层共同控制的旧州构造油气成藏模式，搞清了旧州构造带控油因素及油气分布规律。提供采纳实施井位 5 口，其中，州 16X 井试油获日产工业油流 39.8 吨，天然气 1 万立方米。州 16X 井的成功钻探，打开了固安—旧州构造带油气勘探的新局面，成为 2002 年冀中上交整装储量的重点地区，上交预测石油地质储量 1009 万吨，为廊固凹陷油气勘探开发赢得了主动。2003 年，又在州 16 断块部署开发井 20 口，上交控制石油地质储量 1000 万吨，建产能 7.5 万吨。

重构地模，万庄构造勘探呈现新面貌

新层系勘探新突破，会带来勘探领域的大发现，这是勘探工作者通过实践得出的结论。

万庄构造位于廊固凹陷的西北部，勘探始于 1964 年，勘探面积约 60 平方千米。在近 40 年的勘探中，仅发现了油层厚度相对较薄、储层物性相对较差的泉 56、87 两个小油藏。至 2003 年，该区共部署井位 11 口，多口井在沙三段和沙四段见到良好的油气显示。

张弟荣认为，万庄构造是一直未取得重大突破的一个低幅度背斜构造，在冀中勘探老区中具有相当好的成藏背景。多年的钻探也证实，该区紧邻桐南生油洼槽，资源潜力较大，发育多套扇三角洲砂体，储盖组合好，已钻井揭示沙三段形成 4 套大的储盖组合。加之构造背景有利，是一个具有多套含油层系的复式油气聚集区，应具备良好的勘探潜力。那如此有利的成藏背景，为什么尚未发现规模储量呢？这让张弟荣百思不得其解。

啃硬骨头，要有新办法。2004 年，她带领项目组人员认真研究万庄构造的基础资料，创新应用层序地层学理论，深入细致开展地层综合研究，精细建立等时格架，精心刻画含油层序，努力寻找制约勘探的关键因素，重构了地质成藏模型，进一步摸清了该区成藏富集规律。

在构造分析基础上，通过对已知油藏和井位对比分析，发现落实了州 12 井岩性圈闭。在该圈闭的高部位，钻探州 22 井，获日产工业油流 11.63 吨。这不仅解决了制约该区域勘探的关键问题，同时取得了一系列勘探新认识，发现和重新落实了一批有利圈闭。经过综合评价，优选出背斜核部的泉 56 西反向断鼻圈闭钻探取得成功，桐 12X 井在两口井段试油，分获日产油 24.09 吨和 5.95 吨。这一重要勘探成果，打开了该区域沉寂多年的勘探局面。

为进一步扩大万庄构造的勘探成果，张弟荣又在背斜的两翼相继提交了桐 46X、桐 47X、桐 52 井，3 口井均获工业油流，这也是该区域 40 多年来首次在沙三段获得工业油流，为廊固凹陷油气勘探开辟了新领域。

家国情怀，用无私奉献书写人生华章

石油是工业的血液，是国家的命脉。家国情怀，是找油人的最本质最纯真的情怀。无私奉献，是找油人最朴素最高尚的品格。

常言道，忠孝不能两全。每一个人成功的背后，总有家人的默默付出和支持。张弟荣在享受成功带来的欣喜之余，在内心也怀着对家人的愧疚之情。

对张弟荣来说，工作和家庭是天平的两端，一边是自己钟爱一生的石油事业，另一边是深爱的父母、爱人和孩子，这常常让张弟荣难以取舍。其实，在张弟荣的心里，事业和家人同样重要，但工作和家庭产生冲突时，她总默默倾向于自己热爱的找油事业。

2000 年冬天，正是她负责的一个重要项目的关键阶段，时间紧任务重，实在没有时间照顾孩子。万般无奈之下，她打电话给远在张家口老家的父母，让他们到任丘帮忙照看孩子。身体状况不佳的母亲，为了支持张弟荣的工作，瞒着病情同老伴一起，从张家口乘车一路颠簸来任丘帮助她照看孩子。离开家乡 20 多年，虽然每年也回去看望父母，但到底聚少离多，父母生了病或是有什么难事，也不愿和她说，怕影响她工作。在张弟荣的记忆里，母亲一直还是每天忙里忙外、不知辛苦的样子。她并不知道，此时的母亲身患冠心病，经常发生心绞痛，牙疼病也犯了很长时间，有时疼得睡不着觉，就悄悄地吃片止痛药。

就这样，两位老人在任丘帮张弟荣带了 3 个月的孩子，直至她的科研工作告一段落，才回到张家口老家。二老临回老家前，这个粗心的女儿还不知母亲的病情。

让张弟荣痛心的是，母亲回张家口不久就得了中风病，半身不遂，住进了医院。可由于她工作实在脱不开身，只能由姐姐一人陪护，直至母亲出院 3 个月后，病情又一次恶化，医院下了病危通知书，她才请假回到母亲身边。由于抢救及时，母亲的病情好转了，张弟荣怀着万般不舍的心情又回到了工作岗位。后来母亲因病去世，张弟荣每次想起来都会暗暗流泪。母亲在世需要自己时，未能好好照顾老人、尽到女儿的孝道，成了她一生的遗憾。

除了对老人的愧疚，张弟荣还有很多遗憾，她没有像别的妻子一样给丈夫更多的温馨，没有像其他母亲一样给孩子更多的关怀，不是因为她心中没有对家人的爱，而是因为她做出的选择。她对事业的全身心投入绝不是想着出人头地，获得鲜花和奖章，而是出于对华北油田勘探事业的忠诚。

马克思说，在科学上没有平坦的大道，只有不畏劳苦沿着陡峭山路攀登的人，才有希望达到希望的顶点。正是因为张弟荣对油气勘探事业的执着追求，才赢得了科研道路上的累累硕果，也正是因为她对油气勘探事业的无私奉献，才收获了职业生涯上的满载而归。

心中的油藏

郑学超　田　洁

人物小传

杨德相，男，侗族，1966 年出生，贵州天柱人。1987 年毕业于成都地质学院石油地质专业，入职华北油田勘探开发研究院。2006 年 3 月加入九三学社。曾任河北省第九、第十、第十一届政协委员。教授级高级工程师。多年来，杨德相专注于油田勘探的地质综合研究和技术管理工作，为华北油田油气勘探做出积极贡献，共获得省部级科技进步奖一、二等奖 12 项，获第 14 届孙越崎青年科技奖、股份公司重大勘探发现奖多项；出版专著 6 部，发表论文 30 多篇；荣获集团公司劳动模范、集团公司青年岗位能手、河北省优秀青年等荣誉称号。

一张文雅秀气的脸庞，眉宇间透露着睿智聪慧，虽言语不多却机敏幽默，他就是勘探开发研究院总地质师、副院长杨德相。人如其名：德才兼备、相貌堂堂。人送雅号：少帅。

1983 年，17 岁的杨德相带着山里人的祝愿和“光宗耀祖”的光环，走出贵州黔东南苗族侗族自治州天柱县的小山村，进入成都地质学院。自这时起，这个怀揣对美好未来憧憬的年轻人便与石油地质勘探结下了牵绊一生的不解之缘。直到多年之后，杨德相还会经常说，他这一生做过最正确的决定就是选择了石油。

自1987年从大学毕业来到华北油田勘探开发研究院，35年来，杨德相在华北油田给他提供的大舞台上，充分展示才华与能力、放飞理想与追求。他矢志不渝、刻苦钻研，以寻找更多石油资源为己任，在冀中坳陷复杂断块、隐蔽型潜山，二连盆地地层岩性油藏，河套新盆地等勘探领域取得突出成绩。他带领科研人员相继发现了武强、留楚、高邑、宝力格、乌里雅斯太、阿尔、吉兰泰等多个油气田，储量规模超亿吨，为华北油田高质量发展提供了有力支撑。

一

石油被称为国民经济的“血脉”，地质学家的使命就是凭借“火眼金睛”，拨开重重“迷雾”，挖出深藏地下的“黑金”，畅通国家经济“血脉”。

1987年从成都地质学院毕业后，杨德相在勘探开发研究院开始从事地质综合研究工作。由于学业扎实、勤学善问，又肯吃苦、爱钻研，没过多久，杨德相就在同届新分配大学生中脱颖而出，成为在工作中能独当一面的业务骨干。

华北油田是我国第一个以碳酸岩盐为主的古潜山大油田，油田地质条件复杂、油气藏类型众多，这里是地质学家的乐园，更是有志青年大展身手的广阔天地。此时，经过前10年大规模勘探，华北油田相对简单、规模大、容易发现的油藏大多已被发现，剩下的多为成藏条件相对复杂的第三系断块小油藏，勘探难度越来越大。

面对严峻的勘探现状，如何才能保持储量稳步增长，实现华北油田可持续发展？身为年轻的石油地质工作者，杨德相深感责任重大、时间紧迫。他坚持干中学、学中干，如饥似渴地投入综合研究实践中，将油田的地质资料与所学的知识理论相结合、相印证，在较短时间内熟练掌握了冀中及周边地区的地质条件，积累了较为丰富的研究经验，很快成为一名负责区域勘探研究的科研骨干。

1990年，杨德相参加饶阳凹陷南部地区勘探的科研生产工作。此时的杨武寨—武强构造带是一个勘探尚未取得实质性突破的老区新带，地质条件非常复杂。参加工作不到3年的杨德相被委以重任，编制杨武寨—武强构造带高精度T5层构造图，为尽快打开该构造带勘探新局面奠定基础。正所谓初生牛犊不畏虎，年轻的杨德相迎难而上、潜心钻研，每天早出晚归收集整理地质资料，夜以继日分析油藏形成条件，寻找有利目标。由于工作量巨大，杨德相总感觉时间不够用，恨不能把一天当成两天用。他主动放弃节假日和休息时间，全身心投入工作，中午、晚上连续加班加点是家常便饭，甚至在睡梦中他始终思考的还是查阅资料、分析情况，想象着地层、构造和油层的空间展布。同事们说，在那段时日里，杨德相像是着了魔，无论白天还是黑夜，想的全是地质研究，不给自己留一点放松的时间。功夫不负有心人，仅仅两个多月，他就高质量完成了这项艰巨的任务，经综合评价提出8口探井井位，其中强19井等5口井获工业油流，当年上交探明储量365万吨，实现杨武寨地区勘探的实质性突破，武强油田由此诞生。他作为第二主研人完成的《杨武寨—武强构造带含油气评价》科研课题获1990年度局级科技进步二等奖。

研究上有了突破，杨德相的身体也有了“突变”。由于长期全身心投入高强度工作，年轻的杨德相病倒了，经检查确诊为肺结核。住院期间，他心里牵挂的还是勘探工作。他一边治疗，一边关注勘探进展情况，有同事来看望他，还没说几句病情，他就把话题转到工作上，大夫说他把病房都当成办公室了。待身体略有好转，他就带着药返回到工作岗位。

在随后开展的杨武寨地区126平方千米三维地震解释会战中，为了快出成果，杨德相与项目组的同事一起在工作站上三班倒进行构造解释。杨德相认为自己对该地区地质资料比较熟悉，多干些可以提高整个解释工作的效率和质量，就主动延长自己的工作时间，平均每天工作十二三个小时，多的时候甚至连续工作十五六个小时。在大家的共同努力下，他们仅用20

天就完成了平常需要二三个月才能完成的三层构造图，并提出了杨武寨地区整体勘探部署方案，部署了 5 口探井，有 4 口获工业油流。该项成果为完成当年冀中地区的储量任务做出了积极贡献，获得局级科技进步三等奖，他参加的《冀中坳陷饶阳凹陷滚动勘探》项目获 1991 年度中国石油天然气总公司优秀项目管理三等奖。

二

做人认真、做事踏实是杨德相的风格。多年来，他全情投入、潜心钻研，不管付出多少艰辛也从不抱怨，因为这是他深爱的事业。1993 年，杨德相担任研究院勘探二室饶阳组组长，全面负责饶阳凹陷的勘探研究工作，组织参与了留楚研究会战。当时，留楚构造带还是一个久攻不克的老区新带，经过 10 余年勘探未取得实质性进展，研究工作难度很大。为高质量完成任务，杨德相倾注了全部心血，他带领研究组刻苦攻关，开展圈闭落实与地质综合评价。他们先后查阅数十口井的录井资料和有关数据，解释 200 多平方千米的三维地震剖面，编制各类图件近百张。在扎实研究的基础上，杨德相提出留楚构造带整体勘探部署建议，他们提出的 4 口探井均获工业油流，使留楚构造带的石油勘探获得突破。由他完成的研究报告《饶南地区油藏形成条件及油气分布规律》获 1993 年度局级科技进步三等奖。

“日有所思，夜有所梦”，这句话曾在杨德相身上验证过。在留楚会战期间，杨德相和同事们经过反复分析、综合评价，提出钻探楚 28 井。钻探过程中，这口井竟在杨德相的梦里出油了。他不敢将这“梦景”声张，只能独自在期待中提前“品尝”喜悦。没过多久，他的“梦景”成为现实，楚 28 井喜获日产 99 吨高产油流，留楚油田由此诞生，当年探明石油地质储量 931 万吨，成为冀中主力砂岩油田之一。该项目获河北省科技进步二等奖。同年，杨德相获评“华北油田十大青年”。

在对事业的执着追求中，杨德相不断体会到成功的快慰：在晋县凹陷中南部，他和科研人员开展精细构造解释，变速成图，强化砂体分析和储层预测，发现了高邑油田，探明石油地质储量715万吨，扩大赵州桥油田含油范围，新增探明石油地质储量648万吨，勘探成果获河北省科技进步二等奖；在文安斜坡，通过三维地震资料精细解释，加强成藏条件研究和圈闭评价，发现了议论堡构造油藏，探明石油储量453万吨；发现了苏49高产凝析油气藏，探明天然气25.28亿立方米、凝析油91.3万吨。这一年，杨德相被评为中国石油天然气总公司青年岗位能手。

“不经一番寒彻骨，怎得梅花扑鼻香。”为了多拿储量多找油，杨德相付出了艰苦的劳动，耗费了大量心血，也为此作出了巨大牺牲。1992年，单位选派杨德相参加中国石油天然气总公司举办的“勘探复合人才高级进修班”，进行为期一年的学习。到1993年，他已修完硕士研究生绝大部分课程，按照当时石油大学的通知，只需再学习3个月就能修完研究生全部课程，顺利申请硕士学位。对于许多人来说，这绝对是一次千载难逢的提升学历的好机会。可因为工作需要，杨德相毫不犹豫地放弃了唾手可得的硕士学位，义无反顾回到华北油田，投入紧张而艰苦的饶阳凹陷勘探科研生产中。对此，许多人为他感到惋惜，他却一笑置之，从不后悔。

杨德相对名与利从来都不看重，得与失也都不会影响他的工作热情，可时至今日，每当提及父亲的离世，他仍然心怀愧疚、无法释怀。常言道，自古忠孝不能两全。科研生产任务繁重艰巨，全身心投入工作的杨德相几乎无暇顾及家庭。1995年，杨德相的父亲病重，他赶紧回老家照顾老人。在感觉到父亲的病情相对稳定后，他流露出返回单位继续工作的意愿，家人觉得老人身体恢复得不错，杨德相又这么牵挂着工作，就让他回了单位。不料，没过多久，父亲便因病辞世。为了不耽误杨德相工作，家人没有第一时间把噩耗告诉他，直到一个月后他打电话回家才得知父亲去世的消息。惊闻噩耗，不善言辞的杨德相伤心欲绝。想到父亲病重期间自己没能陪侍床前好好尽孝，更没能见到父亲临终前的最后一面，和父亲好好告个别，遗憾、悔愧、悲痛、自责充斥着杨德相的内心，让这个坚毅的侗族汉子流下了悲痛的泪水。

三

杨德相十分欣赏美国石油地质学家华莱士在《找油的哲学》中所说的一句话：“首先找到石油的地方是在人们的脑海里。”他坚信，地质工作者只有坚定找油信心，才会有大油田的发现。

1999年担任研究院二连勘探室主任后，杨德相带领科研人员担负起加强二连盆地地质研究的重任。

当时，杨德相面临的实际情况是，二连盆地历经几十年的开发，老区富油凹陷以复杂断块为主的勘探已深入到相当程度，新圈闭的发现越来越难，而新区凹陷勘探也多年未取得实质性突破。面对严峻的勘探形势，杨德相带领研究院二连勘探室的科研人员，在认真推进富油凹陷构造油藏精细勘探的同时，积极转变研究思路，按照“着眼大目标、立足大发现”的方针，加强地层岩性油气藏的研究和技术攻关，在巴音都兰、乌里雅斯太、吉尔嘎朗图和赛汉塔拉凹陷先后发现了宝力格、木日格、苏布、林4、林5和赛66等规模大、品位高的岩性油藏，获得了地层岩性油藏勘探的巨大成功。

取得的成绩并没有让杨德相和同事们沉浸于成功的喜悦，二连油田还能不能再次取得突破？这是他们想得最多的问题。在多年地质研究工作中，杨德相始终坚持求真务实的科学态度，他在广泛借鉴各方面研究经验和成果的同时，更注重努力掌握大量基础的地质资料，然后进行归纳、总结，不断深化地质认识，以求得对地下情况和油气目标的认知。对于科研人员来说，秉持这一科学态度是实现认识创新的基础。通过对二连盆地地质资料深入研究，他们将地层岩性勘探下一个突破口瞄准了巴音都兰凹陷。

巴音都兰凹陷是二连盆地石油勘探的发源地，有着20多年勘探历史。其间，钻探的37口探井只有5口井获得工业油流，仅上交控制储量278万吨，勘探一直未能取得实质性突破。面对久攻不克的巴音都兰凹陷，杨德相始终坚定地认为，巴音都兰凹陷基本成藏条件好、油气显示活跃，只要锲而不舍地去攻关，总有一天会取得成功。

杨德相没有急于带领项目组去寻找圈闭、落实井位，而是从最基础的工作入手。他们找来巴音都兰凹陷所有钻井、试油、测井、分析化验、地震等多种资料，重新进行分析。经过深入研究，他们对凹陷有了新的认识，认为南洼槽面积大、资源丰富且勘探程度相对较低。截至1998年，南洼槽共钻了16口探井，尽管当时钻探的大部分井储层物性差，但也有像巴9、巴31这样储层物性较好的井。根据新的分析结果，杨德相和同事们认为，南洼槽应该是一个有利的勘探战场。在此基础上，他们提出勘探方向由北洼槽向南洼槽转移，对南洼槽地震资料进行重新处理和全三维解释的建议。

2000年初，这一研究成果顺利通过集团公司验收，标志着杨德相带领项目组迈出了创新地质认识的第一步。这一好消息增添了杨德相带领科研人员攻克巴音都兰凹陷的信心，他们决心继续扩大研究成果。此时，在南洼槽找油还只是一种认识，距离在巴音都兰凹陷发现有商业价值的规模油气储量还有很长的路要走，还要付出更加艰苦的努力。“哪怕困难重重，也决不停下求索的脚步！”这是多年来华北油田勘探人面对困难和挑战培养锤炼出的宝贵品格。按照勘探研究程序，他们把研究重点转移到南洼槽200平方千米三维区的目标搜索上。为了快出成果，定出突破井位，大家白天在工作站上解释新资料，晚上回到家里还要看剖面，重新分析老资料。工作紧张的时候，他们常常错过正常吃饭时间，等到工作终于告一段落，几个人才简单地吃上几口饭，然后争分夺秒地再接着干。就这样，在不到半年的时间里，杨德相带领项目组系统解释了巴音都兰凹陷腾二、腾一、阿四、阿三和古生界共5层构造图，编制完成了腾一、阿四段砂体分布及沉积环境图，对南洼槽有了新的认识，终于捕捉到了两个有利的勘探目标。

由于对沉积砂体分布和储层储集物性认识的论证不够充分，在当年二连探区夏季区带分析会上，项目组提交的两个勘探目标没能通过审查。宣布结果的那一天，项目组的一名女性科研人员失声痛哭起来。也许，只有经历过没日没夜解释地震资料、分析地层构造的人，才能理解他们呕心沥血研究出的成果没被认可的痛苦与失落。直到今天，杨德相依然能回想起那一幕。他说，他永远都不会忘记那些在困境中与他并肩战斗的同志们。

四

勘探工作者的宿命就是要不断地面对失败。当时，杨德相的心情也非常沉重，但他很快就冷静下来。他深深懂得，如果不用积极的情绪引导大家，悲观情绪就会蔓延，以往所做的种种努力就会前功尽弃。他把同事们聚到一起，跟大家谈心，为大家加油鼓劲。在他的感染下，项目组科研人员抖擞精神、找准方向，再战巴音都兰凹陷。根据领导和专家们对巴音都兰项目前一阶段研究中存在问题的剖析，以及对下一步工作的要求，他们制定了把工作重点转向巴 9 井区，强化沉积微相和砂体分布研究的工作思路。对巴Ⅱ号构造已钻的巴 9 井、巴 6 井等 7 口井重新进行地层划分对比和层位精细标定。为此，他们付出了比以往更加艰辛的努力，仅编制地层对比图、砂体等厚图、精细构造图等地质图件就有 20 多张。令人遗憾的是，直到当年年底，巴 9 井区的勘探研究仍然没能取得新进展。

下一步该怎么办呢？杨德相又一次陷入深深的思索中。二连盆地湖盆面积小、沉积相带宽、岩性变化快，从常规意义上讲很难形成构造油藏，但这一地质特点对形成岩性油藏却十分有利，能不能用新的成藏模式来解释巴 9 井油藏呢？经过反复分析巴 9 井区的构造图、地震剖面图和录井图，综合研究地质特征，杨德相的想法逐渐明晰起来——转变传统思维观念，构建岩性油藏模式解释巴 9 井油藏。

他带领项目组勇敢地迈出了巴音都兰凹陷圈闭创新研究最艰难也是最关键的一步。他们改变以往用断层作为封挡条件进行构造解释的方法，采用全三维地震解释方法来解释构造，结果发现，巴 9 井高部位并不存在构造圈闭，从而否定了巴 9 井油藏是构造油藏的可能性。

那么，巴 9 井油藏的分布状况到底如何呢？

要解开巴 9 井油藏之谜，必须对巴 9 井区古代构造面貌、沉积环境、物源方向、砂体分布等进行精细研究。杨德相带领项目组人员有针对性地应用层序地层学、储层预测等新理论和新技术，建立等时地层格架，细化研究单元，使研究工作有了新进展。从 Landmark 工作站变密度显示出的地震剖面上可以清楚地发现：巴 9 井出油层位的低部位有一个明显的呈“扁豆”形地震反射体，主测线上呈楔状，而联络线上则呈透镜状。他们初步判定，这个反射体可能是一个扇体，并且很有可能就是人们苦苦寻找了多年的巴 9 井油藏。

勘探进程中的一线曙光鼓舞了项目组成员继续寻找巴 9 井油藏藏身之处的信心。很快，2001 年春节到了，紧张的研究工作仍在继续。为了尽快获得突破，春节刚过，二连室就成立了巴 9 井岩性圈闭研究攻关小组，杨德相任组长。

攻关小组的成立促进了综合研究不断深入。杨德相和同事们通过在地震剖面上追踪巴 9 井油层地震反射体，发现该反射体的分布范围约在 15 平方千米左右。同时，综合地震相特征分析结果，他们得出结论，那个呈“扁豆”形的地震反射体属于物源来自东部的扇三角洲砂体，向巴Ⅱ号构造高部位的巴 6 井尖灭，砂体主体位于巴 9 井与巴 6 井之间的区域。利用地震反演技术计算的反演数据体，以及利用地震属性提取技术获得的地震属性分布图，也进一步印证了这个观点。经过不懈努力，全新的巴 9 井扇三角洲沉积模型建立起来了。

紧接着，杨德相带领项目组对巴 9 井构造和储层分布进行深入分析，结果显示，巴 9 井扇三角洲砂体发育在巴Ⅱ号构造中低部位，与巴Ⅱ号断层配置形成了巴 9 井构造—岩性圈闭。巴 9 井油藏为主要受岩性控制的隐蔽油藏。按照这一认识，巴 9 井岩性油藏模式也建立起来了。

认识上的创新带来了勘探上的重大突破。在新认识的指导下，项目组标定巴 19 井并实施钻探。2001 年 5 月，令人振奋的喜讯终于传来：巴 19 井经试油，第一试油层日产油 29 吨，第二试油层获得自喷，日产油 22 吨，成为巴音都兰凹陷勘探以来的第一口高产工业油流井和自喷井。

巴 19 井喷涌而出的滚滚油流，标志着巴音都兰凹陷油气勘探实现了历史性突破。这一突破催生了一个崭新的油田——宝力格油田！从此，华北油田油气勘探的史册上又增添了辉煌的一页！

随后，杨德相带领项目组，一鼓作气在巴 19 井周围标定了巴 18 井、巴 20 井、巴 21 井、巴 22 井等 4 口井，钻探后全部获得成功，当年探明石油地质储量 1241 万吨。随着研究不断深化，勘探战果持续扩大。

五

对于有志者来说，永远不会停止追求的脚步。如何进一步扩大二连探区隐蔽油气藏勘探成果，寻找新的储量接替区，实现储量稳步增长、勘探良性循环？杨德相再次迎接挑战。按照油田公司整体勘探部署，他组织科研人员奋力攻坚，精心选择乌里雅斯太、吉尔嘎朗图、赛汉塔拉 3 个凹陷作为主攻目标，深化研究，扩大勘探成果。

借鉴巴音都兰凹陷地层岩性油藏勘探成功经验，杨德相组织地质、物探、测井等多学科技术人员，对二连盆地多个凹陷展开技术攻关大会战。在乌里雅斯太凹陷，通过强化陆相层序地层学应用和坡折带研究，加强砂体分析和储层预测，提出南洼槽斜坡带地层岩性油藏模式，经钻探取得重大突破，预测储量 5000 万吨，使乌里雅斯太凹陷成为新的储量、产量接替区。在吉尔嘎朗图凹陷，加强沉积微相研究和储层预测，构建洼槽带岩性油藏新模式，提出下洼勘探，在宝饶内带取得重要勘探成果，发现3000万吨级规模岩性油藏带。与此同时，赛汉塔拉凹陷也传来佳音，赛中洼槽赛66井钻探成功，不仅突破了2000米以下深层产油关，更证实又一个大型岩性油藏的存在，丰富和发展了二连盆地地层岩性油藏勘探成果。

与构造油藏相比，地层岩性油藏在油层分布、油水关系、油藏控制等方面都更加复杂，如何将发现的地层岩性油藏地质特征研究清楚，为储量计算、油田开发提供精确数据和图件，成为摆在杨德相面前的新课题。凭着多年从事油气勘探综合研究的丰富经验，杨德相组织地质人员认真分析每口井录井、测井和试油数据，将巴音都兰、乌里雅斯太和吉尔嘎朗图3个凹陷的地层岩性油藏分成数十个单元，一一标定到三维地震数据体上。应用储层预测和油藏描述技术实施平面预测，编制每个单元的构造图、油层对比图、含油砂体等厚图、油藏剖面等图件，笼罩在一个个隐蔽油藏上的“神秘面纱”被逐渐揭开，形态各异的地层岩性油藏逐一呈现在科研人员面前，为认识、开发二连岩性油藏提供了精确依据。

六

怀揣着热爱和追求，杨德相踏上了科研之路，凭借拼搏奉献和创新进取，他带领科研团队开启了一个又一个深藏地下的石油宝库。

2006年以来，作为勘探开发研究院总地质师兼勘探研究所所长、主管勘探的副院长，杨德相一肩担起冀中、二连、巴彦三大探区的地质研究任务。他以勘探大发现、大突破为己任，急油田之所急，以自身人格魅力和感召力影响、带领科研团队精细科研，创新勘探思维，强化技术攻关，为华北油田寻找接替战场做出了不懈努力，做出了积极贡献。他探索总结出的地层岩性油气藏勘探技术和方法、隐蔽型潜山成藏新模式与勘探新方法、新凹陷科学高效快速勘探方法，以及陆相断陷盆地洼槽区油气聚集理论居国内领先水平，对中国石油在地层岩性油藏、潜山领域的勘探起到了重要推动作用。

从冀中到二连再到巴彦，不管工作环境如何变迁，杨德相的探索精神没有改变；从普通地质人员到研究室主任再到总地质师，不管岗位职务如何变化，他求真务实的工作作风没有改变。作为技术专家，杨德相始终把找油放在首位，勤奋钻研、刻苦攻关；作为领导者，他既负责总体部署，又引领研究思路，还带头参加研究和汇报工作。他带领研究团队不断创新地质认识，取得了丰硕的勘探成果，累计完成股份公司和油田公司重要科研项目 100 余项。作为项目长，他组织了股份公司勘探与生产分公司《海拉尔—二连—银额中生代盆地群石油地质综合评价和凹陷优选》项目研究，组织大庆、辽河、吐哈等油田研究人员，深入分析各盆地地质条件的差异性和特殊性，系统总结油气成藏的规律性，深化了石油地质整体认识。作为课题长，他组织了股份公司重大科技专项课题《富油凹陷地层岩性油气藏分布规律与规模目标研究》，丰富和发展了富油凹陷油气成藏理论认识，支撑了油田的持续增储，获得集团公司科技进步三等奖、油田公司科技进步特等奖。作为主编之一，他参与编纂了《陆相断陷洼槽聚油理论与勘探实践》《富油凹陷隐蔽型潜山油气藏精细勘探》《精细勘探谱写老区新篇章的找油哲学》《断陷斜坡油气藏形成分布与精细勘探》《中国石油地质志第二版・华北油气区》等专著，总结提炼了华北油田勘探新成果、油气成藏理论新认识和经典油气勘探实践案例。

奉献油田、矢志找油的坚定信念，潜心钻研、脚踏实地的工作作风，加上过硬的创新研究能力，使杨德相取得了令人瞩目的科研成果。一系列科研成果支撑油气勘探取得多项重大发现，杨德相多次荣获股份公司油气勘探重大发现奖。

漫漫找油路，悠悠勘探情。杨德相把自己最美好的青春年华奉献给了油田勘探事业，也在 35 载砥砺奋斗中实现了人生价值，在未来的日子里，他还将继续用责任与坚守追逐梦想。

男儿有志当自强

邱宜东　李长开　田解超

接到采访张志强的任务，离交稿的时间已不多，加之日常繁杂琐碎的工作搅得我一时静不下心。一天，去任丘开会的路上，大家聊着聊着，说起最近渤海钻探钻井二公司新提的一名领导，名叫张志强。当时，这个名字一说出来，我感到好像好耳熟呀。突然，想起这个张志强莫不是我要采访的那个人？回来后，我找来一些材料，细细地研究起这个人物。

张志强，河北省元氏县人，1972 年 5 月出生，华北石油学校钻井专业毕业。1990 年 7 月至 1995 年 2 月在原华北石油管理局钻井一公司，历任钻工、技术员、副队长等职。2000 年 3 月任原华北钻井一公司 45122（4523）钻井队队长。2005 年 2 月任原华北钻井一公司 50501（GW46）钻井队平台经理，在古巴市场打井。2008 年任渤海钻探钻井二公司古巴项目经理。2009 年 2 月任渤海钻探钻井二公司二连项目部副经理。

22 岁当选公司级先进生产者，23 岁正式成为钻井队队长，26 岁当选局级劳动模范，32 岁获得全国五一劳动奖章，33 岁当选全国劳动模范，37 岁又被评为集团公司优秀青年——为这个不平凡的人生履历按下“金手印”的，却是一个从普通农家走出来的普普通通的钻井人。

这么短的人生阅历，能取得这么突出的工作业绩，我想他定有不平凡的事迹。尽管我的办公室和他们的机关在一栋楼里，如何采访他还真成了问题。听说他非常忙，并且经常出差在外，思来想去，只好在材料堆里去感知他。当我得知他曾在古巴打过井，我想起了我有一个同学也曾在古巴打井。于是，拿起电话问同学：你和张志强是一个钻井队的吗？同学说：是呀，他是我们的钻井队长，他刚提了公司副经理。踏破铁鞋无觅处，得来全不费工夫。采访就从他开始。

同学说：别看张志强年纪不大，但他还真有能耐。在他的眼里就不存在什么困难，他常说，世上没有过不去的火焰山。

回首张志强走过的37年的人生历程，人们在他看似寻常的人生道路中，总能发现不寻常的人生印记。

好男儿志在四方

1972年的冀中平原，冰雪消退，初春来临。

在河北省石家庄元氏县的一户人家，一阵响亮的啼哭打破了宁静的乡村。儿子呱呱坠地，张家的男主人欢喜异常。看着儿子粉嘟嘟的小脸，父亲说："该给儿子取个名字吧，叫什么好呢？"茶饭不思好几天，父母终于给他取了——张志强，这个普通又响亮的名字。意思是：儿子生在"五一"国际劳动节当天，希望他能够志当刚强。人如其名，30多年了，张志强自小就表现出了不服输、敢闯敢为的性格。

1986年，张志强初中毕业，考进了华北石油学校。临行的头一天，母亲帮着他收拾行装，将家里好吃的给他装了一口袋。然而，看到家里的经济状况窘迫，张志强悄悄把吃的东西放了回去。第二天，在村口坐上车，望着父母渐小的身影，他突然想起毛主席写的一首诗：孩儿立志出乡关，学不成名誓不还。埋骨何须桑梓地，人生无处不青山。一种豪情、一种激情从他的内心油然而出。

团泊洼，一块人烟稀少的盐碱地，静静的减河从学校旁边流过。4年里，他就在这里潜心静气，遨游在知识的海洋里。学习累了，就看看低飞的水鸟；思乡情切，就泡在图书馆。他的学习成绩始终在班里名列前茅。

毕业后，张志强被分到华北石油管理局钻井一公司。不到5年时间，他就从一个稚嫩的、毫无经验的见习钻工，迅速成长为钻井一公司有史以来最年轻的钻井队队长。

张志强是A型血。有人说：A型血的脾气普遍比较急，干起活儿风风火火，有种不达目的不罢休的劲头。1998年9月，钻井一公司在东北承揽了一些钻井工程，在研究谁打响第一炮时，公司领导反复权衡，决定由张志强率领队伍到吉林进行德深2井施工。接到这一任务后，他放弃了休假，跑前跑后，协助有关人员制订施工方案。从9月4日测井位到9月24日鸣机开钻，仅用20天时间，这期间，他指挥完成了140车次、1200千米的调运任务，并保证了钻前工程及设备安装一次验收合格，这一成绩得到了甲方的高度赞扬。在验收会上，甲方中肯地说："华北中标最晚，距离最长，开钻最早，这样的队伍我们欢迎，其他油田要向华北学习。"

东北的冬天来得相对比较早，为了确保顺利钻井，施工期间，他冒着零下20多摄氏度的严寒跟班作业。白天还好，站在钻井平台上，放眼四周，银装素裹的平原，真有一派北国风光的壮丽景象。但是，到了夜晚，寒风凛冽，刮在脸上，像刀割一般。钻井队的条件虽说比起60年代要好多了，但此时此刻，他深深地感受到王进喜当年说的"拼命也要拿下大油田"的豪言壮语、"没有条件，创造条件也要上"的豪迈激情。与天斗、与地斗，其乐无穷。在这里，他和他的兄弟们战严寒、斗冰雪，硬是闯出了一片天地。

1999年12月，他们承钻了华北油田的重点井霸96井。霸96井是一口设计井深为3950米的预探井，钻探目的是摸清陈佃庄潜山含油气情况。该井从1740米以下均为油、气、水混杂的异常高压地层，压力波动较大，给钻井施工增加了难度和复杂性。距离该井2千米左右的霸33井与其同属同一地层、同一断块，该井在1994年钻遇异常高压地层时，曾经发生过导致一死一伤、设备报废的重大井喷事故。张志强在了解邻井的有关情况后，认真分析，制定了严格井控巡回检查和值班制度，组织职工开展井控演练处理，增强了大家的安全意识。在即将钻遇异常高压地层和整个复杂地层的施工过程中，他一直坚守在井场上，出现问题及时处理。全队职工在他的带领下，优质、圆满地完成了钻井施工，得到了甲方的一致好评。

除了抓好管理工作和现场监督之外，张志强还加强理论研究，先后撰写了《华北油田廊固凹陷PDC钻头的选型及使用》《井壁失稳与坍塌卡钻》等技术论文，指导生产实践。从2002年初至2005年3月8日，张志强带领50501钻井队累计钻井35口，钻井进尺91663米，产值达到12500多万元。并且口口井都是准时开钻，比设计提前完井，打出了一批优质井。尤其是2003年承钻的14口井，其中有12口达到管理局精品井参评标准，参评率高达86%，成为第一钻井公司唯一一个管理局“创品牌标杆单位”。

付出就会有回报。当局级劳动模范、全国五一劳动奖章和全国劳动模范等一个个荣誉纷至沓来时，人们以为年轻有为、功成名就的张志强就此可以松下一口气，好好享受一下荣誉的光环。但是，当2005年年初公司古巴市场项目启动时，张志强敢闯敢为的品性又再次表现出来，他毫不犹豫地向领导请战，提出率领队伍出征古巴。

有些人对他的抉择不理解，认为与其冒着“折戟沉沙”的危险，不如在冀中安安稳稳地拿奖励、获荣誉。张志强却认为，人生就应在不断克服困难和挑战的过程中度过，所克服的困难越大，人生的价值也就越大，人生的意义也就越充实。“别人能克服的困难，我也能克服；别人克服不了的困难，我也要克服。”在这种志向的激励下，他义无反顾地踏上了万里征程。

异国唱响“中国名”

虽然去之前曾无数次地设想海外市场工作的艰难，但当张志强2005年7月正式踏上古巴的领土并开展工作时，还是感到了任务的艰巨。

古巴临海区域多雨潮湿、盐雾弥漫，对钻机和配套设施腐蚀严重；当地部分雇员对钻井岗位操作不熟悉，存在很大的安全生产隐患；古巴市场所执行的技术标准和施工流程与国内有很大不同，工作中的麻烦不断……面对这些困难，张志强内心暗暗告诫自己，作为在古巴第一支开钻的中国钻井队，他代表的不仅是中国石油的形象，更代表着中国的形象，绝不能在自己手中砸牌子。为此，他从一个个细节、一件件小事入手，全身心地投入这场钻井攻坚战中。

在施工中，张志强要求员工要像爱惜身体一样爱护钻井设备，合理使用设备，减少设备故障率，延长设备的使用寿命，最大限度减少修理费。每次设备搬到新井场安装前，他都针对海岸边气候多雨潮湿和盐雾弥漫导致电机绝缘状况下降的实际，组织员工先对所有电机内部可触及部位进行再次清洁，并进行为期数日的加热烘干，使所有电机绝缘达到安全要求，才开始使用设备。设备运转时，把所有电机的电加热装置均 24 小时开启，并加密设备倒换使用频率，使所有电机保持一定的温度，防止凝露现象。他加强设备的巡回检查，发现故障及时排除。针对液压大钳、除砂泵等易磨损设备，要求两个月定期进行更换，每次起下钻都提前安排大班和副司钻进行全面检修。由于张志强工作严细认真，要求到位，3 年来设备运转全部正常，每月修理时间控制在几个小时以内（甲方要求是不超过 24 小时），还数次创下单月修理时间为零的高指标。在古巴，几乎采购不到钻井材料，即使能买到，价格也要比国内高 4 到 5 倍。为了节约成本，在每次倒班休假之前，他都安排提前做好材料计划，在下次倒班时，自己带头将急需配件装在随身行李内带到队上。在他的带动下，GW46 队倒班人员出国时，主动减少生活用品的重量，行李中更多地装上了缸套、活塞或液压管线等井上急需的配件。背着沉重的“铁疙瘩”上飞机，大家每次都累得汗流浃背，有时机场检查因超重还要受罚。到了古巴，得手拎肩扛，从机场一直运到井场，个个累得腰酸背疼。有一次，有个队员背了很重的配件上飞机，因为不符合机场托运规定，交罚款也不给托运，就在要错过班机时，他灵机一动，求助一同倒班的兄弟油田员工分担一些配件，这才通过了检查。3年来，GW46队队员们就是这样一点一滴地节约挖潜，累计为公司节约成本40万元。在此基础上，张志强还坚持在保证质量的前提下尽量使用国产配件。在使用国产配件时，做到勤检查，发现问题及时更换，有力保证了钻井正常生产。如泥浆除砂泵、搅拌机由于运转时间长（占钻井时间80%以上），从国内带来的轴承、叶轮等配件，严格按照使用周期和寿命进行更换，尽管增加了工作量，但避免了更换主机。同时，他组织大班人员讨论制定合适的维护保养规程，加密保养周期，延长设备使用寿命；组织员工认真学习甲方设计，掌握每一步作业内容和步骤，做到“监督想到的要做好、监督没想到的要问清楚”，避免衔接不畅；通过翻译对古巴雇员反复宣讲安全知识和岗位操作要领，确保指令执行和作业安全。由于要求到位，张志强所在的GW46队从2005年以来连续3年实现满日费，成为中国在古巴钻井的“国家名片”。

位于美洲加勒比海北部群岛的古巴，属热带雨林气候，常年高温多雨，紫外线辐射强烈。刚到古巴没有几天，张志强脸部就晒爆了皮，身上起了湿疹，刺痒难受。就是在这样的环境下，张志强没有退却，咬紧牙关坚持，遇到脏活累活带头冲在前抢着干，遇到重点工序和重点环节都是从头盯到尾、不离半步。在这种敬业精神的感召下，在钻机卸港并首次搬迁就位时，全队中方员工齐心协力，只用2天就完成了全部营房的摆放以及空调及各种管线的安装调试，2周内就立起了井架，3周内就通过了甲方验收、正式鸣机开钻。他们打的第一口井获得日产原油340立方米，被誉为“中国形象井”，引起古巴政府和国家石油公司高度重视，古巴中央委员、基础工业部部长狄娅娜多次到GW46视察，给予高度评价。2006年张志强带领全队再接再厉，又钻探成功日产原油千方的STC — 102井，创造了该区块日产最高纪录。

初入古巴，张志强便带领着GW46队全体员工以破区块钻井生产纪录的实绩，一炮打响。张志强并没有沾沾自喜，他知道，这只是一个小的胜利，还有更大的攻坚战要他去打，需要员工队伍时刻保持昂扬的斗志和旺盛的精力。为此，他开始在如何锻造一支“铁军”上运筹帷幄。

在国外施工初期的新鲜感一过，古巴的生活与国内在生活上的差异就逐渐显现出来，给许多员工带来很大的影响。特别是伙食，古巴的生活物资比较紧缺，每日三餐就是以牛肉、鸡肉和硬米饭为主，青菜稀少，这让中方员工吃得很不习惯。有些人甚至一连几天吃不下饭，上吐下泻，干活也没有力气，严重影响了生产。为提高员工士气，张志强从解决伙食问题入手，设法让员工吃得舒心。他给厨师定下了正餐“四菜一汤”的标准，并组织倒班员工从国内携带部分调料、咸菜，积极联系当地人，尽可能购买更多的蔬菜，满足大家需要。他还让厨师专门做麻婆豆腐、凉皮、打卤面和饺子等中国传统美食，让中国员工感受到家的温暖。在中秋、春节等中国传统节日，他组织丰盛的会餐，带头让大家谈谈心情、讲讲希望、畅想未来，活跃队伍气氛，使大家能够感觉到组织的关心关爱，增强了队伍的凝聚力。另一方面，针对当地雇员岗位操作技能差、奉献精神不足的问题，张志强全力提倡融合理念，要求中方人员在语言上加强英语和西语的练习，与当地雇员多沟通，手把手地教，帮助其提高岗位技能。同时，制订雇员评价表，对当地雇员每班进行当场评价，要求甲方对连续几次表现落后雇员进行替换，对表现突出的给予奖励，有效提高了当地雇员的工作积极性。人心齐，泰山移。张志强和他的队伍团结一心，连续3年以进尺最多、时效最高被甲方评为最佳钻井队。

荣誉面前“舍得歌”

有人说张志强是一名幸运儿，走到哪儿工作，哪里局面就好、哪里就是焦点。可是熟悉他的人却知道，为了这些成绩与成功，他付出了太多太多……

古巴当地的飓风多，尤其是夏季，风大浪高。每次接到飓风警报后，甲方都要求GW46队放倒井架、封井后，撤到几十千米外的哈瓦那待命。当大家在大城市温暖的住处悠然休憩的时候，却是张志强最神不守舍的时候。牵动他神经的，是海边的设备有没有浸水、进沙子，是他们所施工的井有没有出现井喷险情。每当风势减缓的时候，他就冒着可能被巨浪卷入大海的危险，沿着海堤公路驾车回到井场查看，确定没有损失后才放心地返回。

可以说，张志强总是把自己的个人得失放在次要位置，总是把工作放在重中之重的地位。这一点，张志强的爱人冯金霞最有感触。“只要钻机一开钻，他心里想的就是井场，心思根本不在家里。”刚结婚的那几年，为了队上的正常生产，张志强一年到头在家的时间也超不过一星期，冯金霞也连续几年的春节到队上和丈夫团聚。家里有个大事小情的，远在他乡的丈夫，从来都帮不上忙，对此，冯金霞也曾后悔过，但时间长了，她也习惯了。她清楚，钻井本身就是辛苦的职业，她不应该再给丈夫增添烦恼，要支持丈夫的工作。为此，她独自一人承担起照顾老人和教育孩子的责任，从不让丈夫分心。

对于这些，张志强深感愧疚。他说，军功章有自己的一半，也有妻子的一半，没有妻子的无私付出，他就没法安心工作，也就做不出这些成绩。为补偿自己的歉疚，张志强一回到家就会主动包揽家务，给家里人做上丰盛的饭菜。从国外回来时，他会给妻子带来纪念品；本不浪漫的他，有时在情人节时，会亲手送给妻子一束火红的玫瑰。以前由于张志强很少在家，女儿思思对他比较生分，但看到父亲的一个个奖章时，逐渐长大的她对父亲很崇拜，对母亲说长大要做父亲那样的人。孩子的志向，让张志强深感欣慰，感到自己的付出没有白费。

面对成功与荣誉，张志强常说：所谓成功，不过是做了一点自己应该做的事情。怎样定义“应该”呢，就是要专注、心无旁骛，还要有耐心与信心。这样就会实现前进道路上所设定的一个个目标，就会把事情做得更加完美。许多时候，不是我们做不到，而是想不到。所谓荣誉，不过是花朵之后的果实。只有用心浇灌花朵，我们才能拥有果实，付出得越多，果实就越甜美。

写作结束的感想

张志强的报告文学基本写完了，但在梳理修改的过程中，我还是感到欠缺一些细节和人物的言谈、内心想法。为此，我惴惴不安，找到他的手机号码打了过去。电话那头，传来一个浑厚富有磁性的声音，自我介绍、说明目的之后，远在苏里格的张志强说：这都是以前的事了，没什么可说的。但是，他还说：自己是个“扎进人堆里找不着人影儿的人”。看着履历表上的照片，这个脸庞略显清瘦的年轻人，真的显得很普通。但就是这个从农村走出来的钻井人，这个一没背景、二没很高学历的普通人，却能获得常人奋斗一辈子也可能得不到的成功和荣誉。

比张志强学历高的石油工程专业人才有很多，比他打井打得多的也有不少，但为何单单他能够走出校门不到 5 年当上钻井队长，未步入中年就能获得全国劳动模范称号？

我想，这其中的关键，就是他身上总有一种志气，一种不断超越自己、超越别人的志气，一种不甘落后、做就要做得最好的志气。有志气的人，往往奋斗目标明确，意志坚定，不怕各种困难，越是在困难的条件下，越是能显示卓尔不群的精神和力量。张志强就是这样，靠着与众不同的志气，创造了不平凡的业绩，得到了不平凡的荣誉，实现了自我超越。

不服输、敢闯敢为，永远给自己设定更高的目标，这是一种大的志气。而我们每个人的一生中，总会有这样或者那样的志向，但最终许多人却是磨灭了理想，失去了努力方向，自甘平庸与沉默。这其中的原因，很大一部分还是因为畏惧困难，困难让他们失去了追求志向的信心和勇气。

没有战胜困难的志气，注定干不出伟大的事业。如果当初张志强畏惧海外市场的艰辛，他也不会成为中国石油在古巴的“钻井名片”；如果当初他畏惧落后队管理的难题，他也不可能将一个谁都不愿接手的队伍打造成公司的“金牌队”；如果当初他畏惧当钻工的辛劳，他更不会从钻工成长为技术员、副队长和队长。他的成功之处，就是敢于辩证地看待困难，不断增强克服困难的信心和勇气，最终在逆风中实现了建功立业的愿望。

对普通人来说，往往最难以克服的困难还是来自自身。满足现状、不求进步、小进则满，虽然能够让人享受一时的安逸和快乐，但失去了更广阔的人生舞台、更快乐的成功体验。张志强并没有这样目光短浅，而是看得更高、望得更远，每一次成功之后，都永不满足现状，都向着更高的目标进发，最终实现了人生一次次的跨越。

平凡不等于平庸，一个人只要抱定远大的志向，有永不甘落后的志气，在平凡的岗位上照样能够超越平凡，照样能够书写出不平凡的人生，这就是张志强给我们每一个人的启示。

奔跑的火焰

池建华　殷常青

这单调的工作，这生活，这世界……

是否有一种责任，等待我的履行。

“三十而立，四十不惑，五十知天命……”这是中国古人对人生理想的生活状态和心理状态的概括与描述，然而却总有一些这样的人，他们放弃遵循所谓岁月更迭的天道，一生都在追逐着那些简单的梦想，执着履行着那些生活的责任，他们朴素而平凡，但却像火焰般持久地燃烧，他们的激情仿佛不会衰竭，仿佛永远停泊在昂扬的青春时光，一路走来，一路奔跑，用心中激越的音符构成生命中最动人心弦的音响。他们是一群理想主义者，从某种意义上说他们对理想的坚守成了对某些简单词语的坚守，比如生活，比如感恩，比如责任。他们的坚守成就了一片令人艳羡的风景。凝视他们的人生，你会感受到某种深入内心的力量，因为那片风景呈现的是生命最为简单也最为真实的意义。

54 岁的靳占忠，是中国石油华北油田公司采油二厂作业工具工、高级工人技师，他就是在小舞台干出大事业、用小发明创出大效益的人，就是崇尚简单生活、追逐简单梦想、执着履行着生活责任的人。岁月的更迭中，他前进的人生就像一团奔跑的火焰，激烈而持久地燃烧着。

工人老靳

每天早上，工人老靳都会背个工具包从家里出来，匆匆忙忙地往单位赶。那时候，太阳刚刚从东方升起，清晨的空气有些湿润，世界在那时亮堂堂的，崭新的一样。眼前的一切对于靳占忠来说，是太熟悉不过了，快30年了，他就是这样过来的，除非在他的技改工作室忙碌完了，就在那里凑合一晚上，但第二天还是要早早地起来去上班的。每天重复着这样单调的路线，老靳不但一点都不厌烦，他的脸上还会时常浮现出温暖的笑容，他是向早上上班族中那些熟悉的人，还有越升越高的太阳微笑呢。

工人老靳走在矿区的一条路上，这是一条多么熟悉的路，平坦、笔直。从家里到他要去的井下作业二大队并不远，走路，最多一刻钟。他的工具包里装的是一些井下修井专业书籍和一些常用工具。今天，他要带领两个自己得意的徒弟黄树和黄祥，到作业施工现场，指导应用新近受理的专利产品油管防掉刮油器、万向节抽油杆防脱器、组合式井口试压封隔器。施工现场到单位有40多千米，路不好走，得坐车去。这样想着，靳占忠就加快了步子。

工人老靳很普通，但在作业二大队，甚至在整个油田的工人中都很出名，他搞技术革新，典型的“创效大户”，他带徒弟，像个志愿者那样。还有他一手鼓捣的技改工作室，后来成了职工技改俱乐部，去那的年轻人越来越多，名气也越来越大，培养的技改人才也是层出不穷。就凭这些，大家就记住了老靳这人，何况老靳还是个能给人欢乐的人。他每天乐呵呵的，好像没有什么愁事，发愁的事情都过去了，现在的日子都是好日子，发什么愁呢？其实，他的身体一直不是很好，胃炎、胃下垂已经很多年了，但他挺快乐，挺能感染人，所以和他接触的人，甭管多大愁事，很快就能从老靳的微笑中感受到力量，这就是老靳的魅力。

老靳虽然是一名只有初中文凭的普通石油工人，却在井下作业施工服务一线，主持或指导完成100多项发明、技术革新和合理化建议项目，创造直接经济效益1.16亿元。

靳占忠不但自己勤学苦钻、革新创造，成为全国优秀革新能手、中国石油技能专家，获得全国五一劳动奖章、中国石油和河北省劳动模范等荣誉称号，而且培养出一大批具有工人技师以上职称、获得过省部级技术创新奖项和荣誉称号的高徒，还帮助一批工友圆了比武夺冠、技术革新之梦。

靳占忠看起来很平凡，平平常常，住在这片的人都认识他，老采油、老作业都熟悉他，在他搞了许多技术发明，带出了许多徒弟之后，好多人才对他刮目相看。

第一章　锤炼：一种成长的方式

靳占忠初中毕业入伍，后来转业到华北油田公司采油二厂作业二大队作业二队，一待就是近30年。30年过去，好像只是一瞬间，正所谓人生如白驹过隙，逝者如斯夫。靳占忠从一个优秀士兵到集团公司技能专家、全国五一劳动奖章获得者，他成长的书卷正如与他一起从部队来到油田的现任大队党总支书记高会通所说："当时的作业二队，有20人来自大庆油田，有23人来自北京部队，是一个融大庆精神与军旅作风于一体的特殊集体。靳占忠先前战斗在张思德曾经战斗过的中央警卫团，现在又工作在受铁人王进喜精神影响至深的先进集体，因此其迸发的工作能量是常人难以相比的。"

钢铁是这样炼成的

1972年冬，身高1.75米的靳占忠应征入伍，来到北京卫戍区部队，成了中南海中央领导驻地的一名警卫战士。当战士可以说是靳占忠打小的梦想，小时候和伙伴们一起玩打仗游戏时，他最愿意当的就是解放军。这是多么神圣的名字啊，当一名优秀的战士，扛着枪保卫祖国，这个梦想一直伴随着他少年的成长。来部队的第一天，靳占忠别提有多兴奋了，看着纪律严明的军营，看着老战士英姿飒爽的军姿，他的心里被巨大的幸福感包围着，左看右看，怎么也看不够。部队领导满含鼓励的讲话让靳占忠从激动的心情中走了出来，他告诉自己必须像领导要求的那样成为一个好战士。从那以后当一个好战士便成了靳占忠的梦想，他知道军队是个“大熔炉”，自己要想被炼成“好钢”，就要下功夫。靳占忠想到就做到，无论是部队训练，还是执行任务，他都严格要求自己，做到一丝不苟。在平时生活中他也格外注意，部队的纪律他都熟记于心，认真履行着自己作为一个军人的职责。几年的部队时光，靳占忠用他的努力实现了自己的梦想，在领导和战友们的眼里他成了一块儿名副其实的“好钢”。1975 年 1 月 10 日，在随同毛泽东主席最后一次南下视察的途中，22 岁的靳占忠光荣地加入了中国共产党，成了一名年轻的共产党员。

“拼命三郎”

五年的部队时光就这样匆匆而过，1978 年春天，25 岁的靳占忠带着首长“保持军人本色，建功石油工业”的嘱咐，卸下戎装，穿上工装，成为华北油田会战大军中的一员。那时候发端于 1976 年的华北油田大会战还在持续，祖国四面八方汇聚来几万石油工人，怀揣着“为祖国献石油”的空前热情投入这场陆上石油大会战中。虽然心中装满了对部队的恋恋不舍，但靳占忠面对热火朝天的油田建设，马上就适应了，不仅是适应，他心里又坚定地萌生了新的理想，那就是当一个优秀的石油工人。这不仅是部队领导的嘱托，更是油田建设的需要，他相信自己这块部队的“好钢”同样在油田也会大有作为。

怀着这样的理想和信心，靳占忠开始了他的石油生涯。短暂的入厂教育后，靳占忠来到基层作业队，当上了一名作业工。说实话，以前在部队待着，从来没有接触过这样的工作，新的岗位对他来说是陌生的。但他相信只要付出就会有收获，而且部队生活的锤炼使靳占忠对生活充满了自信。

会战初期，地处冀中平原的华北油田，片片芦苇荡，点点帐篷房。钻井苦，油建累，又脏又累作业队……没多久，他就体会到了井下作业工人非同寻常的艰辛和劳累。

当时的作业队，条件简陋，生活艰苦，一年四季在野外施工，而且三天两头搬迁，劳动强度极大，被称为“吉卜赛部落”。尽管如此，但为了“黑色的金子”，靳占忠豁出去了——寒风来了，他腰间系上绳子，顶在井口；暴雨来了，他钻到机车底下躲会儿再干；遇上任务紧时，他 24 小时连轴转……为此，大家送他一个“拼命三郎”的绰号。

靳占忠把在部队养成的“见第一就争，有红旗就扛”的精神和作风，渗透进了血液，注入了神经。尽管他手中的手枪步枪换成了油管管钳，身上的绿色军装换成了蓝色工衣，头上的绿色军帽换成了安全头盔，但他的灵魂深处仍是一个军人。钢铁就是这样炼成的，“拼命三郎”靳占忠用行动证明了自己这块“好钢”的分量，几年来他出色地完成了工作，迅速成长为一名技术过硬的作业工，成了工友们中的佼佼者。

第二章　激情：缘于思想的清澈

说靳占忠是一个思想“简单”的人，并不是因为他头脑简单，恰恰相反，和他接触时，你时常能从他嘴里听到一些非常睿智的话。他是一个非常爱思考的人，一个对很多问题非常有见地的人。靳占忠对简单生活有他独到的看法，他常说一个人可以思想复杂，但做人做事情要力求简单。从这样的话中不难看出，睿智的靳占忠真正理解了生活的真谛，深入地思考是为了思想更加清澈，是为了获得用之不竭的激情。正因为如此，当他说出多年以来，他一直崇尚做一个技能型的好工人时，你才不会因他这“小小”的理想而感到惊讶。

学习的力量

32 岁那年，正当靳占忠准备为增储上产大干之际，却得了胃下垂的疾病。开始，他不以为然，心想自己当过兵，身体这么棒，挺一挺也就没事了。可是后来，每次吃完饭后，胃又胀又疼，忍不住的时候就用管钳把顶住胃部。看着日渐消瘦的靳占忠，队长决定让他转行当工作稍微轻松的材料员。

“无论干啥，干就要干得最好！”靳占忠想起部队首长的嘱咐，他下定决心，要当个称职的“红管家”。

以前，库房杂乱无章，工、用具随意摆放。靳占忠接手后，实行标准化管理，分门别类摆放得井井有条。在作业队，材料员就是作业大班，要根据四工需要送材料、送服务到井场。于是，有空就上井成了靳占忠的习惯。哪怕跟着送班车到井场看看，他也乐此不疲。

可没过多久，“好事”的靳占忠又开始苦闷了——“战士的用武之地在战场，作业工的用武之地在井场。”虽然仍在作业队工作，但靳占忠却认为，自己的身体不争气，组织对自己的照顾，把他从作业井后撤到材料库房，可他自己不能总这么享受照顾，赖在二线岗位。

不久，队里新来的几名中专生很快成为技术骨干的事实，使他看到了继续到作业一线冲锋陷阵的希望。他更加清楚地认识到，只有掌握知识和技术的工人才真正有力量。因此，他下定决心：靠知识提高能力，凭技术再上施工一线。

说学就学。靳占忠立即登门拜大队的“技术大拿”梁学山、孙百兆等为师，从他们那里借来《修井手册》《试油作业工艺技术》等专业技术书籍，如饥似渴地学起来。

学习石油、机械等专业知识和技术，对于一个初中毕业的工人来说，其难度可想而知。但这没有难倒靳占忠，为了实现自己再上施工一线的梦想，他把工作之外几乎所有的时间都花在了学习上面。与此同时，靳占忠还把施工现场当成课堂，把成功实践当作教材，把设备故障当成课题，把身边能人当成老师，勤学苦练。功夫不负有心人。不久，他练就出“看出事故苗头”“听出安全隐患”“摸出病症所在”等绝活儿，成为井下作业施工方面的“技术大拿”。

学习增强素质，知识提高技能。靳占忠先后被聘为中国石油第一批井下作业工人技师、第一批井下作业高级技师。

技改先锋

知识就是力量，成为“技术大拿”的靳占忠又开始了他新的追求，那就是成为一个名副其实的“技改先锋”。多年来，靳占忠把大部分的休息时间都用在了革新改造上，一年工作相当于500个工作日。每天晚上和节假日，都能在工作现场看到他忙碌的身影。这样辛苦的付出，当然会带来同样惊人的回报。21年来，靳占忠在革新改造领域，为企业降本增效数千万元。大家或许会问，靳占忠到底创造了多少效益？大队领导说不清，工友们说不清，靳占忠自己也说不清。但大家心里都有一本账——作业队需要，就是靳占忠永远忙碌的理由；能够降低成本，就是靳占忠最大的乐趣；作业工用简便，就是靳占忠最大的快乐。

靳占忠看到施工现场的工具又笨又粗，工友们累个臭死也干不出活，他心里不是滋味。为此，靳占忠下决心改变这种状况。

抽油杆液压钳不好用给作业工带来烦恼，问题出在哪里？经过多次跑现场，他发现问题出在钳牙上。他不厌其烦跑天津、去霸州，不断改进。几个月过去了，终于把样品拿到大队领导面前，大队决定马上试用。这一试作业工全乐了，太爽了，操作简单，本体咬得紧，卸扣卸得快，新的液压钳很快在全大队推广开来。

近年来，作业队在施工中经常出现油管试压不合格而返工。靳占忠看在眼里，急在心里，经过1个月的攻关，研制成功了试压泄流球座。试压泄流球座不仅方便实用，而且造价低廉，可以提前检查下井油管，避免了因试压不合格造成的返工，投入使用仅9个月，为单位节约成本2万元。

他革新的成果虽然看起来不起眼，但都是受到工友欢迎的实用、好用、管用的成果。

大队新疆吐哈油田修井项目部 4685 修井机上的大多部件都是美国货，一出现故障就只能换件。靳占忠到项目部工作后，一天，他看到大班司机拿着个操控阀，唉声叹气地说："刚换了一个半月，又坏了，7000 多元又没了。"听到这些话，靳占忠认真向他了解情况，随后就拽着大班司机立刻上井进行查看，鼓捣了 2 个小时，他花了几元钱买了几个密封圈换上后就解决了问题。

靳占忠市场效应

1996 年，靳占忠随作业大队作业二队开赴新疆吐哈油田外闯市场，在茫茫戈壁，他深深体会到闯市场的不易。他在干好材料员工作的同时，主动担负起了交井工作。吐哈夏天的气温高达四五十摄氏度，平井场，清脏物，擦采油树，件件工作到了他的手里，都是那么自然，那么从容。每次作业后只要他去交井，甲方不去井场就放心地签字了，成了名副其实的"免检产品"。一次，一台车急需领料，井口房的油污没来得及擦掉，他就急匆匆地回到了基地。回到基地后，他叮嘱队干部派人去擦，结果队干部忘记了。第二天交井时，甲方放心地签字了。两天后，送饭途经该井，他发现油污还在，于是让司机放了一碗汽油，坚持把井口房擦得干干净净。后来这件事被甲方传为佳话，为大队赢得了更好的信誉。

在吐哈，大家跟随着他的脚步，走出了一条"以诚信立足市场"的路子。1997 年，从茫茫戈壁风尘仆仆归来的靳占忠，来不及洗去大漠黄沙，又风风火火踏进了大港油田修井市场。从茫茫戈壁到盐碱荒滩，不一样的是地域，一样的是对工作的执着。初冬，大队承接了大港油田羊 11-73 井大修解卡施工任务，这口井外油田的一个大修队干了 1 个多月也没有拿下来，面对这种状况，靳占忠又加入了技术指导工作的行列。在施工现场，他发现鱼顶进入打捞工具后，硬提提不动，反转 9 圈管柱不动，在退出尝试时，正转 13 圈，落物突然跟转，靳占忠发现有门，再次进行对扣，下击，通过反复活动，成功解卡，只用一个星期就完成了该井施工，使这口大港油田的高产井恢复了生产。凭着这口井的成功，他们在年底前又接连接到了 3 口甲方点名上的井。市场的大门，因靳占忠高超的技艺，向技高、质优的华北人打开了。

第三章 理想：价值放大直到“最大化”

一团火焰燃烧是为了光为了热，这是火焰的价值，是火焰的理想。一个人激情的燃烧同样是为了理想，是为了获得更大的人生价值。多年来靳占忠始终怀着这样朴素的价值观，为了企业的发展，像奔跑的火焰般燃烧着自己的激情。10 多项发明创造获得国家专利，20 多项创新成果获得部、局级奖项，100 多条合理化建议被采纳——靳占忠不断地把自己的价值“最大化”，他用自己的实际行动诠释“技能专家”这一称号。

解决生产难题与科技创效

作业工是油井的“医生”，工程技术服务的主力军。每当看到憨厚朴实、充满豪气的工友们，靳占忠心里就充满了敬意。每当他听到作业工因工、用具设计缺陷或操作不当而受伤时，就深感不安。为此，他发誓：尽己所能，优化工、用具设计，提高工作效率和安全系数，使作业工减小劳动强度和伤害。

1987 年，华北油田开始在作业系统推广液压油管钳。由于没有配套，只能用管钳拴上尾绳代替。这样做，不但会导致油管跟转倒扣落井事故发生，而且管钳把因扭矩过大经常折断伤人，还增加了井口操作工人的劳动强度。靳占忠看到这种情况，心里非常焦急，暗暗下决心，一定要为液压油管钳研制出配套的背钳。

当时，作业二队副队长杨长虎也在思考如何解决这一难题。靳占忠知道后，主动找到杨长虎，交流了改进想法，形成共识后，展开了技术创新合作。那一阵子，俩人有时间就奔波在各个井场之间，针对不同型号的背钳反复进行比较，从构思到设计，从论证到加工，进行了近百次的试验……

经过近 1 年的努力，他们革新改造的“动力油管钳背钳”终于获得了成功。该工具创新程度高，实用价值大，不仅提高了修井速度，避免了因背钳打不牢导致油管坠落事故的发生，而且减轻了劳动强度，降低了作业成本。该创新项目获得了国家实用新型专利，并受到了公司作业工们的普遍欢迎。

熟悉油田钻井施工和井下作业的人知道，起下管柱用的吊卡两边有两个吊卡销子，为防止销子崩落，传统的做法是用麻绳将吊卡销子系在吊环上。即使这样，有时也避免不了吊卡销子的崩落。油田多次出现过作业工被砸现象，而且出现过单吊环事故。

靳占忠看在眼里，急在心上。设计吊卡销子的想法在他的心里已经不是一天两天，然而真正动起手来，却不是那么简单。1997 年，从看到“老鼠夹子”后，他开始动手制作第一副吊卡销子，但是，现场试用后效果却十分不理想，工友们反映，插销子时特别费劲，一手拿着绷着劲的销子特别难受，费时费力不安全。靳占忠一时也想不到好的办法，就无数次地改进、试验，最后，他发现，销子在手中最舒服并能实现自锁是在 15 度到 30 度角之间。可在这么小的东西上要实现自锁，说起来容易做起来难。多少个夜晚靳占忠都无法入眠，一天，他在饭后偶尔翻看《机械设计》一书时，在“凸轮原理”一章受到了启发，经过近 10 天的反复试验，安全防脱吊卡销子终于问世了。谁能想到，这个小小的安全防脱吊卡销子，加工、制作工艺却不简单，要经过 14 道工序才能完成。这项成果获得国家专利，在华北油田各作业队和钻井队广泛使用后，取得显著成效。

无论班上还是班下，无论天好还是天坏，只要遇到作业队工、用具有问题，靳占忠都及时赶到，进行修理。不仅如此，他还利用各种机会深入井场，实地了解工、用具使用情况，及时进行维护保养，并指导作业工规范操作。早几年，靳占忠到远的井就坐送班车，到近的井就步行。后来，为方便上井了解情况并提供及时服务，靳占忠自费购买并骑坏了 3 辆自行车。近几年，随着华北油田采油二厂滚动勘探区域的逐渐扩大，靳占忠又骑坏了两辆摩托车。

除了修理工、用具，遇到作业队施工中的其他难题，靳占忠也是迎难而上，及时解决。2005 年 7 月的一天下午，当他得知作业三队在一口重点井起油管卸不开时，二话没说，立即赶去帮助解决难题。晚上 10 点解决难题后，又主动帮助该队排起油管来，直至第二天上午 9 时许，才和大家一起坐班车回到基地。

多年的工作实践使靳占忠认识到，维修再及时，只能解决一时问题，只有进行技术革新，才能延长工、用具的使用寿命，提高工作效率和安全系数，并减轻工友的劳动强度。为此，他把更多的时间用在了工、用具的技术革新和设计改进等方面。

液压动力钳是一种用来起下油管的修井工具。由于调压阀门压力不稳，时常出现油管脱扣，或因丝扣过紧被迫割管等问题。为了抢工期、保上产，各作业队都准备了一把割刀，平均每口井作业要割断 15 根油管。其中，最多的一口井曾割断过 179 根油管，仅此就造成 14 万元的损失。

1990 年秋天，靳占忠上井得知这一情况后，当天晚上怎么也睡不着觉。第二天，他找到大队领导谈了自己想通过技术创新实现液压自控，满足油管起下扭矩要求，避免割断油管的想法，得到了大力支持。

只有初中文化程度的靳占忠开始攻关了。他买来《液压原理》《机械制造》《机械制图》等技术书籍，日学夜啃，解决专业知识问题；利用探亲时间，上门拜访河北石家庄液压件厂液压系统研发制造专家胡堂堂工程师为师，解决专业技术问题；深入北京、天津、石家庄等市场，自费考察、选购零部件，解决专业材料问题……

那年 12 月的一个深夜，大雾弥漫、寒气逼人。当天傍晚，靳占忠从天津采购完溢流阀，好不容易等来了一辆路过霸县开往保定的长途汽车。半小时后，夜空突然出现了漫天大雾。靳占忠打着手电为司机照路，直至晚上 10 点多钟才到达霸县县城北郊下车。夜深人静，伸手不见五指，难以辨清方向。而从县城到采二矿区还有 15 千米的路程。又冷又饿的靳占忠，背着 10 多公斤的部件，一步一步地摸索着向矿区艰难挪动，到达家中时已是凌晨 1 点多钟了。至今提起这件事，靳占忠仍记忆犹新。

当年年底，靳占忠初战告捷，完成第一代液压油管钳液压系统改造，不但大幅度减少了割油管现象，而且大大加快了施工进度，并创造了良好的经济效益，当年获得局级合理化建议一等奖。

靳占忠是一个技改不停步、追求无止境的人。获奖的第二天，他又投入新一代液压油管钳液压系统改造工作。1999 年，经过 10 年持续创新，由他主研的第六代液压动力钳扭矩自控装置出炉了。这套新装置，通过改造摆线马达外加定压阀实现液压自动调压，并经现场试验取得了重大成功，在华北油田各作业队推广使用后，再没有出现过割开油管的现象，达到了国内领先水平。液压动力钳扭矩自控装置于 2000 年获得国家实用新型专利，每年为企业节省资金 100 多万元。

“三件宝”与“淘宝人”

近几年，大部分人腰间都挂着一个手机，靳占忠也不例外。为保证第一时间接到一线求援电话，他自费“配备”了手机。细心的工友们还发现，在靳占忠的腰间，比别人还多挂了一样东西，那是靳占忠随身携带的测量工具——卷尺。20 多年来，靳占忠用过的卷尺超过了 10 个。

不仅如此，为保证及时上井、切实解决生产难题，靳占忠还从 2000 年开始，将上井用的交通工具自行车换成了摩托车。从事材料管理、设备管理维修工作至今，有事上井解难题，没事上井搞研究，成了靳占忠的习惯。手机、卷尺和摩托车长年累月伴着他上井，久而久之，工友们诙谐地说：“手机、卷尺和摩托，是靳师傅的随身‘三件宝’，关键时刻少不了！”

自己有“三件宝”，可靳占忠还是不“满足”，工友们经常看到他深入各队材料库房挑选废旧设备、零部件，深入井场捡拾落地螺丝、变扣等，深入周边天津、霸州、任丘等市县的废旧钢材、设备市场觅“宝”……

近几年，靳占忠创新成果迭出、创新效益显著，年年被评为劳动模范或优秀党员。每次，他到华北油田任丘基地开会或领奖，除了参加会议安排的必要活动，其余时间都用在到旧品市场和钢铁市场等地觅“宝”上。用他自己的话说，就是“不去看看，就像缺点什么，上瘾”！商场和饭局可以不去，旧品市场和钢铁市场不去可不行。因为，那里既能找到他想要的东西，又能触类旁通，开发思路，每次都有或多或少的收获。

2006 年 9 月，靳占忠的徒弟孙连会设计制作了一种油管刮油器。由于没有更多现成的材料可以利用，孙连会就找来两把起子，焊接在刮油器上做手柄。看到这种情况，靳占忠就把自己从废旧钢铁市场觅来的打包器分解，将手柄装在刮油器上。嘿，真别说，这下刮油器就更美观，更好用了！

凡是到过靳占忠工作室的人都能看到，这里排列着被他修好的大小工、用具，摆放着被他选来、捡来、觅来并修好的油管接头、短节等废旧物品，这些废旧物品的再利用每年给企业节省成本支出数万元。

“大徒弟”与“小师傅”

孔子云：三人行，必有我师。年轻时的靳占忠好学上进，即便成了“技术大拿”和“革新专家”，他心中依然牢记这条古训，始终保持着谦逊好学的本色。

钢丝绳插绳套在作业施工中经常用到，靳占忠和徒弟黄树通过向书本学并自己动手摸索，也学会了一种。但是，顺捻 6 股钢丝绳分开编好后再插套，始终不能成功。

2006 年 6 月底，不解决问题心不甘的靳占忠，通过多方打听得知河北霸州市区有位师傅会干这活儿，于是立即决定带徒弟黄树一块儿去讨教。

那天，靳占忠拿上一段钢丝绳，用摩托车驮着黄树，来到 10 多千米外的霸州市区，千方百计找到了那位师傅。走近一看，原来是位十八九岁的毛头小伙儿，并且也没有插过作业工常用的顺捻6股钢丝绳，更不要说顺捻6股钢丝绳分开编好后再插套了。他常插的是逆捻6股钢丝绳。

靳占忠问小伙子："能不能顺捻6股钢丝绳分开编好后再插套？"

小伙子说："你们给多少钱？"

靳占忠说："不要说给钱，称你师傅都可以！"

小伙子经过短时间琢磨后，很快插接成功。师傅不但如数给足了学习费，而且恭恭敬敬地叫了声"小师傅"！看着眼前这位年过半百的"大徒弟"，"小师傅"乐得羞红了脸。不久，"大徒弟"拜"小师傅"的故事，就在大队成为佳话。如今，只要遇到类似问题，靳占忠还去请教"小师傅"。

"修井神医"

多年来，靳占忠还着力研究修井技术难题，成为名扬油田的"修井神医"。

1989年初冬，华北油田测试公司在岔12–6井测井时，把价值近6万美元的高精度测井仪落入了3200米深的井内，公司上下十分焦急。接到施工任务后的作业二大队，围绕打捞测井仪展开了紧张激烈的研究，如果按常规打捞，稍一加压，测井仪就会损坏，而既能保护测井仪，又能保证打捞成功的工具一时根本没有，怎么办？大队领导想到了靳占忠。靳占忠在认真分析井况、落物的基础上，把一截直径48.3毫米的油管套入了一根直径73毫米的油管内，在下端连接上打捞筒，一种简易的轻载伸缩式打捞工具设计完成了，下入井内后，一次打捞成功。测试公司的领导抚摸着完好无损的测井仪，激动得一时说不出话来。

2002年，大港油田稠油井——枣59井作业时出现沙卡，井口有溢流，施工队伍连续解卡七八个小时，管柱依然提不上来，放不下去，现场监督非常着急。靳占忠接到求援电话后，连夜赶到施工现场，在详细了解该井情况后，采取向油管打压、边提边转、反复活动管柱等措施，仅10分钟就解决了难题。靳占忠不仅解决修井技术难题有绝活儿，而且发现各种事故苗头也有绝活儿。多年来，靳占忠通过学习、实践、总结，再学习、再实践、再总结，掌握了射孔井看溢流、漏失井听声音等提前判断是否会井喷的高招。

岔8井是华北油田采油二厂的一口高产井，日产最高40多吨。在一次补孔施工完毕后，细心的靳占忠很快发现有井涌的迹象，经验告诉他，可能射开了高压油气层，他立即告诉施工人员快速抢装井口。装上井口后，通过压力表观察，压力很快增加到了12.5兆帕。现场作业工人佩服地说："亏了靳师傅，要不然井喷事故就不可避免了！"

廊坊市一口地热开发井，因补孔作业时炮弹筒炸断，造成弹筒落入井内，一直停止开采了近2年。1994年秋，地热公司找到大队进行施工作业，然而上去的作业队使用了多套打捞方案也没有打捞成功。该队技术干部认识到对裸眼井施工经验的不足，赶紧找大队工程技术人员协商解决的办法，最后一起又找到靳占忠共同商量。靳占忠在反复查看炮弹断头、铅印以及打捞情况后，与大队工程技术人员共同研制了一种开窗打捞筒，下入井内后一次打捞成功，使该井在入冬之前投入了生产。

由于砂埋造成井内管柱提不动是作业施工中常有的事，处理这种情况，需要倒扣起出井内卡点以上的管柱。在多年的实践中，靳占忠掌握了想从哪倒开就从哪倒开的"独门医术"。现在，大队只要有这种井施工，靳占忠就会出现在施工现场。到了现场，靳占忠要认真了解落实井身结构、井内管柱情况、压井液比重、液面高低等情况，和相关技术人员测好卡点，反复计算井内卡点以上管柱悬重，倒扣前，他首先要对井内管柱进行分段紧固，在倒扣时，对悬重变化情况、倒扣扭矩、倒扣圈数，认真观察，综合分析。这些年，凡是经他处理的这类井，全部实现了想从哪倒开就从哪倒开，没有给下步施工留下任何隐患。大队生产部主任杨长虎深有感触地说："只要有靳师傅在场，大家的心里就会特别踏实。"

第四章　合唱：众人拾柴火焰高

中国有句老话：众人拾柴火焰高。一项工作，一项事业，一个理想，只有更多人的参与，更多人激情的奉献，才会真正成就其最大的价值。靳占忠深深地知道这一点，他把引领更多的人参与其中当成了自己的责任。了解他的人都知道他是一个有激情、有热情、有思想的人，他的激情与热情总是会不自觉地影响带动其他人。“职工技改俱乐部”就是从他领唱到合唱的一个最好证明。

“占忠工作室”易名记

2002 年前，靳占忠修旧利废、革新改造，是在大队职工公寓楼梯口的过道里进行的。

2003 年初，大队为支持他的工作，专门腾出两间房子作为靳占忠技术革新的场所，并取名“占忠工作室”。可是，靳占忠认为创新工作需要依靠集体的力量，建议取名“职工技改俱乐部”。

大队领导坚持要用他的名字命名，认为这样可以起到典型示范的作用。靳占忠认为，个人的成功是小成功，集体的成功才是大成功，不要突出个人。就在两方争执不休时，时任采油二厂党委书记李亚平（现任公司经理）正好来到该大队调查研究和指导工作，他们请党委书记定夺。李亚平权衡再三，站在了靳占忠这边。他说：“我们不仅需要一个靳占忠，更需要一大批像靳占忠这样的技能人才！”

2004 年，为给靳占忠和职工们创造一个更加有利的创新环境，大队又给“职工技改俱乐部”安装了冷暖空调。

“技师博导”

在高等院校，人们常把博士生的导师称为“博导”。在华北油田，作业工们把带出一批技师的靳占忠称为“技师博导”。可以说，用“技师博导”这一雅号来称呼靳占忠，名副其实，恰如其分。截至 2006 年 11 月，仅在采油二厂第二作业大队，靳占忠带出的工人技师、高级工人技师就达到了 26 人。其中，一名徒弟与他同时被集团公司聘为“技能专家”，另一名徒弟被管理局聘为技能专家，还有一名徒弟被采油二厂聘为技能专家。

“一人成为技能专家，只是一个人的小成功；让周围的工友也成为技能人才，才是一个人的大成功。”靳占忠常讲：“我的成果和成功，都是组织培养和工友帮助的结果。只有充分发挥‘酵母作用’，使每个工友都拥有成果、获得成功，才是对组织和工友最好的回报！”

为帮助大队多培养几名技能人才，靳占忠先后与 26 位年轻工友结成师徒对子，面对面讲，手把手教，使他们有的成了集团公司、管理局的技能专家，有的成了公司的技术能手、技术创新带头人，有的成了工人技师、工人高级技师，还有的成了基层队干部、技术员。

近几年，靳占忠看到工具工大部分是由作业工半路改行的，技能明显比较弱。为帮助他们尽快提高技能、胜任本职工作，靳占忠一有空就给工友们传授自己的经验和绝招。不仅如此，他还主动担任大队的技能培训教员，精心地教他们实用技术。

王铁峰是综合服务队一名工具工，参加工作 10 多年的他，一直追求平平淡淡才是真。但就在 7 年前，从和靳占忠分到一个班工作后，王铁峰的工作生活发生了变化。每天在修理工、用具时看到靳占忠忙碌的身影，平常不善言谈的王铁峰内心产生了波动，他心想：“靳师傅这么有名，岁数都这么大了，对工作还兢兢业业，我这么年轻，为什么工作上有时还得让领导操心呢。”正在他心里犯嘀咕的时候，靳占忠主动与他结成了师徒对子。有了名师，王铁峰的干劲足了，在靳占忠的鼓励和支持下，2003 年 12 月王铁峰取得了技师资格。

甄群波现在是作业三队的一名工人技师，平常他虽然大大咧咧，但工作上绝对是一把好手，这些成绩的取得都与靳占忠结为师徒有着密切的联系。早在 1996 年，当时还是个“愣小伙”的甄群波，在靳占忠调到他所在队——作业四队的第三天，就因用活动扳手当榔头使挨了靳占忠的批评，这件事曾让甄群波耿耿于怀了好长时间。但是，一次深夜下班回来，甄群波看到靳占忠学习的场景，深受感动。从那时起，甄群波暗下决心：一定要向靳师傅一样当一名工人技师。结成师徒对子后，靳占忠第一件事就是改掉甄群波干活毛躁的毛病。他不厌其烦地叮嘱甄群波，又故意让他干些费时费力的活，使甄群波逐渐养成了认真细致的好习惯。2000 年 9 月，甄群波取得了技师资格。

名师出高徒

靳占忠的努力没有白费，徒弟们在他的培养下就像雨水充足的小树苗一样茁壮成长。最让靳占忠欣慰的是大徒弟黄树，勤奋好学、刻苦钻研，多次夺得全国、集团公司、河北省职业技术大赛金银牌，还获得全国“技术能手”、河北省“技术状元”、集团公司“劳动模范”和华北油田“十大杰出青年”等荣誉称号。徒弟黄树与师傅靳占忠曾同时获得集团公司勘探开发工程服务系统个人银奖，也曾同时被集团公司授予“技能专家”。

在他的指导和帮助下，徒弟黄祥在 2004 年获得全国石油石化行业第二届职业技能竞赛井下作业工种竞赛第十六名，被授予“全国优胜选手”荣誉称号。另一名徒弟涂胜强，不但获得井下作业工技师资格，被大队破格提升为作业四队副队长，而且在 2004 年获得管理局井下作业工行业状元，还先后多次被评为公司、管理局技术能手。还有一名徒弟王铁峰，也评上了井下作业工人技师，并获得管理局技术比赛井下工具工第一名，被授予管理局“技术能手”称号。

张全江曾是井下作业二大队作业一队一名作业工，小伙聪明伶俐，人长得白净帅气，2000 年，他入选了备战全国石油石化行业第一届职业技能竞赛的大名单，然而当时刚刚结婚的他，一心想着调回任丘和媳妇团聚，对参赛不是十分上心，靳占忠看在眼里，急在心里，主动找张全江谈心。他说：“全江，技术比赛几年才一次，机会难得，你的底子这么好，错过了多可惜呀！我也知道你现在的心情，如果你取得了好成绩，对你个人的成长意味着什么……咱们说什么都不能辜负各级领导的期望。”张全江听了靳师傅的话，若有所悟地点了点头。思想疙瘩解开了，张全江开始了认真的备战，靳占忠为提高他在“识别工具、编写大修设计”方面的弱项，主动给他“加餐”，他让张全江一遍遍地辨认工具，一遍遍地编写不同类别井的大修方案。功夫不负有心人，张全江最终取得了第十五名的好成绩，被评为了集团公司技术能手。现在的张全江，已经成为井下冀东分公司一名工程组组长。

2005 年 9 月，为参加公司、管理局技术比赛、河北省第二届青工大比武，大队提前进行了选拔、培训，然而在最后一个参赛名额的决定上，却发生了一件“小事”。同是靳占忠徒弟的高应田和陈辉，要在比赛之前为一个参赛名额而争夺。说句心里话，靳占忠对谁都难以割舍，残酷的现实就这样摆在了他和两个徒弟面前。说句心里话，当时的靳占忠心里也没底，他也不知道谁去谁留，因为这既不是身为教练的自己说了算，也不是任何一个大队领导说了算，按照大队选拔规定，谁去谁留，要由选拔、培训以来的综合成绩说了算。最终，高应田以 1.5025 分的微弱优势搭上了参加大赛的末班车，并获得了这次技术大赛个人第二名。靳占忠为他取得的成绩感到由衷的欣慰，同时，他又为陈辉没能去参加大赛而惋惜，从公司指导完比赛选手后，他私下里多次找陈辉谈心，生怕陈辉心里想不通。但是，他的这种担心，仅仅不到一年，就变成了欣慰。在 2006 年大队组织的技术比赛中，陈辉一举夺得了第一名，不仅用实际行动证明了自己的实力，也用成绩回报了师傅的培养之恩。

众人拾柴火焰高。几年来，靳占忠特别注重发挥工人技师群体的作用。他说：“传授别人技术，也是自我学习的过程，因为在大家讨论共同关心的问题时，往往是找出解决问题的最好时机。”因此，他把带徒弟作为大家共同学习提高的过程。现在，只要靳占忠修理、革新井下工、用具，身边总有几个年轻人围着观看，并不时传出热烈的争论，而一项项QC成果就是在这些普通的日子里，在大家集思广益、充分讨论声中诞生了。

不仅如此，靳占忠还积极帮助勇于创新的年轻工友找资料、想点子、解难题、出成果。几年来，在他的帮助下，大队有26名职工取得工人技师资格，有20多人次先后获得公司、管理局、集团公司、河北省技术创新成果奖，还有30多人次在各级职业技能大赛中过关斩将、摘金夺银。

近几年，徒弟、高级工人技师孙连会在靳占忠的指导和帮助下，先后研究完成的“削减井下作业施工污染源”和“推行绿色施工，降低环境污染”等创新成果，分别获得2005年、2006年石油工业管理创新成果一等奖。

第五章　生活：感恩才能无悔地奉献

我们如今生活在一个思维观念日趋多元的时代，追逐时尚成了不少人生活中重要的内容。现代人的焦虑当然和攀比欲望的追逐有关，行与思无法妥帖成为一些人思想深处的暗疾，在思想的徘徊中往往忘记了生活中那些本真而美好的事情。而靳占忠却不这样，多年来他以火焰的姿势奔跑着，奉献着自己，这一切都源于他对生活清醒的认识。在他内心的词典里用得最多的一个词那就是感恩，感恩祖国，感恩部队，感恩生活，感恩企业和周围所有善良的人们。正因为他常怀感恩之心，他激情的火焰才会持久地燃烧，才会在几十年的人生旅途中无悔的奉献。

“我的心思不在个人赚钱上”

前几年，有的技术工人辞职“下海”办起工厂，发了大财；有的技术工人偷偷从事第二职业，赚了大钱……

具有十多项国家新型实用专利和一身油气井修井技术“绝活”的靳占忠，自然成为众多地方企业和私营老板眼中的“能人”和“宝贝”。凭借靳占忠的技术、专利，开个机械加工厂比上班挣工资要强上百倍。但亲属们的每次劝说，朋友们的每次鼓动，都没能动摇靳占忠奉献石油事业的决心，把别人认为的一个个好机会，给一次次地放弃了。

前年的一天，一个“大款”表弟兴冲冲地从石家庄赶到靳占忠单位，一见面，就迫不及待地说：“表哥，我是专程从老家赶来请你的。我出资金，你出技术，咱俩合开一个机械加工厂，股权、利润五五开，怎么样？”

靳占忠听完，嘿嘿一笑：“不行啊，表弟，我的工作实在脱不开呀！”

“唉！我说表哥，你是傻还是糊涂，把现在的工作辞了。只要你干，我保准你一年最少存上六位数！”表弟急切的话语中透着诚恳和期盼。

“不是说漂亮话，表弟，我的心思不在个人赚钱上。要想发财，我早干了！我费心血搞革新，就是方便生产，提高效益，确保工友们平安无事……”靳占忠婉转地回绝了表弟的盛情。

多年来，靳占忠就这样先后十多次谢绝了地方单位和个人企业的高薪聘请。

“不管部长”与“多管部长”

靳占忠在工作中在岗位无私奉献，这一点说起来容易，做起来可难。别的不说，他就这样一门心思扑在工作上面，自然少不了对家庭和对自己的亏欠。贤惠的妻子何庆春给他封了两个“大官”——家里的“不管部长”，大队的“多管部长”，简单的戏称却包含了无尽的理解与关爱，也许正是因为妻子的理解、关爱，更增添了靳占忠忙碌的信心与勇气，更增添了他回报生活的动力。

说起这两个“官位”，何庆春既有些无奈，也有些自豪。

自从嫁给靳占忠之后，何庆春就发现自己嫁了个“工作狂”，迷上革新后，靳占忠更是从早到晚不着家了，连家务活也懒得干了。一次，难得靳占忠下班回来得早，何庆春让他擦擦家中的玻璃。可当她在厨房转身时，看到的是靳占忠抱着一本《液压钳维护与修理》的书在沙发上睡着了。

"你是不是个爷们儿！一天到晚就知道抱你的书本本儿，家里的事还管不管了！"何庆春当时说不出哪来的冲动和怨气，一把推醒了熟睡的靳占忠，第一次大嗓门嚷起来。

靳占忠惊呆了，随后拿着抹布乖乖地去擦玻璃了。看着丈夫疲惫的身躯，何庆春心软了，以后再没安排靳占忠干过一件家务活儿，一心一意当起她的"家庭总管"。靳占忠因此在家中也就有了"不管部长"的绰号。

可在工作上，靳占忠却是名副其实的"多管部长"。多年来，他不但认真做好材料员和工具工的本职工作，而且查阅采油二厂 1030 口井的相关资料，并请教有关专业技术人员和施工作业人员，做到了对作业大队服务区域的每个油田、每个区块、每口油气井的地质结构、物性、井下复杂等各种情况了如指掌、烂熟于心，还将它们传授给相关技术人员。现在，作业队遇到施工复杂情况，只要给他打个电话，即使不到现场，也能遥控解决问题。

与此同时，靳占忠还当师傅带徒弟、当教练带队员、当指导带课题……有人给靳占忠算了一笔账，他 30 年干了 40 多年的公家活儿，是个超值的"多管部长"。

"多功能床"

从 1987 年起，靳占忠每天坚持做三件事：一是利用正课时间，干好分内工作；二是利用工间时间，挑拣废旧设备、零部件，修旧利废；三是利用晚上时间，学知识，练技能，搞技改。

虽然靳占忠的单位离家只有 1 千米，但他却在工作间里放了一张行军床。熟悉靳占忠的人都知道，那是他用来治胃病和加班用的。徒弟们称这张行军床为"多功能床"。

多年来，不分昼夜地学习、工作，使靳占忠的胃病越来越严重。为了既能缓解胃痛，又不影响工作，他想出了一个一举三得的办法——"倒挂金钟治疗、学习、工作法"。胃不是下垂吗？每次工作期间，遇到胃痛，他就来个“倒挂金钟”，身体趴在床沿上，头朝下，两小臂撑在地上，两腿放在床上，一边“治病”，一边学习或研究。过一会儿，直觉告诉他，胃像是回归了原来的位置，疼痛的感觉似乎轻了好多……久而久之，靳占忠的“倒挂金钟法”被工友传为美谈……除了“治病”、休息，靳占忠还在床上摆满了业务技术和工具类书籍。

2006年7月，徒弟、工人技师孙连会看到井上工人用24管钳拉油管，不但费力，而且容易摔跤受伤，因此设计了一种专用拉油管环。在制作过程中，由于综合队车床坏了，急需的接箍圆环半个月也没有加工出来，急得孙连会不知如何是好。

师傅靳占忠得知这件事后，连夜加班加点帮孙连会赶制专用拉油管环。胃疼了，他采取“倒挂金钟法”，趴在行军床上搞设计、画图纸；困得顶不住了，他就在行军床上稍微躺一会儿，然后又接着干；自个儿没法加工的部件，他就在拂晓时分赶到附近加工厂赶制……

第二天一上班，当靳占忠骑着摩托车，将一对锃光瓦亮的接箍圆环，急三火四地送到正要登上送班车上井的孙连会手中时，小孙感动得说不出话来，眼泪在眼眶里打转……

不久，孙连会研制的专用拉管环成功地运用到生产中，受到干部职工们的好评。

现在，在“职工技改俱乐部”里，每天都能看到孙连会与师傅靳占忠一块儿忙碌的身影。

结尾：在路上奔跑

工人靳占忠的故事讲完了，但靳占忠还在继续着他的工作。哪一天如果你有了工夫，就到他的工作室来坐坐。也许，你会惊喜，你会感慨，你会有新的发现。

生产过程的最大矛盾就是工具与劳动过程，像老靳那样把自己毕生的精力投入矛盾的解决之中，为企业创造了巨大的效益，帮助别人取得了骄傲的成绩，如果用一个比喻来说，就是一个人假如通过自己的能力占有了很多财富，反过来又将这些财富发给了别人，而自己一如既往地默默继续奉献着，这不是无名英雄的做法，而是一种至高的境界。工人靳占忠给我们做出了榜样，一个人应该怎样活着？一个共产党员如何保持其先进性？

我们在形容生活的时候，常常喜欢使用那些绚丽的词汇。然而面对靳占忠和许许多多像他这样的人时，会突然发现那些绚丽的词汇变得苍白无力。形容他们要使用那些最为简单的词语，这才是最具力量的表达。他们是平凡的人，但在他们平凡的人生故事中让我们感到高尚，温暖，让我们对华北石油这个企业充满信心和期待。

我们似乎看到了一团又一团奔跑的火焰，它们带着让这个时代为之一振的激情，从远处奔跑而来，给我们一个绚丽的呈现。

生命之歌

周　钇

2022年1月13日，贾少恩依然重复着多年来的习惯——一大早，首先在妻子张华的遗像前点燃几炷香，对着照片上灿烂美丽永远微笑的张华，小声唠叨家事和女儿琳珊的情况。张燕早已把以前录制有单曲《我对你怀念特别多》的老式“磁盘”刻录成光盘，再后来直接转换成MP3储存在手机里。每当这一天，张燕打开手机里这首单曲，和着忧伤的旋律，在心里默默地咏诵，和姐姐张华说说心里话。这首歌是词曲作家为张燕量身打造的，专门敬献给姐姐张华的。念着诵着说着，张燕的眼泪就不停地奔涌了出来，她实在无法克制自己的情感。

自2004年后每年的今天，都是贾少恩、张燕及其家人最难忘最悲痛的一天，也是“张华绿色家园”家人最难忘怀的一天。当然，也是千千万万一直还在追思张华的各界人士最难忘怀的一天。

上篇：青春靓丽的人生

一、遭受最残酷的考验

1979年，曾任我国陆上石油第一个女子试油队队长兼指导员，年仅22岁的张华积劳成疾，由肾炎转化为肾慢性综合征，调回父母所在单位——原华北石油管理局勘探二部党委办公室工作。按说，张华多次立功受奖，被评为省、局劳模，她就是坐在家里休病假，别人也不会说什么，但她不。张华来到新的工作岗位，以顽强的毅力和疾病做斗争，勤奋踏实地为党和人民继续工作。

一次，张华到200千米以外的钻井队调研。那时，她的病还相当不稳定，身体虚弱，手脚浮肿，血肌酐已达到400个单位以上。一路上，张华又晕车又呕吐。到了钻井队，她认真细致地对钻井队工作现状进行了调研。回到机关，她顾不上休息，立即给领导及局有关部门反映情况，并出了简报，为领导决策提供了重要的参考依据。从试油队调回到机关工作，只有初中毕业文化程度的张华，尤感自己文化知识水平有待进一步提高。她一边工作一边自学，1982年张华终于考上了我国首届电大中文专业。那时，父母考虑到她的健康因素，不让她报考，她就悄悄自学，经常在后半夜摊开书本。考入电大以后，张华的健康每况愈下，学校学习辅导时，她几乎都不能亲自到校。有时是同学们背着她进教室，多数时候，她是利用听同学们录制老师的讲课录音进行补课。这个时候，她的病情已十分严重，常常卧床不起，蛋白含量超过正常人的8至10倍，但她最终以顽强的毅力取得了优异的成绩，通过了大学3年所有的文化考试，成为我国首批电大中文系毕业学员。这个时期，张华的身体状况每况愈下，几乎每年至少要住两次医院。她一旦病情稳定些，就要求出院坚持工作。1985年，张华的病经几个医院治疗均无效果，辗转到石家庄某医院接受治疗。医院使用了抗癌的放射性药物，致使她的一头秀发都脱光了。当她的病情好些了，她又要求马上出院。自1979年以来，张华的信息调研工作常受到领导和同志们的好评，她两次被评为局先进信息员。然而，张华在带病坚持工作的同时，在一次又一次住院治疗过程中，她的健康状况不但没有好转，反而病情更加严重，死亡在一天天地紧逼着她。一天，她的病情转化为了尿毒症！她接受了人生最大的一次生与死的严峻挑战。

那是1994年初秋，张华在华北油田总医院接过自己的化验单，眼前一片漆黑。由肾综合征转化为尿毒症，这一步对于她来说，来得太晚又太早了。她原来的好多患友都先后离开了人世，而她还活着。可是，此时的她才 37 岁，正是年富力强的岁月。尽管对这结果，她早有思想准备，但她还是感到惧怕。年迈的母亲和妹妹陪伴着她，悄悄地流着眼泪，呆呆地坐在那儿。她摸着母亲粗糙的小手，神色有些呆滞，两眼早已失去了光泽。总医院的医生护士时而过来测体温、量血压，时而过来拿什么东西像是监护？张华，你一定要坚强，千万别出意外啊。

夜已经很深了，全家人默默地收拾了行李之后，谁都无法入睡。天刚擦亮，暮霭中走来了许多送行的领导、朋友、同事。他们都清楚，这一次分别，也许会成为永久的怀念。汽车缓缓地驶出了院落，向河南淇县专科医院疾驶。车内，张华朦胧的记忆闪着红光，那是 16 年前的寒冬，大港油田女子试油队里的一个上午。

北风怒号，用身体撞击着井场。张华带领着她的姐妹们正在钻台上作业。忽然，一股强烈的油气味扑鼻而来，顷刻间，一股巨大的油水液柱从井口喷出十几米高。张华告诫自己，这种来势凶猛的井喷，必须迅速抢装封井器关井，否则，将造成难以估量的损失。张华和她的姐妹们在井口奋力拼搏，瓢泼般的油水从她们的头上、脸上、棉衣上、脖颈内，顺流而下。平日里文静羸弱的姑娘，此时，一个个成了生龙活虎的“油人”。她们拼命奋战了近 1 个小时，井口封井器终于抢装上了，她们制止住了一场特大井喷事故。这时再看姑娘们的棉衣上棉裤上，全挂上了冰碴。

模糊的印象像是在张华的记忆里过了一场电影。呵，那时的骄傲，那时的辉煌，那时的理想！生命啊！你今天为何变得这样苍白又如此这般短促！时光啊！你倒流吧，你让我回到那个从前的我，我还没有来得及实现自己的人生价值啊！

张华在河南淇县医院接受治疗已经近半个月了，她在这里亲眼看到一些患友因承受不了精神和肉体上的痛苦折磨，选择跳楼、服毒或让车撞死。张华也想到过自杀，然而在混沌中，张华看到了母亲 16 年来含辛茹苦照顾她又增添的白发，看到了领导和同志们多次鼓励她、党组织对她的培养和这16年来为她治病所做出的一切。一种强烈的责任感驱使着她——我一定要活下去！ 16年来，我闯过了肾综合征患者、结婚、生育等禁区，医院多次判了我“死刑”，可是，我现在有了家庭，有了孩子，我要在尿毒症疾病上创造奇迹。虽然，我不能为党为人民继续工作，但我应该拥有与健康人一样的思想和精神，一样的道德和情操，一样的热爱与赤诚。

张华首先是把母亲、妹妹等陪护全部从医院撤了。母亲流着眼泪对她说：“你的病这么重，怎么可以没有陪护呢？”不久，母亲从老家给她找来了一位姑娘照顾她，她坚决不要。为了增强战胜疾病的信心和勇气，张华学会了坚持每天化淡妆。她穿戴整齐，始终保持良好的心态去战胜疾病。然而，张华病情已转化成尿毒症晚期。1995年12月，张华因病情进一步恶化，被转到了北京市宣武区中医院，她在这里完全靠每两天一次的透析维持着生命。每次透析是一种什么样的肉体折磨啊，张华说，像织细毛衣针大小的针管插入血管内，透析一次长达5个小时，静静地躺在床上不能动弹。有时候因针管太大，每一位做透析的患者都必须接受至少一次动静脉手术。在短短的几个月时间里，她已经做了四次动静脉手术。在生活上，张华与其他的尿毒症患者一样，必须承受孤独、寂寞和死亡威胁的痛苦。然而，张华却以惊人的意志，坚持每天写日记，还把治病中的心得体会记录下来，有时还向医务人员请教医学知识和走访治疗中的患友，并把这些知识进行分类和整理。许多人见她良好的精神状态，都误认为她是陪护。张华说：“战胜病魔精神很重要。凡是不能承受挫折的人都是不健康的。健康不是目的，它只是实现人生目标的一个必要条件。”

二、关爱他人胜过关心自己

改革开放以来，随着社会生活的改变，人们的价值观念相应地发生了变化。有的人在市场经济的冲击下，面临工作竞争、家庭负担以及人与人之间复杂的社会关系，常抱怨自己活得太累，而张华却觉得自己活得特别充实。她倍加珍惜每一天每一秒。她说她每上一次街，或在充足的阳光下漫步，甚至是洗一次澡、换一件漂亮的衣服，都感到特别温馨和幸福，都是一种美好的享受。张华之所以对生活充满了信心和向往，是因为她特别珍惜生活、珍惜生命，她在不断给人以友爱的过程中，她自己也得到了愉悦。

1996 年元宵节前夕，张华回家只有两天时间，来看她的人特别多，大家怕她累坏身体，要她躺在床上休息。她说不，人家来看我，我得陪人家坐坐。她硬是下床，给客人递烟倒茶让座。有一位同志来家，张华知道这位同志爱喝茶。当时家里茶叶用完了，她一定要家人赶快去买。在张华所住过的医院，受过她帮助的人有多少，谁也说不清。在河南淇县，张华得知一位 40 多岁的老板患重病很是绝望，她主动找到这位患者，开导他劝慰他，帮助他树立起生活的信念。在石家庄，一位二十八九岁的张家口籍军人小郭患了慢性肾炎，因家庭困难，还没有找上对象，患病后思想更是苦恼。张华以一个大姐姐的身份，经常关心他帮助他，有时还给他零花钱，并给他讲自己是如何战胜病魔的。在北戴河，一名叫张凤的患者与张华住在同一个病房。晚上，张华给张凤倒水喂饭，早上还要给她倒屎倒尿，对她无微不至。张凤去世前，还一直呼唤着："张华姐！张华姐！"张华无论走到哪里，总是关心体贴着身边的每一位患者及医务人员，许多人都愿意跟她倾心交谈。在华北油田总医院住院期间，刚参加工作不久的小蒋思想上有什么疙瘩，总要找张华谈谈。在平日，张华也总是对小蒋问寒问暖。不久，两人成了知心朋友。张华从一个医院转入另一个医院，所帮助过的患友或医务人员，少说也有几十人。张华在北戴河出院时，几乎全院医护人员及能行走的患者，都来为她送行。多年以后，全国各地有不少朋友还与她保持着联系。张华用自己的实际行动，把真诚和友爱献给了身边的每一位同志。

1995 年初夏，张华的病情稍稳定了些回到了油田。一天，她得知原公司党委副书记胡运生生病住院的消息后，急忙拉着母亲要与她一起去医院看望胡书记。母亲说，你连床都下不了，怎么去得了呢。张华没有等母亲说完话，艰难地下床，步履蹒跚地要下楼，母亲只好扶着她一步一步地走下三楼。家距总医院只有一千米多的路，张华和她的母亲走了近半个小时，她走两步歇一会儿。到了医院，母亲叫来一位正在总医院就诊的熟人帮忙，两人左右架着张华，十分艰难地上了住院部四楼。此时，张华已是满头大汗、气喘吁吁，但她微笑着，关切地询问着胡书记的病情。

1995 年春节前夕，张华的妹妹张燕带车到北京看望她。回油田时，患友小张的父亲想搭车回油田，当时车上载员已经满了，张华却叫妹妹张燕去挤长途汽车，而把方便让给了小张的父亲。多少年来，在党的培养教育下，张华以一个共产党人的人生观、世界观、价值观，影响、引导着身边一个个同志、朋友、患友。她不管走到哪里，就把好事做到哪里，实现着她作为一名共产党员的人生追求。

三、美丽青春绽放井场

有人说张华太傻太单纯，她却从不后悔过去所做的一切。她说："共产党员在关键时刻就是要敢于挑重担。"

张华在家庭和学校影响熏陶下，从小养成了爱集体、爱国家，克己奉公、助人为乐的好思想好品德。初中没有毕业，她就光荣地加入了共青团组织，还是学校品学兼优的学生会干部、团干部。初中毕业时，张华因父亲在野外工作，周围没有学校，中断了学业，走上了工作岗位。多年以后，她仍然保持着本色，一件学生时代的褂子，她穿了又补，补了又穿。一条褪了色的裙子穿在身上又小又难看，有同志笑她，但她还是舍不得扔，她总是把积攒的钱支援有困难的同志。一次，她听说本队王西林师傅的父亲生病无钱治疗，她悄悄地给王西林的父亲寄回去了 30 元钱。那时，张华的工资才 40 多元。后来，王西林师傅通过组织查找，才知道是张华寄出的。还有一次，她听说青工小袁的奶奶在老家生活困难，悄悄地寄出了 20 元钱。她看见井场值班房里的笔经常找不见，一次就买了 10 多支圆珠笔。每当值班房里的笔没有的时候，她就悄悄地放上一支。虽然每天记录用不了几次，但一天也不能没有。后来，同事们才知道原来是她买的。每当队里发动为灾区捐款时，她总是捐得最多。有一次，张华拿出了50元钱交给袁世隆指导员。袁指导员说："不行，你是学徒，工资太低，你不能捐这么多。"张华却微笑着说："支援灾区是应该的！"

张华对待集体、对待别人，常常表现出傻、单纯，她对待工作也是如此。她常说："共产党员在关键时刻，就是要敢于挑重担！"

1972年，和张华一起来队的有7名女同志，5名因试油队工作艰苦都已先后调走。那时，张华完全有条件调回后勤工作，但每一次有女同志调走时，她都要向党支部表示自己扎根一线的决心。在试油队里，张华是年龄最小的女同志。参加工作时，她还不到16岁，但她工作从不讲条件。站井口，拉锚头，上井架，扛油管，处处与小伙子们一样干。1975年7月，张华患痢疾，发着高烧，医生给她开了病假。她见班组里人手少，又跟着同事们上井了。在一次井场作业中，张华不慎两只脚被油管砸伤，她忍住伤痛，一声不吭。她每拉一根油管，都使出了全身的力气，豆大的汗珠不停地往下淌，但她还是坚持不离开井场。

1976年9月，大港油田成立第一个女子试油队，这也是我国陆上石油成立最早的一支女子试油队。年仅19岁的张华担任了这个队首任队长，从此，她的工作任务更加繁重。

那时，队里55名女工，全是从各试油队抽调来的，最大的二十四五岁。试油队里的工作脏、单调不说，还是个力气活儿。一个吊卡几十公斤重，要搬上搬下；一根油管约9.8米长、重100多公斤，要一根根下入井内。所有这些都靠这些姑娘们亲自干，而张华是这个队的队长，她必须身先士卒。一次，她与女工杨文燕上井，她对杨文燕说，你拉油管吧，我来操作。结果她一口气下了125根油管。那时，张华体重不超过50公斤，梳一对羊角辫，看起来她比谁都小，可是干起活来，比谁都利索、有耐性。

在一次拉运油管的过程中，因下雨道路泥泞，车进不了井场。为了提前开工，张华她们要将100多根油管从一千米远的土路上抬回来。姑娘们穿着“大头皮鞋”，两人抬一根油管，一步一滑向井场挪动。不一会儿，姑娘们就累得直不起腰了，而张华与当班班长还一直咬着牙坚持干。姑娘们看见比自己年岁小的张华队长还继续工作，一个个都站了起来。

在试油队里工作，免不了遇到井喷。喷出的原油、泥浆，从头淋到脚，满身都是，整个儿成了一个油人。这时，张华她们遇到的最大麻烦是洗头发。她们必须先用柴油擦，然后用汽油泡，再用肥皂洗，最后才用清水冲。每次洗头发需要4道工序，时间一长，满头秀发的姑娘们，一个个成了“黄毛丫头”。而在冬季生产，工作就更加艰辛了。喷出的原油泥浆很快在钻台上结成了冰块，必须先用热气刺，然后再用清水冲，赶上原油、泥浆喷在棉衣棉裤上，那就更惨了。棉衣上、裤管内全结上冰碴，走起路来腿不敢打弯。那时，张华她们住在生活区，上下班全是解放车接送。结上了冰碴的棉鞋，踏上车垫就打滑，根本上不了车槽。姑娘们一个个地拉，一个个地拽。在队伍组建时，有人说张华她们“一天叽叽喳喳，两天吵嘴打架，三天散伙回家”。张华不服这口气，为了跟男子试油队比着干，女子试油队常是两口井交叉作业。那时，每个班10个姑娘，有时赶上有人生病或生理上的原因，就只剩下五六个人，人员相当紧张。这时，张华是几个班连轴转。一次，张华感冒发烧39摄氏度，已经连续干了30多个小时，晚上躺在一位人称“落地炮”的宿舍里。“落地炮”怕苦怕累，常给队领导顶牛说：“我老姑奶奶谁都不怕。”这时，“落地炮”下夜班回来，张华下床去开门，却一头栽在地上。当张华醒来时，发现“落地炮”正坐在自己的身旁，无比感动地说：“你比我们大家都小，都远离父母，而你为了我们这个集体，把命都搭进去了，我真是服你了。”那时，队干部开会学习特别多，张华白天开会，晚上去井场，她每月上井都不少于22天。

从那时起，张华每次下班回来都感到腰痛，但她从不说自己有病。一次，姑娘们发现她直着腰扫地，仔细一看，才发现她身体出现浮肿。这时，张华已患了肾炎，蛋白含量已达 4 个加号。1978 年，张华的肾炎已发展到全身浮肿，她仍坚持不住进医院。在一次施工中，张华又遇到了井喷，她借老乡的自行车到附近去电话通知，后勤来人压井，因她浮肿虚弱，几次上自行车摔下来，急得她坐在地上泪流满面地说："我是真的干不了工作了。"就在张华被强行送进医院前夕，她找到公司领导，申请把队里的 3 名患重病的职工全部调回到了后勤工作。

女子试油队组建以来，张华几年如一日，从没有休过一次探亲假。她家两次搬家，多次来信要她回去看看，她给母亲回信说明了情况，又一心扑在了工作上。在她患肾炎每天只能吃二两饭的时候，仍坚持跟班劳动，不歇一个班。几年来，女子试油队在张华的模范带动下，人心齐，大干快干，连年超额完成生产任务。1978 年，提前 204 天完成全年生产任务。然而，每当谈及自己的病情，张华从不后悔过去所做的一切。有人说张华太傻太天真太单纯，她却说：我为油田做出了应有的贡献，实现了我作为妇女能顶半边天的夙愿。我值得！我感到无比的骄傲和自豪。

四、不是我不爱你

张华的生活一直过得相当简朴，从 1984 年开始，她一直断断续续地吃劳保，月薪只有 100 多元。到了 1994 年，她的劳保工资才涨到 300 元左右。她丈夫在机关工作，收入也不高。张华因常在外治病，家里经济一直十分拮据，可是，每次她从外地治病回来，她都要给朋友们每人带一件小礼物，而这些买东西的钱，是她从牙缝里挤出来的。张华就是这样，从不考虑自己，时时处处对别人却考虑得很多。

1995 年 3 月，张华在家吃中药进行肠道透析，每天要忍受巨大的痛苦。一天，她坐在电视机前，像是酝酿什么情绪，睡觉时她终于开口了。

"咱们离婚吧，我不能再拖累了你。"

"离婚？结婚这么多年，你还不了解我吗？"丈夫贾少恩惊讶地说。

“我已经不行了，而你还年轻。你让我亲眼看到你和孩子幸福，我就放心了。”张华泪眼汪汪地说。

那是枯木开始抽芽的季节。这一夜，张华翻来覆去很久都没有入睡。自从张华确诊尿毒症以后，她一直在思索，想到了丈夫今后的路还很长。

不久，张华为丈夫物色了一位对象。她说服了自己的朋友，要她进一步来给丈夫做思想工作。这次，丈夫还是坚决不同意。他泪流满面地对张华说：“我们结婚 8 年才有了孩子，我们经受了多少风雨考验啊！现在，我们还有什么困难不可以克服的呢！孩子不能没有你啊！”

1995 年 11 月的一天，张华终于向任丘市法院递交了离婚诉状。法院法官在了解了真实情况后，感动得不知说什么好。因双方始终坚持自己的观点，法院定于 1995 年 12 月 22 日 9 点开庭，公开审理这起特殊的离婚案。

12 月 22 日，对于张华来说，实在是太残酷了，因为这天，正好是他们的女儿小琳珊 6 周岁的生日！

在短短的不到 1 个月时间里，张华经历了比她得知自己病情恶化的消息还要痛苦的精神折磨！一方面，她为了丈夫将来的幸福，另一方面，她害怕这种做法深深地刺伤女儿的心。

21 日夜晚。“妈妈，我怕！我怕我考不到第一名，我怕你们离婚！”小琳珊紧紧地拉着张华哭喊着。黑暗中，张华的眼泪顺着脸颊吧嗒吧嗒地滴在小琳珊的小脸蛋上，这是怎样一个难熬的夜晚啊。张华辗转不能入睡，她多次翻身起床站在窗前，凝望天边那一抹月光。她想起了过往甜蜜恋爱中的丝丝细语；想起了她冒着生命危险生下了可爱的小天使的兴奋与快乐；她还假设小女儿失去母爱之后所受到的种种伤害等一切。一种利箭穿心的阵痛折磨着张华，她返回到床上，抱着女儿失声痛哭。

这天，天刚蒙蒙亮，小琳珊醒了。突然，她的小手紧紧地抱住张华，一边哭喊着：“妈妈！你不要去，我不答应，我不答应的！”“小琳珊乖！今天是你的生日，你需要什么？妈给你去买。”张华的声音微弱而颤抖地对女儿说。

“我不要！我什么也不要，我只要你们不要离婚！”小琳珊哭喊着，两只小手用力地死死拽住张华，不要她下床。看到女儿伤心的样子，张华再没有半点勇气想离婚的事。这位谈及自己的病情、生与死从没有流过眼泪的坚强女性，这一次谈到此段经历时却哭出了声。她哭得很伤心，她是舍不得自己的女儿小琳珊!

张华和丈夫贾少恩相亲相爱、相濡以沫。张华去世近20年了，贾少恩一直在深深地怀念着张华。直到今天，贾少恩仍是孤身一人，一直没有再婚。

下篇：高贵的生活

五、张华事迹震惊冀中大地

张华的青少年时代是在大港油田度过的。那时候的她曾创造过诸多辉煌的业绩，是大港油田乃至天津市响当当的人物。在这期间，张华先后4次被评为大港油田劳模、劳模标兵，1977年被评为天津市劳模。天津电视台、天津日报等媒体多次采访报道她，天津电影制片厂还将她和女子试油队学大庆“大干快上”的先进事迹拍成了纪录片。

张华来到华北油田后，从未谈及自己过去的业绩。自从她患肾综合征转化成尿毒症以来，尽管四处求医，但病情越来越严重，已发展成尿毒症晚期，她每年有多半时间在医院度过。1996年4月10日，张华在就治的北京宣武区中医院迎来了一位特殊的小客人——河北省涞源县金家井乡失学儿童王志华。华北油田综合二处宣传干事将这一事实迅速写成现场短新闻，发表在1996年4月18日《华北石油报》头版头条，并在华北油田电视台播出，立即引起巨大轰动。人们得知常年“吃劳保”久病的张华竟为“希望工程”捐款，都感到非常震惊。其实，那时捐款的事情已经过去了半年的时间。

早在1995年10月的一天，华北油田原钻井二公司团委副书记郭永强多次接到同一个人的电话。透过耳机，他听出这个声音微弱的女人每次都是说同一件事。

“你究竟是谁？你要求资助一名山区失学儿童，我们正在给你联系，但你得把真实姓名告诉我们。”郭永强觉得对方的声音特别耳熟，但一时总想不起来。

“请你不要告诉任何人，我是张华，这是我对社会所尽的微不足道的一点义务！”

郭永强心头一震猛地倒吸了一口凉气。他认识张华，原来还在一起开会，他知道张华患重病，经济十分困难。

“张大姐，你这样不好。”“永强，请你尽快给我办理吧。”张华坚定地回答道。

次日，张华托妹妹交给团委400元钱作为“希望工程”结对子的费用。经联系，张华与河北省涞源县失学儿童王志华结成了希望对子。1995年12月，张华因病情恶化被送进了北京市宣武区中医院。在这里，她还一直挂念着小志华的学习情况。1996年4月，张华托妹妹代表她专程去涞源县看望了王志华小朋友。当王志华家乡的乡长、校长及其乡亲们听说了张华的情况后，无不热泪盈眶，感谢张华这一笔特殊的学费。

张华结对“失学儿童”的事迹，让综合二处宣传干事意识到张华是一位特殊的人物。尽管那时这位宣传干事还并不认识张华，但感觉在她身上一定还能挖掘到更多闪光的先进事迹。于是，这位宣传干事迅速向领导做了汇报。为了挖掘更多的新闻故事，在各级领导的大力支持下，这位宣传干事带领钻井二公司录像站有关人员马不停蹄，先后深入到北京医院、大港油田、河北涞源县等地，召开座谈会，走访张华工作和生活过的地方，开展全方位的采访，并对张华过去几十年的工作业绩进行完整的梳理和总结。一方面，作为信息上报华北石油管理局党委办公室；另一方面利用宣传媒体，先后推出了《希望》《爱心无悔》《对一个绝症患者资助失学儿童的追访》《一个普通灵魂能走多远》等新闻通讯报道或电视专题片，先后在《华北石油报》《中国石油报》《河北青年报》《中国青年报》、河北电视台、华北油田电视台等媒体进行广泛的宣传报道。1996 年 5 月 10 日，时任华北油田管理局局长兼党委书记段大钧在全局精神文明建设经验交流会上，用了 500 字左右的篇幅介绍了张华的情况。不久，巧逢华北石油管理局组织筹备优秀共产党员事迹报告会，张华的先进事迹经这位宣传干事上报后，在全局近 50 个二级单位选送的 100 多篇事迹材料中脱颖而出，破格成为 6 名优秀共产党员中唯一一个病退而不在岗的宣讲人员。由于张华身体的原因，主办方指定由这位宣传干事替代张华宣讲。6 名优秀共产党员事迹报告会从 1996 年 6 月 28 日到 8 月 9 日，共在 45 个二级单位做了 30 多场巡回报告。据原华北石油管理局《情况反映》显示，当年参加报告会的干部职工达 20000 余人，其中，局级领导 15 人，处级领导干部 300 多人，科级干部 1800 多人，党员 12000 多人。通过看录像间接听报告的 60000 多人，受教育面占职工总数的 70% 以上。

张华的先进事迹在广大干部、党员和群众中引起极大反响。华北油田一机厂一名青年干部动情地说："病退干部、优秀共产党员张华同志的精神境界确实高尚，在自己生命垂危的时候，还拿出那么多钱帮助别人，这才是新时代的雷锋。"二连公司赛汉采输处的一位老支部书记说："张华的事迹生动具体，有说服力，我们一定要向职工好好宣讲。"广大党员群众普遍反映很受感动，许多人都流下了热泪，有时激动得热烈鼓掌，报告不时被掌声打断。第一综合服务处的一位退休老同志在报告结束后许久不愿离去，他拉着张华事迹宣讲员的手激动不已，连声说："讲得好，讲得好，我们都流泪了。张华的事迹真感人，听了还想听，要多讲，让群众都听一听。"

张华的先进事迹不仅在华北油田反响强烈，还在社会上引起不小震动。

张华事迹传播后，原华北石油管理局组干处、卫生处、团委、工会、总医院有关负责同志以及张华工作过的综合二处、钻井二公司、大港油田等单位领导去北京医院看望张华，引起北京当地新闻机构的关注。被誉为“希望将军”的原河北省军区副政委赵渭中多次到北京医院看望张华，还专程到张华的家里向她家人表示问候。《北京晚报》、北京电视台、《健康报》报道了她的事迹。中央电视台分别在《晚间新闻》《纪录片之窗》以及《半边天》播放了张华的感人事迹。我国著名医学教授、国际器官移植协会会员管德林大夫主动提出为她做肾移植手术。1996 年 8 月 17 日晚，张华走进了朝阳医院手术室。手术结束几小时后，即可自动排尿，第四天化验检查，各项指标达到正常人范围。张华的事迹还感动了北京人。住院时，该院打扫卫生的刘大妈几乎每天给张华送饭，一位病友给她买来了一双换季皮鞋。术后，因医院病房紧张，张华住在北京汇南旅馆，该旅馆无偿给她升级了一套高级套房。张华事迹得到了全社会关注。

六、我来擦拭你滴血的心扉

1996 年 10 月 16 日，张华在北京成功施行肾移植手术后回到了油田。那时，张华每天都接到了很多领导、同事和朋友的慰问电话。而在这些人中，有很大一部分人由于各种原因，正处于迷茫之中，他们被张华的精神所感动。在对张华表示敬佩和慰问的同时，有的也讲述了自己的烦闷和不安。每当这时，张华总要在电话里耐心地安慰他们，以自己的亲身经历和对生活的感悟去开导、感染这些人。之后，张华家的电话越来越多，几乎成了热线。

“想不到社会上有这么多人需要心灵上的安慰！”张华感叹。

这一年冬天的一个凌晨，张华被一阵急促的电话铃吵醒。“喂！你是张华吗？”电话里传来一个男人急躁的声音，嗓子有些沙哑。

“我家媳妇有外遇了，我多次警告她，但她不悔改，现在我的刀就架在她的脖子上。如果你能说服我，我就再给她一次生存的机会，否则，我就宰了她……”张华被惊得睡意全无，意识到责任重大，自己说的每一句话都将可能造成不可挽回的损失，甚至付出生命的代价。张华极力把控自己的情绪，当她冷静下来，还击对方的第一句话就是：“如果你宰了她，你也活不了！你家宝贝怎么办？”这句话果然奏效。那男子问：“那你说我该怎么办？”“请您把刀放下，反正她也跑不了，我要跟您好好聊聊。”张华披衣下床，坐在小圆桌旁，从感情用事可能造成的后果，谈到一个人必须应该有的道德修养。她越谈越来了精神，将自己以前当女子试油队队长时期做思想政治工作的那一套搬上来，讲人生，讲理想，讲情操，仿佛自己置身于“思想论坛”大讲台，完全忘却了自己在跟一个陌生人说事。说着听着，忽然那男子大声哭了起来。张华知道触及了那男子最柔软的一面，她顺势谈及自己的经历，揣测着这个人的性格，劝说这个男子要热爱生命，把握生活……1 个小时之后，那男人不仅冷静了下来，还说要和张华交朋友。

放下电话，张华想，这些年来，因为身体的原因，有点远离了社会，与别人接触交流少，没有想到自己这么一说，却帮助别人解决了大问题。为了拯救这个即将破灭的家庭，张华几次主动给这个男子的妻子打电话，向她讲了很多利害关系。一个月之后，这名男子再次打来电话，说他和媳妇的关系已经和好了。有了这次成功的经历，张华的精神世界更加充实丰富了。她没有想到自己病重的身体还能为社会做一些有益的事情。

1997 年 3 月，经过认真思考，张华把自己家的电话命名为“张华热线”，并通过新闻媒体将电话号码公布了出去。一时间，打来的电话越来越多。

这年的冬天格外冷。一天，一个怯生生的男孩子打来电话。他住在山西农村，家庭条件很差，为了让他上学，姐姐和妹妹都辍学了，因此他心理压力很大，很多夜里都睡不着觉……时间长了精神恍惚，没有办法就偷偷买药吃，但还是无济于事。听完这孩子的叙述，张华敞开心扉讲述了很多青少年学习成才的故事。后来，在张华的教导鼓励下，这个孩子终于摆脱了心魔走上了奋进的学习之路。

张华想，既然开了“热线”，就一定要与许许多多陌生人交流。而这些人大部分有思想上的包袱和解不开的疙瘩。于是，张华通过家人和朋友在北京购置了大量的心理学方面的书，仔细阅读，慢慢消化。时间一长，张华逐步掌握了谈话、聊天方面的知识和技巧。不仅如此，张华还发现，在这些热线中，以青少年打来的电话居多，大部分所提的都是情感问题。1998年初，为了有效解决这些孩子们的思想问题，张华与《中国青少年报》“青春热线”专栏取得了联系，搭建起了一个更加广阔的平台，全国各地的青少年朋友都可以通过“张华热线”，跟张华谈心交流。同时，张华也通过这个平台，学习到了更多教育青春期孩子的方法和技能。

时间一长，“张华热线”受到越来越多人的青睐。很多信息台闻声找到张华，建议她将其热线设立为收费台，被张华一口拒绝了。张华说：“我开办‘热线’绝不是为了金钱，我要的是人们的生活更加美好！”

从 1997 年初春至 2004 年张华去世整整 7 年的时间里，据不完全统计，张华受理了两万多个电话，回复全国各地来信 400 多封。同时，她还写出了几十万字的心得日记。她说：“这是我每天必须要整理的，也是我每天都要用到的案例！”

七、以生命的名义昭示生命存在的意义

每当看到在一起住院的病友，张华的心里很不是个滋味。这些人大多数得的是绝症，有的人第一次见到了，第二次听到的就是他去世的消息，有的甚至是自杀。那时，张华就想，我一定要让他们的日子过得充实起来。

经过几天几夜的深思熟虑，张华决心创建一个民间组织——建一个大家可以在一起活动的家园，可以相互帮助的家园。

说干就干。张华开始寻找活动地点、联系病友。她一个一个地劝诫那些患者朋友：“人的生命不在于长度，而在于宽度。”经过 1 个多月的筹备，2002 年 8 月 25 日，一个由 19 名成员组成的“张华绿色家园”（以下简称家

园）民间组织在一间破旧小屋里成立了。屋子虽然不大，但所有人都很兴奋，他们终于找到了属于自己的家园。张华说："绿色代表生命，家园让人感到温馨，就叫'绿色家园'吧！"

为了让这些绝症患者体验绿色生命的内涵，张华决定组织大家去北京怀柔县"生存岛"，让大家重新认识、体验一下生命存在的意义。

这次"生存岛"挑战之旅，很多病残人是生病以来第一次走出家门。他们或手拉着手，或相互搀扶着，过缆桥，爬绳索，互相激励。

这次活动让张华看到了家园的未来和希望。2002 年 11 月，张华马不停蹄地又相继组织成立了以尿毒症患者为主的巡回演讲团、三轮车队、育苗托儿所、文化用品经营部等实体，共有 35 名会员实现了再就业。

他们常到学校、单位去演讲，主题是"挑战生命、实现自我"，用他们的坚强和自信，打动着越来越多的人。特别是参加天津电视台公益演出，他们讲述了自己勇斗病魔、拥抱生活的真实故事，赢得了观众的热烈掌声，受到了社会的广泛关注。回来不久，"家园"受邀参加在北京举办的全国第一届残疾人柔力球表演赛，张华迅速组织成立残疾人柔力球队，在队长李安生的带领下，6 名聋哑孩子和 9 名肢残人没日没夜地训练，最终赢得了全场观众的热烈掌声，获得了最佳拼搏奖。看到一个个队员灿烂的笑容，张华的心里充满了对生活无比的渴望。她要用事实证明，残疾人一样有美好的生活。

2003 年 5 月 9 日，家园的 7 位残疾人在 4 名志愿者的帮助下，成功登上了泰山。从南天门到泰山山顶，健康人用 40 分钟，可 7 位残疾人爬了整整 5 个小时，很多人都哭了。王泉仰望苍天，用双肘架着双拐，两只手伸向空中，泪流满面地呼喊着："我到泰山山顶了！我到泰山山顶了！"泰山曾是王泉心中不可逾越的巅峰。

"家园"源源不断地向社会传递着正能量。他们规定，所有社会上的残疾人乘坐"家园"三轮车队一律免费；在"非典"时期，"家园"向有关机构捐款1000元；“家园”成立一周年之际，“家园”向社会各界提供免费裁剪、按摩、理发和义演等服务。不仅如此，“家园”还为一对外地盲人操办了一场热热闹闹的婚礼，到光荣院慰问老军人……所有这些，都在彰显他们“自强不息、顽强拼搏”的精神意志。任丘市71岁的书法家赵剑感慨地说：“我活了一把年纪，还是第一次看到一个残疾群体为社会做了这么多好事。”

“家园”的成长带动了“家园”成员的成长。李安生就是一个例子。44岁的他因工伤造成右腿高位截肢、左脚粉碎性骨折，提前退休。他自豪地说：“进入‘绿色家园’，哪怕一个私心再重的人，都会被熏染得高尚起来。”

进入“家园”前，李安生的朋友圈子谈论的话题是怎么赚钱。为了让家人过上好日子，尽管残疾了，李安生仍拼命工作。他卖过鞭炮、养过兔子、批过冰棍，虽然赚了些钱，却活得很累。加入家园后，他带领家园柔力球队参加全国比赛并获得奖杯。李安生逢人便说：“到了‘家园’我才知道，人这一辈子，除了钱，还有更重要的追求。”

每个“家园”人在名利与责任、痛苦与快乐、个人与群体面前进行着他们特有的选择。会员王泉说：“每个人都是有所追求的。在我们看来，人生最大的财富，不是金钱，不是名利，而是能够和别人共享一份快乐，共担一份痛苦。只要看到‘家园’发展了，哪怕为此付出，一生清贫，我们也感到快乐。”人们把这种精神称为“张华精神”，她凝聚着“家园”百名成员的人格光辉。

在刘旭鹏心中，“家园”是自己前进道路上的那盏明灯，是“家园”开启了自己的爱心，是“家园”在自己工作严重受挫时，使他鼓起了勇气。萧汉始终深信，不管前途怎样，社会需要爱、需要温暖。人需要付出，这样的一生才是快乐的。沧州的大学生志愿者们利用休息日到任丘市进行志愿服务，他们说，我们愿意多和“家园”人待在一起，感受精神的力量。

“家园”的事迹得到了全国新闻媒体的广泛关注。新华社、中央电视台、中央广播电台、河北电视台、河北广播电台、河北日报、燕赵都市报、沧州日报、沧州晚报、任丘电视台、任丘广播电台、中国石油报、华北石油报、华北石油电视台等多次跟踪报道宣传，在社会上引起了强烈反响。

张华为了“家园”的成长和发展倾注了她全部的心血和爱。就在“家园”快速发展、成长的过程中，张华的病情却在一天天的恶化。2004 年，新年的大门刚刚打开，张华又住进了华北油田总医院，她在这里度过了生命的最后时光。

八、以生命的代价唤醒不朽的灵魂

“家园”是一个让人思考生命意义的地方。

2003 年 4 月 12 日是“家园”成员李先碧的生日，家园召开了主题为“告别生命、珍爱生活”的研讨会。会议气氛非常热烈，大家你一言我一句，聊着谈着，包括李先碧在内的 9 名成员坚决表示，要向张华大姐学习，让生命更有价值，更有意义。最后集体做出了向河北省医科大学无偿捐献遗体的决定。这一决定震惊了社会，也震惊了他们自己！

然而，要把这件事情落到实处，并非像这 9 名志愿者想象的那么简单。

为了能找到遗体受赠方，张华拖着病重的身体，跑遍了任丘市民政局、卫生局、公安局等多个部门。在没有得到明确答复后，她又打电话给省委省政府甚至中央有关部门。有一天下午，张华仅电话就打了 30 多个。但是，几番努力后，捐赠遗体的事仍没有任何进展。为了联系遗体捐赠的事，张华用上了她能想到的所有办法。

作为“家园”集体捐赠遗体的带头人，张华在一次又一次的尝试中，发现自己对遗体捐献的难度考虑得太简单了。她逐渐意识到在捐献遗体难的背后，需要一个全新的运作系统和一套专门的法律来保障和支撑。

那时，9 名遗体捐献志愿者之一的李先碧已经病入膏肓，生命危在旦夕。眼看时间在一天天地过去，相关问题不容再拖下去了。2003 年 4 月下旬的一天，经过一番深入思考后，张华最终鼓起勇气，提起笔给时任河北省委书记白克明写了一封3000余字的长信，详细叙述了她和“家园”其他9名成员集体捐献遗体的愿望，并介绍了自己和“家园”的情况。她最后写道：“白书记，今天我给你写这封信，一不是要钱，二不是要物。我只是想告诉您，在我们省里有这样一群人，他们生活得非常艰难痛苦，但他们挑战生命、自强不息，他们珍爱生活、奉献社会……2001年5月，我曾经通过公证，死后把遗体捐献给河北医科大学，以支持医学界早日攻克尿毒症，现在我们又有9名会员也做出了这个决定。拜托您能否安排有关方面与河北医科大学联系一下，近期我们要托人去尽快落实这一事情，因为有的会员活着的日子不多了……”张华在信中讲述了自己创办“家园”和“家园”成员自强不息、奉献社会的感人故事。

2003年4月26日，《沧州日报》刊登了《把我的遗体捐出去》的文章，立即引发了人们对遗体捐献的关注。文章对张华等人的做法表示赞赏，指出，遗体捐献不仅需要爱心和勇气，更需要人们冲破传统观念。文章报道说，从市红十字会了解到，我市“公民志愿无偿捐献遗体工作站”成立两年来，有14人填表报名。工作人员表示，相比捐髓的爱心与勇气，捐献遗体更需要人们冲破传统观念。要做好这项工作，还需要社会各界的努力。

这家媒体还在报道中说，张华和“家园”9名成员以集体的形式表示捐献遗体，这还是河北省的首例。

9名遗体捐献志愿者做出这一慎重决定后，随之而来的是在全国范围内蔓延的“非典”疫情。面对生命的脆弱和珍贵，9名遗体捐献志愿者更加义无反顾。2003年5月22日，9名遗体捐献志愿者在任丘市公证处的公证下，纷纷在志愿捐献遗体的公证书上签了自己的名字。此时此刻，捐献遗体志愿者之一李先碧已奄奄一息。她在病床上还依然询问志愿捐献遗体的有关情况。

面对焦急等待无果的张华心急如焚。这天，她含着眼泪，再次举笔给白克明书记写了第二封信，并将一帧捐献遗体志愿者合影的照片一起寄给了白书记。

2003 年 6 月 2 日，由张华撰写的两封信件和一帧合影照片被送到了河北省委书记白克明的案头。

白克明书记被张华等人的事迹和精神感动了，并了解了张华和“家园”的情况。在对有关情况调查核实后，省领导肯定了张华及“家园”的做法。就在那几天，白克明书记，省委常委、宣传部部长张群生，省委宣传部其他领导分别在《关于张华同志及张华绿色家园有关情况的报道》上做出批示，要求新闻单位进行宣传报道，建议省文明办以适当角度推介这一典型。

不久，张华接到了河北医科大学的电话，表示同意接受张华和 9 名家园成员的遗体捐献。

九、生命之花永不凋谢

2004 年 1 月 13 日，河北省任丘市。天灰蒙蒙的，又阴又冷。华北油田总医院内外已经聚集了数百人。人们都在以最朴素最原始的方式，祈祷张华再一次战胜病魔，早日痊愈回到“家园”，再享美好时光。

下午 5 时许，一辆小车从会战道北边疾驰而来，在总医院大门口戛然而止。从车上急急忙忙下来两个人，他俩是刚刚离开《燕赵都市报》首届“感动河北”年度感动人物评选颁奖活动现场的记者祁胜勇和贾恒，受报社领导委派，从石家庄冒着严寒专程赶到任丘市的。两人穿过院子里密密麻麻的人群，连走带跑急切地将数百万读者推选的首届“感动河北”年度人物奖杯郑重地端放到张华病床前。张华竭力地想用手摸摸奖杯，但即便是这么简单的一个动作她也只能绽放出欣慰的笑容。

此时此刻，几百人如潮水般拥挤在张华的病房前、医院的院子里，内心无比沉重而悲痛地守候着张华生命的最后一刻。

十里会战道，空气冰冷而凝重，仿佛汽车停止了奔跑，行走中的男女老少伫立在街头，医院内外一片啜泣声。

晚9时，张华安详辞世。按照她的遗愿，病房内轻轻地响起了《绿色家园之歌》的旋律。泪光中，人们相互扶着肩，默默地来到她的病床前。男的女的，老的少的，他们每人手持一朵鲜花和一枚千纸鹤，轻轻地走过来，恭恭敬敬地将鲜花放在张华的身上。鲜花洒满了张华的全身，千纸鹤簇拥在病床周围。张华安宁地躺在病床上，人们诉说着低沉的哀思。

早在张华生命垂危的日子，她口述了她的遗愿，留下了她最后的人生宣言——

我身患两种绝症，一是尿毒症，二是最近才查出的肝癌。如果闯过这一关，我会把我的人生经历和对生命与众不同的感悟写成一本书，尽快奉献给大家。我对死亡看得非常透彻，对于目前的困境，我不求我的痛苦能静止，只希望用我的心征服它，我将用生命的最后一分钟把生与死自然衔接，不让它断裂。自从我病重后，家园的朋友们天天到医院看望我，待在楼下久久不愿离去，社会各界的朋友也都来看望我，我在此深深地表示感谢。最后，我感谢河北省的各位领导、父老乡亲这么多年来对我的关心和爱护。

弱势群体是这个社会重要的组成部分。长期以来，他们得不到社会的理解、关爱，生活在社会寂寞角落。可以说，他们是生活在社会最底层的人，这类人特别需要来自社会的帮助。“张华绿色家园”成员大多是以肾病、尿毒症患者和残疾人为主的典型的弱势群体，虽然“家园”成立一年来，我们与社会的沟通日渐增多，也得到来自社会各界的理解、关注，生活质量得到一定提高，但是作为典型的弱势群体，我们今后的路会走得很艰难，我将以我的生命把这个弱势群体融入社会的主流中。

至今为止，“家园”已有22人做了死后捐献遗体的决定，14人进行了遗体捐献的法律公证。我们希望以我们的行动，来推动河北省遗体捐献的法律、法规的出台。

作为一个普通的女人，我决定死后第一不开追悼会，第二不收取任何形式的礼金，第三不收花圈，第四不放哀乐。

我最大的心愿就是让我的妹妹张燕和“家园”艺术团成员为我唱歌送行。他们都是我的亲人，我与他们建立了深厚的感情，在生命结束的时候，我希望能和他们最后相聚在一起。

我已做了捐献遗体的公证，如今，我已与河北医科大学取得了联系，一旦身体不行了，我的遗体会及时送往河北医科大学，尽我最后所能，为社会再做一点事。

在与死神搏斗了24年的张华，在泪水与烛光里，完成了她人生47岁最后一个心愿。23时30分，河北医科大学领导驱车来到总医院，在张华病房里举行了简单的遗体捐献仪式，并将捐献遗体荣誉证书交到张华的爱人贾少恩手中。此时，“家园”成员眼含热泪，手捧鲜花轻轻地放在张华安详的遗体上，随后，录音机里响起了妹妹张燕唱的《我对你怀念特别多》。歌声忧伤婉转，悲凉揪心，再一次把人们拉回到无比悲痛的氛围之中。1月14日零时20分，告别仪式结束，河北医科大学的救护车已开到总医院内。车子的上面装饰着大白花，显得更加庄严肃穆。人们心情沉痛，目光随着灵车移动。当人们簇拥着张华的遗体走出病房，院子中的男女老幼都不约而同地站直了身体，摘下帽子。守候在总医院病房外约有几百人的人群，每人手举着蜡烛，自动在路上排成两行，形成一条长长的甬道。送别的亲人，手举着蜡烛，缓缓跟在后面。从住院楼门口到医院门口，不到二百米，却像一千米那么长。当张华的遗体抬上河北医科大学的车子时，点点烛光，照亮张华铺满花朵的睡床。一步一步，人们的脚步似有千斤重，眼睁睁地望着车子，哭泣着，顾不得擦去腮边的泪水。泪光映着烛光，哀痛着张华的离去。

华北石油管理局领导、华北油田公司领导、张华生前单位领导、家园成员及张华的亲属、生前友好参加了遗体告别仪式。

车子启动了，缓缓地走着。一声声送别，“张姐走好！”“张姐慢走！”“张姐我们想念您！”感动了整个夜空。他们中有的是重症患者，需要人搀扶；有的是残疾人，行走艰难。他们伫立在院子中，坚持为张华送行。张文彪拄着双拐，泪水长流；杨玉小儿麻痹，送行的时候一瘸一拐；走在最后面的胡克强，是重症残疾，只能靠双手拄着小马扎，一点一点地往前蹭，只听见他用双手行走时，小马扎撞击水泥地面“咯噔咯噔”的声音，似乎在撕裂着人们的心扉，使泪水不停地往下淌。

车子缓缓地前进，牵动着大家的心。

会战道上曾有张华为了“家园”辛勤劳作奔波的身影。如今，张华静静地躺在车子里，越去越远，和大家永别了！惊闻噩耗的人们，也纷纷加入了烛光队伍，为张华送行，还有的人在人行道上追着车子奔跑。人们多么希望车子能停下来，希望时间能停下来！可是车子渐渐地远去了，最后消失在苍茫的夜色之中。好久以后，人们还在面向车子开去的方向，静静地站着，好像在等待张华归来。

尾声：张华精神永存

张华走了，在一个天寒地冻的冬日。鲜花与纸鹤伴她长行，泪光与烛光送她远去。遗体捐献给国家，烛光为她送行，47 岁演奏了她人生最后的绝唱。

在无数人心中，张华不仅是创造生命奇迹的榜样，更是精神皈依的家园。她的离去，在每一个热爱她的人、尊敬她的人、被她感动被她温暖的人的心里，都留下了无法言表的哀痛。这盏精神之烛，尽管燃到了最后，但走的还是那么震撼人心。人们说，世界因她更加美好，因她更懂得人生。

一朵永不凋谢的生命之花成为永远的传奇。

16 岁参加工作，不到 18 岁入党，19 岁出任我国陆上石油第一支女子试油队——大港油田女子试油队队长兼指导员，4 次被评为大港油田劳模、劳模标兵，一次被评为天津市劳动模范。22 岁积劳成疾，由肾炎转化为肾慢性综合征，被医生断定活不过30岁，并告诫：不能结婚不能生育。即使在生活非常拮据的情况下，仍资助“希望工程”的孩子上学。37岁由肾慢性综合征转为尿毒症。38岁换肾失败。39岁拖着病弱之躯，在家开通“张华热线”，以自己实例为人们解开心锁，帮助无数孤独无助的人走出困境，重新鼓起生活的勇气。44岁发起创办“张华绿色家园”，以“关心、关爱病重患者和残疾人”为宗旨，团结近百名尿毒症、癌症患者和残疾人在“家园”周围，唤起他们奋争的勇气，解决他们生活的难题，并相继建立了三轮车出租队、育苗托儿所，以及服装裁剪、家政服务、加工配件、日用百货、文化用品经营部等实体。在她的影响下，“家园”有22人做了死后捐献遗体的决定，14人进行了遗体捐献法律公证……张华所领导的病弱群体，以相互间的关爱而温暖，以奉献和付出来抵御生活的缺失，以实际行为昭示生命存在的意义。在关爱和奉献里，张华自己也找到了人生的终极价值。她为那些纠结的灵魂打开窗户的时候，她自己的生命已融入了众生的生命。她用她的坚强、爱心、对生活的热爱，感召着周围的人们团结、友爱、互助、向上。任病痛百般折磨，依然笑对人生；任世情风霜冷暖，依然奉献热情。在生命垂危的时刻，张华依然惦记着家园的事务，珍惜着生命的每一份美好。

张华常说：“人的一生不求有生命的长度，但求有生命的宽度和厚度”“我把每一天都当成生命的最后一天”“我虽然不能设定生命的长短，但可以赋予它人间最美好的内涵，无论时代如何变迁，善良、真诚、奉献永远是这个时代的主流”“作为一个尿毒症患者，我的生命随时都会走到尽头，但我最懂得时间生命的宝贵，绝不能让有限的生命留下遗憾”。即使在生命的最后一刻，张华都在以她的坚韧和执着与命运抗争。

“只要有一线生机，疼痛再厉害，我也要争取。尽管我随时都会离开，但是我仍觉得生活是那么美好。我穿颜色鲜艳的衣服，听喜欢听的歌，操持‘绿色家园’的一切，唤起病友的希望。听说‘家园’的朋友们为我叠了许多千纸鹤，我告诉他们赶快拿来，我想布置一下病房。”就在生命的最后一刻，张华也要在生命的画布上涂上自己喜欢的图案。

张华用生命告诉众人，生活是这样美好。张华领会了生命真谛，升华了理想与道义。她用行动践行人生，活着总要做点有意义的事情。在张华身上，人们感受到的是对生命的执着和无私奉献的热情。

人们无数次地发出同样的感叹：“认识张华，是我的荣幸，她真是一个伟大的人。”每一次接触，都是一次感动；每一次交流，都是一次灵魂在净化；每一次面对，都会感觉活得太奢侈，活得太漫不经心。张华与病魔抗争的事迹，关爱他人的心怀，让人热血沸腾。张华的精神之灯，温暖着人们的灵魂。

张华走了，她用尽心力演唱的生命之歌，永远留在了人们的心中。这是一首绝唱，不向命运低头、自强不息、奉献社会是它永不落幕的主题。

1998 年以来，张华先后当选为“河北十大杰出青年”，首批河北省五四青年奖章获得者，河北十大杰出青年志愿者，中国当代杰出青年。2003 年被评为《燕赵都市报》“感动河北年度新闻人物”。2003 年 6 月 8 日，时任河北省委书记白克明等领导做出批示，要大力向社会宣传张华和张华绿色家园的精神。

2007 年 9 月 27 日，河北省涞源县金家井“张华希望小学”落成，3 米多高的张华塑像矗立在校园中。同月，“张华绿色家园”被命名为沧州市志愿者服务基地。2015 年 7 月，国内首个以病残人爱心群体名字命名的城市公园——“张华绿色家园主题公园”在任丘奠基。同年 9 月，“张华绿色家园”被命名为“任丘市青少年思想道德教育基地”。

清华大学民间组织研究所认为，“张华绿色家园”与政府的合作与沟通，是个成功的范例。张华去世后，她的生前好友、“家园”副会长文革女士接替了“家园”的工作。

张华，安息吧！

采油树下

柴甫泉　殷海亭

无论中国式现代化还是新发展格局，都离不开大国工人的向心力、执行力、创造力、促进企业高质量发展的推动力和为国分忧、建设工业强国的“爆发力”。

——记者采写札记

2020年元旦前，作为中国石油报记者，在曹树祥退休几年后，又对他进行了一次专程采访。与攥了一辈子管钳、指肚掌心结满厚厚硬茧的曹树祥握手，一下子就能感受到咱们工人钢铁般的力量。

他说他“大字儿认不了一箩筐，是一个地地道道的‘大老粗’”；他说他“就是有把子力气，浑身有使不完的劲儿”；他说他“没有铁人王进喜的成绩和干劲，但是也有铁人为国家多产油的那股子心气儿”；他说他“是个土庄稼人，在油田里学技术、学文化成长起来，要是不为油田卖点力气，不干出点‘动静’来，这辈子就对不住企业，也等于白在世上走一趟”！

1955年6月出生的曹树祥，退休前是华北油田公司采油一厂任南采油工区修理工、“曹树祥班”班长。从上班到退休，他只专注于一项工作，38年像死死拴在维修岗位上一样，没有离开半步；只读过几年书的他，埋头进取，刻苦钻研，熟练掌握采油设备结构原理，对付各种故障游刃有余，解决了无数生产中的疑难杂症；作为兵头将尾，他就像一团火引燃并激励着大伙自强进取，带出一批高徒，培养一批技术尖子和管理人才；他硬是用自己一双粗糙的手，一锤一斧为企业创造了3000多万元经济效益！他连续多年被评为华北油田劳模标兵、共产党员标兵，并荣获河北省能工巧匠、河北省劳动模范、集团公司优秀共产党员、中国石油·榜样、全国五一劳动奖章等荣誉称号。

奖牌、奖状、奖杯、奖章，满屋子的荣誉，满屋子的能量，无时无刻不在默默弹奏昔日奋发的旋律和“踏踏踏踏”永不停歇、铿锵有力的脚步声……

这力量是铁　这力量是钢

曹树祥有一身的力气，像似生来就带着一股子力量。黝黑的肤色，有组织、有序列的一道道皱纹，看上去就是力量的象征，就像刀刻的雕塑，如同记者楼下几十米的华北油田创业公园里王进喜和曹树祥的铁色雕像，每一个细节展现的都是钢和铁的力与量。

这力量，从心里生发，辐射到每一个细胞，体现在每一个表情，展示于每一个动作，作用于每一个末梢神经。

这力量，是一种不是任何人都能挡得住的“原生态”的激情与澎湃。1996年夏天，冀中地区连降暴雨，古潜山地表一片汪洋。这天大雨如注，一口接一口的油井因故障相继“趴窝”。没有悬念，当天欠产，当月就有可能欠产；月度欠产，年度的任务就会完不成，全厂当年经营目标就会“泡汤”；一厂是油田公司原油生产的主力单位，一厂掉下去了，直接影响油田公司的任务指标。

“就是划船、蹚水，也要赶到井上，无论如何也要在最短时间排除故障，尽快恢复生产！”曹树祥大眼珠子一瞪，握住管钳，恨不得马上冲到井上。眼看生产任务完不成，曹树祥和大家想到了一块儿，厂领导和基层员工都急得团团转，上上下下一个想法：第一时间让所有停滞的抽油机转起来。

任339、51、340井的抽油机毛辫子接连被拉断，亟待更换。可接连几场暴雨使进入井场的道路变水路，没水的地方也是泥泞不堪，井场积了一尺深的水，吊车等重型车辆进不去，无法作业。可3口井停产一天就要少产100多吨原油。

曹树祥第一时间冒雨蹚水赶到井场，仔细观察情况后，向工区领导和技术人员提出了一个大胆的应急处理方法：利用电机反转，摘掉负荷，把后驴头拉到合适位置，不用吊车，用5吨手动倒链就可更换毛辫子。大伙听完，皆呼此计绝妙，实施方案的安全性也得到一致认可。当天下午，曹树祥带着维修班的3名同事，冒雨抬着100多公斤倒链架子、倒链、毛辫子、钢丝绳等工具，蹚着没膝的泥水走向任339井场，400米的井场路足足走了30分钟。

曹树祥第一个爬上抽油机，安装工具。架子搭好了，大伙儿也都到了各自的位置上。干这种活靠的就是力气和毅力。大家轮流拽拉着倒链，吊起设备一厘米，就要拽拉倒链几十米，没多久所有人手上都磨出了血泡。

“把血泡挑破，要不然不得劲儿。”曹树祥像命令，又像给大家鼓劲儿、提建议。

“班长，血泡挑破了鲜肉就露出来了，蹭到了更疼。”

“对呀，班长带个头儿，先挑破了试试。”

“哈哈哈哈……”

一通打趣，曹树祥也蔫儿了：“你们说疼就疼吧，那就躲开血泡，别碰到它。干完活儿，晚上回去我请你们喝酒。”

“有师傅坐镇，不喝酒也得干完，师傅请咱们喝酒，要在干完前边加俩字儿，加快速度提前干完，标准更高、瓷瓷实实地干完！”

“这是俩字儿吗？！”

曹树祥抿着嘴、觍着脸，一下一下地加快节奏拽着链子。看他那双手，上下交替，像两只钳子，咬在链子上纹丝不动，拽动链子时，手臂上的肌肉绷紧了，一条条的筋脉像链接的钢丝绳，韧力十足。摘下帆布手套，他的掌心竟然渗出了鲜血，看那层层老茧，竟然被磨脱了一大块，手上的肌肉，也刻下了链环的痕迹。

在曹树祥带领下，3 口油井冒雨修复成功，终于恢复了生产。这时，曹树祥和他的工友们才感觉到累，才感觉到手上磨出的血泡疼。

“你们看看，手上的血泡自己磨破了，省得我们去挑啦。”曹树祥嘻嘻哈哈挺乐观，摊开双手让徒弟们看，徒弟们也想看看自己的血泡怎么样了，可一个个疼得连手套都摘不下来了……

当最后一口油井恢复生产时，曹树祥一屁股坐到泥水里，累得再也不想动了。

大家眼瞅着一口口的抽油机有序律动，像唱歌一样发出“咕咕噜噜”欢快的独有声音，每个人的累和痛似乎一下子消失到九霄云外。他们觉得：我们修理班就是干这个的，顶风也好，冒雨也好，我们在厂里最需要、最关键的当口儿，在这么短的时间内，我们把这个活儿拿下来了！让大伙看看，修理班不是吃干饭的！

曹树祥觉得：不管多难干的活儿，都能带着全班冲得上、接得住、干得漂亮，这才不白当这个班长，企业培养这么多年，自己才不亏心！

曹树祥就是这样一个始终埋着头往前使劲的“老黄牛”，参加工作 40 年，无论遇到多大的坡和坎，他没有一次“松套”“掉链子”。

历尽艰辛不回头　老牛拉套劲不松

接着说那次更换抽油机毛辫子的“桥段”。

望着小山一样的废毛辫子堆，曹树祥刚开始有些发呆，后来脑袋就不停地转动起来，人也围着毛辫子堆转。油井深，泵挂大，抽油机毛辫子受力大，使用周期短，又赶上一个大的疲劳周期，毛辫子接二连三断了许多。

他叫来同班的小孙：“这毛辫子大概多少钱一套？”

“不一样哩，型号大的差不多得2000来块钱，小的也有1000多块钱。”小孙告诉他。型号大的长一些，粗一些，小的短些细些。

“有的只是断了一股钢丝，就这么废了怪可惜的。”曹树祥的眼神就像要扔掉自己家里不该扔掉的东西，满是不舍。

“是呗，可咱又不会修。”小孙一脸的无可奈何。

“你说如果把长的截成短的用行不行？”曹树祥觍着脸问这个年轻人。

“长截短没问题，关键是毛辫子头，铁皮套子灌铅，咱不会干，你有高招儿？”小孙反问他。

“咱干着试试，成了，可为国家节省不少钱呢。”曹树祥也没有半点把握，只是觉得就这么扔了，实在可惜。

曹树祥和小孙将几根毛辫子扛回工房，一会儿摆弄这，一会儿又摸索那，思考着修复的办法。他用气焊烤化了毛辫子两头套子里的灌铅，认真研究钢丝绳的编结工艺，然后带领维修班的人员进行仿制。大家费了一上午劲，又是大锤砸又是气焊烤，好几个人手上还烫起了泡，结果连一条毛辫子也没做成。

“告诉你们几个小子，咱们捣鼓抽油机毛辫子的事儿，是咱们班的‘自留地’，谁也不准先告诉外人，万一弄不成，你们细皮嫩肉的无所谓，我这张老脸可没处搁。”曹树祥嘿嘿笑着咧着嘴这么一说，修旧利废、革新节资秒变成一次不该保密的“秘密行动”。

晚上加班、节假日不休息，上午也把工时拉长到中午，关上车间门悄悄地“叮叮当当”，活像一幕上演在“曹树祥班”里的“看不见的战线”。

曹树祥想要干成的事，他会憋着劲儿，一定要干成！

这招不行换那招，白天不行晚上接着干，今天没成明天接着干，失败加失败，摞起来就是更多的更大的失败，但他没有气馁，他感觉总有一股“暗物质”在他头上三尺一个劲儿地暗示着自己一定能够成功……

慢慢摸索积累经验，找准问题症结，突然碰撞出“灵感”，瞬间找到了毛辫子的“翻新”制作工艺，趁热打铁，曹树祥紧接着就制订出具体的工作流程。

制作毛辫子关键是两头的封堵工艺，将毛辫子头切割整齐，用气焊枪烤软，弯成钩状，放入铁套，砸上铁锲子，灌入铅水，一个毛辫子头就制成了。

曹树祥制订了三个人配合完成的制作方法：按尺寸切割好钢丝绳长度，老曹负责将毛辫子头放入铁套内，烤软、弯钩；小孙负责将铁套砸紧，打入铁楔；另一名工友负责将烧化的铅水浇入铁套。刚开始三人配合不大默契，后来越干越熟练，每道工序衔接紧密，做起来如行云流水，一气呵成，几分钟时间，一条新的毛辫子就做出来了！

曹树祥更加专心致志，他一丝不苟，紧紧地握着气焊枪，拿一只钢管，气焊枪对着钢丝头烘烤，红了就用钢管对着一股钢丝穿进去，一弯，就变成了需要的形状。气焊枪稳稳地，是多年的功夫，钢管穿到什么位置准确无误，抬的高度也大小合适，也都是他多年在车间和井场积攒的实战经验。那天一个下午，他们做了十几条，老曹粗算了一下，半天时间创效 20 多万元！

那天，领导来到车间，看到堆在一起的废旧毛辫子，若有所思地说：“曹师傅，我考虑了几天了，这些废旧毛辫子能不能再利用利用？知道你们忙，我一直没好意思跟你们说。”

“领导，你已经‘奥特’啦，我们班长早就组织我们干起来了，你看那边，我们已经研究成功啦！”还没等曹树祥开口，小孙就把话抢过去。

“啊？干出来啦？！”

“嘿嘿，怕干不成丢脸，我们都是关上门加班偷着干的，事前没敢跟你们汇报。”曹树祥露出一脸胜利而自豪的微笑。

“晚上，今天晚上，我自己请你们全班喝酒，好好庆祝庆祝，必须给你们庆功！”

从此一有工余时间，曹树祥就带领班里的同志制作毛辫子。他们对那些废旧毛辫子量体裁衣，能利用的尽量利用。比如 12.5 米长的毛辫子，两头抽了股，中间还能用，曹树祥就把断股的地方割掉，重新制作成 9.5 米或是 8.5 米长的毛辫子，再用到与之相适应的抽油机上去。毛辫子破损得实在不能用了，他也要割下两头灌铅的套子，制作新毛辫子再继续使用。双驴头异型抽油机的后毛辫子多为冲床压制，手工制作难度极大，因此价格要昂贵许多。曹树祥进行了无数次的实验，终于啃掉了这块硬骨头，使该工区的毛辫子全部实现了自产。他还根据某些特殊井负荷大、泵挂深、毛辫子使用寿命短的情况，大胆推翻传统的工艺参数，将多年一直沿用的直径 28 毫米增粗至 32 毫米，从而大大延长了毛辫子的使用寿命。

眼见小山一样的废毛辫子堆日见减少，最后除少量不能修复的外，全在井上派上了用场。

曹树祥找到领导："我们不仅能把旧毛辫子利用起来，还能自己动手制作新毛辫子，不用再从厂家进昂贵的成品了，让供应站进些钢丝绳，大伙儿动手，自己就能一根一根编成成品辫子，一条就能节省 1000 多块钱。"

领导同意了，请示上级后立即委托供应系统的同志进来各种型号的钢丝绳，"曹树祥班"又成了"编外"的毛辫子生产车间。毛辫子做得太多，工区用不了，就供全厂用，全厂的油井全用上了曹树祥班做的毛辫子。

华北油田第一机械厂生产的双驴头抽油机是重点推广的节能新设备，但由于前毛辫子间距较近，在抽油机减轻负荷驴头下行时容易发生毛辫子打扭现象，带动光杆转动，常常造成光杆脱扣。

曹树祥又动了心思：如果将前毛辫子之间的距离加宽 5 厘米，这个问题不就解决了吗？

有了思路，他一分钟也憋不住，找到领导说："我想了，把前毛辫子的间距加宽，光杆脱扣的问题一准儿能解决。"曹树祥胸有成竹，话说出来斩钉截铁。

“专家设计、厂家专业化生产的设备也不一定十全十美没缺陷，需要在实践中不断改进完善。只要对生产有好处，你就放开手大胆试、大胆改，失败了，我替你兜着。”领导知道曹树祥的决心和能力，没有十二分的把握，他也不会找自己来说，所以一张口就是肯定和鼓励。

曹树祥又开始新一轮的革新实验。经过改进试验，果然效果很好，将工区所有的双驴头抽油机的前毛辫子进行了加宽改造。厂家的人知道了，专门赶来向曹树祥请教，握着老曹的手说：“太好啦，太好啦！我们是专门来向您取经的，回去就按您的设计来改，让产品更新换代。您为我们赢得市场做了工作，非常感谢！”

没多久，第一机械厂果然按照曹树祥的设计进行了“复制”般的改进。如今，这种型号的抽油机不但畅销国内油田，而且还远销亚洲、南美洲等石油市场，广受好评。

双驴头抽油机的后毛辫子 4 根为一组，每根 4.7 米，往常每坏一根，一组就要全换，换一次就要花费 4600 元。曹树祥经过反复琢磨，采取更换一根，将其他 3 根加垫子的方法，使其新旧一样长。这种方法延续下来，几年功夫粗略计算节省几十万元。有 3 口井的双驴头异形抽油机后，毛辫子在使用后不久相继被拉断，曹树祥对此深感困惑，于是对这 3 组毛辫子做了仔细研究对比，最后得出结论：毛辫子两个灌铅套子强度不够，结构亦不合理。曹树祥在没有资料及图纸做参考的情况下，自己测量，自己制图，提出用钢材回炉热处理法增强铅套强度。经过反复地研究改进，这些井使用后再未出现过断裂抽股的现象，实践证明非常结实耐用。

从 1996 年开始，曹树祥和同事们共制作各种型号的毛辫子 1700 多条，为企业节约了多少成本？心算、口算、加法、乘法都能算得出来……

曹树祥常常对徒弟们说：“咱们是国有企业的员工，每个技术工人，都要成为新时期的工匠，效劳国家，效劳企业。要把咱们企业当成自己的家，能省的就省，多为国家创造财富。”

他说到了，也做到了。他用自己勤劳的双手书写着中国工人阶级、中国劳动阶层的主人翁责任感的每一个生动章节；他用一颗赤诚的报效企业、报效国家的“裸心”，创造出一个又一个奇迹，把简单、平凡的工作干得不简单、不平凡。而令人意外的是，做出这样“感动河北”“感动石油”“感动中国”惊人业绩的他，只是一个普普通通石油一线中的一线的“兵头将尾”，一个小到只是最小生产单元的“工头儿”！

小班工“兵” 大国工“将”

曹树祥说：“大家都唱《咱们工人有力量》，我也爱唱。现在跟过去不一样啦，不能光凭人拉肩扛那股子‘傻劲儿’，要有抱负、有知识、有自己的干头儿，就是说有理想才能有力量、有技术才能有力量、跟得上现代化脚步才能有力量。不这样，你那个劲儿就使不上。”

早在 1976 年，华北油田大会战刚刚拉开序幕，23 岁的曹树祥从河北保定招工到当时的华北油田一矿注水队，当上了一名石油工人，从此闯进石油热火朝天的大会战舞台。

“没有金刚钻，干不了瓷器活儿。”要强好胜的曹树祥暗暗下定决心，一定要成为十万会战大军中第一流的维修能手，用自己的过硬技术解决掉原油生产中设备的维修难题，决不能因为自己的技术影响正常生产。

曹树祥挤时间学习采油机械维修业务知识，书本上学，向老师傅问，带着大家一遍遍实践，反复琢磨，不断淬炼，慢慢才把自己锻造成一块有角有棱的好钢。

曹树祥拜“泵修专家”武怀芳为师，并把设备使用说明书当成教材，把采油设备故障现场当成课堂，把常见故障和技术难关当成课题，深钻细研，勤学苦练。书上画杠、纸上画图，设备上点点儿画圈儿，痴迷到连打饭排队的时候都在琢磨修理的难题，前边打饭的人都走了，后边使劲捅他一下子他才被捅回“原型”……

功夫不负有心人。曹树祥经过不懈努力，不但在同批工人中第一个掌握维修的“十八般武艺”，而且在上级组织的技术比武中，击败赛前培训队里的众多高手，一举夺魁！

强烈的责任意识催生巨大的学习动力，曹树祥为了掌握10多种不同型号抽油机的结构性能、运行特点，一有空就带上干粮、咸菜，深入各个井场仔细观察、琢磨，有时一待就是一天。与此同时，他随身带着各种设备的说明书、维修技术书籍等，走到哪儿学到哪儿，甚至对相关设备和零配件的性能、用途等做到“一口清”；他一遍又一遍地用手感觉、用尺子测量各种设备和零配件的长度、直径、壁厚等，直到对相关设备和零配件做到“一摸准。”曹树祥还刻苦钻研生产设备大修技术和新设备的安装、使用、维修方法。每次厂家或外部队伍来施工，曹树祥总是挤出时间，跟着上井打杂、当“苦力”，“偷”着学艺。

梅花香自苦寒来，宝剑锋从磨砺出。两年后，曹树祥不但能维修各种型号的抽油机、注水泵、加热炉等采油设备，而且练就一身“听出设备事故隐患”“瞧出设备故障部位”等绝活儿，还能干其他一线维修工干不了的大修活儿，解决设备运行中的各种“疑难杂症”。凭着敢和自己较劲的脾气，曹树祥成为单位远近闻名的“曹专家”“曹首席”“维修大拿”。

有一次，采油一厂任二采油站站长张平找到曹树祥，说：“曹专家，我们站10多台抽油机底脚螺栓都松动了，特别是任360井都不敢转了，再转就怕翻了！”

随着机采生产成为任丘油田的主要采油方式，抽油机底脚螺栓松动以至拉断的现象逐渐增多。过去，解决这个问题的办法，就是依靠外来队伍更换抽油机基座，停机影响生产不说，还要支付三四万元的费用。

曹树祥最不能听的就是别人叫他“曹专家”，这一叫，如果给人家解决不了，曹树祥心里就跟欠人家东西还不了一样一样的。

“为什么不换基座？”曹树祥问张平。

“成本超了，没钱。”张平答。

曹树祥想，能不能想一个不用更换混凝土基础座的办法，节约这笔钱呢？

一个小小的问号，拉直、放大、铺出去，就是一条奋进之路。

“想不出办法来，自己这个维修班长就白当了！”曹树祥又跟自己较上了劲。他想，人家找到自己，就是对自己的信任，而且这也是自己分内的工作，决不能让领导失望，无论如何也要想办法省下这笔不小的开支。

曹树祥再次开启与自己的“较劲模式”，连续两个晚上，曹树祥怎么也睡不着，勉强闭上眼睛，脑海里出现的还是任 360 井无奈而寂寞的身影。第二个晚上，他还是睡不着，索性开着拖拉机来到任 360 井场。下车后，曹树祥先是围着抽油机底座一圈接一圈地转，然后又坐在老乡的地头一根接一根地抽烟……渐渐地，东方露出了鱼肚白。他又一次回到井场，坐在抽油机底座上，死死瞅着抽油机底座，当他下意识地摸了一下水泥基础上的吊装钩时，一个大胆的念头闪现出来：加长抽油机底座，实现与吊装钩连接，创造新的紧固点！

曹树祥急脾气，立即打电话，通知手下的几员“大将”：“都过来，都过来！”他语气里充满了喜悦，就像要给大家发福利一样。

手下员工都是他徒弟，师傅一句话，徒弟跑断胯。不大工夫，徒弟们都赶到现场。

曹树祥指着水泥基础上的那几个坚固的吊装环对徒弟们说：“如果把抽油机两侧加宽引出‘耳朵’，然后用螺栓将耳朵与吊环连接紧固，不就等于又加上了 4 条底角螺栓吗？你们说对不对？”

听师傅这么一说，徒弟们忽的一下子脑洞大开，如梦方醒，马上跑回工房拿来槽钢、螺栓等所需材料，叮叮当当地干了起来。

曹树祥一会儿举焊枪，一会儿抡大锤。紧固底角螺丝时最有力量，他两只粗壮的大手，一上一下紧紧地抓住加长的扳手柄，一只脚蹬在抽油机底座上，碗口粗的螺栓被拧得吱嘎吱嘎直响……

上午9时，改造完成后的任360井底座俯瞰像只巨龟，4只从机座上伸出的“臂膀”牢牢抓住水泥基础，仿佛钢浇铁铸。因为伸出的“臂膀”像耳朵，所以被大家戏称为“曹氏打耳朵紧固法”。不久，曹树祥又发明“压杠子”固定基础法，并用两种方法加固抽油机底座40多个，当年就节约资金130多万元。

那年初，曹树祥所在工区开展面对生产攻关解难题活动，一线员工提出了20多个生产难题，挂在墙上征求解决办法。领导说：“其他的发明离咱们远，眼下最现实、最有效的是解决生产过程中的难题。老曹，你带个头儿。”

就是不让他带头儿，他也得带这个头儿!

曹树祥担任了工区科技攻关小组顾问，同时，揭榜解决任2计量站加热炉供水问题。任2计量站加热炉担负着13口低温稠油井的管线伴热任务。由于供水管线经过村边，个别村民经常在这条管线上盗水，无法继续使用。改为罐车拉水后，既不方便，成本也高。后来在站内打了一口水井，使用一段时间后也因水质不好、管线结垢穿孔严重，只好再次改为拉水供应。揭榜后曹树祥就想，任30计量站有注水泵，如果把注水泵房的水引到任2计量站供加热炉使用，就可解决这个问题。他想起任30计量站所辖的一口井，当初投产时输油管线就进任2计量站。尽管停用10多年了，管线应该还在。如果能够使用，那么就可节省大量的资金。可是，十几年地貌变迁，要寻找一条停用十多年的陈旧管线，也不是件容易事儿。这没有把曹树祥难住，一有空，他就带着维修班员工拿上锹镐，在路旁、沟边、井场周围寻找管线。一个星期后，曹树祥终于找到了这条管线。他们找好最佳连头位置，开始掘沟挖坑、连头焊接。下面的接缝不好焊，曹树祥就仰着脖子，把身子拧得像麻花一样，扭成90度弯，一枪一枪地焊完，任30计量站至任2计量站的调水工程顺利地完成了，这项工程一年又可节省拉水费用23.4

万元。

抽油机减速箱漏油现象相当普通，漏失严重的一星期就要加注一次机油，造成人力财力的浪费。为解决这一问题，企业专门从沈阳请来治漏专家，用软金属油封进行封漏，也没有达到理想的效果。曹树祥一上手，现场勘察、设计图纸、制作模具、更新油封，很快解决了变速箱机油渗漏难题并见到明显经济效益。

工区地质工程组技术员闫成会发现任380井出沙、出锈严重，造成该井单流阀漏失，油井不出液。他找到曹树祥谈了自己研发“锈沙含渣沉降器”的想法，并拿出草图让老曹参谋。曹树祥发现采取这种设计，沙子还是少量回返。曹树祥经过3天的苦苦思索，根据白洋淀人“鳖糊篓”捕鱼的原理，在焊接时将沉降器内部结构进行只能前行沉降的改动。此创新成果应用于任380井后取得显著效果，并获国家实用新型专利。

曹树祥先后研制出“割套管天然气引流器”“抽油杆扭力自动释放器”等20多项创新成果，这些成果在日常生产中发挥着不可替代的重要作用。他还参与并带动操作员工发明厂级创新成果91项，其中17项获国家专利！

30年，曹树祥累计为一线生产解决各种“疑难杂症”120多项，获得厂级以上“五小”创新成果20多项，修旧利废数千件次，为企业创效超过3000多万元。一串串闪光的数字，包含着曹树祥无数个日日夜夜叠加在一起付出的多少心血和汗水，凝聚着曹树祥对油田、对国家殷殷深情。

青丝变白发　改不了心中的爱

过去已然过去，将来断会将来。2015年6月，曹树祥退休。退休后的他心里总是空落落的，一种莫名其妙的失落感油然而生。

办完退休手续那天，爱喝酒的他，摆了两桌，把一帮徒弟叫过来，端着酒杯“发号施令”：“徒弟们，我以后干不了了，全靠你们啦，咱‘曹树祥班’是集团公司给起的名，是以我的名字命名的，谁也不许给我丢脸，谁也不能给这块牌子上抹上一点儿黑，谁也不能给我掉链子，你们谁要是给我怂了，我就是拄着拐棍，也要到班里去修理他！”

这之前，在距离退休 1 年多的时候，曹树祥突然得了脑梗。

那是 2014 年年初，他晨练回来正想洗把脸去上班，猛然感觉眼睛模糊，腿发抖不听使唤，接着腿就不打弯儿了……到医院一查，医生说是脑梗。

“感冒还打个喷嚏呢，得个脑梗就这么简单呀？！”曹树祥被迫进了北京的大医院，一“关”就是 1 个月。医生告诉他，他这病就是平时喝水少，造成血稠、凝固。他认可医生的论断，多少年来，上井一干就是一天、两天，带的水喝干了，在漫洼地里，前不着村、后不着店，只有干忍着，有时抢修，也顾不得喝口水。

一天看不到抽油设备，一天看不到班里的伙伴，曹树祥心里头就不踏实。从医院“挣扎”出来后，按照医生的指点，不停地锻炼，在家里买了跑步机、拉伸器，能自理的时候，就到了班里，不能干多能干少，不能干重活能干轻活，不能两只手能一只手，不能扑下身子干，就用嘴指挥着干，只要跟大家伙在一起，他就觉得心里头痛快。

话是这么说，退了休的曹树祥，对他带出的一帮徒弟一百个放心。一方面感到没着没落，一方面还觉得比上班活还多，把自己填补得满满的，除了接送小孙女上下学，简单地收拾屋子，徒弟张洪涛接他的班当了班长，他有的时候还要电话“遥控”指挥、指点，甚至别的工区的领导和修理工也要请教他一些问题，抽油机的毛辫子需要多长？变速箱声音异常咋回事？盘根夹不住用什么材料？好多难题经曹树祥在电话里一点拨，难题很快解决。

有的私人老板要聘用他做技术指导，让他在现场动动嘴。曹树祥不干，他说：“抽油机上的零件，最轻的几百斤，重的上吨，我可摆弄不动了，要干我就爬上去，现在我爬不上去了，挣这个钱，我不忍心。”

楼下邻居家自行车、三轮车坏了，曹树祥就指挥着人家修，有时还帮人家扶着干，甚至一只手拿扳手帮着捣鼓，车轮条子哪根压哪根，咋穿咋辫咋"拿龙"，他都门清，能帮多少就帮多少。

除此之外，他就是锻炼。几年来，夏天早上 5 点、冬天早上 6 点准时到公园走动，7 点半回家吃了饭再出来，10 点回去，午休后下午 2 点半又出来，吃了晚饭又出来练到 9 点半，晚上 10 点准时上床。因为孙女和自己住在一起，怕影响孩子学习，不能看电视，就在床上捏捏腿、揉揉胳膊、按按脑袋。每天他都这样有规律地锻炼、生活，几乎雷打不动。现在，曹树祥身体慢慢地得到恢复，早就扔下拐棍自如行走了。他说："看这个情况，再锻炼一年半载的，我还能上井！"

七一又到了，曹树祥一大早就去交党费，领到了一枚新的党徽，他天天把这鲜艳的党徽别在胸前，就是让大家看看，老曹退了休也是一名共产党员。他说，到什么时候我也不能褪色，我要对得起党和企业对我的培养和厚爱。

采访结束时，曹树祥深情地对记者说："班里的活我不担心，徒弟们年轻有知识，比我干得好。只是我们这活儿，都在高空作业，跟铁蛋子打交道，千万要注意安全，活儿干不完可以补回来、抢回来，安全上出了事，一辈子也补不回来呀，就希望他们每个人都平平安安的。"

至今，在曹树祥的脑子里，装着的永远是他放心不下的员工和企业；在他心里，装着的永远都是保障油田生产、为企业多出油、多增加效益的一腔沸腾激流！

秋之美景

孟宪琦

黄树，秋之美景也。

君不见，在“霜叶红于二月花”的季节，与火红枫叶媲美的还有那赏心悦目的金黄：杨树、柳树、榆树、桑树、槐树，以及梧桐等，卸去绿妆戴“黄冠”，排列成阵，煞是壮观。

是偏爱这斑斓秋景的缘故吗？本文主人公就叫“黄树”。

尽管此“黄树”非彼黄树，但在四季轮回中“推陈出新”的特征与自然界“凋叶更新”的黄树颇有相似之处。

那么，究竟是怎么个相似法呢——“数里缘山不厌难，为寻真诀问黄冠”！

一、“小心愿”催生“大抱负”

在历史的回音壁上，传诵着一个“驼背老人捕蝉”的故事：孔子在树林中见一老人用竹竿粘取蝉，自如得就像在地上捡小石头，遂问老人是如何做到的。老人说：“我在竹竿头上叠放了两个泥丸，移动竹竿时坚持不让泥丸掉下来。这样习练了五六个月后，粘蝉时就很少有失手的时候……天地之大，万物繁杂，我不理会其他，只盯着蝉的翅膀，怎么会粘不到蝉呢？”孔子听后，对这个驼背老人专心致志做事的态度和出神入化的境界赞不绝口。

这个“用志不分、乃凝于神”的故事，黄树小时候就听在油田职工大学工作的父亲讲过。从那时起，“认真”一词就像饱满的种子潜入他小小心田，他决心长大了像父亲说的那样：“对认准的事，不做则已，做就做好，做出花儿来！”

1982年9月，在河北省固安县宫村镇土生土长的黄树初中毕业了，同年考入华北石油技工学校。当时，由于交通不便，平时他很少回家，遂以“认真”二字垫底，甘坐“冷板凳”，将时间几乎都用在了专业课的学习上。因此，1984年9月毕业时，他就像充满电的电池，被“安装”在华北石油管理局采油二厂作业大队作业二队的修井作业工岗位上。油田人清楚，“钻井（工）累、井下（工）苦”是不争的事实。黄树第一天上班，排油管170多根，始终没顾上喝一口水。下班后，他腰酸腿痛，好几天缓不过劲来。为此，他曾苦闷、彷徨。突然有一天，岔61井瞬间井喷，天然气挟带着油水和泥沙咆哮着冲出井口。说时迟，那时快，只见队长快速冲向井口，其他人也迅速向井口扑去。此情此景，使黄树深感震撼，难忘之景敦促他几番深思后走出心中的“沼泽”！从此，他把既脏又累的活儿做得更仔细……“实干＋专业课知识”使他很快进入角色，不到3个月他当上了班长。这个时候，尽管有“官位在身”，黄树还是没有“锚定”值得自己耗费精力和心血的“那件事”，干完8小时分内工作别无他求，在8小时以外除了休息，就是靠喝酒、打牌或闲逛打发时间。走上工作岗位最初几年的青葱岁月，就这样不紧不慢地度过。

“最美好的，莫过于在我最美的年华里与你相遇。”这话不是黄树说的，但假设是他说的话也恰如其分，因为真正让他不知不觉认准“那件事”的一个重要因素是：他遇上了一位“特殊的兵”——靳占忠！比黄树大十余岁的靳占忠，出生在河北省晋县，与黄树的出生地固安县南北相望。两人素昧平生，却有相遇的缘分——在同一个单位工作。初来乍到，小黄就听说靳师傅了不起，是从北京卫戍区部队转业的，原是中南海中央领导驻地的警卫战士。与靳师傅相处的时间一长，小黄发现靳师傅最大特点是闲不住，一有空就捣鼓那些很少有人光顾的废旧物件。另外，小黄还发现师傅是一个非常认真的人，遇上不明白的问题非弄清楚不可。徒弟观师傅，师傅察徒弟。师徒俩互相“欣赏”，渐渐地成为搭档。平时，靳师傅忙不过来时小黄就成了助手。“近朱者赤，近墨者黑”，在靳师傅一来二去的带动下，小黄也不由得琢磨开了工作中的“小窍门”。

1990 年，为迎接石油系统举办的技术大赛，黄树所在的作业大队组织 8 人、分两组代表采油二厂参加管理局的井下作业工种比赛，结果成绩很不理想，只有 1 人拿了个第 7 名的奖项，其余的榜上无名。说大也不大的这件事，对黄树震动很大。原先他认为：井下作业工是凭力气吃饭，只要不惜力、肯吃苦，就没有干不好的活儿。可从这次比赛中，他强烈意识到：要想出手过硬干漂亮活，不能仅仅是有力气，还需要有知识、有技术，能真正解决工作的难题。

认识上的升华，带来了行动的自觉。于是，不知从何时起，学习成了黄树工作和生活的重要一部分，寝室写字台上排列有序的《石油地质》《采油作业》《机械制图》等书籍和一摞摞笔记本，诠释着他废寝忘食、刻苦钻研的日日夜夜。干中学，学中干，理论与实践相得益彰。

——插接钢丝绳是作业队的常规技术，要求严格。套扣时如果把尺寸调不好、扶不正，就极易使整个扣报废。为熟练掌握这门技术，他除虚心向老师傅学习外，还利用每天的工余时间和轮休日刻苦练习。见黄树天天勤学苦练，一位车工找了个纸箱子，把每天剩余的管头存放其中，为他练习套扣等技术提供了方便。

——随着油田开发程度的不断加大，各式各样的井下工具增多，如果对这些工具结构、性能不及时了解和掌握，就无法确保正常工作。尤其是在井下作业施工中一旦出现井喷、井场停电等复杂情况，若不能正确识别和准确使用工具，就无法及时排除险情和预防事故，因此，熟知井下工具和量具的使用，成为作业工基本功和衡量工作水平的基本尺度。于是，为练就工具和量具的识别及使用等绝活，黄树在工余时间时常钻进库房，对照新式工具使用说明书，拆了装、装了拆，就连看井和休息时，也带着不同型号的扳手和管钳等工具，到井口采油树、油管和抽油杆上操练。为确保在井喷和停电等复杂情况下熟练使用工具，他晚上看井时经常关了井场上的灯，摸黑练习。

——师傅靳占忠是闻名遐迩的“技术革新能手”，小黄就利用这一“自然优势”，随时请教。带着问题学，不失时机地问，边问边记。随着零碎知识和技能的积攒，“量变”引起“质变”，黄树也开始小改小革。一次，起油管时管内油水溅了周围人一身，现场遍地油水。小黄见状暗下决心：改变这种状况！为此，他一连多日像个“闷葫芦”，很少说话，不是在施工现场比画、琢磨，就是在纸上写写画画。功夫不负有心人，他终于设计制作了一个简便的排污桶和推水器，起油管时有效防止了油水激溅，不仅净化了井口操作环境，也满足了现场标准化管理需求。

这些小小成就，让单位领导乐了！

于是，迎战1991年石油系统技术大赛时，黄树成为参赛者，且在油田初赛中赢得套扣单项全局唯一的满分成绩。从此，他就接二连三地参加油田技术大赛，3次赢得井下作业工种“个人第一”、2次荣记个人一等功。

以工作乐而乐，成绩和荣誉纷至沓来。

1992年，黄树成为管理局最年轻的井下作业技师；1995年，在河北省首届青工技术大赛中获石油井下作业工种“技术状元”称号；1996年，获河北省“青年岗位能手”称号；1997年，获华北油田“十大杰出青年”暨“杰出青年岗位能手”称号，同年11月获中国石油天然气总公司“技术能手”称号；2000年，赢得全国石油石化行业井下作业工种赛第二名佳绩，并获“全国技术能手”称号。

正是在“成绩——荣誉、荣誉——成绩”相互作用、逐步叠加的进程中，黄树认准并“锚定”了自己应不遗余力做的“那件事”——立足本职、立志技改，创新提效、为企增光，进而为建设美丽中国不断做出新贡献！

二、“小成果”发挥“大作用”

成绩，在波浪式叠加；荣誉，在螺旋式上升。

随着一个个“小发明”“小创造”作用的凸显，黄树成了“名人”。有记者来采访，他说：“‘不精不诚，不能动人’——作为石油精神重要内涵的‘三老四严’‘四个一样’等大庆经验，就是石油人对这一古训的最好诠释。一个人精力和能力有限，如果这也想做、那也想做，恐怕最终一事无成。对一件事，唯有认真和专注、热爱和坚持，才能做到精细、精致、精美，这样的话，即使是微不足道的事，只要有利于他人和工作，就会被人们认可……”这是黄树的体会，更是他对自己、对他人的庄严承诺。

践行承诺，遂有了大大小小的实在行动！

钢丝绳插绳套是井下作业工的常见动作，为尽快掌握顺捻 6 股钢丝绳分开编好再插套的新方法——进一步提高工效，黄树与靳师傅专程到河北省霸州市拜师。那天，师傅带了一段钢丝绳，用摩托车驮着他，三拐六转 10 多千米，找到那位师傅后，方知踏破铁鞋寻找的这个师傅是个十八九岁的小伙子。得知慕名而来者的来意后，小伙子说他常插的是逆捻 6 股钢丝绳，没有插过顺捻 6 股钢丝绳，更谈不上顺捻 6 股钢丝绳分开编好后再插套了。黄树闻言，用诚恳的口气央求“小师傅”，让他仔细琢磨一下顺捻 6 股钢丝绳分开编好后再插套的方法。小伙子拗不过眼前这师徒二人，又见其真诚、谦虚，就不好意思推辞，欣然应诺。几番捣鼓后，终于成功。靳师傅一高兴给“小师傅”付了学费；黄树一激动，连声喊着“小师傅”，行了几个鞠躬礼。从此，黄树与“小师傅”成挚友，时常相互探讨技术难题。

2001 年 7 月，黄树任作业三队技术员。站在新起点上回顾过去、展望未来，他更加坚定了“立足岗位、创新创效”的信念，在师傅靳占忠任劳任怨、刻苦攻关等嘉言懿行的熏陶下，积极参与大队组织的职工技改俱乐部活动，很快成为技术创新和技改活动的骨干。以往，油水井注灰封层施工时，无论打多厚的灰塞，都是人工搅拌水泥浆，极易出现搅拌不均匀、搅拌时间长、劳动强度大、安全及质量很难保证等情况。每到封井注灰时，尽管大队组织机关人员以会战形式施工，仍很难消除弊端。立志创新的黄树，看在眼里，急在心里。

2010 年上半年的一天，他突然被心头纠结的问号激发出灵感：能不能利用修井机液压动力带动叶片搅拌圆筒内的灰浆？这一初步设想，得到了靳师傅的肯定和支持。黄树就迅速用 5 毫米厚的铁板做了一个圆柱形筒，上部用支架固定液压马达，筒中间安装立轴，轴上装了搅拌叶片，轴顶部与液动马达连接后作为动力源。设计完成后，厂内没有制作圆筒形的钢板轧压机，无法压成容量 2 立方米左右的圆筒。情急之下，黄树和靳师傅打车去霸州找了一家轧板厂。当时，由于靳占忠创新团队工作室正在筹备中，尚无活动经费。为尽快给轧板厂交足费用，黄树说服爱人，从家里拿了 2500 元。接着，又和靳师傅忙备齐其他用料，找协作单位加工固定叶片的搅拌轴、固定支架，以及搅拌池的底座和排出阀等。在动力队、工具队配合下，第一个液动灰浆搅拌池 1 月后顺利完工。经各小队使用，效果显著：不仅降低了劳动强度、提升了搅拌速度，而且节省灰料、搅拌均匀。后经测试，在所有井施工注灰时均可使用，单井累计节约成本 1.5 万 ~ 2 万元。这个被人们称为注灰封井的利器，在油田公司获得了技术创新一等奖，3 年累计创效一百多万元。

没有最好，只有更好。着眼于提高效率、效益的黄树，不断探寻着技术层面的新突破。过去，由于泄油器性能等原因，大多数抽油机井就没有安装，给修井作业带来诸多不便：压井时易导致地层污染，尤其是低压、低产井有被压死的风险；压井修井后，开抽生产的前 3 天产出液均为前期压入的修井液，修井作业开抽生产后需半个月才能恢复到修前水平，直接影响了原油生产；因管柱没有泄油，起管时管内液体随起出油管带出井口，对井口附近人员及地面造成污染，加大了施工难度、减缓了施工进度、降低了安全系数。几番观察与思考后，黄树以“难题”为课题，将现有的Y221−114或Y211−114封隔器改制成了锚定泄油装置，减少了修井压井费用、提高了抽油机井生产效率、改善了施工环境、加快了施工进度。推广使用后，平均单井创效约2万元。

筑梦无穷期，圆梦不止步。在春华秋实的四季轮回中，黄树利用一切可利用的时间，研制出了液压钳链条调整悬挂机构、箱式污水回流桶、抽油杆开口导向喇叭口等现场应用工具及装置，缩短了抢喷封井时间；实施的《推行绿色施工降低环境污染》项目，获中国质量协会石油分会一等奖；针对施工作业中的挤灰、封层、套变等复杂情况，设计制作的小直径三翼钻头，有效解决了普通钻头无法通过套变井段灰塞位置问题；2012年，作为主要贡献人参与了油田公司科技攻关立项《井下作业起下油管井口无人操作系统》的设计和制作，实现1名司机手和1名场地工完成过去4人才能完成的起下油管操作，降低了劳动强度，消除了安全隐患，被业内誉为“油田井下作业起下油管技术上的一次革命”，后被中国工程院院士韩大匡等专家鉴定为国际先进水平；在独自钻研技改工作的同时，他与师傅靳占忠协作配合，共同设计制作的锁母锁紧带弯头快速接头，有效解决了换装液压钳的管线连接问题，获国家专利；参与研制的《方钻杆井口旋转密封装置》，解决了井下旋转作业过程中方钻杆与油套环空的密封问题，消除了以往正循环磨铣作业存在的事故隐患，丰富了井下作业的技术手段，获国家新型实用专利；参与研制的《抽油机摆驴头装置》，解决了抽油机下摆驴头方面的诸多问题……

心在哪里，哪里就是风景；志在哪里，哪里就有成功。

黄树不忘“解决生产过程实际问题”的初心，踏踏实实、持之以恒地忙碌着，犹如急速旋转的陀螺，围绕施工作业的难点和疑点不停地转着，从冬转到春、从夏转到秋，迎来了赏心悦目的好收成——几乎年年都有技术创新方面的新成果：累计完成技改项目30余个，获局、省（部）级及以上科技成果奖18次，《起下油管井口无人操作系统的油管钳液控就位装置》《一种液压动力钳的对位控制器》等35个小发明获国家知识产权局实用新型专利。

三、“小梦想”成就“大工匠”

“心心在一艺，其艺必工；心心在一职，其职必举。”志在创新、提效的黄树，钻研的是技术、看重的是工作，久之，工作自然以成绩和荣誉相赠。如此“投桃报李”，就让黄树一阵阵“偷着乐”。

“独乐乐不如众乐乐。”

长期在野外与钢铁为伍、与风霜雨雪相伴的黄树，当然晓得集体力量的极其重要，决心为提升职工队伍整体素质、打造过硬团队做出自己的努力。为圆这一小梦想，他“两手抓”，力争“两手硬”。

第一手：强化“身教”的示范和感召作用。

回望黄树在井下作业工、班长、资料员、技术员等岗位上度过的30多个秋冬春夏，不难发现：无论在哪个岗位，他都不忘苦干实干，将平凡、琐碎的事情做得有滋有味，把苦、脏、累的活儿干得风生水起。为此，他很少休过星期天，也很少享受节假日的闲情逸致。平时上班时，总是提前做准备，对井下作业的常规工作或搬家等辅助工作，以及套铣打捞等技术活儿，时刻不懈地认真完成。

一事精致，足以动人！黄树做的“精致”事何止一件呀！于是，履历生花：

——任班长期间，在岔15-151井施工时，他带领全班职工从30米外抬、排油管150根，创班纪录之最。

——苏6井是苏桥油田一口气井，因水淹停产。该井深达4400米，4200米以下为裸眼，施工目的是捞出井下落物，恢复产能。这种井的施工难题是：井深，裸眼，打捞落物难度大；井温高，地层漏失，注水泥难度大；压井液和用量稍有不当，极易导致井喷和地层污染，井控难度大。在困难情况下，黄树身不离现场，精心组织施工，做到了注水泥 3 次误差均在 1 米以内，甲方测试后惊呼："厉害！厉害！"很快，该井焕发青春，日产天然气 8 万立方米。

——岔 39-115 井，在水井管柱被调剖剂凝固后卡住的复杂情况下，黄树主动承担倒出卡点以上管柱任务：仔细测算管柱遇卡位置、折算最佳悬重倒扣作业，反复上提，一次倒扣成功，大大缩短施工周期。

——文 102-7 井大修解卡施工时，黄树利用大力上提，成功解卡，仅用 7 天完成原定 40 天的施工任务。

——岔 15-223 井打捞偏磨落井油管时，他主动请缨，承担起修复和打捞鱼顶任务，亲自指挥加压、套铣、磨铣、造扣打捞，仅用 5 天时间捞出全井油管，探索出了防止光杆偏磨、避免油管落井的新途径。

——霸 53 井因不法分子破坏，井内泵挂管柱从井口处锯断后全部落井，导致停产。因长期封井，在井口附近聚集了大量天然气。接到这口井恢复生产的任务后，黄树多次上井协调、指挥，先后完成带压打孔、打捞并处理井口填埋杂物、打捞井内管柱等任务，使"废井"焕发生机。

——2011 年 9 月，在苏 75-71-10X 井施工中采用黄树建议后，减少了近 900 根油管的起下工作量，大大缩短了施工周期……

经历施工的艰难，有苦有累有风险；回望危重任务的进展，有喜有泪有经验。

先后在 30 多口复杂措施和大修井施工中，"精细技术管理、剖析疑点难点、推敲施工方案、实施系列措施"的体会，为黄树贴上了业内行家里手的标签。

第二手：强化"言传"的启迪和教化作用。

"一花独放不是春"——作为一名工人技能专家，黄树深谙此理。于是，他主动组织运行大队技改俱乐部工作，引导职工积极参加技改活动；和俱乐部成员一起研究解决问题的方案，跟进环节抓措施落实；结合大队开展的技术培训和练兵等工作，以授课等形式深入浅出讲理论、联系实际析案例、以身示范传经验。2007年，黄树作为主要参与者，完成的井下作业试油标准化操作录像成为基层作业施工队伍标准化操作的主要教材，为在油田面上推广提供了保障。2012年，与他人合著的题为《井下作业工具革新集锦》专著，由石油工业出版社出版。对诸如此类的常规做法，在黄树一年又一年的坚持下，就有了“聚合”和“裂变”效应，职工技术素质像登楼梯，步步升、节节高。经他传、帮、带的徒弟，先后在油田技能大赛中喜获骄人成绩。其中，2005年，徒弟陈二龙、高应田顺利通过井下作业技师理论和实际考试，杨振涛在油田井下作业工种大比武时获第一佳绩，并成为河北省行业比武“状元”；2008年，程晓伟和王延军在油田公司技能大赛中分别摘取亚军和季军，成为油田公司技术能手，并先后取得技师资格；2012年，徒弟盖伟兵在油田公司第九届职业技能竞赛中获优胜奖。2013年，黄树被华北油田公司聘为操作类高级培训师……

功以才成，业由才广。30多年来，黄树获局级以上个人奖数十个。其中，2001年在油田“拓市场、创效益”立功竞赛中，荣立个人一等功；2005年，被评为中国石油天然气集团公司劳动模范；2006年，成为中国石油天然气集团公司技能专家。

喜回首，猛顿悟：以工作为事业、为已任的黄树，还真像一棵树，守静、安然、向阳、扎根，顺应四季，悄悄成长，因簇簇花朵而“标新”、因累累硕果而“立异”——一棵平凡却脱俗的树！

你用电，我用心

柴甫泉

他以主人的风范映入我们的眼帘，他以主人的身姿走进大家的心里。全国五一劳动奖章获得者、水电厂用电管理所高级工程师郭成云用点滴的爱，编织出一条五彩斑斓路，通向成功、通向未来。

我的“地盘”我做主

2003 年 3 月，一纸通知摆在郭成云的办公桌上。仔细一看，是沧州供电公司转发河北省物价局文件《关于实行全省城乡居民生活用电同价的通知》，规定从这个月起，对水电厂任东站 3% 和留路站 1.43% 的居民生活用电电价从 0.358 元 / 千瓦时提升到 0.425 元 / 千瓦时。

“不行！”郭成云抄起这个通知，径直闯进财务科。

“怎么啦？”财务科科长问。

“我们不该接受这个新的居民生活电价！”

“理由呢？”

“第一，河北省物价局文件中所指的转供电用户，其电压等级是不满 1 千伏到 10 千伏，而沧州供电公司对我厂任东站和留路站的供电电压分别是 220 千伏和 110 千伏，我局不应在该文件的执行范围。”

“对！”财务科长点头，脸色也多云转晴。

“第二，沧州供电公司对我厂执行的是两部制电价，基本电费覆盖了所有的用电类别，因此居民生活用电的综合电价为目录电价加上基本电费分摊电价，再折算到10千伏供电等级的居民生活用电综合电价为：（目录电价＋基本电费分摊电价）/（100%－线损率）。以任东站为例，居民用电目录电价调到0.425元/千瓦时，我厂购电的居民生活用电综合电价已达到0.49元/千瓦时。”郭成云说得很细，财务科长居然把这些枯燥的数字听得津津有味。

事不宜迟，下班后，郭成云把资料带回家中，连夜编写了“关于居民生活用电电价意见的函”，拒付了沧州供电公司居民生活用电调价后的差价电费。沧州供电公司将厂里的意见汇报省物价局后，河北省物价局很快答复了：“按文件执行！”

“怎么办？”厂领导也为难了。

“我们有理，有理就要争！”郭成云没有放弃自己的意见。

郭成云据理力争，继续跟地方有关部门交涉，不知道多少个回合，“闹”到2003年10月，沧州供电公司终于做出让步：同意居民生活电价在0.425元/千瓦时的基础上降低0.045元/千瓦时，但从不违背上级文件的角度考虑，经协商，同意这部分差价电费从调整用电构成比例中得以补偿，即居民生活电价仍按0.425元/千瓦时执行，而构成比例从3%降到1%，电价相对便宜的动力用电比例从90%上升到92%。仅此一项，每年可为华北油田减少购电费用100多万元！

100多万元！谁都知道100多万元的概念，如果没有郭成云和厂里决策者的坚持，企业每年就要多付100多万元。

这就是郭成云，这就是企业的主人。

2004年7月，接沧州供电公司通知，赵店226计量电压缺相，赵店226是任东站的主供电源，月平均供电量在3500万千瓦时以上，计量故障就意味着大额电量的追补问题。为了摸清情况，争取主动，郭成云立即赶往赵店220千伏变电站，跟踪故障查找和排除的全过程。最后发现电压缺相是由于PT出口端子保险接触不良所致。按传统的方法，因计量缺相而追补电量是按断相时间来计算的。郭成云认为，接触不良不等于完全没有电压，因此，因接触不良导致的缺相，不能完全按断相时间来计算追补电量，这一想法得到了供电方的认可，重新商定了更科学合理的计算方法，又一次避免了天文数字的电费流失。

万庄地区供电可靠性差，解决这个问题势必会增加电费支出，怎么样用两全其美的办法解决这个问题，郭成云又开始动脑子了。没几天，他一下子拿出了4套方案，并用临界点效益计算的方法从经济效益方面进行了充分的论证，提出了最佳方案：万庄变改由廊坊供电（引入第二电源），采暖季节报装容量增加10000千伏安，其他季节报装容量增加5000千伏安，佃庄报装容量减15000千伏安，岔三变和霸一变倒保定网，在佃庄变低负荷期间，将霸一变倒回北京网！

问题迎刃而解。

让智慧飞

为了提高用电管理的技术水平，郭成云刻苦攻关，不断进取。作为项目第一负责人，他在2003年至2004年的1年时间里，组织完成了一项局级科研项目和3项厂级科研项目。

进入21世纪，华北油田电网根据油田生产、生活的特殊要求，相继出现了23座35千伏简易变电站，并且仍有发展的趋势。简易变电站具有投资少、占地小、建设快、防止线路窃电、适应小块原油生产等特点，但是由于其配套设备简单、没有实时监测设施、无房屋、无人值守，造成供电可靠性差、易发生事故、经济运行和经营管理困难的局面。可以说35千伏简易变电站的运行状况基本上处于失控状态，主要表现在：一是负荷无法监测，因过负荷可能造成主变压器烧毁的事故；二是35千伏临变经常出现用户破坏计量装置而长期窃电，使电费损失大；三是供电质量和经济运行参数无法监测可能造成较大的经济损失。因此无论从电网运行的安全可靠性，还是经济性上考虑，都必须尽快解决35千伏临变运行状态的远方实时监测问题。

郭成云站在这个课题的最前沿，整天苦思冥想，反复实地勘察，通过潜心分析，他认为只有实现对其负荷情况、电能质量情况、功率因数情况的远方监测，及时发现问题，及时处理问题，才能克服简易变电站自身存在的一些“先天不足”。

远方监测的通道是个难题，郭成云想，能不能利用GSM网络（全球通数字移动电话网），采用手机通信模式作为数据传输信道？一个小小的问号，不断地在郭成云的心里被拉直，这是解决35千伏临变电力数据远方监测的一种投资少、见效快的最佳途径。基于这种想法，2002年年底，郭成云以“远方电力数据GSM监测技术的研究与应用”为课题申报立项，得到了管理局的批准和经费支持。

一时的灵感，两年的努力，千万滴汗水，化作甘甜的雨露，滋润着郭成云的心田。该项目利用GSM网络，采用手机模式，通过短消息通信，以建设投入低、运行费用低、维护成本低，解决了油田电力系统边远站所、无人值守的简易变电站的数据采集与传输问题，并在5个先导试验点取得成功。2004年又在12个发电并网计量点、2个大用户计量点、1个关口计量点和8个临变计量点上推广应用，均取得满意的效果。该项目的成功应用还解决了发电并网点双向无功实时检测的难题。

为了从技术上解决电费收缴中拖欠电费的难题，降低外部用户电费的死账率，2003年郭成云开展了“三相分时计量预付费技术研究与应用”，并对2个用户进行了成功的应用。为了提高用电服务管理的技术水平，树立良好的窗口形象，2004年郭成云组织开展了“用户用电信息语音查询服务系统的开发及应用”。

身为用电管理所的技术骨干，郭成云的思维方式不仅仅只局限于为本单位谋利益，他经常能从全厂利益的角度看待问题，先后提出“2004年关于供电商品率和技术服务创收奖的考核意见”“加快油田电网水网设备改造步伐，提高供电供水系统运行的可靠性和经济性”“关于采油五厂深西发电经35千伏送深南的意见”“关于任东113对任丘市转供电收取过网费用的意见”“转变观念关注客户需求提高用电服务意识”等有利于企业发展的“金点子”“银点子”。

郭成云的智慧，郭成云的故事，说不尽、唱不完。

一二三四像首歌

感动之一：电视里播放国家调整电价的新闻，郭成云拿起遥控器，调高音量，全神贯注。

调整电价的文件还没有来到水电厂，郭成云就开始研究如何适应新电价的策略。没有人给他安排布置这项工作，没有人给他压力，完全是一种高度的主人翁责任感在驱使着他必须超前去想。

很快，郭成云就向厂领导递交了“关于分时电价的效益分析”结论：在新电价政策下我厂对各单位实行分时计量，执行分时电价较单一的电价更为有利，其一，综合电度电价都将高于不执行分时的电价；其二，从购电与供电的差价上看，谷段的差价最大，峰段的差价最小，也就是说用户在谷段用电我厂盈利最多，在峰段用电盈利最少，甚至亏损，为此应竭力促使用户削峰填谷。针对当前分时计量中存在的一些问题，郭成云提出了进一步完善措施。厂领导得到郭成云的建议，如获至宝，很快实施并见到可观的经济效益。

感动之二：水电厂接上级通知，赵店220千伏变电站下午4点投产，我局任东站计量点从孙村263转移到赵店226。郭成云和沧州供电局用电处的同志于下午4点前赶到了保定孙村220千伏变电站，这是孙村263的最后一次抄表！可是由于孙任线已停电破口施工，威胜全电子表在线路停电下无显示，因此只有等到263送电后才能进行抄表工作。但是由于各种原因，

263 的送电时间一再延期，16 点延至 18 点，20 点，22 点……那天，郭成云感冒发烧，沧州局用电处的李副处长对郭成云说："你先回去吧，我们等着送电，……身体要紧，你要信任我们。"但是，郭成云心里明白：263 计量表有功指示数差 1 个字，电量就差 52.8 万千瓦时，需量指示数差 0.01 个字，基本电费就差 11.88 万元，无论如何也要把最后一班岗站好！次日凌晨 2 点，263 计量电压回路终于来电。虽然身体很疲惫，然而当把准确的数字抄录到表卡上时，郭成云心里却十分的踏实和满足。

感动之三：2000 年 10 月，沧州供电公司要从华北油田任东站的总用电量中体现 1% 的商业用电，从哪项中提这 1% 可以协商，他们的意见是从农业用电中提。加商业用电后，任东站的用电构成有 5 项，按电价的高低依次是商业用电 0.664 元 / 千瓦时、非居民照明用电 0.517 元 / 千瓦时、居民照明用电 0.362 元 / 千瓦时、农业用电 0.360 元 / 千瓦时和动力用电 0.317 元 / 千瓦时。由于商业用电电价最贵，体现商业用电后，必然给管理局增加电费支出，即增加外购电成本，怎么办？郭成云从两方面考虑：其一，局事实上存在商业用电，提取适当比例的商业电量是合理合法的，不可拒绝；其二，想办法尽可能使增加的电费额最低。欲使增加额最低，第一，应从原用电构成中电价最高的款项上提，第二，提取的比例应尽可能小。在详细对比计算后，他对沧州供电公司提交了"关于任东 220 千伏变电站用电构成比例的意见"，要求商业电量从非居民照明中提，提取比例降为 0.5%。沧州供电公司采纳了郭成云的意见，这样与从农业电量中提 1% 相比，每年又为企业减少电费支出 138 万元！

感动之四：2001 年上半年，郭成云通过多方面的对比分析，发现赵店 220 千伏变电所 226 出口计量点分时计量有问题——平段电量偏高，同时谷段电量偏低，并及时向沧州供电局提出质疑。为此沧州供电局用电处计量室多次派专业人员到现场检查都没有结果，他们以肯定的口气表示计量不会有问题，因为这一批表都是同一把电钥匙设置的，如果 226 有问题，则沧州局供电的许多计量点也有同样的故障。当年 8 月份郭成云再次提出质疑后，沧州供电局用电处派出计量室的有关技术人员于 8 月 29 日和他一起到现场核对 226 的时间和时段设置，从显示的情况看，时段设置正确，电表时钟也准确，他们再次否定了 226 计量异常的可能性。在这种情况下，郭成云没有放弃追查。9 月 25 日，他要求沧州局在抄赵店 226 时，也到任东站抄 2212 的参考表，抄表计算后的数据显示赵店 226 的平段电量和谷段电量与任东站 2212 比较有不可忽视的差别，问题出在哪里？郭成云经详细计算，认为 226 计量点的平段多走了一小时，谷段电量少走了一小时，最合理的解释，也是最可能出现的情况是赵店 226 表计在 23:00—24:00 不走谷段而是走平段，要证实这个推断，只有夜查赵店 226 表计。9 月 25 日 23 点，郭成云等几经周折才得以进入赵店 220 千伏变电所，通过调出表计的“511”功能监测，发现 23:00—24:00 平段在计数，这与他的推测完全吻合。次日，沧州局计量室再次来人对 226 计量进行全面细致的检查，从电表存储器、数据采集器中每小时记录的数据分析，以及通过现场试验和后来表拆回去后计量检定室内的试验，确认了 226 平段多走 1 小时、谷段少走 1 小时的事实。沧州计量室的同志说这种异常故障现象是第一次遇到并且不易察觉的，新表换上去后，经试验，异常仍没消除，直到 9 月 29 日，更换了新的电钥匙，对表进行了重新设置，才彻底恢复正常。经准确计算，这次错误共多收华北油田分时差价电费 193 万元。地方供电方的同志在事实面前，心服口服，他们最佩服的是郭成云的精细负责的工作作风，他们很快把 2001 年 10 月—2002 年 4 月间多收的这笔钱退回了华北油田。

郭成云对工作、对企业的执着认真，感染了身边所有的人。

延伸的管道

王振江

记忆中，我同张德民的第一次接触是 2003 年 9 月，地点为陕北延川县的一家国营招待所里。说句实话，初次与张德民谋面，留给我的印象是矛盾的：他长就一副北方人特有的方脸庞，五官端正而慈祥，特别是发笑时，眯成一条线的眼睛与往回收缩的嘴角，使人很容易联想到河南那个善演老太太的小品演员范军。不过，让人不可理解的是，这样一副慈善面孔的上方却偏偏顶了一头长发。这长发掩耳垂肩，粗黑而不驯服，与鼻上方的那副墨镜相互映衬，乍看上去，分明就是一个浪迹江湖的“黑社会老大”。他人长得彪悍而威武，却偏偏挺着一个啤酒肚，这肚子大而圆，就像有只皮球揣在怀里。他说话声音洪亮，底气十足，可亲、可信而又可敬，但在酒席上，却是嘴不饶人，指点江山，匪气中透着一种霸气，霸气中掺和着一种杀气，仿佛这酒不喝个昏天黑地，不喝出个子卯，那你就不够意思，就是瞧不起人。

最初这种印象，使我不止一次地怀疑自己是不是看错了人，为此，我甚至有些失礼地问他身边的司机：“这就是工程建设公司的副总经理？”

好在，随着后来接触次数的增多和接触的深入，最初的这种负面印象也便随之烟消云散了。

挂帅带兵中的“不含糊”

张德民原来曾经是原油建一公司的电气仪表队的大队长，单单是从事各种电气工程的建设他就干了20年。或许是因为他有着极其丰富的基层工作经验，在他的内心深处，他十分认同这样一种理念：什么叫领导，领导就是服务，就是群众不想干或者干不了事情，你要冲在前头。因此，多年来，张德民说得最多的一句话就是："干事情不能含含糊糊。"

时间回溯到2004年。这一年，张德民再次受命，同时挂帅组织指挥西气东输工程的后期收尾、港京复线，以及西气东输第十五标段改线抢险工程的施工任务。这可是他参与组织历次长输管线铺设施工以来，所遇到的最困难的一个时期。在这期间，张德民每天要三面组织指挥生产，每个月开车跑得路程都在15000多千米。由于长时间的颠簸劳累和压迫末梢神经，他的两条腿浮肿，手轻轻摁上去，能摁出一个坑儿。一天，正在陕西延川县管线改线的抢险工地组织生产的他，突然于晚上10点多钟接到了远在甘肃酒泉阀室建设工地打来的电话，说是当天的焊接检测结果出来后，有几道焊口存在严重的质量缺陷，张德民一听就急了，二话没说，就喊来司机准备连夜往酒泉赶。

酒泉与延川，一个在甘肃，一个在陕北，两者相距1500多千米，途中不必说山高路险，就是10多个小时坐车，也不是常人所能吃得消的。起初，为安全起见，有人劝张德民天亮了再走，可他哪里听得进去。无奈，身边的人只好安排一辆车从延川送他，同时又通知酒泉工地安排一辆车接他，这样司机接力开车，才允许张德民上了路。

张德民是在第二天下午1点多赶到酒泉工地的。坐了14个多小时的车，张德民此时已是两眼泛红，下车时，两条腿都感到发木发软，但他还是立即组织机组全体施工人员召开现场分析会，并请来检测公司的专家共同分析检测底片。结果当他发现，造成焊口质量缺陷完全是一场责任事故引起时，他严厉地对事故的责任人进行了批评、罚款，责令其当众做了检查，还亲自盯在现场组织整改，直到现场的甲方监理完全满意为止。

有人事后问张德民为何如此严厉，他的回答是：赢得市场靠的是品牌，没了质量何来的品牌？在质量问题上来不得半点儿的姑息迁就！

事实说明，张德民这种做法是正确的。根据事后的调查，张德民这次千里“斩马谡”的故事，在华北项目部引起了极大的震动，此后，一线干部员工视质量为生命，再也没有人马虎懈怠，其中，酒泉工地的阀室的焊接质量最终竟达到了98%以上，连甲方监理也不得不伸出了大拇指给予了高度评价。

现在，我们再回头说说，张德民的那头长发。其实，留长发根本就不是张德民的特殊爱好，或者是学着一些艺术家的样子装什么文明人，而是他太忙。特别是刚刚进入西气东输工地的那阵了，因为工作千头万绪，张德民几乎天天奔波在工地，想理发，没有时间，就是有时间，在山沟沟里找个理发馆也是件困难的事儿。

当然，关于张德民留长发的故事，也还有另外的版本。其中一说是：参战西气东输管线工程之初，不少人认为，华北的工建队伍都是“地方队”，参建这样的国际性大口径管道铺设，根本就是蛇吞大象，异想天开。可张德民不信这邪，为表达不达目的不罢休的决心，他在职工大会上，指“发”明誓：“西气东输工程不拿下，他就不理发”。

然而，后来的事实说明，因西气东输工程干得十分出色，“长发的爷们”却是出了名。这些年，在管道建设市场上，提起张德民或许知者寥寥，但要说华北的“长发经理”，则是没人不知、无人不晓。后来，张德民的长发索性成了一张名片，一张代表华北的品牌，所到之处，甲方只要说是“长发经理”带的队伍，一些管道工程一准会交给华北来干。特别近两年，工程建设公司凭借着“长发经理”这张名片，承揽的管道工程一个接一个。仅2005年，张德民就同时担任了西气东输冀宁联络线工程、西气东输冀宁联络线定向钻工程、西气东输冀宁联络线干燥工程、西气东输淮武联络线工程、兰州成品油库等6项项目工程的项目经理，合同金额近两亿元。

为此，事后有人专门编了一段顺口溜："华北的头，新疆的楼，长庆的经验，大庆的牛。"所谓"华北的头"，说的就是张德民蓄发为誓，在困难面前，所表现出的坚韧不拔、永不言输、不达目的誓不罢休的精神和品格。

经营管理上的"铁算盘"

有人经对张德民观察发现：无论他是担任西气东输冀宁联络线工程项目长，还是挂帅指挥组织西气东输淮武联络线的铺设，他做得每一项工程最终都实现了盈利，其盈利金额少则几百万，多则几千万元。

后来，人们经进一步了解知道，张德民每项工程都能盈利诀窍实际上就一点：那就是，不管哪项工程都是先算后干，而不是干后再算。张德民常说，出外干活，盈利是第一要考虑的。因为没有工程的盈利，企业的发展和个人收益也就无从谈起。

人们看到，为了实现每项工程都能够盈利，张德民组织制定了一系列规章制度，诸如"工资预借制""机组施工承包制"等，以加快工程进度和提升质量还通过不断地总结完善，找到了"三招"省钱和赚钱的妙方。

一招是搞好投标。在张德民的心目中，投标的成功是决定一个项目能否盈利的关键。但是，要保证把每一个标都投得恰到好处，却不是一件容易的事儿。标的投高了，一准会跑标；标的投低了，投标的结果就会是赔钱赚吆喝，唯有把投标价测算好，既要让其接近标的保证中标，又要让其留有盈利空间确保项目不赔钱，那才算称得上是一个好标。

所以，为了投好标，张德民每次投标都是费尽了心思，动足了脑筋。2004 年 10 月参加冀宁联络线工程投标时，张德民经过与公司领导商量，一口气买了 8 个标段的招标书，他连续 3 天跑现场对投标工程进行实地考察。在临近投标的最后时刻，他甚至连续两个晚上盯在办公室与同事们一块反复测算和研究标的。

投标时，他更是巧妙布局，把 8 个标段策略地排成 3 个档次，就如同田忌布阵赛马一样。结果投标揭晓时，由工程建设公司投标的 8 个标段，居然 4 个标段的综合得分排在了第一名。末了，因为其标的设计科学合理，最终华北工程建设公司十分中意，将其中两个最长的标段全部收入囊中。

二招是仔细研究合同。工程合同就如同法律文件，一旦签订就很难更改。但张德民自有主意，在他看来，合同是死的，但人是活的。

2005 年 1 月，工程建设公司承担了西气东输冀宁联络线的铺设。冀宁联络线地处江淮平原，这里水网密布，河流众多，工作条件既不同于高原缺氧环境下的涩宁兰管道施工，又不同于西气东输塌陷严重的黄土塬管道作业，用管道人的话说："能在平原地区施工那上的是小学，能在高原地区施工那入的是中学，等到了能在水网地区施工那就是大学毕业了。"

然而，要完成这样的大学学业谈何容易！过河、填路、清淤，施工作业到处都是成本陷阱，加上中标价本来就只有 77 万元 / 千米，弄不好，恐怕留刘玄德不下，反要"赔了夫人又折兵"。

但是，怎样才能做到活不少干，钱不少赚呢？张德民把目光投向了这次中标的施工线路图上。应该说，此次业主送达的施工线路图纸，当属国内目前技术含量最高的施工线路图纸。这份图纸与以往简单的平面二维手绘坐标图不同的是，全部线路图纸均采用航空拍摄照片，线路上的村庄、房屋、河流、道路都有 GPS 定位，连哪条河有多长，哪条路有多宽都有明确标注。如果是粗心人、外行人，看到这样的施工线路图，相信没有谁会提出什么疑问。然而，精明的张德民却看出图中玄机：航拍图虽然清楚，但在图的落款处他们还是发现了 2003 年 11 月航拍的字样。就是这不经意的几个字，使张德民对这张图的实用性产生了怀疑，因为在他们看来，2003 年 11 月到 2004 年 11 月，时间毕竟相隔一年有余，江淮流域经济发达，发展变化日新月异，说不定哪块标注就已经变化了呢。如果仅凭航拍图提供的资料做依据，就贸然同业主签订施工合同，事后再发现工作量有什么出入，业主能不能给予补偿就很难说了。

于是，2004年11月8日，也就是中标后第3天，张德民便组织员工沿甲方交桩后的实际线路进行一次实地测量。后来的事实说明，这是一次艰难的“测线长征”，也是一次大有收获的长征。这一次长征大家整整花费了11天，11天的时间里，相关员工对第2标段和4A标段的实际线路作了彻底的复测。结果，在两个标段他们实际多找出鱼塘、水渠、河流穿越313处，公路穿越61处。勘线完成后，工作人员最后把这些记录下来的数据进行了汇总统计，得出结论是：因为航拍图与实际的出入，业主应该向我方再追加1000多万元的工作量。

消息立即反馈到业主那里，业主睁大了眼睛显得十分惊奇，说“这怎么可能”。于是业主召集人员进行了复查和抽检，复查的结果很令他们服气，说：“真服了你们华北工建了，工作做得如此细致。”不过，为了减少投资，业主在追加工作量之前，先硬性将小于10米的穿越作了删除，但即使这样，业主还是答应追加了40处水渠穿越，45处公路穿越，31处鱼塘穿越的额外工作量，其价值仍然达到了1050万元。巧的是，这1050万元差不多就是工程建设公司总工作量1.2亿元的10%。

对此，事后许多人好生感慨，都说这10%误差多亏是赶在了合同签订之前被发现，如果是合同签订之后，则为时已晚。那时，遗漏的工作量业主也许会认账，但决不会再追加，因为工程标书中有个这样的规定：已确定的工程量根据实际情况可能有所变化，为了甲乙双方风险共担，在正负10%以内的变动都是合理的，只有超过10%甲方才予以追加。这就是说，合同签订之后，正负10%都在允许之内，正了你的运气好，负了那你也只能自认倒霉。

三招是搞好施工组织。张德民有一个信条：工期就是成本，速度就是效益。要想使每一个项目都能赚到钱，每项工程就必须都能在快中求胜。

我们把目光再转回冀宁联络线。冀宁联络线主体焊接工期，甲方的要求是8个月。按照以往的经验，8个月的时间里完成如此浩大管道焊接铺设，其工期是相当紧的。特别是随先遣队到达现场后，张德民调查发现，扬州地区每年 6 月份就进入了雨季，这个时节，当地村民开始种植水稻，作业带内肯定会灌满水，这样施工作业不但将遭遇想象不到的困难，施工成本也肯定会大幅增加，搞不好还会延长作业周期。

于是，张德民没有犹豫，当即决定春节不再放假，利用南方冬季雨水少、地表暂时结冰的有利时机，抢先打火开焊。然而，出人预料的是，开工没多久，扬州地区就遇上了 2005 年的第一场大雪。一时间，纷纷扬扬的大雪将施工作业带覆盖得严严实实，最厚处积雪甚至有一尺多深。

眼看着工期将要延误，情急中，张德民又想出了好主意：他让食堂特意炸了辣椒，让每个职工带到工地，要求大家寒冷难耐时吃一口辣椒。事后回想起来，这个方法不免有点“损”，但也正因为有了这个方法，施工一线的员工最终不但解决防寒问题，而且还加速了工期。结果，130 千米管线的主体焊接，没有等雨季到来便告结束，掐指细算工期整整提前了 3 个月，创造出了水网地区管道施工的新纪录。

带队伍中的“大将风度”

凡接触过张德民的人，大概都能得出这样一种印象：他的长相虽然多少有些“匪气”，但带起队伍来，却不乏张良一样的大将风度。

或许张德民对《孙子兵法》没有太多的研究，但他却下意识地知道，带队伍必须要有章法。

我们再回到西气东输第 15 标段的施工现场。

有资料显示：第 15 标段是工程建设公司有史以来拿到最大的、同时也是最难的一项外来管道施工项目。该标段西起陕北延川县和子长县的交界处，东至山西省永和县的黄河东岸，其间短短的 78.688 千米的管线，却集中了世界上最密集的黄土塬和河谷阶地。沿标段一路走下去，但见管线两旁山峁起伏，沟壑纵横，水流湍急。要拿下全标段工程，工程建设公司的干部职工必须赶在年底前，也就是说用8个月的时间，开挖沟槽土石方135万立方米，穿越大小河流39处，以及黄河隧道和陆地隧道2千米。另外，还要处理大小崾岘29座，通过20度以上的陡坡27处，浇筑15000个配重块，实现水泥沟槽连续覆盖6.78千米，完成直径大、强度高的焊口7000多道。有人简单算了一笔账：要按时保质地完成如此庞大的工作量，工程建设公司的员工每天必须分别开挖和回填底宽2.1米、口宽5米、深3到4米的管沟一千米，用17辆15吨的解放卡车跋涉数百千米往工地运管，7辆卡车沿线布管30多根，完成10根以上大口径管的冷弯，焊接完成50余道焊口……

用张德民自己的话说，西气东输第15标段的施工是工程建设公司发展史上第一次真正意义上大兵团、多兵种协同作战！

面对如此高难度的施工，张德民从组织施工第一天开始，就大格局出手，本着全方位与国际管理规范接轨的思想原则，制定出“整体推进，稳扎稳打，步步为营”的作战方针。按照这一方针，张德民完全摒弃了过去施工中那种打突击、搞会战的组织模式，整个工程实施大流水作业，每道工序均以焊接机组为中心，力求衔接有序、环环相扣，既不凸显某一点，也不拖后某一项。并且，为了实现这一目标，张德民在管理结构上还针对工程战线长、配合工种多的实际情况，突出提升各施工单元的独立作战能力，将项目部原来的结构设置“项目部—机组—施工人员”改为“项目部—4个分部—机组—施工人员”。这样虽多了一个管理环节，但由于新组建的4个分部经理同时兼任机组长，并直接行使对非焊接机组人员及设备的指挥调度权，因此，项目部不仅从原来管辖的诸如管材拉运、管沟开挖、防腐补口等具体事务中解脱了出来，还促使各分部、机组成了相对独立的施工主体。平时，项目部以各分部和机组为中心，实施对工程计划落实的组织、协调和监督，由此，有力地保证了各种指令一竿子到底，各种信息传递一步到位。

在队伍安排上，张德民更以彰显各机组特长和优势为出发点，尽量用其所长，避其所短。一机组干过涩宁兰、兰成渝、沧淄管线，经验丰富，那就安排他们打突击；二机组属全自动焊接机组，适合大规模平原作业，这次便作为施工主力，将其布在地势相对平坦的永川河谷和延水关；三机组干过靖咸管线，对山区施工颇为熟悉，是一支能打硬仗的队伍；四机组新近组建，士气正旺，这次就将其安排在坡陡路险的黄土塬，专门用来攻坚啃硬。

事实证明，这种因才使将、因地制宜的用兵方略，和后来引入的 P3 软件所制定的材料、人员、设备、技术、资金等多项保障计划；依据“菲迪克”条款制定出的一整套程序化和标准化的施工方法；以强化质量意识为目的，出台的包括责任人返工不计工、承担相应经济损失、连续返工一律“罚下”在内的一系列经济处罚措施，都对增强该项工程的预见性，发挥员工的聪明才智，调动员工的积极性，特别是确保工程进度稳步推进、均衡发展起到了至关重要的作用。

自 15 标段于 2001 年 4 月 1 日全线点火开焊以来，全线员工分工明确、各司其职，从测量放线、清障、扫线、挖沟，到布管、组对、焊接，再到检漏补口、实施沟土回填，10 多个环节衔接紧密，既看不到大轰大隆的会战景象，也看不到顾此失彼的混战场面，所有的一切，就如同飞行中的巡航导弹，爬高、转向、俯冲绝对都是按照既定程序，有条不紊地进行。

特别值得一提的是，在 15 标段有人曾经预言，工程建设公司在遭遇到世界上最密集的黄土塬地貌时，一定会折戟而归。因为，人们知道，在该标段上黄土塬地貌占据作业带 80% 的空间。黄土塬地貌作为陕晋大地上的一种特种地貌，它的土质黏着力和承载力极差，大型起重机械沟前吊装管线施工时，极易造成管沟塌陷。所以业内人士在这个标段上实施传统的沟上焊，绝对是一道越不过的世界级难题。

然而，张德民就不信这个邪。从施工开始就大胆挑战传统，一上手就将沟上焊变为了沟下焊。

人们看到，就是这样一个小小的思维创新，4个多月的施工过程中，张德民率领四大焊接机组，生产运行一直保持平稳，不仅没有出现任何安全事故，而且沟下焊接作业还因增加了顺序施工，减少了大量的“碰死口”。另外，由于沟下焊施工不再需要管线下沟，焊接完成便可实施管沟回填，这样尽管土方工作量大了些，但因减少了工序，其综合施工进度甚至超过传统的沟上焊施工进度。由此，不仅使工程建设公司成为西气东输600千米陕晋段上第一个大规模、长距离实施沟下焊的施工单位，更为成功破解黄土塬大口径管道铺设这一世界难题，尝试了一种历史上从未有过的科学施工方法。因为这种科学施工方法的实施，全标段4个焊接机组的焊接质量一直处于稳定状态。到这一年9月1日，全标段组焊完成的39.4千米共3320道的焊口，其管线不同壁厚、防腐涂层的安装对号准确率，弯头、弯管对号准确率，管线补口补伤一次合格率；管线埋深一次合格率均达到了100%。最能代表全标段焊接质量水平的探伤一次合格率甚至达到了98.98%，整整高于业主要求8个百分点。特别是第四焊接机组，焊接完成的531道焊口，其探伤一次合格率高达100%。在整个西气东输工地真正成了一支叫得响的“王牌机组”。

记得股份公司副总裁史兴全、西气东输项目总经理黄维和在事后视察了15标段现场后，毫不吝啬地对油建一公司的队伍给了8个字的评价：“管理严格，施工有序。”而西气东输外方总监、美国环球公司干事罗纳德·霍恩，在考察了施工现场后，更是禁不住地赞叹道：“这是我第一次在西气东输工地看到真正的科学施工！”

常言道：有耕耘便会有收获。几年来，张德民付出了很多，但他也得到了许多，到2005年的年底，由他组织实施的管道建设工程已超过600千米，完成的建安量达到了6个亿。与此同时，他带领的项目部和他本人也得到上级组织和领导的充分肯定。他负责组织施工的工程有4个被评为国家优质工程，他带领的项目部获得了“国家西气东输工程先进集体”等称号。2004 年，他本人还成为工程建设公司的第一个全国五一劳动奖章获得者。

张德民说，他多年来所做的一切都是值得的。

闪闪的弧光

肖都容　宫　庆　吴　迪

在别人眼里，时至今日，牟新华仍然是一个普通的焊接技师。

然而，也就是这样一名普通得不能再普通的焊接技师，多年来，却凭借着一颗为国争光、为企业创效的赤子之心，将自身的聪明才智和精湛技术悉数应用于西气东输工程钢管生产之中，不断地攻坚克难。他不但为华油钢管公司在国内率先研制成功 X70 钢级钢管，高标准、高质量地完成西气东输工程钢管生产任务做出了突出贡献；同时，也为西气东输——我国天然气管道建设史上首条高钢级、长距离、大口径、大壁厚的天然气管道建设所用钢管的研制，发挥了重要作用。

2004 年 12 月 30 日，牟新华作为华北石油第一机械厂华油钢管有限公司有史以来的第一位全国五一劳动奖章获得者，登上了北京人民大会堂的领奖台，光荣地接受了党和国家领导人接见。

至此，人们不禁要问，牟新华，何以会成为一名钢管制造的行家里手？一名享誉国内制管行业的佼佼者？

没有条件，创造条件也要上

2001 年 1 月，刚刚调任新车间负责钢管焊接任务的牟新华接受了西气东输工程 API5LX70 钢级 Φ1016×14.6 毫米大口径、高等级埋弧螺旋焊管的试制任务。他和参加试制的人员在对原钢管生产线进行技术改造、优化工艺的基础上，开始进行卷板调型、焊接工艺匹配、管端扩径等实验。试制这样高钢级、大壁厚、大口径的钢管，牟新华深感任务艰巨。焊材的匹配与焊缝各种性能标准如何要求？低温冲击韧性如何保证？焊接工艺参数具体使用多少？设备能力是否可以控制住钢板？设备的刚性数据如何获得？这些都是未知数。尤其是焊管机组内焊部分，因为原料壁厚的增加，单丝焊接无法满足生产需要，产能发挥也受到了极大的制约。他通过查阅大量技术资料发现，只有将单丝焊接改进为双丝焊接才能将厚壁管焊透。但当时国内对钢管内焊双丝焊接的使用尚无先例，很难找到相关的技术参考资料，一切都必须自力更生，自研自创。内焊使用双丝焊接面临的一个难题就是如何同时将两根焊丝送到一个熔池，他打听到巨龙公司正在安装的新机组是从德国进口的，采用的是多丝焊，使用软管输送焊丝。由此引发了他的联想，他想，如果能借鉴国外的先进做法，用软管输送焊丝，问题不就解决了吗？但是当时国内根本就买不到此类软管，他就琢磨着用高压油管代替软管。他在内芯中加入了直线钢丝和弹簧，利用弹簧的滑动，消除焊丝在输送过程中的阻力。然而，怎样把油管内细如发丝的钢丝与弹簧焊接在一起，却把他难住了。由于焊接时温度高，胶皮容易熔化，接连实验都没有成功。怎么才能降低焊接时的温度呢？他想到了水冷却法，于是试着把油管泡在水里，将胶皮露出水面再进行焊接，这一招还真灵，他用水冷却法将弹簧与钢丝焊接在一起，制作出了能够平稳送丝的软管。

软管制作好了，可是由于焊头部分原设计存在一定的缺陷，整套内压辊占去了很大的空间，给钢管内焊预留的空间太小，不能适应生产高钢级钢管的需要。牟新华又对各种技术方案进行了细致、深入的比较和试验，决定简化内焊头结构。他从内焊头的设计入手，对导电与焊丝输送的具体调节位置方式做了大量的实验，于 2001 年 5 月研制开发出内焊双丝焊焊接装置及外焊嘴式导电机构，使 X70 钢级 Φ1016×14.6 毫米钢管的焊接生产效率达到最佳，保证了焊管的各项性能指标满足西气东输管线大规模稳定生产的需要。

除夕夜在岗位上度过

2001年春节前夕，西气东输工程钢管在华油钢管公司前摆机组开始试制。由于此前国内从未生产过如此高材质、大壁厚、大口径的钢管，各种工艺数据都是空白，从钢板的板边处理，到成型焊缝的确定，都没有可借鉴的经验，一切都需要在试制过程中摸索、改进。试制任务异常艰巨，不仅要用仅有的40吨卷板试制出合格的产品，还要通过试验得出板边坡口形状、尺寸的技术工艺数据，为评定高材质管线钢生产需要的设备提供资料，而且还要为钢厂轧制原料提供技术数据。面对一系列工艺和操作方法，为了及早攻克难关，在国内同行业中率先研制出满足西气东输工程标准要求的钢管，他与参加试验的同事加班加点、日夜鏖战，他们发扬“同舟共济求发展，务实创新永争先”的企业精神，在春节万家团聚之时，仍然奋战在试制现场，除夕之夜还在岗位上调试钢管。一次不行两次，两次不行再试，每一次试制他都认真梳理每一个细节，从中查找原因，总结经验教训，他坚信“彩虹总在风雨后”！当时的技术条件极其有限，钢板的板边处理，还是采用先圆盘剪后加铣边机的工艺，怎样能够利用好铣边机，用铣边机代替原来的圆盘剪，牟新华做了大量的工作，对每一道工序进行详尽的分析和试验，仅对钢板板边坡口形状的控制范围就进行了多达22次的实验，找到了坡口尺寸对焊接质量的影响因素，解决了厚板焊接的难点，最终确定了单面Y型坡口，并得出了具体的坡口尺寸，保证了内焊焊接与成型的稳定。

经过连续8天8夜的奋战，2001年1月25日，大年初二，国内第一根API5LX70钢级Φ1016×14.6毫米埋弧螺旋钢管顺利下线，填补了我国高钢级、大口径、大壁厚钢管生产的空白。X70钢级钢管的试制成功，彻底改变了螺旋钢管的生产工艺，将螺旋钢管制造提高到一个新水平，第一机械厂在国内第一家具备了生产符合西气东输技术标准的螺旋焊管的能力。

他们激动的心情无以言表，大家拥抱在一起欢呼雀跃，庆贺钢管研制成功。公司领导、厂领导也闻讯赶来向他们祝贺，并向他们致以节日的慰问。

随后他们又先后承担了日本大分制铁所、君津制铁所、住友、韩国浦项、宝钢、鞍钢等钢厂的X70卷板试制工作，为西气东输工程钢管标准的最后确定提供了翔实的数据，也为钢管轧制卷板提供了技术支持，为实现西气东输钢管国产化做出了贡献，使我国制管技术、卷板轧制技术得到全面提升。

7天7夜的鏖战

2001年6月，西气东输工程钢管开始批量试制，由于新上马的螺旋机组是在前摆试验的基础上进行改进的，辅助设备还不能完全适应大批量生产，尤其是焊剂回收装置，由于设计上的缺陷，焊剂不能循环利用，浪费很大。牟新华看在眼里，急在心里。他把自己关在屋里苦思冥想，啃起了这块硬骨头。那些天他吃不香、睡不着。经过思考，他设计了一个利用射吸原理进行焊剂回收的装置。图纸设计好，说干就干，他带领两名青工，连夜开始制作。为了加快进度，他们吃在车间，困了就趴在桌子上打个盹。经过他们师徒的努力，从开始设计到焊剂回收装置制作完成，仅用了7天7夜的时间。安装后使用效果良好，使焊剂得到了回收再利用，节省了材料消耗，他研制的这套焊接回收装置在公司范围内推广运用。

随着西气东输工程进度的加快，华油钢管有限公司钢管生产进度也随之加快。如何最大限度地扩大产能，满足西气东输工程需要，便成为生产中面临的首要问题。牟新华针对生产实际，不断提出生产改进意见，在保证钢管质量的前提下，先后完成了焊丝在线对接、板边处理成型参数优化等技术改造工作，将焊接速度从1.2米提高到1.7米，极大地发挥了机组潜力，使钢管月产量突破万吨大关，为公司顺利完成17.8万吨西气东输钢管生产任务作出了突出贡献。

2001年7月8日，华油钢管有限公司钢管生产线开工典礼仪式在大螺旋生产现场隆重举行。时任中国石油天然气集团公司副总经理陈耕在参观大螺旋钢管生产线后，挥笔写下“祝石油第一管兴旺发达”的题词。2001年9月3日，华北石油第一机械厂隆重举行西气东输工程首列钢管发运剪彩仪式，满载着华油钢管公司生产的首批西气东输X70钢级Φ1016×14.6毫米埋弧螺旋钢管的专列，从青县出发驶往西气东输施工工地——新疆库尔勒，这是国内第一家生产厂家向西气东输工程发运钢管。看着远去的列车，牟新华心中感到无比欣慰和自豪，这其中凝聚着他的心血和汗水，智慧和力量。

岗位上的“智多星”

牟新华是个用心工作的人，也是一个勤勉工作的人。随着国内外钢管制造技术的飞速发展，必须学习新知识，适应工艺的复杂性、材质的多样化和越来越高的技术标准要求。牟新华说：“既然干了这一行，就要想办法把钢管制造学懂、弄通，真正做到用心、用脑去工作。”他给人的印象总是那样质朴、谦和、睿智、坚毅……

牟新华是个追求创新永无止境的人。参加工作30多年来，他扎根生产一线，刻苦钻研，他用心工作，每当生产中遇到技术难题，他都要想方设法去解决，久而久之，他就养成了爱琢磨、爱钻研、爱制作的好习惯。多年的磨炼，潜心钻研，牟新华全面掌握了钢管成型焊接的各项技术，成了岗位上的行家里手，车间工人都亲切地称他“智多星”。他以执着与坚韧、勤奋与好学、创新与进取换来了丰硕的成果。

牟新华是一个善于学习的人。为了提高文化水平，他通过自学取得了大专文凭，为了不断提高自己的技术水平，他自费从北京买来《焊接手册》等专业技术书籍，一有空就捧着看。他的床头摆满了《焊接工艺》《金属材料学》《热处理学》《组织性能》《无损检测》《检验手册》等书籍。他说钢管制造学问可大了，要把钢管制造技术学懂弄通，成型应力、屈服强度、机械性能、理化性能、流体力学、风动学等与钢管制造相关的专业都得懂，这样干起工作来才会得心应手。他善于与技术人员交流沟通，虚心向他们学习请教；他善于在工作中发现问题，并积极地解决问题。起初，他小改小革的目的很简单，就是为了让一线员工使用起来省劲些、方便些、安全些，随着经验的积累，他的发明创造就一发不可收了。

西气东输钢管生产初期，因为钢管直径大和吨位重，以往使用的天车吊挂倒渣的内焊清渣方法很不安全，已经不适应大口径钢管生产，当时只能让人钻进管子里用扫把进行清理，劳动强度大，而且工作环境差。牟新华看在眼里，急在心里，又开始琢磨新招了。他向技术人员学习请教风动学、流体力学等知识，设计出了自动清渣装置，采用高压风机以及吸尘原理，将焊渣分作两部分处理，使推渣与吸渣相互结合，更彻底地完成自动清渣工作，将人工清渣变为自动清渣，将工人从繁重的体力劳动中解放出来。他的这项技术被推广到全国多个钢管生产厂家。

牟新华是个热心的人。每当车间生产遇到技术难题，工人们就会说去问问牟师傅，工人们遇到焊接方面的疑难问题，就会去找牟师傅来看看，只要他一到就能调好，一次成功。平时岗位工人遇见难题他都会手把手地教，对于技术毫无保留。他说过，学技术只要有心人，做事先做人才能学好本领！兄弟单位遇到技术难题，也喜欢请他去帮助解决。因为他心里装着车间，装着生产。他明白车间都是流水线生产，一旦停机会耽误多少生产，影响多少产量。因此，不管哪个车间生产遇到难题，不管是白天还是夜晚，他都是随叫随到。一次制管二车间在生产中出现焊缝裂纹的缺陷，一个夜班生产的钢管 10 多根有焊缝裂纹，反复查找没有找到原因，他们只好向牟新华求助。牟新华到车间了解情况后，亲自钻到闷热狭窄的钢管里查找原因，根据多年积累的经验，判断是外焊焊接电压过低，与坡口参数不匹配造成的。他调整了焊接参数，并向岗位工人细致讲解了缺陷产生的原因，最终使问题得到及时解决。长期钻管子，使他落下了腰椎间盘突出的毛病。由于钢管内空间小，在里面待的时间长了，从钢管里出来累得他腰都直不起来。大家把他扶起来，钦佩地称赞："牟师傅您真不愧为技能专家，您一到，难题就不难了。"

一次双功能机组生产小壁厚钢管，调试时内焊焊缝出现咬边现象，接连 3 天没有生产出一根合格的钢管。牟新华闻讯及时赶到现场，与技术人员仔细查找原因，结合现场焊接状况，决定采用低电压匹配进行焊接，消除了焊缝咬边缺陷，使生产顺利进行。

制管三车间预精焊生产线是填补国内空白的项目，在生产初期经常出现这样那样的问题。为了掌握第一手资料，牟新华爬上爬下，从外焊到内焊的安装调试，他都亲力亲为。针对精焊内焊缝的质量不稳定的问题，他建议采用三丝内焊焊接方法，解决了焊缝横向裂纹的产生。

正是凭着对工作的热爱，凭着一份执着，一份坚持，他的内外焊焊丝更换、提高换道效率、焊丝自动跟踪、清渣头更换、前摆机组装置改进、带钢递送线标尺的设置等多项经济技术创新成果连连获得管理局、一机厂技术创新奖，这些成果运用于生产，创造了良好的经济效益。当问起他成功的秘诀，他谦虚地说："其实学技术并不难，只要受得累，吃得苦，安下心，再加上扎实的理论基础和丰富的实践经验就行了。"

十年磨一剑。牟新华是一名普通的岗位工人，他把满腔的热诚都奉献给了自己热爱的工作，把个人价值实现与企业发展紧密结合起来，勇于超越自我，在平凡的岗位上创造了不平凡的业绩，成就了大写的人生！

“董发明”

钱玮玮　王春芳

古希腊著名哲学家芝诺说过：人的知识就好比一个圆圈，圆圈里面是已知的，圆圈外面是未知的。圆圈越大，认知在增加，但接触的未知领域也就越大。芝诺把知识比作圆圈，其实，何止是知识呢？创新亦如此，一个人创新发明解决遇到的问题，解决的问题越多，越发现创新有用武之地，越愿意去创新，从而让自己认知的“圆圈”更大。

华北油田采油四厂就有这么一个人，他有一双闲不下来的手，看到不好用的东西就“手痒”，他的脑子里，仿佛有一个“纠错电脑”，遇到技术设计方面的“漏洞”，总能一遍一遍地验算修补，直到问题解决。他就是素有“创新达人”之称的原天然气管理中心党支部书记董传文。

董传文 20 岁参加工作，到 2021 年先后完成了涉及 10 个岗位的 100 余项革新成果，30 多项获国家专利，60 多项在全油田推广；有多项技改创新获国家级、省部级优秀项目；荣获全国五一劳动奖章、河北省优秀发明人、中国石油劳动模范、华北油田榜样荣誉称号。

比起这些荣誉，他更喜欢别人叫他“董发明”。

步入创新

董传文，出生在河北省黄骅县一个普通的农民家庭，年幼时家庭生活拮据，却不失父母的严格教育和兴趣培养，自小就养成了爱动脑、勤动手的习惯。他没事就搞些小创造、小革新。一次，他看到同龄的小朋友有陀螺，他就开始自己找块木头，拿着小刀一点儿一点儿削，脏兮兮的小手灵活地削了一地碎屑，一会儿陀螺慢慢有了雏形，再在底部掏个小洞，把捡回来的自行车轴承滚珠塞进去，打磨后，用竹棍拴上绳子一抽，陀螺飞快地旋转起来。而且，他亲手制作的要比同伴花钱买来的实用和漂亮多了。

董传文打小就已深深体会到父母为生计操劳的不易，为了贴补家用，他七岁开始织补渔网。织补渔网是个极其费时间的活儿，但是董传文一干就是一下午，他喜欢这种查找漏洞、修补漏洞的工作，修补完后，有种说不出的成就感。多年以后，董传文回忆儿时的经历，感慨地说："织补渔网为我以后工作中发现技术问题、勇于创新提供了有益的帮助。"

董传文真正步入创新之路，还要追溯到2000年的一次意外事故。当时他所负责的集输队卸油点突然起火，因扑救及时没有酿成事故，这件事对董传文触动非常大。那段时间里他像着了魔似的，没事就往卸油点上跑，不管是不是在卸油，他总是要对各个环节查看一番。晚上他睡不着，卸油点上的每一个阀门、每一条管线、每一个罐都在他脑子里像放电影一样反复播放。卸油点起火一般都认为有两个关键点，一是油的流速过快，二是接地不好。但还有别的原因吗？跟罐体本身设计有没有关系呢？

为了弄明白，董传文查阅了上百本与油气相关的书籍，并按照卸油罐工作原理制作相应模型。经过反复实验，最终找到了真正原因，原来是卸油管的长度不够，未放到罐内液面以下，而且是直管，当卸油罐的液位下降至一定程度时，罐内气体与大气连通，一遇到静电释放不完全就会造成起火。于是他就开始着手对原来的油罐进油管线进行改造，增加罐内油管的长度，并将其末端由原来的直行管变成U型管，形成内外"液封"，从而使这一技术难题得到圆满解决。

当第一项技术创新项目投入生产后，董传文听到了同事们由衷地赞叹："这个技术创新，解决了大问题，以后再遇到类似问题我们就不用担心了。"大队领导称赞："小董，不错，好好干！"同事的赞誉、领导的认同，让董传文有了一份喜悦和成就感，更多了一份强烈的责任感，他干劲更足了。

“董发明”的由来

俗话说：兴趣是最好的老师。董传文的兴趣就是创新，小小的成功成了改变董传文的转折点，激发起他对技改创新的浓厚兴趣，他在这条路上越走越远，痴迷不悔。

那时董传文所在的单位有 4 具 1000 立方米的储油罐，罐顶有液压安全阀，每当罐内气压增大时，液压阀内的机油极易被顶出套筒，溢至罐顶。一天，队上的员工随口说了一句：“要是溢出的机油能回流再密封就好了”。就是这句话，让他又开始动起了心思。他通过一段时间的观察摸索，采取在液压阀底部的外缘上方换一个机油回收槽，在槽内 2 厘米处焊联通管，这样不仅使流出的机油得到了回收，而且当流出的机油达到与联通管相同的位置时，机油又自动流回到密封装置内，既减少机油溢出造成的现场污染，保障装置持续密封，又对大罐起到保护作用，清除了安全隐患。从这以后，队上的员工开始亲切地叫他“董发明”，有啥解决不了的问题都找他。

随着一次次技改创新的成功应用，“技改”的神秘面纱被逐渐揭去，爱钻研的董传文想试试一直没有触碰过的新领域。

在担任集输队队长时，董传文所负责的区域有一条长达 35 千米的长输管线。那些年，廊古长输管线周围社会治安环境很差，经常有不法分子钻孔盗油。如果打孔位置处于地势较为低洼的地方，每次要放空几个小时才能焊补，不仅造成土地污染，还耽误原油正常外输，尤其是可能造成重大安全事故。

为了解决这一问题，董传文设计了管线快速封堵器，原理就是用一个 U 型钩钩住输油管线，转动钩子上的丝杠，使垫铁紧紧压住穿孔处，再将垫铁焊补在穿孔处，这样无须放空就可以使穿孔位置得到快速焊补。

随后他觉得，仅靠及时发现管线泄漏及时封堵，终究是治标不治本。1

年下来光是抓获的盗油车就有十五六辆，每辆罐车都装十立方米的原油，这要是算下来，1 年就得丢失几百吨油。据不完全统计，仅 1998、1999 两年，因不法分子破坏管线造成原油损失就达到 1000 多吨，企业赔偿土地污染费、维修费 20 多万元。

作为队长、书记和技术员的董传文，每每巡检的时候都会在输油管线上发现多个盗油卡子，看到这么多的盗油卡子，他眉头紧蹙，心里很不是滋味。

“这是抓到的，没抓到的还不知道有多少，这得损失多少油啊！”董传文痛恨盗油分子，更心疼损失的原油，一想到国家资源的流失，他的心头犹如压了一块大石头。想着惊人的数字，看着抢险队员们熬得通红的眼睛，董传文又一次陷入了沉思，难道就任凭盗油分子这样胡作非为，就一点办法都没有了？他半夜躺在床上，怎么也睡不着觉。如果发明一种装置，能够精确判断出盗油位置，在盗油初期就能抓到盗油团伙，那将为企业挽回多少损失啊！

于是，他开始着手研究。但装置研发涉及流体力学等多方面学科知识，而《流体力学》对于一个离开学校多年的中年人来说，无疑是一个巨大挑战。董传文一方面查阅相关资料，一方面到北京、廊坊等科研院校请教专家，制造模型、模拟实验。创新之路不会一路平坦，而是充满荆棘坎坷，无数次失败让董传文倍受打击，但他深知，无奈、消极不能解决任何问题，只有不断掌握新技术，拓宽新思路，创新之路才会越走越宽广。不服输的董传文心里不信邪，越挫越勇，非得把这个装置研发出来不可。

在 2001 年五一节前一天，原本答应和家人一起去北京的董传文，为了计算一个相关数据，在队上一待就是一晚上，直到第二天凌晨 5 点多才算出结果。一家人去北京的愿望因此落空，看着妻子无奈的眼光，他愧疚得无话可说。

历时 6 个月，董传文最终成功研制出了“输油系统气化、气蚀，漏失检测装置”，这个装置可以根据输油系统内的压力、排量、温度变化，准确检测管线漏失的时间、流量和方位。

设备研制成功后，不仅有效保证了长输管线的安全运行，还极大打击了不法分子的嚣张气焰。2002 年 8 月 13 日，根据该检测装置报警提示，护厂大队及时发现打卡盗油点，一举抓获 3 名不法盗油分子。

自从该设备投用以来，共发现盗油点 36 处，抓获盗油团伙 5 个，为企业挽回经济损失近千万元。国内多个油田的技术人员纷纷来采油四厂取经，并把这个荣获国家专利的装置带回去推广应用。

面对失败

相信自己能够做到平常人所不能做到的事，这样的自信是成功最需要具备的素质。在创新路上，董传文不断地和失败较劲，不断地否定那些按部就班与驾轻就熟，去寻找改进的空间，一次一次跳起来去触碰更高的枝头。

“不停输修复输油管道技术”是董传文经历失败次数最多的创新项目，3 个月失败了 9 次。为了找到合适的焊条，他自己学起了电焊，白天一次次地实验，闪亮的电弧刺得他直流眼泪，晚上回家还要翻书找资料。

媳妇看到心疼地说：“眼睛重要还是工作重要啊，以后看不见了怎么办？”他对媳妇笑笑说：“没事没事。”然后继续查资料。媳妇拗不过，只好充当他的眼睛，按照他的要求一段段地读书上的内容，好让他能够趁机歇歇眼睛。

屡次失败，但斗志不减。焊条的型号、直径、电流、接触时间、接触角度等 10 多项参数，他一项项试，最后功夫不负有心人，经过反复实验，他摸索出了 6 秒间隔降温法：就是心中默数 6 个数，旁边的助手就赶紧用扎了孔的矿泉水瓶子滋水给管线降温。

通过降低排量、减小管道压力、预制两道弧形瓦和月牙瓦、利用 85A

的电流、采用 6 秒降温法，董传文打破传统，将不可能变成了可能，“不停输修复输油管道技术”成功出炉。该技术不仅解决了停输管线放空影响产量的问题，还避免了落地原油对环境造成的污染。

因盗油分子破坏，造成补漏工作量很大，再加上损失的原油，停输一次 80 吨油就没有了，于是永清作业区党总支书记找到董传文，请他到采油站进行试验。

保险起见，作业区特意选择一条由油井到集输管线的支线做实验。实验前焊工从消防队借来防灼伤服，全副武装，并在身后系了一根粗粗的绳子，防止焊接过程中原油喷出造成事故。

实验中，意外发生了。焊工在没有停输的情况下焊接，却意外地喷出一股油，现场的气氛一下变得紧张起来。几个员工赶紧把焊工拉了回来，虽说只是一小束原油喷溅出来，未造成人员受伤，但在场的人开始小声嘀咕：“真的能不停输焊接吗？是不是这个‘创新专家’的绝活在这儿不灵了？”

董传文一愣，心想：不应该啊！明明是在长输管线上应用成功了，为什么会在这里出现问题？由于天色渐晚不适合继续焊接施工，他在井上检查了一圈就回家了。回家后他躺在床上，实验内容在脑海中反复回放，董传文回忆到一个细节，就是支线上的一口油井的驴头好像没有动。第二天，他找到站上的技术员了解情况后得知，站里为了保证焊接安全，虽然没有停输，但是把井给停了。

问题原因找到了。原来不停输修复管道时，不停输的油液能够带走焊接过程中的热量，而停井后管线内的液体处于不流动状态，不仅不能带走局部焊接的热量，反而会让原油出现气化现象，从而增加管道内部压力，出现原油喷出管线的情况。

当天，董传文再次来到这个井，让技术员把井打开，这次全副武装的电焊工再也没有见到喷溅出的原油。没有了议论声，大家纷纷给董传文竖起大拇指。

“遇到啥问题，就解决啥问题，这是我要创新的初衷。”董传文的想法很简单，也很实际。在他创新的路上还经常遇到一些有趣的小“BUG”。

自从“输油系统气化、气蚀，漏失检测装置”成功应用后，不法盗油分子减少了很多，但是从首站到末站的输差却还是不见根本性好转，两个流量计显示的输差竟然达到15%。也就是说输100吨的原油过去，接收的时候仅仅剩下85吨。这么大的输差，让厂里很是头疼，油到哪里去了？

厂里一方面成立专案调查组，每天对管线进行巡查及资料比对，另一方面对首站进行考核性处罚，每个月按照绩效考核办法，只拿80%的工资，直到找出输差原因为止。

连续3个月，作为站长的董传文看着大家辛辛苦苦干下来，却比别人少拿报酬，他的压力很大。他带着同事们沿着管线找、各个节点查，经过1个多月的摸排，一点头绪也没有。随后，他又从相关书籍中取经并实验，在实验中计算雷诺系数时，一个大胆的想法在他脑海里闪现：是不是计量有问题？他派人到末站卸油口，用他特制的钢丝钩引入收油取样口。

问题终于找到了，原来是在取样口安装过程中，流量计短节需要安装在管线内径的1/3 ~ 2/3处，而安装人员没有把握准确，使得短节超出了内径的2/3，造成计量不准确。经整改，输差控制在 ±0.1%以下。

队站的员工开玩笑说：“董发明”的技改让“内忧外患”的问题都解决了。

执迷不悔

2002年，董传文担任集输大队生产副大队长，日常管理中最让他担心的就是管线的安全。加热炉气化，是影响管线安全平稳输油的主要因素之一。他带领队上的技术人员白天研究输油流程，晚上把收集来的数据资料带回家分析，有时为构思一个方案，甚至几个晚上都不合眼，熬得脸色蜡黄、双眼通红。

一次凌晨两点多，董传文躺在床上怎么也睡不着。一合眼，炉膛温度过高、介质排量过低和介质停流等一系列导致加热炉气化的问题就呈现在他的眼前，在他百思不得其解时，突然灵机一动："只要给加热炉安装一个报警器，问题不就解决了吗？"于是董传文顶着夜色立即赶到队上，开始用电接点温度计实验。给介质的温度分别设置上下限，并用同一根导线将其连接在蜂鸣器的一极，上下限表针在电极表上设好后，再把电接点表的表针设为温度计的指示针，这样一旦被加热的介质升高或降低到预定的临界点时，表针与上限或下限相接触，整个线路形成回路，蜂鸣器就会报警。

实验成功后，他又根据同样的原理成功研制了"压力与流量报警器"，使导致安全输油隐患的加热炉气化现象得到彻底解决。

成功是千万次失败换来的。干任何事都不可能一帆风顺，技改创新更是这样，即使你付出努力，也要经得起失败的考验，要有持之以恒的干劲。

2016年8月，董传文所在的廊一联合站2号加热炉为100万大卡油炉，因盘管穿孔停用。为弄明白盘管穿孔的原因，他在观察停用的加热炉时发现，盘管的穿孔位置都在靠近挡火墙的上方。于是他简单地认为：这是由于此处热力相对集中，盘管内介质流经时，因温度突然上升，介质内的杂质迅速垢化，导致盘管缩径壁厚增大，应力不匀发生穿孔。

董传文决心修复加热炉，他先采取涂加耐火材料的方法，加热炉运行一段时间后，耐火材料脱落，盘管露出，问题没能得到解决。然后他又试用耐火板，可真正运行后发现炉效降低了很多。董传文有了放弃的念头，毕竟这套设备已经超龄运行了，坏了报废就得了。可后来他又一想，如果这样做浪费资金不说，之前做出的努力不就和停用的油炉一样报废了吗？他最后还是决定再试一次，采用加铁瓦的方法，在热力集中的地方采用间接受热。实践证明，这种做法是对的，既保证了炉效，又有效地消除了事故隐患，同时还延长了炉子的使用寿命。

这之后，他又不断尝试，研发了“加热炉加瓦技术”，使厢式加热炉使用寿命延长了3倍以上，“机泵磁化除屑装置”使离心泵轴承寿命延长5倍以上，并通过了省部级鉴定。他主研的“伴热管线脉冲除垢技术”得到了油田有关专家的高度评价，相关论文也在中国石油《油田地面工程》刊物上发表。

有人问董传文，干吗非得创造个新的东西出来呢，从外面引进一个不就行了吗？他们不知道，外来的新设备“请”进来后，或多或少会出现“水土不服”的情况。就像单位从地方买的气动薄膜调节器，安装到管道控制节点就不管用，还是董传文戴着草帽搬个马扎，在大太阳底下观察设备运行状况。经过反复改良，“入乡随俗”的气动薄膜调节器才起到了绿色减排的功效。

技改创新永无止境。尤其是油田进入中后期开采，设备老化、技术落后等问题逐渐在生产中暴露出来。通过技改创新可以延长设备的使用周期，甚至使“病危”设备起死回生。董传文深知，仅凭他一个人单打独斗是不行的，必须要“众人拾柴”才能使创新的火焰更高。

为了开拓新局面，董传文从自我创新向“传帮带”转变，经过他的悉心帮带，采油四厂涌现出一大批采油技能专家、集输技能专家、电工技能专家，他们在生产现场解决着各式各样的技术难题。2016年，董传文带着他的徒弟们历经2个月的时间，对用来计量外输流量的两具LL-80型腰轮流量计进行改造，他们针对流量计构造中的石墨轴承造价高、寿命短的问题，研制出一套组合式机械轴承，与石墨轴承相比，造价低、寿命长、性能好，按同样的使用年限计算，其单位经济效益比石墨轴承提高 430 多倍，该项目在当年获得国家实用新型发明专利。

说起 39 年的创新历程，董传文说了句特别朴实的话："就是为了不断地更好！"他始终坚信，就像芝诺所说的圆圈一样，理论知识不断突破，未知领域也不断增加。没有比人更高的山，没有比脚更长的路，唯有拓宽知识范围、探索未知领域，才能在创新路上勇攀高峰。

为了心中那团“圣火”

李长开　闫继峰　逯新文

如果没有人相信有更多的石油有待去寻找，将不会有更多的油田被发现。但只要有一个找油者保持还有新油田有待发现的想象，有勘探自由，并受到勘探的鼓励，新油田就有可能继续被发现。

——［美国］华莱士·E. 普拉特《找油的哲学》

34 年前，在这块产生过雁翎队、回民支队和平原游击队的土地上，中国的石油地质工作者曾发现了以任丘油田为代表的一大批潜山油田和以大王庄、留楚为代表的一大批第三系砂岩油田，为新中国注入了上亿吨新鲜的“工业血液”——石油，这就是位于河北冀中的华北油田。然而，经过多年勘探开发，华北油田的饶阳凹陷等探区勘探程度不断提高，勘探对象日趋复杂，勘探难度也不断增大，油井平均含水 70%以上，成为名副其实的“水田”。

进入 21 世纪后，随着国民经济的发展，国家对石油需求量猛增。华北油田还能不能重振雄风、发现更多的石油，成为摆在各级领导和找油人面前的紧迫问题。在饶阳凹陷这个已经勘探开发二三十年、资源转化率高达 65%的高成熟探区再找到勘探大场面，许多人都认为是“不可能完成的任务”。然而到 2009 年上半年，华北油田的科研工作者却可以自豪地宣布，经过数年不懈努力，在被许多人看成是“鸡肋”的饶阳凹陷，上亿吨可动用优质储量的目标已经胜券在握。

在这个令每一个华北石油人激动的喜讯背后，人们难以忘记一个奋战在找油一线的科研工作者的名字，这就是河北省劳动模范、河北省五一劳动奖章获得者——闫宝义。

“为油田发展拼搏奉献，是我的责任”

在闫宝义工作的地方，你总能看到几张挂在墙上的地质挂图。你只要说出某个井号，他很快就能讲出井的位置、产量以及一系列相关数据。对许多人来说，将近知天命之年的闫宝义就是饶阳凹陷地质情况的一部“活字典”。之所以能够掌握饶阳凹陷勘探上的每个细节，是因为他工作的 20 多年中，有十余年与饶阳凹陷打交道。可以说，饶阳凹陷是他的舞台和战场，也是他的良师和益友。

2005 年 3 月，物探研究院正式组建饶阳室，组织将“在饶阳凹陷找到勘探大场面”的重任交给这个科室时，作为室主任的闫宝义立即感到了肩上压力像泰山一样。

当时，华北油田提出的“满洼找油”理论已见到成效。但打破勘探禁区后，留给闫宝义和他的饶阳室同事的地方实在是太大了，大得让人无所适从。而饶阳室全部科研人员加在一起还不到 30 人，平均每人要负责方圆近 200 平方千米、上下两三千米地层的地质数据研究任务。这其中资料收集、整理、分析和对比的工作量之大简直难以想象，而要从这浩如烟海的数据中发现油藏的蛛丝马迹，就好比大海捞针。尽管感到任务艰巨，可闫宝义却没有推脱。他说，为了华北油田的发展，他有责任接下这副重担。

自小在农村长大的闫宝义了解什么叫作“生活的艰难”，他从小就有个愿望，就是让父母和家人过上好日子。因此，他凭借努力成为一名石油科技工作者，实现了自己养家的愿望。而参加工作后，他又感到了另一份责任。

华北油田在 20 世纪找到任丘潜山大油田之后，产量上升很快，但是潜山单体储量大，后期出现产量递减以后，接替领域在储量增长和产量增长上都没有及时跟上，相当长一段时间内，华北油田的产量一直处于递减状态。而这种生产的不景气，也带来工程技术生产能力、设备能力和队伍过剩、企业经营效益低下等问题，进而给油田职工群众工作生活上带来了一系列负面影响，也给企业带来了一系列稳定难题。

面对华北油田原油产量从高峰跌入低谷的现状，作为油田主营业务先锋队一员的闫宝义再也坐不住了。要解决石油职工群众面临的问题，要靠油田发展，而油田要发展，全看主营业务特别是勘探上有没有大发现。

“为了让油田每一个家庭过上好日子，我一定要在饶阳凹陷找到大场面。”作为勘探重点战场领军人的闫宝义，暗暗立下这样的誓言。此时，他感觉到他的肩上不再只有一个家庭，而是肩负了油田 25 万员工家属的重托。在他心中，那勘探地质图上红色油藏标志所点燃的星星之火，已经成为一团熊熊燃烧的“圣火”，鼓舞着他不断前进……

“练就看穿宝藏的慧眼，是我的希望”

面对饶阳凹陷数十千米长、几千米深的剖面图，闫宝义时常幻想自己有一双慧眼，一下子就能看透在数几千米的地下哪里有石油宝藏，那样，许多科研人员就不再用通宵达旦地工作，许多居民脸上也会绽开更多的笑容。但是他知道，这只是幻想，要想在地下淘出“黑金”，还得靠勤勤恳恳的科研探索。

“不是找油的，很难体会那种整日的茫然和苦闷；不是找油的，也很难体会出油时的那种美妙感觉。”闫宝义说，勘探与开发的最大区别，就是思路更要开阔，要学会“无中生有”，就是在没有发现油藏的地方找到原油。没有新的想法，重复老思路，只能是死路一条。

2005 年，闫宝义和他的团队在分析任丘—长洋淀—雁翎地区古生界地层展布规律时，提出“在任 97 与任 97-1 之间存在一个小断槽，两口井分属不同潜山”的地质认识。根据这个认识，他们部署了长 3 井，取得重要突破。在对这口井成藏模式进行分析后，他们创新潜山油藏“新生古储”的地质认识，构建了新的“古生界内幕古储古堵”的成藏模式。根据这个模式，他们又在长 3 井北部钻探成功高产油井长 6 井。这两口井的成功，体现了他们的想象力和创新意识。

值得一提的是，长 6 井的钻探过程中出现了打到潜山目的层没有出油的情况，在闫宝义和他的团队的建议下，油田公司勘探部门领导下决心向下打，最终打出了新局面。

闫宝义说，他不是先天就知道那下面有油，很重要的原因是他认为，勘探上的每一分投资都来之不易，决不能打了水漂，一定要让它解决一定的地质难题。他见过那些满身油污的采油工在寒风或夜色中捞油的场面，那些采油工往往 1 天也捞不了 1 吨油，创造的效益不过两三千元。而 4000 多米深的长 6 井半途而废，就等于把 1000 多万元的投资白白扔进了干窟窿。这个窟窿，需要那些采油工日复一日地捞上多少年的油才能补上啊?

闫宝义时常这样告诫他的团队成员，定井位时一定要细心细心再细心，工作要更严谨，考虑要更周到，争取定一口、打一口、成一口。在他的严格要求下，科研人员认真收集整理每一口井的钻井、录井、测井和地震资料，精细地层对比，密切追踪地震反射特征，多角度研究地质成藏规律，优选重点勘探区带，确定有利目标。在精心准备下，饶阳室所提出的井位 80% 以上都能通过公司专家组评审。特别是在大王庄周边地区，井位成功率高达 80%，远远高于华北油田探井成功率 40% 的平均指标。

有人说，习惯决定成败，事实也正是这样。正是多年勘探工作磨炼出来的创新意识和精细作风，使闫宝义和他的饶阳室取得一个又一个成功。据不完全统计，物研院饶阳室 2005 年后发现并初步落实了 3 个千万吨级的规模储量区。这些地质储量中的一部分则很快被转化为产能，成为饶阳凹陷所在的采油一厂、采油三厂上产的重要基础。

“找到更多更好的石油，是我的事业”

闫宝义说，自己与石油打交道实属偶然。早在20世纪80年代初，还在河北省地方高中上学的闫宝义，对石油的全部印象就是电影《创业》。而出于对“铁人”王进喜的崇拜，他在填报高考志愿时选择了大庆石油学院。尽管家族中没有一个人与石油行业打过交道，与石油缺少先天的亲近感，但他与石油打交道越久，越感觉到其中的乐趣。在他眼里，一个个枯燥的数据都是有灵性的，一圈圈的等高线都是一只只充满期待和希望的眼睛，一幅幅花花绿绿的地质挂图都是最美的风景画卷……

这种常人品不到的滋味，让他逐渐喜欢上了找油这个行业。热爱是最好的老师，正是在这个“老师”的引领下，他找到一切能找到的专业书籍充实自己，向身边每一个有经验的老同志请教，并在最短的时间内成为部门的技术骨干。而正是因为这份热爱和追求，让他割舍了许多。

闫宝义的爱人是一位医生，经常值夜班。2005年秋的一个晚上，孩子上英语课，爱人让他9点钟去接孩子，恰恰那天晚上他在准备第二天的井位汇报。晚饭后，他便骑车来到办公室，一头扎进资料堆里，为搞清区块的砂体展布规律，他逐一核对每个数据。时间一分一秒地过去了，等他站起来休息，抬头看墙上的时钟时，时钟已指向11点半。他急急忙忙赶回家时，懂事的孩子已在邻居家睡着了。

对此，闫宝义深感歉疚地说，亲人无怨无悔的付出，时刻激励着他向事业的高峰攀登。为了这个目标，他舍弃了许多业余爱好，放弃了许多节假日休息时间，推掉了许多外出深造的机会，一心扑在科研事业上，一心要从饶阳凹陷淘出“新宝”，一心要扭转华北油田产量向下的箭头。

为了科研事业，他的眼睛又近视了几度，头上又多添了几根白发，但一分耕耘一分收获。2000年后，闫宝义和他的团队所定的井位传来一个又一个成功喜讯，累计控制储量达到上亿吨。有人为此算了一笔账，如果这些控制储量的 10% 转换成可采储量，就可为华北油田新增上千万吨的现实产能，这不啻是为华北油田走出低谷、再铸辉煌增添了后劲儿。

闫宝义是个沉默寡言的人，但他用自己圈点“地火”的笔所说出的“话”，让每一个人都为之敬佩。2005 年前后，他主持的杨武寨构造带和赵皇庄东地区两个新增控制石油地质储量项目，均获得油田公司重奖；2006 年，他主持的长 3 井创下自 1985 年以来华北油田最高单井日产量和股份公司 2006 年单井最高日产量，获得中国石油 2006 年重大发现一等奖；2007 年，他撰写的关于饶阳凹陷勘探的论文获得股份公司科技创新二等奖。凭借这些过硬的科研业绩，他深得领导的信任和同事的敬佩，不仅多次被评为公司级劳动模范，还被评为“华北油田榜样”和中国石油天然气集团公司先进科技工作者，2008 年被河北省总工会授予河北省五一劳动奖章，2009 年五一前夕又荣获得河北省劳动模范称号。

“找油是我的职业，找更多更好的石油则是我的事业。”面对荣誉，闫宝义没有就此止步。他说，在华北油田“二次创业、再铸辉煌”的伟大进程中，作为油田勘探的先行军和突击队，他和同事还有很长的路要走，还有更难的关要闯，还有太多的事情要做。

一个心中装着石油圣火的人，一个装着新油田发现梦想的人，一个从不疲倦于找油实践的人，在闫宝义执着的眼神中，我们感受到他梦想成真的时刻就在不远处……

责 任

周 钇

2004 年 1 月 2 日，华北油田公司二连分公司党委颁布下发了《关于在基层党组织中深入开展“党员放心岗”活动的通知》。

这是一份由企业党组织在新年下发的第一份红头文件。它充分表明了这一活动对于企业党委工作的重要性和对全年工作的指导作用。但是，此项活动的提出、开展却起源于一个极其普通的共产党员，他就是华北油田公司二连分公司蒙古林作业区蒙一联合站站长兼蒙一联东区党支部书记那生·德力格，人们都亲切地叫他德力格。

德力格从一名普通的岗位工人逐渐成长为党组织信得过的班站领头羊，从一名蒙古族青年逐渐成长为企业里的基层领导、中坚力量；自参加工作至创立实施“党员放心岗”活动，德力格整整经历了 15 年的时间。

人们不禁要问，德力格究竟是一个什么样的人，他为什么要提出、组织并实施“党员放心岗”活动?

穿越德力格艰难而又漫长的人生历程和光荣梦想，让我们一同去窥探德力格究竟经历了怎样一个心路历程。

15 年的陈酿

1989 年 7 月，德力格从华北石油技工学校毕业分配来到内蒙古锡林浩特市华北油田二连分公司蒙古林作业区蒙一联，就再也没有离开过这里。

他在这里做过岗位工人、岗位长、副站长、站长兼党支部书记，先后被评为华北油田公司优秀共产党员标兵、劳动模范标兵、河北省五一劳动奖章获奖者、河北省劳动模范标兵等荣誉称号。

如果一定要把德力格的人生履历做一番比较，不难看出，德力格的前15年正好是从他启蒙入学到技校毕业的这段时间，那是一个花季的时代；而这后15年，却是德力格真正进入大千社会的15年，是他真正懂得人生、懂得社会、懂得奉献的15年。在这15年里，德力格积攒、沉淀的东西实在是太多了，直到他创立并成功地实施了“党员放心岗”活动。

轻轻地打开德力格参加工作以来15年的人生履历，一股醇香的气味从我们的鼻尖微微散开，就像一瓶储存多年的陈酿，当你启开它，你才能真正地感受到它醇美的甘甜。

——有人说德力格性格内向、不善言辞，人们却从他满腹的技术“经纶”里读懂了他内心所蕴藏的丰富世界。

1968年10月，德力格出生在内蒙古自治区锡林郭勒盟正镶白旗一个蒙古族家庭。由于生长地域的局限和文化底蕴的差异，到了工作岗位以后，德力格除了感到好奇和新鲜以外，还有一种淡淡的恐惧心理，那就是他怕少数民族在这里受到孤立，得不到尊重。这种认识使德力格在工作上比别人更加勤奋刻苦、更加好学上进。只要有空闲，德力格就捧着专业技术书学习，不管岗位上有多少活计，他总是抢着干，无论脏活苦活还是累活，他从不计较。在参加工作前5年的时间里，德力格默默无闻地干过包括高压、电脱、调度、污水岗在内的蒙一联合站所有的6个工种。他在这里学习、积累了大量的专业技术知识和实践经验。就说蒙一联合站，共有27台大型设备，有近10个不同的工艺流程。而每一个工艺流程都分别有地面、地下两条不同的管网。单是从低压岗到电脱岗等整个工艺流程，蒙一联合站就有近20套，真可谓密如蛛网。对于这里的每一条管网，由一台设备一条管线到另一台设备另一条管线，中间需经过哪些阀门、哪些设备，德力格都了如指掌。在这5年的工作过程中，德力格没有出过一次事故。设备的温度是否高了？设备运行的压力是否过大？盘根是否有刺漏？只要德力格站在工房里一听，就能比较准确地进行判断。一次，由于地下管线穿孔，满地涌淌着的原油已经结上了一层厚厚的冰块，必须马上关停流程阀门进行及时处理。但是，几位大班师傅在站内跑上跑下，就是找不到其中的一个阀门在什么位置。紧急之下，几位师傅不约而同地想到了德力格。德力格在1000多千米以外的电话里听了这一情况后，立即指出了还剩下的一个阀门的准确位置。站上岗位工人按照德力格的说法，找到并关闭了该阀门，管线穿孔的问题顺利地得到了处理。

——有人说德力格满面谦和、不善交流，没有什么性格，人们却从他简洁的言行中，读懂了他独特的为人风范和坚定的人格个性。

几年光阴过去，德力格的专业技术已达到相当高的水平。1994年6月，德力格担任了蒙一联合站污水岗位长，虽然只管理着8位岗位工人，但他却把这个岗位的工作安排得井然有序，对管理的6台设备及其卫生区进行了划分，实行岗位承包责任制，有效地提高了岗位工人的工作积极性，连年在二连分公司岗位检查验收中获得好评。1997年7月，德力格担任了蒙一联合站副站长，主管着全站的生产和安全工作。作为联合站安全生产的第一责任人，德力格感到从未有过的压力。就在此时，有人却向他投来了鄙视的目光。

那是德力格上任后的第二天。德力格安排完当日的工作后，几个工人在高压泵前迟迟不动，既没有不干的意思，又没有积极响应的举动。那神态，除了藐视还是藐视。修泵换盘根在采油联合站是常见的事，但是这几个工人却找了许多理由，或说是工具不够，或说是盘根不配套装不上，并重重地甩出一句："不行！你来。"

德力格按捺不住自己复杂的心情，一步并作两步走。只见他跨过去后，快速测量了两盘根的间距，然后熟练地将被刺坏的旧盘根替换下，迅速地安装好新的盘根，整个过程仅用了 10 多分钟。

几个工人看着德力格矫健的身影和娴熟的动作，不得不说“服”！

德力格所在的蒙一联合站主要承担着将刚采出来的地下原油科学处理加工，输送到另一个原油集聚点的任务。干好这项工作不但需要科学规范的严密管理，还要有强烈的事业心和一丝不苟的责任感。

德力格担任副站长后的第一件事是整治跑冒滴漏的问题。他一面给员工以正面的教育和引导，一面加强岗位责任制巡回检查。一次，一位曾经手把手教过德力格技术的工人师傅在大罐上油时，因为有急事离开了几分钟，结果造成大罐冒油，大量的原油从几十米高的大罐漫溢出来，险些酿成火灾。事故发生后德力格迅速按照有关规定给予当事人以严厉处罚。那位工人师傅多次找到德力格求情，遭到了德力格严正的拒绝。这件事在蒙一联合站引起了较大的震动。人们记住了这一事实，记住了德力格的工作态度。不到 3 个月时间，蒙一联合站杜绝了岗位跑冒滴漏的现象。

——有人说德力格缄默、羸弱，人们却从他的骨子里读懂了他坚定的信念和锲而不舍的拼搏精神。

1998 年 8 月，蒙一联合站进行大规模的工艺流程改造。由开放式工艺改为密闭式工艺，不仅工艺技术要求高，而且原油生产不能停，二连分公司指派了专业技术人员加强技术指导。为进一步配合做好这次工作，德力格吃住在现场。他组织工人一个容器一个容器地投运，一条管线一条管线地倒改。由于改造工艺复杂，新流程刚刚投运，生产系统受到不稳定因素的影响，所以每改造一项工艺，都要对相应的运行参数进行调整。而每一次调整都是一个不确定的未知数，都必须以熟练的技术操作作为保障，通过对加热炉的燃油量、高低压泵的动力液量以及原油外输量等的控制来实现生产参数的相对稳定。

这是一项技术性非常强、工作难度非常大的工作。因此，每一次调整生产参数，德力格都要带领当班工人来回奔跑于设备与设备、阀门与阀门之间。有时，为了准确把握调节量，德力格亲自上手，以他过硬的技术和熟练的操作，为联合站近 10 条流程工艺改造赢得了时间，原计划 8 天完成的工作量，只用 3 天时间完成，受到了专家的高度评价。

这就是德力格！

15 年的情结

德力格自 1989 年参加工作以来，从没有离开过蒙一联合站。他与蒙一联合站从相识到相知，从相知到相恋，他深深地爱上了蒙一联合站的每一把泥土、每一棵花草、每一台设备、每一位员工。德力格说，每当蒙一联合站要进行一项技术改造，他都感到无比的欣慰，就好比自己的家里有了什么喜事儿，有说不出来的兴奋。

这就是外表平静、内心却如一团烈火的德力格。

多少年来，德力格没有回家与家人过上一个春节，而是把全部身心都投入工作中。当问及他这些年来什么事让他最满意时，德力格自豪地说：是他担任了蒙一联合站副站长、站长兼书记这些年来，站内安全工作从没有出现过一次大小事故，生产形势一天比一天好，这让他最满意。德力格对蒙一联合站的深厚感情体现在他始终关爱、呵护蒙一联合站的建设和发展上，有几件事永远印刻在蒙一联合站人的心坎上，至今还传为佳话。

1995 年 6 月，正值德力格的妻子预产，领导为了让他回家照看妻子，要他提前休假回任丘。那时，污水岗改造工作刚刚开始，联合站各项工作千头万绪，德力格回家的事只能一拖再拖。等他休假回家时，正赶上妻子临产。面对刚刚出世的儿子和躺在产床上的妻子，德力格感到内疚、惭愧和不安。可是，就在儿子刚刚出生的第 6 天，不幸的消息传来，远在内蒙古的家人来电说母亲病重，要他速归。德力格含泪告别了妻子和儿子，匆匆赶回内蒙古老家。可是母亲已经离开了人世，他连最后一面都没有见上。姐姐告诉他说，其实母亲已病重两个多月了，母亲是怕他知道了影响工作，一直不让家里人告诉他。德力格含泪处理完母亲的后事，他没有回任丘照顾产后的妻子和刚出世的儿子，而是匆匆赶回单位投入了紧张的工作之中，他是太关注联合站污水岗改造后的情况了。

2003 年 4 月，受突如其来的“非典”疫情的影响，德力格的妻子因休假被困在任丘。他一个人在单位既要带孩子还要忙工作。那时，学校已停课，孩子只能锁在家里。6 月 4 日，站上一名女工的丈夫发烧，被怀疑为“非典”疑似病例。德力格下班刚走到家门口楼下，突然接到二连分公司有关部门的通知，要求凡是与其接触过的人，全部回站进行隔离。德力格通知所有上过站的员工立刻上站。当他开车路过家门口时，已是中午用饭时间，看到儿子饿着肚子站在阳台上，一面用小手向他挥手，一面大声呼喊着爸爸时，德力格心如刀绞。但想到联合站几十名员工的健康和安危，在心里一遍又一遍地对儿子说：“等爸爸上站处理完工作，就回来给你弄饭吃。”于是，他急忙向联合站奔去。到了站上，他一面做站内员工的思想稳定工作，一面指挥协调生产。然而，作为一个父亲，德力格的心里怎能不牵挂一直锁在家里、不满 8 岁没有吃午饭的儿子？他每个小时给儿子打一次电话。儿子在电话的那一端反复直喊：“爸爸，我害怕！”德力格强忍心中的痛楚，只能一遍一遍安慰儿子。经检测，站上几十名员工没有一人感染，一天的隔离工作结束了。当德力格驱车回到家里时，8 岁的儿子因饥饿、困顿已在沙发上睡着了。“非典”疫情 3 个月，德力格既当爸又做妈，既要安排、协调站里的工作，又要照顾儿子的生活和学习，他就这样苦苦地熬过了漫长的 3 个月。

然而对于蒙一联合站的那份不了情，德力格的心里却是另一番景致。2001 年 1 月，二连油田遭遇 100 年来罕见的雪尘暴袭击。那一天，白毛风刮得正猛，路面能见度几乎为零，气温已降到了零下 32 摄氏度。为了保证站内不因雪尘暴的袭击而遭受更大损失，德力格不顾路滑道阻，急忙钻进汽车，冲出一条雪路，及时赶到生产现场，迅速组织上产自救。由于风雪大，其他的救灾车辆不能及时赶到站上，工作人员紧缺，德力格既当调度员又做指挥员，他一面组织岗位人员点燃油炉，保证动力液温度，一面组织抢修因天气太冷而自动停运的高压泵和脱水器，24 小时奋战在现场，奔跑于各岗之间，保证了雪尘暴期间站内生产平稳运行。

15 年的梦想

2003 年 7 月，德力格担任蒙一联合站站长兼蒙一联东区党支部书记。作为一名站长，凭多年来所积累的专业技术知识及管理能力，他对干好这一工作有很大的信心。作为一名党支部书记，德力格心里却是没底，但他坚信只要全身心投入，就一定能挑起这个重担。耐心调解员工之间因一些小事而引起的纠纷，解决员工的实际困难，为员工办实事。然而，德力格并不满足于这些，他是要让全站所有的员工都能像共产党员一样有突出的表现。因为 15 年前，就在德力格参加工作时，当他看到身边一些人因受社会不良风气的影响，不求上进，思想颓废，工作懒惰，不学无术时，德力格就想，他们要都能像共产党员一样该有多好。15 年来，德力格只能悄悄地改变着自己，他虽然入了党，做了班组长，并以自己的实际行动影响了自己周围的人，但他却不能改变全部。如今，德力格作为一名党支部书记，他终于可以实现 15 年前的梦想了，他要以共产党员的先锋模范作用来影响、带动大家，让蒙一联和蒙一联东区的全体员工都展现出全部的精神面貌。

上任不久，德力格根据蒙一联和蒙一联东区 80% 的生产岗位都有共产党员的实际，提出在党支部全面实施以“让组织放心、让领导放心、让员工放心、让亲人放心”为内容的“党员放心岗”活动，制定了严密的评比条件和考核标准，对符合条件的岗位，授予“党员放心岗”牌匾，并给予一定的物质奖励。

活动一开展，就在全体党员中引起了轰动，大家纷纷佩戴上党徽，在值班室贴出自己照片，随时接受群众监督。为了让所有的共产党员都能够真正投入这项活动中来，德力格带领支委会的其他同志，利用党员活动室、“三会一课”“支部园地”等阵地，积极组织党员开展政治理论学习和形势任务宣传教育，使“党员放心岗”活动在蒙一联和蒙一联东区全面开花。

首先反馈到德力格那里的，是全站共产党员的思想觉悟比以前有了普遍提高。共产党员、采油工刘辉在每次油井投泵作业时，冒着井喷伤身的危险，总是争着第一个上。同志们都说，刘辉变了，变得更加生龙活虎了。共产党员高志军身患严重的颈椎骨质增生疾病，作业区多次安排他到外地疗养，可他每次都把指标让给了其他同志，常年坚持带病工作，体现一个共产党员应有的品质和宽广的胸怀。共产党员刘涛和李涛为争创“党员放心岗”，克服了高压泵房设备多、噪音大、大泵因老化易穿孔跑油等困难，全力投入生产现场清洁化、标准化和规格化整治工作中，仅仅半个多月的时间，高压岗面貌焕然一新，台台设备锃光净亮，地面清洁无污。人们说，没有“党员放心岗”活动，哪有高压岗今天的新面貌！

“党员放心岗”活动不仅使党员个人发生深刻变化，而且使岗位面貌也发生了巨大的变化。然而，德力格并不满足于这些，他要让所有的员工都能像共产党员那样行动起来，让星星之火燎原起来。

不久，德力格主持召开了员工大会，把开展“党员放心岗”活动情况进行了通报，大张旗鼓表彰奖励了取得优异成绩的岗位和个人，鼓励全体员工向共产党员学习，向共产党员看齐。

一天，德力格冒着鹅毛大雪在井站巡检，他看到女员工梁晓红、叶秀荷在所负责的蒙 15 计耐心细致地打扫着油污，这使他非常兴奋。在以前，一点油污落在地上，又是赶在大雪天，一般要在雪停了以后才进行清扫。这说明普通员工已开始行动起来了。然而，更让德力格欣喜的是，蒙一联和蒙一联东区广大员工和共产党员已从岗位的一般性常规维护管理转向更深层次管理，紧紧围绕争上产、控成本、保安全和促管理积极谋对策、定措施、挖潜力、搞创新，提出了“破乳剂动态管理”“机油消耗定额办法”和“掺水泵水炉间歇启停”等合理化建议，并取得了可观的经济效益。特别是加热炉岗位员工张元凯提出的冷输油工艺合理化建议，经过一段时间试运行后，效果非常明显，年累计可节约用电24万千瓦时，节约电费14.44万元，为作业区成本控制做出了贡献。不仅如此，蒙一联和蒙一联东区好人好事层出不穷，生产经营形势一天更比一天好。人们做了好事不留姓名，大家在功利面前你推我让，呈现出一派和谐奋进的喜人景象，“党员放心岗”活动见到了实实在在的效果。

2003年8月，蒙古林作业区推广了蒙一联东区党支部开展“党员放心岗”活动的做法，同年11月，德力格就开展“党员放心岗”活动在二连分公司年度双文明总结讲评会暨精细管理经验交流会上做了经验介绍。他在总结介绍“党员放心岗”活动基本内容时，对“让组织放心、让领导放心、让员工放心、让亲人放心”这4句话做了诠释：让组织放心，就是政治坚定，思想进步，作风正派，自警自励，不让党员形象受到损害；让领导放心，就是立足本职，爱岗敬业，文明守纪，钻研技术，不让领导交办的工作在手中延误；让员工放心，就是严细认真，精心操作，诚信团结，相互关爱，不让任何遗留问题和事故隐患在本班出现；让亲人放心，就是身心健康，安全生产，岗位成才，多做贡献，不让远方的亲人为自己担心。

2004年1月，德力格在二连分公司召开的基层党建工作经验交流会上，再一次对“党员放心岗”活动做了典型经验介绍，二连分公司领导对蒙一联东区党支部开展“党员放心岗”活动给予了高度的评价。人们欣喜地看到，蒙古林作业区蒙一联合站已经形成了人人争当先进、人人争做贡献的喜人局面，德力格15年的梦想终于变成了现实。

收获15年的希望

德力格提出并实施的“党员放心岗”活动，收到了明显的效果，在二连分公司产生了较大的影响。2004 年 1 月，二连分公司党委在公司范围普及推广了这一做法，并将这一活动列入党委工作计划，统一领导、统一组织管理，各基层党组织具体实施。二连分公司党委明确指出，这是一项充分发挥共产党员积极性，紧密围绕本单位生产经营管理各项工作，有组织、有计划、有目标、有要求的基层党建活动；要求各基层单位党组织要将“党员放心岗”活动纳入本单位党建工作目标体系，坚持长期跟踪、指导和监督检查，确保取得预期效果。

初冬的阿尔善，冰封大地、寒气袭人，然而，“党员放心岗”活动却在二连油田得到了轰轰烈烈的学习推广。

2004 年 8 月，二连分公司党委组织调研团，由党委副书记武海龙带队，走遍二连油田千里草原，对各基层队站学习实践蒙一联党支部所开展的“党员放心岗”活动情况进行实地调研。

半个月后，调研团在向二连分公司党委所提交的调查报告中这样写道：“党员放心岗”活动以发挥党的政治优势、组织优势和密切联系群众的群体优势为先导，把党员、入党积极分子和员工群众凝聚在党组织周围，成为各基层党组织开展最广泛的一项实践活动。各基层党组织专门成立活动领导小组，全面负责“党员放心岗”活动的组织和考核工作。各基层单位精心谋划设计“党员放心岗”活动项目，根据本单位生产经营实际和要求，确立“党员放心岗”活动规划和阶段计划，分阶段展开，按层次推进。具体地说就是将生产经营管理、精神文明建设与党建工作结合起来，按照岗位不同，详细制定不同的考核评比内容、标准以及活动具体考核奖惩办法，以支部为单元，实行月检查、季考核、评比挂牌的方式，对活动开展情况进行系统的组织和管理。

这份洋洋洒洒 1 万多字的调研报告还指出，“党员放心岗”活动在二连分公司取得了阶段性效果，10 个党总支和 40 个党支部实现了全覆盖，形成了每一个点、每一个站、每一个区、每一条线、每一个工程、每一个车组处处都有“党员放心岗”的格局，全分公司有党员的298个岗位全部达到“党员放心岗”标准，并推出了“党员放心岗”“党员放心班”“党员放心区”“党员放心站”等一大批优秀站点，实现了“把员工团结在党员周围，把党员团结在组织周围”的工作目标，形成了良好的工作氛围。

二连分公司党委学习推广“党员放心岗”活动，对二连分公司生产经营管理产生了积极的影响。这份调查报告还对分公司学习开展“党员放心岗”活动进行了科学的分析、总结和提炼，指出：“党员放心岗”活动成为新形势下发挥党组织政治优势、组织优势和党员先锋模范作用，以及密切联系群众的有效载体，有力地激发了党员的政治热情和参与意识，推动了基层党建工作向纵深发展，促进了生产经营良性循环，取得了良好的社会效益和经济效益。一是党组织的自身建设得到不断加强；二是党员的先锋模范作用得到应有发挥；三是影响和带动了一大批普通员工，掀起了岗与岗、党员与党员、非党员间“比学赶超”的热潮；四是推动了各项管理水平进一步提高；五是促进了企业持续、有效、稳定发展。

“党员放心岗”活动的开展给二连分公司所带来的不仅仅是社会效益、经济效益，一大批企业员工在这一活动的感召下，逐渐成长起来。许多员工跨进了党组织的大门，有的成了生产技术骨干、基层领导，甚至是企业的一面旗帜。淖尔作业区的共产党员肖占华就是个例子。

2004年4月，淖尔作业区在任务重、成本紧的情况下，决定派遣一支捞油小分队驻扎到离二连浩特市120多千米外的任1井进行捞油作业。51岁的共产党员肖占华得知此消息后主动请缨，带领队伍来到任1井所在的洪格尔苏木这个人烟稀少、条件艰苦、饮水困难、食品极为短缺的地方，开始了艰苦的工作。他们没地方住，就借住在老乡家的车库里。由于土坯房子没有窗户、没有电，他们就在门上挂个帆布当门帘。白天的时候，他们把门帘挂起来，沙土直往屋子里钻，呛得人没法待；放下门帘，屋子里却一片漆黑，他们只能撩起一点小缝照亮。由于交通不便，单位送上去做饭的煤他们舍不得取暖，到了晚上冷得睡不着觉。因为缺水，他们十天八天都洗不上一次脸，更别说洗澡，就连洗菜的水也要留下来洗手。肖占华带领他的队伍在这样艰苦的条件下一干就是一个半月，最终以惊人的战绩打响了洪格尔捞油工作的第一炮，为分公司原油上产提供了新的增长点。

肖占华的事迹在二连分公司得到了广泛的传颂，他本人也以此作为新的起点，工作更加扎实，创新更加勤奋，取得了一个又一个崭新的业绩，连年被评为二连分公司优秀共产党员、优秀共产党员标兵、劳动模范。2007年还荣获了华北油田公司优秀共产党员标兵等荣誉称号。2008年，肖占华被华北油田公司选树为华北油田·榜样之一。

在二连分公司，在阿尔善，在二连油田千里油区，像肖占华这样在“党员放心岗”活动中逐渐锻炼成长起来的普通员工还有很多。据统计，仅二连分公司学习推广“党员放心岗”活动的第一年，就涌现出2个先进党总支、9个先进党支部和39名党员先进个人。人们欣喜地看到，由德力格提出并实施的“党员放心岗”活动已在二连油田生根、开花、结果。

2005年初，草原上的残雪尚未融化，那枝头上的花蕾就迫不及待地绽放。那鲜艳的嫩绿和粉红色的花蕊引来无数小鸟闹春，人们不能不想，今年阿尔善的春天来得格外早，格外耀眼。仿佛暗示着一种期待，一种希望。

就在这一年5月，二连分公司党委以德力格提出并实施的“党员放心岗”活动为题材所拍摄的电视专题片——《草原雄鹰》，在华北油田电视台播出，产生了极大的反响，德力格的名字迅速在华北油田传开。人们记住了德力格，记住了“党员放心岗”。这一年，德力格的名字被载入了华北油田劳动模范标兵的名册。

站在高高的领奖台上，德力格并没有表现出更多的喜悦，他知道，在企业现代化管理的道路上，蒙一联还有很多工作要做，就像当初创建“党员放心岗”一样，他要使蒙一联各项管理工作走在二连分公司各基层单位的前面，起到表率、示范的作用。

不是尾声

15 年的陈酿、15 年的情结和 15 年的梦想，都在 15 年后的今天获得了丰收。看到“党员放心岗”活动已在二连油田遍地开花，结出硕果，产生了广泛的影响，德力格的心里格外高兴。然而，企业管理是一个大的课题，需要做的工作还有许许多多，作为一名站长，德力格觉得自己肩上的担子沉甸甸的。

如何进一步激励员工爱岗敬业、艰苦奋斗、执行到位，将“责任胜于能力”这一理念铭记于心，每当夜深人静的时候，德力格就陷入了沉思。

2005 年，德力格根据企业 QHSE 体系要求和二连油田冬季漫长、气候恶劣的实际情况，先后完善和修订了联合站冬季交接班制度、巡检制度，以及设备保养等各种规章制度，进一步强化了设备承包责任制。不仅如此，他还结合自己在联合站摔爬滚打 10 多年的工作经验，总结提炼出“全、细、严、实、新”安全生产管理五字法和“四个认真”交接制等工作经验。

为给员工创造一个良好的工作、生活和学习环境，德力格带领员工还动手改建了党员活动室、技术练兵室、文化活动室，健全了党员和员工学习档案，开展了“选状元争能手创佳绩”技术比武和“我爱我家”活动，进一步激发了员工学理论、钻业务和爱站护家的热情。如今的蒙一联合站，远看是公园，近看是花园，走进是家园，成为一座远近闻名的标准化花园式井站。

德力格是一位基层的管理者，更是一位具体工作的实践者、操作者。蒙一联每一件棘手的工作，他几乎都要亲力亲为，这在蒙一联是有口皆碑的事实。

阿尔善的冬天特别寒冷。2005 年 12 月，阿尔善的气温已是零下 30 摄氏度左右，许多油井面临着结冻、堵井的危险。作业区紧急安排恢复蒙一联合站 5 号油炉运行，对掺水井进行加温，保证油流畅通。但是，5 号油炉已停用1年多，在使用前必须对炉膛进行烘炉，确保油炉运行正常。

在这极其寒冷的天气里，这烘炉工作该由谁去做呢？

蒙一联所有的员工都知道，只要德力格在跟班，这种艰苦的工作一定是德力格去做。就是别人一再坚决恳求，德力格也是“当仁不让”。这一次还是德力格，他义无反顾地钻进了炉膛。

炉膛内，阴森黑暗，寒气逼人。人在这里面工作，仿佛置身于冰窟窿之中。进入炉膛后，德力格将木材一一架设在炉内指定位置。他的手冻僵了，呼吸更加困难。员工苏承兵说，站长，我来干一会儿吧。已经冻得说不出话的德力格用手一推，把正要进入炉膛的苏承兵推了出去，他自己又继续干了起来。

2006年3月13日。阿尔善油田的天空，风卷着雪，雪裹着风，天地之间一片混沌。又是一场突如其来的雪尘暴。油田油井及设施再一次遭遇重创。蒙一联合站大部分油井因为设备受损或线路故障造成停运，连道路两旁碗口粗的白杨树也在肆虐的暴风雪中被拦腰折断。

险情就是命令！

德力格立即通知启动安全紧急预案。联合站上下迅速行动起来，一场与暴风雪抗争、确保联合站运行正常、确保原油外输线畅通的攻坚战打响了！狂风暴雪中，德力格来回奔跑于加热炉、低压、电脱和调度岗之间，他的身影时而消失在暴风雪之中，时而挺立于风雪之上。他同岗位员工一起，改流程、换闸门、架管线……当狂风好似需要稍事休息、暂时失去野性般的威严的时候，东方的圆月已经挂上了树梢。德力格与他的工友们急忙清理被飓风侵袭后的联合站，当班之外的员工都已返回到了基地，可是德力格却一直坚守在泵房，他放心不下刚刚调整平稳的系统，担心它能否再一次经受暴风雪恶魔的袭击。整整1个晚上，德力格没有合眼，他不停地观察设备运转变化情况，随时进行调整和处理，确保系统循环万无一失。

第二天一早，风累了，雪小了。德力格带领4名党员，踩着1尺多深的积雪，在茫茫草原上一口井一口井地进行检查恢复，直到下午 3 时，德力格和他的工友们一共恢复了 19 口单井，没有一口井因为恢复不及时造成“死井”。

3 月 21 日，二连分公司生产技术部旬报显示，蒙古林作业区外输原油商品量圆满完成二连分公司下达的任务。这一结果表明，蒙一联合站没有因为 3 月 13 日的雪尘暴减少原油外输量。

蒙一联合站自 1989 年投产以来，并没有进行过较大规模的技术改造。20 年来，站内许多设施已经开始逐渐老化，随着新技术日新月异的发展和提高，站内许多相关技术也亟待创新和发展。2003 年，德力格担任了蒙一联合站站长后，他就积极适应新技术发展的需要，在自己带头进行小改小革技术创新的同时，成立了联合站技术攻关小组，每年有计划、有安排、有组织地针对联合站薄弱及环节进行技术攻关。在德力格的严密组织下，蒙一联合站先后对站内生产系统进行统一调试，分别对加热炉观火孔和放空阀进行了改造，发明了掺水泵故障报警器和掺水泵间歇启停设施，对伴生气进行再利用等技术工艺改造共 30 多项，创造了明显的经济效益，极大地提高了生产效率。2005 年以来，蒙一联合站连续 5 年荣获二连分公司、华北油田公司“铁人式队站”“标杆党支部”等荣誉称号。

2008 年 8 月 30 日，德力格作为 2008 北京残奥会“中华文明线”第二站——青城站火炬传递手，光荣地参加了奥运圣火内蒙古自治区呼和浩特市的传递。那一刻，德力格手持火炬的形象永远定格在了历史的画卷上，定格在了人们的心里。

德力格常说：要想在工作上真正干出点名堂来，首要的是有强烈的事业心，以及在这种事业心支配下产生的超人的动力和责任感。多少年来，德力格就是凭借这种执着的信念，攻坚克难，取得了一个又一个的胜利，为高高飘扬的党旗增光添彩！

大路朝天

柴甫泉

人生的质量不在于你选择了哪条路，而在于你怎么去走。不管脚下的路多么坎坷、多么难行，路径终点都会通向金色的天际。

杨太英，弱小女子，一个扫了16年马路、普普通通的员工，却在2009年生机勃勃的5月，腼腆地走上了璀璨夺目的星光大道，头戴油田公司“十大劳模标兵”“十大标杆五型班组”和河北省劳动模范的桂冠，手捧一把一把的荣誉，尽享人们的鲜花、掌声。

有多少人为自己的岗位平凡而怨声载道？有多少人因脚下无“路”而不思进取？又有多少人因为玩世不恭而荒废一生？品味杨太英的大路通天的奋进图谱，她的顽强、她的毅力、她的信念、她的不抛弃不放弃，或许会给我们带来深刻的启迪。

历尽苦难痴心不改

一个人扫一天马路并不难，难的是十几年如一日，默默无闻、不知疲倦地高标准地扫下去。34岁的杨太英是公用事业管理处矿政环卫大队会战道清扫保洁班的班长，她20岁参加工作当清洁工，可她从18岁还没有参加工作时就开始扫马路了，多少年来，她历经艰难困苦和几番思想磨砺，依然痴心不改。她几乎扫遍了油城的每一条道路，她把油城的道路当成一架钢琴，把手里的大扫把当成琴键，把自己的心灵当成音符，用信念弹奏出一曲恢宏的乐章！

30多年前，她在四川宣汉县一个偏僻的小山村度过了酸涩的童年时光。父亲杨保玖是个军人，后来转业到油田。从小她就和姐姐杨太玉跟母亲一起上山砍柴、背柴，干山里的活，从此在她幼小的心里就埋下了刚毅、倔强、不言败、不服输的种子。1982年初春，在油田好政策的惠及下，杨太英姐弟4人和母亲一起离开山村，来到了华北油田，在老家上了两年学的杨太英和杨太玉重新进入了校门。令她们想不到的是，由于语言的差异，学习起来十分吃力，初中毕业后这双姐妹就成了油田待业青年……

18岁那年，油田招扫马路的“临时工”，她高兴得不得了，成为传说中的“马路天使”，两年后招工转正。

现在，妹妹杨太英是姐姐杨太玉的班长；刚上班那会儿，姐姐杨太玉是妹妹杨太英的班长。有一天大清早，杨太英扫地时没有彻底清除雨后留下的泥痕，班长杨太玉检查时一看就急了，没鼻子没脸地训了她一顿：

“你这是怎么扫的地？你给我一点一点地铲干净，然后再扫！”说完，杨太玉还觉得不解气，又歪着脑袋补了几句：“想干就干好，不想干就走人！连地都扫不好，你还能干什么！”

“我也不知道地上的淤泥也要清除呀，你看看别人不都是这么干的吗？每次都说我，你怎么不去说他们？你还帮着人家干，你还是我姐吗？”妹妹杨太英委屈得要哭，话一出口成了连珠炮。

“我不管别人，你先给我干好，因为你是我妹妹。你干好了，我才有脸说别人。”杨太玉并没有因为看到妹妹杨太英的眼泪在眼眶里打转而做出丝毫让步。

这是小姐妹俩的第一次“交锋”。通过姐姐的“教训”，杨太英果真像做错了事情的孩子，突然有一种无地自容的感觉，她用铁锹一点一点地把淤泥铲干净，然后又仔仔细细地重新扫了几遍……

太英没有埋怨太玉，她知道姐姐是爱自己的。从自己记事起就没有穿过一件新衣服，都是邻居看着穿不上接济的。1992年，父亲退休时，姐姐先接了父亲的班，成了一名环卫工。姐姐在拿到第一个月的工资时，就先给自己买了一身白色套裙，这是自己有生以来穿的第一件属于自己的新衣服，她一辈子都忘不了当时的那个高兴劲儿。现在姐姐教训自己，也是她对自己另外一种方式的爱。

太英也知道姐姐管着一个扫地的班不容易，从某种意义上说，领导一帮清洁工比领导一帮县委书记还难。有的清洁工觉得自己岗位艰苦、地位低下，所以啥都不在乎，说轻了当耳旁风，说重了给你一句：我就不听你的，我现在已经是个扫地的了，你还能把我怎么样？难道你还能把我调出去？要能，我花钱都愿意。

太英更知道，为了管好带好清洁班，姐姐付出了多少。姐姐天天早出晚归，把自己的责任段扫得干干净净，为的就是自己有脸说别人。姐姐有了孩子，姐夫在外地，公婆在老家，两边的老人都帮不上忙，为了让行人早上一出来就看到整个道路是干净的，也为了给其他清洁工做一个表率，姐姐经常是天不亮就把孩子摇醒，让不懂事的小宝宝独自在三轮车上接着睡，自己扫出去100多米，有时是夏天，有时是冬天……有时遛弯的老人看到了，就把她当成自己的女儿责怪：“你这小丫头胆子真大，天还不亮，就敢把不懂事的娃子放到那么远，让人抱走了咋办？”

在姐姐身上，她明白了啥叫敬业，真真切切地掂量出这两个字的原始分量。

一路走来，小姐俩天天比着干，一起成为“三八红旗手”，一起成为“青年突击手”，一起成为“先进标兵”，一起成为“星级环卫员工”，一起出席公司2009年五一劳动模范和先进集体表彰大会。转过身来看一看，她们一路上迈过了太多的坎坎坷坷……

杨太英刚拿起大扫把，学着姐姐甩着小辫扫得正起劲，在路上与昔日同学一次相遇，对方一个让她难以接受的笑，让杨太英之前的雄心壮志一落千丈，她眼泪像断线的珍珠，哗啦啦地流了下来，把扫把重重地扔在了地上。

杨太玉替妹妹捡起扫把，给妹妹擦眼泪：“妹啊，咱们既然选择了就不要后悔，不要在乎别人怎么看、怎么说。咱爸不是说了吗，三百六十行，行行出状元。再想想咱们在老家时受得那些苦，这又算啥呀。”

“我不在乎吃苦，再苦也没有在老家苦，我是受不了一些人的眼神。”

“那就干好，干出个样来，让他们看看！”在姐姐的鼓励下，杨太英擦干眼泪，接过了姐姐给她捡起来的扫把。

18 岁的女孩正是爱美的年龄，每次上路干活，为防止让熟人看出自己，杨太英总是将帽檐儿压得低低的，一个大口罩将脸捂得严严的。杨太玉看出妹妹的心思，在安排工作时总会将杨太英安排在面广人多的地段，有意地锻炼她。时间一长，杨太英彻底明白了姐姐为了锻炼自己的良苦用心。

一天，杨太英对杨太玉说：“姐姐你的用心我明白了，看我以后的行动，绝不会给姐姐丢脸。”

听到杨太英的话，杨太玉拍着她的头说：“这才是我的好妹妹。”

面对不断重复的工作，天天一身土、一身汗，社会上一些看不起清洁工人，有时会冷嘲热讽，每当气馁、消沉时，她就暗暗地给自己打气，只有把活干好了，干得比别人出色，才能体现自己的价值，才能让别人看得起。一个念头油然生起：当扫地状元！当油田的时传祥！自己也要像身边的一些大姐姐一样，站在领奖台上披红戴花骄傲一把，像展翅飞翔的海燕一样，就算是前面有再大的暴风骤雨，也要释放出全身的能量，咬着牙迎头而上、拼力奋进！

风霜雪雨搏激流

只有枯燥的工作，没有乏味的人生。一番番春秋冬夏，一场场酸甜苦辣，杨太英踩着自己清扫的路一步一步地走过，那样坚实，那样铿锵。

有耕耘不一定有收获，但有收获一定需要耕耘。2000 年，杨太英通过不懈的努力，赢得了领导的信任，当上了清洁班的班长，这是对她参加工作后五个冬夏、五个寒暑没有丝毫懈怠的最好馈赠。她的劲头更足了，当上班长后的五年，她用手中的大扫把做画笔，描绘出一幅壮美的画卷。2000年到2005年，除了年年的管理处先进标兵外，她先后收获了管理局“爱岗敬业明星”、管理局“劳动模范”、河北省“优秀共青团员”、河北省“十佳女职工标兵岗”等荣誉称号。五年争得这些荣誉，不知道她要比别人多流多少汗水。这五年暂且省略，只用四个字揭过去：当之无愧。

公元2006年，这一年，她又赢得了管理局劳动模范、集团公司优秀共产党员的称号。

笔直的会战道、燕山道、渤海路、北站路，在十里油城认认真真地书写了一个正正规规的“井”字。这个方正“井”字，见证了华北油田30多年翻天覆地的喜人变化，见证了近30万职工、家属历尽心血的奋斗历程，也见证了一个个油城“美容师”为矿区梳妆打扮的点点滴滴。

事业处环卫大队按道路划班，一条道路一个班。会战大道是形象道、景观道、油城的“长安街”，人多车多，扫起来难扫，要求也严、标准也高。谁去都头疼。几个班长“抓阄”，杨太英抓到了渤海路，抓到会战大道的班长立马把心里畏难的情绪传递到脸上。

“郭队长”，杨太英把分管人工清扫的副大队长郭启忠叫到一边，“我去会战道！我们俩换一换行吗？”

郭启忠没有半点的惊讶，他太了解杨太英了：“行啊，只要你俩都愿意，换就换吧。”其实，郭队长也巴不得杨太英上会战道，她去了，整个会战道就不用他操心了。他心里虽然这么想，但表情却故意抑制着兴奋，最大限度地让语气趋于平稳。

杨太英找到那位班长，一股脑儿地把自己的想法说了出来，那个班长甭提多意外了，高兴得恨不得把杨太英抱起来。虽然没有多少感激的话，可脸上全带出来了。就这样，杨太英悄悄地把抓到手里的“阄”和那位班长换了过来。于是，自己在这条最难扫的道上挑了个最难扫的路段——少年宫路口至119路口。她和姐姐杨太玉分在一个路段，道东是她，道西是姐姐。

会战大道是河北省命名的园林式样板街道。在这条道上清扫，杨太英并没有感到是包袱，反而却感到是一种神圣、一份光荣。她在感到责任重大的同时，更多的是感到领导和同志们对自己的信任。她和姐妹们自我加压，主动抬高标准，几年下来，不管刮风下雨，无论酷暑严寒，都没有丝毫地放松过。父母年迈，孩子小，但她很少顾家，一心扑在工作上。孩子不懂事，多少个清晨孩子哭着喊着不让她走，她都红着眼圈“狠心”地扔下孩子，一次也没耽误过。

“不是我心狠，我们的工作就是起大早，不这样不行。不光我，所有的清洁女工几乎都有类似的经历。”杨太英似乎在为自己辩解。

是的，会战道14个清洁工都是清一色的“娘子军”，其中13个做了母亲，在孩子小、无人照看的情况下，每天四五点钟起床上班时，怕把熟睡的孩子吵醒，都是蹑手蹑脚地起床，踮着脚尖出门。还要在门外听一会，听孩子醒了没有？哭了没有？如果哭了，就在门外等孩子不哭了再走……经常是孩子被关门声惊醒，光着小脚丫哭着喊着追到楼下。没有办法，当母亲的只好把孩子抱到家里的沙发上，用一堆好吃的去“哄”，外面天还黑，孩子害怕，就把电视和各屋所有的灯都打开，然后含着泪再次下楼，全身心地拥抱别人还没开始的新的一天……就是这样，她们的每一个黎明都是用心点亮的。杨太英只是屹立在人们心中的这些环卫英雄群塑像里的一个“特写”。

每逢风雨天，杨太英都要把雨水口检查一遍，发现下水道、雨水口被脏东西堵了，垃圾扫不出来，她就撸起胳膊，不管多脏，都俯下身子，用手将里头的脏东西一把一把地掏出来……

她像拧在机器上的一颗螺丝钉，对自己的要求一扣比一扣紧。公司提出建设美好家园、提高居民幸福指数，她觉得自己责无旁贷，又给自己制订了更高的标准。绿化带的白色垃圾、草坪上的落叶随时清理；擦果皮箱、路椅和路边公共设施，比擦自己家的家具还认真，使这些设施什么时候看上去都是崭新的、明亮的。她把工作当成享受，当她回头看一眼自己扫过的路那么的洁净，心里头非常的舒坦。每天的工作量都非常大，时间不够用，她就自己“挤”，早来晚走，每天多工作两个小时，不管多冷多热、无论刮风下雪，一直坚持了下来。多年来，她没有休过节假日，没有休过礼拜天，她轻易舍不得离开岗位。不知有多少次，孩子病了，她就交给母亲照料或让爱人抱着孩子去看病；自己感冒发烧、身体有病，都硬挺着上路，她觉得离开自己的路段心里头不踏实。2008 年 3 月，她的右手指头动手术，本来可以好好地休息几天，但她从医院出来，把病假条扔进垃圾桶，手指头还不能动弹就上路了。她把疼痛藏在心里，没有让任何人知道，又像往日一样，一下一下地抡起了大扫把，那富有节律的“唰唰”的扫地声，仿佛正在用通俗的唱法，为她吟诵一曲金色年华舞风采的清洁工之歌。

峥嵘岁月何惧风流

回首杨太英这些年走过的路，满眼都是一串串闪光的足迹。

她的路段东邻油区最繁华的购物商场和行人最密集的商业街，西邻总医院，车多，人多，全都是来逛商场的，产生的垃圾比别的路段多好几倍，赶上节假日要多几十倍，乱扔、乱画、乱写、乱吐现象严重，面对非常大的工作量，她没有畏难，没有埋怨，她想的更多的是领导交给我们这个地段，我们就要攻坚啃硬拿下来！每天早晨起来，都要给她负责的 1 万多平方米的路段进行彻底的“洗脸”，不厌其烦地一遍又一遍地捡拾垃圾。每天都有新的“牛皮癣”小广告，她就不厌其烦地进行清理，揭了擦，擦了洗，一点一点地弄干净。遇到不粘胶贴的广告，就用湿布浸湿，再用钢丝球、砂纸一点一点往下蹭，手磨出了血泡，她顾不得回家拿创可贴，就强忍着疼痛，用塑料袋把手缠上，继续擦拭，直到一点痕迹也没有才算罢休……

她像寻找失物一样寻找垃圾，不放过一个树坑和一个细小的地方。赶上刮风，她追着垃圾跑，四面八方的垃圾随风飘，刮得路面、绿化带和行道树上到处都是，她都要一点一点地捡干净，她给自己定的标准是发现尘土、树叶、烟头、纸屑、垃圾等都要在第一时间及时清扫得干干净净。要达到这个标准谈何容易！会战道上的树一棵挨一棵，这些树像故意考验她一样，春天掉“毛毛虫”，夏天掉枯花，秋天掉树叶，冬天掉枯枝干籽，从少年宫到消防队几百米的路段，掉得遍地都是，为了给居民呈现一条洁净的大道，也为了达到自己给自己制订的标准，她只有加快清扫速度、增加保洁次数，炎热的夏天，她汗水总是湿透衣服，戴上口罩又闷又热，不戴口罩灰尘直往嗓子眼里钻，吐出来的唾沫都是黑的。顶着烈日、踩着高温的地面，来来回回地进行保洁，别人热了在树荫底下凉快一会儿，她一次也没有过，她总觉得时间不够用，总是加快脚步、加快动作，为的是多保洁几遍。寒风刺骨的严冬，别人冷，而她抡着大扫把，内衣会被汗水湿透，一停下来，又是透心的凉。手和脚被冻伤了，痒得难受，就挠一挠、跺跺脚，没有影响工作。作为班长，她不仅干好自己的路段，还经常帮助新员工和干活慢的姐妹去扫，哪个姐妹有病有事，她就抢速度干完自己负责的路段，然后带着一身汗再去帮着别人干……

作为班长，杨太英是领头雁、火车头，她要把组织上交给她的这列“火车”带成“D”字开头的“和谐号”。她记着每一个姐妹的生日，为的是在她们生日时，送去惊喜，送去祝福。在她的感召下，14 个清洁女工就像 14 个亲姐妹，不管谁的路段因为会战道搞活动或者刮风下雨、下雪等产生的垃圾多，大家就不约而同地去帮助她搞突击，比在自己的路段上干得还欢，大家为了别人的路段，有时一干就是几个小时。14 个人中，有 9 个人是 2007 年从别的单位新调来的，过去干的都是室内工作，大家就手把手地教，一对一地带，心连心地帮。看到她们的活干得不彻底，就亲手帮着她们干，就连草丛里不易发现的粪便，都帮着清理出来。新来的几个清洁工深受感动，她们觉得再干不好，自己都感到不好意思。

有一个女工家不在任丘，父母都不在了，和丈夫离了婚，心情不好，经常跟“对班”的清扫工因为扫不干净发生争执。一次杨太英说了她几句，这个女工接着就骂了她。杨太英没有记恨，有一次杨太英休班到路上检查，发现这个女工空岗，自己就借了个保洁工具帮她干了起来。事后这个女工主动向杨太英承认了错误。杨太英得知她丈夫要结婚，怕她住的离前夫近心里不好受，又瞒着她替她到处找房子……

黄成凤是 2007 年 5 月从华丽服务处调来的，离婚后一个人带着孩子在外面租房子住。去年夏天，她动手术住进医院，杨太英安排班里的姐妹们轮流去医院照料她，轮流给她往医院里送饭，轮流替她照顾孩子，换着样儿地给她买营养品。黄成凤嘴上不说，心里却充满感激。她把感激化为工作的动力，回到岗位后，工作一丝不苟，哪怕绿化带里头的一个小纸片，她都不放过。2009 年春节期间，她感冒发烧半个月，硬挺着坚持上路。由于工作出色，她被评为事业处星级环卫员工。

康春玲是 2008 年 10 月从外单位调到会战道班的，她从上班的第一天起，就主动提出和杨太英在一个路段，点点滴滴以杨太英为标准，精扫细保，提前上班，干不好就不回家，赶上工作量大的时候，不该她上班她也来，帮着别人一起干。

梁小琴家在四川的亲人，汶川地震时腰部、腿部都受了重伤，大家都劝她赶紧回去看看老人，她却说：“咱们班有几个姐妹正在休假，我一走又要给大家增加工作量，等忙过这一阵子再说吧。”

全班心往一块想，劲往一处使，不仅出色完成本班任务，而且还经常参加大队突击治理城乡接合部卫生死角等急难繁重任务。全大队 6 个环卫清洁班组，共评出 20 个星级环卫员工，其中会战道班就占了 7 个。

会战道无处不生花，这 14 朵光彩夺目的“姐妹花”，用自己的心血和汗水无私地滋养呵护着美丽壮观的“景观大道”，成为油城居民引以为豪的一道亮丽的风景线。

杨太英在这个平凡的岗位上，默默无闻地彰显着魅力、创造着感动。一次，她见一个商贩乱扔垃圾，就过去规劝了几句，但商贩一看是个扫马路的，便挖苦说：“一个扫大街的，有什么了不起！你有什么资格来管我？”杨太英没有和她争吵，默默地捡起垃圾，但商贩又故意去扔，杨太英又去捡，反复多次，杨太英终于用行动感动了这个商贩，从此她再也没有乱扔过垃圾。

面对着五彩的光环，杨太英觉得，成绩是我和我的姐妹们一起干出来的，荣誉是大家的，这些闪亮的光环上，挂满了所有清洁工姐妹的汗珠，大奖和光荣应该属于她们，只不过我替她们戴在身上而已。杨太英不自满、不停步。她再次给自己打气鼓劲，力争把自己的活干得更细、更好。管理处领导、特别是油田公司苏俊总经理、石德岭副总经理等领导一次次看望、慰问她和她的姐妹们，她们备受鼓舞，决心不遗余力地干好清洁工作，用更高的工作质量，来报答各级领导的关爱，书写一曲更加动人的精彩乐章！

一片土地的光荣

曾 锐 梁 磊

人物小传

付亚荣，男，1965年10月出生，四川平昌人。曾获全国青年突出贡献奖，第六届、第七届“海峡两岸职工创新成果展”金奖。获得国家专利授权100多项，在国家级刊物发表论文120余篇。2013年荣获全国五一劳动奖章，时任第五采油厂工程所高级工程师。

1979年，川东北平昌县。

炎炎夏日的夜晚，天上的星星眨巴着眼睛，一群忙碌了一天带着浓郁汗味和叶子烟味的农民，坐在陈家岩雕嘴梁堰棱坎上聊着天。

“石桥河潘家梁钻井架子的灯好亮哟。”

“是啊，汽车烧的油就是他们从地下钻出来的，真稀奇。”

没过多久，岩门滩马路边上也搬来一个钻井队，村里的放牛娃们冒着“斑竹炒肉”的风险，偷偷跑去看热闹。高高的钻井架子让人感到震惊，他们七嘴八舌地议论着，在机器巨大的轰鸣声中，说的啥谁也听不清。其中一个放牛娃一直不吭声，只是紧盯着眼前的一切，生怕以后再也见不着了。

6年后，这个放牛娃拿到了一张重庆石油学校的录取通知书，他拖着一个木头箱子，第一次坐上了火车，第一次到了山城重庆。

“油田应用化学就是泥浆。”老师笑眯眯地回答专业质疑。

“你们每个月的粮票 45 斤，同钻井专业一样。”能吃饱饭的喜悦充满了他的内心。

“有女莫嫁石油郎，日日夜夜守空房；有朝一日回家转，脱下一堆油衣裳。”一首打油诗在学校广为流传。

……

1987 年秋季的一天，班主任龙老师给同学们上了最后一课：“你们的学制从 3 年改为两年半了，马上就要毕业了，到单位好好做一个泥浆工程师。”

拿着手掌大的派遣单，他来到了华北油田，这一扎根就是 30 多年。在这里，他成长为油气田开发高级工程师、油田公司二级技术专家、博士研究生导师；40 余次获国家、省（部）级奖励，授权国家专利 176 件，其中发明专利 118 件，发表论文 200 余篇；获得了全国五一劳动奖章、“全国优秀科技工作者”“侯德榜化工科学技术奖”“发明创业奖暨当代发明家”“全国讲理想、比贡献创新标兵”“杰出工程师奖”“最美科技工作者”等荣誉称号。

这个“放牛娃”，就是采油五厂的付亚荣。

一

“我是谁？我应该如何发展？”从 1987 年来到华北油田采油五厂，付亚荣就不停地思考这个问题。

“鼻状构造”“晋古 2 潜山”交织在这片广袤的土地上，看到那些永不知倦的抽油机，付亚荣就产生了一种莫名的亲切感，他知道，它们将是他今后漫长岁月的“伙伴”。

“你晓得不，我们队又来了一个新人，是刚毕业分配来的。”从宿舍到食堂的路上，师傅们在悄悄议论。

“付亚荣，你就去 7 计实习，你们老乡老雷是站长。”早上送班，队长吕德福这样安排。

“苹果儿、梨儿——”伴随着站外卖水果的老大娘的吆喝声，付亚荣扛着管钳，提着样桶，紧跟着师傅开始巡井。

“哎呀！我的妈啊！”

“这是放套管气，一惊一乍的。”师傅笑弯了腰。

巡井、取样、加盘根、放套管气、除锈刷漆、热洗、测气、测指示曲线……一天又一天。一年实习期很快就过去了。这一年，付亚荣成了一名合格的采油工；这一年，这个以前的放牛娃学会了骑自行车。

1988 年的冬天好像来得比往年早了一些。

“你转正定级了，这是转正通知。”办事员小冯不经意地告诉付亚荣。

付亚荣就这样来到了采油五厂工程队（现为工程技术研究所），从事机械采油新技术研究与推广工作。

“你就是付亚荣？我还以为是个女生呢。”赵师傅显得很风趣和蔼。

付亚荣腼腆地笑了笑，多年来，这个名字给他带来了很多“小麻烦”，对此，他早已习以为常。

这一天起，付亚荣重新变成了一名学生。工程队主要负责的机械采油、仪器仪表、油井低压测试诊断，对他来说都是知识盲区，与他在学校所学的钻井泥浆完全不搭边，每一门都需要从头学习。付亚荣相信一句话：这个世界聪明人太多，肯下笨功夫的人太少，所以成功者只有少数人。

“小付啊，目前你主要负责油井化学清蜡降粘，多看看赵福麟老师的《采油化学》《油田化学》之类的书，你就会明白了，没有什么难的。”在油田化学高级工程师武金保家告诉付亚荣。

因为工作关系，付亚荣经常去华北油田勘察设计研究院，油田清防蜡专家王积龙逐渐熟悉了这个爱钻研的小伙子，只要有时间就给他单独“开小灶”。

“付亚荣，今天给你讲讲防蜡剂的机理、现场作用方法……”

“付亚荣，今天给你讲讲清蜡剂与防蜡剂的区别……”

“付亚荣，今天给你讲讲油溶性降黏剂、水溶性降黏剂……”

“付亚荣，今天给你讲讲破乳剂的‘头’‘起始剂’‘封口剂’……”

慢慢地，付亚荣的脑子不再是一片空白。所有的理论终究要应用在工作中，于是他不断地学习、实践，再学习、再实践，工作越来越得心应手。他所在的工程队，也更名为工程技术大队。

付亚荣 1987 年来到采油五厂时，原油年产量是 60.2 万吨，因为勘探上没有新区突破，产量像递减曲线一样一直往下掉，到 1993 年原油配产只有 30.5 万吨。但五厂管辖的油区还有些一直未试采成功的边零稠油井，这也成了工程技术人员的念想。

1993 年 7 月的一天，一群小伙儿聚集在主管作业的副大队长的办公室，讨论采油、作业技术问题，不经意扯到了晋 401 这口老大难的稠油井。

还别说，晋 401 井当时真有点让这些工程技术人员脸上没光，现在看来是小儿科的技术问题，那些年可没少让他们犯愁。晋 401 井是典型的稠油井，50℃地面原油黏度 491 毫帕·秒，凝固点 41℃，胶质沥青质 58.1%。五厂在这口井上可没少投入，先后尝试电热杆、螺杆泵、抽油机生产，都以失败告终。

这一回，用水溶性降黏剂对油层进行了预处理，油井起抽见油后光杆不同步被搁置在那，晋 401 又要起了“小性子”。

“清蜡降黏逃不出‘相似相溶’‘水膜乳化’两种理论。”付亚荣琢磨了一会儿说。

“行吗？”同事们有些怀疑。

“行不行只有试了才知道。”付亚荣也不敢肯定。

说干就干。他们带着热洗车组和装满化学清蜡降黏剂的东风 340 加药车，赶到晋 401 井场。别说这招儿还真灵，一切出乎预料的顺利，晋 401 井终于“睡醒了”。接下来的一周，他们就没有周末之说了，天天往井上跑，一点一点儿地摸晋 401 的“脾气”，刮风下雨都得准时加药。这口井成了他们的“宝贝井”，它可是五厂稠油开采的新希望。

也就在这时，付亚荣提出了“建立药场”稠油井筒降黏举升概念，采油五厂稠油开采的大幕就此拉开。

二

“那边玉米地中，有个你们石油的井，老乡们把油弄回去烟房顶。”深州市魏桥乡潘庄的老乡们说的是泽 70 井。

付亚荣对泽 70 井的资料别提多熟了，这是一口探井，1980 年 5 月 28 日开钻，8 月 12 日完钻，因为油稠无法试采，只能搁置，储量也无法动用，实在是太可惜了！这口井的油稠到什么程度，听老乡说的弄回去烟房顶就可见一斑了。

晋 401 井给了付亚荣巨大的信心，只要功夫下到了，晋 401 井能成功，泽 70 井也一定能行。

付亚荣将泽 70 井的原油给王积龙送过去，进行原油物性、黏温特性分析，结果是：50 摄氏度地面原油黏度 4736.1 毫帕·秒，凝固点 34 摄氏度，胶质沥青质 55.2%，黏温特性显示对温度敏感。

付亚荣兴奋起来，还有这么好的事儿，温度敏感，泽 70 井采用电热开采应当是首选。

“采用什么办法都可以，绝对不允许电热开采。”

领导的一句话让付亚荣心里一凉，转念一想，表面上这是领导从节约成本考虑，更深层次的原因，应该是考察工程技术人员“指甲能剥几瓣蒜”，真是用心良苦啊！

付亚荣记得马克思说过这样的话：“蜘蛛的活动与织工的活动相似，蜜蜂建筑蜂房的本领使人间的许多建筑师感到惭愧。但是，最蹩脚的建筑师比最灵巧的蜜蜂高明的地方，是他在建房之前，已经在自己的头脑中把它建成了。”付亚荣想，作为一名工程技术人员，就是要解决生产难题，只要肯思考、敢尝试，就一定会找到既能节约成本又能提升效果的好办法。

付亚荣和同事一起分析国内外稠油开采的成功经验，从国内辽河油田的冷家、新疆油田的白碱滩、胜利油田的单家寺，再到加拿大的艾伯塔油田、委内瑞拉的奥里诺科油田、苏丹的 Fula 油田，一次次的深刻剖析、一次次的“头脑风暴”，他们在不断思想碰撞甚至是争吵中逐渐明晰了思路，泽 70 井要顺利试采，必须解决油层和井筒稠油降黏的问题。

如果说华北石油大会战时任 4、任 9 等千吨井喷薄而出的是“潜山油龙”，那现在采油五厂的稠油井下面就隐藏着狡猾的“油蛇”，他们决定不管付出多大努力，也要“引蛇出洞”。

他们的方法就是：对油层中稠油进行降黏，从而形成“蚯蚓洞”网络，让其顺利流入井筒。

经过不懈努力，付亚荣与王积龙等专家一起研发出了使稠油黏度大幅降低的 HRV-2 降黏剂，为稠油冷采提供的技术支持，泽 70 井试采成功了，创造了连续生产 2515 天的奇迹！

地质技术人员的信心更坚定了。1994 年，他们在泽 70 断块部署了泽 70-1、泽 70-2、泽 70-3 三口油井，一次性投产成功。这一年，“稠油开采技术”项目得到了华北石油管理局科研项目立项，且获得科技进步一等奖，1996 年还获得河北省科技进步三等奖。

三

深南油田泽 70 断块、泽 10 断块的稠油地质储量要动用了，“稠油冷采”技术终于要大显身手了。

由厂领导带队、采油室主任付亚荣和作业室主任孙玉民参加的前线工作组成立了，虽然没有召开会议或是举行仪式，但这在采油五厂开发史上应该是一个“大事件”。深南油田泽 70 断块、泽 10 断块的稠油整体开发，技术人员的创新能力是核心关键，他们凭借着责任感和满腔热情，打破传统定势，创新思维方式，在实践中不断总结形成新的理论和认识，取得了一个又一个新成绩，一口接一口“问题井”在他们的大胆突破中变成了“效益井”。

泽 70–4 井投产了；

泽 70–5 井投产了；

泽 70–8 井投产了；

泽 70–38 井投产了；

……

深南油田泽 70 断块、泽 10 断块分别形成了由 62 口和 108 口油水井组成的完善的注采井网。

付亚荣曾开玩笑地说：“在深南油田那片土地上，路边的草都认识我们了！”

在深南油田稠油开采的过程中，有一些小插曲值得回味和思考，更值得技术人员深思和借鉴。

泽 70 断块，有的油井 50℃地面原油黏度在 10000 毫帕 · 秒左右，让人喜笑颜开；有的油井 50℃地面原油黏度在 2000 毫帕 · 秒左右，却让人愁眉苦脸。问题到底出在什么地方？

“可能是螺杆泵过盈配合上出了问题。”生产厂家现场取油样进行了调整。

“可能是地层处理和井筒举升的降黏剂出了问题。”于是重新进行配伍性试验。

“可能举升管柱出了问题。”

“可能油管锚出了问题。”

各种分析，各种方案。可花费了好大的精力，大家始终找不到病根，就像走进了一个死胡同，一时半会儿还转不了身。

就在这时，付亚荣大胆提出了与大家相反的观点，是不是原油物性的本质上出了什么问题？有人质疑，有人直接反对，但他认为必须尊重科学、尊重事实。

付亚荣查阅了大量国内外资料，发现原油中的微量金属元素从几个毫克/升到几千个毫克/升变化，其中镍和钒的含量最多，危害最大。而绝大多数的镍和钒是以复杂油溶性有机金属螯合物的形式存在，原油炼制难以用传统方法去除。这时，华北油田邀请一位从事炼油方面的院士做学术报告，介绍了劣质原油催化重整技术，这使付亚荣得到了启发，眼前豁然一亮。胶质沥青质影响原油黏度既然是没有错的，那错在什么地方？

经过苦苦思考，付亚荣在“极性”高黏理论的引导下，终于找到了问题症结所在：原油黏度2000毫帕·秒左右的稠油中镍、钒等微量元素较高，其中分子量1000左右单元薄片“极易”造成稠油反相。根源找到了，问题也就解决了！

付亚荣将深南油田稠油开采的理念与方法进行凝练和升华，形成了成熟的理论成果和技术体系。揭示了稠油中镍、钒等金属微量元素与黏度的内在规律，系统回答了稠油冷采的理论问题，发明了地层预处理、井筒举升、地面集输与处理等具有自主知识产权的关键技术，实现了稠油冷采的重大技术突破，唤醒了沉睡的地质储量。

由付亚荣牵头系统总结的深南油田稠油冷采方法，获得国家发明专利24项，他们还在《石油钻采工艺》《西安石油大学学报》《特种油气藏》《大庆石油地质与开发》等核心期刊上公开发表学术论文16篇，获得了河北省、内蒙古科学技术奖励。

更让付亚荣兴奋的是，深南油田稠油冷采的成功，奠定了采油五厂原油产量重上50万吨的坚实基础。集团公司专门组织专家到采油五厂进行调研，采油五厂成为行业稠油冷采的典范。

四

不知不觉间，小付已经变成老付了，但他还是保持着年轻时的激情。

付亚荣知道，科技创新是企业发展永恒的驱动力。随着采油五厂勘探开发的深入，科技创新助力原油生产的需求更加强烈。一次偶然的机会，他收到《石油钻采工艺》杂志社审查一篇有关分层采油稿件的邀请，这使他精神为之一振，采油五厂的“牙刷状”油藏开发不正需要这种技术吗。

“主编，你能告诉我这篇文章作者的联系方式不？”

“不能，审查专家不允许与作者联系，这是行业规定，你有什么事，杂志社可以帮你联系。”

“文章写的分层采油技术，我们也正在寻找这种技术，想同作者进行深层次的沟通，了解一些技术细节。”

“这是好事，我马上跟作者联系，说明情况。”

没过几天，付亚荣和作业室主任靳利就来到了长庆油田，他们抓紧一切机会学习分层采油技术，仔细阅读设计，认真观摩生产现场分层采油工具，详细了解这些工具的设计理念、工作原理和适用场景。回到五厂，付亚荣把分层采油的调研情况向领导汇报，并提出将其应用在牙刷状油藏开发的建议。

2014 年，采油五厂引进了分层采油技术，付亚荣又结合油藏特点和生产实际，对这项技术进行了创新改进。他按照“点、线、面、体、环、核”六维顶层设计方法，开展了分层采油与油井防砂等一体化技术攻关，在油层关联描述表征、分层开采模型和封隔器坐封压力耦合模型建立、井下分层采油油嘴优化设计、桥式分层采油和分层采油换层方法优化、自控分层采油方案设计等方面，取得了具有自主知识产权的技术创新成果。这一技术在实践中取得了可喜成绩，实施油井平均每天增油 4.1 吨，不仅油田公司将其作为中长期科研项目，股份公司勘探与生产分公司也将其列为重大专项。

付亚荣对分层采油技术从理论上进行了总结提炼，提出了分层采油前油层层间干扰的表征方法，揭示了分层开采减缓油藏自然递减的特征取向规律，发现了纵向多套叠合油层层间矛盾的内在特征，阐明了平面油层内部原油的赋存状态。分层采油技术获国家发明专利 18 件，实用新型专利 4 件；在《石油钻采工艺》《石油机械》《石油矿场机械》《石油石化节能》等核心期刊上公开发表论文、学术论文 14 篇。2019 年《分层采油关键技术创新及规模化应用》获河北省技术发明二等奖；2020 年《牙刷状油藏分层采油配套工艺技术及应用》获河北省职工优秀技术创新成果一等奖。中国工程院孙金声院士对分层采油技术给予了高度评价。

科研攻关解决了生产中的重大技术问题，现场突发的一些生产难题如何解决，也考验着工程技术人员的实力和耐力。

赵州桥作业区赵 57−35 井检泵作业时使用油田产出水压井，检泵后，日产液由 11.8 立方米下降至 3.6 立方米，日产油由 3.6 立方米下降至 2.8 立方米。作业区主动向付亚荣“求救”。

“老付，赵 57−35 井怎么办？”

“马上组织人员研究。”

两天后，付亚荣开发的酸性表面活性解堵剂配方诞生了。按配方组织生产的药剂第一时间送到了赵州桥作业区，8 月 23 日，在油井不停抽的情况下，施工人员在 60 立方米水中加入 0.5% 的酸性表面活性解堵剂，从油套环空注入，进行解堵，施工后，日产液恢复到 10.5 立方米，日产油恢复到 8.1 立方米。

施工时，付亚荣和作业区的技术负责人员一直盯在现场，心里忐忑不安。看到效果如此理想，所有人都兴奋不已，要知道，这不仅是解决了赵 57−35 井的问题，更是为油井检泵压井施工开出了一剂保障原油产量的良方。“酸性表面活性剂油井外解堵工艺及配方”向国家知识产权局申请了发明专利并获得授权，付亚荣撰写的论文《基于酸性表面活性剂的油井解堵工艺》发表在《石油钻采工艺》，被国内外学者高频次下载、引用。

人们都说，付亚荣看似文弱，骨子里却有种不服输的劲头，遇到困难有人躲着走，他却迎着上。原油脱水离不了破乳剂，付亚荣多年潜心研究，揭示了破乳剂对原油／聚合物溶液体系界面剪切黏度的影响规律，提出了原油界面活性组分离的方法，研发了不同类型原油脱水用破乳剂，其中“中间基原油采出液脱水破乳剂”不仅获得国家发明专利，还得到戴金星院士、郭尚平院士的推荐，获第 11 届中国专利奖优秀奖。

束探 1 井是华北油田的重点探井，这口井可没少给付亚荣出难题。气锚、防气泵是用于防止管式泵气锁的装置，可在束探 1 井上却丝毫不起作用，无法解除管式泵的气锁。

“你是专家，不能让我们老洗井吧！”

“是啊，洗井水抽完了又气锁了，你说怎么办呀？”

这时付亚荣已经是华北油田采油（气）技术专家了，这个问题解决不了还真让他有点抬不起头。

付亚荣突然想起，晋 93 站有个问不倒的蒋伟彪站长，赶紧把他叫到现场，一起想主意。

“关上回压阀门，起着抽油机……”

他们目不转睛盯着油压表，时间一分一秒地过去，也不知道等了多久，油压开始慢慢上升。油压上升至 0.5 兆帕，快速打开回压阀门，当油压上升至 2.5 兆帕时，气锁解除了！

问题是解决了，可其中的道理是什么呢？付亚荣让兴奋的心情先平静下来，通过认真思考，终于发现了“压力激动”油井液面变化的规律，得到了递增式“憋压—释放”解除气锁的方法，这种方法也在氮气吞吐后油井启抽解除气锁中发挥得淋漓尽致。

让付亚荣高兴的是，解除气锁的方法不仅获得了两项国家发明专利，还得到行业专家的高度评价，写进了采油工程教材中。

“老付，请教一个问题……”

“老付，我这里还有一个问题……”

“有问题找老付”成了大家的口头禅，付亚荣也乐于为大家解决一个又一个科研和生产上的难题。

老付就是这么一个不怕麻烦的人。

五

有人为付亚荣骄傲，有人以为付亚荣同志“疯掉”了。

先说说骄傲吧！2017 年 5 月 10 日，中国在南海神狐海域成功实现开发难度最大的泥质粉砂型天然气水合物可控开采，这是经过近 20 年的努力，我国在天然气水合物勘查开发理论、技术、工程、装备上实现的历史性突破，国务院发出贺电，全国人民欢欣鼓舞。付亚荣受《石油钻采工艺》编辑部之约，撰写了《可燃冰研究现状及商业化开采瓶颈》，刊登在 2018 年的第 1 期，《人民日报》（海外版）2018 年 7 月 25 日第 10 版刊发的《改革开放 40 周年科技系列报道之能源篇（9）：中国加速迈向“可燃冰时代”》，整篇内容中 3 处用了“付亚荣指出……”这的确是付亚荣的骄傲。

再说说“疯掉”的事吧！付亚荣撰写了一篇《分层采油的量子纠缠霍尔效应及其哲学拓展》的论文，投到了《浙江大学学报（理学版）》，主编认为很有价值，但不在其专业范围，就将其推荐到《重庆科技学院学报（自然科学版）》刊发了。后来他撰写的《分层采油量子纠缠超距感应及哲学含义》等几篇论文也都相继刊发，受到国内外学者的广泛关注。

量子纠缠、霍尔效应、超距感应，这与原油开采有什么关系？一个油田工程技术人员，如果思维正常，怎么会写这样的文章？

其实，这是付亚荣在北京聆听 1998 年诺贝尔生理学奖得主穆拉德博士学术报告时受到的启发。他认为，发现问题、虚拟推理、创想实验、说服他人、协同合作，可能引出颠覆性成果。2019年，中国科学院地质与地球物理研究所、中山大学地球科学与工程学院、天津大学建筑工程学院、自然资源部地质信息技术重点实验室等著名研究机构和知名大学的9位学者，联合撰写的《量子纠缠技术地质学上应用的可能性》发表在EI收录期刊《地学前缘》2019年第26卷第4期。中国石油行业的院士、学者在撰文总结“十三五”取得的成就和展望“十四五”前沿技术时，也用较大篇幅指出了量子纠缠在油气田开发中的应用前景，这让人们对付亚荣在科技前沿领域超前的意识感到惊叹。

知识、经验需要传承，特别是隐性的知识、经验需要显性化才能传承。付亚荣近两年出版了《专利挖掘与申请文本撰写技巧》《发明专利审通陈述意见撰写技巧与案例》《科技论文写作技巧》等专著，被部分高校用作创新教材。

2018年，付亚荣被河北省总工会聘为首批创新导师。他和一些国内知名专家、教授以杰出工程师专家委员会、中国知网、河北省化工学会封堵专业委员会为载体，以“封堵学智”为平台，每周六面向全国开展公益讲座。

多年来，付亚荣这个曾经的“放牛娃”，总是以不同的方式带给人们惊喜甚至是震撼。他的同事曾经这样评价他：不管他做出什么事也不要奇怪，因为他是付亚荣。

凤舞彩云

盛玉奎　刘小峰

人类社会不能没有石油，犹如人体不能没有血液；

油田离不开地质工作者，犹如探险者离不开向导。

——题记

一名优秀的音乐家抚动琴弦，能演奏出美妙动听、引人入胜的优美旋律。她，一名十分平凡、极为普通的地质工作者，却能以石油地质构造为琴，地震曲线为弦，用灵巧的双手和聪慧的眼睛，揭开沉积亿万年的无声世界的神秘面纱，描出山，绘出水，牵出一条条造福人类的油龙，奏响一曲曲奋发拼搏、无私奉献的嘹亮凯歌。

她就是采油五厂地质研究所滚动开发室主任、“中央企业劳动模范”——刘凤芸。

一

雄关漫道真如铁，我将迈步从头越。热爱始终会给人以奋斗的力量。

1982 年，19 岁的刘凤芸怀着憧憬，怀着希冀，怀着一颗赤诚滚烫的心，从华北石油技工学校毕业分配到采油二厂，当上了一名采油工。从那时起，她就决心干出一番成绩来！

刘凤芸心里清楚，要干出一番成绩，仅靠现有的知识储备远远不够，于是，她利用一切业余时间抓紧学习，于 1985 年考取了华北石油职工大学。

1988 年毕业，刘凤芸分配到采油五厂，扎实的理论基础使她的信心更足了，她迫不及待地一头扑进挚爱的地质研究工作。8 年后，由于业务能力突出，刘凤芸被任命为地质研究所滚动开发室主任。

更重的担子，也压出刘凤芸更强的责任。她带领全室科研人员，不断创新地质认识，精细地质研究，采用先进的科学技术和方法，制定了一系列的滚动开发方案。仅 2001 年以来，就探明含油面积 8.2 平方千米，新增石油地质储量 1050 万吨，新增可采储量 211 万吨，为五厂连续 5 年实现当年新增可采储量大于当年采出量、原油产量连续 10 年上台阶做出了突出贡献。

刘凤芸的抽屉里放满了各种证书：省部级科技进步三等奖 2 项，华北油田科技进步一等奖 2 项、二等奖 4 项、三等奖 6 项，油田公司“岗位明星”“三八红旗手”“劳动模范”，采油五厂“先进工作者”“功勋员工”……2004 年 9 月，刘凤芸还捧回了采油五厂第一枚中央企业劳动模范奖牌。

可是，又有谁能知道，这些荣誉的背后，隐藏着多少不为人知的故事。

二

上天容易入地难。地质人员必须练成十八般武艺才能地宫寻宝。

“打铁先得自身硬，书到用时方恨少。”刘凤芸常常发出这样的感慨。虽然从事滚动开发多年，在同事们眼中，她是业务上的行家里手，是带领大家攻坚破难的领头人，但刘凤芸一直保持清醒的认识。科技在发展，理论在进步，要想更好地适应地质研究的最新要求，就必须不断奋发进取，孜孜不倦地学习新知识，掌握新技术，不断提高自身的整体素质。

在刚接触三维地震资料解释工作站时，刘凤芸被其强大的功能所震撼，她知道这将是今后做好地质工作的有力“武器”。兴奋之余，她又有些焦虑，掌握这门技术必须有良好的英文基础，可这正是她的弱项。面对困难，她没有退缩，而是鼓足了勇气。英文界面看不懂，她就把菜单抄下来，借助词典一个单词一个单词翻译成中文，然后对照菜单一步一步地学，一步一步地练。为了充分利用时间、提高学习效率，她将英文单词写在纸条上，把厨房墙面贴成了“大花脸”，做菜时抽空就看上几眼、读上几遍，结果单词背下来了，菜却烧煳了。有时上井场或者去油田公司办事，她也会把纸条带在身上，利用坐车时间见缝插针看上一会儿、背上几条。经过两个多月的刻苦努力，她的英文基础有了明显的提高，熟练地掌握了解释工作站的各项分析操作。

为了掌握新技术，提高自己的综合分析水平，刘凤芸在工作之余，认真学习《复杂断块油田详探与开发》《层序地层学》《SUN 工作站应用指南》等书籍，刻苦钻研三维地震资料处理、解释、油藏描述等新技术、新方法、新手段，并紧密结合实际，将学到的新知识积极应用到实践中，不断提高工作效率、工作质量。坚持学习使刘凤芸的找油理念不断创新，2011 年，在对深南复杂构造带进行研究时，她提出了浅层具备成藏条件的新认识，依据此认识，深南构造带发现了东一段新的含油层系。

刘凤芸常说，地质研究就是要学习、实践，再学习、再实践。在对赵州桥油田进行综合研究时，为了掌握油气富集成藏规律，她翻阅了大量书籍，深入研究了中国东部地区地层发育史和冀中坳陷构造、地层、储集层的典型特征，掌握了赵州桥油田的沉积环境、地层发育和油气分布状况，创新提出了赵州桥油田赵 108 断块多层系富集油气的新认识，在赵 108 断块滚动发现了新的含油层系。

三

石油在地质工作者的脑子里，更在他们的默默奉献中。

多年来，刘凤芸始终保持着火一样的工作激情，这激情来自她对石油事业的热爱，来自她对企业的责任。

在建厂初期，她负责荆丘油田的地质研究工作。荆丘油田是采油五厂的主力油田，地质工作量大，加班加点是常有的事。当时，刘凤芸的孩子还小，晚上她就把孩子哄睡后跑到办公室加班，手工画着一条条曲线，翻阅着一张张地震剖面，制作着一张张地质图纸，编制出一个个开发方案，时常干到半夜三更，有时甚至是通宵达旦。经她手制作的方案被领导作为模板和免检“样品”，供其他同志借鉴学习。荆丘油田油层多而厚，是采油五厂的“宝贝”油田。为了实现荆丘油田精准开发、高效建产，刘凤芸废寝忘食地潜心研究、精细分析，不知用了多少个不眠之夜，精心绘制了上百份对比手工图纸，并在图纸上画上各种地质符号，方便下一步工序的顺利开展。让刘凤芸高兴的是，在大家的共同努力下，荆丘油田实现了高效开发，为五厂年产量从 24 万吨上升到 50 万吨之上，并稳产 20 年奠定了坚实基础。

那些年，刘凤芸心里经常处于矛盾之中，一方面为企业发展竭尽全力，在收获一项项成果中感到欣慰；另一方面也为自己作为母亲、妻子，无法照顾好家庭经常自责。但她知道，自己没有其他选择。晚上，当人们在悠闲地散步、聊天、打牌、下棋、看电视、玩手机、跳广场舞的时候，她却带头在办公室里挑灯夜战、忘我工作。任何选择都要有代价，作为一名石油地质工作者，这就是她的代价。

2003 年冬天，为了组织编写“冀中南部油田滚动勘探开发目标综合评价及实施研究”项目，刘凤芸连续两个月每天晚上加班到十一二点以后。由于丈夫外出工作不在家，加班时她就把 4 岁的儿子带到办公室，常常是等她忙完了，懂事的孩子已经悄悄趴在桌子上睡着了。每当这时，她心里就觉得有种针扎般的疼痛。“宝剑锋从磨砺出，梅花香自苦寒来。”经过两个多月的拼搏苦战，这个项目在油田公司 2002 年度科研项目评审验收中荣获了科技进步二等奖。

有一次，所里让她带两名技术人员到任丘与研究院一起进行榆科油田的构造解释与地质研究，可此时，上小学的儿子不小心摔断了胳膊，正在住院治疗。面对胳膊上打着石膏躺在病床上的儿子，她心里十分矛盾：去吧，丈夫经常上井，自己如果不在家，孩子没人照顾，看着孩子疼痛难忍、眼巴巴的可怜样，她实在有些于心不忍；不去吧，榆科油田的地质研究工作一直是自己负责的，换其他同事去，情况不够熟悉，必将影响研究工作的进展和效果，甚至影响五厂的产能建设。再艰难的选择也要作出决定，哪怕这个决定是痛苦的。刘凤芸考虑再三，她还是硬着头皮决定把孩子托付给了朋友照顾。在千叮咛万嘱咐后离开儿子时，她甚至不敢再回头看他一眼。在任丘刘凤芸一干就是 3 个月，这 3 个月对她是无比的煎熬，一方面是巨大的工作量，无休无止的加班加点，另一方面是让她牵肠挂肚的受伤的儿子，她都不知道自己是怎么挺过来的。一分耕耘，一分收获。他们通过对榆科油田进行综合研究，制定出了"油砂体滚动"的开发方案，就是在油田构造高部位、油砂体发育区域实施调整加密。方案通过后，共实施钻探滚动开发井 21 口，取得令人振奋的开发效果，使榆科这个濒临停产的油田获得了新生。看到汩汩而出的黑黑的油流，她无比欣慰，感到自己的一切付出都是值得的，但唯一就是对儿子的愧疚始终难以释怀。

刘凤芸清楚地记得，一年五一长假期间，她带领滚动室的全体技术人员加班攻关一个重要项目，上高一住校的儿子正好放假两天，而她爱人正在大庆出差。儿子已经许久没见到母亲了，回来就想陪妈妈两天，起码一起吃个饭、聊聊天，可就连这么点心愿都没实现。整整两天，他就独自一人在家。返校前，懂事的儿子跟她说："妈妈，工作重要，健康一样重要，你要多保重自己的身体。"当时，刘凤芸再也忍不住泪水，紧紧拉着儿子的手说："妈妈真对不起你，孩子，可为了工作，我没有别的选择。"

四

地下的地质情况，永远只有相似，没有相同，地质工作每前进一步，都离不开创新。

创新永远是引领发展的第一动力。作为地质工作者，刘凤芸对此有深切的感悟，她常和同事们说，地下情况异常复杂，地质工作离不开创新，只有创新，才能使滚动开发工作不断取得新的突破。油田稳产、增产的关键途径，无非两条：一是靠滚动勘探开发，寻找新储量；二是靠老油田的稳产挖潜。而这两条途径都需要对地层进行不断的再认识，都需要坚持创新精神。

经过多年的地质研究实践，刘凤芸认识到，干好地质工作要有大胆的创新意识和敢于承担风险的勇气，不能仅仅局限于传统的地质理论，而要敢于科学设想、敢于构建新的地质模型，根据油田的实际情况，不断创新地质认识。

冀中南部地区经过多年的滚动勘探开发，开发程度已经非常高了，要稳产就必须不断发现新的区块，以弥补老油藏的快速递减。作为滚动室主任，刘凤芸深感自己肩上担子的沉重，但她坚信，只要有创新的精神、创新的实践，就一定会取得新成果。她大胆创新地质认识、创新思维模式，带领大家在吸取前人认识的基础上，把创新理念运用于实际工作之中，先后在车城、榆科等 8 个油田取得了新的突破，特别是对车城油田的研究，就是他们创新地质认识取得重大突破的典型代表。

传统的地质理论认为，车城油田只有反向断层控制才能形成油藏，但刘凤芸和同事们通过几年来对这个油田的反复研究，认为情况可能有所不同。他们查阅了 30 多口井的钻井、试油资料和 10 余份技术报告，对该油田的沉积环境，油气的生油、运移条件以及储盖组合进行了系统分析评价，利用三维地震资料精细落实构造，仔细研究油砂体分布规律，得出了不仅反向断层控制可以形成油藏，顺向断层遮挡也能形成油藏的全新地质认识。

按照这一认识，采油五厂对车城油田开展了全方位滚动开发，获得了重大突破，不仅发现了反向断层遮挡成藏的晋93、晋93西、晋94等油藏，也发现了顺向断层遮挡成藏的晋105等油藏，新增加含油面积2平方千米，新增石油地质储量504万吨，新增可采储量126万吨。

在深南等油田的地质研究中，创新思维同样起到至关重要的作用。同样是打破常规的创新认识，同样是的精细入微的对比分析，同样是如履薄冰的井位标定，同样是“5+2”“白＋黑”，刘凤芸带领同事们不断在艰难中探索，在探索中前进，不断取得一个又一个突破。就像刘凤芸所说：“地质情况永远只有相似，没有完全一样，不能用一把钥匙开所有的锁，只有创新是取得成果的唯一途径。”

五

越是复杂的地区风险越大、潜力越大，要想获得发现，地质工作者不但要有冒险家精神，还要严谨唯实，心细如丝。

石油勘探开发是一项系统工程，而地质工作无疑是最前沿的关键一环。地质人员每标定一口井位，后续都要有巨大的投资和工作量，而这也是他们承受的最大压力。

刘凤芸和同事们为了认定一条曲线、一个井位，常常要经过反复地推敲；为了一个圈闭的落实，往往要经过无数次精细论证。每当提出一口滚动井位时，在他们的脑海里不知要装多少条相互关联的曲线，时常走在路上脑子里仍不停地闪现着跳跃的曲线。他们深知几千米下的地层变化是相当大的，在密如蛛网的地震构造图上，失之毫厘，打井时将会差之千米，就会给国家造成几百万元甚至上千万元的巨大损失！

刘凤芸的工作作风在单位是出了名的，她在地层对比、地震地质层位标定、构造解释、储层研究、成藏分析、井位部署等方面，始终坚持精细的原则，通过严谨细致的工作，使全厂的滚动开发取得了丰硕成果。

赵州桥油田断层复杂，断块破碎，对比难度极大。2004 年，她带领团队在对该油田三维地震资料进行精细处理的基础上，开展了第五个轮次的滚动开发研究。一个已经过了 4 遍“筛子”的油田，其接替层系、剩余潜力在哪里？能否取得预期的效果？大家心里都没底。但她深深知道，越是复杂的地区，潜力越大，要想获得发现，研究工作必须深入、细致、严谨。

于是，她把油田内 130 多口井的各种资料收集齐全，精细对比每一条曲线，仔细划分每一个层段，详细分析每一个资料，然后把每口井所钻遇的断点、层位再标定到地震剖面上进行构造精细解释。那段时间，她吃饭饭不香，睡觉觉不甜，脑子想的只有曲线、断层、圈闭和井位。有时，为了确定一口井位，她要带领大家翻阅几十口相关联油井的资料，搞清其构造位置是否有利，所处井区油砂体是否发育，邻井生产状况如何等，不知耗费了多少心血。

2004 年 7 月，在确定钻探赵 102 断块的赵 41-15 井时，井位设计图表已经做好，准备第二天到油田公司汇报。然而晚上吃完晚饭后，她和爱人一起散步时，脑海之中仍在考虑这口关键井的设计，感到根据自己平时掌握的情况，这口井周围应该还有潜力可挖，井位设计还不到位。想到这里，她马上来到办公室，找出邻井资料，再次进行了认真分析研究，发现相邻的赵 102 井在目的层之下仍解释有一层 3 米多的油层，如果加深钻探，可以进一步探明该井区含油情况，于是她兴奋地修改了原设计，加深钻探 70 米。结果赵 41-15 井在实施钻探中，除钻遇原目的层外，还新发现了一套 15 米的含油层系。

那段时间，她带领大家对赵州桥油田进行了 3 个月的精细研究，解释地震资料 87 平方千米，落实断层 20 条，共部署井位 16 口，新建产能 3 万吨。

同事们都说，别看刘凤芸是个女同志，可干起活儿来比男同志还拼。在深南油田水平井钻探过程中，刘凤芸坚持深入一线，扎根井场，为了确保钻头在目的层内钻进，她经常伴随着隆隆的钻机声通宵达旦地工作。尤其是在台 8 井钻探过程中，她为了精准掌握水平井导向技术，一连 40 多天吃住在井场，每天只睡三四个小时。

为了提高深南油田泽 70 断块稠油油藏采收率，厂里成立了由滚动、开发技术人员组成的项目研究小组，刘凤芸担任项目组长，承担泽 70 断块油层对比、构造解释和开发调整方案的编制工作。该断块构造复杂，加上三维地震资料品质也比较差，给研究工作带来很大难度。为了确定对比方案，她带领项目组对区块一个层段一个层段地仔细划分，一个资料一个资料地详细分析。所有人都放弃了节假日，加班加点进行精细研究，先后做出构造图 6 层、油层对比图 10 张，编写了泽 70 断块开发调整方案。通过井网完善、细分开发层系等一系列措施，钻探滚动开发井 16 口，新建产能 3 万吨，油藏日产油量由 71.2 吨增至 164.1 吨，年产油量由 3.3 万吨增至 4.9 万吨，有效地减缓了深南油田产量递减。

六

一花独放红一点，百花齐放满园春。地质研究绝不是个人能完成的，需要一个团结善战的团队。

在采油五厂地质研究所滚动开发室，刘凤芸在职务上是主任，在业务上是老师，在生活中就是大家的老大姐。她在工作上一丝不苟，在关心同事上也是细致入微。

一次，同事李小明不小心误伤了眼睛，刘凤芸得知后，自己掏钱买了营养品，带领全室人员去看望他，让这个刚入职不久的年轻人深深感受到了这个大家庭的温暖，感动得眼含热泪半天说不出话来。

2008 年，刘凤芸的徒弟范丽琳刚到单位不久，就遇到讨论深南油田调整方案的攻关项目。工作环境是新的，工作内容是新的，一切的一切都是新的。虽然大学是学的地质专业，可是理论和实践总是有一条鸿沟，需要不断积累经验才能跨越，小范压力很大。刘凤芸心思非常细密，很快地就发现了小范的不对劲，立即与她推心置腹地谈心，打开了小范的心结。为了让小范快速成长，1 年后刘凤芸就让她承担深南背斜带北翼的综合研究工作。刘凤芸不仅给她压担子，还给她指路子，在研究过程中，结合实践经验给她讲解油组划分的原则，以及如何确定井间小层的对应关系等。最终，通过综合研究，在泽 502 北断块发现了泽 10-43 断块东一、东二段新的含油层系。由于工作业绩突出，范丽琳获得了全厂“学习成才明星”，其事迹被收录到了油田公司青年成才助推工程“三个一百”风采辑。

还有一次，同事陈玉林的姐姐路过采油五厂来看他，可他恰巧正在外地出差回不来。刘凤芸得知后，热情地带他姐姐去饭店吃饭，而且中午还安排在旅馆休息。在工作中，刘凤芸对陈玉林也是关心备至，研究过程中遇到难以解决的问题，她都会主动指导帮助，还发动项目组成员帮他一起分析。陈玉林说：“每当做完井位数据三图一表的时候，我们都让刘主任去审核，刘主任总能检查出大大小小的毛病来，耐心指导我们修改，有时达几十处。大到井位坐标读取误差大，录井显示级别有错误，电测成果数据不准确，小到标点符号的使用，产量数据有误差，她都用红铅笔一一标出。”在刘凤芸的耐心指导帮助下，陈玉林先后两次荣获采油五厂劳模标兵称号，2012 年又被评为油田公司劳模标兵和“华北油田榜样”，后来还荣获了河北省五一劳动奖章。

榜样的力量是无穷的！在刘凤芸的带动和影响下，除了陈玉林、范丽琳，采油五厂地质研究所滚动开发室还涌现出了油田公司劳动模范陈再贺、公司十大杰出青年李昆、全国五一劳动奖章获得者郝秀敏等一批先进模范人物。

找油消得人憔悴，衣带渐宽终无悔。

胸中常存揽月志，凤舞彩云自高飞！

几十年来，刘凤芸凭借着心中对事业的热爱与执着，顽强拼搏，无私奉献，像一只不知疲倦的彩凤，永远向着更新、更高的目标展翅飞翔！

铁 军

李长开　黄延兵

他，留着短发，戴着眼镜，白皙文静，像一个工作在大城市的白领，丝毫没有石油钻井工人黝黑粗犷的印记。可就是他，依靠过人的胆识和技术创新，将华北冀中地区钻机月速度从每台月 3000 米提高到 8000 米，开启了华北油田钻井大提速的序幕；就是他，凭借严格但充满人情味的管理，将一个厂处级先进队和另一个没人看好的“杂牌军”带成了集团公司标杆队、河北省先进基层党组织；就是他，从员工素质教育入手，将一个个文化程度不高的钻井工人打造成了钻井生产和管理人才。

他，就是年仅 37 岁，时任第四钻井公司 40686 钻井队党支部书记、队长王怀军。

多一次尝试，就会多一次成功的机会

王怀军的父母是参加过华北油田会战的“老石油”，1983 年，年仅 10 岁的他从四川广元老家来到原华北石油管理局油建公司与父母团聚。受父母影响，初中毕业就报考了团泊洼华北石油学校石油钻井专业，并以优异成绩于 1991 年毕业进了钻井队当技术员。工作中，王怀军如饥似渴地向老工人学习，不仅技术突飞猛进，更深刻地领悟了技术打井的重要性。

深知技术魔力的王怀军知道，在低油价时代行业投资减少、钻井利润空间变小是大势所趋，钻井行业的出路就是低成本打井，靠“针头线脑儿”地节约固然重要，但要解决根本问题，只能依靠技术进步来提高钻井成效，破解低成本迷局。他常跟员工说："扔掉老办法才会有新成绩，我们只有创新，才能走在别人前面。"从2001年他走马上任40510钻井队队长伊始，就积极筹划钻井提速工作。

2001年下半年，他得知公司有引进连续导向钻井工艺的消息，就主动找领导，表示愿意承担试验任务。经过5口井的摸索，钻井速度明显提升，使连续导向钻井工艺得以在全公司正式推广。

面对初次的成功，王怀军没有就此止步，而是继续思索有没有再次提速的办法。当时，钻井队普遍采用老式的牙轮钻头，虽然钻进比较慢，但经济适用；而另一种已经被证明能够提高钻速的PDC钻头，却因为价格昂贵、容易磨损，没有被普遍使用。

王怀军认为，牙轮钻头的生产潜力已经到了极限，而PDC新式钻头将是大势所趋，如果能有效减少PDC钻头磨损、提高使用寿命，就可以大大降低这种昂贵钻头的使用成本。根据现场使用经验，王怀军向钻头供货商提出建议，将高承压的三刀翼钻头改为四刀翼钻头，可能会使单组刀翼因降低承压而减少磨损。厂家根据他的建议迅速制作出了一个样品，让其进行再次试验。

半年后，王怀军找到了一口合适的井位，品尝别人不敢一试的"螃蟹"。让所有人都没有想到的是，钻头不仅没有像以前打一口井就报销，而是打完了整个上部地层也"毫发未伤"，平均钻速由每台月3000米提高到6000米以上，整整提高了一倍。

这一技术成果的成功应用，大大振奋了王怀军尝试新技术的信心，他再接再厉，引进了正电胶钻井液泥浆体系，结合连续导向技术和PDC钻头使用，钻井速度越打越快。在2003年留416-22X井施工时，钻机月速从6498米/台月提高到8000米/台月，创造了华北冀中地区当时的钻速最快纪录。在2009年路10-12X井施工中，创造了钻机月速8018.45米/台月的成绩，再次刷新他本人创造的华北冀中钻速最快纪录。

如今，王怀军最先使用的快速钻井“独门绝技”，已经成为渤海钻探公司的“常规武器”，并成为站稳扩大市场和低成本经营的“杀手锏”。这勇敢尝试来自王怀军过硬的本领，更来自一个钻探人强烈的事业心和使命追求。王怀军说，他希望不断刷新自己的人生纪录，为公司带来更大的效益。

多一点规矩，就会多一点笑容

往年的年底，都是40510钻井队员工最高兴的时候。这不仅是因为他们盘点年终收入时总能在分公司名列前茅，更因为整天与铁疙瘩打交道，却能毫发未伤地回家与家人团聚。

可在3年前，王怀军所带的40686队却不是这个样子。2006年年底，由于作为标杆队的40510队要出国打井，公司就临时抽调王怀军以及部分井队的人员新组建了40686队，以填补40510队在冀中打井的空缺。由于人员素质参差不齐、脾气秉性各异，对于能不能打好井、拿到全额工资和奖金，别说队上许多员工心里没有底，就是带惯了先进队的王怀军也不敢打包票。

装备不行可以引进，技术不行可以改进，可打井的人不行，那该怎么办呢？面对还是一盘散沙的队伍，王怀军认为，必须强化管理，完善制度，让队伍多一点规矩、多一点约束、多一点压力，才能聚沙成塔、凝水成冰。他和员工说得最多的一句话就是：“管理靠大家、效益靠大家，我尽心、你尽心，最后大家才欢心。”

靠制度管人、靠制度理事是王怀军的一贯作风。他经常教育引导员工尊重规则，按规矩做事。在制度建立方面，注重全员参与，充分征求员工意见，用制度表达员工心愿。而制度建立以后队干部必须带头执行，做到制度面前人人平等。2003年的一天，周日龙、赵伍军两名员工在看井期间丢了一台电焊机，事后他们第一时间找到王怀军，要求承担责任，并按队上规定交出1000元罚款。事后，他俩说：“这样做我们都是心甘情愿的，因为王队长在遵守制度上都以身作则，他也曾对自己做过两次处罚。”

钻井施工高空作业多、大型设备多，稍有松懈就可能发生人身、设备或工程事故。钻井安全生产问题，既关系员工的生死和收入，也关系队伍的品牌和市场，王怀军首先拿安全生产工作作为管理的突破点，建立健全管理规章制度，加强风险识别和隐患排查，为避免事故发生打造管理“盾牌”。

由于井场上人多手杂、车辆进进出出不好管理，搬安作业一向是钻井队风险最大的工序。王怀军告诫员工，越是看似平常的生产环节越容易发生问题，千万不能为图省事而忽视用鲜血和生命换来的操作程序。为使搬安作业更加科学化，他召集骨干把集团公司的“六条禁令”、渤海钻探的“十项规定”和“吊装禁令”，变成具体的作业程序，分解到各路组织者和班组落实。由于想得周全、准备工作扎实，他所带的队设备拖甩时间由原来的 2 天缩短为不到 1 天。在正常钻进时，王怀军根据工作实际，建立《干部值班制度》，要求队干部 24 小时有人值班，有问题不让员工乱找；完善《岗位巡查与抽查制度》，要求每班值班人员必查 3 个关键点项，追踪隐患整改；健全《班前预警与班后讲评制度》，要求一班一讲评、一月一总评，并产生一个优胜班组，给予 300 元奖励。

由于班组和岗位之间做到了“工作任务明、安全风险明、技术措施明”以及“任务完成到位、岗位评价到位、风险削减到位、问题交接到位”等“三明、四到位”，班组内部和班组之间的协作质量明显提高，安全风险得到有效预警，全队生产时效得到显著提高。队伍成立 3 年多来，未发生一起井下事故，而接单根钻具一项，也由七八分钟缩短到三四分钟。

在强化安全管理的基础上，王怀军还在成本管理上动足了脑筋。井位一下来，他就先预算周期和投资，将一口井的常规料一次备足，做到既不积压也不缺货；组织机房人员总结油耗规律，按照不同井深、不同工况，确定柴油机的开动台数和转速的大小，实现经济耗油；针对少数员工小料用不完就扔、返工多耗的现象，引导员工靠勤俭增效，发挥每一滴油、每一个钻头、每一根细套的作用。通过这些举措，40686 队的柴油消耗由台月百吨以上降低到不足 70 吨，在公司同类型钻井设备中始终保持最低纪录。

王怀军定规矩、严管理的雷厉风行举措，受到了 40686 钻井队员工普遍欢迎。一名员工说："严是爱、宽是害，尽管进了这支队伍后，不能像以前那样随便了，但挺起健健康康的身板、按着逐渐鼓起的腰包，谁还会说有制度的约束不是一件好事呢？"

多一分关怀，就会多一分收获

在钻井四公司的钻井一线，许多人都喜欢叫王怀军一声"老队长"。不是因为王怀军年纪大，而是因为这个公司的一线井队许多管理干部都曾经在王怀军带的井队干过，并深受他的影响。

作为一名中专毕业的钻井人，王怀军不到 40 岁就先后 3 次得到过局级劳模称号、1 次省级劳模荣誉及 1 次全国五一劳动奖章，他所带的井队也先后获得"全国青年文明号"、集团公司工程技术金牌队、河北省先进基层党组织等诸多荣誉。对个人来说，他可谓功成名就。但他从来不居功自傲，他说，这些荣誉是全队每个人齐心努力的结果，他有责任让全队每一名员工都能成才、发光。他也曾在员工大会上表示：自己有一种愿望，希望大家拥有精湛的技能，在这里要干好、出去要干得更好。

针对钻井队军转人员多、高中学历以下员工多的特点，他要求员工在业余时间，改变不良习惯，多看书、多学习。他说，钻井工人把人生大把的时间放在井场，不能仅仅满足于用有限的时间换取有限工资和奖金，那是短期利益；只有珍惜时间，不断学习技能、提高素质，做到技不压身、学有所长，才是长期利益所在。

正是基于这种认识，他所管理的两支钻井队都开展了以提高队伍整体素质为主的讲课和培训活动，并收集了国内钻井施工案例和钻井科技前沿理论资料，整理成册发给员工学习。在遇到高难井或施工复杂情况后，王怀军都组织技术骨干，及时分析总结，形成经验后指导全队生产。

为提高员工学习积极性，他同员工协商后制定了《班组学习培训计划和考核细则》，将班组学习培训考核成绩同绩效工资分配挂钩，同班组业绩挂钩，并将其作为班组评比和申报先进的标准之一。他还在班组之间开展"比速度、比质量、比安全"劳动竞赛，对每班次进尺超过 300、400、500 米的班组分别奖励 200、300、400 元，鼓励员工靠提高技能创效益。

作为领导，他在业务学习上精细推动；作为一名党员，王怀军还在思想上对员工谆谆教诲。个别新员工好高骛远、不屑做小事情，他就找来一些成功者的传记，告诫这些员工要学会脚踏实地、一点一滴做起；个别员工思想消极、牢骚满腹，他就用换位思考的体验形式，加强正面思想教育；个别员工对社会和集体漠不关心，他就用亲情短信、搞捐款等活动，唤起员工对社会、对油田、对家人的感恩之心。

这种对员工成长的关怀，大大调动了员工学知识、练本领、报效社会的热情。在王怀军的推动下，员工们越学越带劲，不仅学会了地质、钻井专业知识和英语，并自发建起了网站和网上聊天沙龙等学习交流平台，形成了浓厚的学习氛围。

功夫不负有心人。10 年来，在王怀军的影响下，先后有 28 人成人大专毕业、6 人专升本、3 人被评为局级技术能手、1 人获得集团公司技能竞赛柴油机工铜牌。同时，他所带的队伍，先后走出了 5 名队长、8 名副队长以及为数众多的司钻、副司钻等生产骨干，成为名副其实的"人才摇篮"。

在谈起 20 年来从事钻井行业的收获时，王怀军感触良多。他说，论体力自己可能赶不上许多搬运工，论学历可能赶不上一些新毕业的大学生，论技术操作可能赶不上一些技术能手，但他一直坚守一个信念，就是自己要积极发挥党员的先锋模范作用，带好队伍、带好员工。这个信念，让他和他的队伍战胜了一个个困难，取得了一个个辉煌成绩。展望未来，他还要坚守这个信念，让企业受益、让员工获益，让共产党员的称号在岗位上熠熠生辉。

铿锵玫瑰

李　楠

一

起起伏伏的太行山上，星罗棋布的小花五颜六色，开得妖娆热闹，在岩石缝隙，在陡峭的山坡，一朵朵，一簇簇，挺拔着单薄的身躯，迎着风，迎着雨，靓丽着笑脸，散发着淡淡的香味。就是这些暗香流动的小花，还有那绿油油的小草……珍存着煤层气人在大山深处留下的足迹。

2006 年 7 月，山西沁水玉溪村一改往日的宁静，欢腾起来，首批参加煤层气勘探开发会战的员工在这里安营扎寨，开始了艰苦创业。

在首批开拔上来的 45 人中，有一朵“铿锵玫瑰”——采油二厂设计室的李丽英。李丽英的故事和事迹，你随意问起在煤层气工作的任何一个人，都能说上那么几句。

作为采油二厂公认的技术骨干，李丽英一到煤层气，来不及适应环境，顾不上洗去风尘，第二天就换上红工服到了前线，爬大山，蹚大河。一连几天，年轻小伙子能爬多高，她就爬多高，年轻小伙子走 10 几小时，她也走 10 几小时。时值盛夏，脏兮兮的工服裹在身上又闷又热，工服湿透了，脸晒脱了皮，腿摔伤了，脚上磨出了血泡，她全然不顾。李丽英这个地方看看，那个地方瞧瞧，选 9 座集气站、1 个处理中心的地址和配套管线的走向，比给自己买衣服、给孩子选礼物还在意。为了选好一个地址，她不知要考虑多少要素，要跑多少里山路，有时已经找到了理想位置，她还是要再多跑几个地方，反复对比，确定最好的选项。

这一天，李丽英带着负责集气站选址勘察和设计工作的张永琪一大早就出发了。他们背着干粮和一大瓶水，戴着草帽，往山上爬。山坡上的乱树常常带刺，但坡陡时还必须抓着树枝往上爬，被树刺扎伤手是常事。

“啊！”李丽英突然一声尖叫，从两米高的岩石上掉了下来。小张急忙上前，把李丽英拉起来，只见她衣服划破了好几处，胳膊、腿和脸上都蹭出了血印子。原来往上攀登的时候，她想抓住一个树根，没想到是条蛇，那种凉冰冰、软绵绵的感觉一瞬间让她浑身发冷，下意识地松开手。

稍微缓了一会儿，小张看李丽英恢复了平静，就劝她回去。李丽英却说：“不行，回去今天就白爬这么高了，明天还得爬上来，时间耽误不起呀。”小张见李丽英如此坚决，也就不再劝她了，只是坚持要走在前面。

“这样的大会战，既然我们赶上了，就要把全身的力气使出来，看看自己到底有多大本事。你看，整个前线不都是这么干的吗？大家都在争分夺秒，不就是为了早一天把这个大气田拿下来吗！”李丽英边走边说，小张连连点头。

俩人一前一后，艰难地往上攀登……终于，选定了一块地方，从各个方面看都很适合建集气站，他们异常惊喜，赶紧往回跑。汇报，讨论，结果被否决了。原因是为了保护耕地，国土资源部为各省市自治区圈定了耕地保护“红线”，山西省对耕地占用严令禁止。

如果是在华北平原搞地面工程，选个地址就不用费这么大劲，可在太行山深处是难上加难。好不容易有一块平地，老百姓就赶紧种上了庄稼，成了可耕地；没有耕地的地方，政府另有他用；没有他用的，就是离煤矿太近；离煤矿不近的，又紧靠村庄；把这些都避开的地块，又在地震断裂带上……在这种情况下，要设计出一个方案，从上山踏勘选址，到伏案描图，就像“十月怀胎”，眼看就要分娩了，却胎死腹中，还有比这让人更痛苦的事吗？因此，一旦方案被“枪毙”，设计人员的心情十分沉重，有时候真想大哭一场。

设计被推翻，但大家不灰心，从头再来，把失去的时间夺回来。在李丽英的带领下，他们重新走进大山，继续穿行于荆棘丛中……

二

“把以前的失误当交学费，就是多掉几斤肉，也要在最短的时间内拿出最好的设计方案。”已经任设计室主任的李丽英在全室工作会上说的话落地有声。

“好！”大家异口同声，相互击掌，以示决心。

那段时间，李丽英和同事们几乎每天都要沿着沁水河畔走 30 多里的山路。他们从这座山爬到那座山，从这道沟翻到那道沟，从这条河趟到那条河，从这片林穿到那片林，从这块地钻到那块地……摔了多少跟头，划了多少血口子，谁也记不住，谁也说不清。李丽英只记得每天回来后两条腿像木头一样不听使唤，上楼梯时，上几个台阶就得停一停，回屋后懒得吃饭，躺在床上，双腿又酸又疼，一夜一夜睡不好。

刚开始，李丽英以为这是爬山累的，就用热毛巾敷，用热水泡，自己使劲按摩，可都不管用。直到有一天，她疼得实在忍受不了了，才不得不走进医院。李丽英怕医生说出“事”，因此，没等医生开口，她先用话挡：“没事吧？应该没事，就是爬山累的。”

医生看了看她，慢条斯理地说：“左腿髌骨处已形成积液，是由于外伤和活动过量造成的，要尽快手术。”

“要是不手术呢？”李丽英希望不做手术自己也能好起来，或是过一段时间再手术。她知道上不上手术台自己说了算，上了手术台她说了就不算了，下来也要休养好长时间，可工作怎么办呢？

“后果就不好说了，也许你的肌体能慢慢吸收你的积液，也许感染了会很严重。”医生啥病人没见过，不紧不慢地说着。

李丽英心想，不看病就没病，病都是“看”出来的，医生的话要信，信 15% 就行。她虽这样想，但还是很礼貌地和大夫说：“谢谢，我再考虑一下。”

李丽英百分百相信自己的身体完全能够吸收那些积液，她不忍心，也不可能放下正在忙的工作休病假。她东跑西颠在医院窗口拿了些口服的药片，止疼的、消炎的、活血的、化瘀的……回单位后，她把在医院拍的片子藏了起来，继续和同事往山上跑，还是那样忙，像风，像火，完全不像一个年近半百的女同志。

其实，李丽英也爱美，但爱归爱，她从来不给自己预留描眉画眼的时间，顶多在上山前，洗上一把脸，搽上防晒霜就匆匆走人。偶尔进商店买衣服，别的女士总是挑来挑去，试了一件又一件，而李丽英却总是直奔主题，买衣便买衣，买裤就买裤，而且买了立即走人，绝不多停留一分钟。

就为这儿，好多人都说李丽英日子过得太不认真，不知道善待自己。他们哪里知道，要说认真，特别是工作中所表现的认真，还真找不出几个比李丽英更认真的人。

天天上山选址，夜夜加班设计，这是李丽英的工作常态。这些年她走过的山路加起来有多长，爬过的荆棘山头摞起来有多高，这些数字没几个人能说上来，但李丽英取得的成绩大家都看在眼里。她参与的“山西沁水盆地煤层气地面工艺技术优化设计”研究项目，获河北省企业管理现代化创新成果一等奖；2007 年，获煤层气勘探开发分公司劳动模范称号；2008 年，获华北油田公司劳动模范称号；2009 年，获集团公司劳动模范称号。一年一个新台阶，三年迈了三大步！

这里面有许许多多的故事，每个故事都能折射出一个不一样的李丽英。

故事一：2007 年的夏天，樊庄南区远程自动化监控系统设计方案提交会议讨论时，有人提出要安装智能水表的建议。李丽英认为，远程自动化监控，包括远程监控单井产量、电流、电压、管压、套压、水流、水压等参数，水量不是关键，没有必要安装智能水表，装个普通的水表完全可以。

由于与会人员对李丽英的说法持认同观点的是少数，会上还是决定安装智能水表。李丽英为此一夜没有睡好觉。第二天一早，她一上班就走进领导的办公室，说投资来之不易，应该把有限的资金用在更需要的地方。领导觉得李丽英说得很有道理，于是，再次召开会议进行研究讨论。最后，采纳了李丽英的意见，取消了安装智能水表。仅此一项，就可节约投资100多万元。

故事二：由长庆设计院编制的《山西沁水盆地煤层气樊庄区块6亿产能建设工程开发方案》，正式通过了中国石油天然气股份有限公司、华北油田公司的专家组会审。这个方案包含了9座集气站及相应的集气、采气系统，也包含了李丽英和她的设计团队太多的心血，当第一时间得知方案通过会审时，李丽英真想大哭一场，因为这次成功来得太不容易。这来之不易的方案在落实时，因征地困难屡受挫折，特别是为樊2、樊7集气站选址时更是困难重重。

能不能通过优化设计解决这一问题？能不能取消樊2集气站和樊7集气站？

一个个硕大的问号在李丽英的脑海里跳了出来，这个方案毕竟是经过专家再三审定的，要想更改方案，必须要有充分的理由。李丽英带着疑问再一次走进大山，在现场她发现，由于井位部署变更，原计划中的樊2集气站和樊7集气站所辖气源井的井数发生了明显变化，由原来的72口减少到33口直井和8口水平井。井减少了，也就没有必要再在这里设置两个“大机关”，如果按原方案建樊2和樊7集气站，肯定是大马拉小车，会造成很大的浪费！

“砍掉这两个集气站。”李丽英坚定了信心。

李丽英和战友们，不分昼夜地将现场收集整理的采气、集气管道运行参数，与输气管线水力计算的相关参数反复对比，最终认定砍掉这两个集气站的方案切实可行。李丽英激动不已，抱上资料就去找领导。

“李丽英，你来得正好！”领导见李丽英抱着一大摞资料进来，没等她说话，先开了口。

“什么事儿？”李丽英故作镇静。

“这些日子，我一直在琢磨，樊 2 和樊 7 这两个集气站能不能不要？”领导犹豫不决，用商量的口气跟她说，因为他知道李丽英为了选择站址付出了多少艰辛。

“经理，我就是为这事儿来的。”李丽英又惊又喜，把所有的资料摊在办公桌上，连珠炮似地说，“您看，我们已经搞出来了，这是我们收集到的采气管线的运行参数，这是集气管道的运行参数，这是输气管线水力计算参数，这是取消两个集气站后的优化设计方案，这是……所有参数证明，取消樊 2 和樊 7 这两个集气站，完全可以！”

“好！”

更改后的方案很快被批复，按照优化后的设计，将隶属樊 2 和樊 7 集气站的井位作重新归属后，只在原址上设立两个阀组作替代。这样，不但解决了两座集气站的征地难题，又节约投资 1800 多万元。为了这 1800 多万元，李丽英和她的设计团队挑灯论证，不知道度过了多少个不眠之夜。

不仅同事们说李丽英工作太认真，就连合作单位的技术人员都说她太“一根筋”。长庆设计院的技术人员就有这样的体会，自山西煤层气开发建设以来，李丽英无论是组织全科人员开展中央处理厂设计方案的审查，还是就其他配套的单体建筑物设计方案进行可行性研究，她都是亲力亲为，一道与大家阅图，一道与大家对图，生怕因为自己疏忽而放过任何一个发现设计缺陷和设计失误的机会，因为她知道设计是安全的第一关，是投资控制最主要的手段。

在李丽英心里，装的最多的是煤层气田的建设；在李丽英的脑海里，想得最多的是一个个设计方案。是的，山西煤层气田已经成了她生命的一部分，想分也分不开，想离也离不去。

这正是——

事难成，事难成，事事难成事事成。

踏平坎坷成大路，自然谈笑凯歌还。

三

“日落西山红霞飞，

战士踏勘把营归、把营归，

风展红旗映彩霞，

愉快的歌声满天飞……”

每当完成一天的踏勘任务，各踏勘小组往山下走的时候，总有这样的歌声在山间回荡。

回到驻地，大家挤着住在野营房和租来的玉溪村农舍。初来乍到，包括吃、住、行在内的所有生活条件都很简陋。一栋野营房作厨房，一栋野营房是饭厅和会议室。“饭厅”太小，只能放两张折叠圆桌，10 多把小圆凳。驻地唯一的奢侈品是用一栋野营房改造的洗澡间，但提供热水的是一台容积很小的电加热器，水流很细，同时只能供两个人洗，其他人只能排队，等不及的便端盆水回到宿舍，用毛巾擦洗一番了事。最头疼的是上厕所，玉溪村所有的厕所都是旱厕，在地下挖个坑，四周是矮墙的那种。这种厕所，冬天冷得出奇，夏天不仅臭气熏天，更是蚊蝇肆虐之地……

这里雨水特别多，天气说变脸就变脸，有块云彩就是雨，有时一下就是半个月，被子潮了都没法晒。前线“将士”白天上山踏勘，晚上回来作图，有人没有睡觉的地方，就在办公室里找几个小凳子拼在一起，躺下休息一会儿，醒来接着干。一间屋子挤 11 个人，横着竖着都是人，有的睡在过道里，有的睡在灶台边，还有睡在锅台上的……

时间不长，在煤层气前线有了这样一个顺口溜：玉溪村四大怪，厕所有坑不用盖，老天变脸特别快，被子潮了没法晒，苍蝇蚊子成灾害。同时，当地村民也给石油人编了一套嗑：石油人四大怪，白天没人晚上在，出出进进比风快，光带馒头不带菜，一年到头没礼拜。

对华北油田第一批煤层气人来说，玉溪村河对面的饭馆是他们难忘的记忆。饭馆不大，挂出的招牌菜有 4 样：水煮花生、凉拌粉皮、素拍黄瓜和咸卤豆腐干。饭馆虽小，名字挺大——玉溪大酒店。李丽英刚来的时候，车行至玉溪村附近时，她问村民玉溪村在哪儿，行人告诉她："往前走，只要看见玉溪大酒店就是。"李丽英心想"玉溪大酒店"一定是个标志性建筑，最小也应是二层楼。结果在附近转了多半天，不见"玉溪大酒店"的影子，有人正想着再打听时，在两辆卡车后面发现一间低矮平房，门口上方有 5 个不起眼的小字——"玉溪大酒店"。在很长一段时间，这成了他们聚会的"沙龙"，难得有些空余时间，大家就会到玉溪大酒店聚一聚，总是没唠几句家常，就开始说起工作的事。

回想这一路走来的坎坷，李丽英脑海里突然冒出了一连串精彩的词语：有一种生活，没有经历过就不知道其中的艰辛；有一种艰辛，没有体会过就不会知道其中的快乐；有一种快乐，没有拥有过就不知道其中的真谛……

李丽英笑了，她突然觉得自己像个诗人。

……

"中午了，孩子放学了吧？"

李丽英平时忙得都没时间想孩子的事，只是在吃饭时才能想起。在会战前线，大家不分年龄、不分职位、不分性别，都在一门心思地忙工作上的事。和大家一样，李丽英以苦为乐，成天风风火火，乐乐呵呵。面对艰苦的工作环境、复杂的地方关系，面临侵占矿权的严峻形势，她和其他员工一起顶压力、克难关，斗严寒、战酷暑，攻克了一道道难关。一座座标准化集气站从无到有，一条条输气管线由短变长，在山大沟深、灌木密布的百里气田，留下了他们执着进取的足迹。正是在这样的环境及氛围中，李丽英的心逐渐变“硬”了，把家里的事、家里的人抛在了脑后。

细说起来，她是第一次离开 8 岁的儿子，快一个月了，没见到孩子的面，心再“硬”，一闲下来还是想儿子。突然，李丽英的手机响了，是短信。呀！想谁谁到，是儿子，是儿子来的短信！真是“心有灵犀一点通”呀。她赶紧点开短信，只见手机屏幕上显示的是：“妈妈妈妈妈妈……你什么时候回来！”21 个字 14 个是“妈妈”。李丽英再也控制不住了，眼泪“唰”地夺眶而出……

李丽英没有回短信，直接把电话打了过去，哽咽着说：“儿呀，妈妈也想你……放心吧，妈妈在这里挺好的。”

……

沁水盆地 60 口气井要集中投产，李丽英、梁连兴、李聚献、李建春 4 个科级干部带着试采队伍和车辆、设备往蒲 1-3 井赶，准备试采。一连几天的雨夹雪，使车轮在上坡路上打转，所有的车辆进退两难。

“怎么办？”着急的不只是一人。

“用推土机往上推！”李丽英果断发话。

倒链推土机上来了，一点一点地往前移。板房上去了，发电机上去了，大吊车也上去了。设备全部上去了……

刚缓了一口气，煤层气分公司经理打来电话：“今天下冰雨，看看试采队的设备能不能上去？如果上不去，一定要想办法弄上去！”

“经理，我们已经上来了，所有的设备都上来了！”李丽英喜形于色。

分公司上下之所以对蒲 1-3 井如此重视，因为这是最早 22 口试采井中的一口，这次试采就是要看到底有没有气。有多少气。另外，承担试采任务的是新组建的程通公司，这支新队伍能否旗开得胜，关键在此一举。李丽英等四人从早晨 6 点多忙到晚上 12 点半，直到这口井正常启抽后才往山下走。

从队伍开进前线的2006年7月7日到2006年12月31日，在不到6个月的时间里，部署井位620口，算上廊坊分院的99口井，共钻井228口，压裂63口，试采54口，安装抽油机63台，确定井位257口，钻前完工井场255个，抢筑主路41千米、支路34千米……全面超额完成了股份公司、油田公司下达的任务。

有谁知道这些数字背后包含着多少付出、多少艰辛，包括李丽英在内的所有煤层气人，对煤层气事业始终有一种执着的爱恋，恋得那样苦，恋得那样甜。

四

2009年11月16日，是煤层气人终生难忘的日子。这一天，我国首座数字化、规模化煤层气田示范工程竣工投产。欢快的鼓乐声、清脆的鞭炮声将永远印刻在他们的记忆中。

中国石油天然气股份有限公司副总裁胡文瑞，华北油田公司总经理苏俊、党委书记黄刚、副总经理周荣学、党委副书记金海龙与地方相关领导参加了庆典仪式。黄刚主持庆典仪式，并代表油田公司党委、油田公司向数字化煤层气处理中心投产和规模化商业运营表示热烈祝贺，对投身煤层气示范工程的建设者表示崇高的敬意!

中国第一个数字化规模化整装煤层气田示范工程建成投产，是中国石油天然气集团公司、华北油田公司向新中国成立60周年献上的一份大礼，在华北油田30余年的发展进程中具有重要的里程碑意义。

庆典现场，参战将士热血沸腾、百感交集，李丽英就是这些将士中的一员。在3年多的开发建设中，他们意志如钢、骁勇善战，此时此刻，眼泪夺眶而出……

经历艰苦、辛劳，他们以苦为荣，以苦为乐；回忆辛劳、艰苦，他们心潮澎湃，激情荡漾。

这项“争气工程”，是他们没日没夜地用一双双手托起来的，是他们在风霜雪雨中用一副副肩膀扛出来的，是他们用一滴滴汗水铸造起来的！

他们知道，“奉献能源、创造和谐”是宗旨，维护国家能源安全、推动国民经济发展是崇高使命，“爱国、创业、求实、奉献”是应有的实践。因此，当蓝图在他们手中变为此刻看得见的现实时，回首近 4 年的拼搏历程，他们流泪了，这眼泪包含着建设者的艰辛和奋斗者的骄傲。

人民日报、新华社、中央电视台、工人日报、经济日报、第一财经日报、中国石油报、中国石油影视中心等 26 家媒体的“长枪短炮”聚焦庆典仪式，共同见证着这一辉煌时刻。新华社向全国发了电传通稿。当晚，中央电视台在《新闻联播》中向全国亿万观众播报了这个激动人心的消息。

于是，更多的人知道了华北油田；知道了华北油田山西煤层气……

只要一步步坚定地向前走，再远的目标也一定会实现。这是李丽英长期以来坚持的信念，她将实现自我价值融入煤层气事业发展中，像太行山上的树，把根深深地扎进石头缝，任凭风吹雨打，始终初心不改。

这——就是李丽英，美丽的“丽”，英雄的“英”。

在煤层气会战初期，像李丽英这样的人和事，有很多很多，所以显得有些“平常”。但正是这许许多多的“平常人”“平常事”，为如画的太行增添着一道道诱人的风景。一个个剪影，一个个特写，一幅幅素描，构成了煤层气开发建设的壮丽画卷。

平凡与辉煌

董鹏举

一

一只蚕蛹，历经凤凰涅槃、锲而不舍的蜕变，最终成为人见人爱的美丽蝴蝶；一棵树苗，历经风吹日晒、夏雨冬雪的考验，最终成长为叶繁枝茂的参天大树；一个常人，只有经历任劳任怨、埋头苦干的锤炼过程，才能成为一个出色的人、一个优秀的人、一个对社会有用的人。

仇军是华北油田运输公司七大队一名油罐车司机，承担着把成品油保质保量、安全运往目的地的职责。虽然这个岗位平凡而普通，但他却做得有声有色，不仅多次获得劳动模范称号，还受到过时任河北省委书记张云川亲切接见。

朵朵白云在蓝天的怀抱里肆意游荡，公路两边的杨树不断地向后飞奔，仇军熟练地驾驶着油罐车向前驶去，时光如梭，转眼之间已经 16 年。

在当前激烈的成品油配送市场竞争中，客户就是上帝，客户就是服务的中心。华北油田运输公司长期坚持打服务牌，以客户的满意为最高原则。

“无货损货差”就是在成品油配送过程中，保质保量地将油送到用户手中，这是成品油配送服务质量的首要问题。但在成品油价格不断上涨的诱惑下，个别司机对拉运的油品动起了歪脑筋，铤而走险，总想在运输的过程中弄点油出来进行倒卖。面对这种状况，仇军始终坚持运输公司严格的行为准则：不让国家财产流失，不让用户利益受损，不让公司信誉受影响。

有一次，仇军在执行石家庄片区辛集机关加油站的送油任务时，当他把油送到站卸完后，按照习惯先看卸油管滴不滴油，再看计量仪器显示的数量。二者都符合要求后，他仍然感到不放心，主动爬到罐顶观察，当发现还有少许油底时，立即把车开到有斜坡的场地，将40多公斤的油底控出后交给了用户。这件事使加油站工作人员深受感动，事后，该站站长向运输公司现场调度打来表扬电话，片区经理也给大队长打电话，对仇军替用户着想的品质给予高度评价。

在仇军拉运成品油十多年的时间里，没有出现过任何差错，从来都是安全及时地将油送到用户手中。多年来，他养成了一种好习惯，不论去哪里送油，都主动把罐内的油底控干净，将每一滴油都送交用户手中。他高尚的品格和无私的奉献精神受到广大用户的广泛传颂，获得赞扬和好评。

在仇军的心里，时刻想着为用户提供称心周到的服务；在仇军身上，时刻体现着职业的文明和企业的形象。每当看到油站和油库人手紧张时，他就帮着接管线、递检尺、搬爬梯，跑前忙后。他时刻以文明、微笑的礼仪，真心实意地为用户服务，与用户建立起优质、诚信的业务合作关系。

然而，在七大队服务的400多个用户中，在每个司机每天面对的近10个业务环节，并不全是理解、信任、热情、和谐，伴随而来的还有矛盾、误会和委屈。这些问题能否及时、妥善地解决好、处理好，同样考验着一个司机的市场观念与服务意识。

2007年12月，仇军往河北新乐一处加油站送油，由于天气寒冷，取样油桶里结了一些薄冰，检验员未能及时发现，结果油品检验含水过高。对此，加油站不顾仇军的解释，作为严重问题立即向片区领导报告，片区作出了扣车、扣人、等待复查处理的决定。直到下午5点，对方来电话说，今天是星期天，检验员外出未归，等明天再检验。没办法，只有等。

此时的冀中大地，天寒地冻，夜里达到零下十几摄氏度，凛冽的寒风吹在脸上如同针扎，黑夜显得愈加漫长。整个晚上，仇军寸步不离守护着自己的车及车上等待复查的油。冷了，就围绕车不停地跑几圈；渴了，就喝矿泉水。这一夜，他经受着寒冷、饥饿、困乏，但他最难过的还是面对委屈，只有等待别人检验和评判。

第二天上午，检验复查合格，下午检验复查仍然合格，一直等到夜间11点多才得出最终结果：油品合格。这时候，销售公司和加油站立即向仇军当面道歉，仇军只是轻微地说了声“没事没事”。然后，开始卸油，直到凌晨2点。这时，加油站准备给仇军找宾馆休息，并准备设宴向仇军赔礼道歉，仇军以“还有任务”为由开车离开了。

在这件事上，仇军无论自己如何辛苦、委屈，他始终以良好的品格与修养，正确对待、理解用户。在等待检验复查的30个小时里，他始终坚持自己处理问题的三条原则：一是守护好自己的车和油，这是解决问题的基础和依据；二是维护好公司的形象和个人的尊严；三是做到理解、谦让，不与用户发生口角冲突。通过这件事，新乐加油站当事的几名工作人员感到十分内疚，同时对仇军崇高的职业精神与真诚待人的品格十分佩服、感动。

仇军一直按照职业道德和服务要求，讲诚信，讲服务，做到了配送一次油品、展示一次风采、拓展一方市场，保定、廊坊等地的用户都记住了运输公司这位标兵司机，很多用户都点名让他送油。

二

《奉献》这首歌曲中唱道：长路奉献给远方，玫瑰奉献给爱情，白云奉献给草场，江河奉献给海洋。其实，奉献就是一首赞歌，奉献是一个人的高尚情怀。

2008年腊月三十，仇军刚执行完任务回到调度室，听调度员说有一车保定库的送油任务，而且需要两装两卸。此时调度室沉寂下来，司机们也不说话了，都知道执行这次任务，一定会错过与家人一起吃年夜饭的时间。

仇军看到调度员十分为难，就让调度员在送货单上填写自己的车号，毫不犹豫地出车了。在路上，仇军看到老老少少都在忙着买年货、购礼品，欢欢喜喜迎新年，洋溢着喜庆的气氛。年三十的晚上，仇军是在宾馆里度过的，给家里老人和孩子打个电话后，吃过方便面就睡了。夜里，鞭炮的响声不绝于耳。当他完成任务返回时，已经是大年初一了。就这样，整个春节假期他就一直在大队值班。过节期间，沿途的饭店一般都不营业，他就每天带着方便面和开水来调度室报到，随时待命。

向北京牛栏山送油是大部分司机发怵的任务，一是装车排队时间长、路上检查严格，二是卸车程序复杂、速度慢，需要等齐 8 台车才卸油，卸完油就到了凌晨三四点，返程路上十分困倦，回到基地一般都在次日上午 7 点半以后。回家简单吃点东西，睡一会儿，下午又要去排队装油。这样的工作循环确实十分辛苦，不少司机不愿跑。但任务到了仇军这里，却从没有听他说过二话。人手紧时，他一连跑上三趟五趟也没有任何怨言。

2007 年 11 月份的一个冰雪天，涿州高速加油站汽油告急。这种天气大队通常不安排长途任务，司机也不愿接受这种又担风险又辛苦的差事。然而客户的需要就是命令，为了巩固市场，大队将这项艰巨的任务交给了仇军。仇军二话没说，立刻赶到油库装上油就出发了。路上，风雪弥漫，路滑难行，他就发挥自己高超的驾驶技能，小心谨慎，缓慢向前行进。平时两个小时的路，这次却走了足足 6 个小时。当车赶到加油站时，站长喜出望外地对仇军说："这么大的雪，真没想到你们能来啊，这可给我们解了燃眉之急了！运输的司机不仅驾驶技术一流，服务质量更是没得挑！"

2008 年 8 月初，盛夏酷暑，时逢奥运会开幕前夕，北京一方面油品需求量大，另一方面为了保证绝对安全，要求送油卸油都必须在夜间完成，而且路途检查十分严格。面对艰巨的任务，仇军一连 5 天往返于任丘至北京牛栏山之间，直到执行北京任务的车辆和人员不紧张时，才撤了下来。8 月 6 日，河北定州和天津大港有两个用户告急。大队考虑到仇军刚刚执行完险重任务，就没有安排他，可一时又没有可派的车辆。正在车场保养车的仇军听说后主动请缨，队领导看到他那疲惫单薄的身子，实在不忍心再派他出车。仇军仿佛看出了队领导心思，果断地接过路单说了声“请领导放心”，就驾车出发了。他先是将定州的任务完成，返回后，又装上油准备去大港，这时已经是下午 5 点多了，按大队规定可以将重车停放在车场，第二天再走，但仇军的心里一直想的是用户那焦急的期待，于是他又踏上了去大港的路途……

泰戈尔说：埋在地下的树根使树枝产生果实，却并不要求什么报酬。运输公司每年当选的劳模、标兵均可以优先选择一处疗养胜地，享受一次疗养待遇。对于领导的关心，仇军总是婉言谢绝：“老同志辛辛苦苦的一辈子了，还是让他们去疗养吧。我还年轻，以后有的是机会，再说现在队里的生产也这么忙……”朴实无华的语言，脚踏实地的行动，让全大队的各级领导、全体员工无不为之竖起了大拇指。

三

安全，是每个司机的生命线。对于易燃易爆的成品油罐车，更显得重要。仇军凭着他对国家和人民生命财产高度负责的强烈责任感，时时刻刻把握着安全环保这根生命线。

运输公司加大了安全环保的管理力度，制定了严格的限速标准和处罚规定，许多司机感到不适应，违章超速现象比较多，队伍中出现了一些牢骚和怨言。对此，仇军一方面严格要求自己，坚决执行公司的各项管理规定，不违章、不超速。在一批批的违章超速司机名单中，从来看不见仇军的名字；另一方面，他利用等待装卸油的时间，与司机们交流体会谈认识，从正面谈安全与生产、安全与时间、安全与效益、安全与个人利益的辩证关系，以朴实的语言和自身经验体会，谈规章制度对安全生产的保障作用，使大家深受启发。

由于在行车与养车方面的出色表现，七大队请仇军为司机们上了一次安全培训课。仇军把搜集来的几起重特大交通事故案例做成视频，和司机一起观看。当看到事故现场惨不忍睹、肇事司机亲人悲痛欲绝的场面时，司机们表情严肃，内心深受震动。随后，仇军详细讲解了导致事故产生的原因就是超速、接打手机、酒后驾车等违反交通规定的违章行为。通过此次学习，司机们在心里暗自对比了平时行车的习惯，找出了行车时可能存在的安全隐患。仇军还利用 PPT 课件，把原来死板、无趣的交通法律法规、行车规则和注意事项、典型事故案例分析、安全隐患识别等播放出来，与司机一起学习交通安全知识。

仇军在日常工作中善于学习，刻苦钻研。他常说坚持理论学习可以使人胸襟宽广，在处理生活和工作中的矛盾时，才能保持良好心态，从本质上做到安全。每天等装、等卸油的时间比较长，他就利用这段空闲反复学习交通法律法规以及公司和大队的安全环保制度、消防知识等资料，学习好的驾驶经验、车辆构造原理和维修驾驶技术，做到二懂四会。

有一次仇军去河北无极加油站送油，卸油时，站上的工作人员没有使用静电接地线，仇军见状立即提出建议，但工作人员不以为然，为了安全，仇军坚决不卸油，直至发生了争执。最后，该站站长知道后，对加油站工作人员提出严厉批评，对仇军强烈的安全意识和认真负责的工作态度称赞不已。

仇军爱车，习惯自己保养车辆。在公司停车场，大家能经常看见仇军保养车辆的身影。他的车小毛病从来不进厂，他说自己的车自己修起来心里有数，开起来心里踏实。他将爱车与安全相联系，将爱车看成是“爱国、爱厂、爱家庭”。他说车辆是国家财产，爱车就是爱国；车辆是公司发展的基础，爱车就是爱集体；车辆性能良好，行车安全才有保障，个人和家庭才会幸福，所以爱车如同爱自己和家人。

四

人们常说：忠孝无法两全。大家、小家无法两头顾。仇军 44 岁，正是家庭负担比较重的年龄段。他自己何尝不想经常看看老人，陪陪妻子女儿，可在他心中更重要的是大家、是工作、是任务。一年 365 天，他几乎没有节假日、星期天。

由于仇军一心扑在工作上，一年当中很少有休息的时候，家人的事情，在他看来远没有工作来的重要。2009 年 6 月 6 日，对于仇军的女儿仇烨来说，将面临人生中第一个重大的转折——高考。平时，女儿非常敬佩自己父亲，事业心强、吃苦耐劳、坚韧不拔……所以自己在学习上也多在向父亲学习，独立性很强，没有让父亲为自己的成绩操过心。可这次不一样了，她是多么希望自己能像别的同学一样，在走出考场的时候，能看到父亲和母亲的焦急与殷切的目光，能享受到父母悉心的照顾……深夜，望着刚刚出车回来拖着一身疲惫倒在沙发上的父亲，仇烨到了嘴边的话又悄悄地咽了回去。当仇军得知女儿高考消息的时候，考试已经进行到第二天了，中队领导问他“孩子第一天考得怎么样”时，他才恍然大悟！中队领导特批了一天假，强令他必须休息一天，好好地陪陪孩子，他这才急急忙忙赶到了考点。这次考试，女儿的成绩不理想，没有考上理想的学校，仇军在谈话中，透露着深深的自责和对女儿的歉疚。是啊，安顿好大家，才能支撑起小家。正是有许许多多像仇军一样，默默奉献、不计个人得失，顾大家而舍小家的优秀员工，我们的企业才会有今天的辉煌与明天的希望！

仇军在本职岗位上默默奉献忘我工作，得到了各级领导和广大员工的一致认可。2002—2007 年，连续 5 年荣获运输“公司标兵”荣誉称号。2005、2007 年，荣获原华北石油管理局“劳动模范”荣誉称号；2008 年荣获华北油田公司劳动模范、河北省“劳动模范”荣誉称号。

在诸多荣誉和成绩面前，仇军待人还是那样温和谦虚，脸上仍然时常挂满笑容。在平时的工作中，他依然坚持“两早一晚”，到车场早，到装油现场早，收车回车场晚的习惯；依然坚持每天早上认真检查车辆安全及技术状况。第一趟任务完成后，依然主动与大队调度联系，看是否有第二趟任务，如果有，他就会直接到油库装油，避免造成空驶浪费现象。

在仇军的心里，依然是用户、是任务，是大队、是集体，是国家、是人民。在仇军的身上，体现的是服务，是无怨无悔，是新时期的铁人精神……

在运输公司车场，在去炼油厂装油的路上，在通往每一个服务用户的路上，你会看到成百上千个仇军的身影，看到他们走过的足迹，在闪耀着时代先锋的光辉。

誓言无悔

柴甫泉

2017年12月26日上午8时30分。华北油田陵园，庄严肃穆，哀乐低回。

与喉癌顽强抗争18年、为公安事业拼搏到生命最后一刻的全国纪检监察系统先进工作者、全国公安二级英模，河北省冀中公安局原纪委副书记、控告申诉处处长苗汝英同志遗体告别仪式在这里举行。

哀乐声中，河北省纪委组织部、河北省纪委驻省公安厅纪律检查组、河北省公安厅政治部等有关部门领导和数以千计的群众，在苗汝英同志遗体前肃立默哀，并向苗汝英同志的遗体三鞠躬。

中央纪委组织部、公安部政治部、中共河北省纪律检查委员会、河北省监察厅、河北省公安厅等单位敬献花圈。

苗汝英安详地静躺在鲜花丛中，他用自己坚实、忠诚的步履，走出了一个完完整整、无悔无愧的人生，践行了立警为公、执法为民的铮铮誓言。

2003年，苗汝英被评为河北省公安信访（控申）工作先进个人、华北石油管理局纪检监察工作先进个人；2002—2006年，4次荣获冀中公安局嘉奖；2007年，荣立个人三等功，被评为全省信访工作先进个人；2008年，被评为冀中公安局优秀共产党员，被省公安厅荣记一等功；2009年4月，河北省纪委、河北省监察厅、河北省公安厅及华北油田公司党委先后作出向苗汝英同志学习的决定；2011年6月，被授予全国纪检监察系统先进工作者；2011年8月，荣获全国公安二级英雄模范称号……

为了圆上那个梦，他赌上了一辈子的情

苗汝英打小就有一个当警察的梦想。

1954 年 10 月，苗汝英出生于纪晓岚和马本斋的故乡——河北省献县。小时候，看到穿一身警服、戴着大檐帽、头顶鲜亮警徽的警察到村里来，他和伙伴们总要跟在后面追着看，看看警察怎么抓坏人……长大以后当警察的梦想从那时就在苗汝英心里埋下了种子，生根、发芽、生长。

为了圆上当一名人民警察的梦，为了圆上除恶扬善、伸张正义、做人民保护神的梦，他赌上了一辈子的情。

1976 年 12 月，苗汝英如愿以偿地成了一名真正的人民警察，他像爱护生命一样，爱护身上的警徽、领章以及这份神圣职业。

苗汝英这一辈子只精耕了一块“田地”，只专心干了一个“工种”，那就是他心爱的公安工作。他先后担任华北油田公安消防大队消防员、公安处治安科民警、东风派出所所长、冀中公安局纪委副书记、监察室主任、控申处处长等职务。从警 33 年，他牢记人民警察初心和神圣使命，一身正气为人，两袖清风处世；他严谨朴实、心细如发，淡泊名利、不徇私情；他铁骨铮铮，维护党纪威严；他满腔热情，为群众排忧解难……

苗汝英是华北石油大会战的第一批“参战者”，多年来，他从未忘记自己的初心，夜以继日奋战在公安战线的最前沿，甚至身患重病后也从未卸下肩上的责任。

1999 年下半年，苗汝英感到自己的嗓子越来越不舒服。2000 年 2 月，他的嗓子沙哑得说不出话，到华北石油总医院做喉镜检查，发现有肿块，当即做了切除手术。2000 年 6 月，苗汝英到中国医学科学院北京肿瘤医院检查，诊断结果为喉癌！晴天霹雳，一瞬间把苗汝英击得天旋地转，脑子里一片空白……

想起家里大字认识不了几个的妻子，还有两个孩子，苗汝英久久呆坐

在医院外的草地上，泪如雨下：“老天爷，为什么偏偏把这个病落到我头上？我才 46 岁，难道就这样倒下吗？自己死不起呀！”多少年的往事，像过电影一样，历历在目……

苗汝英从小喜欢争强好胜、爱争第一。在学校里，他是班干部；干起农活来，他是“好把式”，耪地、耩地、割麦子，样样都在行，村里男女老少无人不夸。

1972 年，18 岁的苗汝英高中毕业，第二年就入了党，当上村党支部副书记。

“一个晚上，我就能挖出一口两米深的菜窖；十多公斤重的土坯，可以一块块轻松扔到房顶……”要强的他事事抢第一，样样干在头里。

1976 年底来华北油田参加工作后，苗汝英继续保持争强好胜的本色，岗位换了一个又一个，他一步一个脚印，踩出一串赞誉和一片好评。

如今，面对人生最大的一个“坎”，苗汝英不愿服输的性格尽显无遗。

2001 年，华北油田按照国家关于分离企业办社会职能的相关要求，将公安系统移交到地方政府，公安处改为河北省冀中公安局，苗汝英走上冀中公安局纪委副书记、控申处处长岗位。

身上的担子更重了，他与病魔的抗争也越来越激烈。手术、放化疗；再手术、再放化疗……4 次手术，多次放化疗，苗汝英承受着常人难以想象的痛苦。

严重的病情使苗汝英声带的自我保护功能基本丧失，常常干燥发哑，疼痛难熬。医生给他两条建议：一是尽量少说话，二是千万别生气。

可是，他担负着纪委信访工作，天天面对各种各样的群众，需要反反复复解释、说明，怎么可能少说话？听到警察中个别“蛀虫”违法乱纪，他又怎么可能不生气？连续超负荷运转，使苗汝英的身体异常虚弱，癌症复发。

2005 年 1 月，苗汝英声音嘶哑，呼吸困难，再次来到华北石油总医院诊断。医生对声带硬块用激光扫描，切除口腔内的“原腭”。

2006年1月，在北京解放军总医院，医生经过详细检查，出具诊断书——“术后病理显示，(喉) 前联合处中一低分化鳞状细胞癌”。医生告诉苗汝英，他的声带和咽喉部位犹如沙化，唾液自我润滑功能基本消失，需要不时用水润喉，否则说话失声……

由于声带增厚，声音沙哑，每天必须按时吃两次药，每年自付药费都在1万元以上。在他家冰箱中，一多半放的是熬好的中药。出差在外，随身携带的物品有两样必不可少：一是中药，二是水杯。

尽管身患重病，苗汝英在单位却把病情瞒得密不透风，对有所察觉的领导和同事，只轻描淡写地说是嗓子不好，慢性咽炎。

他的想法十分简单：“我现在手脚都能动，这个病在我身上没准儿会出现奇迹，有治好的可能。如果让单位领导知道，必然要照顾自己，那样岂不就成了‘废人’？我不想给组织添麻烦！得了病，就配合医生积极治疗。只要自己还没有倒下，别人能干的工作，我都能干！”

白天，出现在单位的苗汝英神色如常，精神饱满。下班回到家，他常常感到疲惫不堪，有时整晚上都说不了几句话。他花1000多元买了一台雾化器，每次一回家，就将庆大霉素、地塞米松等药物加进去，趴在那儿一吸就是半个多小时。

口腔没有了唾液分泌功能，经常干得难受，他每天至少得喝两暖瓶开水。晚上睡不了两个小时就会干醒，每晚都要起来三五次，喝点水润润嗓子，才能接着再睡一会儿。

每次出门，妻子最不放心的就是他的身体，可他一忙起来就什么也顾不上了。有一次去省公安厅开会，走得匆忙，忘了带水。当时前不着村后不着店，根本买不着水，嗓子像要炸开了一样难受。无奈之下，他从角落里找到半瓶矿泉水，一口气喝完，那瓶水也不知道放了多长时间，都已经变味了。还有一次，他带队去承德交流检查。出去1个多月，身上带的药不够，断了 3 天药，出差回来他一下车就不得不住进医院。

妻子见他实在难受，劝他："要不跟领导说说吧，咱不上班了，要不换个工作？"苗汝英回答："不上班，病就会好了吗？让我啥也不干，白拿工资，我从心里接受不了。反正在哪里也是难受，上班还能干点事！"

妻子劝不了他，他反过来又劝妻子："癌症是可怕，但既然得了，就要勇敢面对。生老病死是自然规律，得了病，该怎么治就怎么治。不能这样等死，只要活着，就要坚持干下去，就是死也不能等死，死也要死在岗位上！"

"啊——啊——，咿——咿——"

几乎每天清晨起床后，苗汝英总要喊上两声，好像戏剧票友吊嗓子，也像在唱歌练声。这是他的标配动作，醒来后试一试嗓子的发声情况。

有时前一天加班太晚，说话太多，夜里嗓子会向他"抗议"，让他疼得翻来覆去睡不着，半夜他就得起来配消炎润嗓的药，在雾化器前坐上半小时。可一到早上 6 点多，他就变了个人似的，精神抖擞地出门，意气风发地上班，满怀激情地开始新一天的工作……

在苗汝英做第四次手术时，领导和同事们去医院看他，无意中从医生口中得知他得的是喉癌，大家都震惊了。领导坚持让他休息安心养病，可他头天出院，第二天就跑到单位。

水、汤药和含片，成了他上班和出差时的随身必备品。除了离不开水和药，他工作起来跟别人没有任何区别，成天忙得脚后跟儿不着地儿，身上那股子劲儿，在工作上紧绷的那根弦，怎么也松不下来……

历经艰辛不回头，老牛拉套劲儿不松

苗汝英就是不服这个气："我就不信这个邪啦，这么大一个人，老天爷说让我死我就得死？喉咙上的这点病，就算烂掉了，大不了让我说不出话来，咽不下东西。真到那一步，就是插气管、打哑语、写字交流，我也能坚持工作！”

苗汝英的“轴”劲儿上来了，活像一头埋着脑袋耕地拉犁的老黄牛，身上的套一直是直的，一步一步倔强地使劲朝前拱。

2008年，面对繁重的奥运安保任务，他拖着病躯，全身心肩负起督察重任。苗汝英说：“奥运百年盛事，由不得半点差错，查不出问题就是我们最大的问题，说明我们没水平、没能力、没有尽到责任！”

北京奥运会前夕，苗汝英临危受命，出任冀中公安局奥运安保警务督察组组长。奥运安保工作转入“督导整改和实战演练”阶段后，冀中公安局要求5天之内，对全局5个支队、6个分局、28个派出所，以及油田29个二级以上反恐重点目标普查一遍。

督察民警小刘十分震惊：“5天？这么大范围，走马观花也来不及啊！”

冀中公安局28个基层派出所分布在北起廊坊万庄、南至石家庄、西起保定、东至沧州等6地市的15个县（区）。仅从位于北京以南的北艾派出所跑到最南端的石家庄赵县赵邑派出所，就有350多千米，这要全跑完一遍，那得需要多少时间！而且油田重点守护目标大都远离闹市，分布在荒郊野外。任务如此之重，期限如此之短，难怪小刘怵头。

不讲价钱，不讲条件。苗汝英提出：“你们跟着我上，我比你们年纪大，我带着病能上，相信你们也一定能够冲上去！”

7月，骄阳似火。苗汝英带上5天的中药出发了。从南到北，他领着大家长途跋涉，一路风尘，一身汗水，一个个派出所，一座座稳定站、联合站，认真检查人防、物防、技防落实情况。

为掌握最真实的第一手信息，他们抓住值班人员容易思想麻痹的“档期”，在中午、晚上下班后，或是吃饭时督察暗访，经常检查到深夜甚至凌晨。有一次一个基层单位的领导见到苗汝英，半是敬佩半是调侃地说：“刚接到派出所电话，说你们暗访去了，怎么转眼就跑分局来了？你们怎么比电话还快呀！”

有一件事让曾在辛北分局担任纪检信访办主任、督察大队长的李兴霄记忆犹新。那次他们检查完工作，下楼梯时，只听“哎呦”一声，苗汝英跌坐到了楼梯上。

“苗书记，苗书记，怎么了？”几个人急忙上前去扶。

“呦呦……别动，别动……”苗汝英疼得脸都有些扭曲了。

“哪不舒服？”李兴霄轻声问他。

“脚，脚崴了。”

大家要送他去医院，他说什么也不去，让同事架着他一瘸一拐地继续走，不大工夫，脚肿得像个大面包。

大家硬拉着他去医院拍片，结果左脚外踝处骨折，医生建议休息治疗、少走动。

“不行！”苗汝英说：“还有一个派出所没跑到，咱们的管辖范围，有一个单位跑不到我都不放心。”

谁也拗不过他，他只简单开了点止疼药，不由分说，就在两个民警的搀扶下，硬是一步一拐、一步一歪身子地上了车，赶往50千米外的深西派出所。

后来，李兴霄不放心，打电话询问才知道，检查完深西派出所后，苗汝英顺路又检查了其他单位，直到所有检查任务都完成了才回家。

在一个省反恐重点单位暗访检查时，苗汝英发现，这家单位的门卫管理存在严重隐患。他亲自设计督察方案，派人化装成“恐怖分子”，携带模拟“炸弹”，驾驶一辆摩托车，居然轻松闯过大门关卡和生产区警戒线！

防线岂能虚设，一旦发生意外，后果不堪设想！

苗汝英当即责成该单位限期整改，同时向单位所在地公安分局下发《督察建议书》，并准备通报全油田。该单位负责人闻讯，急忙通过关系求情，恳请不要通报。

苗汝英话语坦诚，语气坚定：“奥运安保绝对不是小事，出了问题，我们谁也担待不起！通报的目的是亮开问题、警示别人、消除隐患，谁说也不行，必须通报！”

某单位二级守护目标围墙外，苗汝英等人悄悄转了小半圈，借助几块砖头垫脚，居然轻松翻越入内。将“炸药包”放置在两个储油大罐旁，半小时过去，竟然无人发觉。

如此重大安全隐患，着实叫人提心吊胆！

听说要通报，大站负责人好话说尽。

“这要是出事，谁能担这个责任？”苗汝英愣是一点面子也不给！

“我们现在就改！保证严密管控，严加防范，让它连个燕子也飞不过去！”大站负责人当场表态。

“我们通报的不是现在，是刚才，是我们刚才检查发现的情况。”苗汝英寸步不让。这也是他一贯的做派，丁是丁，卯是卯。

第二天，该单位情况在全油田通报。短短几天内，油田各重点站普遍加高围墙至 2 米，安装了铁丝网、摄像头。

就这样，苗汝英和同事们不顾疲劳，连续奋战，密切排查每一个隐患，不放过任何一点蛛丝马迹。通过全方位、地毯式督察，共发现隐患 51 处，当场提出整改建议 59 条，下发《督察建议书》11 份，使管辖范围没有任何“盲点”“漏点”和“死角”，排除了所有不安全因素。奥运安保期间，所有反恐守护目标未发生任何问题，实现了奥运安保“大事不出，小事也不出”的目标，为打造北京安保“护城河工程”做出不懈努力和突出贡献。

身为冀中公安局纪委副书记，苗汝英严于律己，以身作则；对民警队伍中的“蛀虫”，他嫉恶如仇，坚持原则；对犯错误的民警，他苦口婆心，防微杜渐。他说：“我们所做的工作，是触及人们心灵的工作，也是防止民警丢饭碗的工作！”

其身正，不令则从；其身不正，虽令不从。“大事小事秉公办事，大节小节清廉为节”，苗汝英始终以此自勉。他的月收入只有 3000 多元，光药费每月就要花去1000多元，妻子没有工作，家中有两个孩子，日子过得并不宽裕，可他从来不向组织伸手。去北京往返看病，没有车他就坐火车去；到基层调研，他从来不麻烦大家，都是和值班民警在单位食堂一起就餐。

名利淡如水，事业重于山。不少当年的同事、甚至晚辈成了他的上级，对此，苗汝英看得云淡风轻。他说："领导把我放在哪里，只要组织和同事们说声'行'，我就满足了！"

这，就是一个有血有肉、朴朴实实、平平凡凡的苗汝英；这，就是一个满脑子都是工作、一步一步不懈攀登的苗汝英。

爬上这座山越过那道岭，眼前又是一座峰

人生就是一场拼争，奋进的路没有尽头，苗汝英对自己的要求也没有止境。

纪委一项重要工作，就是抓队伍管理。苗汝英给自己定了一条原则：凡是诬陷民警的举报，坚决出面，保护民警，还其清白；对确实存在问题的民警，决不袒护，坚决按党纪国法处理，一点儿也不能含糊。

苗汝英当纪委副书记10多年来，处理过近百名民警，从没出现过任何偏差。干的是得罪人的活儿，可苗汝英在单位却是有口皆碑。2008年年底，冀中公安局像往常一样对45名中层干部进行综合考评，苗汝英又得了第一名！

纪检工作不好干，苗汝英作为主持纪委日常工作和主抓信访的副书记，工作尤其难。坚持原则，可能有人说你不近人情，违背原则，肯定有人说你和稀泥、不干事。冀中公安局成立以来，一直做纪检工作的苗汝英却能得到大家的一致认可，实属不易。

苗汝英重情重义。从警近40年，提起"警察"二字，他不知有多亲。作为"管警察的警察"，他最痛心的莫过于看到自己的战友被查处，"我的工作不是整人，是防止警察犯错，让他们迷途知返，对得起这身警服！"

在日常工作中，苗汝英非常注意抓苗头、扯袖子。有一次，他到一个基层派出所暗访，发现一名民警在岗位上玩电脑、听音乐，对来人视而不见，不理不问，便当即决定在全局通报批评。有人捅捅他说：“多大的事呀，这可是你老战友的儿子，别太较真了，批评几句就得了。”苗汝英当场拉下脸来说：“小洞不补，大洞受苦。好人谁都会做，可乱讲情面，将来会害人！”

面对违纪违法的民警，苗汝英更是较真。2006 年 4 月，群众举报某派出所所长参与倒卖原油。公安局领导批示一定要严办。苗汝英立马带领人员投入案件调查工作，撒下一张疏而不漏的彻查大网。

被查民警嗅觉异常灵敏，也颇有“能量”。他先是给涉案人员打电话“堵嘴”，订立“攻守同盟”，还与个别地方公检法人员秘密沟通，四处“寻计问策”，接着又托各种关系向苗汝英“打招呼”。

层层阻力，一时间从四面八方压来，苗汝英丝毫不为所动、不为所惧，反而加快了调查的步伐。

“不快不行！”苗汝英说，“被调查者关系硬，黑白两道都有人，快刀斩乱麻，不然他还会使出许多别的招数，那样我们会更被动。只有加快速度，把问题查实、做实，把盖子揭开，拿到桌面上，该怎么处理就怎么处理，到那时就消停了。”

取人证、找物证，监控、走访、侦查、分析……昼夜兼程，马不停蹄。此时，正值苗汝英手术后放疗不久，口腔脱了一层皮，话都不能大声说。当事人不承认、不配合，口口声声说“有本事你查出来办我”。为将问题查清，苗汝英和办案民警化装成倒油者，到附近村庄挨家挨户调查了解，掌握了大量证据，使当事人受到应有的惩处。

查处一件，警醒一片。看到民警违法违纪案件明显减少，还有一些曾被处理过的民警因后来工作突出被提拔重用，苗汝英打心眼里高兴。

每当处理完一起警察违纪案件，他的心情总是特别复杂，既有完成任务的喜悦，也有发自内心的惋惜。他不止一次说，民警出了问题，比自己做错了事还难受。他一贯倡导把纪律挺在法律前面，把教育挺在纪律前面。

某分局刑警大队一名领导，曾因案件调查中，与“线人”打交道分寸把握不当，被诫勉谈话。对于曾经获得省“优秀民警”、全局“十佳”民警的当事人来说，思想上一时转不过弯儿来，觉得冤得慌，有抵触心理。

刚一见面，苗汝英并没有摆出一副公事公办的架势，而是先与他拉家常，几句话就打消了他的思想疑虑，他非常配合地把问题全部讲清楚了。至今想来，这名同志感慨不已：“执法工作本身就是一把‘双刃剑’，自己在政策把握上还是有欠缺。这件事对我震动很大，现在我从内心里感谢苗书记，是他在关键的时候使劲拽了我一把，要不然，我有可能会不知不觉地陷进去。”

某分局一名民警曾经因为“不作为”，受到行政警告处分。他走进苗汝英办公室时，心里一直忐忑不安。苗汝英从小伙子的举止神态上看出他思想上有压力，给他倒了一杯水，耐心开导他：“小伙子很精神吗！有了问题不要回避，要敢于正视！你还年轻，人生道路还长，要好好把握自己！”

说话间，到了吃午饭时间，苗汝英让人从食堂买来几个包子给他吃。小伙子内心百感交集，受到很大触动，原原本本把问题讲清了。

从这以后，这名民警把挫折当作财富，背着处分努力作为，负责的档案工作在全省档案达标中，以全局最高分通过验收。后来他加入党组织，被评为先进个人，并成长为副主任科员。回顾自己这段经历，他深有体会：“自己的这些进步，与苗书记当年的谈话有很大关系。如果当时躲开这件事，或者从这件事里走不出来，我的进步不会这么快！”

大家都知道，纪委工作最容易得罪人。按说，被苗汝英处理过的民警应该记恨他，可让人想不到的是，这些民警都从内心里接受他、感谢他，对他“恨不起来”“心服口服”。

苗汝英对工作之外的事情基本上是不过脑子，他把所有的爱、所有的情，都一股脑儿地洒在了冀中这片滚烫的热土之上。

圆上爱圆上情，圆出个无悔无愧的人生

人这辈子，说到家活得就是一个情。

人，如果没有情字串着，从本质上说，与目前地球上低级动物没有任何区别。只有圆上了情、圆上了爱、圆上了梦，才算不枉来一世，才算圆出一个无憾无怨、无愧无悔的人生。

做了自己喜欢做的事，把心思心血用在了自己想用的地方，干成了自己想干成的、一项项还算“露脸”的、得到局领导认可的工作，获得了许多人一辈子也得不到的这么多、这么高的荣誉……有时，苗汝英晚上睡不着觉的时候，想起来自己这一辈子，也算值了。

由于历史遗留问题，那些年出现大量信访案件，冀中公安局具体负责信访工作的人员，连苗汝英算上也只有两个人，任务非常繁重。10 多年来，他接访群众近 3000 人次，平均每年都在 200 人次以上，几乎天天有人“缠”着他。就这样，不管自己手头儿上多忙，当时的身体多难受，家里家外的大事小情多烦心，他对上访群众就像娘家人一样，总是挂着笑脸，迎来送往、热心接待、专心倾听……

苗汝英说：“群众是我们的衣食父母，要学会站在群众角度想问题，有问题尽快解决，能一次解决的，不让群众来第二次。为群众办点实事、解点难事，我心里头舒坦。”

涉法信访工作政策性强，每一句话都代表着公安机关和法律法规，既要坚持原则，又要言辞委婉。

苗汝英办公室有一个不锈钢小盆，专门用来倒开水温药。有时熬好的药袋刚放到盆里，上访人就来了，顾不上吃药，就得接待，有时早上 8 点该吃的药到中午甚至下午才有时间吃。

对头脑不冷静、不讲道理、固执已见，说气话甚至粗话和纠缠不休的

上访者，苗汝英总是保持冷静头脑，不被上访人情绪左右，劝阻、解释、疏导，把道理讲明、讲清、讲透，以理服人。他说：“不能和群众着急，先让他们把话说完，消了气再谈，效果才好。”

有的上访者下了班也不走，他就到食堂给他们打饭。还有的上访者找到家里，每次他都像对待客人一样，热情地递上茶水，耐心做好解释工作。每年他都资助困难上访群众，一笔又一笔，最多时近千元。

居民小刘先后3次到冀中公安局上访，苗汝英每次都耐心接待，讲法律，讲政策。一次，小刘从上午8点来，直到下午4点半才走，长达8个多小时。苗汝英嗓子哑了，血压也上来了，低压超过100。尽管极度疲惫，他还是与有关部门联系，协调帮助解决小刘的问题，使其最终息访。

上访者反映的大都是难以解决的棘手问题，苗汝英从来没有表现出厌烦情绪。一杯热水，一张笑脸，他用热情与真诚，在党和上访群众之间，搭建了一座连心桥，从容不迫地化解积怨和矛盾。他用执着与正直，验证法律的公正与公平，扫除来访者心中的阴霾。

河间市某村的赵某等人到油田家属白女士开的商店拿火腿、瓜子、核桃等食品，非但不给钱，还蛮横地把商店砸了，将白女士等人打伤。周围群众十分惧怕，不敢作证，案件难以公正解决，在法院一审、二审判决中相继败诉。白女士从此走上艰难的上访路，多次到各级公检法机关、妇联和电视台、报社申冤，但因为各种原因，案件一直悬而未解。

白女士找到苗汝英。这起案子是公安改制前的事，时隔多年，时过境迁，调查取证相当困难。冀中公安局领导亲自听取案情汇报，要求控申部门挂牌督办。苗汝英知道这是个棘手的案子，但他没有退缩，与相关分局负责人多次到白女士家中，详细了解情况，组成复查组，督导侦办此案。

调查取证困难重重。办案民警十几次远赴3个县市寻找证人，无人敢出面作证。他们迎难而上，多次趁着夜深人静，悄悄深入居民家中，表明公安机关打黑除恶的决心，消除证人多重疑虑和恐惧心理。办案民警奔波

3个多月，明察暗访30多个住户、近40家商铺，与30多人推心置腹交流，终于摸清案件真相。在地方检察机关大力支持下，以涉嫌寻衅滋事罪向检察院提请批准逮捕5名犯罪嫌疑人。

白女士激动不已："这口气我憋了5年，今天终于吐出来了！"她专门组织起一支锣鼓队，从30多千米外的河间市来到冀中公安局大门前，敲锣打鼓，燃放鞭炮，还将一面绣有"铁肩担正义，为民除邪恶"的锦旗送到公安局领导手中。

有偿解除劳动关系人员王林，10年前被人打伤眼睛，后来双目失明，长期到冀中公安局上访，要求给个公道。当年查处这起案件，公安机关并没有失误，但王林仍然坚持到公安局上访。苗汝英没有对他要态度，每次谈完话，都拉着他的手，一步一步送到马路边，叫来三轮车，扶他上车，再从口袋里掏出钱，再三嘱咐送到家。苗汝英对王林说："你的眼睛不方便，就不要来回跑了，有什么情况我去找你吧，或是打电话就行了！"

经过苗汝英的多方协调，最终为王林争取到2万元补助。谈起这些，王林十分感动："我也知道，自己这事，不该人家公安管，可苗处长真当事了，他带着病一连往我们单位跑了10多趟，一直跑到我的问题得到解决……"

苗汝英认为："老百姓上访，说明他们觉得公安机关有这份责任，不然人家也不会老来找你。即使没有公安的职责，人家把私事、难事毫不隐瞒地说出来，单凭这份信赖，我们也得用心替他们跑……"

在近40年的从警生涯中，他用执着与信念，诠释对党的忠诚；用朴实与奉献，解读对人民的热爱；用刚直与正义，折射伟大的人民警察精神！

岁月如溪，涓涓不息。苗汝英，一名普普通通的人民警察，即便生命消逝，也永远活在许多人的心里。

云驾岭

张　凡

太行西麓的武安，山川锦绣，层层叠嶂，山石、流水、丘陵，气象非凡。

云驾岭是一个村庄，地处丘陵地带，地势西北高、东南低，水向东南流入北洺河。云驾岭很容易让人联想到称奇的诗。云、驾、岭，多么奇妙的构思、波澜的创意，形成了天作一般的组合。看到了这三个字，让我想到了梵净山，正如我认为梵净山是中国群山中最美的名字一样，我觉得云驾岭或许是中国村庄里最美丽的地名。

多么的美妙而赋予遐想，感谢郝秀敏，感谢这位村中的“才女”，让我的心留在了山陵脚下，留在了云驾岭雨后烟云、斜阳微黛以及清潺的流水琴声里。

郝秀敏第一次离开云驾岭远赴华北石油学校，那年她 16 岁。从那以后，在她的心里，云驾岭不仅仅是一方故土，还有曾经的记忆和无数内心坚强的故事。

云是天的心房，变幻万千；岭是大地的胸膛，波澜起伏。郝秀敏一次次在山与岭中穿梭，她想到的是与白云为伴，与山岭为舞，驾之于桥，穿行其间。奇妙的云驾岭，延伸到她的思想深处。当面对一条条测井曲线、一张张地震剖面，她会想到家乡，想到云驾岭。云、岭、石，地质、地层，地上、地下，生生不息的万千事物，在她奇妙遐想中变得简单起来。她经常说：我要感谢我的家乡，感谢我的村庄，感谢云驾岭，给了我无限的想象空间。石油扎根在地质家的想象里，当我的思绪融入大自然，所有的困难、不解和期待，就有可能在想象中破解，把未知变为现实。

一

故事还要从头说起。1963 年，郝秀敏出生在云驾岭村，她的妈妈是农民，爸爸是乡里中学的老师。她还有一个弟弟和一个妹妹。

因为是老大，自小就懂事的她，早早就开始帮妈妈料理家务，照顾年幼的弟弟妹妹。她总是事事都尽力做到优秀，是爸爸妈妈的好帮手，也是弟弟妹妹眼中的好榜样。

上小学的时候，郝秀敏经常看到一些叔叔阿姨在她家附近搞勘探测量。幼年的她还不懂他们在做什么，就去问了爸爸。

“爹，他们在咱家这干吗呀？”

“他们呀，在给国家找宝藏哩。咱们这地下有石油，他们通过钻井就能把地下的石油找出来，让咱国家富起来哩！”

尽管小小的郝秀敏还不懂什么是石油，什么是钻井，但给国家找宝藏，她却听懂了。

“他们好厉害啊！”她由衷地赞叹。

爸爸笑着对女儿说：“等我妮儿长大了，出息了，也像他们一样，给国家挖宝藏吧！”

“嗯！一定！”小女孩答应着，眼睛亮闪闪的，好像夏夜的星光。

从此刻起，一个种子埋在了小秀敏的心中，“挖宝藏”成了她的理想。她在作文中写下了自己的志愿：“长大后，我要做个出色的地质队员，为祖国找出更多的宝藏。”

时间一年一年过去，郝秀敏也一年一年长大，她更加坚定一个信念，那就是为理想而奋斗的人生才有意义。1977 年她以全乡第一名的优异成绩考取了武安中学；1979 年，她义无反顾地报考华北石油学校并选择了石油地质专业，从此踏上了圆梦之路，和石油结下了不解之缘。

二

1989 年，郝秀敏在采油五厂产量任务最吃紧、最需要人才的时候，主动请缨到五厂从事地质研究工作。

当时，采油五厂虽然不断有新油藏被发现，但由于规模小、储量丰度低，产量递减很快。另一方面，由于冀中南部地区地震资料品质差、油藏埋藏深、断块破碎、储层分布不稳定，新区块发现的难度越来越大。老区递减加快，新建产能接替不上，使油田开发面临严峻局面。作为地质人员，郝秀敏非常清楚自己肩上的责任，地质勘探是原油生产链条的第一环，第一步走错了方向，就不可能打出高产井，而且还会浪费国家巨大的投资。

找油是地质工作者义不容辞的责任，无论遇到什么困难、任务多么艰巨，也要挑起这个重担、完成这个任务。郝秀敏清楚地知道，要想在冀中南部找到大发现难度极大，现实的战略选择就是在老区滚动上打开局面。她变压力为动力，有针对性地给自己“充电”，学习了几十种专业书籍知识，写下了几百万字的学习笔记。有时为了弄清一个问题，她反复思考、彻夜难眠。

1993 年是采油五厂产量低谷期，尽管厂里想方设法建产能，但还是有 1 万吨的原油建产任务没有着落。面对严峻生产形势，郝秀敏看在眼里、急在心上。当时厂里滚动评价刚刚起步，科研条件还很简陋，做构造图都是手工勾绘，可用的工具只有铅笔、橡皮、尺子，可以说是“一穷二白”。但是，郝秀敏一没抱怨，二没气馁，而是一头扎进资料堆里，在苦思冥想中度过了一个又一个不眠之夜，经过反复对比分析，她将探索目光盯在了台 8 断块。

台 8 断块的油层埋藏深度较浅，油层显示较好，但是在勘探上没有取得理想结果，上一口探井，尽管录井显示不错，可就是不见油流。这使郝秀敏陷入沉思，虽然勘探领域有“探井没有失败井”的说法，但只有找到其不出油的原因，这口探井才有意义，才会对区块整体勘探提供可借鉴经验。通过应用储层预测和油藏描述技术，分析每个单元的构造图、油层对比图、油藏剖面图，郝秀敏终于找到了这口井失利的原因。她认为，这口井所在区域具备成藏条件，之所以没成功是因为井位标定出现偏差，没有打在高部位上。她又把这一区域周围 30 多口井的各种地质资料全部找齐，一口口认真分析录井显示、测井曲线、试油结果，反复研究地震特征。那段时间，郝秀敏满脑子全是断层、圈闭、曲线，有时连梦话都说的是这些专业术语。经过反复分析研究，按照“打高点”勘探思路，郝秀敏标定了台 8-1 井，经钻探施工，获得了高产油流。随后，又在周围部署 3 口井，均获成功。观念的创新，使这个曾经令人头疼的“贫油”区块，成了一个上产油藏。

台 8 断块成功开发，为五厂解了燃眉之急，确保了当年原油生产任务的完成。这次成功的经历也是郝秀敏在找油领域取得突破的新起点，她感到了从未有过的喜悦。

对于地质人员来说，信心比黄金更重要。而信心的建立必将是来自艰辛的探索和成功的实践。台 8 断块的成功，对郝秀敏来说具有极为重要的意义，不仅坚定了她的自信，更使她认识到，勘探永无止境，必须敢于创新、敢于坚持。

三

俄国文学家列夫·托尔斯泰曾经说过：“一个人若没有热情，他将一事无成，而热情的基点就是责任心。责任心有多大，人生的舞台就有多大。”

郝秀敏对此深有感触，她常说，没有发自内心的热爱和责任，就不可能真正干好一件事情。受家乡环境的影响，郝秀敏从小就对自然充满了好奇和热爱，尤其偏爱石头，她经常在山里对着那些造型奇特、色彩缤纷的石头发呆，一看就是半天。每次研究岩心时，郝秀敏都能回想起儿时的心情，总想弄明白这些被钻机从几千米地下取出的岩石在给她传递着什么样的信息。作为一名石油地质工作者，她觉得自己有责任破解尘封亿万年的自然密码，有责任找到地下的原油，造福社会。

“心系找油，无怨无悔”，这8个字是郝秀敏几十年找油人生的总结与概括，其中蕴含着常人难以体会的酸甜苦辣。

2003年，为了提高生产效率，采油五厂决定开展水平井施工。水平井是一种最大井斜角达到或接近90度，并在目的层中维持一定长度的特殊井，一般适用于薄油气层或裂缝性油气藏。当时，水平井钻探在华北油田刚刚起步，设计水平井更是个新课题。这对于一直找井位、没有丝毫现场随钻经验的郝秀敏来说，真是赶鸭子上架。

接到任务的郝秀敏立刻进入状态，她深知，水平井相比一般的井来说，设计要求更精细、施工难度更大、投入成本更高，一旦钻探失败，数百万、上千万元投资就打了水漂。她用强大的责任心顶住压力，开始了新的钻研。

为了在钻井过程中密切关注现场情况，郝秀敏索性住在钻井队，她将一台装满地震数据的笔记本电脑和一堆地质资料搬到钻井队值班房，进行现场随钻跟踪，随时观察能够预测油层情况的气测数据变化趋势。

在钻探台8平1井油层段的关键阶段，她曾经连续56小时没休息，紧盯各项参数的变化，桌子上布满了各种图纸，垃圾桶里堆满了咖啡袋、方便面袋。她的双眼熬得通红，同事们担心她的身体，劝她休息，她也只是在桌子上趴几分钟，就起来再冲一袋咖啡继续工作。

为了解决夜间观察湿岩屑不准确的问题，她就把湿岩屑一包一包地放在值班房的电暖器上烤，及时掌握岩屑的岩性与含油性变化，发现异常情况，及时调整钻井参数，确保钻头在目的层中穿行。

钻井队是男人的世界，郝秀敏作为一名女性在这里有太多的不方便，别的不说，光是上厕所就是个难题。每次她上厕所，都要专门有人在外面看护着，为了避免麻烦别人，她经常半天不喝水，尽量减少上厕所的次数。钻井队的野营房数量有限，队长也提出让钻工们挤一挤，给郝秀敏腾出一间房来，可郝秀敏怕本来就辛苦的钻工休息不好，就果断拒绝了，实在太困了，她就在值班室打个盹。钻井队的职工们常年在野外施工，什么样的苦都吃过，可郝秀敏的艰苦奋斗精神还是让他们由衷地钦佩。

钻探晋 93 平 1 井目的层段时，正赶上连续多日的雨夹雪天气，通往井场的道路崎岖泥泞，车根本进不去。为了确保施工不出问题，郝秀敏和男同事一起，在寒冷的腊月，趟着冰水穿越 600 多米长的果园。虽然树枝划破了脸，冰冷的泥水灌满了鞋，但郝秀敏硬是咬牙挺了过去。

功夫不负有心人，2004 年，由她负责研究设计的华北油田第一口砂岩油藏水平井台 4 平 1 井获得日产纯油 86 吨，成为当时少有的高产井。

台 4 平 1 井钻探成功后，采油五厂又在台 4 断块、台 8 断块整体应用水平井新技术挖潜剩余油，相继部署钻探了 7 口水平井，均获得成功，单井日产油 35 ～ 65 吨。这期间，郝秀敏度过了她一生中最“充实”的时光。

钻探台 4 平 2 井时值严冬季节，郝秀敏 10 多天顶着刺骨寒风，昼夜奔波奋战在井场，因为工作太忙总是错过饭点，经常几天吃不上一顿热饭。

在台 4 平 3 井现场跟踪过程中，她连续 5 天都没顾上洗一把脸。

在台 8 平 5 井现场跟踪过程中，她……

坚硬的钻杆连接上千米后，在地下行进时就像面条一样“柔软”，要实现钻杆的轨迹控制是非常难的。在水平井钻探期间，郝秀敏先后累计驻井达 3 个多月时间，同事们评价她是废寝忘食、心细如发。的确，如此困难的施工，她设计的靶点甚至可以精确到米，这让同事们大为敬佩。大家佩服的除了她的专业水平，还有她旺盛的精力和无私的品格。紧张工作之余，她还在现场见缝插针，做了 200 多屏多媒体汇报系统，并毫无保留地将自己的经验传授给其他同志，使前来“取经”的各兄弟单位技术人员受益匪浅。

四

勘探有“禁区”，创新无止境。谁用好了创新这把利剑，谁就能在找油领域披荆斩棘、突破重围，不断攀登认识新高峰、开拓新领域、打开新局面。

“首先找到石油的地方是在人们的脑海里。”美国石油地质学家华莱士在《找油的哲学》一文中的这句话，给了郝秀敏很大启示。

石油被称为国民经济的“血脉”，地质学家的使命就是拨开重重“迷雾”，借助“火眼金睛”，让深藏地下的“血脉”汩汩畅流。

油田稳产、增产的关键途径，无非两条：一是靠滚动勘探开发寻找新储量；二是靠老油田的稳产挖潜。而这两条途径都需要对地层进行不断的再认识，需要一种创新精神。

采油五厂的地质条件差，而且经过多年“过筛子”般的高密度勘探开发，到“十一五”之初，老区开发“无新井可打、无新区可投”，几乎到了山穷水尽的窘境。

在一次地质分析会上，郝秀敏和同事们望着这些老区的地质资料图，心情格外复杂，这些油井就像他们的孩子一样，每一口井的脾气秉性他们都清楚。郝秀敏从办公桌抽屉拿出一把尺子，一边说一边在图纸上比比画画。这把尺子看上去没什么特别之处，而且刻度已经模糊，但郝秀敏的同事都知道，这是她为冀中南部油田特制的，用来确定构造深度，陪她“久经沙场”，是她的心肝宝贝。郝秀敏曾经骄傲地和同事说，它的测量精度准度可以和现在的制图软件一较高低。其实大家都知道，之所以能够测量得如此精准，主要还是郝秀敏超强的业务能力。经过深入分析研讨，郝秀敏和同事们达成共识，这些老区块并不是真的没有油了，而是找油理念还不够先进，思想被束缚住了，要想在老区实现突破，必须先在思想认识上突破。在对各个老区进行了多轮筛选后，他们将目光锁定在何庄潜山带。

何庄潜山带自20世纪90年代先后钻探成功3口高产井后，就陷入沉寂。在重新研究这一区块时，郝秀敏遇到了一个新问题，在准备定井位的断层一侧遇到了雾迷山组老地层。尽管在冀中凹陷雾迷山地层是潜山油藏的风水宝地，但根据多年的勘探经验，在冀中南部区域雾迷山却是“禁区”“绝地”，多年来没有一次出油先例。

然而，郝秀敏凭着那股执着劲儿，对这一地层的研究不仅没有放弃、没有止步，反而到了废寝忘食、如痴如醉的程度。早在2002年，她就在深西何庄构造带提出泽37-7X井位，但因资料品质等原因，几年内先后汇报了9次也未能通过。面对重重困难和阻力，郝秀敏并没有气馁，2007年，她重新调整研究思路，充分利用新采集的地震资料，采用三维立体解释技术开展整体评价，大胆构建了“山望山”成藏模式，终于通过了油田公司井位终审。

在钻井施工过程中，为了卡准潜山界面，她把办公室搬到了钻井现场，时刻关注各项参数变化，及时分析钻探情况，两次向上级部门提出加深钻探雾迷山组地层的建议。实钻结果证实了她的分析是正确的，泽37-7X井获得121吨的高产油流，不仅打破了冀中南部地区雾迷山组勘探评价多年的沉寂，更开辟了紧临生油洼槽、“山外找山”的找油新思路，呈现出了“柳暗花明又一村”的喜人景象。为此，油田公司特意在采油五厂为泽37-7X井高效评价召开了祝捷大会。

那天，时任油田公司总经理苏俊亲自到场祝贺。他紧紧握住郝秀敏的手，动情地说：“感谢你为华北油田做出的贡献，正是有了你们这样不放弃和勇于创新的精神，才能让采油五厂保持活力，才能让华北油田稳中求进、经久不衰。”

郝秀敏的内心激动万分，双眼饱含泪水，能为企业发展做出贡献并得到认可，这对她来说是莫大的鼓励。

郝秀敏信心更足了，她一鼓作气，又在何庄潜山采用新的成藏模式，精细研究设计了泽 37-5X 井，同样获得高产。这两口新层系评价井的成功，彻底揭开了冀中南部地区雾迷山组油藏神秘的“面纱”，填补了该区勘探开发 50 多年来的空白。一口口高产井的发现，靠的不是运气，更不是偶然，而是郝秀敏严谨认真的科研精神和对地质工作的热爱与执着。

在此后的两年间，采油五厂在何庄潜山部署的 6 口新井累计产油 14 万吨，累计产气 650 万立方米，探明含油面积 11 平方千米，探明地质储量 317 万吨。

多年实践使郝秀敏清醒地认识到，地下的地质情况，永远只有相似，没有相同，地质工作每前进一步，都离不开创新，只有创新，才能使滚动开发工作不断取得突破。她和同事们在吸取前人认识的基础上，始终坚持立足勘探开发实际，打破思维定式，创新地质认识，先后在车城、榆科等 8 个油田取得了新的突破。

按照以往的地质认识，车城油田只有反向断层控制才能形成油藏。郝秀敏凭借多年实践经验，对这一认识提出质疑，她与同事从车城油田区域综合地质研究入手，查阅了 40 多口井的钻井、试油资料和 10 多份技术报告，对油田的沉积环境，油气的生油、运移条件以及储盖组合进行系统分析、综合评价，利用三维地震资料精细落实构造，仔细研究油砂体分布规律。通过深入研究，郝秀敏和同事们认识到，车城油田不仅反向断层控制可以形成油藏，顺向断层遮挡也能形成油藏，突破了传统地质认识的局限性。按照这一新认识，采油五厂开展了全方位滚动开发，发现了反向断层遮挡成藏的晋 93、晋 93 西、晋 94 等油藏，同时也发现了顺向断层遮挡成藏的晋 105 等油藏，新增加含油面积 2 平方千米，新增石油地质储量 504 万吨，新增可采储量 126 万吨。

五

郝秀敏常常这样告诫自己：人只有献身于社会，才能实现生命真正的意义。

她是这样说的，也是这样做的。在单位，郝秀敏是科研骨干，对于工作和事业，她问心无愧。但提起家庭和亲人，她却一直心怀歉疚。

1989 年，采油五厂产能建设处于低谷期，郝秀敏夜以继日地在办公室加班加点，落实构造、寻找井位。再过两天就是除夕了，郝秀敏越来越感到有些不安，不是因为家里年货还没时间准备，而是她已经连续几年没有回家乡陪父母过春节了，今年过年又要加班，真不知一直惦念她的父母会有多失望。她一次次拿起电话，又一次次放下，真怕听见母亲的那一声叹息。

“妈，现在正是厂里上产的关键时候，我今年就不回去过年了，你跟爸好好保重身体，跟弟、妹热闹过年，不用担心我。”郝秀敏心里默念着打了好几遍的腹稿，这简单的几句话，跟父母的遗憾相比是那么的苍白无力。终于，她拿起了电话，拨通号码，小小的话筒拿在手里仿佛有千斤重。电话只响了一声就被接了起来，仿佛那头有人一直在守候一般。

“喂，是老大吗？”

听着母亲熟悉的乡音从电话中传出来，郝秀敏准备好的话全堵在了喉咙里，她颤抖地喊了一声“妈”，却再也说不出别的话。

母亲好像早知道她要说些什么，自顾自地说了下去：“老大呀，今年是不是不回来过年啦？我跟你爸都挺好，你不用惦记。你自己在外边仔细着点，别光看那个什么图，又忘了吃饭。”不管女儿已经多大了，母亲总是把她当成孩子，每次打电话都千叮咛万嘱咐。

郝秀敏努力平复着情绪，和母亲聊了会儿天，又和父亲、弟、妹说了会儿话。他们只说很好，却只字不提她不能回家过年的事。打电话，对郝秀敏而言就仿佛是跟家人过了团圆年一般，家人对她工作的支持让她感动不已，然而却无法弥补她心中的遗憾。可是数据分析研究需要她，井位确定需要她，钻井进程监督需要她……她只能咬牙让自己坚强起来，继续没日没夜地投入勘探工作中。

不仅是父母，对丈夫和儿子，郝秀敏也深感亏欠良多。儿子三四岁时，丈夫身在一线，她也忙于工作，只能狠心把儿子锁在家里，让他自己玩玩具，当她夜深人静回到家里时，儿子常常已经满脸泪痕地入睡了。儿子上学后，郝秀敏也无暇为他辅导功课，课外兴趣培训班更不用说，只能靠他自己选择。甚至在中考的关键时刻，她也一直在忙工作，考试，择校，全权拜托给了老师。在孩子的健康和生活方面，她也缺少了应有的陪伴和照顾。在具有突破意义的台 8 断块进行水平井开发时，刚上高一的儿子突然高烧不退，郝秀敏当时每天盯在现场，不敢有丝毫疏忽，因为任何纰漏都可能使投资巨大的水平井前功尽弃。尽管孩子的病让她牵肠挂肚，可她分身无术，只能再三叮嘱儿子按时吃药、多喝水，自己还是选择了继续上井。但万万没有想到的是，井打成了，孩子却由于治疗不及时病情加重了，因身体过于虚弱被迫休学两年。郝秀敏从没有向单位领导和任何人提及此事，而是把痛苦埋在了心里。那段时间，只要看到成群结队、背着书包的学生，她的眼泪就止不住地往下流。

后来孩子高中住校，1 个月只能回家休息两天，在这期间，孩子曾一连 3 次回家都没能见到妈妈。郝秀敏记得一次孩子给她打电话："妈，你怎么这么忙啊？可一定要注意身体呀！"当时，她既心酸、又温暖，哽咽着说不出话来。

郝秀敏曾对一个同事说："我做母亲、做妻子、做女儿都很不称职，亏欠他们的太多了。这些年我的工作能取得一些成绩，多亏了家人的理解和支持。"不是她不爱家人，是企业需要她时，她选择了舍小家顾大家，其实，她心里是两头都放不下呀。

对于郝秀敏的付出，他的家人也从不认同到理解。郝秀敏的儿子杨浩岭说："过去，我上幼儿园、上小学，放假后妈妈就经常把我一个人锁在家里，有时我病了妈妈也顾不上陪护，我当时很不理解，感到很孤独。现在我能理解了，妈妈太不容易了，太值得我骄傲了！”

时间回到2011年夏季的一天，一阵电话铃声打断了郝秀敏的工作：“秀敏，恭喜你，获得了全国五一劳动奖章！”就当郝秀敏愣在那儿还没反应过来的时候，身边的同事已经围了过来向她道贺。多年来，郝秀敏获得了许多荣誉，她真心将每一项荣誉作为对自己的鼓励和鞭策，告诫自己不要骄傲自满，不要止步不前。但这次获得全国五一劳动奖章，她的那颗“平常心”却也泛起了波澜，她深知这不只是自己的高光时刻，也是地质所的骄傲，是采油五厂的骄傲，是华北油田的骄傲，是她的家乡——云驾岭的骄傲。这一天，她将永远铭记在心。

“看看资源剩余情况，分离了几个区带及各区带的特征。”早已经办好退休手续的郝秀敏，依旧在岗位上，给“90后”徒弟冯浩讲解着勘探部署图。

郝秀敏在努力干好本职工作的同时，还主动担当起对新同志传帮带的重任，倾注了大量的心血。每当身边的年轻人遇到技术难题，她总是耐心指导，看到他们取得科研成绩，郝秀敏比自己获得荣誉还高兴。由她带出的多名青年地质人员，现在都已经能够独立承担公司级科研课题，并多次荣获厂、公司科技进步奖。

“能够成为郝工的最后一个徒弟特别幸运，我能在这短短的时间里迅速成长起来，都得益于师傅的谆谆教导。师傅就是我的榜样，在今后的工作中，我会将她爱岗敬业的精神发扬下去。”冯浩满含深情的言语，流露出了对师傅郝秀敏的敬佩和不舍。

退休后，郝秀敏第一件事就是回到家乡——云驾岭。几十年来，虽然也经常回去，但大多是过年回家陪伴父母，假期结束就要赶回单位。如今，当故乡的山山水水再次真切地出现在眼前时，郝秀敏有种说不出的温暖和感动。

郝秀敏说，她有两个家乡，一个是云驾岭，一个是华北油田。

在油田工作时，她心里牵挂着云驾岭的父母亲人，回到云驾岭，又惦念着华北油田的发展。

有人说，郝秀敏活得很累，一直承受着巨大的压力。可压力源自责任，而责任又出于热爱，拥有一个充满热爱与激情的人生，难道不是一种幸福吗?

警徽荣耀

柴甫泉

“王哥，你就住这儿吗？”一间长条屋，东西堆得插不下脚。记者30年前曾经在油田公安处治安科和政治处工作过几年，跟王树才算老同事，知道他一辈子没结婚。2021年11月17日一大早去采访他，一碰面就开门见山地问。

“不，我给他们值班。”王树才回答。

“一个月多少钱？”

“没钱，义务的。”王树才说得很平静，“6年前我退休的时候，有位朋友介绍我去山西做保卫，说一个月给五六千块钱，还有奖金什么的，我没去。”

王树才人善良，心也软，很健谈。他觉得意犹未尽，接着话茬儿说：“前两天让我上山西的这哥们儿还敲打我，说当时你要是去了，这6年至少也挣50万。”

王树才越说越动情：“每天上学、放学，我就在社区学校门口盯着每个孩子，都盯了几十年了，都‘爷爷、爷爷’地叫着，我舍不得离开他们，没出过一次事儿。哼！如果真要是有个孩子丢了，或者出点儿啥事儿，哪个孩子也不止50万元……”

王树才的一番话，让记者的敬仰之情油然而生。

从这一刻开始，一卷平凡而又非凡的渲染着时代英雄色彩的警察故事，在我的心案上慢慢铺开——

危难之处显身手

1955 年 11 月 27 日，王树才出生在内蒙古开鲁县。1972 年 11 月 14 日，刚满 17 岁的他，怀揣着戍边报国的梦想，穿上绿军装，戴上红领章，当了一名空军。在部队他多次出色完成首长交给的急难险重任务，先后两次受到嘉奖，实现加入党组织的夙愿，1978 年 5 月转业到华北油田。

来到华北油田后，王树才先在井下作业公司运输大队维修队当修理工，1980 年 1 月又被调到井下保卫科当保卫干事。1984 年 4 月，王树才正式进入公安队伍。

在几十年的从警生涯中，不管在什么岗位上，王树才都坚守在最前沿阵地，特别是每当危难之时，他都大显身手，大案要案冲在前，不破案，不后退。后来担任巡警队长，他每天昼伏夜出，默默保护着井下社区员工家属的安宁，守护着温馨祥和的万家灯火。

2001 年，华北油田公安处改制为河北省冀中公安局。2002 年，王树才任冀中公安局任南分局南道派出所民警、主任科员，成为离居民群众最近的社区民警，本来就与居民心连着心的王树才，如鱼得水。

在井下社区，王树才看到谁都亲得不得了，张大爷、刘大叔、李哥、赵哥、郭姨、王姐、于大嫂……好像社区里这万儿八千的老老少少都是他的亲人，就连井下院里外来做买卖的也没有他不认识的。

“社区民警，就是专门为社区老百姓服务的警察。党把我派到群众中间，就是为他们解难事、办实事的，如果不热心地帮助居民解决困难，那就是我的失职。”王树才一到这个岗位，就到处宣传自已的职责。

只要是居民的事儿，只要有人求到他，只要他想方设法能办到的，他都会答应下来，竭尽全力地帮居民办。“不是谁家都会遇到大事儿，有的人家一辈子也不一定遇到多难的事儿，遇到了也不一定能求到我头上，他们来求我了，是实在没有办法了，是冲着我大檐帽上的警徽来的，是对我、对警察的信任。每一次我都会把居民的求助，作为一份荣耀，会尽心尽力地去帮助他们，不管替他们跑几天几夜，我都心甘情愿。能为大家解决困难，我也有一种幸福感。”

30 多年里，他抓获各类犯罪分子 300 余人，调解社区民事纠纷 1000 余起，先后拿出 6 万多元积蓄捐助灾区、救助贫困学生、帮扶孤残老人……

他大大小小的荣誉证书一摞又一摞，井下作业公司、华北油田公安处和冀中公安局等单位先进个人、先进工作者、优秀共产党员，“十佳优秀民警”“十大素养标兵”“二十佳爱心志愿者”，还有系统内的业务先进、积极分子、三等功等烫金证书，几乎年年都拿回几本。除此之外，王树才还先后被评为管理局优秀共产党员、油田公司优秀共产党员、华北油田榜样、河北省优秀人民警察、全国特级优秀人民警察……

他的故事被社区居民编成歌、谱上曲广为传唱，他的事迹被河北电视台等多家媒体报道。2011 年 6 月，王树才还在公安部和中央电视台联合举办的第四届全国“我最喜爱的人民警察”评选活动中，通过全国观众、网民和公安干警投票，光荣入围 60 名候选人，这是冀中公安局有史以来公安民警个人获得的最高荣誉。

每一项荣誉，每一本证书，每一块奖章，都浸透了王树才的心血和汗水。

1980 年，王树才调到井下作业公司保卫科后，就开始巡逻、破案，实际上跟公安是一套活。头一天上班，王树才就想，公安保卫工作是干什么的啊？思来想去，慢慢地悟出一个定位：所要做的一切，都是“用责任维护一方平安”！

上班不久，王树才听说保卫科还压着许多久侦未破的刑事案件。他嘴上啥也没说，心里却有了自己的想法，也更加坚定了“用责任维护一方平安”的信念。

1980 年 12 月的一个冬夜，井下作业公司大院粮店被盗，丢失了几百斤大米、白面。由于是星期天，案件发现得晚，周围现场遭到严重破坏。现场勘查人员只提取了一枚足迹，没有其他线索，案件侦破一时陷入僵局。

王树才参加了案件侦破，看到这种情况，他总觉得心里憋得慌。如果破不了案，老百姓会怎么看他们，犯罪分子会不会变本加厉，肆无忌惮，那社区安全又如何保障。他不甘心，别人撤了，他坚决不撤，还在跟这个案子较劲。

王树才一连多少天吃不好、睡不好，像得了魔怔，没事就琢磨，天天围着粮店和粮店里的员工转。他根据现场足迹扩大外围现场，延伸侦查线索，对犄角旮旯仔仔细细搜查……王树才利用当兵时所学的步伐跟踪的特殊技能，终于在一栋帐篷门前发现犯罪嫌疑人的半个足迹，很快就抓获了犯罪嫌疑人。

犯罪嫌疑人是工地打工人员，经过审讯，还破获了职工宿舍被盗案、商店被盗案、单位库房被盗案等以前积压的 30 多起案件。这是王树才破获的第一个案件，一出手就打了个漂亮仗！

1981 年 6 月的一个中午，井下作业公司单身宿舍楼发生打架斗殴，接到报警后，王树才和杜复州、邱世恒等保卫人员立刻出警，赶到案发现场后，发现一小青年被捅伤，犯罪嫌疑人已逃离现场，受伤青年被送到医院抢救，但因伤势过重，最终没有挽回生命。

王树才根据现场目击群众的描述，立刻锁定犯罪嫌疑人刘国起。

事不宜迟，火速追捕，一定要还死者一个公道！经过艰苦努力，王树才和同事们终于在河北深泽县将犯罪嫌疑人捉拿归案。经过法院审判，刘国起被判处死刑。

1981 年夏天，井下公司保卫科辖区发生多起生活科库房、生产单位库房被盗案，仅汽车轮胎就被盗 40 多条，价值 4 万余元，当时算得上巨额损失。此案不破，无法向单位领导和职工交代。保卫科长钟玉竹非常着急，思来想去，他推开了王树才办公室的门：

“树才，这些日子，叫这个案子压得我喘不过气来。”钟科长一句绕弯子的话也没说。

“不光你，我们大家伙都有压力。”王树才一边给钟科长让座一边说。

“这个案子就交给你了，你一定能破！”

“交给我吧。”王树才知道，开弓没有回头箭，这四个字说出来，不管千难万难，就一定要有个结果，但他没有丝毫犹豫。

钟科长把保卫科唯一的一辆自行车给王树才骑，还给他批了“特权”，上下班时间他自己定，到哪里去自己做主。王树才下定决心，就是几天几夜不吃不睡，也要破了这个案子。他迅速行动起来，白天寻访、侦查，夜间蹲守，开始“撒网捕鱼”。一连 7 天，他跑了 4 个乡镇 30 多个村子，在重点部位，他一蹲就是一整夜，一连蹲了几十天……

这天凌晨，一个黑乎乎的影子出现在王树才的视线，是盗窃分子！终于等到了，王树才有些兴奋。盗窃分子撬开库房门锁，盗出 8 条汽车轮胎，从两米半高的围墙上扔出去。蹲守的就王树才一个人，回去叫人盗窃分子肯定就跑了，王树才没有多想，迅速跑到围墙外，发现盗贼已经把轮胎捆在一个“铁驴”自行车上。王树才大喝一声，冲了上去。盗贼一愣，看到王树才，扔下自行车撒腿就跑，一头钻进不远处的玉米地。人虽然跑了，但线索留下了，第二天，王树才根据自行车上的钢号，顺藤摸瓜，揪出石门桥的盗窃惯犯马某，送到公安机关经审讯才知道，他还是一个公安机关正在缉拿的重刑逃犯。

风霜雪雨搏激流

几度风雨，几度春秋。1984 年 4 月，王树才从保卫科调到公安分处，成为一名光荣的人民警察。

一样的责任，一样的路径，一样的初心，一样的使命；不一样的是王树才身上换上了一身橄榄色的警服，还有身上戴着的领花、肩章和头上顶着的神圣警徽。

王树才从穿上警服那一刻开始，更觉得自己肩上担子的分量，他深知，警察的权力是党、国家和人民赋予的，决不能辜负人民群众的那份期待。

1991 年 9 月 2 日，井下作业公司运输大队财务室失窃，4 个保险柜被盗，两名门卫被捅伤。当时，王树才在唐海参加冀东油田会战保卫工作，分处领导把他紧急调回任丘，进入重案组投入案件侦破工作。

华北油田公安处处长张兆林坐镇指挥，任丘市人民检察院提前介入，王树才等一线刑警前沿侦探，大家各司其职，协同作战，很快侦破了以井下运输大队职工王某为首带有黑社会性质的犯罪团伙。

他们马不停蹄，兵分多路乘胜追击。

王树才至今还清晰记得当时的抓捕过程，他和范玉生、王长庆、白向林等刑警，在井下公安分处处长刘胜利带领下，先后奔赴吉林镇赉县、内蒙古扎来特旗，顶着大雪在零下 40 多摄氏度的极寒天气下抓捕犯罪嫌疑人。之后，王树才和范玉生又奉命到边境进行抓捕，在大雪中，他们深一脚、浅一脚，不顾个人安危，冒着生命危险，终于将所有犯罪嫌疑人一网打尽、追捕归案，一举破获抢劫、杀害出租车司机等 10 多起连环大案，其中 7 人被判处死刑，2 人被判处死缓。王树才因侦破此案有功，受到上级公安机关的特别嘉奖。

哪里有任务，哪里有硬仗，王树才就出现在哪里；哪里艰苦，哪里艰险，王树才就冲到哪里。

1992 年，二连油田组织夺油大会战。王树才只身来到地处内蒙古锡林浩特的阿尔善油田，为夺油会战保驾护航。王树才一个人要在无边无沿的大草原上，负责阿尔善油田井下施工区域的治安、保卫和综合治理工作。当时因为野外生活艰苦、文化生活单调，职工情绪容易急躁，打架斗殴时常发生，盗窃、赌博问题严重。几个“刺头”员工好几次把生产会都搅和散了，基层负责人一肚子火，可又管不了。还有一名司机赌博把一年挣的钱都输光了，回任丘路上都得借钱吃饭，到家老婆知道后，差点儿上吊……

王树才来了，他可不管那一套。

王树才从法制教育入手，从严、从细制定和完善各种规章制度，治标治本、治内治外，维护生产秩序，为夺油会战创造良好的治安环境。

王树才自己花钱买了个望远镜，爬到水塔上，整个施工作业区域一览无余，不管白天黑夜，小偷来一个抓一个，来一对，抓一双。有的职工跑到草地去赌博，被王树才用望远镜看见，也按规定给予经济处罚。经过王树才“左右开弓”地这么一折腾，打架斗殴、盗窃、赌博问题被打压得再也抬不起头来。

王树才刚来阿尔善油田的这年夏天，辖区井场作业物资被盗，如不及时破案，生产将受到严重影响。

王树才赶到现场，他环视四周，仔细思量：周围没有村庄，只有牧民居住点，被盗物资很多，一时运不出公安卡点，牧民居住点又不能轻易检查，一怕影响和牧民的关系，二怕打草惊蛇。于是，王树才换上便衣进行细致侦查，在离被盗现场二十多千米的一个牧民羊圈里，发现了大量油田物资，他立即赶回去向公安处赵处长进行汇报，组织警力前去抓捕，现场抓获 3 名从任丘去阿尔善油田进行盗窃活动的犯罪嫌疑人，查获油田被盗物资三大卡车，一次就为油田挽回直接经济损失数十万元。

狭路相逢勇者胜。1993 年 11 月 12 日，王树才去二连油田协助井下作业公司把作业队撤回锡林浩特。这天早上发现井场 100 多根油管被盗，价值 10 多万元，因作业队撤离，王树才把案件移交给赛汉公安局。下午，开始返回锡林浩特。

在返回的路上，王树才看到前方有一辆大拖挂拉的全是油管。按常规，油田的油管只有往上拉，没有往回拉的。王树才那双警惕的“破案眼”瞪了起来：情况可疑！

“超过去！”王树才叫司机超过拉油管的拖车。

在超车的一瞬间，只见车里的一个人有意把头低了一下。王树才觉得更加可疑，跳下车来，横在前面，用手势示意拖车司机靠边停车。

司机不停，还加大油门。

王树才拔出手枪命令司机停车，司机顿时吓傻了，忙喊：“别开枪！别开枪！我停车。”一脚刹车，停住了。

王树才上前盘查，原来油管就是他们凌晨从井场偷的，三名盗窃分子中有一名就是井下作业公司作业队的职工，他对王树才说：“你那么较真儿干啥，把我们放了，这些东西大家一起分。”王树才根本就没有入耳，把其中两名盗窃分子押到大轿车上，叫带队领导龙济义、李宝起等人看着，又握着手枪、押着拉油管的司机把拖车开到锡林浩特公安分局。

回来的时候天色已晚，三名盗窃分子一看天黑了，动了心思，撒腿就要跑。

情急之下，王树才拔出手枪朝天“啪啪”放了两枪，一是报警，二是警告他们枪里有子弹，不要轻举妄动。王树才说：“我枪法可不准，想打脑袋说不定打屁股上，想打脚后跟，还说不定打脑袋上。”三个家伙一下子消停下来。

锡林浩特公安分局的同志听到枪声马上前来，盗窃分子随即被绳之以法。

1995 年年初，王树才调回井下公安分处。刚回来不久，他就接到公安分处处长梁宝林交办的一项非常艰巨的任务，一个人从任丘押运 3 卡车油田物资赶到新疆。其中有 4 吨射孔弹，8000 枚雷管和一大批炸药，不是危险品就是重要物资，全程 4800 千米。

梁宝林郑重地对王树才说：“这次任务有多重要，咱们心里都清楚。你当过兵，有这么多年单独执行任务的经验，你跟着我放心。”

王树才终生难忘、惊心动魄的一次押运就这样开始了。

1995年3月15日，王树才押运的车队启程，向新疆进发。行进到山西灵丘县时，遭遇大雪，降雪达20多厘米。山高路险，路面结冰，装有射孔弹、炸药的车辆在一个上坡路段时，车轮突然打滑，下面就是200多米深的悬崖，紧急之下，王树才飞快地抱起一块大石头挡住车轮，此时右后轮离悬崖边还不到30厘米，司机陈长林吓得直哆嗦，半天说不出话来。悬崖下就是村庄，汽车一旦掉下悬崖发生爆炸，不光车上的人性命难保，还会造成什么严重后果，大家想都不敢想。

王树才用手从雪地里扒出土块垫在车轮下防滑，对陈长林说："你开着车门开车，如果有危险，你马上跳车，别管我！"

陈长林稳定了一下情绪，鼓足勇气，登上驾驶室。

王树才趴在路边，用一块大石头顶住右后轮，陈长林稳稳地轻踩油门，汽车一点一点往上爬，慢慢拱了上去，终于化解了险情。

车队又在冰雪路上艰难前行，当车辆行驶到陕西省浑源县境内时，王树才发现司机腾东升开的大卡车没跟上，他马上返回去找，走了一千米路他发现了卡车，车周围有6个人，正在解卡车上的绳子、往下卸东西，一看就是劫匪。

"住手！我是警察。"王树才大喝一声。

"他是假警察，打他！"一个秃头劫匪故意说王树才是假警察，给另外几个壮胆儿。另一劫匪抡起铁锹使劲朝王树才头上劈了下来，王树才急忙躲开，抢劫匪的铁锹，其他劫匪拿着家伙一起围了上来。

王树才在与劫匪打斗时滑倒在地上，他顺势拔出手枪朝天打了两枪，一骨碌从地上爬起来，用手枪顶在秃头劫匪的脑门上："秃小子，看好啦，这枪也是假的！"劫匪们一个个老实下来。当时，无法把劫匪带走，只能对他们进行教育后放人。车到了浑源县城，王树才和县公安局沟通了情况，这才知道前一天浑源县监狱跑了几个罪犯，其中就有那个秃头劫匪。根据王树才提供的线索，县公安局立即组织警力开展抓捕。

王树才带着车队又踏上漫长的路程。3 月 26 日，车队终于到达新疆石油基地。10 多个日日夜夜，王树才没有脱过衣服，没有睡过一个囫囵觉，夜里守物资，白天盯车辆，一路坎坷，一路艰辛，一路风霜雪雨。当这批物资安全交接后，王树才一连睡了 20 多个钟头……

历尽苦难痴心不改

2002 年 4 月，因机构调整，王树才走上了任南分局南道派出所井下社区民警的岗位。

岗位变了，王树才“用责任守护一方平安”的初衷不变，立警为公、执法为民的痴心不改。

每天凌晨三四点钟，当别人还在梦乡的时候，王树才都会准时起床，带上夜视望远镜、探照灯等必备“武器”，独自一人开始夜巡。辖区面积 78 万平方米，他每天要徒步巡逻 6 千米多的夜路，直到天发亮，才拖着疲惫的身体回家休息。

王树才管辖的井下社区约有 1.3 万人口，这里的群众 100% 认识他，80% 以上知道他的手机号码。当社区民警 10 多年，王树才为社区群众做好事有 3000 多件。

2003 年春天，王树才走访得知，黑龙江省嫩江县 12 岁的小翠随打工的父母来到油田，父亲在一次车祸中双腿骨折，母亲身体不好，弟弟幼小，无奈小翠只能辍学，靠在井下小区菜市场做点小生意补贴家用。了解情况后，王树才来到小翠家，掏出 500 元钱递到小翠母亲手里：“这些钱你们先用着，以后家里有啥困难跟我说，还是先让孩子返校读书吧，费用我负责。”在王树才的资助下，2009 年小翠考上了河北科技大学，毕业后找到了理想的工作。

2009 年 9 月，社区居民王文成因交通事故去世，妻子黄丽没有工作，16 岁的女儿王悦还在上高中……王树才知道后第一时间来到王文成家中，帮助料理完丧事，又找到学校沟通，学校领导被王树才的真诚所感动，减免了王悦的学杂费。多年来，王树才对王悦的关心从未间断，除了平时三五百元地救济，过年过节还少不了买些东西送去，帮助他们家渡过一个个难关。

40多年来，王树才帮扶困难家庭学生20个。他说："我是社区民警，社区里不管谁家有困难，我都有责任去拉一把，不然心里真的过不去。"

王树才一直没结婚，他觉得这事对不起父母。年轻时，他也想有自己幸福的家庭，传宗接代，让父母尽享天伦之乐，可自己常年在一线奔波，顾不上谈情说爱，就这么耽误了婚姻大事。

"不过现在我也不孤单，社区里的孩子们一见面就爷爷、爷爷地喊我，他们就像我的孩子一样。"说到这里，王树才带着一脸的自豪。

2009年，社会上连续发生校园伤害案件，造成众多学生家长恐慌。从此，社区学校和幼儿园便成了王树才日常巡逻必到的地方，特别是早中晚上学和放学时间，学校门口总能看到他维持秩序的身影。

王树才在井下社区居民心里，是一尊有血有肉、百求百灵的"保护神"。这个社区的居民有急事、难事，基本不打"110"，他们说："王树才就是俺们身边的110，有的时候比110还快，比110还灵。"

2009年5月7日10时，社区内的建行工作人员向王树才报称，有一对夫妻，神色慌张，要汇款20万元，情形非常可疑，可能是遇到电信诈骗，他们阻止不了。

王树才立马带着民警周云明在3分钟之内赶到建行，找到要汇款的夫妻。他们哭着向王树才说，他们在成都上大学的孩子被人绑架了，绑匪要20万元赎金，刚才绑匪又打来电话，让他们不准报警，赶紧汇钱，不然就撕票，在手机里他们还听见了孩子哭声。

王树才劝他们先不要汇钱，让警察来处理，赶紧联系孩子和孩子的学校、同学，落实情况。可孩子妈妈不干，为了保孩子的命，非汇款不可。

民警周云明拨电话联系，王树才安抚孩子妈妈。可孩子妈妈像疯了一样，见建行不给汇钱，就跑到社区邮局，王树才一步不离地跟到邮局，她又跑到社区工行，王树才也跟进工行。孩子妈妈见汇不成款，想到孩子的危险处境，精神彻底崩溃，抓住王树才的胳膊就咬了一口……

孩子的电话终于联系上了，他平安无事，刚才是因为在操场打球，没有接到家长的电话。听到孩子的声音，孩子妈妈悬着的心一下子放了下来，激动得放声大哭。心情稍微平静一点，夫妻俩紧紧握住王树才的手，一个劲儿地说“谢谢”“对不起”……

熟悉王树才的人都知道，这些年，每天晚上在社区巡逻时，他总是带着榆木拐棍、手电筒、绿色军挎和笔记本这几样“宝贝”。军挎里装的是法律宣传资料和一些逃犯的资料；笔记本用来随时记录巡逻中容易忽视的位置；手电筒在夜晚对不法分子能起到威慑作用；榆木拐棍一来防身，二来不法分子想跑，就勾他的脚腕子，保证一棍子撂地上。

2009 年 10 月 23 日凌晨，巡逻了一夜的王树才刚想靠在警务室的沙发上休息一会儿，手机突然响起，一居民说小区家属楼的一位九旬老人病危，并且家中没有人。王树才飞快地跑到老人家里，一摸老人的头，热得烫手。他立即拨打 120 急救电话，将老人送到医院。当老人的儿子赶到医院看到脱离危险的老母亲后，对王树才千恩万谢。一旁的大夫说：“多亏了这位民警，不然老人非常危险。”老人出院后，执意让儿子用三轮车拉着她亲自感谢王树才的救命之恩。

这样的故事，说不完、道不尽。

王树才说：“遇到突发情况，一般的群众可以不管，而我不能不管，因为我是辖区民警……”一次，他在社区巡逻时，发现学校门口上空 6 千伏电线上火星子“啪啪”直闪。在电线下边走路的孩子们小，不懂得这有多危险，王树才急忙跑着取来警戒带拉上，通知老师后，又迅速找水电厂维修人员抢修。每次刮大风，他都围着井下社区院子转一圈，看到被刮断的大树枝，就用自己买的长锯锯下来，就怕砸到孩子们……

王树才一辈子无儿无女，可他心里头有一个大“家”，他把一腔真情都倾注到社区居民身上。社区居民自发为他写了一首歌，歌名叫《夸夸咱们的好警官》：

树才是位好警官，
居民百姓装心间。
凛然正气斗邪恶，
不畏强暴一身胆。
不法分子搞破坏，
他第一个冲上前。
车多上学有危险，
每天他都去值班。
为了社区保安全，
日夜巡查社区转。
百姓为他扬美名，
平凡岗位不平凡。

金杯银杯，不如老百姓的口碑；金奖银奖，不如老百姓发自内心的夸奖。王树才对人民群众的爱是从他心底自然流淌出的，发生在他身上的一个个故事，感动着居民，温暖着社区，也生动诠释了大爱无疆、深爱无痕的世间真情和人性光辉！

留 痕

王吉超 马玉华 刘丽娜 齐莉莉

冬日的张家口蔚县，很干燥，也很冷。这次，老宋开“博越”回家，年逾九旬的老爸去医院检查，就不用在寒风中颤巍巍等出租车了。老宋退休后，每年都要回老家陪老父亲住一段时间。

“爸，小心磕着。”老爷子坐上儿子的SUV，心里自然美滋滋的。看着戴着一个“加油中国”红色口罩的老爸，有一种说不出的“新闻感”，掏出手机就是一张。父亲幽默地笑笑：“又在‘偷袭’我。”是的，老宋“偷袭”老爸的事经常发生，他在给老人家留下一个个珍贵瞬间的同时，也给家人带来了欢声笑语。

老宋名叫宋学功——《华北石油报》原首席记者，一个充满童心、激情的人，一个忘不了初心的人。

提起宋学功，华北油田可谓无人不知，无人不晓。就连他本人，也想不到自己“名气”会这么大！

一次，宋学功乘坐大巴车到二连油田采访，车上大多是油田职工家属。邻座的一位中年女士，见宋学功挎着一台挺大的照相机，禁不住好奇地和他攀谈起来。

“你是记者？”

“是。”

“那，你认识宋学功吗？”

“我就是呀。”

“啊，你就是宋学功！”这位女士惊讶地大喊了一声。

这一喊不得了，一车人齐刷刷把目光投向了宋学功，像见到了大明星一样惊喜。有的说：“你的照片我见过，拍得太好了”；有的说：“你还给我们小站拍过照片”；有的说：“我在报纸上看到你给我爸在井上拍的照片，发了一大版呢”；还有的说：“我女儿还是你的粉丝哩。”大家七嘴八舌，争着抢着和他合影留念，他倒不好意思起来，脸红得像新媳妇儿。

2012 年春天，油田公司网上投票评选劳动模范，宋学功被华北石油报社推荐为候选人。50 多名候选人中，大多来自生产单位，而且很多人是连续多年的老劳模。

其实，当不当劳模，宋学功并没有放在心上，每天还是一如既往地往井站跑。可他在网上的得票数竟然一直名列前茅，被油田干部员工推上了劳模的“领奖台”。

宋学功，一个小报的记者，何来如此“魔力”？

“痴心妄想”

20 世纪 80 年代初，刚刚二十出头的宋学功，囊中羞涩，用他的话说就是“兜儿比脸还干净”。尽管如此，他还是咬了咬后槽牙，用攒了好几个月的工资，买了一台海鸥“120”双镜头照相机，还有放大机、定时器、放大纸和定影液、显影液，足足有“一箩筐”，足够一个小型照相馆的“家当”了。他这“大手大脚”的举动，可把工友们惊得目瞪口呆，也把自己弄得天天啃馒头，吃咸菜。

母亲听说后，不禁嗔怪儿子：“都老大不小了，也不知道攒钱娶个媳妇。”

“这可比媳妇亲多了。”宋学功睡觉都搂着相机，嘴角挂着笑。他清楚“工欲善其事，必先利其器”的道理，有了照相的“家伙”，他就可以放飞梦想了。

那时的他，为早一点“蹭”进摄影“艺术殿堂”，同一个场景，他用不同的光圈、快门、角度，拍好几张。为了一个胶卷能多拍几张，他先用一个小黑铁片把胶卷遮一半，半卷照完，“暗袋”里再用铁片遮住另一半。每拍一卷，他就用圆珠笔把相片内容、拍摄日期、快门速度和光圈大小等数据，小心翼翼地一一写在底片上。

就是从那时起，他这个“痴心妄想”的美梦，好像变得不那么遥不可及了。

为提高技艺，他开始“充电”，报考了北京人文大学新闻摄影函授班，38门课程的教材，他愣是利用上班间隙完成了。一张张巴掌大的小纸条上，都是他密密麻麻抄的重要章节。钻井闲暇，他揣着这些纸条来到钻塔附近的旷野上，大声朗读，反复琢磨。“隆隆”钻机声，掩盖了他的声音，却掩盖不住为追逐梦想“嘭嘭”的心跳声。

冥冥之中，他似乎有一种预感：自己将来一定能够成为一名优秀的摄影记者。因为，他在书上看到过这样一句话：机遇总是垂青那些有准备的人。

1982年初春，他正在大庆喇嘛甸油田打调整加密井，尽管那里天寒地冻，会战依然热火朝天。制伏井喷、泥泞搬家、雨夜下套管是家常便饭。火热的生活，钢铁的“气象”，激荡着他胸中快要“爆炸”的创作激情。与此同时，他通过《大众摄影》与郎静山、吴印咸、刘半农、罗伯特·卡帕、布列松等中外知名摄影家“神交已久”，摄影在他心中的分量越来越重，他发誓，将来也要拍出像《白求恩大夫》《诺曼底登陆》一样的传世之作。

很快，宋学功就成了队里“赫赫有名”的发烧友，井队犄角旮旯到处都能听到他“咔嚓咔嚓”的快门声。每当起下钻，他更是围着钻工可劲儿照。遇到五六台拖拉机拖井架的宏大场面，他更像是打了兴奋剂一样，不停变换角度，撒着欢儿地拍呀拍。

井队的生活是单调寂寞的，可每当家属来钻井队探亲时，热闹得就如同过年。孩子们围拢过来，这个扯着衣袖，那个拽着胳膊，吵着闹着要让宋学功照相。他不但不厌烦，而且还变着法儿逗孩子们开心，找几个安全帽给孩子们戴上，在井架前面摆 Pose，他一会儿蹲下，一会儿躺下，翻来覆去地拍，竟把皮猴子般爱闹腾的孩子都给折腾累了。他们一个个撅着嘴抱怨："宋叔叔照相太慢了！"他却说着孩子们听不懂的"行话"："不能轻易摁下快门。"

有一次上零点班，他竟将他的双镜头相机包裹在怀里，悄悄带上钻台，放在值班房屋顶，用慢速度对准井口，搞起"艺术创作"来。由于井口活儿太忙，相机还在曝光的事儿就没顾上管，整整五六个小时过去了，等把照片冲洗出来一看，意想不到的效果出现了：黑漆漆的井场，变成了白昼，画面虚虚实实、光怪陆离，仿佛梦幻中的仙境。工友们争相传看，都"拍案惊奇"："老宋照相还真有点大师的味道！"

宋学功的梦想是当一名摄影记者，一次难忘的井喷经历，让他的这个愿望愈发强烈。

那天，他下了夜班，正拖着疲累的身子回宿舍，就听身后"轰隆隆"巨响。"井喷了！"宋学功吓了一激灵，甩掉饭盆，撒丫子往井场跑。夹杂着石子、泥沙的油气流，把井架的钢铁身躯撞击得震耳欲聋，油气弥漫的井场恐怖得像"地狱"。

"我是共青团员，让我上吧。"此时此景，宋学功浑身热血也似井喷般迸射而出，冲上去想加入敢死队。

"小娃娃，还轮不上你！"他被队长一把掀在身后。他不甘心，返回宿舍，翻出"120"相机又凑了上去。

"我一定把工友们玩命儿的风采拍下来。"宋学功心里琢磨着。

"怎么还拿相机了，油气沾火星儿就会爆炸，净添乱！"粗门大嗓的队长把他一脚踹了回去，"120"也给"没收"了。

“机械快门相机，能有什么火星儿，啥也不懂。”宋学功嘴里直嘟囔。

眼前的一切，他只能傻傻瞧着：井喷中，敢死队员沿井架四个“大腿”，顶着噼里啪啦不时砸来的石子攀缘而上接水龙带压井。队长冲上钻台，紧握刹把，双目圆睁，死死盯着指重表，喷涌的泥沙把他塑成了雕塑……

不让抢险还不让照相，急得宋学功直跺脚，拳头越握越紧：真遗憾，我要是能把工友们的事迹报道出去就好了。

十年磨一剑

让宋学功真正感到“梦想照进现实”，在摄影报道上有所成就，是他在采油三厂的 10 年。

1988 年夏，华北石油学校采油专业毕业的他，担任了采油三厂采油十队技术员，但每次上井，总有些“不务正业”，那架机身磨得发亮的“120”双镜头，老是带在身上，有事没事拍两张。那时的新井，宛若出生的婴儿，“古灵精怪”，“淘气”起来就闹“井喷”。遇到这种场景，宋学功就表现得异常亢奋，“白面书生”刹那间变成了“猛张飞”，上蹿下跳来回“咔嚓”，全然不把苦、脏、累、险当回事儿。

时间不长，这个照相“不要命”，板报绘出“花”、能写“豆腐块”的大个子就被宣传部盯上了。厂领导也觉得宋学功是块搞宣传的好料，就把他调到厂机关。宣传部是一个“清水衙门”，而且大多是文字工作，许多人都不愿去。但对宋学功来说，可谓如鱼得水，踌躇满志。鸟枪换炮不说，而且胶卷、相纸等一应齐全，再也不用自己掏腰包了。更重要的是，可以光明正大地把摄影当成工作了。

这下，手中的海鸥“120”双镜头相机换成了理光“135”单反照相机，他就跟彩票中了大奖似的，连走路都蹦着高儿。

那会儿，厂里新井投产、管线补漏、深夜抢险之类的事儿，根本不用通知，抢险队员第一个到现场，宋学功肯定是第二个，别人身上蹭了多少油泥，他身上就有多少。他好像有使不完的劲儿，碰上夺油会战，住板房、睡地铺、搭便车、啃干粮都不在话下，很快就成为基层宣传干事中的佼佼者。

1992 年初夏，他陪领导正在基层调研。刚走进王一联合站，东边二三百米远的井场忽然火光冲天，滚滚浓烟中三三两两的作业工，往返抢救火中设备。看到此景，宋学功早已把领导忘到了脑后，抓起相机大步流星地跑了过去。原来，村民在附近燃烧麦茬，井场蹦进火星儿引起火灾。他顶着炙热的烈焰，拍下了工人们奋不顾身抢救国家财产的精彩瞬间。很快，照片《笑傲火场》就刊登在了《华北石油报》上，并获了奖。小试牛刀的宋学功，对新闻摄影更加痴迷了。

有时，他半夜会突然坐起身，似梦非梦，喃喃自语："如果换个方向取景就更好了。"说完又倒头睡去，把妻子吓了一大跳。一次，妻子半夜给他掖被角，不料被子里滚出来一个黑不溜秋的铁家伙儿——照相机。妻子感到既好笑又心疼，是不是魔怔了。

时间不长，许多人对宋学功又有了新的印象："这家伙，不但会玩照相机，而且胆儿大，心细，能吃苦！"

1993 年 8 月，一个闷热的周日，宋学功去留路采访，就听楼道的人嚷嚷："留 76–3 井铜套被'油耗子'卸跑了，井喷了！"他一听就待不住了，操起照相机，三步并作两步来到现场，只见接近 80 摄氏度的水流喷涌而出，井口泥泞不堪，四周热浪滚滚，满眼是弥漫的热气，脚下是横流的热水，两名采油工正在井口抢装铜套。

为了靠得更近些，宋学功把裤脚往鞋里使劲儿掖了掖，"扑哧扑哧"踩着泥泞往井口靠，脸被热气燎了一下，他皱了皱眉头，继续靠近，然后"噼里啪啦"一通拍，一幅抢险"雄狮"的精彩镜头定格在相机里。此时，左脚皮鞋灌进热水，他竟然没有察觉。待宋学功一瘸一拐返回办公楼，大家被他的样子吓坏了，他的两腮像熟透的苹果，一只脚肿得像胡萝卜。

这幅新闻照片先后在《华北石油报》和《工人日报》刊发，还在《工人日报》年度新闻摄影比赛中获了奖。从此，宋学功便有了一个响亮的绰号："拼命三郎"。

1994年10月24日，宋学功光荣加入中国共产党，从那一天开始，做一名合格的共产党员、一个忠诚于党的事业的摄影人，便成了他人生追求的新目标。

他在采油三厂期间拍摄的那些飘着油香的新闻图片，不仅在《华北石油报》《中国石油报》频频亮相，在《人民日报》《工人日报》《经济日报》《中国青年报》等国家级报纸也时常"露脸"，《"雄狮"》《深夜擒贼》《笑傲火场》《守井人家的孩子》《冲不垮的石油部落》等多幅（组）摄影作品获得省部级奖项。

由于宣传工作成绩突出，三厂年年是先进报道集体，宋学功也年年被评为《华北石油报》优秀通讯员。员工群众见了宋学功，老远都叫"宋记者"，尽管当时还是通讯员，但在大家心目中，他已经能配上记者这个"无冕之王"的称谓了。

直到现在，宋学功耳边依然会时常听到这个亲切的称呼，每次都感到一股热流涌遍全身，有一种莫名的感动和满足。

梦想成真

转眼到了1998年，也是宋学功在采油三厂工作的第十个年头。《华北石油报》一则竞聘记者的启事，让他喜出望外。他以理论考试和专家答辩第一的成绩，在所有应聘人员中脱颖而出，正式成为《华北石油报》的一名专业记者，梦想终于成真。

看到办公桌上一架发给自己崭新的尼康专业照相机，平时滴酒不沾的宋学功，这次与同事喝得酩酊大醉，眼眶里噙满了激动的泪水。晚上，他呆坐在办公室里，紧紧搂着照相机，嘴里自言自语："老伙计，今后就看你的啦！"

刚来到报社的宋学功，仿佛一条跃入大海的鱼儿，酣畅淋漓地挥洒着激情。也许别人一天拍一个胶卷都觉得多，可他黏在井站不回家，每天六七个胶卷都不够用，常常自己掏腰包，买胶卷。

同年夏天，宋学功刚来报社不久，社长就安排他去位于锡林郭勒草原腹地的二连油田采访："基层是新闻的'富矿'，新闻记者一定要从熟悉基层开始，不但要身入，还要心入。"他在二连分公司宣传部和钻井三公司的有关同志帮助下，一路风雨奔赴蒙古国，采访在那里打井的钻井队，并采写了《风雨草原跋涉路》专题摄影报道。他这个初到《华北石油报》的"新兵"，成了报社出国采访第一人。

走上专业摄影记者岗位后，宋学功更加深刻理解了著名美籍匈牙利战地记者罗伯特·卡帕曾经说的话："如果你的照片拍得不够好，那是因为离炮火不够近。"和平年代尽管没有炮火，但要想拍出感人的照片、真实的照片、"抓人"的照片，就一定要让镜头离抢险、救灾、雨雪等特殊现场近些，再近些！因为，现场有危险、艰苦、坚强，有拼搏风采和感人瞬间。换句话说，就是要贴近基层、贴近生活、贴近群众，这样才能拍出具有冲击力和感染力的"大片"。他自己总结了这样一句"名言"：鞋底下沾了多少油泥，镜头里就有多少精彩。

宋学功和地处高寒区域的二连油田有一个10多年的"冰雪之约"，这在华北油田新闻界已成为美谈。

从21世纪初采访特大暴风雪开始，每到寒风刺骨的冬季，他几乎都要到二连油田去一趟。《撕开暴风雪》《"冰雕"》《风雪雷电任随它》《零下35摄氏度的坚守》《冰雪"特战队"》《风雪夺油人》《铁骨铮铮傲冰雪》等10多幅（组）在国家级和省部级新闻摄影比赛中摘金夺银的摄影精品，清一色是在冰天雪地的环境里创作的。

2001 年 1 月，油城的年味越来越浓，宋学功却背起行囊，一头扎进内蒙古寒风肆虐的冰雪之中。这是一场百年不遇的特大雪尘暴，气温降到了零下 40 摄氏度，光牛羊就冻死 200 多万只，别人都退避三舍，他却毛遂自荐去采访报道二连石油人抗击暴风雪的英雄事迹。

“小心把耳朵冻掉了。”好心人劝他。

“摄影记者就是要明知山有虎，偏向虎山行。”宋学功当时语气很是坚决。

他在二连的每一天，无时无刻不被石油人的精神所感动、所震撼，将奔腾的情感倾注在一个又一个镜头之中。20 多天，宋学功先后采访拍摄了 3 次大型抢险行动，5 次雪中遇险，2 次差点冻僵在茫茫雪原。每次拍摄回来，棉裤脱下来都能立着，体重下降了 10 多公斤。

“你怎么在这儿？”正在二连油田慰问的一位油田公司领导在位于阿巴嘎甚旗北坡，被积雪围困的 3 号站见到了宋学功，很是吃惊。

“我刚从任丘搭车过来。”

“快过年了，明天跟我们一起乘飞机回去吧。”

“谢谢领导，我还准备采访拍摄二连油田抢险救灾呢。”

“不要冻坏了，千万注意安全啊。”

为拍好二连员工不惧风雪抢拉原油的珍贵画面，宋学功跟随拉油车队连续三次闯入洪浩尔舒特油田，每一次都是在与死神抗争。那天，车队清晨出发，下午遇到了遮天蔽日的白毛风，大风狂吼着，草原路被卷起的大雪覆盖，最深的积雪有 2 米。带队领导与 20 多名罐车司机下车挖雪，宋学功看到这个情景，抓紧拍了几张照片，也抄起一把铁锹加入挖雪大军，不一会儿就有了外冷内热“冰雪两重天”的感觉。

待车队好不容易冲出“雪窝子”，夜幕已经降临，紧急调来的推土机在前面开路，油罐车一字跟进，吐出的白色烟雾笼罩着整个车队，浩浩荡荡，宛若千军万马在集结。看到此景，宋学功顿时热血奔涌，早已忘了自己冻得红肿的手还没有缓过劲儿，拿起相机冲下车，踩着没过小腿的积雪，一路跟着拍照。

不知不觉中，他竟然在风雪中走了两三千米，最后，相机被冻得凝固了一般，镜头、机身和取景窗也被呼出哈气结的冰霜糊住了，焦距调不清，快门根本按不下去。由于四肢冻得发木，两只脚已踩不稳地，不听使唤，宋学功一个跟头栽倒在积雪中，把大伙儿吓了一跳。待七手八脚把他架上车时，宋学功几乎被冻成了“雪人”，脸像紫茄子，手像大冰棒，棉工鞋也被两个大冰坨包裹着。大家折腾好大一会儿工夫，他才慢慢恢复了知觉。

带队的领导和司机们被他的敬业精神深深感动了：“宋记者，你这是在玩命呀！”

除夕夜，二连油田领导给宋学功献了一首《草原恋》。“草原那草原，我可爱的家乡……那朝霞般的篝火给了我无限的温暖……”唱到最后，大家相拥在一起潸然泪下。“你在最艰苦的时候来到二连，你就是抢险队的一员，你就是我们的荣誉员工！”

《勇闯洪浩尔舒特》《戴狗皮帽子的“钢铁群雕”》《风雪刮不倒的“采油树”》等宋学功拍摄的专题摄影，《华北石油报》用一整期报纸，四个版面重磅推出。这是《华北石油报》创刊37年来，第一次用一期报纸刊发一名记者采写的一个新闻事件，创下了一个纪录，一个很难被打破的纪录！

宋学功拍摄的专题摄影《无惧暴风雪》《风雪见英雄》，先后刊登在《中国石油报》和《中国石油画报》上，二连油田抗击特大暴风雪的感人事迹迅速传遍油田内外，二连石油人艰苦奋斗精神也因此名声远扬。

他拍摄的《撕开暴风雪》专题摄影，不但荣获中国石油新闻奖一等奖，还在第十二届中国新闻奖摄影作品复评暨2001全国新闻摄影作品年赛中斩获铜奖，这是宋学功记者生涯中的“高光时刻”。

更让宋学功高兴的是，他被二连分公司授予“抢险救灾先进个人”和“名誉员工”。油田公司从宋学功拍摄的精彩镜头中，精选上百幅，专门举办了二连油田抗击暴风雪摄影展，其中一幅《风雪见英雄》，作为二连艰苦奋斗精神象征，不仅成为二连油田展室的“主打片”，还据此创作了位于创业公园的一个主题雕塑。

“回想起来，当时最要命的是相机时常罢工，许多感人场面只能眼巴巴看着，心情甭提有多难受了。”宋学功一想起当时的情景，至今仍然留下了许多遗憾。

有人讲，摄影记者也属于高危职业，宋学功对此感触颇深。那些年，在苏里格气田拍摄《毛乌素沙地采气人》时，在山西煤层气田拍摄《“气”势磅礴铸辉煌》时，在冀东油田拍摄《渤海湾上擂战鼓》时，在苏桥储气库拍摄《敢叫地宫“锁气龙”》时，在塞外草原拍摄《钢铁“特战队”》时，在黄土塬拍摄《钻机隆隆震陕甘》时，在冀中地区拍摄《气“绿”京津冀》时，等等，哪一次不“饱尝”风霜雪雨的“亲吻”，哪一次不“享受”急难险重的“洗礼”？

位于山西沁水太行山深处的华北油田煤层气田，也是宋学功经常光顾的“战场”。他是这里的常客，不用通知、不用催促，雨雪、施工和抢险，就是他启程的冲锋号。

2010 年 11 月，深秋的太行山美轮美奂，犹如巨大的调色板。宋学功与同事到郑村区块附近的深山采访管道施工，这里有一段约 75 度的陡坡，参战将士称它“好汉坡”。

“有拍头！”他一看到陡峭的好汉坡，强烈的职业敏感性让他异常激动。

一连几天，宋学功每天都要体验几趟当“好汉”的感觉，每攀爬一次累得喘不上气，小腿肚子直抽筋，连拿照相机的手，都攥出了“油”。

随着夜幕降临，宋学功越发兴奋，右脚尖使劲在陡坡碎石上踹出一个凹槽，左膝弯曲，身体前倾，相机紧贴脸颊，抢拍挖掘机开掘管沟和焊接的施工夜景。这时，意想不到的事情发生了，右脚下的碎石突然松动了一下，他顿时失去了重心，身体擦着陡坡往下滑。陡坡上全是“张牙舞爪”的尖石块，情况非常危险，情急之下，宋学功左手护住相机，右手猛地抓住坡上的一棵小树，总算停了下来，可右膝和右手已经被磨得鲜血直流。

“都怪自己，照起相来啥都忘了。”

宋学功只是简单处理了一下伤口，又继续拍照了，“咔嚓嚓”的快门声与“嗞啦啦”的焊接声交织在一起，在秋夜中传得很远。

感动人生

宋学功常说：“与其说是我的新闻摄影作品感动了职工群众，不如说是他们的言行感动了我。是他们给了我取之不尽的拍摄灵感和创作激情。”

宋学功清晰记得他的每一张成功作品是在什么背景下诞生的，清晰记得照片上的每一个人物和他们的故事。

2003 年抗击“非典”，是一场没有硝烟的战争。华北石油总医院医护人员纷纷递交请战书、决心书，申请到抗击疫情第一线。他们的感人事迹深深触动着宋学功，他先后 3 次和同事进入传染病区采访拍摄。《走进隔离区》《祝福你，白衣战士！》《为了神圣的誓言》《敬礼！抗非一线的勇士》等 10 多篇摄影报道相继在《华北石油报》刊发，极大增强了居民群众对白衣战士的崇敬之情和战胜“非典”的信心。专题摄影《我是党员我上》荣获当年中国石油新闻奖一等奖。

彭瑞林、靳占忠、曹树祥、张华、文革……多年来，宋学功采访拍摄了大量油田典型人物，读者看到的只是《走近彭瑞林》《坚持：靳占忠成功之源》《维修大拿曹树祥》《永不凋谢的生命之花》《让“绿色”在爱中飘洒》等专题摄影刊发的几十幅图片，殊不知，这都是他在拍摄的数千幅图片中精挑细选的。

宋学功从 20 世纪 90 年代就跟踪拍摄靳占忠、曹树祥，一直到他们退休。他们爱岗敬业、无私奉献的精神激励鼓舞着宋学功：“不把他们的事迹采访拍摄好，就是我的失职。”

2013 年元月的一天，纷纷扬扬的大雪给油城披了一身银色戎装，这让宋学功分外兴奋。前几天他发给了《中国石油画报》一组曹树祥班的专题摄影，编辑打来电话，说要一张曹树祥班雪天上井的照片。没想到这么快就下雪了，真是老天帮忙。宋学功赶紧和曹树祥联系，得知他一早就带着班里的员工上井了。宋学功马上骑着自行车，艰难地往 10 多千米外的任南工区赶。他一边不停地擦着脸上融化的雪水，一边“呼哧呼哧”地蹬着自行车，身后长长的雪路上，只有他留下的一道斑斑驳驳的车辙儿。

到井场时已是晌午，风更大了，雪花也更密了。曹树祥和张洪涛师徒俩正给任 341 井加装盘根，宋学功趁他们没看见自己，把自行车轻轻放倒在雪地上，上前几步举起相机就拍，没留神踩到雪下的一截玉米秸，结结实实向后摔去。张洪涛看到赶紧跑过来扶起他，给他拍身上的积雪。

“宋记者，这么大的雪儿还过来。”曹树祥早就和宋学功成了“忘年交”，笑呵呵地说。

“曹师傅，你们还去哪口井？”

“老姜发明了一把多功能巡井专用扳手，我们再到南面几口井试吧试吧。”

风雪中的井场给人一种朦胧的美感，飘然落下的雪花，上下起伏的抽油机游梁，石油工人鲜红的工衣和他们刚劲的动作……宋学功像是找到了宝藏，不停变换的位置、变换着角度，不时将相机高高举起，不时全身趴在雪地上。编辑说只要一张照片就够，可他不知道拍了多少张。直到曹树祥他们完成了所有工作，宋学功才骑着车子悄然离开。曹树祥的一个徒弟看着他慢慢消失在风雪中的身影，感慨地说：“宋记者是用劳模精神采访劳模呀！”

同年 4 月，井下有一普通工人名叫姚志刚，得知妹妹确诊为尿毒症时，毅然做出了为妹妹捐肾的义举，亲属间捐献活体器官，这在华北油田还是首例。宋学功得知后深受感动，第二天，他就和徒弟赶到了天津，在接下来的一个多星期里，他们住在医院附近的小旅馆，每天一大早就赶往天津器官移植中心，用镜头真实记录姚志刚兄妹捐肾、换肾手术前后的每一个感人瞬间。拍摄中，姚志刚兄妹面对换肾手术表现出的坚强和镇定，让宋学功的心再一次受到震撼，他按动快门的手都在微微颤抖。他说："采访拍摄的整个过程，也是心灵上的一次净化。"

他们的专题摄影《姚志刚捐肾救妹》先后在《华北石油报》《中国石油报》《燕赵都市报》等报刊相继发表，迅速在油田内外引起了强烈反响，许多爱心人士纷纷解囊相助。这个专题摄影也获得了中国企业报新闻一等奖。

超越自我

宋学功出色的工作表现，为他赢得了无数的奖项和荣誉：中国石油天然气总公司优秀共产党员、华北石油管理局优秀共产党员、油田公司"十佳职业道德模范"、油田公司劳动模范、河北省新闻战线"走转改"先进个人，连续两次被中国石油记协授予"百优"新闻工作者、新闻摄影"十佳"记者称号，多次被评为中国石油报优秀新闻工作者和模范记者。在国家级和省部级报刊发表上千幅（组）摄影作品，上百幅（组）摄影作品在国家级和省部级的摄影比赛中获奖。

但有时候，宋学功也很苦恼，原因是他在采访中常常会遇到这样的情况，新闻事件已经过去，或者新闻事实用摄影手段根本无法表现。这样一来，摄影记者的短处就显现出来了，怎么办？只有不断充实自己，主动提升采写能力，把摄影与文字有机地结合起来，使新闻报道更具感染力和影响力。宋学功决定以后要一手抓相机，一手拿笔杆，做一名"两栖"记者。

2006 年 8 月的黄土塬郁郁葱葱，宋学功与同事驱车 3000 多千米，跑庆阳、去华池、下吴旗、到靖边，走遍华北油田长庆项目部的 20 多支钻井队，先后完成了荣获省部级新闻奖的《钻机隆隆震陕甘》《水水水》《黄土塬上环保曲》等摄影报道，及《一担挑同念“安全经”》《朱队长真“牛”》等文字报道。

回到报社，宋学功回想起10多天的采访经历，就像过电影似的：华油人日夜奋战在毛乌素沙地深处，他们迎难而上、勇闯市场的豪迈气概不时激荡着他的心扉。他觉得，仅仅摄影报道还不足以反映他们的精神风貌，他暗暗下定决心，尝试一下事件通讯的撰写。于是，就摸索着先写了第一篇《大气磅礴舞春风》，谁知竟然一发而不可收，接着又陆续写了《科学开发竞风流》和《我自高歌笑瀚海》，三篇通讯加起来近万字，全场景、多视角地展示了华油人在长庆市场拼搏奋战的典型事迹和累累硕果。

2008年5月12日，四川汶川发生大地震。在油田公司运送救灾帐篷车队出发前，已是天命之年的宋学功，还跟个小伙子似的，跑到总经理面前主动请缨。

“让我随车队一起进川采访吧。”这是一个永远冲锋在前的“战士”。

他与车队司机师傅，冒着随时发生余震的危险，跨秦岭、钻隧道，风餐露宿，日夜兼程。有一次车队驶入隧道，突遇六级余震，隧道就像扭动腰身的巨龙，大货车小舟似的左摇右晃，好不容易冲出隧道，山上的碎石又不时滚落在公路上。一路险情不断，宋学功拍摄了不少精彩的新闻照片，还在车里用笔记本撰写了消息《救灾帐篷紧急送达江油》，刊发在《华北石油报》头版头条。

回来后，宋学功每天都沉浸在震撼和亢奋之中，那些感人场景在脑海里挥之不去，他按捺不住内心的激动，一篇倾注着感情的通讯《余震挡不住的“钢铁车队”》“破壳而出”，也在《华北石油报》重要位置刊发。同时，他还以《爱心速递千里行》为题在《中国石油画报》刊发了专题摄影。后来，这篇通讯被资深老编辑选送参赛，最终从文字记者的新闻稿中脱颖而出，夺得了中国企业报新闻奖一等奖。

这，还是那个整天拎着照相机到处拍照的宋学功吗？分明就是一个地地道道的“多面手”。

2012年初夏，宋学功赴山西长治采访一次煤层气会议，本来只安排了会议消息、侧记的采写任务。按理说，完成两篇文字报道就万事大吉了，可他却没有这样想，在会议期间，他越来越感觉到会议的重要性。

勇挑重担、不断加压是宋学功的职业信条。会议间隙，他先后撰写了消息《煤层气勘探开发驶入产业化发展快车道》和侧记《吹响新一轮煤层气勘探开发的冲锋号角》。随后又连夜收集材料，为撰写《华北石油报》评论员文章做准备。返回的车上，会上热烈讨论的情景，不时浮现在脑海里，他一下子思如泉涌，取出携带的笔记本电脑，端放在膝盖上，近千字的言论《建设一流现代化煤层气产业示范基地》一气呵成。这篇在车上完成的文章，还获得了中国企业报协会新闻奖一等奖。

这些年，宋学功撰写的文字新闻稿见报近百篇，以“功夫”为笔名写的言论就有30多篇。他的言论观点新颖、论述严密，行内专家都啧啧称道。他认为，这不是“放下自家的责任田，去耕别人的自留地”，是事业追求的自我加压，也是人生目标的自我完善。

……

这就是宋学功——高高的身材，瘦削的脸庞，留着长发，鼻梁上架着一副近视眼镜，一个文质彬彬的中年男人。

这就是宋学功——有一双善于发现的眼睛，手里时刻握紧相机和笔，一名随时出击的“雨雪战士”。

这就是宋学功——永远怀着一颗赤诚的心，忠诚党的新闻事业，真实记录精彩瞬间和人间真情，一位给华北油田留下珍贵史料的普通记者。

国门下的采油工

周 钇

人们常说，一粒种子，只有深深地植根于沃土，才能生机无限。而我作为一名普通的采油工，只有置身拼搏创业的氛围，才能蓬勃向上！我非常庆幸年轻时就来到锡林郭勒大草原，在她的哺育滋养下，在领导的信任和同志们的帮助下，我才得以成长，我人生的画屏上才涂下了一抹绚烂的色彩。

——肖占华

无论是谁，第一次见到肖占华，都能从他那刀刻般的脸上看出不一样的岁月沧桑。因为长期工作在野外，他的脸颊上刻录了草原季风和高原日晖的轮回。

肖占华所在的额仁淖尔油田地处内蒙古自治区口岸城市二连浩特市，是距我国北部边境线最近的一个油田。这里冬季寒冷，夏季雨水泛滥，气候恶劣，条件非常艰苦。“五月解冻九月雪，一年只有两季节；地下冻土三米厚，双层玻璃不关风。”在这样的环境条件下，肖占华一干就是 20 多年。

哪里艰苦哪里去

1980 年 3 月，肖占华在华北油田参加了工作。1989 年，他主动申请到条件异常艰苦的二连油田工作。在这里，他感受过一个新油田蓬勃向上发展的欣喜，也亲眼见证了二连油田因为特殊的原油物性和地理环境，造成原油生产非常困难的现实。为了多产原油，油田广大干部员工呕心沥血，付出了难以想象的艰辛。一年又一年，原油生产长期处于“紧张”的局面，何时能够摆脱这一境况，成了肖占华心里挥之不去的隐痛。

因为原油物性差，即使哪怕多产1吨油都非常困难。为了完成每年的产量任务，二连油田千方百计挖潜增效，想出了很多办法，采取了很多有针对性的措施。比如，集中回收老井尚还遗留的原油。尽管看起来只是杯水车薪，但哪怕再少，积少成多，对于每一年原油产量任务都“吃紧”的二连油田来说，也是很好的应急补充。

1998年初，额仁淖尔作业区成立了捞油队伍，可是因为井下捞油工作条件最艰苦，没有人愿意去干。44岁的肖占华听说后主动报名申请来到了捞油队，从此，他和捞油工作结下了不解之缘，并在这个岗位上一直干到了退休。

且不说“人过40不学艺”，按理，像捞油这样的苦差事，人们躲还来不及呢，而且肖占华还是作业区车队的一队之长。那时候的他，既没有原油生产额定任务压力，也用不着天天钻进驾驶室亲自操弄汽车方向盘，他自告奋勇来到捞油队当捞油工为了啥，很多人并不理解。

淖尔油田共有52口捞油井，分布在二连浩特市方圆几百千米的范围内。由于离基地远、分散，工作开展起来非常不方便。从进了捞油队那天起，肖占华就随身携带着一个小本子和一支笔，走到哪记录到哪，细心了解每口井的特点，并合理计算每口井的捞油周期。肖占华边捞油边记录边摸索，每口捞油井的含水高低，捞深多少米能见液，捞油井筒内多少米是油水界面，每口井液面恢复的速度，捞油周期是多少天，捞油井之间的路程多远，捞油车单程做到最大捞油量所行驶的距离是多少，所有这些，在肖占华的小本上一目了然，每一口井的情况，都牢牢印在肖占华的心里。人们都说，别看肖占华这么一个大男人，干起活来比女同志还心细。

捞油工作苦、脏、累，工作环境很差，有人形容道：“夏天一身汗，冬天一身冰；平常一身油，常年一身土。”由于工作太苦太累，年轻人走了一茬又一茬，造成队伍不稳定，严重地影响了捞油工作。肖占华看在眼里，急在心上。无论酷暑严寒，天气多么恶劣，他总是带头顶风冒雪，始终坚持在野外捞油施工现场。为了完成作业区原油配产任务，肖占华经常深入到边远井站，调查了解单井出油情况。他在寒冷的现场一待就是一天，将一口又一口单井数据资料进行对比分析，摸索合理的捞油周期和捞油参数，并对每一口捞油井进行了科学分配和排序。慢慢地，肖占华总结出了一整套完善的捞油方案，并每个月根据掌握的情况制订一份详细的捞油计划，做到既能合理捞油，还能节约捞油车耗油量，不仅实现了捞油超产，捞油成本还有所节余。2005 年，在肖占华的带领下，捞油班除去 14 天因天气影响中断捞油，全班出勤 351 天，实现全年捞油超产 218 吨，为作业区超额完成原油生产任务做出了积极贡献。十几年来，肖占华以实际行动践行了“只有荒凉的草原，没有荒凉的人生”的坚定誓言，他以坚强的意志履行了“采出的是石油，锻造的是人格”的庄严承诺。他坚持驻扎在边零井站，克服了常人难以想象的困难。

肖占华的精力和干劲儿让每一位年轻的捞油工都非常钦佩。为了治理井场，肖占华全天候战斗在井场，直到填平最后一锹土。

2007 年 3 月，油田创建环境友好型企业，额仁淖尔作业区决定对所有捞油井场进行一次彻底治理。肖占华得知此事后，找到作业区领导主动请缨。考虑到他的年龄，再加上劳动强度太大，作业区领导说什么也不答应他去。可倔强的肖占华一次又一次找到领导，说：“捞油井场的治理工作本身就是我们捞油班的事儿，我是班长，这事就交给我吧。”肖占华带队每天完成了当天的捞油任务后，安排好大家休息，自己却一人再赶到施工井场，指挥挖土机将井场上日积月累的陈土一点一点地铲起来装上卡车，运送到指定的处理地点，然后再拉回干净的沙土填铺、平整井场。对于那些不适用机械化作业的井场，肖占华就拿起铁锹一锹一锹地铲。如此这般，肖占华一个人整整坚持了 50 多天。这 50 多天对于一个青壮年员工来说，都是巨大的工作量，别说肖占华已经年过半百，而且那还是在他已经连续工作了 8 个小时之后的额外“加餐”。

期间，肖占华的休假日期到了，他完全可以以此为借口一走了之，推卸这本不该属于他所承担的责任。然而，有着钢铁般意志的肖占华说：“男子汉大丈夫，说话就要一言九鼎。”他不但没有休假回家，反而做出了一个更让人惊讶的决定——全天候战斗在现场。他找到作业区领导，要求把原来每天下午下班后为他配备的挖土机、装卸机，改为全天候工作。

第二天，肖占华便带上洗漱用品，从基地搬到了站上的铁皮房子里。为了加快进度，肖占华与司机协商沟通，每天早晨 5 点起床，晚上天黑后再收工。那段时间，肖占华和两名司机共计平整井场 4 万余平方米，让每一个捞油井场都焕然一新。

变成了一名“土”专家

肖占华干一行爱一行，没有任何困难能阻挡他的决心。

看到日渐消瘦憔悴的肖占华黝黑的面庞，同事们心疼地劝他歇歇。然而，此时此刻，肖占华想到的却是一个更深层次的问题——捞油井场虽然得到彻底治理，可捞油的工作还要继续，如果不采取长效措施，用不了多长时间，捞油井场还会重现以前的景象，必须依靠革新解决这些生产难题。

在那些天，肖占华茶饭不香，夜不能寐。如何让干净的井场长期保持下去？他想，如果井场有一个废油回收装置，既可解决井场污染的问题，还避免了浪费。可是，去哪能够找到这一特殊装置呢？沿着这一思路，发明污油回收装置的想法在肖占华的心中骤然萌生。记不清多少次挑灯夜战，肖占华琢磨了好长时间都没有想出好办法。一天晚上，肖占华做了一个梦。他梦见自己捣鼓出了一个“大脸盆”，自己正全力以赴在井上捞油，那些潺潺如流水、金贵似黄金般的原油，都接在了那个“大脸盆”里，肖占华看到这满满的一盆原油笑出了声。梦醒了，肖占华猛然觉得这是一个好办法。第二天一早，他到处搜寻，试想着能用什么东西做成“大脸盆”。通过成本与效益对比分析，肖占华最终敲定对用后废弃的化学药剂桶进行改造。他精心设计，巧以剪裁，终于制作出了第一套井口原油回收装置。经过现场反复试验和安装调试，这一套装置完全能够有效地防止原油外溢，避免环境污染，既保护了草原，又有利于污油回收。

2008 年 5 月，肖占华在淖 55 井进行实验获得成功后，迅速把这一经验推广至全油田 52 口捞油井，这一小发明小改革立即见到了十分明显的效益。据统计，淖尔作业区不仅年可节约井场治理费 10 多万元，每年还能从收油桶里舀出来 40 多吨原油。

淖尔地区风沙大，一年有一大半的时间都是在沙尘中度过。每次捞油时，肖占华和同事们都要极力防止大风把原油、面纱、手套等吹落在草原。怎样彻底解决这一问题，从根本上杜绝环境污染隐患，肖占华决心攻克这一难题。

这面纱和手套只要大家收集好就没问题，完全可以自控，可从捞油车钢丝绳上带出来的原油怎么处理？肖占华仔细研究捞油工艺的全过程和捞油车结构，突发灵感，如果让钢丝绳在上下抽动时甩不出原油，或者所甩出的原油有固定的地方可去，这样不就解决了这个问题，关键是要控制原油不随钢丝绳上提时上升。根据这一分析判断，肖占华自制了一个带有卸油孔的简易盘根盒，把它连接在捞油井口的盘根盒上，并利用盘根对钢丝绳起到刮油的作用。这样一来，盘根所刮下的原油首先就留在了盘根盒的空腔内，随后又从卸油孔流出。在此基础上，在每一个井口上再安装一个空桶并罩起来，每当捞油施工的时候，从钢丝绳带出的原油就可以流到桶里去了，不仅人和车干净了，还杜绝了污染草原的隐患，并节约了清理费用。

肖占华是个有心人。2009 年初，二连分公司引进了一大批前置式捞油车投入现场使用。但由于设备型号不同，需要对井口装置进行改造，每口井需要改造费用 3000 元以上，整个作业区需要投入 14.4 万元。这一笔大额的成本支出让肖占华非常心痛，他找到作业区领导主动承担起了井口装置的改造任务。对于井口装置改造，肖占华是个外行，但他就是有股不服输的劲头，他相信“有志者事竟成”。肖占华白天带领小伙子们奋战在捞油一线，晚上挑灯夜战，认真研究设备的构造和性能特点。依据生产现场的实际，肖占华大胆地采用了在三脚架上焊接套管接箍的办法。经在现场反复实验，终于满足了捞油施工的需要。经评估，由肖占华改造的这一井口装置设备，每口井至少节约费用 2000 元以上。仅这一项工艺改造，肖占华就为作业区节约成本 9.6 万元。

在新式捞油车使用一年多的时间里，肖占华根据新式捞油车的特点，结合井场捞油工作的需要，还先后组织相关人员自制了装卸盘根盒胶套工具、支重杆刮油器、刹车片防油罩等，在提高捞油工作效率的同时，节约了大量的施工成本，进一步保障了捞油作业的安全性。

2010 年，肖占华根据实际需要，和同事们一起制作了捞油车副千斤丝杠自动润滑装置，延长了设备维护周期，减轻了员工工作强度。为使每口捞油井井场都达到环保要求，肖占华还摸索出了一套科学规范的工作程序，确保每次捞油作业结束后，井场不见落地油，仅此一项，每年可节约井场环境治理费用 5 万元左右。

捞油车是肖占华的心肝宝贝，每日出车前检查、回场后检验，是他必不可少的工作流程。由此，肖占华可以及时发现车辆存在的问题，并在第一时间予以解决，既延长了捞油车的修保周期，又提高了出勤率。2010 年 10 月，捞油车需要送修理厂更换滚筒刹车带和变速箱。修理厂说需要三天的时间才能完成，而此时正值作业区夺油上产的黄金季节，为了使捞油车能尽快回到井场上，肖占华与两名同事早上 5 点多起床，主动到修理厂协助维修工人修理，一直忙到晚上 8 点。在大家的共同努力下，捞油车提前一天完成了维修，提早回到了捞油现场。

人们都说肖占华是个操心的命。的确，他脑子从来闲不住，看到什么问题就想解决什么问题。“在其位谋其政”，可肖占华总是干一些不该自己管的事。按说作为捞油班班长，组织员工把捞油工作完成好就行了，有什么问题向上汇报，就算解决不了也没自己的责任。可肖占华却不这样想，硬是在紧张工作之余，研制了捞油井污油回收装置、捞油车钢丝绳滚筒污油回收装置、捞油胶套快速拆装工具等20余项小发明、小改革。别人问他图啥，他总是笑而不答。但看到这些小发明在捞油作业中派上大用场，捞油量直线上升，每年都大幅度超产，他打心眼里高兴。

用忠诚与大爱写就人生

肖占华虽然文化程度不高，但他坚信忠诚的力量。他始终抱着一颗忠诚于党、忠诚于企业、忠诚于事业的红心。为了身上背负的那份责任，他默默坚守、责无旁贷地奉献着。

2010年初，二连分公司给淖尔作业区下达的原油产量指标为33628吨。按照淖尔油田当时的递减率计算，作业区尚有2000吨的产量缺口。2000吨，这个数字深深地印在了肖占华的脑海里。当作业区给各班组下达原油生产任务时，有个别班组找出种种客观理由作借口，希望作业区给他们减轻些压力。可肖占华却对作业区领导说：“去年给捞油班定任务时，捞油车的出勤天数是按每月28天计算的，今年任务紧，给我们按每月30天计算吧。”听了肖占华的话，大家都沉默了。作业区领导愣了一下，说：“老肖，就是不考虑设备故障因素，单是受天气影响，捞油车也达不到每月30天的出勤率呀！你考虑过吗？”“请领导们放心，我们捞油班老少6个人，想尽一切办法也要完成今年的生产任务！”

肖占华言出必行。为了实现自己的承诺，他与几个同事把作业区所有的捞油井生产情况做了一遍细致的调查，对设备维护保养周期、每口井的捞油周期、恶劣天气应对方案等做了非常详细的规划。为了尽可能不占用或少占用捞油的有效工作时间，肖占华把设备维护保养工作全部安排在下班以后进行，既不影响当天的正常捞油作业，也不影响次日出车。结合每一口井的捞油周期，他们还制定了每日的行车路线，使捞油车达到最大工作效率。

每年的6月至9月是原油生产的黄金时间。这一年的6月还没有到来，肖占华提前向作业区领导申请了一台值班车。每日早晨5点，天刚蒙蒙亮，肖占华就和他的战友整装待发。到了现场，一直干到晚上7点才收工返回基地。肖占华充分利用原油生产的黄金季节，最大限度弥补恶劣天气造成的产量损失。

2010年，捞油班在肖占华的带领下，不但完成了年初下达的任务指标，还超产了136吨原油。

对党忠诚是肖占华的优良品质。就在肖占华自告奋勇来到捞油队后不久，他终于站在了鲜艳的党旗下庄严宣誓，成为一名光荣的中国共产党党员，实现了他多年的夙愿。

肖占华出生在河北农村，小时候母亲就教导他说，要积极要求进步，做一个有知识、对社会有用的人。无论什么时候，无论走到哪里，肖占华始终没有忘记自己的理想追求。45岁时，他终于站在了党旗下庄严宣誓，从此，他对自己更加严格要求。尽管工作条件相当艰苦，工作量又大，可肖占华从没有放松过学习。几年来，肖占华先后参加了汽车驾驶员等级考试，从初级一直考到了高级。后来他又报考了技师，同事们都劝他说这么大岁数了，考到高级就行了，可肖占华始终认为，只有学习跟上了，能力才会提升，工作才能进步。在他晋级技师的过程中，计算机考试对于他来说是最大的难题，但他迎难而上，利用休假时间自费到二连浩特市参加计算机培训班，经过1年多的刻苦学习，终于通过了技师晋级考试，拿到了汽车驾驶技师证书。

肖占华是一个回民，因饮食习惯不同，他不能像其他同事一样去食堂就餐，就算工作再累，也要回宿舍自己做饭或者带饭上站。为了节约做饭时间，他每次做饭都是超量，菜是一次炒一大锅，馒头一次买十几个，都冻在冰箱里，每次回来热一点，长年累月，天天如此。同事们看到他这样辛苦就劝他说："你是回民，找领导说说，开个回民灶不为过。"但是他婉言谢绝了："就这点小事能克服，不给领导添麻烦。"肖占华就是这样，从来不因自己的事麻烦单位和同事，总是自己默默克服。

为了心中的"石油情"，肖占华欠下了许多"感情债"。妻子体弱多病，平时既要上班，还要照顾两个孩子。大姑娘医护学校毕业后，没能找到合适的工作；二姑娘在临近高考时，妻子希望他能回来给孩子一点鼓励。可那时正值捞油黄金季节，肖占华没能满足家人的愿望，孩子最终带着遗憾走进了考场。

肖占华是个大孝子，每次休假都要回到河北海兴老家侍奉瘫痪在床的母亲。2010 年 8 月，因天气太热，老人好几天不吃不喝，靠输液维持生命。可上班归队的时间到了，他深知 8 月份是作业区原油上产的关键时期，怎么办？年迈的母亲看出了他的心思，对他说："是不是该回去上班了？咱可不能违反单位的规定啊，如果请假，会给别人添麻烦的，快走吧，我等你回来！"听了母亲的话，肖占华含泪点了点头，找好临时保姆后，连夜赶回了单位。

2009 年年底，肖占华爱人心脏病复发，虽然度过了危险期，但经常靠吃药才能勉强入睡。他心里非常焦急，多少年来，家里的事情几乎都由妻子一人承担，从没有拖过他的后腿。此时妻子正是需要自己陪伴的时候，可年底是作业区冲刺全年任务目标的关键时期，是请假回家还是坚守岗位？肖占华左右为难。最终，他还是决定继续工作，每天只能靠电话安慰妻子。每每想起这些事，他都会觉得愧对了家人。因为这些事，妻子有时也会埋怨他。他知道妻子、孩子都是理解他、支持他的，只不过心里委屈偶尔发发牢骚。每次他都是好言好语，在生活中总是尽量多做一些家务，弥补内心的愧疚。

肖占华把自己炽热的爱毫不保留地献给了石油事业，同时也献给了需要帮助的人。一名员工的父亲去世，家里只剩下老母亲、妻子和不满两岁的孩子，而老母亲常年有病，他只能经常请假回家照顾老人。每当这位员工请假时，肖占华总是毫不犹豫地答应，并主动承担起了这位员工的工作。在施工作业中，肖占华干完车上的工作，还要同另一名员工配合操作井口装置，车上车下两边跑，一个人干两个人的工作，产量也并没有因为缺员受到影响。

2008 年，汶川大地震后，肖占华在作业区第一个为灾区人民捐了 400 元。后来，他得知油田公司号召共产党员向灾区人民交特殊党费的消息，他又向党组织交了 1000 元的特殊党费。青海玉树发生地震后，他又通过二连浩特市团委组织的捐款活动，向灾区捐了 500 元。其实，肖占华的家庭经济条件并不好，妻子因患高血压、心脏病常年吃药，两个女儿待业在家，80 多岁的老母亲长期卧病在床，但当灾区人民需要帮助的时候，肖占华总是第一个站出来表达爱心。

2010 年 12 月，在油田公司开展的为困难群体“送温暖，献爱心”捐款活动中，作业区每个人都向捐款箱中投入了自己的爱心。有的投了 50 元，有的投了 100 元……当轮到肖占华时，他用一双布满老茧的大手把 1000 元钱投入了捐款箱。同事都知道，肖占华平时非常节省，为自己很少花钱，劝他量力而行。肖占华说：“做人要懂得感恩，为企业分担压力，为困难群体奉献爱心，我觉得我有这份责任。”

古之立大事者，不惟超世之才，亦必有坚韧不拔之志也。30 多年来，肖占华在平凡的岗位上作出了不平凡的业绩：44 岁申请从事艰苦的捞油工作，45 岁加入中国共产党，50 岁晋升为高级操作工，52 岁被聘为采油技师，获得华北油田公司优秀共产党员、“华北油田·榜样”、共产党员标兵、劳动模范、先进生产工作者、优秀基层班站长等荣誉称号，连续 7 年被评为二连分公司优秀共产党员。

他用一言一行诠释了“只有荒凉的草原，没有荒凉的人生”。

漫步，在云端

马宏勇

石油人与大地的感情是深厚的，他们扎根于此，向下向下，找寻并唤醒那沉寂亿万年的能量。每当石油奔涌而出，在脚下恣意流淌，他们便迎来了自己的节日。

石油人的眷恋不仅仅钟情于大地，在他们心中对天空也有着与生俱来的热爱，钻塔伴着他们的热爱，高耸入云，与蓝天白云牵手，与风霜雨雪共鸣。

天地之间星罗棋布着的是一座座井架，它们用千丝万缕的网管铁线与石油、钻塔相牵，共同将地下的黑金汇集成滚滚油流。

向上向上，冲出地平线；向上向上，登上巍峨的井架；向上向上，攀上矗立的电塔。

什么工种最能代表石油人？

我想一定是钻井工和电工。

他们代表着石油人的“高度”和“广度”，他们的战场遍布着油气生产的角角落落，行走在塔与塔之间。

恰似，漫步，在云端。

一

“白云生处有人家”，唐代诗人杜牧《山行》中的名句，用来形容铁岭旧八景之首的“山郭朝烟”，十分应景。

1977 年，夏。袅袅炊烟下，是东北特有的黑土地。一方水土养育一方人，生于此长于此的任绍全，天性直爽，骨子里有种与生俱来的执拗。村里人都说任绍全是个与众不同的孩子，不同之处在于他小小年纪就特别有想法。“越努力就会越幸运，只要当下努力耕耘，未来必定硕果累累。”这个道理是任绍全用暂时只有十几年的“人生”总结出来的。他认为，人要有追求的目标，哪怕这个目标漫无边际，像在云端一样飘缈。

直到多年以后，任绍全还相信，人生中有些事情是注定要发生的，那些看似偶然的选择和决定，其实早就写好了答案，只是等待一个契机，比如说舅舅的那封信。

经过十年寒窗，1979 年，任绍全迎来了人生的一个重大转折点，他先后收到沈阳一师范学院录取通知书和舅舅的一封信。收到录取通知书的那天，他激动得彻夜未眠，一遍遍想象着城市的生活，父母兄妹无一不为他高兴。可看了舅舅的信，任绍全开始犹豫起来。舅舅在信中对他表示祝贺，并描述了华北石油大会战的火热场景，任绍全看入了迷，这就是他向往的工作和生活呀！当看到“油田急需人才，专门成立了石油技校”时，他心中一动，感受到一种命运的召唤。

任绍全抬头看向远方，辽阔的蓝天上，朵朵白云在风中变幻着形状，像极了他此刻的心情。如果你向往大海，你就会向东走；如果你梦想高原，你就会向西走。两条路，两种人生，如何选择？这对一个十几岁的少年来说无比艰难。

任绍全决定听从内心的呼唤，而此时，他心中一直在回响着一个旋律：“锦绣河山美如画，祖国建设跨骏马，我当个石油工人多荣耀，头戴铝盔走天涯……”任绍全心情平静下来，因为他找到了自己的向往，他要走自己的路，哪怕前路艰险。

从铁岭到任丘 900 多千米，这是任绍全从未想象过的距离，第一次独自出行，就如此遥远，这让他充满新奇与期待。华北是陌生的异乡，石油是陌生的行业，但任绍全却信心满满，他相信自己的选择。窗外掠过的一朵朵云彩，仿佛变成了一座座钻塔；火车行进时发出的巨大声响，似乎也在演奏着他心中那永不停歇的旋律。

18 岁，任绍全开始了人生的远行。

二

不知从何时起，任绍全就喜欢看云。世上没有两片相同的树叶，也没有两片完全一样的云朵，每一片云都是独立的存在，都有自己的轨迹，就像世上的每一个人都有着自己的追求和独立的人生。

年轻时任绍全经常会产生这样的想法，云和理想有很多相似的地方：云是美好的、虚无缥缈的，但云下的大地是坚实的；理想看似和云一样遥不可及，但只要一步一步坚定地向前走，就一定会实现。任绍全的理想是做最优秀的石油工人，他已经迈出了第一步。

至今，任绍全还清晰地记着刚工作时的那种兴奋劲儿，校服变工装，他“上岗”了。在华北石油技工学校第六分校毕业后，任绍全被分配到水电厂修试车间，从事高压电气试验工作。这与他两年前的想象完全不同，那时他以为石油人都是站在高高的钻塔上，手握刹把迎风斗雪的汉子，经过在学校期间的学习，他已经对石油行业有了深入的了解。石油开采是一个庞大的系统工程，电力是最重要的保障，任绍全为自己的工作感到骄傲。

上岗第一天，师傅就教育任绍全，高压电气试验技术成分高，工作要求严，容不得半点疏忽大意。看着车间里一台台陌生的设备，听着师傅的教诲，任绍全知道自己今后有很长的路要走。

在修试车间，任绍全是最让师傅“头疼”的年轻人，因为他总缠着师傅问这问那，电路原理、接线要求、测试标准，只要不明白，就一定要问个清楚。师傅打心眼里喜欢这个小伙子，总是不厌其烦地给他讲解。一天天过去了，任绍全脑子里的问号越来越少，以前看似杂乱无序的线路，如今已经“脉络”清晰，配合师傅做测试，他总是最出色的助手。看到任绍全的自信心也越来越强，师傅一方面为他高兴，另一方面也产生了一丝忧虑。

“绍全，自己测一台变压器交流耐压吧。”师傅一边摆弄着工具，一边很自然地对他说。

“好呀。”任绍全愣了一下，随即感到一阵兴奋。

上班两年来，这实验算算也做了三五百次了，单独测试这是头一次。其实他早就想独立做实验，但师傅没吐口，他也不好说，现在机会终于来了。

检测一台设备前前后后要连上百根线，任绍全一边回忆师傅做测试时的流程，一边开始操作：断开绕组引线、将试验高压引线接至被测绕组、非被测绕组短路接地……一切都那么熟悉，可心里却总不安稳，就是感觉哪里不对劲。在忐忑不安中，任绍全终于完成了测试，刚想问测得怎么样，师傅一声没吭就走出了车间。

空荡荡的车间里，只剩下了他和变压器，时钟滴答滴答的响声在屋内回荡，他这才注意到，这个时候已经将近 19 点了，自己竟然足足用了两个小时才勉强完成这项普通的测试。秒针的跳动不再清脆，更像是对他的无情嘲笑。要知道，这项测试平时师傅只要 20 分钟就能轻松做完……

他擦了擦汗水，心里百感交集。知易行难，从没想过，这样日常的工作独立做起来竟如此费劲。反思两年来的工作，自己确实是不辞辛苦，可究竟收获了什么？台上一分钟，台下十年功。任绍全心里暗暗较上了劲，一定要把工作干好，干到极致。第一个目标，就是把 2 个小时变成 20 分钟、18 分钟、16 分钟，第二个目标……

不清楚的就查资料，没有资料就到书店买。“你要的书来了，我可是跑了好几家单位才找到的。”从任绍全第一次来，新华书店的店员就记住了他。电力书籍是冷门，常年无人问津，而任绍全总是在书店一待就是半天，一本一本地看，有时候还带着小本，一边看书一边画各种电路图，那时候大家工资都不高，可他每次都要买上好几本专业书。慢慢地，书店里的书已经无法满足他的需求了，他就去北京天津买，淘书成了他相伴一生的爱好。

“师傅，这两个顺序可以互换吗？”

“今儿就还有两台，都别抢，我来。”

每次实验都成了任绍全的练习机会，从接线顺序到安装技巧，他总要多尝试几种方法，恨不得把书上的每种可能都试一遍。

“快点吃饭吧，一天到晚总共在家待不了多会儿，就知道捧着书看。”

爱人生他气，家里啥也不管，饭做好了也不端，一直到吃完这眼睛就没离开过书，有时故意给他加些辣椒、大料，他照单全收。

“走哪带着专业书，得空就画电力图，你跟他聊天，三句话不离电。”

“他呀，都不用检查，我一看就知道是什么病，职业病。”

爱人说他着了魔，同事说他发了疯，朋友说他生了病。这些议论任绍全不在意，也没心思想，心里装的只有把活干好。15 本密密麻麻写满 20 万字工作心得的学习笔记，是他的成长记录，300 多张涉及各类设备原理和接线方式的电路图，是他的成功指引，他用最简单的方式积蓄着力量，让种子在辛勤灌溉下慢慢生根发芽、开花结果。20 分钟、18 分钟、16 分钟、15 分 50 秒，他用苦练与时间赛跑，连续三年夺得岗位能手及最佳操作手。

三

1986 年 10 月的一天，气温突然降到了零下，正在采油三厂一个采油站检修变压器的任绍全却忙得满头大汗。

“师傅，您说这怎么又坏了？这不耽误事吗？”站上的员工忍不住抱怨了起来。

“嗨，又出现过电压了。”

“这，这质量也太……”

“设备厂家出厂都检测过，来的时候咱们也验了。”任绍全一边换着损坏的 PT，一边解释着。

因为过电压造成 PT 损坏是常见故障，厂里为了缩短维修时间，进了不少配件。这一套 6 千伏 PT 就得 4000 多元，顶一个工人两年的工资，每次换 PT 任绍全都感到心疼。

有时任绍全也奇怪，这入场检测都没问题，怎么说坏就坏呢？试验检测合格的红章格外刺目，盖上章就是合格产品，就代表生产商和采购方的共同认可。任绍全就 PT 损坏率过高的问题和厂家交涉了好几次，希望使用后提供“三包”服务，可厂家坚持惯例，不合格不安装，安装就代表符合相关技术标准，出现故障就是使用的事儿了，与他们无关。厂家的路断了，任绍全不甘心，一台 4000 多元，每年烧毁数十台，这是多大损失呀！可为什么有的设备寿命就长呢？这说明同一厂家生产的设备也有质量区别。他又是苦攻资料，又是四处打听，最后还是老师傅王建民提了一个好建议，买台专业检测仪，加强核心部件的检测。

他俩托供货商问了好几次，都没打探着。没别的办法，他们就一家家跑、一处处问，本地没有，就去周边城市找。河间、保定、廊坊……当时城际公交很不方便，只能把他们拉到车站，剩下的路就只能靠一双脚。3 个来月，他们利用休息日转遍了周围城市的大小十几个器材设备市场，功夫不负有心人，多方打听之下，他们终于找到了设备。

可这一台检测仪就得 3000 多元，而且不单卖，要买至少 10 台以上。任绍全刚刚燃起的热情顿时被冷水浇灭，他知道一次买 10 台检测仪很难得到支持。

“王师傅，要不咱们自己试着自己做？”回去的路上，任绍全对王师傅说。

“我看行。”王师傅也感到不甘心。

两人当即做了分工，王师傅负责设计，任绍全负责制作。

万事开头难，更别说是两个“门外汉”研制一台高端检测设备了。不懂怎么办？那就问，向专家问、向学者问。任绍全四处搜罗研究部门、电力专家的电话，也不管认识不认识，先打去试试。为了更方便请教问题，他回去找媳妇商量，要装电话。那时候电话可是个稀罕物，也是奢侈品，光安装费就是几个月的工资。媳妇没同意，任绍全就天天地见不着人，一问就是找地方打电话去了。最终是媳妇心疼他，一想装了电话，他就不用动不动就跑出去问这问那的了，也就同意了。可没想到，打这以后，任绍全只要在家里，这电话就没断过，电话成了他的求学热线，经常一个问题要请教半个多小时，每月的电话账单一拉出来就是十几页。不过让任绍全高兴的是，有一个专家终于经不住他的软磨硬泡，干脆就把设计给了他。

拿到设计图，任绍全如获至宝，又开始四处收罗铜线缠变压器，天天在各个库房转悠，见着铜线就两眼发光。别看平时天天和变压器打交道，真缠起线圈来可真让人头疼、手疼，没几天，他的几个手指头被绷带缠地又粗又大，猛地一看跟戴着手套似的。将近3个月的时间，经过多次试验，150赫兹倍频发生器研发成功了。任绍全终于松了口气，可供货商和厂家却都紧张起来，这台设备大大延伸了检测绝缘的覆盖面，利用该套倍频发生器，按照试验室检测标准选购的PT，因过电压造成的损坏率不到过去的百分之一，他们不得不在生产和供货环节加倍小心了。

这件事儿使任绍全触动很大，他认识到，工人也可以在科技创新上大有作为。

四

春天的云总是淡淡的，融在蓝天上，看不到明显边际。每年春季检修，任绍全在抬头看变压器时，这些云就是美丽的背景，让他紧张的心情得到放松。

用过华北油田电力的人都知道，华北电力供应就是一个字“稳”，常见的电涌、电压下陷、频率漂移几乎没有。这一个“稳”字的背后，是华北电力人不断优化电网结构、提升管理措施、完善系统配套的结果，春检更是功不可没。在任绍全看来，油田电网每年一度的春季预防性检修，是他作为高压班班长的演兵场。

同事说：“春季检修这活儿真是费力不讨好，干好了那是应该的，干不好，不光停电断电、损坏设备，还耽误生产，啥责任都在这。”

任绍全嘴上没说什么，可他心里知道，这是实话。电力春检不同于日常试验维护，范围覆盖所有变电站，点多、线长、面广，时间紧、要求高，还必须尽可能消除所有存在的隐患。这项工作必须唯细唯勤唯实，走不得捷径，省不得功夫。他清楚，线路刚刚经过冬季风霜雨雪外加低温的考验，即将迎来的夏季又是用电高峰，能不能平稳度峰，春检至关重要，可以说是电力人的开年“大考”。

时间紧、任务重，就必须制定周密方案，做好分工协作，提高工作效率。春检期间，每天晚上任绍全都提前做好工作计划，按照人员特长做好分组，策划路线，标出重要检查点。每天一早，他第一个到达现场，午饭时间能省则省，实在饿了就啃两口馒头。任绍全什么都不用说，光用行动就让大家心服口服，再没有人喊苦叫累。掏鸟窝、清污秽、查隐患，别人看来的苦活累活，他们干得聚精会神，在一条条线路上，他们忙碌的身影映衬着蓝天白云，像是一个个跳动的音符。

1996 年春检，任绍全整整忙了两个月，每天早出晚归，没休过一个星期日，等重要变电所基本都检修完了，单位让他倒休了两天。说来也奇怪，干这么累的活也没觉得怎么样，只是觉得腰有些酸疼，可一歇下来，倒疼得越来越厉害。爱人见他晚上翻来覆去睡不着，要拉他去医院检查。

“春检你说忙，这基本上快忙完了，你赶紧跟我去医院。”见任绍全不干，爱人生气了。

“春检是全年电力运行的保障，我是班长，班上没我不行，等全部检修完了我再去。”

“不行，这两天休息正好检查，这次必须听我的。”见妻子如此“强硬”，任绍全只能服从了。

在医院，医生拿着片子对任绍全说：“你这才多大岁数，这明显就是腰椎间盘突出，你趁着年轻，身体底子好，赶紧休养还能恢复。”

听说得住院，任绍全又不同意了，活儿不等人啊。不管怎么劝，他都不肯多待，只输了一天液，就跑回班上。他心里还记着那句话呢，“干好了那是应该的，干不好，停电断电、损坏设备不说，还耽误生产，啥责任都在这”。大家的辛苦不能白费，既然检修，就要百分之百过关！就要经得起考验！

在春检的例行检查之外，任绍全发现还有几个点可能存在安全隐患，这几个点查不完，他着急。后面的检测中，有时一用不对劲儿他就疼得直冒汗，豆大的汗珠直往下掉。同事看他脸色不好，问他是不是不舒服，劝他歇一歇，他却说是天热的，多出汗对身体好。他总感觉休息以后有的是机会，眼下做好春检是最关键的。

五

夏天是任绍全最紧张的季节，每当看到乌云密布，他都会提早做好各种应急准备，因为雷雨是对电网的最大考验。

“每到刮风下雨，大家心里都要紧绷一根弦，值班电话铃声，就是我们的‘战斗号角’。”在班例会上，任绍全时不时地就提醒大家。

变电站是电网的中枢神经，春季检修做得再精细，日常维保做得再到位，也没有百分之百的把握不出意外，毕竟有很多因素是不可抗拒的，必须随时应对各种紧急情况。只要下大雨，任绍全就在值班室一直坚守，这是他多年的习惯。

2001年7月的一天，雨从下午一直下到半夜，11点多了，任绍全见雨势渐渐小了，正准备回家，电话响了，电网出现了大面积停电！他和同事赶紧来到出现故障的变电所，了解停电过程，测量环境温度、湿度，果断判定是污秽颗粒遇潮在绝缘子瓷面形成导电液膜，从而引起了“污闪”。按说夜间发生“污闪”一般是第二天一早进行维修，可如果到天亮再维修，这几个小时造成的损失难以弥补。做好各项安全措施后，任绍全拿起随身带着的工具，开始沿架构攀爬，一步、两步……随着高度上升，风越来越大，在他耳边呼啸。

任绍全一边爬一边查找问题出在哪，突然，他看到变压器避雷器上端防爆窗口边缘铝制挡板有烧熔痕迹。经测试，任绍全判断是避雷器上节内部受潮严重，造成避雷器内部沿阀片表面发生放电，最终在阀片表面与防爆喷口处形成放电通道。他记得看到过一个这样的案例，上节避雷器形成通道后，下节避雷器承受工频电压增大，氧化锌阀片非线性电阻迅速减小，阻性电流增大，造成发热累积，最终导致下节避雷器热崩溃，从而使主变压器失电。原因找到了，任绍全顾不上兴奋，马上和同事们开始抢修，时间一分一秒地流逝，他们一刻不停地忙碌着……故障终于排除了，电力供应恢复正常，可任绍全已经累得快要虚脱了。

抢修那夜的黑暗成了任绍全心中的一道坎，他更加深刻地感受到安全供电对油田生产和居民生活的重要性，想发挥自己的特长，为电网安全运行做点什么。

说干就干，就从避雷器下手！

避雷器是保护设备的第一道防线，避雷器处于“亚健康”状态会给电网埋下重大隐患。通常避雷器监测周期为每年一次，正是因为监测周期较长，才导致无法保证其工作状态。最好是在电网运行中能随时监测避雷器的状态，也就是带电监测，可这别说没有现成的设备、技术，光想想就觉得千难万难。

怎么办？干还是不干？

任绍全的“倔劲儿”上来了，还没干怎么知道不行，必须干！要想实现目标，就要付出努力，目标越远大，付出的辛苦就会越多。任绍全查阅了大量的国内外专业书籍和各种技术资料，苦苦寻求答案。

同事们对任绍全此举并不理解，不是自己分内的事，干吗要和自己较劲。

“任师傅，这事儿别说咱们这了，我了解了下，就没听说有先例！”

“这正是显示咱们工作能力的时候，有时候很多问题并不难，主要是有没有及时地发现问题，愿不愿意投入时间和精力去解决困难。咱们啊，就从最基础的做起，一边查阅相关的资料，寻找理论支撑，一边总结梳理案例，吸取其他单位的经验。”

看着任绍全坚定的眼神，大家忽然感觉有了信心，有了方向。是啊，很多事情都是从天方夜谭般的设想变为现实的。

任绍全参照每年的员工体检，列出电力系统检测清单，认真分析故障发生前后的基础参数值。通过监测避雷器运行时的泄漏电流，尤其是阻性电流，掌握其绝缘情况，摸清避雷器在污秽受潮、老化劣化等各种状态下，基波、谐波、阻性电流及容性电流之间的关系。经过上百次模拟试验，经过上百次失败，他们终于取得了成功，“35-220千伏避雷器带电监测仪”研发面世了。这台设备成功解决了随时对避雷器进行带电监测的难题，杜绝了避雷器的突发故障，大大提高了电网运行的可靠性，填补了行业技术空白。该项目获得了河北省企业管理现代化创新成果二等奖。

六

荣誉肯定了大家的付出，激发了团队热情，任绍全很快选定了下一个创新目标——解决单只真空灭弧室无法检测难题。

高压断路器的灭弧室是易耗件，但是换起来可不容易，操作空间1米多见方，只能一个人猫着腰钻进去，需要近两个小时才能完成更换。因没手段对单只真空灭弧室进行检测，只能安装后才能进行检测，一旦真空灭弧室在运输、储藏等环节出现任何问题，造成新真空灭弧室稍有损伤，这样安装后检测就不符合标准，便无法进行工作，这就意味着两个小时的功夫白下了。经过安装的灭弧室会有明显使用痕迹，还不能要求厂家退换，对人力、成本都造成很大的浪费。任绍全经过反复思考，决定优化流程，先模拟安装，检测单只真空灭弧室各项参数是否符合标准，再进行现场安装。为此，他专门研发了单只真空灭弧室检测装置，不但检测安全可靠，而且操作简单、效率高，对设备外观不会造成任何损伤，这一创新成果也获得了河北省科技质量奖。从这以后，厂家都感到奇怪，华北油田的订单量直线下降，而且总会有一些退换货，将退回来的灭弧室卖给其他企业，装上准是坏的。了解到事情真相后，厂里的技术专家大为感慨："我们专业生产厂家都没解决的问题，竟然被华北油田的操作员工解决了。"

任绍全天天就琢磨着创新发明，爱人和孩子见他总是苦思冥想，生活没有一点"情调"，要拉他出去转转，他嫌耽误时间不肯去，磨了几次，才答应陪着逛个商场。就是这，一路上还走散了，俩人转了一大圈，才见他在一个品牌服装店里，盯着折叠衣架上下打量。刚要叫他，他丢下句"没白来"，就急匆匆地走了。

原来，任绍全是从商场折叠衣架找到了创新灵感。经过几天的琢磨，任绍全拿出了设计图纸，徒弟们一看乐开了花，他们在工作中的一个老大难问题终于要解决了。

绝缘测试是他们的一项日常工作，大到高压设备、小到各类不同电压等级的绝缘附件，都要进行绝缘测试，这是电力施工前的重要安全保障措施。这活不难，可干起来并不容易，测试对象有大有小，形状各异测试方式需要随时调整。尤其是检测绝缘杆及避雷器时，又是搭临时支架，又是辅助绝缘的支撑，三五个人一折腾就是半天，且存在安全隐患，别提多麻烦了。任绍全根据折叠衣架原理制作了绝缘检测台，这套装置为各种检测设备及绝缘附件设计了插口，无论绝缘杆、还是避雷器以及绝缘附件等等，都可以通过简单的操作完成测试，而且检测台下面装有轮子，移动起来非常方便，现在两三个人一天就能轻松完成原先五六个人两三天的检测量。

改善即是创新，人人皆可创新。2012—2016 年，任绍全仅 5 年就完成各类科研、创新、科技质量成果 38 项，创效益 3000 余万元，先后获得河北省能工巧匠、金牌工人、劳动模范及五一劳动奖章、华北石油管理局技术能手及劳动模范等称号。

在任绍全的带动下，大家纷纷加入创新的队伍中来，先后涌现出油田公司一级和二级技能专家各 1 人、高级技师 7 人、技师 32 人、高级工程师 6 人、工程师 22 人、助理工程师 9 人、局级技术能手 2 人。

劳动是推动人类社会发展的根本力量，创新是通向伟大梦想的进步阶梯。

成为一名优秀的工匠，要坚守责任，更要敢于创新。在别人看来，创新之路艰辛曲折，可任绍全却乐在其中。几十年来，他用责任和创新践行初心使命，一步一步实现了青春年少时“缥缈”的理想。

匠　心

黄　勇

序

距离北京最近的河北省廊坊市。深秋子夜，习习和风中大街小巷停止了喧嚣，都市在夜色中逐渐归于宁静。

位于廊坊市郊的华北油田第四采油厂廊南采油作业区兴九站，罐塔林立，高压汞灯璀璨。值班室内，已经连续工作了 6 个多小时的员工依然紧盯仪器表，有条不紊地操作着。

突然，一阵急促的警报声刺破中心控制室内宁静的空气，冲击着每一个人的神经。

装置区预冷器、低温分离器调节阀两端冻堵！

调压阀失灵！

站内系统压力持续升高！

……

刺耳的报警声击穿了午夜的静寂，值班室内一片忙乱：操作人员通过对讲机大声呼叫现场值班的同事，一边急促地电话汇报值班领导，一边查看屏幕上的参数……

装置区生产波动的消息迅速传达到了所有相关人员。作业区机关与队（站）值班人员一个又一个匆匆穿上红色工装，以最快的速度驱车奔向站区。

凌晨1点35分，一个中年汉子的身影冲进值班室，一边快速查看屏幕上的参数，一边向当班人员询问情况。

“郭哥来了！”正在值班室紧张调整参数的员工回头看见郭哥，露出如释重负的表情。

“郭哥来了！”大家凝重的表情瞬间松弛下来。

大家口中的这位郭哥，就是华北油田劳动模范、技术能手，河北省十大金牌工人、全国五一劳动奖章获得者——原廊南采油作业区兴九站站长郭旭东。

对于“哥”这种的称谓，郭旭东感到由衷的欣慰。基层采油队（站）人员相对稳定，流动性不大，大伙常年共处一隅生活工作，形成了亲如兄弟的关系，不论谁工作岗位变动还是离开原单位多久了，见面大家仍习惯兄弟相称，这样听起来顺耳，暖心。

他到来后，顾不上一一招呼，简单了解一下情况，便迅速替下当班操作员，坐到值班台前，深吸一口气，对周围的同事说：“大家别着急，沉住气，按应急处置预案一步一步往下走，没事，先开小跨接卸压，随时注意系统压力变化，给预冷器和低温分离器调节阀两端管线加入甲醇分段解堵……”

室内安静下来，所有人员全神贯注盯着监视屏。很快，警报声音越来越小，装置慢慢稳定下来。

凌晨4点30分，东方天空慢慢泛起了鱼肚白，生产故障被排除，装置重新正常运行。

“有郭哥在，我们心里就有了底。”这一夜当班的员工围在一起，庆贺这一次有惊无险，成功化解了装置突发生产事故。

设备问题创新克星

机会是留给有准备、有思想、敢创新、敢拼搏的人。1999年，采油四厂成立压缩天然气管理中心，在廊坊市全面推广燃油公交车、出租车改装使用天然气压缩气。由于当时压缩气改装技术还不成熟，没有推广开来，且属试改阶段，费时费力不说，还得忍受出租车司机质疑的眼神和冷嘲热讽。郭旭东看在眼里急在心里，尽快寻求一种有效解决这一瓶颈技术的想法在他心里萌动而生。然而，压缩气作为一种新兴清洁能源产业，在全国还没有现成可学可鉴的模式，改装压缩气瓶更是一切从零开始。为了快速掌握燃油汽车改换压缩气瓶技术，郭旭东起早贪黑，查阅资料。当时，市场上相关中文版的专业书籍几乎没有，有的也只有少数的英文版说明书。不懂英语的他利用电脑软件进行翻译，翻译不了的就自费请老师、专家翻译。他走南闯北请教师傅，自费坐火车先后到过合肥、无锡等省市动力机械厂，坐长途汽车到过天津、青县零件配备厂，旅途的颠簸和寂寞早被他执着的韧劲冲淡了。为了节省时间，他饿了就吃口随身带的面包，困了就凑合着在车上打个盹，经过 4 个月的不懈努力，终于攻下了天然气压缩汽车改装的技术。相继完成了《多用途压力机的研制与应用》，解决了压缩机过盈配合件的拆装难题；制作了《活塞环安装专用工具》，解决了压缩机组装过程中活塞环的断裂现象；研制了《立式分离器顶部操作平台》，解决了立式分离器安全附件拆装的难题，并荣获国家专利。运用这些技术和专利，有效提高了出租车改装气瓶速度和工作效率，将最初 10 多个小时改装 1 辆车，缩减到 6 个小时就能改装一台车。

一场寒流袭过，华北大地潮湿而阴冷，虽然没有雪花飞舞，却让人感觉格外冷冽。

2002 年，兴九站气处理系统装置现场，机器运转的隆隆声在塔楼间回响。郭旭东穿着厚厚的冬装走到 L 型压缩机旁边，仔细查看仪表上显示的数据，一一记在笔记本上，然后绕着它细细巡查，反复核对每一个仪表上的数据，认真记在笔记本上，他不时地哈气搓搓冻得发红的双手。

那年冬天，郭旭东一直被一个问题困扰着：当时，气处理中心的 L 型压缩机高压级频繁出现拉缸问题，厂家多次维修，其结果是问题越来越严重，厂家已经束手无策了。

要让装置长周期运行，必须破解这个难题。郭旭东反复分析它们的运行原理和设备状况，思考解决办法，那段时间，他像着了魔一般，脑子里想的全是压缩机。

工作中每隔一段时间他就跑现场，一遍又一遍查看压缩机的运行情况，听压缩机的转动声音，比照不同运行参数速度。回到家，他一头钻进书房，查找各种各样资料，不断设计并不时推翻原有方案。

经过 40 多天的摸索研究、10 余次的思考试验，郭旭东终于发现：单向阀内漏和注油单泵压力不足是导致压缩机拉缸的主要原因。

随后，他带领班组成员技改攻关，通过生产现场近百次论证试验，运用分配阀统一增压、二次分配、多点润滑方式，使单点注油量得到有效保障，为分配器增设安全膜片及无油量控制开关，当出现断油现象时机组能自动报警停车。设备改造完成后，消除了影响装置长周期运行的关键瓶颈，解决了装置周期运行短的大难题。

参加工作以来，郭旭东到底解决了多少生产技术难题，自己也记不清楚。但他关键时刻一次次为油田平稳生产、为企业实现可持续发展贡献的创造力，一直在同事们中间流传。

甘为人梯育桃李

近年来，随着国企改革的持续深化，石油员工老龄化、优秀操作技能员工结构断层矛盾突出。

郭旭东为此忧心忡忡。他常说：“我们国家的石油行业发展非常快，企业需要一大批技能过硬、经验丰富的操作人员。我现在想得最多的是如何将自己的创新经验和做法传授给更多的员工，吸引和带动身边人参与到技术创新中来。”

兴九站矗立的一座座塔林，一条条繁杂的管线，作为新员工短时间内难以“消化”。面对复杂的工艺原理和流程走向，员工内心充满了焦虑。郭旭东利用业余时间下载了大量的事故案例和安全教育视频资料，并创新采取“365+2+4”视频安全培训法（在餐厅的午饭时间365天播放，周二和周四每天不少于1小时播放），在兴九站开展以来，收到了较好的效果，深受广大员工欢迎。郭旭东组织以青年运行班长为首的教学素材制作团队，牺牲个人休息时间多达200小时，动员全站员工积极参与，拍摄完成了“兴9-11井组凝析油储罐雷击着火”等5部应急预案视频教学片，为员工尽快熟悉岗位流程起到了重要作用。

这些年，一个又一个年轻人在他的悉心培养下，成长为独当一面的技术能手。

“走，跟我熟悉下流程。”女徒弟周霞至今记得，只要有空，郭旭东就带她钻进装置区熟悉流程。“熟悉流程”是石油集输处理的“行话”，是指按照生产运行的方向，一路走下去，是让新手了解装置生产的最直观方法。

盛夏的午后，骄阳似火，空气中流动着闷热的风。走在阳光下，很快就汗流如注。郭旭东带着周霞，在塔罐间穿梭，一边走，一边讲解每一座塔罐的作用、每一条管线里的介质和流向。周霞紧紧跟在后面，一边听，一边认真记着。

“昨天安排给你的任务完成了没有？”郭旭东一边爬梯子上分离器平台，一边问跟在身后的周霞。

“师傅，装置流程图我反复读了很多遍，但还有很多地方看不明白。”周霞有点小紧张。从师徒正式相认那天起，郭旭东就给她列了一份培训学习计划，每个阶段要学会哪些内容、要达到什么目标，都标得清清楚楚。昨天下班时，郭旭东给了她一张流程图，让她尽快背下来，记熟。

郭旭东站在分离器平台上，一一指着面前连接的管线，讲述它们有什么作用，里面有什么介质，从什么地方来，要流向哪去，连细小的管线都不忽略。豆大的汗珠从安全帽下涌出，顺着脸颊往下流，滴落在早已被汗水濡湿的工装上。郭旭东满不在乎地扯起衣袖擦了把汗，继续讲解。

周霞浑身早被汗水湿透了，但她似乎没有察觉。她知道，郭旭东平时非常忙，现在亲自带她熟悉流程，得好好珍惜这个机会，一定得一点不漏地记下来并掌握。

“怕不怕？”爬上平台，郭旭东满脸笑容地看着周霞问。

“不怕！就是有点晃。”周霞站在台上还能感觉到分离器随着风轻轻晃动。

“爬多了就习惯了。”郭旭东眼中流露出赞赏。他告诉周霞，第一次爬梯时，他也害怕，爬的次数多了就习惯了，不爬上来就始终无法看清现场的实际情况。

“搞生产操作没有什么捷径，只有掌握了装置最真实的情况，做到心中有数，才能应对各种各样的问题。”郭旭东语重心长地嘱咐。

经过这些年的摸爬滚打，已经走上技术岗位的周霞还非常清晰地记得师傅第一次带她熟悉流程的情形。她说，郭旭东师傅是她心中的一面镜子，让她始终保持着一颗精细的心、一股能吃苦的劲。

这些年，经郭旭东手把手带出来的 16 个徒弟中，有 10 个成长为工人技师，12 个项目分别获得国家级认证、省部级奖励。

缺位的爱与孝

廊南采油作业区兴 9 平 1 井产出原油由于物性差、含水上升以及现场处理条件不足等不利因素，导致用户停止了该井组的油品拉运，使该油品外销工作陷入困顿。这件事给郭旭东的刺激很大，也成了他的一块心病。自那时起，郭旭东连续十几个日夜守在井上，有时跑回家拿件换洗衣服，又跑回井场，妻子和女儿难得见他一面。

一天傍晚，郭旭东正在井上与员工交代气井运行中遇到的技术问题，妻子打电话来，他顾不上接。妻子托接电话的同事转告郭旭东，要记得按时吃饭，别把胃弄出病来。

早在半个月前，郭旭东就答应这天要陪她们一起去人民公园玩。一大早，女儿就问着妈妈，问爸爸什么时候回来。从早上等到傍晚，也没见爸爸回来。到了晚上 9 点多钟，郭旭东简单吃了饭，想起早晨妻子给自己打过电话，不知道家里有什么事，忙跑到僻静处给妻子拨了个电话。妻子告诉他，女儿一直在家等他的电话，现在躺旁边的沙发上睡着了。

这一刻，郭旭东的心都碎了，眼角湿润了。他怪自己太过于忙工作，以至于连自己答应的事都能忘记，让她们一次次经受失望。他觉得愧对自己可爱的女儿，也愧对默默支持自己工作的妻子。

擦去泪痕，深吸一口气，郭旭东再次投入紧张的工作当中。功夫不负有心人。最终，郭旭东通过采取“三步走”措施，有效解决了生产难题。

第一步：积极展开油品含水分析，展开产油含水分析，摸索出油水有效分离的处理温度以及最佳沉降时间。

第二步：在不停产的情况下为两具陈旧的密闭储油罐加装内件热盘管排污底阀。关键时刻郭旭东总是冲锋在前，在安装两具储油罐排污底阀时，为了不关井停产，他顶着恶臭的污水，将两个直径 100 毫米的闸板阀安装到距地面 3 米多高的储罐底部，利用水套炉的恒温特点为油品进行温度控制；根据油品的沉降时间特性，利用两具储罐分别操作，使油水得到很好分离。

第三步：克服人员紧张，安排重点人力，做到精细操作，认真控制，随时录取数据，及时调整，提高油品质量。凝析油全部实现对外销售后，实现了减轻员工工作量和节省拉运费的“一举两得”，年创效 1100 多万元。

把工作看得比自己更重的郭旭东总是很忙，站上有事加班总少不了他，遇上装置抢修、检修，几天不回家是常事。但经过“蛋糕事件”后，只要回到家，郭旭东就会尽可能多干家务、多陪妻子和女儿。

但是，有一件事让郭旭东抱憾在心，多年来始终无法释怀。

2009年8月，他所在的兴九站改扩建工程正在如火如荼地进行中。一边是老站内设备设施的淘汰、拆迁，一边是新站、新气井的建设、抢投产，已经20天没有回家的他，突然接到母亲打来的长途电话，说务必要赶回老家一趟。他的心不禁剧烈地颤动了一下。他知道母亲是个极其要强的人，为了不影响他工作，母亲很少打电话过来，他深知这个电话的重要性。当他连夜赶到辽宁省昌图县，看到两年未见面躺在病床上已经黑瘦、憔悴得不成样的母亲时，他再也抑制不住自己的情绪，失声痛哭起来。一面是站上的改扩建工程等着他，一面是母亲的重病需要人陪护。两难之中，郭旭东毅然把母亲背上车赶回了廊坊。经医生检查母亲得的是肺癌晚期，本应该在北京找个好点的医院为母亲治病，可因为家远又耽误工作，再三权衡后，他选择了离家最近的廊坊市中石油中心医院。打那起，郭旭东开始了从站上到医院，在从医院到站上"两点一线"的工作和生活中，他5个多月没日没夜地奔波和忙碌着。

那段时间，他除了承担照顾母亲的重任外，还要操心站上的生产。11月份，站里新投产的兴9-11井因为含水较高、能量不足，没能实现自喷生产，而现行的氮气气举和压缩天然气气举又不具备连续性作业。为此，郭旭东和4名同事穿梭在冰天雪地中，对现场30个生产数据连续监控、录取，摸索规律。经过18天对600多组数据参数的研究探讨、筛选论证，他提出利用兴9-6井的合理位置，将自产的高压天然气接入能量不足的兴9-11井实现连续气举生产。工艺技术改造完成后，该井日产天然气达8000立方米，凝析油3吨，当年创效近600万元。

正当他为解决了生产难题而松口气时，在医院陪护的妻子给他打来电话，说母亲不行了，疲惫不堪的他听到这个消息后，失声痛哭，跪倒在地，瘫软在了雪地上，愧疚的泪水夺眶而出……3天后，料理完母亲后事的他，又迅速返回了生产现场。

矢志不移守初心

郭旭东像一颗埋在油海砂层中的砂金，经过岁月淘洗愈发光芒耀眼。这些年，荣誉纷至沓来。他多次受到组织的嘉奖，连续6年被厂评为先进生产者；连续2次被评为华北油田公司技术能手；2006年、2010年被评为厂劳动模范；2011年被河北省评为“十大金牌工人”，荣获河北省五一劳动奖章。

2014年1月因工作需要，成绩斐然的郭旭东从兴九站站长转行到天然气管理中心担任计量管理室主任，虽然工作岗位发生了变化，但郭旭东精益求精、执着创新的工匠精神却从未发生改变。他依然是采油四厂和华北油田公司创新创效管理的一张响亮名片，众多兄弟单位邀请他去做报告，传授技艺。

但郭旭东却非常低调。忙完授课回到单位，他就全神贯注投入生产管理操作，照常每天到现场巡查，照常和同事们一道探讨生产中遇到的新问题。

“这算不上什么，只不过是我找到了小支点而已。”每当别人提起他取得的成绩荣誉，郭旭东总是淡淡地说。他不喜欢被媒体关注，不喜欢被当成焦点，甚至不愿让别人知道他的病痛。

有一次，站内装置区主预冷器冻堵、低温分离器调节阀两端冻堵，为了解堵，必须给主预冷器和低温分离器调节阀两端管线加注甲醇分段解堵，由于甲醇是桶装的，一桶有好几百斤重，需要一桶一桶从库房运到装置区再加入甲醇罐内，运送是个体力活，郭旭东二话没说第一个上前就干。当时他腰间带状疱疹正闹得厉害，腰椎间盘突出的老毛病也正在发作。直到装置改造运行正常后，同事们才知道当时他工作时承受的疼痛。

在同事们眼中，不管名气多大，郭旭东始终是那个做得多说得少、可亲可敬的大哥和师傅。在不知情的外人眼中，他好像就是淹没在普普通通石油一线工人中的一个。

一个仲夏的下午，乙方外服承包商经理到天然气管理中心找他签进场施工手续，办公室人说他去现场了。这位经理到现场转了好几圈，就是没有见到戴白安全帽子的，就问戴红色安全帽蹲在地上用树枝画整改流程图的员工："师傅，你们这里哪个是郭主任，就是很有名的那个？"

那名员工慢慢站起来，汗水浸透了红工装，后脊背印出一片片汗迹。他扶了扶安全帽檐笑笑说："没看到呀……"

外服承包商经理还想问什么，那名员工笑了笑，说自己要去下一个井场巡查了。

待那名员工走远了，旁边采油作业区兼职司机指着他的背影，笑着说那就是郭旭东。

乙方经理露出了不可置信的表情："他就是郭旭东？"

在外人眼中不可思议的事情，在郭旭东心中却是再平常不过。熟悉他的人都知道，他每天都要到现场转一转，平常只要一听说生产有事，不管有没有人通知，他都会第一时间赶到现场，参与处理。生产遇到困难，总是主动琢磨怎样解决，即使生产运行很平稳，他也会想着怎样改进工艺和操作，提高运行质量。

郭旭东的爱人最懂丈夫的心思和工作节奏，只要郭旭东有一段时间总往作业区跑而且整天不着家，那一定是生产遇到了难题。她"抱怨"说，在郭旭东心里，生产和创新永远是第一，她和女儿排第二。

郭专家的妙手回春

2019 年 11 月深秋，华北油田某天然气井气举生产现场。几个人围在天然气压缩机边，眼睛盯向一排排仪表。

装置现场，压缩机尾管排放出的白雾在井场纵横的管线中弥散，几名操作人员分布在各主要部位等候指令，一些操作人员正在按指令要求开关手动阀门。

压缩机装置刚刚完成检修，正是运行的关键时刻，突然出现了紧急状况：吸气温度升高，排气温度增加，排气量减少。

天然气压缩机是整套气举装置的最主要环节，吸气和排气上下游运行波动都可能引发工况变化。

围在旁边的施工人员正在讨论怎么处理这个突发情况。这些当中，有承包商现场指挥、技术部门负责人、生产技术负责人。郭旭东是甲方指导专家，大家都把希望寄托在他身上。

“操作人员完全是按操作规程操作，事先没有任何征兆，突然之间就上去了。这种情况我们从来没有遇到过！”现场人员汇报当时的情况。

郭旭东一边听介绍，一边仔细用鼠标翻看运行数据。半个月前，他应邀来帮助乙方指导工作：审查气举方案、检查方案落实情况、到装置现场察看设备试运状态、了解操作人员对各种预案的熟练掌握情况。郭旭东每天从早忙到深夜，根据自己掌握的压缩天然气专业知识，为施工方案提出了多项重要的意见和建议。今天是施工的关键时刻，他一直守在现场，指导解决施工过程中遇到的问题。

“这种情况我也是第一次遇到。”见大家都谈了自己的意见，一齐望向他，郭旭东的手离开了鼠标，沉思着，缓缓解释道：“压缩机进气压力减小，活塞完成一个循环吸入的气体体积折算到标准状况下的流量就随着减少。此外，当进气压力降低而排气压力不变时，压比升高，使容积系数下降，排气量降低。对于单级压缩机，这种影响较大。由于多级压缩机压比的升高要分摊到各级去，因而主要体现在末级压比升高上，容积系数下降，末级吸气压力也相应回升，依次影响到前面级压比回升，致使Ⅰ级容积系数也有所下降，使压缩机排气量下降。如果进气压力降至设计值以下，而排气压力不变，压比的增加将导致活塞杆负荷的增加，这时应该校核活塞杆负荷是否超过最大允许杆载。另外压比的增加还将导致排气温度升高。”

郭旭东稍做停顿，接着边用手比画边说：“如果进气压力不变，而排气压力增加，则压比上升，容积系数减少、排气量减少，反向如果排气压力下降，则容积系数增加、排气量增加。对于气举用的多级压缩机，升高或降低排气压力，主要升高末级压比，末级压比升高、排气压力增加，功耗增加、排温升高！考虑到这套车载式气举设备全部是国产的，可能会出现新情况，稳妥一点的办法是增加进气压力，升高压缩机末级压比，这样有利于气举施工稳定运行。”

听完郭旭东的专业分析，大家纷纷点头，觉得这是目前情况下最好的选择。

时间紧迫，郭旭东和大家一起向操作人员下达操作指令。他弯下腰，逐一对操作人员仔细叮嘱操作过程中的注意事项。在郭旭东的叮嘱下，操作人员挺直了后背，深吸一口气敲击着键盘输入操作指令。采油树上排液流量计瞬时缓慢平稳下来，反举气举运行平稳下来，大家暗暗松了一口气。

这一天，郭旭东一直守在井场，盯着运行情况，不时与操作人员交流几句。10 天后，该井井底回压降低，生产压差增大，成功恢复生产。承包商紧紧握住郭旭东的手，一个劲说着感谢的话。

在郭旭东心里，自己就是一名工人，自己能做的就是尽力把工人的事情做到最好，不管是在啥岗位上！

郭旭东的无私、专业、专注，赢得了同行的尊敬和赞赏！

“蓝金”温暖千万家

“随着气温的不断走低，下游用户用气量持续增加，我们的保供任务压力山大。”57 岁的郭旭东指着调控中心全厂天然气管网数据生产动态图表说。

计量管理室除了外供气交接计量管理外，还肩负着外供气协调和零散天然气回收等工作。作为全厂天然气计量管理的总指挥，郭旭东在专业技术上攻关排障、天然气调度协调上顾全大局、外供气交接计量管理上公平公正。工作中的难题，他总能够用自己丰富的阅历、技术和经验一一化解。

入冬以来，北方地区的天然气日消费量屡创新高，需求量远高于预期。尽快克服极寒天气影响，合理调配全厂天然气资源，确保工业和城镇居民用气需求，迫在眉睫。

在进入供暖季之前，郭旭东就提前做足了准备。一方面，根据气象部门对 2020 年冬季气温的预测，主动联系各采油作业区落实气源，对接输送计划，密切沟通，信息共享，做好应急准备；另一方面，积极储备管网管存和 LNG 罐存、油井伴生气改造，适时调整气井生产压差，有效平衡管网进出总体气量，应对需求变化。

但困难还是接踵而至。杨税务潜山气藏是采油四厂的天然气主产区，产量占到全厂总产量的 75%，由于该气藏近几年才投入开发，管网还不完善，未和主管网联通，天然气只能就地销售给现有的两个天然气用户，而两个用户受气温波动及其他气源“照付不议”政策影响，对杨税务天然气需求时高时低，日峰谷波动高达 20 多万立方米，生产调控难度极大，供气压力忽高忽低。

由于长期高度紧张，郭旭东的血压也不稳定起来。郭旭东既要控制心态稳定自己的血压，又积极探求解决对策。他首先对油、地双方的供气管网敷设细致摸底，先后到廊一站、务三站、兴九站、配气站、杜庄站、永清站和苏桥站等站点进行现场踏勘调研，了解油田和用户的管网走向，创新性地提出了油地管网搭接联通的方案，通过与公司有关部门请示汇报、与用气户沟通谈判，该方案最终成功实施，一举打通了杨税务天然气的外输通道，解决了制约外供气的瓶颈问题，资源配置效率有效提升，管网运营优势凸显。

工作中的郭旭东始终坚信“没有过不去的火焰山，方法总比困难多”，他在困难面前从不低头，丰富的实践经验、多个领域娴熟的技术，让他一步一个脚印向前进。

他严格计量仪表管理，及时组织修保，出现问题事不过夜，避免超期或带病运行，全年亲自动手维修流量计 70 余台次，组织检定流量计 130 台次；精细输差管理，出台天然气输差考核细则，建立天然气数据平衡分析表，细化分析、单元考核，加快超差问题处理速度，全厂管网输差同比下降 0.63%。认真执行“精准计量、精细管理、规范运作、持续改进”的工作方针，做到在用计量器具合格率 100%，交接计量误差 100% 符合标准要求，天然气对外贸易交接计量过程失控发现时间不超过 24 小时，外供气输差严格控制在指标以内。

这些年，郭旭东从来没有在意过荣誉。他在意的是生产中遇到的问题能够及时创新化解，确保正常运行。他始终和生产现场保持最亲密的接触，始终把握它们最真实的运行状态，为生产及时“把脉祛病”，保持平稳运行，是他最朴素的理想和初心。

先后有多家合资或民营企业向郭旭东抛来橄榄枝，但他坚守初心，不为所动。他说：“我是一名共产党员，是党培养了我，是华北油田成就了我，我的根就在这里！”

刻在沙海的印记

宋东兴

有人说，闭上眼睛能看见的才是你的最爱，而我只要闭上眼就能看到苏里格，那一个个鲜活的人、一幅幅建设的场景、一个个喜悦和悲伤的故事，已定格在我的生命里。

——王立治

一

王立治45岁的时候，做了人生一个重大的选择，离开工作16年的采油四厂，到苏里格工作。

2008年9月4日凌晨4点，厚重的云层挡住月亮，天色一片漆黑，在采油四厂办公楼前的广场上，唯一的光亮来自一辆大客车的车灯。再过一会儿，这辆车将带着采油四厂几十名员工开往千里之外的苏里格。

广场上聚集了很多送行的人，有父母送孩子的，有妻子送丈夫的，有丈夫送妻子的……每个人的“行囊”里装满了亲人的祝福和期盼，尽管黑暗中看不清亲人的脸，但所有人都能感受到那份依依不舍、那份牵肠挂肚。王立治的妻子和即将上大学的女儿拉着他的手，一遍又一遍叮嘱他要照顾好自己的身体，不要牵挂家里。他使劲儿点着头，压在心里的话却一时说不出来。想到年纪越来越大的父母，想到妻子将要担起全部家庭重任，想到不能履行送女儿第一次走进大学校园的承诺，他忍不住流下了两行热泪，同时，他看到身边的很多同事都在悄悄地擦拭眼角。还有10天就是中秋节，他们只能在苏里格与家人“千里共婵娟”了。

这就是石油人的“宿命”！这就是石油人的情怀！

车缓缓启动了，开得很慢，司机师傅想让大家再多看几眼车下的亲人。王立治隔着车窗和泪水看着妻子和女儿，用力挥手，眼睛都不愿眨一下。他看见她们也向他挥着手，说着什么，车上车下一片嘈杂，但他的心却清晰听到她们的声音。

车驶出了厂区，车内一片寂静。王立治昨晚基本一夜未眠，但却没有一丝困意。这次选择将彻底改变他的人生轨迹，虽然自1982年从华北石油学校地质专业毕业以来，他走南闯北，曾先后辗转二连、胜利、塔里木油田参加石油会战，但毕竟那时还年轻，而现在，他已经45岁了。这些天有太多人找他，亲戚、朋友、领导、同事……每个人都满怀善意地劝导他不要离开家再远走他乡，给他分析个人得失。王立治知道他们都是为自己好，发自内心地感激大家。他知道，在采油四厂工作的16年中，自己无论在工作方面还是在生活方面，都得到了领导、同事和朋友的高度认可和支持帮助，家庭、单位、社会都形成了和谐稳定的关系，建立了一种平衡，到苏里格就意味着这一切平衡都将被打破。他也知道，创业艰难百战多，在沙漠中开发一个新区块意味着怎样的艰辛，但他想去拼一拼。

有人说王立治是个矛盾体，外表粗犷豪放，可情感非常细腻；工作雷厉风行，可做事却严细谨慎。王立治的这次选择绝不是一时冲动，自从华北油田中标苏里格苏75区块后，他就一直兴奋不已，苏里格气田是国内陆上最大的整装气田，其开发建设是中国石油乃至国家能源领域的重点项目，是当代石油人义不容辞的使命，如果能亲身参与，将是自己的幸运和骄傲。特别是华北油田面临重大发展机遇期，正大力实施“走出去”战略，作为一名专业技术人员，更应当积极参战，为油田贡献一分力量。这些话说出来可能有人觉得有些“冠冕堂皇”，但却是王立治的肺腑之言。

太阳出来了，朝霞弥漫天际，阳光透过被晨露浸湿的车窗一缕缕射入车内。在所有人中，王立治年龄最大，是当之无愧的大哥，看到大家依然情绪不高，他大声说："天亮了，新的一天开始了，咱们活跃下气氛，我给大家唱首歌吧。"在人们的掌声中，王立治用独特的嗓音唱了一首电影《创业》主题歌《满怀深情望北京》，叫好声、欢笑声充斥着整个车厢。大家也都来了精神，纷纷展示自己的歌喉，当一个80后唱起《我为祖国献石油》时，所有人自发地拍着手一起合唱，一股热流在大家心中流淌。

二

穿过巍巍的太行、延绵的大阴山、滔滔的黄河……王立治眼前出现了一座座高低起伏的沙丘，笔直的公路上散布着被大风吹下的黄沙，两排造型独特的"断头柳"伴随着公路伸向远方。前方就是苏里格了。

荒凉的景象使车上的年轻人有些震惊，眼神变得复杂起来。"西出阳关无故人"，王立治此时脑海中忽然想到这句诗。他早就从心里做好了充分准备，凡是有石油的地方一定荒凉艰苦，苏里格气田地处毛乌素沙地，自然环境肯定非常恶劣。在以往20多年的工作中，他历经风雨，在渤海之滨的胜利油田被台风吹过，在北国塞外的二连草原被"白毛风"卷过，在塔克拉玛干大沙漠被疯狂的沙暴"埋"过，这些经历锤炼了他无惧困难、吃苦耐劳的意志品质。到苏里格，他只有一个想法，那就是在这片充满活力、充满朝气、充满挑战的热土实现自己梦想。

晚上10点，经过18个小时的颠簸，大客车终于到达灯火相映的鄂尔多斯市乌审旗。"山一程、水一程，身向榆关那畔行，夜深千帐灯。"王立治对纳兰性德的这首词有了更深的体会，所有的疲惫与困倦都被这灯火驱散，他迫切期待着明天的太阳。

苏里格项目部两个月前才成立，办公地点设在乌审旗，这个名不见经传的小县城当时人口还不到3万，社会依托和保障能力很有限。王立治他们20多人寄住在一个小小的私人旅馆，没有办公室，没有办公设备，没有固定食堂，饮食不习惯，环境恶劣，气候干燥，困难超出了大家的想象。而位于察汗淖尔的作业区条件就更为艰苦了，一排民房里，十几个人一排大通铺，每个人的床头就是办公桌，室内没有厕所，公共厕所的大坑看着就让人眼晕，多少天也洗不了澡。但王立治知道，开弓没有回头箭，作为一个男人，既然选择了远方，就要砥砺前行，没有条件，创造条件也要上。

这种坚韧来自王立治的性格，也来自身边的榜样对他的影响。在采油四厂地质所工作的16年时间里，有两个人对王立治的影响极为深远，一个是彭瑞林，一个是朱庆忠，他们都是国家级劳动模范，也是王立治的领导、同事，更是他的榜样。他们在工作中爱岗敬业、严细认真、精益求精的优良作风和职业操守，在生活中诚信友善、宽以待人、忠厚谦逊的优秀品质和人格魅力，为他树立了奋斗目标。他一直向这个目标不停奔跑，不断提升技术、锤炼作风、积累经验，全身心投入地质开发研究。在采油四厂，他参与了安28、务45、泉241、州16等新区块建产和京11、务103、泉56等老区块稳产工作，共组织实施各类井达到400多口，为四厂连续10年稳产做出了突出贡献，曾经8次被授予厂先进生产者荣誉称号，参与完成的科研项目5次获得油田公司的奖励。人们看到的是他的光环，而他经历了多少挫折，克服了多少困难，只有自己知道。

取得成功是艰难的，而舍弃荣誉光环、走出舒适区、重新开始奋斗，更是难上加难，但王立治就是要挑战自己。

三

多年之后，有人问王立治苏里格创业初期的情况，他说的最多的一个字就是——难！

华北油田负责开发的苏75区块位于内蒙古鄂尔多斯市鄂托克旗，地处沙丘连绵的毛乌素沙地腹地，南北长65千米，东西宽19.6千米，面积989平方千米。根据长庆油田公司计划和华北油田公司招标时的承诺，计划从

2009年开始，经过3年建设，在苏75区块累计建产能8亿立方米。这里春秋风沙不断，夏天太阳暴晒，冬季寒冷干燥，在如此恶劣的自然环境下，用3年时间完成8亿立方米产能建设，无疑是一个巨大的挑战。

对于生活中的困难，王立治丝毫没有放在心上，最让他焦虑的是，缺少基础资料，没有标准样本可以参照，没有可操作的制度和标准，更没有成功的经验可以借鉴。作为项目部地质所副所长，王立治意识到，要想下一步高效率开展建产工作，必须用最短的时间收集、掌握所有这一切。

当时来自不同单位的20多人挤在一个房间里办公，共用一台电脑，根本没法正常工作。于是他就白天跑长庆油田、长城钻探、渤海钻探、川庆钻探项目部的相关部门，收集地质、钻井、压裂、试气、测井、地面工艺等方面资料和气田开发的相关技术标准，晚上在小宾馆废寝忘食地消化这些资料，为气田开发打好基础。管理制度和操作标准是规范管理行为最重要的指导文件，没有制度就如同行动没有方向，特别是作为项目部的技术管理部门，没有制度就没有办法开展工作。如何建立制度？建立哪些制度？跟谁对标？这些问号每天在王立治的脑子里转来转去。他积极与油田公司、渤海钻探公司的十几家相关单位、部门联系，收集各种管理制度和技术规范，以此为基础制定了《监督管理制度》《交接井管理制度》《资料交接管理办法》《项目部井控管理制度》《施工质量管理办法》等十余项管理制度和办法，并邀请各路专家进行了多次的讨论，修改完善后作为项目部第一版管理制度正式下发，对指导和规范项目部初期的产能建设工作发挥了巨大作用。

在苏75区块建设初期，项目部的干部员工每天都会遇到新问题，巨大的压力挑战着他们的身体和精神极限。项目部经理王万迅经常整夜不眠，长期口腔溃疡；副经理李沈阳一直盯在前线指挥部，嘴上的大血泡20多天也下不去；参战员工在零下20多摄氏度的低温下每天工作10多个小时，几十天都回不了家。极端的困难激发了王立治昂扬的斗志，会战就应该是这样的，没有问题大家来干什么！

45 岁的他依然跳动着 20 岁的心脏。

四

在苏里格项目部王立治有一个外号——“沙漠中的活地图”，因为在整个作业区，没有他找不到的井、没有他不熟悉的路，只有在苏里格工作过的人才会知道，要做到这点有多难。

当时的毛乌素地理环境非常复杂，有寸草不生的沙漠，有水草丰美的绿洲，更多的是长着少量耐旱植物的沙地。王立治第一次走进沙地，是去找一口准备进行试采作业的气井——苏 103 井，落实这口井的地面位置、道路情况，查看采气树是否完好，掌握井口压力数据。出发前，王立治和同事做了充分准备，带上了手持 GPS，研究了地形图，并标注好行进的道路。经过近 2 个小时车程，他们才进入沙地，眼前的景象让大家傻了眼，所有区域被铁丝围栏切割得像一个个网箱，牧民家的牛羊在悠闲地漫步，吃着星星点点的沙地植物；围栏之间的道路曲曲折折、宽窄不一，有的地方仅能容一车通过，无数的岔路口都长得一个模样，没有路标，也没有参照物。最让人头疼的是，走着走着突然会有一个沙丘横亘在前面，越野车也无可奈何。他们绕来绕去，转了将近 4 个小时也没有找到目标，根据 GPS 定位，那口井明明离他们只有几千米远，可车就是开不过去。王立治当即决定，下车走过去，他们翻越一个个沙丘，绕过一个个围栏，没找到井，却发现了一户牧民。牧民名叫德力格尔，他被石油人的坚持所感动，给他们献上奶茶，并主动做向导，带他们找到了苏 103 井。完成任务时天色已晚，德力格尔又用摩托车将王立治和同事送到越野车旁。为了表示感谢，他们将准备的矿泉水和方便面全部送给了德力格尔，从此与他结下了深厚的友谊。

自此以后，王立治每次上井都细心地观察，用心记下路旁的标志物，时间一长，他对作业区内的道路越来越熟悉，仿佛有一张地图装在他的脑子里。只要他在车上，司机和同事们就不会担心找不到井位。有一次一口正钻井晚上发生井喷险情，夜间在毛乌素沙地辨别方向更为困难，王立治凭着对道路和井队位置的记忆，冲在最前面，在漆黑的夜里将救援车队和救援装备准确快速地带到现场，并积极参与制定抢险方案，部署抢险措施，为快速制服井喷防止事故恶化赢得了宝贵的时间。慢慢地，“沙漠中的活地图”成了王立治的雅号。

毛乌素沙地环境复杂造成的井位难找、效率不高的现实情况，让王立治一直处于焦虑状态，整个区块面积有将近1000平方千米，已经完钻的30口井井号编排没有规律可循，分布在不同的区域，相邻两个数字编号的井或东或西、相去甚远，要找到其中的一口井如同大海捞针。照此下去，如果以后实施几百口井，那将会造成难以想象的麻烦。这个问题必须破解，不然将会严重影响工程进度，增大管理难度。经过深入调研、反复论证，王立治向领导提出建议，对整个区块以开发方案为依托统一规划编排井号，从北向南、从东向西排号依次递增。也就是让区块所有的位置都先有井号，以后具体实施时再对号入座，大家一看井号就很容易确定其所在的位置。这一建议得到了项目部领导的高度认可，并马上推动实施，为地质研究、标定井位、施工建设提供了极大方便。

王立治非常清楚，仅仅知道井位在哪还不够，还要在茫茫沙海尽快找到井位，少绕弯路甚至不绕弯路。他上次找苏103井的过程很多人都经历过，不仅仅是影响工作效率，遇到突发情况甚至还会造成严重后果。有一口井打完了需要完井测井，测井小队很早就出发了，可由于道路复杂，沙地里手机又没有信号，他们转了一天都没能找到钻井队，不仅耽误了宝贵的时间，而且又增加了一次通井作业，给钻井队造成了十几万元的经济损失。白天情况还好一点，到了晚上就更容易迷路了。项目部小车队负责工作人员的接送，有一次司机刘师傅晚上到井场送人，回来时迷失了方向，开了3个多小时也找不到回营地的路。最后刘师傅爬到沙丘最高处有信号的地方打电话求援，等救援车辆带他回到营地时，天都快亮了。这样的事例很多很多，各个参战队伍都有过迷路的经历，运输、测井、固井、井下作业等队伍不能及时赶到现场，不仅使整个项目部的运行时效受到严重影响，也造成了很多不必要的工牧纠纷，有时反映这些问题的电话一天有100多个，耗费了项目管理人员的大量精力，所以，制定一个工区道路分布图迫在眉睫、势在必行。

知易行难。这么大的区域，这么复杂的路况，这么多的井位，要制作道路分布图，谈何容易，必须一条路一条路、一个点一个点地踏勘，需要大量的人力、时间和基础资料，还要结合作业区规划方案及开发现状。但不管什么事，只有干，才会有结果。项目部动用20余人投入这项重要工作，大家早出晚归，以骆驼般的执着踏遍了作业区范围内每一个角落，沉寂的毛乌素留下了石油人无数坚定的足迹。有的员工脚被沙子磨出了血泡，用针挑破了继续走；有的被暴烈的阳光晒脱了皮，一碰火辣辣的疼。王立治的肤色也是越来越"健康"，高原强烈的紫外线使他变成了"黑脸包公"。用了将近1个月时间，他们终于完成了作业区大小200多条道路的分布图，在每个岔路口做了明显的标记，并将道路分布图与井位分布图叠合在一起，下发至所有参战单位。大家拿到图后如获至宝，352、三只羊、997、三棵树、友好碑、乌兰柴登……这些别人看了云山雾罩的词汇，在项目部和参建单位员工眼里却倍感亲切，以前沙地里迷宫般的道路现在更像是苏75区块一根根血管，不断高效输送着建设的能量。

事实证明，这张道路分布图在以后的大规模产建施工过程中发挥了重要作用，施工队伍基本没有再发生过迷路情况，大大提高了苏75区块建设的步伐。

五

苏里格，是一片汇集了许多美丽传说的神奇土地。700多年前，一代天骄成吉思汗曾率领蒙古铁骑在这里浴血征战。如今，时间早已湮灭了古战场的痕迹。走进苏里格，放眼望去，只有遍地的黄沙和顽强的沙棘，但地下丰富的天然气资源，却使这里成为引人关注的热土。驱车行驶在颠簸的沙漠路上，零星散布的天然气井为这片沙地增添了别样风景，石油人正在这里书写新的传奇。

对包括王立治在内的所有苏75区块的建设者来说，2009年一定是刻骨铭心、终生难忘的一年。这一年，华北油田调整发展战略，将苏75区块开发纳入公司实现稳健和谐发展战略布局七大增效序列之一，并将3年完成8亿立方米产能建设的任务调整为2年，要求2009年完成产能5亿立方米。原本3年完成8亿立方米产能建设就被同行称为“不可能完成的任务”，现在本来就紧迫的工期又压缩了1年，这将是多大的压力！但苏里格项目部干部员工没有退缩，而是凭着石油人骨子里那股不服输的劲头毅然挑起了这份重担。但让他们没想到的是，真正的考验还在后面。

正当大家鼓足干劲准备大干快上时，一场由美国次贷危机引发的金融风暴席卷全球，对各行各业造成了难以估量的影响。还在“襁褓”中的苏里格项目部面临着压缩投资的严峻形势，时间一天天过去，产能建设却迟迟不能动工。

王立治和大家一样，感觉浑身的劲儿就是使不上。但他知道，光着急也没用，有这功夫还不如提前做好各项准备工作，那段时间，他一刻也没闲过，依然每天紧张地忙碌着。

经过漫长的煎熬等待，苏75区块产能建设终于全面启动，而此时已到了下半年，留给他们的时间仅有5个月了。王立治深知，如果按照常规的单直井钻井方法建产，想把耽误的时间抢回来，按期完成目标任务绝无可能。而且这种钻井方式占地多，对生态环境破坏大，效率也非常低。他想到了丛式井，但即便采用丛式井开发，如果在一个井场仅部署一部钻机，用5个月时间要完成9口井的任务，在时间上是根本做不到的，如果一个井场只部署3口井，那么井场数量就要增加3倍，钻前施工及办理征借地手续的时间又不敢保证。如何确保完成钻井任务，又减少占地、保护自然生态，做到鱼和熊掌可以兼得？王立治相信一定有办法。他查阅了大量资料和专业书籍，并向集团公司井控专家请教，与钻井施工单位多次沟通和现场实地论证，创造性地提出“丛式井双钻机相向施工”方案，即一个井台部署两部钻机，两部钻机之间的距离压缩至最小，最大限度减少钻前工作量和井场占地，实施过程中可以根据实钻效果采用边打边扩的方式，减少盲目性，提高施工效率。这一方案得到了项目部领导的批准和专家的好评，时间紧迫，马上实施。

王立治的精神为之一振，他期待已久的“会战”终于真正打响了！一时间，钻井、压裂试气、地面建设、物资供应等各路大军迅速集结，在广袤无垠的毛乌素摆下战场。王立治每天都一分一秒计算着时间，他不是在施工现场，就是在赶往现场的路上，困了就在车上眯一会儿，饿了就在现场啃几口干粮，他自己都记不清多少天没洗澡，多久没在床上睡个安稳觉了，可他的内心是充实的，尤其是新井试气时，看着气龙呼啸着冲出放喷管线，灼热的火焰照亮沙漠，他觉得自己所有的付出都值了。

正当产建工程大提速时，项目部迎来了最大的挑战——降温。一场罕见的大雪使气温降到零下十几摄氏度，施工举步维艰，而此时还有30多口井没有完钻，地面建设还仅仅是“雏形”。影响最大的是压裂作业，滴水成冰的严寒使压裂施工无法正常开展。苏里格气田属于低压、低渗透、低丰度的“三低”气藏，即使找到了储层，如果不实施压裂改造储层，井是不可能出气的。面对困难，大家群策群力，发动集体智慧，积极自制加热设备，应用煤、电、气、锅炉等所有可以加热的手段给大罐保温，调集运输罐车集中供水，施工车辆和人员采用双配置，日夜运转，全力保障压裂作业。

王立治清楚地记得，当时作业区一顶大帐篷旁边一直支着一口大锅，24 小时提供热菜和馒头，所有参战人员随时可以就餐。虽然只是普通的大锅菜，虽然盛在碗里 3 分钟不吃完就会冻成冰疙瘩，虽然每嚼一口都要担心被沙子硌坏牙齿，但他说那是他吃过的最香的饭菜。

王立治的棉工服经常连续几天穿在身上，他迎着风上井场需要向前倾斜 30 度角提防被吹到，他的手经常冻得拿不住笔，他的眼睛经常被狂风卷进的沙子磨出血丝，但他说那是他最闪亮的日子。

是啊，这就是石油人的血色浪漫！

更让王立治兴奋的是，他提出的“丛式井双钻机相向施工”方案，在实施过程中收到了喜人效果，完成了 13 个丛式井组共 103 口井，创造了苏里格气田一个井场完成 9 口井的新纪录，用 4 个半月时间完成全年 114 口井钻井任务，为项目部实现当年建设、当年投产、当年实现商品气量打下了坚实的基础。不仅如此，新的钻井模式还减少了施工道路 30 余条，节约占地 3000 多亩。这种“绿色、安全、节约、高效”的丛式井开发方式得到了长庆油田的高度认可，并在苏里格各参战单位中推广应用。

经过项目部干部员工的艰苦努力，奇迹发生了，他们终于将 5 亿立方米产能建设任务如期拿下。2009 年的冬天，他们为这片荒芜的沙地留下的是无畏的斗志和澎湃的激情，石油人顽强拼搏的身影和到处点燃的火炬，必将深深印刻在毛乌素的“记忆”中。

六

2010 年是王立治在苏里格工作的第三个年头，他早已经深深地爱上了这片土地。他在这里付出全部的热情，和同事们用汗水浇灌着希望的种子，收获着成功的喜悦。

这一年，苏里格项目部顺利完成产能建设任务，华北油田人再一次创造了奇迹。确切地说，从2009年6月18日正式启动产能建设，他们是用仅仅一年零四个月建成10亿立方米产能。485天，11640个小时，他们完成了钻井253口，建集气站3座，铺设输气管线200多千米，并创造了苏里格气田一个丛式井组钻井9口，一天最多压裂8口井，Ⅰ+Ⅱ类井比例达94.7%等多项纪录。苏75区块整体探明、高效建产重大技术创效工程获油田公司重奖，整体产能建设荣获股份公司2009年度“优质产能建设项目奖”。

王立治是幸福的，他见证了一个大气田的诞生、成长，他自己也经历了从工程地质所副所长到书记，再到担任项目部副总工程师的人生历练，同时也见证了毛乌素的变迁。

毛乌素是“人造”沙漠，它是人类贪欲的结果，形成不过上千年的历史。毛乌素大部在鄂尔多斯草原，并沙蚀陕西、宁夏一些邻近地区，曾经是中国有名的八大沙漠之一。名城古镇陕北榆林，历史上曾被毛乌素沙漠逼得“三迁”。历史上，鄂尔多斯草原是中国北方游牧民族的游牧地，是大自然赐予人类的优良牧场。秦朝时，通过移民造田，鄂尔多斯草原成为大秦帝国的“新秦中”，其富庶与关中平原齐名。汉时，这里设立州郡无数，人烟稠密，是繁华之地。五代十国时，一代枭雄赫连勃勃在这里建立了匈奴大夏国，大兴土木，修建了统万城。接下来是无休止的征战，农业和游牧这两大人类文明在这里交融冲撞。战争、滥垦，铁蹄、铁犁，无情践踏着鄂尔多斯草原，沃野变荒成沙，到19世纪末，鄂尔多斯沙化面积已达到90%以上。进入21世纪，国家提出要用工业化的思维解决环境问题，推出了许多优惠政策，制定了严格的保障举措，并收到了良好效果。现如今，毛乌素很难见到百十亩大的明沙，沙漠已经成为人们的记忆。

王立治在苏里格见证了毛乌素环境的逐渐改善，也发自内心地将这里当成第二故乡。华北油田在开发苏75区块的过程中，为保护环境做出了积极的贡献，“建一个气田，留一片绿色”是他们的承诺，也是所有人的思想共识、感情共识。

王立治非常清楚，虽然毛乌素的环境改善了，但由于地域和气候原因，这里的生态仍然极为脆弱，在天然气开发过程中，必须严格执行相关环保规定，做到工业与自然的和谐共生，这是石油人应尽的社会责任。实施丛式井开发，可以最大限度减少土地征用，这也是项目部采取这种方式建产的重要原因。据测算，每口直井井场占地一般为 9 亩，9 口直井占地就是 81 亩，而采用丛式井开发，设计 7 至 9 口井位的丛式井组占地仅为 18 亩，比同等口数的直井井场占地节约 63 亩，同时可减少井场道路占地数百亩。气田建设属于大兵团作战，钻井、测试、压裂等施工出现任何纰漏，都可能造成环境污染，所以只要有重大施工项目，王立治总是盯在现场，严把施工质量关、安全环保关，丝毫不敢掉以轻心。

如今，在苏 75 作业区所在区域，随处可见这样的景象：蓝天白云下，一口口黄色的气井安静地伫立，穿着鲜红工衣的石油人在井场忙碌，旁边是斑驳的黄沙和茵茵的绿草，像一幅优美的油画，工业与自然在这块古老而传奇的土地形成了默契与和谐。王立治每次看到这些气井，想象着几千米地下的天然气正从破碎的岩石中汇聚，涌入管线，送到千家万户，心中都会有一种自豪感。他太清楚在毛乌素打井的艰辛了，从地质研究、标定井位、现场踏勘，到钻井、测井、固井、射孔、压裂试气，再到测试、投放节流器、安装采气流程，有太多人付出了太多的努力。

在建产过程中，井位星罗棋布，为了提高工作效率，避免弄错井号，他费尽心血，把要实施的所有井以及井场的设计布局、进出道路等制成一份图册，项目部和各施工单位管理人员人手一份。因为有了这张图，不同专业的作业队伍上千次的施工，没有发生过一次目标错误。而这只是王立治工作的一小部分，很多人都奇怪，王立治怎么会有这么旺盛的精力，是什么在支撑着他。这个问题其实很好回答，王立治之所以这么干，就是因为责任。

因为责任，他建章立制、规范标准。

因为责任，他风餐露宿、紧盯施工。

因为责任，他严格监督、不徇私情。

在一口重点井的压裂施工过程中，王立治检查发现 40 多罐已经配好的压裂液不合格，压裂液是气井改造的血液，使用不合格的压裂液轻者会造成砂堵事故，重者会导致气井报废。如果全部换掉这些液体重新配液，不仅损失时间，还会增加大量成本，当时有人建议凑合用，但他没有丝毫犹豫，坚决地说："决不能以牺牲质量为代价，我们要对油田负责，压裂液必须全部更换，不合格的液体一滴也不能入井。"最终，这口井 5 天后高质量完成了压裂施工，日产天然气达到 5 万立方米。

王立治在苏里格工作期间，像这样的故事实在是太多太多，说也说不完。

七

大家都说，王立治把这里的每一口井都当成自己的"孩子"。在众多"孩子"之中，最让王立治骄傲的是 75−70−6H 井，这是苏 75 区块首口水平井，他为这口井付出了常人难以想象的艰辛。

当时，没有相关资料，没有施工经验，地质设计人员也大多是第一次接触水平井。面对诸多困难，王立治没有气馁退缩，他认定，要高效开发苏 75 区块，就必须攻克水平井施工这个技术瓶颈。他用将近 2 个月的时间，大量收集水平井资料，积极与勘探开发研究院、钻井工艺研究院开展可行性调研，反复修改地质设计，优选施工队伍、施工设备，形成了科学严谨的施工方案。

开始施工后，他的神经绷得更紧了，钻前井场施工、二开钻进着陆入靶、下技套固井、水平段钻进、压裂作业、排液试气，每一个环节他都盯在现场。他记不清跑过多少次现场，开了多少次协调会。在水平段钻进过程中，为了控制好钻进轨迹，王立治吃住在井场，整整一个月，当时家人来乌审旗他都没能陪伴。让王立治欣慰的是，他们的辛苦没有白白付出，苏 75-70-6H 井创造了当年苏里格气田的多项第一：水平段长度第一，达到 1002 米；砂层钻遇率第一，达到 90.34%；压裂段数第一，共压裂 10 段；压裂规模第一，加砂量 406 立方米，注入液量 4200 立方米。更让人兴奋的是，苏 75-70-6H 井还是当年整个苏里格天然气无阻流量最高的气井，测试无阻流量达到 316 万立方米 / 天。自 2010 年投产至今，苏 75-70-6H 井已累计生产天然气超过 1 亿立方米，成为苏 75 区块绝对的“大哥大”。

苏 75-70-6H 井成功的意义还不止于此，其在施工工艺、作业工具、降本增效等方面的开创性做法，给苏里格气田开发带来了很多可贵的经验和启示。让很多业内专家没想到的是，这口井压裂使用的是国产工具。当时，水平井裸眼封隔器分段压裂工具基本是被美国贝克休斯公司垄断，国内川庆井下公司刚开始生产，现场应用也仅仅一二口井，且应用段数只有 3 段。王立治和同事经过多次调研、反复论证，认为国产工具完全能够满足压裂施工要求。经项目部批准，他们在苏 75-70-6H 井压裂中选用了川庆井下公司生产的水平井裸眼封隔器，不仅顺利完成了施工，创造了苏里格分段压裂纪录，减少费用 420 万元，还为该技术打破国外垄断、加快国产化进程做出了贡献。苏 75-70-6H 井的成功压裂提振了大家的信心，项目部随后实施的十几口水平井压裂全部采用了国产工具，共减少投入 5000 多万元，产生了巨大经济效益。

日出荒漠心似火，汗洒雪雨踏峥嵘。选择了石油，就意味着选择了艰苦、选择了奉献。王立治为了石油事业走南闯北、历经风雨，从来没有被任何困难吓倒过。可这个石油汉子也有柔软的时候，每次想到父母、妻子和女儿，他总是心存愧疚。

1988 年结婚时，王立治在胜利油田参加会战，婚礼结束没多久就奔赴前线，只能与妻子分居两地；1990 年孩子出生时，他在塔克拉玛干沙漠，没能第一眼看到女儿；2003 年父亲临终前，他没有陪在身边和父亲说最后一句话；2010 年母亲患胰腺炎做手术，他不能在病床前尽孝；2008 年女儿上大学，他只能委托邻居把孩子送到大学校园……虽然家人对他非常理解支持，从没有半句埋怨和一丝责怪，但这些却永远是王立治心中的痛。几十年来，他在每个岗位上尽职尽责地干好每一项工作，不负企业重托，不负家人期望，获得了多项荣誉，尤其是 2013 年，他被授予了全国五一劳动奖章。王立治说，这是他对彭瑞林、朱庆忠两位领导和榜样的最好交代，更是对企业和家人的最好回报。

2018 年，55 岁的王立治离岗，万般不舍地离开了奋斗 10 年的苏里格。

所有的奋斗都会被铭记。王立治珍惜石油生涯的每一段经历，对苏里格更是怀着最深的感情，他将工作的最后 10 年无条件地献给了苏里格。从踏上这片土地的那一刻，他就对它的未来充满了期望，10 年中走过的每一条路，开发的每一口井，甚至每一棵树、每一座沙丘，都成了他生命的一部分，永远印在他的记忆里，而这片沙海，也刻下了他深深的足迹。

井场“匠人”

周艳乔

最初开始了解苏国庆，是从微信上传来的一张工作的照片。苏国庆一脚踩在井架子上，另外一只脚踩在液压拔管机上，整个人如同一个斜立的“人”字，与一名同事正用管钳卸开拔管机，将卡在里边的油管拔出来。浅灰色的天空下，红色的工衣呈现着鲜明的色调，与井架和钢丝绳一起，勾勒出一种抽象的美感。

这是他的生活常态。天阔地大人渺微，每当晨曦初露，高大的井架在细碎的阳光下投下一道道阴影，地面上的红衣人如一个个旋转的红点，跳跃着，从东边到西边，伴随着粗犷的吆喝声，视线里满满都是随着钢丝绳起起落落的吊钩……井场上的生活是动态的，一个人真正轨迹便是从这里开始的。

美国著名社会学家理查德·桑内特说过：“只要拥有一种纯粹为了把事情做好而好好工作的欲望，我们每个人都是匠人。”匠心，在这个日新月异变化的时代，早已经走出了手工匠的范畴，成为各个领域追求专业和极致的代名词。

石油人的井场，是一个极度还原这种精神的所在。随处找寻一个角度摄影，高高耸立的井架、翻滚的黑色原油、移动搬迁的身影与喧哗……特殊的动态生活，成就了一个原本就细致敦厚的灵魂。

苏国庆就这样走着，感受着井场上空吹来的风，心中如此平淡、宁静。他已经适应这样的生活，也以自己的执着与坚守的“匠心”，默默地从骨头里、从血液里汩汩流出鲜活的创造力。

坚守，井场上唯心笃实

20多年来，苏国庆一直是一名井场上的“匠人”。从1992年毕业后成为一名井下作业工人开始，他的这种“匠心”就开始初见端倪了。

每天接到修井命令后，作为大班司机，他和他的同事们将那些修井用到的设备从露天的场地上都装载到车上，再跳上自己负责的那台修井机，开始了一天的征战。在这种日复一日、年复一年的移动模式的坚守中，在汗飞黄土的滚滚红尘里，一个红色的身影，带着血液里与生俱来的追求完美的心，与天地之间骁勇搏战……

这是他熟悉的一种生活，是潜意识里根深蒂固地存在的执着与倔强，也是一种坚守之心。

他的父亲苏仕栋曾经是华北油田某二级单位的一名副处级干部，从华北油田会战初期就奋战在一线，曾经在钻井队工作过整整13年，1981年被评为河北省劳动模范，自然了解那种野外作业最刻骨铭心的滋味。

苏仕栋说：“我当初最担心的是他坚持不下来，怎么也没有想到他不仅仅坚持到了现在，居然……”下边的话被嘴角浮动的笑容代替了。他没有想到的是，儿子不但坚持了下来，还从一名普通的井下作业工成长为油田公司技能专家，成长为河北省劳动模范甚至全国五一劳动奖章获得者。

苏仕栋曾经看到过儿子的脖颈上、手臂上用汽油清洗原油后留下的一片片灼红，心中不忍，但还是要求儿子要服从工作安排。血浓于水，父亲心中始终期待的是儿子真正意义上的成长。那就是让自己无病无灾、身体健康，且同时要笃实、坚持，成就自己，也成就他人。

苏国庆小时候，父亲每次回来，都让他练钢笔字。每天枯燥地写啊写，感觉日子好长。现在想起来，父亲早在那个时候就想锻炼他的耐性。拥有一份沉稳踏实的心境，才是未来人生里最珍贵的财富。苏仕栋每次见到儿子都要给他讲自己当年在钻井队的事儿，让儿子注意安全，不能偷懒，不能因为自己父亲是干部就和别人不一样，要谦虚。

1994 年春，苏国庆踌躇满志，和队友踏上了去内蒙古锡林郭勒的道路，参加二连油田新一轮的夺油会战。他的心中充满着对新生活的向往，也有着与多日未见的父亲相聚的喜悦，但是当那空旷无人的草原上毫无遮掩的寒风将他的脚步挡住，他觉得自己心中憧憬了多日的梦幻被摧毁了，瘦弱的身躯几乎要跌倒在那遍地摇曳的枯草里，再也不想爬起来。

刚正不阿的父亲自然也没有给他打退堂鼓的机会。一天，苏国庆和队友冒着寒风在井场作业，由于当时钻地锚的车还有没有到，他与另外一名队友负责先挖下地锚的坑，那时寒冷使得地面坚如磐石，一镐头下去一个白点儿，镐柄震得手掌生疼……苏仕栋忽然出现在苏国庆面前，说自己本是到赛汉派出所检查工作的，顺便来看看儿子。

此刻，苏仕栋的司机看到浑身油污、满脸黄土的苏国庆，惊呆了，本来应该养尊处优的“公子哥”，怎么成了这样一个栉风沐雨的井下作业工人！司机师傅终于忍不住了：“苏处长，为什么要让孩子受这样的苦？又不是没有机会给他转个岗……”

苏仕栋摇头，目光紧紧盯着儿子，如果现在退让下来，这个孩子必定是平庸的，他知道自己儿子有“匠才”。这空旷阔远的赛汉塔拉草原的风，虽然清冷却沉静，能让在青春的激情里漂浮不定的苏国庆沉淀下来，坚守属于自己的一方土地。因此，他不会给儿子任何承诺。

苏国庆眼睁睁地看着父亲的背影渐渐消失在远处，知道自己这场期盼再一次成空。

回到队伍中的他，看到队友们在坚持作业，他深深呼吸了一口，重新拿起了镐头。一片片飞扬的尘土，裹着青春与血汗，在这片广阔的土地上化为动人的战歌。苏国庆与队友在与天地相接的井下作业中，渐渐笃定起来。时光也凝结成冰，在等待寒冬过去、春暖花开的季节。

父亲的影响是毋庸置疑的。在那个青春激扬的年代，付出的辛劳和汗水，其实都是磨砺与积累。这段特殊的经历，使得苏国庆对自己所从事的井下作业工作越来越适应，对井场的情感也与日俱增。

苏国庆曾经看到腿有毛病的老队长郑培峰忍着疼痛，倾斜着身子、跪在地板上，艰难地用铲子铲地板上的油泥。苏国庆鼻子有些发酸，他觉得有这样的领导，自己受再多的苦和累都值了。就这样，苏国庆每天迎着朝阳，看着没有尽头的远方，再也没有犹豫，心渐渐降落在地平线上。他要证明自己，在这样一个给予机会和勇气的土地上，成长起来。

2011 年 7 月 13 日晚上 8 点，是苏国庆最难以忘却的时刻。那时，劳累了一天的苏国庆换下脏污的工装洗完澡，正准备回家。忽然看到技术员华彦勇急匆匆跑来，焦急地说：“国庆，不好了，赵 76−5 井出现了井喷，现场作业一队人员不足，请求我们支援！”

“好，立即出发！”苏国庆没有犹豫，把换下的工装又穿上，急忙和队友奔赴现场。

虽然早有心理准备，但现场情况还是让苏国庆傻了眼。空旷的荒野上，冒着白气的高压热水正从地面下的井口喷涌而出，冲天的水柱如倒流的瀑布一般冲向高空，瞬间又哗哗落下，热浪决堤般势不可当，整个现场陷入了一片汪洋。

原来是井口防喷盒内的盘根被从地层喷出的高压水柱刺穿了，如果不及时堵住，后果不堪设想!

苏国庆冲入现场，和指挥人员一起商量，制订了抢险方案：先将井口胶皮闸门拆掉，再将一个 250 闸门装在小四通上，然后关闭闸门。

办法倒是好，可关键是谁去操作呢？这高压热水足有五六十摄氏度，又是在炎热的夏天，放进去个鸡蛋也煮得半熟了，人进去，还不被烫掉一层皮？

“我上！”苏国庆说。

轻轻几个字，似有千钧分量！在所有人无声的惊叹中，苏国庆穿上消防队提供的隔热服，毫不犹豫地冲进了蒸锅一般的水域中。

虽然有隔热服挡着，但热水仍然顺着衣领无情地灌进去。苏国庆皮肤一片灼痛，热浪熏得他几近窒息，实在忍受不住，就跑出来透透气，然后再冲进去。就这样坚持着，胶皮闸门终于被拆下来了！可是由于井口水压大，闸门小钢圈一放上就被水柱冲走，试了几次怎么也装不上。此刻喷出的水柱越来越高，颜色也越来越深，再不采取有效措施，井内原油就会喷涌而出，造成环保事故，情况万分危急！

苏国庆还在咬牙坚持，他浑身灼痛，无情的水柱仍然滔滔不绝喷出，劈头盖脸地浇着他，眼前一片迷蒙。

不知哪个队友声音带着哭腔在喊："国庆哥，不行快出来吧！"

此时，他的头脑反而异常冷静。他向现场指挥人员提议，将小钢圈点焊在闸门的钢圈槽里，然后再抢装闸门。很快，现场指挥人员立即通知赵76站送来焊好钢圈的闸门。

也许是上天被这些不畏艰难的石油人所感动，大家的努力终于得到了回应，井口闸门终于安装成功！随着指挥人员发出指令，苏国庆和同事刘涛双手用力，同时关闭了油、套闸门！

世界突然安静了。肆虐近3个小时的水龙终于被束缚在井内，地上的水在微弱的灯光下，散发出熠熠的辉芒，映照着石油人的英勇和智慧！

苏国庆整个人像虚脱了一般瘫倒在地上，他浑身湿淋淋的，顾不上疼痛，顾不上脱下粘在身上的衣服。此刻，他想到了父亲的叮嘱，终于理解了父亲。一个石油人要深深爱着自己所从事的事业，全力以赴，为这事业付出所有。

不知不觉，作为一个大班司机，他早已经超越了自己的本职。他将脚步延伸到日常的任何一个角落，哪里需要他，他就出现在哪里。

长期的野外生活，加上过度的劳累，苏国庆的腰椎过早地出现了问题，腰痛时时折磨着他。医生让他休息调养，他却放不下工作，为了保证随叫随到，他就把止痛药带在身上，疼了就吃上几片。

当太阳落下，夜风划过，他发现自己果然可以静下来了，这一天的劳累、委屈、疼痛，都在这种饱满的生活里渐渐消失了。可以说，此时的苏国庆，已经适应了这种“经天纬地”的生活，他的“匠人”的气质逐渐显现出来。

精研，磨砺中格局自现

1998年，苏国庆调回冀中工作。有了工作经验的苏国庆，感到作业过程中很多地方不顺手，影响操作，他骨子里潜在的一种想要改变这种状态的欲望正在破土而出。

为了鼓励苏国庆，苏仕栋送给儿子一本介绍靳占忠事迹的书，读过之后，苏国庆被深深触动了。起初，他很崇拜地想要立刻去拜师学艺，调到靳占忠所在的采油二厂去。但是领导说，想学好技术，搞创新，在采油五厂就不可以吗？为什么一定要去二厂呢？

于是，他开始思索起来。为了解决生产作业中遇到的问题，苏国庆一只手拿着日常用的工具，一只手拿起了书本。他意识到自己学历低、基础差，要想干好工作，必须练就过硬的本领。于是，他把《井下作业》《采油技术手册》等技术书籍按照章节分解成小册子，一页一页地啃，一项一项地练。家里、单位、作业现场都成了他学习的课堂。回到家里，请妻子李素文做陪练，从题库的数千道习题中随机抽取试题，直到全部对答如流。此外，他有空就去向经验丰富的许宪忠师傅请教，许宪忠师傅被苏国庆的好学打动了，收下了这个徒弟，把自己多年积累的经验倾囊相授。

一个冬季的日子，苏国庆正在深州工区施工时，有口井的通井机高压油泵的连接盘突然断裂，设备“趴窝”不转了！等许师傅上井维修，最少也要两个小时后才能赶到现场。险情刻不容缓，苏国庆丝毫没有犹豫，在没有配件更换的情况下，用了 1 个多小时，成功修复了大家认为不可能修好的设备。当通井机再次轰鸣的时候，他才感觉到手指已经冻得不听使唤了。

谁都不知道，此刻的苏国庆胸腔里满满的都是成就感。这一次小试身手，也让他更加痴迷于钻研技术。他心疼工友们每天累得一身臭汗，决定把技术加以改进，解决生产需求。有一段日子，大队学习室里经常看到他的身影，为解决调整和判断通井机高压油泵燃烧时间的技术难题，他采取了反复试验的笨方法，连续几个夜晚，拿着应急灯和工具袋将高压油泵从通井机上拆下来研究，调整试车，反复十几次。寂静的深夜，不时传来扳手与通井机碰撞的“叮当”声。

2005 年，苏国庆发现工作中谁都不愿意拉钢卷尺的头，原来是尺身太薄、太滑，拿不住、抓不牢，一次要量几百根，费时费力，丈量还不准确，于是他决定拿它“开刀”。受儿子滑板车上凸轮锁紧构造的启发，经过多次改进，他愣是手工砸成了一把钢卷尺卡子，丈量管柱时只要手拿卡住尺身的卡子就可以了，用着省力，效率大大提高。这个小发明很快就推广开来，得到了大家的一致肯定。

第一次小小的创新就给工友们带来这么大的方便，让他觉得这件事太有价值了！从那以后他更是处处留心，把生产中操作不便的地方都记录下来，空闲时就研究解决的办法。

2006 年，苏国庆发现，采用开口销固定尾绳安全销子与液压钳尾绳座时需借助辅助工具，操作很不方便，影响工作效率，开口销还容易损坏、丢失。很多作业工都不愿意插开口销，容易造成尾绳脱落伤人，安全检查还要被扣分。苏国庆下定决心，一定要攻克这个难题。

经过长时间的摸索，苏国庆终于找到了解决办法。他设计了 3 个方案，试制了 3 种工具，最后选定了最方便实用的一种，就是在销子上加装挡片和弹簧配合的销子，这样只需单手按压弹簧，再利用挡片可 360 度旋转的特性，拨动下边的挡片，很轻易地就能固定住尾绳销子，避免了因尾销销子脱出液压钳摆动造成的人身伤害。它不仅结构简单，关键是无须借助辅助工具，徒手即可操作，使用起来非常便捷。大家经过试用，纷纷叫好。

苏国庆高兴极了，趁休息时间跑到辛集，自掏腰包加工了 100 个，谁想用随便拿。这便捷的工具一传十,十传百，不但五厂各队在用，就连二厂、四厂等单位的作业队也用上了他设计的东西。有人觉得吃亏：“咱们辛辛苦苦设计出来，凭什么让别人白用？”苏国庆却很坦然大方：“用就用吧，给大家带来方便就可以了，不是吗？”

2006 年 5 月，因作业六队司机短缺，苏国庆从作业工变成了手握刹把的作业机司机。从此，他兜里时刻揣着《看图学修柴油机组》等有关书籍，一有时间就拿出来看看，还不时向大班司机和老司机学习请教。业精于勤，苏国庆很快挑起了本班作业机维护保养和机车操作的担子。他精心做好修井设备的日常保养，随时记录设备保养时遇到的各种情况，不论是技术问题还是设备问题，他都会细心地检查和认真地分析。不论白天还是黑夜，哪里的设备出现故障，哪里就有他忙碌的身影，即使是深更半夜他也毫无怨言，随叫随到，他被大家称为“维修急先锋”。

正是他这种对工作的“痴心”，对设备的“爱心”，作业六队的设备完好率、出勤率一直保持 100%。他还经常利用工余时间主动帮助其他队进行设备故障排查修理，被工友誉为“万能修理工”。

2007 年 5 月，苏国庆在作业机司机岗位上干了 1 年，因成绩出色走上了大班司机岗位，并在大队技能选拔赛中获得第一名，取得了参加井下作业公司职业技能竞赛作业机司机项目比赛的资格。

2007 年 9 月，苏国庆技压群雄，以理论、操作总分第一的总成绩，荣获井下作业公司职业技能竞赛作业机司机工种的“行业状元”，还与大队其他选手密切配合，夺得团体比赛第二名。

2008 年 5 月，为备战油田公司第六届职业技能竞赛，苏国庆给自己定下了规矩：比别人早起 1 小时，晚睡 1 小时，每天多学习训练两小时，一定要争取好成绩。两个多月的辛勤努力换来的是沉甸甸的收获。7 月 11 日，油田公司第六届职业技能竞赛结果揭晓，苏国庆夺得井下作业工项目第一名，直接晋升技师资格。靠着勤学肯钻的工作劲头，苏国庆先后两次代表华北油田参加集团公司技能大赛，成为油田公司第一个摘得作业工和作业机司机两项桂冠的金牌工人，在自己人生的履历上写上了浓重的一笔。

突破，顿悟中智慧修行

2010 年，苏国庆创新工作室成立了。

这是一间成就梦想的工作室，这里有各种车、铣、钻、磨的设备工具，有多年来辉煌战绩的展示，也有可以坐下来钻研商讨问题的会议室，外边是一片杏树、山楂和各种花草覆盖的林圃，苏国庆和同事们把这当成了家。

为了谋求更加长远的发展，苏国庆带领工作室成员逐步完善了日常工作体系，吸收了更多有经验、愿意奉献的技术能手，也开始提升对发明专利权的保护意识，注重对现有资源的梳理、整合。

在采油五厂领导的大力支持下，苏国庆工作室 2014—2015 年取得了偏心井口外壳拆卸装置、液压钳尾绳销子、液压动力钳夹紧装置、柱塞泵阀体取出器等 4 项发明专利。液压钳尾绳销子还取得实用专利，受到了法律保护，这些都大大提升了企业无形资产的使用效益。

螺杆泵井作业是一大难题，由于国内还没有相应配套的泄油器，在作业时原油就像“天女散花”般从高空洒落，必须在施工前做好严格的防范措施，避免发生安全环保事件。研制一种开关可靠的泄油器，改善这种情况的任务摆在了苏国庆的团队面前。他们分析了断销式、爆破式、开关式等不同泄油器的工作原理，用了 1 个多月的时间，进行了 10 余次的集体讨论和数十次的计算机模拟实验，终于研发出“提放式螺杆泵泄油器”。这项成果得到油田公司的充分肯定，获得国家专利授权，在采油五厂推广应用后，每年可创效 100 多万元。

采油树顶丝快速取出器是苏国庆团队 2013 年研制成功的。由于井口装置经常有顶丝部位泄漏的情况，容易造成锈蚀，想要更换顶丝非常困难，还存在安全隐患。苏国庆团队反复研究，明确了攻关思路，设计出了能够给采油树顶丝提供足够的轴向夹紧力的工具，将原本两个人配合需要 1 个多小时才能完成的操作，简化为只需一名员工仅用几分钟即可轻松搞定，解决了油井由于长时间不作业造成的顶丝与采油树大四通锈死难以取出的难题，减少了占井周期，提高了采油时率。

这些年，苏国庆得到了很多荣誉，但是他没有居功自傲。作为创新明星，他成了众多员工的“偶像”，他爱着的这间工作室，也集聚了更多的能工巧匠。

苏国庆有个不离身的小本本，随时记录着施工中遇到的问题，稍有空闲，他就拿出来反复琢磨。“一记、二查、三动手”的良好习惯更是源于他常年的技改创新。他和工作室的同事们在施工中遇到问题，便会反复钻研，分析原因，并制订解决的方案，然后几个人就在工作室里反复实验。人们经常看到工作室的灯亮到深夜，听到他们探讨问题和机器运转的声音。

随着创新项目的增多，手工绘图改来改去非常麻烦，苏国庆想，要是能用计算机绘图就好了！他自己掏腰包买了笔记本电脑，配齐了相关软件，开始攻关。万事开头难，一切都得靠自己现琢磨。他又购买了书籍、光盘，不断查阅资料，边学边练。无数个通宵达旦的夜晚，无数次废寝忘食的实验，经过对数百个零件的反复绘图练习，苏国庆终于熟练掌握了计算机 3D 绘图软件。以前需要用尺子、圆规、铅笔人工画图，现在只要一台电脑就能设计出与实物尺寸、结构一模一样的 3D 立体零件图。他自己也从每个指令每个操作步骤要一晚上才能搞明白，到现在能够轻松完成工件的绘制，这些都让苏国庆欣喜万分，觉得血液中又增添了无穷无尽的力量。

一流的“匠人”，人品与技术同样重要。有了高尚的人格，路才能走得更远。苏国庆在不断地研习过程中，带动更多的人投身创新实践，使团队整体的创新能力大大提高。他的这种与人为善、无私分享的美好品格完全发自内心。

他把绘图软件推荐给工作室的其他成员，利用业余时间给团队伙伴传授应用方法，还为每人的电脑都安装了计算机 3D 绘图软件，手把手地教给大家。谁有了好建议，改进、验证直接在电脑上完成，节省了技改费用，缩短了研发周期，也少走了许多弯路。

看到工作室的同事在创新上取得成绩，苏国庆打心里为他们高兴，他指着抽油杆动力钳夹紧装置说："这个装置是 2014 年研制成功的，对解决螺杆泵井锥螺纹扭矩抽油杆卸扣困难的问题非常有效，这项成果是巩新国一手组织完成的。巩新国是井下作业高级技师、集团公司竞技能手，这些优秀的技师是创新工作室最宝贵的财富。"苏国庆说自己平常思虑太多，往往延长了战线，巩新国是个果敢干脆、说干就干的人，正好弥补了自己的不足。每次有了新的想法，巩新国与苏国庆商量后，立即着手实施，大大加快了研发的速度。

2011 年，苏国庆被评为厂优秀培训师。为了做好"传帮带"，培养更多的创新人才，他精心制作了《井下打捞工艺与工具》《常用封隔器及桥塞类工具介绍》《井下套、磨铣技术》等 10 余套培训课件，与同事一起编写了操作员工《百问不倒题集》。通过为作业一线员工授课，帮他们提升解决问题的能力，对新分配大学生进行培训，使他们快速融入作业队伍，单独顶岗。几年来，苏国庆带徒弟 30 余人，他严管厚爱，既传技术更带作风，使他们很快成为独当一面的技术能手，苏国庆也成为油田公司高级培训师。

2014 年，这间承载着希望和梦想的工作室在上级的关心下，迁了新址，添了设备，有了更加广阔的舞台。创新团队增加到 20 多名成员，以苏国庆为领军人物，其中有油田公司技能专家 2 名，高级技师 2 名，技师 2 名，工程师 3 名，这些成员都是有着丰富的生产经验并愿意为企业倾力付出的优秀“匠师”。

遇到问题不放弃，这是一种思想的深度。淬炼心性，养成自己，也成就别人。苏国庆和他的团队以执着的“工匠”精神影响着周围的人，采油五厂逐步形成了技术创新的良好氛围。

这个团队带着“在技改中增效，在创新中提高”的价值追求与强烈的敬业精神，开拓了一片新的疆土。他们先后完成了“螺杆泵泄油器”“抗扭杆专用钳牙”“新型内涨式驴头销子”“采油树顶丝快速取出器”“地面管线固定装置”“便携式法兰垫子制作工具”“油田地面管线固定装置”等技改成果 42 项，其中 9 项获国家专利，为企业累计创效数千万元。

2015 年工作室被河北省评为第三届省级创新工作室，授予河北省“工人先锋号”称号，苏国庆也先后被评为河北省“劳动模范”“燕赵楷模”“能工巧匠”等称号。

苏国庆走在星光闪耀的路上，内心却没有自满与膨胀。他和他的团队用发展的眼光看世界，用宽广的胸怀接纳外界传递来的各种信息，在与其他团队交流的过程中，取长补短，吸收好的经验，同时乐于与人分享自己已经成熟的技术。他们提出了“创新团队 + 创新团队”的建议，与其他采油厂的创新团队深入交流，实现了“1+1 ＞ 2”的效果。

名归，载誉后初心不改

人生的修行有喜有忧。苏国庆的这场修行，走进了一个辉煌的阶段。

从井下作业公司到采油五厂，他的岗位没有大的变化。从厂里到公司，再到省里，再到全国五一劳动奖章获得者，他赢了一场又一场。捧着令人艳羡荣誉的苏国庆，一如平常那般微笑，一如平常那般工作，也一如平常那般生活。

父亲苏仕栋看到儿子的成绩，脸上虽然没有笑，但是眼神里流泻出来的光芒还是泄露了他的满足。1977 年，粉碎“四人帮”后，身为指导员的苏仕栋再一次拒绝了领导的好意，将调整工资的机会让给别人，理由竟然是：“组织上已经为我解决了家属的户口问题，又给我弟弟招了工，我怎么能心安理得地享受三喜临门呢？”苏仕栋的不安是骨子里自然而然流露出来的，这就是人们所说的“高风亮节”。无疑，他把这种高尚的人格遗传给了自己的儿子。

苏国庆曾在夜里1点多时，接到修车任务，为了不惊动其他人，他没有让单位派车，而是独自骑上摩托车在黑灯瞎火的乡间水泥路上骑了1个多小时。赶到井场后，他顾不上汗湿衣背，马上就开始工作，经过两个小时的调试，设备终于正常运转。

还有一次，作业六队承担一口高产井的作业施工任务，由于天降大雨，道路泥泞，油管不能进到现场，并且接下来的几天还会持续降雨。苏国庆看到送管车距离井场也就100多米，并不太远，主动建议：“过去大庆人能把钻机靠人拉肩扛搬到井场保生产，我们也不能被大雨难住。来，我们把油管抬进去！不能在我们这儿拖了后腿。”在他的带领下，大家挽起裤腿，踏着泥泞湿滑的土路，人抬肩扛，全身溅满了泥水，终于把每根190斤重的40多根油管抬进井场，为作业施工赢得了时间。

所有的付出，所有的努力，都终将会有结果。但难能可贵的是，苏国庆以一种平和的心态，将一切都保持在最初的样子。

镜头中，苏国庆在井下作业现场，吊臂骤然而止，接着一条大“长胳膊”缓缓伸了下来，他准确地抓吊环、挂吊卡、插吊卡销、上提油管，操作麻利、准确，像是刚劲的舞蹈。

镜头中，苏国庆在给作业工们进行培训，脸上线条自然，手势优美，娴熟的动作集聚着时光给予的凝结，四周是一片崇拜的眼神，那是人们对一名实至名归的“匠师”发自内心的崇敬。

苏国庆没有变，他还是那个对事业满腔热情、对人生充满期待的苏国庆。

人要常怀感恩之心，这是苏国庆常说的话。他感激艰苦工作对他的历练，感激企业给他搭建的成长平台，更感激家庭给了他一个温馨的港湾。

在任丘的父母知道儿子常年忙碌，从不责怪他不能经常回家，长时间不见，打电话也是提醒他要注意身体。妻子李素文是他内心的依靠，李素文和苏国庆一样，多年来在自己电焊工的岗位上默默耕耘，从来没有因为丈夫是劳模而找组织上要照顾。如果说父母是苏国庆前半生的老师，那么此后他最有力的支持者，就是他倾心交付所有的妻子，而李素文也毫无保留地爱着苏国庆所爱的一切。工作再忙，苏国庆也不忘对儿子苏前丞的教育。他教育儿子要做个好人，公司里组织的学雷锋志愿活动，他带儿子一起去；为了让儿子养成动手动脑的好习惯，他和儿子一起“折腾”，把玩具、自行车拆成零件，再一起装起来；鼓励儿子无论将来做什么，都要有责任有担当。

苏国庆有一手好厨艺。不忙时，他照着菜谱能整出一桌大餐，芙蓉虾球、清蒸鲈鱼、麻婆豆腐……吃得母子俩心花怒放。包饺子时看到手动搅拌器切菜慢而不碎，他脑洞大开，竟然利用电钻代替搅拌器的摇把，土洋结合，3 秒钟就能把菜切得粉碎。李素文说他偷懒，他振振有词：“不知道吧，懒是人类创新的原始动力。”

这是所有褪下“劳模明星”的光环后的生活，也是苏国庆最真实的还原。

苏国庆说，他创新的初衷只是为了同事们工作省时省力，从来没想到要获取什么名利，他想要的就是积极地工作、快乐地生活。但也许就是这种单纯的想法、平淡的性格，使他拥有了海一般的胸怀，铁一般的意志。

苏国庆说，他最喜欢别人这样评价他：一个优秀的作业工，一名优秀的石油工匠。

他的征途是星辰大海

彭茜梅

一个人只要有责任、有追求、有梦想，即便他的征途是星辰大海，也能凭借坚定的信念、超常的勇气，抵达胜利的彼岸。

——题记

2021 年 8 月 11 日，是苏尚文人生中最漫长的一天，最紧张的一天，最幸福的一天，也是他和荣盛公司全体员工终生难忘的一天。

这一天，由荣盛公司自主研制的国内首套水下应急封井装置在南海深水海域海试成功。

这一天，我国终于成功填补在深水油气应急装备研制领域的技术空白，进入海洋石油装备制造先进行列。

这一天，苏尚文觉得这些年付出的无尽艰辛和无数白发都是值得的。

这一天，苏尚文和荣盛公司等了太久、太久。

十年饮冰，难凉热血。没有人比苏尚文更清楚，这套重达 130 多吨的水下应急封井装置，凝结着多少科研人员的心血。从 2008 年开始自主研发水下防喷器组及控制系统，10 多年来，他们背负着国家的使命，承载着巨大的压力，遭遇了数不清的挫折，支撑他们走到最后的，是奉献祖国海洋石油勘探事业的信念，是打破国外技术垄断的决心。

一向沉稳内敛的苏尚文难以克制自己的情绪，任凭眼泪湿润了眼眶。他思绪万千，想到了 2008 年公司面临经济寒冬时的艰难，想到了 2002 年重组改制时的彷徨，想到了 1991 年参加工作时的踌躇满志，甚至想到了儿时制作的用橡皮筋做动力的小车……

二

有人曾说过这样的话，把苏尚文放进人堆里，人们肯定最后才会关注到他，因为他太普通了。但就是这样的一个普通人，却创造了令人惊叹的成绩，书写了精彩的人生。

采访苏尚文是一件很难的事，他每天都有大量的工作要处理，无法抽出完整的时间与记者交流，我只能利用其他渠道尽可能多地掌握他的信息。通过翻阅事迹材料，我了解到他是全国五一劳动奖章获得者，是沧州市“十佳经济领军人物”；通过采访荣盛公司科技人员，我了解到他是我国石油井控领域的重量级专家，是荣盛防喷器成长为全球知名品牌的技术奠基人之一；通过和他爱人的多次交谈，我了解到他是一个为了机械制造事业可以放弃一切的梦想家，是一个“不称职”的丈夫、“不合格”的父亲、“不孝顺”的儿子。所有这些信息在我心中形成了一个难以自洽的矛盾体，很难与印象中那个气质儒雅、神情淡然的苏尚文统一起来。可采访者的真诚表达和真情流露使我不得不相信，这就是苏尚文，一个外表普通但胸怀星辰大海的汉子。

1968 年，苏尚文出生在内蒙古自治区包头市固阳县，与内蒙古高原的其他地方不同，这里丘陵遍布，十分贫瘠。一年中，无霜期很短，当地人赖以活命的小麦、土豆、莜麦，常常是种一葫芦打一瓢。由于粮食不够吃，早年苏尚文的父母为养活他和他的两个哥哥及两个姐姐，经常从地里挖些野菜、采些草籽来吃。作为家中最小的孩子，苏尚文从来没有得到父母特殊的照顾，贫苦的生活自然不会给苏尚文带来富足的童年，但却教会了他生活，让他懂得了生命的珍贵和不易。

在大人们的眼中，苏尚文是个懂事的孩子，从来不用家长操心，但也是个“奇怪”的孩子，总是有很多天马行空的想法，提出的问题经常让大人们张口结舌。很小的时候，苏尚文就梦想发明一种能自动种出大米和小麦的机器，让包括父母在内的天下穷苦人不用辛勤劳作，就能轻轻松松地吃饱饭。为此，他甚至利用哥哥组装自行车剩下的螺钉、螺帽和其他小部件，设计了一辆用橡皮筋做动力的小车。

近乎幼稚的梦想，使苏尚文从小就产生了强烈的求知欲，他相信只有学习才是他成就梦想的渠道，从小学到中学，他的成绩一直是学校同年级中最优秀的。随着知识的增长，他的梦想也越来越实际，对机械制造也越来越痴迷，小小年纪就已经选定了人生的奋斗方向。

1987 年高考，苏尚文以高出录取分数线 61 分的成绩夺得固阳县的高考状元。凭借如此好的成绩，苏尚文完全可以选择一所让人羡慕的大学，但报志愿时，他却一眼看中了大庆石油学院机械制造工艺与设备专业，“机械制造”四个字，牢牢抓住了他的心。

1991 年 7 月，苏尚文完成大学学业，被正式分配到华北石油管理局第二机械厂（后改制更名为河北华北石油荣盛机械制造有限公司），成为一名石油人，正式与石油机械制造结缘。从此，苏尚文有了真正施展抱负的舞台。

二

多年后，苏尚文依然会清晰记得 1992 年第一次见到防喷器时的情形，他被眼前这个庞大的机械设备迷住了，虽然它只是安安静静地待在车间里，但却散发出沉静的力量，苏尚文有一种奇妙的感觉，那是一种莫名的亲切感。

当时，苏尚文只知道防喷器是在钻井过程中发生井喷时紧急封闭井口、保护人身和钻井设备的一种安全装置，对其他方面一无所知。但他敏感地意识到，随着国家对安全生产越来越重视，“安全责任大于天”的理念越来越深入人心，防喷器研究制造一定是一项很有前途、对保护人民生命财产安全和保障国家石油工业发展有着巨大助益的事业。

于是，苏尚文开始研究防喷器的机理与构造，参与试制新型防喷器，很快成为二机厂防喷器研发团队的新生力量。1993 年 11 月，他们试制成功了二机厂发展史上科技含量最高、制造难度最大的一台防喷器——F23–70 防喷器。接下来，苏尚文和同事们乘胜进击，于 1997 年研制成功第一台大通径 F35–70 防喷器组。

接连的成功并没有让苏尚文心满意足、停滞不前，经过几年的刻苦钻研，他已经成为防喷器研发领域的专家，对国内外防喷器前沿技术和销售市场都了如指掌。他清醒地知道，这些成绩对二机厂来说是突破性的，在一定程度上，甚至能改变企业的发展战略，但放在全国范围内来看，不论是生产规模还是技术含量，他们都还是在初级阶段。如果和英国的卡麦隆、美国的歇福尔这些国际公司的产品相比，那简直不值一提，我国高压力、高规格等级的防喷器仍然依赖进口！

时光转眼间进入 1998 年。这一年，崛起的国内石油勘探公司开始大举进入海外市场，许多钻井公司纷纷实施井控设备配套升级，一时间造成防喷器市场需求强劲。瞅准机会，二机厂接连捕获到几个需要大通径 F35–70 防喷器组的信息，每笔订单都在百万元以上。

可是，当具体洽谈时，甲方无一例外地都提出这样一个问题："你们的防喷器带剪切闸板吗？"

"没有？那太遗憾了！"

眼看着煮熟的鸭子一个个又飞走了，苏尚文心情痛苦到了极点。作为一名专业研究制造防喷器的中国工程师，制造不出高性能的国产防喷器，本国的高端市场被国外产品所垄断，这简直就是一种耻辱！

一个人心有多大，舞台就有多大。只是沉浸于已经取得的成绩，紧盯着眼前的企业内部市场，永远不会创造出真正的民族品牌。要想不受制于人，就必须走出舒适圈，勇敢地面对市场大潮，外国人能做到的，中国人一定也能做到，而且能做得更好！苏尚文暗下决心，一定要通过自己的双手研制出高性能的国产防喷器。

知易行难。当苏尚文 1999 年真的挂帅研制国产第一台带剪切功能的防喷器组时，他真正体会到这句话的含义。剪切闸板是井喷过程中，在所有防喷措施全部失控的情况下，能强行切断钻杆，实现对井口彻底封闭的一种特殊组件。当时，他可借鉴的资料，就是厂档案室里保存的一张模糊不清的样板图片，对剪切闸板的材料组分、机械性能、结构设计等关键要素一无所知。

苏尚文说，在研制剪切闸板的过程中，遇到的第一个难题，就是如何在现有的防喷器组上，通过合理的结构设计，巧妙地使其成为防喷器的一部分，而不影响其他功能的发挥。

当苏尚文试着在国产 F35-70 防喷器组上增装剪切闸板时，却发现他们生产的防喷器与国外同类型产品在结构上差别很大，按照那张模糊图片试制出来的剪切闸板样机，因为“洋血统”太浓，根本无法匹配。

如何才能解决二者的兼容问题？苏尚文苦思冥想，常常整天守在 F35-70 防喷器的旁边，边琢磨边重新对结构图进行修改，等修改完了，赶紧制成新样机，再试着在防喷器上安装。一次次尝试，一次次失败，苏尚文承受着常人难以想象的煎熬，但强烈的责任感和使命感，使他义无反顾地坚持着。那段时间，同事们都说苏尚文有些魔怔了，好几次，他人都入睡了，突然来了灵感，又赶紧起床到办公室修改图纸。

经过数十次图纸修改、样机试制、防喷器拆卸，终于，适合国产防喷器配装的第一副剪切闸板的结构样式定型了。接下来便是对国产剪切闸板剪切力的计算，这是一项更加复杂而艰巨的工作。业内人士都知道，能否对剪切闸板的剪切力进行精准计算，直接影响到剪切闸板材质的选择和防喷器结构尺寸的大小，否则就得通过反复的试验来确定，那将大大增加研制成本，延长研发周期，因此，必须先推导出一个能够精准计算剪切力的公式。

要推导出这样一个公式，第一要做的就是了解和掌握被剪钻杆在被剪切过程中，所发生的变形、剪切点开始状况以及后继的变化情况。由于当时二机厂没有远程监控设备，要掌握这些情况，每次防喷器启动，苏尚文都要对剪切过程进行近距离观察。这是一项非常危险的工作，防喷器启动后将产生巨大的剪切力，坚硬的钻杆会被轻松剪断，这过程中存在极大的不确定性，任何疏漏都会产生严重的后果。苏尚文当然知道近距离观察的危险性，但为了了解现场真实情况，他必须这样做。

有一次，苏尚文正趴在防喷器上低头观察剪切结果，突然，剪断的钻杆从防喷器中像利箭般猛然弹出，幸亏苏尚文随时保持警惕，发现异常及时闪开，如果是反应再慢一点儿，哪怕就一两秒的工夫，弹出的钻杆就会击中苏尚文的脑门。苏尚文当时惊出一身冷汗，那电光石火的一刹那，他顾不上有任何想法，可事情发生后，他却一阵后怕，半天才缓过神了。

几个月过后，苏尚文终于掌握了剪切闸板在剪断钻杆过程中的详细参数。接下来，他结合这些参数对剪切力的计算公式，又进行了数千次的反复演算和修正，并终于赶在年底前将其公之于世。应用这一计算公式，苏尚文对新研制的剪切闸板进行了多次计算，得到的剪切力与实测结果误差都在 20% 以内，远远低于国外防喷器制造商所允许的 50% 误差率。

功夫不负苦心人。苏尚文的辛勤付出，换来的是丰厚的回报。2000 年年底，国产第一副剪切闸板终于在二机厂 F35−70 防喷器组上兼容成功。随后通过的部级鉴定认为：该产品填补了我国带剪切功能的防喷器空白，它的问世解决了国内钻机配套出口和国产化的关键技术难题。

苏尚文终于迈出了成功的第一步！

三

2000年是苏尚文人生中的一个重要年份，除了在防喷器研发上取得了突破性成绩，这一年的另外一个事件也使他更加坚定了自己选择的奋斗方向。

这一年，华北油田出台了关于有偿解除劳动关系的政策，苏尚文的一些同事出于各种考虑填表报名。作为国内知名的防喷器研发领域专家，苏尚文如果与企业解除劳动关系，就成了自由身，也一定会成为各家企业高薪争夺的“香饽饽”。他的同学有的去了国外，有的在国内知名大公司干得风生水起，他们也劝苏尚文借着这项政策离开华北、另谋高就。此前，也早有一些公司看中了苏尚文的技术，向他抛出“橄榄枝”。离开华北，就能拿到多出几倍的高薪，还有房子和其他优厚待遇，但他割舍不了对二机厂的感情。10年来，他已经把华北当成了第二个家乡，这里培养了他，成就了他，对华北油田，对二机厂，他始终怀着感恩之情，更有一种深深的眷恋，他愿意在这里拼搏奋斗，在这里追求梦想。

2002年，华北油田改革调整，二机厂整体带资分流，更名为河北华北石油荣盛机械制造有限公司，员工拿75%的股份，华北石油管理局占25%的股份。改制后的荣盛，人人是股东，员工和单位捆得更紧了、更牢了。同时，他们也脱离了“母体”，真正进入了市场，就像一艘在大海中航行的小船，随时都有被浪头打翻的可能，要想生存，必须齐心协力，将小船打造成航母。

干成事、干大事，必须有一种狠劲、一种韧劲。事实上，荣盛今天的发展也充分验证了这一点。苏尚文似乎将自己变成了一台无须加油的永动机，他一方面研究市场需求，一方面把握国际最新技术发展动态，努力把国产防喷器的研制做到与市场同步，与国际最前沿的技术发展同步。几年间，他先后任荣盛公司技术开发部防喷器设计室主任、部长助理、副部长、部长，每一次职位的变迁都使他增加了一份责任和动力，他带领科研团队，以每年研发一到两项新产品的速度，先后完成了 2FZ54−35 防喷器组、F35−35 27/8−5 变径闸板防喷器、F28−105 防喷器组、大通径 F43−35 防喷器组、小通径 FH18−35 剪切闸板防喷器、F35−105 超高压防喷器组、F28−140 高抗硫超高压防喷器组和 FX35−10.5/21 旋转防喷器等数十项新产品研制和定型。

时至今日，荣盛公司科研人员仍然记得苏尚文带领团队研制国产变径闸板的艰辛历程。

以前，国内企业生产的变径闸板防喷器变径范围一直局限在 12.7 毫米以内，质量也不稳定，不少国内钻井公司在投标海外石油钻探工程时，只能选择国外产品，大大增加了生产成本。

2002 年，苏尚文开始负责研制国产大宽度变径闸板防喷器。接受任务后，他一头扎进了公司办公室，整整 3 年时间，除了吃饭睡觉，他每天就是在计算机上不断模拟研究，探索变径闸板所用橡胶密封圈的变形率和规律，一次又一次对变径闸板的结构、橡胶密封圈与变径闸板骨架间的关系参数进行修正调整。3 年后，苏尚文带领团队终于攻克了国产变径闸板防喷器关键技术，完成了 F35−70 2 7/8 英寸 ~ 5 英寸和 4 1/2 英寸 ~ 7 英寸两种规格的大范围国产变径闸板防喷器。此时，大家惊讶地发现，年仅 37 岁的苏尚文，头发已经白了近一半了，小区里的孩子有的甚至叫他“爷爷”。

数年心血，半头白发，换来的是荣盛防喷器的系列化、规模化发展。荣盛公司生产的陆地作业和钻井防喷器，在产品规格型号、压力等级上，实现了由 3.5 兆帕到 140 兆帕，通径范围从 65 毫米到 760 毫米的无缝隙覆盖，年销售收入占到了全公司的 60%，利润占到 80%。更重要的是，为我国减少国外防喷器进口发挥了至关重要的作用。其中，国产变径闸板防喷器已经成为荣盛公司与国际同行一较高下的“杀手锏”。F35−105 超高压防喷器组在通过部级鉴定后，在一年内就为我国减少外汇支出近千万美元。F35-105是当时国内所能制造的最高压力等级的防喷器产品，此前进口一台同类型防喷器价格高达450万美元，而荣盛公司的产品只要500多万元人民币。不仅如此，他们的产品在功能和性能上完全可以与国外产品一较高下，为我国的石油开采提供了可靠保障。2006年12月，国内一口井发生特大天然气溢流，荣盛公司生产的防喷器在无阻流量每日井喷约200万立方米的巨大压力下，成功封井13天，为抢险指挥部实施3次压封井赢得了宝贵时间，避免了一起特大井喷事故。

四

在生活上，苏尚文是个非常容易满足的人，对吃穿从不在意，可在事业上，他却是“得寸进尺”，永远有“不切实际”的目标。

从荣盛公司的经营数据可以看出，多年来，由苏尚文参与研制和主研的防喷器生产与销售持续向好，即便是在国际性金融危机爆发的艰难时期，在国内各石油勘探公司工作量大幅减少的情况下，其防喷器产品仍然在国内市场上保持了80%以上的压倒性占有率。这是一个让所有厂家眼红的成绩，然而，苏尚文却并不满意，他坚定地认为，与强者竞争，才能真正成为强者。荣盛防喷器不仅要做到中国最好，还必须在国际市场上占有一席之地，做成享誉全球的民族品牌，让全世界有石油勘探的地方就有带着HBRS标记的中国防喷器！

从苏尚文出任荣盛公司技术开发部防喷器设计室主任开始，他就在持续搞好新型防喷器设计、研发的同时，主动担负起了海外销售技术谈判和售后技术指导、技术咨询等重任。那些年，苏尚文每年有四五个月的时间用在跑市场和售后服务。

在苏尚文和同事们的努力下，荣盛公司设计生产的防喷器，不但成功打入包括俄罗斯、哈萨克斯坦、沙特、墨西哥、苏丹在内的多个重要产油国和产油区，而且成功将国产防喷器销售到国际知名防喷器制造商卡麦隆公司的老家——英国，并且首批合同量就是 30 套 F18−35 防喷器，这是国产防喷器第一次成批量出口美国。荣盛防喷器真正成了享誉世界的“民族品牌”，被业内人士誉为“华夏之光”。

2020 年 11 月，美国将中国海洋石油服务股份有限公司列入中美贸易“黑名单”，意在遏制我国海洋石油开发。但在 10 多年前，苏尚文已经带领荣盛公司走上了深海井控装备国产化之路。

2008 年以来，荣盛公司开始自主研发水下防喷器组及控制系统，到 2013 年企业投资 5400 万元打造海洋深水钻井井控装备制造项目，先后承担了国家科技部、发改委的 5 个国家级重大科技项目，逐步形成了先发优势。10 多年来，在被国外垄断的海洋石油装置领域，苏尚文和同事们以十年磨一剑的坚韧，相继攻克了防喷器主机制造、控制系统研制、系统检测等 30 多项关键技术难题，取得了近 20 项创新性成果，在主体制造和深水控制等方面均取得了重大突破。2012 年 6 月，他们承担的国家“863 计划”重大课题“3000 米深水防喷器组及控制系统研制”顺利通过了国家科技部专家组验收，并在北京第 13 届国际石油石化装备展览会上被评选为展览会唯一创新金奖产品。华北荣盛 3000 米水下防喷器的研制成功，填补了国内空白，提升了我国海洋石油勘探水下设备的国际竞争力。当得知中国已研制出水下防喷器后，国外防喷器企业将产品价格大幅下调，这也是华北荣盛打破国外垄断的最好例证。

2017 年，荣盛公司又承担了国家重点研发计划项目课题“水下应急封井装置及其配套工艺技术”。水下应急封井装置是海洋油气开采重大安全事故防控的关键核心设备，可在发生溢油时封闭事故井，保证人员、设备安全，避免污染海洋环境。当时我国已有 10 余座半潜式钻井平台，主要作业区域在南海，每年钻井数十口。由于国内没有自己的水下应急封井装置，一旦发生井喷失控，协调国外装置时间长、费用高，会因抢险不及时造成重大溢油污染事故。因此，研制国产水下应急封井装置，不仅可打破国外技术垄断，提升国内海洋油气井喷事故抢险能力，保障我国海洋环境和油气资源安全，同时，突破水下封井装置系统设计和制造测试工艺技术壁垒，也对推动我国高端装备制造具有重要意义。从项目立项，荣盛就举全公司之力开展技术攻坚，潜心打造中国海洋石油勘探的最后一把“安全锁”。在国外对关键核心技术严厉封锁的情况下，苏尚文带领团队夜以继日、废寝忘食，将全部身心都扑在科研上，攻克了一个个难关。他们按照国际上最严格的标准规范，应用流体动力学、海洋环境载荷等分析技术，先后完成了设计制造、出厂试验和浅水海试，工作水深达3000米。

2021年8月11日，由荣盛公司研发制造的水下应急封井装置在南海深水海域海试成功，成为我国海洋能源安全领域的“国之重器”。苏尚文，终于实现了多年的梦想，华北荣盛跻身世界石油机械制造行业知名公司的愿景，也终于在公司全体员工的共同努力下成为现实。

十年一剑图破壁，国之重器定海针。

青丝白发终不悔，拳拳一片报国心。

五

从1991年参加工作至今，30多年来，苏尚文与荣盛经历风雨、荣辱与共。他见证了荣盛从一个区域性小企业成长为全球最大的陆地防喷器制造公司，并为之付出了青春年华和艰辛努力，有几次差点付出了生命的代价。

1998年3月，印度尼西亚的一家井下作业公司购进了一批由荣盛公司生产的井下作业防喷器。这批井下防喷器是苏尚文和他领导的科研团队刚研发的新产品，甲方在购买产品时，将现场设备安装指导和操作工人培训作为一项重要条款写进合同。苏尚文考虑到这是公司第一次将防喷器打入印度尼西亚，应用效果将直接关系到后续市场开发，便主动请缨担任随行技术指导。

尽管饱受东南亚炎热潮湿气候和水土不服的双重折磨，但现场安装和员工培训还算顺利。然而，让人没想到是，待他5月中旬准备启程回国时，却遭遇了大麻烦。亚洲金融风暴引发的印度尼西亚少数暴徒排华事件进一步升级，当地有大量华人财物被抢、被烧，许多人惨死于暴乱。当搭载着苏尚文的航班于苏门答腊飞抵雅加达时，他和另外3名同事无法进城，只能暂时躲进了机场附近的一家旅店里。此时，苏尚文和同事最紧要的是拿到回国的机票、护照和行李，但护照和行李在赴苏门答腊岛之前被悉数寄存在了中国石油驻雅加达的一家办事处，同样，买好了的4张回国机票，在办事处也一时送不出来。

苏尚文后来回忆说，那一天，透过旅店窗户，他看着暴乱分子打、砸、抢、烧留下的断壁残垣和燃烧的华人商铺，听着暴乱分子叽里呱啦的狂妄叫嚣，感到了无比的愤怒和空前的无助。他不知道自己能不能躲过这场劫难，不知道能不能回到祖国，不知道能不能再见到家人。他真想给妻子打个电话，和她说说心里话，告诉她这些年来自己对家庭的愧疚和对她的感激，可他又担心这样会让家人担心，真希望妻子这些天没有看新闻，不知道这边的紧张局面，不要为他揪心。

正当苏尚文和同事陷入空前绝望的时候，一个友好的印度尼西亚当地人受办事处的委托将他们回国的机票送了过来。后来，一家与中国企业有业务往来的印度尼西亚公司，派人悄悄开车抄小路将他们送上回国的飞机。当晚9点，他们乘坐的班机降落在新加坡机场，一出海关，就见到前来接机的中国石油技术开发公司的同志，直到这时，大家那颗惊恐未定的心才算落地，庆幸之余，大家竟相拥而泣。

对于这段带有传奇色彩的生死经历，苏尚文很少提起，出国跑市场，就要做好各方面的心理准备，这些年他遇到过太多的事情，每一个海外市场的开拓都要付出常人难以想象的艰辛与代价。与印度尼西亚暴乱相比，

10年后的一次经历更让苏尚文刻骨铭心。

2008年6月，俄罗斯在莫斯科举办大型国际石油化工展览会。对于荣盛来说，这是一次在国际上展示产品和形象的难得机会，公司不但事先租赁了专门的场地展示防喷器系列产品，而且还派出了以苏尚文为首的4名专家负责产品的现场讲解。整个参展过程异常紧张和辛苦，尽管如此，苏尚文和同事依然利用空隙时间到莫斯科不远处的一座小城，回访了一家正使用荣盛防喷器的石油勘探公司。

然而，让人没想到的是，当苏尚文再从这座小城重返莫斯科时，一场突如其来的灾难发生了。他们乘坐的图154航班的右发动机在加速起飞的过程中，突然起火发生了爆炸，爆炸产生的碎片，一块打在了机翼上，一块打在机身上，还有一块就打在了离飞机油箱仅有几厘米的地方。发生爆炸的那一瞬间，苏尚文就坐在右发动机稍后一点儿的座位上，透过飞机的舷窗，他清楚地看到发动机起火爆炸的全过程。庆幸的是当时飞机没有飞起来，碎片没有正中飞机的油箱，不然，他们也就成为异国他乡的孤魂野鬼了。

苏尚文回忆说，飞机在那一刻实施了紧急制动，停下时，机舱里是死一般的寂静，惊魂未定的乘客半天都没有回过神来。这一次真是死里逃生。那一夜，当他们重新换乘班机回到莫斯科，大家破例在饭馆喝了度数极高的“伏特加”，每个人都有一种劫后余生的感觉。

苏尚文在讲述这些鲜为人知的故事时，脸上显得很平静，他认为到海外闯市场原本就该承担意想不到的风险，只是让家人为他担惊受怕，他充满了内疚。多年来，苏尚文总觉得对不起妻子、女儿、母亲和岳母，她们给了自己最大的理解和支持，可他为家庭做得实在是太少了。他一直潜心研制国产防喷器，家里的所有事情，小到买米买面、辅导女儿，大到装修房子、购买家具，全都落在了妻子身上。他的老母亲一辈子含辛茹苦，宁可自己挖野菜、吃草籽，也要让苏尚文上大学，是他永远的精神港湾，可

2009年母亲因患脑血栓瘫痪在床后，他因工作太忙，每年只能回一趟家伺候母亲几天，其他时间全靠哥嫂照料。岳母看他忙得顾不上照顾家人，索性把自家的大房子腾出来，让他们一家三口住，还每天帮他们做饭、洗衣、带孩子。然而，2008年8月，老人患内分泌癌住院抢救，他却远在新疆塔里木油田为用户提供防喷器售后服务，当他匆匆赶回来时，岳母已经上了呼吸机，进入弥留之际……

苏尚文和同事们的付出，换来了丰厚的市场回报。经过多年打拼，荣盛公司已经成长为“隐形冠军”和“驰名商标”企业，主打产品陆地防喷器产销量全球领先，不仅遍销国内，还出口到北美、中东等全球主要产油区域的50多个国家，累计销售防喷器2万多台，实现了国产陆地防喷器从小到大、从弱到强的民族品牌振兴。荣盛公司与沧州地区80多家制造加工厂、60多家供应商保持业务关系，年发生业务量约2亿元，带动了沧州市一批中小企业的共同发展。荣盛公司被评为河北省出口名牌企业、河北省质量效益型企业、河北省战略性新兴产业百家领军企业、河北省制造业单项冠军企业。

数十年沧桑风雨，站潮头击水中流。如今的荣盛公司已在市场大潮中久经磨砺，在一次次大战大考中凭借顽强意志和持续创新逐步发展壮大，成为改变全球防喷器行业版图的“中国力量”。梦在前方，路在脚下。苏尚文和荣盛向着更广阔的天地扬帆远航！

开启智能

杨爱萍

人物小传

李鑫，男，1962年8月出生，河南嵩县人。曾获集团公司优秀共产党员、油田公司劳动模范标兵、华北油田十佳职业道德模范等荣誉称号。2014年被评为河北省劳动模范，时任采油工程研究院副总工程师兼自动化工程设计研究室主任。

一

李鑫是华北油田第一批从事自动化专业的人，他和自动化技术结缘于1978年，那年刚满16岁的他从大港技校毕业，被分配到刚刚组建的油田自动化工程设计室，一干就是40多年。

李鑫从小对电子设备有着浓厚的兴趣，初中的时候，他用父母给的早餐钱买来矿石、探针、检波器等各类材料，给自己设计组装了一台矿石收音机。当第一次通过自己组装的“作品”收听到广播，那种新鲜、兴奋中还夹杂着自豪的成就感，相隔多年他依然记忆犹新。从那时候起，李鑫对电子元器件着了迷，当别的同学捧着连环画、小说津津有味阅读时，他则沉醉在各类电路图和电子产品中，把家中能拆的小电器都偷偷拆开研究了个遍，练就了组装各种小电器的手艺。

走上工作岗位，能从事自己爱好的专业，李鑫格外珍惜。为了弥补自己缺乏专业培训的短板，他在 1980 年通过自学考入了固安职工大学自动化专业，用 4 年的时间脱产学习自动化理论知识。在校期间，李鑫在丰富专业知识储备的同时，大大开阔了自己的眼界，对自动化技术在油田开发中的应用和发展有了更加宏观的认识和更深层次的思考，并围绕华北油田生产开展了课题研究。1984 年李鑫大专毕业后重返岗位，很快凭借出色的专业能力成为骨干技术人员。

20 世纪 80 年代初期，华北油田自动化建设还处于起步阶段，加上国内技术发展相对滞后，有的领域自动化系统运用几乎为空白，缺乏可借鉴的经验，许多项目从方案设计到核心技术、设备都需要从国外引进，投入成本大，后期设备的运维费用很高。在这样的形势下，油田初期的自动化建设大多采用“两条腿走路”模式，一方面引进国外先进自动化技术和设备设施，一方面组织自己的技术力量，加快科研攻关。李鑫曾经多次参与和国外公司的谈判合作，看到对方的先进理念和技术对油田生产方式、管理体制所带来的升级转变，对比油田在技术、理念方面存在的差距，再算一算经济账，内心受到极大的震撼，他清醒地认识到，自动化技术应用是油田发展的技术支撑，技术落后就会处处受制于人，自立自强才是根本，必须得加快步伐、迎头赶上。李鑫从那时候起心里就憋着一股劲儿：“都是研究自动化技术，别人能做到的，我们也一定能！”

起点低、差距大、资金少、设备缺乏、人员不足，面对一个个现实困难，李鑫和同事们从零开始，发扬艰苦创业精神，边学习、边探索、边实践、边完善，抓住对外合作的机会，拜能者为师，潜心学艺。通过持续学习，他们逐渐增强了自主研发能力，并在实践中不断摸索形成适应华北油田实际的自动化管理技术。从单井到区块，从单个系统到整体规模建设，几十年里，李鑫率领着自动化室出色地完成了 20 余个自动化系统的设计和施工，涉及 70 余个油田区块、3100 多口单井和 43 座计量站、8 座联合（接转）站，为华北油田规模推广自动化技术打下了坚实基础，使华北油田的集群远程自动化监控系统具备国际前沿技术水平，成为石油企业自动化技术应用的成功范例。李鑫也从一名普通的技术人员，一步一步成长为自动化领域里的专家，他个人获得6项省部级、16项公司级科技进步奖。他带领的自动化工程设计研究室先后获集团公司先进科技工作集体、先进基层党组织、油田公司“红旗单位”等称号。

李鑫是华北油田自动化领域当之无愧的开拓者、领头雁，可他总是谦虚地说：“我只是一个过河卒，不能后退，只会向着目标一步一步往前拱。”

二

李鑫40余年的职业生涯中，有三分之一的时间与位于内蒙古锡林郭勒大草原的二连油田息息相关。从1988年二连油田投入规模开发开始，到2015年建成华北油田智慧油田示范基地，李鑫无数次奔波在草原上，而他最难忘的还是在阿尔采油作业区工作的日子。

阿尔采油作业区位于内蒙古自治区锡林郭勒盟东乌珠穆沁旗境内，是华北油田最北部的一个采油作业区，管理着一座联合站、一座接转站、4座输油站、400余口油水井和一条157.18千米的输油管道。这里地处偏远，社会依托差，冬季长达半年之久，最低温度接近零下40摄氏度。为彻底改变阿尔作业区员工工作量大、劳动强度高的状况，2010年，油田公司将阿尔采油作业区作为井站数字化管理的示范点，由自动化工程设计研究室承担作业区自动化系统设计、施工任务。

李鑫曾经去过阿尔作业区，了解那里的环境，为了保障项目能够高效完成，他独自一人提前1个月来到阿尔油田，驻扎在最远的站里开展项目前期的实地勘测和筹备工作。小站远离阿尔作业区生活基地，四周除了抽油机、输油线，便是一望无际的草原，站内所有的生活物资包括日常用水都要依靠车辆定期运送上来，遇到暴雨或风雪等恶劣天气，小站就会面临断水断粮的困境。李鑫来到小站不久，便遇到了交通中断，后勤保障无法及时供应，所幸站内的米面粮油都很充足，只是水的储备不充裕，仅能保障日常做饭和饮用。李鑫干脆将洗漱转换为“干搓”模式，早上起来用干毛巾抹一把脸就投入工作中。虽然生活条件艰苦，但李鑫干起工作像是上满了发条，他跑遍每一个井场，了解每一个流程，每日忙着看现场、画图纸，胡子都顾不上刮，1 个月下来络腮胡子长得老长，站上员工都亲切地喊他“大胡子老李”。道路修通后，赶来对接工作的同事们看到这个胡子拉碴、头发老长的“野人”，差点都认不出他来。

在阿尔作业区驻站的日子，李鑫亲身体验了恶劣环境所带来的不便与艰难，也目睹了一线员工的坚守与付出，他被二连员工身上那种“只有边远的草原，没有荒凉的人生”的精神所感动，也深刻感受到自己肩负责任的重大，他说：“自动化建设的根本是让员工受益，让管理更加科学，任何时候都不能忘了这个根本”。他将这份感同身受融入自动化方案设计里，带入对施工质量的把控中，力求将每个程序、每个细节做到极致和完美，最大限度发挥信息化作用，尽早实现边远站点无人值守的生产管理模式。

草原的冬季是最难熬的季节，除了零下几十摄氏度的严寒，还常伴随着肆虐的“白毛风”和暴雪袭击。为了让自动化系统早日投产，李鑫和他的团队丝毫没有受到严寒的阻碍，哪里有需要，他们就第一时间赶过去。

一次，李鑫和 3 名同事要到现场进行设备维修，路上遭遇了突如其来的雪尘暴，车辆被风雪逼停在路边。当风势减弱后他们发现，暴雪已经将前方的道路淹没，积雪足足有半尺厚，四处白茫茫一片，根本看不到前行的道路，东西不辨，南北不分。看不到路，等于被困在了这里，如果等待救援车辆过来铲雪开道，至少还需要几个小时，多耽误 1 小时，设备运行就延迟 1 小时，而且谁也不清楚天黑后雪尘暴会不会再度卷土重来。

是继续前进？还是原地等待救援？

当李鑫得知车里备有几把铁锹后，他果断决定，要在天黑前争分夺秒铲出一条路，尽快到达维修地点，尽快恢复生产。李鑫裹紧棉衣毫不犹豫地跳下车，挥舞起铁锹在车前铲雪开路，同事们见状也纷纷加入进来，让车辆缓缓跟在后面慢慢推进。经过将近3个小时的奋战，在夜幕降临前他们终于到达了维修现场，而此刻李鑫的手也几乎握不住铁锹把，隔着手套磨出的血泡钻心的疼痛，棉帽之外的发梢都挂着汗水结成的冰凌，积雪浸透了他们的棉鞋，贴身内衣更是被汗水湿透了，贴在皮肤上冰凉刺骨。李鑫和同事们顾不上取暖和休息，赶快搬下仪器进行设备更换和维修，在最短时间内恢复了正常生产。

继阿尔作业区之后，李鑫带领团队又先后完成了二连油田蒙古林、宝力格两个智慧油田示范区和锡林调度中心建设，二连油田实现了“无人值守、全天监控、组织运维、重点巡视、安全平稳、层级简化”的高寒地区油田管理新模式，成为华北油田智慧油田建设示范基地。

三

李鑫身上有一种特殊魅力，无论走到哪里，他都能很快和生产一线的员工打成一片、融为一体，项目建设中，他总是那个最受大伙儿欢迎的人。就拿采油五厂自动化建设项目来说吧，从2000年项目启动到2008年竣工，8年中，李鑫每年三分之二的时间里都驻扎在生产一线，和员工们朝夕相处同吃同住，结下了深厚的情谊。而最让大家认可的，是李鑫与五厂同呼吸、共命运的责任意识和敬业精神，员工们自发授予李鑫采油五厂“名誉员工”的光荣称号。

回顾这8年的建设历程，李鑫开玩笑说如同经历了一场8年的战争，而且是一场必须打赢、必须打得漂漂亮亮的攻坚战。当时，随着滚动勘探开发的持续深入，采油五厂的原油产量由1996年的27万吨上升到2000年的43万吨，与之矛盾的是，在经历过企业的两次重组改制后，在职员工由2378人锐减到1119人。同时，新老区块交错，点多面广线长且井站分散、村屯密集的外部环境，使油田开发和油区综合治理难度加大，存在人员紧张、本质安全难以保障等问题，生产自动化成为解决这些现实难题的最有效途径。油田公司决定要以采油五厂为自动化建设试点，集中资金和资源，着力打造全新的油田生产管理模式，为下步全面铺开冀中油田自动化建设树立一个标杆。

接到任务的第一天，李鑫和团队就迅速进入“备战”状态，全力投入方案研究中。按照公司的要求，结合采油五厂实际情况，他们明确“功能实用、性能可靠、低投入、高效能”的思路，项目实施采取由点到面、逐步逐年扩大的模式，优选晋 40 和赵 86 断块的部分井站作为“突破口”，从生产过程数据采集和故障监测的单一生产自动化系统入手，一面加快自动化软硬件的配套完善，一面推进生产运行模式、岗位设置的同步优化升级。

为确保项目建设质量，李鑫大部分时间都驻扎在生产现场，第一时间协调队伍、解决问题、收集数据、调整设备，晴天一身土，雨天一身泥，吃住就地凑合，遇到野外作业时，车辆就是他移动的办公室、餐车和休息室。工作空隙里，李鑫也闲不住，他总是到附近的井站转转，主动给员工们普及一下自动化概念，讲解一下设备操作，帮着大家一起打扫卫生、保养设备，很快就和各个站点的员工们成了朋友。有他的地方总是充满欢声笑语，散发着蓬勃活力，他也成了采油五厂一名“荣誉员工”，每到一处都有人亲热地喊他“李工”。

自动化施工中，设备现场调试工作最辛苦、也最熬人，少则几个小时，多则数天，期间人不离机、机不离人，每次调试现场都少不了李鑫的身影。

李鑫印象最深刻的一次，是在泽 10 断块进行单井监控系统的现场调试，他一直守在设备旁，实在困了就到车里趴在椅背上打个盹，最忙的时候一天只吃了一顿饭，和他一起调试设备的厂家工作人员也不好意思独自跑去吃饭，有次饿到晚上 8 点多，小伙子实在顶不住了，便悄悄跑到附近的采油站里，找值班员工要了些饼干拿回来当晚饭。就这样，连续奋战了四天三夜，终于把设备调整到最佳运行状态。

看着李鑫熬红的眼睛，厂家人员不解地问他：“李工，你是个领导，又是技术专家，在办公室里随时电话指挥着多好，何必非要这么辛苦天天在现场熬着呢？”

李鑫回答道：“我们这个项目是油田公司的试点项目，哪一个环节都马虎不得，我盯在这里有了问题马上就能现场解决，不耽误时间，也能积累经验，避免下次出现同样的问题。”

其实不止厂家人员有这样的疑惑，朋友和家人也曾经不理解为何李鑫总是常年奔波在野外和生产一线。李鑫自己明白，即便坐在办公室里，他的心也始终牵挂着施工现场，自动化是个精细活儿，对技术、操作、管理上的要求都很高，稍有疏忽或遗漏，就会导致运行结果千差万别，只有亲自到现场一点点校验，一步步按标准安装，他才能把悬着的心放下来。李鑫说：“自动化工程就是我们负责栽树，让一线员工乘凉的良心活儿。现在这点风吹日晒都不叫个事儿，等自动化建成以后，让一线员工能够坐在控制室里轻松操控油井和设备，这才是对我们最好的奖励。”

经过持续建设和完善，2007 年，采油五厂生产自动化系统初具规模，形成了以油气生产自动化为手段的新型油气开采生产管理体系，全厂油井、注水井和计量站的自动化覆盖面分别达到了 75%、73% 和 69.8%，联合站、接转站和输油线的自动化覆盖面均达到了 100%。自动化应用也促进该厂管理水平台阶式跨越，让该厂在产量持续攀升的情况下，实现了增产增井不增人，人均油气当量 492 吨，口井用人 1.63 人，人工成本占总成本的比例为 25.36%，与其他采油厂同期相比占比数最低，生产管理精细化程度获得大幅提升，本质安全得到了有效保障。

四

人无我有、人有我优。这八个字始终刻在李鑫的心底，从他立志要甘当华北油田自动化建设的“过河卒”那天起，他就一刻不停向着这个目标奋力前行。

2009 年 11 月 16 日，人民网、新华网等重要媒体都报道了一则重要新闻：我国第一个数字化、规模化煤层气田示范工程在山西沁水盆地竣工投产，标志着中国煤层气开发进入一个重要阶段，对新能源开发具有重大的意义，这也是华北油田自动化技术发展史上一个具有里程碑意义的重大日子。

还有一家媒体这样报道：沁水数字化煤层气田示范工程在国内率先采用低成本可规模化推广的自动化技术，实现了煤层气生产全过程自动化管控，达到了全岗位无人值守、全过程自动控制、全方位监视管理，减少了用工，减轻了劳动强度，降低了操作成本，极大地提高了经济效益。同时，最大限度地满足了煤层气开发和安全生产要求。

在这百余字的报道背后，饱含着李鑫和同事们的心血和汗水，浓缩着他们的智慧和创造。两年多前，李鑫和同事们接到山西煤层气自动化方案设计任务，而设计系统所用的上位机采用当时最先进的网络化、组件化组态软件。一方面煤层气属于华北油田新兴的业务领域，一方面是位于最前沿的技术，既无先例可找，也没有经验可循。面对前所未有的压力，李鑫一边认真研究技术手册，一边凭借多年做组态系统的经验，与技术人员反复勘查现场、研究思路，用一年半的时间完成了方案设计。当时煤层气前线的生活和工作条件还十分艰苦，施工难度大，施工标准高。为了加速推进工程进度，李鑫带着同事们主动承担起樊一集气站的自动化建设任务，他们克服了交通不便、通信不畅、生活物资缺乏、住宿条件恶劣等困难，吃方便食品，住车辆帐篷，放弃了周末和休息时间，白天夜晚轮班连轴转，仅用 1 个多月的时间，就成功搭建起集气站自动化系统，一举投运成功，并以此系统为模板，又建成了 11 座集气站自动化系统。

在煤层气田自动化建设中，李鑫和团队大胆创新，刻苦攻关，运用网络式设计，攻破了制约煤层气自动化监控软件设计的瓶颈问题，确立了煤层气网络化的监控架构，完成了涵盖樊庄区块371口气井、6座集气站、1座中心控制室和1座调度室的自动化监控系统建设，保证了单井、集气站两大系统的顺利建成，实现了煤层气生产的全过程自动化动态监控、数据分析、生产调度及管理，为建成中国第一个数字化、规模化煤层气田贡献了力量。

在李鑫的工作生涯里，这样自主创新的例子举不胜举。2001年，李鑫和同事们一起，在采油五厂深南油田自动化设计中，首次独立完成了组态技术和PLC技术的设计应用。设计过程中，他们发现以有线方式进行数据传输，存在现场控制节点多、防盗难等问题，而当时还没有一种技术能够替代有线方式。“干脆，试试用无线技术来代替传统的有线传输！”李鑫的思路一提出，就得到了同事们的积极响应，他们经过无数次实验和挑灯夜战，用1年多的时间攻克了应用瓶颈，实现了无线数据采集、传输、处理。这项技术为后来冀中各采油厂和二连智慧油田建设发挥了重要作用。

在采油五厂单井自动化监控建设中，李鑫还带领技术人员突破原有思维定式，从解决生产难题出发，创新思维开展电力线路远程故障定位技术的研究工作，实现了深南、车城和赵州桥油田的电力线路监测和故障定位报警，大大降低了故障的处理时间，这项技术也在华北油田广泛推广应用。

自动化建设是一项持续创新、不断迭代的工作，李鑫始终将学习作为创新的基础，时刻关注国内外最新的技术的引进和发展，让自己的理念和思路始终紧跟行业最前沿。

RTU和无线示功图测试仪是油井自动化系统中的两个关键设备，但将它们首次用于二连地区时，却因抵御不了零下几十摄氏度的低温而问题频出，时不时就“罢工歇业”，让技术人员疲于被动“接招”。李鑫看在眼里，急在心头，那段时间，他吃饭走路都思考着如何解决设备保暖问题。一次午休时，半梦半醒间他忽然产生了灵感，连忙下床找出纸笔，写下通过增强仪表发射功率和加热控制柜解决设备保暖的思路，并马上投入试验。他们经过一次次调整思路、方法，对设备进行重新设计，反复进行低温试验，从器件、结构和保温方式等方面进行了几十次的改进，终于取得成功，RTU 和无线示功图测试仪在零下 40℃的环境下也可以正常运行了。这一技术瓶颈的突破，为油田公司实现高寒地区自动化建设提供了关键技术支撑。

2012 年，在阿尔油田进行自动化监控系统安装时，他们遇到了通信容量有限、新增油井无法接入系统的问题。按照常规方法，只能对通信系统进行扩容，李鑫想起不久前听到的 ZigBee 无线通信技术，经过查阅资料，了解到这一技术能够在保留原有的通信容量不变基础上，通过优化通信网络结构，来提高数据采集速度。李鑫迅速找来相关书籍和资料，把自己关在办公室苦苦钻研，不到 20 天的时间，他就全面掌握了这项技术，并成立了项目组，夜以继日地投入阿尔油田的单井数据实验中，最终实验取得了成功，仅通信模块建设成本就为公司节约了 30 万元，该技术也被广泛应用到了智慧油田建设中。

2012 年年初，油田公司新建产能重点工程项目同口油田投产，要求同步跟进自动化监控技术应用。李鑫针对同口油田堤坝纵横、沟濠相连的特殊地理环境，根据自己的学习和积累，大胆将 Mesh 无线通信技术首次引进华北油田，通过应用无线 Mesh 通信系统，将同口油田的高 59 站和雁 60-1 站接入同口地区通信网络，利用原有通信系统，更换部分节点设备，实现了该地区的井、站通信网络全覆盖。

五

人的一生里注定要承担很多角色，每一个角色都有着其独特的责任和使命。李鑫也不例外，工作中他是一名优秀的工程师，是精通业务的专家，更是同事们口中认真严谨、乐于助人的领导和老师；然而在生活中，李鑫并不是一个“合格”的丈夫和父亲，常年奔波在各个施工现场，让他和妻子聚少离多，每次想到妻子独自带着孩子、照顾老人的不容易，李鑫内心便有说不出的愧疚。

让他心中最遗憾的，是错过了许多陪伴孩子成长的时光。孩子小的时候，李鑫每次离家外出回到家里，都要经历和孩子重新熟悉的煎熬过程，没办法啊，他每次离开家外出工作的时间太长了，幼小的孩子对他根本就没什么深刻的记忆。李鑫回忆说，每次他出差回家的第一天孩子总像看到陌生人一样躲着他，等刚和孩子慢慢亲近起来，就往往又到了背上行囊奔赴现场的时刻。待到孩子上学以后，华北油田自动化建设进入起步发展的关键时期，李鑫一年里有大半年漂泊在外，无暇顾及孩子的学习和成长，每次休假回家前想给孩子买双鞋子做礼物，都需要提前问问爱人才知道孩子现在穿多大尺码。幸运的是家里人都很理解李鑫的工作，无论家中大小事，妻子都一力承担下来，让李鑫心无旁骛地投入他热爱的自动化事业中。

李鑫说，对家人最好的弥补，就是为他们建设一个更好的油田大家园。在家人的理解和支持下，他在自动化建设道路上勇往直前，多项技术有了突飞猛进的跨越，仅 2015 年以来，李鑫就带领着自动化工程设计室屡次攻克技术瓶颈，先后完成了生态敏感区同口油田的自动化完善留楚油田的自动化设计和施工，以及钻采工程云平台总体框架方案设计和主流软件应用；开展了抽油机井系统效率、注水系统效率、掺水流程能耗、螺杆泵举升百米耗电等 4 个专项课题研究，并为华北油田培养了一批高素质的自动化人才。

回首投身自动化事业的岁月，李鑫作为华北油田第一批自动化人，40 余载不忘初心，在推进华北智慧油田建设上倾注了全部的精力和心血，付出了超常的辛劳和汗水。从摸着石头过河，到争创一流勇攀高峰，他始终保持着“过河卒”的心态，事不避难、勇往直前，将对企业对事业的热爱之情深深植根于这片热土，用汗水浇灌希望的种子，使其生根发芽、开花结果。正如诗人泰戈尔在《飞鸟集》中写下的那句饱含深情的优美诗句：绿草是无愧于它所生长的伟大世界的！

“铁娘子”

周　钇

人物小传

张丽霞，女，1968 年 12 月出生，汉族，大专文化，中共党员，原籍内蒙古多伦县。1989 年参加工作，在职时任华北油田二连分公司锡林作业区采油工，先后获得华北油田公司 2003、2005、2009 年度劳动模范，2011 年度优秀共产党员、“华北油田 · 榜样”，2010 年度集团公司劳动模范，2004 年度全国能源化学系统先进女职工，2012 年度全国五一劳动奖章等荣誉。2013 年 11 月，她工作的吉 4 计配站被命名为“张丽霞站”，同时被确定为华北油田企业精神教育基地。2015 年 4 月被评为全国劳动模范。

无数次采写张丽霞，每一次采写后的感受都不一样。但是，有一点却特别相似，或许是冬季的锡林郭勒盟实在太冷，张丽霞工作生活的环境条件实在太艰苦的缘故，每一次采写完张丽霞后，我都会不自觉地想起贝多芬的第三交响曲《英雄》。

第一乐章　质朴的情愫

在一个寒冷的初春季节里，张丽霞走进了人们的视线。在企业需要的时候，她义无反顾地挺身而出，以质朴的情愫和极端负责的工作态度，默默无闻地为油田尽职尽责。

她被工友们称颂为“铁娘子”，但“铁娘子”也有哭的时候

1997 年 9 月，张丽霞休完产假，由二连公司哈南作业区调到锡林作业区工作。不久，她因工作出色，被提升为该作业区吉 32 断块第 9 计岗位长。那时，吉 9 计负责管理着该断块 7 口抽油井，从第一口井到最后一口井约有近 10 千米的路程，张丽霞带领她的工友，每天要在这崎岖的小道上走近 50 千米，一天两次的巡井、取样，从未间断，风雪无阻。

五月解冻九月雪，一年只有两季节；地下冻土三米厚，双层玻璃不关风。

锡林作业区地处内蒙古自治区锡林郭勒盟大草原腹地，秋冬有“白毛风”，春夏有“沙尘暴”，全年无霜期仅 5 个月，最低气温达零下 43 摄氏度，寒风凛冽，冷气刺骨，张丽霞和她的工友们每天就是在这样的环境条件下坚持工作。上班前，她们要戴上狗皮帽子，穿上大棉鞋，把自己从头到脚包裹得严严实实。一到井站，她们就拿着冰冷的铁锹、管钳等工具，一口井一口井地检查，处理着头天夜里从采油树盘根里渗漏出的油污。由于穿得太厚，行动不便，用不了多长时间，工友们一个个累得筋疲力尽，只有张丽霞还坚持在那里一丝不苟地工作。当工友们在原地歇够了劲儿，再去追赶张丽霞时，7 口井的巡检工作已基本结束。

张丽霞干工作从不退缩。1998 年年初，内蒙古部分地区出现“雪尘暴”天气，刮过来的积雪比小站围墙还高。张丽霞和几位从大站派下来的男同志一起搬运、清扫积雪。然而，没过多久，有的男同志就败下阵来，只有张丽霞和个别男同志还在那里汗流浃背地干活。在清理泵房里的尘土时，许多男同志累得没有了耐性坐在一旁，而张丽霞却还在那里认认真真地打扫着玻璃夹层里的细沙。“张丽霞比男同志还要能干”的消息不胫而走，从此，工友们送她一个雅号——“铁娘子”。

1998 年 3 月，锡林作业区原油生产严重欠产，针对严峻的生产形势，作业区积极地采取了一系列上产措施。正在这时，张丽霞的肩周炎和腿骨

刺因天气变化，旧病复发了，不要说上井干活，就是抬胳膊和走路都非常疼痛。可是，当她得知作业区将在自己管辖内的几口井作业时，她拔下输液的针头，径直跑到作业区。这一去就是 10 多天，她和许多男同志一起，在冰天雪地的井场不分昼夜地劳作。她的手脚冻僵了，肩周和关节更加疼痛。但是，当她想到产量吃紧，她就忘却了一切。

几年的风霜雨雪，使得张丽霞原本靓丽细滑的皮肤变得粗糙黝黑。由于采油树渗漏出的原油浸过手套，对皮肤有较大的损伤，工友们就在手套内加一层胶皮。但是张丽霞不这样做，她觉得这样干活不利索，会影响效率。

张丽霞的性格天生倔强，从来不服输。一次，采油队要在计配站旁统一植树，并派来了两名男同志协助工作。一开始，大家有说有笑，可是不多久，树坑挖不下去了，原来是碰到了冻土层。两名男同志说："等冻土化松了再挖吧。"说罢放下手中的铁锹扬长而去。可张丽霞不信这个邪，不相信这冻土女人就挖不下去！她摘下狗皮帽，脱下防寒服，一把捡起地上的铁锹，和另外一个女工友奋力地大干了起来。经过一番苦战，张丽霞终于按要求种下了十几棵白杨树。

然而，张丽霞毕竟不是铁铸的，她也是血肉之躯，也有哭的时候。

那是 1999 年初春，某施工单位在吉 9 计的一个井场施工，本该把井场收拾干净验收后才能收工，然而，因急于处理其他井的工作，施工单位外雇的一名临时工只用了半推车干土，往地上一撒就准备离开。这时，张丽霞走了过来，用铁锹轻轻一铲，细细的干土下面翻出的全是油泥。任凭这名临时工好说歹说，张丽霞坚决不予验收签字。最后，这名临时工竟破口大骂，并威胁要动手，张丽霞当场被气得哭了起来，但即便如此她也没有动摇自己的原则。第二天，那位临时工回到井场，整整推了 6 车干土才把井场收拾干净。

在张丽霞的带领下，吉 9 计的工友们每天坚持两次巡井，认真检查所辖 7 口井的各种参数及其情况。她们克服了二连油田全年无霜期仅 150 天、冬季特别寒冷所带来的种种困难，严格管理，精心呵护，创造了一流的业绩，先后被评为二连分公司“三标”达标岗位、文明班组和标杆计配站。

当企业需要的时候，她克服困难挑战，毅然两次
做出了重大选择。在工作和生活极度辛劳的情况下，
张丽霞感叹：“睡觉是一种幸福。”

张丽霞有一个幸福的家庭，然而，这种幸福却又隐含着酸楚。自1997年休完产假上班以来，张丽霞要来回奔波于医院和井站之间，这是因为她患高血压、心脏病已有10多年的母亲每年有三分之二的时间在医院度过。那时，婆婆也因肺病在两年前做过肺部切除大手术，身体一直不好，也经常住院。双方兄妹大都工作在外地，身边仅有的一个哥哥，也因照顾母亲太劳累患了心梗，照顾双方老人及儿子的重任就落在了她和丈夫、姐姐的身上。即使家庭负担重，张丽霞对待工作没有一丝懈怠。这期间，她做出了两次艰难的选择。

1998年5月，锡林作业区根据吉32断块整体开发效益情况，撤销了原热采队。按理，张丽霞家庭负担重，完全可以和其他员工一样，充实到吉45断块去工作。然而，当她看到环境最脏、条件最艰苦、需要天天倒班的卸油点没人愿意去时，一种责任感催使她毅然选择了这个大家都“怵头”的岗位。那时，她母亲的病情越加严重，每天下班后，张丽霞不是往家里赶，而是急匆匆地往医院跑。她要去医院替换丈夫或姐姐护理母亲，有时晚上还要陪床，常常是与母亲同挤一张床，或趴在床沿上打个盹，第二天一早她照样去上班。由于长期休息不好，生活没规律，张丽霞患了严重的神经衰弱症。有时，她头疼得直想吐，但她还是强忍着坚持工作。1999年年初，张丽霞为了搞清每一天汽车拉运原油的含水是否超标的问题，不顾自己身体不适，跟着拉运原油的汽车去几十千米以外的井站，实地调查了解装油倒水情况。回

来后，张丽霞将了解的情况和发现的问题及时向作业区领导进行汇报，并提出了先放汽车底水后装原油的建议。作业区组织有关技术人员验证后，采纳了张丽霞的合理建议，有效地降低了汽车拉油含水，从而大大提高了作业区的工作效率和经济效益。这一年，张丽霞光荣地被评选为华北石油管理局劳动竞赛先进个人。这是她第一次获得局级荣誉称号。

在卸油点工作的 3 年时间里，张丽霞从没有请过一次假，从没有早退、迟到现象。卸油点里的门窗、玻璃，她总是擦了一遍又一遍。化验取样时，有的人请开车司机代劳，而她不管刮风下雪，道路有多泥泞，上汽车有多困难，她总是要爬上高高的油罐车顶部，严格认真地按照有关规定取样。有的工友说她“傻”、有“洁癖”、有“多动症”，而她是把有限的精力全都用在了工作上。

2001 年 9 月，锡林作业区为进一步优化注水，降低站外分散注水费用，在吉一联合站新建了高压注水泵，需要 6 名岗位人员。由于该岗噪音大，危险系数高，劳动强度大，作业区决定在人员配置上统一使用男员工。可是，经过人力资源调配，还缺员 3 人。大家你瞧瞧我，我看看你，谁都不愿意去。这时，张丽霞猛地站起来说：“我去！把我的名字加上吧。”她的话音并不大，但语气却十分坚决。领导和同事们都劝她慎重考虑，张丽霞幽默地说：“男同志能干的活，我们女同志也一样能干，妇女能顶半边天吗。”顿时，僵持许久的现场气氛活跃了起来，在张丽霞的带动下，又有其他两名女员工也主动报了名。2001 年 10 月，吉一联合站注水站终于在入冬前实现了如期投产。后来，张丽霞与这两名女员工因工作出色，处处与其他男员工比着干，被大家亲切地称为“注水三枝花”。

那些年，一方面是工作繁忙，另一方面要照料有病的母亲和婆婆，张丽霞关心照顾儿子的时间实在是太少了。每当张丽霞和丈夫都要上夜班的时候，不到 8 岁的儿子就要被送到爷爷或姥爷家过夜。儿子经常这样问张丽霞：“妈妈，你为什么总是这么忙？为什么总要去上班？为什么总是要去陪姥姥？你什么时候能够陪我一个好觉？”望着儿子红扑扑的小脸和期盼的眼睛，张丽霞这个“铁娘子”伤心地掉下了眼泪。张丽霞内心十分清楚，她所给予儿子的确实太少太少了，儿子让她买《老夫子》，张丽霞因为工作太忙，一拖再拖，直到儿子从同学处借来阅读完了全书，张丽霞都没有时间去一趟新华书店。2003 年 1 月 22 日，儿子因长时间发烧转化为肺炎，与姥姥同住一个医院。这天，张丽霞跑上跑下，忙左忙右，护理了母亲又要陪儿子输液，液还没有输到一半上夜班时间又到了，儿子哭着说：“妈妈，你能不能陪我把液输完了再走？”张丽霞的心像要碎了一样，她好好安慰儿子，再三叮嘱丈夫要看好输液瓶，千万别进去空气，就头也不敢回地跑出了病房。在上班的路上，张丽霞哭成了泪人。

这些年，尤其是张丽霞休完产假回到单位上班以后，儿子的生活和学习几乎都由丈夫一人照料。有段时间丈夫张宏需要每天值班，儿子就只能今天送姥爷家，明天送爷爷家，学习成绩直线下降。作为一个母亲，张丽霞给了她儿子多少关爱？有时因为工作和照料老人太忙，她要给儿子做一顿可口的饭菜都不能。儿子的脏衣服几乎全由丈夫一人清洗，儿子要了好久的足球鞋，直到儿子快小学毕业了她都还没有去买。“慈母手中线，游子身上衣”，难道是张丽霞不愿意给予自己的儿子吗？张丽霞一心扑在工作上，她是把企业和集体的利益放在了首位。那几年，张丽霞几乎没有好好地休息过一天，她太劳累了。她说：“睡觉是一种幸福，我多想和儿子安安静静地睡一个好觉啊！”

张丽霞对待工作极端负责，她说：“母亲病了可以送医院，有医生负责，儿子上学有他爸和学校监护，但我的岗位上出了问题，我对不起企业。”

在吉一联合站高压注水岗，张丽霞所面临的困难更大了。由于高压注水泵功率高、负荷大、噪音大，让患有严重神经衰弱症的张丽霞不堪重负。

每当她迈进注水泵房大门时，头就像要崩裂、炸开一样难受。领导多次要给她调换工作岗位，她每次都毫不犹豫地说："不，我能胜任的。"

张丽霞出生在一个革命干部家庭，父亲从小在地主家当长工，勤勤恳恳，为的是给全家8口人换一口饭吃。尽管没日没夜地劳苦，但全家人还是吃不饱饭，奶奶在饥寒交迫中死去。父亲16岁时参加了革命，拿过枪、打过仗、入了党，对共产党有着深厚的感情，并经常教育她要倍加珍惜今天的幸福生活。由于受父亲的影响，张丽霞从小就懂得了做人做事的道理。

在学校期间，张丽霞是一个品学兼优的好学生，参加工作以后，她是一个尽职尽责的好工人。然而，给她思想带来深刻变化的，是她在生完孩子重返工作岗位以后。那时，她还在锡林作业区吉32断块7计岗位上班。一天，她正在站上量油，由于地层压力太大，原油管线忽然被憋漏了，原油冲出管线，满天飞舞。她极力想关住阀门，但因管线压力太大，喷刺出来的原油太凶猛，使她根本无法靠近。正在这时，时任锡林作业区主任、共产党员龚明珠与其他几位巡井员工发现了这一突发事故。张丽霞远远地看见龚明珠第一个跳下了汽车，一边跑一边脱去外衣，不顾一切地冲到管线旁，双手紧握阀门，用力向左一拧，仅仅用了短短几秒钟就排除了险情。而龚明珠从头到脚全沾满了乌黑的原油，像雕塑般矗立在井场。眼前发生的这一幕，给了张丽霞心灵极大的震撼，她目睹了身边共产党员的风采。1999年6月，张丽霞经过慎重考虑，向党组织递交了入党申请书。她在向党组织汇报思想情况时这样写道："我是一个最基层的普通女工，既没有学历又没有什么特长，我入党的目的，既不是为了当官，更不是为了掌权。中国共产党从创建至今，走过了一条充满了艰辛而又伟大的道路，我愿意为党做更多的工作，甚至不惜牺牲个人的一切利益。"

张丽霞这种朴实的思想情怀从始至终体现在她平凡的工作之中。她识大体，顾大局，一心一意为油田着想。1999年9月，吉20-45井正由某参战单位进行启抽放喷作业，因为操作不当造成产量降低。张丽霞如实地向上级领导作了汇报，作业区领导经过认真论证，认为张丽霞所反映的情况属实，坚决责成该单位进行二次返工作业，为作业区挽回了经济损失。有人问张丽霞为何要一意孤行地得罪施工作业单位，张丽霞理直气壮地说：“母亲病了可以送医院，有医生负责；儿子上学，有他爸和学校监护；但在我的岗位上出了问题，我对不起企业。”

张丽霞对待工作恪尽职守，极端负责。那时，丈夫张宏在锡林作业区变电所工作，实行的是七天轮休制。当丈夫在家休息时，张丽霞可以在上零点班之前休息一会儿，但当丈夫上班走了之后，张丽霞里里外外一把手，有时累得她筋疲力尽，直不起腰杆。哪怕晚上有零点班，她也不敢打个盹，怕睡过了头误了上班时间。一次，张丽霞感冒高烧，正碰上该她的夜班。看着张丽霞的样子，丈夫不忍心地劝她说：“请个假吧。”张丽霞反驳说：“八点班不请假，四点班不请假，单单零点班请假，那让人觉得你是不是不愿意上零点班呢？”张丽霞生怕别人对她产生误解，硬是坚持要丈夫把自己送到了班上。一夜下来，张丽霞的病更重了，接班的工友说她：“怎么这么傻，都是姐妹，身体不舒服说声就行了。”可张丽霞只是笑了笑，说：“这样我心里踏实。”

第二乐章　快乐地发展

在一个热情似火的夏季里，张丽霞成了最靓丽的一颗宝石花。她一步一个脚印，快乐播种，愉快耕耘，始终践行着二连石油人“只有荒凉的草原，没有荒凉的人生”的豪迈誓言。

尽管在采油一线连续工作了几十年，但张丽霞总能在工作中找到乐趣。她说：“只要在工作中实现自我价值，再苦再累也是快乐的。”

夏日里的大草原枯草发嫩芽，绿意染大地。张丽霞就像草原上美丽的

"干枝梅"，乐观、坚韧、顽强。30多年来，张丽霞先后在装卸油岗、高压注水岗、中控室、采油计配站等一线岗位工作过。她挑大梁，扛重担，专拣劳动强度大、任务艰巨的突击性工作。她说："不是岗位选择了你，而是你必须服从工作岗位。只有当我们每个人都意识到自己岗位的重要性时，我们的工作才有动力，企业发展才有源泉。"

2005年10月，张丽霞所在的锡林作业区吉7计由于老井多，管理难度高，工作强度大，为了照顾野外工作的女员工，按照二连油田连续上班36天、休息24天的工作制度，吉7计以在岗员工一男一女为一组进行资源配置，当一组工作时，另一组休息，两组交替倒班。入冬以后，锡林郭勒大草原天气恶劣，异常寒冷，一般是由男员工负责巡井、取样，女员工负责在站内量油、调节各井参数。当两组发生重叠时，就安排开展一些劳动强度大、任务艰巨的突击性工作。每当这时，张丽霞就主动让另一名女员工留在站内，自己和另外两名男员工在站外干起较为繁重的工作。

入冬前为采油树包扎保温层是许多人都不愿意做的"粗活"，刺骨的寒风冻得人伸不直胳膊，张丽霞却抢着和男员工比着干。粗糙的纤维丝布在季风的肆虐下，打在身上、抽在脸上，既痒又痛，可张丽霞不顾这些，她将盆口粗的丝布圈用腿夹住，双手托起一尺见宽的丝布与男员工相互传递，时间一长，有的男员工累得满头大汗，娇小灵巧的张丽霞仍轻松自如地编织着采油树的"外衣"。张丽霞说："如果不及时包裹好这些采油树，等霜冻一来，这些采油树就有可能被冻住。到那时，将直接影响原油产量。"据统计，张丽霞先后管理过80多口油井、20多口水井，每年参与的采油树保温工作就有10多口，累计为200多口油水井的采油树进行过防护保温，所包裹的丝布总长度达3万多米。尽管工作很辛苦，但张丽霞每次给采油树穿好了"衣服"，都要仔细地打量、欣赏一番。它们像威武雄壮的战士，傲立于大草原，守望着油田，守望着未来。

张丽霞从没有觉得采油小站的工作有多么的艰辛和寂寞，她总在为他人着想，把方便留给了同事。在采油小站，白天的计量工作完成之后，晚间的生产主要靠巡井人员进行维护。在锡林油田，每一个夜班巡井司机一个晚上要巡100多口油水井。为了不给夜间工作的司机增添工作负担，张丽霞总是把工作往前赶。每天下班前两小时，她总要认真地再检查一遍设备管汇，发现问题及时与维修人员联系，坚决不给夜班工作的同事留下隐患。长期在小站值夜班的巡井司机郭春兵说，张丽霞管理的井站极少发现问题。维修人员也表示，到了张丽霞的井站，干活都痛快，因为她总是积极配合，主动帮着拿管钳、递扳手、擦拭零部件，她跑得比维修人员还快，干得比维修人员还多。

在采油一线岗位，不要说连续工作几十年，就是在小站待上一年，很多人都觉得闷得发慌，但张丽霞觉得工作很快乐，因为她总是在简单的工作中不断创新，并总结出了一套自己的工作程序。每天一上班，她首先要到配水间检查一遍生产运行参数，看一看增压泵机油液位是否正常，电机温度是否过高，柱塞有无刺漏，各注水单井是否按配注执行。然后，到计量间仔细检查各单井压力、掺水量、回水（站）温度。最后是倒流程，并详细地计量出各单井产液量。处理完这些，她就利用每次计量过程中需要等待的10分钟间隙，打扫站内卫生，还没等计量工作结束，站内外环境已打扫得干干净净、清清亮亮。

张丽霞说，她每完成一个工作步骤，都要“欣赏”一下自己的“作品”，看哪一个死角还没有擦拭干净，工具、仪器摆放是否正确，各项参数是否准确无误。张丽霞就像雕刻艺人那样，她是把工作间里的每一个仪表、阀门、管汇、电机，甚至是窗户上的把手，都当成了工艺品，并赋予生命。张丽霞说：“只有在工作中学会了欣赏自己，才能在艰苦的环境里得到快乐，才能百炼成钢。”

张丽霞把自己的命运与企业的发展紧紧地联系在一起，
她说："企业就是我们的家。"

参加工作后不久，张丽霞亲眼见证了一个牧场的兴衰，给了她思想极大的启迪。那是一个规模非常大的国有牧场，由于管理不善，职工们好吃懒做，整个牧场没有一点生机和活力。没几年光景，整个牧场衰败下来，最后由于不能维持正常的经营活动，牧场中的几百号人不得不含泪解散。发生在身边的惨痛教训深深地刺疼了张丽霞的心扉，她说："企业是我们赖以生存的土壤和源泉，我要把对企业的依赖变为对工作的尽职尽责，认认真真踏踏实实地干好每一项工作。"

张丽霞也亲眼见证了二连油田的发展历程，从1988年二连油田大规模开发建设开始，二连油田走过了一条并不平坦的发展之路。每一次原油产量的起伏升降，张丽霞都铭记在心，她把自己的命运与企业的发展紧紧地联系在了一起。

面对锡林郭勒大草原恶劣的环境和艰辛的工作，张丽霞学会了坚强，学会了乐观，学会了生活。她珍惜岗位，忠于事业，干一行，爱一行，钻一行。为了更加全面地掌握采油知识，提高自己分析问题、解决问题的能力，2007年，张丽霞报考了采油技师，利用一切机会给自己加压"充电"，抓住点点滴滴的时间，认真学习专业知识，并运用到实践中去。2010年5月，因工作需要，张丽霞又回到了曾经工作过的吉7计。这一时期，吉7计共有油井13口，水井5口，一台增压泵，一个分缓罐。随着科学技术的发展，此时的吉7计在现场管理上发生了不小的变化。回到这个既熟悉又陌生的岗位后，张丽霞要求自己从头学起，从"心"做起。她发现当前执行作业区规定的掺水量单井回站温度都在45摄氏度以上，而按照作业区原油实际凝固点计算，吉7计的掺水量应该有一定的调整余地，于是，她对掺水工艺流程进行仔细研究，寻找合理的温度和掺水量。她每天摸索着从降低 0.1 立方米 / 时开始观察单井回站温度变化情况，逐渐总结出吉 7 计最佳掺水量和最佳回水温度。经过实践证实，在确保安全生产的前提下，吉 7 计 13 口油井每天的掺水量累计可节约 80 余立方米。

张丽霞热爱石油事业，热爱属于她的那份采油一线工作，她勤奋好学，潜心钻研，积极探索新方法、新工艺、新途径、新技术，不断解决生产管理中的疑难问题，几十年来，她先后提出各类合理化建议和技术革新改造项目 10 多项，创直接经济效益百万余元。特别是她针对二连油田冬季井口压力表容易冻堵的难题，摸索总结出抽油机井间抽生产运行方式，不仅提高了压力表使用周期，还每天节电 495 千瓦时 / 日，年节约成本 9 万余元。在吉 7 计工作期间，由于她所管理的 13 口油井物性差、原油凝固点低，为保证回站温度和回压保持在正常范围内，她创造性地将 13 口油井按产量等级分为四个级别，有针对性地进行调参提液分类管理，打破了各单井在冬季统一管理的模式，确保了油田冬季生产。几乎每一年，张丽霞都要提出合理化建议或技术管理创新项目，她把生产中的难点作为创新进步的起点，体现了对企业的高度责任感。

获得众多荣誉后，张丽霞愈加觉得工作的责任更加重大，
她说：“劳模就是要与别人不一样，应该是我先发现问题，
而不是别人发现了问题才来找我。”

“张丽霞是一个充满激情、时刻承载着太多责任的人；她脚踏实地、忠诚履职，以娇小玲珑的身躯，托起参天采油树；她始终不渝，几十个春秋坚持扎根一线；她工作尽善尽美，做事克己奉公。她不惧严寒酷暑，似一颗美丽的‘宝石花’，傲立在锡林郭勒大草原，绽放出美丽夺目的霞光。”

这是张丽霞申报全国五一劳动奖章之前，她所在的二连分公司锡林作业区在她的推荐表上对她的“点赞”。

张丽霞获得众多荣誉之后，并没有骄傲自满，而是更加严格地要求自己。

2011 年 4 月，她父亲被查出患食道癌晚期，张丽霞感到极大的内疚和不安。2010 年 12 月，父亲连续高烧，张丽霞连夜把父亲紧急送进医院治疗。当时，正是油田原油生产最关键的冲刺阶段，张丽霞一边担心父亲的病情，一边又放心不下站上的生产。父亲看出了女儿的心情，高烧还没完全退去，就要求开上药回家治疗。可仅过了半年，父亲再次发高烧住院，被确诊为食道癌晚期。听到这一消息，张丽霞的脑子像晴天霹雳，又悔又恨，倘若半年前坚持为父亲做进一步的检查，父亲的病情可能不会到晚期的程度。直到如今，张丽霞只要想到离世的父亲，依然心如刀绞。

众多的荣誉没有使张丽霞骄傲，而是给了她更大的责任和动力。一次，联合站进行系统改造，使小站管汇压力过高，她发现问题后迅速与联合站取得联系，经采取紧急措施，联合站终于把压力降了下来。她常说："劳模就是要与别人不一样，首先应该是我先发现了问题，而不是别人发现了问题才来找我。"

还有一次，林 4 平 2 井掺水压力突然上升，掺水量下降，回站温度降低，她及时开大了掺水量冲管线，对现场发生的问题及时进行了处置。然而，压力还是不降，张丽霞迅速通知站外巡井人员停抽，外放套气，开大掺水量冲洗管线。但是，由于冬天气温太低，这些方法根本不起作用。张丽霞又及时通知作业区领导，迅速调动锅炉车从井口开始扫线。1 小时以后，压力逐渐开始下降，温度开始上升。

人们常说，工作者是美丽的，而将全部心思扑在工作上的张丽霞不仅仅是美丽的，带给人们的是心底油然而生的敬意和感动。

2008 年 8 月，吉 7 计所在的林四断块将东区和西区油水井采取串接方式进行生产，这是华北油田首次在二连地区推广的一项新工艺。正在休假的张丽霞听说作业区正在为人员紧张犯难时，她主动找到作业区领导，要求提前结束休假。在历时 3 个月的新井投产和工艺改造过程中，张丽霞吃住在站上，她和男同志一道每天起早贪黑，摸爬滚打在施工现场，为新区产能建设忘我地工作。领导和同事们曾劝她回家休整一段时间，张丽霞却说：“大家都在为油田生产尽心尽力，作为作业区的一员，我也责无旁贷。即使回去休息，我也待不踏实，等施工彻底结束了再说吧。”工程最后阶段时已到冬季，到处白雪皑皑，可即便是手脚冻僵了、冻肿了，胃病更加严重，她也一声不吭，依然是脏活累活抢着干，在同事们的眼里，她就好像一只永不停歇的陀螺，是一位名副其实的“铁娘子”。

第三乐章 不朽的业绩

在一个硕果飘香的秋季里，张丽霞收获着希望，用爱、责任孕育出一项又一项业绩。

2013 年 11 月 11 日上午 9 点，张丽霞在锡林作业区吉 4 计配站井场经历了一生中最难忘的时刻。“张丽霞站”挂牌仪式在这里举行，二连分公司机关相关人员、锡林作业区部分干部员工等 50 多人亲眼见证了这一重要时刻。“张丽霞站”同时也被华北油田公司确定为第三批企业精神教育基地。

在华北油田发展史上，以个人名字命名的班站屈指可数，而以女员工命名的班站更是绝无仅有。吉 4 计配站被命名为“张丽霞站”，并被华北油田公司确认为企业精神教育基地这一事实，在二连油田，尤其是在张丽霞所在的锡林作业区引起了不小的震动。

长期以来，张丽霞的事迹深深地影响感染着二连油田的干部员工，各级组织纷纷以张丽霞的英模事迹教育、引导大家，立足平凡岗位，塑造不平凡的自我。

2013 年 3 月 8 日，二连分公司工会在阿尔善科技楼三楼举办主题为“学习劳模张丽霞，立足岗位做贡献”的演讲比赛。通过层层选拔，进入演讲决赛的 10 名选手以饱满的激情、生动的语言，讲述了通过学习张丽霞，自己或身边女工献身油田事业的感人事迹，再现了二连女工通过学习张丽霞所表现出来的“爱岗敬业、艰苦奋斗”的精神风貌。

阿南作业区韦伟就是这次演讲比赛中获得第一名的选手。在张丽霞事迹感召下，韦伟的学习进步非常快。韦伟是大学毕业后于2010年分配到二连分公司阿一联合站经警岗上的一名劳务工。看到理想与实现存在较大的差距，韦伟对自己的前途感到非常迷茫和沮丧。在工作中时有抵触情绪，觉得这里既艰苦又不能学以致用。通过学习张丽霞的事迹，启发了她对社会、对事业、对未来的思考。韦伟在演讲时，激情澎湃地说：“张丽霞如此瘦弱的肩膀，能够顽强地挑起千斤重担，在艰苦的岗位一干就是几十年，是怎么坚持下来的！我自己为什么就不能在这平凡的岗位上发光发热？”韦伟联系实际，讲出了自己的感知感悟和觉醒，她决心要像张丽霞那样，扎根草原，做一个永不生锈的螺丝钉。

基于对张丽霞精神的深刻认识，比赛结束后，韦伟不仅及时向作业区党组织递交了入党申请书，还身体力行，从一点一滴做起，认真履行岗位职责，对每一位进站人员和进站车辆都进行耐心细致的检查，以积极、乐观、向上的精神风貌，脚踏实地地对待每一项工作任务。除了本职以外，韦伟还主动承担了阿一联合站阿南油田展览室的义务讲解工作。设置于阿一联合站的阿南油田展览室是了解二连油田发展历史的一个重要窗口，无论是油田领导还是地方领导到二连油田调研，都要来到这里，对二连油田的发源地进行实地了解。每当这时，韦伟以她丰富的知识和清晰流畅的讲解，一次又一次地赢得了参观者的好评。学习英模张丽霞，一言一行见实效。2013年，韦伟光荣地被评为二连分公司“快乐大使”。经过近一年的考察，2014年年底，韦伟被二连分公司党组织确认为入党积极分子，并被评为2014年度二连分公司安全生产先进工作者。

张丽霞的感人事迹，像清澈流淌的小溪，滋润着人们的心田，激励、影响着身边的员工，他们中有的已成为油田生产骨干，有的已成为优秀的共产党员，有的已成为企业的中坚力量。

张丽霞获得全国劳动模范后，她所在的二连分公司党委、二连分公司下发了《关于深入开展向张丽霞同志学习活动的通知》，一时间，二连分公司各级组织充分运用内部刊物、电视、网站、微信以及板报、橱窗、电子屏等，多渠道、多方式向广大员工群众宣传张丽霞的感人事迹、优秀品质和劳模精神。

几十年来，张丽霞用实际行动诠释了新时代的劳模精神，是企业精神和企业文化的标杆化、形象化和具体化。在她的身上，主要体现出不畏艰苦勇挑重担的奉献精神、刻苦钻研不断创新的进取精神、热爱岗位情系石油的乐观精神、严细认真脚踏实地的敬业精神。学习张丽霞精神，进一步增强了油田广大员工的责任感、使命感和主人翁意识，激发了广大员工夺油上产的热情。大家纷纷表示，要像张丽霞那样，在平凡的岗位上，为油田生产建设做出更大的贡献。

在“张丽霞站”，张丽霞的徒弟王世琴激动地说：“我能做张师傅的徒弟，与张师傅一起工作是我的荣幸。在她身上有我学不完的东西，我的理想就是成为张丽霞师傅那样的人！”张丽霞的徒弟、如今已是吉 6 计骨干的曹亚杰回忆起师从张丽霞两年的学习过程，仍是那么激动和兴奋。她说：“张师傅常对我说，上班 8 小时，要把每一分每一秒合理地利用在工作上。如今，我把张师傅的敬业精神和工作作风带到了吉 6 计，以实际行动表达对采油工作的热爱，对张丽霞师傅的敬意！”

连续三年获得作业区“星级员工”的阿尔采油作业区员工汤洁琼在学习讨论中，与大家分享了学习张丽霞的感受。她说：“记得 2009 年刚分来时，我曾因环境艰苦而苦闷过，也曾因离家遥远而打过退堂鼓，是张丽霞那份情系石油、热爱草原的饱满热情感染了我、激励了我。她爱岗敬业、执着坚守几十年，我也要像她一样，以十足的干劲和更加饱满的热情，在平凡的岗位上发光发热！”

张丽霞所在的锡林作业区党总支书记曹强说：“看似简单的事情，用心做，做到极致，就是成功。希望张丽霞的先进事迹能够激励每一位‘锡林人’，爱岗敬业，勤勉奋发，在平凡中彰显不平凡的人生。”

面对严峻的原油生产形势，不少党员干部员工表示，要以全国劳模张丽霞为榜样，凝心聚力，不等不靠，以实际行动助推原油生产，在平凡的岗位上创造出不平凡的业绩。

张丽霞，已经成为二连石油人的代表，她用一言一行、一举一动，践行着二连石油人“只有荒凉的草原，没有荒凉的人生”豪迈誓言。

第四乐章　永恒的旋律

在一个白雪皑皑的冬季里，人们又一次想起了已经退休的张丽霞。几十年来，张丽霞就像是草原上的干枝梅，虽然没有怒放过，但却沉淀着青春和热忱，散发着持久的芬芳，流传下一种精神。

纵观张丽霞所走过的人生历程不难看出，张丽霞的成功与其他众多的劳动模范一样，离不开忠诚，离不开责任，离不开奉献。

忠诚铸就辉煌。几十年来，张丽霞始终忠诚于党、忠诚于企业、忠诚于培育她养育她的集体。她从一个懵懵懂懂的青年逐渐成长为全国劳动模范，是矢志不移的赤胆忠心引导着她的一言一行。张丽霞认为，企业是大家的企业，企业的兴旺发展离不开大家的共同努力。如果大家都等靠要，害怕艰苦，不愿干活，不愿意付出，没有主人翁责任感，底子再厚的企业也总有一天会垮掉。2007 年年初，为解决采油小站员工喝水难的问题，锡林作业区领导为每一个小站配备了一个 20 多斤重的保温桶，每天没等工友们上班签到，娇小瘦弱的张丽霞已经为十几个保温桶满满地装好了开水，并整整齐齐地放在大厅的一角。仅仅这一项工作，张丽霞义务坚持整整做了 5 年。在日常的工作中，张丽霞总是把工作做精做细做到极致。在每一次作业施工验收时，张丽霞总是站在油田发展的高度，不惜牺牲个人代价，自觉维护企业利益；在每一次的巡井路上，张丽霞总是要将草原上废弃的脏物一一捡起，既规范了工作区域，又保护了草原环境；在采油树下，她总是认真细致地检查、巡视，发现问题及时处理和解决……她把对工作的热爱化为平凡岗位上的一点一滴，倾注着一名普通员工对企业的无限忠诚。

责任书写人生。几十年来，张丽霞始终坚贞不渝地坚守着自己的那一份责任，在平凡和不平凡之间，用自己的实际行动回答了“责任”二字所蕴含的特殊意义和价值。一位记者在他的采访手记中曾这样写道：“张丽霞那种朴实之美，不由得让人想起了北京市公交车售票员李素丽、王府井百货大楼普通售货员陈秉贵、北京淘粪工时传祥……他们虽说不是同时代的劳模，可是在他们身上集聚着共同的闪光点，那就是对平凡工作的坚守。”张丽霞长期扎根在采油生产一线，尽管转换过很多岗位，但她对待每一项工作的责任心永远没有改变。自 1989 年参加工作以来，与她一起来到油田的采油女工几乎全部调离了一线岗位。在锡林郭勒大草原异常恶劣的气候环境里，张丽霞以她娇小羸弱的身躯，每天风里来，雪里去，不仅需要巨大的勇气和顽强的毅力，更重要的是一份对企业的强烈的责任感。由于环境艰苦、工作劳累，她患上了严重的肩周炎、骨刺和神经衰弱等疾病，领导多次安排她回后勤工作，都被她婉言谢绝了。2011 年 7 月，作业区人事岗位缺员，许多人劝她前去应聘，张丽霞说：“还有几年我就退休了，我要站好最后一班岗。”45 岁的她又一次留在了一线艰苦岗位。张丽霞多次主动放弃离开一线工作岗位机会的精神令人感动，几十年在人类的历史长河中只是一瞬，但对于几乎每年都有大半年的时间要与雪尘暴、沙尘暴搏击的女人来说又是漫长的，不仅需要肉体与自然环境抗衡，还需要情感上的慰藉和心灵上的洗礼。如果没有持之以恒、坚韧不拔、始终坚守“责任”二字的优良品质是很难达到的。张丽霞做到了，她非常珍惜自己的工作岗位，她最朴素的情怀就是“守责”“尽责”。

奉献创造未来。几十年来，张丽霞始终默默无闻、一点一滴地为企业奉献着自己的光和热。当家庭和工作两者之间需要选择时，她把天平偏向工作，充分体现了她识大体、顾大局的奉献精神和公而忘私的高贵品质。2005 年 6 月的一天，张丽霞正在忙碌地指挥着拉油罐车装油时，突然接到婆婆肺气肿复发、情况危急的电话。张丽霞心急如焚，但当她看到现场还有好几辆车正在等着开票装油时，她一边流着眼泪一边嘱托丈夫一定要照顾好婆婆，直到干完了当班的工作，她才匆匆赶到医院照顾婆婆。2007 年 4 月 23 日，还有半个多小时就要下班的她突然接到母亲心脏病复发的电话。按照常理，张丽霞完全可以打电话让同事提前上站接班，但她没有这样做。她竭力按捺住自己的心情，认真细致地填写完交接班记录，等待前来接班的同事，并一一交代好了岗位工作后，才打车急匆匆地赶往医院。当她看见躺在病榻上的母亲时，禁不住泪流满面。为了弥补心中的缺憾，张丽霞晚上独自一人留在医院陪护母亲。第二天一早，她叫来姐姐照顾母亲，自己连早饭也没来得及吃就急匆匆地奔向单位。张丽霞获得全国五一劳动奖章后，《华北石油报》曾在显要位置发表重要评论指出：40 年前，毛泽东主席号召全国人民向雷锋同志学习，雷锋精神的实质就是干一行爱一行专一行，他的宗旨是“服务—奉献”。40 年后的今天，张丽霞以她自己的模范行为，再一次演绎、集中体现并做到了这一点。

坚持做好一件事，需要的是信念。几十年来，张丽霞始终坚持忠诚企业的决心不动摇，始终坚持履行自己的岗位职责不懈怠，始终坚持为企业奉献青春和智慧的壮志不松懈。以她严以律己、克己奉公的模范行为，严肃认真、公而忘私地对待自己的本职工作。她比一般人更加忠诚于企业，她比一般人承担了更大的责任，她比一般人奉献得更多。在忠诚和责任的感召、引导下，她牺牲了更多的个人利益和家庭利益，日复一日，年复一年，几十年如一日，充分体现了崇高的个人优秀品质和永恒不变的价值追求，以她忠于职守、坚贞不渝的信念书写着她不平凡的人生。

凤鸣潜山

岳双才　史景花

“金凤鸣是石油勘探地质研究领域难得的人才。虽然他现在已经是将近60岁的人，可在我们记忆里，他好像一直是那个逐梦石油的青年。”

作为集团公司高级技术专家、华北油田前首席技术专家，已经调离华北油田多年的金凤鸣依然被他曾经的“战友”们牵挂和记忆，而他们关于金凤鸣的回忆和讲述，也将我们带回华北油田的曾经，并让我们再次看到了当年那个为油奋斗、为油痴迷的青年……

从外貌上看，金凤鸣是典型的知识分子形象：脸庞清秀、眼神睿智。但他朴实、坚毅的神情又透露出少年时艰辛生活给予他的历练与馈赠。与他交流过的人都有一种共同的感觉，那就是他的思维非常活跃，尤其是在谈论地质勘探时，他那种投入的神情和执着的眼神，都让人深刻感受到他胸腔中那股“为油消得人憔悴”的豪气和深情。

从1986年到2016年，在华北油田工作的30年是金凤鸣人生中最美好的年华。这30年，他也给华北油田留下了一笔笔宝贵的财富，留下了他从青年到中年，在石油勘探地质研究领域艰苦跋涉的闪光足迹。

求索、创新、登攀，敢于冲破思想上的“禁区”，开拓未曾涉及的“盲区”，探索充满挑战的“难区”，这些都成为金凤鸣地质研究的人生乐章中响亮的音符。

突破“禁区”，艰难发现赵州桥油田

1986年，24岁的金凤鸣从长春地质学院毕业，从小家境贫困，靠国家助学金才得以完成中学和大学学业的他，对于自己能分到石油行业工作感到非常高兴，他的家人也为他终于成了“吃公粮”的人而开心。

对于农村长大的金凤鸣来说，“石油”是一个陌生又熟悉的名词，少年时的他从未想到自己会和石油结缘，并从此相伴一生。上大学后，他开始正式了解石油，大庆油田的辉煌、王进喜的拼搏让他心中激情荡漾；华北油田、江汉油田、大港油田、长庆油田……让他燃起再寻大油田的梦想；砾岩、砂岩、页岩、陆相、海相……一个个地质专业名词让他如走进童话世界的孩子般欣喜雀跃，并沉醉其中。

因此，从到华北油田报到的那一刻起，金凤鸣就踌躇满志，立志要大干一场。他渴望在这里实现自己大学时的梦想，实现自己的价值。同时，知恩图报的家教也使他迫切希望以优秀的工作业绩回报老师，回报亲人，回报祖国的培养。

虽然分配时老师和同学都说石油工作苦，劝他考虑别的单位，可金凤鸣不怕，因为从小清苦的生活早已让他磨炼出坚强的意志。况且，他一直认为世上最痛苦的事就是舍弃自己的梦想，大学几年的地质专业学习，已经让他深深爱上了石油，还有什么辛苦是热爱不能抵消的呢？只要坚持梦想，并为之努力奋斗，再苦的环境也是甜的。为此，他谢绝了老师和同学的好意，毅然来到了华北油田。

然而，理想和现实是有差距的，带着光环的梦必须要经过现实的磨砺才可能“变现”。此时的华北油田历经10年开发，已没有当年“会战”时的风光，经过了连续10年的全国“油老三”后，它已经开始进入快速递减期，储采矛盾十分突出。有人觉得华北油田“枯竭”了，有人开始退缩和离开了。

“石油资源虽然不可再生，但只要石油的‘原材料’存在，它就不会消失。”金凤鸣坚信华北油田还有可观的石油资源，他决心做那个寻找宝藏的人。

金凤鸣从钻井四公司调入研究院不久，院领导就安排他担任组长，开展晋县凹陷的地质综合研究。接到任务后，金凤鸣第一感觉是兴奋，他终于有了施展抱负的舞台，但随之而来的就是巨大的压力，作为地质人员，他非常清楚这项研究课题的挑战性。晋县凹陷经过多年勘探没能取得突破，一度被地质界认为凹陷北部是富含剧毒硫化氢的“臭油区”，南部则是中生界的“无油区”，总而言之是勘探的“禁区”。而 1976 年在这个凹陷钻井时发生的硫化氢强烈井喷，更使晋县凹陷勘探迷雾重重，谈“硫”色变。

地质研究既充满变数，更充满希望，金凤鸣决心在这一“禁区”闯出一条新路。在研究中，他应用当时地质勘探的最新理论成果，打破传统的思维模式，引入全新的地震地层学研究思路和方法，仔细查阅了该凹陷所有的上百本研究报告以及上万个钻井、录井等资料数据。

经过潜心研究，金凤鸣得出晋县凹陷南部是不含硫化氢的“香油区”的结论，选准赵县背斜为突破口，首次引入合成地震记录标定技术和地震地层学研究方法，搞清了与生成硫化氢有关的膏盐岩的分布，经钻探赵 29 井得到证实，并发现了常规油气显示，试油获低产。

根据赵 29 井勘探成果，油田组织了勘探会战，但由于成藏条件复杂，勘探方向选择不准，连续钻探 4 口探井相继失利，这就像给地质人员头上泼了一盆凉水，使刚刚开始的晋县凹陷勘探严重受挫。

“年轻人还是莽撞，这么多年的‘禁区’怎么会有油呢？”一时间，各种规劝、嘲讽的话让一些组员士气低落、意志消沉，甚至有的人也开始怀疑自己的勘探方向。作为组长，年轻的金凤鸣内心经受着比其他人更大的煎熬：真的是自己的方向错了吗？难道晋县凹陷勘探真的没有潜力？不！不会的。一定是有什么地方忽略了，绝不能就此止步，一定要继续研究！

经过煎熬、挣扎后，重新坚定了信心的金凤鸣和项目组科研人员毫不犹疑地开始了继续探索和研究。在1年的时间里，他和大家挑灯夜战，不断对地质研究进行深化。一个个不眠之夜、一次次宵衣旰食，他们终于找到了新的突破口，并坚定而自信地提出了首先钻探赵39井的建议。

但赵39井钻探见到油气显示后，在完井电测时，由于地层电阻率低，没能解释出油层！再次“失败”下，有人质疑、有人嘲讽、有人消沉，但不服输的金凤鸣坚信自己这次没有失误。面对不理想的电测数据，他不惧烦琐地重新“复盘”了研究过程。因为如果按常规思维，这样的数据会宣判这口井的报废，并导致所有前期勘探研究工作功亏一篑。金凤鸣不甘心，哪怕有人说他是“垂死挣扎”，他也要“挣扎”个明白。

他重新对该井地质资料做了全面分析，查阅了其他油田有关测井方面的资料，惊喜地发现，在一般情况下油层是高电阻，而在特殊的地质条件下油层是低电阻。据此，他大胆地提出了赵39井是低电阻的设想。结果，按照这一思路进行下油层套管试油，赵39井获得日产油14.4立方米的喜人成果，成为晋县凹陷南洼首次获得工业油流的探井，也是整个凹陷第一口不含硫化氢的油井。

紧接着，他和同事们乘势而上，继续扩大战果。设计提出的赵40井、赵41井均获工业油流，进而发现了赵州桥油田，经进一步评价钻探，探明石油储量1316万吨。

该项成果获得1995中国石油油气勘探重要发现三等奖，金凤鸣作为该项目地质综合研究、勘探方向选择的主研人和突破井位的第一提出人，获得油田突出贡献奖。赵州桥油田也从此成为冀中南部重要的产油区。

这是金凤鸣从事地质研究的“处女作”。成功的喜悦一刻也没能使他停下探索的脚步，他坚信华北地下还有更丰富的油藏等待自己去发现和挖掘。

在金凤鸣的地质研究生涯中，他始终沉浸在地质创新的艰辛之中，他说："选择了石油，就意味着选择了艰苦；选择了地质，更意味着选择了奋斗。"

六载塞外耕耘，二连勘探成果连连

一个人的创造力来源于对事业的热爱，这热爱足以让他克服一切艰难险阻，超越自我。1993年至1998年，作为研究院二连勘探室副主任，金凤鸣带队参加了二连会战。当时摆在他面前的有两大难题：一是二连油田勘探程度已经很高，急需有新发现，搞好产量接替；二是他患胸膜炎刚刚痊愈，到千里之外、条件艰苦的二连能够适应吗？同时，孩子刚刚出生才几个月，家庭也需要他照顾。

看着身体还处于恢复期的妻子和幼小的孩子，金凤鸣陷入两难的选择。妻子这时给了他莫大的支持和鼓励，劝他放心去二连，她会照顾好自己和孩子。在妻子的支持下，金凤鸣"轻装上阵"来到二连前线，一干就是6个年头。为早日实现二连勘探新突破，他既注重专业技术理论的应用，又坚持上井掌握第一手资料，有时一天下来要奔波600多千米。

二连油田的草原路大都坑洼不平，上井取资料时常常遇到汽车抛锚。最难的是冬天，零下三四十摄氏度的气温真是滴水成冰。金凤鸣有次去踏勘的路上，车子抛锚在茫茫荒野，前不着村，后不着店，草原特有的"黄毛风"一点也不怜惜他们的困窘和饥寒，呼啸着向他们示威，天地间砂石飞舞、尘土弥漫，几个人在车上一直待了六七个小时才等来救援的车辆。怕家里人担心，这些事，金凤鸣从来没有跟妻子提起过。每次联系或回家说起来时，他总说草原风光好，蓝天、白云、漫山遍野的格桑花，还有成群结队的牛羊……他希望在妻子心中只留下如诗如画般的美景。

即便这样抛锚荒野、忍冻挨饿是常有的事，但也没有阻拦金凤鸣上井取得第一手资料的步伐。他把所有的艰苦、磨难和惊险都当作自己勘探生涯中的一个个"小插曲"，当作走向成功的阶梯。

连续 6 年，金凤鸣在环境恶劣的二连前线坚持着、奋斗着。这期间，他主持新凹陷研究工作，带领同事们对一个个油藏进行“会诊”，对一个个凹陷进行解剖，对一组组数据进行分析，对一条条思路进行归纳。经历了一次次的循环往复，他们对地下油藏的认识也一步步深化，更加接近客观实际，一个新的认识或者一项创新技术，带来的往往是一片新的拿油领域。困惑、徘徊、跨越、收获，这一过程在二连油气勘探中一次又一次地被生动演绎。

在二连地质勘探研究中，金凤鸣首次揭示出吉尔嘎朗图凹陷“箕状双断”地质结构与构造岩相组合成藏模式，将以往长期滞留于斜坡外带产量极低的稠油勘探转向了洼中的“稀油”勘探，提出的吉 45、吉 107 等井获日产油近百吨高产，从而发现了宝饶“稀油”油田，获得中国石油 1994 年油气勘探重要发现奖。

同时，他还创新提出了洪浩尔舒特凹陷“东次洼是最有利勘探方向，洼中鼻状构造带成藏最为有利”的论断，提出的洪 4、洪 10 等井取得突破，发现了 5000 万吨级的乌兰诺尔油田，获得了中国石油 1997 年度油气勘探重大发现奖。

在二连前线勘探会战的 6 年里，金凤鸣和同事们精钻细研，先后发现、扩大了宝饶、吉格森、包尔、乌兰诺尔等几个千万吨级的油气田或油气藏，连年超额完成探明储量任务，累计探明石油储量上亿吨，为二连油田增储上产写下了浓重一笔。

金凤鸣与二连油田的“渊源”并没有随着勘探会战的胜利而结束，此后他又具体负责和组织“二连盆地上古生界石油地质特征及战略选区”重大科研项目研究，提出赛汉塔拉凹陷扎布构造带火山岩下勘探新领域。实施赛 51 井后，首次发现二连盆地石炭系碳酸盐岩油藏，并获得二连盆地油气勘探有史以来日产油 226 立方米的最高产量，形成了二连探区现实储量接替战场。

在二连盆地新区研究中，金凤鸣和同事们通过对已有少量重、磁资料深度解释发现了阿尔新凹陷，之后，运用成熟凹陷勘探成功经验，整体凹陷评价，实现了重点预探突破，提供钻探的阿尔 1、2、3、4 等多口井获得工业油流，其中阿尔 3 井获最高日产油 52.92 立方米。

在油田公司的大力支持下，金凤鸣和同事们从发现新凹陷到形成 5000 万吨级储量规模，仅用了 3 年时间，创造了二连盆地新凹陷快速勘探的新纪录，在二连油田打了一个漂亮的勘探进攻仗。该成果获得中国石油 2009 年度油气勘探重大发现一等奖，被股份公司评价为“新区新凹陷高速度、高效益、高水平、科学勘探的典范”。

精钻细研，隐蔽油藏绽放异彩

水相荡而成涟漪，石相击而生火花。地质人员的科学态度加上创新思维，就会产生认识上的飞跃和勘探上的突破，金凤鸣深明此理。针对冀中老区历经 30 年大规模勘探后，勘探程度高，勘探对象日趋复杂的实际，他用辩证思维看问题，敏锐地意识到必须要有新的找油思路，才能开辟新的找油领域，到达成功的彼岸。

通过反复研究论证，金凤鸣将目光落在了隐蔽油藏勘探领域上。隐蔽油藏，顾名思义就是隐蔽性极强、难以预测和发现的油藏，在学术上也称岩性油藏，其地质研究难度更大，需要从地下几千米成千上万个砂体形成的相互干涉、叠加、混合的地震反射波中，找出某一个与勘探有关的砂体反射。

要想了解隐蔽油藏的难度，可以打个比方，就好比上万颗大小不同的石块散入湖中后，在湖面上形成上万个波纹，它们之间相互干涉、叠加，还与风吹湖面形成的干扰波混合在一起，要从这些混合叠加在一起的波纹中分辨出哪一个波纹是由哪一块石头形成的。隐蔽油藏的勘探难度，可想而知。

只有思想解放与地质创新的一次次哲学嫁接，实践与认识的一次次高度融合，才能冲破重重迷雾，见到新的曙光。凭着敢于超越自己、敢于超越他人、敢于走前人未走过的路的信心和恒心，金凤鸣在攻克隐蔽油藏这个难关上痴心研究，付出了艰辛的劳动。

层序地层学和储层预测是研究隐蔽油气藏的重要理论方法，其中又包括了上百种技术手段。应用得好就会事半功倍，而应用不好则会“差之毫厘，谬之千里”，进而导致钻井失利，使数百万、上千万元的资金沉没。

为攻克这个难关，金凤鸣十几次专程到北京向石油大学、股份公司勘探开发研究院和国外软件公司找专家、教授请教，并查阅了大量技术资料。在研究中，他和有关技术人员一口井一口井进行分析，一组组参数反复试验，一张张剖面图仔细对比，有时为了获得最佳效果，他们不惜几十次、几百次地调整参数，一遍又一遍地反复运算。

对金凤鸣来说，8 小时工作时间是远远不够的，一天十几个小时对他来说早已习以为常。常常是为了找到一个正确答案，他吃饭、睡觉也在不停地思考，甚至深更半夜突然有了眉目，他都要赶紧起床写下来，以免第二天忘记。他完全进入了一个忘我的境界!

正是靠着这样一股孜孜以求、锲而不舍的韧劲，金凤鸣和同事们在隐蔽油藏勘探研究方面收获颇丰。大王庄东断层下降盘的负向构造区，过去一直是一个找不到圈闭，被认为不可能有油的地方，他们通过反复研究分析，发现和落实了多个隐蔽型圈闭，钻探的路 70 井等 4 口井均获工业油流，探明储量 541 万吨。大王庄隐蔽油藏勘探成果，是冀中探区有意识地探索隐蔽油气藏的首次突破，揭开了华北油田隐蔽油藏勘探的序幕。

大王庄隐蔽油藏勘探突破后，金凤鸣内心更坚定了自己的想法。在随后的工作中，他又多次主持和带领科研人员在留西构造带继续开展岩性地层油藏研究，跳出构造圈闭的框框，运用层序地层学的研究方法，进一步发现留西沙三段辫状河三角洲前缘多个朵叶状砂体形成的隐蔽型圈闭，先后提供钻探的路 43、路 44、路 45、路 46 以及留 80 等井获得成功，发现油层厚度 60 ~ 120 米，其中路 44 井试油获得冀中第三系少有的日产 93 立方米的高产，控制、预测石油地质储量 5322 万吨。这一成果获得股份公司 2003 年度油气勘探重要发现一等奖。

隐蔽油藏勘探的连连成功，使冀中、二连老区的岩性地质勘探进入了一个新的发展阶段，饶阳、孙虎、文安斜坡、巴音都兰、吉尔嘎郎图等一批新发现的岩性油藏，像一支支“报春花”，争奇斗艳，美不胜收，给华北油田勘探带来了新的希望。

隐蔽油藏的地质突破，在中国石油地质界具有开创性的意义。2003 年，股份公司召开研讨会，将华北油田隐蔽油藏勘探成功经验在整个中国石油进行推广，极大地促进了中国石油岩性地层油气藏的勘探，迎来了中国石油数亿吨规模岩性地层油气藏储量的发现，被中国科学院院士贾承造评价为“中国石油全局性岩性地层油气藏勘探的开拓者”。

矢志创新，老区重燃地质之光

金凤鸣殚精竭虑，在坚守中敢于超越自我，不断攀登新的高峰。他在研究实践中表现出来的缜密的逻辑思维、雄辩而睿智的话锋，加之来自一线现场的地质数据和他那双充满自信的眼睛，使大家对这个年轻人刮目相看，更重的担子相继压在他的肩上。

2006 年 4 月，40 岁刚过的金凤鸣，由于业绩突出，被油田公司一纸任命推到了更重要的岗位，协助主管勘探的领导分管公司勘探重大科技项目的研发与管理，参与勘探技术决策。在新的岗位上，他全身心投入勘探研究，释放出自己的全部能量，并不断得到丰厚的回报。

那些年，金凤鸣先后领衔和技术负责了“冀中坳陷油气勘探新领域地质特征研究”等 5 项国家、集团公司重大科技项目，以及多项油田公司课题，组织开展重大油气勘探领域的研究与部署论证，及时提出勘探部署决策咨询意见，为华北油田油气储量高峰期增长发挥了重要作用。金凤鸣用坚韧与执着、智慧和汗水迎来了人生的高光时刻。

随着项目、课题的一次次成功攻克，踌躇满志的金凤鸣对隐蔽油藏的研究热情也一发而不可收。他把勘探对象锁定在了以往不受重视、通常认为是勘探“禁地”的洼槽区。作为主研人之一，金凤鸣提出“洼槽聚油”理论新认识，推动了油气勘探由正向构造带向洼槽区的战略转移，先后发现了阿尔、蠡县等多个 5000 万至 1 亿吨级的规模石油储量区，累计增储达 6.54 亿吨，获得中国石油油气勘探重大发现一等奖 4 项。

针对常规型潜山油藏勘探程度高、发现难度大的实际，金凤鸣大胆提出深潜山及潜山内幕油气成藏新认识，实现了高产高效油气储量发现。相继发现了长 3、宁古 8 等 9 个高产、高效深潜山及潜山内幕油藏，其中长 3 井获得日产油 518 立方米，为 2006 年中国石油单井最高产量；宁古 8X 单个潜山油藏控制石油储量 1312 万吨，为华北油田近 30 年来最大潜山油藏发现，形成了华北油田高效潜山储量增长新高峰。

在牛东 1 井的发现中，金凤鸣把深潜山及潜山内幕油气成藏新认识演绎得更加完美。这口井最终获日产油 642.91 立方米、天然气 56 万立方米特高产，发现了中国东部最深（6027 米）、国内温度最高（201℃）的高产油气藏，对于推动渤海湾盆地深层勘探具有里程碑意义，获得了中国石油油气勘探重大发现一等奖。

随着华北油田整体进入中后期深度开发，勘探难度越来越大，传统的勘探方式已不能适应高成熟老探区油气勘探的需要。为此，金凤鸣总结形成了高成熟老探区富油凹陷二次勘探方法，提出开展富油凹陷“整体认识、整体评价、整体部署”为核心的二次勘探，为高成熟老探区富油凹陷的深化勘探提供了新思路，积累了宝贵经验。

在冀中北部，金凤鸣和同事们对已停滞 20 多年的廊固凹陷进行地质攻关，在旧州构造新发现落实一批有利勘探目标，其中钻探州 16 井发现油层厚度104米，试油自喷日产油40吨、天然气上万立方米的油气藏，新增石油储量823万吨，并实现当年发现、当年开发。

为了找到更多的油，金凤鸣既当指挥员，更是实践者。他和同事们一起对冀中几百口老井进行重新分析，提出对柳泉构造固13井进行试油的建议，获得4万立方米的高产气流，使这口沉寂多年的老井“起死回生”。经过进一步研究与勘探，使该构造新增含油气面积9.9平方千米，新增天然气储量35亿立方米，凝析油71万吨，这个多年勘探停滞不前的老区重燃“地质之光”。

作为主研者和主要贡献人之一，金凤鸣先后参与研究发现了赵州桥、宝饶、包尔、留西、柳泉、廊东、旧州等十几个油气田或油气藏，4次获得集团公司、股份公司油气勘探重要发现突出贡献奖，荣获河北省五一劳动奖章。

继2005年受聘为集团公司首批高级技术专家后，金凤鸣2008年、2011年相继获得第二、第三届集团公司高级技术专家聘任。2009年晋升为教授级高级工程师，2010年获得第五届黄汲清青年地质科学技术奖。

为了油，金凤鸣苦苦地寻找，苦苦地期盼，他用一种近乎痴迷、如痴如醉的情感投入其中，是那样无怨无悔，一往情深。他经常用马克思和鲁迅的两句名言告诫自己：“在科学上没有平坦的大道，只有不畏劳苦沿着陡峭山路攀登的人，才有希望达到光辉的顶点”“哪里有天才，我只不过是把别人喝咖啡的时间都用在工作上了”。

通往科研成功的路，多是坎坷、曲折的，但金凤鸣凭借自己不屈的意志、扎实的知识、大胆的实践取得了一次次勘探找油的胜利。他那一本本闪光的证书，如同两片成熟的绿叶托出一个个金黄的科研硕果。

所有的成功与业绩被金凤鸣抛在脑后，为了找到更多的油气藏，他没有时间细数和沉醉曾经的功名，在他的心里，只有一个奋斗的方向和目标，那就是为祖国石油事业奉献更多更好的果实。为了这个目标，他愿倾尽全部才智，一直砥砺前行！

在华北油田工作的30年中，金凤鸣一直从事一线石油勘探地质研究，由他主研和参与合作完成的科研项目有30多项，技术指导完成科研项目100多项；主研与合作提出获得工业油气流勘探井位120多口，累计新发现石油地质储量近5亿吨；地质研究成果获国家科技进步二等奖1项、省部级科技进步奖15项、中国石油油气勘探重大发现奖7次，为华北油田2006年以来连续7年亿吨级油气储量高峰期增长做出重要贡献。这或许是他调离华北油田多年后，仍被人们铭记在心的原因吧。

芬 芳

王利敏

引子

不曾散去的，才能成为恒久的记忆。枝头抱香，纷纭大地，翔飘飞零。每一种播散，每一种存在，都是人世间的过往。

你曾解除多少患者的痛苦，你曾拯救多少濒临死亡的生命，你的心中聚集着灼热的爱，将一切无私地奉献给这片大地，奉献给大地上的人们，不求任何回报。然而谁曾想到——你走得那么急！那么急！你一生都在为了救助病人与时间赛跑、与生命抗争，却唯独忘却了自己。

冬季午后的斜阳，影影绰绰地照进了窗棂。几案上那一丛翠绿，悠悠飘来菊花的芬芳，嫩黄如丝的花瓣在冬阳的斜照下闪着亮光。那身白大褂还整整齐齐地挂在那里，仿佛随时准备着出发。这是你曾经工作战斗过的地方。

恍惚间，仿佛又见到你，还是那样一身洁白，听诊器挂在脖颈，一头短发洒脱利落，言语温和，步履匆匆。你的眼睛还是那般暖暖的，像一盏灯，能照进病人的心里，给他们带去慰藉和信心。是岁月的磨砺与沉淀，让你的内心永远充实、坚定，即便每天面对的是鲜血、是残缺、是死亡，还有焦急、误会和敌意，你依然以无限的爱心拯救着一个个生命……

刘玉青，人间的白衣天使！每每想起，每每记起，人们心中掀起的不仅仅是波澜，还有一份难过和遗憾。

芬芳，是绽放，也是赋予。你把芬芳留在世间，把枯萎留给了自己。然而一朵花慢慢萎去，果实又会绽出新的生命。

人的生命，不能以时间长短来衡量，心中充满爱时，刹那即是永恒！

一

金秋十月，是农村最繁忙最喜悦的月份。田野上，一株株高粱低着沉甸甸的头，犹如一团团火，一片片泛着金黄色的玉米，随着秋风荡漾，在田间劳作的人们挥汗如雨，享受着收获的幸福。

刘玉青，就是在这样的时节，出生在河北省深泽县的一个普通农民家庭。她的出生给全家带来了无尽的欢乐，父母对她视如珍宝，无微不至地细心呵护，虽然家里生活并不富裕，但日子过得和和美美。可幸福的时光如此短暂，在刘玉青很小的时候，父亲突然患急病去世，家里唯一的顶梁柱倒下了。

女子本弱，为母则刚。多年以后，刘玉青每次回想起儿时母亲的艰辛和坚毅，心中总会涌起一种感动和崇敬。在农村一个女人独自拉扯两个年幼的女儿，生活上会有多么艰难，很多人想都不敢想，可母亲从没有对她们姊妹发过一句牢骚。更让刘玉青敬佩的是，母亲从来都对未来充满希望，相信今后的日子肯定会越来越好。母亲晚上喜欢搂着懂事的小玉青，一边跟她聊天，一边缝缝补补，哪怕白天在地里干农活儿已经累得全身骨头都快散架了。

“玉青啊，咱们现在生活是有些苦，但过日子就像顺着吃甘蔗，一节总比一节甜……”

“是的，娘。我懂，我都懂。”

穷人的孩子早当家，刘玉青很小的时候就懂得了生活的艰难，更心疼劳累的母亲。她从来不和别的孩子攀比，也不在乎同学们异样的眼神，她知道家里的每一分钱都是母亲辛辛苦苦挣来的，要精打细算着花。懂事的她和姐姐共用一支铅笔，每次铅笔短到握不住了，她也不舍得扔，在铅笔末端缠上纸卷，直到彻底用完。为了尽可能节省铅笔，平时刘玉青就用烧黑的树枝在地上练字、算数，只有真正写作业时，才会拿出铅笔。

虽然家境清贫，但刘玉青的母亲，这位淳朴善良又充满睿智的农村女性，却十分重视孩子的教育。她一人扛起了家庭的重担，尽可能地创造条件，激励孩子努力学习。她用言传身教给了玉青和姐姐一个精神富足的童年，告诉她们人生的意义。刘玉青真切地从母亲身上体悟到什么叫乐观、什么叫尊严、什么叫奋斗。

刘玉青知道，家里生活如此艰难，就是因为父亲因病早逝，她从小就立下志向，长大后要当一名医生，救活千千万万个像父亲那样的病人，让悲剧不再重演!

正是因为生活中充满坎坷，才使刘玉青激发出勇气和斗志，她相信，只要努力奋斗，一定能奏响生命嘹亮的乐章。

1984 年，刘玉青以优异的成绩被浙江医科大学录取，成了那个年代少有的大学生。这个北方女孩带着几十斤白面、干粮和妈妈的千叮万嘱，独自踏上南下的火车，翻过千山万水，终于来到了魂牵梦萦的大学。当年的浙江医科大学就坐落在杭州西子湖畔，在这里，刘玉青第一次游历了西湖美景，也生平第一次吃到了大米。在往后的几年里，每当学校放假，她就会背一些大米回家，带给母亲和姐姐尝一尝这“南方”的味道。

一个人可以清贫、困顿，甚至低微，但是不可以没有梦想。在大学的 5 年里，对穿的，刘玉青不讲究，总是那么几件，有些陈旧但干净整洁；对吃的，她也不挑剔，有时功课紧张，干脆直接省去一顿。她把大量的时间精力都放在读书上面，因为只有不断学习，提高专业技能，才能实现自己的梦想。

“无论到了什么地方，也无论需诊治的病人是男是女，一视同仁，为他们谋幸福是医务人员唯一的目的。”这是“西方医学之父”希波克拉底警诚从医者的千古名言，也是每一名医生的誓言。从宣誓的那天起，这句话，刘玉青始终铭记在心。

二

1989 年，刘玉青大学毕业，分配到了华北石油管理局第二医院，成为一名传染科医生。一提到传染科，总让人心生畏惧，但刘玉青却没有一点嫌弃和抱怨，她热爱的是医生这个职业，每一位病人都应该得到最好的治疗，每一个生命都应该被珍惜和尊重。看似柔弱的她，内心却是那么的坚毅和刚强。

在二院传染科，刘玉青一干就是 7 年。这 7 年她从学生成长成为一名优秀的医师，她的业务不断精进，在病人眼中，她是可亲可敬、医术高超的刘大夫；在领导眼中，她是踏踏实实、办事放心的小刘。7 年间，刘玉青的生活也发生了重大改变，她找到了人生的伴侣，成立了幸福家庭。尤其是儿子龙龙的降生，让刘玉青对生命的意义有了更加宽广和深邃的认识。她说："只有亲身经历生命的降生，才能真正体会到生命的神奇、爱的伟大和幸福的真谛，才能更深刻地理解所有的生命不能被损害和放弃。"

1996 年，拥有良好医学专业背景又具备丰富实践经验的刘玉青，凭借多年如一日的优秀表现，被提拔为华北石油总医院医务科副科长。医务科是总医院的重要职能部门，承担医、政、教、研四方面工作，需要具备很强的综合管理能力和协调能力。刘玉青后来回忆，7 年传染科、5 年医务科的经历，对她是全方位的历练，也为她以后从容面对各种困难挑战打牢了基础。

2001 年，刘玉青被调到急诊科任主任，从这一刻起，她的名字就和急诊科永远牵绊在一起，再也无法分开。

在医疗系统有这样一个顺口溜：金眼科，银外科，累死累活妇产科，死都不去急诊科。急诊科是急、危、重病人集中的地方，工作又忙又累，没有规律，时刻面临着巨大的心理压力。许多大夫在急诊科待上一段时间后，都选择了离开。

那时的总医院急诊科没有固定的大夫，只有一名护士长带着十几名护士，可以说是“一穷二白”。大家听说调来一个新主任，既期待又好奇。

很快，刘玉青的表现就让科室的所有人对她刮目相看。当时急诊科能进行气管插管的少之又少，病人需要气管插管时，通常是请麻醉师来操作，时间得不到保证。可对于急诊病人来讲，每一分钟都是那么宝贵。而从未在急诊工作过的刘玉青，却在一次急救中成功给病人实施了气管插管，她凭借精湛的业务技能，为患者赢得了最佳抢救时间，也赢得了同事们的尊重。但这件事却让刘玉青产生了极大的忧虑。急诊，时刻与死神作战，生死就在一瞬间，面对危重病人，每一名医护人员的任何一次失误都会造成生命的遗憾。刘玉青意识到，必须开展全员大练兵，加强应急演练和技能培训，这是对生命负责。

那些年，急诊科光是技能竞赛一年就有大大小小几十场。刘玉青尤其重视一医一护抢救配合，她带领大家录制演示视频，现场教学，以赛代训，极大提高了医务人员的技能水平，人人都掌握了气管插管、气管食管双插管、深静脉穿刺、心肺复苏、除颤等急救技术。她还创新科室管理，从抢救操作到仪器设备摆放，再到抢救结束后物品整理，对各环节都制定了规范。在刘玉青的带领下，急诊室真正成了一支“钢铁娘子军”。

一个繁忙的上午，急诊室的电话突然响起。

“快！厕所门口有一位老人摔倒了！”听到电话传来的讯息，一个念头在刘玉青脑海中闪过：猝死？

“小王，带出诊箱，推平车，立即出诊……”

刘玉青和护士们赶到时，发现病人没有了心跳、呼吸，瞳孔已经散大。她们立即进行胸外按压，每分钟 100 次，每一次按压深度 5 厘米，及时的抢救、规范的操作使病人逐渐恢复了生命体征，刘玉青赶紧指挥护士把病人送到急诊室。

“贾莉，气管插管准备！”刘玉青果断下达指令。

这是贾莉第一次给病人实施气管插管，虽然已经练习了上百遍，但真要上手，心里还是不免有点紧张。但一分一秒对于眼前这位老人都是生的希望，顾不上多想，贾莉按照平时练习的要领，聚精会神、一步一步操作着。

“插管成功！”贾莉的声音有点激动。

经过 3 个多小时的抢救，病人终于从死亡线上被抢救回来。这时大家才感到饥肠辘辘，全身无力，超负荷的工作和高度的精神紧张使她们疲惫不堪、心力交瘁，但所有人的内心却充满成就感。她们亲历了生死争夺的艰难，也享受着生命重生的喜悦，而这种喜悦是别人无法体会的。

从 2001 年刘玉青任急诊科主任以来，总医院年平均接诊病人 2.8 万人次，其中危重病人所占比例大于 40%，与国内同级医院的 15% 相比，多了近 3 倍。虽然接诊病人比过去多了不少，但依靠娴熟精湛的医疗技术和多学科协同作战的优势，急诊科将抢救成功率提高到了 96.5%，远远超过了三甲医院评审标准中 85% 的要求。

三

有人说，要看人生百态，就去急诊室。急诊室里有太多的悲欢、太多的离别，每天不断重复上演着。

曾经有人问刘玉青，每天都经历这些触目惊心，为什么你们还能保持冷静呢？是已经麻木了还是已经将生死看淡了？刘玉青不假思索地回答：“不是麻木，只是在生命和责任面前我们的情绪不值一提。更不是看淡，而正因为常年历经命悬一线的时刻，才更懂得了生命的分量。”

不分白天黑夜，刘玉青和同事们每时每刻都在与生命赛跑。常人做事保持一阵子的专注已属难得，而干急诊工作常常 24 小时连轴转，只要有病人送进来，她们就算昨晚一宿没睡，也要马上打起十二分的精神。

又是一个夏季，临近晚上 10 点，石油商业街灯火辉煌，而从这里往西 100 米的总医院却一片沉静，静得连蝉鸣都显得有些聒噪。昏暗之中，“急诊”两个红色大字分外醒目。

抢救室内，一名头部胸部被打伤的患者正躺在病床上，浑身的污水夹杂着鲜血浸湿了床单，散发着浓烈的气味。刘玉青正在为患者处理伤口，轻轻擦干他身上的污水和血迹，找来被子为他保暖，准备去做 CT。

突然，患者的儿子带着满身的酒气冲进抢救室。“滚开，都给我滚开，我爸怎么样了？”

“小伙子你别着急，我们正在抢救，你爸不会有事的。”刘玉青担心他影响患者抢救，赶紧安抚他。

“不着急！敢情不是你爸，今天要是我爸活不了，你们也别想活！”

酒精已经让这个小伙子丧失了神智，他骂骂咧咧地揪住刘玉青的衣领，挥拳就打。护士们赶紧把他拉开，好险，这一拳差点儿就落在刘玉青的眼睛上。

刘玉青知道，这时和一个醉酒的人是没法讲道理的，要紧的是救人。她冷静地安排护士带病人检查、缝合伤口。好一阵子，患者终于被平安地推出了急诊室。这时，他儿子也已经清醒过来，看着死里逃生的父亲，想到刚才自己粗鲁行为，既羞愧难当，又深受感动。

没过几天，他就和几名亲属带着一面锦旗来到急诊室，上面写着“医术精湛，医德高尚”八个大字。像这样的锦旗，急诊室还有很多很多。

医患关系向来是敏感而棘手的难题，尤其是在生死攸关的时刻，稍有不慎就会引发尖锐的冲突。从医多年，不管遇到什么急重病人，刘玉青都是迎难而上、精心救治，可日趋紧张的医患关系，却成了她内心深处的一个疙瘩。尤其是科室里的姐妹们受了委屈，她看在眼里，疼在心上，为此她专门设立了一个特殊的奖项——“委屈奖”。这小小的奖项，让那些遭受不公平待遇的医务人员心里暖融融的。

“从本质上讲，医患之间不应该成为对立的双方。患者深受病痛折磨，医生帮助患者共同面对病魔，大家应该是生死相托的战友。医护人员不需要什么特别的保护和特殊的待遇，希望的只不过是最基本的安全和尊重。但无论遇到什么情况，治病救人永远是第一位的，我们要把病人当成亲人，为他们解除病痛，因为我们是医生。”

这是刘玉青在工作笔记中的一段话，从中我们读懂了四个字——医者仁心。

四

“才不近仙者不能为医，德不近佛者不能为医。”这是刘玉青常挂在嘴边的一句话，在她看来，选择了医生的职业，就是选择了一份责任。

每年急诊科都不可避免地会接收一些无姓名、无陪护、无治疗费的“三无”患者，有的是在外突然发病被好心群众送来，有的是老年记忆障碍记不起亲人，还有的是经济困难而又急需救治，实在是走投无路。无论什么情况，刘玉青总是给予他们精心的救治和贴心的护理。

2006年除夕夜，油田矿区火树银花，流光溢彩。绚丽的烟花在夜空绽放，清脆的鞭炮声在空中回荡，处处洋溢着欢乐与祥和。

此时的急诊室却如同另一个世界。

随时响起的急救电话，一个个情况危急的患者，一声声痛苦无助的呻吟，一拨拨焦急关切的病人家属，医生在紧急询问、诊断，护士在忙碌处置、护理。时间在这里好像都加快了脚步，每一分一秒都是那么的宝贵。中央电视台正在播出精彩的春节晚会，但没有一个人看一眼大厅墙上悬挂的电视，这就是急诊室的除夕夜。

新年的钟声刚刚敲响，急诊室外突然传来一阵警笛声，打破了深夜的寂静。不一会儿，几名警察驾着一个外伤患者进到病房，伤者看着只有十几岁的样子，满头是血，是抢劫逃跑时摔伤的。

“这种人就是罪有应得，活该他受罪！”

“早知现在受罪，何苦当初犯罪！”

“还给他治什么啊，简直就是浪费资源！”

得知这是一名抢劫犯后，急诊室里的病人家属群情激愤。

可刘玉青不为所动，像对其他患者一样，带领医护人员认真地给他处理伤口、精心治疗。整个治疗过程中，小伙子神志清醒，但一言不发，从他闪烁的眼神中，可以感觉出他内心的波动。等急诊室其他病人也都治疗完了，刘玉青总算可以松口气，她坐在小伙子病床旁边和他拉起了家常。刘玉青温和的话语和暖心的目光使小伙子放松了戒备，向这个第一次见面的陌生人敞开了心扉。他从小父亲去世，母亲把他留给年迈多病的奶奶就再无音信，因饱受饥寒，他流落街头，一念之差，走上了犯罪道路。看着小伙子的泪水从满是创伤的脸上流下，刘玉青心中一阵绞痛，他比自己的儿子大不了几岁，本该在阳光下快乐成长，可现在却因为残酷的生活现实误入歧途。

刘玉青的眼睛有些湿润，摸着小伙子的头说：“孩子，可别再做傻事了，你还这么年轻，人生还有很多美好的事在等着你啊。”

“嗯。”小伙子忍住哽咽，半天才挤出一个字。

了解到小伙子从中午就没吃饭，刘玉青给他端来爱人送来的饺子，因为一直忙碌，这盒饺子一直没时间吃。

“来，过年了，咱们一块儿吃饺子。”刘玉青递给小伙子一双筷子，她明显感觉到小伙子接筷子时手在颤抖。她只吃了两个就说饱了，静静地看着小伙子就着眼泪把饺子吃完。饺子早已经凉了，但小伙子的心却是热的。

此时，外面的天色已经亮了，新年的第一缕阳光照进急诊室，也照进了小伙子的心里。

这个世界总有一些人会被遗忘在角落，但也总还会有一些人，始终不离不弃、守护着这些孤单的人。对刘玉青来说，病人没有性别之分，没有年龄之分，甚至没有有罪和无罪之分，在这里，他们都是需要帮助的人。治病救人是她的天职，如果能拯救一个绝望的灵魂，那更是她的意外收获。

那年 5 月的第二个星期日，有一个年轻人抱着一束鲜花走进了急诊室："请问哪位是刘玉青大夫，这是有人托我给她送的花。"

护士们一见都围了过来，争着看留言卡片，只见卡片上写着歪歪扭扭的两行字："刘大夫，今天是母亲节，祝您节日快乐！感谢您，让我感受到了妈妈的温暖。"

五

在刘玉青的带领下，急诊科发生了翻天覆地的变化，这变化体现在医护人员的精神面貌和专业水平上，体现在群众的认同和信任上，也体现在她们获得的荣誉上。2009 年，中华全国总工会授予总医院急诊科"全国工人先锋号"，刘玉青本人也先后获得河北省医德医风标兵、河北省健康卫士楷模等荣誉称号。可谁曾想到在这些成绩、这些变化的背后，刘玉青默默地付出了多少？

也就在这一年，为了筹备建设急诊监护病房，刘玉青来到北京协和医院进修。在进修学习的近一年时间里，刘玉青是把一天当成两天用，每天早早就来到科室，查房、交接班、处理病人，沉浸在病案室观摩典型病历，按时参加每一场急诊科大查房……不放过每一个可以学习的机会。协和医院的大夫这样评价刘玉青："从来没见过这么好学上进的主任，她从来不把自己当主任看，比那些年轻的大夫还要努力、尽心尽责，她值班，大家都放心。"

时间对每个人是一样的长，有人形容白驹过隙，有人觉得度日如年。而刘玉青清楚地知道，来北京进修机会难得，要暂时离开急诊工作，无法照顾即将高考的孩子、经常忙得吃不上饭的丈夫，还有年事已高的母亲和公公婆婆。所以这些时间不是她自己的，不能虚度，要让每一分钟都有收获，这样才不辜负家人的付出，也不辜负医院领导同事的信任和期待。

近一年的进修培训，刘玉青熟悉了协和医院的角角落落，但她却依然不熟悉北京城。那段时间，刘玉青总是出租屋与医院两点一线，天还没亮就开始赶公交、转地铁，回到住所已是深夜。她没见过秋日下的长城、雪后的故宫，她知道不远处的天坛公园景色很美，总想抽时间去看看，可惜直到进修结束，依然没跨进过公园大门。但让刘玉青欣慰的是，她带回了满满的收获。

急诊科的同事们都知道，刘玉青有宽敞明亮的大房子，但她十几年来一直住在总医院家属区 50 多平方米的小房子里。大家更知道，她这样做是为了随时准备抢救患者。

曾经在急诊科任护士长的胡洁感慨地说道：“在急诊工作的时候，最害怕的就是晚上接电话，只要一接电话，一宿肯定睡不了觉了。刘主任当急诊科主任那么多年，可想而知她承受了多少，人不是铁打的，可刘主任就像铁打的一样！”

是啊，自从 24 岁成为一名医生，刘玉青就无怨无悔地服务着油田及周边百姓，从双十年华到知命之年，她始终在奔波、在行医、在奉献，只是为了让百姓得到优质的医疗服务，获得平安和健康。她让无数群众摆脱病痛，甚至重获生命；她在总医院领导的支持下，为急诊科建立起了完备的治疗体系，打造了高素质的医护队伍……但她留给自己的，却很少很少。

急诊工作没有上班下班之分，必须随时准备上“战场”，刘玉青多年来一直这样坚持。她一上班就忙来忙去，难得坐下来休息一会儿，好容易下班了，她也是时刻警醒，把手机来电铃声开到最大，从来不敢离身。不管电闪雷鸣还是风雪交加，不管是节日休假还是深更半夜，只要电话响起，她几分钟之内就能赶到单位。

一个冬季的周末，急诊科病人特别多，在家休息的刘玉青一天往急诊室跑了三次。临近晚上，刘玉青终于腾出一点时间，准备给家人做饭，不料电话又响了起来："主任，刚刚有一个从 4 楼坠落的患者送过来，情况特别严重，您过来看一下吧！"情况危急，刘玉青扔下锅铲就往急诊室跑。

刘玉青赶到时，患者已经奄奄一息，四肢多处骨折变形，呼吸微弱，心率很快，双侧瞳孔光反射迟钝。刘玉青经过快速诊断，立即指挥抢救，面罩吸氧、气管插管、呼吸机支持、深静脉穿刺、输血、四肢骨折固定、诊断性腹腔穿刺、伤口止血、导尿……一系列操作在最短时间内完成。20 分钟后，患者血压回升，自主呼吸恢复，又一条生命被她们从死神手中抢了回来。

额头的汗水还没来得及擦，又有一名农药中毒的患者被推入急诊室……

忘记了焦急等待的家人，忘记了锅里煮的红烧肉，忘记了这顿难得的团圆饭，刘玉青在急诊室一待就是一夜。

第二天一早回到家，平日和和气气，一向支持她工作的丈夫实在忍不住了，冲她发了一顿火："你看你，每天忙忙碌碌不着家，你也是个人，也需要休息，为了工作，你还要不要命！"

刘玉青歉疚地说："病人生病又不可能挑日子，我也不能看着不管啊。下个周末，我肯定抽出时间，咱们全家吃顿团圆饭……"

看着筋疲力尽的刘玉青，丈夫心中酸痛，把热好的饭菜摆在桌上："吃吧，这红烧肉可香了，吃完了赶紧睡一会儿吧。"

刘玉青何尝不想休息，何尝不想和家人多一些温馨时光，可病人等不得啊！这些年她的确对家人照顾的太少，尤其是对儿子龙龙，她心里总有一种说不出的愧疚。

龙龙上小学二年级的时候，一次去游泳时不小心把钱丢了，不能坐公交车回家，情急之下，他在路边借用别人的手机给妈妈打电话，让妈妈去接他。刘玉青接到电话非常着急，换好衣服刚要出门，一名危重病人被送进急诊室，必须马上抢救。刘玉青心中非常纠结，但却没有丝毫犹豫，马上穿上白大褂，开始给病人诊断病情。她知道此时儿子正独自站在路边焦急地等着妈妈，龙龙没有手机，无法联系，爱人又在外出差，身边的同事也都忙得不可开交，这种情况只能靠8岁的儿子自己面对。经过几个小时的抢救，病人终于转危为安，刘玉青赶紧往家跑，希望一开门就能看到龙龙。回到家，家里是空的，刘玉青的心仿佛也空了。刘玉青一边各屋找一边大声喊儿子的名字，多希望龙龙是藏了起来和她开玩笑，可她很快就绝望了。出去找？几个小时了，龙龙还会在那等着吗？在家等？万一儿子在外面有意外怎么办！这么多年，刘玉青不知经历过多少次紧急抢救，但从来没有像现在这样无助过。正当她站在家门口不知所措时，龙龙回来了，小脸蛋上还挂着泪痕。刘玉青一把把儿子搂在怀里，一个劲儿地说："对不起，儿子。"又赶紧问他是怎么回来的。原来龙龙一直在原地等，看天都快黑了妈妈还不来，知道妈妈肯定有紧急情况接不了他，就走了回来。刘玉青捧着龙龙的小脸，看着他清澈的眼睛，再一次轻轻地说："对不起，儿子。"这件事龙龙很快就忘了，可刘玉青一直记在心里。

"为了挽救千千万万个患者，为了让千千万万个家庭免受失去亲人的痛苦，我愿奉献我的一切。"这是刘玉青年少时的志向，长大后，她做到了。

六

2011年5月，刘玉青离开了她奋斗了10年的急诊科，升任华北石油总医院副院长，后又兼任疾病预防控制中心主任。但她的心却永远割舍不下对急诊科的情感，割舍不下和她一起摸爬滚打的好姐妹。这10年，一直是她人生中最珍贵的记忆，而急诊科的同事们对她也是万般不舍，直到几年后，大家见了她，还亲切地称呼她刘主任。

从急诊科主任到副院长，刘玉青的忙碌程度没有一丝一毫的减轻。新的工作岗位，对她提出了更高的要求，她不会允许自己有半点懈怠。刘玉青依然早出晚归，为医院更好地服务群众不停奔走；依然重视员工培训，组织大家训练比赛，不断提高全院医护人员医疗水平；依然会去急诊科，一起解决疑难杂症，还会像以前一样尽力资助贫困患者……

大医精诚，这是刘玉青一直在追求的境界。她认定，崇高的境界需要平凡岗位中一点一滴的修行，踏踏实实干好每一项工作，尽心尽力地看好每一个病人，自己便朝着这个境界又接近了一步。事实上，在百姓和患者的心目中，刘玉青早已达到了这样的境界。

生命对于每个人来说只有一次，既珍贵又脆弱。刘玉青曾说，每一个生命都是一个世界，医生的一次治疗失误就可能毁掉病人的整个世界，我们必须帮助这些因疾病而脆弱的生命摆脱病痛，享受健康生活的美好。我愿意用我的生命去扶持另一个生命，就像用蜡烛点燃蜡烛。

可是，用生命去扶持另一个生命，需要付出心血，就像用蜡烛点燃另外一支蜡烛，会流下烛泪。

2015 年 5 月 30 日，是一个不同寻常的星期六，不同寻常的是，华北地区下了一场久违的雨，更为不同寻常的是，一次让油田人记忆至今的公共卫生事件在创业家园 A 区发生……

“总医院有多例腹泻患者，都住创业 A 区，你们快来看看。”下午 6 点，华北石油疾病预防控制中心接到总医院急诊室打来的报告电话。

接到报告后，作为疾控中心主任的刘玉青立即赶到急诊室，有两名腹泻患者正在接受诊治，3 名症状较轻的患者已经拿药离开。结合患者怀疑饮水有问题的自诉，刘玉青立即安排实验室工作人员带上水样采集器具，从创业供水站出水口和两名患者家中采集了 3 份水样。第二天，总医院急诊室又新增 5 名来自创业 A 区的腹泻患者，但化验结果需要 48 小时才能出来，谁也无法明确是什么原因引发的这种情况。

6 月 1 日一早上班，刘玉青就来到实验室询问化验结果。虽然还不到 48 小时，但导管中已经出现明显的产气产酸现象，令大家担心的事情发生了——水中微生物超标。这一检测结果被立刻汇报到了卫生处和矿区服务事业部。接到报告后，矿区服务事业部随即启动了应急处置预案，成立了应急小组，一边立即组织人员排查小区供水管网可能存在的隐患，寻找渗漏点，一边加密水质监测，密切关注患者病情。

6月2日中午，疾控中心实验室人员观察到，前一天采集的泵房出水口水样指标正常，而以梅花布点方式采集的5份末梢水样却化验出大肠杆菌超标。源头水正常，供水管网完好，末梢水异常。这样的结果让所有人员有些迷惑，但却想不明白到底哪个部位出了问题。到6月3日，创业A区就诊人数已上升到200多例。刘玉青意识到，这绝不是寻常的病，如果再找不到致病原因，后果不堪设想。4日一早，刘玉青赶紧安排人员把3份患者呕吐物、粪便样本送往石家庄检测。晚上9点多他们接到消息，两份样本检出诺如病毒，患者的病情被确定为诺如病毒引起的急性感染性胃肠炎。诺如病毒是一种非常罕见的病毒，变异多、传播快，国内也是近几年才发现。看来，这场“战役”短期内还将处于胶着状态，首先必须要控制疫情发展。刘玉青第一时间把确诊消息报告给应急指挥部，并赶紧研究应对举措。

在疫情发生的10多天里，总医院开通了3个绿色就医通道，并在小区设立了临时简易诊疗点，所有参与诊治的医务人员每天坚守在岗位上，不仅要保证医院内的救治，还要向居民宣传防控知识，给予专业解答，消除群众恐慌情绪。

经过多方努力，污染源找到了，并进行了应急处理。6月14日、15日，连续3次水样采集检测结果显示：诺如病毒、大肠杆菌未检出，末梢水余氯合格，而此时创业A区也已连续72小时未出现新增病例。当天下午，小区恢复正常供水。

夜以继日的15天战斗终于结束了，居民群众欢欣鼓舞。晚上，各家厨房里又传来了美妙的“交响曲”，孩子们在小区的凉亭下追逐嬉闹，小区里像往常一样热闹起来。

就在此时，刘玉青却躺在了病床上，她声音微弱但坚定地说："王大夫，给我最大的剂量！"

在这次事件发生前不久，刘玉青就已查出患了癌症，并且癌细胞已经发生转移。但面对这次突发情况，她没有听从家人和同事的规劝甚至哀求，选择了参加"战斗"。整整15天，她指挥水样采集检测、统计分析检测结果、整理疫情防控知识、参加新闻发布会，几乎不眠不休。她不知疲倦地在医院、小区和检疫部门之间不停奔波，完全忘记了自己身患绝症。

一个医术高超的大夫，怎么突然病得这么严重，难道事前没有一点反应吗？据刘玉青的同事们讲，在半年多前，刘玉青已经有了反复发作的下腹疼痛症状，然而，因为工作繁忙，她没有去仔细检查，错失了最佳的治疗时机。直到这一刻，刘玉青才真正放下了手头上的所有工作，被院领导强制安排休息，做放化疗。

要是一个人能永远年轻该有多好！生命不息，青春常在，就可以永不停歇地为百姓服务，解除更多患者的痛苦。躺在病床上的刘玉青，思绪已经飘远，如同窗外天空中飞翔的白鸽，背负苍穹，放眼无垠。

春蚕到死丝不断，留赠他人御风寒。

一套50多平方米的旧房子，家具多年没换过，老式的大衣柜、老式的床和沙发。10余年，即便已是副院长，刘玉青还一直住在那里。她一辈子简朴，最高档的衣服是一件真丝衬衣，那是她为儿子婚礼准备的，可最终没能等到那幸福的一天。为了总医院顺利通过三甲医院复审，她呕心沥血、亲力亲为，从组织构架、条款分工、培训考核、内审追踪、现场督查到迎审规划、进度落实，可以说是费尽心血，但她也没能等到结果……

从医20多年，刘玉青就像陀螺一样一直旋转，一种责任始终在鞭策着她，让她从未停下来。甚至临近生命的尽头，她还不放弃燃烧，用微弱的火焰点亮更多的蜡烛。

有的人即便生命消逝，生命之光也会继续闪耀。

不是尾声的尾声

重新拿起笔，心里沉甸甸的，好像被一块石头紧紧地压着。每一次翻开刘玉青的事迹材料，体悟着她那让人温暖、感动甚至是悲怆的过往，内心的敬仰之情都会愈加强烈。写着她的故事，仿佛走进了她的生命，那是一场短暂却精彩的人生旅程，那是一片纯净而圣洁的精神家园，能净化每一个人的心灵。

没有比人更高的山！没有比心更宽的海！

人类因精神而伟大。在刘玉青身上，我们看到了这种精神，也感受到她已经将这种精神深深地印刻在身边每一个人的心中。

是的，刘玉青的故事永远没有完结……

故乡的太行

李　楠

初见张聪，内向、沉稳、不善言谈，与1983年出生的人相比略显老成……

2015年10月下旬的一天，黎明时分，张聪床头的闹钟响了！其实，即使闹钟不响，他的生物钟也会准时“响”。平时，在这个时间起床已成为习惯。洗得泛白的红工服、穿了4年的黑雨衣，还有一双黑色高筒雨鞋，是他这段时间起床后的标配！

“全副武装”好后，出门，上山！开始了新一天的工作。

晨雾尚未散去，东边山顶上朦朦胧胧刚刚发白，如同笼罩着银灰色的轻纱。这时，万籁俱寂，突然有声鸟叫划破了这寂静。张聪腿不停，心思却被这日出前的神秘景象所吸引，想着：此时，如果是在冀中平原的华北油田公司总部，一定会看到东边天际线上方的“鱼肚白”。真有意思，说起“鱼肚白”，这个词儿仿佛与他格外有缘呢，在山西沁水土生土长的张聪，小时候抬头见山、低头是水，很难看到太阳从地平线升起，但这丝毫没有妨碍他作文没词时常写“东方出现了鱼肚白”。其实呀，他虽然真实见过鱼肚白是怎么个白，却从未真正见过太阳即将露脸时东方地平线上的“鱼肚白”。有趣的是上大学后，与他要好的一位西北校友小时候也是“鱼肚白”的爱好者。可是，尽管那个校友小时候把“鱼肚白”这个词儿用了五六年，却从未见过活蹦乱跳的鱼，因为他家那地方虽无山遮挡，可以看见太阳从地平线升起，但由于缺水，在他13岁以前就没见过真鱼。如此看来，在俩人小时候的印象中：一个认为“太阳即将出来时东边的天色就是鱼的肚皮那种白”；一个认为“真正的‘鱼肚白’就是太阳即将出来时东边天上的那种白”。俩人第一次交流这个心得体会时，都很激动，各自都强调自己当年的认识最准确……数日后，当俩人在校园再次争论时就冷静了许多，最后形成的共识是：两个人的说法都对，但都不完美。因为比喻词具有关联性，如果在不了解关联方或知之不多的情况下使用这个比喻，无论使用多少次都是人云亦云，丝毫没有“真知灼见”的成就感，更无知己知彼的联想体会及美感。况且，相似不是全等，任何比喻都有一定的局限性，如果再不了解各关联方真实情况，就极易让比喻误导。于是，这“共识”就在张聪脑海有了深深的烙印！

2008 年 7 月，从中国矿业大学研究生班走进华北油田——承担起勘探开发煤层气的重任后，张聪对这一“共识”有了更为深刻的体会。正是在攻克“威虎山”的进程中，为准确把握“各关联方”的真实情况，他日复一日、不厌其烦地在山路上穿梭。直到今天，依然乐此不疲地录取水平井排采数据。这活儿，粗中有细、动中有静，干一天两天是“享受”——起码可欣赏沿途山水搭配的风景。但每天都在山路上“暴走”的话，自然就少了几分新鲜感，况且是在同一条崎岖小路上来回走，上坡越岭、下坡翻沟，碰上雨天或下雪天，不是“泥猴”，就像“雪人”，哪有闲心给山水变换的颜值打分。尽管如此，张聪依然是信念不改初衷，几乎是天天在山路上“走走、走走、走呀走……”

突然，手机铃响了。张聪接听后，方知是地质研究所所长打来的电话。他说：“在晚上的分公司地质例会上要梳理发现问题，今天一定要跑完既定的 11 口水平井，以便在会上能够说重点、抓关键。”张聪应答了几声“是”，心里却在想着：查看完这 11 口井以后，就该面对怎样更直接地解决地质数据和上产过程的诸多问题了。

于是，他加快了步伐，走！

双腿不停运动，大脑时刻不闲。想着想着，不知怎么就睹物思情，想起了小时候的一些片段。因为在他坚守的阵地——樊庄不远处，就是他的家乡。可以说，这里的山山水水、草木砂石都认识他。在距家乡不远不近处有个城市叫大同，那地方无疑比张聪家乡的名气大。历史上，大同曾是北魏首都；现如今，大同占有煤矿资源优势。古城故事多，煤城事故多，人们口口相传，这“两多”自然而然广为流传。当年的小张聪与大人们在脚下这条山路上同行时，不仅听他们讲过英雄豪杰过五关斩六将的故事，还听说过大同煤矿的矿难大事故。当时，听得最多的一句话是：煤矿是用命换来的。在传说的诸多事故中，印象最深的当属大同煤矿 1960 年 5 月 9 日的瓦斯爆炸事故。这方面的事儿听得一多，小张聪就开始替大人着急：想个什么办法才能把害人的瓦斯赶走呢？大概是这个“问号”始终未得到回音的缘故吧，上大学期间，张聪结合有关专业课的学习，专门在图书馆查找了关于那个“5·9”事故的相关史料。

不看不知道，一看吓一跳，书上记录的比大人当年说得更可怕。简单地说：1960 年大同发生的“5·9”事故，是中外采矿史上最悲惨的瓦斯爆炸事故——死亡 682 人。任何事故，都是不期而至。就在那次事故发生的 1 分钟前，在 800 米地层深处的井下，电机车在巷道穿梭，主扇压风机隆隆作响，电话交换台信号灯不停闪烁，一切是那样的繁忙，又是那样的平常。突然，大地抖动，老白洞矿 15 号井口喷出强烈的火焰和浓烟。后来，据有关专家说：其爆炸威力不亚于 12 级台风。当时，井口房屋以及附属建筑物在瞬间全被摧垮，井架上高高矗立的打钟房顷刻起火。随即，从 16 号井口也喷出浓烟，井口房被摧倒，井上井下电源全部中断，距离 15 号井翻笼 2000 公尺的所有设备、棚架被掀翻和摧垮，变电站、图表室等地方全是呛人的烟雾。从井口喷出的火焰高达 30 多米，几十里外的人们在夜间都能看到。“大爆炸”发生时，交班的职工未上井，接班的职工在井下，两个班共 905 人……七峰山默哀，口泉河哭泣！“5·9”大爆炸，震动了晋西北，惊动了中南海。周总理数次向毛主席汇报后，又亲自赶到大同矿务局指挥抢险。当时，由于在技术上无法处理大爆炸的后遗症，只能将一个正在出煤的矿山给封堵死了，但对地下的灭火问题仍无法解决，地层下的煤层之火直到70年代还在自燃……

自从查看“5·9”事故的相关资料后，张聪总有一种说不清道不明的意念在脑海时隐时现。直到2006年读研时，导师带着他从江苏徐州赶到河北唐山做煤层气项目研究期间，得知华北油田开采煤层气的消息后，他专程从唐山跑到位于河北省任丘市的华北油田公司总部听了有关部门的情况介绍后，那种模糊的意念在瞬间清晰：自己在矿业大学主攻的地质专业与开采煤层气有着千丝万缕的联系，而开采煤层气不正是“赶走害人瓦斯”的绝佳机会吗？这是自己小时候就有的想法呀！再说，科学技术发展到今天，不仅仅是要赶走瓦斯，还可变害为宝——让瓦斯“改名换姓”，以煤层气的名义成为“回头浪子”造福人类。想到这儿，他激动得不能自已，遂萌生了毕业后到华北油田工作的念头！真是“有心人，天不负，如愿以偿在眷顾”呀，毕业前夕，华北油田在中国矿业大学招录时，他凭借优异的成绩和对煤层气事业的出众认识及展望被顺利录取。与同一时期报到的其他学子相比，张聪更幸运——在家乡的土地上放飞自己的梦想。他干的是一件兴利除弊的大好事，高兴的当然不仅仅是左邻右舍的乡亲们……

下午1点10分。张聪瞥了一眼手机屏，心想，才录取了6口井，另外5口井散居于对面的山腰，得赶紧走。晚上要开会，尽量提前赶回去。于是他抄近路，沿着一条弯弯曲曲的小路下坡，迎着对面的山崖方向走去。山区初秋的阳光是金贵的，尤其是处于山峰和梁峁阴影中的草木，有点阳光就灿烂。匆匆行走的张聪，偶尔扭头向高处或低处注目，总想琢磨几个赞美此情此景的佳句，可浮想联翩的总是工作场景——

那是2008年的7月份，对华北油田煤层气人而言真是“天热情更迫”呀！啥“情”？嗨，想起来就头疼：当时，“双驼峰曲线”排采理论实施才两年，产量就像过山车，从最高峰瞬间接近谷底，再加上新区勘探未突破，一时间，让煤层气这个充满希望的朝阳产业面临前所未有的困难。就是在这个艰难时刻，刚走进职场的张聪还没来得及高兴，就被“爬坡解困”的氛围裹挟着站在了承压口上……不久，有同学来看张聪时，见他“挣钱不多事不少，天天爱往山沟跑；风雨无阻费心力，仍是甩不掉‘亏损帽’”，情急之下，就想助张聪一臂之力——把张聪从“火坑”里拉出来。于是，同学通过电话或当面不停地劝说，“女怕嫁错郎，男怕入错行。还未毕业时，晋煤集团、潞安集团和山西煤炭地质局等单位就向你抛出了橄榄枝，你为啥不听劝，偏往这儿跑！”

“你是咱班的学习尖子，有千条路、万条道可选择，干吗非要干这个。事不宜迟，趁年轻，转行还来得及！”

不管老同学怎么说，张聪就是“咬定青山不放松”，一次次果断回绝了同窗好友的“好意”。事后，有记者闻讯来采访时问他：“当时你为啥态度那样坚定？”张聪说：“我读研时就做过煤层气项目研究，对晋南山区的煤层气前景充满信心！”他拿出樊庄区块地质剖面图给记者看，“樊庄最初建产时，计划投产排采井500多口，前期上了100多口。经过一段时间试采，有人就持不乐观态度，说‘煤层气井得的是难以根除的慢性病’，因而高产的变低产、低产的变没气。地质研究靠的是技术和不断实践，在尚未占有大量从实践中得来的资料情况下，怎么能轻信情绪化的无稽之谈？”

于是，初来乍到的张聪，不说二话就与从事煤层气研究的前辈们一起忙乎，像医生对待疑难杂症患者似的，夜以继日地操心受累。在常人看来，张聪是入职不久的新人，跟在前辈后边走就行，可他很要强。跑现场时，主动系统了解排采井钻井、压裂、排采过程；做研究时，注重对比分析不同地质条件、不同水量、不同气量的井，针对不同井实施不同“手术”。有时，睡觉时想到了好点子，就起床伏案工作，被室友称为“煤痴人”。就是这位“痴人”，在“研究室——排采井场、排采井场—研究室”的“两点一线”上循环往复，使理论知识与实践一次次碰撞。碰撞出的是火花，承受的是苦难，考验的是心志，只有不放弃，不服输，在反复“碰撞”中能挺身而立、且能挺身而出，就会“翻过山见太阳”。

从未忘记“把害人的瓦斯赶走”初心的张聪便是这样挺过来了，很快尝到了吃苦后的甜头：参加工作不用半年，就代表“压力降对排采影响”和“压降面积评价”课题研究团队，在分公司月度工作汇报会上捧出了用心血浇灌的成果。这一成果用专业术语说的话很长、很枯燥，如果用口语概括的话可简称为“五段三压”排采法。具体说，就是将煤层气井生产过程划分为排水、憋压、控压、高产稳产和衰竭“五个阶段”，灌控制的重点为三个压力，即井底流压、解吸压力、储层压力。也就是在那次汇报中，张聪陈述完“五段三压”排采法后深有感触地说：“以往，为什么排采井产量稳不住，我认为不是地层问题，关键是欠缺管理技术和措施。不进行压力控制的煤层气井，产量就会呈现‘过山车’情况。”

让张聪感到欣慰的是，分公司和部门领导及同事开明得让人激动，从不论资排辈，把他这个初出茅庐的年轻人的话听得认真、想得仔细，在当天的会上立即作出部署，会后迅速开始了“五段三压”排采法的单井试验。为不辜负领导和同事们的信任和期望，在试验过程中张聪神经始终紧紧地绷着，几乎每天都是对着枯燥的数字忙碌：白天，对排采井定流量、定气量、定水量；晚上伏案分析地质剖面图、对比产量峰值、研究排采规律……终于走出了黎明前的黑暗。在他和同事急前忙后地紧张了 5 个多月后，生产井日均气量由以前的 800 立方米增至 1300 立方米。小试牛刀，曙光初现，为分公司的后续发展奠定了技术基础。

于是，张聪就有了好口碑。有人说：“张聪张聪，就是聪明。好样的、有潜力！”还有人说：“樊庄能持续发展，张聪功不可没！”面对如此溢美之词，张聪很清醒，一如既往地在学习研究中积蓄新能量，将目光瞄向了难题中的“下一个”。

俗话说：外行看热闹，内行看门道。在张聪眼里，似乎“尽是问题”，一个个在排队等着他解决。2009年，樊庄区块规模外输前夕，分公司对每口井气量要求非常严格，方气必争！每天的气量积累不能少于50万立方米，否则中央处理厂的压缩机就难以启动。那么，怎样才能管好煤层气井呢？用什么措施能确保单井稳产？什么时候可突破排采误区的重围？面对一连串的问号，张聪和同事们逐一梳理着，不是在野外颠簸，就是在室内的资料堆里琢磨……

梦在远方，路在脚下。

正是为了实现煤层气井的高产梦想，张聪和同事们以初生牛犊不怕虎之势，心无旁骛、专心致志地奔忙着。走过了风，走过了雨，走出“三伏”，走进“三九”，在山路两旁花草树木不知不觉的荣枯中，渐渐地对煤层气井“脾性”有了新认识，他管理的井由50口增加到了200口，日产气量由原来的20万立方米上升到了50万立方米……

沿着羊肠小路，张聪行至沟底，在一片大小不等的鹅卵石滩上稍做休息时，不由得凝望着对面的山。行百里者半九十，最后这段路算起来不远，但不好走。

不怕慢，就怕站，走！

“嗖”的一声，手机微信有消息推送声。张聪以为是微信群里有通知，就掏出了手机。哦，是作业区党支部将《华北石油报》上的一篇报道稿件发到了微信群里。嗨，怎么还报道“这个”：

本报讯（特约记者任远 通讯员郝晓梅）8月7日，山西煤层气分公司成庄作业区党支部以“向张聪同志学习，我是党员怎么做”为主题，组织在岗党员、入党积极分子扎实开展“党员活动日”，为下半年稳产上产注入了正能量……

“向张聪同志学习”这事儿，虽然张聪做梦都没想过，可眼下正热闹着。自从党支部在七一前夕印发“学习通知”以后，张聪就一直觉得不好意思。因为在作业区的微信平台上，几乎每天都有夸赞张聪的声音和文字……

张聪将手机装进衣兜，爬上一段陡坡后来到了能通车的盘山路上。他打算就走这条路，远是远点，但比手脚并用的攀爬近道省力气。走，风挺凉，但不冷，张聪走得惬意。一想起刚才在微信群里看到的报道，他突然觉得自己很幸运：刚参加工作就有了用武之地，而且是在家门口。况且，周围有那么多好前辈，自己从他们身上学到了许多书本上没有的东西。再说，妻子也是个知书达理之人，她是他高中时的同学，两人虽没在一个大学上学，毕业后却成了一家人。那是2010年春节前夕，自己成为“煤层气分公司先进工作者”，也是入职后取得的第一个荣誉，可谓一喜。接着，喜上加喜——迎娶了在晋城市当公务员的妻子。结婚5年来，两人互勉互励，可以说，如果没有妻子的理解和支持，自己也不可能全身心地投入工作……

手机上又是“嗖”的一声！因为在作业区微信群里时常有工作方面的通知等信息，必须及时翻看。张聪拿出手机，点开一看，哪里是什么工作通知，是作业区党支部推送的几个同事“学习张聪的心得和体会”呀，张聪不由得边走边看：

祝高嵩：……张聪之所以能取得如此瞩目的成绩，最根本的一条就是，在他身上，有一种爱岗、敬业、创新和勇于实践的精气神。参加工作后，他在一线一干就是一年多，三过家门而不入。即使到地质所后，为了解所有单井实际情况，仍然选择扎根一线，做到了理论与实际的紧密结合。向张聪学习，就是要转变工作方式，面向一线，深入基层，对员工思想和单井情况要了然于胸……

闫玲：“地质研究永远是个无止境的课题，随着工作进展需要破解的难题会应时而生。因此，必须强化问题意识。”张聪是这样说的，更是这样做的。这些年来，他拓展煤层气事业发展途径的基本方法就是“发现问题——解决问题——总结提高”。在对低效井的研究中，他提出的煤粉堵塞、压力闭合锁和煤层压裂效果差“四个方面”的机理认识，像一石击水，引发热议。为统一思想，他不厌其烦地说明和解释，最终，大家被他的创新认识所折服，一致同意在 10 口低效井做试验。HD1-38 井是一口低产井，据资料显示，从最初开发时的日产 2000 立方米降到了不足 200 立方米。张聪分析后认为该井是煤粉堵塞所致，于是，采用二次水力压裂，使其“起死回生”，日产气提升到了 3000 立方米。紧接着，分公司在樊庄区块开始推广张聪提出的机理认识和措施，对 80 口排采井进行了不同的压裂作业，获得了日增气 4 万立方米的效果。类似例子太多了，说不完。7 年来，张聪像一个不停旋转的陀螺，跑现场、做研究、看报表、订计划，对他而言，加班加点是家常便饭，却无丝毫的怨言。从他身上我读懂了脚踏实地、兢兢业业的实干精神。我与他相比，差距很大。比如，工作一忙、压力一大，就免不了情绪浮躁；生活中有不开心的事时，容易把不愉快的心情带到工作中去，等等。今后，我决心像张聪那样，胸有一颗向上之心和热爱本职的激情，从本职工作做起……

宁娜：张聪经历过分公司规模建产、快速上产等会战，艰苦的环境不但未泯灭他的工作激情，反而越挫越奋。现场工作白天干、办公室工作晚上干，“‘5+2’‘白加黑’，八小时内外无区别、有无节假日都一样”成为他的常态。正因为他对工作是全身心投入，才取得了令人称奇的成绩。他创造性提出的煤层气井阶段化排采理念及“五段两点”“五段三压”的控制思路，绘制的“高煤阶煤理论排采曲线”，在国内煤层气行业都属先进理念，且在半年内就见成效，使分公司的日产气量一下子由 20 万立方米升至 50 万立方米。张聪是我的大学学长，能在地质研究领域取得这么多令前辈称赞的成绩，我为他感到骄傲。

袁帅：……早些年，张聪家庭经济条件有限，为了让他继续上学，姐姐读到初中就辍学务农，他至今都觉得欠姐姐的太多。正因为有这种知恩报德思想，从走进大学校门那天起，他就铆足劲儿学习，只怕在学业上有闪失对不起家人，枉费了来之不易的助学贷款。他品尝过生活的艰辛，从不乱花一分钱。为节省路途开销，一放暑假就选择留校，白天打工，晚上看书学习，从不羡慕别的同学兴高采烈地返乡或结伴旅行，也从未抱怨过生活的不公。那几年，他除了在暑假期间打工外，平时在课余时间也常做勤工俭学的事，目的就是不伸手向家里要钱。他清楚，父母是普普通通的农民，家中财路窄，只有靠天收成的几亩地。大概是这个缘故吧，在张聪身上似乎生来就有一种吃苦耐劳的精神，散发着积极向上的正能量，特别是他转换角度看问题的方式，能给人很好的启迪。有人说，吃苦精神能在80后身上出现，简直是凤毛麟角，难能可贵。我们从事的煤层气事业，现场都在产煤区，除了山就是沟，比其他工作更需要吃苦精神。因此，学习张聪，首先就应该像他那样勇于吃苦、乐于吃苦。对刚走出校园的我而言，还不清楚奋斗目标，自从听了张聪事迹报告后，我明确了前进方向，就是要像他那样，热爱本职，忠于职守，脚踏实地，艰苦奋斗！

很明显，这几篇稿子是他们几个那天在"学习身边榜样"座谈会上的发言。

也就是在那次会议上，作业区党支部书记贾高星在讲话时将张聪猛夸一气。他说："2011年，张聪接手郑庄新区开发工作后，在综合分析樊庄老区基础上，提出了在郑庄'稳水稳气，提水增气'的排采新理念。他认为，煤层气井要产气就需要降压，而降压的主要手段是排水。因此，必须强化产水分析，及时发现隐蔽不正常井，通过对日常排采制度的调整、碰泵和计划性检泵等举措提高排水效率，通过加深管柱、泡沫排水等创新手段提高产水量。为此，他和同事选取了10口3号煤层和15号煤层水量大的井做试验，对 15 号煤层实施封层，对 3 号煤层有效排水，取得了日增气 1.2 万立方米的效果。郑庄区块规模投产后，到 2013 年初，产量快速上升，最高时每天达到 28 万立方米，随后气量、水量均开始下降。将樊庄老区的成功排采经验用于郑庄怎么会出现这样的情况？两个地方距离很近为何结果不同？就在一个个疑难问题使不少人对郑庄地质条件产生怀疑时，张聪重新对比了全国范围内的煤层气开发地质条件，收集了大量试采井数据，反复分析后得出的结论是：郑庄区块只是在储层物性上稍劣于樊庄，但在全国范围内还是上等的煤层气资源甜区。所以，一定要有信心，在郑庄区块打好上产持久战！接着，张聪进一步分析后发现，郑庄区块具有埋深大、储层改造难度大、渗透性差等不利因素，但气量高、持续稳产基础好。经过精细对比分析和研究，他认为在郑庄应转变排采理念，从原来的'关注解吸、关注气量'转变为'稳水稳气、提水增气'。为得到上级支持，张聪找机会反复汇报，举单井实例、摆分析数据，并开展现场试验。同时，利用地质例会、生产会等机会，及时阐述新的排采理念，抓住周末、晚上等时间到各基层单位宣传，最终，得到了大家的一致认可。很快，分公司成立了郑庄上产小组，张聪带着小组成员驻在前线，跑遍了所有单井，不断优化调整'稳水稳气、提水增气'方案，有针对性地制定措施。对 40 口不产气井进行第一次解堵试验后，合计日产气达到了 2 万立方米。经过近一年的艰辛努力，郑庄新区产量开始平稳上升，目前日产气已经突破 50 万立方米……"

让张聪没想到的是分公司党委书记王海涛也参加了作业区那次会议，而且在讲话中充分肯定了自己的成绩。他说："张聪入职 7 年来，在为油田企业创造经济效益的同时，也升华了自己的人生，先后参与国家和股份公司重大课题研究 3 项、参与油田公司课题研究 7 项。其中，主研的《煤层气开采动态分析与排采规律研究》等 3 个项目，均获油田公司级科研进步奖，1 项获国家发明专利，3 项获省部级三等奖；撰写的《沁水盆地南部樊庄区块煤层气上产措施与实践》等 11 篇论文，先后被国家级刊物录用，其中他是第一作者的 1 篇论文被国际检索机构 EI 收录。2012 年 9 月，他代表煤层气分公司参加全国煤层气专业学术会议，并作了题为《华北油田煤层气开发形势与认识》的发言，在业界产生极大反响，确立了分公司在高煤阶煤勘探开发领域的领先地位。另外，由他提出的 9 项合理化建议，为企业创效益 705 万元。今年‘五一’前夕，张聪再次荣获集团公司劳动模范殊荣。”

王海涛在会上还说：“成庄作业区党支部开展的‘向张聪同志学习’主题活动，很好很及时，在分公司带了一个‘比学赶帮超’的好头。为进一步营造弘扬正能量的氛围，让更多的‘张聪’涌现出来，分公司党委决定近期开展‘我身边的好党员’宣传评选活动，目的就是通过推广成庄作业区党支部的做法，评选出一批爱岗敬业、执着奉献的好党员，展现他们的良好形象，推广他们的好做法和好经验，促进分公司党员队伍、干部队伍和员工队伍整体素质有一个新提升，为煤层气产业的快速发展提供智力支持和精神动力……”

自从作业区开展“学习活动”以来，张聪听到的、看到的全是他“没想到的”。就是在这种氛围的激励下，他时常在想：自己不过是在本职工作中做了一些该做的事、尽了一些该尽的义务，组织和同事就给了这么高、这么多的荣誉和褒奖……说一千道一万，只有在工作上加倍的努力，方不负上上下下的期望！

想到此，张聪心头一热，加快了步子。熟路走得快。张聪登上山头，顿觉视野开阔，神清气爽。山高人为峰，再长的路也没腿长。煤层气作为新能源，在开发进程中还有许许多多问题亟待解决。在实践这个大课堂上永远有学不完的东西，从事地质研究的人是不毕业的“学生”，未知之路还很长……张聪习惯性地望了一眼胸前的“宝石花”，心想：工服上的“宝石花”经历风雨，有掉色的时候，可心里的“宝石花”决不能褪色，应越开越艳呀！想到这儿，他脑海的记忆屏上突然显现出不知在什么地方看过的一首诗，就不由地诵出了声：

下山容易上山难，上得山来景更宽。

莫道此山无人到，更有高峰在前边。

经过10余年开发，山西煤层气分公司由于开发区域不断扩大、开发对象日益复杂、开发储层物性变差、非均质性增强等原因，出现部分建产区域选择困难、新建产能井产气效果差等问题。

张聪作为地质技术带头人，带领技术团队不断解放思想，在客观认识资源同时，创新储层精细评价技术，利用多地震属性模型构建了储层平面变化规律，利用测井属性模型构建了优质煤层纵向展布规律，实现储层的三维立体精细刻画。并提出构造控产模式，综合构造条件、应力及煤体结构三要素，重新划分构造单元，明确有利区带，为“十三五”攻坚期的重点项目——“樊庄和郑庄开发调整方案”优化奠定了基础。

近年来，经过张聪和同事们的共同努力，华北油田山西煤层气产量持续稳中有升，树立了开发10年以上煤层气田长期稳产典范。郑庄区块通过高效建产，产能到位率达到90%以上，低效区块实现高效开发。

今天，数以亿立方米煤层气从张聪为之奉献青春的太行山中源源不断地输入西气东输管线，点亮万家灯火。危害煤矿安全的“瓦斯”，如今变成了造福人民的“福气”。

一朵再娇艳的花，离开滋养它的土壤，也就离凋零不远了。一个再好看的盆栽，如果只懂得孤芳自赏，说不定哪天就被人遗忘了。任何一件事，一个行动，一种精神，只有蔚然成风的时候，才能越行越远、越做越好。在山西煤层气分公司的干部员工队伍里不是只有一个“张聪”，而是有许许多多的“张聪”，他们始终坚持创业创新、执着奉献的煤层气精神，在平凡的岗位创造着一个又一个奇迹……

大国工匠

柴甫泉

“大国工匠”，成功地在岗位上建功，具有匠心、匠能、匠绩的国家级“匠才”；在平凡岗位上进行着不懈钻研并获得不平凡技术“专利”的劳动者。

“大国工匠”，可能没有进过名牌大学，没有高等学府的一纸文凭，但他们在普通的本职岗位上默默坚守、默默耕耘、默默奉献，日复一日孜孜不倦地追逐着梦想；他们有的一辈子死死“钉”在一个岗位上，追求着职业技能的完美和极致，最终跻身“国宝级”技术工种行列，最终成为本领域或本单位不可多得的尖端人才。

以“能工巧匠”著称的华北油田榜样、河北省劳动模范、河北省五一劳动奖章获得者、中国石油特等劳动模范、新时代铁人式站长、优秀共产党员标兵、华北油田公司采油一厂西柳作业区“黄京生站”站长黄京生，就是这样一位扎根采油一线40年、“择一事终一生”“干一行钻一行”、身怀“绝技”带出一大批技师和高级技师、攻克一个个专家都难以解决的一线技术难题、拿下一大批专门应用于原油生产的创新成果和实用新型国家专利的石油战线土生土长的“大国工匠”！

2020年11月24日，黄京生迎来人生高光时刻。他以被党中央、国务院授予“全国劳动模范”的荣耀身份，以其特有的标志性姿态，身披红色绶带，昂首挺胸、精神抖擞地走进人民大会堂，受到中共中央总书记、国家主席、中央军委主席习近平等党和国家领导人的亲切接见。

此时，此刻。黄京生心潮澎湃、热血沸腾，他一下子感觉到，与这崇高的荣誉和无上的荣光相比，自己为党、为国家付出的还太少太少……伴随着一股股热血向全身涌动，他一笔一画地写下两行大字：掏出赤色肝胆，甘洒红色血浆，多为祖国贡献黑色油流！

骨子里流淌着铁人血脉

黄京生从小就踩着《我为祖国献石油》雄壮歌曲的节奏走步，看着《创业》电影学王进喜的手势招呼小伙伴儿，在感受着一阵阵大会战劳动号子声的同时，他也为自己生长在石油矿区、是一名光荣的石油后代而自豪。打小他就时不时套上父亲的标志性石油“道道服”，戴上“铝盔”，把爸爸发的大工鞋套在自己的小脚丫上，跨上玩具枪，周吴郑王地显摆一番，盼着自己快点长高，像铁人王进喜一样，手握刹把、肩扛管具，跳进泥浆池用自己的身体搅拌泥浆，为祖国石油工业贡献出属于自己的一份能量。

华北油田是经国务院批准的我国最后一个以传统会战形式建设起来的大油田，实现当年勘探、当年建设、当年开发、当年收回国家全部投资！原油年产量很快跨上 1700 多万吨峰值，年产量连续 10 年保持在 1000 万吨以上，为“十年动乱”后国民经济的快速恢复做出了重要贡献。1985 年元旦，时任中共中央总书记胡耀邦来华北油田视察时，竖着大拇指称赞这里是全国的“油老三”。

黄京生所在的采油一厂，会战时期是华北油田的“主战场”。后来，采油一厂一分为七，分成 7 个二级单位。华北油田先后组建 5 个采油厂和二连公司，而直到几十年后，采油一厂仍然是华北油田的产油“大户”。

置身于夺油上产的阵营之中，受会战氛围的影响、熏陶，黄京生心里深深埋下“宁可少活二十年，拼命也要拿下大油田”“头戴铝盔走天涯”“天不怕、地不怕”“说老实话、办老实事、做老实人”等一颗颗萌动的种子。

黄京生的名字，分解开就是姓黄，出生在北京。他是广东化州人，1965年母亲在北京探望父亲时生下了他。河北任丘发现了大油田，黄京生的父亲就带着一家老小来到任丘，一头扎进热火朝天的石油大会战的主战场。

对黄京生一生影响最大的，要数他的父亲和他的师傅。黄京生的父亲黄惠明当过兵、扛过枪，华北油田会战初期的第一代“战狼”。父亲总是一遍又一遍地嘱咐黄京生，困难到什么时候、什么单位都会有，就看谁先能解决它，办法总比困难多，遇到事情不要总想着依靠别人，自已要先想办法。黄京生的师傅李进仁，则是他进入工作岗位的第一个领路人。

1983 年 1 月 10 日一大早，黄京生与同事们坐上送班车，到采油一厂采油三大队雁一联合站报到，这是黄京生走上工作岗位的第一天。临出门，他的父亲还在一句句嘱咐他：“到单位，要勤快点儿，少说话多干活，多向别人学习，每个人都是你的师傅。”

到了雁一联，黄京生被分配到外输班工作，班长李进仁成了黄京生的第一位师傅。李师傅个子不高，也是南方人，样子很憨厚。李师傅上下打量了一下黄京生，然后就直眉瞪眼地问：

“带笔带本子了吗？”

“这儿呢。”黄京生先是一愣，转而笑了，他顺手从背包里拿出本子和笔。

“行，算你有心。”李师傅满意地点了点头。

“师傅，这笔跟本不是有意带来的，顺手背了个包儿，正好里头有。”其实，只是刚走出校门儿的他，包里习惯装着这些“家当”。

“白夸你啦……”师傅瞅着黄京生这小伙子透着一股子灵透、钻劲儿、较真儿，还有几分实诚，打心眼里感觉对味儿。

李师傅带着黄京生逐一熟悉设备设施、管线流程，黄京生边听、边走、边问、边记。“小黄，把你记的跟这上面对一下，没记全的都得补上。这些东西都要刻在脑子里，有时间，我可要考你的。”黄京生大嘴一咧，心里说这师傅怎么比老师还严呢。

李师傅不像有的师傅，生怕徒弟把技术学了去，恰恰相反，对黄京生总是知无不言，言无不尽。有一次，注水班的泵出了问题，队上让李师傅帮忙修。李师傅把分外的事儿也当成分内的活儿来干，叫上黄京生，师徒二人干到很晚，下班了也没坐车回家，因为李师傅不止一次说过，当天的活儿当天必须干完。

也就是那个晚上，黄京生学到了很多东西。李师傅拿着拆下的零件给黄京生讲部件结构，讲工作原理，讲故障排除，放下这个，又拿起下一个，并教黄京生一一做好笔记。注水泵修好了，黄京生也把注水泵里里外外弄了个清清楚楚、明明白白。

黄京生如饥似渴，吸吮着师傅为他无私供给的新鲜营养。

“学到肚子里，都是自己的，谁也偷不去。10 天学一样儿，1 年就是 30 多样儿，10 年呢？ 30 年呢？把油田这些技术活儿都琢磨透了，你就是修理匠，你就是技术大拿，你才能随心顺手地为油田出力。”李师傅像是遇到了知心人，打开了话匣子，“都在喊着学铁人、做铁人，如果没有工作的本领和保障油田运行的过硬技术，有任务的时候拉不出、接不住、上不去、干不好，怎么学也只能是个实心的‘铁蛋子’人，再硬也派不上用场！”

师傅一席话，把黄京生说得心服口服。从此，黄京生在心里有了一个铁主意：一定要把各种修理技术学到手，做全油田维修技术第一人！

黄京生进对了门，找对了人，敬对了神。如果不是李师傅带他，可能他进步的节律要慢几拍、晚几拍。八十年代初的雁一联有 100 多名职工，每年年底往上推选先进工作者，名额只有两个，师傅李进仁的选票年年排在最前头。

师傅调走了，给黄京生留了厚厚一大摞 10 多本工作笔记，这些笔记记录了李师傅所有的工作轨迹，对他来说太有用了。他翻了一遍又一遍，学到的不仅仅是知识，还有师傅那种精益求精、一丝不苟的工匠精神。

黄京生接了师傅的“班”，扛起了师傅扛过的担子和那份沉甸甸的责任，接过师傅手里的管钳、扳手，当上了雁一联运行班的班长。

运行班有 10 名员工，负责全站设备设施的日常维修工作。黄京生结合师傅留下的笔记，一页一页对照机器设备，很快就将全站各岗位设备参数、管线流程了解得一清二楚。黄京生听师傅说过，维修工和医生治未病一样，让设备不出毛病或者在出毛病之前预防毛病，是最高明的维修工。他知道设备保养到位的重要性，所以每天一上班，就把所有岗位走一遍，重点部位重点检查，发现异常就及时给当班员工提个醒。

这年冬天的一个早上，黄京生在加热炉检查时，发现炉膛内火焰燃烧颜色不对，正常是红中带蓝，不应发黄，于是判断是加热炉“报警”了，它在告诉人们火嘴儿结炭，快来清理火嘴儿！

“火头儿发黄，火嘴儿结炭，今天必须进行彻底清理，不然很快就会出故障。”黄京生当即对加热炉岗当班员工小张说道。

“好嘞，黄班长。”小张一口答应下来，心想哪那么准呀，一定是小题大做。

下午快到下班时，加热炉突然回火，喷出一股黑烟，炉子“噗”的一下子灭了。

加热炉停了，人们的心都提到了嗓子眼。冬天如果没有伴热，输油管线就有凝堵的风险，一旦凝堵，就会造成大面积停产。

接到调度电话，黄京生立马赶到现场，扑下身子就干。清理火嘴儿一般需要半天时间，黄京生轻车熟路，手头儿上也利落，三下五除二，只用了 1 个小时，就让加热炉“腾腾”地恢复了运转。

一直在旁边“陪绑”的胆战心惊的当班员工小张不好意思了：“黄班长，全是我的错，是我没拿你说的当回事儿，给你添了这样的麻烦，你还没把我‘卖’了……”

从那以后，小张最服的就是黄京生，黄京生说什么，他听什么。而在黄京生心里，不是要征服谁，他想的是要照顾好原油生产一线的各种设备，加足马力为国家多出油，这样走起路来，才能挺起腰板儿，心里头才舒坦，才不愧是一个堂堂正正的石油工人！

心里澎湃着“我为祖国献石油”豪迈气概

我为祖国献石油，是一种志向，是一种情怀，更是一股子豪迈气概。

我为祖国献石油，听起来是一句大话、空话，实际上每个字的每一划，都蕴藏着中华儿女报效祖国的丰富内涵。

我为祖国献石油，在黄京生看来，虽然一个人的力量很渺小，但假如数以百万计的石油工人，都能够把毕生的智慧和力量都投入石油生产建设的火热奋战中，一人一份力，一人一把柴，一人一颗心，聚到一起就是一股战天斗地的强劲洪流，势不可当，所向披靡，“我为祖国献石油”就不会是一句不着天际的空话。

黄京生管不了别人，但他可以约束自己、锻炼自己、修为自己、提高自己。对待工作，他那份较真的劲头儿，周围的人都觉得无人可比。

2000 年，因产能建设需要，采油一厂决定将西柳拉油点改扩建为注、采、输一体的联合站。当时，西柳 10 联合站正在建设中，还没有生活设施，条件十分艰苦，黄京生来到这个站当技术员。

黄京生话少，只知道干活。同事们看他辛苦，给他递瓶水，他头不抬、手不停，只回一句“没时间”。有时间了，他就拿着图纸沿着管沟看，围着设备转，将地下流程布局、地上管线走向、设备运行参数一一记在心里，成了西柳 10 断块的“数据库”“活地图”。同事们都说：“一天到晚，就没见小黄休息过，真是个‘铁人’。”于是，黄京生就有了“黄铁人”的称号。

在建设西柳联合站时，采油三大队领导一眼就看上了技术全面的黄京生，让他负责施工技术监督。

西柳的夏天，被一片葱绿的青纱帐包裹得严严实实，远处散落着几座运转的抽油机，近处机器轰鸣声此起彼伏，吊车、卡车、挖沟机等大型设备不停地忙碌着。

黄京生每天从早忙到晚。一次，在安装三相分离器前，黄京生发现图纸设计不合理，三相分离器人孔盖与旁边管线相距不足半米，这样的距离，无法保证人员安全出入。

“停吧！这样的距离绝对不合理。”黄京生找到施工队长。

“停？你说停就停，我们都是一锹一锹按图纸挖的。现在停下来，耽误了工期怎么办？”施工队长对施工人员一挥手，“接着干！”

黄京生也不是吃素的，他跑着找到现场提供图纸的技术人员，技术人员犹豫着说：“要变更图纸太麻烦了。”

“多麻烦也得变，我看不出来那是我的责任，我看出来了，再变不过来，那就是我的失职！”

黄京生赶紧找了辆车，带着图纸来到厂油建科，找到图纸设计负责人祁工，向她说明了来意。祁工了解问题后也感觉到存在重大隐患，立即向领导汇报，要求马上停止施工。

祁工和黄京生连夜研究变更施工方案，漏洞堵上了，黄京生心里才踏实下来。祁工连声感谢，厂领导也多次对黄京生进行表扬。后来，黄京生和祁工这位高级工程师成了工作上、技术上的好朋友，互相交流，相互沟通，黄京生有不懂的问题，还会到祁工家上门请教。

在建站管线回填阶段，黄京生更是盯在现场一刻不敢离开。他将地下管网一条条管线的走向、长度、规格、掩埋深度等都仔仔细细地抄在纸上，做到心中有数。

有一次，在检查完站点施工后，他转到站前，忽然发现正在回填的高压管线焊口未进行防腐。他再一次叫停，要求将他不在现场的前两个小时回填的管线全部挖出来，重新检查。这下可惹恼了施工队，施工队负责人说什么也不同意重挖。

“全挖出来？门儿也没有！你不在现场我们就不干活儿啦？”

“只要有一道焊口没让我检查过，就必须挖出来叫我看看，不然你们也干不下去！”黄京生也急了，扯着嗓子喊。喊完，他一屁股坐在管沟旁，坚如磐石，纹丝不动。

僵持了1个多小时，施工队负责人看黄京生没有一点服软的意思，心里着急干活，只好同意了黄京生的意见，将管线全都挖了出来。果然，所有焊口都没按标准进行防腐，他们又乖乖地一道一道重新进行防腐处理。

从这件事以后，各施工队也都知道了黄京生的脾气，每道工序完成，都会主动请他去检查。整个西柳联合站全部完工后，黄京生把他画的一套西柳联合站地下、地上管网流程图交到了领导手中。

2001年3月，西柳联合站建成，领导没让黄京生回去，坐地任命他为采油一厂西柳联合站副站长。后来，西柳联合站改名为西柳10转油站，2008年初黄京生又挑起了采油一厂西柳10转油站站长的担子。

从当上站长的那天起，黄京生就想：一定要不负重托，既然组织把这副担子撂在了自己的肩上，就挺起腰、铆足劲，不遗余力地把它挑起来，做一个顶天立地、能干出一番事业的石油男儿，也让父亲为有自己这个优秀的儿子骄傲一下。

2008年，金融危机爆发，原油价格断崖式暴跌，石油企业雪上加霜，采油单位生产成本大幅压减。黄京生暗想：勒紧腰带的时候到了，修修补补是自己的拿手好戏，用自己的一技之长，进行修旧利废、开源节流，为国家、为企业节省宝贵的资金。

西柳10转油站共有5个岗位，各类运行设备40余台套。2008年站里人多，共有40名员工。黄京生当副站长时，主要负责生产运行和安全工作，一不管人，二不管成本；当站长后，成天价跟不会说话的机器打交道的黄京生，才深刻体会到这站上最难管的就是人了。

张家长，李家短，王二麻子二五眼；鸡飞了，狗跳了，小毛驴子又叫了。葫芦还没摁下，瓢又漂起来了。让一个摆弄设备的维修专家来捣鼓人的事儿，着实难为黄京生了。

有的员工责任心不强，有的技能素质不高，问题、故障接二连三。一会儿这边冒罐了，一会儿那边设备趴窝了。黄京生每天不停地忙，忙完这边忙那边，件件事儿都是挂着急难重的牌子。

不能只懂技术，不懂管理，必须学会管事、管人，抓好基层队伍建设。黄京生开始顺着这个念头往下琢磨，他要用自己的小站做“试验田”，把精益求精的工匠理念移植到队伍建设的精细管理上。

由于进入开发中后期等不可抗拒的因素，原油产量连年递减，华北油田处于低谷中的爬坡过坎、滚石上山阶段，连续多年没有招录新的员工。退休员工越来越多，操作员工越来越紧张，所有基层一线岗位告急。然而，对人工成本已占到总成本 60% 的采油一厂来说，再大规模增加新员工已绝无可能。2013 年，西柳 10 转油站已从 2008 年的 40 人减少到 28 人。其中，还有 1 名员工劳务输出外派到长庆油田参战，工作不堪重负。

这天一上班，黄京生经过再三思索，壮了壮胆子，直接来到作业区，径直闯进了王主任的办公室：

“主任，跟您汇报个事儿。”黄京生半句寒暄也没有。

“什么事儿？”王主任也直截了当。

“人的事儿。”俩人四目相对。

“要人是吧？刚出去的那个大爷也是来要人的。现在哪儿不缺人？全华北油田都缺人，好多二级单位都是‘出二进一’‘出三进一’，调出去两个人、三个人，才能调进一个人！你管我要人，我管谁要人去！找厂长也没有。”王主任两手一摊，先教训了他一番。

“事在人为，”黄京生坐下来，“您看啊，我这么想，一个岗位需要 4 名员工，两个岗位就是 8 名员工，如果咱们把两个岗合并成一个岗，只需要 4 名员工就可以了。按这个方法，西柳联合站至少 5 年不用进新人！”

“哎——”王主任坐不住了，从办公桌后面腾地站起来，“哎——这倒是个主意！你不是来要人的？”

黄京生一股脑地把自己的想法掏了个精光，提出“大岗位”“大工种”的“雏形”新用工模式的设想，把王主任说得心潮澎湃。

王主任带着黄京生一起找了厂人事科，把想法与人事科领导进行了详细沟通。经厂领导同意，以西柳10转油站作为试点，率先合并岗位，推行人事改革。黄京生成为第一个吃螃蟹的人。

在实践基础上，经上下结合，公司大力支持，对员工进行多岗位培训并取证，最终确定为“大岗位、大工种”运行模式，该经验先后在采油一厂、华北油田公司得到全面推广，极大缓解了一线员工紧张局面，并为后期数字化油田建设奠定了坚实的人才基础。2018年，这个站被列入厂数字化油田建设计划。建设完成后，仅中控岗一个岗位就可对站内所有设备进行全面监测，各类设备运转数据及参数全部实现线上采集上传。“西柳10转油”进入智能化管理时期。

黄京生坚持“严”字当头，每天进行巡查，对于查出的问题，指定责任人，限期整改。在他的严格管理下，该站设备一直保持着平均安全运行时间最长、维修成本和耗能最低三项纪录。

黄京生是绿色清洁生产的忠实践行者。他率先在华北油田用地热替代了燃油加热炉，杜绝了气体排放污染。他发现站内生活用水及雨水可能会对环境造成污染，就自行设计了污水三级沉降系统，并将净化水引入站内蓄水池，种上荷花养上鱼，小小“污水处理池”成为站内一道亮丽景观，真正实现安全清洁生产与一线环境改善相统一，受到上级领导及地方环保部门的高度评价。这个站也先后获得华北油田安全环保先进队站、安全环保自主管理队站、应急可视化管理示范队站等荣誉称号。

黄京生在一项项荣誉和光环面前没有停步，石油人创业求实的精神符号已融入他的血液之中。大庆精神铁人精神在黄京生身上和西柳10转油站不断发扬光大，不断孕育、催生、喷发出奋进新时代的斗争“元气”、创业魂魄和创新情愫。

石油精神孕育工匠情怀

石油精神，是以“苦干实干”“三老四严”为核心的拼搏奋斗精神。石油精神是石油人攻坚克难、赤诚奉献的动力源泉，在艰苦岁月里，老一辈石油人以革命乐观主义精神，战天斗地，将中国贫油的帽子扔进了太平洋。在今天，“苦干实干”“三老四严”不仅体现在“我为祖国献石油”的报国情怀，更体现在发挥主力军作用、履行好保障国家能源安全的重大使命上。

工匠精神，从本质上讲是一种职业精神，它是职业道德、职业能力、职业品质的集中体现，是从业者的一种职业价值取向和行为表现。工匠精神传承了石油精神，石油精神也孕育出成千上万的新时期、新时代的专注于岗位技能的石油工匠。

专注就是“咬定青山不放松”的意志和“虽千万人吾往矣”的气魄！

“虽千万人吾往矣”出自《孟子·公孙丑上》，意思是纵然面对千万人阻止，我也要勇往直前。在黄京生身上，处处折射出这样坚毅的影子。

西柳10转油站28名员工中23名是女工，站里动不动就是一二百斤的加药桶和几百斤重的“铁疙瘩”，女员工力气又小，怎么办？

“有条件要上，没有条件创造条件也要上！过去老一辈石油工人能克服的困难，现在我们也一定能够克服！”黄京生开始琢磨如何在现有条件下降低劳动强度。研究来琢磨去，他自制了拉药车、小推车、倒链升降装置等。一二百斤的加药桶，装上拉药车，一名女员工不用费劲儿拉起来就走；百八十斤甚至数百斤重的注水闸门，挂上倒链，三名女员工配合拆装不在话下……

细看黄京生发明的拉药车、小推车上的轮子，很少有完全一样的，这些小车轮都是黄京生四处捡来的。在西柳 10 转油站的“百宝库”里，整齐排列着他收集来的“破烂儿”，成百上千的螺丝、零件、胶圈……都像他的士兵，严阵以待，整装待发，随时接受他的“检阅”和“调遣”。

有名女员工在“百宝库”里看到一个破旧的小车轮，橡胶都磨烂了，顺手就丢在废物筐里，黄京生看到后马上捡了回来，批评她说：“真败家呀！这轴承还好着呢！”这名员工尴尬地回他一句“真抠啊”！从此，“黄铁人”又得了“黄老抠”的绰号。

黄京生虽然“抠”，做人却从不小气。无论是谁，只要有难处找到他，他总是无偿提供帮助，还时时自掏腰包、倾囊相助。

哪个单位维修时少零件，来黄京生这儿随便“翻腾”，找到就拿走；兄弟队站的阀门坏了就放黄京生这儿，等黄京生修好了，他们拉着就走。在他看来，他干出来的只要有人能用上，就不浪费，就没白干。

在黄京生眼里，世上没有“废品”，只是没放对地方。只要有时间，黄京生就带着员工们拆解废旧设备，并对拆下来的螺丝、零件、胶圈进行清洗分类。拆解废旧设备时，黄京生会顺带着给大家进行认真“解剖”，分析设备的故障原因，他要把站里每一名技术岗位上的员工都带成“石油工匠”。

在一点一滴地积累下，西柳联合站的“破烂儿”越收越多，后来“业务”进一步拓展，员工家里不要的废手机、废电器也会带到站里拆解分类。这些不起眼的破烂，一次又一次在关键的时候派上大用场。作业区和兄弟单位工作或创新时缺啥零件，都会来找黄京生，有啥不要的东西也往站上送，这个站成了名副其实的“宝贝中转站”。难怪黄京生敢拍着胸脯说：“多了不敢说，10 年！我能保证，我们站可以 10 年不用领料！”

2017 年，“黄京生创新工作室”成立，黄京生以精湛的技术、高尚的人格凝聚了一大批技师和创新爱好者，“黄铁人”又成为领衔创新创效的“创客站长”。

“黄京生创新工作室”坐落在作业区的小院内。工作室共分创新成果展示区、研讨区、加工区三部分。成果展示区里摆放着黄京生制作发明的一些工用具、零件及小型机械。

对创新，黄京生有自己的见解。他说：“不能为完成创新任务而创新，要结合生产中的难题去创新，不能绞尽脑汁地想今天改点什么，明天弄点什么，后天创点什么，有的‘创’出来的东西比原来的还难用，那不是创新，是应景，是形式主义。我特别反感！”

在黄京生站，随处可见与生产实际融在一起的创新发明。化验用的试管长青苔，要用硫酸清洗，硫酸一接触水就往外蹦，落在胳膊上就是一块灼伤，黄京生利用旧冰箱的压缩机，发明一套冷凝系统，问题迎刃而解，员工们不但不再为清洗试管发愁，而且买试管的钱也省了，年节水 4800 立方米，一年光水费就能省一万多元。他改进清洗样桶设备设计缺陷，消除了清洗不彻底的弊端，又将洗样后的污水，导入地下罐，进入集输流程，实现了“滴水入罐”“滴油归仓”。一台从库房扒拉出的旧监视器，再加上向朋友要来的一个稳压器和 90 多米长的视频线，就让加热炉岗实现了智能监测，岗位员工在值班室就能完成工序操作。利用旧的交流接触器正反向安装后，将加热炉水位准确控制在 8% 的安全范围内，这种“加热炉自动补水装置”大大提高了岗位员工的工作效率。他为加热炉研制安装的一套独立通风供氧设备，日节电 500 多千瓦时。用旧窗式空调机上拆下的压缩机，再加几米铜管，以及自费 700 元买的冷凝器、蒸发器、温控器等配件，创新改造的化验室循环冷却系统，年节水近 1500 立方米。将吊臂、滑轮吊钩、滑动托架等部件组合安装在叉车上改装成的可移动式悬臂吊，能吊装、托举、搬运 250 公斤至 2 吨重的物品，提高了员工搬运、拆装较重设备时的安全系数。一套利用可变力矩杠杆改造的卸油装置，彻底解决了在各作业区普遍存在的卸油管线滴油漏油问题……

2011 年，大年初三，深夜。大站原油集输运行的“心脏”——外输泵，突然出现泵压和排量下降的异常情况。黄京生马上赶到现场，经过故障分析，很快找到了症结所在。他来到工作间，从废料堆里找出设备专用弹簧，仅仅 1 个多小时就让外输泵恢复了运行。如果等厂家来修，不知多少天才能来，生产损失无法估量。

购买来的样桶清洗机每次只能放 4 个样桶，由于空间大，样桶与卡轴相对不稳定，桶上的油渍洗不干净，员工还得用高标汽油手工擦洗。经过思考，黄京生将样桶卡位增至 8 个，提升了样桶随机旋转的稳定性，可顺利洗掉油渍，不仅节省了高标汽油，工作效率也翻了一番，这项创新成果在华北油田推广使用。

油井生产过程中，由于地层变化，导致作业区多口油井采油树偏斜，每修井一次需要停抽 4 天，费用在 10 万元以上。作业区领导让黄京生想破解办法，他经过 40 多天的上井观察、方案设计、模型制作和现场反复试验，“井口扶正器”诞生了，彻底解除了之前的困扰。

作业区撬装式卸油点担负着 26 个拉油点的 67 口边零井原油归仓任务，投运以来，由于卸油过程中出现气阻，致使每天卸油超不过 3 罐车，不得已，只能将油送到其他卸油点。对这一情况，黄京生看在眼里、急在心上，下决心解决这一生产难题。经过不懈努力，终于研制出“油气释放装置”，使卸油点每天的卸油量增至 20 罐车，每月为作业区节约费用 10 万多元。

一次次攻坚，一次次创新，一次次呕心沥血。这些成果，绝大多数都是黄京生这个出了名的“一线创客”“创新大咖”“发明专业户”，通过修旧利废、变废为宝、自力更生。生生从自己站上为企业、为国家“抠”出数千万元的经济效益，没有伸手向企业、向国家要过一分钱。

管线通球器是原油集输过程中疏通清理管线的必备工具。可是，在疏通长输管线过程中，因管线内壁障碍所致，可能会导致通球器失踪，而购买一个新的需要两万多元。黄京生利用工余时间潜心研究，设计了双翼弹簧式防阻扰通球器，投用后取得非常好的效果。

黄京生所在的作业区，地上是一望无际的青纱帐，地下深埋着一条条输油管线，如人体血管一般，交错纵横。高阳、西柳、同口、雁翎几个作业区位于采油一厂西部，几个油田近千口油井用输油管网相连，生产出的原油，在各个转油站汇集后向采油一厂雁一联合站输送，在联合站进行处理后，通过雁任线输送至华北石化公司。

西柳采油作业区的管理区域不单是本作业区的油水井、采油站、转油站，还要保证高阳作业区来油及本作业区产出原油安全输送。黏稠的原油在输油管线内流动，与输油管壁产生摩擦，总有极少一些粘在管壁上，日积月累，输油管道就会越来越窄，造成类似人体“血压高”一样的“管压高”，管压过高会给管线安全运行造成极大隐患，必须定期疏通清理，疏通的方法就是通球。

西柳油田属于砂岩油田，油质含蜡高，更容易在管壁上产生堆积，所以作业区每隔 3 个月就要进行一次通球，给管线降压。虽然管压不降不行，但实施通球也存在很大的风险。常规所用的“球”是圆形金属外面用橡胶包裹，直径小于管线内径，进入管线后，通过原油推动，以达到刮除管壁上黏稠物的目的。如果管线内壁过于黏稠，原油无法推动，球停滞不前，就会留在管线内，不但降不了压，反而更增加管道负担或者直接造成“脑血栓”“心肌梗塞”。

2018 年 7 月的那次通球，从西柳投球到同口收球，管球要随原油在地下管线中行走十几千米。第一个进去没出来，他们又下了第二个，希望第二个能把第一个顶出来，结果第二个也没出来，管压一下子升了 3 个多兆帕，设备耗电量提了三分之一。作业区班子和技术成员几天没合眼，厂生产科和工程所的管理、技术人员都守在现场，生怕出事，令人揪心。

黄京生连夜改进方案，突击设计新球。他在制作时又安装了电子跟踪装置。黄京生给领导宽心，说：“哪怕是这个球出不来，也能知道它和之前的那两个球在哪里。只要知道在哪里，一切就好说。”

3个球最终都没逃出黄京生的手心儿，一个接一个乖乖地滚了出来，就连出来的时间，也跟黄京生计算得只有分秒之差！

黄京生的微信名叫“有事您说话”。无论是谁是哪个单位，也不管是私事儿还是公事儿，只要有困难找到他，他都会满口地答应下来。

一次，正在对设备进行巡检的黄京生接到厂保卫科王科长的求助电话，说保卫科使了8年的管线防腐探测仪器出了故障。输（集）油管线探测是治安防范工作中预防管道打孔盗油和漏失的技术措施，对于输（集）油管线防盗、预知防腐层损伤都起着很重要的作用。保卫科联系管线防腐探测仪生产厂家，得知维修费用要8000多元，修理周期要2个月。放下修理费不说，这么长的维修时间，厂里根本等不起。

黄京生得知后，立马着手，下班没有回家，带着维修工具直接赶到保卫科，只用了半小时就把设备故障原因查了个清清楚楚、明明白白，当即将故障配件拆下，3天后从网上采购的配件到达任丘，往上一装，仪器恢复如初……全部维修费用只花了53块钱！

还有一次，采油一厂南马采油作业区马一站站长王海军在西柳10转油站学习时，看到化验室里黄京生改造后的第二代洗样机和水循环系统，特别感兴趣，希望能将这两项创新成果引入马一站。

王站长把想法跟黄京生一说，黄京生二话没说就答应了。他利用业余时间，上门手把手地教，还自己掏钱淘来旧压缩机，忙活了半个多月，帮着马一站化验室完成了升级改造，也让马一站节省了一大笔开支，原油化验效率大大提高。

事后，王站长要请黄京生吃饭，黄京生说啥也不去。他对王站长说：“干这些事儿都是应该的，通过我的手让你们站提升效率效益，我心里也舒坦。不用吃饭，以后你们有什么废品别再扔啦，送到我那，说不定哪个单位能够用上。”

“必须的、必须的。”王站长一边笑一边点头拱手。

是的，黄京生像这样助人、助单位的事儿，大大小小一件连着一件，有自掏腰包的，没有收过一分钱的报酬。知道他把废品当宝贝，哪个单位有破破烂烂的，还好意思当废品扔了？

黄京生的创新都是围绕岗位难题开展的，解决了许多生产中的疑难杂症。截至 2022 年年底，西柳 10 转油站完成创新成果 162 项，获得国家实用新型专利 25 项，创经济效益 2100 多万元。以黄京生为首的创新团队，还通过传帮带培养出一大批技师、高级技师，淬炼出一个个“创新能手”“维修大拿”“石油土专家”，成为原油生产一线技术攻关的中流砥柱。有这批“徒弟”撑腰，黄京生的胸脯也越来越挺，腰杆儿越来越硬；黄京生站也越来越有名气，越来越“吸粉儿”，其他兄弟站也都一水儿地歪着脑袋向西柳 10 转油站看齐，把他们当成“标杆儿站”“样板儿站”“示范站”“排头站”。

“铁人式站长”打造“铁人式队站”

“黄铁人”“新时代铁人式站长”等荣誉接踵而至，萦绕在黄京生身上的光环熠熠生辉。

黄京生不止在一种场合上说过，无论自己有多“铁”，全身一百多斤也打不了几颗钉子。什么时候把我们站变成铁打的站，把我们的兵都变成铁打的兵，我们的整个团队成为铁打的团队，关键时候拉得出、冲得上、接得住、打得赢，无往不胜、无坚不摧，那才叫真正的牛！

沿着这个思路，锚定这个目标，黄京生开始不动声响地发力了。

黄京生对工作的要求和精细认真的程度近于苛刻。西柳 10 转油站出来进去都是清一色的“娘子军”，女员工占绝大多数，如何把她们拧成一股绳，让大家步调一致、铿锵向前，黄京生的撒手锏就是“严管 + 厚爱”“真心 + 真情”，用一言一行感染带动身边每一名员工，立足岗位，敬业奉献。

2015 年，采油一厂党委、采油一厂将西柳 10 转油站正式命名为“黄京生站”。西柳 10 转油站因地质构造处于西柳 10 断块而得名，黄京生却为这个他所呕心沥血的转油站赋予了新的生命和高尚的灵魂，黄京生也早已与她融为一体，与石油融为一体。

打造石油企业第一流的基层标准化队站，是在黄京生心里扎下根的一个目标。

黄京生根据站上员工特点，将柔性亲情融入刚性管理，创立了“情绪关爱”“笑脸督办”亲情管理法。每天早晨，他都会提前在站门口笑着迎接来上班的同事，仔细观察他们的表情，发现谁情绪低落，就和班子成员分析“会诊”，“号脉”“查体”“对症下药”，有针对性地进行有效化解。

在设备巡检时，他会在发现问题的设备上贴个“哭脸”，表示需要整改；如果没问题就贴上“笑脸”，以示表扬鼓励，既顾全了女员工的面子，又提高了她们独自解决问题的能力。

每年“三八”节，黄京生都会自掏腰包为女员工们精心准备小礼物，一个小玩具、一盆多肉植物等。有一年还自行设计了 3D 打印的玫瑰花，刻上女工的名字送到她们手里。黄京生的真诚付出，凝聚成了强大合力。

2018 年春节，大家都在家与亲人们一起团圆，站内突然发生管线腐蚀穿孔紧急情况，必须马上抢修，黄京生抱着试试看的想法，在微信群里发了一条消息。没想到微信发出后 2 分多钟，一个接一个的员工争先恐后地在群里踊跃报名上站参加抢修。人员迅速集结完毕，很快投入突击抢修工作。当时天寒地冻，黄京生带着大家在室外整整干了 4 个多小时，没一个人叫苦，没一个人喊累……

同年夏天，站清水罐改造，女员工们忘记性别，一身泥、一身水、一身汗，抢着轮流清罐，中午也没人休息。活干完了，员工王华又累又困，一屁股瘫在地上，倚在罐上睡着了……这场景被细心的同事拍了下来，发到朋友圈，获数百人点赞！

2019 年 9 月 12 日，第二天就是中秋节。晚上 10 点多，站内管线突然漏水，如不及时抢修，直接影响注水任务完成，原油生产将遭受损失。黄京生当晚微信截图上的原话："1 号加热炉主管线穿孔，需要人员配合补漏，有不睡懒觉的吗？一起上站过中秋呀（俩笑脸）！能去告诉我一声。"又是几分钟时间，回复的一个接一个，当时微信截图原话："我去吧""我也去""几点去呀""还有我""我在庆丰等"……现场，农历八月十五的凌晨，身材消瘦的黄京生，只身趴在 1 米多深连泥带水的抢修坑里修补管线，整整干了 5 个多小时……至今，员工们还在说，修补的时候，黄京生非要自己上，四五年过去了，那天打着灯黄站长趴在泥坑里抢修的画面，她们多久也忘不了，太阳没出来就干完了，黄京生成了个"瘦泥猴"。陪着黄京生挖沟补漏的还有满身泥水的"女将"们。

这，就是西柳 10 转油站的高个儿"排头"；这，就是西柳 10 转油站的"女汉子"们；这，就是黄京生用严管厚爱带出来的一支铁打钢铸的身着中国石油统一工装的"红色娘子军"！

黄京生还琢磨了一套由队干部、岗位长、员工组成的三级管理模式，对每一层级明确任务、划分职责。大体成形以后，黄京生召集班子开会，把想法拿出来讨论。对他的想法，班子里有一些不同意见，有的说怕会得罪人，有的说办法虽好，但队干部一年 365 天每天都要雷打不动坚持巡查到位，怕盯不下来，一旦有个大事小情，有一天不到岗，失信于员工，还不如不定。

黄京生理直气壮："对员工来说，要的是公平，只要一碗水能端平，就不用怕得罪人。如果担心每天巡查不好坚持，那巡查工作就放到我这个站长身上，写到站长的工作职责里，挂在墙上，我一个人来坚持，让大家伙来监督我！"

在班子会通过以后，三级管理模式开始正常运行。黄京生雷打不动，每天进行巡查，对于查出的问题，指定责任人，限期整改。一年坚持 365 天，这一坚持就是 15 年！这就是黄京生，一个铁打的以身作则、率先垂范的黄京生！

根据智能化管理和新发展理念要求，从2022年开始，黄京生又推出“饭后十分钟小课堂”，讲当日出现问题、讲工艺流程、讲智能化建设等，通过“视频＋现场”形式，开展全员全方位培训，还组织编制了转油站《HSE队站标准化手册》《岗位职责模板》和现场全程写实。由于对配水间高压自控仪和压力表进行频繁维修更换，黄京生连续1个月对照由他主导编写的《站岗位说明口袋书》，给员工系统讲解注水流程、操作规程、参数调整，将员工在现场遇到的问题讲明白、说透彻，高压自控仪和压力表的更换频次很快降了下来。

员工技术技能决定工作质量和工作效率，培训是提升员工技能素质最好方式。可黄京生发现培训的时候大家都听得挺认真，但一操作还是发蒙。看到这种现象，黄京生知道自己还得改变培训方式。他想起刚上班那时，师傅李进仁带他修理注水泵的那个晚上，黄京生知道自己该怎样做了……

一天，外输泵房的外输泵出了故障，启用备用泵后，黄京生让岗位员工拿上笔和纸，到外输泵房看他修泵。与十几年前他看师傅维修操作的同样画面，只是换了主人公。在修泵的同时，黄京生又对其进行了全面保养，并让岗位员工一一记下。洗过手，黄京生又把笔记看了一遍，进行补充，然后对岗位员工说：“下次保养你来，我看着。这周末站上要组织技术学习，你来当讲师，就把记的这些跟大家仔仔细细地讲一遍。”

黄京生觉得，灌输式课堂理论培训远不如“吸吮式”现场操作培训效果好，自己动手学会了再讲出来才记得清、记得牢。基层岗位就是员工最好的培训现场，实践是员工最好的老师。黄京生把每个岗位的员工一个一个拉出来，单枪匹马“一对一”现场培训，站内每次工艺改造、新设备引进等，黄京生都不会放过，都是他培训员工的最好时机。

为最大限度节约资金，黄京生连一块抹布、一双手套等都进行合理算计、重复使用。站里领料最多的是各种阀门，小的几十、上百元，大的上千、数千元。黄京生发现，阀门出问题许多时候都是配件损坏造成的，大多数是阀门内的密封O型圈老化。阀门那么贵，一个密封O型圈却只几毛钱。黄京生就找作业区材料员，反复叮嘱人家在订购阀门的时候，一块儿多订购些配件，在厂家送货的时候再多搭些同型号的密封O型圈。那东西没几个钱，厂家也没当回事就答应了，但黄京生站的成本却一下子降到了地板上。

黄京生讲述这一段的时候，脸上明显表露出得意的神色，那样子像个占了很大便宜沾沾自喜的大男孩……

黄京生对站里每一名员工都像自己的亲兄弟、亲姐妹，时时处处为大家着想，而且想得比想自己家的事还细，用他的真情融化了每一名员工的心。

2019年春节前夕，安排节日值班，黄京生又要“独断专行”：“我女儿大了，媳妇也退休了，老人也很健康，家里也没什么事儿，今年除夕还是我来，大家爱吃我做的菜，我来给值班的小伙伴儿们做年夜饭。”

“我反对！”

“我也反对！”

“每年都是你值班，谁没个家呀？大家都反对！”大家站起来，“群起攻之”。

“反对无效！”黄京生笑着说：“我过年值个班你们还急了？咱们站离矿区远，一年到头都很累，我是站长，听我的，除了正常倒班的都给我回家。”

“老黄，我不同意。除夕你必须回家，今年我岳母住院，我跟媳妇伺候了两周，你二话不说，替我值了半个月的班。除夕我来值班，今年春节你必须听我的。”站党支部书记张萍把黄京生的话压住。

“站长，前年我刚调到咱们站，赶上我除夕值班，你说我孩子小，你替我值班，把我撵回去过年，今年我来值班！”运行班班长小王也向黄京生“控诉”。

“去年我们家那口子去国外干活儿，你说让我照顾孩子和老人，春节没让我值班，今年他回来了，我是老员工，咱们这几个岗位我都熟练，有事都能处理，除夕我来值班。”注水岗岗位长韩慧娟也快人快语地使劲儿“顶”他。

“哈哈，你们都替我做主，还要我这个站长干什么？”黄京生忽而半开玩笑，忽而一本正经，“虽然大家都这么说，今天我也不‘民主’，我也不领情，今年春节还是我值班！这不，值班表都打出来啦。”黄京生拿起值班表向大家晃了晃，得意地笑了起来。

从2000年到2023年，黄京生没有在家里过过一个春节，年年在转油站跟值班员工在一起，跟站上那些“有韵律”“有思想”“有情感”“有灵性”的生产设备一起守岁，这一守就是24年！

在这种充满关心关爱的氛围中，大家都自发地情不自禁地真正把转油站当成了自己的家，主人翁责任感油然而生。

遇到紧急抢险任务，不管多晚多险，一声招呼，大家争先恐后赶往现场，默默付出，毫无怨言。疫情封控期间，驻站员工自发凌晨5点就去井场除草平地进行规范化建设，因疫情管控，部分道路封堵，为保障油井正常运行，大家就肩扛药剂和抽油机上用的零配件，徒步一个井场一个井场巡检、加药，并自觉加密巡检……在温馨和谐的工作氛围中，站上员工不但情绪稳定，积极乐观，还出色完成工作任务。仅封控的1个多月，就完成20余口井的井场标准化，组织设备保养维修84台次，小修作业不间断施工14井次，疫情封控，工作不停，确保了原油生产正常运行，没有受到任何损失。

黄京生的管理潜能，是在企业低成本运行的压力下被激发“倒逼”出来的，也是他骨子里生成长就的一种情怀和使命的释放，这也让他最终踏入新时代企业基层管理标杆行列，被河北省评为优秀企业基层管理者。

黄京生，样样走在队伍前头，处处处于“领头羊”“领头雁”位置。

在采油一线作业区，遇到应急抢险、抢修，一连在泥里水里滚几天几夜、几十个小时不吃饭不合眼的事儿已经习以为常。一到这个节骨眼儿上，黄京生肯定扑下身子“匍匐”在最前沿阵地，一马当先，冲在最前头。他的团队，他的“钢铁娘子军”，在最关键的时刻、最紧要的关头和最危急的当口，个个都能够挺身而出、迎难而上。

“黄京生站”先后获得“铁人式队站”“中央企业先进集体”等一排排奖状、奖杯、奖章、奖旗、奖牌等各种“荣誉标签”。

以黄京生为主角的微电影《我的站长黄京生》，以写实的手法，生动的细节，感动了一批又一批观众，获得2017年全国能源化学地质总工会微电影展播一等奖。

大庆有“三老四严”“四个一样”，黄京生有“三坚四比”“四个不放过”：坚持小活儿不出门、坚持大活儿不出站、坚持废旧设备也要拆开看，比谁的设备运转周期长、比谁的维修保养费用少、比谁的设备耗能低、比谁的生产成本省；维修中故障原因分析不清不放过、没有在第一时间及时修好不放过、修好后没有严格进行质量检验检测不放过、投入使用后未跟踪服务未掌握运行情况不放过。铁人讲“有条件要上，没有条件创造条件也要上”，黄京生说“千难万难也没有油田后期开发的增储上产难，只要有一双手，再大的困难头拱地也要去克服”；石油精神离不开苦干实干，黄京生40年如一日把苦嚼成甜，用“实”和“干”两个朴实汉字拼接成新时代石油工人的赤诚担当和共产党员的高贵品质。工匠精神讲究的是一丝不苟、精益求精，黄京生处理每一件事情、对待每一项工作、面对每一次生产技术难题，都全身心投入，竭力而为，不达目的誓不罢休！

这就是黄京生，一个无愧于“新时代铁人式站长”称号的黄京生！一个新时代产业工人的优秀代表！一个在中国石油企业最小细胞、一线生产队站栉风沐雨百炼成钢的“石油脊梁”黄京生！一个从班组先进、队站先进、作业区标兵、采油厂标兵、任丘市模范、华北油田模范、河北省模范、集团公司模范、全国模范，一步一步成长起来的、用一滴一滴心血铸就 200 多项荣誉称号和技术成果的黄京生！一个正在石油生产一线“现场直播”的昂首阔步、胸有成竹、满怀豪情随时迎接各种挑战的黄京生！

老兵新传

孟宪琦

辛丑年，农历二月二。

据民间传说：这一天是“龙抬头”的日子，有“理发去旧”的风俗。腊月，因琐事缠绕未来得及理发，又被“正月不剪发”的习俗憋了一个月，终于等到“抬头”之日，欲卸“愁帽”的我，遂急匆匆去找理发店。

突然，手机响了。接通电话，一个“急”字撞击耳膜。

年前，接受采写华北油田采油二厂高级技师孙连会的任务后，我立即赶到采油二厂，结果因一件突发急事不得不中断采访，向采油二厂有关方面索要了相关资料后，于第二天就匆匆离开油田到外地。此后，在相距约200千米的情况下，我忙中偷闲，只是用电话采访了熟悉孙连会的几个人，因赶上“过年”，至今尚未动笔。眼下，催稿电话使我的“愁帽”瞬间变大，哪有心思去理发呀，便旋即转身进了屋子。

撰写报告文学的关键是要熟悉所写的人和事，我顾不上犹豫，速将无关心绪清零，打开电脑上存放孙连会事迹的文件夹，目光在字里行间穿梭……

窗外路边田野上，“草色遥看近却无”；窗内电脑屏上，“不觉春风换柳条”——孙连会，渐行渐近！

一

管窥岁月长廊，走来了19岁的孙连会——

这是1984年下半年的一天，从华北油田技工学校井下作业专业毕业的小孙，在华北油田采油二厂作业三队报到后，成为一名作业工。

“钻井苦，油建累，又苦又累作业队。”刚走上工作岗位的小孙，无法体验钻井和油建人的苦和累，但切切实实感受到了从事自己这份工作的辛苦：每天起早贪黑地赶忙乎，哪一天不是一身油和水！尤其是冬天，工服上的油和水冻得硬似盔甲，一个班起完100多根油管后，时常是“内冷外寒”——衣服冻透后又将汗水“速冻”得刺骨。小孙是实实在在地体会到了作业队工作的艰辛，可从无怨言。用他的话说，就是“来不及抱怨，由不得自己就跟着上”！当时，在队上的老职工当中，一批是部队转业人员，一批来自大庆油田，这就自然带来了“服从命令听指挥”的部队作风，还有“三老四严、苦干实干”等大庆经验和铁人精神。因此，小孙几乎天天都能看到这样的情景：在油污脏累及危险工作面前，从无人退缩；遇到井上喷油时，队长总是率先往井口处扑。“在这种场合，根本来不及想别的，不由得就跟着上！”这是小孙的心里话。正是这种“近朱者赤”的缘故，孙连会很快融入集体，无论多么脏累苦险的工作，他都是跟着大伙往前冲。于是，点赞小孙的人不断增多，仅半年，就当上了副班长。不久，孙连会凭着一股踏实劲儿成为一名作业机操作手。这个岗位就像钻井队司钻一样，手里握着好几条“命”，不能有丝毫闪失。知道肩上分量的孙连会，在老师傅的言传身教下勤学苦练，孙连会不到两个月就可独立顶岗，一小时能下80根油管了。在诸如此类的工作业绩引荐下，孙连会成为厂里1987年的“先进生产者”，这个小小成绩使小孙很有成就感，在操作手这个岗位一干就是4年。

生活就像拧魔方，拧到1990年上半年时，就那么巧地让孙连会成为队里的办事员。这是一个让工友们羡慕的“美差”，不上大班和夜班，尽管碰上一些急难险重活儿时他还要去现场，但平时只是整理资料、发工资之类的室内活儿，按部就班有规律。可孙连会却不留恋这一工作，总是想着去风风火火闯生产一线的事，有关领导数次在口头上同意他重返一线的请求，可无论怎么“拧”，这“魔方”总是难以凑成孙连会的“所愿”。1992年，油田公司举办技能大赛时，采油二厂喜获大丰收，在参赛的12人中有11人榜上有名。孙连会心想：如果自己能参赛的话一定会“金榜题名”，可因岗位限制，他没有报名参赛的资格。看到昔日的战友一个个获奖后喜滋滋的样儿，孙连会的心呀痒痒得像猫抓。

虽说很焦虑，可他在办事员岗位上一干就是10年。这10年，是孙连会的“黄金岁月”，理应是在技术上出成果的10年，可却蹲在办公室里“荒废”了。

1999年，生活的“魔方”给34岁的孙连会“拧”来一个机遇——因他在技术方面有一定的造诣，被厂里以劳务输出名义派驻沧州从事相关技术工作。重操旧业后，本想大显身手的他，没想到“三天不念口生、三天不练手生”，“歇了10年”的他手生得出丑。一次，在给油井摆驴头时没有摆到位，虽说偏差不大，但抽油机运转时的异响，让行家一下子就能听出是啥毛病。这个小事故，深深地刺痛了孙连会，他暗下决心——补课！

第一个小目标是考高级工。他从重新熟悉规范要求等基础工作开始，工余、节假日，除了吃饭睡觉，其余几乎全成了看书学习的时间，《修井施工工艺技术》《修井测井增产技术手册》《井下作业施工工艺技术》《实用五金手册》等书摆满了床头和小书桌，就连与他一起进厂的黄树、比他小8岁的杨振涛等同事，也成了他的老师，一有不懂不会的问题就向他们问个没完没了。且不说这个向书本、向身边人学习的子丑寅卯及艰辛过程，一步到位说结果吧：2001年，孙连会考取了高级工资格证。

成了高级工，孙连会当然让不少人羡慕，可他却一阵阵很苦恼：一年四季，不管春夏秋冬的白天还是夜晚，维修一口油井，需连续起下油管、油杆400多根。一根油管90多公斤、抽油杆30公斤，这些10来米长的钢铁，都要靠作业工“人拉肩扛”，时常弄得满身油污，成了“黑人”。一想起或看到这种状况，他就为自己这个高级工的“无能为力”感到惭愧，不由得时常自问：难道就不能想办法让大家少辛苦或不辛苦吗？正是这个问号“拷问”出的焦虑感，使他时常失眠。

2002年的一天，孙连会与上井检修小队液压钳的靳占忠师傅相遇。闲谈中，他向靳师傅毫无保留地道出了苦恼。靳师傅听后，高兴地说：“发现问题就是解决了问题的一半吗。你能这么想，说明你是一个想做事之人，怎样去做事？能不能做成事？那就要看你的行动了。”靳师傅一席话，使孙连会猛然醒悟：只是苦思瞎想有什么用，要紧的是行动。怎么行动？靳师傅不正是榜样吗！早在1993年，靳占忠师傅就荣获全国五一劳动奖章，是中国石油系统第一批高级技师，后来又成为集团公司的专家、全国劳模，在技术创新方面取得了一系列成果。这真应了那句文绉绉的词儿：踏破铁鞋无觅处，得来全不费工夫。守着靳师傅这棵梧桐树，自己要是变不成“凤凰”的话实在是天大的遗憾。

孙连会拿定主意：拜靳占忠为师！

观察、思考靳师傅的所言所行，他及时校正着自己前行的方向和目标：紧贴生产实际，打造利器解难，改变“脏、累、苦、险”的工作环境和条件。

二

管钳是修井现场的常用工具，20世纪90年代初，孙连会所在的作业队在井上对蜡卡杆柱实施倒扣作业时，绷足了劲的管钳在一个手套油滑的职工手里失控了，管钳快速反转，使一个本该前途无量的大学生成为盲人。这件往事不堪回首，而今差点“旧祸”再酿。时间是2004年的一个夜班，孙连会拉排油管时，起出的油管在滑道上下放，需场地工借助管钳卡住油管后拉，这是简单得不能再简单的操作。前200根没事，到了半夜起最后那一根沉砂管时，管钳突然滑脱，“噔噔噔”，孙连会连续倒退四五步后，仰面倒地。坐起后，他庆幸自己没伤腰、没碰头。可天亮后一细看，离他昨天的摔倒地20厘米处，有一块报废的水泥柱斜躺在那里，上面有好几根钉子似的钢筋短茬，如果昨晚摔在这钢筋茬上，简直不敢想象！就是这次刻骨铭心的“摔倒”，使孙连会再次深切体会到：安全无小事，必须要有安全工具。于是，他开始琢磨，能否研制一种可以防摔跌、省成本、简单、轻便的专用拉管工具？经过几番琢磨和反复捣鼓，一种无牙、套环式拉管工具终于在 2006 年上半年初步成型。一试用，让工友们爱不释手。

修井作业现场常规使用的直径 73 毫米油管重量在 90 公斤以上，直径 73 毫米的修井钻杆及直径 89 毫米的油管重量在 140 公斤以上，单班下管正常情况下是 200 ～ 400 根，不仅劳动强度大、操作人员腰颈部易劳损成疾，而且单吊环、挂井口、高空落物、液压钳咬手的伤害风险高。“难道就没办法改变吗？”为化解这个问号，2011 年，孙连会与项目经理谷全福等人大胆实施了井口无人操作方案。项目初期，孙连会主要负责液控油管钳就位装置和机械臂可调式基座研制。他起早贪黑了 1 个多月制成样品，且验收合格。在项目中期的合成试验阶段，孙连会又参与了“推拉机械手吊环控制功能不达标”的紧急攻关。在 8 天时间里，制作了 3 套样品，顾不上三伏天的持续高温，他亲自操作修井机，反复试验 300 余次，终于对比确定了轨控内斜弯隐簧对拉型最佳方案，确保了项目的踏点运行，于同年 9 月份顺利实现井口无人操作、90 秒起下一根油管的合同目标。

在一系列环保修井创新中，“油管控流防污罩”是孙连会比较得意的作品。以往在修井过程中，抽油杆全部取出后，百余根十来米长的油管，里边存的油、气怎么处理？这是个难题。油气排放时，有时压力大，喷得修井工油污满身，也导致环境污染。施工时，作业工不得不穿上雨衣遮挡，边喷边干；再就是逐个给油管加丝堵。而加丝堵虽然解决了喷漏油气问题，但“后遗症”让人很腻歪——实心金属材质的丝堵一个重 5 斤，一口井需要使用上百次，且不说频繁安装带来的体力消耗，装好后油管滴滴答答的排油速度等不起。“能不能弄一个‘听话’装置，根据作业工意愿控制油气排放时间和速度？”这个类似天方夜谭的想法萌生后，孙连会开始了“脑袋急转弯”。他引导几个同事一起琢磨，最后汇总各自意见逐一分析其可行性和操作性。第一步，先解决“从无到有”的问题。经过数轮讨论分析，2014 年 3 月，大致就有了新装置的蓝图。很快，就到了实物检验时期。孙连会从废油管上锯下一个丝扣，花 5 元钱买了两个水暖弯头。有人对此疑惑不解，孙连会解释道：“这个类似一个倒 U 型的物件，用两个水暖弯头接起来，中间放个小球。原理很简单，起油管时，管内油气压力推着小球堵住出口，防止油气喷漏；油管起出来后，受油管内吸力，小球再返回去，使油气顺利排出。要是到外边找人加工这么一个东西，至少也得 500 元钱，现在咱们用一根锯条加俩弯头就可以搞定。”虽说孙连会信心满满，可窝心的事情还是发生了：在井上实验了几次，效果时好时坏。为改变这种情况，使本来就头发斑白的他头发又白了许多。一连 10 多天，他一有空就往油井跑，琢磨了十几天，做了十几次实验，效果不稳定的状况依然无解。这让他百思不得其解，又陷于思虑之中。一天，他拿着装置前后左右地看，看着看着就看出了“名堂”：如果把装置“放平”，让球在里边左右移动，肯定比现在的上下移动顺畅。按照这个思路，他立即改装：将之前竖起来的 U 型通道放平，为方便小球根据管内压力左右移动，他精心计算球体大小，以确保小球不遮挡排气孔。2014 年 6 月，改进完善的“油管控流防污罩”终于成功问世，且获中国石油天然气集团公司年度成果一等奖，这是孙连会所在创新小组第 4 次获此殊荣。

技改无穷期，创新无止境——2015 年底，孙连会从即将退休的谷全福手里接过“远程电控井口油管控污装置”的主研重担。为确定有关方案，他无心过大年，在 2016 年的春节假期里很少出门，几乎天天在苦思冥想，酒不香，菜无味。正月初五傍晚，他见侄女正解一道长方形变化为平行四边形的数学题，就不由得静观默想。突然，灵光一闪，“平移四方体组合两瓣控流器方案”在脑海闪现。孙连会一激动，在连连拍手的同时，嘴里“嗨、嗨、嗨”地喊着，全然不理会家人追问，快速跑到阳台上给谷全福打电话。对方喜出望外，朦胧的方案终于清晰。于是，孙连会又投入了实施方案的紧张工作中。很快，这个项目获华北油田公司技术发明一等奖，并被集团公司确定为自主创新重要产品定量生产。中国工程院院士韩大匡对这个项目“宠爱有加”，说“总体技术具有国际先进水平”。正是这个“先进水平”，使油田内外的同行深受鼓舞、信心倍增：“作业工有干头了，再也不怕腰酸腿疼了，也不怕单吊环高空落物、液压钳咬手了，终于可以不转岗也能退休了。一个字，好！”

2016年，孙连会与创新团队成员为完成厂里重点科技项目《环保检泵作业技术研究和应用》，突击研制出了“手动油管控流箱”“井口集液引流盘”“井口集滤回流桶”“环空控流装置”等15项小成果，联合应用后成了修井作业的系列“环保神器”。

2017年，雄安新区横空出世，毗邻的采油二厂清洁生产就成了异常敏感话题。令华北油田公司质量安全部门高兴的是：如今的作业工，已不再是一身油和水，连施工现场地面干净得都看不到任何油污。2017年8月下旬，集团公司有关领导到采油二厂检查工作时，在岔71–72井仔细观看了绿色环保作业操作过程后指出：该工艺是从源头上治理作业环保风险，技术可行，经济、有效。因此，他明确要求华北油田公司在年内全面推广。2018年，这项技术在华北油田全覆盖，仅此一项每年可创效2400万元。

三

从掌握的资料中得知了孙连会以上情况，为尽可能地再多了解一下，我将录音笔与电脑连接，打开了年前的电话采访录音：

采油二厂作业大队特车队长李纬——

孙连会平时治的是油井的“疑难杂症”，所以被大伙儿称为“油井大夫”。多年来，他创新破难题，妙手除“顽症”，在脏险苦累的岗位上干得声名鹊起。他所带的班组近20年未发生任何安全事故，10余年连续施工

1000多井次无一返工现象。随着工作成果的累积，他先后成为全国能源化学工会首届“加油中国·传承铁人”优秀人物、河北省“能工巧匠”“金牌工人”、首届“河北大工匠”、全国五一劳动奖章、“中国石油榜样·好工匠”等荣誉的获得者。正因为有这么多荣誉，他这个技校生早在前几年就成为高级技师和集团公司技能专家。

尽管孙连会有了这么多光环，可在2009年上半年申报油田公司技能专家时，几次都未成功。原因很简单：没有专利。于是，他决定要尽快攻下专利关！2010年，孙连会将自己有关创新成果整理后一次申报了6项专利，当年都获授权，这使他深受鼓舞。2011年，他又申报了5个专利，又全部申报成功。专利的神秘感一旦打破，孙连会就一“申”而不可收。在他主持完成的200余项创新成果中，有100多项获国家专利授权，其中5个属发明专利，平均每月有专利，是名副其实的“月创一新”。另外，还有17项获省部级奖、150多项被推广应用。

在创新方面，孙连会不仅敢想别人想不到的，而且大多时候能把想到的做出来。以往在做液压泵实验时，没有合适的工具接头，大家就找4个变扣接起来对付着用，虽然接扣时挺费劲，但没人想过做专用接头。可孙连会想到了，也做出来了，并形成了一套防喷专用试压工具，节省了不少开支。现在，一旦有液压泵实验，装上这套轻便的试压泵就走，省时省力又省钱。以前，仅出动一台泵车，一天就得好几千元。

采油二厂井下作业工具工、高级技师王铁峰——

在野外工作环境中拚打了数十年的孙连会师傅，深知集体智慧和力量的重要性。他把全国劳模靳占忠师傅的几句话常挂在嘴上：“一个人成功不算啥，大伙成功那才是真正的成功……”正因为此，他曾当众承诺：“只要对工友有利、对工作有利，再宝贵的经验也要无私传递。”为践行这一承诺，他先后与众多年轻工友结成师徒对子，将所知、所学、所感毫无保留地传授，手把手地帮、带，及时跟进“校正”，做到了“言传”无所留、

“身教”无所厌。正应了那句“严师出高徒”的话，经他“言传”“身教”的45人，早已成为技术能手和创新骨干。其中，3人成为油田公司技能专家，15人成为油田公司技术能手或高级技师。靳占忠师傅退休后，孙连会与集团公司技能专家黄树等，主动挑起了“靳占忠创新团队”大旗，带领青工攀登着创新创效的一个又一个高峰——每年都有10余项成果问世。

徒弟杨振涛——

我比孙连会师傅小8岁，说起来有点不好意思，在早些时候，我是孙连会的师傅，可没过几年他成为我的师傅，这个戏剧性的变化使我深感震动，也深有感触。在孙连会师傅身上，有一种主动出击的敢创新、能创新精神，他远远地超越我成为师傅，我心服口服。细说起来，孙师傅学习能力实在是强，既能向业内专家学，更能不耻下问，向徒弟学习，这一点难能可贵呀！2010年，孙师傅得知实习生尹雷在浙大学的是机械专业后就主动和他结成对子，学习机械基础制作知识。尹雷实习结束转到采油作业区工作后，孙师傅依然常在电话上请教……

徒弟李希凡——

孙师傅这人在工作上好像有“强迫症”。寒冬腊月，户外结冰，一到开饭时间，我们就趁吃饭机会赶紧进屋内取暖，可孙师傅依然蹲在野外琢磨着手中的活儿，催他好几次，他回屋扒拉几口饭就出去工作了，好像干不完心里不踏实似的……

作业大队副大队长郝国智——

虽然全国劳模靳占忠师傅退休了，但创新团队还有孙连会、黄树等创新骨干，创新精神在传承，大家“用创新解决生产难题，用创新破解发展瓶颈”的宗旨未变，立足生产现场、解决实际问题的干劲未减……

四

看完资料、听完录音，再联想我年前去采油二厂实地了解的情况，对孙连会的事迹就基本上心中有数了。

起身，伫立窗前。望着楼下含苞待放的海棠树和已露出星星点点粉红的山桃花，我顿生感慨：又是“新桃换旧符”呀！就不由得想起朱熹那首著名的《春日》诗：“胜日寻芳泗水滨，无边光景一时新。等闲识得东风面，万紫千红总是春。”

“一时新、一时新……”我喃喃自语，觉得这三个字与自己此时的所感所思太吻合了：在孙连会身上跳跃的“亮点”不正是一个“新”字吗——

“用创新促进井下作业的绿色环保。”

“用创新解除井下作业的脏累苦险难题，为这份职业增添更多光彩。”

“用创新解决生产难题，破解发展瓶颈。”

“修井作业需要革新创效的地方太多了！如果乐于创新，每一次创新就是一次重新出发、分享快乐的过程！”

“我不是一个人在搞创新，荣誉属于创新团队。”

“创新，需要戒浮躁、勇探索。”

……

以上不仅是孙连会说出嘴的话，更是他的常态化行动！

在30多年的井下作业一线工作中，孙连会眼锐辨风险、脑勤有对策、手巧出成果、心诚带高徒，用一个个创新创效的扎实行动，书写出了践行以“苦干实干”“三老四严”为核心的石油精神的新篇章——在平凡岗位上创出了不凡业绩。想到这里，我灵光一闪：决定围绕“新”字撰写以孙连会为主人公的这篇报告文学。为了点题，觉得有必要在前边写个题记。于是，手就靠近键盘。很快，电脑屏上出现莎士比亚一句话——

“推陈出新是我的无上诀窍！”

晨光中的仰望者

周艳乔

马庄村的秋天，最美的时辰在清晨。

远处，当阳光从绵延的山峦中散射下来，家家户户的檐顶仿佛镀了一层空灵之光，那些被草木掩映、山石堆砌的老屋，似乎就在这一刻，忘记了那曾经波澜壮阔又悠远绵长的遗憾与哀伤，被激起了重生的勇气，轮廓清晰了很多。

于晨光每天不到六点钟就会起床，然后在口袋里揣上一支笔、一个本子，在这些已经熟悉到灵魂里的每一条宽宽窄窄的路上，开始了行走。他喜欢眺望那远处的高山，仰望那些超越于人类世界的大树，这个姿势让他一度紧绷的脖颈得到片刻的缓解，头脑也清醒了许多。晨曦中，他朝着上坡而去，看到眼前这条被重新修葺过的水泥路上还湿漉漉的，昨日的雨水顺坡而下，再也没有以前存积成“沼泽”的现象了。

马庄村占地6400亩，村民有3434人，隶属河北省保定市唐县北店头乡，地处太行山脉东部，是唐尧故里，革命老区，也是伟大的国际主义战士白求恩和柯棣华生前最后战斗过的地方。这里曾经由于寻仇发生过爆炸等伤亡案例，安全意识淡薄、致残率极高，被人称为“地雷村”“沼泽村”，外人唯恐避之不及。但是，他带着华北油田扶贫工作队来了。三年了，在无数次追赶朝阳、踏着星月的奔跑中，他们已渐渐与这片青山、泥土、空气融为一体。

到这里来之前，他还是华北油田的中层管理者，现在却如时空交错，重新做回那个在农村广阔天地里成长的“少年”了。不是，现在的他已经过了天命之年，鬓发如霜，和光同尘，岁月在他脸上写下了无数个或荣耀或沧桑的故事。

不过，他已经习惯了那清朗中带着些发酵果实的微醺气息和时隐时现的羊粪味道，已经习惯了每天可能只吃一顿饭、随时随地办公的生活。不仅如此，他在每天清晨给自己保留了这样一段独处的时空，只为了提醒自己——不因得意而骄纵，也不因失意而颓废。

2021 年 6 月 30 日，于晨光赴石家庄参加了河北省庆七一基层党组织和党员代表座谈会，他作为优秀共产党员代表，第一位发言。

省委书记、省人大常委会主任王东峰听后，高度评价了于晨光和华北油田扶贫工作队的成绩，当即说：“华北油田积极履行社会责任，多年来大力支持地方经济建设，尤其是在脱贫攻坚工作中，选派优秀队伍扎根扶贫一线，积极投入资金开展帮扶，做出了很大成绩。华北油田马庄扶贫工作队具有代表性，经验可贵，讲得非常好，讲得好是因为他们做得好，他们无私奉献，扎根基层，立足本职，服务群众，干事创业，为经济强省、美丽河北立了功、添了彩。”

三年来，这种理解、肯定与信任是他和工作队所有成员的动力与源泉。已然硕果累累，工作队得到了各级的嘉奖，于晨光先后得到了“河北好人”“中国好人”、河北省“优秀驻村第一书记”、河北省“优秀共产党员”等称号。坚韧智慧、果敢无畏的石油人的身影已经变成了太行山上一道耀眼的光芒。

所有的成绩都离不开他身后的组织——中国石油华北油田公司，大国央企的格局与气度，给了他前行之翼。让他更加热泪盈眶的是，2021 年 5 月，700 多名村民按下手印、联名请求工作队继续留下来，唐县政府也发出了请他继续作为马庄村第一书记留任的信函，这些信任与情感让他如何割舍？

不久前那场脱贫攻坚政策成果培训已经结束，他与工作队也接到了华北油田留下来的任命，他们继续开始了“振兴乡村”的筹谋。

他崇尚鲁迅先生的“横眉冷对千夫指，俯首甘为孺子牛”的坦率与挚诚，也喜欢先生爱憎分明、带着棱角的自由形态，然而获得真正的自由涵盖着财富与精神上的双重自由，需要通过智慧和血汗去实现。脱贫致富之后，最重要的是安稳。如何在煮开的锅下再添一把柴，找到更适合的同盟者，一起把这乡村振兴的大事继续做下去，山高路且远。

他忽然又想起来，上次从农科院引进来的新植物品种蛋白桑已经试种成功了，未来将用什么样的模式才能形成更长效的产业链呢？他就这样走着，想着，迎着朝阳，望到那些散发着无限生机的树梢震颤了几下，几只灰喜鹊飞旋着，渐渐隐没在天空，他深深呼吸了一口，仿佛被注入了巨大的元气，心中越来越亮堂了。

华夏文明起源于那些仰望者。黑格尔也说过，一个民族有一群仰望星空的人，他们才有希望。这场史无前例的脱贫攻坚战斗，既彰显了国家力量，也是个人价值的体现。顺应历史的潮流，才可有光明未来，才可有更强大的影响力去成就别人。虔诚地仰望前辈们的伟大之路，仰望眼前难以逾越的高山，是生生不息的动力。

天色渐渐亮了起来，到了该回去的时间了。他想起那日登上庆都山的场景，便掏出本子，写下：“登高壮观天地间，五旬已逝不复还。自身虽经苦和难，德能虚增共生年。”

天之博弈

初到马庄村，于晨光的脚常常走得酸痛，也经常沾满了泥水。这泥水既融合了村落里古老的尘埃，也离不开上天的“杰作”。每到汛期，这里就变成了一片片“沼泽”，看到那些圈里的羊在雨水中漂起来，看到队员崔琦朋穿着雨鞋艰难淌过一个又一个“沼泽”时，他常常仰头看天，想着，当年杨贵带领大家开凿红旗渠，战天斗地，引水入村，拔掉穷根，就是靠着引导、疏通、堵漏的方法和与天博弈的智慧呀！

每到夏天汛期，马庄村总是大雨滂沱。雨后，街上就会再一次变成了“沼泽”，人在污水中行走困难，交通被阻断，很多养殖户的牛羊都泡到了水里。如果大暴雨接连而下，山洪随时可能会覆盖整个村庄，马庄村的200多家养殖户的15000头羊难逃厄运。他带着工作队和马志群等人一起到处跑着，勘察地形，及时地修筑堤坝，清理积水，等不及资金到位，就先自掏腰包干活。就这样，他们慢慢地找到了抗洪的经验方法，使村子平安度过汛期。

2020年8月的一天，大雨倾盆，他接到电话，村西用来防洪的堤坝很危险，快要决堤了。他很着急，先安排队员袁代斌过去疏导转移被困的居民，又给县委通了电话，请县委派人前来支援，然后再让队员崔琦朋赶紧联系村委会组织村民们来帮忙加固堤坝，挡住灾难。

村民们纷纷赶来，手忙脚乱地上砂石料。雨仍旧哗哗下着，没有人知道什么时候才会停止。

“这都下了好几天了，水位眼看着就涨上来了，再下几天，怕是大堤顶不住了，咱的羊呀，都要被冲跑了！”

“这路都淹了，俺家都进水了，再不想办法，咱们村子里的那些绣花厂、养猪场、工艺品厂还保得住吗？”

“可不只这些，咱们村遭了殃不说，那下游的西阳庄2300人都危险了，这怎么办？”

等于晨光匆忙的身影出现，大家这才安静下来：“大家别急，我已经叫‘周瞪眼’买铁管子去了，把管子砸下去，挡住石头，堤坝就结实了。”

大家都知道，情况紧急，一定是于书记自己掏腰包买管材了。

这时大家看到了“周瞪眼”的身影，纷纷喊着：“来了，‘周瞪眼’来了。”

“周瞪眼”急匆匆跑过来说：“铁管子是拉来了，但人家说咱的钱没给够，不给卸货。”

于晨光又摸了一遍身上，之前已经把所有的钱都掏出来了。这时，大家纷纷掏出钱来说：“我们这里有。”

工作队员们也对于晨光说：“于书记，您说怎么干？我们都听您的。”

大家纷纷点头，“走，我们一起抬管子去！”

大雨依旧没有停止，天地之间被雨水织成了模糊的幕布，远处的山峦隐没在风雨飘摇的黑暗里，不时一阵闪电划过，随之而来震耳欲聋的雷声似乎随时要将人撕裂。一群被浇透全身的人化成了天地之间一个又一个跳跃的符号，人与自然的抗争再一次开始了……

也不知道过了多久，精疲力竭的人们终于看到了雨过天晴后的明朗，堤坝也加固了，于晨光感觉到自己的两只脚由疼痛转为酸麻，后来都没有知觉了，他听到队员们的声音：“于书记，你都一天一夜没合眼了，得空休息会儿吧！”

看到大家凝心聚力，共同筑好了堤坝，于晨光疲惫地直起身子，摇头，脚上磨出了两个大血泡，他仍旧坚持着。人类与洪水再一次和解了，在这没有尽头的较量里，要么给洪水出路，要么就要与洪水共存。这些不过是人类在追寻自我的过程，与自然关系的重新构建，在“立”与“破”之间找到更加理性的契合，人在追梦的过程中会得到终身的幸福。也许，这才是改变贫困的最佳形态。

然而，新的改变又谈何容易？他没有想到，2020 年一场疫情来得突然，不仅仅给中国人的生活带来巨大影响，也改写了整个人类世界的格局。网络上开始频繁出现关于自然、生命、生态与病毒的爆炸性消息，无数猜测、臆想和恐慌接踵而来。1 月 23 日，武汉发布通告，全市交通管制，请市民无特殊原因不要离开武汉。于晨光本来想回去过个春节，此刻已经意识到，遇到前所未有的大事了，恐怕这个年不好过，他决定继续驻守在马庄村。

1 月 24 日，是于晨光在马庄村过的第三个除夕夜，上午他为贫困户和原来的长期上访户贴春联，送了些过年的慰问品。下午 4 点，乡里的人忽然出现在村里，说近期流行的新冠肺炎愈发严重，准备封路封村。于晨光立刻和乡里人员组织村两委人员召开了会议，成立由村医院和村两委参加的抗疫稳村领导小组，决定迅速摸排从武汉和湖北返回的人员，取消除夕夜大规模的聚集，暂停走亲访友，同时组织人员做好各家各户的防护工作。紧张、忐忑、忙碌的除夕夜使整个村庄都覆盖上了一层忧郁的气息。

这一晚，于晨光过了一个不眠之夜。他抽空给母亲、妻子和女儿通电话报了平安，但是事态如何发展，人们应该如何渡过这样一场无妄之灾，他并不笃定。

大年初一，天气有些阴沉，淡淡的雾霾笼罩在村子上空。上午 9 时，他去乡里开紧急会议。会上主要传达了县有关防控新冠疫情的紧急通知，要求封村封路，把从武汉及湖北回来的人员摸排清楚，电话和信息上报乡里……乡委书记表情严肃，一改平时和大家握手的习惯。

回到村里，他立即根据村里的实际情况，进一步加强了措施，继续按县乡要求封村封路，停止一切形式的聚会，要求巡检人员戴口罩加强巡检；加大广播宣传力度，发放防疫明白纸；隔离武汉及湖北的回归人员和密切接触人员，同时上报乡县，寻求配合；筹措口罩消毒液等紧缺抗疫物资；加强值班，做好应急预案。当晚，唐县电视台把马庄村的防疫做法向全县推广。

为及时购买防疫物资，于晨光先带头捐款 6000 元。村民们非常理解政府的举措，很快就捐款 9 万余元，捐献物资折合 5.8 万元，就连残疾人低保户李敖红也主动捐了 100 元。于晨光按捺住自己激动的心情，连夜组织党员及志愿者 80 人，对全村 6 个路口进行盘查。同时加强防疫宣传，真正做到了户户不漏，村子里没有发生一起感染的事件。

但是更大的矛盾很快凸显出来，村民们主要依靠畜牧养殖业，因为疫情道路被封，饲料进不来，圈养的牛羊面临断粮的威胁，眼看着储备的饲料所剩无几，养殖户们急了。村里其他产业也都受到严重影响，每个人都焦虑万分。1 月 26 日那天，他们在村委会展开了热烈讨论。

曾经参加过对越自卫反击战的退伍军人、绰号“臭子”的李建虎着急地说：“于书记，北京那边等着我们的面粉呢，现在大几百号工人都不能上岗，开不了工，得想个办法呀！”

“臭子，你别折腾了，老实点，于书记这不正在想办法吗？”

一大早，于晨光的手机就快要被打爆了，他哪能不知道大家的心情？不过，要保障人民的财产安全，也要考虑防疫大局，他也很踌躇。他想到，近年来，党和国家一直在努力保障和改善民生，如果不能保证人民的生活需求，那还谈什么为群众增福祉呢？

想到这里，于晨光看着那些等待自己回复的焦灼目光，默默起身，对大家说：“走，去把饲料拉进村里，工厂复工，有什么都由我来担吧！”

大家再一次被于晨光的真诚和勇气所感动：“于书记，我们相信你，相信政府……”

当天晚上，饲料进了村，工厂也开了工。于晨光并不知道自己这样做到底对不对，心里也是五味杂陈。当他正月初六看新闻联播时，听见了习总书记号召各级干部不但要抗疫，还要鼓励复工复产，看着看着，眼泪不觉就淌了下来，他庆幸自己的选择是正确的。李建虎的面粉厂最终没有耽误工期，按照约定完成了订单，成为全县第一家复工复产的企业。于晨光带着工作队趁热打铁，跑前跑后，帮助致富带头人马云东用 1 个月时间建起一座 200 多平方米的饲料应急储备仓库，为全村养殖户彻底解除了后顾之忧。

70 多天抗疫生涯，让于晨光感慨万千。在患难中，工作队和村民们“鱼水情深”，彼此眷顾。深夜，他记下了一天的生活。此外，他还学习了一遍焦裕禄的精神事迹，读到焦裕禄在“三年困难时期”期间，拖着患有慢性肝病的身体，带着全县人民封沙、治水、改地与风雪搏斗的事迹时，他想，这些英模前辈似乎是在指引自己，人是有无限可能的载体，最终是要超越自己的。

地之安通

三年来，于晨光和工作队用自己的足迹不断完善一张“扶贫地图”，这上面勾画着人与土地的情感与归属，使他们从彷徨迷茫变成了现在笃定从容的样子。每一栋房屋，每一条路，也印证着这片土地接受了人持之以恒的改变，并在改变中不断升华，变成了洁净、美丽的样子。漂泊在外的人也好，坚守在家乡的人也好，由于对这土地与房屋的眷恋，心灵才有所寄托。于晨光觉得，这才是改造这片与人紧密相依的土地要“根植”进去的东西。他们要改造的不只是土地的气息，而是人的精气神。

利用航拍、卫星技术绘制的这张扶贫地图，是依靠着于晨光团队对理想与未来的期待、石油人的责任与信仰，在无限艰辛中完成的，也是于晨光团队在马庄的“故事汇”。白天到处跑，晚上集中汇总，是他们成为“夜总汇”的标志。每一家处在村庄的位置、家庭人员的基本情况、四周的关联事物和对这片土地的情感，都绘制在这张地图里。

工作队驻地对面的墙壁上挂着一块公示牌，上边是京冀对口帮扶项目，其中就包括马庄村22049平方米的道路硬化提升。于晨光所在的华北油田专门拨款160万元作为帮扶资金，他又通过努力找到了北京帮扶资金500余万元，完成了村里近4万平方米的道路硬化，修理平整了18条田间路近30万平方米，安装路灯253盏，协调县乡安装变压器12台，设立200多个垃圾投放点，彻底改变了马庄村污水横流、垃圾遍地、杂草丛生的旧面貌。

于晨光和工作队看到一些贫困户的院墙、房屋有的直接被雨水冲倒了，非常心痛。经过考察后，他们根据各家不同情况，为他们做了修屋顶、换门窗、粉刷墙面、吊顶等不同程度的整修。遇到施工方的沙子水泥不符合要求，他们拒绝使用，遇到不按规定整修的施工队伍，也坚持不予结算。队员袁代斌说："于书记是个铁面无私的人，他很坚持原则，就是这样靠着一身正气，才使那些有不良想法的人知难而退。"

2018年年底，106户的房屋与道路的主体工程完成，乡亲们终于可以踏踏实实过个舒服的冬天了。之后，各项基础建设工程不断推进，马庄村的村容村貌发生了翻天覆地的变化。老村委马占收经常开着自己的三轮车载着工作队到处跑，帮忙联系村里的人，协助工作，他亲眼见证了这个奇迹，感慨地说："华北油田工作队这件事做得非常得民心，现在路平了，灯亮了，咱们不摔跤了，晚上出门也方便，老汉我乐在心里头哇！"

80多岁的贫困户马电匣，孤身一人生活，曾经拄着拐棍四处乞讨，他所住的房屋多年失修，摇摇欲坠，工作队了解后，只用一个半月时间就为马电匣盖起了新房，确保他的人身安全，之后还落实了低保等贫困户政策，为其装上节能防毒新炉具，送去了洁净燃煤。至今，老人身体还很硬朗，生活明显得到改善，不再发愁食宿的问题。冬季快要来临，不再为饥寒而四处乞讨的马电匣，天气好时会和村里几个年龄相仿的老人在一起聊天、晒太阳，每逢看到工作队的成员走过，便朝他们竖起大拇指。

村民贾进好是最早搞养殖致富的。他的羊场规模不小，但是前边的道路太难走了，自己不方便，别人也不方便。工作队针对他家的情况，设计了施工方案，并和他反复沟通，最终贾进好被工作队感动了，心服口服，主动将自家的路让出三尺宽，让田间路工程顺利完工。路修好了，与己方便，与人更方便，大家的心也不堵了。

马庄村的居民多年来还是采用传统的地下取水，但是很多孤寡老人由于生活困难，家里并没有井，吃水都是到亲戚朋友家用桶提，非常吃力。于晨光和工作队为了保障村民的基本生活，前前后后做了9遍筛查，发现有6名孤寡贫困老人家里没有水井，从捉襟见肘的经费中抠出2000多元，找人通过下水泵，将水管接进了屋，并为老人们制作了衣柜，帮助他们把家里收拾得干净整洁。得到尊严与体面的老人们非常开心，见到于晨光就握住他的手，不知道该怎么表达自己的感谢。

于晨光一边鼓励养殖户们渐渐向村边转移场地，一边观察着村西30亩西岗荒坡，那里养殖了生态鸡鸭2000多只，各类果木3000余株，沟壑里挂满了“柿子灯”，到深秋时候煞是好看，成了这荒坡里最美的点缀。他还观察着古河道、现有水系的环境与走向，未来可以在村子周围形成牛羊满圈、瓜果飘香、鸟雀啁啾、水光潋滟的生态圈，再用高科技生产的饲料来喂养牛羊，打造绿色环保的生态产业链。

他每天清晨依旧出来行走，四季变化，冷暖自知，独处的时光仿佛在一点点塑造自己的内心。他仰望着未知的天空，踏着脚下这片散发着人文气息的土地，知道自己要与这片土地产生太多的情感。夜晚，于晨光便继续写下自己的扶贫日记，这些文字既是工作记录，也是个人思想的飞跃，三年的时间，工作队已经从两眼“一抹黑”，变成了村里的“活地图”，每天都演绎着天、地、人的故事。

人之相知

马庄村是革命老区，有很多参加过革命战争的退伍老兵，由于多种原因，有些退伍老兵生活陷入困境；还有由于先天缺陷和后天导致的残疾人数达到了33人，占总贫困人数的15.9%。最主要的致贫因素就是因为缺少劳动力与大病，这两项约占七成的比例。马庄村原有贫困户717户，2185人，存在着严重的“非贫困”现象，村民们极为不满，这也是多次发生冲突的导火索。

2018年6月17日，天气燥热阴沉，村里六台大轿子已上满人，车已发动，人们群情激奋，纷纷喊着要去北京讨说法。于晨光和工作队这时入驻到马庄刚两个多月，但他深知，民怨沸腾的背后一定潜藏着很多说不出口的症结，要从根上来梳理，对症下药，才能成功。因此，在得到了县乡政府的同意后，他决定豁出性命也要把这件事做好。

于晨光迎向从四周聚拢而来的村民们，用身体挡住了前边的车，毫不犹豫地大声说："我理解，乡亲们要的是公正和道理，我们工作队到这里来就是为了解决问题的，请大家相信我们一回吧！"

于晨光的声音被愤怒的声音淹没了，四周的人群并没有因为他的果敢而停止喧闹。

于晨光听着四周依旧激烈的声音，头上冒出了汗，再次提高了声音喊着："给我一天时间，明天一早开始重新识别贫困户的身份，保证公开公正！"

这句话仿佛一剂治病的良药，灌到了村民们的心里，躁乱声渐渐缓和下来，有人下了车，半信半疑地问："你说的是真的？"

于晨光重重点头："我知道，大家怨气都是由于不公，现在用我这条命来担保，我们立刻重新核定识别贫困户的身份。我就在这里，哪里都不去，你们可派人 24 小时盯着我。"

这话说完，看到村民们的情绪缓解，于晨光松了口气，安排工作队成员们开始逐一对准备上访的村民开始登记。从此，工作队开始了不眠不休的日子。于晨光给大家公布"九不纳、六不评"的重新识别标准后，也顶住了各种说情与威胁利诱，白天他带着队员们走家串户做调查，晚上在灯光下评审，停电了就点着蜡烛继续干，去伪存真，就这样坚持着，将原有名单筛查了 9 遍，对 717 户贫困户重新进行了甄别，一榜一公示。经过百余个夜以继日的奋战，最终在 1200 户 3434 人中精准识别出 93 户 207 名贫困户。之后，工作队精益求精，又评定出 155 户边缘户，进行了县乡村三级公示后，没有漏评一户，没有错评一人，没有一人提出异议，村民们怨气全消，心服口服。

那些日子，工作队的每个人似乎都脱了一层皮，大家忙得一天只吃一顿方便面，有的队员跑坏了几双鞋，有的队员得了飞蚊症，于晨光自己也整整掉了 10 多斤肉。令人感动的是，村民们看到这些公示后，欢欣雀跃，敲锣打鼓给工作队送来了锦旗。

于晨光和他身边的队员们义无反顾，如飞蛾扑火般加入这场伟大的“战斗”里了。谁家有病有灾，他们用自己的身躯去挡，谁家有愁有怨，他们就去调和解决。随着村里的房子越修越好，路越来越宽敞，灯越来越亮了，他们与乡亲们渐渐消除了最初的隔阂，成了一家人。

他想，大家生于一个包容、奋进的新时代，只要有想法，肯努力，还能找不到生存的法则吗？没有人愿意生而卑微，哪怕他的身体是残缺的，只要他的思想是活的，人还可以行动，有追梦的勇气，那么去实现梦想并不遥远。于晨光想过很多次，他必须要去做他们的引路人，哪怕自己也会摔倒，甚至摔得头破血流，他也无怨无悔。

村民马小三是尿毒症患者，早年摔了腰，常年需要就医治疗。沉重的生活压得他精神郁闷，他整日抱怨生活的不公，与寡母常常发生争执。于晨光看到马小三头脑清晰，只是不了解扶贫政策，便隔三岔五与马小三说话谈心，打消他的疑虑，鼓励他重树生活的希望。工作队首先从政策上帮扶，为他和母亲办理低保手续，提升了低保档次，落实各项帮扶措施。此外，他们还筹集资金，给马小三买了一辆电动三轮车，确保了他每月去透析出行方便。

41 岁的李配然正当壮年，但不幸的是丈夫有精神障碍，一个女子成了家里的顶梁柱。工作队经过精准识别后，决定针对不同的家庭实施“一户一策”，将这家人作为扶贫与扶智、扶志相结合的重点对象，经常找他们夫妻谈生活、谈理想、谈子女教育、谈致富方法，开拓他们的思路。此外，还帮助李配然家申请低保和残疾补贴，为他们的孩子杨帅申请“两免一补”和营养餐补贴等教育扶贫政策，让李配然加入村里的保洁员队伍，每月有了 300 元的稳定收入。

贫困户马永旺家里的房子塌了，还做了肝脏切除手术，不仅花光了所有积蓄，还欠下5万多元的外债。他最困难的时候，工作队伸出救援的手，把他纳入了贫困户，享受国家与政府的补贴。

“授之以鱼不如授之以渔”，扶持有一定能力的人去自主创业，才是持久之道。于晨光意识到，要想马庄村产业兴旺，首先要解决的问题便是资金，其次是技术。他带领工作队成员不辞辛苦地四处奔波，多次到县、乡相关部门请示、协调，最终和唐县汇泽村镇银行合作，在马庄村建立了金融扶贫工作站，帮助有创业意愿的村民建档立卡，解决创业资金1000余万元。

有了钱的创业者，开始了充满期待的生活。李配然当年就建起了自己家的养殖大棚，年收入提高了3万余元，2018年年底就实现了稳定脱贫。这让一家人不再郁郁寡欢了，乡亲们时常看到这一家人忙碌的身影，听到他们的欢声笑语。

工作队帮马永旺联系了本村有养殖经验的村民及养殖专家，手把手传授技术，并为他协调了5万元的免息贷款来发展养殖业。马永旺如鱼得水，办起了养殖场，看着一天天长大的小羊羔，他经常会笑出声来。如今，马永旺的养殖场从30多只羊渐渐发展到了1000余只，他摇身一变，成了村里的养羊能手，令人欢喜的好日子终于来了。

于晨光在二连油田工作的时候，常常帮助牧民们赶羊，最熟悉那些漫山遍野奔跑的羊，现在马庄村始终保留着圈养牛羊的传统，而羊粪经过科学发酵，则是供不应求的有机肥料，这是一条可持续发展的产业链。他琢磨着要规划好这里的生态环境，科学喂养，除去羊的异味，打造更适宜的生态产业链。目前，全村已建成7家有机肥厂，产品已销往海南、广东等地，同时，可提供30余个就业岗位。此外，他们与唐县劳动局共同举办了养殖技术培训班，李配然也跟着其他养殖户参加了培训，受益匪浅。

马庄村在不断的改造中呈现出一派欣欣向荣的生机。但是于晨光知道，这里的一切虽然在短期内可以得到国家的扶持，但是未来最终还是要靠自己去奋斗的，要有面对市场选择的勇气，也要有不断打破、不断重塑的勇气，要选择年轻、有担当、有想法的人，给予他们好的成长环境，这才是“一本万利”的长远之策。

于晨光是个说干就干的人，他多次去县乡政府、唐县就业局和保定技术学校协调、沟通，从市场需求考虑，决定先从那些闲散在家、没事打麻将、聊天的女性开始，免费给她们培训育婴、美容美发知识，并免费发证。经过75天的培训，先后有20多人凭证走上了就业岗位。过去没有技术、只能靠种地艰难维持家庭的贫困户马胜霞被于晨光定为第一批学员，在结业仪式上发言时，她想到自己多年照顾因车祸成了植物人的丈夫的不易，想到自己不负国家的帮助与扶持，终于化茧成蝶，不禁百感交集，流下了喜悦的泪水。

之后于晨光与唐县电商中心接洽，成功地举办了电商培训活动。村里有很多人也看到电商的长远前景，包括马小三在内的65人欣然参加了电商培训，其中贫困户35人，“魔豆妈妈”项目报名的人数15名，电商中心当场授权一名贫困户为“唐尧优品”驻马庄村电商代表，结合县电商服务平台，利用“唐尧山下”区域品牌，推广全村小米、红薯等特色农产品，最大限度为村民拓展致富途径，同时将农产品申报中国石油消费扶贫目录。

在于晨光和工作队的努力下，三年来，马庄村各种各样的培训举办了23场。于晨光想方设法带动村里人创业就业，与北京新机场签约就业20人，带动群众养羊养牛150余人，对外劳务输出100多人。通过与县政府协调，建造解决30人就业的扶贫车间，生产多种类箱包，赢得了一定市场，同时通过重新整合村东的牲口交易市场，增加了集体收入。

天道光明，毫无私心、周济万物；地道德厚而容纳，长养万物、运行不息；人道恶盈而好谦，酬善。年轻时的于晨光曾经在华北油田二连分公司任职团委书记，靠着一股子韧性，成为“戴狗皮帽子敢死队”成员，在风霜雨雪中一次又一次帮助他人度过险情，在那天高地阔的草原上，不断生长着，成为一个心向善美之道的人。如今，他自己经过了多年职业生涯的磨砺，成为被尊重、被信赖、被托付以生命中最重要的事情的人，必定要将自己也变成一道光，这光也能暖到别人。

和之梦想

三年的光阴在奔跑中度过，饱满而宁静。20 万字的扶贫日记写尽了于晨光与工作队的辛酸苦辣。

马庄工作队以严谨务实且春风化雨般的行动赢得了民心，通过了国家各级组织和第三方的严格脱贫验收与考核，贫困发生率由 2014 年的 63% 降为零，已全部实现稳定脱贫。2020 年 7 月，国家检查组一行 15 人来到马庄村，进行为期一天的严格检查，大家听到村民们的诉说，感动得热泪盈眶，检查组苏组长说："我们走了这么多村，这个村的感动令我刻骨铭心，工作队不遮不掩，老百姓不躲不藏，开门迎检，没有半点形式主义的影子。你们踏实肯干，扶真贫，真扶贫，各项指标不光是过得去，而是过得硬，想找你们的问题都难，群众满意度百分之百，是真脱贫，脱真贫的楷模。华北油田马庄工作队以铁的实绩感动了检查组，你们的工作堪称河北驻村工作队的 N0.1！"

如今，马庄村乡亲们的生活可以说是芝麻开花节节高，于晨光与他的工作队也载誉归来。他身边的队员袁代斌、袁瑞、刘建、崔琦朋等人在他的感染下，每个人都焕发出不同以往的人格魅力。

让于晨光最欣慰的是，一直在背后默默支持他们的组织——华北油田公司党委，给予了他们莫大的温暖、支持与肯定。华北油田公司在 2020 年 9 月 15 日专门举办了于晨光同志扶贫事迹报告会，讲述了三年来他带领扶贫队情暖百姓心、汗洒扶贫路的感人事迹。

时任集团公司党组宣传部部长、企业文化部总经理李懂章在致辞中指出，集团公司党组始终以高度的政治责任感和历史使命感，积极创新具有石油特色的扶贫路径和发展模式，实现中国石油定点扶贫与对口支援县（市、区）全部脱贫摘帽，“中国好人”、河北省“优秀驻村第一书记”于晨光是中国石油广大扶贫工作者中的典型代表。

时任华北油田公司执行董事、党委书记修景涛强调，于晨光是新时期脱贫攻坚的“新铁人”，是油田公司各级领导干部的一面旗帜。广大党员干部要以于晨光同志为榜样，学习他坚定不渝对党忠诚、赤诚为民的政治品质，坚定不渝苦干实干、攻坚克难的拼搏精神，坚定不渝淡泊名利、无私奉献的价值追求，为集团公司建设世界一流综合性国际能源公司、推动华北油田跨越式大发展再立新功。

于晨光和工作队的事迹被各大媒体先后报道，也见证了他们在这个特殊的人生阶段为党奋斗的足迹，展现了华北油田人的精神风貌，成为一面耀眼的旗帜。

工作队队员崔琦朋、袁瑞、袁代斌、刘建跟在于晨光的身后，不知不觉也具有了和于晨光相同的气息。生病的老母亲、妻子，还有可爱的儿女，家庭的温馨……这些生活里最珍贵的情感，在他们担当国家和油田赋予的使命时，只能暂时放下。

于晨光看到自己的队员们终于跨越了人性的屏障，秉承着撼动天地的无悔追求，跨越千沟万壑，穿过田间小路，穿越高山峡谷……那正是自己走过的或者即将要走的路，他欣喜万分，他的队员也成就了他，只有彼此成就，才会真正跨越那难以逾越的千山万水，找到最后的灵魂归属。

至于那自己掏腰包的 20 万元，他并没有觉得怎么委屈，当看到病痛、险情、危难的时候，作为“第一书记”，他怎么忍心眼睁睁看着置之不理？如果说，他和他的队员们进入革命老区马庄村，是去改变历史、创造新故事、新生活，那么到最后他们也一定变成故事里的人。

2021 年 8 月 15 日，结束了一天的工作，于晨光在日记中写道：“今后，我将不负油田公司党委的重托，在驻村战场上，久久为功，持之以恒，不换频道，一张蓝图绘到底，脚踏实地为履行央企社会责任贡献华北油田力量。”

这一晚，他睡得很安稳。他梦到，他年轻时在“天苍苍、野茫茫，风吹草低见牛羊”的内蒙古草原上激情奔跑，和“戴狗皮帽子敢死队”成员们一起在狂风暴雪中抢险，梦到自己在华北油田的矿建工程改造现场，仰望着一栋栋楼房的红顶与蓝天白云交映成辉的美景，梦到他负责纪委办案时候铁面无私、毫不留情的样子……

他还梦到了从小就严苛正直的父亲，梦到了自己年轻时候在读鲁迅先生的《故乡》，梦见了那些被他一直敬仰着的人们，白求恩、焦裕禄、王进喜……他并不是他们，这些英模前辈们宏大的世界观，毫不利己、专门利人，亲民爱民、艰苦奋斗，科学求实、无私奉献，爱国创业、忘我拼搏的精神力量，正是他前行中的一道光，是他仰望着的高处与远方，一直激荡着他的内心，也指引着他走向一条前所未有的幸福之路。

一切的生命都是鲜活的，一切的过程不会静止，我们看到的是一派“人和”的景象。这个“人和”恰恰是中国人几千年来的原始信仰，“家和万事兴”“和气生财”，一个“和”字可以让天地万物各得其所，有序生长。这一点，于晨光深刻体会到了。

马可·奥勒留在《沉思录》里说：“不管别人说什么做什么，我自己一定要做个好人；正像一块翡翠，或是黄金、紫袍，保持天生的光彩。”三年的时光，改变了于晨光的心态。从始料未及到实至名归，再到此刻的淡泊宁静，他更喜欢这种充实生活带来的蜕变。心态的改变使身体的病痛与疲惫渐渐缓和了许多，这片归于天地、归于万物的心，让自己变得更加心平气和了。

2021 年是脱贫攻坚与乡村振兴衔接之年，乡村振兴的号角已经响了起来。于晨光很清醒，如果稍有懈怠，“和”就可能是暂时的状态，所取得的成果会前功尽弃！活在一个变革的时代，“变”才是永恒。他在不断的学习领悟中，思绪如江水滚滚而来，向着没有尽头的远方奔去。

于晨光的理想是让马庄村实现人均收入年递增10%，逐步缩小贫富差距，实现共同富裕。同时，村集体收入逐年增长。未来的马庄，将是平安马庄、智慧马庄，将是夜不闭户、团结友爱、互帮互助的人文马庄。

三年里，他们曾经帮助村里图书馆捐献了2万元资金和上万册图书。同时和华北油田公益组织“张华绿色家园”多次联合，给村里贫困居民捐赠衣物。此外，华北油田公司团委携手总医院，组织志愿者和青年医疗队到马庄村为村民义诊，发放爱心物资，捐赠被褥衣物。北京帮扶中心通过与于晨光和工作队接洽，感受到了他们攻坚克难的成果与人格魅力，会继续对马庄基础设施及经济、文化给予长期扶持。

2021年7月，于晨光参加了农业农村部和河北省联合举办的“万人示范培训”——省选派驻村第一书记第五期培训班，在培训交流环节，于晨光作为两名驻村典型代表之一，做了题为“太行山上石油情，红色山区战贫路”的经验交流，50分钟发言引起了广泛共鸣。农业农村部总师张天佐说：“于晨光同志的发言，给我很大的启发和教育。于晨光同志3个春节4个中秋驻村，全年无休，舍小家、顾大家，这种爱党爱国爱企爱农爱村的情怀，令人敬佩。于晨光同志坚持正党风带民风，用心用情解决贫困群众的急难愁盼，加强了党同人民群众的血肉联系，让老百姓发自内心的感党恩、听党话、跟党走，这一点很了不起，响应了总书记的号召，践行了共产党员的初心。”

来过马庄村的人，都会爱上这里的秋色。这个时节，天高云淡，树上的红果颗颗饱满，坠在枝头轻轻摇曳。地上的菊芋花黄得鲜丽炫目，随风摇动着，盼望着蝶儿们一起来耍玩。晒秋的人们将金黄色的玉米铺满了屋顶，金灿灿的一片绚烂。于晨光每天沉浸式地体验着这种收获的幸福，灵感如同秋色连波，飞鸿影下，一步步谋划着马庄村的未来。

走这样艰苦努力的幸福之路，他成了一位仰望者，同时也活成了别人眼里的样子。

烈火金刚

柴甫泉

全世界有多少人一辈子会有机会、有勇气、有能力 5000 多次赴汤蹈火、临危受命、帮人解困脱难？他做到了！

当有人或被困在大火中无能为力地挣扎，或在溺水时眼瞅着下沉，而身边没有一根稻草，或遭遇车祸被挤压在车里血流不止而又动弹不得，或在高楼窗外悬挂多时命悬一线……这一刻，求助者渴望求生的眼神和等待援救的心境可想而知。一次又一次，他没有让他们中的任何一个人失望。

他就是杨兴国，“红门”幕后 119 的英雄，现任华北油田消防应急救援支队消防一大队石化执勤站站长。

参加工作以来，杨兴国始终践行初心使命，护佑着一方安宁，保护国家和人民生命财产安全，他累计参加灭火抢险救援战斗 5200 多次，解救被困群众 1500 多人，一次次出色完成各项消防救援任务，为国家和人民群众挽回直接经济损失 10 多亿元。先后荣获公安部“训练标兵”、集团公司优秀共产党员、河北省五一劳动奖章、“最美河北人”、河北省职工道德模范、河北省“爱岗敬业之星”、油田公司“十大明星员工”“十大道德模范”、油田公司劳动模范等荣誉称号。

血色使命

“十八岁十八岁，我参军到部队，红红的领花，迎着我开花的年岁，虽然没戴上大学校徽，我为我的选择高呼万岁，生命里有了当兵的历史，一辈子也不会感到懊悔……"

1992 年 12 月，18 岁的杨兴国唱着这首歌曲参军入伍，实现了盼望已久的绿色梦想，来到长城脚下的秦皇岛某部服役。

经过 3 年"大熔炉"的冶炼、锻造和淬炼，杨兴国正步走出营房，成为一块有角有棱的好钢。1995 年 12 月退出现役的他，退伍不褪色，离开绿色军营，又迈进像军营一样的消防营房，放下钢枪，又紧紧抱起喷发激情、守护平安的水枪，开启践行红色使命的人生之旅。

1996 年 4 月，杨兴国被分配到华北油田消防支队特勤中队任战斗员，同年 12 月担任"尖刀班"班长。在以后的岁月中，副中队长、指导员、中队长、党支部书记、作战参谋……无论在什么岗位上，他都像钉子钉在板子上一样，恪尽职责，赤诚担当。他说："做战斗员就做最好的战斗员，做指挥员就做最出色的指挥员！"

没有哪一种工作像消防员一样，随时面对生与死的考验，当灾害发生时，他们就要"逆行"而上，别人火场逃生，从大火里往外窜，而他们却以秒计算，飞快地往火场里钻、向火海里冲，有时面临的是随时都有爆炸危险的数万吨的油罐火灾，有时面对的是随时都可能造成坍塌的高层楼体的火灾，有时还有预想不到的爆燃、毒气泄漏等毁灭性的次生灾难。而这一切，在消防战士看来，都挤占不了保护国家和人民生命财产安全在自己心目中的位置，都战胜不了消防战士扛在肩上的神圣使命。只要有火有难，不管出生入死，他们别无选择。

"119……119！着火啦、着火啦！庆丰花园，5 号楼 7 单元，好多人被困在楼里！"

"好的，我们马上就到！"

2014 年 4 月 7 日晚 9 时 31 分 29 秒，电波以每秒 30 万千米的速度，将这一火警传到华北油田消防支队，119 值守人员一边接电话，一边拉响出警警报。

1秒、2秒、3秒……从警报响起到出警，杨兴国和他带领3辆红色“战车”和12名全副武装的战斗员。“战车”的6束灯光像六把笔直的利剑，在焦急、刺耳的警报声中，直刺火灾现场。

杨兴国第一个跳下“战车”，经过快速、缜密的现场侦查，确定着火点是一个地下储藏间。杨兴国当即命令，灭火、救人同时进行。

“杨队、杨队，7楼有一名1岁8个月的婴儿被困！”电台传来急促的声音。

杨兴国二话没说，戴着呼吸器冲进楼里，摸爬着登上7楼，循着哭声找到孩子。为了让孩子安全通过浓烟笼罩的楼梯，杨兴国将自己佩戴的呼吸器摘下来给婴儿戴上。因婴儿脸面小，不能戴严呼吸器面罩，杨兴国就将呼吸器应急供气阀打开，将面罩内的有毒烟气推出。然后，一手拿着面罩，一手抱紧婴儿，嘴里叼上强光手电，憋足气，向楼下冲去……

孩子成功救出，而杨兴国却被浓烟呛得直咳嗽，肺里面憋得喘不上气。

这时，对讲机里又传来紧急报告：“10楼、11楼各有一名孩子及家人被困，其中一个孩子只有5个月大。”杨兴国顾不得休息，一骨碌从地上爬起来，又带领队员冲进浓烈的烟雾中，因为是只有几个月大的孩子，杨兴国担心新队员对危害识别不足，决定让队员疏散大人，自己又一次把面罩扣在孩子脸上，用同样的方式往返两次，成功将两名孩子救出。

一次次钻进呛人的“烟楼”，一次次把生的希望留给群众，队员在杨兴国的带领下，上上下下往返几十次，最终，50多名被困居民全部安全获救。

生命只有一次，他们也同样珍惜自己的生命，但是，当人民群众的生命受到威胁时，他们必须舍生忘死、挺身而出。不是他们不怕死，也不是他们毫无畏惧，而是他们肩上扛着的责任重如山。

为了圆满完成油田公司赋予的各项战斗任务，杨兴国下大力气开展岗位练兵活动，认真抓好制度落实。他从“建一流班子，带一流队伍，创造一流业绩”入手，围绕目标导向、检查监督、压力传递等建立有效机制，加快特勤中队专业化建设步伐。

训练场上，杨兴国率先垂范，带领大家摸爬滚打。从登梯越障，一招一式练起，让队员细心体会动作要领，反复练习，不厌其烦。为了打消有些队员学练技术的畏难情绪，他推出“兵考官”方法，不光考队员，还让队员从各方面考自己，激发大家比学赶帮超的训练热情。为了当好排头，杨兴国带头苦练基本功，值班时间练，业余时间练，出差出门晚上挤时间也要练，率先喊出“只要练不死，就往死里练”的豪迈誓言，为的就是给队员们树个杆儿、打个样儿，为的就是练出保护国家和人民生命财产的真本领。在他的带领下，大家顶烈日、冒严寒，冬练三九，夏练三伏，一身土，一身汗，腿臂练肿了，手脚碰破了，没有一人叫苦喊累，没有一人败下阵来。在杨兴国的带动感召下，队员们不仅练就了一身扑救火灾的战斗本领，也学会了应急救援的一些过硬招数。

2014 年 12 月 11 日 16 时 11 分，特勤一中队接到指挥中心出警命令，华佳综合服务处采一机关小学对面一老人坠楼。杨兴国迅速带领轻型水罐车、抢险救援车和 8 名指战员赶赴现场。到达现场后，杨兴国立即带人登上一楼小平房的房顶，用绳索将老人固定在担架上，然后利用拉梯，将老人安全、平稳地送至地面，并协助 120 医务人员将老人送上急救车，送往医院救治。见消防员只用了几分钟时间就将老人从平房顶部移下，围观群众啧啧称赞：

“消防员来得快，救人动作也快，还是人家有办法，什么样的事也难不倒他们。”

“好样的！保护神！”

烈焰冰心

记者上班第一天就在“大红门”里的“119”工作，曾经是一名地地道道的消防战士。抱过水枪、甩过水带、爬过云梯、进过火场，至今对消防战士颇有感情。

消防官兵就是这样，别人拼命从火场往外跑，他们却箭一样地往火场冲，把群众挡在身后，把危险留给自己。他们是练兵千日，用兵一时，每当遇到火情，他们想的是最快速度到达现场、最短时间消灭大火，根本没有时间顾及个人的生死安危。

杨兴国不光爱这个职业，也爱自己带领的这支队伍和手下的这些兵。他常说："队里的弟兄们，谁没有父母，谁不是家中的宝贝，他们大部分才20出头儿，我比他们大20多岁，跟他们的父母年龄差不多，我把他们看成孩子或者是小兄弟。这几年人员流动大，90%的队员都是新手，所以每次出火警，作为一名带队伍的基层干部，我都在提醒自己，必须完成任务，必须要把他们中的每一个人都安安全全地带回来！"

每次战斗，最危险的都是杨兴国先上，不到万不得已，他不允许他们碰"危险"，他总是冲在最前头，冲在最"要命"的关头，不仅保护人民群众的安全，也要保护消防队员的安全。

2015年6月，华北油田创业家园A区发生水污染事件。事件发生后，消防支队精心部署，全力保障居民生活用水。自6月3日至6月16日，杨兴国和他的战友们披星戴月，风餐露宿，天天陪伴在居民身边。他们克服高温、降雨、蚊子叮咬等困难，每天从5点到第二天凌晨2点，21小时驻守在居民小区，为居民供给放心水，满足居民生活需求。

6月9日晚10点多，创业家园A区大多数居民即将进入梦乡，他们对创业供水站两个地下500立方米蓄水池的清砂、消毒工作却刚刚开始……

清洗储水罐既困难又危险。消毒剂颗粒与水混合后挥发出大量的氯气，一旦有毒气体涌入呼吸器面罩，将会危及生命。而这两个地下蓄水池深达7米，井口直径却不足60厘米，进出井口只能攀爬壁梯，因为井口狭小，戴着空气呼吸器无法进入，只能卸下空气呼吸器气瓶，再用绳索吊着气瓶到井底穿戴。

“紧要关头，危险时刻，指挥员就要往前挺！”杨兴国第一个站出来，和经验丰富、心理素质好的副中队长董彦洪一起扛起清洗蓄水池的艰巨任务。

正值盛夏，池内漆黑闷热，恰似一个蒸笼般的“闷葫芦”，在四五十摄氏度的高温下，不透气的防化服粘着汗水贴在身上，全身像糊满了膏药一样难受。密闭的蓄水池内空气稀薄，对讲机没有信号，内外联系只能靠连在他们身上的一根绳索，靠一抻一拉传递信息、沟通情况，隔着空气呼吸器的面窗，耳边只听到供气阀发出“哧哧哧”的声音……

尽管杨兴国处理过很多险情，但这是第一次接受这样的特殊任务，他也感到有些紧张。由于防化服太厚，遮住了声音，杨兴国和董彦洪交流只能靠肢体接触和微弱的灯光，水带拽不动，他们只能用身体扛，一点一点地挪步前行，在罐体内进行消毒。

5 分钟、10 分钟、20 分钟过去了，空气呼吸器报警哨响起，就在井外的人们焦躁地计算着他们进井时间的时候，他们向井口发出了完成任务的信号。

对消防指战员来说，每一次警灯闪烁，都预示着生与死的考验、苦与累的磨炼。因为，时间就是生命，火场就是战场，战斗命令就是以战斗的方式“以命接令”，每次、每次……

2011 年 5 月 14 日，华北油田某社区一名年轻女子欲跳楼轻生。特勤一中队接到救助命令后，杨兴国立即带领两车 10 名消防队员前去救援。

5 分钟到达现场。杨兴国发现 4 号楼 3 单元 3 楼住户的阳台上有一名 20 来岁的年轻女子，一边大声哭喊，一边使劲儿往楼外挣，欲从窗户跳下去，情绪非常不稳定，房间内有个老太太死死拉住这名女子的衣服。

救不宜迟！时间就是生命！

杨兴国命令 5 名消防战士铺设救生气垫，4 名消防战士利用床单在一楼小房顶部建立接应阵地，防止队员在营救过程中发生意外。同时，他脱掉指挥服，从楼外墙壁向上攀登。只见他一个箭步蹬上一楼的空调架，手抠房檐纵身跃上一楼小房房顶，利用二楼防护网飞身上到三楼，趁年轻女子不注意，打开左侧窗户，一跃跨进阳台，一把抱住她。

这时杨兴国发现，由于老太太用力过猛，年轻女子的衣服已被撕开，时间如果稍晚几秒，轻生者就有可能挣脱老太太的控制，从楼上跳下去。杨兴国从开始爬楼到制止女子轻生，前后只用了短短三分钟！围观群众一片赞叹。

2011 年 7 月 13 日 14 时 33 分，特勤中队接到报警，任丘市青塔二村某铝业厂厂房起火。正在值班的杨兴国立即带领 6 名消防队员奔赴火场。当时，大火正在猛烈燃烧，并迅速蔓延，过火面积超过 1500 平方米，厂房内共有 4 台机床，其中 1 台机床已连续发生两次爆炸……

十万火急！杨兴国立即向消防支队指挥中心报告，请求增援，并命令队员从东西两侧为机床降温。接着，机床又连续发生 4 次爆炸。

增援队伍到达后，担任现场指挥的杨兴国命令用 3 支泡沫枪为 3 台机床组合灭火。一支泡沫枪在北侧灭火时，他突然发现南侧机床的一个死角有着火点，在外侧无法扑灭。为了保护队员的生命安全，他冒着随时会再次发生爆炸的危险，纵身跃进火场，脚踏火灰、火苗，迅速将死角的大火扑灭，为整个灭火成功争取到最佳时机。紧接着，他又命令所有参战人员，将灭火器材更换成水枪，集中“火力”冷却 4 台机床组合，防止复燃。

经过 160 分钟的连续奋战，大火终于被扑灭，一次挽回直接经济损失 1500 多万元！

2011 年的第一场雪下在 11 月 30 日。这天，路面结冰，大雾弥漫。凌晨 3 点，河间市保沧路沙河桥段发生 24 车连环相撞，10 人被困车内，哭的哭、叫的叫，整个现场一片狼藉，惨不忍睹。杨兴国带领队员火速赶到现场，一场与时间赛跑的生死大营救在高速公路上迅速展开。

杨兴国一边安抚被困人员，一边下达任务分工，利用扩张器、液压顶杆、切割器等救援器材快速施救。新队员见到这么惨烈的场面有些恐慌，明显看到他们手在发抖、动作迟缓。杨兴国一边小心翼翼搬动尸体、拯救伤员，一边开导、宽慰大家，大声地喊："假如被困者是你们的兄弟姐妹，是咱们的家人，你们还会害怕吗？别怕，跟我来，看我怎么干！"

在杨兴国的带动下，新队员的恐惧心理渐渐减轻了，配合着成功地将被困人员一个个救了出来。这次救援经历了 14 个多小时，10 名有生命体征的被困者全部成功救出！

还有一场救援令杨兴国记忆犹新，那就是甲醇储罐大火扑救。2013 年 9 月 6 日，河间、任丘交界处的卧佛堂路口发生一起两车相撞事故，一辆小型厢式货车和一辆装有 31 吨甲醇的罐车相撞，甲醇泄漏并引起大火。

杨兴国带领队员赶到时，过火面积已达 400 多平方米，升腾起来的烈焰高达五六层楼房高。只听"砰砰"两声响，储罐顶部的安全阀全部爆开，而厢式货车车体严重变形，大货车的驾驶室里有 1 人被困。当时，驾驶室四周已被大火包围。如不及时对货车驾驶室进行破拆，被困人员一定困在火海，被活活烧死。

杨兴国当机立断，喊出指令："水枪掩护、灭火冷却，快！救人！"他看到有刚上岗的队员正瞅着大罐发愣，神情紧张，接着喊道："别怕，大罐的两个安全阀已全部爆开，现在是稳定性燃烧，大罐短时间内不可能爆炸，跟着我杨兴国上！"话音未落，杨兴国手持水枪第一个冲进火海……他身先士卒的表现，瞬间坚定了大家战胜大火的信心和决心。

火势瞬息万变，现场情况急需快速强攻近战。否则，一旦储罐发生二次爆炸，不但被困人员不能救出，还可能伤及队员。经过 30 分钟的顽强奋战，大火终于被扑灭，及时挽救了被困人员的生命。

队员谷建超说："杨哥胆大心细，无论多么危险的救援现场，只要他在，我们心里头就踏实。杨哥不仅是大家的主心骨，也是我们队员的保护神！”

杨兴国不仅是消防业务“尖子”，在灭火战斗中大显身手，而且在各种抢险救援现场，也展示出高超的业务技能。

2013年7月17日17时39分，特勤一中队接到指挥中心命令，华北油田总医院有一名伤员头部被钢筋刺穿，钢筋外露过长，医院无法处理，请求消防特勤队员迅速协同处置。接警后，中队长杨兴国立即组织5名消防队员赶赴现场。

来到急救室，眼前的一幕让人毛骨悚然：一根直径约1厘米的钢筋从伤者右腮刺穿到左耳根，两边外露部分达60厘米。医院无法通过手术将钢筋取出，需要消防特勤队员将外露部分尽可能切短，为手术创造条件。

伤员表面上看生命体征正常，但实际情况十分危急。由于钢筋刺穿位置靠近左脑，切割中如有稍大震动，会造成钢筋在颅内移动，引起颅内出血、损伤大脑，从而危及生命。

杨兴国一面稳定伤员情绪，一面准备好切割工具。在医生的监护下，消防队员李浩用钳子稳定钢筋，身经百战、技艺高超的杨兴国用液压钳分别对两边外露的钢筋进行切割，他小心翼翼，尽量不产生哪怕轻微的一点震动……

杨兴国和李浩手稳心细、沉着冷静，很快将外露的钢筋剪下50多厘米。医院赶紧实施手术，伤员终于成功获救，现场所有的人都长舒了一口气。

一年365天，像这样的抢险救援，对杨兴国来说就是家常便饭，算下来，他所带的中队每年出警平均350次以上。方圆百千米大火小火、各类救援、各种突发情况、各项紧急任务，他们都冲锋在先。甚至省外发生重特大火灾，接到省消防总队指令，他们也要赶赴一线，因为他们干的就是这样一份出生入死、应急救援的工作，也可以解读为天职。

当他们登上红色“战车”，当他们挽救出一条条鲜活的生命，当一双双颤抖的手紧紧握住他们的手，甚至跪在他们面前表达谢意的时候，杨兴国和他的战友们，感受到的是常人无法感受的自豪。每当想起自己用命亲自保护下来的一片片厂房和被挽救回来的一个个生命，他们都会感到无比快乐、无限欣慰和无上光荣，这时，也只有这时，他们觉得自己牺牲的一切和一切的一切，都值……

赤诚抉择

“119”的大门是赤色的大门，熊熊火焰是赤色的火焰，消防员的战服是赤色的战服，杨兴国和队员们为国为民的心也是赤色的心。

杨兴国只有一个心思，就是把自己的两副肩炼成铁，把属于自己的职责和使命妥妥地扛起来。

几度风雨，几度春秋，风霜雪雨搏激流。杨兴国历尽千辛万苦，为国为民的痴心依旧未改。他说：“天底下没有比救人和救火更神圣的了，自己既然选择了消防、选择了救援，就要不负众望，不负肩上的使命职责。要通过自己的岗位，自己的行动，把遇难的群众及时救出来，给消防救援队伍加分添彩，也给我们的党增添光彩。”

杨兴国热爱他的消防事业，在他的人生字典里，只有大家没有小家。为了消防工作，他甘愿做个“坏爸爸”“不孝子”“负心汉”。

在杨兴国的家中，有一本老挂历，上面五颜六色的对钩都是儿子为他记下的“账”。从家到单位只有短短十几分钟的路程，而杨兴国那一年的回家记录却只有56天。

2012年3月11日，杨兴国的儿子患病毒性感冒发起高烧，他带儿子到医院输液。途中儿子说：“爸爸，我希望自己的烧永远不要退。”

“为啥？”杨兴国有些奇怪。

“那样的话，我就可以每天都能看到爸爸啦！”儿子天真地说。

儿子幼稚的想法，让杨兴国鼻子一酸。有爸爸的陪伴，护士扎针时，这小家伙眉头都没皱一下。正当父子俩享受着难得的“温馨”时光时，杨兴国手机响了：

“杨队，106 国道发生两车相撞事故，3 人被困。”

“情况怎么样？”杨兴国眼珠子突然瞪了起来。

“两人重伤，一人已无生命迹象。已经出警了。”

“好，我马上赶到队里，我去！”正在休班的杨兴国一听有救援任务，立马打起精神，他感到自己不在现场总是不踏实。

“爸爸有任务了？”

“嗯嗯，爸爸要去救人。看到上边这个输液瓶子没有？里头的药水到这个地方，你就喊护士阿姨。”杨兴国加快语速，用手指着输液瓶说。

医院与消防队一墙之隔，杨兴国急速跑出医院，登上“战车”，火速奔向施救现场……

第二天，下夜班的杨兴国本应回家休息，因队上刚来了几名新队员，他担心一旦有情况，这些年轻人难以应付，就毫不犹豫地选择了连班。果不其然，半夜警报突然响起，任丘市某器具厂发生大火。

几辆“战车”排成“串儿红”，警灯闪烁，警笛尖鸣，一路打破宁静的夜空……

途中，杨兴国妻子打来电话，焦急地向他哭诉，正在医院做透析的母亲血压突然急速升高，大夫说随时会有生命危险。想到岳母这些年来给予自己小家的照顾，杨兴国顿时眼睛发酸，一句话也说不出来。他能说什么？他能怎么说？为了消防事业，他只能把对亲人的关爱藏在心里，默默为岳母祝福。此时杨兴国的身心恰似离弦之箭，什么力量、什么意念也拉不回来。

明知道孩子有病，明知道岳母生命垂危，明知道妻子分身无术，柔弱的肩上扛不住这个家，他也想和妻子一起照料病中的孩子和病重的老人，可火场如战场，他没有其他的选择。

器具厂大火扑灭后，杨兴国急忙跑到医院。妻子委屈地哭了：“刚才来了一屋子大夫，要不是抢救及时，这会儿恐怕见不着咱妈了！”

“对不起，对不起，对不起。”杨兴国一连三句对不起，依然觉得弥补不了对妻子的歉意，“对不起，是我不好，我欠你、欠家里的太多了、太多了！”杨兴国有些哽咽了。

面对困难，面对挫折，面对得失，杨兴国从来没有忘记走进消防战营时的铮铮誓言，始终以最为朴实的言行，生动实践着自己的神圣职责。

翻动着日历，
我的心连着你的呼吸，
老百姓记得你，
万家灯火因为你温馨靓丽，
让我轻轻地告诉你——
我骄傲，我是你的妻……

杨兴国的妻子贾春红并不喜欢唱歌，她却把这首歌装在心里，一遍一遍地品。贾春红在一次报告会上讲道：“我从没想过，集团公司、公安部的先进，河北省、油田公司的劳模会离我这么近。电视上有他的报道，我看着电视，一边替他高兴，一边擦眼泪……我知道他这些年的不容易，我们住的离消防队那么近，他一连几十天甚至几个月都不回家，家里人天天替他提心吊胆。看到电视上戴着大红花的他，作为妻子，我真的为他高兴、为他自豪……”

杨兴国，一名有着 29 年兵龄的老兵，用心血和汗水，用青春和梦想，用忠诚和担当，用血与火、生与死拼成一个个鲜活的音符，谱写出一曲跌宕起伏、铿锵雄壮、响彻“红门”内外的英雄赞歌！

奔跑，在路上

宋东兴

人生的快乐有很多种，我渴望的是那种发自内心深处的快乐！那种经历磨炼得到的真正快乐！

——张胜利

一

1988 年 12 月 30 日，位于天津静海县团泊洼的华北石油学校，比往日更加热闹。

18 岁的张胜利站在他熟悉的体育场跑道上，弯下腰揉了揉膝盖，再站直身子轻轻地原地热身跳动，身边密密压压站满了和他一样荷尔蒙爆棚的激情少年。再过 3 分钟，他在学校参加的最后一场冬季越野赛就要开始了。

华北石油学校的学生习惯把自己的学校直接称作团泊洼，他们都会背诵《团泊洼的秋天》，郭小川创作这首诗的时候，这里还是“五七”干校。团泊洼的秋天荒凉而美丽，而此时是冬天，团泊洼的冬天荒凉而寒冷。

“砰！”

信号枪响起，几百名身穿运动短衣短裤的学生欢呼着冲出起跑线，身材瘦弱的张胜利在奔跑的人群中很难被发现。大家呼出的气体在零摄氏度以下的空气中瞬间凝结，变成一团团白雾，每个人都“热气腾腾”。张胜利享受这种被激情笼罩的感觉，他心里一点也不紧张，只是感到兴奋。

张胜利喜欢挑战，挑战别人，挑战自己。第一年入学参加学校的冬季越野赛，他获得了第23名，第二年是第9名，第三年是第2名，今年是张胜利在团泊洼的最后一年，他心中充满期待。

奔跑的人群涌出了操场，张胜利一边跑一边往两边看，快要离开学校了，他发现这里的一切都越来越让他割舍不下。这是他居住了3年多的1号宿舍楼，在327宿舍，有4个朝夕相处的好兄弟；这是1号学生食堂，每天给他们提供三顿“可口”的饭菜；这是教学楼，在308教室，10多位优秀老师的悉心教导，使他从一个石油“小白”成为一名石油机械理论基础扎实的油田事业接班人；这是学校大门，刚入学第一次见到这简朴的大门时，张胜利感觉有些失望，而此刻他却感到无比亲切，毕业时，一定要在学校门口照一张相，这里面有他最难忘的青春记忆。

张胜利的脚步越来越轻盈，超过一个个对手，遇到同学或是朋友，他就向他们挥挥手，为他们鼓鼓劲。前面就是独流减河了，这是所有团泊洼学生的“旅游胜地”，他们春天在这里踏青郊游，夏天在这里戏水抓鱼，秋天在这里欣赏芦苇，冬天在这里滑冰玩雪。张胜利入学后，差不多每天清晨都到这里跑步，为的是锻炼坚忍的意志。

此时，刚开始的跑步大军早已经没有了队形，每个人都在朝着一个目标独自奔跑。

“砰”！信号枪再次响起。

张胜利撞开终点的红线，在团泊洼的最后一年，他终于取得了学校10千米冬季越野赛的冠军。

再过6个月，张胜利将会奔赴另外一个赛场，向着更远的目标继续奔跑！

二

2017年1月19日，河北电视台演播大厅灯光璀璨、气氛热烈。张胜利作为“善行河北·河北好人”年度人物、石油工人代表站在绚丽的舞台上，领唱《我为祖国献石油》。

“锦绣江山美如画，祖国建设跨骏马，我做个石油工人多荣耀，头戴铝盔走天涯……”唱着已经融入他血脉的旋律，看着台下崇敬的目光，听着演播厅内经久不息的掌声，张胜利充满了石油人的自豪，思绪万千。

每个成功的后面，都是无尽的寂寞和执着的坚守。

1989 年，从华北石油学校矿机专业毕业时，张胜利带着耀眼的光环，在这座被称为“华北油田黄埔军校”的学校，他无疑是一名佼佼者，冬季 10 千米越野赛的冠军，学校《挚友快报》的主编，已经让人艳羡了，他还是当年的“三好学生标兵”，那一年，学校在 5500 名在校生中只评选出了 4 名“三好学生标兵”。因为成绩优异，张胜利被分配到了当时的采油工艺研究所。采研所是华北油田的三家科研单位之一，是许多人向往的好单位。

在采研所，张胜利主要从事机械采油工具研究和设计，他深知，作为一名中专生，要想在这条高手云集的新“赛道”上跑出好成绩，必须付出比别人更多的努力。但他对自己有信心，他相信信念的力量，他相信成功会属于执着坚守、辛勤付出的人。

从上班第一天，张胜利就在不断积蓄力量。他每天都是第一个来到办公室，晚上总是最后一个离开，办公楼的值班人员也习惯了等他下班后再锁门。即便是这样，张胜利还是觉得时间不够用，经常搭上公休日和节假日。

当时，采研所承担的深抽配套技术项目正在采油三厂现场试验，张胜利把这当成一线实践的好机会，主动要求到现场盯施工，一去就是半个月。

“油建苦，钻井累，又苦又累作业队。”可张胜利不怕苦、不怕累，他和作业队的职工一起抬油管，跟技术员一起配杆柱、算伸长量、调防冲距、挂抽。摆弄这些铁家伙，对身体健壮的作业工来说都不是轻松的事儿，可看似单薄的张胜利骨子里却有一种不服输的劲头，别人怎么干，他就怎么干。

作业工说他："看着斯斯文文的，可干起活来有把子力气，像个干活的样子。"

那段时间，张胜利每天都是一身汗、一身油，怎么洗都洗不干净，就连吃饭时，菜里仿佛都有一股原油味。可对这些，张胜利从来不放在心上。他觉得趁年轻就应该多体验，所有的经历都是成长的积淀、人生的财富。

"肯干！无论交给他什么工作，他都敢于承担，努力做到最好。"这是张胜利的同事们对他的一致评价。

张胜利像一块海绵一样，努力地吸收着专业知识的营养，积累着宝贵的现场经验。在科研这条"赛道"上，张胜利一直在不停地奔跑，他用相同的时间跑完了几倍的"赛程"。上班不到一年，张胜利就能够独立完成施工设计，独立指挥现场作业，独立完成当年课题的现场实验报告。

张胜利说："我喜欢这项工作，再辛苦都不会觉得累，每次冥思苦想、每次梦中顿悟、每次辛苦跋涉，都是为成功所做的铺垫。"多年来坚持长跑的习惯，使张胜利有一种越挫越勇的韧劲和甘于寂寞的耐心，而这都是科研工作者不可或缺的品质。不断地学习，不断地实践，张胜利时刻保持自己对专业研究的兴趣和对新概念、新事物、新思想的探寻，这是他快乐的源泉。

抽油机开采是华北油田原油生产的主要方式，随着油田不断开发，油井的动液面逐年下降，抽油机举升系统的开采深度已经不能满足正常生产的需要。这个问题不解决，原油开采成本就会居高不下，更为严重的是，油田产量也会受到影响。为此，采研所集中精兵强将，开展了抽油机井的深抽配套技术、玻璃钢抽油杆配套技术研究，张胜利相继参与了这两个项目。科研人员经过 3 年的潜心研究、大胆实践，终于取得了技术突破，使当时普遍使用的 10 型游梁机的下泵深度从 1800 米增加到 3200 米，使用优化的玻璃钢混合杆柱获得的超冲程，也让油井产量大幅提升。

在科研项目攻关中，张胜利发现，华北油田抽油机的运行能耗占油田生产系统总能耗的57%，如果抽油机平均系统效率提高1个百分点，全油田一年就能节电1000万千瓦时以上。对于已处于开发中后期的华北油田来说，保持油田稳产、降低运行成本至关重要，制约油田高效开发的瓶颈问题，不就是科研人员必须研究和攻关的重要课题吗？这一发现让张胜利非常兴奋，他坚信，提高抽油机井系统效率是油田节能降耗、提质增效的有效举措，一定会有广阔的应用前景。他暗下决心，要啃下这块"硬骨头"，为油田发展做些实实在在的事。

2002年，机会终于来了。基于他们多年的研究积累，股份公司把"提高抽油机井系统效率技术"的科研项目交给了华北油田。张胜利作为项目负责人之一，又带领团队打响了一场"攻坚战"。

同事们说："张胜利那时就像是打了'兴奋剂'，每天就像一个高速旋转的陀螺，除了睡觉，就是工作，简直没有停下来的时候。"

张胜利说："这个项目对油田意义重大，这么重的担子扛在肩上，心里肯定压力大。那时脑子就没闲过，有时睡觉梦到的都是技术问题。"

这项技术研究最核心的内容是工况诊断优化软件的开发，编程需要用C语言，张胜利上学学的是矿机专业，对计算机高级语言编程并不熟悉，但过不了这关，项目就没办法开展。虽然也有人建议寻求"外援"，但别人有总不如自己会，他下定决心，不管多难，从头学起，就算脱层皮也要拿下C语言。他从图书馆借来VisualBasic编程的教科书，从编程开始，边学边练。连着三个月，张胜利每天工作十四五个小时，有时连吃饭的时间都没有，同事们经常看他在电脑前一坐就是一天，像个雕塑一样，活动的只有敲击键盘的手指和飞速运转的大脑。大家怕打扰他的思路，说话都放低音量，出来进去也轻手轻脚。

三个月后，让所有人惊叹的是，张胜利竟然独自写出了一个单机版的等应力杆柱优化设计程序。程序编完了，可他一点也不能放松，开展课题攻关，目的是解决现场的生产实际问题，前提是必须结合一线生产参数去验证。这是一项最基础的工作，没有现场数据作为支撑，研究成果就是“无源之水”“无本之木”。张胜利非常清楚，接下来的工作同样艰苦，研究需要录取大量的数据，绝非一时之功，等不得，慢不得，也急不得。如果说编程是“烧脑”，那资料录取就是“费心”。

2003 年，张胜利和同事们带着综合测试仪器在采油三厂的生产一线一住就是小半年，井场的抽油机见证了他们的艰辛。盛夏时，烈日当头，骄阳似火，旷野里只有他们挥汗如雨，一身工衣浸得透湿，紧紧粘在身上，倒是方便蚊虫 360 度和他们“亲密接触”。严冬时，风刀霜剑，冰天雪地，为便于工作，他们还要摘掉手套操作仪器，几分钟下来手指就冻得僵硬。更磨炼他们意志的是单调的重复，每一天，每一口井，他们都做着同样的操作，停机、刹车、卸载、打卡子、装传感器、启抽。张胜利说，这就是科研人员的责任，只有经历风雨后才能见到美丽的彩虹。到新年前夕，他们共完成了 300 多口井的实测数据录取，终于摸清楚了抽油机井系统效率的“脉络”。

宝剑锋从磨砺出。张胜利磨“提高抽油机井系统效率技术”这把“剑”，整整用了 3 年。一次次的实验，一次次的失败，一次次的完善，再一次次的实验，考验的是耐性、是智慧、是责任、是担当。

2004 年，“提高抽油机井系统效率技术”攻关终于取得成功，应用这项技术的抽油机井几乎覆盖了整个华北油田，累计应用超过 1700 口井，系统效率从 18.1% 提高到了 25.4%，创造的经济效益超过 3000 万元。张胜利当时的心情就像他宝贝儿子出生时一样兴奋，能为油田生产做出科研人员应有的贡献，这三年来，他们付出的所有艰辛都是值得的。

在张胜利心中，家庭和事业一样重要。可在“提高抽油机井系统效率技术”研发期间，由于连续加班工作，母亲经常几天也看不到儿子一眼，妻子担起了家里的全部重担，就连孩子也对爸爸有了些陌生感。虽然张胜利对此心中一直有些歉疚，但他并不后悔，在他看来，一个人事业的成功既是对企业的奉献，同时也应该是家人共同的骄傲。

2006 年，“提高抽油机井系统效率技术研究与应用”获得了集团公司科技进步二等奖和河北省科技进步三等奖。

也许对有的人来说，能取得这样的成就足够吃老本，可以停下来了。可张胜利看到的是，在他的前方，还有更高的山，更远的路！

三

2015 年 7 月 19 日，晴。采油一厂西柳 10–47 井场，红色抽油机被四周田野绿油油的庄稼和星星点点的野花簇拥着，像是一幅图画。华北地区的夏季虽然有些闷热，但景色还是很美的，尤其在野外，随时会有不经意的风景触动你的心弦。

张胜利在团泊洼担任过《挚友快报》的主编，颇有文采，是同学们心目中的“秀才”，他的文章也曾被同学们传颂。可此时，身边的美景却无法激起他的诗情画意，他的眼睛紧紧盯着放在膝盖上的仪器面板和前方运转的抽油机。

如果有油田生产一线的员工看到这台抽油机，一定会感到诧异，它的运转方式明显与“正常”抽油机不同，不是匀速运行，而是时快时慢。但在张胜利看来，西柳 10–47 井却像一件发生着蜕变的艺术品，运转时高低起伏的声音，是最动人的歌唱；曲柄时快时慢的运动，是最美丽的舞蹈。

距离这项新技术研究成功，张胜利只差“一步之遥”。

所有行业的创新，都是与最新的科技发展方向相关联的。时间进入 2013 年，人工智能成为全世界最引人关注、也是发展最快的新兴领域。张胜利凭着科研人员的敏锐意识到，油田科技发展只有与人工智能相结合，才能实现更大的创新，才能从根本转变管理和生产方式，才能实现智慧油田建设的关键性突破。

智慧油田，一个科幻感十足的名称。它的提出基于一种全新的理念，那就是在数字油田的基础上融入人的智慧。因为物只有智能，只有人才有智慧。“抽油机井闭环柔性控制技术”就是华北油田建设智慧油田的一项重要研究课题，这一重担又落在了张胜利的肩上。

此时的张胜利已经是一名科研“老兵”，多年科研攻关培养了他严谨的思维、创新的意识、求实的品质，更为关键的是，以往的成功增添了他敢于攻坚啃硬的自信。这次任务虽然异常艰巨、责任重大，但张胜利却没有曾经的焦虑，他相信自己，相信他们的团队。

“抽油机井闭环柔性控制技术”的核心，就是借鉴最前沿的人工智能技术，管理和控制抽油机井的运行，让具备机器学习算法的智能控制器，代替一线员工实时监控和调整抽油机井的运行状态。张胜利说：“这项技术想达到的目的很简单，就是当抽油机负载增大时，通过降低电机的转速，提高输出扭矩，当抽油机负载减少时，增加电机的转速，依靠惯性运行降低输出功率，这样就能明显降低生产能耗，还不会影响原油产量。”

知易行难。要想达到这个“简单”的效果，不知要付出多少艰辛的努力。

2013 年 5 月，第一台抽油机闭环控制装置开始进入现场试验，效果并不理想，由于闭环控制器的运算速度远远达不到抽油机电机输出功率的变化速度，导致控制信号滞后于控制设备，随动计算这条路走不通了，怎么办？张胜利查阅了大量资料，经过长时间思考，终于找到了灵感——预判算法，也就是根据抽油机运行相邻单冲程相似的原则，提前预置一个频率输出曲线，用于控制下一个冲次的频率输出，之后每 3 ～ 5 个冲次校对一次，既满足闭环的需求，也可控制动态变化。这是智能控制算法的第一次升级，可以达到大部分抽油机井的控制要求。

灵感来自长时间的经验积累，来自无数次的冥思苦想，将灵感变为实际成果，必须经过科学的现场实践。张胜利计算过，从 2013 年到 2015 年，3 年间，他们共进行了不下 50 次的现场实验，最密集的时候，他们一个月就进行了20多次实验。每一次的实验数据，就是张胜利心情的“晴雨表”，实验效果理想时，即便是天气恶劣，即便是一天没吃饭，他也会心花怒放；而每一次实验失败，都会让张胜利沉下心来，继续冷静思考。

2015年7月19日。采油一厂西柳10-47井场，抽油机时快时慢地运转着。张胜利盯着仪器的屏幕，眼睛已有点干涩。

他的小徒弟杨松激动地报着技术参数：“悬点载荷下降了19.7%，泵效提高了27.2%，有功能耗下降了36.2%。”

张胜利心中的喜悦在蔓延，终于成功了！

运用抽油机井闭环柔性控制技术，西柳10-47井每天耗电量从以前的151千瓦时下降到96千瓦时，抽油机系统效率提升了11个百分点，每年可节支2.36万元。而且这种“打太极拳”般柔和的运行控制模式，不仅保证了抽油机举升系统的长效低耗运行，还能使抽油机的使用寿命延长35%以上。要是全华北油田，甚至是全中国石油所有抽油机都应用这项技术，那将为国家、企业创造多少价值！

这一刻，张胜利开心地笑了，身边的野花似乎也开得格外灿烂。

在这期间，张胜利团队还根据华北油田地面工程建设优化简化的需求，开展了功图法产量计量技术的研究，用功图算产取代了传统的分离器计量方式，使三级建站模式改为一级半建站模式，新投产区块的地面建设成本降低了近40%。

他们研发了“抽油机井移动智能管控系统”，把原来在电脑上运行的专业软件开发成移动App，利用油田专用网络，初步实现了“一个人一部手机管理一片油井”的目标，为低油价下缓解油田生产成本紧张、转变油田生产方式提供了技术保障。

张胜利，已经成为采油技术研究领域的领跑者。

四

科研只是张胜利工作的一部分，对他来说，同样重要的使命是把科技转化为生产力，把研究成果应用到生产现场。

16 年来，东至胜利，西至克拉玛依，北至大庆，南至福山，张胜利几乎走遍了中国的所有油田。张胜利计算过，最近这 10 年，他累计行程超过 26 万千米，可以围着地球转 6 圈。这期间，有着太多的苦辣酸甜。

2012 年 8 月，海南。高温酷暑。

张胜利团队要在一个月内，完成福山油田 70 多口抽油机井的系统效率测试。8 月份，海南白天温度都在 35 摄氏度以上，而且湿度极高，每天来回奔波在井场之间，张胜利和同事们身上的工衣被汗水浸湿了一遍又一遍，干了以后就印上了一圈圈白白的汗渍。一箱矿泉水半天就喝个精光，喝进去的水立刻又从汗毛孔淌出来，顺着身体流到鞋子里面。张胜利施工时右脚意外受伤，伤口一直泡在汗水里，造成发炎溃烂，又痛又痒。恶劣的环境和身体的痛苦挑战着张胜利心理承受极限，每次感觉无法忍受的时候，他就会反复默念：坚持，坚持就是胜利。就这样，他总是晚上回来简单处理一下伤口，第二天包扎好继续到现场施工。凭借着这种坚强的意志，终于顺利完成了所有抽油机井的测试工作。

2016 年 12 月，二连草原。冰天雪地。

随着抽油机智能控制技术日益成熟，其应用范围不断扩展，2016 年，地处高寒地区的二连阿尔油田也开始推广这项技术。寒冬腊月，张胜利的工作常态就是在冰雪覆盖的茫茫草原来回奔波，在一个个井场厚厚的积雪上留下一串串深深的脚印。冬季的塞北，使他感受到格外的寒冷，穿得再厚，也挡不住肆虐的“白毛风”，冻得他甚至感觉不到肢体的存在。冬季的塞北，也向他展示着极致的壮阔，无边无际的雪原从各个方向延伸到无穷远处，天与地连成一体。有时张胜利会感叹大自然的不可抗拒，但看到一台台抽油机凌风傲雪地伫立，默默地运转，将埋在冻土层下几千米深的原油开采出来，造福人类，他又感到石油人的伟大，因为自己是一名石油人而自豪。为二连阿尔油田提供技术服务对张胜利来说是一个巨大考验，这考验不仅来自极端天气、恶劣环境，也来自难以想象的工程难度。二连油田经过了多年的自动化建设，由于多轮次的建设方案无法统一设计标准，不可避免地存在各种不符合当下标准的通信协议、数据接口、硬件型号。也就是说，全面推广变速运行智能控制技术，就必须做到全部集成、全部兼容。张胜利马不停蹄地开始了各种沟通、协调，无数次修改、补充完善RTU程序，更换失效的通信设备，修改上位机软件，又在冰天雪地里一口井一口井地调试。本来以为半个月就可以完成的任务，张胜利带领同事们用了将近4个月才彻底竣工。有的同事觉得工程干得太辛苦，有点小抱怨，可张胜利说："干工程技术服务，就要不辞辛苦、不讲条件，只要给现场一个满意的结果。"

2012年4月，阿曼。异国他乡。

张胜利一直有一个愿望，那就是让他们的科研成果走出国门，走向世界。2012年，这个愿望终于实现了，阿曼Daleel油田决定推广应用"提高抽油机井系统效率技术"。如果说夏天的海南像是"蒸笼"，那4月的阿曼就像是"烤箱"，40多摄氏度的高温当地人已经习以为常，可对张胜利他们来说却是十足的煎熬。但他们还是克服了语言障碍、天气影响、沟通不畅等诸多困难，凭借坚韧的毅力、过硬的技术，高质量完成项目工程，赢得了国外同行交口称赞。这期间，有一次经历让张胜利终生难忘。4月9日，张胜利和同事们一早就从营地出发，赶往位于70千米以外的施工井。当车辆行驶到距离施工井不到100米的地方，突然间，附近一口正在作业的油井发生了井喷，巨大的气流瞬间把几吨重的防喷器和一名工人吹到了空中。情况紧急，他们立刻开车返回。在回来的路上，来自巴基斯坦的一名甲方员工不停地打电话，了解事故现场情况。回到驻地后，他表情凝重地告诉张胜利他们：“one dead，five or six bruise。”他还说，这次井喷同时造成了硫化氢气体泄漏。大家沉默了好久。一名同事感慨道：“生命如此脆弱呀！如果我们的车再快 1 分钟，后果不堪设想。”以后很多年，张胜利都没有和家人说过这件事，他害怕家人为他担心。是家人的全力支持，才使得张胜利多年来安心在外从事技术服务工作，家人是他最有力的精神支柱。

张胜利无疑是一名成功者。

在事业上，张胜利研发团队累计撰写了近 200 万字的技术报告，获科技进步奖 37 项，获国家专利及软件著作权 17 项。这些科研成果已经转化为生产力，支持着华北油田的高效开发，并走出了华北，走遍了中国，走向了世界。尤其是他领衔研发的“提高抽油机井系统效率技术”，使华北油田抽油机井的整体系统效率提高了 5 个百分点，其核心成果 OPRS 软件应用到国内外 16 个油气田的 3 万多口井，外部市场技术服务创收 1110 万元；抽油机井闭环控制技术从 2015 年至 2020 年在华北油田共推广应用 753 口井，累计节电 1445 万千瓦时，增油 4166 吨，节支 2297.5 万元，创综合经济效益 5200 余万元。

在家庭中，张胜利尽心尽力当好每一个角色，他是好儿子、好丈夫、好父亲。他做得一手美食，深谙装修设计，家中水电暖出现问题从来不用麻烦别人，都是自己解决。只要工作允许，张胜利总是和家人共享天伦，和睦的氛围让人羡慕。20 多年来，他与妻子相濡以沫、孝敬父母、和睦邻里，多次被评为“五好家庭”“文明家庭”。优秀的儿子是他的骄傲，受父亲的影响，张胜利的儿子考取的是中国石油大学石油工程专业，在校期间多次获得“院长奖励基金”“国家奖学金”“斯伦贝谢奖”，还曾代表中国石油大学夺得马来西亚全球泥浆大赛亚军。

张胜利从不掩饰对成功的渴望，不过随着年龄的增长、阅历的丰富，他对成功的理解也在发生着变化。年轻时，张胜利将“行走天地间有立身之本，纵横上百年存鸿鹄之志”当成座右铭，如今，他希望自己真正能做到“不以物喜，不以己悲”“保持平常心态，心中长存梦想”。

张胜利依然喜欢迎接各种挑战，依然尽力承担每一份责任，也永远不会停下奔跑的脚步。

2019 年 12 月 22 日，海南儋州。

50 岁的张胜利站在儋州半程马拉松赛的起点上。早些时候下了一场细雨，清晨透彻的阳光铺满潮湿的大地，升腾起薄薄雾气，和煦的清风吹拂着道路两旁的椰子树，沙沙作响。张胜利熟练地做着准备活动，眼睛望向远处。前方，是 21.0975 千米的赛程。

跑步是张胜利一生的挚爱，他曾获得第一届华北油田职工运动会 1500 米冠军、河北省第四届职工运动会 1500 米第 4 名。但名次并不是张胜利跑步的动力，最吸引他的是，在跑步时，加速跳动的心脏让他更加强烈地感受到生命的力量，阳光、微风、雨雾以及变化的四季，让他将身心真正融入自然。他喜欢跑步时清空所有的杂念，专心地思考，思考存在的意义，前进的方向。跑步强健了他的体魄，激发了他的热情，锻炼了他的意志。

2006 年，张胜利打羽毛球时拉断了右腿膝关节韧带，直到 2008 年才完成了韧带代偿手术，他因此中断跑步大约有 12 年时间。这期间，张胜利的事业蒸蒸日上，可丢掉了最热爱的运动，让他总是心存遗憾。2018 年，他抑制不住内心的渴望，再次穿上跑鞋，重回跑道。从每天 3 千米开始，再到 5 千米、8 千米、10 千米……张胜利终于又找回了奔跑的自信和快乐，他再次用行动证实了一句话：有志者事竟成！

张胜利记不清这是第几次站在赛道的起点，他已不像年轻时那样兴奋，但心中依然充满期望。

“砰！”发令枪响起。

张胜利再一次开始奔跑，在路上……

追光者

柴甫泉

她是一个患癌十几年的“晚期”患者，住院、手术、化疗、放疗，都没有挡住她孜孜不倦的舞步。

舞台上，她是追光灯跟踪、追随的对象，在一束耀眼的聚光灯下尽展婀娜多姿的曼妙风采；生活中，她是一位用艺术激情燃烧生命的追光者，手持彩练舞动人生，跟着感觉走，追着时光跑。

张静——“河北好人”、华北油田“敬业奉献好人”等数十项荣誉获得者，华北油田金华艺术团艺术总监、总导演。

10 多年来，张静一边顽强抗癌，一边带领金华艺术团舞蹈队勇攀艺术高峰，从零起步，一步一个台阶地走出油田、走出河北、走进中央电视台，创编舞蹈、健身秧歌、手拍鼓、腰鼓等参赛作品 30 余个，22 次在全国比赛中拿到金奖，27 次在河北省比赛中拿到金奖，成为全国中老年舞蹈推广的一块金字招牌。荣誉室里，满满当当一屋子奖牌、奖状、奖旗、奖章和奖杯，无不凝结着张静的一腔热情和满腹心血。

隐形的翅膀

每一次都在徘徊孤单中坚强，
每一次就算很受伤也不闪泪光，
我知道我一直有双隐形的翅膀，
带我飞，飞过绝望。

我知道我一直有双隐形的翅膀，

带我飞，给我希望……

这首歌，就如同为张静量身定做的一样，套用在她的身上，再合适不过了。

张静自幼喜欢舞蹈，梦想就是长大后成为耀眼的舞者，站在舞台中央，用舞姿征服观众，博得梦中的光环。

她上小学时就接受了正规的舞蹈训练，参加工作以后多次参加华北石油管理局组织的舞蹈培训，多次到舞蹈学院及全国各地进修、观摩、学习，找舞蹈老师请教，反反复复揣摩、练习，为此吃了多少苦，只有她自己知道。

爱好是最好的老师。由于全身心地忘我投入，她慢慢成为华北油田独树一帜的舞蹈“尖子”。

2005年年底，张静调任华美综合服务处采一社区服务站文体干事。面对老同志们“老有所学、老有所乐”的迫切愿望，张静暗暗在心里鼓励自己：这是自己发光发热的最好舞台，一定要用自己的特长和优势，为丰富老同志们的晚年生活作贡献，为繁荣社区文化出一份力！

怀揣美好夙愿，编织多彩梦想。张静刚一上任，就急着把社区“自然生长”的七八个群众文艺社团整合在一起，形成社区统一领导、艺术门类齐全、运行科学规范的管理模式，一个由200多名退休人员组成的金华艺术团从此应运而生。艺术团下设合唱团、时装队、军乐团、舞蹈队、戏剧社等多个文艺社团。张静任金华艺术团团长、总导演、艺术总监和舞蹈队教练。

秉承着对舞蹈的热爱和对艺术的执着，张静倍加呵护、关爱着自己一手扶持起来的这个“金娃娃”，对她倾注了全部心力。

建团之初，经费无法保障、排练场地不足、服装道具奇缺、时间难以统一、队员不好约束等“一揽子”困难堆在一起，愁得她几天几夜吃不好、睡不好……

张静可不是随便一个困难就能征服她的人。从小学到大学，她都是班长，多难办、多复杂的事情，落到她手里马上变得简单起来，连困难都会向她低头、给她让路。15 岁上技校，别人晚上睡觉，她一个人到教室学习高中课程，夜夜坚持，一学就是 3 年，别人工作，她考上了大学。

什么人，什么命；有多少韬略，就能闯出多大天地。艺术团遇到的这一摊子事儿，张静要把它们一件一件摊开，一件一件解决。她从千头万绪的工作中抽丝剥茧、梳理分类，摸清轻重缓急和大小主次，先易后难，先“吃肉”，后“啃骨头”，最终各个击破，逐步扭转了艺术团混乱无序的被动局面。

在金华艺术团，舞蹈队是张静付出心血最多的团体。这里的老大哥、老大姐们，既有对舞蹈艺术的真心喜爱和不懈追求，又存在年龄大、功底差、惰性强等现实状况，要想在短期内提升他们的舞蹈水平，难度可想而知。

面对一位位渴望尽快达到专业艺术水准的爱舞者，瞅着一双双期盼成长的眼睛，张静不忍心不去教他们，不忍心丢掉他们中的任何一个人。张静利用晚上时间，精心编出一套厚厚的适合老年人的舞蹈训练教程，并采取全天候指导、全方位训练、全身心陪伴的方式，努力使舞蹈队展现出新形象和新水平。有的舞蹈队员训练跟不上，就找到她家里，她宁可不做饭、不做家务也要一遍遍把人家教会；有的队员有事耽误了训练，她就找到人家家里，去给耽误训练的队员“补课”。她说：“一个集体舞蹈节目，整体的美感是最基础的东西，举手投足、头动腰摆，队伍里有一个人差半秒，台下都看得出来，所以必须一个队员、一个队员地抠动作，哪一个都不能拖后腿。”

别人的曲子她不用，那样总觉得是在吃别人嚼过的馒头。凭着一身肝胆和舞蹈才能，张静自己动手去编去创。在创作手法上，她喜欢独开先河，另辟蹊径，刻意铺排民族底色，融合时代气息，纳入当代舞蹈风潮。也就是说，以民间舞蹈为素材，借鉴现代舞以及芭蕾等舞蹈语汇和技巧，大胆融合，产生崭新舞蹈律动。她喜欢，她坚持，她要强，她拔萃，她最大限度地发挥自己在舞蹈世界的想象和张力。

要强，没有刻在张静的脸上，而是镶嵌在她的心里。她暗下决心：一定要把这个艺术团队带出个样子来，能走多高走多高，能冲多远冲多远!

奔跑的火炬

如果说，事业上和艺术上的不断攀登，是对张静辛勤付出的回馈与报答的话，那么生活中的痛苦与无常，就是对张静这颗炽心的磨砺与淬炼。

2006 年，是张静忙得两个脚跟不着地儿的一年。金华艺术团刚起步，每天都会有几个、十几个琐事需要她去协调、解决。恰在这一年，张静的母亲经反复诊断，确诊为肝癌住进医院。

望着病重的母亲，张静痛不欲生。白天她强颜欢笑在排练场指导排练，晚上回到母亲的病床前尽孝，巨大的精神折磨使她心力交瘁。

舞蹈队姐妹们期盼的眼神，组织上真真切切的关怀，都成为张静对工作无法释怀的理由，驱使张静在亲情与工作难以两全的痛苦中奔波。

这一年，病魔最终带走了母亲；这一年，张静编导的健身秧歌《美兰花》，在全国健身秧歌大赛中获三个一等奖和最佳音乐奖，并参加央视“舞蹈世界”栏目的录制；这一年，张静编导的健身球《欢天喜地》，在全国中老年健身球比赛中获一等奖。透过泪眼，张静宁可相信，每一次的艺术华彩，都是母亲在天国送给她的微笑与祝福。

母亲被癌症夺去生命两年后的 2008 年，父亲又被确诊为癌症晚期。为了照顾好父亲，也为了给排练争取更多的时间，张静买下父亲对门的房子，再次承担起了排练场、医院和家三点一线的三重重任。

张静本来虚弱的身体更是雪上加霜。她咬紧牙关：就是再苦再累，也要挺过去。这一年，金华艺术团接受的比赛演出任务比哪年都多，为了取得好的成绩，她打起精神，呕心沥血全身心投入。一回回琢磨音乐、一次次编排完善动作、一遍遍给队员做示范……年底一盘点，这年艺术团舞蹈队参加的所有比赛，拿的都是第一名！

本以为命运的玩笑就会到此为止，然而，它却再次残酷地对张静发起挑战。2010 年，就在父亲去世不到 3 个月时，病魔又降临到张静身上，她被诊断出乳腺癌。

那一刻，张静仿佛看到了生命之火在风中摇曳，几近消融。闻讯而来的单位领导、艺术团的老同志们都到家里来看望张静。面对领导和朋友们的关心和激励，张静在心里发誓：绝不能让病魔压倒自己，不能倒下！绝不能倒下！！

手术前，姐妹们来送张静。临进手术室，张静依然笑着叮嘱她们："排练不能停下来，做完手术，只要能下床我立即就回去。"

恶性肿瘤切除后，术后治疗极其痛苦。6 次化疗、35 次放疗，呕吐、失眠、眩晕、厌食、头发掉光了、浑身无力……折磨得张静苦不堪言、痛不欲生。几经"折腾"，本来瘦小的她愈加瘦弱，似乎整个人只有一身骨头撑着。但她还举着希望的火炬，引领金华艺术团舞蹈队一直在爆燃的状态下不停地朝前奔跑。

那段时间，最让她难受的是不能去排练场，陪伴和指导姐妹们排练自己亲手编创的舞蹈。

不能去排练场，张静就躺在病床上用手机指导大家排练。只要有空，只要医生不在跟前，她就和大家沟通，谁谁动作怎么样？某某最近又耽误了没有？对接受能力比较差的队员，她总是要在手机上专门开一次"小灶"，没完没了地嘱咐、叮咛，没完没了地给人家"说戏"，病号饭打来都凉了她也不顾，跟没病时的状态一样。

张静得知舞蹈队要参加河北省健身球大赛，她的精神头儿立马上来了。张静心想，艺术团得了那么多大奖，这一次在河北省要是拿不下金奖，不仅会丢了艺术团的脸，也会挫伤队员们的积极性，今后再参赛都会失去信心。在张静心里，她有一个不是目标的目标：在所有的各层级比赛中，不允许一次拿不到金奖！

张静实在放心不下，她骗家里人说是去买东西，偷偷地拖着虚弱的身子来到排练场，帮助舞蹈队的姐妹们从动作到表情，从情节到队形变换，一点儿一点儿地纠正……

化疗期间，张静的头发都掉光了，她用一块花色纱巾把自己光秃秃的头包起来，一天不落地和队员们一起练，热了，干脆就把纱巾拽下来，甩到一边儿，接着和大家排练。排练完以后，老姐妹们在送张静回家时，都心疼地落了泪。

为了使舞蹈情节更加完美，晚上躺在床上，张静在脑海里一遍一遍地编排和修改舞蹈动作。最终，张静在病床上创编的《扬鞭催马运粮忙》，在河北省中老年健身球大赛中获得两个一等奖和最佳创编奖。

丈夫周维民非常支持张静的工作，一切为张静的舞蹈事业让路。参加比赛回来，看着张静高兴得像换了一个人似的，周维民半开玩笑地对张静说："今儿送娘子一副对联，上联是'柴米油盐酱醋茶渐行渐远'，下联是'吹拉弹唱形体舞如痴如狂'"张静笑得合不拢嘴，还没等她开口，儿子随口接道："横批：老爸辛苦！"一家三口哈哈大笑，其乐融融。

看着丈夫身上扎着的围裙和满桌的饭菜，张静不禁眼眶湿润。是啊，这些年自己太对不起家人了，扔下了儿子，忙坏了丈夫。一路磕磕绊绊，几乎是丈夫扶着她往前走；穿梭行进，儿子在每一个路口都给她"开绿灯"，从未让妈妈操过一次心……他们都知道张静忙，也知道她的心在哪里。

舞蹈队有时候在同一时段接到两个活儿，要同时参加两个比赛。张静没有分身之术，只能白天辅导这个队，晚上辅导那个队，两队队员都有休息时间，只有把她一个人耗得“连轴转”。

只要排练厅里有人，她就像一个精灵，像一个天使，只要在队伍里，她就觉得心里头有根。而每当大家一散，整个空荡荡的大厅里只留下她一个人的时候，剩下的那个单薄、瘦小、疲倦的身影，在一角累得一动不动，让人有一种说不出的酸楚……

在经历了亲人逝去和病痛的打击、折磨后，张静就像一只浴火重生的凤凰，丰满了羽翼、彻悟了生命，再一次体会到更高的艺术境界。在张静这把熊熊“火炬”的感召下，金华艺术团舞蹈队又实现了登上央视舞台、跨越海峡与台湾同胞亲情交流的梦想，在艺术上也有了一个质的提升。通过央视荧屏，她们把华北油田人的精神风貌传播到祖国的四面八方。

艺无止境，追求没有终点。尽管重病在身，张静在舞蹈艺术的星光大道上，没有一刻停止过脚步。她要和命运抗争，拼上这把骨头，让生命在艺术的衬托下，绽放出更加夺目的光和彩。

怒放的生命

在艺术追求的曲幽路径上，用拼命形容此时的张静，一点都不为过，她对舞蹈艺术的完美追求，几乎到了痴狂的程度。虽为危重病人，可张静日程总是排得满满的，而且大多数与治疗无关。

2012 年 5 月，为迎接河北省秧歌比赛，刚在天津做完手术，正在医院住院治疗的张静再也躺不住了，她让老公周维民开车，瞒着医生偷偷跑回任丘。确定了规定舞蹈和自选舞蹈两个节目后，又一遍遍给队员们说动作，因为她当天还要返回天津医院，就给大家找了个舞蹈教练，这才放心地让老公拉着回天津。

车到大城，张静的手机响了：

“张静，我，高玉萍。”是舞蹈队高队长打来的。

“高姐，什么事？”张静有一点紧张。

“你找的这个教练，跟你教的动作不一致，到底应该怎么跳？”高队长的言外之意，就是大家应该听谁的？

“哦——”张静犹豫了一下，“高姐，你们等着，我现在返回去！”

“喂，喂……”没等高玉萍分说，张静把电话挂了。

她让丈夫周维民掉头回去，因为周维民把她俩的对话听了个满耳朵，也没吭声，慢慢拐了回来，车头冲西，朝任丘方向开去。张静回来后，大家有了主心骨，一通纠正、指导，天快黑了才放心地回天津。

不管在任丘住院，还是在天津、北京住院，张静从医院出来就会直奔排练厅，完了以后再从排练厅直接回医院。

2012 年 6 月，舞蹈队要参加油田公司“最炫民族风”健身球比赛，当时她正在天津治病，时不时瞒着医生、护士，专门让老公开车带着她回任丘，把她送到排练场地，讨论编舞、选曲，指导大家排练，排练完后连家也顾不得回，直接让老公把她从排练大厅拉回天津医院。

手术后，她的胳膊往上举很困难，疼得受不了。她就皱着眉头、咬着牙，手臂贴在墙上一点点往上举，疼得她冒虚汗，姐妹们看着心像刀绞般的疼。

这年 7 月份，张静从天津医院回来，吃中药调理身体，医生让她静养。她可顾不了那么多，一边吃药一边练，对自己的身体全然不顾。

2013 年 8 月 13 日下午，张静在排练场和姐妹们排练了整整一下午。这次，她们要参加在浙江举办的全国秧歌大赛。结束后人们陆续离开，她把队员张丽红喊住：“丽红，你陪我去物探，找裁缝设计秧歌服装。”

“现在？”张丽红瞪圆了眼问她。

“啊，这就去。”张静答。

“你不吃饭了？也不吃药了？”张丽红很诧异。

“饭吃不吃没关系，不饿；这个中药，少吃一次、多吃一次的不碍事儿。”张静很平静。

“走！”张丽红一口应许，心里话：人家一个带病的人都这么拼，自己还有什么可说的。她俩一起来到物探家属院一户经营服装加工的裁缝家。

张静对整个舞蹈的每一个环节都很“挑剔”。在裁缝家，她们左设计、右设计，一捣鼓就是好几个小时。外面轰隆隆的雷声一个劲儿地响，瞬间大雨倾盆。等她俩把12套秧歌服设计好了，已经到了半夜。从裁缝家出来，物探小区路上的积水都快到了膝盖。

两个人你搀着我、我扶着你，蹚着一尺多深的积水，深一脚、浅一脚，一步一小心地摸黑回到家里……

2014年4月，她们又接到参加中国第四届老年艺术节舞蹈大赛的任务。张静又精神起来，白天排练完，晚上就指名点姓，把动作跟不上的队员拉出来，她一个个单兵教练。最后，18个人一个一个地过。

音乐都是张静自己编创。因为，赛制就是这么规定的，不是原创没有资格拿金奖。她连走路都想着曲子，她必须绞尽脑汁，她要的是金奖，要的是别人没有。

夜深人静的时候，别人都睡了，她还带着两姐妹儿在音响店里录曲子。她数拍子，那两姐妹儿跟着跳，现场看效果，一遍遍合成。不知是张静苛刻，还是音乐严谨，多一拍不舒服，少一拍做不完。等录好了，俩姐妹儿回家，张静自己回去反反复复地跟着刚配好的音乐练了一宿。因为，明天她还要带着舞蹈队的18个大姐姐一起适应这个曲子……

5月，广西百色。中国第四届老年艺术节舞蹈大赛现场。一个省一个队，加上行业队，来自全国各地的99支参赛队伍，纷纷摩拳擦掌、跃跃欲试。每个队表演两个舞蹈，198个节目比下来，由张静挂帅、代表中国石油的华北油田金华艺术团舞蹈队力压群雄，在百支队伍中，毫无争议地获得金奖！

2015年11月5日晚上黄金时间，金华艺术团舞蹈队表演的舞蹈《幸福扭起来》，在河北电视台现场直播的舞蹈大赛上华彩登场，博得观众一片掌声。

参加这次比赛的11支队伍，都是石家庄、唐山、保定、廊坊、秦皇岛、邯郸等地的知名艺术团体，金华艺术团舞蹈队代表任丘参赛。开始评委们对这个来自县级市的参赛队伍期望值不高，但她们精彩的表演让评委们精神为之一振，纷纷打出高分。

“不蒸馒头蒸（争）口气！”张静和她的姐妹们都憋着一股劲儿，非要走到最后不可！不是为了让评委和观众看每个人的能力，而是要让他们看看我们中国石油的这支队伍！

每周直播，每周淘汰一茬儿参赛队伍。为了能够获得每一轮的晋级，她带领大家发奋创编、刻苦排练，付出了常人难以想象的辛苦。

每次去参加直播比赛，张静都带着大家一大早出发，赶到河北电视台就忙着走台、彩排，一天都在纠正一些队员不规范的细小动作和别人难以察觉的呆板表情，直到晚上登场比赛前，还在一句一句不住地嘱咐……

这一轮胜出，回到任丘，马上准备下一轮的节目，一环扣一环，比赛几个月，张静和姐妹们没有一天轻松过。

第二轮，她编创的《扇之晚情》晋级！

第三轮，她编创的《映山红》又晋级！

第四轮，她编创的《扎西》再次晋级！

第五轮，走到决赛，走到金字塔的塔尖上，她编创的《咱们工人有力量》获得全场最热烈的掌声，评委们纷纷毫不吝啬地打出最高分！此后，这个节目在全国各地演了几十场，场场出彩、场场爆棚。

为了编创《咱们工人有力量》这个舞蹈的曲子，张静整整熬了两个通宵。她知道评委要求严，时间差几秒扣分，多几秒也扣分。其他方面也一样，她必须做到没有一丝一毫的瑕疵，至少自己找不出来。张静对艺术就是这样的固执。

2015 年 8 月，为参加在四川广元举办的全国秧歌比赛，张静在排练中不小心造成右腿肌肉拉伤，她一瘸一拐地坚持排练。最后疼得实在受不了了，她就到医院绑上了夹板，回来坚持训练。

“你休息几天不行吗？”

“这样，我们都疼得慌。”

“瞅着你疼得直咬牙，我们都想哭。”

姐妹们你一言我一语，都发自内心地劝她。

“你看到我咬牙啦？牙在我嘴里，咬不咬我最清楚。你们别给我添乱，一边练去！”张静开着玩笑化解了“危机”。她还给大家宽心：“我是教练，也是节目中的一员，都是新编的曲子，我不练也跟不上。我还要盯着你们每个人的动作，就剩下 20 多天啦，再不练怎么拿名次？！”

她对队员真严！腿脚高一点儿不行，低一点儿也不行；幅度大一点儿不行，小一点儿也不行；动作快一点儿不行，慢一点也不行。训谁都不留情面，一训一个大撅嘴，就是装笑也不自然。排练中休息的时候，她就像个孩子，笑得没心没肺，大大咧咧、丢三落四，可休息一结束，她就又开始较真了。

功夫不负苦心人。这次广元之“战”，张静带病带伤上场，又拿下一个第一名，再次成为全国冠军！

张静笑得那么灿烂，感染了身边所有的人。

在回来的路上，她给大家说笑话，说她出院的时候，医生让留手机号，说每隔几年对患者回访一次，她留的老公的手机号。前几天医生给她老公打电话，问：“张静呢？”她老公回答：“跳舞去了吧？”医生惊讶地反问：“不可能吧？！”

“告诉医生，不光跳舞，张静还拿了全国第一名！”车厢里，围坐在一起的姐妹们哈哈地笑成一片。

“我要活到 89！”张静高兴地把胳膊举了起来。

看似平常却崎岖，成如容易最艰辛。在求索与攀登的道路上，张静收获的不仅仅是艺术的成果与精华，更是人生的瑰宝与财富。那些能够撼动人心的绝地反击、自强不息，带给人们无尽的启迪和无穷的力量。

正因为她骨子里有一个执拗的精灵，正因为她血液里涌动着澎湃的激情，正因为挡在她面前的是一座座山，所以她才学会攀爬、攀登直至登顶！

她，张静，在别人眼里，似乎一直都是“面朝大海，春暖花开”，那一张一翕，那一颦一笑，都在美丽着世界、净化着他人。

张静，用挚爱至情，演绎着不食人间烟火、花飞蝶舞的壮美人生！

弧光风流

柴甫泉

电焊时发出的刺眼的光，属于电弧光，其强度是人的视力承受极限的一万多倍。

他，享受在狭小的空间躺在地上仰面朝天专心致志焊接的滋味，就连衣服上被烫的一个个“窟窿”“眼睛”，他都当作炫耀的“资本”。

他，把绽放的焊花叠映成怒放的心花，把“焊把”释放的弧光，当作最灿烂、最绚丽的时光，尽情品味“啪啪啪啪”的天籁之音。

他，把焊条当绣花针，一针一线，“绣”了一万多个日落日出，铆在车间，焊在工地，“绣”出一个令人赞叹的锦绣人生。

苏立红，华北油田“能工巧匠”、河北省五一劳动奖章获得者。

苏立红，迅速“蹿红”的“草根儿”，工作30年，手里没有离开过焊枪、焊条，在这一件事儿上用了一辈子心，把这个事儿做到了极致！

苏立红，被他点化的焊条足有20吨！如果把他用过的焊条一根一根焊接起来，足有四五百里地……

就是这样一个当年普普通通的钻进“牛角尖儿”的毛头小伙，一鼓作气，拿到“国家一级建造师”“国家高级项目管理师”“国家压力容器焊接资格证”等多个国家级证书；累计为国家节约资金、为企业增效增收、为客户降低成本和挽回损失多达1200余万元；他带出的徒弟一批又一批，都成为生产一线的骨干力量，10多人次在省市技能大赛、技术大比武和行业擂台赛上斩获金奖银奖；出自他手的产品和工件和焊口要以十万为单位计算，没有一件出现过瑕疵，一次验收合格率均达到 100%！

这，就是苏立红。一个没有顿号、没有减号、没有省略号，一步一个惊叹号的苏立红！

敢问路在何方

苏立红的老家在河北故城。1990 年，16 岁的苏立红参加河北省技工学校统一招生考试，学习勤奋的他以全县第一名的成绩名列榜首。

但，苏立红在填报志愿时却犯了难。可选的学校很多，专业也难于取舍。爸爸看在眼里，在晚饭后召开了一个“家庭会议”，一大家子人集思广益，一起给他当参谋，帮他选学校。

“上衡水技校，报钳工专业。我看我们厂的钳工李师傅的工作就不错，不累，啥都会干，离家也近。”妈妈抢先说出一个学校。

苏立红还没表态，弟弟就把话茬儿接过来：“哎，我听说有一个石家庄铁路电气化技校。哥，就上这个吧！天天坐火车上班，那得有多带劲儿！上这个，上这个！”

当过 18 年兵的爸爸看了看苏立红，说：“我看那个华北石油技工学校不错，里面专业也不少，华北石油会战好多都是部队转业的军人，一个具有部队作风的企业学校，能锻炼人、出息人。你考虑考虑！”

苏立红从小就崇拜当兵的爸爸，爸爸在军营中成长的经历，在他心中烙下深深印记，爸爸的每一句话，他都会放在心上。听爸爸一说，苏立红马上联想到进了华北石油技工学校，毕业后分配到华北油田，成为华北油田大会战的一员，当个“头戴铝盔走天涯”的石油工人，用自己的技术在石油战线大显身手。想到这，苏立红脱口而出：“好，就听爸爸的，我就去华北石油技工学校，学电焊！”

就这样，苏立红背起行囊，来到了充满生机的华北油田。当年父亲的话，就像一颗钉子，牢牢地钉在了苏立红年轻的心里。

在华北石油技工学校学习3年，苏立红年年都是优等生，是全科几百名学生中的佼佼者。1993年，苏立红从华北石油技校毕业，被直接留在了本校实习工厂。后来，实习工厂改制为天成集团迪威尔公司。

当焊工很辛苦，身上时常被飞溅的焊花烫伤，工装也是千疮百孔，烫得跟渔网差不多。那时流传一句顺口溜“远看像要饭的，近看像逃难的，仔细一看是干电焊的……”但，这些对于从农村出来的苏立红来说，一点儿也不算事儿。

在苏立红第一次独立顶岗焊接工件时，遇到上技校以来最沉重的打击。当时，苏立红焊接的是罐壁人孔，接连3次返工都没达到合格标准，他受不了打击，扔下焊枪就跑到一边儿生闷气去了……

师傅王连成看见了，等苏立红冷静下来，把他叫到工件前，说：“小苏，做事和走路一样，不止一条道儿。书上的知识是死的，你要根据咱这儿的工件儿来焊，要跳出你的惯性思维，发挥自己的创新能力。”师傅见苏立红正歪着脑袋很认真地听，接着说：“动动脑筋，好好想一想，看看造成不合格的问题主要出在哪儿？”

“焊道咬边太深，超标！可我实习时按照理论上做，焊接得挺好，也没出现这种问题。”苏立红回答师傅。

师傅拍着他的头笑了：“你啊，还是脑筋没转弯，你实习时焊的试件是直的，这个工件是有弧度的，手的角度是不是得及时跟着变换？”说完手把手悉心传授焊接技术，告诫他：“当我的徒弟，就一个‘道’，做事要么不做，做就做到最好、做到极致。这才哪儿到哪儿？要是一年不焊几吨焊条，不经过几年实打实的摔打，就别想成为一名出色的焊工！”

从师傅的言谈话语中，苏立红逐渐领悟到：要成为一名像师傅一样响当当的工匠，必须具备一丝不苟、精益求精、追求卓越的职业品质和敬业精神。

从此，苏立红暗自发誓，一定要把焊接这个技术学到家、干到家，在焊接领域里拔头筹、挑大梁，用出人头地的技术，做出类拔萃的工匠，以精湛的焊接技术，在华北油田建功立业，不辜负父亲、师傅和领导的期待。

为尽快提升焊接技术，苏立红成了师傅和老焊工们的“跟屁虫”。在他们焊接焊口时，他就留心在一旁盯着看，有不懂的马上就问，慢慢地从师傅的实际操作中看出门道，不仅自己能够独立操作，还能想着怎么节约时间、节约材料。

焊工考验的是眼力、体力和耐力，稍不注意，飞溅的火花就会烫伤皮肤。为了练就一手好活儿、绝活儿，他的手臂上留下了一块块伤痕。

一分耕耘，一分收获。用了两年时间，苏立红考取了 22 项的“压力容器焊接资格证”；花了 6 年功夫，他取得了“机电一体化”本科学历。同时，他还掌握了管工、铆工、电工等多个工种的技术技能，很快成为“多面手”的技术骨干。

2002 年，苏立红参加华北石油管理局职业技能竞赛，荣获电焊工专业第一名，被管理局授予“青年技术能手”，荣立个人一等功！

这年 5 月，苏立红被任命为车间主任。

“焊把”飞花令

“焊把”就是焊枪。其实，人家大名叫焊把钳。

一把把焊枪像飞花令一样，传递着诗与远方的唯美意境。

一时间，苏立红的事迹像长了翅膀，在报纸、广播、电视上广为传播。苏立红有了名气，但他并不满足。他依然俯下身子，像个小学生，虚心向书本和实践学习。一本焊接业务书籍，他反复看，不停地在上面勾勾画画，笔记做了一本又一本，一学就到深夜。他说，技无止境，没有哪个人的技术能够顶到天。

因为苏立红的技术出色，社会上的一些企业不止一次想用高薪做诱饵把他挖走，有任丘的，有山东的，有江苏的……他都不为所动。

身边的同学问他："他们给你开多少工资？什么条件？"

苏立红说："年薪5万！给我解决户口和住房。"

这同学惊得张大了嘴，说："啊？ 5万？你现在一个月才挣600多块钱，收入快高10倍啦！"

"是不少，但给多少我也不能去！"

苏立红想，自己的事业在这里，在这方天地里，他还有很多想法没有付诸行动，还有许多技术难题等着他带着小伙伴们去解决；自己是这里走出的学生，在这里当学徒，在这里长翅膀，这里就是自己的根，离开这里，会像断了线的风筝，想飞也飞不高……

随着油田油气生产工艺改进，对铆焊工艺提出更高要求，同时对苏立红也带来新考验、新挑战。

为了让铆焊技术跟上时代步伐，适应飞速发展的现代技术，白天别人下班了，他一遍遍练，一次不行两次，两次不行十次，十次不行一百次！他把失败焊成梯子，一步一步往上攀登。苏立红除了掌握常规焊接技术外，还学习了氩气保护焊、二氧化碳保护焊、纤维素下向焊等多项焊接技术。

2003年，苏立红开始收徒，至今收了6批徒弟。他手把手教，实打实带，面对面"熏"，心贴心传，12个徒弟全部出师，个对个儿随心，让他带的脾气、秉性连同干活的劲头儿，跟苏立红一个模子刻的似的，有板有样，在各个生产岗位上，全部成了技术骨干，3人当上班组长，8人次在油田公司技能大赛中获奖。在天成集团组织的首次电焊工技能竞赛中，他的徒弟分获第一、第二名的好成绩；在沧州市焊工职业技能大赛，他的徒弟又夺得"榜首""榜眼儿"；他的徒弟，连续两年代表华北油田公司参加河北省焊工职业技能大赛，都取得了令人骄傲的优异成绩。

带徒是带徒，带头是带头。关键时候，苏立红还是抱着"枪"往前冲。

2008年12月底，应中国石油CPECC公司邀请，苏立红带队去中国海油南海西部公司海上采油平台，现场解决设备改造安装难题。一见面，中国海油南海西部公司生产处张处长就对苏立红说："这套设备是无锡一家工厂生产的，因现场工艺变更，已经延误投产3个月了，每天损失近1万元，生产厂家接连派了三批技术人员还是没有解决，希望你们中国石油的专家们能尽快帮我们解决！"

苏立红当场表态："请领导放心，我们公司是专业设计制造公司，这个设备虽然不是我们设计制造的，既然你们找到了我们，天下石油不分家，不解决问题，我们不下海上平台！"铿锵有力、掷地有声的话语，赢得在场中国海油员工的一片掌声。

可，苏立红心里知道：这，又是一块难啃的硬骨头。他和同事们到达现场后，看到海上作业平台现场狭小的空间、各种设备和管线错综复杂，难度确实超出了大家的想象。

技术员刘强为难了，说："苏哥，这活儿咱能干得了吗？没法操作啊！"

"要是好解决，人家中国海油还用几千千米找我们来吗？我们现在不是代表迪威尔和华北油田，而是代表中国石油来的，单凭信誉，再难再苦，我们也要克服！"苏立红几句话就把哥儿几个稳住了。

在深入了解安装要求和工艺设计的基础上，为尽快拿出安装方案，苏立红带着大家天不亮就去平台安装现场，顶着寒风爬上爬下，查看管线设备、研究工艺流程、测绘安装参数。晚上趴在海上平台集体宿舍床上，忍受着嘈杂的机器轰鸣声，用心计算绘制改造图纸……经过6天5夜的现场研究，逆向思维制定出一整套解决方案，改造安装一次成功并通过甲方验收，为用户挽回直接经济损失200万元，受到中国海油相关领导高度称赞。

这些年，为了信誉二字，为了迪威尔招牌，苏立红把所有的爱都倾注在他心仪的生产车间和工地现场……

情铆“工场”

在迪威尔公司生产车间，苏立红是小伙伴们心中的“老大”。“老大”也有“老大”的样子，苏立红不光生产技术方面的事儿当“老大”，大家生活上遇到事儿，他也站在“C 位”充“老大”。

外聘员工孙晓星，老家在河北偏远山区，家庭生活比较困难。“屋漏偏逢连夜雨”，2009 年 11 月，孙晓星的女儿出生后就患有先天性疾病，需要到北京大医院手术治疗，可是高额的费用让孙晓星一筹莫展。

这天，苏立红察觉孙晓星不大对劲儿，一向爱笑的他好几天都耷拉着脸子。休息时，苏立红凑到孙晓星跟前：“晓星，是不是遇到什么事儿了？看你这两天一个笑脸也没有，干活儿也不在状态。”

孙晓星一脸苦笑：“老大，笑不起来了，是有点难处，我正在想办法。”

苏立红满脸朴实：“有难处你说呀，一起想办法不就得啦，闷着干什么？跟我说说，帮你出个主意。”

孙晓星看着苏立红，他知道，在车间员工眼里，他就跟亲哥哥一样。瞅着苏立红真诚的眼神，孙晓星把压抑多日的心事一股脑地倒了出来。

“这么大的事儿，怎么不早说？这病哪能耽误，手术费还差多少？”苏立红责备着问。

“还，还差 3 万来块。”孙晓星低声说道。

苏立红沉思一下，说：“晓星，给孩子看病是大事，咱这样，我这儿正好有，一会儿我去取 3 万先给你用着，你明天就回去，马上带孩子去北京，钱不够我给你再想办法。”

“不行，不行！老大，我知道你这钱是正在排号买房子的，这钱我不能用！”孙晓星急眉火眼地推辞。

“买房子要紧还是给孩子看病要紧？房子可以以后再买，但错过了给孩子治病的机会，会后悔一辈子，一辈子对不起孩子。现在都到什么时候了，你还拿你苏哥当外人！星，听我的，先办着急的事，就这么定了！”

苏立红不由分说，当天就把3万块钱交给孙晓星。孩子及时到北京做了手术，现在恢复得跟正常孩子一样，健康、活泼、可爱。

杨飞是苏立红一手带“大”的爱徒。2012年，杨飞经不住高薪的诱惑，萌生了辞职挣大钱的念头。虽说苏立红不止一次苦心劝阻，他还是毅然决然地辞掉了工作。

一年后，杨飞红着脸不好意思地找到苏立红，说：“师傅，我想回咱们这个‘家’，您还要我吗？”

“飞飞，这叫什么话？师傅怎么会不要你？你是师傅的亲徒弟，本来师傅就舍不得你走，哪能不要你呢？浪子回头都金不换，况且你不是浪子，是师傅心里的大宝儿呢……师傅替你去经理那求情，让你回来。”

杨飞重新入职。他要怎么折倒怎么飞起来，发愤图强，戴“罪”翻牌。很快，杨飞成长为整个车间数一数二的焊接全能人才，成为苏立红所有徒弟中引以为豪的佼佼者，在2013年天成集团焊接技术大赛中摘取桂冠！

2014年春季，迪威尔公司承接了一段工业管道的焊接任务，而管线焊接所需的纤维素下向焊技术，让主管技术的副经理刘峰犯了难……难道就这样眼瞅着这笔来之不易的合同，就因为不会这种焊接而泡汤吗？作为公司的技术骨干和“焊接大拿”，如果是这样，苏立红觉得那是自己的无能和耻辱。

苏立红找了个没人的地方，掏出手机，拨通了参加华北油田技能大赛时结交的工程建设公司管线焊接高级技师盖祥的手机：

“盖师傅”

“谁？”

“我，小苏，苏立红。”

“哦，苏啊。”

“盖师傅，我这遇到一个难题，焊活儿，您一定要帮我。我感觉您在油田是这方面的尖儿！”

“先说什么活儿？”盖师傅似乎胸有成竹。

“有一段管道焊接，需要纤维素下向焊，难住我了，没您过不了这一关。”这是苏立红的真实想法，也是“讨好”一下盖师傅。

“这个活儿……”盖师傅停顿一下，好像有点犯难，“这个活儿不是一时半会儿能学会的。这样吧，你每天下了班到我这来，得一点一点儿地练。”

“谢谢师傅、谢谢师傅！”挂了电话，苏立红高兴得快要蹦起来了。

这会儿，苏立红心里有底了。他径直找到副经理刘峰，说：“刘经理，纤维素下向焊这个技术，我们能拿下来！”

“真的？”刘峰一脸的惊喜。

“没问题！”

“昨天你还说不行。”

苏立红拍了拍胸脯儿：“这个活儿就包在我身上啦！”

“你能保证？”刘峰半信半疑。

“不过——”苏立红提条件，“现在离开工还有一段时间，你给我两周不加班的时间，让我下了班就走，保证能啃下这块骨头！”

“别说两周不加班，你要是能解决这个大难题，就是两周不上班也行……”

从那天起，每天下午一下班，苏立红顾不得回家、顾不得吃饭，更顾不得休息，直接奔向10多千米以外的工程建设公司实训基地，找精通这门技术的盖师傅学习。晚上时间，来一趟也不容易，所以他每天都把盖师傅缠到半夜……

整整半个月时间，苏立红工作、学习两头忙，凭着坚韧与执着，终于掌握了这门技术。结束学习时，苏立红向盖师傅深深地鞠了一躬。

这项技术学到手以后，他又组织车间年轻焊工，手把手地传授他“偷”

来的技术，很快让车间的每一名年轻焊工都熟练地掌握了这项电焊中的“冷门儿”。

管线焊接如期开工，他带着小伙伴儿们一字排开，大家得心应手，整个工地弧光闪闪、焊花朵朵，尽显创业风流。工程按期完成，一次验收合格率100%，受到甲方高度称赞。

小伙伴们坐在一起，自己为自己庆功。最高兴的莫过于当时为这个技术为难的主管技术的副经理刘峰，他使劲拍了拍苏立红的肩膀，激动得一句话也说不出来。他知道，今天的这一幕，多亏了苏立红的冲劲儿与坚持……

这样执着为什么

从根儿上说，苏立红就是一个执着、倔强的人，他喜欢琢磨别人捉摸不到的东西。

创新无处不在。没有一个时期、没有一个地域、没有一个行业不需要创新，离开创新，必将被时代列车远远地甩在身后。

创新也被一个又一个的难题所驱动。迪威尔公司，是华北油区唯一一家压力容器设计制造企业，尽快为生产一线解决技术难题，是他们技术创新的不竭动力。

2014年秋季，按照国家煤层气生产现场需求，由苏立红挑头儿，迪威尔公司成功设计研发出了新产品“煤层气过滤装置”，这个装置获得当年国家专利及华北油田公司科技进步奖。轻描淡写几句话，囊括了苏立红和他的创新团队多少心血呀！

想起那段艰辛的研发过程，苏立红不无感慨地说：“正是有了那次迎风过坎、滚石爬坡的经历，才一下子点燃了我技术创新的激情。”

情，一旦爆燃，接下来熬费的一定是心神。这项产品的创新研制没有任何经验可借鉴、可参考。作为迪威尔公司的技术创新带头人，苏立红天天泡在车间，盯在现场，逢山辟路、遇河搭桥、见招拆招，遇见什么问题就解决什么问题，一个难点也绕不过去，只能硬着头皮去撞、去冲、去拼，摸着石头过河，拽着树枝攀山。

多少个不眠之夜，苏立红蹲在装置上，不断在材料上反复实验，图纸不断翻新、不断修改、不断完善，先后研制出三种样机，每一次带给大家的都是希望和喜悦。

三种样机进行三次试验，接连宣告了三次失败。客户质疑，技术合作单位退出，苏立红压力叠加，责任犹如泰山，压得他喘不过气来。

这么难，苏立红什么都想到了，唯独没有想过放弃。只要一秒钟不放弃，这一秒就有成功的希望，如果轻易放弃，迪威尔公司的竞争力在哪里？怎么能在瞬息万变的市场上站得住脚跟？何谈在油气开发、增储上产中大显身手？一旦放弃，我苏立红就不是苏立红了！

压力反弹就是动力。苏立红没有给自己留下半点余地。他说："人家合作单位抬腿走了，但我们走不了，这是我们的企业、我们的家。我们不能不干，我们没有退路，只有背水一战，我们别无选择。"

"做事和走路一样，不止一条路，要跳出惯性思维，发挥出自己创新能力。你啊，是我的徒弟，做事要么不做，做就做到最好。"想到师傅早年开导自己的话，苏立红又重新抖了抖精神，重新树立信心，带领团队在总结失败教训的基础上，四处请教行业知名专家，翻阅大量技术资料，一头扎进车间，再次开启"白加黑""连轴转"试验模式……

功夫不负有心人。在经历了第 4 台样机再次失败的教训之后，第 5 台样机经过反复试验，终于获得成功！这个装置在煤层气生产中产生良好效果，每年创效近百万元！

苏立红瞄准油田生产一线技术难题，坚持岗位攻关，率先推广"二氧化碳保护焊""纤维素焊接"和"气电立焊"等新方法，开辟一条条创新创效之路。在车间埋弧焊接中心改造、生产样板室创建、设备专用吊具制作等工作中，他都以创新为底色，融入创效元素，几项下来，又为单位增加效益80多万元！

2016年12月，苏立红挑起迪威尔公司技术副经理的担子。他依然离不开车间，离不开他那帮朝夕相处的弟兄们。

2017年6月12日，在华北油田公司工会、多元开发事业部和天成集团的大力支持关怀下，迪威尔公司建成了华北油田多种经营系统第一个创新工作室，并以他的名字命名为“苏立红团队创新工作室”。团队成员中，有人工作时间短，但想法很多；有人不善言辞，却能用手绘图纸来表达想法；有人学历不高，但焊接经验丰富；有人擅长机械修理，有人擅长电工维修，有人擅长设备操作。大家优势互补，团体作战，以“突破平凡、创意不限、脚踏实地、共筑未来”为愿景，抓住日常生产中每一个技术创新、设备改进的灵感，集团队之智，致力研发，将一线生产技术难题转变为创新成果。创新工作室创建5年来已有50多项创新成果，获得21项国家实用新型专利、3项发明专利，6项河北省成果，7项油田公司成果。创新成果落地转化，增效达820多万元。苏立红负责的两个班组，先后步入全国、中国石油和河北省“质量信得过班组”行列。

2018年5月，苏立红担任迪威尔公司党支部书记；2020年9月，苏立红挑起迪威尔大梁，成为迪威尔公司经理。肩上的担子再重，也压不垮这个出生在农村的“庄稼汉”。长在一线、干在一线，现在苏立红的两只脚仍然扎扎实实地踩在一线。

苏立红，一个停不下脚步的奋进者，一个埋头耕耘的实干家，一个解难克难的“智多星”，一个满眼都是“焊把”乾坤的拼命三郎！一个标新标异、立行立红的“铆焊狂匠”和励志达人！

淀边丽影

杨爱萍

“当最棒的石油工人，把油田建设得越来越好。”这是冯松自走上工作岗位以来一直坚持的理想。30年来，年龄在变，岗位在变，但她的理想始终没有变，唯一改变的，是她的那份石油情怀更浓了、更深了。

一

1992年，18岁的冯松从华北石油技工学校毕业，怀揣着建设油田的梦想，走进了位于白洋淀南畔的采油一厂雁一联合站，成为总机关岗位的一名集输工。

上班第一周，还在实习期的冯松遇到了一次应急抢险，看着师傅们忙碌地穿梭在操作间和管线中，而自己因为初来乍到还不熟悉整个流程操作，只能站在一旁看着却帮不上忙，冯松的脸上暗暗发烧。“那一刻感觉自己特别没有用，作为工人，连自己岗位的事儿都没有弄明白，还谈什么建设油田。”这次应急抢险对刚参加工作的冯松触动很大，她暗下决心，要尽快熟悉岗位，成为一名合格的员工。凭着一股不服输的钻研劲儿，冯松很快掌握了全部岗位技能，在一起分来的新员工中脱颖而出，第一个独立顶岗，第一个当上了岗位长。随着油田开发建设的推进，雁一联合站也开始不断进行工艺优化改造，对员工技术水平的要求也越来越高，冯松意识到，没有过硬的技术，建设油田的梦想就是一句空谈，她心中萌发了成为技师的念头。当厂里开展员工职业规划调查时，冯松毫不犹豫地在问卷上写下：

"三年之内考上技师。"

为了完成与自己的三年之约，冯松在求学路上开启了"自虐"模式。文化底子薄，她就买来各类专业书，从基础理论一点一点啃起；缺乏实践经验，她甘当技术人员的"小跟班"，带着笔记本到现场观摩请教；专业储备单一，她就四处"蹭课"，工作之余向老师傅和技师专家们拜师学艺。就连坐班车的十几分钟时间她都不愿浪费，戴着耳机反复温习录下的课程。平日里冯松更是书不离手、笔不离身，随时想到问题就赶快记录下来，想尽各种办法寻找答案。

不到 3 年的时间，冯松自学了石油工程、油气集输、计量、化验等专业知识，记录了 20 余本学习笔记，还完成了油气储运的专科学业。让冯松倍加珍惜的是，在这期间，她在厂青工技能比赛中取得了优异成绩，为自己赢得了参加厂职业技能竞赛脱产培训的机会，通过公司级专家悉心的讲解和实战训练，她的理论知识和技能水平获得快速提升。在这个汇集了全公司高技能人才的平台上，冯松结识了不少与她同样心怀梦想的伙伴，养成了求知若渴的学习习惯，更铸就了坚韧不拔的工作作风，锻炼了不畏困难、直面挑战的勇气，也更加坚定了她想要成为技术能手的决心。

天道酬勤，自 2008 年起，冯松三年一个台阶，实现了从技师到高级技师再到技能专家的"三级跳"。2008—2012 年她被评为油田公司技术能手，2012—2015 年，被评为油田公司二级技能专家，2015—2018 年，被评为油田公司一级技能专家。2019 年被评为集团公司技能专家，成为当年油田公司 15 名集团级技能专家中唯一的"石油花"。

二

冯松说，对技师而言，最好的考场永远在生产一线。为了学以致用，将理论知识用在更好解决生产难题上，冯松给自己制定了一个"技术攻关"的滚动计划。她把各种生产中存在的问题一一梳理出来，按照轻重缓急逐个攻关，用实战来检验自己的所学所悟。

让她印象最深刻的，要数2011年发明的“引流”堵漏法。采油一厂多数油田开发时间长，不少集输管线逐渐老化，因腐蚀造成穿孔的情况时有发生，抢险补漏时，为避免造成管线中的原油二次泄漏造成污染，需要先关闭集输线的上、下游阀门，再排空管线后才能进行焊接，整个抢险作业过程烦琐、时间漫长，不仅严重影响生产，甚至会造成大面积停井，增加了额外的工作量，有时候还衍生出油井起抽困难等新问题。

2011年夏天，因为一条集输管线多处严重穿孔，造成作业区半个区块不得不停产，抢险人员冒雨奋战了好几个小时进行补漏作业。当冯松看到抢险人员满身泥泞疲惫不堪的身影，想到因停产导致的产量损失，心里又是着急又是心疼。她想，一厂投入开发30多年，不少管网都面临老旧腐蚀的现实问题，如果能在尽量不影响油井生产的情况下开展抢险补漏，那么就能降低原油损失，也压缩了反复等待倒流程、启停井的时间，同事们也能大大降低工作强度。可是如何解决既不影响生产又保证抢险焊接安全操作的矛盾，成了技术攻关的瓶颈。

为了攻克这一难题，冯松白天跑到维修班和抢险现场向抢险人员请教，晚上则在家反复推敲抢险补漏的每一道工序。有次她洗漱时心不在焉，不小心碰掉了水龙头上连接着的塑料软管，软管中的存水流了她一脚面。在那一瞬间，她脑中冒出了一个想法：雁翎作业区油井基本含水高达百分之90以上，伴生气极低，根据这一原油物性，在抢险中干脆做个活动引流管，补漏时焊接在管线的穿孔处，将管线里的原油暂时导入引流管中，再用丝堵或阀门堵住引流管的末端，防止原油四散漫流造成污染，这样就能在穿孔管线不停输的情况下实现安全操作，解决补漏需要排空局部管线的问题，又省去了启停上下游阀门的工序，缩短抢险补漏时间。冯松高兴地放下牙具冲回书桌前，在反复推敲这个方案的可操作性之后，她连夜画出了图纸。第二天一大早，她就赶到作业区和大伙儿讲了自己的方案，并迅速进行模拟实验，经反复测试，证明这个方法可以运用在一些高含水低伴生气的油井外输管线上。他们根据集输线不同管径，利用库房里回收的废旧管线，改制出了一批大小不一的引流管，经过现场运用取得了预期效果，不仅操作起来安全方便快捷，也大大降低了安全环保风险，提高了生产效率。很快这种“引流补漏法”就在厂里高含水低伴生气区块进行了推广应用，冯松所创新的引流堵漏工具还取得了国家实用新型专利。

冯松搞技术攻关，总习惯从“省事、省力、省钱、省时”这四个角度进行思考，她把这定义为自己的“四省原则”。她说：“如果能花小钱解决生产运行过程中的各种问题，就能把更多的资金投入地质勘探中，发现更多油藏，增加后备储量。否则源头没有了油，再好的管线设备也发挥不了作用。”本着“四省原则”，她在岗位管理和技术攻关中处处精打细算，能利旧的利旧，能继续使用的绝不换新，除了必要的投入，冯松对大小设备的保养维护也力求自己动手，又练技术、又省钱、又保证设备安全运转，在冯松眼里这简直就是一举三得的好事。

2016年，同二站的加热炉运行中出现炉膛超压的异常现象，站内采取调整燃油温度、压力、更换燃烧器火嘴等措施，都没有解决问题，厂家的技术人员几次到现场也没有找到问题原因，安全起见，只能由岗位操作人员每天进行人工手动排气降压。为彻底解决这个问题，厂家派来了技术专家，专家诊断后推测是由于加热炉炉管内壁结垢而导致憋压，必须拆开炉膛更换结垢的炉管。等到费尽力气把一台加热炉拆开炉膛，剖开炉管，却发现炉管内并没有出现严重结垢现象，技术专家一时也没有更好的办法。冯松来了倔脾气：“我就不信咱们找不到根治的办法。”她将更多的时间留在了加热炉岗，用更多的精力分析加热炉的问题，每天观察加热炉的情况、记录参数、比对差值，不放过任何一个细节。

这天清晨，冯松记录完数据，开始打扫加热炉室的卫生，扫地的时候，她发现地面和扫帚上沾满了细碎的小黑点，根据风向和落点，应该是加热炉操作间房顶的炉烟中喷溅出来的。她俯身用手指沾起这些小黑点，在手指上轻轻揉搓，发现还能碾成油粒子，难道是燃烧物不充分的剩余物影响导致传热通道不畅通，引起的炉膛压力异常？她赶忙放下扫帚，向作业区工程组的技术人员说明了她的分析结果，又叫来加热炉厂家的技术人员再次进行“会诊”。大家认同了她的分析，决定一面保障燃烧充分，一面及时对烟道进行清灰等保养，让炉膛的热量有效地传递出来。果然，出口温度升高了，炉膛压力也随之降了下来，同事们都高兴地夸她比专家还有办法。可冯松却怎么也笑不出来，她懊恼地说：“都怪我太懒，如果我早点去打扫卫生，没准儿早就找到原因了，这样就早解决问题了，还省下检修费啦！”

除了立足岗位开展发明攻关，冯松还积极投身老油田工艺改造等方案的设计和施工中，将自己多年积累的生产经验转化为技术创新成果。在油田公司西部原油流向调整重点工程中，输油管线及分离器都已建好，可是缓冲罐因各种原因迟迟未能施工，改造期间原油输送依靠汽车拉运，缓冲罐建设的拖延会导致整个流程投产滞后，延迟一天，就势必增加一天的原油拉运成本。冯松心里急坏了，她和师傅杨泽先不等不靠，迅速去勘查现场、研究工序、模拟流程、计算数据，大胆提出利用三相分离器代替缓冲罐，抢投同二站至雁一联合站输油线的建议。经过技术论证，他们的建议很快被采纳实施，这条输油管线提前近 1 个月抢投成功，足足节省 500 多万元的运费。

三

熟悉冯松的人都知道她有个外号：“拼命三娘”。生活中斯斯文文、说话慢声细语的冯松，一旦进入工作状态中就成了风风火火的“女汉子”，特别是接到紧急任务时，冯松就如同不知疲倦的机器一样，不足百斤的身体里爆发出惊人的能量，她所带领的岗位总能创造出让人惊叹的业绩。说起其中的秘诀，冯松说：“其实我就是按照老岗位长教我的道理，那就是工作带头干、干就要干好。”

冯松在雁一联合站担任装卸油岗岗位长期间，经常从凌晨4时装卸第一车油开始，连续工作到午夜，到了饭点，她常常边啃馒头边核对装车数据。在这期间，她带领班组创下了单日装卸油2000多立方米的纪录，至今都无人能突破。有一次半夜下班回到家，一向爱干净的冯松累得连脏工服都没换就倒在床上睡着了。爱人心疼她的身体，让她请假好好休息一天，可是第二天一早，冯松就又满血复活般回到了岗位，爱人无奈之下，只有调侃她：“没有铁打的身体，倒有铁打的意志。”

2013年，采油一厂实施原油西部流向调整工程，同二转油站成为西部油气集输枢纽站，外输岗则是这个枢纽的核心，每日外输原油量达到4700立方米。形象地说，外输岗就是采油厂整个西部管网上的“心脏”，它的每一秒跳动，都直接关系着西部4个作业区、几百口油井的正常生产运行。厂里对这个岗位特别重视，经过反复斟酌后，厂里将组建同二站外输岗的重担交到了冯松手上。在岗位交接时，厂领导对冯松提出了具体要求，要求她做到“准备到位、保证质量、按时投产、安全运行”。

从事多年的集输工作，冯松比任何人都明白，这16个字所承载的信任和重量。接受任务后，她第一时间赶到同二站，争分夺秒地了解岗位设备、周边环境、人员配置、工程实施进度等情况。投产之前，她白天带领岗位员工学习工艺、熟悉流程、试运设备，晚上等大家下班回家后，她自己挑灯绘制流程图、编写岗位操作规程和安全注意事项。那段时间，冯松弱小的身躯爆发出惊人的能量，从设备安装、单体试运、干线清扫到联合试运，从管线预热、憋压到进油，冯松在泥地里趟、管线上爬，每个环节、每道工艺都有她的身影。她不放过每一个细节、不错过每一次试运，“白加黑”“五加二”，没有时间顾及家里的事情，心里只有那沉甸甸的16个字，直到外输岗顺利投产的那天，她仍然一点也不敢放松。

生产运行，安全第一。为了保障同二站外输岗这颗“心脏”跳动健康有力，冯松每天上站后的第一件事，就是运用自己总结出的“看、听、摸、查、闻、比、问”七字口诀，开展安全巡回检查。同事们开玩笑说，冯松是台流动安全“检测仪”，她在输油管线中穿行时，有时候只要扫上一眼，就能发现流量计前后的压力表压差是否超标；隔着泵房的窗户玻璃，凭借双耳就能听出泵的运行状态是否异常；通过观察同二站至同一站掺水流量变化，就能判断掺水管线是否发生泄漏。在她的眼中，那些潜在的安全隐患和风险无处隐藏，这并非是冯松天赋异禀，而是她扎根生产一线的20多年里，日夜泡在设备与管线中细心观察、用心揣摩练成的绝活，站里每一条输油管线的流向、每个仪表的参数，她都熟稔于心，稍有偏差就会引起她的高度警惕。冯松说，在她心中每台泵、每条管线都不是冰冷的铁疙瘩，集输系统是一个具有生命力的动态系统，无论哪条管线因为堵塞出现了“高血压”，哪台泵“闹情绪”出现了轴承甩油，它们都会用数据和声音向操作人员发出“求救”信号，只要用心倾听、用心观察，就能第一时间发现苗头，及时为设备排除隐患、消除风险。

“自己懂安全、会安全不叫安全，大家都能够有安全意识、都具备安全技能和排查风险的能力，这个站就安全了。”为了帮助岗位人员提升安全技能，冯松在站上定期开展“精一门、会两门、通三门”应知应会岗位培训活动，利用自己手绘的站内生产工艺流程图强化现场记忆，通过反复演练，帮助大家熟练操作各道工序；利用阀门检修的机会，向同事们讲解常见闸门的结构和工作原理以及闸板脱落、阀门密封渗漏等故障的原因及应对措施；利用离心泵二次保养的机会，给大家传授机泵工作原理及机泵气蚀、抽空、震动等故障原因及处理办法，手把手帮助岗位员工掌握更换机械密封、测同心度、检查更换轴承等规范操作。冯松还将应对各种突发紧急状况作为日常练兵的必备课程，定期组织开展防汛防洪演练和消防演练，强化急救知识培训，不断提升站内人员的安全意识和安全技能。同二站投产后一直保持平稳运行，有力保障了采油一厂西部原油的安全集输。

2015 年，冯松凭借优秀的业绩接连获得油田公司劳动模范标兵、“金牌工人”以及任丘市劳动模范等荣誉称号。更值得一提的是，这一年她还被评为集团公司劳动模范。在冯松的带动下，同二站外输岗先后获厂“三八红旗岗位”“五一巾帼标兵岗”等称号，厂里还将同二站外输岗命名为“冯松岗”。

四

冯松作为技能专家，重要职责之一是传授技艺、培养人才。冯松带徒弟有三怕：一怕自己教不好，二怕大家不肯学，三怕徒弟超不过自己。

说起这“第一怕”，可不是冯松缺乏自信，而是她要求自己时刻保持着本领恐慌的压力和求知若渴的学习激情，倒逼自己始终以服务油田发展为目标，不断开阔视野、储备知识、提升能力，做技师中的“领跑者”。如今，即便冯松已经成长为集团公司技能专家，成为工人中的佼佼者，可她仍然觉得距离自己心中“最棒的石油工人”差了那么一点。她深情地说：“我这样一个普通的女工，能够获得这么高的荣誉和成绩，这一切都是油田成就了我，企业给了我太多太多的光环和荣耀，可我能回报企业的却微不足道，这怎么能算是一个最棒的石油工人呢？”因此，在授课传业中，她从备课、讲授、辅导、提升的每一环节都兢兢业业，丝毫不敢懈怠，恨不能将自己对油田的感恩倾注在每堂课上，好为油田多培养出几个最棒的石油工人。

为了破解“大家不肯学”这“第二怕”，冯松着实费尽了心思。她想，不是常说兴趣是学习最好的老师吗，那就在提高大家的学习兴趣上下功夫，寓教于乐、循循善诱，先把大家的注意力和精气神提起来。于是，在授课时，冯松会时不时搞场景模拟、“沉浸式”体验。她编制、指导、参演了《百分表法测量调整机泵同心度》等 8 个微视频课程，把知识要点包装成“彩蛋”，来强化大家的记忆。冯松日常注意收集大家感兴趣、最迫切想了解的问题，有针对性地准备授课内容，为员工开展“点餐式”培训，大家想学什么、岗位需要什么，她就努力讲授什么。让岗位员工孙艳丽印象深刻的是，在一次安全技能讲座中，冯松拿出一支笔，在纸上画出了一条吃剩下的鱼骨头，这让大家都笑了，这是要教画画吗？通过讲解，大家了解到这叫鱼骨图，也叫因果分析图，是一种系统分析的工具。她以外输岗为例，把生产区分为5个区域，逐个区域进行识别，每识别出一项因素，就在鱼身上添上一根“小刺”，做一项文字标注，一会儿鱼骨头就成了“小刺猬鱼”。通过形象的分析与讲解，大家才认识到，原来简单的事故后面有这么多复杂的因素，复杂的因素识别起来可以这么有趣！为了让大家体验到学习带来的成就感，冯松和技师们一起带着大家在创新工作室里研究课题，在生产一线开展小改革、小发明，员工们看到自己的智慧和成果解决了一个又一个难题，心里充满自豪，学习起来也更有动力了。

冯松的“第三怕”，是怕自己教出的徒弟不能青出于蓝而胜于蓝。有人说“教会徒弟，饿死师傅”，可她最期望的是自己带的徒弟能超越她。为了激励大家的斗志，她常在授课中念叨：“天高任鸟飞，现在华北油田开发进入高含水时期，拿咱们厂来说，新老设备交替，工艺流程需要简化优化，传统技术需要提升，这种时候才是干事创业的好时候，到处都是创新点和机遇，到处都有急需攻克的课题。”为了加快人才成长，她与同事签订师带徒合同，带领青年员工搞创新、修旧利废，积极向厂里推荐人才，协助厂里为员工搭建展示才华的舞台。她常和大家说，一个师傅最大的成就和荣耀，就是能够被“后浪”拍到沙滩上！在这貌似调侃的话语里，包含着冯松最真切的希望：或许世上只有一个冯松，但是油田可以有成百上千个“冯松岗”。资源有限，但是人的创造力无限，只要一代又一代石油人接续奋斗，老油田就能焕发活力、永葆青春。

授课之余，冯松最喜欢的事是走出去参加学习交流，将兄弟油田、科研单位的经验、技术、成果带回来与大家分享。2019年，她受邀赴大庆和新疆油田开展技术交流及一线技术技能服务支持活动，与外油田专家共同针对 7 项集团层面技术难题开展联合攻关。冯松参与攻关的是新疆油田玛河油气田天然气处理站的一个老大难项目，这个站处理后的污水，经取样化验含轻烃达 10%，存在易燃、易爆等安全隐患，还造成能源的浪费。她通过现场深入调研、细致分析，找到了问题症结，创新性的将 1 号、2 号闪蒸分离器原有的并联工艺，重新设计改造为串、并联工艺流程，延长天然气在分离器内的静置时间，使气、水分离效果更好。这一举措不仅解决了安全隐患，还同比创效 30 余万元，受到邀请方的高度赞扬。回到家里，冯松不顾旅途的疲惫，第一时间将成果编写成了教学案例和大家进行了分享。

在冯松的精心培育下，她所带的 46 名徒弟及学员中，12 名获工人技师、高级技师资格，5 名被授予油田公司技术能手称号，1 名被聘为油田公司技能专家。她个人先后提出合理化建议 70 多项，被厂和作业区采纳实施 24 项，为企业创效近千万元。由她领衔解决中国石油集团层面技术难题 4 项，参与解决集团层面技术难题 6 项，获国家发明专利 1 件、实用新型专利 16 件，获国家级技术创新二等奖 1 项、省部级技术创新奖 6 项，获股份公司优秀质量成果奖 1 项，发表专业论文 8 篇。2019 年，她主编的《员工岗位技能培训教材——集输工》出版。

如今，冯松依然在美丽的白洋淀畔守护着她心爱的转油站，思索着一线工作中遇到的生产难题，带动着身边的同事们携手前行。只是，冯松对于自己年轻时的梦想有了更加清晰的认知，她说：“18 岁的时候，我认为做一个最棒的石油人才是我最大的梦想；现在，在我即将 48 岁的时候，我终于明白，热爱油田、建设油田才是我此生最珍贵的梦想。我很幸运，在这条追梦路上有千千万万个伙伴与我并肩奋斗。我也坚信，我们必将通过自己的双手，将油田建设得更加美好！”

艳 阳

史景花

未言先笑、爽朗干练是华隆综合服务处馨苑社区调解室主任王艳敏留给很多人的印象。29 年的居委会工作生涯中，她带领的社区公益团队被河北省总工会命名为“河北年度最美劳模志愿服务团队”，她的调解室成为华北油田第一个以个人名义命名的工作室，经她手的纠纷调解成功率几近 100%，她被很多居委会同行称为“传奇”。

她的“爱”源于家庭和“引路”老师

1962 年出生的王艳敏在家中排行老小，上面有 3 个哥哥和 1 个姐姐，也因此得到了父母和哥哥姐姐更多的呵护与疼爱。但在为人处世 教育上，家人却并不因此对她迁就溺爱，而是非常重视对她的引导和教育。

王艳敏的父亲是一名村干部，母亲是一名普通的家庭妇女，虽然父母都文化不高，但在家庭教育方面却为孩子们做了极好的表率。他们从小就告诫几个孩子要待人宽容、助人为乐，学会与人分享。正确的家庭教育与和睦的家庭氛围，为王艳敏良好品德的形成以及日后居委会工作的得心应手奠定了坚实的基础。

60 年代的中国农村，家家都比较穷，孩子们最好的零食就是地瓜干、爆米花了，而这也基本上只有逢年过节才可能吃到。有一年，家里来了个亲戚，带来了一些零食。母亲让王艳敏把零食拿给一起玩的小伙伴吃，可幼小的王艳敏看着不多的零食，心里真是舍不得。所以嘴上答应着，出了门却并没有分给小伙伴。母亲从屋里看到后就走出来告诉小艳敏："朋友之间要一起分享好东西才会更快乐，关系才会更好。"从那以后，每次出去玩，母亲都会反复叮嘱她要和小伙伴好好玩，不能吃独食儿，霸玩具，遇事要多帮、多让别人。时间久了，王艳敏便养成了与人分享、助人为乐的好习惯。

1979 年，王艳敏考进华北油田油建一部技校焊工专业，1981 年毕业后被分配到采油二厂采油三队食堂工作，成为一名真正的石油工人。父母对她能成为"公家人"感到非常高兴，每次写信或王艳敏回家时，他们都会千叮咛万嘱咐，让她和同事搞好团结，工作上不要怕脏怕累、挑肥拣瘦，不能占同事和公家便宜……

王艳敏很听话，也很争气。在家没怎么下过厨的她由于虚心好学，没多久竟然就能在食堂独当一面，大家对这个爱说爱笑、干活麻利的姑娘也都称赞有加。

"每次到伙房，通过围裙就能知道是不是艳敏值班。"曾经与王艳敏同在食堂工作的老师傅王存瑞说，王艳敏特别勤快、干净，每次值夜班都会把所有人的围裙清洗干净，食堂的活都是抢着干，一点也没有小女孩的娇气。

工作几年后，王艳敏结婚了，爱人是她技校同学。再然后，孩子出生。为了能照顾孩子，王艳敏在 1988 年申请到不用上夜班的居委会工作，并在这个岗位上一直干到退休。

刚到居委会那年，王艳敏 26 岁，在七八个工作员里年龄最小的。当时的居委会工作也比较轻松单调，每天就是给居民送送信，调解邻里、夫妻之间家长里短的小矛盾。王艳敏当时很满足这种日子相对清闲的工作，因为她可以有充裕的时间照顾孩子、收拾家务，做一个让人羡慕的"带薪主妇"。

"艳敏，你还年轻，以后的路还长，应该多学些东西。"对王艳敏说这些话的是当时的居委会主任程启芬。王艳敏说她是自己人生路上一个重要的贵人和“引路人”。

程主任的话给了王艳敏很大触动，晚上回到家里，她把这件事告诉了丈夫。

“程大姐是个热心又细心的人，我觉得她说的有道理。你以后在工作中要向她学习，要让她帮你争取更多学习机会。咱们当‘居委会大妈’也要当出个名堂。”丈夫玩笑着鼓励她道。

一次工作中，王艳敏因为一串钥匙和同事发生了摩擦，两人都气哼哼的，谁也不服谁，谁也不愿先开口说话。程启芬听说后，就找到王艳敏了解情况，并劝她要学会发现别人的优点。

“我没错，为什么要先和她说话？”王艳敏满腹委屈地抱怨道。

“我们居委会工作员每天都给别人调解纠纷，为什么到自己身上却不会处理了呢？”程启芬耐心地对王艳敏说，并告诫她要想当一个好的居委会工作员，首先要学会处理发生在自己身上的矛盾，要学会换位思考，发现别人的优点，用严己宽人的心态对待身边的同志，不能受一点委屈就撂挑子，埋怨人。

在程启芬的开导下，王艳敏对人生和工作都有了新的感悟。在随后的工作中，她更是在程启芬的指导和帮助下不断开阔视野，增长本领。

“程大姐的教导伴随并影响了我一生，我后来能在居委会工作员岗位上做出一些成就，也要感谢她。”

为了提升自己，王艳敏到处给自己“找活”，不管是居委会的事，还是厂机关各科室有需要帮忙的事，王艳敏都会主动要求去做，程启芬也想方设法地帮她联系。

“当时有的人不理解，觉得我傻，别人都轻松舒适地在办公室聊天打牌，我却天天忙得不可开交。别人不愿去调解的纠纷，我去；别人不愿写的规章总结，我写；别人早早下班回家做饭，我却能在办公室学习到天黑。

可我心里觉得很充实。”

家庭从小灌输的助人为乐观念，以及工作后程启芬大姐的引导，都让王艳敏在与居民的交往和纠纷的调解中越来越得心应手。她公平处事、待人亲和的作风也日渐得到居民认可与喜欢。

因为爱，困境孩子称她为“妈妈”

与王艳敏相熟的同事和社区居民都知道，王艳敏有一个个子高高、害羞但伶俐的“干闺女”，经常在王艳敏值班时到居委会帮着她做一些事情。说起这个“干闺女”，王艳敏话里话外总透着一种心疼。

原来，她的“干闺女”叫奇奇，由于姥姥长年生病卧床，妈妈因精神问题生活不能自理，家里一直是公司级的困难家庭。王艳敏在走访中了解到这家情况后，便主动帮她们解决生活中的困难，还把刚上初中的奇奇作为自己油城助学“一对一”帮扶的对象，经常给孩子送些书本和学习用品。

有一次，王艳敏到老人家中帮忙收拾家务时，看到桌子上放着一个字母都已磨没的键盘，但却没有其他电脑硬件。询问下得知，原来孩子学校开电脑课了，可家里买不起电脑，就去废品收购站买了一个旧键盘，让孩子练指法用。回到家的王艳敏想起这一幕就觉得心里难受，抬头看到自己女儿桌子上的手提电脑，就拎起来送到老人家中，并让居委会一个会电脑的工作人员去教孩子使用方法。

“好在女儿懂事，回来也没埋怨我，还表示有时间也可以教那孩子学电脑。”王艳敏说，自己这些年能在居委会主任这个岗位上一直没有后顾之忧地奔忙，都离不开爱人和孩子的理解与支持。

后来，油田救助政策改革，老人一家由于不符合相关规定，不能再享受帮扶。得知情况后的王艳敏急得一晚上嘴上就起了泡，可她知道，企业要按照国家政策执行，办事必须依法合规。可老人家的生活的确存在困难，怎么办？她想到可以试试给老人一家在地方政府那申请低保。

于是，第二天一早，她连早饭都没给家人做就赶到了南孟镇民政所，向工作人员介绍老人家里的情况。地方民政人员经过几次实地调查走访后，认为情况属实，很快就为老人母女俩办理、发放了最低生活保障金，把老人感动得逢人就夸王艳敏，而且只要家里稍微做点像样的饭菜，她都想着让王艳敏也来尝尝。而王艳敏平时也是只要有时间，就会去奇奇家询问她的学习情况，检查孩子的作业，聊天之余帮助她家收拾屋子。周末，她还变着花样给孩子做可口的饭菜来增加营养。换季时，奇奇没有合身的衣服，王艳敏就把自己和女儿的衣服拿出来，选最合身的给奇奇。无微不至的帮助让眉头紧锁的奇奇终于绽开了快乐的笑容。2012 年孩子去外地上学前，特意找到王艳敏，要拍一张全家福合影照片。

“王妈妈，你站在我和妈妈中间。”孩子挽着王艳敏的胳膊，在镜头前留下了灿烂的笑容。当时她说要带上这张照片给新同学们看，让大家知道她还有个“王妈妈”在关心她、爱护她。

1996 年，程启芬从居委会主任岗位上退休，向上级部门推荐王艳敏作为“接班人”。这让王艳敏深受鼓舞，她立志要把居委会工作干得“红红火火”。

社区文化是和谐关系的“润滑剂”。多年来，王艳敏在社区里悉心挖掘，发现了歧玉华、李锦绵、朱淑春等一大批既有能力又热心社区事业的老同志。她对这些老同志委以重任，带动了社区广场舞、太极拳、唱歌、书法等文体活动的蓬勃开展。

为了居民老有所帮、困有所助，王艳敏还把社区拥有一技之长、身体硬朗、热衷公益事业的老同志组织起来，成立磨刀、理发、测量血压等公益服务团队，接受服务的居民达数万人次。

以前王艳敏经常自己利用业余时间去做公益，担任居委会主任后，她决定带领居委会人员和社区居民一起做公益，让爱心传递到更多的地方，温暖更多的人。不久，她就组织成立了“居委会爱心帮扶团队”，并提出要用“六心”服务理念（用热心、耐心和细心换取居民的舒心、放心和安心）帮助社区孤寡老人和行动不便的人员。2013 年，她又组织社区老党员、老同志成立“社区公益服务团队”，坚持每月 1 日、16 日义务为社区居民开展磨刀、理发、测量血压等公益活动。2017 年，这个社区公益服务团队被河北省评为“最美劳模志愿服务团队”。

多年来，王艳敏把居民需求作为天职，只要居民有需求，她总是随叫随到。为了搞好民事调解工作，她整天忙个不停，哪家是困难家庭、哪户是孤寡老人，她都记在脑子里。不管白天、黑夜还是节假日，辖区只要出现矛盾纠纷，总能看到她的身影。

她的热心与公平换来了居民对她的无比信任。小区居民有事出门会把钥匙交给她，没时间办理相关事务时会把证件和钱款交给她代办。最多的时候，她手里保管了居民送来的 23 个证件，其中既有房产证、车辆手续，也有银行卡、身份证，还有 20 多万元的现金。

“东西在她手里，我们一点也不担心。她就是我们社区的‘守护神’‘和事佬’。”

居民用“三双鞋垫”表达对她的感激

20 多年来，在王艳敏的带领下，居委会工作员充分运用“六心”工作法，成功调处各种矛盾纠纷千余起，调解率、调好率均为 100%，使社区矛盾做到了早发现、早解决，及时把矛盾纠纷解决在萌芽状态，做到了小事不出楼、大事不出院。

居委会真心的付出为社区带来了平安祥和，也带来了各种荣誉。20 多年来，王艳敏所在的馨苑社区先后荣获“全国示范住宅小区”、河北省“和谐示范小区”、集团公司“和谐示范小区”等荣誉称号，并且多次被河北省综治委授予“平安社区”、河北省“企事业单位内部治安防范工作先进单位”等殊荣。

为了体现党和政府对广大高龄老人的关心和爱护，使高龄老人享受优待政策，提高晚年生活质量，河北省霸州市人民政府曾根据《霸州市高龄老人生活补贴实施方案》给霸州市户口高龄老人发放生活补贴，具体补贴标准根据高龄老人年龄分为三档，80 ~ 89 岁高龄老人每月发放生活补贴 50 元；90 ~ 99 岁高龄老人每月发放生活补贴 200 元；100 岁以上高龄老人每月发放生活补贴 300 元。

王艳敏从电视上看到这个有利于社区高龄老人的优待政策后，立刻和霸州市民政局电话联系。确认信息准确后，她元旦也没休息，对社区所有老人信息进行筛选和摸底调查，最终找出 18 位高龄老人。为了确保不漏一人，她捋了一遍又一遍，生怕有漏的，确认无误后，她又一一打电话核实，并通知这些老人的亲属在上班后一定要将准备好的申请资料交到居委会。

第二天一上班，王艳敏就开始不辞辛苦地奔波于二厂、霸州市民政局老龄办等几个部门之间，为社区高龄老人争取权益。经过多次沟通、协商，她最终为 18 位高龄老人全部申办成功。

“要不是王姐通知我们，我们真不知道国家对老年人又推出那么好的政策，她不光通知我们，还亲自帮我们跑腿办理，真是好人啊！”时隔多年，社区老人罗师傅的亲属仍然对王艳敏当年的奔忙记忆犹新、感慨万千。

从事社区调解工作多年，王艳敏有一个做人底线，就是从不收社区居民的礼物，但在她的文件柜里，却珍藏着居民送给她的三双鞋垫。这是怎么回事呢？

几年前的一个晚上，王艳敏照顾生病的父亲刚刚躺下，就接到东区王大妈的电话。电话里，老人就是不说话，一个劲儿地哭，情绪激动。

虽然夜已经很深了，可放心不下的王艳敏匆匆下楼，跑到了老人家。进门发现老人正蜷缩在房间的角落里抽泣，她问了几遍，老人却只是哭，不说话。她只好轻抚老人后背，慢慢平复她的情绪。过了好半天，老人才止住哭泣，断断续续地说出事情原委。

原来，这是一个重新组合的家庭。后老伴去世后，继子因为家产与王大妈意见不合而产生争执。老人伤心、焦虑，只好给王艳敏打电话。

怕老人出意外，王艳敏一直陪到老人睡下，并把凌乱的屋子收拾干净才悄然离开。第二天一大早，她又给老人买好早点摆放在餐桌上，然后立即赶往老人孩子的单位。

从王大妈家到继子单位，王艳敏不知跑了多少趟。面对老人继子及其家属的冷嘲热讽，王艳敏始终站在公平公正的立场上，晓之以理、动之以情，经过一次又一次的努力，终于合理调解了老人的家庭矛盾。

当王大妈拿出一部分钱酬谢王艳敏时，她坚决推辞："为居民排忧解难是我的责任，我不能收您的钱。"老人握着王艳敏的手久久不松开，嘴里不停地叨念着："你是好人，好人啊！"

从此以后，王大妈就把王艳敏当成亲闺女，把家里的存折和贵重物品都寄存到王艳敏那儿。春节前，老人还送来三双精美的十字绣鞋垫，王艳敏依旧没有收。老人握着王艳敏的手说："如果没有你，我这以后的日子还不知道会过成什么样呢。在我心里，你就是我亲闺女。当娘的给闺女绣双鞋垫不过分吧？这是我一针一线赶了好几个晚上才做好的啊。"

感受到老人的心意，王艳敏没有再推辞，她把鞋垫珍藏起来舍不得用。工作之余，她会时不时拿出来看看，以鞭策自己。她也时常告诫比她小的同事，只有把居民当亲人，居民才把居委会的工作人员当家人。

王艳敏常说，居委会是企业或政府与群众打交道的最前沿，也是挨居民骂、受窝囊气最多的地方。但作为华隆社区居委会的当家人，她从来不后悔干了这一行。为让企业矿区各项制度得到落实，她经常磨破嘴皮做居民的思想工作，为此也没少受委屈，但她说，哪怕坚守十年，只要最后等到的是群众一个理解的微笑，那她所有的付出都是值得的。

令人欣慰的是，王艳敏的付出没有白费，无论是同事还是社区居民，都对她的工作给予了很高的认可。空巢老人曹亚东夸奖王艳敏，说她热情真诚、服务周到，只要有她在社区，老人就有安全感。调解员朱玉红说她上班最早、下班最晚、业务最强，是所有人的学习榜样。社区服务站站长说她对待工作极度认真，是群众的“贴心人”。

面对众人的赞誉，王艳敏没有飘飘然，而是依然保持一名共产党员的本色和优秀调解员的胸襟。她说，夫妻不吵架、邻里不别扭、家家能和睦是她最大的愿望，只要还有精力，她就要围绕这个目标不懈努力，让社区更美好。

她用十年感动一住户

在华隆矿区创建全国文明小区活动中，王艳敏曾遇到一个棘手的“钉子户”。当时社区有 3 户居民的私建住房因为超高，按照标准需要拆除。可几户居民不理解，很不配合，最后这个劝解工作交到了王艳敏手里。

“这是得罪人的事情，别人都不去，你也不许去！”因为担心她的安全，一向支持她工作的丈夫老韩这一次却态度强硬地阻止王艳敏去调解。

“我和小凯是同学，我不想让她知道我妈带人去她家拆房，让同学们不喜欢我！”女儿也说出了心里的不情愿。

“艳敏呀，伤了邻居情就不好了，这次就让领导们去调解吧！”老邻居规劝。

面对大家的不理解和不支持，王艳敏没有退却，而是带着工人和工具去当事人家解决问题。头两家很配合，到第三家时，住户看着拿着工具的工人准备拆房顶时，突然变卦，推着搡着把王艳敏赶出家门，死活拦着不让工人拆。

受不了住户气的工人准备撤离时，一个旁观的小伙子站出来说：“小区建设靠大家，王姐干的都是为大家好的事情，大家都要支持啊！”

看到住户没有再说话，王艳敏就把她拉到一边继续规劝，晓之以理、动之以情，希望住户遵守社区规定，做出让步，不要把事情闹大。最后，违章建筑拆了，工作完成了，当事人与王艳敏却成了陌路。

为填补这道鸿沟，每次逢年过节，王艳敏都会去看望这家住户并送去祝福。路上相遇，她也会主动上前，亲热地嘘寒问暖。

朋友们不理解王艳敏的做法，王艳敏却笑着说："社区居民间有些矛盾是免不了的，关键是许多当事人自己攀到了一个下不来的高度。我们调解员应该做的，就是悄悄地把'梯子'送上前去，伸出温暖的手，让他们'体面'地走下来。"

十年，不短的时间，王艳敏坚守心中的信念，终于用执着感动了这个住户，现在她们已经成了无话不说的好姐妹。

2016 年 8 月 17 日，王艳敏所在的"爱心调解室"在社区居民与员工的兴奋中在馨苑社区正式揭牌。虽然占地面积只有 50 平方米左右，但它却担负着辖区 80 栋居民楼 3995 户上万名居民的法律宣传、法律咨询以及纠纷调解等工作。

最初，调解室只有 4 名调解员。为了使社区调解队伍整体素质有所提高，使辖区更多的居民参与矛盾纠纷调解工作，在华隆服务处相关部门协调下，社区居委会积极与霸州司法局联系，对社区有爱心、愿意从事调解工作的 22 名居委会工作员和居民进行有关法律、调解技能培训，并全部取得了人民调解员证书，被聘为调解室调解员。

在日常工作及调解活动中，王艳敏带领这些团队成员，积极发扬"跑断腿，磨破嘴"的精神，使各类纠纷的调解率、调好率均达到了 100%。多年来，华隆服务处从未出现民转刑案件，这也使得"王艳敏爱心调解室"已经不只是一个名字、一个牌子，它已经成为一个团队、一群人的称号，成为华隆服务处的一个品牌。

2017 年 5 月，王艳敏所在的居委会调解室被河北省命名为"王艳敏爱心调解室"，这也是华北油田目前唯一一个以个人名字命名的调解室。

为什么用她的名字命名？仅仅因为她在这个岗位上兢兢业业工作了近

30年吗？

“因为她在居民调解方面拥有居民绝对的信服。”曾经的华隆服务处的一名宣传干部薛宝琪说。他介绍说，在多年的工作实践中，王艳敏几乎放弃了自己所有的业余爱好，把所有身心重点都放在了为民服务上，用她的名字命名调解室，居民信服。

作为社区调解员，王艳敏一直保持着一个纪录，这就是“参与调解矛盾上百起，无一出现反复，调处成功率达到100%”。

社区调解，不乏一些“疑难杂症”，王艳敏始终坚持一个原则，就是“在尊重当事人的基础上做到公平公正”。在华隆社区，曾发生了一起因为几颗棋子闹出的打架纠纷。原本撕破脸皮的两个人，在民警都劝不了的情况下，王艳敏三劝两说就化解了干戈。她是怎么做到的呢？

那是一年夏天，社区居民李师傅、刘师傅相约在楼下下象棋。刘师傅连赢两把，有点“小膨胀”，把李师傅的棋艺狠损一顿。李师傅气极，两个人发生口角。刘师傅指着鼻子骂李师傅，李师傅气得直接把刘师傅的象棋扔到垃圾箱里。矛盾因此升级，撕扯中两人都说了狠话，派出所民警都被惊动了，可双方就是不让步。

王艳敏赶到现场一看，闹纠纷的两位老师傅原来都是社区文艺骨干。于是，她利用“背靠背调解法”，把两位老人分别叫到调解室，听他们讲怎么回事，让两位老人将情绪发泄出来。两位老人的火气是降下来了，但双方谁也不愿主动给对方赔礼道歉。

王艳敏能理解双方的感受。第二天，她买来象棋送给刘师傅，说是李师傅送的。刘师傅主动给李师傅赔礼道歉；李师傅也承认了自己的不对，二人和好如初。

“整个调解过程中，我的原则是，接受双方的情绪和感受，不讲大道理，不传气话狠话。”王艳敏道出自己的调解心得。

调解的作用在于抑制矛盾升级，让居民最大程度地生活在温馨祥和中。

普及法律知识，让居民在懂法、知法中自觉规范自己的言行、处事，是降低矛盾发生的一个有效途径。

为此，馨苑社区专门成立了居民学校、老年大学，设置法律课堂和法律讲座，并聘请法律工作者进行定期授课，为社区居民学法、懂法、知法创造条件。同时，社区充分利用宣传栏、橱窗、电子屏等载体对居民进行相关法律知识宣传，时刻提醒居民守住法律底线，有效提高居民的法律意识。另外，调解室工作人员还定期深入社区与居民家中开展法治宣传活动，每年发放各种宣传材料 3800 份以上；协调霸州司法局安排专业律师为居民提供司法咨询，满足居民在财产公证、民事调解等方面的法律诉求，让居民在家门口就能了解到自己在法律方面的相关权益，极大地方便了居民，受到大家的广泛称赞。

小区曾有两家居民因私建小房影响采光，一直协商不下赔偿问题。在听取法制讲座后，一方居民提议咨询律师、求助司法调解，最终两家平和商定赔偿金，避免了邻里关系恶化。

“我们生活、工作在这个社区，它促进、见证了我们的成长，我们能回馈的就是用爱为这里的人们铸起平安保障。”王艳敏说，爱心调解室，以及由调解室促生的一系列管理、服务都是她们对社区居民爱的表现。

2017 年 11 月，在居委会岗位上工作了 29 年的王艳敏光荣退休了，但在“王艳敏爱心调解室”，所有调解员都成了“王艳敏”，因为她们都努力坚持和传承王艳敏的工作理念和服务标准，充分运用“六心”工作法，为社区居民打造温馨和谐的生活氛围。她们说：“虽然王艳敏会退休，会离开调解室，但‘王艳敏们’会一直都在，一直为居民服务。”

退休后的王艳敏并没有赋闲在家，她继续投身公益活动，在社区每月两次的公益活动日中，她依然是那个醒目、奔忙的领头人。她说：“公益是为了社区和谐，社区和谐了，居民矛盾和纷争就会少。我虽然退休了，但我依然愿意为社区和谐继续奉献自己的力量。”

塞外华采

周　钇

成绩属于过去，荣誉归于大家。

直面人生挑战，携手共创未来。

——刘大华

走进位于内蒙古自治区二连浩特市的二连分公司额仁淖尔采油作业区，只见河北省五一劳动奖章获得者刘大华的大幅照片挤满了作业区的广场橱窗和宿办楼走廊。刘大华和他的“大华创新工作室”在二连分公司家喻户晓，在华北油田公司也是有口皆碑。

从2014年至今，“大华创新工作室”从初期只有3人，迅速扩大到如今的25人，共完成攻关课题113项，取得创新成果奖86项，获得全国创新成果2项，国家专利授权17项。刘大华参与研发的“防冻拷克”荣获中国石油青年百项优秀“五小”成果奖，为企业节能创效累计达到500余万元。“大华创新工作室”先后获得“河北省职工创新工作室”“河北省工人先锋号”称号。这些成绩的取得，无不浸透了刘大华的心血和汗水。

防冻拷克的故事

刘大华创新革新的第一件事是防冻拷克的研制。

2011年冬天，因为作业区采油方式转变，将以前的站内计量和取样方式改为在现场进行，造成在高寒低温条件下拷克经常被冻住。采油工每次取样都要到站内，用烧好的热水先拿去浇开冻住的拷克，如此这般，不仅费事，还容易在井口留下冰柱，影响下一次取样。一次，刘大华和同伴杨凯、刘洪林取样时，大家提出了改造拷克的想法。三个人你一言我一语，讨论得非常热烈。说干就干，三人下班后坐下来就开始了认真的讨论。

淖尔作业区地处二连浩特市东北角，距国门边境线不足两千米，一年内有半年的时间是寒冷的冬季，最低气温达零下 30 多摄氏度。寒冷的气候经常造成井口取样阀冻堵，甚至取样阀被冻裂、压力表被冻坏，使取样工作和录取资料变得非常复杂、困难。刘大华和其他两人一致认为，改造防冻拷克具有非常深远的现实意义。三人集思广益，认真分析查找出了拷克经常被冻住的 8 个方面的原因，并制定了详细的措施和计划。三人还一致认为，要解决这些问题还需要具有三个方面的措施：一是缩短连接取样阀的短节，堵截短节内没有死油存在；二是更换特殊结构的取样阀，防止取样阀内存有积液；三是压力表内放入防冻液压油，确保压力表内不会发生冻堵的现象。刘大华心里清楚，找出这些措施容易，实施起来却不是那么轻松，必须通过设备改装才能实现。几天后，一份拷克设备防冻改造的报告申请摆在了作业区领导的办公桌上。

尽管刘大华和两位小伙伴早有思想准备，但真正进入具体实施阶段，还是遇到了意想不到的困难和问题。原来，三位小伙伴在学校学的均是采油类专业，对机械加工改造工艺几乎一窍不通，比如在防冻阀侧面开小孔的问题，将防盗阀的内扣改为外扣的问题，安装在螺母上的小活塞如何摆放的问题，诸如此类，等等，均不是非机械专业的人能胜任的。

刘大华和他的小伙伴起初尝试自己学习加工，实在做不出来了才外请机械师傅帮忙，甚至自己掏腰包到正规加工厂制作，费了九牛二虎之力。2011 年 12 月，刘大华带领两伙伴将改造制作好的多功能取样阀投放至现场 200 口油井试验。经过 4 个月的效果检查证实，这一多功能取样阀成功摆脱了内蒙古高寒低温的束缚，采油工人完全可以随时打开多功能阀，可以安全无忧地取样、观测压力，再也见不到部件冻结、封堵、爆裂等现象了。

经过现场对比，新研制的多功能取样阀在现场井口录取的压力数据与普通取样阀录取的压力数据值完全一致，有效地保证了采油录取资料的及时性、准确率。自制多功能取样阀的成功应用，使采油员工的工作变得更加简单快捷，大大地提高了工作效率和安全系数。此外，自制多功能阀不仅适用于油井井口，还适用于普通注水井口、室外采暖管线、野外输油输水管线的安装等。

防冻拷克的成功，既解决了实际生产工作中的难题，又提高了作业区的精细化管理水平，立即得到了作业区上上下下的一致好评，刘大华和他的小伙伴享受到了成功的喜悦。但是，也让刘大华的内心感受到了强大的潜在的压力，一种不自觉的企业主人翁责任感迅速笼罩在他的心头。

刘大华认为，自参加工作以来，自己在实际工作中曾遭遇过一次又一次生产技术问题，那时为什么没有想办法去解决？其实当时不是解决不了，而是没有下足苦功夫。想到这里，他把杨凯、刘洪林两个伙伴请到办公室。打开记录本，三个人在一起仔细回忆原来在工作中曾遇到过的技术难题，并把这些问题一项一项地详细记录在案。那时已是深夜，三人完全没有睡意，顺着这样的思路捋下去，突然，他们同时感到十分震惊。原来，技术问题居然还存在那么多！“咱们干吧！不怕慢就怕站着看，咱们一项一项地攻克它。”刘大华开口说着。他提议，从今以后三人利用业余时间加强协作，再实打实地攻克几个生产技术上的难题。从此，三人经常聚在一起分析讨论，碰撞思想火花。

从那时开始，三个人把整个身心都放在了解决现场问题上。业余时间里画草图，查资料，加工制作零部件，忙得不亦乐乎。几乎作业区所有的人都发现，这三个人大变了模样——不是抱着专业书籍在钻研，就是在桌上写写画画；从井上回来的时间越来越晚，而在井上的时间却越来越长。刘洪林是打了10年“热血传奇”的“网游神客”，突然间钻进了书本。时间不长，按照清单上列举的生产技术难题，他们改造的项目一个接一个，如单体罐罐外循环加热、防偏磨治理、单体罐防冒罐装置、快速更换皮带装置等。

除了销项解决清单上列举的问题，他们还及时着手解决眼前在生产实际中所遇到的实际问题。

淖二站是一个接转站，注水时需启水源井，水满后必须停泵，而阀组却在离淖二站3千米的地方。每年的8月份是多雨的季节，草原上到处是水泡子。那天，正赶上刘洪林值班，大雨下了几个小时。按照生产需求，凌晨3点时需要停泵。刘洪林深一脚浅一脚向阀组间走去。他几次陷进了泥里，连滚带爬地往前摸着走。刘洪林想，要是能弄个远程启停就好了。

刘洪林把想法告诉了刘大华，刘大华一听感觉确该如此。于是，俩人在一起琢磨，翻阅材料，并进行了几次试验，但均以失败告终。俩人一筹莫展、找不到突破口。在一次休假时，刘大华无意中打开家里的热水器。水龙头一开热水器就点火。这个情景让他茅塞顿开，他赶紧给刘洪林打电话。不久，“远程启停水源井控制装置”应运而生。作业区副主任王辉说：“这个困扰了我们驻站员工10多年的问题终于解决了。”

沿着防冻拷克的成功研制，刘大华在创新革新的这条道路上一直不知疲倦地向前奔跑。

“学生娃”变“活地图”

刘大华的创新成果有很多。直到今天，刘大华依然说他要感谢肖占华，“如果不是多年前肖占华的一席肺腑之言，就没有我的今天。”

肖占华与刘大华同在一个作业区，是华北油田公司优秀共产党员、劳动模范。在一次安全例会上，50多岁的肖占华针对作业区个别年轻人说：“别混日子了，小心日子把你混了。”那天刘大华也在现场。

那是2009年，肖占华当时在内蒙古洪格尔舒特区块捞油，一个月也洗不了一次澡，条件非常艰苦，但他从不抱怨，从不提条件。白天捞油，晚上搞革新，一台捞油车被他改造了 17 个地方。虽然肖占华的话不是针对刘大华说的，但在现场的刘大华听着肖占华的“训斥”，如坐针毡。“我还那么年轻，难道我也真要让‘日子把我混了’吗？”刘大华想，肖师傅可以在捞油车上革新，我为什么不能在抽油机上搞创新？！

刘大华深知精细化管理是实现老油田稳产创效的关键。那时，他管理的区域有百余口单井，共计两百多台设备，他给每口单井、设备建立了“小账本”，把每次电流监测数据、洗井作业、维护保养乃至更换盘根皮带等数据都清楚地记录在案。没事了他就拿出“小账本”分析分析、对比对比。经过一段时间细致的分析和思考，他总能及时提出管理方面的好建议、好办法。2009 年以来，刘大华先后向作业区提出合理化建议 183 项，其中 146 项被作业区采用，112 项精细化管理项目由作业区申报到二连分公司，在二连分公司范围内进行推广。

这年夏天，采油班新分配来了 2 名大学生，刘大华如获至宝。他白天带着两人转现场、搞生产，一有空闲就扎进闷热的大班房，研究多年不能解决的生产难题；下班后，他带着两名大学生钻进四处不透风的废料库房，继续探讨。经过不懈的努力，这一年，刘大华向作业区申报了技术革新项目 9 项，立即引起了作业区极大关注。

其实，刘大华一直是一个积极向上的进步青年。刘大华于 1997 年华北石油学校采油专业毕业，被分配到二连分公司淖尔作业区淖一联合站输油岗工作。他勤勤恳恳、兢兢业业，认真对待每一项工作。

二连分公司淖尔作业区地处内蒙古自治区二连浩特市，这里自然环境恶劣，水质特殊，腐蚀性强，导致管阀更换勤、设备损耗大。淖尔作业区 150 余名干部员工承担着油田 200 余口油水井日常生产和维护工作，任务艰巨而繁重，尤其在对管网进行的多次流程改造中，每次都因地下管网的走向与连接错综复杂、各种工艺图纸五花八门而让人头疼。

2004年5月的一天，作业区抢险补漏队员在紧急万分地抢险过程中，明明看到地面已渗出大量的油水，却东挖西挖就是找不到穿孔点。淖尔油田自1994年建成投产以来，长期存在着“三高”的问题，即油层产出水矿化度高，二氧化碳和硫酸盐还原菌含量高，清水中含溶解氧高，致使水系统腐蚀和油系统结垢严重，造成联合站站内管网、站外油管和水干线每年穿孔达200次以上，对此，淖尔作业区多次对管网进行流程改造。由于地下管网的走向与连接错综复杂，各种工艺图纸五花八门，抢险补漏队员经常找不到穿孔点是常事。

刘大华看在眼里，急在心头。他一次又一次地思考，一次又一次地摸索，经过慎重考虑，他终于向作业区领导提出了自己的想法——建议修订一套完整的地下管网系统图。

刘大华的提议像投入静静湖水中的一粒石子，迅速在作业区激起浪花。有的老员工笑话他是未脱稚气的“学生娃”，把事情想得太简单了。“偌大的一个联合站，少说也有好几十条地下线路，你一个小学徒，说绘图就能绘出来的吗？真是异想天开，没事找事！”很多人对他也嗤之以鼻，说他没有知识、太浅薄，不知天高地厚。时任作业区主任的帅先发却不这么认为。他拍着刘大华的肩膀说：“小刘，你既然有想法，就放开手去做、去尝试，我们做你的后盾支持你。”从此，刘大华白天工作，晚上啃书本钻研输油技术。只要有空，刘大华就沿着大站各流程管线走一走，并把地下管线的实际走向描绘下来。经过两年的刻苦学习、钻研和积累，刘大华画出了一摞又一摞的草图，最终，他准确地绘出了淖一联合站地下完整的管网系统流程图。从此，抢险队员每次补漏找不到穿孔点时，总要把刘大华叫来，而每次他都能快速无误地找到穿孔点。原来大家眼中的“学生娃”变成了联合站地下管网的“活地图”。

“创新工作室”扬名四方

2011年，在刘大华的建议下，淖尔作业区抽选底子厚、责任心强的13名员工，成立了业余创新小组。不久，以刘大华的名字命名的“大华创新工作室”在二连分公司宣告正式成立，现已经发展为25人。这里汇聚了作业区主要技术精英，包括“华北油田榜样”肖占华，二连分公司标兵罗平、“十大青年之星”杨凯、高级技师刘小明等。他们中有的善于CAD制图，有的善于零部件加工，有的善于在工作现场解决实际问题。“大华创新工作室”的成立，实现了人力资源、智慧资源、员工特长、工作目标和价值体现的“五整合”，并建立完善了工作室制度和创新目标，成为“高手创高效”的基地。分公司团委、作业区还给工作室配备了操作工具、资料书籍等，更加便于开展创新创效。在组织搭台、员工唱戏的优越宽松环境下，作业区员工队伍的创新力得到大大提高。员工相互讨论、出点子支着，创新活动和项目屡见不鲜，不断创造出喜人的科技创新成果，先后有11项创新成果获得二连分公司QC科技进步奖。

“大华创新工作室”的成立，给刘大华的科技创新插上了腾飞的翅膀。从这里开始，刘大华结合现场生产实际，潜心钻研，努力攻关，先后解决了淖尔作业区实际工作中一个又一个生产技术上的难题。

偏心井口是抽油机井环空测试的专用井口装置，具有转动和改变测试孔方位两种功能，能有效解除仪器缠绕油管和仪器遇阻的故障，使井下仪器得以顺利起下。可是，在生产现场应用过程中，偏心井口时常会发生转动不灵的情况。每到这时，就得10多名员工同时转动活动扳手才能转动偏心井口，制约了工作进度。

为破解这一难题，刘大华翻阅了《实用电路图》《机械设计》《液压手册》《集成电路》等大量的专业书，写了8个本、10万多字的学习笔记。他在现场一蹲就是几个小时，仔细观察、分析偏心井口转不动的原因，并对照各种参数记录进行计算，一遍遍地实验。在刘大华不大的家里，摆满了他绘制的各种图纸和拆下来的零部件。妻子抱怨他说："这哪里像个家啊，简直就是'土作坊''杂货铺'。"经过几个月业余时间的潜心琢磨，2013年12月，刘大华研制的液压式偏心井口旋转工具在作业区开始应用，偏心井口转动难的问题迎刃而解，1名员工就可以完成过去由10多个人才能完成的工作，有效地节省了人力，提高了油井的工作时率。时任淖尔作业区主任张京伟说："这套旋转工具在25口偏心井口上使用后，效果很好，直接节约资金就达到了60万元。"

两年下来，刘大华的创新成果不仅直接对淖尔作业区的生产建设起到极其重要的作用，还成功地推广到更大区域，如偏心井口旋转装置已经在二连油田得到全面推广应用；防冻拷克推广到二连分公司8个油气生产单位；单体罐循环加热装置推广到采油三厂高阳工区应用。

酒香不怕巷子深。尽管淖尔作业区远离二连分公司基地，但在创新上的显著成效引起了分公司的高度关注。经油田公司批准，2013年3月，"大华创新工作室"在华北油田正式挂牌命名。

工作室正式命名，给刘大华增添了无穷的力量和信心，他要将创新的范围延伸扩展到作业区所有的干部员工。

在淖尔作业区，如果说以往科技创新是科技人员的"专利"，那么，在作业区"人人都在创新"的激励氛围下，从管理人员到技术人员，从班站长到一线员工，人人都是创新的主角。

为了让更多的人投入滚滚创新的洪流之中，在刘大华的建议下，作业区建立起考核制度和管理办法，将创新创效与各类评优评先活动相结合，让有贡献的员工真正"名利双收"，并可以随时吸收进工作室；对已经在工作室而不注重学习提高、不主动参与项目的人员，及时调整出工作室。二连分公司、作业区进一步加大了对创新成果的奖励力度，将创新工作纳入作业区党总支年度重点工作，切实做到思想上高度重视、组织上加强领导、工作上扎实推进，积极协调处理“大华创新工作室”创建工作中遇到的困难、问题，对工作室的设备配备、人员安排、资金落实、项目立项、技术推广、技术协作等积极协调，提供便利。不仅如此，还加大经费投入力度和宣传表彰力度，进一步完善工作室规章制度，严格管理与考核，将各项工作落到实处，对在分公司、油田公司获奖项目的研发员工，在作业区季度考核中予以考核奖励，不断激发广大职工的创新热情。务实管用的制度加上灵活实用的机制，使创新创效人才脱颖而出、茁壮成长，效益明显。工作室围绕一线需求和生产中的热点难点问题，给技术攻关小组找课题、压担子，将技术创新与生产需求贴得更近。采油班班长王有俊发现作业区抽油机井口安装普遍较低，在日常操作中容易碰撞光杆方卡子，他主动找到工作室成员一起找思路、想办法，设计制作出了抽油机井口操作防碰网，有效地为安全生产加了一道防护屏障。采油工唐开斌发现洗井质量有时难以保障，受 GPS 车辆监控的启发，与工作室高级技师刘小明、杨凯共同设计制作了洗井监控仪，不仅对温度、压力、流量、电流等多种数据进行有效传输，还可以监测到各个时间点的数据、全程曲线，洗井监控仪经过在 8 口井测试，获得成功。

这一年，工作室自主创新、提合理化建议、完成 QC 项目达 21 个，取得了 14 项科研成果。其中，专利授权 2 项，油田公司创新成果奖 3 项。兰成刚、刘小明获得华北油田公司技能专家称号，王春洁获二连分公司“青年岗位明星”称号，涌现出华北油田公司级技术能手 2 人，二连分公司技术能手 2 人，“青年岗位明星” 1 人，高级技师 1 人。

看到工作室带来的立竿见影的成就，作业区副主任何大江难掩兴奋之情：“建立‘大华创新工作室’的目标，就是要把它打造成为学习的团队、攻关的团队、培养人才的团队。”

在二连分公司领导的关怀下，在党群、工会、团委、人事、科技、质检等部门的大力支持下，工作室在利用好自有人力资源开展各种技能培训的基础上，还选送创新尖兵赴天津石油职业技术学院进行高级别、高层次的学习进修，不断加强高技能人才的培养和储备，为工作室良性发展夯实基础。

毋庸置疑，“大华工作室”的建立，满足了员工对创新的需求和实现自身价值的渴望，同时体现了企业对员工需求的尊重，对员工价值的认可，也实现了在合理分工下个人才智的最大限度发挥。从创新小组成立至华北油田命名的3年时间里，工作室共完成攻关课题113项，取得科研成果86项，获得专利授权17项，获油田公司创新成果奖19项、二连分公司创新成果奖76项，共取得经济效益300余万元。

2015年1月5日，经河北省总工会、省科技厅评审认定，“大华创新工作室”被评为省级职工创新工作室，并被省总工会授予“河北省工人先锋号”称号。

“大华创新工作室”在延伸

如今的“大华创新工作室”已经成为淖尔作业区发明创造的代名词。这里周周有活动，月月有成果，季季有展示，成为干部员工小改小革的聚集地和主要阵地，营造出了良好的创新氛围，极大地激励了员工创新创效的工作热情。

在刘大华创新精神感召下，淖尔作业区员工创新劲头非常高涨，2020年涌现出“奉献二连二十年好员工”罗平，“奉献二连十年好夫妻”刘洪林、张建蕊等先进典型。

“如果没有‘大华创新工作室’，谁会认识我呢？是创新让我实现了人生价值，改变了我的人生轨迹，成就了我的梦想。”淖尔作业区采油工刘小明激动地说。他从中级工、高级工、技师发展进步成长为华北油田公司二级技术专家，用15年的时间走出了一名操作员工的成长之路。淖一联合站岗位长兰成刚说：“这是工作室的功劳。搞创新是团队人员在一起工作，大家分工协作，发挥每个人的专长，点子多、效率高，创新成果可以共享。”刘小明和兰成刚的成长路线给了操作员工一个很好的模板，这条路线的可复制性让员工看到了希望和努力的方向。已经是高级技师的刘洪林参加二连分公司第十五届青工技术比赛，获得采油工第一名，为他下一步评选技术专家奠定了基础。创新工作室的建立，为员工搭建了成长的平台。时任淖尔作业区党总支书记张江涛说：“员工要想实现自己的价值，就必须努力、勤奋、上进。员工的积极性、主动性、创造性提升了，也推进了企业实现良性发展。”作业区也得到了实实在在的好处，以前需要 3 个人甚至 10 个人干的活，现在 1 个人就能几分钟轻松解决；以前需要驱车十几甚至几十千米去现场处理难题，现在只需要员工坐在屋里远程监控；以前需要耗费大量成本维修，更换腐蚀结垢设备设施，现在不但更换周期缩短而且工作量锐减，成本得到有效节省。正如张江涛所言：“创新工作室之所以成为推动企业创新的重要力量，其根本原因在于满足了企业发展和员工成长成才的双重需要，实现了个人价值与企业发展的最大结合。”

刘大华依托工作室，不但孵化出一大批极具技术含量的实用项目，还培养出高级技能人才 22 人，其中，油田公司技能专家 2 人，技术能手 3 人；分公司技术能手 6 人，作业区技术能手 13 人。他本人曾先后荣获河北省五一劳动奖章、河北省职业道德模范、华北油田公司劳动模范等荣誉称号。

草原头雁

周　钇

引子

2022 年 2 月 3 日上午 11 时 30 分，河北省张家口市晴空万里。北京 2022 年冬奥会火炬传递正在阳原县泥河湾国家考古遗址公园进行，现场气氛异常热烈。

第 35 棒火炬手是一身“石油红”、1 米 8 多的中年男子，他的出现立即引起了在场观众的热烈掌声。这是一位来自中国石油的火炬手，也是本篇的主人公——全国优秀党务工作者、华北油田公司二连分公司宝力格作业区采油班党支部书记、采油一班副班长魏兴波。

北京 2022 年冬奥会火炬接力的主题是“迎接冰雪之约，奔向美好未来”。火炬手来自各行各业，大多在本系统、本领域取得杰出成绩、做出突出贡献，具有相当的代表性和先进性。这次北京冬奥会火炬手共有 1200 名左右，中国石油共有 20 人参加火炬接力，魏兴波是华北油田公司唯一代表。临行前，华北油田公司专门举行欢送仪式，公司执行董事、党委书记修景涛鼓励他以良好的精神风貌、坚韧不拔的意志，护好圣火、传好圣火，展示中国石油和华北油田的良好形象。

魏兴波是生产一线基层党务工作者的代表，坚守草原深处 28 年，用实际行动践行了对党忠诚的誓言与承诺，诠释了石油人的责任担当，于 2021 年获得全国优秀党务工作者荣誉称号。

第一章　党员干部的“领头雁”

“思想教育不能光靠讲空话大话，更要靠身边的人身边的事，尤其是要结合生产现场实际，增强党员的党性、激发群众的热情。”这是魏兴波担任党支部书记后，第一次给支部党员上党课时说的话。直到今天，魏兴波给党员上课时，依然这样说这样讲。

责任重于泰山，事业任重道远。魏兴波总是履职尽责做好分内工作。

宝力格油田地处内蒙古锡林郭勒草原最深处，单井数量多、管辖面积大，油田生产生活区域紧挨在一起，社会依托不足。在各项工作中，魏兴波不仅要求自己事事冲锋在前，还以支部书记的身份要求大家以身作则。开展“区块承包创造先锋井站”党建项目，他要求每一名党员竖起一面旗帜，承包一个岗位，每月参与岗位安全管理和隐患整改，积极献计献策；开展“三基融入支部工作”，他要求党员紧贴生产实际，助力原油生产，加大提质增效等重点工作力度，以“立项攻关”为主要形式，争头雁、勇担当；开展“创建安全特色党支部”工作，他要求党支部成员必须勇于冲锋，使战斗堡垒作用发挥得更加突出，安全管理水平和员工安全技能得到更大提升。魏兴波每天随身携带着纸和笔，一口井一口井地转，一个区块一个区块地跑，将辖区所有道路、电力线路、管道走向、油井位置画进了几十张自创的“地图”之中，标记了管辖区域所有的重点要害部位和最快到达的路径，并在心中反复推演、不断琢磨。每逢应急抢险，他都是到达现场最快、判断故障最快、处置恢复最快的那一个。

作为一名党支部书记，魏兴波深知，无论思想政治工作怎么做，最终的落脚点都要围绕原油生产。宝力格油田原油物性差，油井易蜡卡，造成检泵井次数多，影响产量任务的完成。为摸清属地内 167 口油水井的“脾气”，魏兴波找到专业技术人员，共同分析地质资料，从中筛选出 12 口高产井，详细记录每口井生产参数变化情况，查找规律制定针对性管理方案，进而为单井定“保健计划”、开“营养药方”。通过不断调整清防蜡措施，有效保证单井的开井率和生产时率，当年实现了计划外单井零作业的新纪录。12 口井见效后，魏兴波又在全班组推广“一井一策一法”管理，经过近半年的生产现场反复摸索、试验、调整，不仅有效提高了单井管理水平，还大大降低了蜡卡发生率，2014 年节约动力费 35 万元。2015 年，针对班组单井套管气充足有利优势，魏兴波提出了《宝一站利用伴生气资源和工艺改造节能降耗》创新项目。这一年，班组节约 300 多吨原油。

在多年的工作中，魏兴波已经不记得有多少次驾车驶过雨后颠簸不堪的草原路，多少次踏着厚厚的积雪走进井场。即使每天重复着相似的工作，他也从不懈怠，认真履职，凭着骨子里的一股韧劲，不达目的决不罢休。

2017 年 4 月 6 日晚上 9 点多，草原上狂风肆虐，魏兴波的手机铃声突然响了起来，站控中心值班员打来电话，巴 19 断块部分油井停抽。接到通知后，魏兴波第一时间带领采油班员工赶赴现场查找停井原因、处理事故。经过现场分析，他排除了单井设备故障的可能性，后经及时赶到的电工详细检查，判断是 214 支线线路发生了故障，但具体位置还待现场落实。魏兴波立即启动了停电应急方案，并和电力分公司外线人员一道，冒着零下 20 多摄氏度的严寒，借着微弱的车灯，艰难地顺着线路一根杆一根杆地排查故障。大风刮得人站不住，突降的雨夹雪让人分辨不清前进的方向，不一会儿，魏兴波的身上、脸上就落满了霜雪。直到零点，故障线杆终于找到。然而，此时的抢险工作并没有结束，因为电力系统还需要恢复，于是，魏兴波又带着几个员工挨个井检查、启抽。又是 1 个多小时的辛勤劳作，当 37 口停抽井全部恢复生产，抢险才宣告结束，而此时已是凌晨 1 点多钟，至此，魏兴波和他的伙伴已在风雪交加的茫茫大草原坚持奋战了 4 个多小时。

抢险工作是大事，后勤协调工作也无小事。这一年“百日上产会战”期间，在巴 19−39X 井水改油的投产阶段，为了尽快和当地政府管理部门就土地和环保问题达成一致意见，确保投产进度，魏兴波一天给当地打了几十个电话，并先后去了七八次现场，直到最终达成共识，使巴 19–39X 井提前了 10 天投产，实现了日增油 5.3 吨的目标。

2018 年，为了更好助力原油生产，魏兴波以“立项 + 攻关”为主要形式，积极带领党员策划开展了“区块承包创造先锋井站”创新创效活动。每一名党员主动认领“困难井”并跟踪管理，杜绝了采油“躺井”出现。这一年节约作业费用 40 余万元，设备完好率提高至 95%，油水井管理水平显著提升，有两个创新项目分别荣获 2018 年二连分公司技师协会二等奖和三等奖。党员们自己立项的《抽油机故障报警装置》获得了实用性和创新性两项国家专利。不仅如此，魏兴波所在的第一采油党支部成为华北油田公司优秀党支部，魏兴波本人也获得了油田公司优秀党支部书记荣誉称号。

多年来，魏兴波已记不清多少次半夜从热被窝里爬起来，赶往现场处理问题，也数不清走过了多少千米的巡井路。“班长带了头，员工有劲头。”2020 年 4 月 14 日下午，站控员工和采油巡井人员忽然发现巴 38–20 井管线穿孔。当抢险车辆到达现场时，天色已渐渐黑了下来，给施工增加了难度。如果不及时处理，油井伴热线就会面临冻堵的危险，甚至威胁到整个伴热系统的运行。魏兴波心里焦急但表现得平稳淡定，有条不紊地带领员工按照施工抢险要求操作。员工们在魏兴波的指挥下，紧急寻找管线漏点，制定实施抢险方案，整个抢险过程持续了 5 个多小时，大家没有进一口水、吃一口饭，始终饿着肚子冒着严寒坚持着，直到采油井顺利启抽、正常生产才返回生活基地。尽管工作非常艰辛劳累，但在他身先士卒的感召下，大家没有一句怨言。

在魏兴波的带领下，采油一班的全体员工铆足了劲，保质保量地完成各项生产任务。也正是由于全体员工的共同努力，班组油水井管理水平直线提升，各项荣誉接踵而来，获得了 2015 年度华北油田公司设备管理先进班组、2014 年度和 2016 年度油田公司标杆“五型”班组称号。魏兴波本人获得了 2014 年度油田公司优秀“五型”班组长、2016 年度油田公司优秀基层党支部书记、2017 年度油田公司劳动模范等殊荣。

“我是党员，我的岗位就应该起到示范带头作用。在急、难、险、重任务面前必须抢在前面，如果工作干不好，对不起党员这一身份。”魏兴波深深懂得，“欲正人则需先正己”，自己作为一名党支部书记和基层班站长，凡是工作中要求员工做到的，自己首先要做到。魏兴波是一米八几的大个子，每次处理现场故障，他都不辞辛苦地半蹲、半跪甚至趴在地上检查管线、设备。他魁梧的身躯蜷缩在狭小的空间，让其他员工看着心疼，叫他歇一歇，可他却说：“没事，我行！”在平凡的工作岗位上，魏兴波秉承“诚实做人、踏实做事”原则，爱岗敬业、恪尽职守、以身作则、无私奉献。他样样工作冲锋在前，积极发挥“领头雁”的作用，以实干获得员工的认可和信服。他经常对全体党员和员工说，“我为祖国献石油”不需要豪言壮语去表白，在日常工作中履职担当，其实就是践行初心使命！每到一个季度，魏兴波都会结合党员责任区活动进行工作总结，并作为党员评先争优的依据。这一做法既树牢了“一切工作到支部”的鲜明导向，也实现了党建工作与安全生产的深入融合。

自魏兴波担任党支部书记以来，受他的影响，先后有 8 名员工递交了入党申请书，并光荣地成为党组织的一员。魏兴波经常说，作为党的基层组织，面对急难险重任务，党员干部不带头冲锋，指望谁冲锋？面对员工队伍的矛盾问题，党员干部不牵头解决，指望谁解决？群众的眼睛是雪亮的，党员干部不履职、不尽责，光靠要嘴皮子哄人，时间长了就会失去大家的信任，人心一旦散了，问题便会接踵而至。

多少年来，魏兴波的工作与生活早已没有了界限。在单位，“三会一课”等支部组织生活也从来不间断，红工服从来不离身，下班以后也要做好随时上站抢险的准备。在家里，每天也要琢磨单位的人和事。他在岗事事谋工作，在家时时想工作，处处起到了模范带头作用。

第二章　为智慧油田建设添砖加瓦

“用实干解决生产上的每一个问题，用勤奋实现自己的每一个梦想。”这是魏兴波的一句座右铭。

宝力格采油作业区是二连分公司原油产量第一大户，甚至在很长一段时间里，大家有了这样一种共识，宝力格原油产量完成与否，直接决定着分公司产量能否完成。作为采油班的党支部书记，魏兴波深感使命光荣、责任重大。

2015 年，数字化油田建设在二连油田拉开帷幕，宝力格采油作业区作为二连油田首批智慧油田建设试点单位，开始进入“数字化”时代。这是一片全新的领域，面对新概念、新技术、新设备，魏兴波不断扩大自己的知识面，努力填补自动化相关知识的不足，进一步提升自身综合素质。他积极参加作业区的每一次培训，自学自动化专业课程，全面深入理解“智慧油田”建设带来的机遇与挑战。通过对《油井工况监控系统的操作与维护》等课程的深入学习和实践，魏兴波系统掌握了数字化油田建设、运维等基础知识，对智慧油田的运维管理有了较为全面的理解和认识。他组织全班开展“建智慧油田，做数字员工”岗位练兵和师带徒活动，通过技术培训交流，帮助员工逐步掌握了“大数据”挖掘应用方法。

在智慧油田生产运行模式不断推进的同时，作业区面临着人员减少、新井投产持续增加的形势，如何合理分配员工工作量、按大工种要求加强技能培训是当务之急。魏兴波创新改进管理方法，重点突出一岗多能，定员、定岗、定责，层层明确职责，层层压实责任。在细化油水井维修保养和日常管理、均衡工作量的同时，实行多劳多得的奖励机制，使班组各项工作平稳顺畅开展。全班员工各司其职，各负其责，提高了班组的执行力，为完成各项工作打下了良好的基础。

“千里之行，始于足下；九层高塔，始于垒土。”伴随现代信息技术的发展，新的技术和先进的设备不断在现场投入使用，只有提高个人的技能素质才能适应油田发展的需要。面对数字化油田建设带来的机遇和挑战，魏兴波积极为员工搭建学习交流的平台。他在班组内因地制宜、有针对性地组织技能培训，带领大家共同学习，积极开展“师带徒”“老带新”活动，营造了比、学、赶、帮、超的浓厚氛围。为更好地适应智慧化油田管控模式，魏兴波在班组内还积极开展了“比知识、赛技能”活动，让党员人人上讲台，发动党员轮流登台，讲学习技巧、讲经验方法，带动班组员工共同提高。通过自学、互学、帮学等途径学技术长技能，激发员工学练积极性，提升班组员工整体技能。为进一步减轻班组员工日常维护工作量，魏兴波围绕班组生产建设，于 2017 年 4 月率先提出了“抽油机井电机加装移动式升降装置”的合理化建议，通过在抽油机井电机加装移动式升降装置，改变过去换皮带费时费力的工作方式，让员工可以安全快捷完成抽油机电机皮带更换，既减少了产量影响，又提高了工作效率。

在魏兴波的带领下，员工们积极开动脑筋，集思广益，纷纷为油田生产建设献计献策，采油班掀起了技术创新热潮。班组申报合理化建议 10 余条，多次在油田公司、二连分公司获奖：员工创新合理化建议《分注井口工艺小改造解决大问题》荣获华北油田公司优秀奖，《抽油机快速换皮带装置的应用》获二连分公司合理化建议二等奖。《抽油机故障报警装置》《单井远程监控系统》项目获得国家专利。班组员工撰写的论文《开放式井口清油器的二次改进与应用》在国家刊物《工程技术》发表，《抽油机调平衡安全操作平台的研制》在国家核心刊物《自然科学》发表。

一分耕耘，一分收获。2018 年，魏兴波凭借锲而不舍的钻研精神，如愿考取了采油技师，两次获油田公司技术能手称号。班组中先后产生了 3 名采油技师、2 名高级采油技师、2 名油田公司技术能手，多名员工在各级大工种职业技能竞赛中取得优异成绩。宝力格采油作业区率先实现了从高寒地区数字化油田“试验区”向“示范区”的跃升。

魏兴波为智慧油田建设倾注了太多的心血与汗水。他说：“实干是我们应有的精神，担当是我们尽责的需要，创新是时代的要求，创效是我们追求的目标。作为一名采油工人，虽然岗位非常平凡，但是既然选择了这份工作，就要定下一个目标。干就要干好，不断练本领、提升技能水平，努力跟上时代发展的步伐。”在建设智慧油田的征途中，魏兴波实干担当，带领大家创新创效，满怀激情迎接新的挑战和希望，用实干和担当续写着石油精神的新篇章。

第三章 “草原是我的第二故乡”

同在草原一家人，共建边疆一条心。

魏兴波积极响应党和国家的号召，狠抓安全环保，与周边牧户真诚相待、守望相助，把草原当成自己的第二个故乡。

魏兴波带领支部党员持续深化“创先争优”特色党建活动，通过组织推动、支部互动、党员带动，把安全环保工作落到实处。“绿水青山就是金山银山”，他积极开展“清洁生产绿色发展”党建活动，不断增强和牢固树立环保红线意识，时刻提醒大家将油水井现场管理作为工作重点，严格执行环境保护措施，从源头抓危废物管理，不让一滴污油落地，及时复垦临时占地，有效杜绝人为环境污染现象的发生。在辖区内，魏兴波对所有单井的巡井路线进行了重新规划，最大限度地减少日常巡井车辆对草原的碾压。完成 48 处巡井路线规划，配合维修 2000 多米草原围栏，规范了行车路线。累计封堵草原路 26 千米，复垦草场 300 余亩，清理草场中各类垃圾 28 吨，使站区卫生清洁整齐，生产现场达到“三清四无五不漏”的要求。魏兴波坚守依法合规底线，在抓好生产的同时，多次到当地牧户实地走访，在“讲政策”“讲原则”的基础上转变思维，与牧民换位思考，说理谈心，营造“共同建设大油田、共同维护大草原”的良好氛围。

魏兴波以草原为家，视一起工作的员工为兄弟，视牧户为亲人。无论是员工还是当地牧民在个人生活中遇到什么困难，他总是及时伸出援助之手。

2021 年 4 月，巴 66 井恢复生产后夜间需要现场值守保运，为了不影响其他人正常工作，在没有值班房的情况下，魏兴波在兼岗车上度过了 3 个晚上。生活上，他处处替人着想。一次，采油班一名员工突发疾病，需要到 200 千米以外的锡林浩特市就诊治疗。魏兴波不仅把这位员工送到医院就诊，还全程陪护这位员工入院治疗了一个星期，直到那位员工痊愈出院。无论在岗工作期间，还是在家休假的时候，只要哪位员工家中有婚丧嫁娶的事情，或者遇到了什么困难，魏兴波都会带领党员在第一时间赶到，或帮着操持，或帮助解决问题。

魏兴波说，油牧一家亲，大家共同生活在这片大草原，就应该守望相助。党支部经常性组织员工为牧户检修电气线路、家用电器、修缮房屋、恢复植被，而魏兴波的手机号也成了周边牧户的服务热线。2019 年 11 月 20 日清晨，牧民巴特尔的电话将魏兴波从睡梦中惊醒。一夜的风雪，将巴特尔家门口完全封住，道路中断，车辆深陷在雪窝之中。接到求救电话后，魏兴波带领党员迅速赶到牧民巴特尔家。经过一上午的努力，共清理了近 1000 米的积雪道路，打通了巴特尔家联系外界的生命通道。像这样的事情，每年魏兴波不知要处理多少次，他从来没有觉得是负担，牧民们也从来不会跟他“见外”。当油田生产有需要当地支持帮助的时候，这些牧民也是倾尽所能。在二连恶劣的自然环境中，他们之间的温暖与温情成了彼此支撑的力量。

2020 年初，新冠疫情突然来袭，虽然草原深处人烟稀少，但为了保证员工和牧户生命安全，魏兴波组织党员成立义务巡查队，在来往作业区的道路上组成疫情“防火墙”，减少了牧区和油区受疫情侵袭的风险。他带领大家深入牧户家中开展防疫知识宣传、帮忙检修电气线路、维修牲畜棚圈、修复草场围栏等志愿服务。在他心里，服务好这些牧户，是一名共产党员的本分。全力以赴守护草原这片净土，他觉得这些都是自己应该做的。

魏兴波在平凡中刻画初心，在奋斗中践行使命，在坚守中履责担当。28 年间，他一直深深地爱着这片美丽草原。不管风吹日晒，还是雨打雪飘，他总是以一颗不变的初心，坚守在普通的采油岗位，奉献着青春和汗水，在平凡的岗位上书写不平凡的人生，让猎猎党旗在祖国塞外草原上高高飘扬。

尾声

2021 年 7 月 1 日。首都天安门广场上花团锦簇，红旗飘扬。举世瞩目的“庆祝建党 100 周年”活动在这里隆重举行。

魏兴波以“全国优秀党务工作者”的身份，荣幸地参加了这次盛大的庆祝活动，并在现场认真聆听了习近平总书记的七一重要讲话。站在天安门广场，魏兴波心潮澎湃，思绪万千。他激动地说，这不仅仅是一份荣誉，更是一种力量。

2021 年年底，魏兴波在参加河北省第十次党代会时，油田公司执行董事、党委书记修景涛问他一个问题：“27 年扎根草原深处坚守一线岗位，靠什么？从一名普通石油工人成长为优秀党支部书记，凭什么？”魏兴波毫不犹豫地脱口而出：“靠信念！”

信念不是与生俱来的。多少年来，尤其是魏兴波成为一名石油工人以后，他从身边一个个党员的言传身教中感受到了信念的力量。这力量是从石油精神长期的潜移默化中来的，在二连油田，魏兴波目睹了由党员组成的“戴狗皮帽子敢死队”迎风傲雪坚持抢险的情景；看到了共产党员在每一次急难险重面前冲锋陷阵的高大形象；看到了广大党员干部在每一次关键时刻“舍小家顾大家”无私奉献的身影。所有这些，都坚定了他“扎根草原、为油奉献”的坚定信念。

心中有信仰，脚下有力量。在一次专题党课上，有党员问“悟思想”到底“悟”什么？魏兴波铿锵有力地回答说：“就是要坚持中国共产党的英明领导，坚定不移地跟党走，初心不改，信念不变；就是要把信念变为行动，踏踏实实做好每一项工作，用担当奉献诠释忠诚。”

从一名普通石油工人到华北油田公司劳模、河北省劳模，再到全国优秀基层党支部书记，面对这一切荣誉，魏兴波深感自己肩上的责任更重了，压力更大了，动力更足了。征途漫漫，唯有奋斗。只有奋斗才会成就梦想，只有奋斗才能体现人生的价值。

红工衣

唐胜凯

华北油田采油三厂饶阳作业区地处衡水市饶阳县滹沱河大堤下，站在大堤的高处向远方眺望，美丽恬静的滹沱河宛如一条银色的丝带围绕着作业区。平原上点缀着的红顶房子显得格外醒目，周边树木枝繁叶茂，橘红色的抽油机不知疲倦地运转着，黑色的柏油路连接着散落的红点，阳光洒落在潮湿的泥土上，不时会看到几个"红工服"吹着欢快的小调在井口加药、换盘根、记录压力。石油人的工服设计为红色，这是出于安全考虑，但也体现了石油人的热情与他们对祖国深沉的热爱。

我们这里讲述的，是采油三厂饶阳作业区的一名一线员工，他叫刘美红。

他干工作很细致，容不得一丁点马虎，采油一线又脏又累，可他不仅活儿干得漂亮，工衣也总是干干净净；但是他生活上却很"迷糊"，经常忘带钥匙，好几次把自己锁在了门外。

他很"抠门"，为了能节省生产成本，经常绞尽脑汁搞创新；可是他又很"败家"，因为自己的爱好和创新需要，30 多年先后换过八九台电脑。

他性子很和善，不管谁有不懂的问题，只要找到他，都会耐心地讲解；可他又爱"训人"，看到徒弟不按规章操作，马上大发雷霆。

他是"技术大咖"，带过很多徒弟，碰面都会尊敬地称呼他"刘师傅"；他却总说要学的东西还很多，自己还是个学生。

他是一个让人看不懂的"矛盾体"，也是一个有故事的人。

一

1987年，刘美红从华北石油技校毕业，踏入了“石油红”的行列。

直到现在，刘美红还清晰记得报到那天的场景，解放车拉了一群十八九岁的热血少年，沿路的抽油机忙碌地挥动着“手臂”，欢迎他们的到来。“轰！轰！轰！”刘美红听到一阵阵低沉但富有节奏感的声音，那是抽油机在不停地运转中发出的欢鸣。眼前是一望无尽的平原，绿油油的庄稼和一排排的行道树随着车辆行驶向后方快速移动，天却像静止了一样，仿佛画家妙笔涂抹的蓝凝固在目光所至的尽头，时不时有小鸟在天空飞舞，好似欢快的音符，给这份宁静增添了几分灵动。此时的刘美红心中充满诗意，也充满了对人生新阶段的好奇与渴望。从今天起，他不再是一个学生了，而是一名光荣的石油工人。

刘美红从小就是一个好奇心很强的人，遇到什么问题总是想问个究竟，找到答案。刚上班时，他每天一早就会跟着师傅迎着朝阳去生产现场，检查维修抽油机，大多数新员工只是跟着师傅学习基本操作，能够配合师傅完成维修任务就心满意足了，可刘美红却不满足于此，他不仅要学会怎么做，还要弄明白为什么要这样做，甚至还琢磨有没有更好的方法。不管在什么岗位上，他这个“毛病”始终改不了。

四季更迭，寒来暑往。在充满抽油机浅唱低吟的岁月里，刘美红从维修工、集输工、采油工一路走来，干一行、爱一行、专一行，熟练掌握了维修、焊工、电工、采油等多项技能，成为采油生产一线的“全能型选手”。

刘美红勤于观察，善于发现问题，并不遗余力地投入创新活动中去，因为他始终坚信创新是提升工作效率、降低安全风险、节约生产成本的不二“法门”。也正是因为有了这样的信念，促使他开启了创新探索之门，不断地为企业创造价值。

2004年，采油三厂油区外部环境很不稳定，尤其饶阳采油作业区更是"重灾区"，盗油不法分子很是猖獗，严重影响了作业区的生产和管理。只要发生钻孔盗油事件，停井、停输、泄压、焊补，连续忙活七八个小时都是维修班的家常便饭。而作为其中的一员，刘美红看在眼里，急在心上。

如何解决这一问题，怎么减少大家的工作量呢？接连好几天，刘美红吃饭睡觉都在琢磨这个事儿。

"不停井、不泄压，直接焊补是否可行？"刘美红把这个想法告诉同事们，大家猛一听，都觉得是个好想法，可细一琢磨，又觉得这个主意不靠谱。

"如果不停井、不泄压，就意味着原油会源源不断地从漏点泄漏出来，不但污染环境，还会增加爆燃的风险，因此如何实现直接焊补，堵漏是个关键点。"刘美红耐心地给大家分析，虽然身边的同事都不赞同，但是他很坚持，"想了就做"是刘美红的口头禅。

"可以先找个木头楔子把漏洞堵上，然后再焊补。"一个想法从他脑中闪现，但是又一想，木头遇高温容易碳化，反倒增加了燃爆的危险。于是他又把目标锁定在其他材质上，先后尝试用铝、铁等材质进行试验，但是都不太理想。

经过一次次失败，一次次反复分析，刘美红最终选定了既耐高温又具有很强可塑性的黄铜。他从建筑工地上的龙门吊受到启发，研制了包括龙门吊架、防喷盒、堵头等在内的全套带压补漏工具，在不泄压的情况下就可以完成堵漏焊接。如果说刘美红前些年的技术创新是"小打小闹"，这次他可是"一鸣惊人"，这项革新应用到实践中，以前要几个小时才能完成的抢险工作，现在只要半个小时，而且避免了停井泄压影响产量，也减少了原油丢失，达到事半功倍的效果。仅2005年一年，这项技术就实现直接经济效益780.5万元。2006年，该技术在石油行业QC成果发布会上获得一等奖。

“努力做事只能把事情做对，用心做事才能把事情做好。”这是刘美红坚持的一个信条。在日常工作中，他常以此为标准对自己严格要求，对待每件事情都用心去做。也正因为如此，他不仅能认真执行规定、规范、要求，更能把规章和规律有机地结合起来，灵活地加以有效运用，创新优化。

自1987年走上工作岗位，刘美红见证了采油一线环境的巨大变化。早期艰苦的工作环境虽然也磨砺了他攻坚克难、艰苦奋斗的顽强作风，但落后的生产工艺和设备设施，制约了工作效率和企业效益。随着科学技术的不断发展，油田不断引进新技术、新工艺，实现了数据集成化、监控可视化、预警智能化，员工的工作环境得到不断改善，但与此同时，新技术、新工艺也对一线员工在业务技能上提出了新要求。

2019年3月，刘美红开始从事饶阳作业区的数字化自主运维工作，为让这个新领域能够让其他同事熟知，他结合油田公司局域网和数字化运行平台，利用油井改注淘汰下来的PLC、RTU模块等装置设备，组装了数字化油田模拟培训系统。通过此培训模拟系统平台，累计检测并修复压力变送器207个，处理并修复无线示功仪故障125台次，修复RTU控制柜故障426次，培训数字化油田运维员工200多人次，使得数字运维完好率指标由46%提高到至95%。

一项项创新成果让刘美红尝到了“甜头”，更促使他从一名普通的集输工一步步成长为“技术大咖”，成为行业中的佼佼者。

二

“不管什么时候、出现了什么样的险情，只要给我师傅打个电话，一准儿能解决。”作业区维修班班长陈伟的一番话，道出了刘美红在大家心里不可替代的地位。

“刘师傅，楚107到楚29站集输管线出现压力下降、流量输差较大的现象，请尽快安排抢修！”一个冬季的周末，难得在家休息的刘美红下午2

点接到中控室打来的电话。

“收到，你们先停输泄压，我马上过去。”刘美红果断地回复。30多年一线的磨砺与经验积累，使刘美红举手投足间散发出一股从容不迫、自信果决的气场。

到达现场后，他与徒弟陈伟马上查看泄漏点，迅速架好龙门架、打上铜楔子，做好各项准备工作。下午4点，管线泄压完毕，各项票证齐全、人员监护到位后，刘美红有条不紊地开始焊补，但由于漏点面积大，而且边缘极不规则，直接焊补导致焊接部分温度过高，形成新的穿孔。

夕阳西下，夜色渐浓，管线旁边矗立的抽油机上出现了一层“冰甲”，似乎在提醒着大家不要忽略冬季的低温。

“这可怎么办呀？今天是不是弄不好了？要不我给107站打电话，让他们停井吧？”陈伟有些着急地催问师傅。

“无论如何也要抢在天黑前恢复集输线正常。”刘美红语气坚决。

寒风如刀，割痛了在场每一名员工的脸，大家都一动不动，紧盯着刘美红的每一步操作。只见他一边轻敲着漏点，一边思索着如何焊补。

“陈伟，再找一个大号的楔子，用点焊。”陈伟立刻会意，动作麻利地递上大号楔子和工具。

刘美红顶着寒风，身体嵌在管线与沟壑间很窄的缝隙里，争分夺秒却又小心翼翼地焊补着管线。零度以下的气温，刘美红的额头却渗出了一层细汗。

下午6点，借着天空的最后一点光亮，站上员工检查流程、倒开阀门、启动集输泵，这条管线又开始正常运行了。

在这片平原上，不论是严冬寒霜，还是酷暑骄阳；无论是飞雪漫天，还是大雨倾盆；无论是日照三竿，还是夜深人静，总有“石油红”的坚守，他们为油井悉心负责，为产量默默奉献，只因为他们是石油工人，只因为他们肩负着岗位责任。

还有一次，刘美红带着几名员工去更换一条抽油机皮带。看到员工在更换皮带或调整皮带松紧时，直接将皮带挂在大小皮带轮上启抽，这种做法不但会损伤皮带、缩短皮带使用寿命，而且会对电机轴、轴承造成一定损害，给生产带来安全隐患。当刘美红提出这样操作的危害时，员工也说出了他们的理由："可是，抽油机的电机都被防盗螺栓焊死了，不这样做根本没法更换。"

生产中的问题只有在工作中发现，依靠创新来解决，任何问题都有解决的方法，就看你有没有攻坚克难的信心。为了延长皮带的使用寿命，同时确保抽油机安全运行，刘美红开始翻阅各种书籍、计算数据、画构件图、制作实物……家里书桌上堆满了书籍和密密麻麻的草稿。经过近一个多月的潜心钻研，反复试验论证，一台"快速更换调整皮带装置"诞生了，这项成果在作业区 100 多口油井推广使用，收到了良好的效果，每年创效达 300 多万元。

刘美红一直坚持基层创新要有明确的方向和目标，主要目的就是通过创新，减少员工劳动强度、提升企业效益，尤其是降低安全风险。平日工作中，细心的刘美红观察到，由于抽油机始终处在野外工作环境中，由于天气冷热交替、抽油机载荷变化等方面原因，会导致驴头销子因受力不均而出现移动脱出，如果没有及时发现处理，会造成严重事故，也会给巡检工作带来极大的安全风险。为此，他提出在抽油机驴头销子处安装数字化监控装置，通过显示屏便能直接显示出驴头销子工况，既方便员工及时掌握设备的动态情况，又保证了安全生产。

2021 年 11 月，刘美红作为自动化运维工作技能人才交流到肃宁作业区支持自动化建设。面对肃宁作业区井多面广且人员老化等现状，他始终秉承"以身作则 + 技术创新"模式，积极构建数字化管理模式，共动手修复数字化井控柜 5 个、无线示功仪 45 台、压力变送器 27 个，节约人工费、材料费 18 万余元。疫情期间，为提高辖区单井示功图覆盖率，刘美红上井

672 次，完成数字化设备安装 160 次。在此基础上，他推广安装无线示功仪保护装置 16 套、压力变送器防冻阀 155 套，使数字化设备完好率达到 96% 以上，实现年增效 20 万余元。

在面对复杂环境、繁重任务时，刘美红不但能发扬石油优良传统作风，苦干实干、无私奉献，还善于抓住问题关键，解决油田生产现场的实际难题。用他的话说，创新既要仰望星空，更要脚踏实地，要将“问题点”转化为“改进点”，将“出血点”变为“效益点”。多年来，刘美红共组织完成创新成果 67 项，取得国家专利 62 项，他先后研发的“无线示功仪稳定装置”“无线示功仪太阳能电池”“无线压力变送器校验装置”“无线示功仪校验装置”等创新技术成果，不仅提高了工作效率和质量，还为企业累计创造经济效益 9000 多万元，身边的同事都称赞他为“基层创客”。

三

刘美红和人们印象中的一线石油工人不太一样，少了些豪放，多了些儒雅。白净的脸庞，鼻梁上架着一副金丝框眼镜，怎么看怎么像一名学者，如果不是身上穿着红色工装，很难把他和长年在野外工作的石油工人联系起来。

“其实说刘师傅是名学者也并不为过。”在饶阳作业区楚二站党支部书记郭建福看来，爱看书、爱琢磨事的刘美红压根儿就是一名学者型的工人。

“刘师傅不仅有钻劲，对工作更是精益求精，50 多岁了还坚持学习，带着我们一起搞创新、搞发明。”他的徒弟敬佩不已。

“锲而舍之，朽木不折；锲而不舍，金石可镂。”这句话一直被刘美红奉为至理名言。

刘美红坚信，只有在平时不断地学习充电，才能不断地放电，更好地服务油田。几十年来，刘美红始终坚持学习，勤于钻研，从不懈怠，看书是他最大的爱好。他涉猎面极为广泛，就连女儿读大学时自动化方面的课本，他都看得津津有味，并从中琢磨出关于“抽油机动态监护”的技术创新。

技术创新是刘美红的“嗜好”，这件既费时又“烧脑”的事儿，刘美红却甘之如饴。面对近年来油田数字化建设的新形势新要求，他坚持不懈地钻研专业技术，利用业余时间阅读学习了采油工程、通信信息等方面的百余本专业书籍，写下了几万字的读书笔记和心得体会，积累了丰富的专业理论知识。他经常说，现代石油工人不但要握得稳管钳，还要玩得转“数字”。

一次，刘美红发现作业区原油生产最基础的压力数据一直不稳定，数据不准确不仅会增加岗位员工巡检的劳动强度，还存在输油管线冻堵不能及时发现的风险。面对难题，刘美红主动请战，他逐项记录外输管线压力数据，凭借多年的现场经验，发现压力数据之所以不稳定，主要是由于环境温度低造成的压力变送器冻堵。刘美红查阅了大量数字化相关书籍，不断尝试改进压力变送器构造，经过不懈的努力和反复试验，压力变送器液体隔离设备研制成功，实现了压力数据的精准记录和传送，为准确分析油井生产动态提供了可靠的依据。

对刘美红来说，突破一项又一项技术瓶颈，创新出一个个技术成果，解决生产中的一个又一个难题，就是人生中最大的满足。

在同事眼里，刘美红是一个很矛盾的存在，工作中和生活中判若两人。生活中的刘美红是一个“马大哈”，他自己都记不清有多少次因为忘带钥匙而被锁在门外，甚至在石家庄录制“技艺非凡·匠心筑梦”节目时，在演播室里还弄丢了钥匙和U盘。可是在工作中，刘美红却十分严谨，甚至是严苛，每次出工前都要求大家反复复述工作注意事项，不能有任何遗漏。

生活中的刘美红非常“大手笔”，他喜欢电脑，20年里家中先后换了八九台。他还喜欢自己组装，2003年，他曾多次往返北京中关村购买配件，花费将近8000元，自己动手攒了一台电脑。然而工作中，他却非常“抠门”，为了能节省成本常常绞尽脑汁。

刘美红是出了名的好脾气，说话慢条斯理，总是笑眯眯的；“可这人真要发起脾气来也凶着呢！”他的徒弟亓子赫这样说。

“有一次，师傅带着我和几个同事一起出去作业，有个同事在拧光杆方卡子螺栓的时候，下意识把手搭在了方卡子和悬绳器之间的光杆上，师傅二话没说，把他的手用力拍了下来。”

“这是严重违章你不知道吗？有多少人因为光杆上面方卡子松动被砸断了手指，你知道吗？”一连串的质问让那名员工愣在原地。

“我从来没见师傅这么严厉过。”亓子赫说，后来，大家干活时都会特别小心，不敢再有违规操作的行为了。

不过，不管刘美红有多么“矛盾”，他在对待徒弟上却始终如一。看到身边的年轻员工在他的帮助下快速成长，取得优异的成绩，他比自己拿到奖牌还高兴。

油田公司实行“大工种”以来，一专多能的刘美红受到员工的“追捧”，徒弟遍布作业区各班站。有一次，一名员工要申报专利，可是因为材料表达不清楚，上交了两次都被退了回来，无奈之余，就求助于刘美红。刘美红仔细看了他的申报材料，用了很长时间对他进行耐心指导，并帮他一点点改进完善，该员工再次上交材料进行专利审查时一次通过。

还有一次，刘美红的徒弟姚兴凯在和同事一起更换抽油机“毛辫子”时突发奇想，想自己设计一个工具，减少更换时的人力和时间。他把想法告诉了刘美红，得到了师傅的鼎力相助。

“我最初设计的是一个盒状的工具，里面有4个铅锤，用来套住‘毛辫子’，可是这套工具需要两个人一起操作，不理想。师傅建议把盒状改成开放式的，把铅锤调整为挂杆，杆上带勾。这么一改，一个人就可以同时更换四根‘毛辫子’。”每次说到这事，姚兴凯都心存感激。

功成不必在我，功成必定有我。刘美红认为，一个人技能再高，毕竟力量有限，应该把经验总结出来，传授出去，带动大家共同提高。几年来，刘美红以采油三厂“技术创新团队工作室”为阵地，组织技术骨干积极参加成果发布会、展示会、技术交流会，为基层员工搭建了创新平台。

“后浪推前浪，前浪不努力，就会被狠狠拍在沙滩上。”他常常打趣地和徒弟们说。为此，他不断提升自我，学习新理论知识、研究新教学方法，“数字化运维模拟法”“互动教学法”“专利申请操作分解法”等课程，深受员工们的喜爱。

培训学习要紧跟时代所需。从 2016 年开始，为了更好地与设备智能化、数字化接轨，刘美红又开始研究模块线路的编程，争取为企业花最少的钱，创造最大的效益。他通过深化一线行、难题攻关、成果发布和技术服务等活动，充分发挥“刘美红创新工作室”的平台及优势，将“单兵作战”变成“团队协作”，带领技师团队对数字化平台的现场运维以及关键的操作程序进行共同探讨交流，挖掘创新点，汇聚智慧力量，形成“蝴蝶效应”，推进全员“微创新”，把创新工作室打造成专业发展的“助推器”、技术创新的“转换器”、人才培养的“孵化器”，为推动全厂数字化运行和自动化运维打下良好基础，而刘美红则是创新团队的主心骨。

长期以来，他把积累的工作经验和掌握的专业知识毫无保留地进行分享，在他的鼓舞带动下，创新工作室涌现出高级技师 7 人、技师 3 人、高级工 20 人、中级工 37 人，不少人在集团、公司、厂各级别技术竞赛中取得优异成绩。如今，刘美红的徒弟多数已成为创新技术能手、技术带头人，多项技术成果在油田推广应用，累计创效 700 多万元。

在徒弟们的眼中，刘美红是学习的榜样，是前进的灯塔，更是追赶的目标。刘美红也总是鼓励他们破除保守观念，不要迷信权威，敢于大胆创新。“认准方向、找巧方法、下笨功夫。”这是刘美红经常和徒弟们说的话。

取得国家实用新型专利 37 项，获河北省优秀科技质量成果奖 7 项，获石油行业 QC 成果奖 7 项，2021 年荣获 , 全国五一劳动奖章……在刘美红身上汇集着太多的光环，当有人问他成功的秘诀，他的回答风轻云淡："其实我并不比别人聪明，只是比别人花费了更多心思而已。"

废旧模块是他的"掌中宝"，生产现场是他的"练兵场"。他在刻苦钻研中寻找工作乐趣，在创新创效中体现自我价值，在传道授业中弘扬工匠精神。54 岁的刘美红，还保持着探索创新的蓬勃朝气，还在演绎着一个个精彩的故事。他和许许多多"红工服"一起，绘成了华北平原最亮丽的色彩。

芳 华

庞珂玮

敬业，是她为实现找油理想而奋斗的外在表现；奉献，是她为科技兴企而拼搏的内在情怀。

没有豪迈的言语，却奉献了青春的年华；没有华丽的粉饰，却雕琢出科研的硕果。

三十年，栉风沐雨，青丝白发，她孜孜不倦的追求和巾帼不让须眉的行动是对职业道德的最好诠释；一路走来，她把自己深深地根植在油田这片热土，用执着与奉献为华北油田物探技术发展增光添彩……

一

1969 年，冯小英在青海冷湖石油基地降生。在那个因油而生、因油而兴的边陲小镇，冯小英度过了自己幸福快乐的童年。1976 年华北石油大会战时，她跟随父母离开了连绵起伏的雅丹地貌世界，来到了一望无际的华北冀中平原。

冯小英是家中最小的孩子，也是最让父母放心的乖女儿，不管是学习还是生活，从来不用大人操心。1984 年，从小成绩优异的冯小英中学毕业，考入了华油一中，独自一人从深泽来到了任丘求学。这个第一次离开父母的柔弱女孩儿，表现出与年龄不相符的独立和自强，生活中她团结同学，学习上勤奋刻苦，凭借着良好的表现，冯小英两年被评为了管理局优秀三好学生。

在1987年的高考中，冯小英取得了优异的成绩，学校考虑到她在校期间的良好表现，推荐冯小英以委培的方式到江汉石油学院勘探技术专业学习。就这样，冯小英与石油结下了一生的缘分。

大学四年很快过去，带着学到的专业知识，冯小英义无反顾地回到输送培养她的华北油田，分配到了物探公司。作为油气勘探领域“上游中的上游”，石油物探人一直走在找油找气的最前沿。物探施工点多、线长、面广，不仅要吃得了苦，还要耐得住寂寞，他们戏称自己是“荒原吉卜赛人”，一直行走在路上……

作为钻井工人的孩子，冯小英早就听父亲说过石油人的苦，虽说还没有真正体会到这种艰辛，但她早就做好了心理准备。刚参加工作的那年冬天，冯小英连同其他几名分到物探公司工作的大学生一起，被安排到基层地震队实习。

石油地球物理勘探，是将炸药放在几十米深的井中引爆，形成人工地震，利用不同深度岩层产生的反射波，来探测地下是否埋藏有石油或天然气的专门技术。地震队队员常年奔波在野外，工作艰苦，环境恶劣，经常风餐露宿，与家人聚少离多。他们在自己的岗位上默默地奉献着，为国家寻找油气宝藏，但他们的工作方式与状态却鲜为人知。

说起刚参加工作那一年的基层实习经历，冯小英至今还记忆犹新。整个冬季，她每天三四点就要起床，简单填饱肚子，就和师傅们坐上放线车出发，开始一天的工作。布好线，天也亮了，她一个人守着自己所布的线，守着孤单和寂寞，经常要等到夕阳西下。慢慢地和村里的村民也都熟了，好心的大爷大娘见她有一顿没一顿的，经常给她送些吃的。有时线路恰好离坟地不远，夜幕降临，守在一座座坟包旁，柔弱的冯小英紧张得要命，既害怕又忍不住盯着看，偶尔会有野兔蹿出，把她吓得心都要跳出来了。当然，也有许多快乐的时刻，冯小英喜欢在冬日的暖阳下看专业书籍，将理论与实践一一对应，为以后物探研究打牢基础；喜欢在闲暇的时候帮村民挖花生，体验收获的喜悦。

这一年的实习对冯小英来说是宝贵的财富，艰苦的生活磨炼了她坚韧的性格，繁重的工作锤炼了她顽强的作风，野外的环境培养了她对大自然的热爱。尤其是从事地震放线、测量工作，让冯小英深刻地认识到物探基础资料的来之不易，在以后漫长的物探研究岁月中，面对繁多的地震资料，她从来没有过厌烦情绪，总是以极为认真的态度分析每一张地震图，因为她知道这些资料是多少人付出多少艰辛才获得的。这一年，冯小英从大学生蜕变为一名真正的石油人。

一年后，她分回到物探研究所，主要承担数据分析采集等科研工作。物探是与数据打交道的专业，在信息化时代，物探数据处理离不开计算机软件，然而由于专业领域不同，很多物探软件并不适用于石油地质勘探，有些是兼容性不佳，更有一些数据处理工作甚至没有专门的软件，需要人工处理，效率低下且容易出错。为此，冯小英陆续自学了 VC++、MATLAB、AutoLisp 等多种程序设计语言，并由浅入深、化繁为简，以工作需求为目标开发了多个小程序。

在物探研究中，冯小英找到了人生追求的目标，她投入了全部的热情和精力，使自己的业务水平飞速提升，很快就成为年轻科技工作者的杰出代表。1995 年，院领导安排冯小英准备一次 QC 成果发布的材料，这是她第一次承担这样的任务，但她没有丝毫犹豫，拿着师傅给她的一本《QC 小组活动指南》认真研究起来。这几年，冯小英凭借干就干好的坚定信念，完成了多项艰巨任务，她相信，任何事都有第一次，只要功夫下足了，就一定会有好的结果。当时计算机还没有普及，还是幻灯片的年代，需要把 QC 成果材料的关键内容写在透明胶片上，用幻灯机投影在屏幕上给评委进行汇报。为此，她专门练习用工艺笔写仿宋字体，一笔一画地在透明胶片上写下经反复推敲的材料终稿。功夫不负有心人，最终她负责的项目《晋县凹陷南部有利圈闭评价及优选》取得了管理局第五次 QC 成果发布会一等奖的好成绩。虽然之后冯小英获得了许多重大奖项和荣誉，但第一次获奖经历一直是她珍藏的记忆，直到现在，这张奖状还在她的办公室保存着。

二

企业发展靠科技，技术创新无止境。搞科研要勇于创新、敢于挑战，不怕失败、脚踏实地，要有奋斗精神、奉献精神，这是冯小英多年从事物探研究工作总结出的成功经验。

工作站、对比台，灯下钻研、伏案深思。冯小英三十年如一日，承受着在别人看来难以想象的孤独、重复和枯燥，而自己却乐在其中。她研究的足迹遍布华北油田的各个探区，从饶阳到霸县，从二连到山西，上千口井，她几乎记得住每一口重点井的位置，谈起来如数家珍。

2009 年，冯小英承担了饶阳凹陷蠡县斜坡研究任务，该探区属于岩性油气藏，具有较大的勘探潜力，但是由于单砂层薄、岩性细，与泥岩围岩地球物理响应差别小，常规方法难以分辨，纵向识别薄砂层及横向描述砂体展布规律难度极大。她经过深入研究、反复对比，采用具有较高纵向分辨率的波阻抗模型反演方法，并通过“点标定、线约束、体运算、分段描述”的预测流程，较好描述了该区薄砂层在纵向上和横向上的展布规律，为 20 多个井位的部署提供了可靠依据，为该区岩性油气藏亿吨级规模储量的发现和上交，以及年产 50 万吨的产能建设提供了可靠的基础图件。从这一年起，华北油田的储层预测工作，基本上都由冯小英所在的“秦凤启专家团队”承担，不再寻求外援，为油田公司节约了可观的成本。

2011 年，在二连盆地巴音都兰凹陷研究中，冯小英遇到了新难题。按照“下洼找油”勘探方向，他们需要在洼槽里找到砂砾岩储层，但这类储层隐蔽性强，常规地震识别难。为解决这一难题，冯小英创新思路，通过运用一种时频转换软件，将时间域的地震剖面转换成了频率域的地震剖面，使隐蔽的砂砾储层渐渐显现了出来，顺利完成砂砾岩储层分布图的描述。这张储层分布图成为巴音都兰凹陷“下洼找油”勘探的有力武器，据此相继部署钻探的巴 75、巴 77 X、巴 90、巴 92 X 等井均获成功。直到 2015 年，这张图还在发挥着重要作用，部署钻探的巴 101X 井在阿尔善阿四段油组试油，获自喷日产油 119.44 立方米，油层厚度达 116 米，被称为“双百”井。冯小英也由此荣获了股份公司油气勘探重大发现二等奖。

在项目研究中，冯小英倾注了全部心血，达到了痴迷的程度。2013 年，她承担了油田公司课题《地震、地质软件的深度开发研究与应用》，从接到这个任务时，她就非常清楚将要面临多大的挑战，但出于对油田物探事业的一种责任感，她没有畏难推脱，勇敢担负起这一重任。当时，华北油田共有 20 多种地震地质软件，想要深度开发，必须熟悉每一种软件的适用性与局限性，了解每一种软件优势模块的参数，工作量之大难以想象。那段时间，冯小英好像进入了“开挂”模式，没有双休日，不分白天黑夜，带领项目组成员不停地对比分析，统计处理繁杂的数据，在茫茫黑暗中探索着、寻找着。通过艰辛努力，一个个思路逐渐清晰，终于开发出了 GMAplusLogM 正演与 LandMark 属性联合、LandMark 分频相干、Geoscope 拓频与 EPS 反演联合、EPS 电性融合等具有较大实际应用价值的创新技术，为华北油田物探研究书写了浓墨重彩的一笔。该项目因其独特的技术内涵荣获华北油田科技进步三等奖。

2017 年，在承担油田公司课题《华北油田重点区块储层精细描述技术研究与应用》时，冯小英针对乌兰花、杨税务等 9 个重点区块的储层特点，做了大量严谨细致的基础工作：收集整理、加载分析了 263 口关键井的录井、测井、薄片、试油等井筒资料，确保每一口井的井筒数据录入准确无误、完整无缺；对 9 个区块 3000 多平方千米的地震资料，从采集参数、处理流程、频谱特征等方面着手，仔细分析目的层位的地震信噪比和地震分辨率，合理运用井资料与地震资料信息，结合各种软件与技术方法的适用性，精细描述不同区块的储层空间展布特征。研究期间，冯小英吃苦耐劳的品质和创新求实的作风展现无遗，不管工作强度有多大，她坚持细致入微地分析每一个变化、每一项数据，而一项项成果也随之而来。

——在对乌兰花凹陷砂砾岩储层的描述过程中，她发现单一的声波反演无法区分高速砂砾岩和同样高速的白云质泥岩，为了识别有效储层，她创新声波与自然电位联合反演技术，利用自然电位曲线对储层的敏感性，较好地描述了该区砂砾岩有效储层的平面分布范围，为兰 18、兰 101 等井位部署及 2017 年度 2000 多万吨控制储量的上交提供了依据。

——在对乌兰花安山岩储层的描述过程中，她从安山岩的成因入手，提出了“定源、定相、定目标”的火山岩研究思路，利用中距离火山口安山岩的气孔、裂缝最为发育的特点，开展了火山岩相分布规律描述。先利用火山口的录井、地震相特征，绘制了该区的火山口位置分布图，顺藤摸瓜，落实了中距离火山口有利岩相带，最后成功地描述了安山岩有效储层分布范围，为 2017 年度乌兰花安山岩 3000 多万吨预测储量的上交提供了依据。

——在对杨税务奥陶系潜山内幕裂缝—孔隙型储层的精细描述过程中，为更好地描述裂缝发育区，她创新了“倾角相干”“振幅与相干叠合显示”等技术，较好描述了孔、缝交织有利区。针对潜山内幕流体以含气为主的特点，采用能量衰减、AVO 等含气敏感地震属性技术，精确描述了杨税务潜山内幕含油气平面分布范围，为安探 2、安探 3、安探 4 等井位的部署及 2017 年度杨税务上百亿立方米天然气、近 500 万吨凝析油预测储量的上交提供了有力依据。

渐渐地，冯小英在行业内的“名气”越来越大，其所在的“秦凤启专家团队”也接到了一项项技术合同，虽然工作更加繁忙了，但能用自己的技术优势为企业创收创效，冯小英心里有种说不出的满足感。

2012 年，冯小英和同事承担了海南南方公司《储层预测技术在储量研究中的应用》，针对该区岩性油藏特点，她应用声波时差、自然电位反演等多种技术进行储层预测，确定了储层发育位置、砂体形态及储层厚度，为岩性边界的圈定提供了依据，为南方公司2013年度近千万吨控制储量的上交做出了贡献，受到了甲方的好评。此外，她还参与了《碎屑岩、碳酸盐岩复杂储层预测技术配套与应用研究》《国内外主流储层预测软件性能评价及技术规范研究》《煤层气地球物理储层评价技术研究》等股份公司课题的研究，借助大平台，集成了碎屑岩、碳酸盐岩、火成岩、煤层气等不同类型储层预测规范流程及配套技术，创新了"源控、相控、体控""低中找高、高中找低"等20余项预测思路与技术。其中，"振幅比精确落实煤层气富集区技术参数选取"技术，可削弱煤层强背景干扰，突出隐藏在强背景下的煤层含气性的变化；"精细刻画断层和裂缝的分频相干技术参数选取"，极大提高了断层和裂缝的识别能力。

多年来，冯小英成果丰硕，获得省部级、公司级各类奖项达20多项。她非常珍惜这些荣誉，因为她认为这些荣誉不是个人的，而是属于整个团队。她常说："我获得的成绩，离不开团队的支持与帮助，奖章里面有他们一多半。"

三

一花独放不是春，万紫千红春满园。冯小英非常重视交流、合作与培训，随时关注国内外同行业技术动态。2008年11月，她参加了为期2周的集团公司物探专业高级技术人员培训班，了解了当时国内外采集、处理、解释等物探前沿技术的发展状态；2015年11月，她参加集团公司为期一周的"复杂构造成像及复杂储层预测技术"培训班。虽然已是行业内的翘楚，但她还是认真学习物探行业的新理论、新方法、新技术，不断提升自己的业务水平。每次学习回来，冯小英都会把学到的新知识传授给同事们。

作为公司中级培训师，冯小英高度重视青年科研人才的培养，近年来，她为基层员工开展业务培训 8 期，培训 200 余人次。2015 年 4 月，她接受地球物理勘探研究院区域室的邀请，开展了为期 1 周的储层预测方法及软件应用培训，从原理到方法，她的授课注重实用性、有效性，尽量做到通俗易懂，受到了该院青年员工的一致好评。2015 年 12 月，她为地球物理勘探研究院饶阳室就 EPS 软件应用开展了深度培训，极大促进了该室年轻人的学习热情和工作能力。2016 年 1 月，苏里格项目部派出了地质所的 5 名精英骨干，千里迢迢来到了地球物理勘探研究院储层预测室，进行了为期一周的学习，她当仁不让地做起老师，从 LANDMARK 到 EPS，从基本原理到实用技巧，从解释到储层预测，毫不吝啬地一一传授，使青年地质人员的业务水平得到快速提升。

在储层预测室，冯小英是技术带头人，是团队的精神支柱，也是大家的良师益友，对身边的年轻同事，她总是耐心、细致，手把手地教授他们，没有丝毫的保留，没有丁点的隐瞒。看着他们不断地进步，看着他们站在公司级课题汇报的舞台上展示成果，看着他们捧着获奖证书脸上洋溢着笑容，冯小英心里比喝了蜜还甜。用她的话说，那种满足感是打心眼里涌出来的……

2021 年盛夏的一个夜晚，勘探开发研究院资源与规划研究所 C 级项目经理冯小英的办公室依然灯光明亮。窗外广场上活动的人群和嘈杂的音乐，对她没有丝毫影响，她一直在专心致志地工作。

电话响起，是丈夫打来的，问她吃没吃饭，叮嘱她注意休息。冯小英抬头看了眼墙上的时钟，一晃又是三个小时过去了，她轻轻揉了揉隐隐作痛的脖子，这一长年伏案工作留下的毛病，提醒自己今天的工作必须要告一段落了。每次加班晚了，丈夫都会打来电话，这让她心里暖暖的，又有一丝歉疚。这些年光忙工作了，对家人的照顾实在是少之又少，尤其是那年爱人因糖尿病住进医院，她却因为忙于一个项目没能到医院陪护哪怕一天，对如何用药、如何降糖等方面的注意事项一无所知，爱人后期引发了周围神经病变，这让冯小英一直深感内疚。

“除了勤奋，还是勤奋。只有努力、努力，再努力，才能厚积薄发。”这是冯小英经常挂在嘴边的一句话，直到如今，冯小英依然保持着刚参加工作时的那股子拼命劲儿。有人劝她：“别那么拼了，有些事情交给徒弟们去做吧。”但她却笑着摇摇头说：“我干了20多年研究工作，要站好岗啊！该让年轻人干的我会帮助他们干好，我真心希望他们都能出成绩、挑大梁！”

冯小英是一个务实的人，她带领团队成员从真正的工作需求出发，认认真真搞研究，踏踏实实做项目，促进青年科研人员在实践中不断成长进步。她带出的徒弟刘浩强，连续两年获院科技进步一等奖，因优异的表现，获2013年度油田公司“优秀共青团员”称号；王亚在她的指导下，成长为业务骨干，并考上长江大学的地球物理专业博士；刘慧在参加工作的第二年，就获得院青年科技演讲赛二等奖。

一次，刘慧和几个年轻同事正在讨论问题：“薄储层的预测好难啊！分频技术应用是有条件的，很多地震资料在技术应用的时候总是不能满足条件。你们看，这块三维资料的频带较窄、处理效果就不是很好。”

碰巧，冯小英“串门”听到这话，她凑到电脑前，对资料研究了起来，“嗯，这资料剖面品质确实不太好，你们确定在分频处理时候的参数调整、技术流程没有失误或问题吗？”冯小英抬起头问道。

“应该没有，我们几个人同时处理了好几遍，效果都是这样，而且处理完我们又专门看了相关参数设置。”刘慧答道。

一旁的贾敬紧接着说：“分频技术确实存在一定的条件要求，主频要高、频带要宽，最近我发现拓频之后，再进行分频预测薄层有一定效果，咱们尝试一下？”

“好，没有尝试哪有结果，我们来试试！”冯小英马上决定。

说干就干。很快，年轻同事聚在了一起，在冯小英的指导下，商讨具体步骤流程、参数设置等，边学习边尝试，先用拓频技术进行了新一轮资料处理，再用分频技术进行薄层预测，仅用3天就完成整个预测工作，处理后的地震资料地层产状、构造背景等保持不变，层间反射、地层位置等更加清楚，预测薄砂层符合地质规律、成效明显。看着最终展现的效果，大家都乐了。

“多亏冯老师的指导，给我们停滞不前的思维注入新的能量，取得了这么好的预测效果，我们的‘武器库’里又添加了一件新‘武器’。”大家发出了由衷的感叹。

将经验写出来，将技术推广出去，让更多的人学会应用，让物探事业蒸蒸日上，是冯小英一直追求的目标。多年来，她在核心期刊、学术会议上发表储层预测相关论文共计16篇。其中，SCI论文1篇，《砂泥薄互储层地震预测技术在饶阳凹陷大王庄地区的应用》在中国石油学会“2009油藏地球物理技术研讨会”获优秀论文三等奖。

没有豪迈的语言，却奉献了青春年华；没有华丽的粉饰，却雕琢出科研的硕果。冯小英，这名在储层预测领域潜心钻研、创新求效的女强人，在华北油田物探特色技术发展的征途上，用自己辛勤的汗水浇筑了一个又一个桂冠：先后荣获省部级科技进步奖3项、股份公司勘探重奖2项、油田公司科技进步奖19项；获华北油田“三八红旗手”、河北省五一巾帼标兵、河北省五一劳动奖章、华北油田“十大道德模范”、全国五一巾帼标兵荣誉称号，并入选中国好人榜。

垦荒者

杨爱萍

他，是学识渊博的地质博士，长期从事油气勘探研究，近年来华北油田新区新盆地油气勘探发现的主要开拓者之一，被油田公司授予巴彦勘探功勋专家。他，是勤勉敬业的团队带头人，同事眼中的暖心大哥，一心扑在项目研究和人才培养上，在他的倾囊相授下，多名80后成长为油田勘探专家。

他就是王少春，曾任巴彦河套新区勘探项目副经理、巴彦勘探开发分公司副经理，现任油田公司勘探部副经理、矿权保增及流转勘探开发项目部经理，一位油气勘探领域的“垦荒者”。

一

很多人熟悉王少春都是从巴彦油田发现开始的。

2017年，面对原油产量连续下滑与国内原油需求逐年上升的突出矛盾，为保障国家能源安全，中国石油坚决落实习近平总书记关于加大油气勘探力度的指示精神，推进内部矿权流转改革，积极盘活久攻不克的已有矿权区块，解决投资不足、新区新盆地取得大发现增量不足等问题。同年8月，中国石油将首批流转区块巴彦河套五个探矿权区块流转到华北油田。

这一年，是华北油田发展的关键时期，油田公司坚决支持雄安新区建设，有序关停相关区域油气井，探采矿区域受限、产量面临下滑、后备资源不足的矛盾十分突出，油田发展面临严峻挑战。矿权流转改革为正在苦苦寻求资源接替战场的华北油田带来了重大发展机遇，成为华北油田发展的希望所在！而伴随机遇而来的，是探矿权 2018 年 4 月到期和矿权保护投资巨大的双重挑战，还有过去 40 年巴彦河套勘探“只闻楼梯响、不见人下来”的现实困难。

必须抓住机遇、战胜挑战，因为华北油田没有退路！在接手巴彦河套盆地探矿权后，油田公司领导高度重视，第一时间成立新区项目部，任命王少春担任巴彦河套新区勘探项目副经理，主管地质部署及研究、矿权业务。在公司副总经理张以明和勘探部经理张锐锋的大力支持与高效组织下，王少春带领科研攻关团队，从矿权延续登记、新区地质资料收集整理、多种地质手段的综合运用和综合研究，到区带评价优选、井位目标论证部署以及钻井工程组织实施，克服重重困难，利用 1 年时间，快速实现了河套盆地油气勘探的重大突破。巴彦河套探区 40 余年久攻不克的困难局面终于“破局”，当年上交预测石油地质储量 1.15 亿吨，发现了吉兰泰油田，被称为新区油气快速勘探典范，荣获 2018 年度中国石油天然气集团公司油气勘探重大发现特等奖，创造了华北油田勘探史上近 30 年来最好成绩。

巴彦河套勘探战果像是一针“强心剂”，给华北油田带来了无限希望。此时，王少春和与他并肩作战的同事们无疑是最幸福的人，可每当回忆起那一年的点点滴滴，他们总是感慨万千、五味杂陈。的确，一年来，他们承载着太多的希望，也担负着太大的压力。

从接到任务的第一天起，王少春和同事们就知道，这项工作只能成功，不能失败。为尽快选准勘探方向、选定攻关目标，他们在多次赴长庆油田调研的基础上，加快石油资源潜力分析，从 2.5 万平方千米的范围内，大海捞针般地优选核心区块，剔除低效区块，先后制定 7 套矿权保留方案，创新提出“三并二”矿权保留方案并通过审核，矿权投资计划从 6 亿元压降至 2 亿元，在 2018 年初完成了协议的签订，为华北油田拓展资源空间争取到了宝贵时间。

为了尽快掌握和了解该区域的构造和前期地质认识，王少春和同事们硬是在3个月的时间里搜集并啃下了30余篇相关论文、10余部著作和近百篇的成果报告。他们深入研究浩繁的相关区域地质资料，白天晚上连轴转，一点点梳理，一条条研究，让这些资料和信息在脑海中迅速储存，快速勾勒出通往油藏的“攻略图”。为了尽快实现勘探突破，他们在勘探部署与实施中突出“快”与“准”，在零下30摄氏度的严寒天气下，顶着内蒙古地区特有的暴风雪，在野外开展了高精度重磁采集等工作，并对地震资料反复解释修正。为确保目标井成功，他们每次要对井位进行三四轮的修改和完善。2017年岁末之际，项目部经理李拥军盯在现场，在内蒙古煤炭集团大力支持下，冒着严寒组织验证孔开钻，保障了在探矿权即将到期前部署研究快速与精准。来年开春，随着JHZK2、4井和吉华2井钻探成功，巴彦河套勘探首战告捷，开拓了华北油田资源接替新战场。

人们常说“十年磨一剑”，可王少春这把“剑”却磨了30年。1991年，22岁的王少春从西南石油学院石油地质勘察专业毕业后，分配到了华北油田勘探开发研究院，在石油勘探研究领域一干就是30年。多年来从事石油勘探工作让他养成了严细认真的作风，也积累了丰富的勘探经验。从冀中平原到塞上草原，从被称为“禁区”的晋县凹陷到新区二连赤峰盆地，王少春先后组织、参与过10余项课题研究，连续10年主持和参与油田公司级、股份公司级、集团公司级勘探研究项目，逐步成为在潜山油气成藏理论和勘探技术应用等方面的专家。他还参与了致密油气、页岩气、铀矿以及煤层气、煤成气等新能源新领域的相关研究及勘探实施，并从事矿权保增管理、参与钻井施工作业管理，多专业领域的历练，让他的统筹组织管理能力得到大幅提升。为了不断提升自己的理论水平，王少春始终坚持学习，先后取得了矿产普查与勘探专业硕士和石油地质专业博士学位，并将自己对于石油勘探开发的认识和经验进行总结梳理，在《石油学报》《天然气工业》《岩相古地理学报》《中国石油勘探》等国家核心期刊发表独著及合著论文 9 篇。他所组织的项目获得省部级科学技术进步一等奖 2 项、三等奖 1 项，局级科技进步奖 5 项。

从一名普通科研人员成长为石油勘探专家，王少春每一步都走得既艰难又坚实，也正是凭借多年的深厚积淀，在面对巴彦河套盆地这块难啃的“硬骨头”时，王少春和项目团队没有丧失信心、迷失方向。他们针对研究区“勘探程度低，构造格局、资源规模、源圈关系不清，主攻方向不明”的现状，抓住了制约突破的“圈源关系研究”这一关键，深化烃源岩评价，落实资源规模，结合盆地构造、埋深及地貌因素，首选临河坳陷南部作为突破方向，围绕吉兰泰潜山高点自西向东部署井位，成功打开了吉兰泰油藏的大门。

首战告捷的喜悦并没有延续多长时间，王少春深知，挖掘巴彦河套这片沉寂多年的土地之下的石油宝藏，还要经历更加艰苦的探索，实现规模增储和效益建产还将面临更大的挑战。王少春说：“吉兰泰油田是华北油田借助中国石油内部矿权流转机遇开辟资源接替战场的第一步，它的发现让我们增强了信心，也吹响了全面攻坚的集结号，接下来要全力以赴，继续找到油、多找油、找好油！”

二

2018 年末，王少春来到新成立的巴彦勘探开发分公司，担任主管地质的副经理。2019 年，巴彦河套勘探工作遭遇了低谷，在临河坳陷部署钻探的 7 口探井虽然都有油气显示和少量工业油流，却都未能获得高产和规模油气藏发现，原本制定的“南进东扩”勘探思路面临重大挑战。围绕吉兰泰油田周边，探井成功率低、甩开勘探效果不理想、资源接替和新的成藏模式不明朗、目的层埋藏深等诸多问题缠绕交错，困扰着项目组每一名成员。在华北油田干部员工对巴彦河套寄予越来越高的期望时，巴彦勘探却陷入了困境。

一时间，各种声音纷纷出来：在这个地下迷宫里还有无油藏？油藏究竟躲在哪里？河套区域是否还能够有大发现？继续投入资金是否会打了水漂？难道吉兰泰油田的发现只是偶然，只有50万吨规模？这些声音也传到了王少春和同事们的耳中，沉重的压力让项目组的士气低迷起来。

面对质疑，王少春依然坚定巴彦河套盆地还能有大发现的信念。他想到他的老师赵文智院士曾经说过的话："一个科研工作者必须要有当失败者的勇气，要有'积跬步以至千里'的准备和决心，无惧挫折、唯实求真，才能做一个合格的资源探索者、勘探垦荒人。"

为了给大家加油打气，王少春和项目组的成员们聊起了任四井的故事："都说井无压力不出油、人无压力轻飘飘，油气埋在地下几百米几千米，看不到、摸不着，要抱'金娃娃'咱们就得化压力为动力，凭借实力和技术来场地上地下的较量！当年任4井钻到井深3200.64米的时候，钻开白云岩层47米多完钻，当时从完井施工角度应该将油层套管下到第三系地层中固井，试上部地层的油，但是技术人员就敢突破原设计界限，以取心成果为佐证，坚持将套管下至潜山顶，通过原钻机裸眼在古生界碳酸盐岩地层试油，这才获得了高产油流。咱们现在已经相当于摸到了'油龙'的鳞片，只要再加把劲，就能把它揪出来。"

为增强团队的信心，王少春将油田地质老专家请来，为巴彦勘探"把脉开方"，多次咨询业内顶级专家，拓展研究思路。更让王少春感到振奋的是，油田公司副总经理牵头，首席技术专家把关，调整勘探方向，顶着压力给予项目组大力支持。王少春一方面组织研究院科研攻关团队开展井位风险研究，及时向股份公司进行汇报，并将上级的指导和支持第一时间传达给同事，提升团队的信心；一方面创新风险研究模式，"借脑引智"，牵头协调长城钻探、中国海油将精英骨干充实到攻关团队，共同对河套盆地进行精细地质研究，结合新采集资料重新落实地质结构。他带领项目组开启了"5+2""白＋黑"模式，通过不断深化资料分析，创新了油藏第三系中深层油气成藏新模式。

在王少春从2018年到2020年的工作日志上，密密麻麻记录了每一天的安排，他几乎没有节假日，在巴彦分公司和任丘基地两头奔波。不到两年时间里，项目部共组织召开了20多次勘探系统推进会，井位汇报频率最高时达到每周一次。在科研攻关过程中，王少春凭借丰富的勘探经验和高度的敏感性，提出了许多新思路新方法和创新性地质认识，有力助推了河套盆地快速勘探突破。在公司各级领导的大力支持和团队协同作战下，经过缜密的梳理分析，无数次的否定与肯定、推翻与重建，他们凭借着坚定的信念和多年实践与理论的积淀，拨开层层迷雾，最终锁定了位于北部生烃条件优越、资源规模较大的临河坳陷兴隆构造带为主攻潜力区。2020年8月，王少春在河套盆地区带分析会上的发言，更是加快了四大区带目标的推进。“十四五”开局之年，巴彦河套勘探再次迎来新的机遇，在股份公司的大力支持和油田公司的坚强领导下，团队振奋精神，全力向兴隆构造带进军！

2020年10月，临华1井喜获日产305立方米高产油流，打开了临河坳陷北部油气勘探新局面。令人惊叹的是，临华1井在钻探中达到了最终实钻与设计斜井轨迹严丝合缝的精准，超越了2018年吉兰泰低凸起第一口井JHZK2井实钻深度与设计分层仅差9米的精准程度！这是巴彦河套勘探项目组加班加点对比油层、分析老井资料、反复论证，先后经历了4轮的修改完善，绘制了30余幅成果图件，最终形成的最佳方案！用王少春的话来说，他们用技术实力和精益求精的科研精神，实现了油井的“量体裁衣”！

同年11月7日，兴华1井试油再传喜报，获得日产274立方米高产油流，产量远高于预期，储量规模也大大超过预计的5000万吨，高达1亿多吨！兴华1井的成功，实现了河套盆地油气勘探由点到面的全面突破，揭开了临河坳陷高效勘探、规模增储的序幕，创造了“当年勘探、当年突破、当年上交预测储量”的骄人成就，为华北油田找到了资源接替现实战场，坚定了5年之内在巴彦河套建成200万吨油田的信心。兴华1井实现了河套盆地北部石油勘探重大突破，荣获中国石油天然气集团有限公司油气勘探重要发现一等奖，创新成果分别荣获2020年度内蒙古自治区科技进步一等奖和2021年度中国石油天然气集团有限公司科技进步一等奖，该井被直接命名为“功勋井”，王少春被油田公司授予“第一功勋专家”称号。

历史总是惊人的相似。1975年，在冀中平原上，石油人以迎难而上、坚韧不拔的品格，敢为人先、奋力开拓的锐气，争创一流、勇攀高峰的斗志，讲究科学、脚踏实地的作风，打出了华北油田发现井任4井，揭开了古潜山油藏的神秘面纱，在中国石油勘探史上留下了“六口井定大局”的佳话，拉开了华北石油大会战的帷幕。

2020年，时隔45年，在距离冀中千里之外的内蒙古巴彦河套盆地，华北油田人征战大漠勇擒油龙，功勋井兴华1井打开临河坳陷石油宝藏的大门，再度创造出“六口井定巴彦”的奇迹。

巴彦高效勘探注定会成为华北油田开发史上一个新的里程碑，为巴彦勘探做出突出贡献的每一位开拓者也必将被历史铭记。

三

在巴彦河套盆地力争更大突破、取得更多发现，在内蒙古西部再造一个“新华北”，是所有建设者的共同奋斗目标，“工程不完工，誓不回冀中”“不找到大油田，决不把家还”，一句句铿锵的誓言，令人心血沸腾、激情澎湃，不由联想到火热的会战年代。2018年，王少春担任巴彦勘探开发分公司副经理时已经48岁了，再过两年就到了知天命的年龄，可他依然感觉身体内跳动着年轻的心脏、流动着青春的血液，为能有机会参与华北油田的“新会战”感到无比骄傲。

为更好地推进巴彦勘探开发一体化建设，巴彦勘探开发分公司采取

“油公司”模式，作为分公司副经理，王少春不仅要组织科技攻关，还要承担勘探开发管理工作。对王少春来说，在巴彦的每一天都是崭新的，都是充满挑战的，都是饱含激情的。繁重的任务和巨大的责任使他爆发出了巨大能量，不知疲倦地投入每一项工作中。他坚持科研生产一起抓，青年培养和队伍建设并重。为及时掌握生产情况，他常常出了会场就直奔现场，获取第一手资料、沟通问题、协调队伍、检验质量。2019年，“吉兰泰油田勘探开发一体化建设项目”被列入阿拉善盟和内蒙古自治区两级重点项目，对勘探开发提出更高要求。为了更好地推动这项工作，实现油田科学合理高效开发，他和主抓工程技术的李拥军书记成了“最佳拍档”，共同开展现场调研和方案研究、措施实施。由巴彦分公司牵头，成立了以采油五厂、友信作业区为辅的开发管理团队，对油藏开发情况开展跟踪分析，对主力油层分级、分区、分层精细制定开发方案，实施提升采收率的针对性措施，确保科学合理效益开采。

王少春多年来从事的是地质勘探研究，但他清醒地认识到，原油生产是一项系统工程，每一个环节都不可或缺，决不能“厚此薄彼”。他说：“找到油是夯实资源基础，提升油田采收率是稳产基础，我们要通过精细科学的管理，实现原油产量采得出、稳得住、上得去。既做到最大程度提高油田采收率，更要保持油田开发的持续向好；既做到资源结构的最优配置，更要保持经济效益的稳步攀升；既做到安全绿色发展，更要注重人企共赢、油地共进。简单来说，就是要让油田长青、草原更绿、效益更好！”2019—2020年，吉兰泰油田上交探明石油地质储量3505万吨，建成了年产原油50万吨的新油田，创造了河套盆地新区1年勘探突破、2年规模建产、3年持续大发现的新区勘探新速度。

在巴彦勘探分公司工作的两年中，王少春印象最深刻的是2020年春节期间值班的日子。突如其来的新冠疫情彻底改变了人们的工作生活节奏，全国多地采取严格的疫情防控措施，而巴彦河套承载着油田公司2020年新建产能任务近 20% 的工作量，只有井位早一天部署、钻探早一天实施，才能早一天拿产量、早一天见效益。同时物探地震资料采集工程也要抓住冬季黄金季节，尽快施工，为下步勘探提供可靠资料。面对疫情防控和油藏评价建产双重战役，王少春和巴彦分公司其他领导班子成员各负其责、紧密配合，轮流驻扎在生产现场靠前指挥。春节期间，为了确保能随时与各方保持沟通畅通，他让家人没有急事尽量在晚上九点之后再给他打电话，可往往有时候为了一个方案、一个措施要忙到午夜，等他想和家人打个电话彼此问候时，又怕夜深影响他们休息，只能作罢。在他和各方共同努力下，巴彦河套的冬季物探部署顺利实施，在疫情严重的情况下，完成了几乎不可能完成的任务。

四

2021 年，王少春调回油田公司勘探部担任副经理，负责河套项目、勘探储量、评价、规划等综合业务和矿权保增工作。在油田公司副总经理沈华一线总指挥下，在勘探首席技术专家张锐锋带领指引下，在勘探部史原鹏经理和巴彦分公司的有效组织下，他和研究院河套项目组及实验中心等相关单位齐心协力，积极践行勘探开发一体化工作思路，当年上交探明石油地质储量 1.002 亿吨，再次创造华北油田单年上交碎屑岩油气储量历史纪录。同时，他主持参与的洼槽区风险探井河探 1 井部署钻探，在古近系超深层 6112 ~ 6120 米试油获 302 立方米高产工业油流，打开了洼槽区超深层油气勘探新局面。甩开勘探兴华 1 构造西侧低部位，在他带领团队研究基础上，2021 年部署钻探兴华 11、兴华 12 井，发现超百米厚油层，展现了大型富油气区的特点，华北油田获 2021 年度中国石油天然气集团有限公司油气勘探一等奖。

“勘探从来不是一个人的孤军奋战，每一次突破都是集体智慧的结晶，是几代石油人共同努力的成果。我很幸运能够成为其中的一员，在他们身上不仅获得工作帮助和学识提升，还时刻感受到无私奉献和担当进取的精神，以及团队中真挚的情感。”在采访之中，王少春提及最多的是参与巴彦河套勘探研究的同事们。

从项目部组建那天起，“时间紧、任务重”这六个字如同刻在项目部每个人的生物钟上一般，让他们成为和时间赛跑的人。是啊，保留矿权、实现勘探突破、加快扩大成果、提速产能建设，一项项任务紧锣密鼓，项目部不敢有一分钟的停滞，所有人都有一个共同想法，那就是尽快拿到油，尽快筑牢“地下粮仓”，他们甚至没有吃过一顿安生饭、睡过一个囫囵觉。

王少春说，项目部很少有周末和节假日的概念。因为要及时向股份公司进行风险勘探汇报，努力争取风险勘探专项投资，王少春经常奔波在出差的路上，有时在高速上就开始组织在任丘的人员筹备材料、准备会议，等下车后直奔会议室。汇报频繁的时候平均每周一次，最忙的一周他们汇报 3 次，为了确保每一个方案的精准，项目部的同事们要对一条测线、一条轨迹反复研究，反复讨论。王少春说：“每次准备井位汇报是大家最忙碌的时候，总觉得时间不够用，争分夺秒抢时间，白天不够晚上凑、工作日不够节假日凑，从早上一直干到凌晨，回家的路上经常能看到早起的环卫工人都开始上班了。”每每和大家加班到深夜，他心中总是有一种感动，在这样高强度、高频率的工作运转中，没有人喊苦叫累，无论任何时候接到任务，团队都是无条件、高效率执行，还有什么能比与一群志同道合的战友并肩作战更让人激动的呢？

在那段最艰难的日子里，支撑王少春的除了责任和信心，还有身边同事们忘我的拼搏、无私的奉献与团结一心、开拓进取的团队精神。他难以忘记，项目经理刘静从进组第一天起，就几乎放弃了全年的所有休假时间，来得最早走得最晚，无论加班到多晚，她都负责开车把大家安全送回家，而她备战高考的儿子已经记不清多久没有吃过她亲手做的饭菜，没有在睡前听到那句“晚安”；项目经理王会来在赶往北京汇报的路上，得知妻子临产住进医院，为了项目能够顺利通过汇报，他没有请过一天陪护假，在孩子出生后请求家中老人照顾，安顿好妻子和襁褓中的孩子，便转身投入紧张的工作中；老专家汪剑在持续高强度的加班过程中坚守岗位，大家担心他身体受不了，劝他回去休息，可是他却幽默地说："回家我也放心不下，脑袋里总想着井位，更睡不着，还不如和大家在一起早点定下来更踏实！"为了节省中午的时间，整个项目组的午饭大多数都是集体吃盒饭、点外卖、泡方便面，每个人办公室里常备着洗漱用品和简单的换洗衣物，有时候干活到深夜实在困了，就在办公室的沙发上躺着休息一会儿。有好几次赶上夏季暴雨，别人都着急下班回家，只有他们项目组的人研究井位舍不得走，外面狂风暴雨、闪电雷鸣，他们在屋里紧张地忙碌着，等到大家把手头工作忙完，才发现暴雨已经导致楼前严重积水，最深的地方淹到了车门，大家只能挽起裤腿冒雨蹚水回家，等到家后鞋子衣服都早已湿透了。没有人抱怨，没有人叫苦，更多的是相互之间的打气加油，相互之间的体谅帮助。

星光不负赶路人，同心铸就石油梦。王少春和同事们凭借顽强拼搏和无私奉献，在矢志找油的道路上蹚过了激流险滩，在开疆拓土的战场上收获了累累硕果。他们针对制约油气勘探的关键问题开展资源潜力、控储机理、成藏规律和勘探技术等多方面的攻关，形成多项理论与技术创新并成功应用，直接推动了久攻不克的河套盆地勘探实现重大突破和持续高效发现。他们提出"新生侧运古储"潜山领域裂缝储层成藏和"自生自储、下生上储"的碎屑岩领域复式叠置油气成藏新认识，打破了常规条件下极浅层难以优质成藏的传统观念；采取中途裸眼坐封螺杆泵联作技术，加快吉兰泰坳陷新区太古界储层勘探进程，使河套盆地勘探进入快速持续发现新阶段。几年来，巴彦河套勘探项目部累计提交并实施钻探井位 40 余口，其中 20 口获得高产工业油流，研究成果荣获集团公司重大发现特等奖，巴彦高效预探评价项目组获得功勋团队荣誉称号。

由于王少春在新矿权流转及新区勘探研究中的突出贡献，2022 年他被任命为油田公司新成立的矿权保增及流转勘探开发项目部经理，成为公司2022年度十大重点工程之一的雅布赖与民和新矿权流转区块预探评价工程的负责人，管理关系华北油田未来发展空间的矿权保增相关事务以及新流转区块（雅布赖和民和盆地）的勘探研究工作。

又一次面对一个新的勘探领域，又一次迎接巨大而未知的挑战，又一次踏上充满荆棘坎坷的新征程，已经52岁的王少春既自信又坦然。他说："我将始终秉持垦荒者的开拓精神，勇闯勘探新区，破解理论和技术难题，为华北油田夯实资源基础倾注所有心血和汗水，为油田发展贡献全部力量。"

医者仁心

彭茜梅

选择了这个职业，就选择了奉献。

——题记

他来自“神医”扁鹊的故乡，仁心大爱、救死扶伤早已融入基因血脉；他出生于医学世家，从小耳濡目染，坚定了从医报国的信念。

在从医20多年的职业生涯中，刘海涛凭着内心深处对这份职业的热爱、对患者的体恤、对生命的敬畏，一步步成长为医院感染性疾病预防和治疗的技术专家。

一

2020年伊始，一场新中国成立以来我国遭遇的传播速度最快、感染范围最广、防控难度最大的疫情突然而至。

1月27日，农历大年初三，随着武汉的“封城”，国内各大城市陆续启动重大突发公共卫生事件一级响应，全国局势骤然紧张起来，正在休假的华北石油管理局总医院副院长刘海涛被紧急召回。

这并不是刘海涛第一次临危受命。17年前，在华北油田抗击“非典”前线，处处可见他奔波的身影，对他来说，披荆“逆行”仿佛是天生的使命。不同的是，那一年，他风华正茂；这一次，他已逾不惑。

“矿区有危难，医生即战士，宁负自己，不负人民！”两次相似的出战，一句同样的誓言。望着妻子担忧的眼神，面对孩子的依依不舍，他柔情中透着坚决：“你们在家好好过年，我去医院！放心，不会有事的！”

汽车向医院疾驶，以往车水马龙的会战道此时变得空荡荡的，刘海涛神情越发严峻，一种悲壮的情绪在心头笼罩。从医多年，虽然见惯生死，但是此情此景，还是让他的内心猝不及防。

新冠疫情传播速度会有多快？不知道。

华北油田矿区目前有没有感染者？不知道。

油田周边情况是什么状态？不知道。

疫情准备怎么预防？不知道。

医用防护服、口罩缺口多少？不知道……

当时的疫情传播情况，在刘海涛心里，在华北油田职工家属心里，一切都是未知数。正因为有太多的未知，才会引起连锁的恐慌，让人心中惊悸。

在总医院，刘海涛是院感方面的技术权威。他身兼多职，系中国医院学会医院感染管理专业委员会委员、中华预防医学会医院感染控制分会病原学诊断与抗菌药物学组委员、河北省医院协会医院感染控制管理专业委员会副主任委员等。早在疫情发生之前，他就很注重院感方面的研究，带领医护人员，多次到外地医学院学习取经。人们不是一开始就对院感重视的，别说是位于县级城市内的医院，就是省里有名的大医院，有些从事院感的专家都因为过于冷门而放弃继续研究，但是，他选择了坚守，这是一个医生的敏锐思维和善于在冷门中蛰伏的等待，是甘于寂寞的奉献。2016年，他还被中国医院协会授予“中国医院感染管理优秀青年工作者”荣誉称号。

尽管有较为丰富的知识储备，但面对这次一无所知的新冠肺炎疫情，刘海涛心里也没底儿。医院内，尽管是春节假期期间，患者一点儿不比平时少。诊室外排着长队，检验室、CT 室门口挤满痛苦的患者和焦虑的家属。

这样哪行！万一其中有疫情感染者，那不“火烧连营”？

形势严峻！刘海涛心急如焚，他深知，防疫就是战役，机会稍纵即逝，决策正确与否，果断与否，直接关系到华北油田矿区的公共安全，关系到广大职工家属的生命健康！

每临大事有静气，急事难事看担当。刘海涛感受到肩上山一样的责任！

当晚，在总医院疫情防控会议上，刘海涛提出，必须马上对病患分类分层管理，在总医院西院区（传染病院区）开通发热门诊，对发热病人进行集中诊治，并将确诊病例、疑似病例、发热患者、密切接触者“四类人员”隔离开来，隔断病毒传播。

随后，他第一时间主持制订防控工作方案和应急预案，协同梳理发热门诊工作制度、院感管理制度、消毒管理制度、医疗废物管理制度、环境消毒管理制度等；先后组织召开院感防控专题会议30余场次，参与制订防控措施16条，现场解决疫情防控难题；加强院内防护，先后组织抽调300余人充实发热门诊、发热预检、急诊科、120救护、急诊检验等抗疫一线科室，为全院疫情防控工作有序开展提供了有力支撑。一场疫情阻击战在华北油区全面打响了！

华北油田矿区分布在河北省廊坊、霸州、任丘、河间、肃宁和内蒙古锡林浩特市等地，施工区域更是遍布冀、蒙、新、甘、陕、晋、苏、浙、琼等国内多个省市区，点多面广线长，疫情防控难度非常大。总医院作为华北油田疫情防控的攻坚单位之一，义不容辞地担负起保护矿区居民生命安全的重任。

刘海涛带领同事积极与油田公司质量健康安全环保部、驻地市县卫健局、各级疾控部门、各街道办事处建立联防联控协作机制，切实落实防疫措施；指导总医院所属基层医疗机构，做好各辖区疫情防控，充分保障矿区居民消杀培训等疫情防控措施到位。

在这场没有硝烟的战役中，刘海涛既是指挥员，又是战斗员。他身先士卒，全力战“疫”，从2020年大年初三放弃休假回到岗位，他24小时奋战在医院，以办公室为家，连续工作20余天。这种“拼命三郎”的精神，感染激励着身边每一位医护人员。红红的手印按满了请战书，一批又一批白衣战士奔赴抗疫一线，毅然走进隔离区。他们也对病毒心存畏惧，但为了百姓的安康，他们冒着被感染的巨大风险挺身而出。

作为这场战役的指挥员，刘海涛时刻保持高度警惕，每天及时关注国内外疫情动态，研究预判疫情形势，采取果断措施，随时应对各种突发情况，同病毒赛跑，坚决守住疫情防线。2020年7月，随着海外抗疫形势日趋严峻，在宝石花医疗集团海外项目组的安排下，刘海涛组建涵盖医疗、检验、公卫的专业医疗队，远赴伊拉克哈法亚油田支援海外疫情防控工作。同时，组织总医院专家团队承担中国石油在亚太区的疫情防控指导工作，先后对亚太区20个国家、62个海外项目部的1840名中方人员进行培训指导，对45个项目部的新冠疫情防控方案进行了两轮次的审核，逐一提出改进意见。开展了两轮次的点对点督导，针对各项目部疫情防控措施及应急演练，指出疫情防控过程中的薄弱环节、风险点，指导项目部人员制定针对性防控措施，工作成效受到国资委和中国石油的好评。

面对新冠病毒的肆虐，需要大智慧，更需要大担当。2021年11月，刘海涛临危受命，受聘于任丘市医院担任副院长。他说，油田与地方是一家，守护人民群众的生命安全和健康，是每一名从医者义不容辞的责任！

仅2021年一年，总医院先后派出400余人参与任丘市全民核酸采集工作。据统计，油地医院联手，当年累计核酸检测22万人次，疫苗接种13万人次，为百姓筑牢了一道道健康防线。

油地同心，力能断金。油地协同抗疫，取得阶段性胜利，作为抗疫主力的总医院，凭借战“疫”中的社会担当，得到了地方政府和广大群众的高度认可。2021 年 10 月 30 日，深泽出现新冠确诊病例，辛集拉响疫情警报，疫情就是命令，防控就是责任。刘海涛和班子成员一道，紧急部署辛集矿区医院核酸检测工作，在人员紧、任务重的情况下，医务人员吃住在医院，战斗在一线，连续奋战、加班加点，还冒着暴风雪，对行动不便的矿区老人实行上门采集。经过近一个月的全力奋战，终于打赢了这场抗疫攻坚战。2021 年 11 月 26 日，辛集市新冠疫情趋于平稳，采油五厂给总医院送来了《感谢信》，感谢医院领导靠前指挥，全力支持；感谢医护人员无惧危险，辛勤奋战。

在这场没有硝烟的战场上，刘海涛和医护人员始终坚守在抗疫第一线，守护一方百姓的安康，他们是真正的“白衣战士”。

二

在刘海涛的办公室桌上，有一个圆形的鱼缸，每当他疲惫的时候，就喜欢看在鱼缸里无拘无束游动的小鱼，这对他是一种身心的放松。

同事们都说，刘海涛是与时间赛跑的人。的确，不管是作为一名医生还是总医院副院长，他每时每刻都处在忙碌之中。医生这个职业带给他的是无限的责任，就像抗击新冠疫情一样，他对自己负责的每一名患者都用尽全部的心血。他常说：“患者找我看病，就是以命相托，我必须担负起这生命的重任。”

这些年，医生这个曾经令许多人羡慕不已的职业，由于太过辛苦和医患纠纷等各方面原因，已经不复当年的光彩。可在刘海涛看来，医生不管多苦多累，仍然是世界上最崇高的职业。医生，是他儿时的理想，长大后的选择，也是他一生的荣光。

刘海涛出生于“神医”扁鹊故里——原任丘市鄚州镇，医学世家。小时候，“神医”扁鹊治病救人和父亲救死扶伤的故事常常令他着迷。少年时最清晰的记忆，是父亲一身白大褂、一个红十字的小药箱，每天忙忙碌碌，但走到哪里，都是人们敬佩的眼神。也就是从那时起，刘海涛坚定了自己的人生方向。

高考填报志愿时，其他同学都在为选择什么专业什么学校而绞尽脑汁，刘海涛一点儿都不着急，志愿从高到低，选的全是医学院，而专业首选临床医学。没有任何悬念，他如愿被河北医科大学临床专业录取。

在大学里，刘海涛敬业刻苦，成绩优秀，深得老师赞赏。他的恩师在河北医科大学基础医学院主抓组织与胚胎学教研室，治学极为严谨，是响当当的技术权威，在国内享有极高的声誉。这位“挑剔”的老师对刘海涛的评价是：为人真诚，品学兼优，是做学问的好苗子。毕业前夕，老师专门找刘海涛谈心，想把他留在身边重点培养，以便将来继承自己“衣钵”。要知道，毕业留校，业界权威重点培养，这是多少人梦寐以求的事，但刘海涛经过深思熟虑，还是婉言谢绝了老师的好意。以至于多年后，当刘海涛重返校园去探望病重的老师时，病榻上的老师拉着他的手，无不惋惜地说：“假如你留在这里，你现在的成就一定不亚于我！”

刘海涛没有为他的选择而后悔，他知道自己放弃一条成功的捷径，他更知道自己的理想是当一名临床医生，为众多患者解除病痛。于是，他来到了当时已是三甲医院的华北石油总医院。23 年，8000 多个日日夜夜，他从呼吸内科医师、主治医师、副主任医师、主任医师，到医院感染管理科科长、呼吸内科副主任、总医院副院长，一步一个脚印，每一步都走得扎扎实实。

他常说：“要想做一名好医生，就要把医院当成自己的家，把患者当成自己的亲人。”参加工作初期，刘海涛有 5 年时间是完全在医院中度过的。他急患者之所急、忧患者之所忧、想患者之所想，只要病人需要，他准会抛开手头一切，火速赶到病房；不管是什么时候，只要科室有事，他随叫随到。他的时间表上，从来没有固定的作息时间，也没有节假日。春节是举家团圆的日子，可在这个传统的节日里，他多次放弃和父母妻女的团聚，在医院与患者共度春节……他时刻牵挂着每一位患者的病情变化，遇到危重患者，每次都是冲到最前面，亲自诊疗，密切观察，直到亲眼看到患者转危为安。

76岁的刘显芝老人，因慢性阻塞性肺疾病合并肺性脑病住院，情况危急。虽然采取无创呼吸机辅助通气，但因年龄大、基础疾病多、病程长，肺性脑病、二氧化碳潴留严重，一直处于昏迷。刘海涛一直陪伴在老人床前，细心观察，随时调整呼吸机参数。经过连续72小时的积极救治，老人终于睁开了双眼。为表示感谢，患者家属又是送红包，又是一再要求请吃饭，但都被刘海涛婉言拒绝。就这样一来二去，他们成了朋友。

熟悉他的人说："医者仁心，在刘海涛身上体现得尤为明显。"

医者，需要严谨坚毅的意志，也需要一颗慈爱之心。刘海涛就是二者完美的结合。智慧与拙朴，硬朗与宽厚，不屈与妥协，尊严与随和，铁面与柔情……这些性格在他身上实现了对立统一。前者更多表露在他对事业的追求上，后者却深藏于内心。

在刘海涛的工作履历中，满满的都是实打实的事。既有救死扶伤的人命关天，也有春风化雨的以人为本；既有传经送宝的言传身教，也有静心研究的孤灯奋战；既善拿手术刀，还会捉学术笔。刘海涛认为，医学研究永无止境，只有不辞辛苦勇于攀登的人，才能更好地造福人类、造福社会。他说："做学问就像登山，越向上攀，离山顶越近，虽然很累，但越想上去看看，去体验'无限风光在险峰'的神奇魅力。"

2004年和2011年，刘海涛分别到北京朝阳医院、北京天坛医院进修学习，有幸得到了国内医学界非常有名望的翁心植院士、王辰教授、张杰教授的悉心指导。那些日子里，他像鱼儿畅游在海洋的碧波，既新奇，又兴奋。他如饥似渴地学习了无创通气技术、肺栓塞诊治、呼吸危重症、呼吸介入治疗等国内外前沿技术。对这个平时追着老师问问题、工作起来不知疲倦不知休息的年轻人，院士、教授们打心眼里喜欢，也很乐意倾囊相授。

谈起那段进修的经历，刘海涛感叹地说："老师们的忙，不是一般的忙，见老师面儿的时候，往往都是在半夜十二点以后，那时老师刚从手术室出来，学生们谁也不睡，都耐心地等待老师前来指导。当见到老师的时候，大家那个兴奋劲儿啊，跟小时候过年一样！什么是权威？什么是大医？那是他们几十年如一日的孜孜以求和辛勤付出得来的。与老师们比，我差得太多了，两次进修，对我来说不只是医术的进步，更是思想的升华。"说这话时，刘海涛的目光里有自豪，有激动，有怀念，更有感恩。

刘海涛自认为是个合格的学生。他利用进修学习的理论，结合自己的临床经验，积极在呼吸内科开展新项目、新疗法，完善呼吸内科的专业建制，突出呼吸内科专业特色，无创机械通气技术、肺栓塞及呼吸内镜介入治疗技术已经省内领先，大大方便了患者的救治，挽救了众多患者的生命。

凭着一股不服输的"钻"劲，他积极参加国家"十年百项计划"、国家"'十一五''十二五'肺栓塞科研计划"等。一分耕耘，一分收获。自2009年以来，他在核心期刊发表论文30余篇，曾主持、参与河北省科技厅、卫生厅、沧州市科技局及华北油田公司科研课题14项，获得河北省科技厅科技进步三等奖1项，沧州市科技进步一等奖1项、二等奖3项、三等奖1项，河北省卫生厅科技进步一等奖2项、二等奖1项，华北油田公司科技进步二等奖3项、三等奖1项。

三

个人优秀只能算是合格医生，如果能通过自己的努力，使整个团队以至整个系统的档次提升了，那才是上医、大医。多年来，刘海涛都坚持这个观点。他曾动情地说道："我人生最大的追求有两件事：一件是精研医术服务于社会；另一件是年轻人成长成才，青出于蓝胜于蓝。"多年从医生涯，他始终用医者的大爱，泽被乡邻，培育后辈。

刘海涛负责医院的临床教学管理，2020—2021学年，接收河北医科大学、河北大学、北方学院等院校学生130人。疫情期间人员不便集中，他创新采用录播课、直播课等线上教学，保障教学工作有序开展，圆满完成学生临床带教任务。他通过严格考核加强临床师资的培养与管理，定期对临床护理教学单元教师备课情况、临床实际教学效果等进行督导检查，采用师生双向考评等方式，促进教学相长，培养各类护理人才。2011年和2013年，他两次被总医院评为“临床教学优秀教师”。

刘海涛狠抓“三基三严”，每年定期组织心肺复苏、电除颤、气管插管急救技能培训及考核工作，培训医师达到100%参与、100%合格。对急诊妇科、产科、口腔、眼科、耳鼻喉科、急诊科医生进行小儿心肺复苏、气管插管等相关培训，线上培训300余人次。全面对接各临床医技科室，督导、规范医疗核心制度100余次，加强院科两级对接；制定院级应急预案，组织、督导科室应急演练200余次；现场组织、实施多次总医院群发伤大型演练，根据演练及时总结改进。

他创新护士人才培养，强化岗位胜任力，仅2021年，就组织三基理论培训考核33场2492人次，专项培训91场4327人次，三基技能培训考核3308人次，护士长“基本生命支持技术”专项考核44人次，录制培训视频12个。数字是枯燥的，但也是最有说服力的，这些数字体现了华北石油总医院医疗水平、管理水平的全面提升，也饱含着刘海涛的辛勤汗水。

刘海涛是华北石油总医院临床试验的最早筹建者之一。总医院临床试验建设从零起步，为使医院GCP机构及相关专业早日获得审核通过，取得试验开展资质，他先后派出医护人员10余人次前往北京世纪坛医院、北京天坛医院、北京航天中心医院、中国医学科学院肿瘤医院进修学习，同时外请专家来院授课，先后组织335人参加由辽宁省药学会承办的药物/器械临床试验质量管理大型培训，并通过考试获得证书。经过两年的发展，总医院9个专业获得药物临床试验资质，16个专业获得器械临床试验资质。同时，他积极构建规范化、高质量的临床试验体系，在注重试验承接能力的同时加强 PI 能力的培养，不断提升研究能力，大大提升了总医院的科研水平。

疫情持续反复，做好核酸检测是疫情防控的关键之举。核酸检测采集到的标本要在实验室进行检测，面对海量的标本，如何保证零错误，对总医院来说是个严峻的考验。刘海涛带领他的研究团队，开发“掌上医院”微信平台，方便群众预约、挂号、采集，确保核酸检测数据准确及时。许多油地居民高兴地说，在总医院真正体会到了信息化的便捷。

刘海涛始终把信息化作为助力总医院发展的有效途径，全面加强信息化建设。华北石油总医院作为全省第一家与省（国家）医保平台对接的医疗机构，率先实现油田医保患者刷卡结算；完成与省财政电子票据平台的对接及本院 HIS 系统相关改造工作，实现电子票据开具功能；积极对接河北省相关政府管理平台，实现电子健康卡（码）上线应用，患者可在微信公众号用电子健康卡进行本部预约挂号，打通了与省平台的信息互传通道，实现了患者全流程持手机“无实卡就医”，自费患者可线上支付，核酸线上预约、支付、查询结果。随着功能的不断开发与提升，总医院微信公众号的关注人数已超过 13 万人，通过公众号预约挂号超 17 万人次。2021 年，总医院血透管理系统建设完成并投入使用，在不增加人员的情况下，服务患者能力显著增强，与往年相比，每月透析人次增加近 10%，极大地提升了医疗管理效能。

大道至简，大医精诚。刘海涛的大道，就是一名共产党员的本色；刘海涛的精诚，就是一颗悬壶济世的博爱之心。有这样的医者守护着扁鹊故里的百姓，幸甚，幸甚！

花开荒漠沐朝阳

江　涛

黄河百害，唯富一套。广袤河套，千年河道。

扎根河套，地质勘探。华北油田，未来璀璨。

——王盛亮

汉族，1987 年 10 月出生，湖北监利人，中共党员。2013 年 7 月毕业于中国石油大学油气地质工程专业，硕士研究生学历，高级工程师，现任华北油田巴彦勘探开发分公司地质研究室主任。任何人看到这份简历都会眼前一亮，这份简历的主人就是本文的主人公——王盛亮。

初识王盛亮，身量不高，眉目清秀，老成稳重，操一口浓重的湖北口音，平时见人先露三分笑，大家都叫他“亮亮”，一则岁数不大，二则是他谦虚恭敬的处事态度。

熟悉王盛亮的人都知道，这个南方小伙骨子里有一种执着和坚韧。他八年如一日，凭借着严谨的工作态度、创新的工作方法、过硬的技术本领，用心血和汗水浇灌出一颗颗甘甜的果实，从一名懵懂青涩的大学生蜕变为独当一面的青年技术骨干，成为巴彦分公司青年员工的杰出代表。

他扎根西部、驻守荒漠，用担当、创新攻克一个个突破性的勘探难题，参与项目获得集团公司油气勘探重大发现特等奖、一等奖，油田公司科技进步奖一等奖。获评集团公司青年岗位能手、“冀青之星”、油田公司“十大杰出青年”、油田公司突出贡献技术人才。

上篇

黄河北，阴山南，八百里河套米粮川。地面上，农牧产业生机盎然；地层下，油流奔涌蓄势待发。阿拉善，是一个神奇的地方，蒙语意为“五彩斑斓之地”，曾经是我国最大的沙尘暴源区之一。现在的它，迎来了一群穿着“石油红”的华北油田人，他们昂首阔步挺进大漠深处，树立起一座座钻塔，打破多年的沉寂，为这片古老的土地带来了现代工业的生机。

王盛亮就是他们中的一员。

2017 年底，巴彦河套部分探区矿权由长庆油田流转至华北油田之后，当时在勘探开发研究院从事新区油气勘探工作的王盛亮主动加入巴彦河套新区项目，把攻关重心转向了难啃的“硬骨头”——巴彦河套区块。巴彦河套勘探几十年来没有取得太大进展，工作难度可想而知，而且时间任务紧、矿保缺口大、资料不完善，但这些困难没有吓退王盛亮和他的同事们，反而激发了他们的斗志。华北油田的发现也经历过“三上冀中”的艰难探索，地质人员凭借锲而不舍的执着、坚韧，才有了任 4 井的一鸣惊人，才有了“六口井定大局”的勘探奇迹。他们坚信，凭着大家的刻苦攻关，一定能啃下这块“硬骨头”。那段时间，王盛亮像一只陀螺，责任促使他一直高速运转，一刻也停不下来。办公室成了他的家，饿了，嚼几口方便面；渴了，灌一杯凉茶；困了，就在沙发上对付一宿。

“难点可能是希望点，找油人要有新观念、新思路。”这是王盛亮对勘探工作的认识。随着地质认识的逐步深入，王盛亮和同事们逐渐找到了攻关的方向，他们抓住阿拉善吉兰泰地区在太古界钻遇油苗显示的线索，优选吉兰泰潜山作为重要的突破口。有了努力的方向，王盛亮的干劲更足了，他每天钻进地震资料、对比图、钻井资料中，废寝忘食地分析图纸、解释资料。让他欣慰的是，他全程参与标定的 30 余口井位中，当年实施了 13 口，有 7 口井获工业油流，其中 5 口获得高产。吉华 8X 井自喷获日产超

300方的高产油流，JHZK2井经压裂获得超20立方米的工业油流，成为河套盆地第一口出油井，一举打破了巴彦河套40年的沉寂局面。这是华北油田地质勘探工作者的骄傲，他们再一次将不可能变成可能。

随后喜报连续传来：JHZK7井、JHZK5井在太古界变质岩潜山分获27立方米、10立方米的工业油流；吉华2X井发现Ⅰ、Ⅱ类油层近200米，实现碎屑岩领域的重大突破；吉华4X井发现Ⅰ、Ⅱ类油层超200米，在白垩系自喷求产获200余立方米的高产油流；吉华8X井发现一、二类油层数百米，试油获自喷逾300立方米的高产油流。这不禁让人联想到激情燃烧的华北石油会战时期，"天天传捷报，越干劲越足。"

从部署到实施，只不过短短一年时间，巴彦勘探就取得了重大突破，使巴彦河套盆地成为华北油田现实的资源接替区，被股份公司称赞为"中国石油新盆地高效勘探范例"。

"把每个机会都当作'救命稻草'，对每件事都全力以赴，才能履行好自己的职责。"王盛亮是这么说的，也是这么做的。

为了保证巴彦浩特盆地3口井的钻探任务圆满完成，王盛亮盯在钻井现场。井间最远距离长达200千米，为了取准岩心，他在录井现场与工作人员目不交睫地盯到凌晨5点，工作刚完成，顾不上休息，就拖着疲惫的身体带着卫星电话赶到另一口井。这样的状态，整整持续了一个月。"钻研、认真、吃苦"，这是同事们对王盛亮的一致评价。的确，在生活中温和低调的王盛亮，在工作中却是个犟脾气，遇到不会的，不弄通弄懂决不罢休，白天不弄明白，晚上就加班钻研，"5+2""白加黑"在他的身上体现得淋漓尽致。

钻孔有多深，洞察的眼界就有多深。在这片广阔、偏远、荒凉的土地上，王盛亮从来不抱怨、不怕苦、不服输，他深信，"只有荒凉的沙漠，没有荒凉的人生"。他清楚地知道，巴彦河套一定会成为华北油田的新希望，作为一个年轻地质工作者，能参与其中，是一生的幸运和自豪。他希望自己能像华北石油会战时的开拓者一样，用青春和汗水浇灌出一个大油田。

2018 年 12 月 15 日，巴彦勘探开发分公司成立。2019 年 1 月，胸中怀着一团火的王盛亮有幸成为建设巴彦的“先行者”。王盛亮的勘探人生由此翻开了新的篇章，他将面对新的天地、迎接新的挑战。

中篇

乌兰布和沙漠，在蒙语里意为“红色的公牛”，南北最长 170 千米，东西最宽 110 千米，总面积 1 万多平方千米。在巴彦淖尔流传着这样一句话：“如果你恨一个人，春天里带他来乌兰布和，这里的春天风沙最肆虐。”这里“天上无飞鸟，地上不长草；风吹石头跑，日头晒个饱”。不管往哪个方向看去，都是满眼苍茫。

“头一次见到沙漠，特别激动，但还没高兴太久，大自然就给我来了个下马威。”回忆起当时的场景，王盛亮记忆犹新。那天原本晴空万里，阳光将起伏的沙丘勾勒出金色的轮廓，蓝的天、黄的沙，随便一个摄影门外汉用手机随手一拍都是一幅绝美风景画。正当王盛亮沉醉其中的时候，一名同事指向侧前方说：“看，起沙尘暴了。”只见远处“黄龙”腾起，越来越近，变成一堵灰黄色的“城墙”，很快将他们卷入其中，晴空万里瞬间变成暗无天日。漫天的狂沙无孔不入，满头满脸满嘴满耳朵都是沙土，秒变“出土文物”。王盛亮第一次感受到了天地之威，也发自内心地对大自然产生了敬畏。但作为一个石油人，他知道自己肩负的责任，不管条件多艰苦、环境多恶劣，不管付出多少辛劳，也必须把地下的“油龙”牵出来，因为这就是他们的使命。

在巴彦的日子，王盛亮总有一种身处另外一个时空的感觉，与荒漠为伴，少了许多诱惑，与喧嚣、繁华无缘，大家的内心更加澄澈，想法更加简单。

距离任丘 1300 千米，距离敖伦布拉格镇 5 千米，一座米色的四层小楼静静地伫立在沙海中，这是巴彦勘探开发分公司的前线指挥部。巴彦分公司干部职工奔着“百人百万吨”的目标，发扬“白天黑夜连轴转、热火朝天拼命干”的创业精神，争分夺秒、大干快上，为早日建成大油田挥洒着青春和汗水。

在单位王盛亮有个外号叫“加班亮”，每天他办公室的灯经常是全楼第一个亮起，最后一个熄灭。加班加点对王盛亮来说是“家常便饭”，全年休假还不到 40 天。有人问他这样干工作累不累，他说：“在宿舍是坐着看手机，在办公室是坐着看电脑，有什么累的。”话是这样说，可大家都知道，地质工作累脑费心，绝不是他说的这样轻松。王盛亮对工作是出了名的较真，每个设计、每条数据、每项工序，他都要过目、落实、把关，这也练就了他一双“鹰眼”，各个环节出的问题，他经常一眼就看出来。凭着执着的精神和出色的业绩，王盛亮到巴彦的第一年，就被评为油田公司突出贡献技术人才。

成功的背后注定是艰辛和汗水。对于勘探人员来说，地质踏勘是个苦差事，在茫茫戈壁沙漠进行踏勘更是苦上加苦。王盛亮和同事每次踏勘都要驱车上百千米，坐 100 千米“过山车”，再强壮的身体也吃不消，王盛亮已经记不清呕吐过多少次了。到目的地后，他们还要徒步很远，鞋带系得再紧，沙子也会钻进去，走的时间一长，脚掌磨得全是水泡。赶上沙尘暴就更别提了，眼、耳、鼻都被灌进了细沙，眼睛再痒也不敢揉，怕磨破眼膜，回车上先得用水漱漱口，不然保不齐就会被沙子硌了牙，然而这一切并不能动摇他沙漠寻“宝”的信念。

2020 年，吉兰泰油田发现后，中北部的纳林湖、兴隆构造带相继获重要勘探突破，尤其是临华 1X、兴华 1 井试油均获高产油流，所有人都像打了“兴奋剂”一样。王盛亮立即开始对该区块进行井位研究、随钻分析，加强兴华 1 井与邻井的对比，提前预判进入显示集中段的时间。同时，通过找准岩性与钻时之前的规律，排除其他参数的影响，卡准取心层位，实现成功取心。

“已经好多年没见过这么好的岩心了！”原油渗出岩心，在阳光下反射出迷人的光泽。这些岩心更加坚定了这群荒漠找油人的信心，也为后续的高效勘探开发提供了资料支撑。

2020年年底，面对冬季施工难度大的实际情况，为满足地质要求，更好地管理位于纳林湖构造带的两口重点探井，王盛亮主动前往现场驻井。为落实油气显示、建立岩性剖面，他不放过任何蛛丝马迹。安全是“天字号”工程，容不得半点疏忽大意，王盛亮每天一早一晚都会组织人员检查井控安全，从不间断。有一天，气温骤降到零下30摄氏度左右，虽然没穿棉裤，王盛亮还是坚持例行检查，不到一分钟，寒风就把他全身冻透，脸上刀割般的疼，四肢冻得发僵，但他还是像往常一样，把井上全部安全检查点都认真查了一遍。第二天醒来，他全身酸痛，起床都费劲。钻井进入油气显示段后，王盛亮的神经绷得更紧了，为了卡准取心段，他一直待在地质房，死死盯住屏幕，一待就是七八个小时。

巴彦油田开发建设采取“新会战”模式，华北油田公司、渤海钻探公司、华北运输公司等各单位的参战员工为了同一个目标，在离家千里之外的戈壁荒漠奋斗着、拼搏着。所属单位尽管不同，但大家都是石油人，“一家人、一条心、一股劲、一起干”是大家共同的心声。王盛亮清晰记得每一个奋斗的场景，冰天雪地中，岩心出筒了，钻井、录井队的员工早在寒风中做好了准备，待钻井队成功取出岩心后，录井队及时补位，摆心、清洗、整理、描述、拍照，整个过程动作娴熟、配合默契，大家似乎都不用太多的语言交流。在如此艰苦的环境中，大家展现出的是一种紧张的节奏和平和的心态。而王盛亮知道，他们和自己一样，春节都是在工作中度过的，不知有多久没和家人团聚了。

这就是石油人！

在参战队伍的共同努力下，磴探1X井、吉华27井终于顺利完成了钻探任务，良好的油气显示证实了纳林湖构造带的勘探前景。

在巴彦的几年中，王盛亮觉得每一天都是崭新的，每一个明天都值得期待。

下篇

随着巴彦勘探捷报频传，“巴彦”已经成为华北油田的热词。举全华北之力，支持河套盆地勘探开发建设，力争“十四五”末建成200万吨油田。在油田公司的战略部署中，巴彦油田勘探开发是重中之重，这片荒漠承载着华北油田的未来。

激情往往都是暂时的，会随着时间的推移慢慢归于平淡。但王盛亮的奋斗激情却一直在燃烧，每一口高产井的诞生，都会让他心血沸腾，让他联想到华北油田创业初期的火热场景。当初“六口井定大局”，如今“六口井定巴彦”！华北油田“重上千万、再铸辉煌”的美好愿景寄托着几代华北油田人的梦想，而这梦想正在他们的奋斗中逐渐变为现实。

从南部的腾格里沙漠腹地，到中部的乌兰布和的戈壁沙漠，再到北部的草原，三年来巴彦河套区块的完钻井数量众多，而王盛亮基本现场踏勘了所有的井，每口井的情况他都了解。钻井是一项系统工程，不仅投资巨大，而且从地质设计、标定井位、现场踏勘，再到钻井、录井、测试、压裂……不知要多少人付出多少心血。为了让所有的付出获得应有的回报，王盛亮对待每口井都严细认真，从井位下发、现场踏勘、三图两表、地质设计、随钻分析、完井讨论、试油讨论、试油试采动态跟踪，他全程参与，取全取准各种资料，加强邻井对比，确定完钻井深，把好每一个关口，不敢有丝毫大意。

“亮亮主任，小小年纪，怎么这么拼？”同事们已经习惯和他开玩笑了。他笑着回答：“年轻就要拼！哈哈，今天的活儿忙完了，下班和我打篮球去吧，球场上咱们‘嗨’起来！”

巴彦油田勘探开发采取的是“油公司”模式，分公司定员很少，每个人都承担着巨大的工作量，工作起来都是连轴转。吉兰泰、巴彦淖尔、纳林湖“三大油田”的勘探开发建设都处在关键期，不管是管理人员还是技术人员都要靠近一线、支持一线、服务一线。按他们的话说，就是让问题在第一时间发现、方案在第一时间研究、实施在第一时间启动、问题在第一时间解决。从食堂就可以深切感受到大家的工作状态，即便是“高峰期”，就餐的也不过寥寥十几人，他们或一个人快速扒拉、吞咽着饭菜，或三五人一起边吃边在餐桌上比比画画小声聊着什么，说的都是钻井生产、联合站建设、原油稳定。

为了缓解大家的工作压力、保障身心健康，王盛亮经常会在工作允许的情况下组织大家积极参加分公司开展的文体活动，他也总是身先士卒。篮球赛、毽球赛、文艺汇演，永远少不了他活跃的身影。在他的带动下，地质研究室成为一个朝气蓬勃、积极向上的集体。

“他对自己始终是高标准，从不因为工作量大放低工作要求。”

“他从来不怕吃苦，有什么急难险重的工作都冲在前面。”

“他敢于承担责任，从不揽功推过。”

这是同事们对他的评价。作为一名85后，又要干好技术工作，还要承担起管理者的责任，并不是一件简单的事情。可在地质研究室，大家对他们的“亮亮”主任心服口服。都说王盛亮不仅业务精湛，管理上也能抓住关键、敢于创新。

王盛亮特别注重团队建设，因为他知道，单打独斗不可能干成大事业，建设巴彦油田，需要每一个人都能发挥最大作用，而现在室里新人多，最关键的就是加强培训，快速提升他们的业务水平。为此，王盛亮总结一套“1333”培训方法，“1动”，对技能学习要动心；“3勤”，向师傅学习做到嘴勤、手勤、腿勤；“3把”，把实际工作当作课堂、把成功实践当作教材、把技术攻关当成课题；“3坚持”，坚持因人而异、坚持人岗相适、坚持合理分工。

地质研究是一项实践性很强的工作，积累知识是为了勘探实践，最终都要落实在井位上。平时工作中，王盛亮有意识培养新人的实战能力，把每一口井的地质研究都当作实践培训课，提升他们的思考能力、分析能力。在项目实施中，给他们交任务、压担子、提指标，让他们在实战中快速成长。刚走出大学校门没多久的新员工关康在他的帮助下，不到半年时间，就成长为油田公司D级项目经理。

“20多岁是最想干事，又往往没方向的时候。有王盛亮这样的好领导、好老师给我引导方向，我很幸运。”田风霞是2021年刚入职的大学生，说到王盛亮，她总是心存感激。

地质研究室的每一个年轻人都得到过王盛亮无私帮助，虽然王盛亮也才30多岁，但他凭借着扎实的理论根基和丰富的实践经验，俨然已经成了这些新人的“老师傅”。尤其是田风霞，更是和他签了“师带徒”协议的“亲徒弟”。王盛亮不仅传授给她业务知识和实践经验，也注重培养她艰苦奋斗的精神品质和严细认真的工作作风。

2021年10月23日，霜降，河套盆地夜晚的最低气温已到零下。王盛亮带着田风霞去兴华11井场取岩心，虽然田风霞之前也到过几次井队，也取过岩心，但这么晚的时间、这么冷的天气到钻井生产现场还是第一次。

“把‘串联’的工作变成‘并联’推进，这就是咱们能创造‘巴彦速度’的秘诀。”王盛亮边说着边大步走向板房，查看长城钻探、录井公司、测井公司取岩心前的准备工作，确保顺利出心、摆心，快速化验出数据。田风霞紧跟在师傅的身后，仔细听着，认真记着，这对她是一次难得的学习机会。

“测井是对岩心做出及时评价，验证是否是油层，这样做能确定预测储量，为下一步工序提供依据。”王盛亮指着已到位的测井车，给田风霞仔细讲解。

空旷的钻井现场，寒风刺骨，田风霞不停跺着脚，把棉衣裹得紧紧的。

王盛亮语重心长地说："做一名石油人就是要能吃苦，石油精神的核心就是苦干实干，这可不是空话，不能因为现在比以前设备先进了，工作生活条件好了，就不讲石油精神了。咱们巴彦实现勘探大突破，创出'巴彦速度'，靠的就是石油精神。"

田风霞把缩在衣领的脖子挺了起来，用力点了点头。

"出来了，准备下放！"听到岩心取出的指令，王盛亮立刻围了上去。他戴上手套，拿起岩心，仔细观察是否有油花，又用手捏了捏，判断是砂岩还是泥岩。

"取了7米的岩心，有接近5米的油浸显示！"在寒风中站了一个多小时，王盛亮的脸已冻得通红，但这丝毫没有影响他激动的心情。每当发现好的油气显示，尤其是打出一口高产井，王盛亮都会兴奋好几天。

王盛亮早已将自己的人生与巴彦紧紧地系在了一起，他为巴彦付出心血、智慧和汗水，而巴彦也给他提供了施展才华、成就事业的舞台。他参与的项目《巴彦河套盆地石油勘探重大发现》《巴彦—河套盆地石油地质综合评价与勘探突破口研究》分获集团公司油气勘探重大发现特等奖和一等奖。他本人被评为河北省"投身三创四建　勇当时代先锋"新时代"冀青之星"、集团公司"青年岗位能手"、油田公司"十大杰出青年"、油田公司突出贡献技术人才。而更为重要的是，巴彦成就了他的石油梦。

曾有人问王盛亮人生的关键词是什么，王盛亮脱口而出，传承、奋斗、守望。

奋斗的青春最美丽，因为这青春经过风雨的洗礼、汗水的浇灌。巴彦是王盛亮梦开始的地方，这里的风沙磨砺了他的青春、激发了他的斗志，他还将在这片热土继续传承、奋斗、守望，直到实现自己的梦想。

笔端人生

李　淇

脚踩泥土，才能感受新闻的诗与远方；心中有光，才能不惧脚下的山高水长。

——李长开

做正确的事

2005年3月下旬的江淮之间虽然春寒料峭，但万物萌发、天地清明的景致，让初到这里的人顿感清爽与兴奋。

“这就是我们的工地，这个标段这几天就要完工收尾。”3月23日，在江苏省宝应县的田野间，华北石油管理局工程建设公司冀宁联络线项目部工作人员正向记者进行介绍。而采访的记者之中，就有刚刚从电视新闻记者转岗到报纸文字记者的李长开。

虽然已经从事电视新闻工作10年了，但对于传统媒体的报纸新闻采写，李长开感觉自己依然是一名“新兵”，需要迅速成长。因此，当科室领导提出外出采访时，李长开二话没说就答应下来，开始了他的首次长距离跨区域采访之行，采访对象就是以攻坚啃硬著称的华北石油管理局工程建设公司。

经过一夜的颠簸，在科室领导的带领下，采访团队从扬州下了火车，又开车往北走，下午5点多天快黑时达到江苏省宝应县。到达目的地刚住下，大家就到项目部张经理住的房间开始采访。张经理简单介绍了一下项目情况，并自豪地说，他们干的标段超过其他承包商标段，创了第一的纪录。

聊天过程中，问到有啥挖潜增效的地方不？张经理想了想，问前几天甲方单独追加1000万元投资算不算，记者们一听立马来了精神。原来是他们实地踏勘后，发现甲方施工设计图与实际有出入，甲方一开始还不信，说是设计图上都是卫星航拍图，根据航拍图算的投资定额，哪会有错。他们就把现场查看相关资料给甲方看，甲方才认可，并给他们追加了投资。别的单位都没有这么较真儿地找，设计变动增加的投资只能自己承受。这就相当于这个微利的项目，凭空多出了1000万元的利润。

当时一听这个事例，大家都觉得好，科室领导当即拍板，要单独写个新闻故事。第二天，又找了具体踏勘的人，详细询问了一些情况，了解了参加人、故事梗概、时间、地点等细节。

“这是一个最好的好新闻素材，要尽快把这件事写出来。”采访回来后，李长开用一天多时间就写出了2000多字的关于追加投资的通讯，科室领导修改后，定名为《双脚走出1000万》。这篇通讯，当年获得河北新闻奖通讯类一等奖。

为啥一件不起眼的小事，在经验丰富的老同志眼中，就能看出不一样的意义？李长开陷入深深思索。

“要当‘富’记者，不要做‘穷’记者。”联想起入行之初新闻前辈对自己的谆谆教诲，他又豁然开朗。“穷”“富”不是金钱上的度量，而是记者采访素材、占有资料、熟识企业的多寡程度，更是拥有远见卓识、能独立思考问题的思想厚度。可以说，资料的厚度、思想的深度，就决定新闻的高度。

当记者，不仅要用眼睛和双脚去寻找远离繁华的“石油红”，更要用手中的笔真实记录企业行进的脚步，争做经验丰富、思想富足、见证历史的“富记者”，李长开下定了这样的决心。

2014 年后，油田公司推行智慧油田建设，并在二连高寒油田启动试点试验。当时，有许多人质疑这一工程，认为减员不增效，花钱不增油。

面对质疑，正在二连油田采访的李长开，没有简单地予以肯定或否定，而是深入生产一线，深挖细掘，追根溯源，从正反两个方面寻找问题答案。

通过深入探寻，他发现了老油田信息化建设的优势所在和反面舆论产生的原因。他认为，二连智慧油田建设通过以电脑代替人脑、解放人力，提高生产效率，减少生产损失，这本身就是一种生产力的进步；而信息化采集方式出现的误差以及人工岗位重复设置都是暂时的，是可以改进和优化的。

企业的发展，不应该仅仅表现在增加几吨油上，更多地应该表现在思想理念和生产方式的进步上。基于这种认识，他和同事一起撰写了新闻调查报告《信息化，让油田脱胎换骨》，并在油田上下激起强烈反响。

没有思想不写稿，没有新意不成篇。这是李长开对自己新闻写作的严格要求。同时，他也特别重视对油田经验的发现和深层次精神的发掘。

华北油田再评价工作，以往在股份公司层面并未显山露水。2016 年，在油田开发部门领导的指导下，李长开对油田富油区带整体再评价工作进行系统总结，得到上级部门的高度评价，华北油田富油区带整体再评价成功经验在股份公司范围内进行了全面推广。

2017 年，他再接再厉，采写新闻调查《管理有道、点石成金——华北油田创新勘探井位管理探析》，在《中国石油报》一版头条刊发，树立了油气勘探领域的样板，集团公司有关部门还表示，要在集团层面对华北油田勘探创新经验进行推广。

反映企业的发展风貌，是记者基本功；反映员工的利益诉求，同样是记者职责所系。

2015 年，一个主题为“华北油田公司局机关平房拆迁黑幕”的帖子，在部分网站出现。这份署名“局机关平房小区大多数居民”的帖主认为，局机关小区平房不属于棚户区，不应拆迁，而且“任丘市政府批准为棚户区改造项目是非法的”。

但是，另一方面，小区许多居民却自发召开座谈会，支持拆迁。到底谁代表群众心声呢？已建成近40年的局机关小区平房，算不算棚户区？多数群众的心声如何，支持不支持拆迁？华北油田公司、任丘市以及承担拆迁工作的华美综合服务处，到底有没有违章、违法以及野蛮拆迁？

对于这次极为敏感的采访，李长开没有推脱责任，而是主动承担重任，并实地进行调查采访。

通过对工作人员采访，与居民座谈，李长开逐步了解到支持拆迁是主流民意，个别人不支持拆迁也是为了经济利益原因。同时，又学习了国家有关文件精神，最终形成调查通讯《老屋拆迁，牵动谁的心？——局机关棚户区改造相关问题调查》，对群众疑问一一解答。

这一报道刊发后，立即在群众中激起反响。了解到真相的群众，更加支持拆迁行动。受此影响，油田此后的几处拆迁，都平稳有序推进。

记者，既要“正确地做事”，又要“做正确的事”。能为大多数群众说话，对李长开来说，就是“正确的事”，才不辜负记者这个职业称号。

永远走在采写路上

2015年元旦刚过，油田公司分管科技工作的领导要求对二连智慧油田建设情况进行先期调查报道。当时，地处内蒙古腹地的二连油田，刚刚下过雪，还刮着“白毛风”。李长开已经是新闻中心记者部主任，接到任务后，他二话没说，打点行装，和同事一起奔赴二连一线。

越是艰苦时刻，越要体现新闻记者的担当。在二连油田，李长开3天时间马不停蹄，行程几百千米，采访3个采油作业区，整理了上万字的采访笔记。期间，他连续克服感冒、头疼、胃痛等带来的身体挑战，坚持到采访任务完成的时刻。

返回岗位后，他加班加点，在最短时间内，完成了近万字的调查报告的组稿、撰写和修改完善工作。最终，在《华北石油报》和《中国石油报》分别刊登了重磅报道。其中，通讯《信息化力挺二连油田华丽转身》在《中国石油报》整版刊发后，华北智慧油田在集团公司层面叫响了品牌。

记者，要永远行走在路上。多年来，李长开坚持深入一线采访，东征冀东滩海，西进塔里木大漠、戈壁，北上塞外草原，南下水乡泽国，足迹遍布华北油田绝大部分生产区域，多次亲身经历油田重大事件，采写了多篇高质量的新闻报道，打出了华北石油报记者的声誉。

在蒙古国草原，在周边百里无人烟的铁皮房里，他与一线干部员工同吃同住同劳动；在大西北黄土塬上，他与值守员工促膝谈心、倾听民意；在江南水乡，他与油建工人一同感受蚊叮虫咬、潮湿闷热……无论如何身心疲惫，但李长开总是坚定一个信念——火热一线，是新闻的诗与远方；民情民意，是记者的星辰大海。

在一线采访时，无论采访环境和条件如何艰苦，李长开都不喊一声苦、不叫一声累。2007 年 7 月中旬，在冀东采访时，他在发烧、身体虚弱的情况下，依然坚持登上端岛采访，掌握第一手素材。8 月中旬，在塔里木采访时，他不顾当地环境和条件的恶劣，毅然深入“死亡之海”——塔克拉玛干沙漠腹地，并颠簸数百千米到西气东输气源井进行采访，不仅直接感受了华北参战队伍的风采和艰苦奋斗作风，更掌握了大量的现场资料。9 月初，他北上蒙古国塔木察格探区华北驻地采访，在荒无人烟的蒙古大草原，与华北参战职工一起风餐露宿、品味寂寞。

在这些条件艰苦的一线，他以展示一线职工风采、反映一线职工心声为己任，不惧困难、不屈不挠进行采访，采写了《蓝天碧水绘新颜——来自管理局冀东市场的报告》《追风逐鹿大草原——来自管理局蒙古市场的报告》《瀚海凭栏啸西风——来自管理局塔里木市场的报告》等长篇通讯，以及《塔钻“沙漠钻速”领跑塔里木》《四项绝技助推塔钻唱响西部》《“华北钻井”笑傲蒙古国市场》等动态消息，得到了读者的好评和有关领导的肯定。

每年年初的职代会和工作会，都是宣传报道“重头戏”，也是人手最紧张的时候。为确保不打乱仗，李长开提前进行策划与人手调配，做到重点会议有人盯、重点报道不落项。采访回来后，他又组织人员精心组稿，一字一句修改，往往斟酌十几次，忙到大半夜。

“既然领导把我放在这个岗位，就要不辜负大家的信任，要‘不待扬鞭自奋蹄’。”李长开说。

为了深入宣传贯彻油田公司重要会议精神和战略部署，展示企业成绩亮点，他每年都会带领记者部对公司的年度工作会进行深入的报告解读，策划专业领域系列报道，把最能体现华北油田亮点的成果经验宣传出去，推到更多的媒体平台。

由他策划并实施的华北油田气化农村系列报道，在中国石油和河北省树立了农村“煤改气”的典型。他采写的消息《巴彦河套新区新盆地勘探获重要发现》，在《中国石油报》一版头条刊发后，在各油田引起轰动，助力了中国石油进一步深入推进矿权流转工作。由他撰写的华北油田形象片、职代会宣传片，起到了激励人心、鼓舞士气的作用。

“有多大担当才能干多大事业，尽多大责任才能有多大成就”，这是习近平总书记对科技工作者的谆谆教诲，李长开认为，这句话对新闻工作者同样适用，并一直以此鞭策自己。

“忠诚担当，是新闻工作者的职业之魂。”李长开说，要时刻牢记这一使命，恪尽石油新闻工作者的职守。

从 2018 年到 2022 年，平均每年他带领记者部记者完成 20 余个重大新闻选题的策划和撰写，并主动担纲第一个撰稿人。华北油田近些年的重大工程、重大事件，特别是在外部媒体有影响力的报道，都有他的艰辛付出。

在新闻写作中，李长开不因循守旧、墨守成规，注重突破固有思维模式和写作模式，发扬自身的长项，改正补足自身的弱项。他深入学习有关知识，借鉴优秀通讯的采访写作手法，并进行实践。

毛主席说“没有调查就没有发言权”，也就是说要想发言，就要去调查。新闻报道也是一样。只有通过调查，也就是采访实践，才能拥有丰富、正确的“第一手材料”，才会有“发言权”。成功的新闻报道需要翔实的“第一手材料”，这是新闻特性的必然要求。

“第一手材料”对记者新闻写作非常重要，但怎样获得第一手材料呢？守株待兔是不行的，盲目地去水里摸鱼也是不行的，李长开总结了“四个心”，即专心、细心、耐心和巧心。专心，就是要集中注意力，善于集中力量攻破一个堡垒；细心，就是新闻记者采访时要带着“眼睛”；耐心，就是记者要腿勤，不辞辛劳一扎到底，不怕重复往返；巧心，就是记者要遵循采访的规律，也要有自己的想法。通过对“四个心”方法的不断实践，李长开的新闻业务能力得到持续提升。

记者不仅要记录时代声音，更要与时俱进，引领时代潮流。2014 年后，随着人们信息获取行为习惯的变化，昨日还是“王谢堂前燕”的纸媒，不时传来解散或倒闭声音。在惊呼“狼来了”的同时，传统纸媒如何办？

李长开认为，传统纸媒已不能独立适应广大读者日益增长的新闻信息需求，企业内部媒体也不是“世外桃源”。在新媒体冲击下，必须要转型，展示出党报党刊新闻宣传的新作为。

创新转型则生，因循守旧则死。企业报转型最可行的方向，就是媒体融合。以传统媒体的正统、权威性，辅之新媒体的及时性、新颖性，提高新闻宣传的有效性。但是，媒体融合不是简单地将传统媒体上的内容搬到新平台上，而是需要从形式到风格上的“脱胎换骨”。

2015 年下半年，李长开带领中国石油报华北油田记者站和油田特约记者、通讯员，在“中国石油报微信公众号”这个新媒体的外宣平台，逐步进行新媒体稿件采写的一系列探索和实践，在 3 个月内就发稿 20 余篇，为油田内部媒体融合做好了准备。

“一是筑好内容这个根基，二是用好阅读这个扶手，三是练好角度这个绝活。”李长开说，同样的新闻不同记者采写有不一样的宣传效果。同时，无论怎样融合，要想切实提高新闻舆论传播力、引导力、影响力、公信力，靠转载、摘抄、辑录是不行的，记者必须要练就过硬的“笔头子”。

李长开这样提醒别人，更是这样要求自己。他身体力行“脚力、眼力、脑力、笔力”要求，坚持深入一线采访，足迹遍布华北油田重要生产区域，在石油内外媒体刊发报道1000多篇。

他的新闻作品多次获得河北新闻奖、中国石油新闻奖、全国企业新闻奖一等奖，多篇稿件被国家级媒体和省部级媒体转发。其中，关于“华北油田建成全国最大煤层气田”的新闻及相关信息，在《人民日报》、中央电视台、中央人民广播电台、新华社、《工人日报》《求是》杂志等国家级主流媒体刊播刊发，极大提升了华北油田的知名度和美誉度。

“奋进新征程、建功新时代”“聚力扬帆启新航”“站定新方位、实现新作为”“提质增效战严冬”等系列报道以及《巴彦特刊》等报道，在公司内外激起强烈反响。油田干部和员工表示，看了这些报道，对油田今后的发展更有信心了。

他本人也获得集团公司劳动模范、集团公司优秀共产党员、河北省“德业双优”新闻工作者等荣誉。

花开满园更芬芳

俗话说，滴水不成海，独木难成林。推进油田新闻事业发展，一两个人的作用是有限的，如何调动更多人的力量，唱好“大合唱”，才是考验管理者的“高考题”。

近年来，新闻中心新闻采访部所承担的新闻宣传任务越来越重，采编人员业务素质亟待加强。如何督促老员工保持热情、发挥引领作用，如何激励新员工成长成才、挑起重担，成为摆在李长开面前的棘手难题。

大厨手中无废料，大将手下无庸才。作为采访部主任，李长开敢于严格管理带队伍，善于创新方法提素质，激励员工成事成才，用精益求精的作风，打造业务优良、作风过硬、敢于担当的记者队伍。

采访部年轻员工文化素质高，所缺少的是实践经验和吃苦耐劳精神。针对这一状况，李长开经常不厌其烦地给他们讲解采写新闻应该注意的事项，发现新闻点的经验，以及与采访对象打交道的方式方法，并鼓励记者走出去、走下去，开拓更广阔的新闻舞台。

通过手把手地教、一篇篇地改、一句句讲解，年轻记者迅速成长起来，不仅能够胜任记者岗位要求，更拿出了一篇篇精彩的新闻报道。一些记者在时政、经济、人文等深度报道领域，逐渐小有名气。以前有些单位有新闻线索时，怕新记者去；现在，则经常点名要新记者去报道。

老记者，对人数不多的采访部来说，不仅是“宝贝”，而且在许多重大领域、重要时刻还是“中流砥柱”。时政报道任务重、要求高，李长开积极督促老记者发挥经验优势，担起时政报道重任。同时鼓励他们带着年轻记者更多地进行摄影和人物报道，在实践中传、帮、带，促进年轻记者快速成长。

每一篇新闻报道的完成，每一次新闻战役的胜利，对新闻记者来说，都属于“过去时”。面对油田对新闻宣传报道工作更高的要求，李长开带领采访部不断向新的目标迈进。

李长开认为，成为一个优秀记者不仅依靠自己领悟和不断磨炼，还要有一个良好的平台和学习氛围浓厚的环境。

如何营造积极向上的环境与氛围呢？李长开创新思路，开展了记者“每月一课”和“每周读报”活动。在“每月一课”活动中，记者轮流上讲台、当老师，讲解自己的采写经验与得失，让大家获益匪浅。在“每周读报”活动中，要求年轻记者分析每周报纸的标题、立意和写法，借鉴长处，指导自己的写作。

通过一段时间的学习与借鉴，使老记者有所思考和收获，年轻记者更是对新闻体裁运用、标题制作与新闻点的发现越发得心应手，新闻报道水平迅速提高。

在李长开带领下，新闻中心新闻采访近几年从未发生重大报道失误，6人次获得油田公司劳动模范、优秀党员、油田道德模范和青年岗位能手等荣誉称号，成为华北油田新闻宣传的“第一方阵”。

重大考验，是考察干部员工是否担当作为的“试金石”，也是检验管理者管理智慧的“竞技场”。而新冠疫情防控工作，就是一次长达3年的不期而遇的重大考验。

疫情防控期间，李长开带领科室全体记者，没有因封控而停摆躺平，而是想方设法完成采写攻坚任务，体现了记者队伍在极限情况下的业务素质，打赢了一场场漂亮的宣传战役。

2020年春节刚过，他们就遭遇了第一次封控危机。当时，大家按防疫要求居家办公，作为新闻采访部主任，李长开一方面要负责填报表、报动态、上传下达等疫情防控工作，另一方面要组织全体记者做好新闻采访工作，自己上手采写内外媒体亟须的重要新闻稿件。尽管事务繁忙，但为提高年轻记者专业素质和业务水平，在此期间，他更是担起了审稿、改稿工作，全力当好年轻记者的“业务后盾”。

由于此次防疫宣传与以往的面对面采访不同，记者只能通过电话、微信进行采访，而且还要面对采访对象隔离不在岗、资料收集困难等种种难题，许多年轻记者不知所措，写不出高质量的稿件。针对这种情况，李长开主动帮助记者拓展思路、构思主题、寻找采访对象，并将自己以前的稿件作为参考样本发在记者学习群里，让年轻记者学习借鉴。

在李长开的激励带动下，新闻采访部年轻记者工作都比较积极主动，接到任务后，很快就能拿出初稿，但由于多种原因，往往不能一次性定稿，需要后期仔细打磨。李长开牢牢把住第一轮审稿关，给记者仔细分析稿件的长处与短板，帮助记者从主题、提纲、结构入手，对素材优化取舍，打磨出精品。

20多天时间里，李长开除自己刊发5篇重头稿件外，还帮助年轻记者修改稿件10余篇、50余次，最多的一篇前后修改10多次。在他的精雕细刻下，年轻记者的稿件基本做到了领导审稿“一遍过”，多篇稿件刊发在各媒体头条位置。

外宣是企业打造品牌和提升形象的需要，而《中国石油报》又是华北油田外宣的重要平台和纽带，如何加大宣传工作力度，提升华北油田的美誉度和影响力，是作为中国石油报华北油田记者站副站长的李长开时常思考的问题。

中国石油有70多个局级单位、100余家记者站，华北油田从产量、规模等方面来说并不具备宣传优势，如何抢占最佳版面位置呢？

李长开认为，在《中国石油报》版面“重质量、轻数量”趋势下，必须引导记者、通讯员从以往的“小而多”向“少而精”转变，收缩精力、智力、人力，在重点领域力求重点突破。他提出了“五个转移”的思路，即由全面出击，向重点突破转移；由所有版面，向重点版面、重点栏目转移；由唱“四季歌”，向重点时段转移；由老套的报道，向别出心裁的报道转移；由长篇大论，向精巧凝练转移。

俗话说，“一人难挑千斤担、众人能移万座山”。记者站的新闻业务也是一样，如果仅靠少数人硬撑，是不可能做大做强的。记者站不应该只是一线战壕，去承担阻击攻坚任务，而应该作为一个平台和指挥中心，调动更多的资源、打赢更大的决战。因此，在队伍建设上，李长开提出“三个转型、两个转变”，即单篇选题上由记者单打独斗，向“记者+通讯员”协同作战转型；通讯员队伍由陪衬型，向主角型转型；文字独唱，向文图影音全媒体转型；记者全能型，向有分工转变；特约记者队伍由终身制，向动态调整转变。在此基础上，建立不同层级、不同专业的沟通群组，指派专人及时沟通约稿信息，强化对骨干文字、摄影记者的培养，争取有时间、有能力的通讯员参与中国石油报轮岗实习，积极与中国石油报通联部门联络，发挥好信息上传下达的作用。目前，记者站参与建立的油田内部新闻宣传微信群人员超过150人，通过及时发送约稿、改稿以及其他学习信息，大大方便了基层通讯员的学习。

“这些举措，效果非常明显。”李长开说，中国石油报华北油田记者站已经连续8次获得“五星级记者站”荣誉，刊发稿件数量在中国石油众多记者站中排名靠前。

“我希望10年、20年后，新一代华北油田人能看着我们写的作品，遥想华北油田走过的风雨岁月。”李长开说，这个目标很宏大，也很实际，他正团结带领同事们向这个目标一步步地迈进。

沙漠玫瑰

田 蜜

因为热爱，所以执着坚守。来到这片土地的原因只有一个，那就是对石油这个行业爱得深沉。

巴彦禁区，挖到油气“金疙瘩”

扎根新区油气勘探研究近30年，刘静的人生和油田有着密不可分的联系。闯“禁区”、攻冷门、入沙海、擒油龙，刘静长期在“冷门”区域勘探研究，成为新区勘探铁打的兵；面对责任，勇于肩挑重担，她寻找到油田资源接替的希望，把承载华北石油人走出困境、再铸辉煌的浓浓期盼变为现实；面对难题，敢于破冰前行，她把握住制约油气勘探的瓶颈，把实现河套盆地勘探突破、发现油田的千钧重任化为行动。

盛夏的深夜，蝉儿依旧在窗外啼鸣，仿佛在参与办公室彻夜通宵的讨论。“刘姐，咱们这次标定的井位与之前已钻井的位置相邻，可是那口井试油一点油花都没有出，咱们是不是需要继续换一个位置……”“我相信咱们这次的井位选择，虽然距离不到两千米，但是失之毫厘差之千里。咱们一定要对自己有信心！”项目经理刘静坚定地说道，“新区不是没有油气，只是目前还没有找到打开它的钥匙”。

2017年，集团公司实行矿权流转政策，华北油田取得河套盆地部分探矿权。华北油田历经40多年勘探，如果没有新的油气发现，没有新的勘探接替领域，就会面临生存挑战，刘静不希望看到自己深爱的“家”走入那种困境。面对矿权面积大、勘探程度低、地质结构复杂、相关资料老旧、40年久攻不克的勘探“硬骨头”，凭着强烈的使命感和责任感，她挺身而出，毅然请缨成为巴彦河套盆地研究项目负责人。

九曲黄河，千里河套；绵绵阴山，茫茫大漠。位于内蒙古西部的巴彦河套盆地，一直被视为勘探的“顽固区”，加上社会生存环境较差，条件艰苦，沙尘暴天气更是“家常便饭”，夏季高温、冬季严寒，在这里生活有着极大的考验和风险。从20世纪80年代勘探开始，矿权几经辗转，先后实施20余口探井没有获得实质性突破，这沉寂了40年的“硬骨头”能否“榨”出丰厚的油藏，充满了未知。

在挑战面前，刘静虽然感觉千斤重担在肩，但她却深深明白：大事难事看担当，逆境顺境看襟度。面对只有7个月矿权就到期的严峻形势，必须尽快在矿权到期前拿出最佳的矿权保护方案。要利用有限的矿保资金保住最有利矿权区，必须找到制约巴彦河套盆地油气勘探久攻不克的瓶颈因素，优选出最有利的勘探区带。刘静带领项目团队从熟悉消化前期研究成果入手，先后5次奔赴长庆油田收集各类资料、开展技术交流，学习成果报告百余部，反复解释修正了上百条二维地震剖面，直到所有的解释层、断层都闭合无误为止。足足三个月，刘静白天晚上连轴转，最终保留1.1万平方千米核心矿权方案顺利通过股份公司审查，真正实现了“好钢用在刀刃上”，为后续勘探赢得了主动。

通过精细梳理区块前期研究成果、分析地质条件和构造特征，刘静认识到，要实现巴彦河套油气勘探突破，研究思路必须创新，技术应用必须综合，研究工作必须精细。为此，刘静创新思维组织开展科研攻关，从海量钻探信息中抓住油气显示的蛛丝马迹，综合应用重磁电震等多种手段，准确快速落实目标，优选吉兰泰构造带作为勘探突破口。她创新构建潜山“新生侧运古储”和碎屑岩顺向断层控制的复式叠置油气成藏新模式，提出每一口目标井位都要进行三四轮“精雕细刻”的修改完善，标定的井位实钻与设计误差真正做到了严丝合缝。

“哎，这吉兰泰就是一块硬骨头，之前研究了 40 多年都没有任何突破……”“是啊，几十年都没有大发现，也不知道刘姐在坚持什么，明明有好的区块不去，非要研究这块难啃的骨头……”对于项目成员之间的窃窃私语，刘静没有面露不悦，反而内心闪过一丝内疚，心里在想：如果没有人来坚守这块阵地，那新区就更没希望了。

面对重重挑战，面对千钧重任，面对领导重托，接手该区块油气勘探面临的巨大困难和挑战可想而知。但她知道，面对连续几个月的高强度工作，没有充足的休息时间，甚至不分昼夜、通宵达旦的奋战，成员们肯定会有情绪，看着成员们眼中通红的血丝，她心里也不是滋味。刘静听了大家的讨论后几乎没有任何犹豫地说道：“最近几个月大家辛苦了，为了这次的井位都没有好好休息，明天是周日，咱们好好休息一天，周一咱们再继续讨论吧。”

夜已经很深了，所有人都疲惫不堪，是因为身体的劳累，更是因为研究上没有突破的忧虑。就当大家准备收拾好东西准备离开会议室时，一阵急促的手机铃声响起。“喂，刘姐，我们成功了！成功了！吉华 2X 试油成功，突破了！”“真的吗？你说的是真的吗？太好了！”这通电话来自巴彦一线，划破了寂静的夜晚，也猛烈地撞开了刘静的心门。挂断电话，刘静激动地拥抱了每一位项目组成员。“同志们，告诉大家一个好消息，刚才巴彦一线传来喜讯，吉兰泰试油成功！我们的努力没有白费！”他们笑着相拥，落下了热泪。

2018 年 7 月，中国石油首批流转区块巴彦河套探区吉兰泰构造带部署钻探的吉华 2X 井发现 190 多米厚油层、试油获工业油流的消息如同春雷般炸响中国整个石油行业。历经 7 个月高效勘探，巴彦河套盆地油气勘探取得历史性重大突破，随后部署钻探的吉华 4X、吉华 8X 相继发现 200 多米、300 多米厚油层，试油获得日产 201 立方米和 301 立方米的高产油流，实现了当年勘探、当年突破、当年上交亿吨储量的傲人成绩，吉兰泰油田由此诞生。该成果成为中国石油“时间最短、速度最快、投资最少”的新区、新盆地高效勘探的经典范例，获评中国石油2018年度油气勘探重大发现特等奖。

成功的背后，是巴彦河套勘探研究团队的艰辛和付出，看到眼前的场景，刘静也不禁红了眼眶，泪眼婆娑间，她仿佛看到了父亲冲她欣慰地微笑，这一刻，光阴流转，时间仿佛回到了1989年的那个秋天。

以父之名，扛起“找油之旗”

1989年9月，华北石油学校迎来了报到的新生。这次的新生大部分是十五六岁的孩子，前来送学生报到的家长和随身携带的行李将学校的大门围得水泄不通。

从学校不远处走来气喘吁吁的三人。“我就不明白了，为啥别人家的女娃都愿学个幼师、会计，就咱们家好好的女娃非要学这个地质？”“哎呀，妈，我这叫作女承父业！多好呀！”“承什么不好，你非承这个，当初给你起名叫静，就希望你有个文静的性格，将来从事一个稳定的工作。这回可好，和你爸一样搞地质，你当那个地质真的那么好干哪，一个女孩子天天在野外，到时候走得满脚泡，吹得满脸沙的时候，你可别哭鼻子！”

“好了好了，孩儿他妈，闺女喜欢你就先让她学吗，再说这就是上学，没准儿以后不会做这项工作呢。”“就是，妈，我这只是上学，先让我试试，万一我以后不喜欢了，我再改行呗。”面对自己选择地质专业颇有怨言的母亲，刘静和父亲连忙安慰道。

办完入学手续后，刘静正式成为华北石油学校石油地质专业学子中的一员，带着对未来的美好期许和对知识的强烈渴望，她迅速进入了学习状态，能够像父亲一样学习地质，一直以来是刘静的梦想。

刘静是一个标准的“油二代”，她的父亲是石油人，记忆里，他穿着红工装，国旗的颜色，鲜艳欲滴，在她眼中，父亲那代人最大的特点就是：老实、认真。受父亲的影响，“学习”二字从未在刘静的工作生活中间断过，她像海绵吸水一样不断学习新知识的劲头，正迎合了新时代油田发展对知识型、技能型、创新型员工需求。2010 年 9 月，刘静宣誓成为一名中共党员，在此之前，她已经写了两年多思想汇报。她的每次思想汇报都会给父亲看，而父亲则会逐字逐句地批改，跟刘静交流最近哪方面工作做得还不够，哪方面还应该加强。从小，她就听父亲说起他引以为傲的工作和梦想，父亲口中的石油人的生活与工作，在刘静幼小的心灵中描绘了一幅老一辈石油人敢闯敢拼、无私奉献的动人画卷，父辈们人拉肩扛、战天斗地的铁人形象，以“三老四严”“苦干实干”为核心的石油精神早已镌刻在她心灵深处，祖国石油行业起步的艰辛也深深地回荡在她的脑海中。从“宁可少活 20 年，拼命也要拿下大油田”的铁人精神，到“攻坚啃硬、拼搏进取”的磨刀石精神，都是油田人坚守的信念，更是先辈们留下的精神财富，他们脚踏实地、心中有梦，将个人命运与国家的未来联系在一起。

风吹走了荒凉，坚守带来责任的力量，这是无数石油人最真实的写照，在广袤的油田中，鲜红的身影总是那么的亮眼，和大多数油田人一样，父亲远离城市、远离家乡，奋战在荒凉的土地，但能够在油田之上燃烧自己的青春与热血，正是一代又一代油田人追求的目标。在父亲的熏陶下，刘静也见证了石油人的付出与不易，她也比别人更清楚，石油人这个职业的魅力所在。

紧张而忙碌的学习开始了，在求学过程中，刘静偶然一次听到老师们说，如果成绩一直保持年级的优秀，就可以去华东石油大学念本科。这一消息让刘静十分振奋，一个远大而宏伟的梦想在刘静的心中落地生根。“我要去华东石油大学念本科！”刘静在心里为自己暗自加油打气。为了梦想，刘静不敢松懈，更是给自己制定了大大小小不少的目标，每天的安排都是满满当当。此后，刘静几乎每天天不亮就起床，伴着晨曦第一个进入教室，晚上总是披星戴月而归，忘记了吃饭和休息也是常事。十五六岁的孩子都是爱打爱闹的年纪，可是刘静总是安静地在教室看书、学习，要不就是在老师办公室请教各类问题。

上学四年间，刘静的成绩总是名列前茅，是学校的“全优生”，她离梦想也越来越近了。但就当所有人认为她一定会保送进华东石油大学继续深造的时候，一个消息让刘静的心跌入了谷底。一天中午刘静正准备去吃饭，突然接到老师打来的电话，

“刘静，有个消息要告诉你一下，咱们这一届开始改革了。”听到老师的消息，刘静一头雾水：“改革？什么改革呢老师？”“就是从你们这一届开始，就取消保送到本科学习的制度了。”

这一消息仿佛晴天霹雳，刘静愣在原地无所适从。这天中午，她没能吃下一口饭。“刘静，电话，有人找。”正当刘静躺在宿舍郁郁寡欢的时候，宿舍室友的声音打断了她的思绪。“喂，闺女你吃完饭了吗？”刚刚接起电话，父亲关切的声音从电话那头传来。“还没有，我不太想吃……”刘静喃喃道，泪水也不知何时涌出了眼眶。听到女儿的情绪不对，父亲立马着急地询问：“怎么了，听起来情绪不高啊，遇到什么事儿了？”“爸，从我们这届开始，就取消推荐去华东石油大学学习的名额了，我的大学梦没了……”说到这，刘静忍不住啜泣了起来。

“静儿，爸爸知道你一直想去大学，想继续深造，继续学习石油地质。还记得小时候我们一起去野外出游的那次吗？当时，我带着只有五岁的你，你指着我的地质图，兴奋地问我，爸爸这是什么，真漂亮。从那时候起，我就知道你不一样，你是真心喜欢石油勘探的。从小看你长大，我发现你对地质勘探十分感兴趣，也静得下心来学习，包括你去大学，也是想深造更多，获取更大量的知识。但是静儿，你要知道，学习不一定是在大学里面才能完成的，我们在生活中的方方面面去学习，也能够学到很多。你看爸爸，之前也不是学地质石油专业的，我都是在干中学，在学中干，一点

点摸索起来的，所以这次不能上大学你别灰心，只要有一颗求知的心，在哪儿咱们都是学！好孩子，相信爸，你以后一定会有机会继续完成你的大学梦！”

刘静的泪水再次夺眶而出，只是，这次的泪水不是委屈和遗憾，而是重整旗鼓的感动。

就这样，刘静充实地度过了四年的时光，毕业后被分配到当时的华北石油管理局地球物理勘探公司，迈出了人生第一步。虽然心有不甘，但她很快找到了工作状态，积极投入地质研究工作中去。世上无难事，只怕有心人。从工作的第一天起，不服输的刘静就认认真真地向书本学、到现场看、追着师傅问。每次跟着师傅去机房，上工作站，刘静都会带着一个笔记本，上面记录着操作流程、技术要点、参数地质含义等内容，以及自己琢磨不明白的问题，一有机会就向师傅或是同事请教。

为了对地质勘探有直观的印象，为了掌握第一手资料，她还时常自告奋勇跟着师父出野外、画剖面。工作后，刘静也意识到实际的工作和在学校的差别非常大，尽管充满挑战，但她总觉得好像有一股力量在推着自己前进，或许是自己的求知欲，或许是对父亲的敬仰，也或许是对油田那片广袤无垠土地的向往，选定一个行业，就要一门心思扎进去，这是执着的含义，更是她一直保持的初心和信念。年复一年的刻苦钻研和实践磨砺使刘静的专业水平突飞猛进，在不断探索和努力下，她仅用几年时间就成为科研队里能够独当一面的油气勘探工作者。但在夜深人静、午夜梦回之时，刘静始终会想起自己那个未完成的大学梦。

机会永远是留给有准备的人。2001 年，刘静收到了华东石油大学函授录取通知书。但彼时的刘静却喜忧参半。一方面，她为自己能够圆了当年的大学梦，能够继续在喜欢的专业深造而感到欢喜；另一方面，刘静已经成家、生子，刚出月子的她看着年仅一个月大的孩子，发愁怎么去完成学习。一边是自己的大学梦，一边是自己刚满月的孩子，刘静真的左右为难。

左思右想，辗转反侧，最终，刘静看着孩子可爱的小脸，肉乎乎的小手和那软软的身体时，母性的使命感战胜了自己的大学梦，她准备就此放下当年的遗憾，不再纠结。当刘静做足思想调整，准备收起自己的入学通知书之际，当初并不赞成她报考石油地质专业的母亲却闻讯而来：“静儿，不要有什么顾虑，大不了，我带着孩子和你一起去！”听到母亲不容置疑的话语，刘静惊讶了：“妈，你不是说不喜欢我学地质吗，可您为什么还……”“傻孩子，妈不想你学地质是心疼你。想当初你爸常年跑野外，妈为了照顾你和你妹，咱们娘儿仨一直在老家，后来跟你爸到油田以后，慢慢也理解了你爸的工作。你是妈的女儿，妈怎么能不知道你心里想什么？妈年轻的时候为了支持你爸的石油事业奉献了半辈子，这回为了你的石油事业，妈不差这几年，我就再继续奉献几年，你说妈是不是也算延续了你们说的石油精神？”

听完母亲的话，刘静看着襁褓中的孩子眼泪不禁簌簌而下。此刻，她是一位母亲，也是一个母亲眼中的孩子，因为有了家人无条件的支持，刘静才能够在追梦的路上稳扎稳打、步步为营。

勇挑重担，只为心中的“油娃娃”

“叮零零……”办公室的电话响起，“喂，刘静，祝贺你和你的团队在吉兰泰挖到个‘金疙瘩’啊！”

“谢谢领导，请领导放心，我们一定会再接再厉，我相信我们一定还会找到‘金娃娃’！”

“好，好，我就当这是你立下的军令状了，我们一定全力以赴支持你，需要任何帮助，随时说。”

吉兰泰构造带突破只是揭开了巴彦河套盆地勘探的冰山一角，吉兰泰构造带突破后，下步的勘探方向在哪儿？广阔的河套盆地地下地质情况依然像迷宫一样，充满着太多未解、未知。

“不待扬鞭自奋蹄”，2019 年，刘静又把奋斗目标转移到了另一个“冷门”新区，再次迎难而上，主动请缨承担了“零起点”的巴彦河套盆地中北部区域油气勘探重任，开始新的找油征程，一场新时期石油会战就此拉开。2019 年 4 月正值河套盆地北部兴隆构造带的三维资料处理出站，这一刻开始，刘静和她的团队开启了“无休”模式，仅用了 3 周时间就完成了 800 多平方千米三维地震四套层系的地震资料解释、地质结构及圈闭成图、有利目标论证及井位标定等一系列工作，而以往完成这些工作量至少需要 2 个月。

在此期间，她带领团队继续沿着油气运移通道追根溯源，重新从“零”起步，利用各种资料综合分析，突破以往传统认识和经验，创新构建“多源供烃、断砂疏导、临洼富集”的成藏新模式，精心构思部署具有战略意义的风险探井－临华 1X 和重点预探井－兴华 1 井。2020 年 10 月 19 日，风险探井－临华 1X 试油获日产 305 立方米高产油流，河套盆地北部获得重大发现，随后重点预探井－兴华 1 井发现超百米厚油层，试油获日产 274 方的高产油流，兴华 1 被油田公司党委命名为勘探重大发现“功勋井”，刘静被授予“功勋专家”。2019 年以来，她和同事提出了临华 1X、兴华 1、兴华 11、河探 1、吉华 19X、磴探 1X、磴探 2X、吉华 23X 等 20 余口高效井位，探井成功率在 80% 以上，远高于成熟探区。

有人说成功是幸运，但了解他们经历的人却知道，所有的成功其实都是厚积薄发的收获，所有的荣誉也是生活实至名归的馈赠。他们用坚守把蓝图化为现实，亲身参与、亲眼见证了巴彦油田从无到有的整个发现历程。刘静说：“幸运和机遇一样，从来都光顾有准备的人，而且更眷顾那些勤奋和不放弃的人。”

找油是她的工作，找更多的油是她的目标。丹心赤诚，忠于奉献，终究会让始于热爱的激情燃烧出精神和梦想。在与寂寞和困苦相伴的日子里，刘静和她的团队正是靠着一颗匠心、一股钻劲，攻克了一个个难关。

领军挂帅，探寻资源“金钥匙”

新区勘探研究难，取得成果更难，想要获得突破，更是难上加难。初心与使命的坚定，成为刘静始终坚守新区勘探事业的指南针，这个执着的“探路者”，扎根新区20余年，耐得住寂寞、经得起诱惑，默默奉献，守得云开见月明。她先后从事过冀中外围、二连新区、大同盆地、冀北、冀南、南华北、沁水盆地等十几个地区的区域构造和石油地质综合研究工作。长期在新区的摸爬滚打，练就了她全面而又扎实的专业功底。身边的同事走了一个又一个，可刘静却20多年如一日坚守在新区油气勘探领域，成为新区勘探“铁打的兵”。

在勘探关键期间，刘静和团队成员们克服新冠疫情影响，先后多次在封控期间顺利完成井位审查，以只争朝夕的干劲，挑灯夜战，主动放弃清明、五一、端午假期，鏖战中秋、十一佳节。新冠疫情期间工作不停歇，假期期间工作不间断，放弃几乎全部休息时间，上班时间不够周末凑、白天不够晚上凑，这支强有力的科研队伍在科研生产“战线”上一路高歌猛进，解决了一个又一个制约勘探的关键问题。为了全力保障完成落实探明石油地质储量一亿吨的目标，刘静将早就应该做的手术推迟到储量落实工作全部完成之后的国庆假期，整个假期在医院住院期间，她把笔记本电脑带到了病房，一边养病一边工作，病情稍有好转，她就迫不及待地返回了工作岗位。

从深入一线调研踏勘，到热火朝天的联合站建设；从驻扎一线忙碌的项目部，到各项工作快速推进……深处内蒙古戈壁的巴彦油田，宛若吹号集结的战场，每一名干部员工都精神饱满，斗志昂扬。除了恶劣的天气，寒冷的气温也是需要战胜的困难之一，在数九寒天的内蒙古西部的河套盆地，沙尘暴说来就来，狂风夹着沙粒，能吹得娇弱的刘静站不稳身子，最低气温能到零下20摄氏度，冷风夹杂着雪粒，砸在脸上如针扎般疼痛。恶劣的环境没有阻挡刘静和她的团队矢志找油的决心，她把一串串大大小小、深深浅浅的脚印刻写成大地上的诗行，她把一个个日日夜夜、早早晚晚的时光转换为地宫中的希望，刘静和团队成员们用辛勤汗水，唤醒了脚下沉睡的油气宝藏。

虽然这里条件艰苦，但无人退缩，干劲冲天，只为心中的那一份信念。“不怕苦、不怕累，一定要把巴彦河套这块‘硬骨头’啃下来！”项目部干部员工充满着乐观主义精神，在刘静“一花独放不是春，百花盛开春满园”的精神带动和感召，团队里的一批年轻勘探人快速成长，通过拜师傅、跟项目、担挑子成为岗位能手和技术专家，为华北油田未来发展积蓄了人才力量，形成了一个特别能吃苦、特别能担当的科研团队，他们都为能够在最前线为巴彦建设尽自己微薄之力感到无比荣耀。

“功成名就”的刘静一直没有停歇。2020 年下半年，临河坳陷北部油气勘探取得重大发现后，2021 年，她带领团队创新构建“多源供烃、断砂疏导、临洼富集”成藏新模式，开创了华北油田在深层碎屑岩领域年度上交探明石油地质储量超亿吨的历史先河，连续两年上交超亿吨探明储量，在国内油气勘探领域写下了浓墨重彩的一笔，创造了“一年实现突破、两年规模建产、三年持续大发现”的新区高效勘探的“巴彦速度”，发现了内蒙古地区单体油藏规模最大、全国最深的陆相碎屑岩规模整装油田——巴彦油田，圆了几代华北石油人的光荣与梦想。“六口井定巴彦”“巴彦速度”一时传为佳话。

源于心中“我为祖国献石油”的那份初心，源于对石油事业的忠诚，选定一个行业，就一门心思扎进去，这是执着的含义，更是刘静一直保持的初心和信念。而在这些忙碌的日子里，她抽不出更多时间和精力来考虑照顾家庭。面对孩子的理解和丈夫的支持，有的只是对亲人和家庭的深深歉疚，就是现在回想起来，刘静还是感觉太愧对孩子和家庭。2018 年冬天，一场突如其来的降温导致儿子烧到 39.5 摄氏度，且高烧不退。平时几乎不打扰刘静工作的丈夫拨通了她的电话。正在办公室加班的刘静接通电话后，听着丈夫在电话那头焦灼的声音，刘静心里也是非常着急，可是工作正处在关键时刻，一时脱不开身，一时竟不知怎么说。丈夫听出刘静的忙碌后，在电话里说道，“老婆，你先好好上班，孩子这有我呢，放心吧！但你也一定注意休息，不要太累。”室外是寒风呼啸，挂断电话，刘静眼中蓄满泪水……但很快，她又调整状态，马上投入工作中。

勘探研究需要专注、严谨，刘静经常为论证一个方案、一个构想而通宵工作，沉重的研究任务以及长时间的伏案工作，导致她颈椎时常感到不适。最初，爱人担心她身体吃不消，多次劝其工作不要太拼命。对此，刘静平静而坚定地说：“既然承担了这份工作，就有责任保质保量的去完成好。”爱人见劝不动，便默默承担起了全部家务。

正值巴彦项目最较劲的时候，当时正上高中的孩子心理压力很大，爱人特别希望她能多陪孩子聊聊天、解解压，可就是这样小小的请求都无法时常满足，她没更多时间给孩子做饭，更没机会对孩子说一声“晚安”。在高强度的压力之下，孩子心理也出现波动，学习不可避免地受到影响，成绩一度出现下滑。加班很晚回家看着孩子还在埋头苦学的背影，刘静又心酸又无奈，工作的忙碌让她无法顾及“小家”，就是现在回想起来，刘静还是感觉太愧对孩子。因为项目的持续推进，刘静已经连续几个月没有好好休息了，回家陪陪孩子、家人更是奢侈中的奢侈，她反思起了自己工作与家庭之间的平衡关系。于是她就一边工作一边挤时间照看孩子，有时还将孩子接到身边督促学习，那段时间，刘静几乎没有睡过一个囫囵觉。就这样，刘静和儿子并肩作战，互相鼓励，常常一同奋战到深夜。功夫不负有心人，儿子终于考上了理想的大学，拿到录取通知书的那一天，刘静母子二人相拥，流下了热泪。

提到这段时光，刘静感受到的是艰难和心酸，以及对孩子的歉疚，但让她欣慰的是，现在已经上大学的孩子说：“老妈，没事，你那会儿忙我都理解你，以后我也要像你一样，做个有担当的人！”爱心与理解是成就勘探事业的“定盘星”，对于刘静而言，加班加点、挑灯夜战是家常便饭，与寂寞和困苦相伴的日子里，她常会忽视自己还是一位母亲、一位妻子，是家人的理解和支持给了她无穷无尽的力量。

有人在戈壁荒滩，用每天三万步，不辞奔波，只为用每一个脚印的坚守去守护油样；有人拨开层层迷雾，目光如炬，用执着沉淀认识，找寻埋藏地层的希望；有人心细如发，穿过冗杂的数据森林，为砂体油层刻画厚度；有人气贯长虹，倾尽青春十余载，只为超稠油“固体奔流”……或许每一个选择在油田工作的人，都有着自己的想法和理由，如果非要刘静说一个理由，那一定就是“爱”。与石油为伴，在她看来是最浪漫的事，能为祖国的石油事业贡献力量，是刘静一成不变的理想与追求。

破　晓

田　蜜

在中国广袤无垠的大地上，沉睡着巨大的财富。它们躲藏在深邃的油气层之中，等待着有心人的相遇。在黑暗中，他们承受着压力与质疑，泥泞和荆棘如影随形，但他们每一步都走得坚定，每一天都在寻找黎明的曙光。

在破晓之前，月色未褪去满身的光辉，当天空的云雾未拨云见日，暮色依然存在于天地之间，一切沉浸在谜一般的黑暗里。

当天空中第一缕光芒穿透云层，那深蓝的颜色变得越来越浅，黑夜逐渐消散，晨风拂面，世界重新被洗礼，这一刻的破晓，是崭新的开始，清晨的阳光洒在开采场上，他们终于看到了曙光。那是一份莫大的喜悦和成就，更是对不懈努力的肯定。在探索与挑战中，在每一个黎明中，他们坚韧不拔、奋勇直前，去追随内心的热爱，勇敢地为坚守的初心前行。

一

2022 年 1 月，保定凹陷正钻井 1 口，完钻井 1 口，油田公司通过勘探评价一体化井位 8 口。随着井位部署实施全面铺开，这里即将成为华北油田老区勘探开发的新战场。保定凹陷勘探取得重大突破，发现了清苑构造带富油气区，上交近亿吨的规模高效储量，清苑构造带也成为 2022 年中国石油首届一指“埋藏浅、油层厚、产量高、投产好”的效益新区，这一发现荣获中国石油 2022 年度油气勘探重大发现特等奖。而这份殊荣，包含着华北油田二级技术专家、勘探开发研究院冀中中部地质研究所所长李晓燕和攻关团队的无数心血和付出。

每一个勘探人，都有一个找油的梦想，李晓燕也不例外。勘探是龙头，是油气工作中的重中之重。对她而言，“勘探发现”这四个字每一个字都很重。每一片岩屑、每一块岩心、每一个录井数据都是有生命的。“老探区也能发现大油田，不破楼兰终不还。”这是李晓燕给自己立下的目标誓言。2003 年，李晓燕开始从事饶阳凹陷蠡县斜坡勘探研究。蠡县斜坡在当时被业界形容为食之无味、弃之可惜的“鸡肋”区块，由于斜坡带地层平缓、构造圈闭不发育，自 90 年代后期，勘探一直没有突破。在蠡县斜坡连续 6 年处在勘探低迷的时候，有人质疑，有人退出。李晓燕埋下头、静下心，坚守着蠡县斜坡这一静悄悄的勘探区带。“有几代地质家的工作基础，有不断改善的地震资料，有日益成熟的配套工艺措施，我有理由相信自己能够成功！”在那些沉寂的日子里，李晓燕却从未怀疑过自己的判断，而是不断地给自己加油打气，凭借着积极进取的精神、怀揣着强烈的找油愿望，她相信蠡县斜坡一定会有发现整装规模储量的一天。

从 2003 年到 2011 年，李晓燕用了整整 8 年的时间，研究遍了蠡县斜坡探区 2000 平方千米的“土地”，她用脚步丈量着四方，去熟悉每一口井的资料。随着对课题研究功夫的深入，一道道难题迎刃而解，一个个疑惑在深入浅出中找到了答案。正所谓厚积而薄发，她创新构建的“雁翎潜山围斜地层岩性圈闭和构造岩性圈闭”成藏模式，一举打开了蠡县斜坡勘探之“门”，随后针对不同区带提出不同的勘探思路，不同类型圈闭采用不同的技术手段，部署钻探高产油井接连涌现，做到了年年有新目标，年年有井位，年年有突破，实现了勘探研究的良性循环。2008 年到 2010 年间，蠡县斜坡呈现出了满坡勘探、满坡含油的喜人局面，上交三级储量高达亿吨。

手捧华北油田功勋员工的证书，李晓燕并没有被荣誉阻挡住前进的步伐，她深情地对自己热爱的事业说道：“啃下科研硬骨头，拿下油气大场面，这是我永远的梦想和追求！”30年如一日，从勘探老区饶阳凹陷向西一路挺进至太行山下的新区保定凹陷，李晓燕勇于探索沉寂近60余年的“勘探禁区”，擒获隐于太行山下的蜿蜒“油龙”，为打造千万吨当量综合能源公司战略目标提供了新的资源基础。

李晓燕在工作中秉承着“任何事情，既然去做，就要全力以赴地做到最好，而不是仅仅尽力而为”的信念，作为团队的领头人，一直以来都是以干练、果断、雷厉风行的行事风格，带领着大家冲锋陷阵。她努力工作，求真务实，她曾动情地说道：“每一天的工作都要坚定地走实脚下的路，”“既要埋头拉车，又要抬头看路，还要仰望星空。”桌上的笔记本、工作计划都被她写得满满当当。胜利与喜悦，诗和远方，资源和储量，始终推动着她，“艰难方显勇毅，磨砺始得玉成”，30多年来，她一直为勘探工作默默贡献着自己的青春力量。

李晓燕的这股闯劲儿，不仅来自对油田勘探事业发自内心的热爱，还来自一名“油二代”的精神传承。

二

“看看，这是谁家的小姑娘，多漂亮啊！”李晓燕的父亲抱着刚刚满月的晓燕逗趣道。襁褓中的晓燕配合地“咯咯咯”笑出了声。1970年的冬天，地质勘探员李树棣迎来了自己的女儿，他深情的给女儿取名为“晓燕”，寓意着飞得又高又远。李晓燕的母亲是幼儿园园长，作为“油二代”的晓燕，父母对她寄予了厚望，晓燕也十分的优秀，当同龄孩子对“石油”这个名词还很陌生时，她已经能够认识许多地质图，和小朋友们过家家时，总是模仿起父亲口中的“找油”，在院子里和小朋友们分享着地质方面的故事，她为父亲的事业感到无比的骄傲，同时，一个小小的梦想也渐渐在她的心里生根发芽。

父亲不仅是李晓燕生命中的启蒙人，更是她的第一位地理老师。关于油田和地理构造的知识，是父亲用脚丈量后带回家给儿女们的。在父亲一年的奋斗里，脚下的土地可以演绎出很多的文字和故事，它是中国石油改革进程中的见证，在时间胶片中完成了自己的腾飞。在李晓燕的记忆里，父亲很喜欢历史，他常常谈起西安事变，说起杨虎城和张学良的事情，他常常讲到杨虎城将军的儿子杨拯民参与了玉门油矿大保护行动，女儿杨拯陆西北大学毕业后成为新疆石油开发中为数不多的女技术员，为完成测量数据，22 岁便牺牲在克拉玛依油田，她尚未完成的婚礼成为很多人心中不舍的痛。在茫茫戈壁，留下一个专属于她的地质名称：拯陆背斜。父亲口中的故事给了李晓燕无比庞大的力量，这些力量一点一滴汇聚，把人生的每一次黑暗时刻照亮。

青春是应该用来奋斗的。1988 年，李晓燕考上了江汉石油学院，在这里开始了自己充满梦想的大学生活。刚刚进入大学时，李晓燕就读的班级个个都是人才，她的成绩排名位于班级末尾，开学第一天，她便暗下决心，“一定要沉下气、静下心来赶超他们！”每天天刚亮，李晓燕就已起床洗漱好准备前往图书馆，每天上课前，她都会再次温习上一次课程的内容，并对本堂课的内容做初步的了解。大学的专业课程并不是很多，但课余时间李晓燕也没有闲着，除了锻炼身体外，她最喜欢的便是泡在图书馆，那些充满力量的知识不断地激励着她、鞭策着她，让她朝着自己的梦想努力前行。经过大一一学期的努力，在期末考试中李晓燕的成绩名列前茅，得到了老师、同学们的刮目相看。许多同学向她讨教学习方法，她却淡淡地说：“我没有什么诀窍，如果非要说有什么秘诀的话，我觉得就是勤奋吧。”1990 年与 1991 年，李晓燕连续两年荣获江汉石油学院“三好学生”称号，1992 年李晓燕毕业时，被评为江汉石油学院优秀毕业生。

参加工作后的晓燕更是拿出了对油气勘探事业的万分热爱，在色彩绚烂的花样年华，她一头扎进极度艰苦的地质行业。她有一个习惯，坚持干到哪里，就将勘探成果图挂在哪里，没事的时候就对着成果图琢磨着、思考着。刚刚参加工作时，父亲问晓燕："你认为石油的颜色是怎样的？"晓燕自信地回答："原油由于密度、含水、杂质差异，在阳光下会有很多种颜色。"而父亲却露出意味深长的笑容，微微点头对她说："在我的脑海里，石油就是火的颜色，是耀眼的中国红。"父亲对石油事业发自内心的热爱像一盏指引李晓燕前行的明灯，一直散发着微弱但坚定的光芒。在进入单位之后，李晓燕也牢记着父亲的殷殷嘱托，传承着父亲"不怕苦、不怕累"的精神，她坚持从最基础的工作做起，虚心向老员工学习请教，解决油气勘探研究与生产过程的难题，刻苦钻研业务。有时候白天工作时遇到的难题，晚上李晓燕躺在床上还在回想，她的备忘录上写满了需要找出答案的问题，解决一项便划掉一项，如果一直找不到方法，她便会四处讨教经验，在各种文献和资料中寻找方向。"祖国石油工业需要解决什么问题，我们就要去攻克什么问题。"在工作期间，李晓燕不仅一丝不苟地面对工作任务，也保持着良好的学习习惯，在工作之余，她通过查阅文献、翻看专著，学习最前沿的理论认识，并参加国家统一 GCT 考试，顺利攻读了中国地质大学地质工程专业，积极参与国家级学术会议，博学众长、提升素质，还将自己多年的经验总结梳理、传授新人。她说，科研没有捷径，只有坚持学习坚持创新，并带动年轻一代共同进步，才能助力华北油田石油勘探领域取得更大的突破。

李晓燕在工作中她果敢坚毅、敢想敢做，处处不输身强力壮的"汉子们"。在野外勘探中，她总是不畏艰险，冲锋在前，风雨无阻，爬坡过岭。在工作任务繁重的时候，带头利用中午、周末加班，和男同志们一起奋战骄阳、忍耐严寒，大家都叫她"女汉子"。1994 年 12 月，李晓燕已怀孕近 8 个月，但她仍然会奔走在工作一线，一个会议接着一个会议，经常拖着笨拙的身体，从早晨忙到晚上，甚至深夜仍然趴在办公桌前勾绘着地质图件。

她怀揣着梦想和热情投入祖国油田广袤土地的怀抱，面对丰富的地质资源及复杂的油藏条件，她始终保持着匠人精神，以"咬定青山不放松"

的拼劲，成长为致力科研的铿锵玫瑰，奉献巾帼之力，尽显巾帼之美。

父亲作为第一代石油人对李晓燕的影响很大，在父亲的影响下，她像海绵吸水一样不断学习新知识的劲头，正迎合了新时代油田发展对知识型、技能型、创新型职工需求。她勤劳、严谨的作风，她的“团队精神”，也同样来自父辈的传承，而在她的演绎下，这些优秀品质又有了新的发展。“我希望我这一生，都做一个努力奔跑的人，并且带动影响身边的更多人，一起为祖国加油。”她是这样说的，也是这样做的。在平日里的生活和工作中，李晓燕以积极乐观的心态感染着团队成员，在大家遭遇挫折和困难时，她不断激励和提振大家士气：

“同志们，我们不能放弃！要知道以前的勘探前辈们的条件比我们艰苦得多，而他们都坚持下来了，也正因为有了他们的坚持，才有了今日无数的辉煌，我们应当勇敢地面对困难，而不是轻易言弃！”

李晓燕所负责的清苑项目需要跨专业、跨领域协作，但是她的团队从来没有因为工作分配或者奖项问题出现任何矛盾和不愉快。在她的带动下，油田的技术专家、一二级工程师层出不穷，大家团结一心，专心科研，始终保持精诚协作的团队精神和拼搏奉献的工作作风，攻克了一个又一个难关。人心齐，泰山移，或许这也是为什么沉寂了60年的老区会在李晓燕团队的研究下取得新突破的重大原因之一。

同千千万万的“油二代”“油三代”一样，李晓燕血液里流淌的是油气勘探前辈们的同一个梦想。在荒漠和高原上，在严寒与酷暑中，在日月更迭里，星星和野草见证了她和她的团队——这些可爱可敬的石油工人们最美的身影和劳动的荣光。

三

2022年10月10日下午5点，勘探开发研究院冀中中部地质研究所项目的团队成员们正在忙碌工作，这时办公室响起了一阵急促的电话铃声，晓燕的同事匆忙拿起电话，眼见她紧蹙的眉头舒展开来，嘴角渐渐上扬，脸上浮现出喜悦的表情。挂掉电话，李晓燕听见了令她激动不已的消息："保清 1X 井定产了！日产油已过百方，又是一口高产井！这可是冀中坳陷东营组的首口百方井！"这一喜讯顷刻间在工作群里疯传，虽然大家都在紧锣密鼓地进行储量、井位工作，但是看到这一喜讯，群里一阵欢呼，纷纷竖起大拇指。

2015 年，为了实现老区的持续稳产，李晓燕把目光锁定在多年来一直被视为"勘探禁区"的保定凹陷。志之所趋不可阻，穷山距海不能限，李晓燕下定决心，越是"禁区"，越要闯。

保定凹陷位于冀中凹陷西部，勘探工作始于 1964 年，早期主要以落实资源和定洼选带为主要目的，将目的层放在中深层和潜山，仅见到零星油气显示和气测异常，勘探迟迟未取得突破。

保定凹陷到底有没有勘探潜力？新区的关键问题——油源到底在什么层系？零星的油气显示是否寓意着发现新油藏的可能性？横亘在李晓燕面前的诸多问题让她犯了难。纸上得来终觉浅，绝知此事要躬行，面对制约勘探、久攻不克的难题，李晓燕和团队成员们从未放弃，一遍遍地翻阅原始地质资料，重新系统取样、重新分析化验、重新评价保深 2、高保 1X 等一批老井。为了走稳勇闯禁区的第一步，进一步摸清保定凹陷的地质情况，李晓燕在同口地区主导设计了华北油田首次二宽一高一次三维地震采集，并带领攻坚团队，开展了 3 轮次地震资料品质评价工作，为后续最大程度应用二宽一高地震资料奠定了基础。

艰苦而漫长的找油之路上，"5+2""白加黑"是他们的工作常态，团队成员们干脆直接以办公室为"家"，一起干、一股劲、一条心，努力为大家、为油田公司增储上产，不管是中秋佳节，还是"十一"同庆，他们都不曾放下肩上的责任，用坚守诠释忠诚，用创新干出实效，携手并进、协同作战、合力攻坚。那段时间，由于不停使用鼠标，李晓燕的手腕患上了腱鞘炎，食指关节也变得肿胀疼痛。“晓燕，你太拼了，不能把身体搞垮了啊！”李晓燕的同事们知道此事后，都劝她注意休息，但李晓燕却摇了摇头说：“勘探开发节奏紧凑，早一天突破，就能早一天出油。”每当遇到瓶颈或是困难时，李晓燕总会想起儿时父亲讲给自己的那些故事。

晓燕父亲那一辈几乎一年四季露天作业，生产设备简陋，劳保用品落后，没有空调、手机、电脑等设备，铁皮房里的电脑是最老式的“大背头”，汇报工作动态仅靠一部报话机。那里没有繁华都市的喧闹，看不到四季分明，看不到花谢花开绿树成荫，唯一能看到的是一群朝气勃发的红衣石油工人。那个年代，方圆几十千米的荒郊野外找不到一家小卖部，经常用挂面当主食，凉水当饮料，两条腿当公交，澡堂子当旅店，一个铺盖卷就是父亲全部的家当。父亲经常说的一句话就是：“年轻的娃娃，一定要在艰苦的环境里锻炼才行，只有吃过苦，才能体会甜的来之不易。”选择了石油，就选择了四海为家的生活。在童年时期和少年成长中，晓燕很少有父亲的陪伴，从她记事起，父亲就常年不在家，当父亲回家时，妈妈做饭炒菜会加料，孩子们会吃好吃的东西。“一直盼望着父亲回家，但一回来感觉跟家里来外人一样，弟弟和我都觉得很拘谨，也不敢轻易靠近父亲。”李晓燕说，每次跟父亲刚熟悉亲近了，他又到了要回工作单位的时候，急匆匆地赶车走了，这一走又是一年。每到年底接父亲回家感觉特别隆重。那时候放寒假，母亲一早起来就会带她到父亲要下车的地方等。李晓燕那时候 3 岁，但这个印象一直到多年以后依然清晰。李晓燕和弟弟在“石油”这个代表了父亲的名词中成长，然后记住了：守候与告别，眼泪与背影。石油人，对于每一次守候与告别都有那么真实的体会，这份职业的坚守是场考验，而不是一个饭碗，是行走在高原山水间、踏步于茫茫戈壁里生命的价值展示。从父亲身上，她看到了、学到了石油人艰苦奋斗、坚韧不拔、舍小家为大家的奉献精神。每当晚上躺在温暖干净的床上，父亲总会由衷感叹一句：“现在的生活太美了，跟在天堂一样。”每当此时，李晓燕都不由得心酸难过，感慨万千。“爸爸他们那一代吃过那么多苦，付出那么多，想要的却这么少，这一点最平常的生活，已经让他们心满意足。”听父亲说着以前的经历，成年后的李晓燕拉着他的手说：“多亏了有你们打前站，我们现在这一代的条件已经好多了。”一毕业，晓燕便投入传承父亲精神的石油事业中去，继续筑牢父辈们的石油梦。在晓燕看来，父亲的石油情怀，像一首散文诗，上面写满石油故事。为了石油，油田子弟们失去了幸福的童年，在陌生的城市守候父亲，而母亲则始终处于守候状态中——青春年少的时候，她守候自己的丈夫；满头白发的时候，她守候自己的儿女们。

“要知道，我们油田的子弟，从小听得最多的一首歌就是《我为祖国献石油》，那种石油工人‘天不怕地不怕，风雪雷电任随它’的豪迈精神，始终在我们心头挥之不去。我想这就是促使我坚持和努力的动力。”凭着科研人员的执着与追求，秉承着对油气勘探事业的热爱与决心，牢记着父辈的精神与嘱托，李晓燕咬牙克服身体不适，白天晚上连轴转，带领团队仅用 30 天就高质量完成了 225 平方千米 6 套地质层位的地震资料解释工作，确保每一条断层、每一个断点的准确。而以往完成这些工作需要 2 个月的时间。

但完成地震资料解释，只是万里长征的第一步，地下情况依然是个谜。有了一个好的开始，李晓燕带领团队奋起直追，全面分析每一口井、每一个层，探寻富集油藏的蛛丝马迹。“我知道了！这里应该具备烃源岩基础！”李晓燕兴奋地对团队成员们说道，原来通过分析，李晓燕认为这里临近保定北部沉积沉降的中心，同时这里还有来自东侧下倾方向饶阳凹陷的油源，种种现象仿佛昭示着黎明的曙光即将到来。在面对他人的质疑时，李晓燕没有过多的去纠结和解释，而是选择曲线救国，用行动去书写答案，她精心地部署井位，一步一步脚踏实地落实，让大家看到成绩，让所有人对老区重新充满希望。

结合地震资料精细解释、精细合成记录标定、精细地层对比，李晓燕夜以继日地研究和实践，最终在保定凹陷边缘确定高保 1X 探井，并设计了钻井取芯。高保 1X 井实施钻探后喜获高产工业油流，不仅为采油一厂产量提升发挥了重要作用，也为现如今保定凹陷油源研究奠定了资料基础。

实现保定凹陷实质性的突破，论证其中心区域的第一口井最为关键。选在哪里有油？哪里能够富集？选哪套目的层？她带领团队跳出小圈闭的束缚，解放思想，用“统一”的思维重新看待保定凹陷和饶阳凹陷新老区关系。在从构造、沉积、生油、运移、聚集、富集的“统一”整体角度研究过程中，她带领团队收集了全区几十口井的油气显示资料，与多领域专家合作开展生油基础研究，翻阅原始地质资料，走进岩心库，重新系统取样、重新分析化验、重新评价保深 2、高保 1X 等一批老井。他们采取“边打边算边研究”的工作方式，以“钉钉子”精神不放过每一个井柱的荧光显示、取心资料的数据，挨口井对比梳理井间断缺关系、岩性变化规律，对图件反复修改，对油藏反复认识。针对一些重点问题、关键环节久攻不克的难题，他们常常聚在一起研讨，开启“会战模式”，进行思想碰撞。“科研生产任务再难，也要想尽办法完成！”李晓燕和同事们说道。

通过深入分析制约勘探的关键问题，对成藏条件进行再认识，李晓燕创新形成了保定—饶阳凹陷沙一下亚段为统一湖盆等地质认识，创新构建“近源供烃—断砂阶梯式输导”成藏模式，认定保定凹陷具备本地生油能力，一条条断层就是一个个运移油气的“输油管”，浅层的东营组就是“聚油盆”。

“啃下科研硬骨头，拿下油气大场面，这是我永远的梦想和追求！”李晓燕坚持走别人没有走过的路，想别人没有想过的招，干别人没有干过的事。在繁杂的工作中，她驻扎一线、潜心钻研、勇挑重担、不断创新，在坚守的道路上，有困惑、迷茫、彷徨，更有作为一名勘探工作者的痴迷、热爱和勇气。2022 年 10 月，保清 1X 井在东三段井深 1770 ~ 1795 米试油获日产 105.93 立方米高产油流，拉开了清苑油田的发现序幕，2022 年上交预测石油地质储量9715万吨，实现了保定凹陷油气勘探的重大突破。2022年12月8日，高79X井传来喜讯，再次获得高产工业油流。

保定凹陷的勘探突破，让一代代科研人员的梦想得以实现，证实了太行山山前凹陷不是勘探禁区，“老”新区勘探不等于没有增储上产空间。看着前线工作人员给发来的现场照片，油流涌动，李晓燕团队的项目经理激动地说：“保清1X的突破，进一步夯实了清苑构造的亿吨级的储量上交，这是我们项目组献礼党的二十大最好的礼物！”

四

工作与家庭的平衡最为困难，李晓燕忙于科研工作，生活中难免缺少对家人的陪伴。“我可能算不上是个好女儿，更不是好母亲，可在父亲眼里，干好工作就是对他最大的孝，就是他最最孝顺的好女儿。”但每每谈及此事，李晓燕还是心怀愧疚，尤其是对女儿感到尤为亏欠。女儿在童年时期仿佛复刻了李晓燕的幼年时光，在李晓燕年幼时，父亲常年在外，一年到头回家的日子屈指可数，所以在怀孕后，李晓燕便暗下决心，一定要让女儿得到充足的陪伴，也像是从某种程度上弥补自己童年时期的孤单。

但她还是对女儿食言了。犹记得女儿人生中第一次外出参加体操比赛，女儿十分渴望妈妈能到现场观看，“妈妈实在是走不开，工作上的事情耽误不得，这次妈妈虽然不能到现场，但我会拜托你阿姨把现场视频录制下来，到时候回来妈妈和你一起看，好吗？”面对女儿充满期待的眼神，李晓燕犹豫再三才出此对策，希望女儿能够理解自己的工作。没想到，比赛结束后，女儿却哭着跑回了家，在李晓燕和丈夫的耐心安慰与引导下，女儿才啜泣着说：“别的孩子都有妈妈陪。”这句话像一记猛锤敲在了李晓燕内心最柔软的地方，她下定决心，无论如何都要挤出时间来见证女儿人生中最重要的时刻，尽管这意味着她几乎每天凌晨4点就要起床处理工作，但割舍不下的两个“心头之爱”却让她心甘情愿牺牲自我。

1999 年 4 月的一个周末，正是踏青的好时节，女儿的幼儿园倡导家长带领孩子们外出踏青，感受大自然的美丽风光。因为李晓燕承担项目长工作繁忙，难得有时间可以陪伴女儿出游，为了这一天女儿期待了很久，头一天晚上精心准备了餐垫、零食、水果，还计划着第二天要拍摄许多照片。“妈妈你快看，我的风筝放得好高！”“妈妈，你看那边有几只小狗好可爱！”在女儿欢快的声音中，李晓燕情不自禁露出了笑容。突然，李晓燕的手机响了，原来是项目上的一个问题需要尽快解决，挂断电话，看着女儿开心的模样李晓燕犯了难，但抉择再三，李晓燕还是告诉了女儿实情。“妈妈，没关系，有爸爸在这里陪我也是一样的，今天我们三口之家能够一起出来玩这么一会儿，我已经很开心了！妈妈你快去忙吧！”没想到女儿却是这样回答的，年仅 4 岁的女儿如此懂事，让李晓燕的泪水悄悄涌上了眼眶。

很快，晓燕的女儿一天天长大，渐渐地也养成了坚强独立的性格，提到妈妈内心始终觉得愧疚亏欠，晓燕的女儿却笑着说：“小时候妈妈虽然在我身边的时候很少，特别忙，但是只要妈妈能和我在一起就会陪伴我，她给我看过和讲过一张张地震解释图，蠡县斜坡、马西洼槽这些名词几乎贯穿了我的整个童年，其实我也为妈妈的事业而感到骄傲和自豪。”晓燕的女儿从母亲的身上感受到了与热爱同行的幸福，也学会了如何利用和规划好时间，在学习生涯中一直成绩优异、名列前茅，大四时更是获得了前往国外学习先进经验技术的机会。受母亲的影响，她在国外积极深造，在结束学习和实习后，毅然决然放弃了国外公司给予的优厚条件，坚定地回到祖国，期望用自己的所学为国家建设添砖加瓦。

2021 年，本就因为工作繁忙而压力剧增的李晓燕又赶上父亲生病住院，为了在不影响工作的情况下更好地照顾父亲，她和年迈的母亲轮流给父亲送饭，母亲多次劝她：“送饭和照顾你爸的事情交给我就行，你不用太操心，专注事业就好。”但晓燕的内心却始终放心不下父亲，父母年岁渐高，能够陪伴的日子将会越来越少，尽管每天医院、单位、家里三点一线让李晓燕疲惫不堪，但她也还是咬牙坚持……父亲住院的那段时间，李晓燕瘦了整整两圈，连女儿都说“认不出妈妈”了。在病房里，父亲虚弱极了，但他依然保持着自己的习惯和生活节奏，每天坚持看中央电视台的《新闻联播》，看《中国石油报》和《华北石油报》。通过阅读报纸，父亲继续关注石油，这是他一生的牵挂。父亲用一件件石油往事连接着自己生命的过往，和晓燕交流着两个时代石油人的感想，是那么琐碎、真实。

李晓燕说，在祖国最需要石油的特殊年代，一大批和父亲一样转战千万里找油的第一代石油人，像沙漠中的胡杨树一样顽强，栉风沐雨、奋进开拓，把根扎进了地下深深的油海。她会沿着父亲的足迹奋力前行，就像沙漠中的风滚草一样，哪有石油就在哪安家，把论文写在祖国大地上。